绍兴文理学院越文化传承与创新研究中心课题
（项目编号：2019YWHJD07）

绍兴文理学院越文化传承与创新研究中心资助出版

越文化研究丛书

蒋智由全集

王敏红 钱 斌 丁 胜 编注

Zhejiang University Press
浙江大学出版社

前　言

　　蒋智由(1865—1929),清末民初浙江省诸暨市紫东乡浒山村(现店口镇朱家站村)人,民国著名军事家蒋尊簋之父,原名国亮,字观云、愿云、性遂、信斋、信侪等,号因明子。蒋智由出身贫寒,早年求读于杭州紫阳书院,能诗善文,工书法。清光绪二十三年(1897)以廪贡生应京兆乡试举人,授山东曲阜知县,因怀救国、革新之志,故未赴任。甲午战争后,蒋智由同情和支持康有为、梁启超,力言维新变法。光绪二十七年(1901),任《选报》主编。光绪二十八年(1902)春,与蔡元培、叶瀚等在上海建立号称"第一革命团体"的中国教育会,同年参加光复会,任爱国女校经理。不久自费东渡日本,任《浙江潮》编辑和《新民丛报》主编,发表了大量时评和杂文,颇为时人所重。光绪三十三年(1907),和梁启超发起组织政闻社,后又与梁启超共组政闻社,任《政论》主编,鼓吹君主立宪,反对同盟会的革命主张。辛亥革命后,拥护歌颂共和政体。晚年寓居上海,思想趋于保守。

　　蒋智由留下了大约70余万字的各类作品,内容颇杂。他的文章,有反映清政府统治下中国的内忧外患和列国的虎视眈眈,如《中国兴亡一问题论》《极东问题之满洲问题》等;有抗俄卫国的演说辞,表达了激越的爱国之情,如《举人蒋君智由演说》《蒋君智由演说办法》《爱国女学校开学演说》等,它们观点鲜明,说理透彻,见解深刻,情文并茂,极富说服力和鼓动性,是近代演说辞中的佳作;有介绍西方进步思想,表达变法改良主张的时评杂文与专著,如《变法后中国立国之大政策论》《政论》《宪政胚论》等,文中提出了很多进步的主张,在当时社会变革中有比较大的影响;有引进西方的教学内容和教学方法,体现其教育思想的文章,如《中(小)学修身教科书》《蒋性遂君与爱国女学校经理蔡民友君书》《敬告绍兴人请合力建设公众学堂启》等;有体现文学艺术主张的文章,如《冷的文章热的文章》《维朗氏诗学论》《中国之演剧界》等;有风俗杂记类的文章,如《风俗》《上虞沙湖始建石塘碑记》等;有考据研究性的学术论文与专著,如《神话历史养成之人物》《中国上古旧民族之史影》《中国人种考》等,其中《神话历史养成之人物》是学术界公认的关于中国神话学的第一篇学术专论,《中国人种考》中蒋智由首次引入"人种学"概念;还有发表在《清议报》《选报》《新民丛报》《浙江潮》《政论》上的各色时评杂文,各种有关时事、生活的散文与应用文。作为资产阶级民主革命的先驱,蒋智由的作品无不以爱国救亡为宗旨,以忧国忧民、爱国变革、宣扬科学、开启民智等为主题，深刻反现了当时的历史状况与社会思潮。

蒋智由在艺术上最大的成就在于诗歌。作为"诗界革命"的主将之一，蒋智由对"新诗派"的发展起了积极的推动作用。他的诗用新事、新典、新名词，写资产阶级的新思想、新人物，艺术上虽还不够成熟，但对宣传资产阶级思想，冲击传统诗歌形式的束缚，均起到一定作用。蒋智由早期诗歌抒发拯时济世的抱负，反对封建专制的束缚与压迫，颂扬西方资产阶级民主、平等、自由的思想，呼吁变革，期望祖国的复兴强盛，豪宕恣肆，富有朝气，如《时运》《醒狮歌》等。其《有感》言："凄凉读尽中国史，几个男儿非马牛！"《卢骚》言："力填平等路，血灌自由花；文字收功日，全球革命潮。"这些诗传达时代的"潮音"，不全受旧诗格律的限制。20世纪初，梁启超曾把蒋智由与黄遵宪、夏曾佑并称为"近世诗界三杰"（《饮冰室诗话》）。在日本的后几年，蒋智由的诗多写忧时伤世、去国怀乡之情。晚年诗作则转向守旧。其诗集现存有《居东集》《蒋观云先生遗诗》，其余诗作散见于《清议报》《选报》《新民丛报》《浙江潮》等报刊。蒋智由现存的诗歌有300余首。

一、蒋智由的生平概述

（一）南北求索（1865—1902年）

蒋智由父亲蒋殿魁，字春梅，国学生五品衔，诰封奉政大夫。蒋殿魁宅心仁厚，乐善好施，所谓"行善性所乐"（《先考忌日哭赋》），以至"以行善罄其家，晚岁益窭"（蒋尊簋《先妣朱太夫人行述》）。当地至今仍流传着蒋殿魁的一个善举：冬日大雪压覆，蒋殿魁恐鸟雀不得觅食，遂取升谷散之饲鸟。蒋殿魁原配夫人为陈氏，陈氏死后，诰封宜人。后蒋殿魁续娶石氏，石氏死后，诰封宜人。蒋智由是至孝之人，双亲故去，"万念俱灰"[①]，"遇亲忌日必哭，为营二亲兆穴，历深山邃谷，裂肤蹦趾，不以为苦……春秋令节，必诣墓致祭"[②]。其《先考忌日哭赋》云："浩荡天地恩，尺寸无报答。"拳拳深情，于此可见。蒋智由在家中排行第三，上有两位胞兄，下有一胞妹。蒋智由妻朱氏，上海人。朱氏善于持家，"以勤朴闻"（《先妣朱太夫人行述》）。同时，朱氏亦是位乐善好施之人。1912年，诸暨发生水灾，不少乡民流离失所，朱氏"出所蓄，斥服物，不足，则令媳吴氏以赠嫁金五千益之。"（《先妣朱太夫人行述》）朱氏生三子一女：蒋尊簋、蒋尊海（早夭）、蒋越椒、蒋尊第。长子蒋尊簋是近代史上赫赫有名的革命家，曾任浙江都督，章太炎曾将其与军事家蒋百里并称"浙江二蒋"，时人又加蔡锷号为"南方三杰"。

---

①见《民国人物碑传集》，卞孝萱、唐文权编，团结出版社1995年版。　②见《民国人物碑传集》，卞孝萱、唐文权编，团结出版社1995年版。

蒋家并非富裕之家。蒋智由曾作《众弃》诗,诗云:"我年未二十,饥走去西东。汩没遂久长,飘捩如飞蓬。"又夏曾佑[①]《己亥秋别天津有感寄怀严蒋陈诸故人·其三》云:"蒋子(蒋智由)起寒素,姓名世不张。乞食走燕野,扫尘书一床。"诗中或有夸张处,但蒋智由长于寒素之家,常为生计奔走,当是实情。蒋家虽不富裕,但蒋智由父亲蒋殿魁并未忽视对其子的教育。蒋殿魁自己是国学生,对蒋智由自然寄予深情厚望。《先考忌日哭赋》云:"忆昔倚闾门,望我奋羽翩。"其殷殷企盼之容,如在目前。蒋智由早年求学于杭州紫阳书院,表现突出,"擅制艺,每试必冠其曹",深得汤寿潜[②]赞许。汤寿潜曾云:"君志大言大,虽厄于时命,而文章一缕晴丝,蟠天际地,自为吾浙传人。"[③]

1896 年,蒋智由北上,求食燕野。8 月 7 日,蒋智由到达天津。时清廷大臣王文韶、孙宝琦等人刚创办天津育才馆,起初,孙宝琦力邀宋恕教习汉文,但遭宋恕婉拒,宋恕推荐陈黻宸担任,但陈因故未去,后举荐了新结识的蒋智由。于是蒋智由应聘天津育才馆,担任汉文教习。时育才馆总办为夏曾佑。1897 年秋,蒋智由以"廪贡生"身份参加光绪丁酉科顺天乡试,中第 40 名。时为山东巡抚的孙宝琦以"曲阜知县"保荐蒋智由,但蒋智由辞不赴任,继续任教育才馆。1900 年 6 月,蒋智由为避津门(天津)八国联军之乱,南下沪上。

19 世纪末,晚清治下的中国风雨飘摇,积贫积弱。由于痛感清政府的腐败无能,当时最优秀的知识分子们开始意识到封建国家的落后,于是逐渐把目光投向海外。1898 年 6 月 11 日,以康有为、梁启超为首的维新派发起"戊戌变法"运动。此次变法因损害到以慈禧太后为首的守旧派的利益,因而遭到强烈抵制与反对。1898 年 9 月 21 日,慈禧太后等发动戊戌政变,囚禁光绪帝,杀害"戊戌六君子",历时 103 天的变法宣告失败。变法虽以失败告终,但作为一次思想启蒙运动,无疑对当时的知识分子有极大的震动。

时任教于天津育才馆的蒋智由身处事件中心,变法带来的影响可谓首当其冲。变法失败后,梁启超逃往日本,并于 1898 年 12 月 23 日在日本横滨创办《清议报》,继续传播变法维新思想。1899 年 12 月 23 日,《清议报》第 33 期出版,在该期报刊上,蒋智由发表了第一篇作品:《观世》。这之后,蒋智由发表的作品便一发不可收。细数蒋智由后来的诸多人生细节,如信奉保皇立宪,如与梁启超交往颇密,或皆可追踪至"戊戌变法"这一起始事件上。当然,百日维新之前,蒋智由已开始接触西方进步思想,这可从孙宝瑄[④]《忘山庐日记》中窥测一二,如孙在光绪二十三年六月十五日(1897 年 7 月 14 日)的日记中云:"晚食西

---

①夏曾佑:字遂卿,作穗卿,号别士、碎佛,笔名别士。杭县(浙江杭州)人。进士,授礼部主事。近代诗人、历史学家、学者。　　②汤寿潜:原名震,字蜇先(或蛰仙),浙江萧山人。清末民初实业家和政治活动家,晚清立宪派的领袖人物。　　③见《民国人物碑传集》,卞孝萱、唐文权编,团结出版社 1995 年版。④孙宝瑄,又名渐,字仲玙。浙江钱塘(今杭州市)人,主张开发国民智力,大力兴办民学,扶民权以振兴国家。著有《忘山庐日记》。

菜,章霖伯约。信侪云:孔子之道,扩充之,即耶稣也。愚为进一语曰:耶稣之道,扩充之,即佛也。又论君主、君民共主、民主之理。"

在天津做汉文教习期间,蒋智由结识了不少颇有名望的维新人士,如夏曾佑、孙宝瑄、汪康年①、宋恕②等,最具戏剧性的还是与梁启超的结识。梁启超《饮冰室诗话》中云:"余自去年始获以文字因缘交蒋观云。往在美洲,见《清议报·文苑》有题'因明子'稿者,大心醉之,顾以为夏穗卿作,盖其理想魄力,无一不肖穗卿也。尔后屡读因明诗,而认为穗卿之心益横亘胸中。在澳洲作《广诗中八贤歌》,首颂因明,而下注穗卿。及东还始知其误,改正之,故歌中竟阙穗卿也。于是乞交因明之心益热。"③起初,因蒋智由、夏曾佑诗风相近,梁启超便误把蒋智由作品当做作夏曾佑的,之后方才发觉。如此经历,不失为一段佳话。蒋智由不独与国内新派人士交游往还,同时还结交外国友人。光绪二十四年八月廿四日(1898年10月9日),蒋智由曾致汪康年一封信,信中提到日本人辻武雄④欲考察《昌言报》一事。汪康年时为《昌言报》经理,而辻武雄尚未与之结识,因请蒋智由代为介绍。至于辻武雄如何结识蒋智由,因资料所限暂不可考,但从中可看出,蒋智由的交游还是颇广的。1899年,日本著名汉学家内藤湖南⑤来中国考察,在逗留天津时,内藤湖南与六位"通晓时务的人士"⑥交流,蒋智由便是其中一位。

戊戌政变失败后的晚清政府在列强铁蹄的践踏下,苟延残喘,摇摇欲坠,而当时北方义和团部众正打出"扶清灭洋"的旗号,发展得如火如荼。以慈禧为首的封建势力开始意识到义和团在对付洋人方面的作用,于是在1900年1月,清政府开始扶持义和团。之后,山东的义和团势力迅速涌入直隶,开始烧教堂、杀洋人、毁坏铁路及电线杆等设施。5月底,由英、美、法、德、奥、俄、日、意等八国组成的联军开始侵略中国。一时间,战争的阴霾笼罩在北方的天空。为避战乱,蒋智由于庚子五月(1900年6月)南下。在渡扬子江时,蒋智由回首战事初起的北方,沉痛地写道:"烽火津门黯回首,金瓯大陆是谁倾?"(《庚子五月避天津之乱南归七月三日渡扬子江作》)

约是年8月间,蒋智由来到湖州,时汤寿潜任湖州浔溪书院山长。在汤寿潜的努力下,书院"学风丕变,一洗空疏迂阔之习"⑦。后汤以事辞去山长一职,力荐蒋智由代自。蒋智由任山长后,"更增授声、光、化、电诸学"⑧,将西式科学知识传授于莘莘学子。最迟年底,蒋智由辞去书院山长一职,寓居上海。

---

①汪康年:字穰卿,晚号恢伯,中国近代资产阶级改良派报刊出版家、政论家。 ②宋恕:原名存礼,字燕生,号谨斋,近代启蒙思想家。 ③见《饮冰室诗话》,梁启超著,人民文学出版社1959年版。 ④辻武雄:即辻听花,号剑堂,近代日本汉学家。 ⑤内藤湖南:原名内藤虎次郎,近代日本著名汉学家。 ⑥见《燕山楚水》,内藤湖南著,吴卫峰译,中华书局2007年版。 ⑦见《萧山文史资料选辑第四辑·汤寿潜史料专辑》,浙江省萧山市政协文史工作委员会1993年编印。 ⑧见《萧山文史资料选辑第四辑·汤寿潜史料专辑》,浙江省萧山市政协文史工作委员会1993年编印。

1901年2月,沙俄携胜利余威胁迫清政府签署书面约款十二条。《约款》规定,沙俄有驻兵东北"保护"铁路权,有出兵帮助"剿抚"权,有要求革办中国官吏权等等,企图全面侵占东北三省的主权。消息传至上海,引起上海爱国人士极大愤慨。3月15日,上海爱国人士于张园集会,力拒俄约,以保危局。蒋智由在会上发表演说,其中有云:"当此危急存亡之秋,若之何吾民之犹不争也?"①极富煽动性。3月24日,在探知清政府欲向沙俄妥协后,上海爱国人士再次集会张园,蒋智由于会上再次慷慨陈词。其实,在张园集会之前,蒋智由就已在关注东北三省问题,其在15日演说中云:"密约之事,风传由来已非一日。当戊戌政变,即有此说;至己亥立嗣,未几传闻有许俄人由恰克图筑路至张家口之约;及去岁北京甫破,两宫犹在道途,传闻中俄订有密约。"②就在张园集会前几天,蒋智由还与友人说到东北三省问题。据孙宝瑄光绪二十七年正月十九日(1901年3月9日)日记云:"信侪正告诸人,谓俄人逼我立东三省和约,万一朝廷许之,各国援利益均沾之说,瓜分之势成矣。我同志当发公电至政府,力争此事,尽我国民之职。"③其拳拳爱国之情,于此可见。

同年11月11日,蒋智由与同乡赵祖德开始创办《选报》并担任主笔。《选报》在当时颇有社会影响力,据蔡元培《自述年谱》云:"因为蒋君选辑精严,编次也有条理,便于检阅,自撰之评论及选录之诗,均足以感人",因而"销行颇广"④。书法大家马叙伦曾就职于《选报馆》,并在蒋智由授意下,深入上海南洋公学报道"墨水瓶事件"⑤,影响其大。蒋智由在主编《选报》的同时,还应广智书局之聘,成为该局润稿员,如《梁启超年谱长编》云:"二十八年至二十九年春,(蒋智由)曾受广智书局聘为润稿员,非久即去。"⑥1902年4月27日,蒋智由与蔡元培、黄宗仰⑦等人于上海发起并组织中国教育会,蔡元培任会长。11月23日,蒋智由又与蔡元培、黄宗仰等人开设爱国女校,蒋智由担任校长。爱国女校开学之日,蒋智由曾发表演说,演说中有云:"今开学堂,则将使女子为英雄豪杰之女子""英雄豪杰不分男女,此吾之恒言也"⑧(《爱国女学校开学演说》),热情推介男女平等思想。关于中国教育会、爱国女校,蔡元培在《美育人生》中均有提及,"是时(1902年)留寓上海之教育家叶浩吾君、蒋观云君、钟宪鬯君等发起一会,名曰中国教育会,举孑民为会长"⑨,"是年冬,由蒋智由、黄宗仰两先生提议,设立女校,余与林、陈、吴三先生并列名发起,设校舍于登贤里,名曰爱国"⑩。从

---

①见《拒俄运动》,杨天石、王学庄编,中国社会科学出版社1979年版。　②见《拒俄运动》,杨天石、王学庄编,中国社会科学出版社1979年版。　③见《忘山庐日记》,孙宝瑄著,上海古籍出版社1983年版。　④见《蔡元培先生年谱》,王世儒编,北京大学出版社1998年版。　⑤墨水瓶事件指1902年上海南洋公学爆发的学生集体离校事件,事由墨水瓶而起,因名。　⑥见《梁启超年谱长编》,丁文江、赵丰田编,上海人民出版社1983年版。　⑦黄宗仰:俗名黄浩舜,别号乌目山僧,笔名黄中央,江苏省苏州府常熟县人。中国近代民主革命家、建筑设计师、佛教僧人。　⑧见《中国近代学制史料》第二辑,朱有瓛编,华东师范大学出版社1983年版。　⑨见《美育人生》,蔡元培著,江苏文艺出版社2011年版。　⑩见《美育人生》,蔡元培著,江苏文艺出版社2011年版。

中可看出蒋智由对教育事业的特别关注与重视。此外,蒋智由还曾开设名为"珠树园"的译书处,积极译介外文书籍。据《钏影楼回忆录》云:"原来蒋先生那时也办一个译书处,这个名字叫做'珠树园译书处'。"①是年底,蒋智由游历日本。

旅居沪上虽只两年多,但较之天津五年,蒋智由已从零星投稿的撰稿人成长为一位办报人、演说家、教育家,他通过实际行动来唤醒普通民众麻痹的灵魂,上下求索亡国灭种危机的解救办法,实是一位了不起的实干家。

(二)游学日本(1903—1912 年)

1902 年 12 月,蒋智由乘船奔赴日本。船行海上,回首大陆已是渐行渐远,不由生出一股去国怀乡之情,于是写道:"去国方生怀旧念,同舟初见合群心。故乡第二吾何有,兰桂长怀汉土馨。"(《壬寅十一月东游日本渡海舟中之作》)翌年 1 月,蒋智由抵达日本。1 月底,蒋智由与陶成章、鲁迅、许寿裳等 27 名在日留学生于东京牛达区清风亭召开绍兴同乡恳亲会,并联名发出《绍兴同乡公函》,介绍日本教育情况,吁请家乡人民出国留学。

2 月 25 日,时避居日本的梁启超听说蒋智由到达日本便致信蒋智由,信中云:"客中既无寸暇,《丛报》文竟不成一字,此局看看将倒塌,望公必垂怜,有以拯之,无任感盼。"②因梁启超当时应美洲保皇会之邀,正欲游历美洲,遂请蒋智由维持《新民丛报》诸事。其实,直至此时,梁启超与蒋智由都尚未谋面。此前,梁启超与蒋智由倒是曾互赠相片并题诗留恋,《饮冰室诗话》第 47 条云:"贻(蒋智由)以一影像,誊一绝句云:'是我相是众生相,无明有爱难名状。施波罗密证与君,拈花笑指灵山上。'观云报我一影像,亦誊一偈云:'分明有眼耳鼻舌,一文不值何消说。如我自看犹自厌,暂留蜕壳在人间。'"③可谓文字之交。蒋智由在收信后似并未允梁启超之请。于是,3 月 16 日,梁启超再次致信蒋智由并以《新民丛报》事相托,信中云:"别几两月矣。在外无寸暑暇,一字之文不能作,《丛报》指日立毙……先生为大局计,想见怜耶……勉筹济此三个月之法,其应若何乞稿之处,一惟先生命。"④蒋智由推脱不过,遂担任《新民丛报》主编。

是年冬,陶成章等革命志士在东京密谋成立光复会,蒋智由欣然参加。待光复会正式成立,蒋智由亦参与。据沈飚民《记光复会二三事》一文云:"蒋智由于 1903 年东京发起光复会已参加,光复会正式成立,亦欣然参加。"⑤1905 年正月(2 月),蒋智由与光复会骨干陶成章、黄兴、秋瑾等于东京为光复会商议办法。据钱茂竹《陶成章年谱(修订)稿》云:"正月,(陶成章)……与黄兴、蒋智由、陈

---

①见《钏影楼回忆录》,包天笑著,大华出版社 1971 年版。 ②见《梁启超年谱长编》,丁文江、赵丰田编,上海人民出版社 1983 年版。 ③见《饮冰室诗话》,梁启超著,人民文学出版社 1998 年版。 ④见《饮冰室诗话》,梁启超著,人民文学出版社 1998 年版。 ⑤见《陶成章史料》,绍兴县政协文史资料工作委员会 1987 年编印。

威、陈毅、秋瑾、彭金门等商议办法。"①1907年10月7日,梁启超在日本东京创办《政论》月刊,蒋智由任主编。10月17日,蒋智由与梁启超等人发起组织改良主义政治团体——政闻社。至此,蒋智由彻底倒向保皇派。1912年,蒋智由返回国内。

游历日本的这十年间,蒋智由的政治思想逐渐成熟并定型。单从蒋智由的社会活动轨迹来看,其政治思想是发生过重大转变的。在1903—1905年,蒋智由曾一度参与到陶成章等人从事的革命活动中。1904年12月,蒋智由还为陶成章《中国民族权力消长史》一书作序,次年4月,邹容义死狱中,蒋智由则作《吊邹慰丹容死上海狱中》一诗沉痛悼念。可见,在日本的最初几年间,蒋智由对革命还是很有热情的。可自1907年成为政闻社重要骨干后,蒋智由便与革命党人渐行渐远。这种转变,在当时主张革命的鲁迅看来,是极明显的。1903年,陶成章自日本回国时,蒋智由曾作《送匌耳山人归国诗》相赠,诗中有句"敢云吾发短,要使此心存","鲁迅常传诵之"②。"可是到了徐锡麟案发作,他们③对他就失了敬意了。当时绍兴属的留学生开了一次会议,本来没有什么善后办法,大抵只是愤慨罢了,不料蒋观云已与梁任公组织政闻社,主张君主立宪了,会中便主张发电报给清廷,要求不再滥杀党人,主张排满的青年们大为反对。蒋辩说猪被杀也要叫几声,又以狗叫为例,鲁迅答说,猪才只好叫叫,人不能只是这样便罢……至此时乃仿作打油诗云:'敢云猪叫响,要使狗心存。'"④鲁迅的话未免尖酸刻薄,但毫无疑问,蒋智由政治思想的转变严重影响了当时人及后人对他的评价。

(三)旅居沪上(1913—1929年)

蒋智由归国后,寓居上海。当时中国自经"辛亥革命"后已步入新的历史轨道——成立了中华民国。但好景不长,北洋军阀袁世凯拥兵自重,最终窃取了"辛亥革命"的胜利果实,并于1912年做了民国临时大总统。袁世凯表面支持共和,但实则暗藏复辟帝制的狼子野心。1913年3月20日,国民党重要人物宋教仁在上海遇刺。消息传出,举国震惊,社会各界纷纷要求尽快缉拿凶手。而时任大总统的袁世凯,因素与国民党有隙,又因上个月宋教仁出任内阁总理让袁世凯多所掣肘,因而在宋教仁遇刺案中便成了众多矛头指向的焦点。

蒋智由寓居上海后密切关注时事。归国之初,蒋智由便已看出袁世凯的不良居心,曾断言:"祸民国者,必此人也!"⑤及宋教仁遇刺案发,蒋智由愤慨之余,对袁世凯彻底失望。时蒋智由长子蒋尊簋正寓居北京,与蔡锷共商国事,蒋智

①见《陶成章史料》,绍兴县政协文史资料工作委员会1987年编印。　②见《鲁迅的故家》,周作人著,北京十月文艺出版社2013年版。　③他们:指鲁迅和沈瓞民。　④见《鲁迅的故家》,周作人著,北京十月文艺出版社2013年版。　⑤见《民国人物碑传集》,卞孝萱、唐文权编,团结出版社1995年版。

由便屡次督促其南归举义,密谋颠覆袁世凯的北京政府。不过,再动干戈兵戎相见并非蒋智由所愿。于是,5月上旬,蒋智由与沈定一、章太炎等上海名流组织弭祸会。7月,蒋智由在《民立报》上发表《弭祸会公启》,中云:"(袁世凯)一避位而宋案毕,天下宁,大总统既安,而国民党亦无借口之资,实为大总统、为四万万人至长之计,至善之策。"即要求袁世凯主动退位以平息宋教仁遇刺案造成的纷争。但袁世凯称帝之心蓄谋已久,并不理会《弭祸会公启》。1916年,袁世凯病死。这之后,北洋军阀开始分裂,并形成以直、皖、奉三系为主的割据局面。在目睹各系军阀争权夺利、连年混战的局面后,蒋智由对袁世凯之后的政治局势不再抱有热情。1918年9月,徐世昌任民国大总统,欲起用蒋智由为教育总长,但遭到蒋智由婉拒。

1919年,为抗议北洋政府在巴黎和会上的无能,"五四"运动爆发。运动过程中,不少北大青年学子遭到逮捕。时任北大校长的蔡元培为向当局施压,主动提出辞呈,要求释放运动中被捕的学生。在蔡元培留任北大校长一事上,北洋政府态度暧昧,出尔反尔。在此背景下,北洋政府拟任命蒋智由为北大校长。对此,蒋智由并不动心,坚辞不就,并于是年的9月2日在《时事新报》上登出一则《入山明志》的启事,以表明心志。启事云:"现以北大开校,蔡先生病未北上,校长莫定。有人拟以智由长大学者。业已驰书决谢,必不往就,坚如铁石。智由以超然之身,发公正之论,必处于不官不党之地,方能副此素志。校长之职,虽异仕途,亦决不投身其中,致受牵率。日内便拟入山,取古人如有复我,则在汶上之义。暂有来往信函,或未及收到,恕失答复。毁誉亦不闻问,明此志于天下。"蒋智由此举,是洞明时事的明智之举。当然,从中或可窥测出一丝蒋智由对官、对党的心灰。

虽是"不官不党",但蒋智由并非完全置身事外。1922年6月5日,蒋智由与杭辛斋、褚辅成等80余人成立了上海全浙公会,蒋智由当选为公会干事之一。上海全浙公会是以旅沪浙人为主体的团体,其宗旨是"力谋全浙公益事业之发展",会务涉及教育、工商、农林、水利、道路及其他关于地方公益事宜。蒋智由虽寓居上海,却始终记挂着故乡浔山。是年,诸暨遭受特大水灾,蒋智由从上海发来400石玉米为老家浔山散粮解难。1923年9月,直系军阀首领曹锟以重金贿选当上大总统,时人讥之"贿选总统"。蒋智由听闻这一闹剧后,随即公开发表讨曹电,"以不承认、讨伐两议声告国人",并表达了"以不同国矢之"[①]的决心。

晚年的蒋智由已不复闻问国事,以诗文自娱,时与钱锦江、杭辛斋等诸公过从,谈道讲易,思想渐趋保守。其女弟子吕美荪在《葂丽园随笔》中云:"(蒋智由)以书史自遣,尝有句云:'物踊趋前急,兵争益后多。自崖失从返,谋国得无

---

①见《贿选记》,赵亚源编,民国淞沪通讯社刊本,1924年版。

讹。稼穑中华业,纲常万古科。不容离此道,今日泪滂沱。'"

1929 年 9 月 8 日,蒋智由病逝上海,享年 65 岁。蒋智由逝世后,章太炎有三副挽联悼念,颇能道尽蒋智由一生之情状:

（一）

越人以参佐擅场,博如王仲任,通如章实斋,小说怜他干县令;

高士有义方教子,隐则宗少文,见则种明逸,将才竟尔出清门。

（二）

卅年与世相浮沉,朝市山林,卷舒由己;

千古论才无准的,黄钟瓦缶,际遇为之。

（三）

大泽岂无贤,正令垂钓磻溪,谁能一顾;

衡门可终老,但未策名党国,便足千秋。①

二、蒋智由的主要成就

（一）忧国忧民的爱国情怀

回顾蒋智由这一生行藏,或偃蹇困顿,或傺佗失意,但中间始终贯穿着一条主线,即"志欲救天下,起国家之衰敝"(《何蒙孙先生颂华六十寿序》)。19 世纪末 20 世纪初,晚清治下的中华大地内忧外患不断,朔方有义和团扰攘不停,沿海有欧美列强掠夺不止,直似大厦将倾,江河日下。蒋智由参与各种政治团体,办报发文启迪民智,奔走呼告改良政局,无不源于其深切的爱国情怀。在蒋氏作品中,可以说处处洋溢着爱国主义色彩。

这种忧国忧民的爱国情怀突出表现在诗歌创作中,如以蒋氏在《清议报》上发表的诗作为例:

怀人天末望鸿雁,忧国洲边采杜蘅。烽火津门黯回首,金瓯大陆是谁倾?(《庚子五月避天津之乱南归,七月三日渡扬子江作》,《清议报》第 81 期)

1900 年 5 月底,八国联军侵华。时在天津的蒋智由为避战乱,南下归乡,途中回首北方,想来定已硝烟弥漫,一时百感交集,遂提笔写下《庚子五月避天津之乱南归七月三日渡扬子江作》。"烽火津门黯回首,金瓯大陆是谁倾?"眼见国土正遭受铁蹄蹂躏却无计可施,何况自己尚在离乱奔走之列,思之如何不黯然神伤、切齿痛恨!

身当此千古未有之变局,与历朝历代末世的爱国诗人一样,蒋智由的内心无比哀恸,不少诗作皆可反映这种心迹,如《络纬》云:

———————————

① 见《近现代名人对联辑注》,景常春编,南京大学出版社 1989 年版。

间阶啼络纬,隐隐识秋心。天地斜阳大,河山急雨侵。洞庭悲落叶,易水绕寒林。有客江南病,西风泪满襟。(《清议报》第65期)

络纬,即纺织娘。夏末黄昏时分,台阶阴暗处纺织娘自在鸣叫,作者乍闻啼声,心中隐隐有初秋之感。因了这萧瑟秋感,家国之悲不觉袭上心头。"天地斜阳大,河山急雨侵",天地之间,只一轮残阳如血,而万里河山,正兀自风雨交加。这大有老病之态的"斜阳",不正是穷途末路的晚清王朝吗?这来势汹汹的"急雨",不正是穷凶极恶的西方列强吗?一念及此,惟有怅对西风,泪湿沾巾。

再如《时事》云:

看花揩泪眼,饮酒长愁心。此意浑难解,情深不自禁。(《清议报》第93期)

这是一首感人至深的小诗。作者心情苦闷,于是便拟赏花,以遣烦忧,然而花虽好,心情并不因之稍感轻松,反倒愈添愁苦,以至对着花频揩泪眼。于是,作者转而寻求酒精的麻醉,可是借酒消愁愁更愁,始终无由排遣郁积心中的愁闷。"此意浑难解,情深不自禁",作者这时方才醒觉,原来对家国的热爱早已深种心底,大约国辱未去,国难未靖,这种剪不断、理还乱的深"愁"大恨是无论如何也抛却不掉的了。

作者此类诗作尚有一些,如:

休饮建业水,莫食武昌鱼。太息中原事,斜阳画不如。(《杂感(其一)》,《清议报》第67期)

落落何人报大仇,沉沉往事泪长流。(《有感》,《清议报》第81期)

中原时事不可说,剩水残山都萧瑟。(《闻客话澳门山势雄壮有感》,《清议报》第100期)

从这些诗句中能够体会得出,遭此剧变的蒋智由对国家命运前途无比担忧、无比关注,其忧国忧民的爱国之思诚挚深沉,感人肺腑。

作者也有些字句铿锵,情绪激昂的诗作,表达了其勇赴国难的宏伟气魄,如《哀乐众生歌》云:

众生方哀兮,吾独何乐?众生云乐兮,吾又何哀?净土乐国,吾愿之所造兮;乌白马角,吾志其犹未灰……吾知哀乐之真之为大兮,而又何生死之足云?(《清议报》第66期)

作者以天下为己任,更与天下苍生共休戚,视天下众生之哀乐为一己之哀乐,一种"先天下之忧而忧,后天下之乐而乐"的情怀弥漫纸间。因了这心念天下苍生的高尚情感,作者更要拯时济世,为普罗大众造一"净土乐国",即便如"乌头白马生角"一般万难实现,但也决不心灰气馁!作者对未来的期许如此自信、坚定,令人心潮澎湃。当然,作者并非只是沉浸于高亢激昂的情绪渲染中,作者亦深知建造"净土乐国"的危险性,但依旧豪迈地宣言道:"又何生死之足云?"为天下苍生计,不惜一死,读来不觉血气上涌、肃然起敬。

此外,作者的组诗《挽古今之敢死者》,通过颂扬敢死者宣扬了一种视死如

归的大无畏精神,全诗热情洋溢,逸兴遄飞,读来酣畅淋漓,颇有"死得其所,快哉快哉"的豪迈悲壮。兹选录两首:

> 俗人重富贵,君子不偷生。一笑看屠刀,屠刀芒且平。转瞬途路间,血肉醃泥尘。终胜困床褥,酸吟多苦辛。(《挽古今之敢死者·其一》,《新民丛报》第30期)

> 男儿抱热血,百年待一洒。一洒夫何处,青山与青史。青山生光彩,煌煌前朝事。青史生光彩,飞扬令人起。后日馨香人,当日屠醢子。屠醢时一笑,一笑宁计此!(《挽古今之敢死者·其三》,《新民丛报》第30期)

"一笑看屠刀,屠刀芒且平""屠醢时一笑,一笑宁计此"等语,充满了一股浪漫主义的色彩。当然,这也是作者不惜一死精忠报国的情感流露。

除了诗歌表现出强烈的爱国情结,蒋智由的文章也充满忧国忧民的爱国情怀,其在《新民丛报》《浙江潮》《政论》上发表的大部分文章,都以忧国忧民、倡导变革为主线。

蒋智由在拒俄运动中的演说也极具爱国色彩。1901年2月,沙俄胁迫清政府签署书面约款十二条,企图全面侵占东北三省的主权。3月15日,上海爱国人士于张园集会,力拒俄约。时寓居上海的蒋智由在会上发表演说,慷慨陈词:"当此危急存亡之秋,若之何吾民之犹不争也?"3月24日,上海爱国人士再次集会张园,蒋智由于会上再次发表演说,并演说了"人人俱不承认此约"的办法。其拳拳爱国之情于此可见。

后人评价蒋智由为爱国文人,是对他一生最好的总结。

(二)君主立宪的改良思想

蒋智由并非一开始便坚定主张君主立宪的。事实上,蒋智由对立宪与革命的态度还是相当开明的,如《为国者,吾人宗主之目的也》云:

> 居今日而欲救国,其道无他……发明张皇一为国之大义而已。使吾国之士而知此义,则其对于国家之行动,革命可也,立宪可也,作官亦可也。不知此义,则革命不可,立宪不可,作官亦不可。(《政论》第2号)

蒋智由认为,革命也好,立宪也罢,其最终目的务必是救国,只有在不违背这一根本出发点的前提下,才有必要探讨革命与立宪的优劣。既如此,蒋智由应当是认可革命作为一种救国手段的,同时对革命救国也并无偏见,那么蒋智由何以选择立宪而放弃革命呢?原来,在蒋智由看来,立宪与革命各有其适用的条件,而这条件又与清政府是否积极作为密切相关。《"杀"与"要求"之两大派》云:

> 此二派之消长,常视政府之行事以为断,使政府而允人民之要求,则加担于要求一派之人民日多,而要求派之势力增来,则前途上下交泰而平和之象也;使政府而不允人民之要求,则加担于主杀一派之人民日多,而主杀派之势力增来,

则上下不交而杀伐之象也。(《政论》第 1 号)

所谓"杀"一派指的是革命派,而"要求"一派则是立宪派。蒋智由认为,革命立宪的"消长""常视政府之行事以为断"。如果清政府顺应历史潮流,决意民主改革,那么立宪正逢其时,而革命不攻自破;可如果清政府顽固之心依旧,残暴态度如昔,那么革命正当其时,而立宪不攻自破。换句话说,蒋智由认为,革命适用于顽固不化的政治环境,而立宪则适用于除旧立新的政治环境。显然,蒋智由看到了清政府从"良"的"一线清明之望"。蒋智由的这个认识与清政府的预备立宪有很大关系。1906 年 9 月,迫于社会各方的舆论压力,清政府颁发了《宣示预备立宪谕》,宣布预备实行君主立宪。在蒋智由看来,预备立宪是清政府向外释放出的一个积极信号——这无疑增强了蒋智由对政府、对立宪的信心。正因如此,在立宪与革命面前,蒋智由最终选择了立宪,进而站在了清政府一边。

蒋智由既已选择相信清政府并坚定了立宪的决心,那么蒋智由对革命的看法便不能不有所变化,而这种变化的主要原因是革命崇尚暴力。前文提到,蒋智由之所以认可革命的存在,主要是因为政府态度暧昧并有持续顽固昏暴的可能,这种情况下,暴力革命是可取的,但现如今政府已表露出立宪革新的倾向,那么暴力革命便没有必要了,相反,暴力革命只会危害到当前的国家安全,如《变法后中国之立国大政策论》云:

且夫真欲立国,不可不使国内人无一革命之心,盖国家经一回之骚扰,其所耗折者非他,即国家之人民;所损失者非他,即国家之财产也。(《政论》第 1 号)

蒋智由认为,政府主动立宪变法已然可收革命之效,因而大可不必效革命之行。若要一意孤行,那么革命只会扰乱国家立宪的进程,破坏国内平和的环境,无端消耗国家、人民的财产,因而"不可不使国内人无一革命之心"。

革命不仅仅会造成国内局势的巨大动荡,它还会招惹来国外势力强硬无理的干涉,引起不必要的国际争端。《变法后中国立国之大政策论》云:

而国内屡演革命之事,其患害波及于各国,各国必进而自筹治中国之法。且夫平革命之策,决不在兵力的而当以政治的,使政府畏各国之责言,而盲目的欲偏增兵力以防革命,其结果必且毙命于财赋之不能供给。况乎政府若恃其兵力而杀戮过多,致惹起"人道"之一问题,则外人且得视政府为野蛮,干涉中国之内政而有词。(《政论》第 1 号)

蒋智由认为,革命一旦引发战争,那势必波及列强在华的势力范围,而列强绝无坐视不管之理,亦必采取种种措施施压政府。政府迫于列强的威势必加强军备,以图杀尽革命党而后快,而这又会引起"人道"问题,给了列强干涉中国内政的口实。如此一来,国家内忧外患不断,而大好的立宪局面也将一去不返,这同样是蒋智由所万万不能同意的。

因此,在清政府表现出改革意图的前提下,蒋智由认为暴力革命是不可取的救国方式,而立宪凭借其"无革命之危险,而亦能收革命之效果"的优势,可避免流血而和平地过渡到民主国家。在当此国情下,蒋智由认为立宪才是救国救民的唯一出路。

为此,1906年7月,蒋智由出版了《宪政胚论》,分卷上《官制篇》与卷下《民权篇》两卷。《宪政胚论》的内容,是他实施君主立宪主张的具体制度与方法,充分表现了其改良派思想。当然,站在当今的历史观,这些主张未免幼稚,故亦为时代所淘汰。

这些对清政府与革命的错误认识,导致了蒋智由从一位站在时代前沿的资产阶级民主革命的斗士变而为一位保皇派,最后落伍于时代。

(三)创报办学的变革举措

蒋智由与报纸的渊源最早可追溯至1898年。在1899年12月23日的《清议报》第33期上,蒋智由发表了第一篇作品《观世》,在此之后,蒋智由便于报刊结下了不解之缘。1901年11月11日,蒋智由与同乡赵祖德开始创办《选报》并担任主笔。《选报》在当时颇有社会影响力。1902年12月,蒋智由东渡日本,任《浙江潮》编辑,后受梁启超之邀,蒋智由又担任《新民丛报》主编,蒋智由的大部分文章,都发表于《新民丛报》。光绪三十三年(1907)和梁启超发起组织政闻社,担任《浙江潮》编辑。后又与梁启超共组政闻社,任《政论》主编。

在这些报刊上,蒋智由发表政见,评论时局,介绍西方文化,引进国外新思想启迪民智,探索人类学、社会学和民俗学中的新领域,在社会上产生了较大的影响。这些报刊成为他宣扬维新改良思想和君主立宪思想的主要阵地。

除了积极办报宣扬新思想,蒋智由对近代教育也甚有贡献。1902年4月,蒋智由与蔡元培、黄宗仰等人于上海发起并组织中国教育会,蔡元培任会长。同年11月,蒋智由又与蔡元培、黄宗仰等人开设爱国女校,蒋智由担任校长。关于中国教育会、爱国女校,蔡元培在《美育人生》中均有提及,"是时(1902年)留寓上海之教育家叶浩吾君、蒋观云君、钟宪鬯君等发起一会,名曰中国教育会,举孑民为会长","是年冬,由蒋智由、黄宗仰两先生提议,设立女校,余与林、陈、吴三先生并列名发起,设校舍于登贤里,名曰爱国"。从中可看出,蒋智由对教育事业的特别关注与重视。同年9月,蒋智由与蔡元培、杜亚泉、原绍兴一中校长何寿章等六七人一起发布《敬告绍兴人请合力建设公众学堂启》,为故乡绍兴新建学堂呼告府民。1903在《女学报》第1期发表《蒋性遂君与本馆记者陈撷芬书》《蒋性遂君与爱国女学校经理蔡民友君书》,均反映了蒋智由新式的教育思想。1906年,蒋智由先后出版《中学修身教科书》3卷,为民国时学部审定用书,每卷独立成书出版。又有《小学修身书》3卷,其内容与《中学修身教科书》相同。这部修身书体现了蒋智由以"意、智、美"德育教育为教育之根本,具有启蒙意义。

（四）承旧创新的诗歌成就

通观蒋智由的诗歌作品，其内容呈现出两种明显不同的风格，即以报刊作品为主的早期与以两本诗集为主的后期。

蒋智由的早期诗作深得梁启超激赏，梁启超在《广诗中八贤歌》首颂蒋智由，诗云："诗界革命谁与豪？因明巨子天所骄。驱役教典庖子刀，何况欧学皮与毛。"又《饮冰室诗话》第28条云："昔尝推黄公度、夏穗卿、蒋观云为近世诗界三杰。""近世诗界三杰"之一的评价可谓推崇备至了。

不过，对于梁启超"近世诗界三杰"的提法，在同时代或稍后的诗评家看来是颇可商榷的。钱仲联《近百年诗坛点将录》从蒋智由后期思想倒退的一面立论，把蒋智由点为"天退星插翅虎雷横"，认为"诗界三杰中蒋诗实较差，非二家之比。"不过，钱仲联也承认，"蒋智由的新派诗……内容确是歌颂了新事物，抒发了自己要求变革的理想。特别是作于戊戌前后的一些诗篇，记载了当时新与旧、进步与反动激烈斗争的过程……"可见，钱仲联虽不待见蒋智由的诗作，但亦不能否认其蕴含的思想价值。吴宓《空轩诗话》第十九篇论黄遵宪诗歌时提及蒋智由，云："昔梁任公尝推黄公度、夏穗卿、蒋观云为诗界三杰。细按之，蒋君殊平庸，夏君为史学家，惟黄先生可当此名。实则黄公度先生乃近世中国第一诗人，宓多年恒持此论。"在吴宓看来，蒋智由并非诗家好手，"殊平庸"。钱钟书《谈艺录》论黄遵宪诗时有云："……梁任公以夏穗卿、蒋观云与公度并称'诗界三杰'，余所睹夏蒋二人诗，似尚不成章……"钱钟书与吴宓所持观点相似。

事实上，蒋智由早期诗作大部分是为响应20世纪初梁启超"诗界革命"的号召而作。梁启超在《夏威夷游记》中提出，作诗"第一要新意境，第二要新语句，而又须以古人之风格入之，然后成其为诗……若三者具备，则可以为二十世纪中国之诗王矣！"而蒋智由早期诗作便是践行"诗界革命""新意境""新语句""古风格"的典范诗作。因是践行一种新的诗歌创作理念，带有些实验的性质，诗歌在艺术性上便不免粗糙，但是在思想性上及其对民智的开发上实是不容小觑的。

蒋智由的晚期诗作，内容及题旨大抵为家仇国恨、失意避世、寄情山水，这与古代传统诗作几无分别，而蒋智由亦俨然一位古代传统的乱世文人。较之早期宣扬新事新理的诗作，仅从思想性上说，后期诗作不复早期那般新锐激进，不免显得陈旧、古板了些。造成前后期诗作内容大异其趣的原因归根结底还是蒋智由思想上回归传统，日趋保守。陈曾寿《书诸暨蒋观云诗集后》有句云："初意全违应有悔，苦心难闭尚余呻。"又于诗后云："其初海外论者，抗力溃决，有过于梁氏者，岂有所深悔耶？"陈曾寿读完蒋智由诗作竟能察觉出字里行间"有所深悔"，这种说法当是符合实际的。《蒋观云先生遗诗》中陈三立的序言有云："（蒋智由）又自尤其少作，拉杂摧烧之以尽。所手定者，才百数十首而止耳。"一个

"尤"字,照应了两个"悔"字。又蒋智由曾于《致〈甲寅杂志〉记者函》中云:"曩岁有作,今追思之,只令人惭。已而一二于人间,不可追取,未见者固欲毁之,何可以尘于大君子之前。"

后期诗作思想性虽不如前期那般激进,但也并非毫无可取之处,如《蒋观云先生遗诗》中部分诗歌反映了军阀混战的社会现状,充斥一股反战思想。何况,后期诗作在艺术性上渐趋成熟,虽未能特出于同时代的行家里手,但亦是其中佼佼者之一。

(五)多个领域的学术研究

蒋智由的专著《中国人种考》,首次把"人种学"概念引入中国,详细介绍了中国人种西来说。1894 年,法国人拉克伯里出版了《中国上古文明的西方起源》一书,主张黄帝来自巴比伦、中国文字来自楔形文字、中国文明与巴比伦文明有诸多相似之处。1903—1904 年,蒋智由在《新民丛报》上连载《中国人种考》,对拉克伯里一书的内容加以概括推介。正是因为蒋智由的推介,中国人种西来说在当时中国思想界产生了深远的影响,这种观点受到了刘师培、章太炎、陶成章、宋教仁等有影响力人物的支持。1929 年,《中国人种考》一文经重新编排后单本出版,由上海华通书局发行。

对于戏剧,蒋智由亦有独到的见解。蒋智由的《中国之演剧界》①运用西方的悲剧观,立足当时国情,极力抬高悲剧的地位,夸大悲剧的作用,认为悲剧是"君主及人民高等之学府","能鼓励人之精神,高尚人之性质"。田根胜在《近代悲剧观念的变迁》②一文中认为近代关于悲剧的阐释分为前后期,而后期代表之一即是蒋智由,充分肯定了蒋智由立足当时社会政治环境提出的"陶写英雄之力"的悲剧创作观。

蒋智由在民俗学方面也有所涉及。他在 1901 年《选报》第 2 期上发表了《风俗篇》,论述风俗与国家存亡兴衰之关系。在 1903 年《新民丛报》第 36 期发表上,他发表了《神话历史养成之人物》,论述了"一国之神话与一国之历史,皆于人心上有莫大之影响",刘锡诚在《20 世纪中国民间文学学术史》③中把蒋智由《神话历史养成之人物》④一文列作专节来介绍,肯定了蒋智由对民间文艺学的奠基地位。田兆元、游红霞在《清末民初浙江学者蒋观云的风俗观》⑤中则认为蒋智由开启了我国现代民俗学的研究之门,是中国现代民俗学的先驱。

此外,蒋智由的文章还涉及天文学、地理学、生物学、心理学、伦理学、宗教学等多方面知识,在启迪民智方面都有积极意义。

---

①《新民丛报》第 65 号,1905 年 3 月 20 日。　②《华东师范大学学报》,2002 年 04 期。　③河南大学出版社出版,2006 年版。　④《新民丛报》第 36 号,1903 年 8 月 21 日。　⑤《杭州师范学院学报》,2007 年 06 期。

三、越文化视野中的蒋智由

蒋智由之所以能成为当时资产阶级民主革命与文学革新的先驱,虽与他较早地求学省城,游历天津、上海等地,并东渡日本,能够接触到资产阶级的改良思想和康有为、梁启超、蔡元培、陶成章、鲁迅等杰出人物有关,但同时也根源于他自身特有的越地人文素质。

作为诸暨人,蒋智由出生在文化氛围浓郁的越地,他从一个乡村的普通读书人成长为当时民主革命的风云人物,离不开越地文化的熏陶。"耕读传家"的家教,使蒋智由从小就受到很好的启蒙教育,打下了扎实的文字功底,也使他一直具有强烈的求知欲望,无论是幼年时的家乡私塾、少年时的杭城紫阳书院求学,还是成年后的从教办学、办报撰文、参加政治活动,以及东渡日本留学,蒋智由一方面汲取中国的传统文化,一方面学习西方的先进知识,无不以求知为要务。这使得他能够站在时代的前沿,对时局作出深刻的判断。他介绍西方的先进思想,启迪民智,兴办新式学校,撰写教科书,把教育视为兴国之本,这些行为,都离不开家乡历代人们积淀的"耕读传家"的文化印记。

蒋智由强烈的爱国主义思想也离不开越地文化的熏陶。越地自古以来就有许多杰出的爱国人士,从远古"三过家门而不入"的大禹治水,到春秋时期越王勾践的卧薪尝胆,到南宋"位卑不敢忘忧国"的爱国诗人陆游,这些历史传说与历史人物的爱国言行,在越地早已生根开花,而诸暨又是西施故里,从小耳濡目染,自然对蒋智由的思想产生非常大的影响。

而刚烈不阿、耿直重义、开拓求新的诸暨人性格使蒋智由具有以天下为己任的担当精神和破旧创新的开拓精神。诸暨人历来有刚直的性格,敢爱敢恨,爱憎分明,如民国时期诸暨流传着这样一首民间歌谣名《铁血歌》:"只有铁,只有血,只有铁血可以救中国。还我河山要把倭奴灭,祭我国魂还我弟子血!"歌谣充满了不屈的豪气和坚定的斗志,充分表现了诸暨人的胆剑精神。蒋智由几次发表声讨国贼的电文,便渗透了诸暨人刚正不阿的硬气。蒋智由忧国忧民,揭露时弊,反抗列强,真是他以天下为己任的担当精神的体现;他倡导维新改良,介绍新知识,创办新学堂,表现了他的开拓创新的精神;拒绝北大校长之职位,则表现了他对蔡元培的"义"。而这些精神品质,都打下了诸暨人的性格烙印。

蒋智由一生的言行还受到绍兴乡友的巨大影响。与他有所交往的蔡元培、陶成章、许寿裳、鲁迅、周作人等都是越地杰出乡贤,与这些时代的风云人物一起为救国救民奔走呐喊,一起东渡日本,一起参加各种组织团体,一起办报撰文,创办新学,使蒋智由一直处于时代的前沿。尤其是蔡元培,蒋智由与他的交往甚为密切,并一起创办了中国教育会、爱国学社、爱国女校等,结下了深厚的友谊。所以,蒋智由的一生,其实始终处于越地文化圈的辐射之下。

越地的精神特质与文化传承对蒋智由产生了深远的影响,同时,蒋智由也反哺着家乡人民,他曾为诸暨两次赈灾,曾为家乡的教育奔走呐喊(如《敬告绍兴人请合力建设公众学堂启》),他的作品里也多次涉及越地的山水、人物、事件。在他的教导与影响下,他的儿子蒋尊簋投身革命,成为民国著名的军事家,并一度任浙江都督。而蒋尊簋创办的弁目学堂里,培养出了后来被称为国民党"五虎上将"之一的蒋鼎文也是诸暨人。诸暨蒋氏先后出了19名将军,不能不说这是个奇迹。蒋智由还关怀提携同乡后学蒋瑞藻,为其学术研究成果的出版出谋划策(可惜因蒋瑞藻的早逝而未果)。由此可见,蒋智由还对诸暨蒋氏群体的发展产生了很大影响。

四、编注说明

本书首次将蒋智由的诗文汇编成全集。全书分诗集、著作集、文集三部分。本书的资料来源主要为已出版的蒋智由的文集《海上观云集》、专著《宪政胚论》《中(小)学修身教科书》《中国人种考》、诗集《居东集》《蒋智由先生遗诗》,以及蒋智由在各家报刊上所发表的诗文。另有一些书信、文章见于后人编的各种文集,属于第二手资料,由于受条件制约,一时无法获取原文加以校勘,本书编注时姑且以为底本,敬请读者谅解。另有个别诗文存疑,如近代期刊《曙钟》中有一些诗文署名"观云",但发表于蒋氏去世之后,且从内容上判断与蒋氏生平似乎不合,为慎重起见,姑且不收。《新民丛报》尚有 22 篇短小的"杂录",属于一些事物的介绍性文字,署名为蒋智由,但实与蒋氏关系不大,亦不予收录。诗文的编排以发表的时间为序。

本书使用简化字体,原文的一些异体字、古体字一律径改为现在通行的简化字。原文的竖排样式改为横排样式,故原文中的某某"如左"即"如下",文中不再出注。底本不清的字样,用"□"代替。

编注者的注释均放入脚注中,文中的注释和按语均为作者的原文(附录《蒋智由年谱简编及作品纪年》除外)。底本中的按语有的作者直接写在正文中,有的另起一段缩进两字加按语,本书依从底本的原样编排。由于正文使用宋体五号字,为了与正文区别,编注者把另起一段缩进两字的按语改为仿宋体五号字。作者所加的双行小字的注文,编注时改为宋体小五号字,并加上括号。

由于时代原因,当时的某些表述在当下极易引起误解,为了避免不必要的歧义,编注者斟酌后对个别字句或段落进行了删改。其中,删改的内容简短而又不影响对原文意思的理解的,文中不再一一出注;对于删改内容较长的段落,编注者在脚注中加以注明。出于时代的局限性,蒋智由的某些观点或表述在现在看来不免有不妥之处,读者在阅读时须加甄别。

本书搜集资料的工作主要由钱斌完成,前言与附录部分的撰写主要由丁胜完成,校勘、标点、注释以及全书的编排、统稿工作主要由王敏红完成。在本书的录入与校对工作中,绍兴文理学院古典文献专业的多位硕士研究生和汉语言文学专业的多位本科生给予了很大帮助,在此诚表谢意。责编李瑞雪女士为本书的出版倾注了大量心血,一并致谢。

由于编注者水平与条件有限,书中有诸多不足之处,如:虽名为"全集",却未免挂一漏万;对一些历史事件、人物与专业术语,未能应注尽注。在此祈请方家指正,读者见谅。

编注者

2020 年 12 月 12 日于风则江畔

目　录

第一辑　诗

第二辑 长篇著作

第三辑　散章辑录

第一辑　诗

居东集^①

好　山

平生慕至游，好山为余乐。年少尚奇峻，峰峰踏吴越。

及长意未衰，所至寻丘壑。古云蓬莱山，高浪连天蹙^②。

仙人所往来，金银丽宫阙。余遭^③时俗弃，窜身东海曲。

手把扶桑枝，沧浪濯我足。徙倚方丈^④云，啸傲员峤^⑤月。

翻觉世路隘，差喜天宇阔。独有故山心，展转不可掇。

白云从西来，了知是乡国。中夜梦还归，身飞绕五岳。

一哭黄金台

余读李白有"揽涕黄金台，呼天哭昭王"之句，尝欲一哭黄金台，因以是名篇。

一哭黄金台^⑥，昭王去不回。我有干霄剑，拂拭生风雷。

欲向东门歌白石，世无桓公空归来^⑦。归来独向沧州去，拂衣往看扶桑日。

扶桑日出还西行，冉冉移向昆仑疾。却送日归人未归，泪下如雨沾臣衣。

①《居东集》：蒋智由诗集，清宣统二年庚戌（1910年）由上海文明书局出版，为铅印本，共两卷。蒋智由自注：删存在日本时所作诗，约始自光绪丙午、丁未间至宣统元年己酉冬止。其以前见之报及题书诸诗，概未录入。己酉后所作，续刊。据此，《居东集》收录的是作者自1906年到1909年间的作品。现将两卷合并收录于本书。　②高浪连天蹙：高浪紧迫着天空。　③遭：遭遇。　④方丈：古代传说中仙人居住的岛屿。　⑤员峤：古代传说中海外五仙山之一，后沉没。　⑥黄金台：亦称招贤台，战国时期燕昭王筑，为燕昭王尊师郭隗之所。　⑦欲向东门歌白石，世无桓公空归来：典出《吕氏春秋·览部》卷十九《离俗览·举难》：宁戚欲干齐桓公，穷困无以自进，于是为商旅将任车以至齐，暮宿于郭门之外。桓公郊迎客，夜开门，辟任车，燭火甚盛，从者甚众。宁戚饭牛居车下，望桓公而悲，击牛角疾歌。桓公闻之，抚其仆之手曰："异哉！歌者非常人也。"作者用此典故表示无人赏识自己。

天　道①

恶寒天久寒，恶雨天久雨。恶人多寿考，富贵而强侯②。
共工触不周，西北倾天柱。赖有五色石，娲皇炼以补。
孔子定人伦，大禹平水土。焜煌③世间业，皆由前圣树。
所嗟人力微，填海以蜻④羽。终令天地间，缺憾长如故。
恶寒天久寒，恶雨天久雨。气运有循环，未可便咒诅。
盗跖肝人肉，从者溢齐鲁。原宪翳蓬蒿，世人弃如土。
道丧自人心，未能诿⑤气数。由来天人际，惟圣通其故。
惟贤默从之，惟众多疑虑。小子学犹未，不如且无语。

东　海

秦皇不能鞭石渡海成长桥，车驾逶迤成山坳。觑视白浪射巨鱼，滔天未减阳侯⑥骄。
尔来二千数百载，蒸汽制欲凌风飙。倏忽横断巨鳌背，富士看连东岳高。
祖龙⑦祖龙笑三皇，功定六合谁与豪？采药东海畏蛟龙，此事亦恐今人嘲。
不知更阅二千年，可能沧海如桑田。由来进化非人意，请君视此东海篇。

秋　风⑧

银釭昨夜梦刀镮⑨，庾信⑩哀时客未还。独有秋风解⑪公道，他乡来伴鬓毛斑。

咏　史

（1）宁戚⑫
饭牛南山下，粲粲见白石。布衣凌夜半，促缩不及膝。
叩角起商歌，一写深怀郁。上有桓公君，下有管仲姿。（《列女传》：宁戚欲见桓

---

①并见《诸暨诗英续编》卷四。《诸暨诗英续编》：徐道政辑，民国二十五年（1936）石印本。蒋智由的诗选收在卷四。　②强侯：强大。　③焜煌：辉煌。　④蜻：疑当为"缗"，用同"绵"，绵羽即指黄鸟。　⑤诿：推托。　⑥阳侯：波涛之神。　⑦祖龙：秦始皇。　⑧并见《诸暨诗英续编》卷四。　⑨银釭昨夜梦刀镮：昨夜灯下梦见回乡。银釭：银白色的灯盏、烛台。刀镮即刀环，环、还同音，"刀环"为"还归"的隐语。　⑩庾信：字子山，南阳新野（今河南新野）人，南北朝时期文学家、诗人，作《哀江南赋》。　⑪解：能。　⑫并见《诸暨诗英续编》卷四。

公,道无从,乃为人仆。将车宿齐东门之外,桓公因出,宁戚击牛角而商歌,甚悲。桓公异之,使管仲迎之,宁戚称曰:"浩浩乎白水!"管仲不知所谓,不朝五日,而有忧色,其妾倩①进曰:"君不朝五日而有忧色,敢问国家之事耶?君之谋也?"管仲告以故,其妾笑曰:"君不识邪?古有白水之诗,其诗曰:'浩浩白水,鯈鯈之鱼。君来召我,我将安居。国家未定,从我焉如。'此宁戚之欲得仕国家也。"管仲大悦,以报桓公。桓公斋戒五日,见宁子,因以为相。)

夜光终难閟②,神剑有时合。

(2)原宪

原宪失孔子,亡走草野原。蓬蒿柱荒径,桷桑以为门。

上漏而下泾,捉襟见宾朋。弦歌出金石,至乐得其真。

于道尔何病,伤哉谓之贫。

(3)介之推③

之推曾刲④股,从行伴晋文。复国颁大赏,禄秩不及身。

耻之隐绵山,鸟兽可同群。抱树甘焚死,千古为悲辛。

寄语有权人,爵位戒勿均。

爵赏者,人君之大权,所以奖贤进有功,而即隐寓转移风气之作用也。勿均之于贤与有功之人,则欲望人才之振兴而有为国勠力之人,岂可得哉?

(4)冯唐⑤

冯唐老犹直,与俗殊便娟⑥。慷慨论颇牧,不阿人主前。

世人皆为脂,此老独如弦。持节赦魏尚,匈奴不近边。

伟哉廊庙器,(《史记·冯唐传》赞:可著廊庙。)悟主在一言。

揣摩⑦之为人害也,久矣。观于冯唐,则士之欲显荣于世而传名于后世者,岂尽在揣摩者哉?

(5)王昭君⑧

娥眉在深宫,千年谁复知?空有如花貌,妍媸在画师。

画师重黄金,黄金非妾持。纵复持黄金,行贿岂我为?

千载琵琶声,劲节使人悲。

旧　国

畅然望旧国,(《庄子·则阳篇》:旧国旧都,望之畅然。)时复梦中过。

城郭春云白,江湖秋水多。不闻招贾谊,空自老廉颇。

三径⑨窗前竹,年来翠若何?

---

①倩:当为"婧"。　②閟:掩蔽。　③并见《诸暨诗英续编》卷四。　④刲:割。　⑤并见《诸暨诗英续编》卷四。　⑥便娟:回旋飞舞貌。这里指冯唐耿直,与世俗的阿谀委曲不同。　⑦揣摩:这里指迎合别人。　⑧并见《诸暨诗英续编》卷四。　⑨三径:晋赵岐《三辅决录·逃名》:"蒋诩归乡里,荆棘塞门,舍中有三径,不出,唯求仲、羊仲从之游。"后因以"三径"指归隐者的家园。

鶂鶋①叹

鶂鶋为避风，乃至鲁东门。万里失所依，钟鼓如不闻。
哀鸣向苍天，愿天止风云。一旦变气候，春回江海清。
鸷雁满梁藻，唼夺何纷纷。惟见东门外，嗷嗷声念群。

镜里流光②

红树青山绕画楼，他乡犹似故乡秋。天容不变人情变，镜里流光看白头。

观溪有忆治道书感③

濲濲④山中水，所出同一源。峭激生波涛，渟湋⑤成渊潘。
悟此流水意，民情故可观。逢尧人凿井，遇秦众揭竿。
黄巾与赤眉，操戈遍中原。纳之皥皥世，可如桃花源。
吾闻鲧治水，堙之益滔天。禹乃反所为，开凿龙门山。
禹以锡玄圭，鲧以沉羽渊。又闻召公言，防民甚防川。
川壅四横溃，民壅亦复然。故水莫如导，而民莫如宣。
吾观太平君，仁慈而惠宽。民若水在渊，弗闻其为湍。
季叶⑥尚严武，祸乱日绵绵。请回明圣驾，一凭溪上栏。

咏吴季子⑦挂剑

交道贵不欺，无异生死间。世衰道日薄，吁嗟多不然。
延陵昔聘晋，休驾莅徐关。徐君爱其剑，心许口未言。
顾反墓草青，挂之茔树前。龙文吟夜月，虎气横秋烟。
山川陵谷变，此剑无流传。惟传君子心，炳若霄汉悬。

①鶋：海鸟名。《国语·鲁语上》："海鸟曰'爰居'，止于鲁东门外三日，臧文仲使国人祭之。"杜甫《八哀诗·故著作郎贬台州司户荥阳郑公虔》："鶂鶋至鲁门，不识钟鼓飨。" ②并见《诸暨诗英续编》卷四。 ③并见《诸暨诗英续编》卷四。 ④濲濲：水疾流的样子。 ⑤渟湋：水回旋不动。渟：水积聚而不流动。湋：水流回旋的样子。 ⑥季叶：末世，衰世。 ⑦并见《诸暨诗英续编》卷四。吴季子：季札，姬姓，名札，又称公子札、延陵季子、延州来季子、季子，春秋时吴王寿梦第四子。

隐诺犹未寒，庶可共心肝。丰城冲斗牛①，吴冶有镆干②。
何似此剑奇，高义景云天。不为斫仇人，可以挽狂澜。

先考忌日哭赋③

哀哀《蓼莪》④诗，古人不能读。鲜民亦有亲，每时追怀哭。
忆昔倚闾门，望我奋羽翮。风号木未宁，高秋见永诀。
依依想容德，故山同崔屼⑤。常恐不肖身，零落先草木。
浩荡天地恩，尺寸无报答。

南北东西人，余也久行役。故乡日以远，音书每寥阔。
常恐垄头草，牛羊或放逐。不知松与楸，同否前时绿。
秋风万里来，霜露亦已肃。顾念游子身，践履常恻惕。
何时一拜倒，呜咽墓前石。

吾亲仗义人，行善性所乐。每欲推此心，拯济及民物。
惨淡志不成，悲痛彻心骨。卯角⑥何昂藏，慰亲无忧戚。
岂知濩落⑦身，穷老转迂拙。途穷日以暮，驽骀⑧不可策。
抚兹藐藐躬，永在不肖列。

两钓竿

羽翼风云天下安，幽人秋水渺无端。磻溪⑨烟雨桐江⑩月，今古乾坤两钓竿。

读《史记·管晏列传》

戴我者高天，履我者厚地。生我者父母，信我者知己。

---

①丰城冲斗牛：丰城剑为古代名剑，一为"龙泉"，一为"太阿"。《晋书·张华传》谓吴灭晋兴之际，天空斗牛之间常有紫气。张华闻雷焕妙达纬象，乃邀与共观天文。焕曰"斗牛之间颇有异气"，是"宝剑之精，上彻于天耳"，并谓剑在豫章丰城。华即补焕为丰城令，"焕到县，掘狱屋基，入地四丈余，得一石函，光气非常，中有双剑，并刻题，一曰龙泉，一曰太阿。其夕斗牛间气不复见焉。"　②镆干：良剑镆铘、干将的并称。　③并见《诸暨诗英续编》卷四。　④《蓼莪》：即《诗经·小雅·蓼莪》，此诗表达了子女追慕双亲抚养之德的情思。　⑤崔屼：山高而秃。　⑥卯角：头发束成两角形。旧时多为儿童或少年人的发式。卯：古代儿童束的上翘的两只角辫。　⑦濩落：沦落失意。　⑧驽骀：劣马。　⑨磻溪：在今陕西宝鸡市东南，相传是姜太公钓鱼的地方。郦道元《水经注·清水》："城西北有石夹水，飞湍浚急，人亦谓之磻溪，言太公尝钓于此也。"　⑩桐江：富春江的上游，即钱塘江流经桐庐县境内一段。相传东汉建国后，严光不肯致仕，躲到富春江去钓鱼隐居。

父母同天地，知己与之比。深情发恺论，奇言含至理。

相齐者管仲，荐仲者鲍氏①。未矜管仲功，先高鲍氏义。

龙门之史笔，千古谁敢儗②？何世无管仲？何人似鲍子？

独令管鲍名，垂辉映万祀。厥后有晏婴③，高风亦相似。

史迁下蚕室，营救众默止。越石④遇夷维，一旦脱缧绁。

故云婴尚在，执鞭亦忻喜。岂独史公言，吾亦欲云尔。

呜呼在高位，进贤固其帜。一士或失所，子阳犹知耻。（《列子·说符篇》：子列子穷，容貌有饥色。客有言之郑子阳者曰："列御寇盖有道之士也，居君之国而穷，君无乃为不好士乎？"子阳即令官遗之粟。）

臧氏未荐贤，窃位孔所诋⑤。断断⑥古大臣，风度见《秦誓》⑦。

彦圣⑧实能容，心好口无訾⑨。有伎欣赏之，与己若无二。

媢嫉⑩之小人，厥心乃反是。何以保我邦？又岂子孙利？

昌黎⑪有奇语，呼空欲荐士。为子言天扉，芳菲出腑肺。

吾闻生才难，用才亦不易。溯自三季来，世道日交弃。

秀禀生民人，过半沉泥滓。秋月吟萝薜，春风采兰芷。

登高望大云，不雨空逶迤。（《京房易⑫·飞候》："何以知贤人隐？师曰：'视四方常有大云，五色具而不雨，其下贤人隐矣。'"）但见少微星，照耀江海里。

岩穴藏明珠，廊庙失杞梓⑬。喔咿与嚅唲⑭，煌煌被朱紫。

以茢为梁栋，涂之以丹塈⑮。风雨一朝至，伤哉终倾圮。

尚贤本太公，墨家犹此旨。（亲亲尊尊与尊贤尚功为中国政俗之二大分派，周公、太公各主其一义，其影响略见于齐、鲁政治之间，后世学者惟墨子主尚贤。按，上世为种族的国家，宜重亲亲；今世为地域的国家，宜法尚贤。此事别具论。）鲍晏皆齐人，遗风固未坠。

吁嗟今则亡，风流长已矣。徒令怀古人，高谈鲍晏事。

泷之川 （以红叶名。）

溪山划幽绝，流水扬绿波。掩映疏红叶，霞光绮薜萝。

---

①鲍氏：鲍叔牙，春秋时期齐国大夫。早年辅助公子小白（即后来的齐桓公），齐襄公十二年（公元前686年）协助公子小白夺得国君之位，并推荐管仲为相。　②儗：比拟。　③晏婴：晏子，名婴，夷维（今山东省高密市）人，春秋时期齐国著名政治家、思想家、外交家。历任齐灵公、庄公、景公三朝，辅政长达50余年。　④越石：越石父，春秋时齐国贤人。齐相晏婴解左骖赎之于缧绁之中，归而久未延见。越石父以为辱己，要求绝交，晏婴谢过，延为上客。见《晏子春秋·杂上二四》。　⑤臧氏未荐贤，窃位孔所诋：臧氏，臧文仲，名辰，谥文，是鲁国的国卿重臣，前后历经庄、闵、僖、文四代，辅政四十余年。《论语·卫灵公》："子曰：'臧文仲其窃位者与！知柳下惠之贤而不与立也。'"　⑥断断：专诚守一。　⑦《秦誓》：《尚书》中的最后一篇，是秦穆公誓众之辞的简称，含有自我儆戒之诚意。　⑧彦圣：善美明达之士。　⑨訾：止。　⑩媢嫉：嫉妒。　⑪昌黎：韩愈，自称"郡望昌黎"，世称"韩昌黎""昌黎先生"。⑫《京房易》：中国古代传统术数书，西汉京房所撰，多言灾异之说。　⑬杞梓：原指两种木材名字，后比喻优秀的人才。　⑭喔咿与嚅唲：强颜欢笑貌。这里指阿谀逢迎之人。　⑮塈：以泥涂屋顶。

折得一枝归,秋色向人多。

鸣蝉满树读《离骚》①

西风一叶下亭皋,明镜今朝见二毛②。剩有中原歌哭意,鸣蝉满树读《离骚》。

浩浩太平洋

箧中藏元和汪君衮甫荣宝《浩浩太平洋》一律,乃近诗之秀者,因步其韵。

浩浩太平洋,神州一发苍。风涛来四极,争战莽千场。
崴旅③春潮急,琼台暮雨凉。安澜吾有策,奇气日撑肠。

浩浩太平洋,蓬莱郁莽苍。神仙此高会,花雨尚灵场。
水入樱云暖,峰沉雪影凉。林涛窅④越处,仙乐断人肠。(伯牙至蓬莱,闻海水汩没,山林窅冥,群鸟悲号,成《水仙操》一阕。见《琴苑要录》。)

附汪君原作:

浩浩太平洋,波涛入莽苍。几家权力论,来日战争场。
海市春云曙,楼船晓日凉。齐烟渺天末,西顾一回肠。

梁甫吟⑤ (《李白集》中有此题作,今仿之。)

按,诸葛亮父为梁甫尉,亮幼从父任所,好为《梁甫吟》。其后,陆机、沈约、陆琼、李白皆作之。或谓始曾子。李勉《琴说》曰:"《梁甫吟》,曾子撰。"蔡邕《琴颂》曰:"梁甫悲吟。"《琴操》⑥曾子"作《梁山歌》"即此。然世言《梁甫吟》者,皆推始诸葛。

长啸梁甫吟,谁知志士心。
君不见吕尚当年一老翁,长踞投竿磻水中。胸怀六韬藏雷雨,白发被领心正雄。
一旦豹隐⑦变鹰扬,九十老翁犹聪强。(《楚辞·九辩》:"太公九十乃显荣兮。"按,岁八十余者,从其下之一数而言之,曰八十,从其上之一数而言之,乃九十也。)不钓虾鳝钓

---

①并见《诸暨诗英续编》卷四。　②二毛:斑白的头发。常用以指老年人。　③崴旅:不平坦的旅途。崴:高,突兀不平。　④窅:眼睛眍进去,喻深远。　⑤并见《诸暨诗英续编》卷四。　⑥《琴操》:汉蔡邕作。《诸暨诗英续编》卷四漏"琴"字。　⑦豹隐:典故名,典出《列女传》卷二《贤明传·陶答子妻》。南山有一种黑色的豹,为了使自己的身上长出花纹,可以在连续七天的雾雨天气里不吃东西,躲避天敌。后因以"豹隐"比喻隐居伏处,爱惜其身。

巨鳌,此老意气何其高。

又不见汉室之季武乡侯,天下纷纷争曹刘。隆中虽定三分策,躬耕抱膝吟清秋。

三顾始肯出蓬庐,君臣鱼水长悠悠。窃比管乐①良不忝,抱道自珍重山丘。

梁甫吟,我有宝剑值千金。楚人献璧遭三刖,白雪由来无知音。

凫雁方唼梁藻喧,黄鹄一举高千寻。愚公移山感夸娥,夸父追日走邓林。

梁甫吟,国无人,施嫱②降为爨饭妇,彭咸③鬻身使守门。

管仲潦倒鲍叔弃,鸠鸟喋喋詈高辛④。兰焚野火芝入圊⑤,龙门之桐摧为薪。

身热头痛之阪遍天下,寒谷吹律无回春。

梁甫吟,宁戚且勿歌饭牛,孔子且勿悲获麟,圣贤由来天所生。

大旱千里待霖雨,长夜漫漫要明星。

梁甫吟,悲莫辛。

流水无情草自春

余尝梦至一处,花香草暖,春午醺人,而旁见清溪一碧,流水滔滔,因咏"流水无情草自春"句,醒乃续为一绝。

花香日午暖醺人,流水无情草自春。一别桃源真梦境,更从何处问初津?

溪涨书感 （忆偶然学说。）

昨见溪水涸,两崖出石壁。今见溪水涨,横空波涛坼。

枯条润既苏,涸鳞煦⑥亦活。昨困非我尤,兹亨又何力?

遭逢实偶然,今取为学说。吾闻曾公言,（曾文正公。）战斗出师节。

人仅居其三,天实居其七。将军遁不死,枯树一鸠出。（见日本史。）

漂泊成陶朱,失烟故人值。（西洋事。）达哉塞上翁,不问马得失。

夷然观大化⑦,知命可以立。

羁　客

羁客长人外,飘飘逐海云。江湖愁满地,风雨念同群。

爱颂山中橘,闲依日暮筼⑧。神州天际望,一抹但斜曛⑨。

---

①管乐:指春秋时齐国名相管仲与战国时燕国名将乐毅的并称。　②施嫱:古代美女西施、毛嫱的并称。　③彭咸:王逸《楚辞章句》:"彭咸,殷贤大夫,谏其君不听,自投水而死。"　④高辛:帝喾,姓姬,为上古时期"三皇五帝"中的第三位帝王。　⑤圊:厕所。　⑥煦:哈气。　⑦大化:宇宙,大自然。　⑧筼:一种皮薄、节长而竿高的竹子。　⑨曛:落日余光。

沛有两异人①

沛有两异人，许由与高祖。许由让天下，弃之如泥土。

高祖争天下，杀人何知数。莽宕大泽中，实能生龙虎。

大风郁云兴，此地荫租赋。天子岂不贵？至今称神武。

嵚崟②箕山巅，上有许由墓。生时无冕旒，死亦无坊斧。

五云为华盖，（"五云之下贤人隐"，见《京氏易》。王勃《夫子庙碑》："华盖西临，藏五云于太甲。"）清风为庭户。寂寥岩阿间，高人自千古。

许由隐于沛泽之中，事见《高士传》。

出　处③

贫贱思富贵，富贵践危机。（本《南史》刘穆之语。）楚老哭龚胜④，虑此惮为牺。

主父偃⑤之徒，鼎烹谅不辞。疏广⑥既得名，龙潜隐其姿。

岁星藏滑稽，柳下⑦不厌卑。祢衡⑧学狂盲，仲连⑨不可羁⑩。

偏人执一义，多与大道违。回首观孔孟，卒岁何栖栖。

贾谊累痛哭，屈原摧兰芝。隆中淡泊人，鞠躬酬主知。

宁氏两如矢，蘧玉卷怀之⑪。莘野渭水间，千古矩矱⑫垂。

用行而舍藏，此道复奚疑。执政殆已久，不独楚狂悲。

入狱以救之，非我更为谁？苟无兼善义，独善亦可嗤。（李白《赠韦子春》⑬诗："苟无济代心，独善亦何益。"）

人伦有大道，群己贵无亏。轩冕非吾意，耕钓岂余师。

---

①并见《诸暨诗英续编》卷四。　②嵚崟：山势高险的样子。　③并见《诸暨诗英续编》卷四。
④龚胜：字君宾，西汉彭城（今江苏徐州）人。重名节，不事王莽，绝食而死。　⑤主父偃：临淄（今山东临淄）人。汉武帝时大臣，得到武帝的破格任用，并向汉武帝提出了"大一统"的政治主张。　⑥疏广：字仲翁，号黄老，东海兰陵（今山东苍山县西南）人。西汉道家。在身为太子太傅，获有令名的情况下，主动提出辞官回国家。　⑦柳下：柳下惠，春秋时鲁国人。名获，字子禽，又号柳下季。被孔子称为"逸民"，又以其德行被视为儒家心目中的贤人。　⑧祢衡：东汉末年名士，字正平，平原郡（今山东德州临邑德平镇）人，个性恃才傲物。　⑨仲连：鲁仲连，又名鲁连，尊称"鲁仲连子"或"鲁连子"，战国末期齐国人。长于阐发奇特宏伟卓异不凡的谋略，却不肯作官任职，愿意保持高风亮节。　⑩羁：牵制；束缚。
⑪宁氏两如矢，蘧玉卷怀之：《论语·卫灵公》："子曰：'直哉史鱼！邦有道如矢，邦无道如矢。君子哉蘧伯玉！邦有道则仕，邦无道则可卷而怀之。'"意思是：孔子说："史鱼正直啊！国家政治清明时，他像箭一样直；国家政治黑暗时，他也像箭一样直。蘧伯玉是君子啊！国家政治清明时，他就出来做官；国家政治黑暗时，就把自己的才能收藏起来（不做官）。"宁氏当为"史鱼"，字子鱼，春秋时期卫国大夫。蘧玉，即蘧瑗，字伯玉，春秋时期卫国大夫。　⑫矩矱：规矩法度。　⑬《赠韦子春》：应为《赠韦秘书子春》。

今宵有月

牛女双星有别离，风尘事半与心违。今宵有月今宵看，明日风云未可知。

五岳读书

抛却名山计尽迁，丹崖绿壑渺愁余。（《方舆胜览》《图经》：李白指庐山曰："与君再会，不敢寒盟。丹崖绿壑，神其鉴之。"）拂衣终谢时人去，五岳中间吾读书。

修善寺 　（地名以温泉著。）

入门见巉石，锁钥碧流溪。平畴来清风，渐行入翠微。
群山接天城，气势故不卑。磷磷盘石溪，对月弄清辉。

入相豆山中作

吾道皆穷日，空山独往时。天开云石影，日长烟萝枝。
狗瘦①人皆醉，麟伤圣独悲。吾歌应可矣，歌罢泪如丝。

汤河原

溪声湔②俗耳，山色长禅心。红叶成丹壑，青云冒碧岑。
飞泉半岩雪，回嶂一楼阴。观海千峰上，因之独放吟。

汤河原游山

云归碧海开山岳，日涌金轮射屋檐。便欲轻鞋兼短策，追随麋鹿过千岩。

扶桑歌

衣服何储与③？挂于扶桑枝。（严忌《哀时命》："衣摄叶以储与兮，左袪挂于扶桑。"王逸注：袪，袖也。言己衣服长大，摄叶④储与，不得舒展。德能弘广，不能施用。东行则左袖

---

①瘦：犬疯狂。　　②湔：洗。　　③储与：不舒展貌。　　④摄叶：不舒展貌。

挂于扶桑也。）佻巧①井底蛙，安用相笑为？

君不见麒麟仁兽千古乃一见，鲁人得之不知之。

伤其蹄趾掊额角，贱如犬羊空縻维。世无尼山②大圣人，谁为出涕掩袂而衔悲？

在汤河原寄红叶于国内友人③

秋风摇落忆中原，庭树殷红百感翻。缄④叶和书和泪寄，叶干红在泪痕温。

拟晋司马彪秋蓬诗

飞蓬自萧萧，天风自烈烈。飞蓬与天风，何为忽相值。
蓬亦无时休，风亦无时息。可怜无根柢，邈然向六合⑤。

附原诗：

百草应节生，含气有深浅。秋蓬独何辜，飘飘随风转。
长飙一飞薄，吹我之四远。搔首望故株，邈然无由返。

梅　花⑥

穷冬凋万木，破寒梅先发。如当守旧时，犯难陈新说。
阳春忽以至，四野生光泽。灼灼桃李花，青青杨柳色。
造物岂不仁？四运递回斡。玄冥气方骄，句芒⑦已回辙。
洒然六合间，和风动阊阖⑧。及兹散凛威，吾与物俱乐。
既乐亦太息，俯仰思宿昔。数枝早梅花，偃蹇⑨斗冰雪。

牛　卧

骏湾皎若开明镜，牛卧横蹙修眉靓。白沙迤逦接桃乡，红是桃花青松影。
潮平雨过天海清，渔火十里繁星耿。东南奇峰不可摹，高下错列如虡簨⑩。
便拟一叶放扁舟，苍茫独立淡岛顶。

---

①佻巧：轻佻巧佞。　②尼山：原名尼丘山，孔子父母"祷于尼丘得孔子"，所以孔子名丘字仲尼，后人避孔子讳称为尼山。　③并见《诸暨诗英续编》卷四。　④缄：封。　⑤六合：指上下和东西南北四方，泛指天下或宇宙。　⑥并见《诸暨诗英续编》卷四。　⑦句芒：中国古代民间神话中的木神（春神），主管树木的发芽生长。　⑧阊阖：传说中的天门。　⑨偃蹇：高耸。　⑩虡簨：虡：古代悬挂钟或磬的架子两旁的柱子。簨：古代悬挂钟、磬、鼓的架子上的横梁。

牛卧拾石

牛卧海滨饶奇石，(江淹诗："海滨饶奇石。")具数色于一石之中。(余每于潮落沙平之时，出而拾之，且行且吟，手拾石而心辄念国家之事，潆潆然①不知流涕之无从瓃点沙中，为潮浪之所卷去者多矣。)

水边拾石独行吟，泪滴沙痕湿土深。卷起雪波三百尺，一时迸作海潮音。

苦李芳兰

道旁苦李无人食，干寿天年枝叶长。耐可芳兰攀折尽，折时冉冉春风香。

灯火残时②

灯火残时天下白，冰霜历尽远山青。尼山不答南宫问③，系易贞元首六经。

静　冈

余闻天生言，(中井天生氏。)静陵如帧画。及兹寓层楼，青山满右左。
或如象马奔，或若凫雁下。或类环堵墙，或似堆鳟锉。
东瞭④富士峰，积雪白炎夏。南瞩久能山，烟峦渺数个。
西北更苍苍，合沓张屏幕。平野大如掌，城市于此作。
实为山水县，小驻有余慕。终日倚朱栏，看山吾可卧。

见溪边叠石小塔有感

叠石为小塔，旋成复旋坏。成时状亭峣，及坏一无在。
数堆乱石耳，变化如此大。吁嗟世间事，孰不如此者？
不见古埃及，埋没尼河沙。今惟河边塔，数角桂⑤落霞。
不见巴比仑，文化之古源。淼淼两河水，兴亡共无言。
景公泣牛山，孟尝悲雍门。仰看天间月，曾照汉唐人。
汉唐今则亡，宫阙化荆榛。茫茫大兽世，荒荒洪积期。
自今视未来，废兴谁能知？我欲问胡僧，胡僧话劫灰。

---

①潆潆然：水流不断貌。　②并见《诸暨诗英续编》卷四。　③尼山不答南宫问：《论语·宪问》载南宫适问于孔子曰："羿善射，奡荡舟，俱不得其死然，禹稷躬稼而有天下。"夫子不答。南宫适出，子曰："君子哉若人！尚德哉若人！"　④瞭：视。　⑤桂：疑当为"挂"。

昆明一片土,几劫经轮回。我欲问仙人,麻姑称常在。
三见海为田,复见田成海。

观所居山中出云赋

穷岫①泄云(《魏都赋》句。)古所闻,其状摇裔而容与②,联翩而纷纶。
霏霏泛若生烟霞,亭亭上欲干霄雯。日出照耀转朦胧,风生动摇或缤纷。
草木为之影迷离,岩谷为之昼氛氲。变迁乍有还乍无,倏忽或合行或分。
卧之不患冷衣裳,乘之可以至帝乡。英英在彼山谷间,有心无心何徜徉。
顺风而舞回风翔,王母款款③留周皇。遥指深处有人家,毋乃④仙人之玉堂?
昔有齐次风,谓能见云根,掘之其下得怪石,此言恍惚难具论。
我无齐氏之眼精且明,亦无仙骨可飞升。
徒观天际摇白羽,意兴与之俱飞舞。若从世上望山中,我今却在白云处。

诬 言⑤

　　某构诬言,人信之,某以入之某报。昔人有言:"流言止于智者。"今之世,苟造言,皆能哄一世,则一般智识程度之不足故也。受其诬者,宁独某一人而已乎?

明月在九天,浮云来蔽之。白璧出深山,青蝇点其姿。
乔木来高风,深宫妒娥眉。有北不可投,维南日张箕。
谗壬⑥自古昔,圣贤同此悲。囚尧尚有城,欲掩重瞳⑦辉。
伯奇号外野,掇蜂乃见疑⑧。颜子撤埃尘,有若啖其粲⑨。

---

　　①穷岫:高山。　　②容与:悠闲自得的样子。　　③款款:诚恳的样子。　　④毋乃:莫非。
⑤并见《大同月报》1916年第8期。　　⑥谗壬:谗说壬人。壬人:巧言谄媚的人。　　⑦重瞳:一个眼睛里有两个瞳孔,在上古神话里记载有重瞳的的人一般都是圣人。　　⑧伯奇号外野,掇蜂乃见疑:《琴操》曰:"尹吉甫,周卿也。子伯奇母早亡,吉甫更娶后妻,妻乃谮之于吉甫曰:'伯奇见妾美,欲有邪心。'吉甫曰:'伯奇慈仁,岂有此也。'妻曰:'置妾空房中,君登楼察之。'妻乃取毒蜂缀衣领,令伯奇掇之。于是吉甫大怒,放伯奇于野。宣王出游,吉甫从之,伯奇作歌以感之。宣王闻之,曰:'此放子之辞也。'吉甫乃求伯奇而感悟,遂射杀其妻。"　　⑨颜子撤埃尘,有若啖其粲:相传孔子困于陈、蔡间,七日不得食。颜回索米煮饭,熟时,孔子见颜回偷吃,遂借梦以问,回即答因尘土沾饭,不忍丢弃,所以把它吃下去。后以拾尘比喻误会。撤,除去。啖:吃。粲:谷物,这里指饭团。

曾参市杀人，三言慈母驰①。孟子馆滕宫，窃屦以自私②。

不疑盗其嫂，振振众有辞③。嗟此皆伟人，烈烈受诟讥。

凡有耳鼻舌，谤疑无不集。群轻能摧车，众烁可销骨。

尾尾既相添，画蛇乃生足。三字莫须有，天下称冤狱。

并此三字无，（其所诬无毫厘丝忽之据。）海气成楼阁。言者图中伤，听者乏察别。

不知冤诬人，道德有戒律。姜斐④虽成文，昊苍鉴幽独。

有则我鬼诛，无则彼天刟。（果有天则造言者必有报应。）余慕古圣贤，襟度何磊落。

地大能受秽，海阔可容浊。蠛蠓虽有翳，不能亏日月。

百舌虽有声，不能乱丝竹。窃鈇疑邻人，得之乃在窖⑤。

大蛇见杯中，弓影何屈曲。零雨既三年，大风天拔木。

同舍返其金，长者固不窃。丹石在吾心，光明如白日。

一笑姑置之，往拾海边石。

一言以蔽之曰：无实而诬人，必谓之不道德。虽天地可翻，而此道德律必不能易，则我固已直矣。

宋玉《九辨》之言有先得我心者，今录之如左：

何泛滥之浮云兮，焱壅蔽此明月。忠昭昭而愿见兮，然霠曀而莫达。

愿皓日之显行兮，云濛濛而蔽之。窃不自料而愿忠兮，或黕点而污之。

尧舜之抗行兮，瞭冥冥而薄天。何险巇之嫉妒兮，被以不慈之伪名。

彼日月之照明兮，尚黯黮而有瑕。何况一国之事兮，亦多端而胶加。

潇湘怀屈贾

潇湘一碧天南水，屈贾何缘哀怨深？心在苍生身在野，江枫畦芷总愁吟。

---

①曾参市杀人，三言慈母驰：《战国策·秦策二》："人告曾子母曰：'曾参杀人。'曾子之母曰：'吾子不杀人。'织自若。有顷焉，人又曰：'曾参杀人！'其母尚织自若也。顷之，一人又告之曰：'曾参杀人！'其母惧，投杼逾墙而走。夫以曾参之贤与母之信也，而三人疑之，则慈母不能信也。"后以曾参杀人比喻流言可畏。 ②孟子馆滕宫，窃屦以自私：《孟子·尽心下》："孟子之滕，馆于上宫。有业屦于牖上，馆人求之弗得。或问之曰：'若是乎从者之廋也？'曰：'子以是为窃屦来与？'曰：'殆非也。夫子之设科也，往者不追，来者不拒。苟以是心至，斯受之而已矣。'"体现了孟子有教无类的思想。本诗引之表示受冤。业屦：未编织完的鞋子。廋：隐藏。 ③不疑盗其嫂，振振终有辞：《汉书·直不疑传》："人或毁不疑曰：'不疑状貌甚美，然特毋奈其善盗嫂何！'不疑闻，曰：'我乃无兄。'然终不自明。"后以"无兄盗嫂"指无中生有的毁谤。毋奈：无奈。 ④姜斐：花纹错杂貌。比喻谗言。 ⑤窃鈇疑邻人，得之乃在窖：《列子·说符》："人有亡鈇者，意其邻之子。视其行步，窃斧也；颜色，窃斧也；言语，窃斧也；动作态度，无为而不窃斧也。俄而，掘于谷而得其斧。他日复见其邻人之子，动作态度无似窃斧者。其邻之子非变也，己则变矣；变也者无他，有所尤也。"鈇：通"斧"。

由日本回望中国

扶桑拂影连西海,郁郁葱葱佳气间。直走溶溶双戒水,高临岳岳五名山。
赤城霞气通方丈,青岛烟痕接下关。挥手直凌衣带水,使君草绿可曾还?

江上山

江上已秋色,群山增暮寒。白云无远近,迷离山之端。
云散见桂林,云生海漫漫。不见山中人,空对江上山。

朝乌叹

日出我正起,乌鸦先我啼。岂伊多警性,良无堂宇栖。
破巢危秋风,群雏嗷嗷饥。求食林薄间,无食空以飞。
今我有何功?无违饔飧①时。开我东轩窗,容膝亦有依。
万物相差悬,岂独人乌然?金张与许史②,甲第青云连。
罗琦骄阳春,槟榔荐金盘。(李白诗:"何时黄金盘,一斛荐槟榔。"事本《南史》。)岂知穷巷中,茅屋秋风寒。
布衣不盈肘,土锉冷炊烟。同此血肉躯,苦乐乃万千。
胡为人伦中,判若天与渊?尼山忧不均,孟轲思井田。
社会之学者,张目论平权。嗟嗟贫富间,今后多烦言。
今后宗教之争、种族之争,皆为历史上之遗物。来轸方遒③,其贫富之争乎?

远 游④

远游明镜两毛斑,蒋径蓬蒿日掩关。延作宾朋惟爱月,澹忘言语独看山。
世叹麟凤尼山老,野牧鸡鹅太白闲。(李白《赠蔡舍人雄》诗:"闲时田亩中,搔背牧鸡鹅。")昨夜无端忽歌哭,苍生来绕梦魂间。

---

①饔飧:早饭和晚饭。　②金张与许史:汉时,金日磾、张安世并为显宦。许广汉为宣帝许皇后之父。史指史恭及其长子史高。恭为宣帝祖母史良娣之兄。宣即位,恭已死,封高为乐陵侯。许史两家皆极宠贵。后因以此四姓并称,借指权门贵族。　③来轸方遒:相继而来的车子正在有力地行进,比喻人事的先后相继不断。　④并见《诸暨诗英续编》卷四。

芙 蓉①

楚人放屈原，远至潇湘汜。江上见芙蓉，花开照江水。
搴②之木末间，挥手万重绮。集之为裳衣，容光世无比。
吾亦流离者，同情寄屈子。天地无人处，予独慕子美。
花发空山中，还落空山里。吾愿携此花，上登蓬壶③巅。
天风吹飞霞，万丈烟海间。赏花高会者，天外来飞仙。

见 山

青山不到眼，黄尘昏白日。拂衣归去来，起登池上阁。
清风振长林，吹见数峰碧。此心欲千里，还与岩峣④接。

关 （关西铁道所过之驿。）

青山郁崛如云起，崩奔南去意未已。崖断嶂削忽一峡，虎踞龙蹲相对峙。

不见乎秦得百二雄六国，周迁洛阳日以敝。剑阁夔峡两峥嵘，由来割据称难⑤制。

虽曰务德不恃险，设险守国宁非利？函潼壮，孟门奇，山海居庸⑥峻嶒⑦而岌嶪⑧。

一夫守其间，万夫孰敢觑？我欲驰驱遍中原，策略安危论形势。

否则亦能抽毫吮墨抒胸臆，摹写溪山入文字。

噫吁嚱！国无人兮莫我知，（本《离骚》结语"国无人莫我知兮，又何怀乎故都"。）侧身西望长已矣。一时壮观欲遣怀，乃独刻画日本之山水。

坐松摄影⑨题后

寓园古松，干短而横柯，乃数丈。坐其上，为摄影题此。
庭松尔何奇，干屈横柯长。一柯乃数丈，矫如猿臂张。
南北二横柯，空翠郁飞扬。胡为白日中，夭矫苍龙舞？
怪底⑩庭隅间，偃蹇蹲伏虎。余时登其上，有似古巢父。

---

①并见《诸暨诗英续编》卷四。 ②搴：拔取。 ③蓬壶：即蓬莱，古代传说中的海中仙山。
④岩峣：山势高峻的样子。 ⑤难：疑当为"雄"。 ⑥山海居庸：指山海关和居庸关。 ⑦峻嶒：高耸突兀。 ⑧岌嶪：山高貌。 ⑨摄影：即"摄影"。日文为"撮影"。 ⑩怪底：难怪。

绿云满一身，阿申①（译音。）习吞吐？慕彼贞悫②姿，色无变新故。

有如盛德士，心期金石固。命工来貌取，（韩昌黎《楸树》诗："不得画师来貌取。"）此景吾可有。

嗟余遭群弃，谁为岁寒友？此公负奇气，无言交益厚。

笑问公为谁，数字识其后。苍髯貌奇古，号曰支离叟③。

秋　声

蛬④鸣古砌金风⑤紧，蝉噪空庭玉露生。莫谓微生无意识，秋来总作不平鸣。

故山云

蓬莱县圃两缤纷，万里舒文藻碧雯。医得离乡无别药，长风吹到故山云。

游源氏之泷及观仓治桃花

两山豁一蚌，飞瀑动山根。乔木生夏寒，蔼蔼⑥白日昏。

仰见数丈天，匹练崖头翻。绿萝垂云际，苍苔补石痕。

杳然太古想，而无红尘喧。洞口有桃花，岂是武陵源⑦。

宇治川口

两山夹水水如玉，水色山光相映绿。洲中孤塔何亭亭，卧写清波弄皓月。

两岸樱花春如云，扁舟欲渡樱花落。花下清溪花上楼，楼头数峰碧山幽。

碧山春来迷烟树，惟有飞花点行路。欲逐飞花向溪行，便是武陵桃源人。

三井寺望琵琶湖

朱栏照绿水，画栋延飞云。远峰树若藦⑧，白帆破氛氲。

东眺濑田雨，西瞻唐崎松。缥缈竹生岛，片绿在波中。

叡山雪已消，春水日溶溶。但觉浮岚动，峥蒨⑨入鸿蒙。

---

①阿申：诸暨方言，表示"怎么"的意思。作者为诸暨人，故有此语。后面注释"译音"表示是记音。下面《鸡鸣诗》中的"阿申"同此。　②贞悫：坚贞诚信。　③支离叟：松的别称。　④蛬：蟋蟀。　⑤金风：秋风。　⑥蔼蔼：形容草木茂盛。　⑦武陵源：即指桃花源。《桃花源记》："晋太元中，武陵人捕鱼为业……"可知桃花源位于"武陵"这个地方。　⑧藦：绿丝藻类。　⑨峥蒨：形容山峰高峻，草木茂盛。峥：古同"峥"，高峻、突出，蒨：义同"茜"，形容草长得茂盛。

师襄入海

茫茫入海去无还,终古烟波缥缈间。惟有尼山知爱士,师襄记入比微篇①。

纪昔游诗

(1)芦之湖

湖在箱根山巅,广数十里,倒影富士一峰,流出为早川,过堂岛塔之泽诸处,皆急流也。

翠锦屏开明镜烂,光摇万丈雪螺寒。群山深处波澜静,流向人间便急湍。

(2)夜宿堂岛

悬岩壁立,两崖甃迫,杳暗奔溪激磐石间,有温泉。

堂岛溪前山月明,两崖嵌见数秋星。白波夜色喷如雪,壁立重岚暗似城。

(3)由修善寺越峠②至伊东

路入重崖拂翠烟,一山界破两青天。左瞻富士前东海,跃马羊肠过冷川。

(4)由伊东舟行至热海

南面海,北西东障山,海散余热,而山蔽朔风,四时不寒,故曰热海。温泉昼夜六回涌出。

沧海帆来夜色苍,倚山楼阁皎星光。遥看北面崇冈起,杜甫还应置草堂。

(5)伊豆山

峭崖巍岁③,与海水相搏击,壮快骇人。崖下有温泉。

悬崖悚立若无根,海水群飞搏浪喧。却讶雷霆横地底,更疑日轴鼹天翻。

(6)汤河原

峻岭忽开原野秀,小山娟约大山雄。丹崖翠嶂微云白,美术方知造化工。

(7)十国峠

山上能见十国,故云。

嵸巃僵立一苍龙,复涧回崖路几重。十国峠上望十国,草枯石瘦天罡风。

(8)牛卧舟游望富士

牛卧临骏河湾,舟行望富士景最奇丽。方旭日徐升之时,高挂富士一峰,则

---

①师襄记入比微篇:《论语·微之》:"击磬襄入于海。"师襄:春秋时鲁国的乐官,擅长击磬,也称击磬襄。据《史记·孔子世家》记载,孔子学鼓琴师襄子。　②峠:中国古字,同"卡",日本依旧使用的和制汉字。　③巍岁:高大峻险貌。　④嵸巃:形容山势高峻。

见富士岩岩①，积雪者白色，而日红色，其下牛卧之山乃翠色也。殆天造地设，以成此焕烂之文章云。

岌岌凌天孤雪峰，小山葱蒨娟春容。老人白发眠翡翠，（富士本虾夷人②语，谓白发老婆也。今日本人后虾夷人而至，故袭用其语。）手耀明珠掣赤龙。

（9）由清见寺过龙华寺至久能山

清见寺前碧海分，龙华草木笼菳菳③。久能卓立更奇绝，石壁千寻簇翠云。

（10）志太温泉

山如瓜蔓翠交加，崖色岚光扑户多。人倚画楼晴雪海，正开一院红藤花。

（11）贽崎海岸

潮势连松风雨声，远峰隐隐野冥冥。渔人撒网不归去，水碧沙明过一生。

（12）笠置山

清溪之上，高山绕之，岩岩如城。山行一曲，水亦随之一曲，如是数曲至溪山深处，几若在尘世以外。

大溪之上巉岏④山，山绕一弯溪一弯。山色溪光入深处，别有天地非人间。

（13）再游笠置山书所见

红踯躅开岩石间，新红古翠高斓斑。商量便欲移家住，雄秀无如笠置山。

（14）奈良

乔木苍苍暗夕曛，一山浑似笼春云。山中何有有麋鹿，结队来游数十群。

（15）宇治川边

扑雪飞花水似油，绿荫四月两崖幽。此行辜负清溪好，黄蘗山前未放舟。

（黄蘗山寺方丈历代多中国人为之。）

（16）由龟冈保津川舟行至岚山

两岸好山，一水奔驶，如下竹箭，仿佛瞿唐⑤之缩影也。方扁舟直下之时，石剑矗立，白浪横飞，令人骇心动魄，而奇峰面面有应接不暇之势。

两岸奇峰影即离，扁舟激箭水飞衣。回思骇浪惊呼过，壮快无如属尔时。

（余常谓，经过生平最险之时，即为生平最快之时。）

有　赠

瀛洲春色樱花深，锦雪晴霞万户阴。惜别飞花犹片片，伤春中酒故沉沉。

---

①岩岩：指高大、高耸。　②虾夷人：亦译阿依努人，住在日本北海道、库页岛和千岛群岛的民族。
③菳菳：烟霭氤氲或香气郁盛。　④巉岏：山高锐貌。　⑤瞿唐：亦作"瞿唐峡""瞿塘峡"，峡名，为长江三峡之首。也称夔峡。

裹帘延入云山色,蕙烛重听夜雨音。话到神州各垂泪,使君珍重济时心。

春雨幽兰

春雨如膏万物苏,青泥滑滑暖成酥。桃花锦段①杨花雪,开到幽兰涧底无。

梦中咏白鸟诗

梦中成首二语,醒续其后。
沧波流不尽,白鸟意何闲。我亦江湖客,悠然天地间。
闲观沧海月,独坐蓬莱山。瑶草春风绿,长歌拾翠还。

寄怀天津刘氏宝廉、宝慈、宝和诸棣②

梧桐秋夜月,同在武林城。忽忽廿年事,茫茫百感生。
瀛洲春草绿,易水暮云平。却忆三珠树③,如君弟与兄。

鸡鸣诗

寄为家教,励早起之家法也。
膈膈膊膊此何声,鸡欲鸣兮天未明。城头吹角入寒云,钟声远寺殷疏林。
千门万户犹昏昏,我独巡檐噉阿申?(译音。)胸怀廓与天地清,仰见乌鸦向
我鸣。
星隐隐兮欲没,月淡淡兮犹横。踟蹰兮未返,闻钟声之丁丁。
吁嗟乎人生光阴能几何,百年犹似掣飞輧。试看东方一轮日,倏忽过半还
西倾。
夸父追之绝其胫,鲁阳④返之徒虚名。不如学古之圣人,姬公⑤百编为朝程。
大禹亦闻惜寸阴,寸阴乃是寸黄金。

---

①锦段:当为"锦缎"。 ②棣:同"弟"。 ③三珠树:初唐文学家王勃和他哥哥王勔、弟弟王勮
并有才名,当时文学家杜易简称之为"三珠树",后因作为对别人兄弟的美称。 ④鲁阳:传说中商周时
期周武王的部下。周武王率领诸侯讨伐殷纣王时,眼看天色已晚,鲁阳公举起长戈向日挥舞,太阳便逆
行,助周武王全歼敌军。 ⑤姬公:周公姬旦。

续鸡鸣诗①

咿咿喔喔向晓星，夜如何兮鸡三鸣。有人戴月向宵征②，远闻车马之行声。

车马直入苍茫去，山阴树影相送迎。宵征非苦亦云乐，令人意与浮云轻。

何事③东邻人，金缸明灭酣朝衾。何事西邻人，日高犹未启其门。

我欲起观朝日升，迎以万丈之朱霞，环以五色之彩云。直从海底向扶桑，万里与人荡心胸。

吁嗟乎！吾闻之，一年之计在于春，一日之计在于晨。钟动猿鸣不知曙，令人笑煞梦中人。

尊篪将之桂林寄此

桃林之山野马中，乃有騄耳与骅骝。造父④得之献穆王，西巡昆仑恣周游。（事见《水经注》。）

贤士在草泽，名山隐荒陬。不与人相近，却须人相求。

天下奇山数桂林，峰峦崒削森铓鍪⑤。颇疑造物好怪巧，神工鬼斧穷雕镂⑥。

重瞳之帝慕而往，龙盖凤旗淹山丘。至今九疑⑦连浮云，虞舜之魂可叫否。

亦有柳子⑧工硬语⑨，奇文崛嵂⑩空无俦。恍移奇山到眼前，置身崱屶之峰头。

有白云，出苍梧。（《归藏》：有白云出自苍梧。）其上轮囷⑪而勃郁，其下溪山天下无。

八桂之树高入云，云中乃是五岭峰。花何郁郁枝蕤蕤⑫，开花落子南海中。

尔试仗剑决浮云，纷纶荡汩天为空。尔试折得桂花枝，奇香万古在人衣。

洞庭云梦小如盆，祝融之峰走儿孙。东南忽见一匹练⑬，（《韩诗外传》：颜回望吴门，见一匹练，孔子曰："马也。"）乃是沧海银涛翻。

由来山水者，壮人之志气，高人之心胸。当学大鹏扶摇息南溟，安事鸒⑭与斥鷃翔蒿蓬。

我已归无计，儿今复远行。江湖千万里，鸿雁两三声。

海阔鳌山浪，天长象郡营。九疑吾不见，缥缈若为情。

---

①并见《诸暨诗英续编》卷四。　②宵征：夜行。　③何事：为何，何故。　④造父：西周著名御车者，受幸于周缪王，王使造父御良马八匹，西狩至昆仑。　⑤铓鍪：矛锋。铓：刀剑等的尖端，锋刃。鍪：古同"矛"。　⑥镂：镂刻。　⑦九疑：亦作"九嶷"，山名，在湖南宁远县南。《史记·五帝本纪》："舜南巡崩于苍梧之野，葬于江南九嶷。"　⑧柳子：柳宗元。柳宗元曾被贬到桂林做太守，作《桂林訾家洲亭记》。　⑨硬语：刚劲的语言。　⑩崛嵂：高峻貌。　⑪轮囷：盘曲貌。　⑫蕤蕤：茂盛貌。　⑬练：白绢。　⑭鸒：寒鸦。

寄怀云南叶浩、吾兄陈振霞棣一百十九韵

皎皎昆明月，濛濛六诏烟。山行宜筰马^①，水泛待柯船。
蜀贾风开汉，僰僮^②语带蛮。藤枝传异杖，枸酱馈初筵。
蒙布身堪裹，洱茶手自煎。沙江金匋币^③，大理石巉岏^④。
碧玉形鸡出，金珍腊腿干。髦牛蹄角大，翡翠羽毛鲜。
药实山中采，盐层地底穿。麝遗香馥郁，犀解角匀圆。
远道观邛竹，春郊发木绵。护谟^⑤应广植，罂粟可曾捐。
冉犍^⑥君无数，劳靡^⑦古孰先。遗民思魋结^⑧，旧俗杂羌膻。
白马邦谁建，乌孙种或迁。（今学者谓云缅间有乌孙种。）衣缯知互市，饭稻识耕田。
汉下牂柯^⑨道，秦分象郡^⑩边。古应连益嶲^⑪，今始画黔川。
瘴接猺獠境，星分翼轸躔^⑫。用兵忆庄蹻^⑬，通道画张骞。
翁仲行应过，（翁仲，安南人，入仕秦。身长大，匈奴畏之，因立石以像其人。）唐蒙^⑭指已宣。邛兰^⑮分置吏，师楪^⑯远临关。
金印羁王属，铜标划坤乾。由来疑汉大，尚未脱戎间。
自尔瀛寰^⑰大，维新庙算^⑱完。荒边皆建学，要地尽开廛^⑲。
函夏^⑳风归一，炎荒^㉑事岂偏。谆谆传圣旨，嗹嗹^㉒望民权。
欧俗能同化，神州兹纪元。学徒人济济，议会士翩翩。
矿藏搜山泽，金融转府泉。汽车邮更速，电线字能传。
机事工堪代，方言译始诠。力声研性质，光电骇神仙。
器物风斯变，人天义亦渊。新闻谁秉笔？雄辩此登坛。
事在争存立，心由发恫瘝^㉓。利权何足讳，道德不能删。
新旧论方定，朝闾^㉔气已孱。狂澜亡砥柱，暮夜尚金钱。

---

①筰马：古族筰都所产之马。　②僰僮：指僰人。　③匋币：亦作"匋匝"。周遍，环绕。
④巉岏：山高锐貌。　⑤护谟：橡胶。　⑥冉犍：冉州和犍为，古地名。　⑦劳靡：劳浸和靡莫，两个古老的羌族部落。　⑧魋结：结成椎形的髻。　⑨牂柯：牂柯郡，汉武帝元鼎六年（前111年）开西南夷而置。　⑩象郡：是秦朝的郡级行政区，辖今广西西部、越南中北部，是秦始皇在岭南地区设置的三郡之一。　⑪益嶲：益州和嶲州，古地名。　⑫躔：运行。　⑬庄蹻：战国时期反楚起事领袖和楚国将军，他生平中有两件大事，一是反楚起事，二是入滇。　⑭唐蒙：西汉官吏。武帝时，上书建议开通夜郎道，被任为中郎将，奉命出使夜郎，以厚礼说服夜郎侯多同归汉。汉在其地设置犍为郡。　⑮邛兰：临邛和且兰。临邛为中国古州名。且兰本为汉代西南地区小国之名，武帝于其地置故且兰县，属牂柯郡。　⑯师楪：同师和楪榆，古地名。　⑰瀛寰：世界。　⑱庙算：朝廷或帝王对战事进行的谋划。　⑲开廛：开设集市。　⑳函夏：最早出自《汉书·扬雄传上》："以函夏之大汉兮，彼曾何足与比功？"颜师古于此句后注引服虔曰："函夏，函诸夏也。"即包涵诸夏之意，后便以"函夏"指称全国。　㉑炎荒：指南方炎热荒远之地。　㉒嗹嗹：丰厚的样子。　㉓恫瘝：病痛，疾苦。　㉔朝闾：指当朝者与里巷百姓。

栋折身将及，棋难局未残。中兴瞻气象，多难惕风湍。

缔造民难谅，膏肥敌素涎。外交言舛囆①，内治事艰难。

校序知难遍，工商或未遄②。欃枪③须一扫，雕瘵④冀能痊。

每虑财先绌，难期任克全。西窥英尲尲⑤，南扰法阗阗⑥。

缅灭疆空在，暹⑦微镜可悬。时危须策略，事重待才贤。

吾友皆开翮，他乡得比肩。同霑深莫雨⑧，齐见猛蒙天。

泪定思乡下，情因报国坚。鲤鳞难远寄，鹏翼定高搴。

愿祝牙喉健，无令鬓发斑。遭逢知有日，飘泊且随缘。

璞岂埋同石，楹聊斫作椽。江皋行白帻⑨，学府拥青毡。

岂必为形役，良多遇事牵。梁谋同遭⑩雁，泥蜕岂鸣蝉？

车笠⑪朋能引，盘盂⑫学所专。言论头角出，仁义肺肝蟠。

倜傥难羁俗，沉冥自草玄⑬。忧时心恻恻，活国意拳拳。

龙虎矕⑭文采，虫鱼陋注笺⑮。词惊锋锷锷⑯，学倒笥便便⑰。

雕鹗终千里，骐麟待一鞭。人谁采兰芷？吾愿荐楠楩⑱。

汲黯⑲由来久，原贫⑳亦可怜。鹪栖㉑真琐屑，豹隐暂迁延㉒。

古圣犹奔走，吾人敢逸闲？驰驱增壮志，历练仕多艰。

已是瘏㉓君马，能无瘦客颜？征尘长衮衮㉔，别路太漫漫。

湖海青云志，河梁落日篇。见闻惊异域，哀乐换当年。

瘴疠由来恶，炎蒸似欲然㉕。虫蛇难尽识，蛊蜮岂虚言。

惟赖持忠信，还祈善食眠。滇山屏崒岮，滇水绮沧涟。

滇雨朝如木，滇霞晴更娟。滇花红的皪，滇草碧葱芊。

滇石文如锦，滇秫香似莲。有生同逆旅，随处可安禅。

但得朋三两，仍看景万千。谁家多水石？何处有林园？

斜日扶藜杖，清风自管弦。天人兹一息，家国两无干。

省识无心乐，方知即境安。炎瘴真欲送，烦恼定须蠲㉖。

热狱身能入，危途胆不寒。蓬飘真泛泛，芹献㉗此戋戋㉘。

---

①舛囆：杂乱。　②未遄：未发达。　③欃枪：彗星的别名。古人认为是凶星，主不吉。喻邪恶势力。　④雕瘵：凋残病困，这里指民生疾苦。　⑤尲尲：行走迅速。　⑥阗阗：声音洪大。　⑦暹：暹罗，是中国对现泰国的古称。　⑧莫雨：暮雨。　⑨白帻：白色的裹发巾。　⑩遭：去。　⑪车笠：车笠之交为不以贵贱而异的朋友。这里指交友不以贵贱。　⑫盘盂：圆盘与方盂的并称，用于盛物，古代亦于其上刻文纪功或自励。这里指自励。　⑬草玄：淡于势利。　⑭矕：披，覆盖。　⑮虫鱼陋注笺：虫鱼指训诂考据之学。钱谦益有诗"虫鱼喜注笺"，作者反言之，意为传统之学受到颠覆。　⑯锷锷：高貌。　⑰笥便便：即经笥便便。这里指博通经书的人。　⑱楠楩：楠木与黄楩木，皆大木。比喻大材，栋梁之才。　⑲汲黯：汲指汲黯，西汉名臣，为人耿直，好直谏廷净，汉武帝刘彻称其为"社稷之臣"。黯：刚直。　⑳原贫：原宪贫。原宪，孔子弟子，为古之清高贫寒之士。原宪家贫，但不愿迎合世俗去当官干坏事，后就用"原宪贫"咏贤士能安贫乐道。　㉑鹪栖：鹪鹩以一枝栖身，比喻聊可安身之处。　㉒迁延：徘徊，停留不前貌。　㉓瘏：疲劳致病。　㉔衮衮：同"滚滚"。　㉕然：燃。　㉖蠲：除去，免除。　㉗芹献：谦称赠人的礼品菲薄或所提的建议浅陋。　㉘戋戋：形容少。

我放沧溟棹，来寻蓬岛山。投荒兹已远，忧国每无端。

桴似尼山坐，琴思海上弹。洋洋谁识阒，数数自循环。（《汉书·李陵传》："数数自循其刀环。"谓还与也。）

远志栽阴谷，当归坼满栏。吴龡时一发，岳色屡回看。

帝阙浮云白，神皋夕照殷。岁时仍朔腊，服物①尚南冠。

洴澼方初得，崎岖局尚颠。常思回落日，忍未堵狂澜。

愿把肝心奉，何堪涕泪潸。疏狂人少意，穷贱士低颜。

泉石非成癖，芝兰孰肯挛？鸡鹢聊避鲁，骏骨尚思燕。

抱膝吟《梁甫》，同情寄屈原。虞翻②不能媚，范叔③固长寒。

尚讶双鱼④断，谁能一手援？通穷时论异，荣悴友情翻。

自好朱丝直，长歌白石烂。夜光明自照，干镆闭难闲。

岂翳穷愁老，将归意气阑。苍生犹未泽，小子莫辞瘅⑤。

南去君何远，东行我未还。峨蒙山隐隐，壶峤水潺潺。

晼晚⑥惊秋早，流离苦道遭⑦。容颜千里外，谈笑十年前。

惟有同霄汉，苍苍远接连。

大旱所见书感

今年夏大旱，赤地一千里。禾黍既以焦，松柏亦憔悴。

独有涧边草，托根傍流水。绿叶纷华滋，照映川光媚。

问独何以故，松柏不如彼。松柏无天恩，小草有地利。

我欲竟此曲，此曲隳人泪。去去匆复言，所言止于此。

苦　热

地球昔熔熔，万丈团火云。冷缩凝山川，万物始纭纭。

今者帝何为？炮烙陈天庭。洪钧⑧为橐钥，阴阳为炭薪。

势欲尽万有，一唤⑨付炮烹。如遇身热阪，喘息为艰辛。

如遇咸阳烧，赤日连红尘。或恐金石流，亦已禾黍焦。

土坼若裂龟，溪涸不容舠⑩。逃穴蚓僵蔈，阴树蜩沸骚。

我欲挽羿弓，射彼阳乌骄。复恐无一日，终古如长宵。

---

①服物：指衣服器物。　②虞翻：字仲翔，会稽余姚（今浙江余姚）人，本是会稽太守王朗部下功曹，后投奔孙策，自此仕于东吴。他于经学颇有造诣，尤其精通《易》学。　③范叔：范雎，字叔，魏国人，著名政治家、军事谋略家，秦国宰相。　④双鱼：即双鲤，古时书信的代称。　⑤辞瘅：辞苦。瘅：由劳累造成的病。　⑥晼晚：太阳偏西，日将暮。　⑦遭：难行不进。　⑧洪钧：大钧，指天。　⑨一唤：轻轻一吹的声音。唤，微声。　⑩舠：小船。

我欲倒两极，赤足蹈冰雪。炼石无娲皇，奈此天柱折。
我欲翻沧海，白波若泰山。神禹不再生，为鱼民其艰。
我欲游海王，（海王星。）列宿远翱翔。黄鹄不飞来，伫立以彷徨。
上帝居绛霄，朱阙高岩峣。赤龙迎我前，火官坐周遭。
再拜进一言，涕泪如江潮。非为臣一身，四方皆嗷嗷。
愿帝平玉衡，大化相和调。却立复再拜，精诚贯穿霄。
帝意若颔之，通词以灵飙。西北片云生，吾意其飘飘。

有　马　（以温泉名。）

我从生濑来，山色如云色。石岩远黝黑，重岫映深碧。
有马驻万峰，山水互环帀。蒸泉涌红霞，滟滟丹砂液。
飞甍撩远翠，清钟荡虚壑。西南绿野秀，一角衔山入。
向晓驰三田，禾风正披拂[1]。

武田尾[2]　（峡中。）

天狗之峰兀立当吾前，旁薄四出连群山。两崖悚立天貌分，（孔稚圭诗："石险天貌分。"）迫隘乃仅数丈间。

东岩树与西岩树，交柯接叶晕翠烟[3]。朝不知红日高几许，惟见亭午叶光筛廉纤。

夕不知明月悬何方，惟见高峰一角射烂烂。有若四山风雨至，乃是溪壑之奔湍。

奔湍如长虹，崖石忽一门。倚崖庋阁道，坐对看涛源。
白日洒寒雨，珠玉四飞翻。其上何所有？绿荫如盖圆。
其下何所有？澄潭映纶涟。神飙自远来，木亚洪涛连。
飞楼荡山翠，檐外叫鸣蝉。温泉出石壁，玉色比澄鲜。
发见由樵子，始自宽永年[4]。

吾意此山者，即为广寒清虚之府，可以来羽化之群仙，不知乃是蓬莱第几之洞天？

_____

①披拂：吹拂；飘动。　②并见《诸暨诗英续编》卷四。　③东岩树与西岩树，交柯接叶晕翠烟：《诸暨诗英续编》卷四作"东岩树交柯，接叶晕翠烟"。　④宽永：宽永是日本的年号之一，指的是元和之后、正保之前，由1624年到1643年的这段期间。

武田尾过溪纳凉，归登溪上楼玩月有作

明星数点耿高峰，青山黑如悬巨钟。长桥卧烟横飞龙，溪流激石走琤瑽①。

溪北纳凉溪南归，归时明月照人衣。

仰视溪南山，峰峰横翠微。更望溪北山，朗朗列娥眉。

溪光皎白雪，树叶翻青铜。楼阁倚明镜，花枝影帘栊。

万瓦若飞霜，玉宇来清风。

我欲临风发浩歌，因歌明月今宵多。

君不见，云四卷，天无河，河山万里浸金波。

晚踏武田尾溪石上

溪边之石，磊硊②郁崛③何其多。我踏溪石，且行且歌。

仰视峰峦，倚天壮绝。俯送流波，喷珠溅雪。

仿佛乎！其境也，如张伯牙之琴于此。峨峨乎！方寄志于高山，而洋洋乎！又托兴于流水。

傍岩沿溪，行行何极！幽禽偶鸣，惊兽屡出。白鱼冲波，时时一跃。

其声窸窣，行踏细沙。短竹丛生，乱如蓬麻。崖松倒挂，熊攫龙拿。

纤纤之鱼，倏忽千队。鳗鲡群游，吸流迎沫。

忽遇断堑，蹊径四绝。下有沉潭，上有峭壁。攀援而过，扪萝蹑葛。

又遇乱石，伏羊成群。如入八阵，孔明所营。纷纷屯屯，莫知其门。

或遇盘石，大可容膝。想见吕望钓渭之日，投饵踞纶，尚有遗迹。

亦遇层峦，高欲凌云。蝥弧④先登，考叔⑤之勋。一啸其上，趫若绝群。

意欲进兮未息，山黱黯兮衔日。转阴崖之突兀，如鬼神之悚立。

渐行咏以言，归见月上之璀璨。遥望前山，楼阁明晦。红灯绿树，光影翻射。

归来倚栏，独听溪声，如闻四山风雨交惊。

夜梦飞鹤，羽衣玉洁，问我此游何如？

赤壁子，非我耶？一笑而答，仰视窗前，月华如雪。

---

①琤瑽：象声词，为金属撞击发出的声音。　②磊硊：众石累积貌。　③郁崛：壮大貌。　④蝥弧：春秋诸侯郑伯旗名，后借指军旗。　⑤考叔：颍考叔，郑国大夫，执掌颍谷（今河南登封西），为人正直无私，素有孝友之誉。

天狗岩①

天狗一峰，拔地何巑岏！我欲挥手飞行立其间，翘然四望开心颜。

天风浪浪吹我前，东海白波翻若山。比叡②错落堆几案，摩耶③脚下纷联翩。琵琶④茫茫一点绿，富士云中擎白莲。我欲西望金天⑤耸昆仑，鸿濛一气但云烟。

芝罘⑥茫茫不可求，河汉波与沧海连。庐山仿像⑦出南斗，白云苍梧⑧浩无边。

天河不挂九芙蓉⑨，洪涛禹穴空连天。断霞赤城何处寻？落日想过嵩华巅。

怅回首，空悲哀，我欲踢翻天狗之崔嵬。枉自嵯峨凌浮云，谁知尔非望乡台？

武田尾山中流泉

流泉咽咽如瑶琴，锵崖戛石何泠泠。月光雪色澄岩壁，绿云倒映寒萧森。

人云灵山有神潢⑩，争持玉爵斟⑪琼英。滟滟泛作白霞光，一嚼陡觉心神清。（一乳⑫资人争持器取饮，故云。）

林鸟鸣兮山寂寂，崖花落兮昼阴阴。不知流水来何方，惟觉东涧西涧响瑽琤。

却笑古人无此乐，听取嘈嘈田水声。

箕面山 （以红叶著名之地。）

许由隐箕山，独得岩峦秀。烟含碧草滋，风振长林茂。

虚壑杳闲旷，崇岭郁奔辏⑬。颍水出其阴，玉色莹可漱。

盛夏犹清凉，烦热复何有。我来游箕面，讶与箕山同。

回崖互亏蔽，叠嶂走嵸巃⑭。岩涧积翠色，溪壑暗琤瑽。

峰峰殊朝阳，坞坞隔浮云。林杪出孤亭，崖寺隐菶菶⑮。

一径入松杉，炎夏生昼寒。轩轩枫树林，覆谷蔽重峦。

---

①并见《诸暨诗英续编》卷四。 ②比叡：山名，日本七高山之一，为日本天台宗山门派大本山。 ③摩耶：山名，位于神户附近。 ④琵琶：湖名，是日本第一大淡水湖。 ⑤金天：西方之天。 ⑥芝罘：隶属烟台市，地处黄海之滨，山东半岛北端。 ⑦仿像：隐约貌。 ⑧苍梧：对"南楚"之地的泛称。 ⑨天河不挂九芙蓉：出自李白《望九华赠青阳韦仲堪》："天河挂绿水，秀出九芙蓉。" ⑩潢：水由地面下喷出漫溢。 ⑪斟：抱，舀取。 ⑫一乳：犹言一母。 ⑬奔辏：指自远方趋附之士。 ⑭嵸巃：山势高峻貌。 ⑮菶菶：烟霭氤氲或香气郁盛。

想见清秋日，万重红锦澜。瀑布出深壁，银河百丈悬。

訇訇①动奔雷，白雨洒青天。山鸟飞绝处，隐隐闻清猿。（山中有猿。）

音度千嶂碧，乡心为惆然。吾爱此山好，葱郁如岚山。

岚山映溪色，一峰独骋妍。（岚山虽连亘数十峰，然沿保津川者多石山，不及岚山之秀。）兹山独竞秀，众峰亘连绵。

空气净无尘，爽浥阿申（译言。）新。（箕面山空气清洁最于各处，患脚气者多来此，借气候之力自治。）举瓢酌溪水，洗耳清心神。

曷勿学许由，岩栖全吾真。长啸风尘外，拂衣谢时人。

《登封县志》：箕山在县东南二十五里，高大四绝，其形如箕，又名许由山。颍水自山阴东流而去，世称箕颍。虚岩幽壑，茂草平林，即当盛暑亦无炎蒸之气。旁为弃瓢岩，许由饮水弃瓢之处。洗耳泉在其西云云。余夙慕其胜，及游日本之箕面山，形极相同，颂箕山之语即可移而颂箕面山。而箕山夏寒，箕面山亦夏寒，事之相同又如此，可谓奇矣。

箕面山日本亦省作箕山。

箕面山瀑布②

共工咆哮触天天为颇③，倒泻千里万里之银河。吼地裂石摧山根，悬岩牢嶽④生涛波。

怪底白日飞白雪，寒飚冷沫森萧瑟。轰轰何处动奔雷，万马千军麾木末。

滔天潨洞⑤襄⑥山陵，息壤丸泥谁敢塞？

江河万派日归墟，尾闾⑦一穴争奔泄。鸟窥骇眩兮不敢下，猿惊藏穴兮空胁息⑧。

上有危岩兮，将动未动之巨石。下有沉潭兮，嚣嚣⑨千寻之玉色。

其间景之最奇者，尤在银帘素箔之间，掩映数枝新红叶。

有似玉女洗头盆，倒向天孙支机石。仙露明珠碎以飞，云锦霞裳收不得。

龙门波，浙江涛，壮观千古神为豪。愿同孔子游吕梁，纵观悬水千仞高。却笑伯牙至蓬莱，徒听海水汩洪飚⑩。（伯牙学琴于成连，成连曰："吾之学，不能移人之情，吾师有方子春，在东海中。"伯牙乃卖粮从之，至蓬莱山。子春留伯牙曰："吾将迎吾师，刺船而去。"伯牙心悲，延颈四望，但闻海水汩没，山林窅冥，群鸟悲号，仰天叹曰："先生将移我情。"乃援琴而作歌，今所传《水仙操》词是也。事见《琴苑·要录》。）

---

①訇訇：形容大声。　②并见《诸暨诗英续编》卷四。　③颇：不平。　④牢嶽：山石高峻的样子。　⑤潨洞：水势汹涌。　⑥襄：冲上。　⑦尾闾：古代传说中海水所归之处（语见《庄子·秋水》），现多用来指江河的下游。　⑧胁息：敛缩气息。　⑨嚣嚣：洁白而润泽的样子。　⑩洪飚：大风。

见盆松日枯有感

栽松盆盎中，松枯草日殖。玲珑无翠盖，郁屈损颜色。

小草占其膏，滋蔓不可绝。松有嵚奇^①姿，草本卤莽质。

嵚奇难为生，卤莽易蕃息。麟不折生茎，凤惟求竹实。

自古罕见之，至今类绝迹。鲸鲵横海底，吞鱼以为食。

硕鼠穴太仓，饱食繁其族。世无孟子舆^②，谁辩舜与跖？

世无南宫适^③，不问羿与稷。

朝 雨

黑云卷雨飞檐角，倒泻银汉之珠玉。园中万物皆回春，松姿竹色如膏沐。

新凉习习吹人衣，阶泉喷瀑响飞壑。须臾云散断霞明，数个远峰天外绿。

观 星

斗亦不挹浆，牛亦不服箱^④。织女偄云锦，未闻成衣裳。

亦有农丈人，不管世间荒。维毕^⑤实滂沱，河汉倾无梁。（谢惠连诗："倾河易
回斡。"倾河者，天河也。）

荧惑^⑥入居中，闪烁疑阴阳。箕^⑦独哆其口，啖食恣肥康。

太白^⑧日睒睒，反恐兵气扬。妖星亦间出，枉矢从天狼。

同居一圜内，有若参与商。玉绳^⑨空自长，不足系苞桑。

我欲挽北辰，扶之居中央。玉衡能平衡，瑶光有精光。

帝车连四时，冬夏无违常。三台平如砥，联璧耀文昌。

句陈森环卫，兵甲隐苍苍。阊阖^⑩净无尘，驰道策王良^⑪。

五城十二楼，白榆粲成行。四维二八宿，各自守其疆。

斗杓^⑫旋转之，有若网在纲。一箭落旄头^⑬，九野扫欃枪。

景星^⑭如半规，烛霄何煌煌。五星^⑮复时聚，联翩成文章。

---

①嵚崎：险峻；比喻品格卓异。　②孟子舆：即孟子。孟子名轲，字子舆。　③南宫适：字子容，
亦称南宫，春秋末年鲁国人，孔门七十二贤之一。　④服箱：负载车箱。　⑤毕：星名，二十八宿之
一。　⑥荧惑：指火星。由于火星荧荧似火，行踪捉摸不定，因此我国古代称它为"荧惑"。　⑦箕：
星宿名，二十八宿之一。　⑧太白：即金星，又称长庚、启明。　⑨玉绳：星名。下文的"北辰""玉衡"
"瑶光""帝车""三台""句陈""白榆"都是星名。　⑩阊阖：传说中的西边的天门。　⑪王良：春秋时
期晋国之善御者。　⑫斗杓：指北斗七星中玉衡、开阳、摇光三星。　⑬旄头：即昴星，二十八宿之
一。　⑭景星：大星；德星；瑞星。　⑮五星：古指水星、金星、火星、木星、土星五星。

独有少微星,江海耀光芒。一朝太史奏,移在紫微旁。
南极①一老人,拜手颂我皇。皇穹丽有序,有道万年长。
小臣愿始毕,登台书嘉祥。还乘箕尾去②,传说共翱翔。

遣 兴

李白与杜甫,同游何壮哉!吹台未及已,复登单父台③。
长啸怀太古,风云天际来。时人俱未识,俯若视尘埃。
仆骕无人境,块独④良可哀。蓬蒿柱仄径,阶轩滋青苔。
歌啸惟古人,逢迎无邹枚⑤。囊有济时策,搔手⑥空徘徊。
痛哭黄金台,骏骨委蒿莱。颇欲斡造化,五色补昭回⑦。
耿耿志未已,压桉⑧(宋玉《九辩》:"自压桉而学诵。")制摧颓。太公困屠钓,八十
未风雷。
夜梦周公旦,涕泣犹连腮。已矣姑遣此,毋使肝肠摧。
《山经》⑨曾夙讨,明发凌崔嵬。

东窗月　(月圆而无友之作。)

天上月圆人未圆,东西倚遍画栏杆。翻嫌明月催人泪,掩却东窗故不看。

次月得友,而新月未圆,乃反前作

人有圆时月未圆,玉箫吹倚玉栏杆。翻嫌明月先人尽,泥向东窗故故看。

怀叶浩吾兄滇南

纷然时会变,离合十年中。今日知交态,何人有古风?
瀛花贻不得,滇月看谁同。头白征尘里,还伤吾道穷。

----

①南极:指南极星。　②还乘箕尾去:即骑箕尾,指成仙而去。　③单父台:单父是春秋鲁国邑
名,故址在今菏泽单县城南一公里处。春秋时期,孔子的弟子宓子贱曾做单父宰,奸邪不作,盗贼不起,人
民安乐,单父因而大治。闲暇之余,宓子贱时常登上城边一高埠弹琴,抒发情怀。后人便在宓子贱弹琴
处筑起一座高台,称为"琴台",亦称"子贱台""单父台"。744年,李白、杜甫、高适、陶沔共登琴台,吟咏
唱和,留下许多脍炙人口的诗篇。　④块独:孤独。　⑤邹枚:汉邹阳、枚乘的并称。　⑥搔手:即
"搔首"。　⑦昭回:指日月。　⑧压桉:压抑。桉:同"按"。　⑨《山经》:《山海经》的一部分,共
《南山经》《西山经》《北山经》《东山经》《中山经》5卷,主要记载上古岁山。

寄尊簋桂林①

搏桑②千尺树,影接镇南关。漠漠天连海,苍苍云积山。
花开八桂③好,月映九疑闲。怜汝驰戈马,苍梧莽宕④间。

玉手山

青山覆蟹壳,石骨洞窅穴。一径上翠微,秀色在崀嵝⑤。
崇寺临崖腰,岩翠互回覆。秋色何妍华,红叶映绿竹。
出山望在山,如入丹青幅。

长野锦溪山　（极乐寺温泉及三日市温泉。）

峰回若鏖阵,野狭似入巷。凌虚排列嶂,爽气挟飞动。
层冈得平台,参差群峰拥。烂漫秋色多,寒翠间疏红。
锦山真似锦,唤作锦屏风。

和歌山、和歌浦及纪三井寺

驰车向南海,（日本之南海铁道。）青山白波外。一峡壮风涛,纪淡⑥兀相对。
亭亭和歌山,楼阁凌青云。蔼蔼和歌浦,螺岫何纷纷。
云盖（云盖院。）之后峰,片石最玲珑。恍若驻云景,巧概非人工。
迤逦望海楼,崖石刻画同。旋作螺蛤纹,秀簇碧芙蓉。
西北插石脚,海水激天风。侧厓一独立,洪涛壮心胸。
崔巍三井寺,层岩结飞阁。隔溪望浦峰,低拥群鬟绿。
更看纪州洋,白帆凌苍茫。淡峰衔一阙,天外来斜阳。

泊芙兰

春风浮香气,最是蕙兰花。兹独倚秋风,吐气扬芳华。
彩蕊何冉冉,蝉翼启丹纱。萧疏碧叶间,蕾重弹⑦婀娜。

---

①并见《大同月报》1916年第8期。　②搏桑:扶桑。借指日本。　③八桂:《山海经·海内南经》:"桂林八树,在贲隅西。"晋郭璞注:"八树而成林,言其大也。贲隅,今番隅县。"后八桂即指广西壮族自治区。　④莽宕:广阔貌。　⑤崀嵝:山的棱角或边缘。　⑥纪淡:纪淡海峡,是一个位于日本和歌山县与淡路岛之间的海峡。　⑦弹:下垂。

堂上对金菊,(与菊开花同时。)五色凝秋霞。不受泥土污,(种之用带砂之土。)宁畏霜雪多。

岁晚以华予[①],可用慰蹉跎。

河汉二首

淡淡一星群,中有无数星。经天若长河,因有河汉名。

河阔可为梁,汉广亦有津。奈何牛女宿,别离苦伤神。

去国望河汉,依然在绛霄。毋曰不可渡,而有乌鹊桥。

河边两灵匹,会合忽一朝。岂如东海水,双鲤[②]尚迢迢。

沮溺耦耕处[③]

君不见,黄城山,乃在南阳之叶方城西。云是沮溺耦耕处,(事见《水经注》。)想像烟云横锄犁。

孔夫子,奔齐鲁,困宋陈,岂得如彼二子,翛然[④]物外为闲民,问以渡,不告津。

当时与此相和者,乃有丈人接舆之徒何纷纷。鸟兽可群人难群,乃欲坏我社会国家之大伦,岂知巫山火,芝艾[⑤]同一焚。(张载诗:"不见巫山火,芝艾岂相离。")

孔氏之子,读书论道,辩此大义,至熟且精。下士闻道大笑之,哗然有如蛙黾[⑥]声。

我欲歌,君且听,歌曰:我治我田,在于汉滨。获百石谷,以养一身。滔滔四海,孰为之耕?悠悠万姓,孰为之耘?乃不如彼之车中人,车中人!(诗中有诗,见杜甫《桃竹杖引》。)

沮溺辈者,今冷淡的笑骂旁观派也。如其言,必至率人人而尽外国家社会之事,至无国家社会乃已。昔见黜于孔教,今亦不容于新学。

平心论之,沮溺辈之能洁己自好,亦足以矫厉[⑦]末俗,未始[⑧]非有补于人类之道德,特不当讽喻劝阻干涉济世者之行动。(国家者,公共之物。个人与个人,无干涉其对于国家行动之权,此义至今未明。)各行其是,所谓桥下行舟,桥上行车,竹密不妨流水过,山高岂碍白云飞。今文明之大国各党并存,无不相容,此其征也。必欲是已而非人,适见其为偏人之量而未明立群之大义耳。

---

①华予:让我像花一样美丽。华,花。出自屈原《九歌·山鬼》:"岁既晏兮孰华予?" ②双鲤:古时对书信的称谓。 ③并见《诸暨诗英续编》卷四。 ④翛然:超脱自在貌。 ⑤芝艾:指芝草和艾草。比喻贵贱、贤愚。 ⑥蛙黾:即蛙。 ⑦矫厉:勉力磨炼。 ⑧未始:未尝。

按，孔子称汤武而不非夷齐，即此意。

登德岛大泷山、望城山

泷山木叶黄，池阁倚山半。城山引人眼，修眉云中粲。
一峰独横出，孤枕平野断。螺黛十万斛，天开绿蕚华。
鬒发盘春云，杳霭横暮鸦。余翠欲横飞，清景送人归。
何当一挥手，高凌苍烟微。

鸣门海峡

两海狭如门，孤嶂翻云月。锁钥枕中流，丸泥①封函谷。
西岸邻抚养，苍翠两崖对。犬牙互绮错，一水萦如带。
东螯对淡路，夕阳群峰高。郁郁万松林，天风连海涛。
南坼崖壁宽，激浪相奔会。云海两苍茫，白帆扬天外。
眇然一黑子，兀立狂澜中。万派日横流，终古镇洪濛。

寒霞溪　（在小豆岛，以奇石峰成。）

尝闻阳朔奇，石山森矛戟。峻峭不可状，孤立耸突兀。
宗邦空临睨②，无由返归辙。浩荡蓬莱游，日穷烟霞窟。
豁见寒霞溪，聊足快胸臆。横空拔奔峭，倚天绕崭绝。
俯映高鸟飞，悚立骇神魄。雕研无余巧，象形难方物。
不知元化③力，疑是鬼神劈。入谷四五里，登顿向天涉。
崔巍层云坛，(层云坛，景名。)揭孽④乌帽石。(乌帽子石，景名。)通天透孤光，(通
天窗，景名。)杉谷洞窅越。(杉洞谷，景名。)
小憩红云亭，(红云亭，景名。)群嶂围合沓。玉笋拔地起，(玉笋峰，景名。)穿天
一犀角。
蟾蜍昂其头，(蟾蜍岩，景名。)意若窥明月。画帖划纵横，(画帖石，景名。)屏风
兀方折。(锦屏风，景名。)
纷披荷叶岩，(荷叶岳，景名。)摧垂女萝壁。(女萝壁，景名。)顶息天半云，侧落
千丈壑。巉突虎豹面，瘦僵虺龙骨。摄衣登四望，(四望顶，景名。)天海渺一发。
里景(有外景、里景之分。)藏奇奥，石门乃洞辟。四无依著痕，圆月张空白。

---

①丸泥：一粒泥丸。比喻以极少的力量，可以防守险要的关隘。　②临睨：顾视；俯视；察看。
③元化：指造化；天地。　④揭孽：极高貌。

悬磴跨穹窿，（孙绰《天台山赋》："跨穹窿之悬磴。"李善注：悬磴，石桥也。天台山有石桥，故名。）窄狭不盈尺。（里景有石门洞，空数十丈，其上仅窄狭之石桥钩连之，孤悬特立，空无倚傍。）法螺真天螺，（法螺贝岩，景名。）吹空洞其穴。

鹿岩（鹿岩，景名。）首巍巍，离崖迥独立。茸石如巨茸，（松茸石，景名。）王母手可摘。

回望二见岩，（二见岩，景名。）参差重回目。人云崖谷间，新秋好红叶。（红叶谷，景名。）时闻一声猿，响彻千嶂叠。冥想如岩峣，清景恍不隔。

太息尘中归，撑肠①余岌嶪②。

儿子尊簋自桂林来书云：阳朔多奇山，远望之如城如塔，皆石峰也，故有"桂林山水甲天下，阳朔山水甲桂林"之语。而余游小豆岛之寒霞溪，因忆及阳朔，诵《离骚》"忽临睨夫旧乡"之句，流涕无已。

高松栗林公园及冈山后乐公园

日比莽尘埃，（东京日比谷公园。）中岛霾烟灰。（大阪中之岛公园。）秀绝两公园，独向山陵开。后乐冈山下，栗林高松阳。面山据形势，引水为池塘。

水莹玉奁开，山错画帧张。一花与一石，各各费平章。

精心完结构，知阅几星霜。有如罗马城，一日不得将。

岩态间溪色，花韵杂林光。人行锦屏中，明媚辉衣裳。

归途傃③红尘，出门心茫茫。长羡园中鸟，止此永翱翔。

姬路药师山

杜甫求居宅，未便阴崖秋。重冈北面起，竟日阳光留。（上三语皆杜诗原句，见《西枝村寻置草堂地，夜宿赞公土室》及《寄赞上人》二题。）

余亦慕此胜，探幽遍方蓬④。药师临姬路，秀出群峰中。

悚崖背不周，可以蔽寒风。晞发⑤向扶桑，开轩光熊熊。

山腰四五家，花木映清华。竟夜留明月，四野灿金波。

苍翠列远岫，侵入庭户多。安得与杜甫，结茅向陂陀⑥。

径路通林丘，（杜原句。）负杖时经过。亭午颇和暖，（杜原句。）携手共高歌。

西枝村外谷，方此问如何。

---

①撑肠：满腹。　②岌嶪：高峻貌。　③傃：向，向着。　④方蓬：传说中的海中二神山，即方丈、蓬莱的并称。　⑤晞发：晒发使干。常指高洁脱俗的行为。　⑥陂陀：倾斜不平貌。这里指倾斜不平之地。

明石海峡望淡路岛岩屋

岩石如巨屋，突立望黝黑。岛浪蹙横飞，连天翻深碧。
依崖转云帆，片片明白雪。回澜石不转，砰磕空奔击。
千古仰高标，嵚奇淡路侧。

蒋观云先生遗诗①

蒋观云先生诗序

陈三立

己巳②秋八月，蒋君观云卒上海。旬有三日，其弟子吕美荪女士造余庐而言曰："吾师之志事③行谊④，未尝翘知于人⑤，人亦无知之者。既不幸忧伤抑郁，儌侘⑥冤愤，不获偿所愿以死，其平生闳识孤抱⑦之所寄，劬躬绩学⑧之所得，怼时嫉俗⑨、洁己高世之怀之所蕴结，一发之于诗。又自尤⑩其少作，拉杂摧烧之以尽，所手定者，才百数十首而止耳。美荪将汇而存之，庶几⑪明德达道之士读吾师之诗，可以窥寻其意理而想象其为人。并世海内擅诗文有名学，行为吾师所推许，序吾师之诗而不辱吾师于地下者，莫如先生。呜呼！孰使吾师之贤，而韬伏⑫埋暧⑬，霞栖⑭引遁于斯世？所托以自见者，惟区区篇什是赖⑮，岂非天乎？而美荪之所挟以报吾师数十年提撕⑯训诲之恩勤者，亦仅仅于是乎在，是又重可悲也。惟⑰先生矜⑱而许之。"余以老病谢不任，则又再拜，以请礼益恭，辞益哀，琐琐语其师遗闻轶行，益具以详。余十五年前尝一再见君论文而已，未尝深语，后遂不复相闻，虽数数见君诗，称美其词，亦无由知君制行之严介⑲坚卓⑳，攀追古人，异乎传闻者之云云也。余比㉑尝诵女士之诗而奇之，以为其气力襟抱㉒，孤出巾帼，即古今名媛淑女之以诗名者，亦罕能及焉，方怪诧不知其安所受教，今始知女士之学咸得之于君。又因女士以知君之志事行谊，辄太息悔恨向者知君之不尽，咫尺合并㉓，不获握手相痛哭、出肺肝互倾其抑塞磊坷㉔不平之气以自快。且余穷于世久矣，身世之遭盖与君同，而犹稍与世接，不能扃闭晦匿㉕，自遁于声闻寂寞之地，闻君之风采，未尝不愧赧汗下也。呜呼！蒋君岂诗人哉？

①《蒋观云先生遗诗》：蒋智由女弟子吕美荪据作者手定稿辑成，一卷，有民国二十二年（1933）排印本。　②己巳：1929年。　③志事：抱负。　④行谊：品行，道义。　⑤翘知于人：企望别人了解。　⑥儌侘：失意。　⑦闳识孤抱：即闳识孤怀，意思是远大的见识，独特的情操。　⑧劬躬绩学：劳身治学。劬：劳。　⑨怼时嫉俗：即愤世嫉俗。怼：怨恨。　⑩尤：归咎。这里指不满意。　⑪庶几：希望。　⑫韬伏：藏匿。　⑬埋暧：埋没不显。　⑭霞栖：栖于云霞，这里指隐世。　⑮惟区区篇什是赖：只依赖这些区区篇什。　⑯提撕：拉扯，提携。　⑰惟：语气词，表示希望。　⑱矜：怜惜。　⑲严介：严肃耿介。　⑳坚卓：坚贞。　㉑比：近来。　㉒襟抱：胸怀，抱负。　㉓咫尺合并：形容距离很短。　㉔磊坷：指郁结在心中的不平之气。　㉕扃闭晦匿：指闭门而隐蔽不露。

后之读君诗者,因其声以求其心,因其心以论其世,倘①无负女士所以不朽其师之微旨欤! 遂不辞而为之序。义宁陈三立②。

题　词

新建夏敬观③

我始识君年正少,君有罪言公犯诏。清裁共畏齿腐朽,私议每先披窾窍④。
一时国柄属妇阉,士论何由动廊庙⑤。譬医心迹岂不忠,桓侯自拒越人疗⑥。
君方渡海我陆沉,旋踵⑦社墟如逆料⑧。人间理乱难掩耳,九服⑨崩离竟安蹈⑩。
壮气宁为老所销? 心非可与言不报⑪。卅载朋交等相绝,醉死一楼无讣告。
我哀君志题君集,我歌楚些⑫为君吊。龚生⑬竟尔夭天年,举世谁何闻特操⑭。

题　词

湘潭袁思亮⑮

高世恶其名,未死身已埋。埋身不埋心,吐作商歌⑯哀。
问字⑰繄何人,乃不弁而钗⑱。正谊尊所闻,一洗儿女怀。
平生藏山约,息壤⑲焉敢乖。薪尽火自传,籁合声常谐。
杀青巢精魂,耿耿⑳开妖霾。

---

①倘:或许,大概。　②陈三立:字伯严,号散原,江西义宁(今修水)人,近代同光体诗派重要代表人物,维新四公子之一。　③夏敬观:字剑丞,一作鉴丞,又字盥人,缄斋,晚号映庵,别署玄修、牛邻叟,江西新建人。近代江西派词人、画家。　④披窾窍:打开诀窍。　⑤廊庙:指殿下屋和太庙,后指代朝廷。　⑥桓侯自拒越人疗:指齐桓公三次拒绝扁鹊的忠告而终于病死的故事。扁鹊:公元前407—前310年,姬姓,秦氏,名缓,字越人,又号卢医,春秋战国时期名医。　⑦旋踵:意指掉转脚跟,比喻时间极短。　⑧逆料:指预料;预测。　⑨九服:原指王畿以外的九等地区,后指全国各地区。　⑩安蹈:安于被践踏。　⑪心非可与言不报:指思想不可交流,言语没有答复。　⑫楚些:《楚辞·招魂》是沿用楚国民间流行的招魂词的形式而写成,句尾皆有"些"字。后因以"楚些"指招魂歌。　⑬龚生:原名不详,宋代上虞人,抗金英雄。这里把蒋观云比为龚生。　⑭特操:独立的操守。　⑮袁思亮:字伯夔,一字伯葵,号蘉庵、恭安,别署袁伯子,湖南湘潭人,民国藏书家、学者。　⑯商歌:商声凄凉悲切,后以"商歌"指悲凉的歌。　⑰问字:请教学问。　⑱乃不弁而钗:《弁而钗》讲述了一个翰林学士与他的学生之间的故事,这里指蒋观云悉心施教而无私心。　⑲息壤:传说中一种能自己生长、永不耗减的土壤。　⑳耿耿:明亮;显着;鲜明。

题　词

贵池周达①

横流任滔天，人纪终不灭。辽东一破帽，光可日月揭。

缅怀船山翁，变姓窜岩穴②。异代许同揆③，有士媲芳洁。

廿年家国恨，到死不可说。面壁了此生，茹痛胜喋血。

舜跖本无种，志士当自决。岂乏五鼎④养，所甘在薇蕨。

平生肆笔伐，严若⑤秉斧钺。垂老翻无言，冥冥厉苦节。

遗篇比碎金，芬采出残屑。应有霾梦书，继井铜寒铁。

同源异清浊，剡水⑥流呜咽。地灵独何钟，三叹废《越绝》⑦。

戊戌⑧戮党人，庚子⑨奖妖乱。久蛰渐思启，世论遂一变。

当时医国手，用药忌瞑眩。庸知乌头毒⑩，终致大命涣。

辈流倡变法，学说出稗贩⑪。镜机⑫独何人，蕈蘖识隐患。

相从徐福岛⑬，去国等流窜。海雨侵联床，夜起闻忾叹⑭。

执手开花楼，别语有余恋。十年我当归，君归世已换。

救亡翻速亡，功罪孰可判。无乃天为之，引绳⑮适当断。

相知亦何贵，白首悭⑯一面。苦心终分明，不共石枯烂。

弥天⑰今已戢⑱，吾党失好汉。期君兜率宫⑲，此土莫再践。（壬寅与君别于东京闻花楼，遂不复相见。）

---

①周达：又名周今觉，字美权，安徽至德（今东至县）人。民国数学家、集邮家。　②缅怀船山翁，变姓窜岩穴：王夫之（1619 年－1692 年），字而农，号姜斋、又号夕堂，湖广衡州府衡阳县（今湖南衡阳）人。他与顾炎武、黄宗羲并称明清之际三大思想家。青年时期王夫之积极参加反清起义，晚年王夫之隐居于石船山，着书立传，自署船山病叟、南岳遗民，学者遂称之为船山先生。顺治十一年（1654 年）王夫之被清廷侦缉，变姓名为瑶人，流亡常宁。　③同揆：同一法则，同一道理。　④五鼎：指羊、豕、肤（切肉）、鱼和腊等鼎。　⑤严若：即"俨若"，好像。　⑥剡水：即"剡溪"，为浙江省绍兴市嵊州境内主要河流。　⑦《越绝》：《越绝书》的省称。　⑧戊戌：指戊戌变法。戊戌变法又称百日维新、维新变法，是指 1898 年6 月 11 日至 9 月 21 日以康有为、梁启超为主的维新派人士通过光绪帝进行倡导学习西方，提倡科学文化，改革政治、教育制度，发展农、工、商业等的政治改良运动。但戊戌变法因损害到以慈禧太后为首的守旧派（顽固派）的利益所以遭到强烈抵制与反对，1898 年 9 月 21 日慈禧太后等发动戊戌政变，光绪帝被囚至中南海瀛台，维新派的康有为、梁启超分别逃往法国、日本，戊戌六君子谭嗣同、康广仁、林旭、杨深秀、杨锐、刘光第被杀，历时 103 天的变法失败。　⑨庚子：指庚子赔款。1900 年（庚子年），义和团运动在中国北方部分地区达到高潮，大清帝国和国际列强开战，八国联军占领了北京紫禁城皇宫。1901 年（辛丑年）9 月，中国和 11 个国家达成了屈辱的《解决 1900 年动乱最后议定书》，即《辛丑条约》。条约规定，中国从海关银等关税中拿出 4 亿 5 千万两白银赔偿各国，并以各国货币汇率结算，按 4% 的年息，分39 年还清。这笔钱史称"庚子赔款"。　⑩乌头毒：乌头为为毛莨科植物，母根叫乌头，为镇痉剂，可中毒。　⑪稗贩：小贩。　⑫镜机：洞察幽微。　⑬徐福岛：指秦代方士徐福到东海去寻找的三神山。也指今日本。　⑭忾叹：慨叹，叹息。　⑮引绳：木工拉墨线，比喻刚正不阿。　⑯悭：缺欠。⑰弥天：喻志气高远。　⑱戢：止。　⑲兜率宫：坐落于仙岩极顶之上，犹言天宫。

题　词

南陵徐乃昌①

诗卷长涵海国春，旧游如梦感前尘。归来劫换人间世，老去吟残物外身。
尽许遗篇存硕果，颇闻慧业付传薪。知音合有钟嵘②在，品定千秋赏识真。

题　词

闽县黄孝纾③

世短忧孔④深，心枯念未灭。素辞⑤郁孤愤，忍泪余自咽。
沉思出诡辉⑥，媚古穴幽镛⑦。晖丽万有缘⑧，森然众隽挈⑨。
闭户自成世，回跖等一哾⑩。沉冥⑪善者机，寂寞饿夫节。
守死直气伤⑫，活埋似未屑⑬。保薪⑭得淳耀，跃池起枯铁。
作作⑮万丈芒，讵⑯限土一垤⑰。缅怀管幼安⑱，未信古为烈。

题　词

旌德吕美荪⑲

儒师何栖栖⑳，怀慕㉑三代㉒治。蒿莱㉓既不达，白首潜兹士。
在昔贤书科，齿壮亦一第㉔。炎运㉕奄㉖待终，非是有幽厉㉗。
前席亦思对，徒泫贾生涕㉘。皇纲既解纽，殷墟旋踵至。

---

①徐乃昌：字积余，晚号随庵老人，安徽南陵人，出身望族，官至江南盐法道兼金陵关监督。近代著名的藏书家、学者。　②钟嵘：字仲伟，颍川长社（今河南长葛）人。南朝文学批评家，著有诗歌评论专著《诗品》。　③黄孝纾：字颕士，号匑厂，福建闽县人。近代书画家、学者。　④孔：很。⑤素辞：质朴的语言。　⑥诡辉：异彩，变幻异常的光辉。　⑦媚古穴幽镛：喜爱古代像被深锁在洞里一样。⑧晖丽万有缘：晖丽有万缘。南朝梁钟嵘《〈诗品〉序》："照烛三才，晖丽万有。"晖丽：灿烂美丽。⑨森然众隽挈：得到很多人的提挈。森然：形容繁密。隽挈，应是携挈，意思是提挈、带领。　⑩回跖等一哾：颜回与盗跖都轻轻一哾。哾：如口吹物发出的小声音。⑪沉冥：埋没，沉沦。　⑫直气伤：为正气所伤。直气：正气。　⑬未屑：不屑。⑭保薪：保存薪火。⑮作作：形容光芒四射。⑯讵：岂，怎。　⑰垤：小土堆。⑱管幼安：管宁，158年—241年，字幼安，汉末三国时期著名隐士。⑲吕美荪：行名贤鈖，后改名眉孙，眉生，又易名美荪，字清扬，号仲素，别署齐州女布衣，安徽旌德人。近代女诗人，历任天津北洋女子公学监督、奉天女子师范学堂总教习、女子美术学校、安徽第二女子师范校长，为蒋智由弟子。　⑳栖栖：孤寂零落貌。㉑怀慕：思慕。　㉒三代：对中国历史上的夏、商、周三个朝代的合称。㉓蒿莱：草野。这里指隐世乡间。㉔在昔贤书科，齿壮亦一第：蒋智由于清光绪二十三年（1897）以廪贡生应京兆乡试举人，授山东曲阜知县，但因怀救国、革新之志，故未赴任。贤书科：旧时乡试考中为"登贤书"。齿壮：壮年。㉕炎运：帝运。　㉖奄：气息微弱。㉗幽厉：周代昏乱之君幽王与厉王的并称。　㉘贾生涕：汉文帝时，贾谊曾上《治安策》陈政事，中有"臣窃惟事势，可为痛哭者一，可为流涕者二，可为长太息者三"之句，后世遂以"贾生涕"表达忧国伤时的心情。

衔此麦秀①哀,岩穴②永孤闭。穷老箪瓢③居,迹遁抑天弃。

寐与姬孔④晤,生忧礼乐敝。蔬食长忍饥,著说阐仁义。

抱道⑤无永命⑥,万憾遗人世。伤彼河汾帷⑦,明德谁私谥?(余不敏,敬上私谥曰贞晦先生。)

有子徒冠军,(尊篡都督⑧。)侘傺⑨亦随逝。平生《梁父吟》⑩,畴为千载计⑪。

载跽⑫散原翁⑬,弁言能我赐⑭。更乞海内贤,锡⑮辞竞哀丽。

百艰付剞劂⑯,长留在天地。题句告幽灵,侯芭⑰泪盈袂。

题　词

叶恭绰⑱

吕女士印蒋先生诗集,属⑲董⑳其事,出版时,敬题一律:

昔从绪论崇襟抱㉑,今绎篇章见道真。平挹㉒九流心独往,每艰一字语还淳。

修途在眼宁终古,积雪填胸有别春。安得泉台㉓召和扁㉔,上池㉕仍冀活斯民。

永　命

白云长在天,照耀见光芒。蔼蔼㉖有时灭,溶溶生更长。

仰观更俯察,人世亦何常。溟涬㉗海波翻,扬尘生春桑。

---

①麦秀:《麦秀歌》是商纣王箕子朝周时慨愤而作的诗篇,此诗在寥寥十数字中,将亡国惨状和亡国原因和盘托出,凄凉悲惋。后人常以之于《黍离》并举,来表示亡国之痛。　②岩穴:这里指称为岩穴之士隐居山野。　③箪瓢:《论语·雍也》"一箪食,一瓢饮,在陋巷,人不堪其忧,回也不改其乐。"箪瓢,盛饭食的箪和盛饮料的瓢,亦借指饮食。后用为生活简朴,安贫乐道的典故。　④姬孔:周公姬旦与孔子的并称。　⑤抱道:持守正道。　⑥永命:长寿。　⑦河汾帷:应该出自"河汾门下"一词。河:黄河。汾:汾水。用以比喻名师门下,人才济济。帷,指围在四周的布幕。河汾帷指众多弟子围在四周。　⑧尊篡都督:蒋智由儿子蒋尊篡。蒋尊篡,字百器,浙江诸暨人,早年就读于杭州求是书院,1900年赴日本留学,1904年在日本陆军士官学校毕业,1905年先后加入光复会、中国同盟会。辛亥革命爆发后,任广东省都督府军事部长,后任浙江都督。1920年历任任浙闽宣慰使、孙中山大本营代理参谋部长、军需总监等职,1926年任浙江军政部长。蒋智由于1929年去世后,蒋尊篡于1931年因病逝世。　⑨侘傺:形容失意的样子。　⑩《梁父吟》:诸葛亮吟唱《梁父吟》,抒发自己的豪情壮志和远大理想,这里赞美蒋智由平生素有雄志谋略。　⑪畴为千载计:为千年而计筹。畴:通"筹",筹划。　⑫载跽:长跪。载:动词词头,无义。　⑬散原翁:即陈三立。　⑭弁言能我赐:能赐给我前言。弁言:前言,序文。因冠于前,故名。　⑮锡:通"赐",赏赐。　⑯剞劂:雕板,刻印。　⑰侯芭:又名侯辅,西汉巨鹿人,著名文学家、哲学家扬雄的弟子。这里借指弟子。　⑱叶恭绰:字裕甫(玉甫、玉虎、玉父),又字誉虎,号遐庵,广东番禺人。近代书画家、收藏家、政治活动家。　⑲属:通"嘱"。　⑳董:监督管理。　㉑襟抱:胸怀,抱负。　㉒挹:引。　㉓泉台:指阴间。　㉔和扁:古代良医秦和与扁鹊的合称。　㉕上池:即"上池之水",出自《史记·扁鹊仓公列传》,指能助发挥最佳药效之水。　㉖蔼蔼:暗淡或幽暗的样子。　㉗溟涬:不着边际。

春桑荣柯条，已复海溙溙①。桑海迭反覆，麻姑②记不忘。
赫赫王侯宅，鞠③为蔓草场。乡里微小儿，金印累相当。
百俗竞荣华，独士守维纲。菀枯④信所集，有道胡不臧⑤？
大椿八千岁，日月不可量。纵有春与秋，不共槿蕣芳。
李斯售⑥秦相，倏忽磔⑦咸阳。伯夷采薇者，于今独不亡。
君子故有忧，小夫何太忙。万古一华年，神存物不伤。
未历冉冉尽，弥益菲菲章。不死自有真，飞仙空茫茫。
顾视百岁人，一瞥亦如殇。知命物靡争⑧，祈天圣所蓑⑨。
无极⑩诚不息，可久道大光。吾学以此夫，永命同玄黄。

所　居

所居不在广，容膝斯已好。所食不在丰，果腹事可了。
得位非为荣，贵能行其道。道不能有行，窃位犹名盗。
吐文绮藻绣，撰德珍珪瑁。表而綯⑪尚之，中修以为宝。
不见西山翁⑫，饿殍行皭皭⑬。齐景⑭雄千驷，萎灭同百草。
义患行不果，道患闻不早。秉常直以方，处塞强者矫。
纯者拣其瑕，粹者磨其糙。坚堪攻不破，白信涅不皁⑮。
果能必明愚，发愤益勇老。申诵卫武诗，矕没⑯同怀抱。

思　独

白云如白石，天如青壁池。繁星缀明珠，圆月金碗飞。
是月平日夜，盲风⑰千里吹。跳踯⑱乌兔⑲速，倏见玄鸟⑳归。
兵甲动十年，万方死奔离。未能回天地㉑，怆然盯㉒高卑。
思独伏衡茅㉓，卷藏㉔遵圣时㉕。当门一树大，近市来轸㉖稀。
四壁磬㉗徒悬，但为百书围。朝夕见古人，思心通其微。

---

①溙溙：广大的样子。　②麻姑：又称寿仙娘娘、虚寂冲应真人，民间信仰的女神，属于道教人物。
③鞠：穷困。　④菀枯：茂盛与枯萎，比喻优劣荣辱。　⑤臧：善，好。　⑥售：实现。这里的意思是
成为。　⑦磔：古代分裂肢体的酷刑。　⑧靡争：没有争执。　⑨蓑：勤勉，努力。　⑩无极：无
边际，无穷尽。道家认为无极即道，指道是不可穷尽的。　⑪綯：罩在表面的单衣。　⑫西山翁：商亡，伯
夷、叔齐隐居西山采薇而食，终于饿死。后亦以西山翁指隐居者。　⑬皭皭：清白。　⑭齐景：齐景
公，春秋时期齐国君主。　⑮白信涅不皁：本质够白的话，用涅也无法染黑。涅：可做黑色染料的矾石。
皁：黑色。　⑯矕没：勉力，努力。　⑰盲风：疾风。　⑱跳踯：本指上下跳跃，又比喻光阴迅速。
⑲乌兔：古代指日月，比喻时间。　⑳玄鸟：燕子。　㉑未能回天地：指自己回天无力。　㉒盯：睁
大眼睛。　㉓衡茅：衡门茅屋，简陋的居室。　㉔卷藏：收藏。　㉕遵圣时：按照圣明之时。
㉖轸：古代指车箱底部四周的横木，借指车。　㉗磬：一种中国古代石制打击乐器和礼器。

夜吟参觜①落，河汉对楔帷②。想见西山翁，负手亦低徊。

众 弃③

去乡适已久，乡物无与同。惟有候虫声，偏喧别耳中。（本孔子"违山十里，蟪蛄在耳"④之意。）

我年未二十，饥走去西东。汩没遂久长，飘捩⑤如飞蓬。

国家方未泰，感激鲠心胸⑥。时思效一死，沟瘠甘所终。

时俗宗权强，钩窃⑦遂成风。方肠不可輐⑧，耿此是非衷。

削迹烂泥沙，众弃等瞆聋。敢言时潮非，益悚国步穷⑨。

朝惟对稠书，夕难敕匮饔⑩。气禀老烈姜，志劲寒秀松。

未信伯夷拙，终愧⑪姜父⑫雄。仪秦⑬何足慕，丘耳⑭庶⑮可宗⑯。

老树绚丹叶，晴壑娟青峰。爽气助兴游，晴日资冲融⑰。

餍⑱喉裹余粮，替足仗高筇⑲。暂辍时世忧，一放林野踪。

农 宗

木叶今又下，秋色凄其清。蛩语⑳同旧响，雁遰㉑无变程。

白发不相饶，日夜故繁生。老讯候以至，世观何不平。

因思蒹葭㉒衰，方当秔稌㉓成。芟芋浦溆㉔掇㉕，枣栗阪畤㉖抨。

相期奉贡税，不可迩㉗甲兵。从此明孝弟，俭勤偫㉘余盈。

农宗立吾国，王道易且明。胡为慕西人，工商逐邪赢㉙。

惨毒日以煎，途狭生死并。千载人相食，末日来已侦。

穷老拗㉚世变，痛膺激叹声。竞夺仁人死，权强猾者荣。

---

①参觜：参、觜都是星座名，都是二十八宿之一。　②河汉对楔帷：银河对着门帘。楔：门两旁的木柱。帷：围在四周的布幕。楔帷当指门帘。　③并见《诸暨诗英续编》卷四。　④违山十里，蟪蛄在耳：先秦《蟪蛄歌》："违山十里，蟪蛄之声，犹尚在耳。"或说为孔子所作，表达生命短暂，但要像蟪蛄那样尽力吟唱之意。　⑤飘捩：飘转。捩：转动。　⑥感激鲠心胸：感动奋发之情像鱼骨一样卡在心胸。感激：感动奋发。鲠：鱼骨卡在嗓子里。　⑦钩窃：《诸暨诗英续编》卷四作"偏党"。　⑧輐：圆。⑨穷：穷尽。　夕难敕匮饔：指晚上缺乏食物难以对付。敕，同"饬"，整顿。匮：缺乏。饔：熟食。⑪终愧：《诸暨诗英续编》卷四作"尚想"。　⑫姜父：即姜子牙。姜子牙后辅佐了西周王，称"太公望"，俗称太公。姜子牙是齐国的缔造者，齐文化的创始人，亦是中国古代的一位影响久远的杰出的韬略家、军事家与政治家。　⑬仪秦：指战国时期纵横家张仪、苏秦的并称。　⑭丘耳：孔丘和李耳，即孔子与老子。　⑮庶：或许。　⑯宗：尊奉。　⑰冲融：冲和，恬适。　⑱餍：吃饱。　⑲筇：一种竹，实心，节高，宜于作拐杖。　⑳蛩语：蟋蟀鸣叫声。　㉑遰：去。　㉒蒹葭：芦苇。蒹：没长穗的芦苇。葭：初生的芦苇。　㉓秔稌：粳稻与糯稻。　㉔浦溆：水边。　㉕掇：拾取，摘取。　㉖阪畤：山坡与田际。　㉗迩：邂逅，遇见。　㉘偫：积储、储备。　㉙邪赢：用欺诈手段牟取财利。㉚拗：不顺从。

问天天何言，但掀日月征。秋景曛①空阶，霜露践可惊。

感喟付一写，泪落前纵横。

蓟②　西

往由南口登居庸，转向明陵，信宿③汤山。思南口、居庸，今之当路险塞也，战事作，而居民将委锋燹④尽，然非山川罪，而人失其道。为之纪事，抒怀有作。

忆昔游蓟西，南口控蹇驴⑤。居庸天下险，秦堞⑥古今余。

轨枕蜿长蛇，下阪⑦悬绳俱。但令一夫守，可以百万须⑧。

明陵仰结构⑨，灵宫隧山隅。赫赫曛⑩宏敞，王气今虚无。

兴亡一转眼，俯仰为嗟呼。春草石兽静，十里空卧趺⑪。

汤山汤泉涌，厥热如蒸炉。石池两明月，宫苑委榛芜⑫。（后改为旅馆。夫形胜，不知者之所为也。）

沸流山不一，同源夫岂殊？霞光湛沆瀣⑬，玉色凝醍醐⑭。

风雨再信宿，山川明要图⑮。燕然塞外来，岌嶪⑯东南趋。

厓嶂⑰纷合沓⑱，纮络⑲帝王都。埶云连太行，形审得无⑳粗？

不见永定波，流域明区区㉑。鸟道置戍守，马足限驰驱。

于今幸无外，他日争锥铢㉒。喋血一相视，坑谷填无辜。

由来天险设，不乃人命屠。信非列嶂罪，末俗异唐虞㉓。

竞争非仁义，强弱迫煎诛。利用到山岳，蕭伤㉔对崎岖。

卑耳㉕束马勇，函关封泥迂㉖。古来恃险阨，多在被驱除。

山溪面三叹，归鞭指城阇㉗。

上海寓庐㉘

宁待营山始结庐，赁椽兼土得幽锄。高桑盖户真成翳，小竹低阶或类箖㉙。

①曛：不明亮。　②蓟：北京的古称。　③信宿：表示连住两夜。　④委锋燹：指被委弃于战火。燹：野火。　⑤控蹇驴：指骑着驴子。控：驾驭。蹇驴：跛蹇弩弱的驴子。　⑥秦堞：秦墙。　⑦下阪：在斜坡上往下。　⑧须：胡须。指男子。　⑨仰结构：向上连结构架。　⑩曛：日照。　⑪趺：碑下的石座。　⑫榛芜：草木丛杂。形容荒凉的景象。　⑬沆瀣：夜间的水气，露水。　⑭醍醐：酥酪上凝聚的油。　⑮要图：重要的计划、方针或步骤。这里指作出规划。　⑯岌嶪：危急。　⑰厓嶂：厓同"崖"，指状如屏障的山崖。　⑱合沓：重叠，纷至沓来。　⑲纮络：像带子一样缠绕着。纮：古代冠冕上的带子。　⑳得无：该不会，表示反问。　㉑区区：小。　㉒争锥铢：锥子与锱铢都是微小之物，这里指争微小之地。　㉓唐虞：唐尧与虞舜的并称，指尧与舜的时代，古人以为太平盛世。　㉔蕭伤：悲伤。　㉕卑耳：卑耳山，即指辟耳山，在山西平陆县西北。《史记·齐世家》："束马悬车，登太行，至卑耳山而还。"　㉖函关封泥迂：靠"函关封泥"太迂腐了。有"泥封函谷"的典故，比喻能利用险要地势，坚守住军事要地。　㉗城阇：城门。阇：城门上的台。　㉘并见《诸暨诗英续编》卷四。　㉙箖：篠箖，竹名，叶薄而大。

（鄙所居当楼有桑,上出檐数丈,余自额其楼曰高桑,庐曰翳叶,取《左传》翳桑饿人语而适符余之穷饿于此也。《竹谱》载篊箖叶薄而广,余阶下箸竹数丛,以叶阔似箸名,则亦类于篊箖者欤?）

三代道明书可读,九州错铸辙焉如①。平生昔昔②周公梦,衰甚而今复也无。

非　隐③

近市且居殊隐沦,违天不死作闲人。看看一颗两颗树,去去五年十年春。
南丈荷蓧④未全义,西山采薇⑤自求仁。分明孔孟传心学,忧乐为群非此身。

门　树

刮地烽尘故不清,当门林树若为情。拳根失土因盘错,高盖摩天自拄撑。
终日牵留难是恝⑥,一秋摇落每多惊。风来月到吾庐爱,鸟下蝉鸣物态生。

一　树

幽居独一树,树老半虫生。密叶经年少,乔柯⑦出众争。
鸟窥时有下,蝉隐得闻声。请谢人间世,天机不外营⑧。

日暮即事有感

列列星明上,垂垂月映空。市收来阵鸟,人歆听阶虫。
活国谋兵灭,欢农话岁丰。养生无事里,知道不言中。

月

穷居守衡门,与世欢娱绝。明月未欺人,娟娟下蓬荜⑨。

---

①焉如:清晰的样子。　　②昔昔:夜夜。昔:通"夕"。　　③并见《诸暨诗英续编》卷四。
④南丈荷蓧:指隐者避世。《论语·微子》:"子路从而后,遇丈人,以杖荷蓧。子路问曰:'子见夫子乎?'丈人曰:'四体不勤,五谷不分。孰为夫子?'植其杖而芸。子路拱而立。止子路宿,杀鸡为黍而食之,见其二子焉。明日,子路行以告。子曰:'隐者也。'使子路反见之。至则行矣。子路曰:'不仕无义。长幼之节,不可废也;君臣之义,如之何其废之? 欲洁其身,而乱大伦。君子之仕也,行其义也;道之不行,已知之矣。'"荷:扛。蓧:古代除草用具。　　⑤西山采薇:明代心学集大成者王守仁有《采薇》诗:"采薇西山下。"　　⑥难是恝:难以对之无动于衷。恝:无动于衷;淡然。　　⑦乔柯:高枝。　　⑧营:谋求。　　⑨蓬荜:编蓬草、荆竹为门,借代为穷人家住的房子。

46

三更冒寒坐，四野俨霜雪。闃①净无人声，毕昂②当户直。
晚卧宁获已③？辜负真可惜。虽乏笑言侣，良足自怡悦。
古咏战伐场，寒芒沉白骨。太息争斗繁，惨黩④今更急。
嫦娥瞰虚空，无余穷南北。倘复犹人情，愁颜岂终极。
玉衡虽云平，不能端曲直。北斗虽云高，铃杓⑤徒虚设。
唐汉化为尘，何况受命促。白兔几跳跃，时代倏复易。
仰观得盈虚，知命终偃息⑥。虚拟河汉近，泰宇⑦可缘接。

呵弹雀者

黄雀嬉庭树，飞飞时来集。音徒哜啁噍⑧，下上控⑨咫尺。
纵然族类微，乾坤所亭育⑩。圣人于万物，无不在矜恤。
胡为挟弹子，窥此葱木末。奄至复飞去，日暮不得宿。
展转复归来，东西窜暗叶。高飞忽下坠，横出蓦撇越。
幸逃欣偷生，猝遭丧短折。急口似奔呼，觑眼眛所适。
一二已离群，四散竟千百。持归八九喙⑪，垂头更塌翼。
隐约羽毛间，猩斑殷凝血。上帝不得诉，一雯辞寥廓⑫。
微命何足云，将生供杀戮。尔岂饱饥馋，徒自演虐酷。
君子远庖厨，圣王解网罦⑬。既分行弋⑭散，复回丛楚⑮碧。
窜心屡怦怦，蒿目⑯多历历。飞鸟未遗音，居人有太息。
嗟尔身手徒⑰，从事戒灭裂。

兀　者⑱

兀者见仲尼，反笑仲尼为。尧舜道戴晋，其犹一咉吹⑲。
鹏飞九万里，不知天高卑。何况㗌井蛙⑳，欲以寸目窥。

---

①闃："闃"的讹字。闃：寂静。　②毕昂：毕星与昂星。二星至秋季时，晨见于东方，故常以表示天将黎明。　③晚卧宁获已：晚睡难道能够罢了？意思是仅仅晚睡还不够。已：止，罢了。　④惨黩：昏暗貌。　⑤铃杓：星名。铃亦作"钩铃"，属房宿的辅官，共两星。杓：指北斗第五、六、七颗星，亦称"斗柄"。　⑥偃息：停息，止息。　⑦泰宇：犹天下。　⑧哜啁噍：发出啁噍的鸟鸣声。哜：鸟叫。啁噍：象声词。鸟虫鸣声。　⑨控：投。　⑩亭育：养育。　⑪八九喙：八九只鸟。喙：鸟嘴。　⑫寥廓：辽阔的天空。　⑬罦：捕捉禽兽的长柄网。　⑭弋：系有绳子的箭，用来射鸟。　⑮丛楚：灌木丛。楚：落叶灌木，鲜叶可入药。枝干坚劲，可以做杖。亦称"牡荆"。　⑯蒿目：极目远望。　⑰身手徒：有技艺的人。　⑱兀者：分布于辽阳行省北部的通古斯语族居民，还有被统称为吾者、兀者或斡拙的诸部。这里应指边远地区未开化之人。　⑲尧舜道戴晋，其犹一咉吹：《庄子·则阳篇》："尧、舜，人之所誉也。道尧、舜于戴晋人之前，譬犹一咉也。"咉：如口吹物发出的小声音。表示微不足道。　⑳㗌井蛙：指井底之蛙。㗌："㗌"的讹字。"㗌"古同"陷"。

尺寻于长短，但为有限施①。概以斗与斛，无量焉得訾②？
武王有天下，伯夷乃采薇。彼非顾万古，何能律一时？
东海虽得招，西山云其非。郏鄏③与首阳④，莽莽抗翠微⑤。
谁云百世师，只独忍调饥⑥？蕣颜⑦荣朝露，光采何猗猗⑧。
日暮不及至，萎藉⑨同泞泥。黄雀繁其群，飞飞啁藩篱。
九天既以远，八方非所窥。众人非圣人，小知殊大知。
既圣不待教⑩，不知教之疑。孔子希无言，如天靡有违。
不能安四维⑪，欲自放九夷。老子贵无名，不盱盱睢睢⑫。
骑牛而西去，众莫知所归。

登湖州道场山出小梅口观太湖

湖郡山水乡，道场尤崛特。翔⑬停鸾鹄姿，峻拔非险巇⑭。
扬舟傃⑮北浜，林峦破合沓⑯。行踏磊磊石，望指亭亭塔。
造峰得夌平，到寺容衍憩⑰。后嶂罗帧屏，悚惕前崖窄。
金盖罩悬峰，何山坳深谷。结茅古何人，读书惊夜鹤。
前望绿野开，陇畴间桑竹。城郭波涛中，光气荡明灭。
门栏交桨橹⑱，墙垣⑲满蚌蛤。吴中号水府，南方信卑湿。
山求知弁升⑳，水会合苕霅㉑。桥多低倚虹，帆杳远明雪。
张目窥太湖，虽近犹恍惚。晴久雾偏张，岸远天无极。
但觉白皛然㉒，怪底㉓地形缺。却回仰窣㉔堵，冉冉青云接。
攀缘身增高，天风衣袂击㉕。枯树自何年，断砖有剥壁。
菜莳㉖僧兼农，茶荐㉗童延客。归径白云望，泛湖碧浪识。
西展小市回，北略梅口出。葭苇密近岸，稍远天水一。
广周茫万顷，深浅涵一碧。星斗天下沉，岩崖浪高及。
泄纳几源流，灌溉多田洫㉘。巨物在东南，可以最神赤。

①尺寻于长短，但为有限施：意思是尺寻只在有限的长短里才有所作为。 ②概以斗与斛，无量焉得訾：意思是对于无量的事物，斗斛难以估量。訾：估量。 ③郏鄏：周朝东都，故地在今河南省洛阳市。 ④首阳：山名，一称雷首山，相传为伯夷、叔齐采薇隐居处。 ⑤翠微：指青翠的山。 ⑥调饥：早上没吃东西时的饥饿状态。喻穷困。 ⑦蕣颜：蕣花似的容颜。常比喻美貌之短暂。 ⑧何猗猗：多么美好。 ⑨藉：践踏，凌辱。 ⑩既圣不待教：既然圣人不愿意教育（众人）。 ⑪四维：时空概念，这里指天下。 ⑫盱盱睢睢：形容庄矜傲慢，目空一切的样子。 ⑬翔：鸟飞的声音。 ⑭巇：高峻貌。 ⑮傃：向着。 ⑯合沓：纷至沓来。 ⑰容衍憩：容许充足的休息。 ⑱橹：橹。 ⑲墙垣：室外的矮墙。 ⑳山求知弁升：寻山知道弁山与升山。山求即求山。求：寻觅。弁山，又名卞山，在浙江湖州城西北9公里，雄峙于太湖南岸。升山在浙江湖州东郊10.5公里处，现属八里店镇，一名欧余山，又名欧亭台。 ㉑苕霅：是苕溪、霅溪二水的并称。在今浙江省湖州市境内，是唐代张志和隐居之地。 ㉒皛然：皎洁明亮的样子。 ㉓怪底：指惊怪、惊疑或难怪。 ㉔窣：突然钻出来。 ㉕衣袂击：击衣袂。 ㉖菜莳：种菜。莳：栽种。 ㉗茶荐：献茶。 ㉘洫：田间的水道，沟渠。

一篷①舞重涛，半桨危②撑撇③。致远恐泥归，此观何修得。

未把鸱夷子④，扁舟难再约。会登浮玉峰，北望泱漭⑤色。（按，《山海经·南山经》文："浮玉之山，北望具区⑥。"又云："苕水出于其阴，北流注于具区。"今苕水出天目山，古浮玉之为天目甚明。苕水之北流者，入于太湖，自天目而望，则太湖在其北。然则禹、益之登浮玉望具区，即为今之登天目山无异矣。）

九　日

兵革长开九宇⑦颠，山川好在未能前。纵怀旧约须抛得，欲觅登高只慨然。
陟巘⑧盘崖徒想象，传萸把菊任因缘。人生国乱真愁绝，佳节身逢亦可怜。

九　日　（乙丑年。）

兹辰届重九，虑以鲁莽酬。岩峦涨烽火，咫尺阻九州。
伸首海市隅，园林不可求。囊空复何有，难为出门谋。
想象篱边种，未睹霜朵幽。不能摘盈手，何以插满头。
茱萸更不来，蔓草没其菉⑨。旱久坌⑩更集，车马接溷⑪稠。
眼暗不能开，怅望成迟留。因思斗战地，广漫不可收。
吴越破完富⑫，江汉沸其流。徐汴及津张⑬，势欲决痈瘤。
分垒更异帜，吞并自虔刘⑭。刑天弄干戚⑮，鸱义⑯兴蚩尤⑰。
禹土再汩陈⑱，孑余靡遗周⑲。兹乱异前古，国频阋⑳讵休㉑？
谁适为此祸？自瘣㉒不可瘳㉓。方怀卒斩痛，未遑㉔斯饥忧。
终朝切㉕愤叹，中心惔以妯㉖。且任佳节去，取适非今秋。

---

①一篷：一船。　②危：高。　③撇：碰触；击。指撇波。　④鸱夷子：即鸱夷子皮，指春秋越范蠡之号。　⑤泱漭：广大貌。　⑥具区：太湖之古称。　⑦九宇：言九州岛。　⑧陟巘：登山。　⑨菉：果实外皮密生疣状突起的腺体。　⑩坌：尘土。　⑪溷：肮脏。　⑫完富：殷实，富庶。　⑬徐汴及津张：徐州、汴州（洛阳）与天津、张家口。　⑭虔刘：劫掠，杀戮。　⑮刑天弄干戚：古代汉族神话传说之一，刑天是《山海经·海外西经》中的人物，原是一个无名的巨人，因与黄帝争神座，被黄帝砍掉了脑袋。干戚：干（盾）和戚（武器）。　⑯鸱义：谓丧失天良的行为。　⑰蚩尤：上古时代九黎族酋长，据说是苗族的祖先。在汉族神话中的他是武战神。与刑天都是勇猛善斗的代表形象。这里借指各部征战不休。　⑱汩陈：错乱陈列。　⑲孑余靡遗周：《诗经·云汉》："周余黎民，靡有孑遗。"指周无遗民。这里指民不聊生。孑余：剩余。　⑳阋：争斗。　㉑讵休：怎么休。　㉒瘣：灾害。　㉓瘳：病愈。　㉔遑：闲暇。　㉕切：激烈。　㉖惔以妯：指忧心如焚，忧心难宁。惔：火烧。妯，通"抽"，因悲伤而动容、心绪不宁。

余　独

仲尼一旅人，夷齐两饿夫。浮海得干城[1]，歌山联鄂柎[2]。
于世各不适，斯道未云孤。固宜独寐人，考盘乐长徂[3]。
千载晚相望，喟余独与殊。色难[4]城市腥，山林沦萑苻[5]。
一室独安排，蛰若三冬枯。既欠好事辈，问字扬子区[6]。
更无送酒人，陶令[7]篱宅趋。独追古圣心，劘琢[8]道精粗。
愤发老不知，思得神自愉。颇欲语微衷，而无过者徒。
穷兼子夏索，废用颜渊愚。四海欲横流，三代道故迂。
和璧守刖人[9]，谁知璞中孚[10]？散帙[11]清秋罢，凉月白庭隅。
不用问三径[12]，倚放冥冥梧。

除朝颜[13]绳架

朝颜绳架今欲除，败枝病叶丑庭隅。昔时朝花开百朵，今徒苜子长累颗。
少年荣华老可嗛[14]，人生欢乐何其暂。莫笑松柏隐稀花，桃李花好终咨嗟。
五德成功退者存，知命休终圣所尊。李斯黄犬羡何益，老子青牛道可论。

月

今年秋半月，无射候将初[15]。不碍重花暗，偏看几竹疏。
兔仍仙捣药，萤辍字明书[16]。霜露团侵晓[17]，河山显自如。

----

①干城：盾牌和城墙。比喻捍卫者。　②联鄂柎：到处是鲜花。鄂柎：花萼。鄂：古同"萼"，花托。柎：花萼。　③考盘乐长徂：成德乐道。《诗·卫风·考盘》："考盘在涧，硕人之宽。"毛传："考，成；盘，乐。"《考盘》是隐士的赞歌，描写一位在山涧结庐独居的隐士自得其乐的意趣，真切地道出了隐居生活的快乐。徂：往。　④色难：难以改变脸色。　⑤萑苻：泽名。《左传·昭公二十年》："郑国多盗，取人于萑苻之泽。"后以称盗贼出没之处。　⑥问字扬子区：到扬子所在的地方问字，犹言在乡野间求学问。扬子即扬雄，是汉朝道家思想的继承和发展者，也是语言学家，撰《方言》一书，故云。　⑦陶令：指晋陶渊明。　⑧劘琢：琢磨。劘：磨。　⑨和璧守刖人：卞和因献和氏璧被疑而被砍断双足。刖：古代的一种酷刑，把脚砍掉。　⑩孚：信服。　⑪散帙：打开书帙。借指读书。　⑫三径：晋赵岐《三辅决录·逃名》："蒋诩归乡里，荆棘塞门，舍中有三径，不出，唯求仲、羊仲从之游。"后因以"三径"指归隐者的家园。　⑬朝颜：即牵牛花。　⑭嗛：不足。　⑮无射候将初：无处射猎的季节将要开始。　⑯兔仍仙捣药，萤辍字明书：月兔仍然在捣仙药，萤火虫已经停止照亮字书了。辍：停止。萤火虫一般在夏季出现，现在已经秋天了，故云。　⑰侵晓：天色渐明之时；拂晓。

战又作

战争今又作,诸将意胡为。攘夺宁永保①,亦运孟所规②。
四海既困穷,万姓长奔离。原野露至骨,市暨③失业唏④。
税科百端立,赋预积年支。今要累巨去,明尤倍数催。
急动如水火,诛有加斳劈⑤。增兵日未已,各复拥多师。
兵盗互相生,枯栏恣栉箟。虎狼半人间,猛兽身更之。
金火一相烁,方隅为熸麋⑥。蹯剩⑦入死地,奔亡奈提携?
回经斗战场,胆栗泪交灌。百物靡一存,毁垣堆残尸。
瞻方蹙靡骋⑧,排年迭若兹。谁实更国谋⑨?能无执其非⑩。
由来人类性,本具杀伐机。坊维⑪既不存,治平欲何施?
国柄⑫共人人,罔⑬不欲执持。相视平等间,推敚⑭事亦宜。
权位一得丧,生死决于斯。兵利相煽轧,蜩螗急沸吹⑮。
横突四海立,纵裂九宇披⑯。民命迫探汤⑰,国步阽卵危⑱。
古则⑲荡以尽,欧说独偏知。岂有业⑳杀人,反信是良医?
呜呼一横流,造端夫岂微?大道返仁义,去兵会极归㉑。
政令一是出,各遂万民私。仁扶微弱存,义抑横强恣。
仁义苟不用,何奠不丕基㉒?此道其中正,余说徒佹诐㉓。
丘轲㉔不再生,教化今伊谁?天下几杨朱㉕,为哭人路歧。

---

①攘夺宁永保:掠夺了长久的安宁。 ②亦运孟所规:也运走了孟子立下的规矩(即儒家之道)。
③市暨:市镇停泊处,码头。 ④唏:哀叹。 ⑤斳劈:指杀戮。斳:古同"斫",斩断。劈:割;划开。 ⑥为熸麋:被毁灭。熸:烧毁;灭亡。麋:烂熟。 ⑦蹯剩:环绕着战火剩余的地方。蹯:环绕。
⑧瞻方蹙靡骋:瞻望四方,不能纵马奔驰。语出《诗经·小雅·节南山》:"我瞻四方,蹙蹙靡所骋。"后以喻不能施展抱负。 ⑨国谋:为国家打算。 ⑩能无执其非:能不坚持他的错误。 ⑪坊维:即"防维",防备守护。"坊"古同"防",防范。 ⑫国柄:国家大事。 ⑬罔:无,没有。 ⑭推敚:犹推移。
⑮蜩螗急沸吹:《诗经·大雅·荡》:"如蜩如螗,如沸如羹。"蜩螗:蝉。沸:开水翻腾。像蝉的叫,像沸汤的翻滚,形容社会动乱。 ⑯九宇披:九州分裂。 ⑰探汤:指试探沸水,比喻处于艰难痛苦之境。
⑱阽卵危:临近累卵之危。 ⑲古则:古代的典章法度。 ⑳业:已经。 ㉑会极归:厄运到尽头离去。会:厄运。 ㉒不丕基:大基。丕:盛大貌。 ㉓佹诐:诡诈与邪僻。佹:通"诡",诡诈。诐:偏颇,邪僻。 ㉔丘轲:孔子与孟子。 ㉕杨朱:战国初期伟大的思想家、哲学家,主张"贵己""重生""人人不损一毫"的思想,是道家杨朱学派的创始人。

群　鸟

群鸟飞飞尾毕逋①，天凓②日晶西风粗。老树病叶半在地，裋褐③儒生守环堵④。

四海九州长甲兵，兵多甿⑤少倒其数。已闻一省三十万，更益竞多止何许？

尽敲骨髓输供应，抵死不许有抗拒。国产已罄及民业，那得更留甒⑥与斞⑦。

地载天覆四方有，欲逃汝死何门户？今年战争明年又，胆心销落命如缕。

常闻往古有太平，于今但见獶⑧与虎。畁⑨生赋质⑩在人人，强者得有弱谁与？

决雄竞胜理宜然，惟军拥睨⑪莫予迁。豪吞横领自一时，嗟尔平民空刍苴⑫。

不　寐

梧桐当后院，不寐听高风。市语参横⑬歇，宵光槛曲通。

时惟闻战伐，道合在幽穷⑭。不断苍生梦，偏惊白发翁。

往　茔⑮

暂拟茔林往，偏逢兵甲开。船封都崥港，夫絜（俗谓拉夫。）尽成僮⑯。

柏计何株活，榛宜一类摧⑰。翻愁行不得，首路⑱重迟徊。

茔　山

霜露亦既降，所思在茔山。自吴徂⑲防风⑳，（今茔山在古防风氏之墟。）行旅今适艰。

---

①毕逋：鸟尾摆动的样子。　　②凓：寒冷。　　③裋褐：汉服的一种款式，是对古代穷苦人穿的一种衣服的称呼，又称"竖褐""裋打""短褐"。以劳作方便为目的，是中国几千年来农民百姓最常穿着的衣服款式之一，与常服和礼服相区别。　　④环堵：四堵墙。　　⑤甿：古指农村居民。　　⑥甒：坛子一类的瓦器。　　⑦斞：古代容器。　　⑧獶：獶貐，古代传说中的一种吃人凶兽。　　⑨畁：给与，付与。　　⑩赋质：天赋资质。　　⑪拥睨：前呼后拥，斜视着眼睛。　　⑫刍苴：吃草。刍：喂牲畜的草。苴：浮草；枯草。刍与苴在这里都用如动词。　　⑬参横：参星横斜，指夜深。　　⑭道合在幽穷：志趣相投的人在幽僻的地方。意谓找不到志趣相投的人。　　⑮茔：坟地，坟墓。　　⑯僮：古代对低级奴隶的名称。　　⑰摧：折断；毁坏。　　⑱首路：上路出发。　　⑲徂：往。　　⑳防风：远古防风国，在今浙江德清县。

无端骚军旅，涂路涩荆菅①。舟遄不碰步②，趁人惧柯（方言以执为柯，音可。）牵。

往必实所历，道苦他靡遭③。十月果前期④，衿计⑤完宜先。

授衣及严冬，慎彼飙⑥霜寒。想像水路宿，新月侧钩弦。

圹埌⑦澴曾霄⑧，硌硰⑨暝重峦。此道过复习⑩，山脉了属连。

杭峰叠右面，百里卷趋旋⑪。苏湖峰迤逦⑫，左会拱宗颜⑬。

山川此其辏⑭，风物前亦妍。枇林攒⑮塘路，桑竹间畽畹⑯。

时时见渔舠⑰，一筌鹢鹭间⑱。红叶枫柏外，芜薮⑲亦斒斓⑳。

赏延㉑目有击，兴余心无懒。塔山茎峰对，远觑斗瞳矑㉒。

甀隒露笋簴㉓，南针指疆躔㉔。峭峰突一岳，高张云霄权㉕。

茎山荫其下，嵾嶭叠舒舒㉖。船首矢直视，岳临中不偏。

推篷一决眦㉗，不觉胫黼前㉘。舣舟⑲上鸭汊⑳，所见弥广圆。

金车石城内，厥外再重垣。环匝转曾塔，十里港之玄。（方曲谓之，圆曲谓玄。）

天风吹山云，图画开蠛原㉛。有实美其猗㉜，箐㉝薈松杉蕃。

秋来欠游事，蠲约滞尤延㉞。繁霜物态存，晚岁纵贞观㉟。

茎山前到眼㊱，湿涕念亲存。依依宁得再，徒此行（音行。）柏攀㊲。

白首无成烈，负怀齿发残。海化一何笃，罔以绍㊳德言。

当年依闾㊴心，内疚滋今烦。禄养生不及，焉足论苹蘩㊵？

---

①涂路涩荆菅：道路因荆菅而险阻。涂：通"途"。涩：道路险阻。　②舟遄不碰步，趁人惧柯牵：指因为害怕被抓，所以船不按走碰步的线路走。遄：逃亡。碰步：指跳岩。跳岩是将一些形状大小基本一致的石块在水中排列成道，石块之间相隔约一步之遥，就形成了跳岩。跳岩是桥的雏形。　③往必实所历，道苦他靡遭：去的话一定如以前经历的一样，道路艰苦，但没有其他可改变。遭：转，改变方向。　④十月果前期：指十月前期成行。果：实现。　⑤衿计：胸中的打算。　⑥飙：暴风。　⑦圹埌：原野空荡辽阔。　⑧澴曾霄：高空冷寒。曾霄：重霄，极高的天空。曾：古同"层"，重。　⑨硌硰：山石险峻貌。　⑩复习：再次经历、体验。　⑪百里卷趋旋：意思为像百里画卷那样翻卷。　⑫苏湖峰迤逦：苏州、湖州的山曲折连绵。峰：山名，这里指山。　⑬左会拱宗颜：左边会合如在向（我的）祖先拱手。宗颜：祖宗的颜面，这里指祖先。　⑭辏：聚集。　⑮攒：聚拢；集中。　⑯畽畹：田舍、墙垣间的空地。　⑰渔舠：一种刀形的小渔船。　⑱一筌鹢鹭间：一只鱼筌浮在鸥鹭中间。筌：鱼筌。鹢：一种水鸟，即"赤头鹭"。鹭：鸥的别名。　⑲芜薮：远荒和湖泽。　⑳斒斓：通"斑斓"，色彩错杂鲜明貌。　㉑赏延：引领观赏。　㉒斗瞳矑：斗眼睛。这里塔山与茎峰远远相望，好像在比视力。　㉓甀隒露笋簴：形状像瓮甀的山的旁边露出悬挂钟磬的立柱。　㉔南针指疆躔：比喻立柱像指南针一样指向天空。疆躔：天上的疆界和天体的运行。　㉕云霄权：像云霄的秤锤一样。㉖嵾嶭叠舒舒：山重叠而高峻。嵾嶭：高貌。舒：山名，这里指山。　㉗决眦：表示极目远视。　㉘不觉胫黼前：不知不觉中已经来到了德清县前。黼：郡、县。　⑲舣舟：使船靠岸。　⑳鸭汊：河流的分岔处。　㉛蠛原：山原。　㉜其猗：大。其：形容词词头。　㉝箐：山间的大竹林。这里指竹。　㉞秋来欠游事，蠲约滞尤延：秋来缺少旅游，但还是免约吧，怕因犹豫不定而延期、滞留下来。蠲约：免约。尤：犹豫不定。　㉟晚岁纵贞观：希望晚年能纵情享受贞观之治。　㊱前到眼：到眼前。　㊲柏攀：即"攀柏"。晋王裒父为司马昭所杀，裒筑庐墓侧，早晚在墓前拜跪，攀着柏树悲号，眼泪着树，树为之枯。事见《晋书·孝友传·王裒》。后以"攀柏"为悼念亡亲的典故。　㊳绍：继承。　㊴依闾：靠着里巷的大门。指依闾望儿归。　㊵苹蘩：苹和蘩，两种可供食用的水草，古代常用于祭祀，后泛指祭品。

负米[1]心未化，瓶罄耻盘飧[2]。未得一捧檄[3]，呜呼泣翣窀[4]。
崩坼[5]非人境，块黑向晨昏[6]。明发属生息[7]，何以赎此身？
自尔遂茕孑[8]，藐兹孺子乐[9]。读书颇有尚，贤圣岂异人？
事也吾未能，何以为生民？浩浩年命移，靡返涓壒[10]恩。
瞿愿亏生成[11]，绕树欲哀奔。衔切一以泻[12]，澈痛终平生。
过庭[13]忆所仰，首在能作仁。一物不欲伤，此性何肫肫[14]！
推以及群国，志欲拯黎元[15]。区区吾今抱，育之厥考原[16]。
母也饶文德，记诵藻句繁。至今能缀词，萱惠[17]贻微根。
灵存永在天，体托同兹山。历历视畴树[18]，睠睠[19]念寝门。
永言[20]思其则，终怀不能谖[21]。天风仿佛来，降格[22]洞[23]诚真。
衣冠余仿像[24]，肴核俨清温[25]。百年几对越，蹢躅蹭芀茵[26]。
山鸟为我悲，树色黯苍然。进退时有极，僾忾[27]思惟专。
彻膰视矘索[28]，焚帛行诘盘[29]。巘翠回犹望，林秀得莫捐[30]。
春秋倏忽期，沪浙迢递[31]天。归舟一以远，封禺[32]没濛烟。
华发忆龀髫[33]，一一哽心酸。往事共谁语，载心以穷年。
罔极[34]同于旻[35]，欲报赧蠢孱[36]。万古所归宅，保之慎勉旃[37]。

---

①负米：子路家境贫困时，自己吃的是粗陋的饭菜，而从百里之外把米背给父母。后遂用“负米、负米百里”等表示奉养父母或为奉养父母在外谋求禄米。 ②瓶罄耻盘飧：瓶没有了酒，盘里的事物亦引以为耻。义同“瓶罄罍耻”，喻两者关系密切，休戚相关。 ③捧檄：东汉人毛义有孝名。张奉去拜访他，刚好府檄至，要毛义去任守令，毛义拿到檄，表现出高兴的样子，张奉因此看不起他。后来毛义母死，毛义终于不再出去做官，张奉才知道他不过是为亲屈，感叹自己知他不深。后以“捧檄”为为母出仕的典故。④翣窀：棺材与墓穴。翣：古代出殡时的棺饰。窀：墓穴。 ⑤崩坼：山崩地坼。比喻父母去世。⑥块黑向晨昏：早与晚定省时都对着一块黑布。晨昏定省是古代侍奉父母的礼节，早上省视问安，晚上服侍就寝。 ⑦明发属生息：明天出发是为了生活。 ⑧茕孑：孤独一身。 ⑨藐兹孺子乐：虽然微不足道，但做个孺子很快乐。藐兹：“藐兹一身”的省语，指一个人的身躯和力量是微不足道的。藐：微小。孺子：这里指清贫淡泊、隐居不仕者。 ⑩涓壒：喻微末。 ⑪瞿愿亏生成：恐怕愿望很少能实现。瞿：通“惧”。生成：产生形成。 ⑫衔切一以泻：(悲哀)藏在心里很迫切，表现出来就一泻千里。一以泻：犹言“一泻千里”。 ⑬过庭：典故名，典出《论语・季氏》，孔鲤“趋而过庭”，其父孔子教训他要学诗、学礼。后因以“过庭”指承受父训或径指父训，亦喻长辈的教训。 ⑭肫肫：诚恳。 ⑮黎元：指黎民百姓。 ⑯育之厥考原：指父亲是最初的教育者。考：原指父亲，后多指已死的父亲。 ⑰萱惠：母惠。萱：萱堂，母亲。 ⑱畴树：田畴里的树。 ⑲睠睠：依恋反顾的样子。 ⑳言：动词词头，无义。㉑谖：忘记。 ㉒降格：降低身份。指父母降低身份从仙界到凡世。 ㉓洞：清楚地。 ㉔仿像：指像在世时一样。 ㉕肴核俨清温：菜肴果品排列整齐，冷热如常。肴核：肉类和果类食品。 ㉖蹢躅蹭芀茵：在绿茵上徘徊环绕。蹢躅：徘徊。蹭：环绕。芀茵：芊茵，即绿茵。 ㉗僾忾：依稀听到叹息声。㉘彻膰视矘索：(降临的先人)在祭品撤去时盯着眼睛寻找亲人。彻：撤除，撤去。膰：古代祭祀用的熟肉。矘视：直视。 ㉙诘盘：盘问。 ㉚捐：舍弃。 ㉛迢递：遥远貌。 ㉜封禺：即封嵎，封山和嵎山的合称，在今浙江德清西南，两山相去仅二里。 ㉝龀髫：童年。 ㉞罔极：指人子对于父母的无穷哀思。 ㉟旻：天。 ㊱蠢孱：愚蠢弱小。 ㊲旃：同“旃”，“之焉”的合音。

荫敷①列树荣，禁护刿棘樊②。石楠盛春翘，丸柏嘉冬团。
霏靡③鞭草青，磊砢④球实丹。碣靡冰霜泐⑤，埏⑥逾金石完。
况枕莹玉土，致栗⑦锦缋⑧鲜。惟仗厚德载，受命无震愆⑨。
终结天地同，悠久日月悬。坤舆⑩灵所蕴，岳嶞⑪气是宣。
唉⑫生有时尽，此壤乃绵绵。容型不可求，防斧永所填⑬。
长怀松柏路⑭，如翻《蓼莪》⑮篇。

大　道

大道如青天，物靡不可见。丰其菲与屋⑯，囿⑰已窘偏浅。
至德如厚地，物靡不可托。自为陷与阱，布武跆侧足⑱。
雷电震万物，非有威暴名。日月虽掩蚀，不失悬象⑲明。
圣人师天地，喜怒中其程。改过复明德，在躬新以清。
穆穆⑳于缉熙㉑，化谧无臭声。歆羡既然无，于世何射争㉒。
流风共所仰，高山前峥嵘。惠和伯夷清，伊任孔大成。
智先无豫惑，勇何惧死生。廓然仁人度，无忧常恬宁。
三者道之纲，析条综其经。良知乃性元，孟以不虑称。
问学思辨得，知由天人并。性道有率修，致曲判明诚。
圣言调金玉，末儒张偏缃㉓。由求两问行，孔诏殊其风。
求心得为难，志帅气次从。譬人体与心，分官致殊功。
用两舜何高，执一莫己蠢。姚江与欧西，合一岂吾宗。
即行抛其思，将毋鲁莽同。孟子善言圣，条理区始终。
尔致与尔中，两端不相蒙。力巧各有程，并以善吾工。
吾尤师养气，天地人其中。集义刚以大，慊心缩而充。

---

①敷：遍布。　②禁护刿棘樊：用长着尖锐的刺的荆棘做成篱笆来禁护。禁护：禁止回护。刿：尖锐。樊：篱笆。这里做用如动词。　③霏靡：草木茂密貌。　④磊砢：众多委积貌。　⑤泐：石头依其纹理而裂开。　⑥埏：墓道。　⑦致栗：细致坚实。　⑧锦缋：色彩艳丽的织锦。　⑨震愆：惊动遭罪。　⑩坤舆：地的代称。　⑪岳嶞：山岳。嶞：山形狭而长。　⑫唉：叹息。　⑬防斧永所填：永远被土石与木头所填埋。防：堤坝，这里当指土石。斧：伐木的工具，这里指木头。　⑭松柏路：走向坟墓的路。松柏：指坟墓，因古人墓地多植松柏而得名。　⑮《蓼莪》：《诗·小雅》篇名，此诗表达了子女追慕双亲抚养之德的情思。后因以"蓼莪"指对亡亲的悼念。　⑯菲与屋：即"菲屋"，草席盖顶之屋，泛指贫家幽暗简陋之屋。　⑰囿：限制。　⑱布武跆侧足：因拥挤而行走时被绊倒。比喻发展受阻。布武：足迹分散不重叠。谓行走。跆：绊倒。侧足：侧转其足，形容周围拥挤。　⑲悬象：天象。多指日月星辰。　⑳穆穆：端庄恭敬。　㉑缉熙《诗·大雅·文王》："穆穆文王，於缉熙敬止。"毛传："缉熙，光明也。"又《周颂·敬之》："日就月将，学有缉熙于光明。"郑玄笺："缉熙，光明也。"后因以"缉熙"指光明，又引申为光辉。　㉒射争：比射争袍。《三国演义》中，曹操要看武官比试弓箭，就传令："有能飞马射中箭靶红心者，即以锦袍赐之。"曹休、文聘、夏侯渊、曹洪都射中红心。后来许褚与徐晃也射中红心，为争夺锦袍厮打起来，竟扯碎了锦袍。　㉓缃：绳子。

由是辨于言，文章道其通。盈科然后进，有本何斎①宏。
深造致自得，源乃左右逢。持此吻先圣，有以乐微躬。
假年祈无悔，蓄德守其蛊。铭盘澡又新，循墙踧益恭。
庶以践性命，抨②此夙夜衷。上达同天地，下学始悾侗。

题王晓籁③先生照相

由赐④在圣门，颇以博济闻。帛币扬孔子，车裘共故人。
范蠡致千金，三散疏友昆⑤。富而好行德，迁史⑥著褒言。
管仲始轲⑦困，义仗鲍叔援。阳货不为仁，窃宝以逃奔。
古圣有明训，多藏咤祸根。见金不有躬，怀璧丧其元。
太息缓急有，盗始非性存。贫富阂障壁，白刃两雠⑧冤。
结群势骤成，世变因剧繁。况当⑨邪说张，冲决拔篱藩。
若火始一燎，熊熊赤中原。由来大乱作，多以小盗先。
嵊山肖剿刚⑩，剡水駃奔源。其民剽悍甚，捷若乌兽蹯。
公为柔憝⑪暴，有以饱豨貒⑫。取求餍⑬其愿，稍得敛咆喧。
时俗用欧化，淫巧日以蕃。嗜欲既横开，利器可攃扳？
白昼莫谁何，所至构灾患。飞腾万价高，生计迫煎燔。
一米如食珠，百金庇片椽。有生同体性，挤逐臭河昏。
政客肆国蠢，工商罔⑭市门。诸将拥军马，黄金各有缠。
诡随惟官僚，志在乘鹤轩。后生饮狂说，不思瞢⑮先传。
耻让惟古重，芳洁非今妍。伯夷行不齿，跖则时世贤。
窫窳⑯横九州，封豕⑰自啖吞。君子方殿屎⑱，小人尤捷翾⑲。
出入生死地，一决贫富关。嗟彼膂力人，横决固宜然。
劫质汉季⑳同，攘夺苗㉑恶延。威弧㉒不能彄㉓，狼角㉔芒中天。
呜呼一小丑，万姓乃倒悬。行义孰如君，中睟㉕斥已殚。
手土塞江河，期能恬汹澜。倜傥挥情性，魁梧见容颜。

---

①斎：深广。　②抨：流露。　③王晓籁：浙江嵊县人，1907年开始商事活动，创办闸北商团，开办闸北商场和闸北工程局。新中国成立后王晓籁为中国人民银行总行代表、上海市人民代表、上海市政协委员。　④由赐：由指仲由，即子路。赐指端木赐，即子贡。两人都是"孔门十哲"之一。　⑤昆：兄长。　⑥迁史：司马迁。　⑦轲：通"坷"，坎坷。　⑧雠：仇。　⑨况当：何况处于……的时候。　⑩剿刚：轻捷刚健。　⑪憝：怨恨；憎恶。　⑫豨貒：野猪。　⑬餍：满足。　⑭罔：蒙蔽。　⑮瞢：同"懵"。无知。　⑯窫窳：古代传说中的一种吃人怪兽。　⑰封豕：大猪，比喻贪暴者。　⑱殿屎：愁苦呻吟。　⑲捷翾：因胜利而翩翩起舞。　⑳汉季：汉末。　㉑苗：指少数民族。　㉒威弧：星官名，即弧矢。　㉓彄：弓弦急张。　㉔狼角：天狼星的芒角。芒角指星辰的光芒。　㉕睟：财产。

乃是披缨人①，诗此世可论。

今世所谓嵊匪，其始扰，闻君之好施与援同乡谊，假川资告乏急者，屡抵门。君辄予以所欲得，数而诫其安居，分营生业，匪以故稍敛迹。方是时，国崇西化，淫巧物繁，眩商市而百价腾踊，生存度日高岁增，诸匪迫贫困，冲②嗜欲而蹀③富者门。富者悉吝酷④，拒勿予，出利器胁辄过其数百倍而予匪，知富者之易怵也。而君财殚，索匪知之，不复至。君所以胁社会而祸横一世矣。余写其事历以纪，盖诗而实史也。

沈竹礽⑤先生玄空学遗著题词

天地有元气，山川发其机。正以诞圣智，杂为蠕走飞⑥。
形势森尊卑，拱卫俨皇畿⑦。众水前朝宗，顾留相因依。
哲人明其故，结构窥精微。造化开窍奥，德诚感升戏⑧。
豳原⑨与崧高⑩，载之上古诗。其言叡⑪且正，众术徒糅卮⑫。
治乱演天运，如冬夏嬗移。地德资厚生，乾坤乃分司。
古有名形家⑬，堪舆⑭事异宜。绝彼地天通，重黎⑮与我期。
晚说事牵引⑯，沾沾⑰粘胶黐⑱。宜一扫刮绝，独自探两仪⑲。
务广或旁涉，不庸⑳隳支离。沉侯烂沉博，深思无不审。
参阐贞元理㉑，河洛㉒穷划劙㉓。孤往搜冥眇，精力亦云疲。
自成一家言，方俟百世知。想当得心时，赏奇释狐疑。
令子恭通家㉔，开楹扬光基。累累群籍名，玉检㉕衔金匙。
尝惜汉艺文㉖，今存一何稀。期付剞劂㉗尽，无使琳瑶㉘亏。
蒋章苦轻㉙薄，自逃秘密为。公学过其侪㉚，大公蔑我私。

---

①披缨人：披发缨冠指不及束发冠戴，只系缨于颈，比喻急于救援。披缨人指能救人于危难之人。②冲：根据。　③蹀：踏。　④吝酷：极吝啬。　⑤沈竹礽：原名沈绍勋，字竹礽，清浙江钱塘人。清时著名的风水师、堪舆学家，为玄空风水学的重要人物。沈氏穷一生精力，苦心研究玄空风水学，更不吝传授与后人，可以说是对近代风水学研究者影响至大的人物之一。　⑥走飞：走兽飞禽。　⑦拱卫俨皇畿：恭敬地卫护着京城。拱卫：指环绕，卫护。俨：恭敬。皇畿：旧指京城管辖的地区。　⑧戏：通“麾”，旗子。　⑨豳原：张守节正义：“《括地志》云：‘豳州三水县西十里有豳原，周先公刘所都之地也。豳城在此原上，因公为名。’”　⑩崧高：崧山，即嵩山，在河南省登封县北，为五岳之中岳。　⑪叡：深明，通达。⑫糅卮：混杂无主见。糅：混杂。卮：指卮言，随和人意，无主见之言。　⑬名形家：以辩论名实问题为中心，并且以善辩成名的一个学派，又称“辩者”“刑（形）名家”。　⑭堪舆：堪，天道；舆，地道。堪舆即风水，中国传统文化之一。　⑮重黎：重与黎，为羲和二氏之祖先。　⑯晚说事牵引：后来的学说牵强。⑰沾沾：执着。　⑱胶黐：即黐胶。用细叶冬青树皮制成的木胶，可以黏鸟。　⑲两仪：指阴阳。⑳不庸：不平庸。　㉑元理：即玄理。奥妙的道理。　㉒河洛：“河图洛书”的简称。《易·系辞上》说：“河出图，洛出书，圣人则之。”　㉓劙：割。　㉔通家：遵循者。　㉕玉检：玉牒书的封箧。㉖艺文：泛指各种典籍、图书。　㉗剞劂：刻印。　㉘琳瑶：美玉。这里比喻沈竹礽先生的遗著。㉙轻：浅薄。　㉚侪：等辈，同类的人们。

庶赓杨曾迹^①，上又管郭^②窥。何有一切法，大钧^③独吾师。

泥　涂

洪水民昏日，泥涂世弃身。鲁燔^④分少我，秦策赠何人。
蓬户^⑤围天地，藜羹^⑥赖夕晨。抗精摩壁垒，向道斫荆榛。
江海流同下，云山引独亲。心匪能石转，国忍自崖频^⑦。
几岁长求艾^⑧，通宵独卧薪。此生棺未盖，未足叹风尘。

冬　夜

夜籁空生韵，霜花色作旛^⑨。添衣浑不觉，蘸笔欲时呵。
月可三冬灭，人偏半褐多。回看得松柏，谡谡^⑩独如何？！

年　感

风饕腊祀鼓，日烓市集阓。摆落尽段岁，逢迎始令春。
气短排乐方，感积数劳薪。白日过鸟集，朱颜哀骀亲。
屠苏^⑪倾楹愚，愁夕讵欢辰。览物希慰怀，负杖步郊潊。
梅繁白其花，柳变青始匀。冻池风既解，云日绮涟沦。
一瞥意亦忩^⑫，三叹瘝我民。干戈连祈年，椒花值嚬呻。
战地鸡豚荒，断酿秫虚困。碎破河山里，春色付棘榛。
拥疆见利异，日斗谁能驯。分合焠水火，纵横动矛蕸。
鸣胜自矜异，肯念弱贱贫。万姓沟壑里，乌狗岂不仁。
岁德有布除，神化仰元钧。方惧冰雪歼，已喜勾萌新。
人情乱终厌，穷极呼昊旻。沴厉^⑬当见消，完我襦褐身。
天人愿岂阂，嘿斡至诚神。

---

①庶赓杨曾迹：希望继续扬朱曾子走过的足迹。庶：希望。赓：继续。　　②管郭：管仲、郭偃，倡导'变古'进行革新，使齐桓公、晋文公先后成为春秋的霸主。　　③大钧：指天道。　　④鲁燔：鲁国的祭肉。燔，通"膰"。《孟子·告子下》："孔子为鲁司寇，不用，从而祭，燔肉不至，不税冕而行。"⑤蓬户：用蓬草编成的门户。指穷人居住的陋室。　　⑥藜羹：用藜菜做的羹，泛指粗劣的食物。⑦频：危急。　　⑧几岁长求艾：多少年一直寻求救国之药。求艾：《孟子·离娄上》："今之欲王者，犹七年之病，求三年之艾也。"赵岐注："艾可以为久人病，久久益善，故以为喻。"后因以"求艾"泛指寻求治病之药。　　⑨旛：白。　　⑩谡谡：形容挺拔。　　⑪屠苏：酒名。古代汉族风俗于农历正月初一饮屠苏酒以避瘟疫。　　⑫忩：喜悦。　　⑬沴厉：即沴疠，瘟疫。

除 夕

除夕看今夕，残生喟此生。只撑余齿发，不屈内精诚。
冬自冰霜有，身逢盗贼争。贞元①今古事，会未及河清②。

仞 庐

岁新春又见，市近宅犹居。当树街尘少，留花屁土③余。
钱时看断篋④，书动欲论车⑤。十五年仍故，人生几屋庐？

叶 楼⑥

旁舍柯条发，春风改叶楼。市尘红到眼，年态白成头。
貙斗⑦仍千里，鸿嗷⑧奈九州。平生思揽辔⑨，泣血付闲讴。

山 计⑩

安排岁次⑪寻山计，坐觉千峰到眼中。无分⑫（去声。）得钱休万事，频虚春日
负秋风⑬。

黄山三十六峰好，脉入东西天目间。苕霅⑭源头出浮玉，具区⑮北尚望
湾漶⑯。

——天目山

石梁方斫图曾见，华顶宛成闻更亲。此境浙生人未到，应羞唤是浙生人。

——天台山

山川吴纪⑰宗黄岳，峰海幻云云幻峰。一到泾西瞰门户，长开图墨对岩松。

——黄山

武当岳岳立清秋，铁瓢重成偃⑱上头。闻自宜昌三百里，稽图⑲何日到均州。

——武当山

---

①贞元：古以元亨利贞喻春夏秋冬，故借指时令的周而复始和天道人事的转换。 ②会未及河清：
还未等来黄河变清的时机。 ③屁土：门槛上的土。屁：门槛。 ④钱时看断篋：时时看钱弄破了箱
子。意思是钱很少。 ⑤书动欲论车：搬书的话要用车子。意思是书很多。 ⑥并见《诸暨诗英续
编》卷四。 ⑦貙斗：像貙貐那样凶恶的争斗。貙：貙貐，古代传说中的一种吃人凶兽，像貍，虎爪，奔跑
迅速。 ⑧鸿嗷：哀鸿嗷叫。 ⑨揽辔：拉住马缰。意思是平定天下。 ⑩山计：计划游山。
⑪岁次：年次，年份次序。 ⑫无分：没有缘分。 ⑬频虚春日负秋风：屡次辜负了春日与秋风。
⑭苕霅：苕溪、霅溪二水的并称，在今浙江省湖州市境内，是唐代张志和隐居之地。 ⑮具区：太湖之古
称。 ⑯湾漶：水流回旋汇集处。 ⑰吴纪：吴国的记载。 ⑱偃：放倒。 ⑲稽图：查图。

中土五台高正圆，外群峰石绕回旋。多忧寺水寒生疾，欲往其徐待得年①。

——五台山

崂山经路失成行②，岱顶当春宿早晴。左海山东山尽好，琅琊台最忆生平③。

——琅琊台

华山当路今车路④，四扇潼关进有余。想像金天连一朵⑤，韩公到处到能无⑥？

——华山

黄帝灵宫中部在，长安直指鄜宜⑦间。萦回沮洛⑧条条水，连接延圁⑨总
总⑩山。

——黄帝桥陵山

衡岳古传舜禹游，华蛮控带⑪莽悠悠。洞庭悬月诗中景，岣嵝⑫开云梦里秋。

——衡山

烟雨罗浮合两山，波涛南海远人间。缟裳素袂无形迹，看取秾⑬深几翠微。

——罗浮山

十年旧梦览岷山，连属娥眉炯炯间。体验清明生志气，如神室碍⑭总无关。

——梦飞岷山之上下览岷山及峨眉山

登惠泉山

惜春择所游，花菜交陇畴。惠锡路朝暮，市边山亦幽。
麓罅濆槛泉⑮，珠采玉晕浮。未知于天下，果在何等不⑯？
颇嫌⑰围墙室，贩卖尘俗稠。可任在山势，霵沸⑱散林丘。
三峰杖登顿⑲，五湖波清柔。虞⑳崖著畠渺㉑，鸿洞㉒不可求。
东望杂万瓦，数道交河流。久闻丝米多，岁入驾㉓府州。

---

①欲往其徐待得年：想去五台山但要慢慢等到年后了。待得：等到。　②崂山经路失成行：意思是想从崂山的小路出发到琅琊山但不能成行。经路：小路。　③琅琊台最忆生平：即生平最忆琅琊台。④华山当路今车路：以前华山挡路，现在开出了可以开车的路。　⑤想像金天连一朵：设想华山连成一团。金天：华岳神名。唐玄宗先天二年封华岳神为金天王。这里指代华山。　⑥韩公到处到能无：韩愈到的地方能不能到呢？相传韩愈在登华山的时候，怕不能安全返回了，于是"乃做遗书，发狂恸哭"。⑦鄜宜：鄜州和宜川。都位于陕西省北部。　⑧沮洛：沮水和洛水。　⑨延圁：延即延州，今延安；圁即圁阳，古地名，在今陕北神木东南一带。　⑩总总：众多貌。　⑪华蛮控带：指衡山萦绕在华夏与南蛮的分界处。控带：萦带，萦绕。　⑫岣嵝：衡山的七十二峰之一，高1300米。　⑬秾：花木繁盛。⑭室碍：障碍；阻碍。　⑮麓罅濆槛泉：山麓的裂缝里喷涌漫溢出泉水。罅：缝隙，裂缝。濆：水由地面下喷出漫溢。槛泉：喷涌四流之泉。　⑯果在何等不：知名天下的话是什么样的呢？不：用在句末表疑问。　⑰颇嫌：略嫌。　⑱霵沸：泉水涌出貌。　⑲杖登顿：依辇手杖上下。　⑳虞：忧虑。　㉑畠渺：这里应是偏指渺，茫茫然，看不清楚。畠：明亮。这里无义。　㉒鸿洞：虚空混沌；漫无涯际。㉓驾：超出。

断峰伏裙鳌，曾塔撑角蚪。胡为抟泥人①，独无增齿愁？

此邦自泰伯②，开辟莽悠悠。眼中九龙骨，（陆羽《惠山寺记》云："山有九陇，若龙之偃卧然。"苏东坡诗："石路萦回九龙春。"）神物三千秋。

无锡天下平，今胡斗不休？独坐睨翠微，聊以澹余忧。

飞车自西来，郊原瞑色收。徙倚温片石，惜哉难伫留。

佘　山

佘山九峰中，虽小端而好。买舟出松郭，维系翠微道。

盘磴③阴树繄，架屋平崖峭。穷巅有曾台，可以辰象④眺。

西望五湖波，目极畴莽杳。迤逦东则海，云雾封难了。

移舟陶连山，插筇地非少。北鼙⑤顿成峰，根踪难追讨。

密迩⑥苏厘间，峰断脉远逴⑦。具区寔⑧东南，泄水如奔潦。

九山皆门户，马终扼其要。诸峰石戴土，厥野鱼兼稻。

水清沮洳平，控带⑨未为小。求餔入乡店，问俗到田老。

一宿溪桥侧，露月寒在抱。逗游篙工憎，变候雨师扰。

快意复遗憾，未放天马啸。

庐　树

高树团门有数株，三桑枯二一槎苏。戏枝云雀翻仍下，窜荫风蝉抱⑩即呼。

月印横柯浓著墨，露明垂叶湛⑪成珠。童童⑫偃盖何人宅？窄窄编柴得我庐。

登东西天目山

天目辞黄山，卓为东方主。出兑驰向震⑬，联绎⑭起岨峿⑮。

气王脉缕分，缠护了无数。登临知高严，纵观但下俯。

左巇发孝长⑯，势转锁松沪。锡苏⑰各内面，震泽⑱澄一注。

---

①抟泥人：捏的泥人。惠山泥人构思隽妙，做工精细，是无锡传统工艺美术品之一，无锡三大著名特产之一。抟泥：捏弄泥团。　②泰伯：又称太伯，吴国第一代君主，东吴文化的宗祖。　③盘磴：盘曲而上的石级。　④辰象：天象。　⑤鼙：小竹。　⑥迩：近。　⑦逴：远。　⑧寔：渐渐。　⑨控带：犹紫带，环绕。　⑩抱：孵。　⑪湛：露厚重。　⑫童童：茂盛貌；重迭貌。　⑬出兑驰向震：地有八方，以八卦应之，兑卦位在正西，震卦位在正东，故"出兑驰向震"言天目山脉从西到东。　⑭联绎：连续不断。　⑮岨峿：山交错不平貌。　⑯孝长：指处天目山北麓的孝丰、长兴。　⑰锡苏：无锡、苏州。　⑱震泽：震泽镇隶属于江苏省苏州市吴江区，位于吴江区西部，江浙交界处，北濒太湖，东辈麻漾，南壤铜罗，西与浙江南浔接界。

右开临潜（谓临安县于潜县。）奥①，钱唐②入凤舞。舟枕③峭其峰，径山④吃近栝。

璞语惟举偏，刘论细无取。（郭景鲍记云："天目山垂两乳长，龙飞凤舞到钱唐。"是举右支而遗其左嶂也。《西天目志》《乐郊私语》云：刘伯温谓姚桐寿：中国地脉，北龙、中龙已显，惟南龙犹未知尽结处。顷抵海盐，乃知天目山势至长墙、秦驻乃止，此南龙尽结大地，其人物惟周孔当之云云。海盐细枝，非正干，是刘论亦失之矣。）岂知中衢⑤尊，独松蜕初祖。

三江五湖合，盖海铺前膴。封禺⑥塞屏间，苏杭两枢户。

果计⑦遂今游，初入赏林丘。首夏木叶长，万壑总油油。

小亭石径转，飞瀑漱琼流。白浪破碧树，天际寒飕飕。

谁把浙江潮，挂之高山头？此景东山最，奄⑧观成豫犹⑨。

明登分经台，豺虎迹所投⑩。昭明⑪沇池⑫清，倾杓洗眯眸。

历巇⑬毕东览，逾领⑭展西谋。磴盘⑮仄以滑，杉松乔且稠。

有草名云雾，无根挂纤修。崛屼⑯莲花台，百丈对县霤⑰。

老殿意未蒇⑱，绝顶谋已绸⑲。轩⑳榛通塞径，始得升猿猱。

出险因登极，视界不可收。平地万仞山，低伏驯培塿㉑。

溪甽㉒同罫画㉓，城郭何处求。忽然幻云海，迷漫无涯陬㉔。

挥卸倾万里，霡㉕飞雾散秋。恰顾立身处，如入云端浮。

颇怪雷霆裂，止作婴儿啾㉖。神宫高居㓲㉗，迥异人间湫㉘。

有石如锯状，上崟㉙架橹楼。荒哉仙铦㉚说，秦皇解亦不？

吾大造化能，伟巧真罕俦㉛。洪荒㉜莫前知，异功谁奖酬？

高岗土未童㉝，花叶繁交纠。盈襜㉞采言归，百药纷侦搜。

紫藤大如胫，蟠生岩隙幽。巅池僧未记，巡寻四崖周。

宁同岣嵝㉟没，绿树鸣猿愁。安得识高碑？辟径指所由。

庶无来者憾，慎勿置悠悠。平突邪㊱竖石，登坐立未休。

各言来途艰，且嬉事淹留。归途下狮口，一径锁其喉。

---

①奥：深。　②钱唐：即钱塘江。　③舟枕：即舟枕山，又称娘娘山，在余杭镇西，北接径山镇，西界临安和径山。　④径山：径山位于杭州城西北50公里处。　⑤中衢：四通八达的大路。　⑥封禺：即封嵎，封山和嵎山的合称。在今浙江德清西南，两山相去仅二里，相传古汪芒氏之君防风守此。⑦果计：实现计划。　⑧奄：古同"淹"，停留、久留。　⑨豫犹：犹豫。⑩投：进入。⑪昭明：显明。　⑫沇池：从侧面流出的池水。　⑬巇：险。⑭领：山道，山坡。后作"岭"。　⑮磴盘：即"盘磴"，盘曲而上的石级。　⑯崛屼：高大峻险貌。⑰县霤：悬挂的瓦霤。⑱蒇：完成。⑲绸：指绸缪。　⑳轩：高大的。　㉑培塿：小土丘。　㉒甽：沟渠、河流。　㉓罫画：像围棋上的方格子那样的图画。　㉔涯陬：水边和山的角落。这里指山与水。　㉕霡：微雨。　㉖啾：小儿发出的声音。㉗㓲：清静；寂静。㉘迥异人间湫：与人间水潭的曲折不同。㉙崟：高耸。㉚铦：古时的一种农具，类似现在的铁锹。　㉛罕俦：少可相比。㉜洪荒：指混沌蒙昧的状态，特指远古时代。　㉝童：秃。㉞襜：古代系在身前的围裙。㉟岣嵝：即岣嵝碑，原在湖南省衡山县云密峰，早佚，昆明、成都、绍兴及西安碑林等处皆有摹刻。字似缪篆，又似符箓。相传为夏禹所写，实为后世伪托。㊱邪：同"斜"。

回望尽苍苍，再到难筮阄①。兹山迩吾乡，云巅率相望。
道远峰藏杳，指告难具详。垂老斯游成，差诩②浮生强。
山灵况款惠③，不雨但微旸④。千峰净开豁，百里可忖量。
浙水劈一戒，山系划两疆。天台以刚武，天目乃文章。
主管各千里，云霄分颉颃⑤。龛赭⑥渡江来，台支犹趋将⑦。
乃知东海表，天目无与亢⑧。自古名浮玉，禹益所开张。
登之望具区，此乐不可忘。平分五岳势，高接三天部⑨。
北苕⑩泄其阴，南苕湛其阳。朝宗翕吴淞⑪，到海一何长。
三吴⑫仰作镇，清明降麻祥⑬。昆仑此东尽，即天近苍苍。
莝山去非远，百里连隑岗⑭。尊权溯开祖，龙鸾始蜿翔⑮。
天作富形势，地灵郁兴藏。观览脉理⑯得，拄游怀蕴⑰偿。
数夕梦中眼，峰峦兀腾骧⑱。备忘纪此诗，聊用永华芳。

登临安玲珑山

玲珑立石骨，旋转生突兀。九折符岩名，坡字扪⑲未浏⑳。
扁石有如床，云是醉眠迹。盘磴知寀㉑入，尽径忽横出。
高台截半腰，下蓓㉒斗无脚。前对罗峰涛，衮衮互凌没㉓。
塔窣㉔齐眉痕，村垩㉕投睫色。开襟收万里，澄碧溪山一。
像数有宋存，亭唏何年圻。贪看不拟行，选胜知何敌。
坳谷藏寺稳，幽芳送岩秘㉖。溪声回归心，石齿㉗韵瀺潈㉘。
安得架茅堂？终焉面石壁。

尘　外㉙

揖让风尘外，拘囚土木身。须文卖为活，把食减支贫。

---

①筮阄：占卜、抓阄。　　②差诩：错夸。　　③款惠：诚恳的恩惠。　　④微旸：微晴。　　⑤颉颃：
不相上下，相抗衡。　　⑥龛赭：龛山与赭山的并称。在浙江省萧山市东北。古时两山夹江对峙。现均
处钱塘江南岸。　　⑦台支犹趋将：天台山的支脉还赶来扶助。意思是与龛山和赭山一起与天目山抗
衡。　　⑧亢：抗，匹敌。　　⑨部：交通线上的要塞性城堡。　　⑩苕：苕溪的简称，在浙江省杭州市余
杭区。　　⑪朝宗翕吴淞：小水流注入大水，合于吴淞口。朝宗：臣下朝见帝王，比喻小水流注大水。翕：
合。　　⑫三吴：指吴郡、吴兴郡和丹阳郡。　　⑬麻祥：庇荫的征兆。　　⑭隑岗：狭长的山岗。
⑮蜿翔：曲折地飞翔。　　⑯脉理：山的脉络。　　⑰怀蕴：怀抱。　　⑱兀腾骧：高高突出，高昂超卓。
⑲扪：摸。　　⑳浏：石头依其纹理而裂开。　　㉑寀：深入。　　㉒蓓：义同"茜"，用以形容草长得茂盛
的状貌。　　㉓凌没：高出、漫过。　　㉔窣：下垂。　　㉕垩：用白土涂饰。　　㉖秘：指浓烈的香气。
㉗石齿：指山石间的水流。　　㉘瀺潈：小水声。　　㉙并见《诸暨诗英续编》卷四。

道得生何慭①？心危国既频。（《诗》"国步斯频"②，频谓边崖尽处。）莫叽曹社③雁，应哭鲁人麟④。

为国

物踊趋前急⑤，兵争益后多⑥。自崖失从返⑦，谋国得无讹⑧？
稼穑中华业，纲常万古科。不容离此道，今日泪滂沱。

庭

步行除虫叶，窥桑仰鸟巢。蒲缸能一石，蕣⑨架特重筊⑩。
块土如分胙⑪，湫居⑫不远庖。时危身似赘，看击⑬壁间匏。

梅雨⑭

梅熟东南雨，涔涔⑮遂至今。天行云断续，地入水浮沉。
草带流荇滑，堂舟泛芥深。倾干愁不满，兼月知为淫。

热⑯

晶⑰云非作雨，清汉⑱自骄阳。式⑲月愁仍热，交秋感岂凉。
干戈羽檄急，棉稻桔槔⑳忙。汗体酬三伏，啼颜向万方。

雨

剽风挟雨海东来，卷热开凉亦快哉。分日㉑暑氛连百度，昨宵晕月自三台㉒。

---

①慭：忧伤。　②国步斯频：出自《诗经·大雅·桑柔》。国步：国家的命运。国步斯频的意思是国家处于危难的境地。　③曹社：《左传·哀公七年》："初，曹人或梦众君子立于社宫，而谋亡曹。"后以"曹社"为国家将亡的典故。　④鲁人麟：指孔子。麟：麒麟，比喻杰出人物。　⑤物踊趋前急：指物价急剧上涨。物踊：物价上涨　⑥兵争益后多：指往后兵争越来越多。　⑦自崖失从返：到了崖岸而不知回来。崖岸比喻危险的境地。　⑧得无讹：怎能不犯错误。得无：怎能不。　⑨蕣：木槿。　⑩筊：竹编的绳子。　⑪块土如分胙：把土分成一块一块的，如祭祀完毕分享祭神之肉。分胙：祭祀完毕分享祭神之肉。　⑫湫居：低矮狭小的住宅。　⑬看击：犹目击，目光触及。　⑭并见《诸暨诗英续编》卷四。　⑮涔涔：多雨。　⑯并见《诸暨诗英续编》卷四。　⑰晶：明亮。　⑱汉：天河。　⑲式：敬。　⑳桔槔：俗称"吊杆"，是一种原始的井上汲水工具。　㉑分日：犹逐日。　㉒三台：亦称三能，共六星，属太微垣。

看生①桑竹庭墙色，助长秔稌②陇亩胎。欹倒花枝不敢怨，已听《击壤》③歌琼瑰④。

秋

草态荒蹊上，花光隙地间。未能忘一树，欲竟掩重关⑤。
飞铁鏖兵⑥急，论珠籴米艰。秋风并人事，萧飒雨摧颜。

月 （四首。）

月好秋徐半，天宵气更新。羁留催鬓变，瞻对益心矍。
欹仄⑦长河影，高悬北斗辰。几回飞白兔，唐汉尽成尘。

河山今古月，不异在吴东。明路投乌鹊，澄波豁蘯蝀⑧。
干戈愁里照，关塞望中同。愿借千秋斧，牢成七宝宫。

秋至收天涨，晴新破月围。对檐河汉近，侧帽露风微。
玉宇能同色，远轮⑨若白飞。宵残应见丙⑩，南极并清辉。

二百回明月，频年此地看。（自日本归寓上海，止今十六年矣。）江湖秋易感，襟袂照初寒。
仙府开琼户，龙宫出玉盘。桂花天上种，能得一枝丹。

东西洞庭山

太湖东南浸多水，洞庭两山蹶中起。或云西山如张荷，东山况藕诚巧似。
吾谓西山开宫府，东山皋应伉前峙。穿窿七子辅天阙，四面岚巘屏障里。
内湖一瓯外万井，岂知恬安接恢恑。缥缈高出云中主，渡水脉来迷桥枳。
群支散落水成围，垄阜波涛兀啮抵。石公冲门贔屃⑪立，水天南极（极谓极之
于南，非南北极之称。杜甫诗"崆峒西极过昆仑"谓极之于西，与此同意。）弥一轨。
浪黑突奔崖壁过，羽白空移飙帆驶。石鱼敲扑讶木声，石盅洗沥清无滓。

---

①看生：看着……生长。　②秔稌：粳稻与糯稻。　③《击壤》：即《击壤歌》，歌曰："日出而作，日入而息。凿井而饮，耕田而食。帝力于我何有哉？"这是一首远古先民咏赞美好生活的歌谣，用极口语化的表述方式，吟唱出了生动的田园风景诗。　④琼瑰：喻美好的诗文。　⑤欲竟掩重关：竟然想把树遮蔽在层层的屋门内。　⑥鏖兵：大规模的激烈战争。　⑦欹仄：同"欹侧"。倾斜；歪斜。　⑧蘯蝀：蚌蛤。　⑨轮：指月亮。　⑩丙：指南方。　⑪贔屃：蠵龟的别名。

石龛圆罩深可屋，石笥方叠平谁砥。　两山又以果特名，橘颗枇林交尺咫。
水有菱芡菰藕鱼，嵌石贞珉两具美。　泛舟载运便且多，水路饶衍故无比。
我来秋渡岸西东，水花醃醐黄白绮。　莫厘他日既造极，林屋抵洞空外觊。
碑断文漶仆野草，水沮石棱难插趾。　争说石床内宛成，有到者人目尔尔。
灵威丈人往所怪，非兽非人山川使。　独取禹书献吴王，想象玉版绳金字。
马图龟书不同传，宛委岣嵝俱渺矣。　秘文于今更有无，郁郁空山怀古志。
福地想望会仙裳，落日逼仄回尘厔。　记取此山硌硌石，覆釜鼓状水之汜。

此　楼

枪槛围青树，柴门阁①紫苔。端居②藉疏豁③，小径极跼回。
处处烟尘战，年年鬓发摧。细吟对高叶，赖独此楼台。

前　生

频年梦作四川行，真个前生是孔明。八百株桑中夜翠，重怀淡泊在躬耕。
竹林夹径有孤坟，此事前生世未闻。看取安仁一丐（乞食者事别传。）死，精
光④高薄古今云。

庐

据槛临双树，垂帷拥百书。砚磨低昔石，草长断今车。
庇席桑真翳，挥餐蕨不余。全生⑤敢辞苟⑥，亦赖独⑦吾庐。

五　月

东海冥冥雨，云瞻十日同。檐喧溪出瓦，数湿径低丛。
稻刺千畦水，梅霝⑧五月风。耳闻新茧熟，先喜半年丰。

寄徐仲荪⑨先生灵隐山中

泉冷兼侵石，峰飞亦就禅。何年风雨到，（谓山风雨时飞到。）胜地濑淙传⑩。

---

①阁：掩蔽。　②端居：平常居处。　③疏豁：开阔；敞亮。　④精光：指崇高精神的光辉。
⑤全生：指保全生命。　⑥辞苟：即"苟辞"，随便推辞。　⑦赖独：独赖。　⑧霝：通"零"，零落。
⑨徐仲荪：原名徐伟，辛亥革命光复会成员，徐锡麟烈士的胞弟。　⑩濑淙传：传来淙淙的急流声。

路入交篁①翠,亭连古木烟。来看徐孺榻②,平对涧松悬。

僧说山飞来,我愁复飞去。不去几何年,身合山中住。

何蒙孙先生七十呈诗

有为乡族同天下,已尽人伦世不虚。晋代风流君更起,簪花③争乞一行书。

山水端能养岁年,红尘扫却入云烟。松层杉路间来往,真个岩行是地仙。

七十虽云古岂多,窃窥玄发未全皤。花明泉上花长好,取次④垂垂发晚花。
(花明泉,先生所居村名。)

不独灵光存若神,冰壶清德绝无伦。更闻方便为仁熟⑤,卖字钱来把济人。

森森秀竹映清姿,刻画冰霜老益奇。道是兰亭精绝世,曾无凋落岁寒枝。
(草书吴郡张旭⑥,李颀诗以为太湖精⑦。杜甫曰:"东吴精先生家去兰亭数十里而工书。生有
清格,如兰亭修竹之姿焉。"余用李、杜诗语,号先生为兰亭精云。)

一峰鹅鼻⑧出云间,化鹿岩花上可攀。尚有相从佳日计,眼中添看几青山。
(化鹿山一名化山⑨,先生之所最爱,其莹山也。)

方山游,有悚讹言以书问疾者,失笑却寄

岩溪欣与接,世俗亿相猜。市虎元奚在,冥鸿杳漫回。

于于穿石帧,的的上岑台。麋鹿浮生似,林篁涩径开。

气秋增爽健,云引逐追陪。太古身如到,繁霜物未摧。

岸巾打红叶,决履跋苍苔。朝步岗迎日,晴听壑走雷。

贞观渟峙美,阙犯雨风灾。岁月穷偏得,干戈沸剧哀。

聊焉资遣适,何所歇喧豗。纳麓迷思圣,登高赋待才。

啸余天地外,迹散涧阿才。隔别烦垂问,开缄错近诙。

---

①交篁:交错的竹子。　②徐孺榻:东汉名臣陈蕃到豫章(今南昌)做太守,找名流徐孺子请教天下
大事,并专门为他准备了一张可活动的床,徐来时放下,走后挂起。王勃在《滕王阁序》中说"人杰地灵,徐
孺下陈蕃之榻。"把徐孺子作为江西"人杰地灵"的代表。这里用来恭维徐仲苏先生。　③簪花:古代书
体的一种。　④取次:谓次第,一个挨一个地。　⑤仁熟:同仁与熟人。　⑥张旭:字伯高,一字季
明,苏州吴县(今江苏苏州)人,唐代书法家,擅长草书,后人称为草圣。　⑦太湖精:唐代诗人李颀有
《赠张旭》云:"张公性嗜酒,豁达无所营。皓首穷草隶,时称太湖精。"　⑧鹅鼻:鹅鼻山,俗名峨眉山,又
名刻石山,位于绍兴南郊平水镇。　⑨化山:位于绍兴东南部的富盛镇。

顽蛮犹可贾,游骋莫能灰。差事(差:楚嫁切,异也。韩愈诗"飓风有时作,掀簸真差事"。)宁渠有,青山报好哉。

复　春

戈戟何由静,江山已复春。律吹箭路动,草发战场新。
怀葛疑天府,秦桃隔洞民。风光冷愁眼,输尔太平人。

二　月

溪山已褪冰霜色,烟雨初肥桃李花。有限春三今二□,任穿几雨踏青鞡。

题血经佛光图

世纲隘纷浊,净者独有向。贝叶泄神秘,数卷资深仰。
白业行夙熟,丹血剖殊旺。昧死写精诚,蓄积臆愿偿。
乐土有夤接,赤诚可依傍。开看或化碧,紫封瑰无让。
夜定子丑交,万类扫形相。神光倏引睫,幔帷划开亮。
端圆好月像,虚空曜电状。是非外所铄,自我内而放。
可证得天通,不隔形骸障。因论吾儒修,厥心在得养。
清明恒在躬,志气何往壮。明并日月一,大塞天地两。
超然出生死,神存物不丧。一性炯今古,此境真无妄。
诚形则著明,次曲同于上。光辉基充实,致大来非觥。
明德德如何,内慊去外炀。辑熙见文王,千圣同辈行。
纷纷世业黑,压然闭中脏。牟尼方寸珠,六合能昭旷。
沧浪孺子缨,清濯吾所尚。由来苦猛行,异境每天贶。
体志一善用,神奇捷巧匠。欲证自力满,可以观现量。
种豆熟自得,揠苗助而妨。吾闻光不灭,法亦常无恙。
有生莫虚生,微愿极浩荡。

九　日[①]

爽敞重阳日,穷愁独处时。钱难留买菊,酒孰送盈卮。

①九日:指农历九月九日重阳节。

高把登楼了，飞偏破帽吹。茱萸[1]吴下物，犹恨折来迟。

丁卯伏夏纪时

初伏高风急，东南海雨飞。不成无夏令，(美天文家谓今年无夏季，其言不验。)取足灭晴辉。

籼稻其年有，军锋无地非。中宵闻见彗，芒角[2]露霏微[3]。

街驻盈盈足，言观太白星。于时炎日赤，无际远霄青。

灾变何殊直[4]，遭逢恰适丁[5]。九州殷[6]念乱，西顾复荧荧[7]。(是年六月二十一日，太白西方昼见。)

九日独居

雨破九日佳，风倚前檐独。既欠座上酒，岂来篱边菊。

百年一身羁，四顾万方蹙。干戈往岁同，盗贼加繁数。

羡尔太平人，怀古意不薄。山水蒙烽尘，怀抱为萧索。

街树俄新黄，径草猥[8]寒绿。岂无近市园，可以散秋躅[9]？

游随乏苏郑，(杜甫《九日》诗"旧与苏司业，兼随郑广文"，谓苏源明、郑虔也。)独往阻愿弱。复无数钱存，杖头[10]苦不足。

弄墨揎肘袖[11]，开书杂吟读。如见古人存，未觉吾庐窄。

聊用终今辰，素怀[12]元淡泊。

遣　兴

山川长引兴，秋日况[13]清华。形耻偏为役，生怜亦有涯。

坐看经古树，行近向人花。已接登高局[14]，霜痕在蒹葭。

频年(乙丑、丙寅、丁卯三年。)以十月舟行往莹山，杂体赋纪

轻席微波压，长荇[15]宛宛流。鱼看昭[16]在伏，鸥喜没仍浮。

---

①茱萸：是一种常绿带香的植物，具备杀虫消毒、逐寒祛风的功能。汉族风俗在九月九日重阳节时爬山登高，臂上佩带插着茱萸的布袋。　②芒角：星辰的光芒。　③霏微：迷蒙。　④灾变何殊直：(天文上的)灾难变化何异于直接发生灾祸。　⑤恰适丁：正好在丁卯年。　⑥殷：多。　⑦荧荧：指光闪烁的样子。　⑧猥：苟且。　⑨躅：足迹。　⑩杖头："杖头钱"的省称，指买酒钱。　⑪揎肘袖：捋起袖子露出胳膊。　⑫素怀：指平素的怀抱。　⑬况：通"贶"，赐予。　⑭登高局：应指重阳节登山的聚会。　⑮荇：荇菜。　⑯昭：明显，清楚。

山影来还去,林容□□□。迟迟心不竞,且晚弄沧州。

野阔□山□,林长隐岸回。鸟交黄叶下,樵出翠微来。打桨三年过①,加衣十月催。泊舟团夜色,净尽喜无埃。

水府窥杭右,南苕向北流。数重山尽过,百里暮云休。幸少风波恶,犹多盗贼忧。乱危经此路,淳俗叹何由。

入舟稳喜天无雨,兼罢东西南北风。看到前村问几里,舵楼催饭日徐中。

无风望立尽船头,畏日檐眉手覆眸。山渡江如奔马去,树将②云远失杭州。

柏樟交作丹青色,苹蓼分开红白花。数尺柔桑真似女,(《诗·豳风》:"猗彼女桑。"郑笺谓少枝长余者,盖取象于女云尔。今吴下好桑多如此。)四园村是饲蚕家。

林间风露橘初团,青绿微黄亦半丹。买与数钱堆满眼,欣然生计此中宽。

吹衣苹芷觉微馨,修竹长桥接短亭。村市尽时得兰若③,烟波远处见筝篯④。

天清云澹水无声,的的孤帆向野征。树色缭于高枕上,远山簌与浪痕平。

鸥伏堆堆浑似坐,鲦游潋潋⑤故同群。全生熙此乾坤大,物我今朝俱自欣。

一桥禁语休声过,俗谓哑婆桥,吴下多此。一市闻名访俗行。一树岸边知几岁,一花渚上未能名。

往往青天现水底,时时红树鼎船头。微微岸移知草变,恰恰纤下把花兜。

不喜清郊更见村,每于村所苦浑涽⑥。便旋⑦起蹗高防路⑧,林树清芬意所存。

清波时一潜鱼跃,柔橹轻桡故不喧。满眼青山迷去所,闻鸡始觉有前村。

---

①打桨三年过:三年来乘船经过。　　②将:与,共。　　③兰若:寺庙,即梵语阿兰若的省称。
④筝篯:贮鱼的竹笼。　　⑤潋潋:鱼游的样子。　　⑥浑涽:肮脏,不清洁。　　⑦便旋:打转转。
⑧高防路:高堤上的路。防:堤坝。

欲逃世乱今犹昔，不独陶潜有记存。若把群山无缺口，此中田土是桃源。

大遮山转塔山来，排点烟峦眹荡①开。荷岳峰尖谁早见？天边云里几回猜？

（每往茔山，舟行以能先见塔山与荷尖峰为睹。）

载树船头谨护烦，莫侵枝叶莫摧②墩③。他年百丈寻常事，培植先须一寸根。

幽居即事

细草无蹊故不分，树底门下叶纷纷。收书随步前檐立，坐看青天长白云。

频年九日晴好而不能出门，诗此志恨

把撮无钱不出门，频年九日意愁烦。菊花长大为谁好？竹叶圣贤非我论。
帽破未知风落否，糕虚那得字题存。重来更有河山在，杖屦安排①事可翻。

一门之内友古人而不忘今人，敢云颜吕仰企而已有作

老树新枝下，常关有一门。白云观世变，青简问词源。（青简者，古人所留之迹
而文章在传。孟子谓"尚友古人"，则读其书，师其行事而法其文章。词源者，谓文章也。）

岁月箪瓢静，河山壁垒繁。未辞生白发，办取定中原。

秋尽将冬，穷居不出，未见风物

芙蓉艳艳非无朵，杨柳仙仙尚有枝。风物两般俱不见，百年又过九秋⑤时。

赁屋兼土数尺而已

赁屋兼土数尺而已，杂花细竹纷然有栽，方国之风雨，非遭屏弃，胡穷而居
此？感慨书怀。

历乱栽花竹，贫居尺土存。看云时拨幔，要月⑥故临轩。
盐米生能困，诗书道岂尊？宣尼⑦犹去国，不至鲁人膰⑧。

---

①眹荡：开阔清明的样子。　②摧：折断。　③墩：用力猛地往下放。　④杖屦安排：安排好手
杖与鞋子。意思是做好出行准备。　⑤九秋：指九月深秋。　⑥要月：邀月。　⑦宣尼：孔子。西
汉平帝元始元年（公元1年）追谥孔子为褒成宣尼公，后因称孔子为宣尼。　⑧膰：古代祭祀用的熟肉。

黄叶在树，对此柴门，忽云秋矣书怀

秋色柴门到，今朝木叶黄。仰看因落帽，坐对欲移床。
园缩乾坤小，楼奔日月忙。把诗吟送老，忧乐道难忘。

尺　园

园小惟论尺，庭时亦自怡。宜知花朵数，莫折笋籥①枝。
助我吟多兴，呼僮灌益滋。开帘延翠色，似欲慰羁离②。

跋

吕美荪

　　曩美荪学诗于诸暨蒋先生智由，先生微览辄掷弃曰："第③脱尔村女红紫裳盖呵！"作句之陋也，二十载率如是，卒未尝为易一字，每俯拾逡巡而退。今垂垂老矣，而诗未能少进，不恧④负吾师欤？当师衰岁，手付一卷曰："他日归丘山，吾嗣倘不及付剞劂，汝视力焉。"美荪谨受命。已巳⑤秋，师既殁，奉遗稿乞序于义宁陈先生三立。将商于冢嗣伯器，未几，伯器亦逝。次君在远，投书不达，遂缓待之。已而，美荪自刊其《葹丽园诗》，中夜惭惶，矍然起曰："是重己而负师！"于是编辑之，得百余首，非全也。而又以栖息东岛，艰于躬任，乃书求番禺叶君玉甫⑥曰："方今爱惜佳文字，能阐幽光⑦，潜行于兹世者，惟贤一人——吾师蒋先生。遗著微贤，其湮灭矣！"君乃慨任刊校之烦。爰志数言以告慰吾师之灵，且遥拜叶君之惠。

　　癸酉仲春下澣⑧美荪谨跋于青岛。

---

　　①竹籥：越地谓竹枝为"竹籥"。　　②羁离：飘泊他乡。　　③第：只是。　　④恧：自愧，惭愧。
⑤已巳：1929年。　　⑥叶君玉甫：叶玉甫，又名恭绰、裕甫，字誉虎，号遐庵，广东番禺人。曾任北京中国画院院长、中央文史研究馆副馆长等职。　　⑦幽光：潜隐的光辉。常用以指人的品德。　　⑧癸酉仲春下澣：1933年农历二月下旬。仲春：春季中期，指阴历二月。下澣：农历每月的下旬。

诸暨诗英续编^①

变　国

兰操仲尼为,薇歌首阳起。不忘苍生心,沉绵至没齿。

吁嗟立共和,民兴纷权利。构党以攘夺,贙^②虎姿横肆。

宣传多工具,毋乃欺愚椎。政号岁峥嵘,民生日憔悴。

扫荡仁义路,充塞禽兽事。善名一反复,凡百随倒置。

孤危不敢言,坐视成颠隮^③。国于天地立,胚胎自前史。

亦如万物性,各具生理。未闻德法英,政趋同一轨。

况我东西异,文章三皇始。贤圣继纲常,教化无瑕訾。

工商何足多,奇淫徒尔尔。激增生程高,逼迫贫辈死。

忆昔歌《由庚》^④,有酒多且旨。政成乐乃作,备物众盛喜。

胡为趋局促,锥刀竞末细。求生无不为,奚暇分利义。

遂至用甲兵,山河付燔^⑤毁。竞争崇邪说,况益多利器。

宁天降荐瘥^⑥,实人富日醉。维我昔先民,立政与此异。

民什君取一,力足自封己。勤能有余羡,惰嬉贫自致。

秉政无所作,赏诛贤奸耳。安内而攘外,端拱戒骄侈。

虽有尊卑分,如家人父子。尊非任鸷暴,卑亦无噫嚱^⑦。

发挥个人能,自铸邦国粹。文学何灿灿,余力成诸艺。

大道不外求,在我而已矣。养生全性命,秉彝知廉耻。

风成道若一,宁不简且易。胡为眩物质,极欲穷好嗜。

---

①《诸暨诗英续编》中的大部分诗作在《居东集》和《蒋观云先生遗诗》已有收录,诗题分别是《天道》《秋风》《咏史·宁戚》《咏史·原宪》《咏史·介之推》《咏史·冯唐》《咏史·王昭君》《镜里流光》《观溪有忆治道书感》《咏吴季子挂剑》《先考忌日哭赋》《鸣蝉满树读〈离骚〉》《梁甫吟》《沛有两异人》《出处》《在汤河原寄红叶于国内友人》《梅花》《灯火残时》《远游》《芙蓉》《续鸡鸣诗》《武田尾》《天狗岩》《箕面山瀑布》《沮溺耦耕处》《众弃》《上海寓庐》《非隐》《叶楼》《尘外》《梅雨》《热》,故此处不再复录。　②贙:古代神话传说的一种似狗的野兽。　③颠隮:衰败覆灭。　④由庚:逸篇名。《诗·小雅·由庚序》:"《由庚》,万物得由其道也。"后因以"由庚"为顺德应时之典实。　⑤燔:火熄灭。　⑥荐瘥:一再发生疫病;深重的灾祸。　⑦噫嚱:叹词,表示慨叹。

此道乃塝黩①，丧乱伊胡墅②。冰炭在我肠，欲嘿语难止。
分明人心间，枢机转泰否。秋风吹衡门，百昌浩将毁。
蟋蟀物细微，鸣切动人意。不寐起中夜，月白星玼玼。
常恨人力微，无由回天地。忧思千万年，不觉潸涕泗。

木　落

木落懔岁晚，衣单觉秋冷。枯坐衡门下，散帙穷日影。
读书不用世，如璞永留矿。况当天地覆，生民逼犷獍③。
袖手如在继④，结舌剧含鲠。丧乱救匍匐，饥溺抱痌恫⑤。
叹食动神明，舞起张眸⑥睛。吾衰孔犹梦，盍归姬徒侦。
大君武夫为，甲兵镇横领⑦。国权成政业，奇利操莫并。
舍汝旧廉耻，骛此新争竞。狂泉欢群饮，大嚣蔑复静。
蒿视人为兽，国步⑧吁其梗。蓬累⑨师柱聃⑩，枕漱非箕颍⑪。
岂有解骐骥，未甘投蛙黾。粗知达圣学，道在能知命。
不见璜溪叟⑫，梦通昌户圣⑬。踞钓岂不贱，发业起幽屏。
怀轸⑭恫瘝⑮切，躬端饥寒忍。歌哭不为身，寝食苍生并。
庶几善舍用，企接孔颜⑯境。

---

①塝黩：混沌不清的样子。　②胡墅：土坯。这里指像土坯那样的毁坏。　③生民逼犷獍：生民受到野獍的威胁。犷：粗野。獍：古书上说的一种像虎豹的兽，生下来就吃生它的母兽。　④继：绳子。⑤痌恫：痛苦忧伤。　⑥眸：眉睫之间。　⑦横领：日语中霸占、强占的意思。　⑧国步：指国家的命运。　⑨蓬累：蓬飘转飞行。比喻人之行踪无定。　⑩柱聃：指老子。老子名聃，相传曾为周柱下史。　⑪箕颍：即箕山和颍水。相传尧时，贤者许由曾隐居箕山之下，颍水之阳。后因以箕颍指隐居者或隐居之地。　⑫璜溪叟：指姜太公。璜溪：相传姜太公在磻溪钓得玉璜，故名。　⑬昌户圣：指周文王。昌户：周文王（姬昌）的门庭。　⑭轸：悲痛。　⑮恫瘝：病痛，疾苦。　⑯孔颜：孔子与其弟子颜回的并称。

散见诗①

观　世②

一人制贤否，兹时宵小③荣。积成奴仆性，谄谀竞为生。

智种日摧抑，劣败理亦平。中之邈载毒，末造丁吾萌。

莽莽万川谷，异族入经营。绵绵帝糸④姓，絷缚待宰烹。

健者事痛哭，非时投祸程。铁血洒国门，党籍瞿棘荆。

日暮求富贵，连轸⑤来公卿。啜汁相骄贵，盲从何匉訇⑥。

醉圣醒为狂，末俗谅难争。所嗟急劫势，不忍送目瞠。

黄雾塞衢畛，人海聊隐名。墨⑦任义为群，聃⑧守符易贞。

辞爵鲁连子⑨，一言破秦盟。云霄汉孔明，始之事躬畊。

时　运⑩

郁郁思世理，多由无字书。初俗进农桑，震旦足葘畬⑪。

尔时号圣贤，伦理为排梳。亦足致小康，井里安厥居。

中间更衰乱，大致复相如。倐忽宙运变，兹理有乘除。

昔者尚专制，今兹道犹醵⑫。昔隆礼与法，今画自由阹⑬。

孟晋⑭足竞存，墨守丧其车。贤豪已奋变，顽灵乃龃龉。

由来新旧交，杀气满员舆⑮。軯隐⑯雷电已，霂⑰野始靓虚。

群大身则小，此言不可锄。汹汹朕时艰，撄救宁非予？

①编者按，本书所谓"散见诗"，指蒋智由发表在各刊物而未结集出版的诗作，也包括见于现代出版的文集中而未找到原出处的蒋智由诗作，排序以出版时间先后为序。　②《清议报》第33期，1899年12月23日。《清议报》是戊戌变法失败后资产阶段改良派在日本创办的第一个宣传立宪的重要刊物。它创刊于1898年12月31日，停刊于1901年12月31日，共出100期。主编为梁启超。　③宵小：小人。④糸：当为"系"。　⑤连轸：接连不断。　⑥匉訇：形容大声。　⑦墨：指墨子。　⑧聃：老子名聃。⑨鲁连子：鲁仲连。　⑩《清议报》第35期，1900年2月10日。　⑪葘畬：耕耘。　⑫犹醵：《礼记·礼器》："曾子曰：'周礼其犹醵与？'"醵：一起凑钱饮酒。这里指平等自由，与专制相对。　⑬阹：围猎野兽的圈。这里指范围。　⑭孟晋：努力进取。　⑮员舆：地球。　⑯軯隐：即軯殷，雷声。　⑰霂：虚无寂寞。

吾有党与徒，来者方徐徐。吾有日与月，万古为居诸①。
生民丁时异，四气有惨舒。苍然望六合②，相要重琼琚。
貌瘥不苦副③，何由瘳疡痏？敝④敝不拆毁，何由筑室庐？
绸缪⑤圣所云，不遑事拮据。母吟《云汉》⑥诗，伤哉泣周余。

络　纬⑦

间阶啼络纬，隐隐识秋心。天地斜阳大，河山急雨侵。
洞庭悲落叶，易水绕寒林。有客江南病，西风泪满襟。

送人之日本游学⑧

大地文明运，推移到远东。输欧迟百岁，兴亚仗群雄。
消息⑨争存理，艰难起废功。眼中年少在，佳气日葱茏。

哀乐众生歌⑩

有众生乃有哀乐，无哀乐亦无众生。予众生之一生兮，非众生之哀乐与同？
又乌乎用吾情，济苦海吾为其篙楫兮，当大难吾为其牺牲。
众生哀乐，凹凸起灭其万千兮；予生哀乐，亦凹凸起灭其万千。
竖而千古，横而四周，有不平之事兮，非吾生平之而又谁氏之仔肩⑪？
小之以平一国一种界内之事兮，大之而推及苍苍之诸圜。
不平而平，平而不平，循环纷挐⑫以成此世界兮，皆自来英雄豪杰所留未了之缘。
众生方哀兮，吾独何乐？众生云乐兮，吾又何哀？
净土乐国，吾愿之所造兮；乌白马角⑬，吾志其犹未灰。
噫嘘！嗟哀乐进以太性海⑭无量数而言兮，生死乃百年一已之分。
吾知哀乐之真之为大兮，而又何生死之足云？

---

①居诸：《诗·邶风·日月》："日居月诸，照临下土。"居、诸本是语助词，后借指光阴。　②六合：指上下和四方，泛指天地或宇宙。　③副：剖，破开。　④敝：屋初坏。　⑤绸缪：事前准备。　⑥《云汉》:《大雅·云汉》是《诗经》中的一首诗，是周宣王向上天求雨的祷词。　⑦《清议报》第 65 期，1900 年 12 月 2 日。络纬：虫名，即莎鸡，俗称络丝娘、纺织娘。　⑧《清议报》第 65 期，1900 年 12 月 2 日。　⑨消息：消长生息。　⑩《清议报》第 66 期，1900 年 12 月 12 日。　⑪仔肩：负担，责任。　⑫纷挐：错杂貌。　⑬乌白马角：乌鸦变白，马头生角。比喻不能实现之事。　⑭性海：佛教语。指真如之理性深广如海。

杂感四首①

休饮建业②水，莫食武昌鱼。太息中原事，斜阳画不如。

黄鹄矶头月，鹦鹉渡口云。应逢山鬼笑，犹带薜萝芬。

西风唐殿宇，残照汉楼台。破碎山河尽，重看宝鼎来。

蜀人思望帝，杜鹃不胜悲。何限③枝头血，春风太觉迟。

梦飞龙谣④

昨夜梦飞龙，今日谁与逢？昨夜梦飞虎，今日徒闲语。
云龙风虎会有时，眼中之人来者谁？念廿纪之悠悠，独慨然而涕流。
吁嗟乎！精卫魂，杜鹃血。山海有时移，肝胆不可斫。
何限濯濯少年人，此意与之高轮囷⑤。
蹉跎复蹉跎，此恨无时磨。孟晋⑥复孟晋，鲁阳回天戈⑦。
古人已往后未来，朕独当此逢百哀。时哉失其不可追，天地光明人所开。

菊　花⑧

黄色来天地，秋容到眼深。美人迟暮态，放士⑨恻菲心。
枝傲西风紧，香苏夜月沉。精神看独立，绝艳对萧森。

人　物⑩

眼中人物关心事，党派差能辨是谁。大抵粤吴楚分鼎，不妨儒佛耶差池⑪。
先除奴性斯为贵，但解方言未足奇。廿纪风涛来太恶，那堪群力发生迟。

---

①《清议报》第 67 期，1900 年 12 月 22 日。　②建业：南京在东吴时期的名称。　③何限：多少。
④《清议报》第 67 期，1900 年 12 月 22 日。　⑤轮囷：硕大貌。　⑥孟晋：努力进取。　⑦鲁阳回
天戈：春秋时候，楚国的鲁阳公率军与韩国交战，眼看太阳就要落山，鲁阳公举起长戈向日挥舞，吼声如
雷，"日为之反三舍"。后遂用"鲁阳挥戈"指力挽危局。　⑧《清议报》第 68 期，1901 年 1 月 1 日。
⑨放士：被放逐的人士。　⑩《清议报》第 68 期，1901 年 1 月 1 日。　⑪差池：参差不齐。

世　境①

昆仑山下不逢春，积感沉沉写《郁轮》②。道丧中兴穷戊戌③，力除大患少庚辰。

维新诏竟违天子，尚武魂谁唤国民。今日龙蛇齐起陆④，竞存一线在黄人。

雄　思⑤

雄思横欧米⑥，微言述舜尧。百年心耿耿，廿纪事遥遥。

地想同文轨，人应感热潮。谁携华盛斧，投我黯魂销。

皎　然⑦

皎然心事一秋月，起读《离骚》歌《九歌》。北极至今狐兔满，南溟自古鲲鹏多。

是非改易先诗笔，教哲分明判学科。旧国惟医新脑性⑧，看从萧瑟换嵯峨。

痛　哭⑨

痛哭中宵一梦回，万夫心死事堪哀。论人曲学非汤武⑩，欺世空文谰马枚⑪。
京国风尘隋苑暮，(谓颐和园。)江山颜色汉家灰。可怜十万横磨剑，冢骨来登拜将台。

车筓足⑫

辘辘辘，辘车轮，筓足将入泰山群。山之麓人顾余言：足下流血。

夫吾之流血兮，不过数指；北方之流血兮，乃千百族。

---

①《清议报》第 68 期，1901 年 1 月 1 日。　②《郁轮》：即《郁轮袍》，古曲名，相传为唐诗人王维作。维未冠而有文名，又精音律，妙能琵琶，为岐王所重。维将应举，求王庇借，王遂引至公主第，使为伶人。维奏新曲号《郁轮袍》，为公主所激赏，乃为之说项，维遂得高中。事见唐薛用弱《集异记》。作者以此表示求进用的心境。　③戊戌：指戊戌变法。　④起陆：腾跃而上。　⑤《清议报》第 68 期，1901 年 1月 1 日。　⑥欧米：欧美。　⑦《清议报》第 69 期，1901 年 1 月 11 日。　⑧脑性：指意识。
⑨《清议报》第 71 期，1901 年 3 月 1 日。　⑩论人曲学非汤武：指论人只局限于汤武。曲学：指囿于一隅之学。　⑪欺世空文谰马枚：司马相如和枚乘写的都是欺骗世人的空文。谰：欺骗。马枚：西汉文学家司马相如和枚乘二人的并称。　⑫《清议报》第 72 期，1901 年 3 月 11 日。车筓足：车马。筓足：指筓马，古代筓地所产的名马。

吾惜吾负吾痛兮，世之罪又末由①赎。

茫茫燕云，苍苍津月，化为战场，鬼声昼哭。

谁实为此兮？群小人之所谋，一妇人之所欲。

夜　坐②

夏海庙③前风似剪，提篮桥④畔月生烟。挑灯正读《离骚》罢，重读《阴符》⑤第一篇。

归　咏⑥

载愁浪对风华好，归忆吟搜景物难。花有争心岁变色，月将回影夜（谓月假日光。）仍寒。

初冬南极方新夏，袤海东洋是大盘。汽笛一声丸⑦去也，遥牵孤想落云端。

夏海浦⑧

郊路缘淞北，驱车时复寻。白云生远渚，黄叶识秋心。

风写炊烟影，江回汽笛音。长吟归未晚，灯火满寒林。

哲人性⑨

哲人抱独性，于世殊未谐。循是探奥理，所得独为佳。

洞观古今界，远通星宿涯。思力成宗教，佛氏冠其侪。

锲之事不舍，鬼神通于怀。冥冥弱草性，灵感妙能皆。

范铸众脑坯，抟人同女娲。色坚无定程，光力为差排⑩。

不有我意真，何由穷物阶？晚近文明进，哲学为滋荄⑪。

一语任万辨，千载祛风霾。英雄古不学，此义与今乖。

苍苍获于野，止止虑于齐⑫。闻之脑惯用，如镜时复揩。

---

①末由：无由。　②《清议报》第 72 期，1901 年 3 月 11 日。　③夏海庙：即上海虹口区的下海庙。　④提篮桥：位于上海虹口区。　⑤《阴符》：指道教经书《黄帝阴符经》。　⑥《清议报》第 73 期，1901 年 3 月 20 日。　⑦丸：日语中日本运输船只名字的后缀，这里指船。　⑧《清议报》第 73 期，1901 年 3 月 20 日。夏海浦：即下海浦，是吴淞江南岸的一条支流，于清同治年间被填没。　⑨《清议报》第 77 期，1901 年 4 月 29 日。　⑩差排：调遣；安排。　⑪荄：草根。　⑫苍苍获于野，止止虑于齐：齐人有好猎者，旷日持久，而不得兽。入则愧其家室，出则愧其知友州里。惟其所以不得之故，则狗恶也。欲得良狗，则家贫无以。于是还疾耕，疾耕则家富，家富则有以求良狗，狗良则数得兽矣。田猎之获常过人矣。这个故事说明做事情要考虑事物之间的相互联系。这两句诗化用了这个典故。

炯炯湛精神，其乐非形骸。赋性同一沤，分投异麟豸。
吹万本则同，遥念思与偕。大哉觉海源，岂遂别江淮。

庚子五月避天津之乱南归，七月三日渡扬子江作①

我行却曲②困齐鲁，喜见江南翠黛横。秋水方生杨子③渡，晚云欲卷润州城。
怀人天末望鸿雁，忧国洲边采杜蘅。烽火津门黯回首，金瓯④大陆是谁倾？

苦　闲⑤

大抵英雄性，由来只苦闲。鸡鸣惊岁月，龙斗念家山。
成败归天幸，是非任世间。不堪飞动意，枯局日孱顽⑥。

有　感⑦

落落何人报大仇，沉沉往事泪长流。凄凉读尽中国史，几个男儿非马牛？

湖州道中⑧

碧波芳草吴兴路，船入空明罨画⑨行。无限黄鹂与紫燕，一揩泪眼听春声。

终南谣⑩

巍巍⑪终南，汤汤渭水。河山四塞，是宅天子。
呜呼！彼堡露迁兮，江户日徙。彼择津要以制人兮，岂险阻之是恃。
周姬秦瀛，汉刘唐李，往事尘尘，不足跂⑫兮。
海与陆其异权兮，农与商其又殊轨。营业居四方之中兮，吾伟识时之
陶朱⑬。
老死不相往来兮，吾独何取尊古之李耳？知交通竞争以存立兮，而后能定
夫国是⑭。

---

①《清议报》第81期，1901年6月7日。　②却曲：曲行，不敢一直前进。　③杨子：即扬子江。
④金瓯：金的盆盂，比喻疆土之完固。　⑤《清议报》第81期，1901年6月7日。　⑥孱顽：软弱愚昧。
⑦《清议报》第81期，1901年6月7日。　⑧《清议报》第81期，1901年6月7日。　⑨罨画：浙江
长兴县溪名。　⑩《清议报》第82期，1901年6月16日。　⑪巍巍：高大貌。　⑫跂：指跂望，提
起脚后跟远望。　⑬陶朱：即陶朱公范蠡，春秋末期政治家、军事家、经济学家和道家学者。　⑭国
是：国家大计。

彼昏不知而自用兮，曾何足以语此？燕云惨津月淡兮，市已易室已毁兮。
率彼旷野而犹不知返兮，夫惟从狡童①之故兮，嗟吾民其曷有豸②兮。

奴才好③

奴才好，奴才好，勿管内政与外交，大家鼓里且睡觉。
古来有句常言道，臣当忠，子当孝，大家切勿胡乱闹。
满洲入关二百年，我的奴才做惯了。他的江山他的财，他要分人听他好。
转瞬洋人来，依旧要奴才。他开矿产我做工，他开洋行我细崽。
他要招兵我去当，他要通事我也会。内地还有甲必丹④，收赋治狱荣巍巍。
满奴作了作洋奴，奴性相传入脑胚。父诏兄勉说忠孝，此是忠孝他莫为。
什么流血与革命，什么自由与均财。狂悖都能害性命，倔强那肯就范围。
我辈奴仆当戒之，福泽所关慎所归。大金大元大清朝，主人国号已屡改。
何况大英大法大日本，换个国号任便戴。
奴才好，奴才乐，世有强者我便服。三分刁黠七分媚，世事何者为龌龊。
料理乾坤世有人，坐阅风云世反覆。灭种覆族事遥遥，此事解人几难索。
堪笑维新诸少年，甘蹈汤火赴鼎镬。达官震怒外人愁，身死名败相继仆。
但识争回自主权，岂知已非求己学。（张香涛云求己之学是谓自主。）
奴才好，奴才乐，奴才到处皆为家，何必保种与保国！
此作者反言以讽世也。呜呼！世有甘为奴才之种人乎？可以兴矣。

辛丑⑤杂感四首

碧眼黄须儿，饮马滹沱⑥水。水寒咽不流，凛凛侠风起。（联军西。）

黄鹄一举首，徘徊云海外。海外不得归，网络山野大。（捕党人。）

华岳不可平，终南不可铲。不然山谷间，胡为岁月晏。（阻回銮⑦。）

---

①狡童：姣美的少年。　　②豸：本指没有脚的虫，这里指狮、虎之类的猛兽。　　③《清议报》第86
期，1901年7月26日。　　④甲必丹：英语"captain"音译，犹首领，用以称呼将校级军官及商船船长。
荷兰之殖民地内，华人为官吏，专司诉讼租税等事务，称为甲必丹。　　⑤《清议报》第87期，1901年8月
5日。辛丑：辛丑年，光绪二十七年(1901)。此年义和团运动失败，八国联军攻入北京，签订一个不平等
条约，名《辛丑条约》。　　⑥滹沱：滹沱河，在河北省西部。指八国联军向西到达滹沱河。　　⑦回銮：
帝王及后妃的车驾为"銮驾"，因称帝、后外出回返为"回銮"。这首诗指八国联军攻入北京，清廷出逃，不
能回銮。《辛丑条约》签订之后，逃亡西安的清廷开始动身回銮。

十里一供张，卅里一止宿。回首去年时，素衣将豆粥。（跸路①差。）

梦 起②

梦中呼夺地，惊醒坐起舞。杀机启重阍③，世上争龙虎。
血赤北河水，落日死金鼓。国殇杂骄虏，白骨同成莽。
幽燕气固豪，东南甘囚虏。哀哀吾汉民，争种非不武。
惜哉失智算，从彼前导瞽④。物竞世益烈，智力贵兼取。
交通互争雄，独立养自主。恬淡活剧场，兴亡疾如雨。
风波一失所，骇骒无涯浒。忧世郁雄心，悯俗发悲语。
吾闻生有群，群失吾何伍。所以肝肠间，坐此百虑苦。
亚尘雨气腥，欧海风潮怒。来者事如何，苍茫览天宇。

辛丑六月⑤

去年六月时，登高一薾⑥泰山屦⑦。今年六月时，门掩蓬蒿卧闾里。
去年颠顿苦不知，今年歌啸吾愈矣。乃知苦乐在意气，鹏徙鸴抢各有以。
忍把纵横逸荡心，压制抑伏风尘里。洒泪千古一同悲，冉冉行年空抚髀。

风 暴⑧

春申浦上天文台，昨报东南风暴起。万里狂飚气轴翻，吼搅荡空势未已。
吹送潮音挟海来，倒灌江河溢江水。（大风数日，长江水皆逆流。）
斩缆拔木卷蓬沙，榜人夺魄行人止。禾稼方青棉叶秀，胎折花损如弃屣。
已叹北方扰烽烟，更愁南方呼庚癸。兵食水风一切劫，帝阍⑨何由叩溟涬⑩。
呜呼！五行之说夙闻之，天人理通是耶非。年来荼毒遍清流，网罗刀锯恣所为。
上帝苍苍果有无，有示帝罚正帝慈。不然天时人事适相值，亦当以人事治之。
人治进步避天虐，此理昭昭无可违。嗟哉亚陆昏垫地，何自得见文明时？

---

①跸路:指帝王车驾行经之路。这首诗指清廷仓皇出逃时条件很艰苦，回京时又奢侈铺张。
②《清议报》第87期，1901年8月5日。 ③重阍:指重重宫门。 ④瞽:眼睛瞎。 ⑤《清议报》第
88期，1901年8月14日。 ⑥薾:疲困的样子。 ⑦屦:鞋。 ⑧《清议报》第91期，1901年9月
13日。 ⑨帝阍:古人想象中掌管天门的人。 ⑩叩溟涬:叩问茫茫大水。溟涬:不着边际。

帘 （怀人也。）①

朱窗映绿竹，一抹烟痕薄。荡漾瑠璃海，澄波衔滑筹②。
天涯远迷离，芳草固未歇。独有素心人，玲珑望秋月。

世 间③

哀乐多乘现著身，太平悬想未来因。苍生自造恒河业，赤手为援彼岸人。
其奈何时资啸傲，终无可已见精神。百千成坏世间劫，愿力④持之转法轮。

见恒河 （望吾种之合新群也。）⑤

君不见恒河沙，君不见中国之人如此多。沙散不可聚，人散其奈何。
遂令昆仑山下土，供彼白人所啖盬⑥。贪如狼，很如虎。
黑种夷，红种虏，转瞬及我神明之子孙。
我之世系自黄轩，历禹更汤四千载。文化每足长四藩，闭关锁国限山海。
专制壹教穷朝昏，汉宋醯鸡⑦论纲常，如茧自缚缚后昆。秦后事如一丘貉，
愈趋愈下何足论。
皙颜隆准真天骄，飞云盖海来迢遥。开关失策闭关愚，汽笛声殷魂魄消。
夺我土地，削我自主，耗我财源，挤我种类。
噫嘘欷嗟，彼已吞啖，我犹鼾睡。蔀⑧其识见，封其智慧。
一二铮铮，或风或议。以为妖言，杀戮诟詈。
血如河，泪如海。骨可糜，志未改。
身是大愿云，法作大悲雨。我有极乐国，我有庄严土。一人或未度，紧蒬
躬⑨之故。
天长地久有时尽，此愿大横天地外。驱诏吾民梦醒之，绌已⑩念群犹可为。
不然乃真牛马奴隶百千劫，忍令亲见印度、波兰⑪时。
慎毋自屠毒，慎毋相乖离。苍茫填海海可填，突兀移山山可移。
墨翟愿摩顶，耶稣甘为牺。情乃志之始，勇本出于慈。

---

①《清议报》第 91 期，1901 年 9 月 13 日。　②滑筹：水波动荡不定貌。　③《清议报》第 91 期，
1901 年 9 月 13 日。　④愿力：佛教语，心愿的造业力。　⑤《清议报》第 92 期，1901 年 9 月 23 日。
⑥盬：吸饮。　⑦醯鸡：蠛蠓。《庄子·田子方》："孔子出，以告颜回曰：'丘之于道也，其犹醯鸡与！微
夫子之发吾覆也，吾不知天地之大全也。'"郭象注："醯鸡者，瓮中之蠛蠓。"后以"瓮里醯鸡"喻见识浅陋的
人。　⑧蔀：遮蔽。　⑨蒬躬：屠弱的躯体。　⑩绌已：降低自己。　⑪印度、波兰：十九世纪印
度是英国的殖民地，波兰是法国的殖民地。

吾闻欧洲学者不言仁，仁为闰位救世危。吾党丁此仓皇反覆时，嗟哉不任任者谁？

愿各哀乐为同胞，眼见吾种团结独立世上以为期。

中国人性质①

万事沉沉唉蛤蜊，云飞海立是耶非。似闻一姓垂垂尽，未识兆人②跕跕③危。

歌舞湖山戏朝露，农桑岩谷送斜晖。投膠河④水知何用，太息维新报力微。

时　事⑤

看花揩泪眼，饮酒长愁心。此意浑难解，情深不自禁。

晨坐斋中⑥

飒飒清飙入槛来，天云淡荡日徘徊。可怜风景无边好，难解劳人百感哀。

北方骡 （思铁路之行也。）⑦

北方骡，日不支。道诘屈，山险巇。仆夫怒，横鞭箠。

鞭箠未已骡力绝，卧死道旁折车轴。安得往来飞辂车，不用牲力用汽力。

乃知人群贵用器，器改良兮增幸福。幸福增兮利于人，非独利人兼及物。

闻蟋蟀有感 （思俗之尚武也。）⑧

蟋蟀鸣，秋风惊，丈夫入世当为兵。中国男子二百兆，坠地皆喜儒之名。

儒冠儒行儒气象，坐令⑨种族失峥嵘。秦皇汉武雄而黠，独取儒术保君荣。

儒墨名法本平等，信教自由难重轻。后世以儒为未昌，思黜诸家皆合并。

---

①《清议报》第 93 期，1901 年 10 月 3 日。　②兆人：万民。　③跕跕：下坠的样子。　④投膠河：当为"投醪河"，在今浙江省绍兴市。勾践在公元前 473 年出师伐吴雪耻，三军师行之日，越国父老敬献黄酒为越王饯行，祝越王旗开得胜。勾践"跪受之"，并投之于上流，令军士迎流痛饮。士兵饮后战气百倍，奋勇杀敌，终于打败了吴国。投醪河亦由此长传不朽。　⑤《清议报》第 93 期，1901 年 10 月 3 日；并见《选报》第 4 期，1901 年 12 月 11 日。《选报》：晚清时期在上海创办的综合文摘类报刊，大量转载国内报纸文字，始于光绪二十七年(1901)，终于光绪二十九年(1903)。创刊号由蔡元培作序，蒋智由、赵祖真等先后任主编。　⑥《清议报》第 93 期，1901 年 10 月 3 日。　⑦《清议报》第 93 期，1901 年 10 月 3 日。　⑧《清议报》第 96 期，1901 年 11 月 1 日；并见《选报》第 9 期，1902 年 3 月 10 日。⑨坐令：因此让。

呜呼！吾寻汉种之弱根，汉种自古多儒生。

君不见，晚周时代齐秦晋楚皆崛起，鲁独日夜独遭割烹①。

又不见，南宋时代儒者议论空复多，坐视江山半壁倾。

性入世吟六首②

雨打风飘悲世事，海枯石烂见精神。大横③天地更何物？未了心期万古春。

世上春秋只百岁，心期历劫数无量。恩仇了了关家国，留此人天独未忘。

今古人天谁补恨，生民无奈感情多。分来觉海镕哀乐，哀乐镕成性不磨。

鬼哭传闻自太古，问天天亦独何言。只怜脑印多深入，此是沉沉百感门。

无端歌哭自中来，屡欲铲除总未灰。沉郁飞扬百千态，宥情④情独据灵台⑤。

玄黄⑥血泊纷争日，我亦生依忍土⑦中。方识年来哀乐易，是非心史独玲珑⑧。

避津门之乱一岁余矣，追忆赋此⑨

平生一阅沧桑事，旧感年来时暗侵。文酒⑩欢游春寂寂，河山破碎夜沉沉。
即今烽火翻成梦，不改江湖有素心⑪。南部偏安空对泣，却惭走也只微吟。

呜呜呜呜歌⑫

呜呜呜呜轮舶路，万夫惊异走相顾。云飞鸟度霎时间，怪底江山⑬生赪⑭雾。

---

①鲁日夜独遭割烹：《选报》作"鲁独日夜遭割烹"。　②《清议报》第97期，1901年11月11日；并见《选报》第2期，1901年11月21日。　③大横：龟卜卦兆名，龟文呈横形，故称。这里有预测之意。④宥情：深情。宥：宏深；深邃。　⑤灵台：指心；心灵。　⑥玄黄：天地。玄为天色，黄为地色。⑦忍土：佛教语，娑婆世界。　⑧玲珑：娇小灵活。这里指明了。　⑨《选报》第4期，1901年12月11日；并见《清议报》第100期，1901年12月21日。　⑩文酒：作文饮酒。　⑪素心：本心。　⑫《清议报》第100期，1901年12月21日；并见《选报》第5期，1901年12月21日。　⑬江山：《选报》作"横空"。　⑭赪：红色。

莽苍城廓①梦中游,蓦走神骏坡下注②。却愁③眩摇生视差,翻求佳趣或少驻。

想当米④人初制时,时人亦颇相疑惧。迩来⑤五洲食其福,亚雨欧云忙奔赴。

文明度高⑥竞亦烈,强者生存⑦弱者仆。

吁嗟呜呜汽笛鸣,穿电裂石天为惊。何限虎斗龙争⑧事,中有沉沉变徵声⑨。

丈夫当此涌血性,苍茫独立览河山,不觉英雄壮志生。

平生一阅沧桑事,旧感年来时暗侵。文酒⑩欢游春寂寂,河山破碎夜沉沉。

即今烽火翻成梦,不改江湖有素心⑪。南部偏安空对泣,却惭走也只微吟。

庚子袁、许⑫死

徙薪曲突⑬三年事,孰者雍容⑭孰敢死。焦头烂额尔何为,一例横尸涂菜市。

古今愁⑮

古愁层层叠山岳,今愁层层黯日月。古愁今愁荡心胸⑯,人易白头花易落。

世间愁⑰

一哭空山顶上头,人间莽莽百千愁。何时恨海填灵石,寻得婆婆天外秋。

闻客话澳门山势雄壮有感⑱

中原时事不可说,剩水残山都萧瑟。闻客一话濠镜⑲山,使我意态雄且杰。

---

①廓:《选报》作"郭"。　　②蓦走神骏坡下注:取自宋苏轼《百步洪》诗之一:"有如兔走鹰隼落,骏马下注千丈坡。"这里形容轮舶速度很快。下注:向下流泻。　　③愁:《选报》作"怪"。　　④米:《选报》作"墨"。　　⑤迩来:近来。　　⑥度高:《选报》作"高涨"。　　⑦生存:《选报》作"益昌"。　　⑧虎斗龙争:《选报》作"虎争龙斗。"　　⑨变徵声:徵是古代五声之一。乐声中徵调变化,常作悲壮之声。　　⑩文酒:作文饮酒。　　⑪素心:本心。　　⑫《清议报》第100期,1901年12月21日。庚子袁许:是指庚子事变时,因主张不要听信义和团拳民主张而被斩杀的袁昶、许景澄,与徐用仪、立山、联元并称为庚子被祸五大臣,又称为庚子五忠。　　⑬徙薪曲突:搬开灶旁柴禾,将直的烟囱改成弯的。本指预防火灾,后亦比喻先采取措施,防患于未然。　　⑭雍容:从容不迫。　　⑮《清议报》第100期,1901年12月21日;并见《选报》第8期,1902年2月28日。　　⑯古今愁荡心胸:《选报》作"古今愁尘世间多"。　　⑰《清议报》第100期,1901年12月21日。　　⑱《清议报》第100期,1901年12月21日。　　⑲濠镜:濠镜澳,也作壕镜澳,澳门旧称。

饮　酒①

人间合有遣愁乡，一醉陶然送夕阳。无限均骚②和贾哭③，暂收清泪不相将④。

答问题⑤

中国兴亡一问题，烟云咫尺便离迷。即今年少多才俊，未必前途是麦西⑥。

反前答⑦

年少大都流质性，羌⑧难坚定总堪虞⑨。翻云覆雨寻常事，能胜前流顽固无？

归　来⑩

归来锦绣裹山川，玉玺金缸尚宛然。独有饥寒垂死客，哀时百感泪如泉。

壬寅正月二日宴日本丰阳馆二首⑪

海山风景纤尘绝，入室清幽想见之。一斗上臣先醉矣，梦中天乐坐张时。

当筵铁拨动琵琶，触念河山感慨多。别有回肠丝竹外，独寻水石看梅花。

吊吴孟班女学士二首⑫

年来历历英才尽，人虐天饕两若何。女史伤心编往事，神州兰蕙已无多。

谦吉里边夕照黄，中虹桥畔柳丝长。女权撒手犹一热，一样销魂是国殇。

①《清议报》第100期，1901年12月21日；并见《选报》第5期，1901年12月21日。　②均骚："均"通"韵"，均骚犹诗骚。　③贾哭：贾谊被贬为长沙后总是伤心而哭。　④相将：相随，相伴。　⑤《清议报》第100期，1901年12月21日；并见《选报》第6期，1901年12月31日。　⑥麦西：应是日语的音译，表示好，良。　⑦《清议报》第100期，1901年12月21日；并见《选报》第6期，1901年12月31日。　⑧羌：文言助词，用在句首，无义。　⑨虞：忧虑。　⑩《选报》第7期，1902年1月10日。　⑪《新民丛报》第3号，1902年3月10日。《新民丛报》：是20世纪初资产阶级改良派的重要刊物，于1902年2月由梁启超创办于日本横滨，1907年11月停办，共出版96期。这是梁启超宣扬在中国实行君主立宪、反对民主革命的重要阵地。　⑫《新民丛报》第3号，1902年3月10日。

壬寅正月二日自题小影①

浊浊谁能知总因,但凭愿力入风尘。江湖形状丧家犬,自作人间补憾人。

朝 吟②

墙外蹄声鼠啮声,朝来耳管不分明。虚空放我浑无著③,万物沉寥④天地清。

读 史⑤

白骨填黄河,清流饮恨多。可怜唐社稷,一样付流波。

卢 骚⑥

世人皆欲杀,法国一卢骚。民约⑦倡新义,君威扫旧骄。

力填平等路,血灌自由苗。文字收功日,全球革命潮。

题孟广集⑧

丈夫何限⑨忧时泪,洒作人间文字奇。触我万千哀乐⑩意,高吟中酒月明时。

为陈四仲謇题其先世《玉堂补竹图》⑪

天下共有几竿竹,渭川兰亭都萧索。赣州太守玉堂人,手种琅玕⑫戛青玉。

高风直节与之俱,对竹思人相向绿。至今遗像一开看,犹扑软红尘十斛。

前身合是晋羲之,遍植青筠有所思。悬想兰亭修禊后,万竿烟雨待君时。

---

①《新民丛报》第3号,1902年3月10日,并见《选报》第11期,1902年3月30日。　②《新民丛报》第3号,1902年3月10日;并见《选报》第10期,1902年3月20日。　③虚空放我浑无著:意思是把自己放到虚无的世界之中,万事全然不放心上。浑:全。无著:无著于心,不放在心上。　④沉寥:亦作"沉漻"。清朗空旷貌。　⑤《新民丛报》第3号,1902年3月10日。　⑥《新民丛报》第3号,1902年3月10日。卢骚:今译卢梭,法国十八世纪启蒙思想家、哲学家、教育家、文学家,民主政论家和浪漫主义文学流派的开创者,启蒙运动代表人物之一。　⑦民约:指《民约论》,又译《社会契约论》,是卢梭于1762年出版的政治著作。　⑧《选报》第12期,1902年4月8日。　⑨何限:多少。　⑩哀乐:这里是偏义,乐无义。　⑪《选报》第16期,1902年5月18日。　⑫琅玕:神话传说中的仙树。

余作新寿命说[①]　（一作至长久之寿命保险家人群也。）

未暇高言出世，盖为入世诸人破生死网也。篇后系诗数首。
目极寥[②]天际，千秋事若何。与君期华岳，慰予[③]定风波。
四海神灵合，双丸[④]日月多。香云花雨里，法界几经过。

脱却皮囊臭，神奇信有之。招魂来帝子，养气若婴儿。
魑魅何能祟，天龙亦自随。华严谱世界，人境不须离。

相逐寥天去，而无尘世缘。大星[⑤]明处处，华发自年年。
不信颜回死，从知太白仙。男儿无别事，怎莫着先鞭[⑥]。

何人不入死生海，无法能离缠缚门。我为众生新说法，解人迷惑鬼烦冤。

漫为高智说真如，指点人群足启予。我所庄严我所往，露地驾[⑦]得白牛车。

髓脑肝肠为国牺，不须万派动哀鸣。崔巍铜像只尘相，芥子[⑧]金身偌大横。

入世我由乘愿力[⑨]，非关惑业坠人间。光明现相寻常事，只驭天风一往还。

历　史[⑩]

煌煌历史间，只有成败伦。成者虽碌碌，尊之若凤麟。
败者虽英雄，贱之若蝇蚊。最奇中国事，奇士多不春。
影响及社会，民愚斯蠢蠢。俊杰遭挫伤，得意类谨驯。
缅想哥伦波，航海觅西坤。设令中道阻，亦为欧俗瞋。
有幸有不幸，天乎人乎并。吁嗟儒老墨，惆怅唐汉秦。
教主与时君，思之动疑畛[⑪]。奴界累千载，而不敢置论。
伟哉成败力，若雷霆万钧。吾侪持平等，尚论抉素因。

---

①《新民丛报》第 8 号，1902 年 5 月 22 日。　　②寥:《海上观云集初编》作"遥"。　　③予:《海上观云集初编》作"汝"。　　④双丸:指日月。　　⑤大星:星宿中大而亮者，也指启明星。　　⑥着先鞭:比喻先人一步，处于领先地位。　　⑦驾:《海上观云集初编》作"乘"。　　⑧芥子:芥菜的种子，用来比喻极其微小。　　⑨乘愿力:愿即愿力，指事先立下的坚定誓愿。大乘佛菩萨以自度度他为准则，因而在行菩萨道之初就已立下普度众生的宏愿，因此大乘行者，在证得正果时，往往不取涅磐，而是依先前誓愿，再次示现众生相度世，这叫乘愿再来。　　⑩《新民丛报》第 8 号，1902 年 5 月 22 日。　　⑪畛:界限；领域。

一扫前民言，称心自为衡。思欲翻史案，汗牛作秦焚。
呜呼吾史成，朝市尸其身。觥觥①此鸿业，耿耿感于心。
研炼数千年，天葩綷②逸芬。一卷奇人传，持以福吾民。

久　思③

久思词笔换兜鍪④，浩荡雄姿不可收。地覆天翻文字海，可能歌哭挽神州？

长　江⑤

出水艨艟⑥万斛来，露英德法费疑猜。我来旗问黄龙影，寥阔江天飔⑦几回。
密士失必与尼罗⑧，比较安流⑨两若何。天赐黄民功德水，神州失用悔蹉跎。
庄严两岸好青山，浑黄日夜流其间。一盨一屋⑩皆都会，战伐千秋未肯闲。
快蟹长龙旧有名，鱼雷水雷战魂惊。金瓯大陆无纤缺，天堑先须十万兵。
一队貔貅水上雄，直控南北锁西东。黄民斗败白民入，梦醒河山破碎中。
长天一缕绕苍烟，初过前山汽笛船。篷背橹声真太古，眼中风物几千年。
黄河虓⑪猛江流静，南国风华北国粗。两戒⑫文明相代谢，弥漫一水是醍醐。
轮舶一钟三十里，飞度金焦⑬赤壁秋。漫说瞿唐是天险，下游城郭动边愁。
晚风西乐出兵轮，灰白船身水色混。自是兵谋翻主客，不关两岸有风尘。
航路牵连若网丝，觊觎碧眼贾胡儿。佛兰金仙⑭长酣卧，起舞张牙可有时？

壬寅八月往游金陵书怀⑮

天堑兵轮万国来，长江锁钥已全灰。蜀煤楚冶通新道，俄鹫英狮俨⑯舞台。
战伐遗民习奴性，衰残大帅岂长才。东南我欲论形势，脑部可能傍蒋峐。

醒狮歌⑰　（祝今年以后之中国也。）

狮兮狮兮，尔乃阿母之产，百兽之王，胡为沉沉一睡千年长？世界反覆玄为

---

①觥觥：亦作"觳觳"，壮健貌。　②綷：缠结。　③《新民丛报》第 10 号，1902 年 6 月 20 日。
④兜鍪：古代战士戴的头盔。　⑤《新民丛报》第 20 号，1902 年 11 月 14 日。　⑥艨艟：古代的一种
战船。　⑦飔：风吹物使其颤动。　⑧密士失必与尼罗：密西西比河与尼罗河。　⑨安流：平稳的
流水。这里指密西西比河与尼罗河跟长江的平稳相比怎么样。　⑩一盨一屋：山曲曰盨，水曲曰屋。
⑪虓：表虎啸。　⑫两戒：谓分成不相统属的两部分。这里指黄河与长江。　⑬金焦：金山与焦山的
合称。两山都在今江苏省镇江市。　⑭佛兰金仙：英语译音，中文谓睡狮。　⑮《新民丛报》第 20 号，
1902 年 11 月 14 日。　⑯俨：很像真的。这里指英俄列强俨然像主子一样登上历史舞台。　⑰《新
民丛报》第 25 号，1903 年 2 月 11 日。

黄，虎豹叫皞凌天阙，龙蛇上陆恣强梁，杜鹃血尽精卫丧。尔乃葑目戢耳[①]，敛牙缩　爪，一任众兽戏弄相拍张。堂堂金鼓震山谷，爊爊[②]日月发光芒。尔鬣一振慑万怪，尔足一步周四方。丁甲待汝司号令，仙灵待汝参翱翔。

狮兮狮兮，尔乃上帝至爱，首出之骄子，供汝东海之上，昆仑之下，三千两戒，岳色河声，炜煌博丽之大地；恣汝洪水而后，石器以降，南征北伐，东渐西化，数千年历史，有文化有武烈之荣光。尔胡为乎不管山理海，濯日浴月，掌汝地下天上之锁钥，而乃[③]山螯水屋，草栖木食，偃蹇抑塞[④]而深藏？

狮兮狮兮，尔独不见佃夫猎师，网山络野，铦刀利刃，耽耽筄筄[⑤]，将以尔之皮为衣，而以尔之肉为粮？而乃梦梦眼影，隆隆鼾声，不自知其死期，而受一朝之夭亡。

狮兮狮兮，尔之神灵，尔之材力，岂待一鞭再鞭，顽钝驽惫若牛羊？尔不见，圜圜大物若橘若球，待汝纵送蹴逐，拏爪伸腭而舞将。

狮兮狮兮，尔前程兮万里，尔后福兮穰穰[⑥]。吾不惜敝万舌、茧千指，为汝一歌而再歌兮，愿见尔之一日复威名、扬志气兮，慰余百年之望眼，消余九结之愁肠。

壬寅十一月东游日本渡海舟中之作[⑦]

大陆烟余一发青，远山斜日入冥冥。天风快引胸襟朗，夜浪喧舂[⑧]梦枕醒。
去国方生怀旧念，同舟初见合群心。故乡第二吾何有，兰桂长怀汉土馨。

长　崎[⑨]

山色疑云幻，云开竟是山。怪松半天翠，初日一峰殷。
浪说求仙去，何愁出稼艰。秦皇空不世，只射大鱼还[⑩]。

富士山[⑪]

天际摇白影，积雪何嵯峨。云是富士山，闻名惊大和。

---

①葑目戢耳：闭着眼睛，贴着耳朵，形容卑屈驯服的样子。葑：当为“封”。　②爊爊：光明的样子。③乃：却。　④偃蹇抑塞：窘迫而抑郁。　⑤耽耽筄筄：长久贪婪地注视。　⑥穰穰：五谷富饶。这里形容后福之多。　⑦《新民丛报》第25号，1903年2月11日。　⑧夜浪喧舂：夜里的浪涛声像喧闹的舂米声一样。　⑨《新民丛报》第25号，1903年2月11日。　⑩秦皇空不世，只射大鱼还：指始皇射鱼的典故。秦始皇派徐福求长生不老药而不得，徐福撒谎说海中有大鲛鱼，船出不了海，秦始皇求药心切，在第三次东巡时，竟亲设连弩，追杀大鱼。　⑪《新民丛报》第25号，1903年2月11日。

一峰独无侣,群山皆么么①。太古喷火迹,岩石镕纷拏②。
熔熄堆礴磅,方顶平不颇③。上切恒雪线,寒温度殊差。
碧波红日间,高拥银髻鬌④。我欲事测量,积高算几何。
惜哉行李间,不得置格架。瞩以瞭远镜,眼帘闪银波。
记昔齐鲁游,泰山曾经过。岩岩半青霄,胸襟与荡摩。
渡海复见此,灵奇足怪嗟。地球寒皴⑤时,巨力施盘磋。
荒怪不足陈,陋哉说女娲。昨道从神户,急行发汽车。
奔腾宵达旦,景物供刹那。揭⑥来山颜前,半径掷飞梭。
突影惊皑皑,远势长幡幡。东京望西方,岩厂仍未遮。
山脉高中央,旁麓龙与蛇。岛屿落海际,零星竞角牙。
落机盘美洲,高脊隔云霞。昆仑天之柱,俯影瞰中华。
兹山东海中,亚美两平睋⑦。奇景一照眼,脑印深难磨。
怪底绘其形,衢廛悬家家。地理洵天骄,人文缘萌芽。
突兀著现象,镌入民性多。此邦矜国粹,风物举谁夸。
巍哉此山高,丽哉樱之花。

朝朝吟⑧ （在日本东京作。）

朝朝国事非,日日尘流扰。蕉萃越关山,颜色依然好。
丈夫富意气,百□非草草。山岳指华年,蹉跎补寿考。
秋波万顷镜,摩挲日对照。非为照容颜,用以明怀抱。
桃李竞春光,兰桂媚秋昊。持此自爱心,芬芳永为宝。

东京除夕⑨

凄断无家者,今宵又一年。江湖随地阔,乡物动人怜。
夜雨家山⑩梦,东风海国先。春光何限事,已及艳阳天。

---

①么么:微细貌。　②纷拏:混乱貌;错杂貌。　③不颇:不偏。　④髻鬌:梳在头两旁的发髻。
⑤寒皴:因受冻而裂开。　⑥揭:句首助词。　⑦睋:望。　⑧《新民丛报》第25号,1903年2月11
日。　⑨《新民丛报》第27号,1903年3月12日;并见《浙江潮》第2期,1903年3月18日。《浙江潮》:
是中国留日学生浙江同乡会成员蒋百里、厉绥之等人于清光绪二十九年(1903年)在日本东京创办的大
型综合性、知识性杂志,为月刊,共出12期,是当时宣传爱国主义精神的重要刊物。　⑩家山:《浙江
潮》作"关山"。

东京元旦①

雄鸡一喔榑桑白，晞发朝窗日射红。到眼河山开气象，横胸杯酒数英雄。
几回雁罫②题新字，何处龙旗望好风。强学瀛洲贺年语，衣尘惊落海云东。

挽古今之敢死者③

俗人重富贵，君子不偷生。一笑看屠刀，屠刀芒且平。
转瞬途路间，血肉醃泥尘。终胜困床褥，酸吟多苦辛。

磨刀复磨刀，持以杀豕羊。磨刀复磨刀，英雄多此亡。
豕羊与英雄，岂不两分将。羊豕供啖食，人间足蒸尝。
英雄为牺牲，众生福穰穰。

男儿抱热血，百年待一洒。一洒夫何处，青山与青史。
青山生光彩，煌煌前朝事。青史生光彩，飞扬令人起。
后日馨香人，当日屠醢④子。屠醢时一笑，一笑宁计此。

鸢亦饱我肉，蚁亦饱我脂。犬亦舐我血，虫亦穿我骴。
吾闻佛家言，以身为布施。于物苟有益，狼藉奚足辞！

藁荐为敛衾，斧钺为含玉⑤。人生贵英灵，不足宝躯壳。
君看英雄人，意气犹在目。多少厚葬者，岁久化石骨。
石骨有时尽，英名无时落。

狱吏与屠卒，对我意何尊。逡巡视含日，有若绕儿孙。
尔辈亦何为？未足置一言。是非与功罪，付与万古论。

牛有时伏轭，螂有时当车。牛身非不大，泥淖徒轩渠⑥。
螂身非不小，气若吞有余。为国重民气，强弱从此殊！
彼争自由死，宁肯生为奴！

---

①《新民丛报》第27号，1903年3月12日；并见《浙江潮》第2期，1903年3月18日。　　②雁罫：罫为围棋上的方格子，雁罫指雁阵编成的格子。　　③《新民丛报》第30号，1903年4月26日。
④屠醢：杀戮。　　⑤含玉：古丧礼，纳于死者口中的玉。　　⑥轩渠：欢悦貌；笑貌。

病死最不幸,吾昔为此语。瞀儒①列五福,考终世所与。
儒者重明哲,后人若昼鼠。君子养浩然,明神依大宇。
强释生死名,生死去来尔!

旅居杂咏② （时在日本东京。）

偃蹇③青山初上日,婆娑老树尽横云。我来隐几忘天下,欲问山中麋鹿群。
不读《离骚》读《庄子》,嗤非爱国亦何言。海神河伯空相语,去矣云将道所存。

婆娑世界独婆娑,百岁真同一掷过。不厌长命不畏死,众生天倪④与之和。
苍苍明月蔽浮云,云散天空月复明。方识浮云不长久,何缘相合与同行。
梦中常现江之岛,海水荡风澎湃声。曾过悬厓瞰绝壁,陡添胆力到平生。
万家沉没晓霭中,朝起风光自不同。天扫红尘开境界,华严⑤弹指即虚空。
婉婉初驾六龙游,来至东天一叶洲。香草满山花满谷,欲携芳种植高丘。
茶瓯火钵浑如画,席地清明不染埃。多少唐人风俗在,翻然⑥看取故乡来。

旅居日本有怀钱唐碎佛居士⑦

别离湖海几回圆,明月天涯思黯然。每为清谈劳别梦,可能爱酒似当年。
亚欧捭阖谋空壮,耶佛评论语更鲜。长恨蓬莱三岛水,文波末影皖山⑧前。

一 羽⑨

风日光中一羽辉,片音偶向世间遗。红尘十丈无栖所,自拣云天辽阔飞。

题曾国藩祠⑩

金陵有阁,祀湘乡曾氏,悬一匾额云"江天小阁坐人豪",有人以擘窠大字⑪
书其上曰"此杀我同种汉贼曾国藩也"。诗以记之。

---

①瞀儒:愚昧无知的儒生。　②《新民丛报》第34号,1903年6月24日。　③偃蹇:高耸。
④天倪:自然。　⑤华严:华严宗所说的大乘境界。　⑥翻然:迅速转变貌。　⑦《新民丛报》第35
号,1903年8月6日。钱唐碎佛居士:即夏丏尊。夏丏尊,字遂卿,作穗卿,号别士、碎佛,笔名别士,浙江
杭州人。近代诗人、历史学家、学者,宣传新学,鼓吹变法。　⑧皖山:指安徽省安庆市潜山市西部的天
柱山,又名潜山、皖山、皖公山、万岁山、万山等,历史上被道教、佛教视为宝地。　⑨《新民丛报》第35
号,1903年8月6日。　⑩《浙江潮》第9期,1903年11月28日。　⑪擘窠大字:写字、篆刻时,为
求字体大小匀整,以横直界线分格,叫"擘窠"。擘,划分;窠,框格。擘窠大字指书写中规中矩的大字。

江天小阁坐人豪,收拾河山奉满朝。赢得千秋题汉贼,有人史笔已如刀。

送匋耳山人①归国

亭皋飞落叶,鹰隼出风尘。慷慨酬长剑,艰难付别樽。
敢云吾发短,要使此心存。万古英雄事,冰霜不足论。

《宪政胚论》②题词

时会③艰难日,中宵涕泪频。风涛哀故国,涂炭救生民。
岂有回天力,难为忘世人。寸心功罪案,付与后贤论。

《宪政胚论》又题词

曹社④聚众鬼,喁喁⑤谋亡国。中有一鬼云,且待某人出。
明知风波恶,大厦将颠覆。幻哉时势神,一局千波折。
疑亡复疑存,且笑且复哭。对此亦何为,辗转尽心术。
犹如亲病时,终思投汤药。不死岂能言,此为人子责。
茫茫神州事,未来黑如漆。轨涂⑥出万千,皆可达目的。
或往遇脱辐⑦,或终有庆悦。天命未可知,先当尽人力。
幽居别乡园,疑病复疑魇。鲁酒⑧不忘忧,萱草⑨非解郁。
只此救时心,涌怀难断绝。

《中学修身教科书》⑩题辞

穷老飘蓬去国身,故园回首每沾巾。沉思砥柱神州事,年少峥嵘可人?

---

①《浙江潮》第9期,1903年11月28日。匋耳山人:陶成章,字焕卿,号匋耳山人,浙江绍兴人。中国近代民主革命家,光复会创始人之一。"匋耳"即"陶"字。 ②蒋智由撰写,刊于日本,光绪三十二年六月(公元1906)发行。书中主要阐述了蒋关于君主立宪初期的一些主张。 ③会:遭遇。 ④曹社:《左传·哀公七年》:"初,曹人或梦众君子立于社宫,而谋亡曹。"后以"曹社"为国家将亡的典故。 ⑤喁喁:形容说话的声音(多用于小声说话)。 ⑥轨涂:道路。涂:通"途"。 ⑦脱辐:辐脱落,则车不能行使。这里比喻亡国。 ⑧鲁酒:语出《庄子·胠箧》:"鲁酒薄而邯郸围。""鲁酒"成为薄酒的代称,人们邀请客人饮酒,常谦称自己的酒为"鲁酒",表示酒很薄。 ⑨萱草:属多年生宿根草本,古代还有忘忧草、解思草、疗愁草之称。 ⑩《中学修身教科书》为蒋智由所撰,民国时学部审定用书,共3卷,每卷独立成书出版。第一卷发行于光绪三十二年四月十五日(1906年5月8日),此题词在第一卷上。

《政论》^①题词

昔居河畔有奇士,朝晋^②明斝^③夜芳粢^④。虔诚默祷有大愿,愿见中国河清时。

河畔居民闻大笑,谓:"此乃千载一时^⑤以为期。古书传闻杂疑信,子欲见之毋乃痴。"

居士生平抱至愚,谓事皆可人力为。夙闻至诚开金石,斋祓^⑥但向苍昊祈。

鱼龙翻风怒涛起,虾蟹挟浪浑沙随。皆恐河清身不利,惶惑万怪交助之。

居士对此唏无奈,默望长河心骨悲。遂恐河清成虚语,抱恨高与昆仑齐。

回心潜虑郁思考,何法能邀天帝慈。帝座穆穆百神合,至诚上感通帝咨。

梦帝谓:"汝欲见河清事不难,我今以法示汝知尔,但不惜生人之心血,血到能令浊河化清漪。血一点,水一滴,洒成心血若黄河,便见河清一时^⑦出。"

呜呼! 吾欲作诗颂河清,不知乃是人人之碧血。

河清尚可期,时清岂难必^⑧? 丈夫含血欲何为? 共剖丹心谋活国。

光绪丁未^⑨秋八月自日本相州山中东寄赤霞

每横涕泪念家山,欲插浮生只脚难。幸有秋风最公道,他乡来伴鬓毛班。

宗仰上人以绝句代简见寄云答^⑩

居海何曾似太公^⑪,独思人外寄冥鸿。从今更得庐山友,送客无言一笑中。

闻说生公不出门,手□花木长名园。流传经典高天下^⑫,更许从游闻道源。

---

①《政论》:1907 年 10 月 17 日,由梁启超、蒋智由、徐佛苏等人在日本发起成立了一个颇有影响的政治团体政闻社,以配合清政府"预备立宪",同时创办了机关刊物《政论》,鼓吹君主立宪。　②晋:进。③斝:斝是中国古代先民用于温酒的酒器,也被用作礼器,通常用青铜铸造,三足,一鋬(耳),两柱,圆口呈喇叭形。　④粢:谷物。⑤千载一时:一千年才有这么一个时机。形容机会极其难得。　⑥祓:通"被",古时一种除灾求福的祭祀。　⑦一时:即时,立刻。⑧难必:难以肯定。⑨《南洋商报》1910 年第 2 期。《南洋商报》:创刊于宣统二年二月(1910 年 3 月),停刊于宣统二年六月(1910 年 7 月),旬刊,经济类刊物,由江南商务局编印。光绪丁未:1907 年。　⑩《大共和日报》1913 年 7 月 21 日。《大共和日报》:是中华民国初期的政党报纸,1912 年 1 月 4 日在上海创刊,创办人兼社长为章太炎。先后为中华民国联合会、统一党、共和党、进步党的机关报。1915 年 6 月 30 日停刊。此诗被收入章开沅主编之《辛亥人物文集丛书·宗仰上人集》。　⑪原句后有注云:"予尝谓:'今日惟当避地以学太公,不可随俗而作华歆。'"　⑫原句后有注云:"时刻《大藏经》成。"

静寺路前高树凉，频伽舍畔万花香。扬尘四海予何往？独喜清心宿赞房^①。

戊申十月送王濯莘兄归国^②

大雅原来众所讥，自裁兰桂爱芳菲。何年天地无零雨，岂独周公怨未归。
（自有周公，便有零雨。^③）

上虞曹母陆太夫人六秩寿颂^④

吾友得曹子，济人激肝诚。奉行慈母训，无忝所自生。
贤母禀文德，挥遣词翰精。宛宛大家风，续古抗世衡。
匪独彪才华，存德茂相并。婉嫕^⑤续嫜^⑥欢，宽大樛树^⑦荣。
赖兹躬行醇^⑧，终使家业成。施济复天性，为善无近名。
予去桑梓^⑨近，实知非颂声。谁谓德不报，暮祉日峥嵘。
能儿已崛起，秀孙叠琼瑛。今年周历甲，介福称家舷。
忻忻莱子^⑩意，衺^⑪文章壸祯^⑫。慈德固已希，永年谁与京^⑬。
百岁善所致，坐看玄曾^⑭盈。坤德厚其载，无疆欣寿彭。

蒋智由书赠相者昆云使者^⑮

蔡北仑先生，恂恂^⑯儒服之士。毕业日本留学，不从政，而以相术走南北，冀一过当世之贤豪，能挽国乱而底之治者。是固有心人，不忘天下术焉，而道寓焉。为绝句之诗而题：

---

①宿赞房：《宿赞公房》是杜甫的一首五言律诗，诗人因上疏救宰相房琯，被贬弃官，暂居秦州，不意遇到了谪置此地的原京师大云寺赞公，夜间在赞公房间休息而作此诗。诗歌通过对赞公身虽迁谪但心为之不动的描写，道出了了悟虚空真谛的禅精佛理。蒋智由以此说明自己向往清净的生活。　②《大同月报》1916年第7期。《大同月报》：原名《大同报》，1904年2月在上海创刊，周刊，社会科学综合性刊物，由上海广学会编辑并出版，停刊于1914年。1915年更名为《大同月报》继续出版，为月刊。　③自有周公，便有零雨：《诗经·豳风·东山》："我徂东山，慆慆不归。我来自东，零雨其濛。"周时，周公辅成王，因被谗有二心，遭成王疏远。后来成王明白真相，迎周公回朝主持朝政。周公在东征时曾作《东山》，后因以为遭诽谤已被澄清，并将受重用之意。苏轼《荆门别张天觉》有"零雨已回公旦驾"之句。　④《智识》1925年第1卷第6期。《智识》：1925年6月16日由澄衷中学校智识社编辑部编辑并于上海出版的刊物，月刊，主要介绍社会科学和自然科学方面的知识。其前身是《智识》旬报。　⑤婉：温顺娴静。嫕：性情和善可亲。　⑥嫜：丈夫的父亲。　⑦樛树：枝向下弯曲的树。这里喻丈夫。　⑧醇：醇厚。　⑨桑梓：指故乡。　⑩莱子：即老莱子。春秋时楚隐士，世传有老莱子侍奉双亲至孝，行年七十，犹着五彩衣，为婴儿戏。　⑪衺：聚。　⑫壸祯：妇女之福。壸：内室。　⑬京：大。　⑭玄曾：玄孙、曾孙。　⑮《联益之友》1927年第59期。《联益之友》是一份上海流行文艺小报，1925年8月1日创刊，1937年7月21日刊行第192期后停刊。　⑯恂恂：诚实谦恭的样子。

田父能知亭长①贵,风尘不道今无人。看君忧乐关天下,隐鉴群伦已几春。

《救劫传》题词②

善萨说法点顽石,一一人前出一舌。八千龙义与修罗,各醒香云换毛骨。

无题诗③

故国闻我名,相戒上口舌。乡里不知我,谁复念存殁。

久思芳草是当归,其奈乡关万事非。无家生涯无国泪,秋风又长薜萝衣。
(右乙巳④立秋作也。无家无国之人又为秋风吹泪矣,秋日正多悲哉!)

又见新秋似旧秋,金风飒爽上层楼。天容不变人情变,镜里流光看白头。
(右亦乙巳秋日作也。)

挽黄公度京卿⑤

公才不世出,潦倒以诗名。往往作奇语,孤海斩长鲸。
寂寥风骚国,陡令时人惊。公志岂在此,末足尽神明。
屈原思张楚,不幸以骚鸣。使公宰一国,小鲜真可烹。
才大世不用,此意谁能平。而公独萧散,心与泉石清。
惟于歌啸间,志末忘苍生。与公未识面,(公与南海,余至今皆未识面。)烟波隔沧瀛。
公云有书至,竟未遗瑶琼。(公致饮冰主人书云有书致余,然书竟不至。)
俄闻《鹏鸟赋》⑥,悲泪满衿缨。正为天下痛,非关交际情。

---

①亭长:指刘邦。刘邦曾任泗水亭亭长。 ②此诗转载于《晚清文学丛钞·小说戏曲研究卷》。《晚清文学丛钞》是近代文学作品、文学史资料汇编,为晚清文学重要作品与资料选集。阿英编,中华书局出版。此诗收在《小说戏曲研究卷》,1960年出版。 ③以下三首诗见蒋智由给汪康年的书信,诗无题目。汪康年是中国近代资产阶级改良派报刊出版家、政论家,蒋智由给汪康年的书信收录在上海图书馆编的《汪康年师友书札·三》,上海古籍出版社1987年出版。 ④乙巳:1905年。 ⑤此诗并以下三首诗转载于《清诗纪事·二十》。《清诗纪事》为钱仲联主编,是大型清代诗歌纪事文献,收7000多位诗人的作品,江苏古籍出版社1989年出版。蒋智由的此四首诗收在二十册。黄遵宪,字公度,出生于广东嘉应州,清朝著名爱国诗人,外交家、思想家、政治家、改革家、教育家、文学家、史学家、民俗学家,中国近代杰出的爱国者、维新志士。京卿是清代对某些高级官员的尊称。 ⑥《鹏鸟赋》:为汉代贾谊谪居长沙时所作。此赋借与鹏鸟问答以抒发了自己忧愤不平的情绪,并以老庄的齐生死、等祸福的思想以自我解脱。

吊邹慰丹容①死上海狱中

蜀水泠泠写君心，蜀山嶄嶄壮君魂。囹圄夜雨春灯腥，魑魅魧餤②罗刹瞋。
挥手君曰扣帝阍，帝醉豺虎当其门。君怒谓天亦昏昏，革命今当天上行。
雨师风伯顽不应，耿耿孤衷合青冥。下界何有有孤坟，荒土三尺黄浦滨。
有人伐石为之铭，曰革命志士邹容。容有书曰《革命军》，读之使人长沾襟。

挽罗孝通

罗君孝通，余未识其人，知其在日本第一剑术家日比野处学磁气催眠术，技甚精，又知其学爆药业成而归，忽闻于六月十三日为广东大吏所杀，诗以纪之。

精绝催眠术，兼研弹药新。十年曾蓄志，百岁此归神。
天上灵犹侠，中原气不春。苍苍云海外，痛哭又何人？

饮冰室主贻一影像并媵③一绝，以例报之④

分明有眼耳鼻舌，一文不值何消说。如我自看犹自厌，暂留蜕壳在人间。

和宋君六斋见寄次韵⑤

丈夫岂即死，亦不惜饥寒！惭乏鲁连策，横海却飞丸⑥。
汽舰通南朔，迩来数十年。舍之从古道，恣意览山川。

原笺末附《朔方义和团纪事》一绝，署"蒋知游呈草"：
不识世界消长理，生灵增减定如何。红巾眴目⑦皆黄土，博得开明事业多。

---

①邹慰丹容：邹容，原名桂文，又名威丹、蔚丹（此诗作慰丹）、绍陶，留学日本时改名邹容，四川巴县人（今重庆市）。中国近代著名资产阶级革命宣传家，著有著名的《革命军》一书，被誉为"国民教育之第一教科书"。1905年4月3日死于狱中。　②魧餤：吐吞貌。　③媵：送。　④梁启超《饮冰室诗话》："余与观云至今未识面，今春贻一影像，并媵绝句云：'是我相是众生相，无明有爱难名状。施波罗蜜证与君，拈花笑指灵山上'观云报我一影像，亦媵一偈云云。观云太撝谦也。"　⑤此诗转载于《中国近代人物文集丛书·宋恕集》，集中时间注为1900年8月。《中国近代人物文集丛书》为胡珠生编，中华书局1993年出版。宋恕：即宋衡，近代启蒙思想家，与陈黻宸、陈虬并称"浙东三杰"。　⑥丸：日本语称舰舶曰丸。　⑦眴目：小眼看人，故意忽视。

赋得"妙句锵金和八鸾"得金字五言八韵^①

谁唱铿锵句,回鸾忆蒋吟。和声匀八律,妙制抵兼金。
彩仗排云出,丹毫拂露簪。敲应随鹤驾,度定试鸳针。
琼佩雄词放,玱衡^②夹道临。骏游追穆满^③,鸿藻丽高岑^④。
叉手琅璈^⑤奏,昂头羽葆^⑥森。圣朝臣作砺,更愿谱元音。

题傅君晓苑《梅岭课子图》^⑦

我不及见傅君之先人,耆儒夙德心所亲。我犹得见傅君《梅岭图》,荆华椿树细描摹。

水东迤先生居,家藏万卷之图书。干戈扰扰咸丰季,横经独闻《耕且锄》。

风流不减郑公乡^⑧,高卧复见南阳庐^⑨。

君有难弟字湘秋,机云分住东西头。晓窗侍膳共问经,夜灯罢读甘瀡修。

世间父子兄弟有如此,须向古人班氏苏氏之中求。

傅君索我图中诗,夙昔心亲乌能辞。才钝思劣稿屡易,举一遗百徒管窥。

吁嗟乎!窦氏五桂王三槐^⑩,积善者昌毋疑猜。况复君怀抑塞磊落之奇材,

骐仁见骐,踯跨青云开。

领取天子殿前五色诏,褒君世业清芬如寒梅。

---

①此诗载于《清代朱卷集成(128)》。《清代朱卷集成》为顾廷龙主编,1992年台北成文出版社出版,共420册。此书收录清代从康熙到光绪年间的乡试、会试、五贡等朱卷8235份。清光绪二十三年(1897),蒋智由以廪贡生应京兆乡试举人,此诗为其应乡试所作。"妙句锵金和八鸾"出苏轼《扈从景灵宫(一作:奉和颖叔万寿观)》诗。　②玱衡:玉衡。玱:象声词,玉相击的声音。衡:车辕前端的横木。③穆满:指周穆王。《文选·王融〈三月三日曲水诗序〉》:"穆满八骏,如舞瑶水之阴。"刘良注:"穆满,周穆王也。"　④高岑:高适和岑参的合称,为盛唐边塞诗歌代表诗人的专称。　⑤琅璈:古玉制乐器。⑥羽葆:帝王仪仗中以鸟羽联缀为饰的华盖。　⑦此诗作于1893年4月,载于诸暨市档案馆编译的《梅岭课子图》卷三,西泠印社2008年出版。《梅岭课子图》:是晚清文化名人傅晓渊为纪念父亲傅岱在家乡梅岭"结庐授课"的情景,请画家胡琴舟所作的一幅画。画成后,傅晓渊业师、晚清著名的文学家、经学大师俞樾题书"梅岭课子图",并撰文介绍"傅岱课子"情况,晚清72位文化名人在画上题咏,使得《梅岭课子图》成为图画、书法、诗词、歌赋并存的书画长卷。　⑧郑公乡:郑玄受人崇敬,其乡曰"郑公乡",后以"郑公乡"赞誉别人的乡里。　⑨南阳庐:三国时期杰出的政治家、军事家诸葛亮躬耕隐居地。⑩窦氏五桂王三槐:五代后周窦禹钧的五个儿子相继考中进士,人称"五桂"。相传周朝宫廷外种有三棵槐树,三公朝见天子时,而向三槐而立。所以后人以三槐比喻三公。北宋王祐在房子前栽下三棵槐树,说:"我的后人中肯定会有当上三公的,这就是标志。"后来他的二儿子王旦在宋真宗时当上了宰相。

题《联益》笺①

连手获邻德，益心端石交。

题上海西园②

烟绵碧草萋萋长，雨浥芙蕖冉冉香。

挽黄遵宪③

如此乾坤，待卧龙而不起；正当风雨，失鸣鸡其奈何。

挽瞿鸿禨④

险恶失蹉跎，深计请传青史笔；守忠酬知遇，横流不变老臣心。

自　题⑤

未逢前席问苍生，且容我款段⑥出都，长啸去也；
重指吟鞭向历下⑦，试看此层峦绕郭，相识犹曾。

珍珠泉⑧

乔木自知春，不须问宋榆明槐，绕屋扶疏皆入画；
文波试打桨，且薄采红莎翠藻，中流容与⑨欲忘归。

---

①此联由蒋智由撰句并书，发表于《联益之友》1929 年第 127 期。　②此联转载于《中国名胜楹联大辞典》，裴国昌主编，中国旅游出版社 1993 年出版。　③此联并以下四副转载于《中华对联大典》，龚联寿编著，复旦大学出版社 1998 年出版。原注：见《人境庐诗草笺注》。今注：《人境庐诗草笺注》为黄遵宪著作、钱仲联笺注，上海古籍出版社 1981 年出版。　④原注：见《古今联语汇选三集》。今注：《古今联语汇选三集》为商务印书馆 1912 出版。瞿鸿禨，字子玖，号止庵，晚号西岩老人，湖南善化（今长沙）人。晚清曾任军机大臣。　⑤原注：见《古今联语汇选二集》。今注：《古今联语汇选二集》为商务印书馆 1912 出版。此联也名《出京赴济南题联》。　⑥款段：马行迟缓貌。　⑦历下：隶属于山东省济南市，位于济南市城区东部。　⑧原注：见《论语》半月刊。今注：《论语》半月刊创刊于 1932 年 9 月 16 日，林语堂创办，其内容以散文、小品、随笔为主。　⑨容与：悠闲自得的样子

挽陈范①

革命败则为逋客,革命成不居伟人,安得绵田封介子②;
立言在先觉之林,处世入独行之传,欲从湘水吊灵均③。

---

　　①原注:见《古今联语汇选二集》。今注:陈范,本名彝范,晚年更名蜕庵,字叔柔,号梦坡、退僧退翁,湖南衡山人,是一位精通诗文、支持革命的清末报人。在 1913 年 1 月病故于上海。　　②绵田封介子:晋文公重耳流亡后返国即位,有"割股之功"的介子推"不言禄",隐于绵山。文公曾派人多方寻找,并以绵上之田封给介子推。　　③灵均:屈原之字。

第二辑　长篇著作

海上观云集初编①

《海上观云集初编》缀言

瓶等子

　　《海上观云集初编》凡若干篇，皆观云先生辛丑②秋冬、壬寅③春夏之作，其文悉见报端，故易裒集④，其他著有《远略主义》《农宗国》等书，尚未出版，至其余文字或散见于各处，或未出示人，未易得而辑。兹撷为初编，其余文及诗俟之于后。

　　壬寅秋瓶等子识。

正例篇⑤

　　⑥世之治乱，则以富贵、贫贱、穷通之数与智愚、贤不肖⑦之数，视其比例之正反而已。比例大正则大治，大反则大不治，稍正者稍治，稍反者亦稍不治。然而比例悉正，将徒悬之于想像，托之为理论，待之不知谁何之世，而归于乌托邦之民。求其稍近正者而已矣。而茫茫人世，此倒彼覆，千端万绪，则虽谓兴灭盛衰之历史，皆争此一事焉可也。

　　荒古之民，以人类与非人类，以同群类与非同群类，争生长于岩谷间，则往往有大力者率其群之人以与物战，率其群之人以与他群之人战。由是而后有部落，由是而后有酋长。部落之进步，而后称之曰国家。酋长之进步，而后号之曰天子，尊之曰皇曰帝，其次曰诸侯。天子、诸侯者，一群之事归之，一群之权归之，一群之利亦归之。天子之子，世得为天子；诸侯之子，世得为诸侯，或受命于天子而为诸侯。天子之子，未必如其始之天子；诸侯之子，未必如其始之诸侯也，然而天子之子、诸侯之子，其为天子、诸侯常便，而择一人以为天子、诸侯，其势常不便，且亦无善法，从而为之原其理曰天命，为之明其义曰天泽。尊卑定而不可移，上下正而不可犯，违之者曰"叛乱"，曰"大不敬"。"叛乱""大不敬"者，

---

　　①《海上观云集》由瓶等子编集，上海广智书局于光绪二十八年十一月初十（1902年12月9日）发行。　②辛丑：光绪二十七年（1901）。　　③壬寅：光绪二十八年（1902）。　　④裒集：辑集。　⑤原载于《选报》第6、7、8期。　　⑥以下原载于《选报》第6期（1901年12月31日）。　　⑦不肖：指不才，不贤。

治以死罪。而起视其世，亦藉是法以稍稍治，然而其富贵、贫贱、穷通与智愚、贤不肖之比例则差数远矣。

君既定位矣，由是贵族则有贵族之社会，其所相与为宾客、通婚娅①者，皆其等焉；平民则有平民之社会，其所相与为宾客、通婚娅者，皆其等焉。贵族之子，国有大政，民有大事，则议之，有言，则以其言为断；平民之子，国有大政，民有大事，不敢与闻焉，虽有言，不以其言为重轻。是故有分其国之人为数等者，而载于经典、著于国史者，若印度是②；有分其国之人为无数等、为无量等者，各以其等自相往还，而不载于经典、不著于国史者，若中国是③。等之不同，其意念异，其气象异，其云为④亦异。等之中又有等者视此。（凡人皆有传染性⑤，彼见尊贵者之居我上，而我当屈己而事之也，则亦欲下于我之人以是事我，此骄诌之风所由起⑥，而等级之分为至繁也。）此固非以其智愚、贤不肖之不同等，虽欲与之同等而不可得也，直富贵、贫贱、穷通之不同等而已矣。呜呼！自古国之生内离心力，以衰以乱以亡而莫之救，非他故也。试凭吊印度之故墟乎？则雪山岳岳，恒河溶溶，昔时婆罗门教、佛教之所兴衰之区，今则为白种所占领，亡国失地。哀哉！为古国矣，而皆当日之分民四等，隔上下而阂⑦贵贱者，阶⑧之祸也。

且夫欲富而不欲贫，欲贵而不欲贱，欲通而不欲穷者，人之同情也，而专制之国，富之、贵之、通之之权自上操之，上之欲得贤智者而富之、贵之、通之也，必不及其欲得愚、不肖者而富之、贵之、通之。何则？愚者可惟吾之所欲为，而不肖者将日出其诌谀殷勤以媚我。（泰古尚力之世，强者常欲得弱者表示屈服之状，以为己荣，后之蓄奴仆而叱咤呼唤，以显一己之煊赫者，带有此遗传性也。）非若用一智者，其才能或百倍于我，而将无以制；用一贤者，则有过自高异尊重之心，而颐指气使之不能由我。是故衰世之所以取富贵者约为两途：一曰格式；（资格亦格式之一种。）一曰钻营。格式者，愚者之可勉为，而智者之所难能；钻营者，不肖者之所乐从，而贤者之所羞称。格式之久，来者皆凡庸矣；钻营之久，进者皆宵小⑨矣。以观中国，非头童齿豁⑩、委荼癃病⑪之人，不居高位；而非承风迎旨、献勤取巧之人，不据要津，其原固有由来已。

当是时也，试起而视其世。其愚者师其愚者，其言若曰：某无放言，无奇节，无狂名，无畸行，世之所谓君子也，而今富矣、贵矣、通矣，某敬之、重之而愿效之。其愿效之，则其性与之相近者也，而愚者之流毒于世，为一派。其不肖者师其不肖者，其言若曰：某干才也，某能出入得贵人欢，而贵人愿为之助者也，而今

---

①婚娅：指有婚姻关系的亲戚。　②而载于经典、著于国史者，若印度是：此句据《选报》第6期补。　③而不载于经典、不著于国史者，若中国是：此句据《选报》第6期补。　④云为：言行。　⑤传染性：《选报》第6期作"传动之性情"。　⑥此骄诌之风所由起：此句后《选报》有"传染至速"一句。　⑦阂：隔阂。　⑧阶：阶级。　⑨宵小：指小人，伪君子。　⑩头童齿豁：头顶秃了，牙齿稀了。形容人衰老的状态。　⑪委荼癃病：指精神萎靡，身体病弱。委：无精打采，不振作。荼：疲倦，精神不振。癃病：衰弱疲病。

富矣、贵矣、通矣，某爱之、慕之而愿效之。其愿效之，则其性与之相近者也，而不肖之流毒于世，为一派。其愚、不肖并而为一人者，则不谈时局，不知国事，若曰：吾侪①何敢放言高行以自取咎戾②为？而蝇营狗苟，习为趋走应对，阿容媚态，结在上者之欢而博取其厚利，则固熟知之而优为之。而愚、不肖合并者之流毒于世，又为一派。愚者之所恶而欲去之，则智者是。其杀智者，亦有道矣，曰横议，曰妄行，曰非圣不道。一愚人倡之，众愚人和之，而智者斥矣。不肖者之所恶而欲去之，则贤者是。其杀贤者，亦有道矣，假事以戮之，假名以戮之，假言语以戮之。一不肖发之，众不肖附之，而贤者退矣。当是时，所谓智者、贤者，亦不出二道：其一灰心颓志，如槁木，如死灰，以为浊世固不可居，薄俗固不可与语也，吾将耕于山，钓于水，混迹于市肆，佯狂以没吾世已矣，无复言时事矣；其一则曰：不尽易在上之人，国且亡，而吾与之俱亡，吾灭国覆种之不暇顾，而遑③顾其他？于是有持革命流血破坏之主义以动世者。二者其流各异，其激之使然，迫之使不得不然者，其所从来之途一也。是时而富贵、贫贱、穷通之数与智愚、贤不肖之数，比例适大相反，而世变亦遂岌岌矣。

④蚩蚩之民未尝推索人事之原理，见夫颅同圆也，趾同方也，目同视而耳同听也，或且聪强胜而明达过之，而此何以富？彼何以贫？此何以贵？彼何以贱？此何以通？彼何以穷？杳杳冥冥，莫得其根，反覆以求之，各以其意测之。而归之天，则气运之说之所自来也；而归之人，则体相之说之所由起也；而归之地，则堪舆之说之所由始也。其他鬼神幻怪之术皆类此。大都其见解高，其学问高，则其推测之法亦高；其见解卑，其学问卑，则其推测之法亦卑。而皆有人附会之，而皆有人尊信之，殆所谓魔鬼之术非耶？试横览国土，则蛮野之国多术数，文明之国少术数；竖数世宙，则为多鬼神、一鬼神、无鬼神。而各视其人治之程度以为差：人治之度劣，则任天，任天则天行有权，人治无权；人治之度高，则任人，任人则人治有权，天行无权。天行之事猝，故奇而不可知；人治之事豫，故准而皆可推。天行之事，有幸不幸；人治之事，无幸不幸。天行之事昏昏；人治之事昭昭。任人治者勤，任天行者惰；任人治者强，任天行者弱；任人治者昌，任天行者亡。而草草人世多在天行冥昧之中，则以无有人焉明人事之原因而为之厘定⑤其规则也。

天下无事不可犯，独不可犯者公理。公理之隐函于人事中，犹万物之灿列⑥两间，皆有其定性而可测之以定例也。试假一物以喻，譬之水，合轻二养一⑦为之，热若干度而涨升，冷若干度而凝结，此有水者之定例也。国者合智愚、贤不肖为之，贤智在上而治，愚不肖在上而乱，此亦有国者之定例也。例之义今学谓

---

①侪：辈。　②咎戾：犹罪过；灾祸。　③遑：闲暇。　④以下原载于《选报》第 7 期（1902 年 1月 10 日）。　⑤厘定：整顿规定。厘：整理、治理。定：规定。　⑥灿列：指明白、清楚地排列。⑦轻二养一：指水分子 H_2O，一个水分子有两个氢原子和一个氧原子构成。

之则,古者儒家之名亦谓之道,故曰:天不变道亦不变。使天失其道,则光变轨差矣;地失其道,则陵翻谷覆矣;人失其道,则元黄①喋血,上下战野矣。是故一冯煖之歌,一宁戚之讴,一屈原之吟,一贾谊之哭,识者闻而忧之,以为是失道而叹戚之声也。不平祸且积,不治乱且长,古者贤智之自平自治也,则闻之矣,曰义命②。而为一己之私德言,可曰义命;为一群之公德言,不得曰义命。何则?一群之福,在进贤智而退愚不肖,而不在一二人之能安义命,任世之颠乱覆背而不为之所也,非所以正例而澹人类之祸也。

宗教家言禁言利,而哲学家言不讳言利。禁言利而趋利之势终不能杜绝于人之心,孰若言利在正其义而明其理矣。彼欧洲之所以致富者,略言之,则曰经商也,制物也;所以致贵者,略言之,则曰某长内政,某长外交,某娴法律,某能治兵,则公举之。公举之,其才必人之所皆知,其行必人之所同许也。而学堂以造之于始,议院以核之于后,其趋势大抵在贤智矣。中国之制,贵者未必贤且智也,而贵者若无不能为之事;贱者未必皆愚、不肖也,而贱者若无一能为之事。事之巨细,任之重轻,一视其贵贱之等差为等差,等差之分,尺寸不可踰。是故苟得志也,虽凡夫下乘,言出为令,事成为宪,愚陋傝耷③,人不敢菲,且从而推崇之;苟不得志也,虽有微管④之才,曾史⑤之行,有枯槁偃蹇⑥于岩壑之中而屈辱卑鄙于尘埃之地已矣。何则?彼以其馨逸之姿,洁白之躬,志有所不能降,事有所不屑为,而适与此浊恶之世为伍,则国家、社会交弃之。黄钟毁而瓦缶鸣,一人颠倒,积而至于众生,无不颠倒,则国家因之失理,社会因之退化,终必有受其祸者,而岂小故哉?

是故人群之患可约言之,曰在有藉已。(译天演学者谓之傅,荀子谓之藉,今取藉字用之。《天演论·善群篇》《荀子·正论篇》。)譬之犹全山之木然,处于麓者,轮囷⑦百尺,其势常卑;处于巅者,肤寸之苞,迳尺之条,上凌霄霈而下俯涧谷,其地望异也。有藉者必有附者,茑萝薄植以其攀缘,居乔柯之上,舒其英而荣其枝,此附之之利也。有藉者必有压者,厂岩之下,日月之所不照,雨露之所不澍⑧,上郁蔽以万木而下侵薄以灌莽,硗埆⑨斥薄,则虽松柏生其间而万年终不大矣,此压之之害也。是故古之天下有藉国者,有藉教者,如罗马教皇是。有藉名者,有藉分者,有藉戚属故旧者,而后有爵之藉,有禄之藉,有权之藉,有势之藉。凡藉之云,则皆非其所自致而其所自为也。古之道盖以世为断,而今之道则当以生为断。以生为断者,去藉而取用,取用则用重,用重则核名实,课⑩功能,视行品。事之大小视其用,位之高下视其用,权之多寡视其用,利之厚薄视其用,事也、位

①元黄:指天地。"元黄"即玄黄,因为要避讳康熙的名字玄烨而改为"元黄"。　②义命:本分。
③傝耷:愚昧无知。　④微管:春秋时,管仲相齐桓公,霸诸侯,一匡天下,孔子曰:"微管仲,吾其被髪左衽矣。"语见《论语·宪问》。后遂用为颂扬功勋卓著的大臣的典故。　⑤曾史:曾参和史鳅的并称,古代视为仁与义的典型人物。　⑥偃蹇:困顿、窘迫。　⑦轮囷:盘曲貌。　⑧澍:时雨灌注。
⑨硗埆:土地坚硬瘠薄。　⑩课:考核、核验。

也、权也、利也,用长而长,用消而消,用行而行,用止而止。无无用而享其利者,无有用而不得享其利者,犹夫耳目手足之于百体然,有视听之劳,则亦有视听之乐;有运动之苦,则亦有运动之益,其乐其益,则皆缘其用之所造。自力非他力,自境非他境也,故曰在去藉而取用也。

天下之至难变者,则风俗已。一事也,往往起点于数千载以前而沿用于数千年以后,如前之所谓藉者,既已辗转因袭,深根固柢,虽欲骤去之,而其势有所不能。去之既不能,而其事又不可以久,此界欲尽、彼界未来之际遂为过渡之时代。过渡时代,为为上计,则莫急于念群,同此社会,同此国家,必无己利人不利而能久享其利者。贤者在上,则耿耿①而望其群曰:野有遗贤乎?有不得其所者乎?有不能成养者乎?有则以为己戚,所谓乐以天下,忧以天下也。不如是者,试觇②其国,朝有壅③位,家有壅财,国无养士之大臣,上下汲汲,各营其私,若是者,其人民之公德亡,谓之涣群之国,厥状则有若"侏儒饱欲死,臣朔饥欲死"④"朱门酒肉臭,道有冻死骨"者。而《绵蛮》⑤之诗作(《绵蛮》谓大臣不用仁心,遗忘微贱,不肯饮食教诲之,故作诗以刺之也。)为下者苦矣。为下者苦,则思上反,思上反则乱,乱则一群俱败,富者不得保其富,贵者不得保其贵,而祸有由起,患有自来,则无宁念群而自剂⑥之平之为愈也。且夫欧洲学说则曰世之郅治在使人人能自成立,而不恃一二人之仁而成立之。夫使人人能自成立,诚何须人之成立为⑦?此过乎仁之言,非不及仁之言,若其国之程度不足以语此,则仁之言不可废,而仁之事亦为世所不可无也,此渐迤⑧渐平之说也。为为下计,一二达识之士,上骇其言而下疑其行,突入而与政治之界战乎?未有不失败者。则当先措意于社会矣,以愿发力,以力成事,以事计工,以工给生,穷则顾念其等穷者,达则接引其未达者,息息以一群之消长得失,往来于一己之胸中,而力所能为则为之,谋所能及则及之,悲智兼大⑨,自度度人。然而未易竟⑩其功也。

⑪人之所以生养者,则赖有群已。群之事,有社会,有国家,置一人于社会国家之中,即在在与社会国家有相通相关之理。谓事由己成,业由己造,人贵有独立之精神而不可有仰赖于人之事,顾谓不待仰赖于人则可,谓不待与人交通则不可。失交通之利,而群立尽,而人立尽。彼泰西之强于中国者,无他,亦于社会国家之间,其交通之道胜我中国已。试先约举其一事。设有人于此,其志欲研求地理之学,愿出游非澳各洲夐远⑫蛮荒之区,以探察其天时物产山川风土,而一己之力不足,则可缮具条例,呈其所愿以干⑬国家社会。国家社会之欲考求

①耿耿:心中挂怀,烦躁不安的样子。　②觇:察看。　③壅:堵塞。　④侏儒饱欲死,臣朔饥欲死:《汉书·东方朔传》:"朱儒长三尺余,奉一囊粟,钱二百四十;臣朔长九尺余,亦奉一囊粟,钱二百四十。朱儒饱欲死,臣朔饥欲死。"后因以"臣朔"为东方朔的省称。　⑤《绵蛮》:指《诗经·小雅·绵蛮》。⑥剂:调和,调节。　⑦为:语气词,相当于"呢"。　⑧迤:延伸。　⑨悲智兼大:慈悲与智慧兼修。⑩竟:完毕,到底。　⑪以下原载于《选报》第8期(1901年2月28日)。　⑫夐远:遥远。　⑬干:求。

地理者，度其人之足以胜任也，则佽①之财以成其事，还而以其所得输于国家社会之间。其余欲考一物，创一事者，皆似此例。而又一艺之成，一书之出，(西人以著书获巨赀者甚多。)则国家社会或予之大赏，或许以专利。其他凡百兴作，可合公司。而国中之富者，又时出其赀产，助一国公众有益之事。而又时有组织政党之大臣，收罗英俊，会待时用。若日本变法之初，则亦有一人而养才学之士数百人者。是皆贤智之人有待于国家社会，而国家社会亦有待于贤智之人。故学以群造，艺以群究，商以群合，国以群立，而社会国家之发动，其力亦因之而增大也。试言中国。当战国之时，若法家，若名家，若纵横家，若其余诸子之家，联翩列国，游食诸侯，初发见其学术于一群间，即受一群之厚待而不为过。(儒者亦同此例。见《孟子》"答彭更问"篇。)其时又有若孟尝、若信陵、若平原、春申，皆养士数千，下至田横，亦有士五百，其他不可胜计。一家之学，一长一技之能，皆有所庸。是以其时学科萌露，而中国人才亦以周秦时为最盛者盖以此。自秦以后，专制一统而人才衰，是何也？列强并立之时代，贤者智者不之甲国则之乙，不之乙国则之丙，有比较斯有争竞，有争竞斯有进益，此万物之公例也。专制一统，则富贵出于一人，士但揣摩迎合，投上好以博利禄而已。是故中国今日其国家社会间，大利所在，惟出于仕宦之一途；其所以得仕宦，惟出于钻谋谄媚之一途。才者能熟谙此之谓，能者能布置此之谓，有此异道。而由前之说，则贤智常得，愚不肖常失；由后之说，则愚不肖常得，贤智常失。由前之说，使人趋于贤智而无乐为愚不肖；由后之说，使人趋于愚不肖而无乐为贤智。由前之说，虽未足以言上治也，而进化近之；由后之说，则日归之退化而已。夫言出世法则已，言入世法，则世界一演利之场，而日听其天行之昏乱，一无人治之经纬。断时为言，则太古取利以力，近今取利以计谋。以力而害人之利以自利，则世谓之盗；以计谋而侵人之利以自利，亦犹之乎盗也。故人与人多盗人，而国与国多盗国，谓今世界仍囿蛮野之度可也。

跻②人类于乐境，则在德行之馨香，知识之开朗已。今以贫富、贵贱、穷通之无定例也，若飘茵堕溷③然，贸然得之而不能言其所以得之之由，贸然失之亦不能言其所以失之之故。由是得之者，一则有满足心，其凶德也，为骄、为傲、为侈肆；一则有保守心，其凶德也，为鄙、为啬、为刻薄。其失之者，一则有强夺心，其凶德也，为斗、为嚣、(《周礼》："禁其斗嚣"。注：斗以力争，嚣以目争。)为忮很④；一则有柔取心，其凶德也，为媚、为佞、为龌龊。而挟奸怀诈之恶，则公有之；无耻寡信之恶，则公有之。公正其外行，而私曲其内行；和煦其表面，而悍戾其里面。又公用之而公袭之，所谓以秦镜照心，无一人心不现有魑魅之状者，此实录也，凡

---

①佽：帮助，资助。　　②跻：登。　　③飘茵堕溷：比喻由于偶然的机缘而有富贵贫贱的不同命运。溷：肮脏之处。　　④忮很：亦作"忮狠"。忌刻狠毒。

有害于德行者如此。若夫富贵已得，则日演其居移体养移气①之积习，而不复知人间有学问事，甚者或藐遇之而轻视之。至于中国特别之性质，则又不问国家，不知世界，视一群中治乱翻覆之事，若于己渺不相涉，以为吾已足保吾身而长吾之子孙，他又何求。是以昏顽之气与饱暖以俱生，悠忽之象随福泽而并至，类如是也。至于苦力下等，非尽由其质之不可造，与接为拘②，侵染下劣，既失教养，斯鲜闻知，执业一差，非其聪明才力数十百倍于人，即不能自振拔于其间。故其始也，因贫贱而入于愚蠢；其继也，因愚蠢而不能不居于贫贱。凡有害于知识者如此。是故穷奇饕餮③，则无德行之号；浑敦梼杌④，则无知识之号。其流派日蕃衍于人世间，朝廷法令之所不能禁，而圣贤教典之所不能化。何也？人类实事日磋切于富贵、贫贱、穷通之途，实事如彼，虚言如此，故其势常患于不及。东西学者，思力所至，咸见及此，虽无善法，然画利之界限而订均平之例，（定买卖之例亦均财之一端，人类定此例为最先，以此获交通而得享幸福者多矣，设无此例，其坏人行品者更不知凡几。⑤）此全地球日昌之说也。且夫所谓均者，非谓合一国之财与挈一国之人平分而匀给之也，如是虽日日均之，而勤者日积，惰者日损，能者有余，拙者不足，其不能均也如故，且必夺之勤者、能者之手，而以与惰者、拙者，亦不得谓之均。盖道在化私而为公己，若公治道路之例；若公立学堂，国之生人皆得入学之例；若国立公院而育孤赡老、教养废疾之例；若国立公司作业之例；若公立考求学业会之例；若公立远行旅馆，而国家津贴航业、路业及公邮政而减取资之例；若储工费积息公银行之例；若公田地之例；若禁多娶之例；若⑥分遗产，若干以利私属，而若干以归公家之例；若限皇室经费，定任事公俸，而严赃罪之例；若定有勤劳于国家社会者优老之例。其略例如是，而不及详。要其原理，在使一国人俱受一国公众之益，而以智愚、贤不肖暂无失其等次为权界，以能交通不能交通为见荣，以工称食，能准值为覈实⑦。其正例则群己两利，其变例，则在处不得已时，视群利大于己利而已。

滔滔世宙，茫茫人事，将永无太平之日乎？则陵者自陵，谷者自谷，但有得失，一无是非，谓人世间事本如是焉可也。然而患之积也无不发，而势之偏也无不反，彼欧洲十九世纪政治之革命，非贵贱之争乎？二十世纪将进而为经济社

①居移体养移气：应为"居移气，养移体"。《孟子·尽心上》："孟子自范之齐，望见齐王之子，喟然叹曰：'居移气，养移体。大哉居乎！夫非尽人之子与？'"指地位和环境可以改变人的气质，修养或涵养可以改变人的素质。谓人随着地位待遇的变化而变化。　②与接为拘：与接触的人周旋。　③穷奇饕餮：传说中的怪兽。穷奇：《山海经·北山经》有云："又西二百六十里，曰邽山，其上有兽焉，其状如牛，猬毛，名曰穷奇，音如獆狗，是食人。"饕餮：传说中的一种凶恶贪食的野兽，古代青铜器上面常用它的头部形状做装饰，叫做饕餮纹。传说是龙生九子之一。　④浑敦梼杌：传说中的怪兽。浑敦：即"混沌"，据说其状如犬，似罴而无爪，有目而不见，有两耳而不闻，有腹无五脏，行走而足不开。梼杌：在上古时期华夏神话中是四凶之一。所谓"四凶"，最早指的是上古年间四位残暴的部落首领，后来被杜撰为四种怪物。　⑤此注《海上观云集初编》无，今据《选报》第8期补。　⑥若：《海上观云集初编》作"能"，今据《选报》第8期改。　⑦能准值为覈实："准值"《选报》作"准食"。覈实：考绩。

会之革命，非贫富之争乎？不争则不平，不平则不治，稍稍争则稍稍平，稍稍平亦稍稍治矣。若夫前例既正，而长此以智治愚，以贤治不肖，亦非平之平者，是则世界文明第二之进步，在进愚者而使之智，化不肖者而使之贤，然而非今日所能言也。

此文为《太平条例》一书之导言，中所登有删节处，非全稿也。①

风俗篇②

国之形质，土地、人民、社会、工艺、物产也。其精神元气，则政治、宗教、人心、风俗也。人者，血肉之躯，缘地以生，因水土以为性情，因地形以为执业。循是焉，而后有理想，理想之感受同，谓之曰人心；人心之措置同，谓之曰风俗。同此人心、风俗之间而有大办事之人出，则政治家焉；有大见理之人出，则宗教家焉。大政治家、大宗教家虽亦以其一己之理想，欲改易夫人心、风俗，而其政之行不行，教之传不传，一以人心、风俗与之近不近为断。其政治、宗教与其人心、风俗近者，则其政行，其教传；其政治、宗教不与人心、风俗近者，其政不行，其教不传。人心、风俗以之造政治、宗教，而政治、宗教又还而以之造人心、风俗。是故人心、风俗常握国家莫大之权，而国家万事其本原亦因于是焉。

上光下土，而圆颅方趾之一类，自辟世界于其间，其生殖日繁，其知能日进，其执业日高，其占地日广。如水赴壑，如丸走坂，外界感遇日益不同，内智启发亦日益不同。以人类之境界言之，始皆射猎，其次游牧，其次耕稼，其次工商。射猎居山，游牧居原，耕稼居泽，工商则交通于道路之间。射猎之俗必不能同于游牧，游牧之俗必不能同于耕稼，耕稼之俗必不能同于工商。其不能同，则以不与之相宜也，夫人固日夜取其相宜而去其不相宜者。今者二十世纪，全地球皆将进于工商之时期也。工商之世而政治不与之相宜，则工商不可兴，故不得不变政。变政而人心、风俗不与之相宜，则政治不可行，故不得不改人心、风俗。人群之事复沓连贯，不变则已，变则变甲必变乙，变乙必变丙者，其势然也。

是故中国之俗略可言已。安田里，重乡井，溪异谷别，老死不相往来以为乐者，中国人之俗也；而欧洲人则欲绕游全球，奇探两极，何其不相类也！重生命，能屈辱，贱任侠而高明哲，是非然否争以笔舌，不争以干戈者，中国人之俗也；而欧洲人则知心成党，流血为荣，争宗教杀人无算，争国政杀人无算，何其不相类也！事一人之事，业一人之业，朝政世变则曰吾侪小人何敢与者，中国人之俗也；而欧洲人则国政之权多持之议院，人人有国家之一份而重有国家之思想，何其不相类也！读一先生之书，守一先生之说，议论一途，是非一致，自上下下，如

---

①此句《海上观云集初编》无，今据《选报》第8期补。　②原载于《选报》第2期（1901年11月21日）。

涂涂附者，中国人之俗也；而欧洲人则曰信教自由、言论自由、思想自由，何其不相类也！贱者事其贵者，贵者事其尤贵者，尤贵者又事其尤贵者，累丸叠阶，彼攀此挤者，中国人之风俗也；而欧洲人则曰自上帝以下人类平等，何其不相类也！安抚驯良，隶之强权，驱使服从，无不妥贴者，中国人之俗也；而欧洲人则曰予我自由乎？不予我自由，其予我以死乎？其视自由重于死，而人权必争，无甘为奴隶者，何其不相类也！是故中国尚柔，欧洲尚刚；中国尚文，欧洲尚武；中国尚啬，欧洲尚通；中国尚古，欧洲尚今；中国人散，欧洲人群；中国人静，欧洲人动；中国人多驯人谨士，欧洲人多豪杰英雄；中国人多持重审慎之志，欧洲人多冒险勇敢之心；中国人道贵求中，欧洲人理尚见极；中国人但求无事，欧洲人必求竟事；中国人多任天运，委自然；欧洲人多重人力，主作为。其略言之如此，晰言之则更仆不能终。夫人于其不相习也，则必相争；不相同也，则必相非。中国闭关自尊殆数千年，一旦欧洲新俗突入而抶其范围，破其科臼，彼蚩蚩之民无辨别之能，无比较之识，无惑乎抵死不悟，直视为左道而欲杀之，新旧之争盖由此也。

茫茫大宇，世界万千，其得通他星球与否今不可知，要之地球一圆面，必无终古别而不通之理。通则种与种，国与国，工艺与工艺，物产与物产，学问与学问，智识与智识，相比相错，互观互竞。自有地球人类以来，文化长进约两大期：往者欧洲之希腊，中国之周秦，以及印度、犹太先后并兴，其文化起于内江内海，此人类小通之时期也；自哥伦波得新地，而蒸汽之制日益发明，安涉重溟有若阶闼，于是乎海通而文化一大长进，此人类大通之时期也。今夫中国，风教固已相安，制度固已相习，使果能锁国，果能绝交，虽循此旧俗无进步之可言，而优游以送岁月，未始非计之得也，然而今日者，全球皆通，全球皆变，合全力以争中国之通不通，变不变。变则中国者，中国人之中国，中国人自兴之，中国人自主之也；不变，则中国者，非中国人之中国，白种人取而代兴之，犹美洲者，白种人兴之，非红种人兴之也。危乎危乎！可不惧哉？

试取中国往事以言，夏之俗敝，数百年而汤变之；商之俗敝，数百年而文武变之。自周以后，秦皇汉祖、唐宗明帝，侥幸时会，侨居九五，能据其土地而不能变其风俗，度其才识，实亦不知有此。故夫中国之事约可分为三言：曰自南宋至今，议论一律；自秦至今，政体一律；自周至今，风俗一律。周制之俗盖用文家，当其盛也，亲亲贵贵，尊长而易以致治；及其衰也，文而弱，诈而好礼，散而不能群，知有家而不知有国，谄上而骄下，荣仕宦而好利，畏强而凌弱，自奉厚而公心薄，无独立之性，不敢为非常异义之事，其弊略如此。夫风俗者，不能数百年而不敝，及其未敝也而改之，故常收其利而不受其害，相轻重而剂其用，是在一群之伟人矣。昔者太公治齐，尊贤尚功，盖用质家①；周公治鲁，尊尊亲亲，盖用文

---

①质家：尚实的人士或学派。

家。故其趋也，齐俗好功利，而管仲得用法家之学再强其国；鲁俗好儒，文学盛于其地，而鲁终不振。夫齐鲁之俗，无所谓轩轾①也，而用之不能无偏，大抵其所偏重之处，即系其所受病之处。而中国之俗率偏于文，故其弊也，同于鲁而不同于齐。夫鲁之制，盖周制也，中国之所以数千年用周之俗而不变者，则以周之俗本于农，而中国地势便于农。以射猎、游牧、耕稼、工商，分人类进步之次第，中国入于耕稼之期最早，出于耕稼之期最迟。盖至今日环球工商诸国始挟其兵力，洞我之门户而惊醒之，而数千年便安之风俗乃对镜而知其病根之所在也。耕稼之俗最缺者武事，中国人进化高于蒙古种人，而武功反不及蒙古种人，盖以此也。

夫风俗改变，有以内动力者，有以外动力者。中国往事皆内动力，无外动力。外力轰激，若六种之震动，而骇惧国人之脑性者，自今日始。善治国者，当因时而利之，乘势而导之矣。昔者越王勾践见辱于吴，勾践劳心苦志，其俗化之，故其人沉深而有志虑，忍耐而好复仇。况当今者累败之余，大挫之后，养成国民之风俗，以为他日振兴中国之根本，中国之不亡，或恃乎此。微乎微乎，其风俗之枢机乎！非渊虑睿智之士，孰能与于斯乎！

忧患篇②

③有忧患而后有思虑，有忧患而后有知识，有忧患而后有学问，有忧患而后有事业。谓忧患者，世界之所赖以演进，人类之所藉以存立焉可也。

原人时代，大风雨、大雷电、大冰雪，以及寒暑燥湿、毒卉恶木、凶禽猛兽、螫虫怪豸，皆能为人害者，故人与人相慰问曰："无恙？"恙，噬虫，能食人心，古者草居，盖多此患。以今世界考之，若烟瘴之区，若水土之病，（如日本之脚气等。）若南海之鳄，若印度之蛇兽，若各处相传惊恐小儿之语，知太古生人祸害多矣。圣人者起，为之宫室，为之衣服，为之饮食，为之城郭、都邑、道路，制器械以助手足，合群以壹心志，齐气力，而人类之祸渐平。故《韩非子》曰："古者人民少而禽兽多，人民不胜禽兽。有圣人作，构木为巢，以避群害，而民悦之，使王天下，号为有巢氏。民食果蓏蚌蛤，恶臭而伤害腹胃，民多疾病。有圣人作，钻燧取火，以化腥臊，而民悦之，使王天下，号曰燧人氏。中古之世，天下大水而鲧、禹决渎。近古之世，桀、纣暴乱而汤、武征伐。"（此为人类之害，余为天时、土地、百物之害。）凡自古世相演相传以迄于今，经几险阻，经几艰苦，一患难去，一圣人出，而人类一进步，世界一增幸福，而已不知绞若干脑浆，流若干汗血，耗若干智慧、谋虑、经营、动作。而世界茫茫，来日方长，前患甫平，后患乍起，迎而见其首，随而不见其

---

①轩轾：车前高后低为"轩"，车前低后高为"轾"，喻指高低轻重。　②原载于《选报》第 12、13、14 期。
③以下原载于《选报》第 12 期（1902 年 4 月 8 日）。

尾，若航舟大海，茫无崖岸，日争生死于惊风险涛、危樯骇橹之中，以冀性命之无颠坠，故忧患大矣。人乃日出其抵御之力，而思所以制胜之。祸兮福所倚，福兮祸所伏，则虽谓风雨、雷电、冰雪、寒暑、燥湿，以及毒卉恶木、凶禽猛兽、螫虫怪豸，皆所以逼人类之有进步，而为世界造幸福之具可也。《诗》有之曰："殆天之未阴雨，撤彼桑土，绸缪牖户。今此下民，莫敢侮予。"孔子读而感动之，以为其义通于治国家。余谓大地之上自有人类，何一时不若阴雨时乎？

饮食男女，人类与物类之所同也，而忧患之程度，则人与物有差。毛族居山，鳞族居水，羽族居林，饥则求食，乐则求偶，未尝有预计，未尝有远虑，未尝有探索物理之能，未尝有干涉世界之事。人则异是，大抵其思深，其见远者，其智愈浚，其能愈多，其位愈贵，其品愈高，约言之，有为一身计者，有为一家计者，有为一国计者，有为世界计者。故画人之品，劣者近物，而上者达天。非洲之黑奴一经释放，不能自养，而澳大利亚之土人但知食俄波孙。俄波孙者，亦名之为木狗，栖于木上。澳洲土人，饥则绕木而求，攫而啖之，不得则饥，如是以为常，而莫之思也。有劝为稼穑之事者，告以春耕夏耘秋收而后得食，则土人之脑筋几不能理，以为是何能待也。此近于物类之智识矣。进而上之，有为身家计者，苦思力作，不出家人妇子生产作业之外，语以国家之义，若视之而无物，索之而无迹，辽渺杳远，无甚利害相关之事。如中国者，盖身家主义极发达之民而不知有国者也。欧洲人种，知有国家，知出而谋国政，视国事如家事，盖国家主义极发达之民。而以言世界主义，则犹未也。无已，间遇之倡宗教之教主数人乎。鸣呼！竖尽尘劫，横览十方，何以思深？何以思浅？何以虑短？何以虑长？由倒生植物类之无知，横生动物类之半知，而进至于直生人类之有知；由头面之斜线，而进至头面之直线；（蛇面最斜线，禽兽面次斜线，人面直线。）由下等人种近于猴子之至低脑角度，而进至至高之脑角度，千品万状。而独居深念，高掌远跖，能生忧患之心，能出忧患之力，众人之所忧患而忧患之，众人之所未及忧患者而忧患之，何其若凤毛麟角，火齐木难，举世珍奇，而不易数数觏[1]也。昔人有言："人之度量相越，岂不远哉！"然而天地泰宁，日月光华，卒恃此若而人忧患者之力。

天时之患，则御之而已；土地之患，则备之而已；百物之患，则制之而已；独至人类与人类之患，其最不可理乎！中古以还，天地百物之患熄，而人类之患滋，有家与家之争，有族与族之争，有种与种之争，有国与国之争，有贵贱之争，有贫富之争。凡所谓争，皆患气之阴伏于中而不能已者也。古者患人类之无夫妇也，有夫妇矣，而又有不平权之患；古者患人类之无君臣也，有君臣矣，而又有专制之患；古者患人类之无等级也，有等级矣，而又有不平等不自由之患。民惟不知其为患也则已，知其为患也，则必思去之。去之之事，或以口舌，或以文字，或以刀兵。欧洲十八、九世纪交互之间，患之发于内者，于是有革政之事，革命

---

[1] 数数觏：常常遇见。

之事。十九、二十世纪交互之间，患之泄于外者，于是有商战之策，殖民之策，民族帝国主义之策。今者欧势东渐，日长炎炎，红种人不知也，而莫之忧，而红种夷矣；黑种人不知也，而莫之忧，而黑种奴矣；棕种人不知也，而莫之忧，而棕种微矣；黄种人不知也，而莫之忧，而黄种除日本尚有生气，余皆国亡地失民散，存者若中国，若高丽，若暹罗，若波斯等，皆奄奄一息而待毙矣。夫中国固所谓开化最早之国也，前者圣人迭兴，有能平天地之患者，有能平百物之患者，有能平人类无伦等次而散乱凌夺之患者，若制宫室之圣，若制衣服之圣，若制火化之圣，若制医药之圣，若治历、明时、治水、画九州、播百谷之圣，若定君臣、上下、父子、夫妇伦常之圣。凡古之圣人，为吾人所尸而稷之，社而祝之。举其荦荦大者，有若有巢氏、燧人氏、黄帝氏、尧舜氏，有若禹、若汤、若文武、若孔子，若其余诸子百家之各明一理、各树一说者，皆有效力于我种人之文明而其功为不可没者也。及内群人类之患澹，而有外群之患，则有若匈奴、若契丹等。虽处之未得其宜，制之未得其道，然而当其时，中国之文化固胜于匈奴、契丹等万万，故驱逐之不能，则羁縻之；羁縻之不能，则优柔而含容之。及其终也，武功不能胜，而文化胜之；国群不能胜，而社会风俗间亦胜之。虽胜负各半，未得上策，而于我种人之存立固无害也。自近百年来，海道大通，欧人麇至，其国之内治，我不及焉；其国之外力，我不及焉；其学术、技艺、远谋、深虑、坚志、宏力，我又不及焉。是故今日之欧人可一言以正告之曰：非犹夫昔者与中国遇之匈奴、契丹等也；其交接之道，亦非可以昔日待匈奴、契丹者待之也；其有害于我中国之种族、之社会、之文化，亦非若匈奴、契丹等之毫不能损我。行将为其风潮之所卷，而扫地零落尽矣，而犹以匈奴、契丹等视之耶？且夫我中国之待匈奴、契丹固未得上策，而又何恃乎欲以之待欧人？昔日之待外人，亦不妨径用蛮野之政策，曰"我强则杀敌，敌强则容之"而已，今则取杀之之策，我不能杀敌，而为敌之所杀；取容之之策，则彼以其大力之所包含，入我堂奥，吸我膏髓，制我死命。数年以来，不战则已，战则丧师失地赔欵，则用杀之之策之误也；不和则已，和则条约之所损失，商务之所损失，财权、兵权、矿权、路权、教育权之所损失，日朘月削，弥有已时，则用容之之策而不思有以抵制之之误也。夫用杀之之策不可，用容之之策而又不可，此其故非他也，彼固有胜于我者在也。非犹夫昔日之遇匈奴、契丹等，彼有所恃以胜我，我亦有所恃以胜彼者，之两足以相当而无所惧也。夫胜之之策亦无他道，事事求有进步而已，使我之政治进步，学术进步，社会进步，风俗进步，技艺进步，教育进步，而内治、外交、理财、练兵一一进步。与彼之所以挟以胜我者平等，斯胜负之数亦平等矣。而进步之次弟亦不外两道：一曰弃我而学人。若是者佛谓之"行舍"，犹行者欲进前步，必舍其故步也。昨日之事，譬如从昨日种种死；今日之事，譬如从今日种种生。能取用一切者，谓之大智；能断离一切者，谓之大勇。毋睡眠，毋系恋，毋苟且、因循、姑息、粉饰、畏怖、惊恐、摇惑、疑惧、自怯不定、乍进乍退、且前且却、可彼可此、忽甲忽乙，此果决之策也。一曰取人以合己。凡事皆具有二力焉：一曰因袭之力；一曰改革之力。人无日不因袭，无日不改革。因袭之力，为因地，为由来，为自然；改革之力，为人为，为物竞，为淘汰。不易之与变易，变易之与不易，匀而和之，交互参杂，而天择之事出，天演之道行焉。总世界为总世界之天演，一世界为一世界之天演，析而一国自为一国之天演，一群自为一群之天演，一种自为一种之天演，一族自为一族之天演，一乡自为一乡之天演，一家自为一家之天演，一身自为一身之天演。内力发生，外界感遇，生生灭灭，刹那无已。据人之脑质言之，含三万万个细胞，一分钟换三千五百个，一点钟换二十万个，一日换五百万个，约六十日而全易。中土往哲之言曰：天道十年而小变，三十年而大变。欧洲哲学家言：有过去，有未来，无现在。盖分去来今为三期，则去之境其长，来之境尤长，而今之境自无疆土，不过割去与来两者之境而强名之耳，故曰无现在也。虽然，后之衔前必与其前者相接，无突然者。衔接之间，取其宜舍其不宜，取其合舍其不合。是故顿渐之教，视其人而差之，视其时而差之，视其地而差之。而变法之事，必因其历史，必因其社会，必因其风俗，必因其人民历来之性质，用温用烈，用宽用严，用威用诱，用顺用逆。有先时之言，有应时之言；有矫俗之政，有循俗之政；有造时势之事，有因时势而造之事。参之复之，斟之酌之，运用于一心之妙，而求有以合当世之宜，此和合之策也。楚王有言："不谷不德，而逢大敌。谁非邦人，莫肯念乱。"是贵乎有忧患之心，而后有忧患所从出之事矣。

①且夫国家有以内部之故而影响及于外部者，亦有以外部之故而影响及于内部者。而中国数年以来多以外交之故牵连其内动力，此何也？中国形势，沙碛障其北，崇山限其西，大海洚澋潀洞其东南，其间巨陆，丰博有容。人民之生其间者，为山海所阻隔，其思想不能及远，而又以其内部地大物茂之故，故常自视其国若天下而有好自尊大、闭关独立之心。又其执业便农，其家族主义、伦纪教化极易发生，其政治风俗、宗教②文字易于统一。至于执业已定，制度已立，政俗已安，文教已习③，人民优游其下，遂以为此外无道，此外无法，故数千年治乱反覆，要不过一朝之盛衰，一姓之起落，至于执业、制度、政治俗、文教④固一统相沿，如一日也。及与白种遇，初亦以蛮夷岛国视之，至以兵战而兵败，以商战而商败，而推求其所以致此之由，于是有惊其技艺者，有究其政治者，有考其学术者，而变法维新之说哄上下矣。虽然，使果不必变法，不必维新，而守吾古来之惯习，足以抵制外人而有余，诚何取乎纷纷变更为？所可惜者，挟旧术旧法，实不足以相胜而自立耳。不自知其不及者，愚也；知其不及而自护之，则自欺也。且犹不能不变者，则在吾人设想数十年之后而有一绝大惊心骇目之事，此固非

---

①以下原载于《选报》第13期（1902年4月18日）。　②宗教：《选报》第1期3作"语言"。
③执业已定，制度已立，政俗已安，文教已习：《选报》第13期作"执业已定，教化已习，政治已安，风俗已驯"。　④执业、制度、政治俗、文教：《选报》第13期作"执业、教化、政治、风俗"。

欧人之铁甲鱼雷、利炮快枪蹙迫我中国之土地，轰裂我中国之人民也，其祸匪他，我之利源竭耳。同此资生之道而所求以资生者，彼以群，我以独；彼以巧，我以钝；彼以机器，我以手足；彼以人工，我以天产；彼之所习，我之所不知；彼之所长，我之所不能也。而尤有进者，彼以出物多，甲乙交换，互得其益，故其用物也利繁利精，而其取值也利贵；我以出物少，一手足之所为只有此数，故其用物也利简利窳，而其取值也利贱。而通商以来，用物日繁日精，而值亦日增。试以一物言之，昔须若干者，今增若干倍，转瞬而又将增若干倍矣。以中人一家言之，昔用物若干而有余者，今用物增若干倍而不足；昔用款若干而有余者，今用款增若干倍而又不足，而出物之程度如故也。赢财之程度，若工赀等类，虽亦略增，而大致如故也。以日后言之，一人之养须若干，而中国人不足也，则养身之事废矣。一人之教须若干，而中国人不足也，则兴学之事荒矣。若矿、若路、若大工程、若大公司，须若干款，而中国人不足也，则工商之力薄矣。夫财者，生人之命，犹血轮之所以荣卫其身也。血轮枯而人衰落，利源竭而国家、社会皆将槁萎无生气矣。覆国乎？亡种乎？一退落于大剧场大舞台之下，而岂能复与人争存立乎？且试详考中国之国家、之社会，其于生人存养之道初非有大经纬规则于其间，听其自为之而自治之，犹一群之草无行列，无灌溉，自相概挤而争吸取土地固有之脂膏以为生活而已。是故中国之历史，其所谓乱世者，无他，太平久则生齿繁；生齿繁则衣食不足；衣食不足，则人心思乱；人心思乱，而乱事应之。丁是时也，其朝为亡灭之朝，其君为式微之君，而其人民则疮痍流离之人民也。凡致乱之大概如是。其所谓治世者，无他，变乱久则生齿减，生齿减则衣食易，衣食易则人心思治，人心思治则治运应之。丁是时也，其朝为兴发之朝，其君为开创之君，而其人民则为歌舞太平之人民也。凡致治之大概如是。呜呼！以数千年任天行而生存之民，突入而与进人治之民争，危乎不危乎？怠乎不怠乎？此吾人之所为悁悁而悲，而不知忧患之何自而生也。

世间之无忧患，则皆无知识之类也。燕雀之巢于焚幕，母雏相顾，啁啾相乐，若怡然而无事者，彼固不知焚之将及己也。螂之捕蝉，雀之捕螂，各自以为无患，何则？彼之智固不足以及此也。惟人亦然，智识愈增，忧患愈增。今夫氓隶之子，流俗之人，收获减数升斗，则忧形于色；尺田分地，乡里相争，则斗死而不顾，而独于国家之事，日日赔款，时时割地，岁岁丧师，息息权利为外人所侵蚀，而眯目而不见，充耳而不闻，若以为无与己事者，此其去燕雀、螂蝉之智也仅矣。以如是人民，立如是国家，结如是社会，而与白种之人遇，固未有不至于败亡者也。且夫今之白种，固地球最强之种，黄种之势力逊之远矣！然而白种人犹时时有黄祸（谓黄种之灭白种。）之说惊动于其心目之间而骇怖于其梦寐之中，是何其忧患之深也！彼于机之未发者而忧之，我于机之已熟者而不之忧；彼于事之未至者而忧之，我于事之已见者而莫之忧。是即谓欧种人之与中国人智愚、强弱、贫富之分分以此焉可也。

　　且夫小人之所以为小人者，非无思虑也，非无经营也，而其所思虑、经营之圈界其狭而小，大致不出一身一家之外。而君子之所思虑，所经营，则有一群之事焉，一国之事焉，一种之事焉，一族之事焉，一社会之事焉，一世界之事焉。夫所谓有群国、种族、社会、世界之事者，非谓弃身家而不顾，谓其视群国、种族、社会、世界实与一身一家有密切之关系，故其视群国、种族、社会、世界之事，有时直大于一身一家之事，否则，亦与其一身一家之事等耳。若穷索其脑筋，只有身家而不知其有他，则适成为小人之见解已。其见解逊矣，则其智识必短；其智识短矣，则其能事必灭；其能事灭矣，则必举世界应为之事业让之他人，应尽之责任让之他人，应享之权利亦即让之他人。他人为治之之人，而己则为受治之人；他人为使之之人，而己则为受使之人；他人为指示，而己则为服役焉；他人为羁勒，而己则为牛马焉。以人类享有管理全地球之荣名，即有管理全球之事为，一人放弃之，积而至于人人放弃之，则世界将复返于荒古。此群之人放弃之，而彼群之人未放弃之，则此群之人必日贫、日愚、日贱、日弱，而为彼群之人所占据，所号令。不观白种人之言乎？曰：世界者公有之物，彼委废而不理，我取而代治之，极合公理。是即我中国兼弱攻昧取乱侮亡之意也。且夫人类之始，固夺禽兽百物之世界而占有之，即我中国自黄帝以来布种于大陆之上者，亦夺群夷诸蛮之地而有之。是则占有世界，其事之果合公理与否且不必论，而要为地球通行之公例矣。呜呼！人者群物也，以群生，以群治，以群强，以群昌，而专制政体利人之有身家主义，无合群主义，其败也，亦由于其人之只知有身家主义而不知有合群主义。合群者无他，扩身家主义而大之者也；合群之利无他，合人人之身家，以保其一身一家者也。然而思力短浅，志虑薄弱者，语以此义，有若井蛙之于海，夏虫之于冰，惊为河汉而无极也。此世界所以多亡种之民也。

　　①天地间两物相遇，则竞存之理即行乎其间。国与国遇而兴灭之事出焉，其甲国不灭，乙国亦不灭者，必其两国之程度相等，彼此皆有以自立者在，否则无幸焉。种与种遇而存亡之机判焉，其甲种不亡，乙种亦不亡者，亦必其两种之程度相等，彼此皆有以自立者在，否则无幸焉。今者地球大通，种与种遇，一人种生死之大关键，胜负之大斗场焉，是必昏昏焉以生，昧昧焉以死，一无所知焉则已，有所知而外象之激刺，内智之发动，必有踉跄焉，惕息焉，芒芒乎若有失，皇皇乎若有求。而处则风雨一庐，时闻叹息之声，出则江湖奔走，颜色憔悴，为谁辛苦为谁甜，有不能自解其故者。此时也，试出而相天下士，其带有郁伊忧慨之色，内精强而外瘁伤，若病非病，若老非老，若衰非衰，则开通而忧国之士十得七八焉。其美丽姚冶奇衣妇饰，及夫显耀威赫，时露其堂上一呼堂下百诺之气象，而又雍容以为得体，安详以为载福，凡此派者，其所谓人才，率百不获一焉。何则？劫会而有欢容，戚世而有坦象，是必其人内心之与外境不相匀和，而无怅②

_____

①以下原载《选报》第 14 期（1902 年 4 月 28 日）。　　②怅：触动。

动其脑觉盖可知也。夫饥岁何以有菜色？丧家何以多哀状？而况逢此大变端、大险象而吉凶存亡时往来于胸中者乎？呜呼！感春鸟语，警秋虫鸣，彼物也犹如此，号为人而不为时世之所感动乎？则其人可知已矣！

有忧患矣，则于甲有厌离，而于乙有希望。一厌离，一希望，而变化之事出，改进之功成焉。由动植不分之物，而甲为动类，乙为植物；由动物而甲为人类，乙为羽毛鳞介类，则人之变化为至繁，而改进为至速矣。吾壹不知夫自大草、大木、大禽、大兽而猿猴而石刀、铁刀、铜刀而射猎而游牧而耕稼而工商，由草衣、木食、茹毛、饮血、巢栖、穴居、结绳、画物之世界，进而为栋宇、衣冠、火化、文字之世界；由溪异、谷别、吁吁呿呿老死不相往来、知有母而不知有父之世界，进而为有社会、国家、域邑、都市、通工、易事、伦纪、礼义之世界；进之由专制之世界，而为立宪共和之世界；人力之世界，而为机器之世界；火世界而为电世界。其间脱离，前后绝不相谋，若青虫之化为蝶然，栩栩然而飞，而不知其前之为蠕蠕然而动也。而其公例，则后必胜前，今必胜古，而皆由于欲去其不便而取其所便，舍其不宜而求其相宜。其欲去欲舍之一念，则吾前者所谓厌离之说也；其欲取欲求之一念，则吾前者所谓希望之说也。是故万类当欲迁改之始，无不由思想者，内之思想变，而后外之形质亦变。其欲眼耳鼻舌也，积其欲眼耳鼻舌之思想而成者也。鱼之羡鸟，久之而屡传其种，则羽生而足以戾天矣；鸟之羡鱼，久之而屡传其种，则鳍生而足以泳水矣。（其间亦各因地宜而异其思想。）是故佛言识转，而天地间至大之力，则思想力也。而思想之故，必自忧患始。

且夫人亦有误用其忧患者。当太古原人未能穷究物理之时代，凡见夫日月之出没，风雨之猝至，高山之崔屼，大海之澹漭，百物之异状奇态，皆足以惶骇其耳目而震怖其精神，神道妖怪之说由此出焉，于是有祀日者，祀月者，祀山川者，拜火者，（如火教。）拜蛇者，拜禽兽类者。（如非洲。）而如美洲土人不知有马，见人乘马，以为人与马连，从天而下之物，又以船帆为大鸟之翼，以日食为天之示谴。而为今世界供使用之电，中国亦尚以神物目之。今试读全地球之古史，无不载其人民历传有惊恐神怪之俗。而谬种支流，其留衍于今者，若中国近时义和团之求神。而各处惧兵祸者之设坛扶乩，叩仙祈神，盖皆由在我之智力短，故其见物象也巨，而为物象之所压服，遂失其自立性而悉授权于彼，己则从而听命，且从而依赖之，以为免祸求福之地。原其始亦从忧患而生而误用之者也。吾之所谓忧患者，欲人善用其忧患，因忧患而智日出，力日强，能日增，胆日壮，进而与天时战焉，进而与地利战焉，进而与百物战焉。用物而不为物用，制物而不为物制，而后足以弹压山川，亭毒庶类，庄严宙合，光明日月矣。而要必自有忧患而无误用其忧患始。

然则一有忧患，而遂足以了百事告成功乎？是又不然。忧患者，事功发生之原因，而非事功成就之结果也。特不以此为本，则其精神有欠焉矣。两军相见，哀者胜焉，犹此意也。嗟乎！览世宙之莘莘，感人生之多艰，适我生其不辰，逢时会之万变，愿欢乐遗之我后子孙之世，而忧患则当之以吾世；欢乐遗之众人之身，而忧患则当之以吾身。

联俄篇①

民生天地间，有知识矣，不能无辨别；有辨别矣，不能无是非；有是非矣，不能无好恶；有好恶矣，不能无迎距②。甲与甲，乙与乙，其见解同，则其宗旨同；其宗旨同，则其方向同；其方向同，则其办法同。方以类聚③，物以群分。是故党者，天下之公言也，欲无党，则必无知识而后可也。

新党、旧党、帝党、后党、汉党、满党、南党、北党、尊王党④、革命党、自立党、调停党，此中国数年以来之党派也。恶党之名者，曰中国宜无党；尊党之称者，曰中国乌有党。二家之言姑无论已，而自今以后，中国党之大别，曰联俄与非联俄而已。

人之不能自存也，必有所依，依则必其稔交⑤也；国之不能自立也，必有所附，附则必其素昵⑥也。自义和团败，彼主持其事者深惧见罪于各国，见罪于国中，而忽有大力者愿为之庇护，愿为之抗御，此未有不大喜过望而堕其术中者。彼见夫大沽之役⑦，愿为调人者惟俄人；高丽之役⑧，索还侵地者惟俄人；庚子之役⑨，不求罪魁者惟俄人。世以俄为狡，而彼视之固信甚；世以俄为险，而彼视之固坦甚；世以俄为私，而彼视之固公甚。况乎日暮途穷，舍此何依？固有明知俄人之狡、之险、之私而有所不暇顾，由是挈⑩中国数贵人而置之俄人卵翼之下，即不啻⑪挈中国而置之俄人卵翼之下。彼俄人者，助贵人以制其国人，虽人民之众号四百兆，土地之大，东际海，西抵昆仑，北包蒙古，南及南洋，以俄人挈之，若大鹏之举一物而无所累焉，何其易哉！

彼握中央政府之全权者既联俄矣，必用其联俄者以为之大臣；大臣既联俄矣，必用其联俄者以为其次之大臣；其次之大臣既联俄矣，必用其联俄者以为左右奔走之臣。而联俄者庸，不联俄者黜；联俄者荣，不联俄者辱；联俄者富贵，不联俄者穷贱。风旨所扇⑫，将尽归于一途。渐戮其有力而异议者；渐戮其有志而异议者；渐戮其有徒党而异议者；渐戮其有知识而异议者，是后之政策。在上者，必日酣嬉醉饱、昏庸颠倒而无所知；在下者，必日呼号宛转、惨伤悲愁而莫之

①原载于《选报》第1期（1901年11月11日）。　　②距：通"拒"，抵御。　　③方以类聚：指同类事物相聚一处。方：种，类。　　④尊王党：《选报》作"勤王党"。　　⑤稔交：熟交，经常交往。　　⑥素昵：平时亲近。　　⑦大沽之役：为清军和英法联军在大沽口附近发生的战役。1858年至1960年前后共发生三次战斗，最终以大沽炮台被攻陷，清军失败而终结。　　⑧高丽之役：1894年，日本悍然侵略朝鲜，进而以其为跳板挑衅大清国。1894年9月，甲午战争爆发。1895年4月，北洋舰队全军覆没，清朝惨败。⑨庚子之役：1900年，是中国农历庚子年，这一年夏天，中国与当时世界上8个主要强国之间爆发了一场战争，这场战争也被中国人称为"庚子国变"。　　⑩挈：携带；率领。　　⑪不啻：无异于。　　⑫风旨所扇：风旨原指君主的旨意，意图，后泛指意旨，意图。风旨所扇这里指统治者的意图所指。

恤。必不行新政；必重兴党狱；必日益练兵；必日益搜饷。以政府为屠丁，而俄人则为主使屠丁之人；以政府为猎犬，而俄人则为指示猎犬之人。政府者，俄人之奴隶；而政府之官吏，则俄人奴隶之奴隶；其人民，则俄人奴隶之奴隶之奴隶焉。九幽①沉沉，压力如山，不复超拔，我中国人之前途其视诸此哉！其视诸此哉！

且夫中国之联俄，固有其势甚顺，而其机易合者。北京首都偏于北方，而俄人地势实包中国北方之东西北三面，近则俄人东方之兵力及山海关，而西比利亚之铁路可取径线以直向北京。举一国脑部置之俄人权力圈中，惴惴焉惟俄人之鼻息是仰，此地势之趋于联俄者一也。中国用专制之政，俄国亦用专制之政，且欲助中国以保其用专制之政。同类相顾，易于吸引，此政治之趋于联俄者又一也。华人性情喜守旧不喜更张；喜驯扰不喜奋发；喜耕田凿井，妇子家人团聚一室，理乱不知、黜陟不闻以为乐；不喜经营八表，顾瞻四方，励工兴商，求学辨政，以与万国竞雌雄而谋存立于地球之上。彼俄人者，深知中人之性情，以为可利用之而为吾隶属，而中国人亦若惟俄人政策，为能河山不惊，日月晏然，仍可安吾旧俗而守吾惯习，此风俗之趋于联俄者又一也。满洲大员置产多在东偏，一旦失欢，产业先亡，此人事之趋于联俄者又一也。故夫今日之事，不联俄则必谋自立，谋自立则必言变法，言变法则必更制度，破科臼，蚩蚩②之民，沓沓③者官，一旦去其所已知已能者而责之以其所不知不能，其为不便孰甚，孰若联俄，且无变政，且无更法，且无改制，且无易俗。凡人之具奴隶性，仰主持于人，而贪便逸以为得计者，无不乐出于是也。是故有联合之众因，而后有联合之大势；有联合之大势，而后有联合之凑机④；有联合之凑机，而后有联合之实状。俄人素志欲报蒙古种之仇，志吞东方，而老大帝国之末途，其变态亦必如是焉。其故非一端也。

今日者以全国人民言之，政府联俄，民人多非联俄；大臣联俄，小臣多非联俄；官吏联俄，士夫多非联俄；满人联俄，汉人多非联俄；旧党联俄，新党多非联俄；北人联俄，南人多非联俄。然而中国者，寡人政体之国，其所以操纵国人者，则功名利禄之权自上出也，自上下下，皆视有权力、操威福者之议论以为议论。是故中国之风气，朝廷一言，即全国之舆论；政府一策，即百姓之立宪也。自联俄之策定，吾乌知数年以后，士大夫间不隐然悬一谈俄之大禁，嗫嚅迁避，不敢以一言而撄⑤政府之忌，犯强敌之怒，则俄人权力压倒中国而摄服其人心之时代矣。呜呼！朔方坏云⑥顷刻暧霴⑦，布满于亚洲大陆间，而支拉夫之族得东向以号令天下，而哥萨克之兵得操白刃以拟中国人之颈而溅其血，则皆今日之联俄者，

---

①九幽：地狱九重，又称"九幽"。　②蚩蚩：无知的样子。　③沓沓：贪婪。　④凑机：时机凑巧。　⑤撄：触犯。　⑥朔方坏云：北方的乌云。这里比喻俄国的势力。朔方：北方。　⑦暧霴：形容浓云蔽日。

阶之厉①也。

　　然则联俄为满人之利乎？曰满人之利惟在变法自强而已。联俄则俄人获利，列强均霑，中国既尽，何有满洲？是故联俄之果今日亦可约言之，曰满洲之政权尽失，中国之种族不昌，东西列国龙争虎斗，决荡于中国一隅之地。夫以地球大势言之，新必胜而旧必败，俄人胜则新败而旧胜，俄人败则旧败而新胜。而线路之行，一屈一伸，一翻一覆，多无直径。或者使俄人大张其焰，暴发而后毙，而后旧制乃扫地以尽，无复留遗焉，未可知也。

奇人传自序②

　　区万物而画为人，区人而画为一群，则必有数人焉为其群之意识，为其群之精神，为其群之骨干，为其群之魄力。此数人者昌，而群昌；此数人者谢，而群谢。而此数人者之遭际，或见重于其群，或不见重于其群。见重于其群，则此数人者能力之所至，能染其一群之人而悉化之，甚于蜾蠃之负子③，曰"似我，似我"，七日而变矣。不见重于其群，则此数人者其种类相传，日处于不宜之地，久之必凌夷渐灭以俱尽。而此数人者，其生平所成就，大都不恃贵，不恃富，不恃土地、人民、家世、戚族、功名、爵赏，或起穷门，出白屋，皂隶为俦，乞丐为伍，饥寒潦倒，偃蹇困顿，因房奔走，剐剔斩戮，种种短气灰心之事亦无分毫加损于其为人之资格，为人之本领。呜呼！此所谓英雄哉！英雄哉！英雄者一群之脑人，一群之程度由此高，一群之声价由此增者也。悲哉！中国历史之不知有英雄也。试言之。编年者，以朝号为纪，是以一群之春秋为帝王所有之春秋矣。正史者，以断代为名，是以一群之事业为帝王所有之事业矣。推之而有宝帝王之诏令者，而英雄之言论则莫之问焉；有传帝王之起居者，而英雄之行事则莫之载焉。夫英雄与帝王是二物而决非一物者也。元黄纷纶之世，或英雄即帝王，帝王即英雄，自世袭之名定，专制之局成，而英雄不必居帝王之位，帝王不必有英雄之材，其且为帝王者即为挫磨英雄、压抑英雄、杀戮英雄之大魔鬼、大劲敌，帝王长而英雄消，英雄起而帝王落。而帝王之势常胜，英雄之势常不胜者，则以一群之中无不攀附帝王，舆儓④帝王，望风承旨于帝王，啜汁献媚于帝王。而操一群之史笔者，其脑坯中所鑿凿或亦只有帝王而不敢驰域外之观，排尘埃之想，则其所成之史大抵朝史非国史，君史非民史，贵族史非社会史，一姓史非种族

---

　　①阶之厉：疑当为"厉之阶"。《诗经·大雅·瞻卬》："妇有长舌，维厉之阶。"郑玄笺："阶，所由上下也。"《诗经·大雅·桑柔》："谁生厉阶，至今为梗。"毛传："厉，恶。"厉阶指祸端：祸患的来由。　　②原载于《选报》第19期（1902年6月16日）。　　③蜾蠃之负子：出自《诗经·小雅·小苑》的诗句："螟蛉有子，蜾蠃负之。"古人以为蜾蠃不产子，于是捕螟蛉回来当义子喂养。螟蛉是一种绿色小虫，蜾蠃是一种寄生蜂。　　④舆儓：舆和儓是古代奴隶社会中两个低等级奴隶的名称，后来泛指奴仆及地位低下的人。这里指成为帝王的奴隶。

史。呜呼！虽有卢骚，恐不过附之文苑传中；虽有路德马丁，恐不过附之儒林传中；虽有哥命波、哥白尼、瓦特诸人，恐不过杂厕之外域方伎列传中，若隐若没，若存若亡，为帝王史之所统率，为帝王史之所附见。夫英雄者，人之所祷祀而崇拜焉，吾无惑乎中国之所祷祀而崇拜者则文昌焉，魁星焉，财神焉，乩坛之仙人而土木之偶像焉。何则？是数物者犹能使我附于帝王之次而以富、以贵、以传。彼英雄者何为也哉？毋亦一无赖之别名而江湖之走客也歟！则试游于其国，有若功臣祠焉，名宦祠焉，而所谓英雄者不得厕其一席焉；有若大学士之牌坊、状元之牌坊、翰林进士举人生前之匾额、达官贵人死后之华表焉，而所谓英雄者不得分其一物焉。彼西国之欲铸铜像、足街衢而矗云霄之人物，恐在中国直刍狗之而已；西国之欲取其名以名百物而百年设大纪念祭之人物，恐在中国直腐草之而已。吾敢一言正告曰：中国历史，造奴隶史而非造英雄史。又敢一言正告曰：欲造英雄国，必先造英雄人。欲造英雄人，必先造英雄史。今者二十世纪，民族竞争之世纪也。民族竞争之事，彼以英雄来，我以英雄往；彼以个人之英雄来，我以个人之英雄往；彼以团体之英雄来，我以团体之英雄往。是故造今世纪之英雄，非仅造一二人之英雄已也，尤当造一国之人，使无一人非英雄，而以英雄之性为普通之性，以英雄之才为普通之才，以英雄之名词为普通之名词。其为少年之英雄歟，如花之放，如日之升；其为中年之英雄歟，如金之利，如革之坚；其为老年之英雄歟，如地之负，如海之涵。英雄之脑性，何其敏给而周慧也；英雄之体力，何其伟岸而博硕也；英雄之意态，何其雄奇而绝特也；英雄之志愿，何其深远而坚贞也。横尽十万者，英雄志气之所往来；竖尽尘劫者，英雄精神之所上下。无量数器，无量数物，英雄之所条理；无量数事，无量数理，英雄之所平衡。独居深思，英雄之自修区焉；大廷广众，英雄之接物场焉；文字语言，英雄之发其华秀焉；功业事迹，英雄之现其果实焉。郁矣哉！此英雄之风云；巨矣哉！此英雄之潮流；丽矣哉！此英雄之日月；美矣哉！此英雄之山川。是之谓英雄社会，英雄国土，英雄世界，英雄时代，吾安得不焚香日日、缥笔礼天而敬待此英雄，欢迎此英雄，颂祷此英雄，拜舞此英雄也！前之英雄，吾将寿之以历史；后之英雄，吾又将胎之以历史。夫历史之能改变人种性也，犹光热之能改变百物焉，吾安知吾种族中不有拔勒克 Baekle 其人者出？兹奇人传之辑，不过为造新历史者引棘[①]云尔。

报类序首[②]

《所闻录》，记近闻也。叙曰：声与声相接而用斯繁，澈于闻根，久而不能忘

---

① 棘：古代敲击用以引乐的小鼓。　② 本文篇末谓"右叙《选报》类首"，然今查《选报》，未发现此文。

也。佛言经首当作"如是我闻",所闻、所传闻,亦犹此志尔。

《内政纪事》,记政治也。叙曰:物不极则不返,不穷则不奋。庚子之役,天其祸中国耶?天其福中国耶?受兹大创,再言变法,晚矣,抑犹能及之也。

《外交纪事》,记交涉也。叙曰:国与国对等,无对等之权者,则藩属焉,归其保护者也。悲夫!列国之于中国也,予取予求,而莫之敢违,而犹以我为傀儡。我之不自强欤,而岂人之咎欤?

《地球各国纪事》,记各国近事也。叙曰:抟抟①大土,昔不知其涯涘者,今则舟车所至,四通八达也。太空之中,各行星不可知;本行星内,则己国与国相交,种与种相见矣。

《工产志略》,记工作与物产也。叙曰:中国之物,多天产,少人工,是日以人工之利让人也。呜呼!邑业不兴,又何以高社会之程度乎?

《经济备览》,记财用也。叙曰:民在天地间,以一人之智力自生养,以社会之群力互生养,以国家之权力保生养。而患贫,则必其一人之智力有所绌也,社会之交通非其道也,国家之政治失其宜也。

《筹远集》,记出洋华民也。叙曰:哀哉!无国力之保护。而洋海洲岛间皆有吾同胞之踪迹,非吾种人之膨胀力欤?泰西有用兵力以行其殖民政策者,中国则弃而置之,视其失籍飘流、颠连无告而不为之所也。可太息也!

《他言集》,录东西各报也。叙曰:人不能自见其妍丑,而他人则见之。谚云:"当局者浑,旁观者清。"故一物也,有自我言之不如他人言之之亲切而著明者。中国自闭关独立殆数千年,四裔皆蛮夷国,无所比量,则不现自相。不现自相,则不知竞争。悲哉!秦汉以后之退化,则一统无外之治为之也。今者环球大通,中国之与欧美各国果孰强而孰弱、孰智而孰愚矣。诗曰:"他山之石,可以为错②。他山之石,可以攻玉。"美言,疢疾;恶言,药石也。其欲得颂扬之疢疾耶?抑欲得讽规之药石耶?其无抱隐疾而忌医,以至于可瘳也。

《文学小史》,记学事也。叙曰:不知者,学之而后知;不能者,学之而后能。人无不具有学之性者也,是以人类之知识演而愈进,则学为之也。

《醒酤录》,记学说也。叙曰:使秦汉生人以至今日,可谓至老寿而阅世变多者矣。然此二千余年,我国人思想之进步,实远不及今兹数十年之间。时变之所迫欤!风会之所趋欤!万物公例,后起者常胜于前,是则生今之世数十年而足以胜古世数千载矣。吾用是乐,亦用是忧。乐者乐地球之日进文明,忧者忧吾种之何自优胜也。

《醲庐杂录》,录杂事也。叙曰:虞初③所志,以为琐录而莫之传也,不知世愈文明,其所纪事物愈以细矣。一物不知以为耻,夫孰非吾之所当知耶?

---

①抟抟:凝聚如团貌。　②错:打磨玉石的石头。　③虞初:西汉小说家,号"黄车使者",汉武帝时为方士侍郎。虞初写的《周说》对中国古代小说创作的影响很大。

《国风集》，录诗章也。叙曰：秋士多悲，何悲耶？得毋有感于中而不能自已耶？十九、二十世纪之间，地球日进文明，彼欧美各国已过凛烈而享阳和之乐，哀我邦人犹丁惨世。意郁于中，则情发乎外，长吟短歌，不无危苦之词。君子读之，可以知世变矣。

右叙《选报》类首。

爱美人欤？爱国家欤[①]

中土之人之言爱，异夫域外之人之言爱。中土之人之言爱也，其意轻，其义亲而不尊，用以为上待下平等相待之词。域外之言不然，虽以人与上帝，而可曰爱上帝矣。试原人[②]而论之，人之与人，气类同而官骸隔者也。气类同而后彼此必相与，官骸隔而后彼此皆自卫。自卫者竞之始，相与者爱之本也。进而言之，而爱人类，而爱物类，其义广矣。古者宗教家言，多主甲用爱之说；今者欧洲哲学家言，多主乙用竞之说。（由自私自利进而至于公利，由强权进而至于均权，其终点仍合。）而是二性者，实和合于人性之间，若向心、离心二力者之互为迎距。试言甲说。当人之发其爱性也，其色和，其气平，其言温，其行恕。其在脑部也，煦煦然[③]而乐，肫肫然[④]若专壹而无事。而是性也，本于有生之初，起于人与人相与之际，故中土之书，于文相人偶为仁，而仁者人也，仁从二人，人与人偶而爱心生，而尤莫著于男女之间。凡有血气，皆有嗜欲，特圣智则推其情以成愿，凡愚则堕于欲而入恶耳。古者忠臣之爱其君也，则往往以其悱恻缠绵之意托之于男女，若三百篇[⑤]之所歌，《离骚》之所赋，不如是殆无以喻其情之挚者。古义爱君，今义莫大于爱国家。昔者法国旦吞临难时，人劝之道，曰："我弃自由之法国我何往？惟有狱余而已。何人能使其国由靴底运去乎？[⑥]"呜呼！可谓爱国也矣。无有人而无国者，即无有人而不当爱国者。今夫中国，其地盘踞于东海之上，天时和煦，物产丰备，世世宅土，以黄帝尧舜禹汤文武神明之胄裔[⑦]，使人望之若洛水之降神人[⑧]，有莘之临佚女[⑨]也。有是国而不能用吾爱，吾又乌乎用吾爱？使为木石殖物而无爱情也则已，有爱情而能无感于中乎？其兴盛则吾之愉乐焉，其灭亡则吾之忧伤焉。薪其兴盛而不遽兴盛，虑其灭亡而无救灭亡，则不胜迟暮憔悴之慨焉。期之之过，而后有怨愤之言；望之之切，而后有责备之语。固结而不可解，勃发而不可遏，而后不惜耗精神、捐躯命以殉之。吾乌知美人之为国

---

①原载于《选报》第10期（1902年3月20日）。　　②原人：推究人。　　③煦煦然：和悦的样子。
④肫肫然：诚恳的样子。　　⑤三百篇：指《诗经》。《诗经》共三百零五篇，常言其整数。　　⑥此句意思是谁也不能把祖国情运走。　　⑦胄裔：子孙后代。　　⑧洛水之降神人：指洛神。洛神又名宓妃，中国远古时代神话传说中的女神，乃伏羲氏之女，因迷恋洛河两岸的美丽景色，降临人间，来到洛阳。
⑨有莘之临佚女：《楚辞·离骚》："望瑶台之偃蹇兮，见有娀之佚女。"疑"有莘"当为"有娀"。有娀：古国名。相传帝喾之妃有娀氏女简狄生了商的祖先契。佚女：美女。

家欤？国家之为美人欤？有爱国家而兼爱美人者，有爱国家过于美人而并不及爱美人者。爱者志愿之本也，事业之母也，世有知爱美人而不知爱国家者，谓之知识不开之民，爱情不发达之民，君子贱之。

孟子因齐宣王之好色也，而告之以太王之事，曰："王如好色，与百姓同之，于王何有？"孟子之言，可谓本人情之大顺，引而致于道矣。楚王乌江之败，曰"虞兮虞兮奈若何"；咏马嵬故事①者，曰"江山情重美人轻"。绘英雄之有双性，其好色一如其好功名事业，其好功名事业一如其好色也。推之而凡有独至之情，如好道、好学、好气节之士，当其情之所激，拚万死，冒大难，他人以为极不堪之境，正其人所自愉快，以为非是莫能发舒其性情焉。天下岂有无情之人物哉？用情异，其人物因之而异矣。

向读《离骚》，窃怪屈原之才胡不周游列国，而甘为楚死。汉人亦尝有持此论者。及知有国界与世界主义仍不背，乃知屈原楚人忧楚，楚之不治，惟有为楚死耳，与抱道②周流③，具一世之量而又未尝与某国有胶合之情，不害其进退自如者，其处境固有异矣。数千年古人试设身相处，固有不能不如是者，是在论世知人之深察矣。

人群者，保寿险之大公司也④

人之生也，稚者，俄而壮；壮者，俄而老；老者，俄而死。以今世纪人寿之常例计之，上寿百岁，中寿七十，下寿五十，过百岁者希矣，数百岁者殆无其人矣，千秋万岁则虚语而已。夫虚空（或作太空，义同。）者，不受成坏之劫者也。若一切恒星、行星、卫星，一切彗、流等星，及吾人所系属之星统内，恒星则日，行星者八，而为吾人所居之行星则地，卫星而属吾人所居之地行星者则月，若自生光，若不自生光而受他星之光以为光，凡悬著于虚空界之巨物，皆有时而成、有时而毁者也。虽然，其成毁之期非吾侪人生之寿命所可得而计，以各星成毁之期较人生寿命数十、数百年生死之期，譬之其犹人之视蜉蝣之生灭，蕣华之开落，一朝暮间之事而已。然则取虚空界无量期之寿数内，析而为各星球成坏之期；取各星球成坏吾人不能见其首、不能见其尾之寿数内，析而为吾人数年、数十年可预计、可决算之生死之期，呜呼！亦至暂矣，至忽矣。夫人者，灵物也，仰见光而俯见土，此日星胡为而常悬耶？此山川胡为而常峙耶？此圆颅方趾⑤之类胡为而前不见古人，后不见来者，人阅人以成世，世苒苒而不返耶？于是往古智识之圣，有主养生者，有主传体者，有主灵魂者，有主识性者，有主苦行者，有主乐

---

①马嵬故事：即杨贵妃马嵬坡下魂断的故事。　②抱道：持守正道。　③周流：这里指流转于各国。　④原载于《新民丛报》第8号（1902年5月22日），题为《余作新寿命说》。　⑤圆颅方趾：圆头方脚，指人类。

生者，有主顺世者，有主厌世者，有主无惭者；而老、庄之言，(主养生。)而孔教之言，(主传体。)而耶教之言(主灵魂。)，而佛教之言，(主识性。)而印度、希腊各大师理学之言，而附庸老、孔、耶、佛支与流裔之言；而丹丞修炼一说焉，而血食祭祀一说焉，而天堂地狱一说焉，而轮回一说焉，而我执①一说焉，而无我一说焉。呜呼！信教自由者，其各有性之所近而从之者耶？其各有不能破坏之义在耶？其各有不可窥测之境在耶？吾固不为迷信一教之言，吾且无暇高陈不可思议之理，而姑据人群之实事计之。今夫躯壳，必坏者也；血肉，必败者也；骷骼，必朽者也；精气，必散者也。抟而为人，散而之于空气、水土之间以为百物，百物之化分、化合而复归之于人，有人矣，而复有人之我，我非我，我非非我，我也人也物也，天地一炉也，阴阳一冶也，形形色色，其各原质之自相配溶消合而现其标象者耶？是皆必变者也；幻而非真，偶而非常者也。然则其中之稍长久者果何物乎？曰：是亦有之。夫古人往矣，而吾何以知古人？此知之者果凭何物耶？夫亦曰：古人之至德也，奇行也，大愿也，浩气也，坚志也，苦节也，异才也，巨能也，名言也，绝学也，丰功也，伟业也，印吾之脑性而枨吾之感情，而吾乃社而稷之，尸而祝之，崇拜而向往之。然则人无不死，而其德行不死者也，其志愿、气节不死者也；其才能、言论、学术、功业不死者也。呜呼！亦足豪矣！且也，生亚洲之人杰，非独亚洲人自传之而已也，欧洲人知之而传之，美洲人知之而传之，非洲、澳洲人知之而传之，推之而欧洲、美洲、非洲、澳洲之有人杰也，我亚洲人知之而代传之一也。是则死者死其人之无足称道者尔，所谓人杰，自有千秋，其姓氏留挂人之齿颊，其行事昭著人之耳目，人类不灭，寿命不灭；人类不终，寿命不终。恒星之光变欤？地心火力之熄灭欤？爆裂欤？养气之耗竭、寒热之异度欤？沧海桑田之种种迁改欤？而寿命直与之相颉颃，无终始。其修短也，吾自主之；其显晦也，吾自为之；其庸奇也，吾自命之；其贵贱也，吾自操之。佩长剑之陆离，冠切云之崔巍，与天地兮比寿，与日月兮争光。君子之与人争生死者在此，若夫不过数十届之寒暑，其所谓生死者，暂之至也，忽之至也，君子之所不计也，不虑也。死吾于金革，于水火，于寒饿，于疫疬，于一切种种不得其正命，而死而饱蝼蚁，集鸟鸢，而荡为飘风苦雨，寒烟怒涛，与夫考终正命，子孙满前，含敛金玉，丘垅如山，何以异也！何以异也！孰为彭祖？孰为殇子？单豹②之所养欤？荣启期③之所乐欤？徐甲(《神仙传》老子有客徐甲，少赁于老子，约日雇百钱计，欠甲七百二十万钱。甲见老子出关游行，速索偿，不可得，乃倩人作辞，诣关令，以言老子。而为作辞者亦不知甲已随老子二百余年矣。)之所幸而得欤？其诸小年之不及大年欤？是义也，非常

---

①我执：人的行为、思想都以自我为中心。我执是佛教用语，小乘佛法认为这是痛苦的根源，是轮回的原因。　②单豹：单豹喜欢方术，脱离尘俗，不吃粮食，不穿棉絮的衣物，居住在山林岩穴，以求保全自然赋予的天性，不到一年，却被虎吃了。　③荣启期：字昌伯，春秋时隐士，对孔子自言得三乐：为人，又为男子，又行年九十。后世常用为知足自乐之典。

见，非断见①，非阿格诺斯迪不辨断常之见。吾哭可乎？哭曰："公等皆死人，若行丛冢间，吾乌乎不悲？"吾歌可乎？歌曰："吾生也有涯，吾群也无涯，奈之何不自爱而逐逐②于有生为？"乃从而祝之曰："某万岁，某万岁，某某万岁。"

系诗如下，都七首③。

目极遥天际，千秋事若何。与君期华岳，慰汝定风波。
四海神灵合，双丸日月多。香云花雨里，法界几经过。

脱却皮囊臭，神奇信有之。招魂来帝子，养气若婴儿。
魑魅何能祟，天龙也自随。华严诸世界，人境不须离。

相逐寥天去，而无尘世缘。大星明处处，华发自年年。
不信颜回死，从知太白仙。男儿无别事，怎莫着先鞭。

何人不入死生海，无法能离缠缚门。我为众生新说法，解人迷惑鬼烦冤。

漫为高智说真如，指点人群足启予。我所庄严我所往，露地乘得白牛车。

髓脑肝肠为国牲，不须万派动哀鸣。崔巍铜像只尘相，芥子金身偌大横。

入世我由乘愿力，非关惑业坠人间。光明现相寻常事，只驭天风一往还。

义和团一流人④

仁义、礼智、诗书、礼乐，中国之学说也，传于苗獠黎猇⑤，苗獠黎猇之所无，足以智其人矣，虽然，彼苗獠黎猇之顽固者，未必不深拒而丑诋之。平等、自由、独立、合群者，欧洲之新学说也，输于中国，足以增中国思想学问之发达，无害于中国也，而中国人，亦必穷气力而排之。夫说之行，必有其所以行之故，彼欧洲学说经千百辈之辩难攻击而其说益坚，其必不能以一己之私见，一国之惯俗，摧败而扫除之也审矣。试举一事言之。自由之说，中国以为法纪荡然，无可为治矣。夫人之不能废自由，犹草木之不能不遂其生也。彼野草之怒生、灌木之丛莽，固非草木之福，然将辟之成园林，表之为行列，而束以藤蔓，压以巨石，则无以遂物之生。无以遂物之生，斯害物矣。是故自由不同，有文明之自由，有野蛮

----

①非常见，非断见：佛教谓人之见有两种：一为常见，二为断见。断见指执身心断灭之见，属于无见。常见指执身心常住之见，属于有见。　　②逐逐：奔忙。　　③此七首诗已收入前面的诗集。　　④原载于《选报》第4期（1901年12月11日）。　　⑤苗獠黎猇：这里泛指所有的少数民族。

之自由。野蛮人似自由，文明人能自由。野蛮之自由不可有，文明之自由不可无。野蛮之自由可夺，文明之自由不可夺。夺自由，是夺其生也。有生之物，以夺其生之罪为至大之罪，（刑律中多有用杀人者死之律，若曰彼夺人之生，则可以夺其所生之罚报之。）夺其生之恶，为至大之恶。故自由者，有生之物不能废之例。且其为之界说，则曰：我欲自由，人亦欲自由，以人人各得自由之分为界。又曰：学生不得自由，军营不得自由，未及年限者不得自由，不能自由者不可越，则其可得自由者不可阙。所谓太平者，各得自由而已。有一人一物，失其可自由者而不得自由，虽谓之未太平可也。言太平而不言自由，吾不知以何者为太平之本而可号之为太平也。彼中国之所谓自由，非欧洲人之所谓自由，欧洲人之自由，非中国人之所有；中国人之自由，亦为欧洲人之所无。中国之民，其为民也，若寄生于天地间，未尝一涉足于政治之界，一措想于国家之理，而为之上者亦但责其供租税，任徭役，刑以防其小乱，兵以防其大乱而已，一旦进而与之言高深之理，无惑乎其若坠五里雾中，以为是固何与于吾事也。且退而思之，求其所谓不得自由之苦，亦卒不可得。而适见嚣者闻自由之说，无所不用其自由，而不知有其界，遂若视自由之说为乱天下之说，而不知自由之理固天地间不可磨灭之理也。夫以中国民智之未开，民德之未备，骤而与之言自由，为太早计，是也。而一孔小儒[1]群疑满腹，众难塞胸，未尝上下探究其理说，著一书欲铲自由，立一说欲毁平等，且以一手足之烈，欲关人人之口而夺之言，而禁全地球渐将昌明之学说，使不得阑入[2]于中国，是何异义和团之徒徒手赤膊，舞刀拍张，以为枪炮何足惧，轮舰何足畏，吾将一扫而空之，而不知其为胡乱之蛮行，适足以召败亡之祸而已。呜呼！愚多自用，庸者必妄，其见解类如此。

按，中国蛮野之自由权甚多，真自由权惟有生命之自由权而已。生命之自由权为人物之所由分界，物者杀之权操之人，故失其生命之自由权；若人类之生命自由权，虽蛮野之人亦有之。然若中国殉葬溺女之风，及君欲杀人，可任加以何罪，不待信谳[3]，谚所谓"君要臣死，不得不死"，是生命之自由权亦尚有未能完全者。又信书秘密之自由权虽似有之，谚所谓"私拆家信有罪"，然果凭私书以入人罪，不能援例以争，是亦一不完全之自由权而已。余多类此。总之中国人无真自由权，与奴隶无异，其所谓自由者不入法律，颓废散放之惯俗而已。

精神之苦乐高于形骸乎[4]

蠢蠢汶汶[5]之民，不知有精神之苦乐也，知有形骸之苦乐而已矣。或曰：太

---

①一孔小儒：指见识浅薄鄙陋的学者。　②阑入：指擅自闯入。　③信谳：证据确凿的判决。　④原载于《选报》第4期（1901年12月11日）。　⑤蠢蠢汶汶：犹言愚昧无知。蠢蠢：无知，痴愚。汶汶：不明貌。

古之民亦然，则吾不知。有鞭者、有囚者、有絷①者、有负戴者、有病者、有刑者，伤于木、石、竹，伤于金，伤于糸②，伤于水、火，伤于百物，伤于五气，则木、石、竹、金、糸、水、火、百物、五气之入而轹其血气也，小人以是为苦矣。君子则不然。抑其志，扼其气，逮其才，郁其愿，则阻碍血气之发达，思虑郁于中，而憔悴忧伤之象不自禁而发见于外，是之谓僇民③，是之谓天之刑。若夫形骸之苦，彼械杻鞭笞、鼎镬刀锯，衰世之所以待仁贤者例有之物，鼓之以刚志勇情，仁心侠骨，不足复置虑矣④。其达吾志，行吾道，传吾学乎？其为世之肉荐牺牲⑤，因奴践踏，缚辱而烹斩之乎？君子以为不达吾志，不行吾道，不传吾学，甚于因奴践踏，缚辱而烹斩之焉。是故君子愿为豪杰死，不为奴隶生。

毁　誉⑥

毁誉者，对待⑦之词也。若言若行，无毁则无誉，有毁则有誉。毁之多少与誉之多少，其程度必相等。毁之极，至欲杀；则誉之极，至欲拜矣。其界大别。以时之古今，人之智愚、性情、地望之异同，是故有古所誉，今所毁；古所毁，今所誉；凡所誉，智所毁；凡所毁，智所誉；用之所誉，不用之所毁；习之所誉，不习之所毁；合之所誉，不合之所毁。此毁誉之公界也。若夫因仇而毁之，因好而誉之；便己也而誉之，不便己也而毁之，其行之圈暂而不能久，狭而不能广，凡属毁誉之私界者，不足陈。好誉而恶毁，不知毁誉之例者也；取誉而避毁，不知毁誉之情者也。君子之发言也，行事也，内澄智而外观理，取一诚以与天下古今相见而已，祸福生死不足计，又何足计乎毁誉？是故见道之境，无忧无恐，志气清明，不以尘累扰其性。

《净名》⑧云："佛以一音演说法，众生随类各得解，或有恐怖或欢喜，或生厌离或断疑。"又印度大师珊阇耶毗罗胝子云："譬如大地，净秽普载，初无瞋喜，与地同性；譬如水性，净秽俱洗，亦无忧喜，与水同性；譬如风性，净秽等吹，亦无忧喜，与风同性。"⑨又如："愿言云：'使我成佛，如地荷负，无轻重之殊；如水润长；无菁恶草、捃瑞草之异；如火成熟，无芳臭之别；如风起发，无眠悟之差；如空苞受，无开塞之念。'"⑩其言如是。士但当推测群理以益其识，而不必碍惑众见以

---

①絷：栓，捆。　②糸：丝线。　③僇民：杀戮人民。僇：通"戮"。　④不足复置虑矣：不值得再考虑了。　⑤肉荐牺牲：指被当成供祭祀用的牲畜。　⑥原载于《选报》第10期（1902年3月20日）。　⑦对待：犹言待人接物。　⑧《净名》：《净名经》，是大乘佛教的佛经，以维摩诘居士命名。　⑨珊阇耶毗罗胝子云……《涅盘经》云："今有大师，名珊阇耶毗罗胝子……譬如大地，净秽普载，虽为是事，初无瞋喜，王亦如是，与地同性；譬如水性，净秽俱洗，虽为是事，亦无忧喜，王亦如是，与水同性；譬如风性，净秽等吹，虽为是事，亦无忧喜，王亦如是，与风同性……"《涅盘经》又称《大般涅盘经》《大涅盘经》，是大乘佛教的佛经。　⑩"愿言云……"句：语出《往生论》："是故愿言：'使我成佛，如地荷负，无轻重之殊。如水润长，无菁捃之异。如火成熟，无芳臭之别。如风起发，无眠寤之差。如空苞受，无开塞之念。得之于内，物安于外。虚往实归，于是乎息。'"《往生论》即是天亲菩萨修学净土法门的心得著述。

眩其守，斯在我之主观定，而客感不能摇矣。

昔人以人言不足惜①，坐王安石以大罪，其实吾道固是也。彼以不知而非之，人言夫何足惜之有？否则枉道徇人②，务阉然取媚于世，非流入乡愿③其人耶？若夫悍然之小人不服正论，不顾清议，祖述④笑骂由他笑骂，好官自我为之之术⑤，是则千夫所指，终必有受其祸者。与夫有道之士，不计毁誉者，固有异也。

天大于君，群大于天⑥

动物类中有蜂之王、蚁之王，若禽、若兽之王，由是而知太古原人必有君矣。力大于一群，智大于一群，则能率其一群之人而君之。君之利，整齐其内部以御外部；其弊也，以为尊而无对之位，有权利而无义务，其民也有义务而无权利。如是者利一人一家，非利一群。于是有称天以治之者，君对天而负其责任者也，天大于君，则君受治矣。称天之弊，失之虚，失之诞，失之可臆造伪托。文化稍进，绝地天通，皆以为国家由人造非天造者，于是乎国家之定名以为一群之人公同行其志愿而得保其权利、幸福之称，而立宪、共和、国民、民族之主义由此昌焉。是故君为大，天为大，群为大，其道递嬗⑦，进而益上。

五月花⑧

当十九世纪，美洲有名女子以一枝纤弱之笔，力拔无数沉沦苦海之黑奴，使复返于人类，至今欧美人啧啧称之为女圣者，则批茶女士是也。女士生于一千八百十二年，其父为博士。女士有姊，会设学校一所，女士年十五即肄业于其中。至年二十一，复肄业于有名之某学校。喜研仁慈学，读耶稣救世经，益发慈悲，慨然有普渡众生之志。其时美洲黑奴问题无人道及，批茶独居深念，若有所触，以为此乃人间之至苦者，必思所以救之。既又思眇然⑨一弱女子，岂能挽百余年来大政治家、大哲学家所未及经营之事而身任之？隐物色人材于风尘中。校中教师名嘉鲁伊恩者，女士平日听其讲耶稣救世之学者也，以为斯人也，是余之同志也，即自以身许之。完婚之后，谓其夫曰："余悯黑奴之苦久矣，思著书以救之，惜学力不足，欲求汝为助，是以适⑩汝。"其夫允之。乃益反覆痛陈其义侠

①人言不足惜：王安石提出"天变不足畏，祖宗不足法，人言不足恤"，语出《宋史·王安石列传》。王安石以"三不足"精神推行新法，遭到反对派的强烈抨击。　②徇人：依从他人；曲从他人。　③乡愿：指乡中貌似谨厚，而实与流俗合污的伪善者。　④祖述：效法；仿效。　⑤好官自我为之之术：意思是喜欢管自己我行我素。官，通"管"。　⑥原载于《选报》第4期（1901年12月11日）。　⑦递嬗：依次更替，逐步演变。　⑧原载于《选报》第18期（1902年6月6日），标题为《批茶女士传（友人译寄观云润稿）》。　⑨眇然：弱小貌。　⑩适：旧称女子出嫁。

之微衷，寻即变售家产与其夫别，携资斧，独居深山中，著书一卷，发明世界公理，无富贵贫贱皆平等，断无可侪人类于马牛之理。其书出，美人始恍然于役使黑奴为不合人理，犹拨数十重阴翳之云雾而复见天日焉。其书名之曰《五月花》，取其幼时在校中得闻此事于某年之五月而心花由此怒发之意焉。先是批茶女士未成书时，美京有杂志论黑奴事，其文字词未精透，不足动人听闻，并不能发其一视同仁之念。批茶书出，诸大学家群称为千古不刊之作，译成九国文字，遍布各处。未一年，销流至百余万部，装至二十一种之多，欧美大剧场靡不奉此为脚本而演之为戏。黑奴卒以禁用。批茶之功为何如也？此欧美人所以赞之为女圣也。其后女士游英伦，英人欢迎备至。著漫游记，复搜集诸报之黑奴余论编为续集，又著家庭教育学、女子社会学、家政学等书，皆其晚年之手笔也。若批茶者，诚女子中之人杰哉。

扶弱子曰："美洲一至惨酷、至不仁之黑奴大问题，发其覆者乃在一弱女子，苦心数载，成大著作为人类造平等之福，须眉男子对之滋愧矣。今者我中国人如黑奴之苦者何限？发大愿力而拯救之，男子中尚鲜其人，况女子耶？岂如批茶者独见于美洲，不复再见于我中国耶？我愿二万万女子以批茶之事为五月之花而发生其热心也。"

蒋性遂曰："今世间之称英雄豪杰，必曰丈夫，曰男儿，一若无与于女子事者。呜呼！岂通论哉？英雄豪杰只发源于心力而已，无间男女一也。彼批茶者亦自发其心力已耳，天下多女子，胡独使批茶者得专美于前也？"

极东问题之满洲问题[①]

极东问题与满洲问题所由来[②]

二十世纪开幕，一极大问题之待解决者，极东问题之满洲问题也。满洲问题之原动力，夫人而知为俄罗斯。虽然，使俄罗斯不得不出于满洲者，此则阿利安人种迫之使来。故极东问题云者，其根本即人种竞争之问题也。

十五世纪以前，丢那尼安人种取攻势而入欧罗巴之时代，其时直进东欧，取君士但丁堡，占领巴尔干半岛，于圣梭菲亚之塔上树半月之旗者，土耳其人实为丢那尼安人种之代表也。然自塞黎慕以来，迄于柏林之订约，一片残阳绘出土耳其衰颓之状。而丢那尼安人种羼入[③]于欧洲疆土，自树立一国若匈牙利者，以柯斯陀之义战，卒不能脱澳地利亚之束缚，于是丢那尼安人种之在欧洲者，遂尽仆于阿利安人种之足下。而西力东渐，亚洲人种均为白种所吞噬之物矣。

欧洲人势力一转而攻入亚洲也，土耳其实首当其冲。然而土耳其反得苟延至今者，其历史可略言矣。夫土耳其者，固俄人所视为囊中之物也。彼得大帝之遗言，欲以君士但丁为俄罗斯之首府。彼得大帝以后之嗣王皆继承此志，其对土耳其也，或全灭之，或置于制令服从之下，以黑海为俄人海军之根本地而展其羽翼于全球。俄皇尼古喇士者，曾告俄国驻扎之英国公使曰："达尼纽浦既独立，而归俄人所保护，嗣后于巴尔干山北亦均可归俄人，而英国可占领埃及克利他岛。"是即瓜分土耳其之政策也。然英国者已于东方树势力，欲独擅出入地中海、红海之孔道，不乐俄人与之同出于一途，故反对俄柴（俄称其皇之名。）之议而取保全土耳其之策。英俄之议既不合，俄皇尼古喇士遂乘间独与土耳其战，而英人则起而助土。法皇拿破仑三世方欲一战以耀威武，求与英国同盟，英法军遂联合以敌俄人，所谓苦里米亚之战是也。是役也，英法联合军挫俄人于斯排斯得堡，俄人不得已乃让步而结巴里之条约以退。然而俄人志固不忘土耳其也，至一八七五年，土耳其有虐杀基督教徒之事件，俄、土相冲突。至一八七七

---

①原载于《新民丛报》第35号、36号、37号、38—39合号、40—41合号、42—43合号、46—48合号、51号、52号、55号、56号。因篇幅较长，故编入著作集中。极东：即远东，西方国家开始向东方扩张时对亚洲最东部地区的通称，通常包括中国东部、朝鲜、韩国、日本、菲律宾和俄罗斯太平洋沿岸地区也就是葱岭以东的所有地区。　　②以下原载于《新民丛报》第35号（1903年8月6日）。　　③羼入：搀入。

年,俄、土遂开战,俄得胜而土耳其几危。一八七八年三月,结赛推甫阿娜媾和之条约,土许俄人以莫大之利益,盖已折而入于俄矣。英以《赛推甫阿娜条约》有害欧洲之和平,唱列国协议,是年六月,列国会议于柏林,七月,柏林之条约调印①,其中压制俄人处,又多出于俾斯麦之辣腕。俄于战胜之余无所得利,而南下之道为列国所遮断。然土耳其因是得保余喘而残留以至今日。

苦里米亚之战,柏林之约,于亚洲东方若渺无关系,有如昔人所谓君处北海,寡人处南海,惟是风马牛不相及者。然世界交通,虽辽远之方一事之起,直受不可思议之影响。柏林之约,若为土耳其筑一堤坊,而其祸水直改道而泄其尾闾于中国。盖俄人经营巴尔干之心自此终,而经营西伯利部之心自此始。一转瞬间而从黑海移来之一大低气压,已作飓风暴雨于白山黑水之间。世界大势,其奇幻固有如是者耶。

阿利安人种者,残置土耳其于欧洲之一隅,而各振其步武,向世界而进。英人既管埃及、领印度,据南非洲之一部,而收拾南洋各岛,进而占中国沿海之要地,以扼长江之下流。法人、德人追迹而至,而法夷安南,德占胶州,骎骎乎②包抄中国之东南面。而俄人横断东半球之北部,出黑龙江及桦太岛,以拊中国、朝鲜、日本之背。于是欧洲各国舞爪张牙,悉会合于东海,而睒睗③以向中国之一片土。此极东问题之所由成,而实由欧洲人种发其膨胀之力,一大加打击于亚洲人种也。

方俄人之经营西伯利亚也,既无英人之掣肘,得全伸其手足于满洲之地,盖已视为禁脔④而不许他人之染指矣。而其间适有中日战争之事,从马关媾和条约之结果,中国割辽东之半岛以与日本,此实不啻从俄人之手中而夺之食也。于是俄人起而抗议,认日本占领辽东半岛危清国之首府,害朝鲜之独立,不能保持东洋永久之和平,约德、法为一联国,令日本退让辽东之半岛,复归中国。而俄人乃向中国以租借旅顺、大连湾为名而占有之。英人以俄人之占有旅顺,亦占威海卫以相抵制,而对跱⑤渤海之门户。俄人既得旅顺,经营不遗余力,又适有义和团之变,俄人以保护铁道及居留民之名义,送大兵于满洲之全部,以强力占据之。而又虑为各国所责问也,则宣言曰:"俄国以欲恢复满洲之秩序及保护铁道之必要,采用今日之手段,不与列国以障害之事。俟清国事变定后,俄国军队即一律撤退。"既为是言以申告列国,而一面乃出其威吓利诱之方法,与清国政府为几回之密约,而撤兵延期。俄日战云成叆叇⑥郁积之状,此今日极东问题中之满洲问题也。

俄人之觊觎巴尔干半岛也,经营数世,临几回之战争,靡膏血,委性命于此,

---

①调印:调换印信。借指换文。　②骎骎乎:形容马跑得很快的样子,比喻事情进展得很快。
③睒睗:迅速地看。　④禁脔:禁止染指的肉,比喻某种珍美的、仅独自享有、不容别人染指的东西。
⑤对跱:犹对立。　⑥叆叇:云彩很厚的样子,形容浓云蔽日。

而卒不获收其成功，反而经营西伯利部也，不出数年，其所欲为之事无不如意，失之桑榆，收之东隅。在俄人一回顾其前后间，而成败利钝悬殊若此，亦可以志得而意满矣。而尤奇者，柏林会议之约束，俄人以战胜之余，弃其赛推甫阿挪媾和条约中可从土耳其割与之排耶齐督等地，而转瞬之间，得令日本以战胜之余，亦弃其马关媾和条约中可从中国割与之辽东半岛。以昔日所身受之苦痛，一旦令他人受之，而得收其同样之报偿，天造地设，有此东西两方一印板之文字，岂真所谓因果报应之理者耶？虽然，彼俄人者既得志矣，而满洲之主人翁在乎？则不得不还而问诸中国。

中国之外交

中国之予俄人之觊觎东三省之机也，喀希尼之条约为之也，而俄人以中国为可欺，出其玩弄之手段，亦自喀希尼之条约始。有条约而俄人一大铁道工程之计画，其后遂得由黑龙州起工，盖当付与条约时，已不啻举今日敷设满洲铁道之权而并赠之矣。《易》曰："履霜坚冰至。"霜非冰也，然而为冰之先者霜也。此则当归罪于中国之不以土地为轻重，而同于自杀也。

继此则有伊犁之事。方回回教徒之骚动于新疆也，俄人恐其扰边而害和平，遂起而占领伊犁，宣言事平退还。及左宗棠已定回乱，新疆肃清，于是收回伊犁之议起，以崇厚为全权公使，至俄廷开议。俄人不肯遵前约，崇厚乃允割让伊犁南境之一部，订约而返。廷议大哗，劾崇厚奉使无状，擅割地订不法之条约，遂下崇厚于狱，改派曾纪泽为全权公使，赴俄廷再议。是时左宗棠主战，而李鸿章力主弃地，谓宜如初约，无改变，而出崇厚于狱，以谢俄人。事或可已，今略采其函牍中所言，可以见李氏之用心。曰："俄国臣民皆不愿还我伊犁，其君念两国之睦谊，专使往议，不得已始允退还，然欲稍分其界，以安插哈萨克及回人之来归，不如是则不还伊犁。其实即久假不归，于大局甚无关碍，今徒添蛇足，使进退两难。左公意在主战，未免不知彼己，不顾后患。俄使至总署纷争，谓中国毁约，显系破坏和局，即欲回国云云。总署以此事上奏，廷臣集议，将来不过敷衍了事，徒添痕迹，弄巧成拙而已。"又云："俄将军高福万节制西路各回部，最喜用武。上年地山议约之时，俄君调回与谋，伊与左公决战，不愿送还伊犁。其君相因贪通商分界之各便宜，破众论许之。今废此约，正合高福万之意，恐阴嗾所属哈萨克布鲁特安集延之部众及白彦虎之叛党，时相侵扰。左公衰耄，好为大言，其军实饷糈①素为俄人所蔑视，断非俄之敌也。"又云："地山以头等公使甫抵俄，俄廷询其办事说话可作算否，摩折旬余而后得见。今执事（谓曾劼刚。）居二等之班，若仅接见，不与议事，将奈之何？总之彼已到口之食，复使

---

① 饷糈：军粮给养。

吐出，最大难事。窃虑其蓄意用兵，必照原约而后已，或者更恐变本加厉而已。"又云："不先释崇公使者，不能议事，结局愈难。俄国必别派使节，以兵要挟我国，至其时，则虽有苏张①之口，不能了此局也。"又云："俄国传钞张氏（谓张香涛。）之奏文，有所决心，特派军舰，使免崇氏之罪状。海军大臣闻已通过上海。从宝、（谓宝竹坡。）张二氏之政策，使左公入都主战，不知左公平生素为俄人所轻，清议之祸，如明季如出一辙。"又云："俄在西国为最强，伊犁乘回乱掠取，本不须归我。在我则瓯脱②极远之地，亦可不急索还。中朝主国计者，忽尔好大喜功，再三追索，弃已定之约，可谓之理直乎？左相拥重兵巨饷，又在新疆，立于人所不争之地，饰词欲战，不顾国家之大局，稍通古今者，皆识其奸伪。"云云，凡李氏所主张者类如此。其对派遣曾氏之改约也，直以为徒添蛇足，俄人必不许，徒自取辱而酿后祸，割地之祸小，争地之祸大，亦惟取割地为最上上之策耳。而曾氏所见与李氏相反，逆揣俄人之必不出于战。其后卒如曾氏所料得收回伊犁，盖全出李氏意想之外，而李氏之料敌悉不中。中国于是役亦幸取对外强硬派之主义而得占胜利以告成功。

俄人之得侵略满洲也，自喀希尼之条约始。使伊犁之事而果弃地乎？则俄罗斯之铁骑殆早蹂躏于嘉峪关内外，而缘外蒙古，走西伯利亚东偏，折而入满洲之铁道；或易其方向，而从伊犁之南境向甘陕直入中国之腹地，而东出天津、海南至汉口，则秦晋、北京俱在包抄之中，即蒙古、满洲，亦属其夹钳中之物。而中原横断，南方亦已动摇，今日之局面或成为英德法自外羼入，而俄罗斯则自内逸出，穷其祸势，固百倍于今日占满洲一隅而尚不及十八省尺寸腹地者比也。然则喀希尼之条约成，而伊犁之条约不成，固可谓中国不幸中之幸事矣。

当伊犁之役，中国国势尚强，固非甲申、甲午以后之比，而俄人翻然收拾其黑海之志，转而东向经营辽阔夐远③西伯利亚之地而冀收其后效，亦尚无决心。当西伯利亚铁道布设之案之落于俄国内阁之机上也，大藏大臣拜盖氏大反对此议，极论其不可为俄之国是④，其后俄人乃出其冒险不顾之计而行之，盖今日西伯利亚之情形在争执伊犁之日，俄人亦并不作此梦想，而伊犁之事俄人不坚执初约，得易以就绪者，实以此为一大原因。然虽侥时势之幸乎，亦幸而不从李氏之言，示以土地非中国所爱惜而启其易于侵犯之心。此则通览前后中国之外交，不得不以此为差强人意事也。

国何以立？恃有土地而已。然则土地者，直国之本也。土地之不可以尺寸予人，此在中国昔时已有发明此理者，谓所弃者只尺寸，而不知尺寸虽小，后此且十百千万亿兆无量倍于此尺寸。犹夫刀之切人，其所入者不过寸分，而遂足致人之死命。以尺寸之地而谓无关于大局者，可决其为暗于谋国之言。试观古

---

①苏张：指苏秦和张仪。两人皆是战国时期专靠游说的纵横家。　②瓯脱：古代少数民族屯戍或守望的土室，这里指边境荒地。　③夐远：遥远。　④国是：指国家的重大政策。

今中外，以得尺寸之地而兴，失尺寸之地而亡者，于史不乏其例。然则割地者，惟战败亡国，计无复之者而已耳，不在此限，固未可言割地以求无事也。

伊犁之事虽不从李氏，而其后中国外交之权多执自李氏之手。夫外交者，以手腕制胜者也。试观俾斯麦之政策，阴开阳合，提挈各国以供其用，而巩固德国在欧洲之位置，其策画真有不可及者。李氏之执中国外交也，固有何等作用、值一分价值之手段乎？亦曰送地之外交而已。而始终尤以依傍俄人取为惟一之长策。夫联俄亦未始不可，然我既以利予人，必藉俄人而我亦有可以取利者在，而后两者方相结合，断未有我有利于彼，彼无利于我，予取予求，唯唯听命，而曰："此我之朋好国也，不可负也。"辽东半岛之得藉俄人之力以返诸日本也，旋即俄人自取之，此在李氏亦知俄人之久假而不归矣，岂得曰于名词上再为中国所有而当感谢俄人耶？除此则更无何有。然则李氏之亲俄，其果以此为中国之利耶？抑别有其故耶？李氏既亲俄，俄人遂得间施其阴诡簸弄[①]之手段以树其势力于北京，而中国全入于其陷阱之中而不能自脱。盖今日之时势，固由李氏之政策而造成之。当日人之评李氏曰："彼者非中国之政治家，而俄国之代言人也。"李氏之为俄，固已至矣。

亲俄者为李鸿章氏，而与李氏相反，以排俄名于一时者，则有张之洞氏。然张氏之外交决不得与李氏比。何则？李氏犹恃其有军功，悍然持画一之宗旨，而张氏则患得患失，以爵禄为趋向者。其论外交，亦以为可取爵禄之一道耳。苟与其爵禄有碍，必将一变其方针而不敢坚持其说。不观近日所传闻张氏之言乎？张之言曰："满洲之地若得收回，则新疆、蒙古之一方面必被俄人所占领，为之奈何？"一似郑重于利害之相权者。此直无他，张氏见太后与李莲英皆向俄人，而倡反对密约者之不可以得志，且将不利于己也，乃为是转圜[②]之说以自解嘲而掩人之耳目，殆所谓司马之心，路人皆知者矣。是则与李氏相较，更为外交界之下乘，而并不足置于外交之数者也。

要而言之，人必自侮而后人侮之。今日满洲问题之困难与其关联而起之祸，皆中国自造之而已。不然，而从其朔持严正之态度，不予以分毫可乘之隙，塞其窦，闭其门，灾乃不生。然而俄人之以术赚中国也，若投饵于鱼，然鱼固贪饵，而后渔者乃能得鱼。人徒见其受俄人之玩弄，以为可悯可怜，而不知彼固自甘而乐就于此也。是何也？则俄人之用金钱政策也。彼立外交舞台之上者一饮俄人黄金之酒，固无不为其所魔倒矣。

黑龙江清俄交涉之开始（上）[③]

清俄满洲之交涉也，以黑龙江之一隅为关键，而溯其朔，实在今三百年前。

---

①簸弄：玩弄。　②转圜：挽回。　③以下原载于《新民丛报》第36号（1903年8月21日）。

当时清之祖先自满洲起，黑龙江地域接近，自必为其所掩取之物，而适逢远在欧洲之俄罗斯斯时亦从西伯利亚窥见东方之一部，遂有东向略地之势，而两国之交合点，乃凑集于黑龙江。吾人追忆往事，不独言清俄交涉史者必溯其源于黑龙江，而两国强弱之度不出数百年，一消一长，悬殊若是。抚河山之依然，感人事之迁变，又乌能不动人欷嘘之情焉？兹略述清俄于黑龙江开始之事。

黑龙江者，土名萨哈连乌喇。萨哈连云黑，乌喇云江，西名恩尔 Amur，中国历世称黑水，辽初始有黑龙江之名。(《道宗本纪》[①]：太康三年四月，泛舟黑龙江。)后魏时，水滨有勿吉部；唐之时，有靺鞨部，又有室韦部。(《唐书》：大室韦者，濒室建河，河出俱伦泊。室建河者，盖谓黑龙江；俱伦泊者，呼伦池也。)其居民之人种概为通古斯族，间有蒙古种，然非其重要者。通古斯族中，分为通古斯、鄂伦春、玛涅克尔、索伦、达瑚尔、呼尔喀、满珲、费牙喀、奇勒尔诸部，与清朝人同种族。而日本虾夷人种因与黑龙江附近，从满洲延朝鲜一带之方面多有血属相混者。当日本与俄人交换千岛桦太(亦作萨哈连，中国作库叶，或作库页。)时，桦太岛多虾夷人，从日本政府之命有转移北海道者。桦太岛与黑龙江地势切近，故人种接触而血族亦易相混也，然其重要部分为通古斯族。

(一)通古斯人。通古斯为一种之统名，然西人有特称尼布楚附近及松花江岸居住之人为通古斯人者，兹所言者指此。尼布楚附近之人，其后于千六百五十三年，(顺治一〇。)其酋长根特木尔率以移居于满洲，于千六百六十七年，复去满洲而转迁至因古塔流域，为清俄交涉上之一事。

(二)鄂伦春人。又作鄂伦奇、鄂伦古、俄伦春、鄂鲁春等名，以狭义言之，为黑龙江上流及河口左岸住居之人；以广义言之，包有玛涅克尔、满珲之人种。

(三)玛涅克尔人。鄂伦春之东邻，从黑龙江上流至精吉里(净溪里。)江居住者。

(四)索伦人。住精吉里、额尔古纳两河间。索伦之人骁勇善骑射，江岸之民多假用其名，又时兼达瑚尔、鄂伦春之人民而言。其部族分多科、喝勒达逊穆丹、都孙、乌尔堪、德笃勒、博木博果尔、喀木尼堪、海伦、郭博勒、额尔图、额苏哩、瑚尔布尔、沃垧乌鲁苏、塞布奇、阿里岱、克音、裕尔根、固浓、昆都伦、乌兰诸屯，及铎陈、阿萨津雅克萨、多金等城居住者是。

(五)达瑚尔人。又作达呼尔、打虎儿、达瑚哩、达呼等名，住于亚布罗尼山之东，额尔古纳精吉里及黑龙江岸，至十七世纪之下半，移松花江岸及其近傍之黑龙江流域居住。

(六)呼尔喀人。又作虎尔喀，一称诺雷，俄人称为阿彊人，或称鄂格斯人。此种人与近朝鲜国境居住之瓦尔喀人不同，其住处在松花、乌苏里、黑龙三江汇流之地博和哩，诺尔喝勒、都里达苏、大小噶里达苏、绰库禅、能吉勒、赫哲喀喇

---

①《道宗本纪》：见《辽史》。

诸屯者,皆呼尔喀之别也。

（七）满珲人。住于黑龙江下流及松花江沿岸。

（八）费牙喀人。又作费雅喀、飞牙喀、斐牙喀等名,住黑龙江下流左岸。

（九）奇勒尔人。居住费牙喀之东北滨海。

以上揭其居住之大要,然逐水草而转移,或不免时有变动之事,而中国人则以各部族日常所使用之动物而区别其名如左:

一、使犬部:呼尔喀、满珲、黑龙江下流之鄂伦春;

二、使鹿部:费雅喀、奇勒尔上流之鄂伦春中东部;

三、使马部:上流西部之鄂伦春;

四、鱼皮部:指呼尔喀之赫哲喀喇屯,其民以鱼皮制衣服,俗谓之鱼皮鞑子。

清之取混同江也,于太祖天命元年（一六一八。）七月起兵征东海萨哈连地方,八月济混同江,陷土民之十一塞,招服使犬东海诸路。天聪八年（一六三五。）又征呼尔喀,收一万余口。是时诸路震慑,或率部属来归,或贡貂狐之皮,朝贡不绝,是为清征服黑龙江支流混同江之事。

清之取索伦也,先是于千五百八十三年及千五百八十六年,已攻取尼堪外兰之图伦嘉班六鄂勒欢诸城,然未尝为占领之计。至崇德元年,（一六三六。）鄂尔春部盗蒙古科尔沁占巴拉及秉图王部下之马,发宁古塔挂勒察之兵讨平之。是年十二月朔,宴朝贡诸外藩,黑龙江诸部列其班者六十屯。然索伦俗慓悍,饶勇冠诸部,虽于崇德二年（一六三七。）闰四月朝贡满洲,翌年十月复献貂皮,已而索伦部之博木博果尔谋自立,江岸诸屯城多附之,又据雅克萨以下五城,势颇振。崇德四年（一六三九。）十一月,满洲以索伦人之不服也,大发兵,五年（一六四十。）三月,攻喇里阐地方之铎陈、阿萨津、雅克萨、多金四城,城坚不拔,以火烧雅克萨城,陷之。又陷乌库勒城。博木博果尔率众来援,中伏败走,满洲兵遂陷铎陈、阿萨津、攻桂喇尔屯,擒六千六百余人。于是诸屯望风溃,博木博果尔奔蒙古,满洲兵追蹑之,于齐洛台地方擒之,并获其家口千余人,索伦由是遂平。是为清征服索伦部之事。

清之征呼尔喀也,于崇德七年（一六四二。）三月取博和哩、诺尔喝勒、都里达苏三屯,降大小噶尔达苏、绰库禅、能吉勒,俘获二千七百余人。八年（一六四三。）正月,又略呼尔勒。至翌世祖顺治元年（一六四四。）五月,师旋,黑龙江全境悉定。是为清征服黑龙江之事。

方清人之用兵于黑龙江也,其土人无强部、无坚城,一再扫荡,攻取无遗。亦已抚有其地,可以高枕无忧矣,而不谓一线之祸水已伴此奏凯旋师志得意满之一日而俱来,则无他,俄人越西伯利亚大漠而启其东封,而其先锋军之嚆矢[①]已着于黑龙江之一隅也。当日满洲之圣祖有言云:"久后为吾子孙患者,其俄罗

---

①嚆矢:响箭。因发射时声先于箭而到,故常用以比喻事物的开端,犹言先声。

斯乎?"以今日满人而全匍匐①于斯拉夫人之足下,盖在当日固已露其端倪矣。

俄人之由西伯利亚而东向也,于千五百八十七年,于乌拉岭山麓之东建设德波尔斯科,是为东方殖民地第一之基础。嗣②于千六百四年,建多木斯科;于千六百十九年,建烟尼塞斯科;于千六百三十二年,建亚古德斯科;于千六百三十八年,建疴哥德斯科等诸府。不越五六十年间而诸府次第出现,其东方进步之速率可惊。然而当其始,盖尚不知有黑龙江也。于千六百三十六年,(天聪一〇。)从多木斯科派遣往阿尔坦河远征军之一队,于途中初得闻黑龙江之名,此一队者仍东进,于千六百三十九年,其一部队达疴哥德海,详细报告河岸通古斯族之情形。而于同年,从烟尼塞斯科派往非文提母河之探险队,于途中发见什耳喀河,并报告其下流注黑龙江之事,而黑龙江居民产物渐次传播。于千六百四十三年(崇德八年。)七月,亚古德斯科知事遂派巴尔可夫率百三十人为黑龙江之探险。是役也,从勒拿河溯阿尔坦河越斯塔诺威山(黑龙江直走东北之一大山脉。)达精吉里江,至达瑚尔部落,又至费牙喀,征其村落之贡。至千六百四十五年(顺治二年。)之秋,航疴哥德海,从乌底河口上陆,翌年还亚古德斯科。此为俄人探黑龙江之事。

巴尔可夫之探险也,已唤起俄人之好奇心,而于千六百四十六年发见一至黑龙江之捷径,后三年遂有哈巴罗夫远征之事。哈巴罗夫者,一冒险人,尝至西伯利亚,业耕农及制盐,乘时机致富巨万,闻黑龙江之饶沃,雄心勃勃不能禁,请于亚古德斯科知事,自往略地,以私产办远征费,且以纳贡为约。知事许之,于一千六百四十九年(顺治六年。)发程,一行仅七十人,翌年达黑龙江,于下流什耳喀额尔古纳两河交汇之处与索伦人战,进逼雅克萨城,于十一月十一日陷之。是战也,俄虽不折一兵,而伤者三十人。哈氏乃留部队于雅克萨,而自往亚古德斯科,请于知事,借兵千六百名。知事不许,切请,得狙击兵二十一名,大炮二门,弹药若干,又募义勇兵百数十名。翌年春,再往黑龙江,于雅克萨河口建设新雅克萨塞,沿流东进,略索伦部,烧多金城,遂达松花江之合点,攻呼尔喀人,于其地筑呼尔喀塞,更分派百人,溯黑龙江掠夺粮食。呼尔喀人乘虚袭之,哈巴罗夫督见兵七十邀击破之。呼尔喀人以不能敌,请援于满洲。翌千六百五十二年(顺治九年。)四月,满洲发兵二千,攻哈巴罗夫所筑之塞,塞兵虽少,殊死斗,反战败满洲兵而夺其兵器粮食无算。是年哈巴罗夫再溯黑龙江,于库伦奇山边得与其从莫斯科来之应援兵百八十三人会,即并兵,更上进精吉里江。是时俄罗斯政府颇闻远征队横暴,既得地,虑不能治,乃决议发大军镇抚之。于千六百五十二年,命亲王为远征军总督,率兵三千人,而罅米阿夫率一队先发。罅氏以三月发莫斯科,翌年八月于精吉里河口与哈巴罗夫会,授以所赍之金牌,且传敕命,令还本国,奏闻探险之状。于是哈巴罗夫留军,而自与罅米阿夫归莫斯科。

---

①匍匐:当为"匍匐"。　　②嗣:继。

哈巴罗夫既至,以功列贵族,任勒拿河上村落之监督。现时于格雷斯科附近有哈巴罗夫村,盖传其功业也。嗟乎!若哈巴罗夫者,以一匹夫,其所率不过数十百人,而为其国家拓绝域之疆①土,非独其秉有卓特之志,抑其屡胜他种人,其才勇亦已不可及矣。欧洲人多冒险家,彼其初皆由一二杰士,抱好奇迈往②之性质,及其成事,显赫赫之功,其风气遂传播于全社会间而继踵并起。然则谓欧洲今日得握全地球之霸权者,皆食其初一二冒险家之福固未始不可也。其与吾中国以毋动为大安,居不出乡为上福,驯至颓靡不振,其习俗固已异矣。人心有强弱,而后国势乃因之以分强弱欤!以上为哈巴罗夫在黑龙江之事。

当哈巴罗夫之在黑龙江上也,于千六百五十二年之冬,驰使莫斯科请援兵。使者行行③扬言曰:黑龙江之地金银矿山棋布,牛马羊貂为群,居民饶裕,衣服宫室皆镂黄金,天下之无尽藏宝富国也。其言散播于沿道,传及远近,讹益成讹,国内纷纷皆思徼奇利,结党组队,千百为群,以东向西伯利部。然其中多杂无赖子,沿道剽掠,伤害人民。既三年,俄政府乃于阿来古莫河上置关,监查出入,其事稍平。而远征军之在黑龙江者恣掠夺杀戮,土民苦之,争避难赴他乡,江畔至不见人烟。通古斯酋长根特木尔于此时率其所属逃满洲,住于诺铭江边。哈萨克兵惟长房杀之事,不堪耕作为平和之劳动,既失土人,远征军遂苦饥乏而不能支,有分散者。方是时,哈巴罗夫已去,继其后者为斯台排那夫,预备大远征军到着之事,于精吉里额尔古纳地方筑城垒,课耕种,以贮粮食。又先是于千六百五十二年六月,烟尼塞斯科知事派勃开陀夫率哈萨克百人为色楞格河之探险,翌春,溯色楞格入希罗克河,进而达当时通该河之伊尔凯湖,此冬,复入什耳喀河,于下流河岸筑寨,然以土人逃亡,粮食不给,其背而投斯台排那夫之军者三十人。勃开陀夫遂率其残卒二十四人同赴斯台排那夫军,于途遇斯台排那夫从黑龙江逆航而来,遂会合并兵,进而于呼玛尔河口筑一塞据之,兵数总五百人,塞内建寺院,为持久计。翌千六百五十五年(顺治一二。)三月,满洲派尚书明安达哩率兵一万攻之,塞兵善防,断食祷神,以鼓舞志气,死守不降。会满洲兵亦以饷匮而去,围乃解。斯台排那夫亦弃其后塞,至松花江口。其时又有于一千六百五十四年春自烟尼塞斯科派遣至额尔古纳河探险之一队,亦以苦粮来会,即并兵下黑龙江,征费牙喀人贡貂狐。当此时,粮益乏,江畔罕人迹,荒草莽莽,掩蔽破屋,鸡犬声稀,无炊烟之影。既无所掠夺得食,而又日惧满洲兵之来袭,斯时斯台排那夫之所希望,惟日待大远征军之来,不啻大旱之望云霓。而忽也一纸之诏书从俄都传来,远征军暂罢派遣斯台排那夫军,可力役以足食,毋惹满人而与之战,严禁剽掠,抚慰土人。斯台排那夫捧此失望之诏书,其伤心为何如。嗣后一年,杳不闻斯台排那夫之事。至千六百五十八年,(顺治一五。)满洲派宁古塔章京沙尔瑚达发大兵,率船四十五艘溯江,与斯台排那夫之兵遇于松花、库尔

---

①疆:当为"疆"。　②迈往:一直向前。　③行行:这里指行途。

哈两江口之间。俄兵以众寡不敌,大狼狈,弃船陆遁者百八十人,惟斯台排那夫率残兵三百二十人殊死斗,而满洲兵多,三百二十人者多被杀被捕,以身免者仅四十余人,而斯台排那夫亦战死。是为斯台排那夫在黑龙江之事。

先是斯台排那夫之在松花江口苦饥馑也,烟尼塞斯科知事白来哥夫者,夙抱雄略,组织远征队屡派遣于什耳喀、色楞格、额尔古纳河诸处,其后又屡派人视察黑龙江形势,欲于江源建设一根据地而后为着着进步之势,请于政府,求自往,实行宿计。政府许之,遂带黑龙江总督之印,一行五百六十六人于千六百五十六年(顺治十三。)七月,发烟尼塞斯科,翌年夏,渡伊尔凯湖,又翌年达什耳喀河,于尼布楚河口建一寨,据之。是为有尼布楚城之始。又命其部下率兵三十人下黑龙江,与斯台排那夫会,于途中逢斯台排夫那①之遁兵百八十名,初知斯台排那夫之败,遂引还。至千六百六十年(顺治十七。)与宁古塔将军战于古法檀村而败,遂于千六百六十一年不得已移营而去。仆②以少许守备兵留尼布楚寨,未几亦复逃去。尔后至千六百六十五年,(康熙四年。)黑龙江上无俄兵,江畔居民暂得高枕而卧。此俄人建设尼布楚城之事也。

黑龙江清俄交涉之开始(下)③

哈巴罗夫等诸人之相继经营黑龙江也,经千六百六十一年一度之蹉跌而俄人敛其足迹,边疆得庆无事,满人亦脱俄人之影响于脑中,然未几而俄人再度之来又见告矣。

雅克萨城之建设也,始于俄人坚浦斯客氏。氏波兰人,以一六三八年被罪而窜谪于西伯利亚,至同五十年顷④,得管理几疴斯科水陆之通路,(通烟尼塞河之要路。)越二年又为乌斯科制盐所之监督。于一六六五年(康熙四年。)与格林斯科知事阿部呵夫以事结恨,(或曰阿部呵夫辱其妹。)遂杀之,与其徒八十四人奔黑龙江避罪,于途为通古斯人害其五十人。是年冬,筑雅克萨城据之,征土民索伦之贡。是时当斯台排那夫败衄⑤之后,俄之猎者、交易者与为兵士者,凡残留于黑龙江之人皆来集,人数渐多,势遂振。满人闻之,修兵备,欲事讨伐。会雅克萨八十人入索伦,夺貂皮,淫妇女,满洲将军巴海袭而歼其众,然未及攻雅克萨也。又其时,尼布楚亦再为俄人所占据,二城相呼应,助声势。千六百六十九年,满洲议发大兵,乘江冻伐之,以路远不果。翌千六百七十年,(熙康⑥九年。)满洲送书尼布楚城,诘其暴状,命速退去。黑龙江城将以力尚不足,不利与战,乃迎来意,而使密鲁瓦诺至北京,献贡物,称于贸易之外无他意。是时满人既掩有中

---

①斯台排夫那:当为"斯台排那夫"。　②仆:通"甫",开始,起初。　③以下原载于《新民丛报》第 37 号(1903 年 9 月 5 日)。　④至同五十年顷:到近 1650 年。　⑤衄:挫败。　⑥熙康:当为"康熙"之倒乙。

国,于外国皆以藩属视,其先数年俄政府曾遣使至北京,以为俄人投诚入朝,(《朔方备乘》《东华录》、其他诸书皆书,顺治十七年俄国来聘奉表。)今又得俄使奉书献物,以为归顺,欲示恩以笼络其意,遂厚遇之,而遣孟格德送使者至尼布楚,会其城将,因索其交还于千六百六十七年不快于清之待遇而自满洲逸出之通古斯族酋长根特木尔,并约以后不得纳逋逃,而许俄人以贸易。然俄人实无意与满洲约,徒欲以计延其来攻,不遵其言,而乘满人北边注意之稍息,征服其近傍通古斯人,且于千六百七十一、二两年(康熙十年、十一年。)移殖多数之农民于雅克萨附近,拓土地,建村落,为持久计。清亦悟俄人之意,命巴海防边疆,严守备,又从吉林移水师分驻于黑龙江。是时俄人之在黑龙江者,以兵寡,虑不敌,欲求助于政府,而是时俄本国方与波兰战,无暇顾边事,乃饰言谓满人已以火军来攻雅克萨。俄政府闻之惊,而又无力出兵,乃送二千留于雅克萨,且应城兵之请而免坚浦斯客及其下诸人之罪,(此时已宣告坚浦斯客死刑之罪。)使抗清军。又于千六百七十五年(康熙一四。)遣尼果赖罕伯里至北京修好,以结清之欢心,为弥缝一时之计。翌年七月,俄使达北京,清人要俄人以不寇边,且送还逋逃根特木尔。尼果赖诺之,于归途送书雅克萨,使嗣后航黑龙江下流及精吉里,勿征土民之贡。然野心勃勃之雅克萨人不及顾此命令,而于千六百七十六年至八十二年(康熙二一。)复建设诸处城塞,其著明者如左:

千六百七十八年,(康熙一七。)精吉里江上流一所;

千六百七十九年,(康熙一八。)色里模札河口一所、独龙寨河口一所;

千六百八十一年,(康熙二〇。)精吉里河口一所;

千六百八十二年,(康熙二一。)哈穆功河上一所。

其中在精吉里河口者,名格牙塞,距爱珲上航仅半日程,满人多来互市于其地,往来颇盛。此外在疴哥德海滨者有图瑚尔斯科及乌底斯科塞,而黑龙江左岸之全境殆全为俄人之所盘据。康熙二十一年,(一六八二。)谕郎谈①曰"罗刹犯我黑龙江一带,侵扰虞人,戕害居民。昔我兵进讨未剪除,历年已久,近闻蔓延益甚,过牛满恒滚诸处至赫哲飞牙喀虞人住所,杀掠不已"云云,盖谓此也。当时以俄人之强横,因其音近,遂号之为罗刹云。此坚浦斯客建雅克萨及诸城塞之事也。

方满人之与俄人屡示冲突之势于黑龙江也,然卒无大战伐之事,其时俄人固未暇东顾,而满洲起自蛮族,少文化,乘中国内乱土崩瓦解之势,进而占领其土地。中国血性男子不服,多倡义而起者,满人虽恃其兵力屠灭之,然事未全

---

①郎谈:一作"郎坦",清朝著名抗俄将领。

定,且三藩之事①动大兵革,前后亘数年,满人亦注全力以压平中国,无暇分力于边疆。至乘天幸,康熙十七年(一六七八。)吴三桂死,二十年(一六八一。)郑经死,中国已死灰不复燃,英雄尽丧,而一般虮虱小民惟以偷生免死为幸,遂可不复用武而长妥贴安置于满人之足下,兵力有余,乃欲逞威边陲,为剿灭俄人之举。虽然,俄人之敢与满人抗者虽仅仅不过数人,然固非孱弱委靡之中国人比也。于时康熙二十一年(一六八二。)八月,命副都统郎谈公、彭春等率兵赴达瑚尔、索伦之地,送书尼布楚,称捕鹿,而实密觇雅克萨,且视水陆军之进路。十二月,郎谈等归,奏曰:"雅克萨兵少,取之甚易,不过三千人足矣。"于是先命宁古塔将军巴海、副都统萨布素建木城于爱珲呼玛尔,发乌喇宁古塔之兵一千五百守之。翌二十二年(一六八三。)夏,巴海之兵至爱珲,溯河,筑木城于一岛,分兵据之。此时俄人之在哈穆功塞者为富罗洛夫与疴哥德斯科之俄人合,四出剽掠,侵近傍之使犬、使鹿诸种。于闰六月,弥勒可夫率兵六十七人发雅克萨合之,在途于精吉里河上逢满洲战舰五百六十余艘,俄人狼狈陆遁。清将遣使招弥勒可夫,欲与相见,有所问。弥勒可夫即往,清兵俄起,缚弥勒可夫,复捕其下三十余人。余兵以身遁,入色里模扎独龙寨之二塞,告急。俄人以清兵且大至,遂弃塞奔。未几,清兵鼓噪以来,放火烧二塞,又袭精吉里塞,悉擒其塞兵。翌二十三年,(一六八四。)萨布素又陷图瑚尔塞。富罗洛夫以力不能保,亦弃塞,航海而退于乌底斯科。于是俄人所筑之诸塞悉为清兵所荡洗,惟雅克萨城尚孤立于江上。满洲致书于雅克萨,劝其撤去。书达,城将集众议之,金②曰愿死守不屈,而请援兵于烟尼塞斯科。是时满洲兵用乌喇阿达哈哈番等之策,命萨布素水陆并进,先刈雅克萨之田禾,使其无食而坐毙,已而萨布素之部下不用命,事遂不果。在雅克萨之俄人日计清兵之来攻,久之不至,复乘间耕种其近傍地,于昂古黑阿山顶置哨兵五人,更番瞭望,城外设木阑,城加修筑,编木实土,绕以小隍鹿寨。然其众合农商之民仅四百五十人,兵器仅小铳三百梃、大炮三门,知不足以抗清之大军,惟日待救援之至。康熙廿四年(一六八五。)五月,萨布素公、彭春等以水陆军一万八千,野战炮百五十门,攻城炮四十门,于廿一日进薄雅克萨。翌二十二日,遗书城将陀罗部伊,劝降不应。二十三日,分兵西路,列炮轰城,然城兵殊死斗,城坏随补御,而崩溃益甚,失兵且百,而外援不至,城中食垂尽,城将陀罗部伊不得已遣使城外约降,请收军而还尼布楚,许之。因即日行,惟副将巴什里等不愿归去者四十人,投清军。先是普鲁士贵族拜登曾从波兰军被捕,流谪西伯利亚,至是闻雅克萨急,欲往援之,于德波尔斯科募集哈萨克兵六百人,自率之而向雅克萨。而此时凌舍斯科府亦应雅克萨之援而输粮食在途。及陀罗部伊之还尼布

---

①三藩之事:清朝初年"三藩"是指三个割据一方的汉族藩王,即云南平西王吴三桂、广东平南王尚可喜、福建靖南王耿精忠。清军在进入山海关后,利其作为攻击李自成大顺军和南明的先锋,但统一后三藩成为了清王朝的威胁,于是在康熙十二年(1673)春,康熙做出撤藩的决定,战争爆发。于康熙二十年(1681)冬,清军攻入云贵省城昆明,吴世璠自杀,历时八年的三藩之乱结束。　　②金:都。

楚也,于途未一日而逢尼布楚兵百人,大炮五门,小铳三百梃护来,且云拜登已至尼布楚矣,数日即赴援。俄人切齿太息,悔早降一日,以为遗恨千秋之事。而清军以俄人既去,乃烧雅克萨,以萨布素驻扎新筑之黑勒根城,总揽黑龙江全部军务。此满人攻胜雅克萨城之事也。

晋文公之胜楚也而有忧色,以楚患之未已也。当雅克萨陷落之报之达于北京,圣祖大喜,顾谓侍臣曰:"征剿罗刹,众皆以路远为难,朕独断兴师致讨。今荷天眷,遂尔克之,朕心嘉悦。"云云。孰知欢笑之声未终,而俄人再来之报已达于耳。当是时,俄人为尼布楚长官者曰菩赖沙夫性豪宕不羁,以雅克萨之败为俄人莫大之耻辱。陀罗部伊之归也未数日,菩赖沙夫即派兵七十赴雅克萨,使侦清军之动静。时距雅克萨之陷落十有七日,灰烬满目,惟留破墟残垒,认当时战争之遗迹而已,清人以既付一炬,遂不留兵而去,乃归报清军退却之状。即命拜登率部下二百人先占雅克萨城,续派兵总六百七十人,大炮八门,再推陀罗部伊为城将,收田禾,筑城,以木夹造而实以苇根泥土,又以土蔽之,宽二丈八尺,高二丈,三面绕壕,壕外置木桩鹿角,守备完固。此俄人再建雅克萨城之事也。

雅克萨之摧毁也,清军以为无事矣,不数十日而雅克萨城再现,其报达于北京,圣祖遣理藩院郎中满丕等赴索伦,侦探敌情,命土酋乌木布尔代等称纳贡而觇雅克萨之虚实。城兵亦疑之,而探清之形势。拜登以兵三百人视察江岸,于康熙二十五年(一六八六。)一月至呼玛尔河口,见满洲兵四十骑向齐齐哈尔方面进行瞻望,追而杀其三十人,虏一人。于是知清军方为再征之计,雅克萨益戒严,充储粮食,城兵亦增其数,总七百三十六人,野战炮八门,臼炮一门,爆裂弹大小五百个,士众皆扼腕抚髀,欲一战以雪前败之辱。二月,清命萨布素增修船舰,俟冰消时发乌喇宁古塔水陆之众进攻之。四月萨布素等率陆军三千,舟师百五十艘,迫雅克萨,先略其田稼,夺船舶,于雅克萨对岸之一岛及额尔格河两岸为三营,建炮台,列炮以轰雅克萨。两军相持,以炮战者八旬。七月一日,清军急薄雅克萨,欲一举拔之,为城兵所逆袭而大败,死伤无算。然是月城将陀罗部伊亦触弹丸,负重伤,又城中疫疠流行,至八月时,城兵之能堪战斗者仅不过百五十人,而傲岸不屈如故。清将不敢攻,而屡放契箭于城中,约以放还而劝之降。城兵不应,而遣人乞援于尼布楚。然菩赖沙夫以事不赴援,于是雅克萨之运命迫旦夕间,有再陷落之忧。而适清俄两政府开和议约,清帝布告休战。十月,清军撤围,移营三俄里外,城兵得出入自由。清军又严禁士卒不得妄行。当是时,清军中亦患疫,死者无算,清帝遣太医院官二人赍药往治。又使问城兵之病,拜登答曰:"我汤药具备,且军中无一人病者。"实则城中病势猖獗达其极点,生残者仅六十六人。清俄既休战,翌年四月,清军更退数俄里外,至七月二十三日,全引去。此清军再攻雅克萨而以媾和罢战之事也。

清俄之媾和也,于千六百八十六年(康熙二五。)一月,俄国命陆军大将阁多文为全权大臣,率骑兵一千五百人,发莫斯科。千六百八十八年,(康熙二七。)清以内大臣索额图为全权大臣,率骑兵一千,由清撰定色楞格斯科为会地。及索额图出发,行至喀尔喀之克勒阿祭拉罕,道逢百姓纷纷迁移,愈进愈多,询之云:准噶尔之噶尔丹来寇,国王战败出奔。索额图前往之途梗塞,未几引还。于是更定尼布楚为会地。翌千六百八十九年(康熙二八。)七月,索额图先至尼布楚而待俄使,是先清帝已命萨布素等调黑龙江兵一千五百人从水路赴尼布楚,合使节护卫兵并仆从使价之属人垂万数。方黑龙江兵之达尼布楚也,直前围城,刘田禾,为攻击之状以示威武,城将遣使诉其无状,乃命舟师远徙,示无他意。至八月十八日,俄使至,遂以二十二日为会期。会议数次,于九月七日协议,条约共六项。是时也,清兵多形势便,故条约多从清人之意。照约,应毁除雅克萨城,(条约第三项云:一将雅克萨地方鄂罗斯所修之城尽行除毁,雅克萨所居鄂罗斯人民及诸物尽行撤往察罕汗之地。)俄使命守将拜登先撤退,已而清兵从水路两途道雅克萨,破坏其城而去。惟根特木尔俄不允送还,从条约(条约第五项云:一从前一切旧事不议外,中国所有鄂罗斯之人,鄂罗斯所有中国之人,仍留,不必遣还,嗣后有逃亡者,不许收留,即行送还。)已为俄之臣民。自是约后,俄人不占势力于黑龙江。至十九世纪中叶,英以战胜清兵,树势力于中国,于是远东之事复惹俄人之注目,然自《尼布楚条约》至结《爱珲条约》,其间已阅百七十年间,故清俄交涉以结《尼布楚条约》为开始一大段落之事。而当日者清人实强于俄人,此不能不追溯其朔而为论时局者一考其盛衰之迹也。

附尼布楚订约时之情形:

两国使节于未会见之前,先定会议时条项如下:

一会见所定尼布楚城,与什耳喀河中央之地;一会见之日,两国使节各得伴四十人之随员;一两国共出五百人之兵,俄兵列于城下,清兵列于河岸;一两国使节护卫兵各以二百六十人为限,且除刀剑外,不得携带一切武器。

会见所分二部,两国各专用其一。俄国会见所以土耳其产华丽之毛毡,波斯制金系之绢张天幕,中央为两使节之桌,桌上精巧之时计(中国名钟表。)及文房具,桌后安乐椅为两使之凭所,桌之侧又一机,为秘书官席。清会见所极质素,张幕,幕内置一大盘,上设七使节坐。(按,是时使节七人为内大臣索额图、都统公国舅终国纲、尚书阿尔尼、左都御史马齐、护军统领马喇、督捕理事官张鹏[①]、兵科给事中陈世安。)此外通事(按,是时通译官一倍伊赖,一赛必伦,皆宣教师。此次订约周旋斡旋皆二人之力,条约文亦由二人起草。赛必伦日记叙述会事始末甚详,今史家多珍视之。)之席在两使节间而近清使之地,随员班次在各使节之后。于八月二十一日开议,是日清使渡什耳喀河赴会所,以卫兵拥护之,俄使以军乐队先,奏浏朗之谱。既均至会所,座定,俄使先言曰:"尔后以黑龙江为两国之境界,互不相犯。"清使拒之曰:"黑龙江一带至色楞格之左岸,本属清之版图,土民朝贡不绝,其后俄人来蚕食我边

---

①张鹏:当为"张鹏翮"。

境,侵害我权利,俄当以雅克萨、尼布楚、色楞格斯科其所属地全归还清。"俄使不应,坚持前议,当日以无何等之决议而散。翌二十三日,二次会见,而清国前日之二通译官不至,以一蒙古人为通事。盖前日之会,俄使待二宣教师极殷勤,清使不平而心疑之,因易通事。而此蒙古人语极拙劣,不能达相互之意志,交涉益陷于困难。俄使先言而驳清之主张曰:"清以尼布楚以下各地为属清,证左何在?若有,请速示,不然,其所言全属虚构。"清使卒不能答,乃曰:"俄若欲取尼布楚及色楞格斯科,我不敢拒,虽然,惟为贸易,勿贮兵。"俄使答曰:"敢拜无言之辱。清若于此处废田猎者,吾人可得安枕而寝?"次又主张前说,以黑龙江为疆界。清使大怒,蹴席而立,欲即收幕引去。会亦散。二十五日,俄使遣一士赍书于清使,中云议已不协,请以两日会议之颠末详记之而赐余,欲覆命于我皇。清使拒不与,是时和议颇已呈决裂。两宣教师见形势切迫,冀两国之复归于平和,于相互之间为力讲调停之策。是日先访俄使曰:"关黑龙江以北之地,清之意见我等虽不知之,然少必收回雅克萨,此奉清帝之敕命。俄若不让此地者,议不协,且恐即生变,非俄人之利也。"俄使未及答。次日,俄遣使欲闻清国最后之决心,索额图即指地图,以斯塔诺威(石大兴安岭。)之山巅及额尔古纳河之江心为两国之分界。翌二十七日,清遣宣教师至尼布楚,问清之决答有同意否,俄使尚坚执,不肯让雅克萨。于是清使大怒,欲一举陷尼布楚城,集随行之官僚、水陆将校开大会议事,决议围尼布楚城。又煽近傍之土民,使背俄。又别派兵五百,往略雅克萨之田禾,大军陆续渡河彻晓。城兵见清兵之举动,仓皇增设炮台,造墙壁,出兵于城外,扼道路要隘,置哨戒严。两国咸准备,血战之事立见旦夕间。然俄人以兵单,知战不胜,派人请再会见,且令逗意曰:"俄使有让雅克萨之意,然以清之要求甚不当,以骑虎之势,不能不拒绝之。"是言也,俄已示愿遵从清人之议矣。二十八日,俄又遣使,告以可从额尔古纳河为两国之境,雅克萨城亦全让出,但在其地之俄人必令其安堵①,以此为约。清使漫不应,是日益渡兵什耳喀河而营于距尼布楚附近之一山中,示决战意。俄乃遣使告以悉从清人约,请令宣教师入城,先议定大体要项。清使疑俄人欺己,乘隙完防御,且恐诱出宣教师夺之而去,不肯即诺。切请,乃使赛必伦一人入城。赛遂与俄使议定大略而归。二十九日,俄使于条约面更附加诸项:一尔后从清国送俄帝之文书,必写俄帝尊号全文,少亦当记其略号,并文中不可有显分两国皇帝尊卑之事。一两国互优遇使节,其所赍之国书可自手捧呈皇帝。一两国臣民之商业一切可予自由。清使答之曰:"第一及第二项未奉训示,不能承诺。且中国素未派使节于他国,若关己国使节之事,不必预设规定。况臣子之分如议定皇帝礼仪之事,于义不可,惟优遇俄国使节,吾人坚可保证,请安意可也。第三项要求虽无异议,然吾人为议定疆界大事而来,议及商贾之事甚觉其不伦。"(按,上文所答全系大一统

①安堵:安定;安居。

国,不知外交,且见重君权轻商务之意,当时习气可以想见。)九月四日,俄人复提出八月二十八日之要求,请担保雅克萨不筑城垒。清固无筑城意,然且漫不许,而是时素为俄所征服之喀尔喀诸部皆率所属陆续来投清,清军势益振,俄若抗清命者,直进一击而屠其城。俄无如何,乃一惟清国之命是从。于九月七日,(康熙二八年七月二十三日。)交换条约,是日清国全权大臣索额图等率骑兵一千五百、随员数十人,大小旌旗蔽什耳喀河,金鼓鞳鞺①,服金丝龙纹之朝服,簇拥而来。俄国全权大臣亦服大礼服,金线峩帽佩剑,率步兵二三百,以骑马之军乐队先。既偕至,座定,两国使节各展约文,署名钤印,坚誓不背约而交换,互相拥而表友谊,开晚宴,尽欢握手而别。翌日,俄使赠索额图以珍贵之时计、望远镜、银质器皿、貂衣,其他使节诸人赠时计、镜面、刀、剑等有差②。清使答礼,赠俄使以马具一式、马尾二、金杯二、衣服八领、绢三十二卷,又以同样之物赠其余之俄人有差。条约以满、俄、拉丁语书三通,总六项,附约三条。(按,附约第三条有用满、汉、俄、拉丁四国语书,条约全文勒石,建两国之境上。)俄使已命雅克萨之守将退出,而于尼布楚修筑城壁,以军队之一半驻屯于尼布楚、色楞格斯科及乌金斯科而后归。以功列男爵,任辎重总监。

清俄两国于黑龙江之初试冲突也,清人占胜手而俄人反不利者,固由于俄之国势偏于欧洲,东方弯远,为其注力不及之处,兼之黑龙江为探险初得之土,非关重要,而又国内多事,实亦未暇他顾,故以屈从和议为上,而一赛干戈,争胜负于远东,不可为国计。而翻观清之地位,其发迹本自满洲,黑龙江唇齿之地,所谓卧榻之侧不容他人之鼾睡,且入关而后曾不数年已占领中国全土,而屡羸懦弱之汉人暂试兵锋已摇尾贴耳,震慑威灵,奉为神圣,若牛马之甘羁辖,惟主人之所为,而威武既扬,内顾无忧,遂能以全力外向,欲去其实逼处此③之害。且不仅此,俄人之在尼布楚、雅克萨者常不过数十人或数百人,而满洲用兵动以大军,其人数或以数千或且过万。又俄人之待应援兵也,以兵法言之,距离点过远,且从亚古德斯科达黑龙江道路险难,从哈巴罗夫取阿来古莫河之捷径大半逆流而不能曳小船,从拜喀耳湖发见之捷径又以兵士移居俱少,不能为遣援之地。反之而从满洲达黑龙江有大道,出松花江、乌苏里其易。故在俄者虽有一二人出其艰苦卓绝之力,而卒为满人之所摧败,非夫满人之性质及其谋国用兵之道均有以胜于俄人也,形势便故奏功易,其故盖由此也。

俄人蛮暴之事,其先多使个人为之,败则个人受其责,政府置不与闻,或政府出而调停于其间而使无事;成则归其事于政府,而政府乃出而受其成。此惯用之长技,而于近日尤屡见不一见者。或谓此系俄人中央统制系之微弱,缺驾驭之力。虽然,俄之政府固亦有利乎此,而后乃因而纵其所为也。观于前二三百年黑龙江之遗事,而俄日今日之状态已悉可概见矣。

---

①鞳鞺:即"鼟鼟",鼓声。 ②差:差别。 ③实逼处此:为情势所迫,不得不这样。

尼布楚之订约也，满人陈大军，耀武威，示形势，狡黠强悍之俄人势力所制，不能不鸷伏于一时而听命。顾其视此条约也，则直以为要盟，苟机会可陈，前言固视为无物。观于结《爱珲条约》时，清屡援尼布楚之约，俄使怒曰："清尚欲挟此以为口实耶？当日俄人从使节者只警卫之士，而清人共使节，送军队，示攻击之态度，直以威吓而订前约耳。"盖俄之不信，非条议所能约束。不特近事，届撤兵而不撤，约言全归于无用，即当日所遵行之条约亦只屈于势力而然，斯塔诺威山上、额尔古纳河沿之碑碣不待风雨销沉，而俄人早已不悬诸心目中矣。

事无论成败而必视其能力之如何，其能力固有以异于人者，虽屡失败而终可有成事之一日；（近日有操作事不必求成功之论者，虽然，亦视其能力何如，若无能力而失败，是亦不足取也。）若能力无以过人，虽徼时之幸亦有告成功者，而久后卒不能存立。方黑龙江交涉之始，其事迹满人胜而俄人败，然考俄人之性质，其坚忍鸷悍殆未易及，迄今日而俄人卒操鞭挞满洲之权。然则通古斯民族固不能与斯拉夫诸人种争优劣耶？而欲较族种竞争之胜败者，抚此往事沉沉，亦当世得失之林焉。此所为论时局问题而姑插以最初交涉之一事也。

俄人再营黑龙江之事[①]

世界水陆两大国，英负海而俄负陆，至十九世纪中叶，咸东向以逞其膨胀之势，而英由海以阚中国之南方，俄即由陆以包中国之北部。当英人之与清人交战，开五口通商，得享有贸易之权利也，欧洲传闻此事，咸以东方一片乳滴蜜流之土地可任人啖而食之，而"征服极东、征服极东"之声喧腾于全欧之野。而俄人于此亦复然其东向之心，以彼立国于波罗的海、黑海两方面，其海口均为他国所扼守，故不易逞其海上之雄心，而陆地广大，曼衍以达亚洲之东，遂因地势而欲蚕食东方之土地，以控制东海，此固本于其国之形势而然也。

虽然，东方之事与俄之本国地势远隔，非得有其才足以独当一面之人物，则不能以告成功，此固俄人之所熟思而审虑之者。然而时会至而英雄生，俄皇于沉观默察之余，遂以此重任畀[②]一坚忍刚果、精练敏活之知事摩拉罢夫。当千八百四十七年十一月，俄皇尼古剌士赐摩拉罢夫谒见，而命之曰："朕授卿以东部西伯利亚总督之任，其于彼得堡，可速讲究处置西伯利亚重要之问题以闻。"摩拉罢夫因悉研究其关职务之事，于一千八百四十八年之始出发。摩拉罢夫之一行，而俄人于黑龙江之事遂得告成功矣。

摩拉罢夫之政策，以为太平洋者将来必为世界权力之首要点，故俄国当亟扩张其势力而得一有力之根据地，与对岸之北美合众国相提携[③]。又英国所从海上得于中国之贸易，俄国可从陆上尽排斥之而使之衰。又俄国当竭力以谋殖

---

① 原载于《新民丛报》第38—39合号（1903年10月4日）。　②畀：给。　③提携：这里指合作。

民地之发达,如是皆不可不振兴东部西伯利亚;而欲振兴东部西伯利亚,不可不得黑龙江;欲得黑龙江,不仅保守其河源,不可不兼并其河口附近之地以为立海军根本之所。而摩拉罢夫即以能达此目的为其一己之责任,深惜从前俄人弃其所已得之土地(指《尼布楚条约》。)为大失计,而欲恢复其昔日所失败之事。又非徒有此见地而已也,其精力实能伴其识见而告其事之成功,故俄人称摩拉罢夫为有学识与手腕合并之杰物。虽其所施为者惟知有俄国皇家,未脱专制国一般官吏之习气,然独能持进步主义而有容人之量,当时流窜于西伯利亚之革命党多厚待之,或列其幕中,若著名之革命文士拔库尼氏者,亦礼之为上宾焉。拔库尼氏平日之议论盛唱改革,欲于西伯利亚建设合众国,与太平洋对岸之亚美利加合众国同盟。其言之惊人类如是,而摩拉罢夫深重之,其量可知矣。

按,摩拉罢夫之效忠于俄皇也,在尽其心于事业之间,而不屑为小臣之媚悦以固其荣宠者。若近日中国之贵官,于国事、民事瞢不关心,而惟知捕获新党,以自要结于朝廷而保全其禄位,则其人不免为鄙夫,而其事亦不出小人之所为也。

摩拉罢夫于其在任期内,自黑龙江拓地,以达于朝鲜之海岸,而使俄人于东太平洋发展起膨胀之势,其后古禄台可夫者亦以极端之排英主义著称于黑龙江,然为俄人立黑龙江根柢之业者,必以摩拉罢夫为称首。

当日俄国者既注目于东太平洋,至不惜出弯远荒寒之西伯利亚以求遂其所大欲,而与英国若赛走然,各求早达于极东之一的而分异日之雌雄。而国于太平洋岸,操控制太平洋之形势若中国者,则被压于政府之下,其上昏昏,其下亦遂嬉嬉,于人国之所经营熟视而无所睹。盖一则已警天晓,起舞于演台之上,而一则尚在夜午,鼾沉于寝幕之中。呜呼!此所以驯致①有今日之祸,而以富天产、扼形胜之巍然一大国为列国之所制而不能自存,推其故,固由朝廷之不明而不早知自振焉耳。

清政府既不知自振,而其国运屡濒于危,然清国陷于危难之境,正俄人所视为机会,而得遂其掩取之心。方满人之外逼于英法而内困于洪杨,既无暇用意于北方广漠之边境,而俄人乃悉蹂躏其《尼布楚之条约》,日日拓辟其疆土而无所顾忌。至千八百五十八年五月,与清廷结《爱珲条约》三章,而自额尔古纳河至黑龙江左岸一带为俄人所暗侵横夺之地遂悉承认为俄有。又乘英法联军之入北京,清帝出奔,英法二国欲遂否认满政府而扫除之,然俄人则利满人之愚而易欺,不便英法二国之所为,欲仍扶持满人为中国主而俄人得乘间为尽监取中国之计,乃出而斡旋其间,以仲裁自任,而劝英法仍认满政府,与订和约取利而归之为得计。而于满人之前,则示其大恩曰:"微我尔固已亡国矣,今复有此,是皆我之赐也,不可不有以报偿我。"乃复与结约十五条,世所传为北京之条约也,

---

①驯致:指逐渐导致。

时在千八百六十年十一月。照此条约,俄得有乌苏里以东之地,复得有达尔哈斯坦、天山南路之一部地。而于是年七月二十日,俄人所占领之浦盐斯德亦为北京政府所承认,其后遂营为俄人东方海军之根据地。至是而俄人征取黑龙江之计画略已完全,嗣后当由黑龙江以进入于满洲之全部。此俄人于十九世纪中叶以后再营黑龙江而得胜利之事也。

黑龙江事结论①

要之黑龙江之事略可分为三段,于清俄交涉开始至结《尼布楚条约》为最初一大段事。于此一段之中,清方开国,而俄乏东争之力,清人之势力强于俄人。虽然,俄人经营之能力已于此见其萌芽。览此历史也,令人俯仰于盛衰之间,兴感无穷,而又知定为国之方略不可退守而当务进取之思。使清人而用进取之策,则当国势方强之日,岂仅此黑龙江为必保守之地? 进而并吞东部西伯利亚,以进西部西伯利亚,而以亚洲之势力扩张于欧洲之方面,则非特能继起成吉思汗之功业,而以今日欧人之取攻势以卷入亚洲,乃于数百年前,亚洲人先取攻势以卷入欧洲,虽或未能吞并欧洲之全土,而固足以澹欧洲今日之来势矣。且也国务进取,则人心之间咸有朝气,即当外患之来,又易悚②其心而可图变法自强之计,即如彼俄人者,其政治亦未尽文明,然而能与列强比抗而成为世界之一强国者,无他,彼固自祖宗累代以来,以进取为惟一之政策,故能膨胀如今日耳。而观当日之清廷者,自尼布楚结约之后,以为累世可以无事,而视区区界约之一片石,以为黄河若带,泰山若砺,天长地久共不灭者,遂欲偷安食息以坐享太平,岂真如欧人所诋黄种人固以保守为其特别之性质耶? 又乌能不怀想当事而太息吊古于无已耶? 至尼布楚结约以后,为清俄休息边境无事之时代,又自为一段落。而此一段中,无大事实,则亦不足叙述之。至十九世纪中叶,俄人乘时会,蓄大志,东向而欲恢扩其势力。而其间俄人所为之事,成败利钝悉与其首一段事相反。而满人不稍有抵抗力于其间,任其蚕食鲸吞,日长炎炎,且愿拱手以让之,而其祸水遂滥觞于黑龙江以浸及满洲,而有弥漫东亚天地之势。其间与满人相交涉者,有爱珲之约,有北京之约,至其后以清日战争,俄得乘机逼日本之返辽东而示恩于清人,得结喀希尼之条约,则其用意已全在满洲之全部而不当仅属于黑龙江之事。要之满洲之事,其开端实由于黑龙江;而区黑龙江之事迹言之,则最初一段清胜于俄,中间一段平和无事,最后一段则俄人得全获胜利者也。是黑龙江清俄交涉之概略也。

今者俄人之于黑龙江,非独变其图上之颜色已也,又总称满洲地方而起沙母尔之新名词,盖后黑龙之义。而于满洲地方之军队,与黑龙军团相对而称为

---

① 原载于《新民丛报》第38—39合号(1903年10月4日)。　② 悚:害怕;恐惧。

后黑龙军团，盖扩黑龙江之权力以及满洲也。噫！览黑龙江水之滔滔，暮涛寒烟依然终古，而人事迁流何其代谢兴亡之速也！又能无枨人凭吊之感乎？系之诗曰：

斯塔诺威[1]翠扫空，室韦河畔易秋风。铜标界石无残影，大鸷旗翻夕照中。（珲春城外之沙草峰为清韩三国交界之处，昔年吴清卿、依尧山议界时，以此为清国地，其后于长岭子建一铜柱，又于乌苏里一带树立界石。义和团变后，铜柱、界石悉为俄人撤去，清国固不问也。）

黑龙江之金矿[2]

俄公爵黑鸠氏之言曰："世人以西伯利亚之地终年被锁于冰雪，仅以一般放逐之罪囚为住民者，此属想像上谬误之言也。西伯利亚南部者，其天产物之丰富不亚于加拿大，而其形势亦与加拿大相似。"此言也，实惟黑龙江之地足以当之。当日俄人有作黑龙江旅行记者传于俄国中，读者皆心醉其山川风物而愿一游其地以为快。夫以天然饶富之地而住其间者皆属野蛮种族，蠢蠢然一无所发掘而留其完富以待人，故凡农产、牧畜、植林、航运等，皆可为非常发达之谋。而其中最重要而有利者，尤莫如金矿之一事。

俄人之着手黑龙江也，固以为一大宝藏之窟。观于俄皇尼古剌士任摩拉罢夫以经营黑龙江之事也，而命之曰使黄金之出产发达，弊政改革，讲究关系贸易之事。其所注重者凡三端，而以发达黄金之出产为其第一事，然则埋藏于黑龙江地下之黄金，俄人果抱何等之欲望乎！（中国黄金遍地，故各国皆垂涎矿产。）

满洲全部之矿产棋布星罗，而其中为金矿者尤多。其间探检调查而知其道路之远近、矿质之良否者，各国人所知皆不及俄国矿山技师之详。中国人向县[3]开矿为厉禁，昔时若封禁矿山之事且书之于史册上以为美谈，积非成是[4]，遂以发矿为有害，闭矿为有益，凡有佳矿，请于官府，官府必禁之，即官府许之，而本地之绅士亦必禁之，此诚中国牢不可破之守旧风俗也。虽然，若满洲各处之金砂浮溢，小民以利之所在，有不禁自相掏取者，故虽以"不贪夜识金银气"[5]之政府，亦不能不伴时势，而几处矿脉见荣之处遂亦从事开掘于其间。今试略举其所已开之矿而为记忆之所能及者而言之：如属鸭绿江之流域，有二道沟、三道沟之金砂；三姓附近有砂金山，产额饶多；黑龙江岸从松花江之会流点，溯三十余里有观音山金矿、太平沟金矿；更溯二百余里于清俄交涉史上有名之雅克萨城，于其对岸相距不远之地有漠河金矿，以产额多而矿质良，称为中国第一之金矿；

①斯塔诺威：即斯塔诺夫山脉，是外兴安岭的一部分，在俄罗斯东西伯利亚南部。 ②原载于《新民丛报》第38—39合号（1903年10月4日）。 ③县：悬。 ④积非成是：错误的东西积年累月维持下去，反而逐渐被当成正确的东西看待。 ⑤不贪夜识金银气：出自唐代杜甫的《题张氏隐居二首》，意思是不贪财，夜间也不去观看金银之气。

又溯江于额尔古纳河之会流点数里,有奇乾河金矿,与漠河产同质著名。以上若干之金矿,欲悉其年年几何之产额,则清国财政例无详细之统计。而于距二十年以前,(光绪九年。)据满洲就地所记,黑龙江省总产金额八百五十三贯九十两二分八厘,合时价四百三十三万一千八百三十三佛。以后产额之增加,必与年俱进者可知。然黑龙江矿务局所管理之漠河、奇乾河、观音山、风涧等处,其产金额反甚减少,于光绪廿三年直隶总督王文韶所报告,前年之采取额不过平银七十四万九千四百四十七两余,试合前之产额而比较之,可谓统计上一大奇事。然中国督抚本不知财政为何物,或且并前后之统计而不知,但以一报塞责,而政府亦委之不问。据通黑龙江矿事情形者,谓其产额决不下二百万两上下。且据漠河之一矿以推,从开始以迄当时,其产额实异常增加,工人已用至七千人以上,以一人一日五两以上之采额计,一年之总金额,其时价当有二千五百万佛以上。然而报告之产额悬殊如是,是固不待明言,入于中国官吏役员之私囊,而又为矿夫之所窃取,如是而已,是固中国之习惯而毫不足为异者也。方漠河开设金矿之始,定议以采金所得者十成之六为工料,四成归政府,而政府从所得之中,以十成之六为矿所住在兵丁之军饷,因是而得养几多之工人及几多之军队。其金砂输送天津之机器局中,而其所用淘汰之机械,类多单简,少新式者,故虽有佳矿,未能充足其进步之量。此中国在黑龙江矿产之大略情形也。

于义和团之役以前,黑龙江右岸清领之地几多防御矿产之军队,编制一种兵村于江岸寥阔未开之处,兵营与人家相参差于其间。至经义和团之变,俄人得遂其用兵之欲。(俄国将校一度从军得受特别之恩给[①],终身不困于衣食,故多主开战论。其兵卒每战争,得以其所掠夺之民财为私产,故所过极乱暴。)其兵入满洲也,掠虏残杀,所过为墟,而于黑龙江之浩劫尤甚。矿务局转运部与爱珲之镇守皆为俄兵付之一炬,江岸几多丰富之金矿皆为其所掠夺,而移各矿之本部于武府。昔日所垂涎之矿产为渡江密采之计者,至是不费一毫之偿价,而得公然占领之以为己有。中国投入几多巨大之赀本,俄国不待声谢而收受之,其一得一失之间,中国之损害可谓之巨,而俄国之蛮暴亦可谓之极矣。俄人之得矿产也,当与西伯利亚各属之矿产同编为俄国帝室之所有。昔摩拉罢夫经营西伯利亚时,曾设帝室御料矿山,而编制罪人及奴隶为坑夫,盖俄人固以矿山所为国君之产也。其所有砂金,当与西伯利亚之产金同为政府所买入。俄人之于西伯利亚,已得告矿产事业之成功,而以用于西伯利亚之法移而用之于黑龙江,其矿事之日益发达可无疑。计现时俄人于黑龙江沿岸及其他所采取之砂金,所及金矿已共二十一所,使用矿夫达十万人以上。其采取之金悉送伊尔古斯科冶金所,而其产额及价值极关秘密,除当局之外殆无一人能知之,然其多量之额及每岁增加之势自可推知。其矿业之厚利,前途殆未可量。又自黑龙江及额尔古纳河之右岸,

---

①恩给:对军人和公务员退职、伤害、死亡提供养老金、退职金。

即兴安岭横断之地方，其未经开掘之金矿尚多，此诚宝富之无尽藏也。俄人既以矿产为重大之事，故前迫黑龙江将军萨保订关矿山特别之契约，而满洲密约中，又提议关于矿山特别权利之规定。而近闻东清铁道会社关黑龙江、吉林两省之炭矿，又与清国结十二条之条约，其重要之项，有该会社于铁道线路之两侧三十俄里以内得有炭矿开采之权利。又于此地域外，该会社愿开掘炭矿者，对他之出愿人有优先之权。又若他会社于该会社之优先域内，欲采掘炭矿者，中国政府不可不先告知该会社。又该会社于有特权之地域外，有时有欲开采之炭矿者，遵守清国之矿山条例，得开采之。此条约成，而沿东清铁道之炭矿已全落其手。彼俄人之经营极东，方以乏石炭一事为大虑，若铁道、汽船一旦临开战之时而炭量不足，则已立于失败之地。日俄用兵，其计算胜负各条中，亦多加入石炭来源之一条，而以俄人艰于购炭，为其欠点之一。

按，俄人在西伯利亚所用之石炭量，于汽罐车停车场、工场等计算昨年度消费额，共千七百万卢特，（二十五万五千吨。）今年度预算二千万卢特。（三十万吨。）此等石炭之产所，悉由于多木斯科之 Ssudschenka 及伊尔古斯科之 Tscherenrchow 二炭山。别有乌拉尔炭产，以多硫黄，不合于用。夫以西伯利亚尔许[①]之长道而供给石炭者仅二所，无事之时，可从他国买入，有事之时，危险盖莫大焉。今秋有人从旅顺归者，据云，当地贮藏之石炭额不出三万乃至四万吨。是果得供几月之燃料乎？一旦开战，日本炭不能购出，即欲购英德诸国之炭，亦恐多不能得。俄所恃者，惟清国之开平炭。是亦非清国所愿，俄人惟以威力逼之而后可。然铁道之货车一辆积十五吨，廿辆连结，仅一回三百吨，而连接发如许之大列车专为运载石炭，必至妨兵士、粮食运输之事。俄人知石炭需用之要，不能仰给于外人，故亟亟从事开掘，去年于去奉天府五十哩得一炭矿，炭质良好，产额亦多云。至来年西六月顷，一日之采掘量可至千吨以上。俄人之注意炭矿盖可知矣。

故俄人之经营东方也，于金矿之次，尚注重于炭矿，而在黑龙江者，则金矿之天产尤富，故俄人首视为利窟。此俄人在黑龙江矿产之大略情形也。

吾闻日本人之言曰：满人之向有满洲也，天予之富地也，然而不能利用之，藏宝于地则其终必为他人之所有无疑也。然则立国于十九、二十世纪之顷，既有土地矣，不能经营而发达之，亦终必亡而已，又岂独满人之于满洲而已乎？

附《考拔库尼氏事略》：

俄人拔库尼氏者，虚无党著名之一人。少时入圣彼得堡炮兵学校卒业，为炮兵少尉，驻于波兰，目击俄政府抑制波兰之惨，心恻然悯之，反与波兰人寄同情而深悲亡国之人，仅二年遂辞职而去。研求海盖尔[②]之哲学，深造有得，因往

————————

①尔许：如许；如此。　　②海盖尔：即黑格尔。

柏林,访海盖尔讲学之地,与其门弟子交游,而与海盖尔派之巨子路盖氏为尤契,因为路盖氏所发行之杂志撰述文字,已倾吐其革命之意见。旋游巴黎,复游瑞士,以德国语发刊共产主义杂志。于巴黎之行波兰革命纪念祭也,直往赴之,表示同意而大振其演说。俄国出一万卢布之赏格购求其人。已而欧洲之一处有举兵者,投入其中,为敌所捕,已拟死刑矣,因俄政府之求引渡,遂执以与俄人,系于俄国之狱中者八年。俄皇尼古剌士多①其能文,命草自叙传,由是颇异其待遇,得减狱中之困苦,能任意阅新闻纸,室中备洋琴,食事与典狱者同桌。至一八五五年,俄皇历山二世即位,以危险之大革命党魁不可留于国中,翌年放逐于西伯利亚。是时总督东部西伯利亚者为摩拉罢夫,甚敬礼拔库尼氏,保护无不至。库拔尼②庇于总督威权之下,行动极得自由,于远征军之下黑龙江也,托视察为名,遂遁而至日本。以一八六一年末,至伦敦,大有著作发表其意见,又多撰杂志论说。于一八六三年闻波兰之举兵,与同志共乘小舟欲往赴之,不得达。至瑞典,因说诸州,令与俄开战,然事无所成。去之丁抹,再至巴黎,转至意大利。拔库尼之行动本以激烈称,至是益走极端之无政府主义,而运动瑞士之国际党,其说大行于瑞士、西班牙、意大利,刊行几多之机关新闻杂志。当时意大利分为三派,一拔库尼派,一玛志尼派,一加里波的派也。于一八七六年七月一日,以病卒。其所著书,以俄文、法文、德文出版者甚多,于西班牙、法国、意大利得占非常之势力云。拔库尼氏之学说,概言之,一共产主义,(财本国有主义。)二无神论,三无政府论。以能求得完全之自由与平等为归,而其作用,必先革命。其论革命之义务曰:凡缠绵于父母、妻子、朋友之爱情者,非丈夫也。一个人之利害、之事故、之感情、之财产,不可不供革命之牺牲。世欲求完全之幸福而与革命寄同情者,合乎道德者也;妨碍之者,无道德而有罪恶之人也。其论革命之能事曰:凡机械学、物理学、化学、医学,皆不可不研究。凡同一目的之人,其性质、位置及其在社会间所组织之事,不可不细心观察。又当能为上流社会人,能为商人社会人,能为僧侣,能为官吏,能为军人,能为文人,能为侦探,于何处中无不可入。此其论革命之概略也。又云:欲造人间真正之幸福者,现在之制度无一物有可留遗于后世之价值,政府然,警察然,议会然,法律然,无一非自由平等之妨害物,吾人者不见有一物残存之必要,皆不可不破坏而改造之云云。其如何厌世而取积极的行为可知。拔库尼氏又信达尔文之说,以人间为由动物之变化而来,而论之曰:今人间之进化者,不过渐时发展,脱离其动物性而近人道而已。又曰:动物性者其出发点,人道者其归着点也。又曰:原人之与猿异者有二:有思考之能力;有不肯阿从人之性。故人性有三要素:一动物性;二思考力;三不阿从性也。由第一,故社会及个人之经济从而起;由第二,故科学从而起;由第三,故求自由从而起。其学说宏多,具见于其所著书中,兹举其一

①多:赞赏。　　②库拔尼:拔库尼之误。

斑而已。

　　按，无政府党，由政府而起者也。政府有种种不道德之事，而有一政府，即为一恶薮丛积之所。由是大理想家起，以为政府可废，而思所以代政府之事者，方得有完全幸福之日。而以是政府则欲保全其固有之权势，无政府党则欲推翻政府以造其理想中所欲造之境，故无政府党以政府为首恶，而政府以无政府党为凶徒，龙战于野，其血玄黄，其究竟之胜败果将归于何者欤？是可以观世变矣。

　　各国之受无政府党之祸也，以俄国为剧，而英国为澹。英国于无政府党素置不闻，伦敦一隅即为诸亡命出入纵横巢穴之所，而俄国则严警察、密侦探、重告发、广株连，处以非刑，投之于暗黑臭恶之狱，而放之于魑魅冰雪之乡，然而其报复也，皆若托倭夫将军之事然。初虚无党员某为政府所捕缚，被系首都之狱中，于托倭夫将军之前未行脱帽之敬礼，托倭夫将军憾焉，引之使出而棒击之。虚无党员某不堪痛苦，扬悲鸣之声，狱中国事犯闻之，咸不忍，愤极，打破窗及铁栅，狱吏又引喧骚之从徒，一一笞之，血肉淋漓，闭之于暗室中。于是虚无党人切齿于托倭夫，誓必杀。盖用笞刑拷问，于一八六三年四月十七日既被废，为国法所禁，而此复擅用之，为非法之滥刑也。有赛绰丽一少女者（俄国虚无党中多女子。）耳其事，不胜义愤之情，遂访托倭夫将军之邸，以一书呈将军，为诉愿状，乘其读书之隙，击之，中其腹部，负重伤。赛绰丽后以辩护士之力，当事者动于舆论，得以无罪放免。（按，中国杖刑久废，今岁有沈荩者被捕于北京，太后命杖杀之，骨肉糜烂，宛转哀号，阅二时许始毙，其惨不可言状。此在中国人视之，固无若俄人之动义愤者，然各国传述其事，无不诋为蛮野无道之暴刑云。）历山二世皇帝之飞血肉于爆裂弹烟尘之中，夫非以恶感情往者，以恶感情来欤？（附识）

俄人经营满洲之事[①]

　　古来之欲得土地者，每不能废战争，盖几以用武为扩张其国家之权利、宣扬其国家之荣威者惟一之政策也。然以人类进化，今日之开疆拓土者必不能徒恃战争以告成功。美国政治家之言曰"战争者，地狱也"云云，若今日而徒恃战争，实自投入于地狱中也。盖今日之欲得人土地者，非仅恃一度之战胜遂能据而有之，而即以为己物，必于其土地上有种种布置经营之事，其事业能牢固不拔，而后土地之根柢亦随之而不可拔。虽有时迫于事变，不能不战，然必有以善其战之后焉。且苟有一法可不战而胜于战，则必不出于战焉。列国之政治家绞其几多之脑浆，竭其几多之心血，咸欲创获此新法而利用之。故战争得地云者在今日已为后时势之陈言，而今日所用之法固有斩新[②]百倍于是者。若俄国于满洲，盖其用新法之巧者也。

---

　　①以下原载于《新民丛报》第 40—41 合号（1903 年 11 月 12 日）。　　②斩新：指崭新，全新。

英人之于埃及，世所惊为灭国之新法也。彼其握尼罗河之权而管理埃及全国之财，（与握中国长江之权而管理中国之税关相同。）其关系之复杂错综，虽使埃及立于何等之地位，常不能脱离英国人之手而惟英国之命是从。埃及之不国也，是英国政府用其新法之结果也。而翻观俄人之于满洲，其玩弄之技尤离合变化，诡幻而不可测，而满人自甘以其发祥之地持以相赠，今日退一寸焉，明日退一尺焉，不知不识而满洲全部之山河悉落于俄人掌握之中。而俄人得此庞大①之疆土也，未尝以战争之故耗其若干之帑藏，抛其若干之生命，以为得土地之代价。彼其出于用兵者，不过对义和团之一次，而其前后皆以计画取之，虽一枪一弹未尝浪掷于满洲之野。夫以得此大地而仅见一次之干戈，实可谓古来至稀之事。即以俄国之往事考之，彼其于土耳其也，经数回猛烈之战争，于黑海之滨掷俄国之生灵、财帛者不知凡几，而俄皇尼古喇士且至因战败而愤死，然俄之于土耳其也，卒未能遂其所大欲。即其于中亚洲也，亦屡与蛮族相冲突，虽战事之后仍亲抚其土人而用平和并吞之策以免兵祸之连结，然方其攻取之时，亦不免起战斗之风云者。独至于取满洲，一无遇危险惊恐之事，而时机之顺利，不出数年而已告大功之垂成。即满洲之居民于河山易主之后，亦梦梦焉无大动骇惶于其耳目间，并未尝惹新旧之恶感情，或起一时之骚动，而且有得土民意外之归顺者。（满洲住民多上书于俄关东总督西历斯夫，请俄国勿撤满洲之兵，盖以有俄兵在，可免清国官吏之诛求及马贼之扰害也。）以视英人之于印度、于非洲尚不免结怨土人，唤起其敌忾之心，而终不免取兵力压平之策，彼俄人者，又何其善得半种人之心而悉能排除此困难也。

俄之于满洲也，固首恃其外交之长而饵之以恩、诱之以利、慑之以强、逼之以威，既魔惑其宫廷，而又尽牢笼其前后左右及其有力之大臣使为己用，故于言之不能欺者，而为之饰词有人；于事之不易成者，而为之斡旋有人。此固俄国亡人国之惯技，于试用经验之后，而满洲则尤极其用之之奇，故虽以列国之眈眈警视，而俄国卒能从容于大众之前而满志踌躇以去。彼列国政治家之言曰：涉俄国外交，如与恶魔会食，不可不用长匙。顾列国外交家虽各用其长匙欲与俄人分一杯羹之食，而俄国所垂涎之禁脔②，卒未尝为他人之所夺，或且从他人之手攫而下于己之腹中，及其食已下咽之后，始欲起而扼其吭③而出之，而已失之于无及。然则世虽詈为恶魔，而此恶魔之伎俩世固无如之何也。此俄国之所以于外交而卒能操胜算也。

从一方而观，俄国于满洲政府既尽其簸弄④之技，而从一方以观，俄人于满洲之土地，其事业上之发展，有不禁讶⑤其进步之速者。夫以名分未定尚不知谁何之物，而俄人则以为无他，吾着手事业于其间，则权利所在，虽欲不认为我之

---

①庞大：广大。　　②禁脔：比喻独自占有，不允许别人分享的东西。脔：切成小块的肉。　　③吭：喉咙；咽喉。　　④簸弄：玩弄。　　⑤讶：诧异；惊奇。

土地而不可得也。观于俄对日本人之言曰：俄于昔日营满洲时，日本未尝一言，今已投莫大之赀本，岂能夺人之所有乎？是故俄人之取满洲也，其事为至曲，及其转一言而出之，而其理又至直。故列国之于满洲，不能不承认俄国已得之权利，俄国虽始终不言欲得满洲之土地，而满洲之土地自不能不归之。是固俄国之善用其先得权，而又善用其实力权也，又其法之至新而巧者也。

俄人知欲取人国也，必先使其国生活之源泉凿一沟渠焉，源源焉而吸之使来。彼战争者，若筑大堰然，而无通财富之渠洫①，终不能膏润此土地而使臻荣茂。夫俄人之兴事业于满洲也，其所抛之帑项②固已不赀，若尽取诸其本国而投之，毋宁就地集财，而以他国之金成己国之事之为得计也。而俄人于此，则又有集财之新法在，其事维何？则所谓俄清银行是也。

俄清银行，其名若个人私立之会社，然而其实全隶属于俄国藏相之下，资本金亦以俄政府为多，而以其欲吸收清国之财，故于外象示为两国共同所营业，而内则俄人实操其权。凡俄国政府所欲为之事而有关于财政者，无一不经由于俄清银行。俄既以此为集财之的，而满洲达官贵人之欲保其富厚者，争以其赢余而存储于中，为子孙万世之计，而俄国则以有此来源，兴办各事，遂无竭蹶之虞。而尤有意外可喜之事，则以达官贵人储财于银行之故，凡关涉俄国之事多不敢持战议，盖国家之疆土可失而一己之财囊则必不可失也。今者俄清银行之钞票已全通行于东三省，满洲之财权即所谓全统制于俄清银行之手。夫此金银灿烂、钞币流转之处，而乌知即为俄人取满洲之火药库、枪炮厂耶？

俄既有此银行以呼吸东方之财源，虽其本国贫乏，而于满洲诸事固未尝陷于力不从心之境。彼其中国东方铁道公司（东清铁道。）之设立也，亦由俄清银行组织之。当时资本金五百万两，分募股分于清俄两国人，而俄清银行即总其事之成，此铁道落于俄人之手。而其轨线所至之处即为其势力所到之处。夫商业从国旗，国权从铁道，甲国而有铁道之权于乙国，则其欲取乙国之土地也，亦犹之振落叶焉尔。然而俄人之狡也，既以银行示为两国共有之物，而于铁路之始着手也，亦翻清俄两国之旗，且示日后之欲归返于清国者，又以为取出兵之便而可为清国之援助者。（李鸿章以此与订密约。）故清国于俄人之筑铁道也，不特无疑猜之心，而又愿为之任保护之劳，抑亦若视为己所与有之物者。而一银行、一铁道，遂以供俄人亡满洲之两大利器而胜于用数十万哥萨克之军队矣。

亡满洲者非他，固铁路也。虽然，此固清领之土地，孰以铁道之权予俄人乎？无清廷见许，俄虽强，岂能无故而纵横于他人之境而为所欲为乎？是固有秘密之历史在，而喀希尼之约，其事卒不可蔽也。何则？观俄人于满洲之所为，而即可证喀希尼之约之为实有。今据列国所探密约之文，其关于铁路者如下：

第一，俄国西伯利亚铁道以竣工期近，清国允以左之诸线，使其铁道得延长

---

①洫：田间的水道。　　②帑项：国库里的钱财。

于清国版图之内。

（甲）从俄领之浦盐斯德至清国吉林省之珲春，从此处向西北而至吉林省首府。

（乙）从西伯利亚于或市府之停车场至清国黑龙江之爱珲，从此处向西南至黑龙江省首府齐齐哈尔，从齐齐哈尔至吉林省之伯都宁，更向东南至吉林省首府。

第二，俄国于清国之黑龙江及吉林省布设一切之铁道，其经费由俄国支出，规则工事亦全从俄人所规定，一切与清国无涉。俄国于三十年间，有监督铁道之全权，满此年限，清国以相当之价值，此等之铁路及附属列车、机械局及建筑物，可向俄国买归。若何买归之方法，俟日后再议。

第三，清国因现有之铁道可再延长，为从山海关至奉天府，从奉天府至吉林省首府之计画，若将来清国于此等诸路有不便布设之事，允俄国备赀金从吉林省起工，可布设此等铁道，而清国于满十个年后有买归之权。

第四，清国计画从山海关至奉天府，经盖平、金州而达旅顺、大连湾及其附近诸处之铁道，总可依俄国铁道之制规，以便两国通商上之事。

此条约所由成，固以报俄国逼令日本返还辽东割地之一事，当日以赎辽东之费，俄国又为清国保证千六百万磅之公债，得于欧洲市场募集，俄既以此示大恩于清政府。清政府于感激无地之余，而又心醉俄人国力之强，方经挫败于日本之后，虑国势削弱无以存立，而忽有俄国之后援突如其来，遂信为交好第一之友邦，而缓急之间欲倚之以为用。俄本欲以此钓清国，益迎合清国之意，驻清俄公使喀希尼伯遂与李鸿章协议，订清俄互助之约。适于千八九六年五月，俄皇尼古喇士二世举行戴冠典礼，清廷已命王之春为贺使矣，喀希尼欲利用此时机令李鸿章赴俄而于俄都订约，即示意清廷，谓王之春官爵尚小，不足以表尊敬俄皇之意，参预此大礼者，以望隆中外之大臣若李鸿章伯者为可，而清廷遂改命李为贺加冕大使矣。李以衰老，虑不测，舆榇①而行。既至俄，俄优待李无所不至，李心感之，欲结纳俄人。俄外务大臣罗排诺夫以喀希尼之立案为基，欲乘李在俄之日而定约，然为掩耳目计，不自直接与李鸿章交谈，而遣大藏大臣域堤与李鸿章议定。其议定书即于墨斯科调印，直送北京，喀希尼公使以八月下旬于总理衙门提出，促清国皇帝之批准。约中内容，清廷中极少知者。皇帝见而大惊，以为直举满洲祖宗创业之地而送于俄人也，甚慊②李鸿章（李于使俄回后有蒙谴责之事盖为此。）而不肯批准密约。喀希尼忧之，乃别取径路于皇太后，假皇太后威力逼皇帝之批准，遂于九月三十日告事之成。而俄国即于十一月议设中国东方铁路公司。

俄人之与清国相亲交也，固欲伸手于满洲，而尤欲于太平洋岸得一不冻之

---

①舆榇：载棺以随，表示决死或有罪当死。　　②慊：不满。

良港。其时山东省之胶州湾，俄国已要求为其海军冬季之碇泊所，得清廷之承诺，然未几而山东有杀德国两教士之案，德国突以军舰占胶州湾，旋订租借之约。此虽夺诸俄人之手中，然俄方诱德法为三联国，迫日本之还辽东，俄以是取利于清国，则德国之事俄固不能与之相违反也，故俄人于是直不动声色，默认德人之得占领胶州，而俄更要清国得租借旅顺、大连湾以代胶州之用，此固俄人计之至得者也。由是英国提议租借威海卫，法国提议租借广州湾，为均势力之举，清国一无能难之，均陆续与订条约。是实从海面定中国瓜分之局者，虽由德人之发难，而实俄国为之戎首也。俄既得旅顺、大连湾，而西伯利亚之铁道遂得以是为终点之海口，而俄人并吞满洲之计画成矣。兹述其租借之条约要项如左：

一、俄国以二十五年之期限与从清国租借旅顺口及大连湾，借地区域从辽东岬角其北约清里百五十里，东西约八十里。

二、大连湾为贸易港，旅顺口惟限清俄两国之船舶得以出入。

三、从伯都宁经奉天府到旅顺口之铁道，依俄国式布设。

四、俄国从新得地之区域于辽东西方海岸有布设铁道支线之权，铁道之终点得至大连湾与旅顺口。

夫俄国经营如许之长铁道也，其究竟之目的果何在乎？以彼之财政困乏，处于无能善后之势，然于其国之铁道事业不惜投无限之赀本。今试查其关于铁道上之费用，于千九百一年，俄国之铁道总延长者四万八千七百八十三俄里，内官线三万二千三百八俄里，私线一万六千四百七十四俄里。其建设费，官线三十二亿留，（一留约中国一圆零。）私线十五亿留。而从千八百九十二年至昨年，凡十年间，俄国政府于铁道之总费用十五亿五百万留，内经常支出者二亿七千四百万留。其细别如左：

西伯利亚铁道敷设费：三〇二〇〇〇〇〇留；

同铁道附带事业费：二四八〇〇〇〇〇；

自余之铁道敷设费：二五四四〇〇〇〇〇；

铁道用具制造费：二八五二〇〇〇〇〇；

官私铁道修缮费：三二六二〇〇〇〇〇；

铁道会社贷下费：三三五二〇〇〇〇〇；

（此内东清铁道贷下费：二五三〇〇〇〇〇。）

私设铁道买收费：五六三〇〇〇〇〇；

关铁道杂费：二九〇〇〇〇〇。

又据俄国圣彼得商业电报通信社所报，俄国临时岁出额计二亿千二百十七万八千八百六十四留，其内除二百万留外，悉以之供铁道之支给。又试查俄国于过去数年间铁道上之损失额，于千九百年约二千万留，千九百一年约三千二百九十万留，千九百二年约四千五百万留，而今年之损失，其额必更高于昨年。又昨年西伯利亚铁道之损失额或云二千百六万以上，或云不止此，俄国为补此损失额,至不得不更募七千万留之公债。又西伯利亚铁道尚未竣工,非更投五亿金者不能告有完全运输之机关。反而观俄之运输业,其输出于清国(含满洲。)者仅五万磅,然则仅供运输之用,俄于铁道其果何所得利而又何以支长久乎?然而俄人于此则固有大欲存焉。

　　世界之商业于二十世纪有以东太平洋为中心点之势。试以近年之速度计之,于千八百九十二年,中国之贸易总额二亿三千余万圆,至昨年达四亿三千余万圆,十年间示九割①之进步。又同年,于朝鲜八百六十万圆,至昨年达二千三百万圆,十年间示近二倍之进步。又同年,于布哇②千七百万佛,至昨年达五千五百万佛,十年间示三倍以上之进步。又于日本,当明治二十六年,一亿八千万圆,至三十年达三亿圆,至三十一、二、三年达四亿圆,至三十四、五年达五亿,至今三十六年,超六亿圆,其中输出者二亿八千九百余万圆,输入者三亿一千七百余万圆,十年间示三四倍之进步。又美国于太平洋岸之贸易,对中国、日本,其他亚细亚诸国,于千八百九十六年,一僮③一千万佛,于千九百二年,一亿九千万佛,六年间示八割之进步。同此年限,于大西洋岸,进步极微。而论者犹谓东太平洋岸于商务尚属幼稚之时代,然则持续此继长增高有加无已之势,将来居东太平洋岸居重要地点之国,其事业之隆盛何可量乎?俄人之眼光其夙注于此也久矣。观于域堤之言曰:俄国当倾全力,使成为伟大之工商业国。虽然,无适当输出之口,则不能告成功云云。今一旦得有满洲,居于东太平洋高屋建瓴之势,其产物得尽输出于中国及亚细亚诸国,又以其为天富之区,可为供给制造之原料地。而俄人所抱勃勃之野心,遂欲于满洲之野而一偿之也。

　　虽然,俄人之属望也,均在将来,而于现在,其商力之微弱殆不能与各国争。今试观俄国之商务,于千八百九十二年至九十六年此五年间,清俄之贸易总额二一九五一〇〇〇〇卢布,而俄国之输入,超过一六八四〇〇〇〇〇卢布;于九十七年至九十九年此三年间,总额一五〇二三〇〇〇〇卢布,而俄国之输入超过一〇九二六〇〇〇〇卢布。又其贸易之进步不速,于千八百九十年至千九百年之十年间,俄国之输入者增加六割,输出者仅增加三割七分。故俄国与清国若为平和之贸易,俄国常立于负者之地位。又其西伯利亚之用物,多由各国从满洲口岸输入,故满洲今日之市场,其商业已决不小,而以美国与日本为多,俄国固深忌之,多转运己国之货以足其用,为压制各国之计。如西伯利亚之食粮,已全由满洲输入,而以满洲为西伯利亚住民之米仓。又从墨斯科及坡路加地方之织物,输送于吉林及奉天之市场。又欲减铁道之运费,以谋商务之振兴,观于近日俄国工商业奖励会美尔古罗夫之言曰:俄国欲制胜于商业者,铁道运费不可不减五割乃至七割之五。又俄国输送于满洲之物品,从清国得特别之权利,或无税,或以非常之低率税。而于俄国铁道之在清国领内者,于何部分无设关

---

①九割:指十分之九。割:分。　　②布哇:夏威夷。　　③僮:"億(亿)"之误。

税。当清国总税务司之对俄国商品提议课税之事，俄国直要求满洲之税务官悉用俄人，反之而于清国商品之入俄国者，若西伯利亚诸税关，不顾清国商人之不平，悉课重税。俄既竭力对外国之商务加种种之障害，中国商人之无国家力保护者其受亏勿论。而美国贸易于千九百一年，满洲之全输入额者占四割，至千九百二年减三割五分。而日本于渤海湾上及俄领亚细亚之贸易，痛被击打，谓自后可全被杜塞。于牛庄之贸易，既大呈衰退之势，而在浦盐斯德，于千九百二年日俄贸易总计百五十万六千八百五十九圆三十钱，其内输入者百十四万八千二百十九圆八十三钱，输出者三十五万八千六百三十七圆四十七钱，而比千九百一年之输入减二十八万二千六百六十九圆八十七钱，比千九百年减六十三万七千七百二十二圆。夫俄国于西伯利亚及满洲，人口事业日益增多，而美日两国之贸易反日减退，则俄国出其种种之手段竭力防遏之，而不使外国商务品之得发达故也。

　　是故满洲一旦开放为各国公共之市场，而各国人闯入，与俄人竞角逐于商务之上，则俄人不能无立处危亡之恐，而抛耗巨本以筑千五百余里之长铁道，其希望终不得而达，此固俄人所深惧。故其于占领满洲也，对列国解释之词不曰条约所得，为清俄两国之事，列国不能容喙，即曰征服之权，俄未撤兵，则清国尚未收回其土地而不能擅以许人，常弄其两说之环而穷于此则遁于彼，塞于彼又转于此，即屡约撤兵而届期食言，破毁其约束而无所顾。人方谓俄即撤兵，不过暂移地界，仍可随时为入满洲之举，虽撤兵与不撤同，俄国何所惮而不为？有不免笑其愚者不知此浅近易见之理，彼俄人夫岂不知？然而俄卒不肯践撤兵之诺，盖一撤兵而已明认土地之主权为他人之所有也。是故于俄人之外，苟有欲稍植满洲之权力者，俄即不惮危险而尽其抵抗之力，非至于万不获已之时而断不肯为轻易之让步，盖不如是，则不能贯彻其目的，而苦心经营、具前途无穷之冀望者将尽付之流水之中，是岂俄人之所能忍乎？故俄人之于满洲，始终必排斥外国人，而使成为黄俄罗斯、（俄人有此称，以住民皆黄色人故。）第二伟大之俄国，此俄人占据满洲之用心也。

　　俄人之于满洲也，取以新法而概不用旧法之徒以武力略地者。顾或者谓，用是等之新法，其所投之赀本不能不巨。是不究其实之言也。今试为用兵取满洲之计，其兵费不得不以二亿万磅预算，而得地之后，又不能不以四五千万磅为开始经营之用。然俄人之得掩有此土地也，有良军港，有好市场，有大都会，而又有完富之天产以供后日之用，果抛何等之价值以易之乎？彼所掷之金钱悉以振兴事业，而土地属俄，则仍不啻以俄国之金投之于俄国之地，况吸取清国人之财以成俄人之基业者不少，未必尽出自俄人之帑藏也。彼其所虚掷者，不过赀金于北京，结纳宫廷及其二三有力之人，而旋即于其银行收回，复得以供俄人之用。而满人抛掷此锦绣之河山，初何尝得索分毫于俄人之掌中？非但不能索分毫于俄人也，辽东一岬，清廷出偿款以赎之日本，未几而即献于俄人，是又不啻满人之出金购地,而以为俄国之赠物也。试以战争得地比之,其低廉为何如?是固不能不推新法得地之巧,而俄人于满洲尤能善用此新法也。

虽然,俄之取满洲也,果能如其期望而终收其用乎?抑不能副其期望而或归于失败乎?是一归宿之问题。昔者俄之战胜土耳其也,大得土地权利于土耳其之手,英人惧俄之南出而不可制也,约列国为柏林之会议。是时德方与俄亲好,而俾斯麦实为柏林议会之议长,人方谓俾斯麦之必祖俄,而俄亦计俾之必助己也。然而事实反是,俾斯麦不仅不助俄人,反多从而压之,至在会长之席上见列国使臣之穷迫俄使而笑曰:"是何异孤鹿而被追于群犬也?"终会之事,无一言为俄国地者。俄不得已,悉从列国而反其侵地。其后米古兰陀将军游柏林,会俾斯麦,谈及俄土之事,将军问曰:"贵国当日与俄交好,胡为于会议之时无一言以助俄乎?"俾答之曰:"俄以战胜,得土地过多,余惧其不能消化而为病也。使之吐出而健其消化,是所以为俄利也。"夫俾斯麦之言固由衷与否,又深中俄国之情事与否,兹无暇推论及此,特以当日俄所得于土耳其之地,固不如今日得满洲之地之为大也,彼其倾国之财力以从事于此,其成而膨胀俄国之气运者在此,其败而短缩俄国之命脉者亦在此。然而俄之于满洲也,方振其食欲如巴蛇之吞象,宁胀满而就死,不纳之腹中而必不已。故夫如西伯利亚之长铁道,其胃腹也;清俄银行,其溶消食物之津液也;太平洋岸,其吐出消化食物之所也。彼其国之主战论派,信其必能消化者也;平和论派,有少数惧其不能消化者也。而满洲一隅以之赌俄国之盛衰,又以之著[1]东亚之祸福矣。

俄人大海军国之希望[2]

拥百万之貔貅,不惮冰雪沙漠,以陆军可横行于地球者,此世人想像中之一俄国也。虽然,此特以俄国之疆域控欧络亚,而又属哥萨克之人种隶其宇下,故俄之国势不能不趋练陆军,而亦以陆军为易擅其长。顾俄人所怀抱之大野心,亘数世而求一遂其愿而作统辖全地球之想者,实不在陆军而在海军,此世人所不甚窥知者也。

俄之希望为大海军国也,从其累世之计画上已隐然显现其勃勃之心。当彼得大帝之崛起,愤其国人不长水战,乃自投人国为弟子,习水师术,归以教其国人。而于波罗的海滨建筑新圣彼得堡之都,既已著推窗而望欧洲而擅北欧之形胜矣,又欲以君士但丁为首府,而掌黑海、地中海之锁钥,以控制南欧。此彼得大帝之雄心也。当格特林帝之时,其计画欲从诺尔斯克浦之东殆百五十哩,从北冰洋起,通泊斯尼阿湾,经圣彼得堡及卡浦中间之芬兰湾,更从波罗的海起点,迂回经克瓦以达亚速海;又横断高加索地方,出里海,更沿乌拉山、乌拉河,

---

① 著:占卜。　　② 以下原载于《新民丛报》第 42—43 合号(1903 年 12 月 2 日)。

通莫斯科；又中断巴尔克什胡之南，贝加尔湖之北，而出疴哥德海。其规画若是，故俄人累代所吞并者，夺芬兰，盖欲逸出于波罗的海也；灭波兰，渐蚕食其黑海两岸之地，盖欲突进于黑海及地中海也；及其东向占领黑龙江，进而并萨哈连岛，南据浦盐斯德，盖欲雄飞于东太平洋也。要之无一非预布置其海军根据之地。又自柏林会议之结果，俄不能得志于地中海，于是移巴尔干半岛军队之一部而集于里海与黑海中间之一省，于里海、黑海之间筑铁路以便调遣兵卒。不久而于一八八四年，占领通波斯及河富汗[①]要路之美耳弗，又进而窥南方之赫拉德，寝寝[②]有出印度洋之势，英人以全力阻之而后已。又于一八九八年，西伯利亚铁道工程及半之时，俄人新计画一大工程之事，此工程盖从波罗的海接续黑海而开凿一大运河，利用注波罗的海利加湾之朵伊那河与注黑海之陀尼卡尔河而凿百二十五哩之道，其全运河凡一千哩，经费九千七百万弗。此运河成，以波罗的海舰队集于黑海，与以黑海舰队集于波罗的海，仅不过百六十七时间，其对欧洲之战争，固易调动水师，若用兵于中国方面，而一道得由西伯利亚铁道以输送陆兵，一道即由地中海（须先破坏土耳其海峡之约。）经苏彝士河，剪印度洋，以直赴东洋。而运河成后，其流通道路经过大小都市十六区，俄国南部之商务可因之而繁盛。然俄人之志尚以有此运河能敏活[③]全国之海军为主，此略征往事言之，而俄人欲大成就其一海军国之心固昭然若揭也。

俄国海军之舰队也，分为四区：一波罗的海舰队，一黑海舰队，一里海舰队，一太平洋舰队。波罗的海舰队以孔思达 Kronstadt 为根据地；黑海舰队以著名俄与英法战争之苦里米亚岛之斯排斯得堡 Sebas'opol 为根据地；里海舰队以数个小炮舰及蒸汽船成，备波斯方面；太平洋舰队以浦盐斯德为根据地，而近又经营旅顺、大连湾，与浦盐斯德相呼应。顾是数处也，于地势上论之虽多占其要害，然而有感极不便之处而令俄人之心怀不足者：其在里海之舰队，既不能通外海而为扩张之计，又以其仅为舰队之小部分也勿论，波罗的海舰队拱卫圣彼得堡，极擅形势，然一年之中半为冰结之期，此大有碍于舰队之运动者。故近又营苦兰陀 Courland 之利拔 Libau 以为舰队系泊不冻之港，又有欲营拉弗兰陀 Lapland 为不冻港之计。而东方之浦盐斯德亦属冬期之冰港，近营之旅顺、大连湾亦以有冰告，此诚苦天然地理上之不利者。至黑海舰队又以土耳其之海峡列国禁止通航，其黑海海军仅以供黑海岸 Nicalaief 及 Kinburn 又 Ochakof 又 Yenikale 又 Poti 又 Batum 诸地防御之用。此皆俄国欲雄张其海军于全地球而未能急满其志者也。

土耳其海峡之问题也，从一八七一年《伦敦条约》，闭锁霍坡赖斯及他大尼里二海峡，不得通过军舰，俄国黑海之舰队遂若虎之絷于槛中而不能逞其飞而食肉之势。虽然，俄人之不能堪此而欲破坏其禁约也固已久矣，故于一八九五

---

①河富汗：当为"阿富汗"。　　②寝寝：渐渐。　　③敏活：敏捷灵活。

年致一通牒于土耳其，其要称俄国若于平时，输送极东之兵员及载兵器弹药之运送船，又若战时，关系极东自国之利害，于紧要不得已之时可得通过海峡云云。而俄人仅一通牒而止，不言条约之应改与否，盖以此探列国之意向。又当时条约于战时不详载若何制限之明文，故俄人得乘条约面之空隙翻弄其辞，预为后日得以通过之地。而是时英人亦不闻申何等之阻碍，俄遂于千九百二年以不武装之水雷驱逐艇四只，揭商船旗通过海峡。土耳其置不问，英人亦仅警告土耳其，声明土让俄国通航之权，日后亦须保留英得同等之权利。于今年一月，俄国遂以驱逐舰通过海峡，英人以违反条约抗议，与土耳其交涉，而德国以无关于己国之利害也，漠然视之。故论者谓土耳其海峡之问题也，阅时数十年，殆已成过去之势，嗣后若欲禁止俄人，必各国协力齐一，断不能恃一国之力，若各国之志不齐而惮于发难，则禁约殆已作废。盖俄人一再试其破坏条约之技，乘各国之不问而必有逸出之一日也。

俄国之欲振海军于东太平洋也，于黑龙江方面之地而营一军港，固以浦盐斯德居最相宜之地位矣。（浦盐斯德元属清国吉林省，地名海参崴，以湾内多海参，故有此名。于一八五〇年俄国海军省所属船名满洲者碇泊于此，翌年遂派遣东部西伯利亚步兵联队四十名来此屯营，又筑寺院示占领之势。不久与北京恭亲王协议而得允诺，俄遂收为己国之领土，而自尼古刺莫斯科之海军根据地移转于此，遂为俄国海军极东之雄镇。）虽然，浦盐斯德诚占形势上重要之位，而以军港论，尚不免居于第二级者，以每年冬季结冰，不能不用坏冰船以开航路。又港中水浅，碇泊每多困难，而船渠干燥，不能容最大之舰。又港之前面广开，敌舰若以夜间侵入港内，易炮击其舰队。于一八八六年，英国提督力藉陀哈米敦者率英国之舰队入港，以海雾深锁，俄人毫无所知，至雾开而见英之大舰队前横，大惊，嗣后遂依军港规则，凡外国军舰以二只为限，然此犹浦盐斯德本港之未尽良善也。至其出航之路，尤有大不便者。盖浦盐斯德其前方为日本所遮蔽，若欲出而至东太平洋及朝鲜、中国海之方面也，其航路之通过有海峡四，必经其一而后得出，而此四海峡者，其一为鞑靼海峡，（黑龙江与萨哈连岛之间。）一为宗谷海峡，（日本北海道与萨哈连岛之间。）一为津轻海峡，（日本与北海道之间。）一为对马海峡。（朝鲜与对马岛之间。）鞑靼海峡者，一体水浅，仅通一缕之航路，船吃水至十二呎以下者不能行驶。于一八五四年苦里米亚之战争也，俄舰二只为英军舰所追，欲通过此峡而逃，卒不得通，乃自坏其船，使沉没以免捕获者，其已事也。且也，一至冬季，坚冰凝冱[1]，港路已被封锁而不能用。是此道之感不便者一也。宗谷海峡经千岛之间，其水道固胜于鞑靼海峡，然列岛间夏则多雾，冬则多烈风与雪，而航路每被暗蔽而不能行，至春则冰块如山自北极盛流而下。是此道之感不便者又其一也。除是二海峡外，则为津轻海峡与对马海峡，津轻海峡全在日本境内者勿论，对马海峡亦半属日本之

---

①冱：冻。

境，日本以舰力扼幅员二百五十启罗密特朝鲜峡之咽喉，而有不能出之忧。此又浦盐斯德关出航之诸多障碍也。俄人知之，故于浦盐斯德而外更欲于东方得一良军港，其指算盖已非一日矣。借用胶州湾之约成，俄人得展其羽翼于渤海湾之一机会也，然未几而胶州湾为手强之德国所占领，俄乃变其方针而转为借旅顺、大连湾之计。旅顺、大连湾之形势，与其军港质点之优固远过于浦盐斯德，故俄人不惮投巨赀而经营工事，然于旅顺青泥洼，其工用之费达二亿留，而渠成之日于冬季仍见结冰，俄人为之失望。或谓全部结冰盖非事实，惟港内周围沿岸之少部分轮廓见冰。俄人于此复怀不满之心，而欲于他处更求一完全之良港，顾其地不出直隶湾与朝鲜海之间，而在直隶湾者德占胶州，英占威海，俄人已不能插足于其间，遂不能不于朝鲜海之方面求之。且夫中分朝鲜而俄得其北，日得其南，此俄人所必不能满意而遂能相安于无事者。何则？朝鲜南半岛悉为日本所有，则俄国浦盐斯德与旅顺、大连湾之联络线中断，而日本海与黄海分离，因之黑龙舰队与辽东舰队不能为共同之动作，而东方之形势遂缺而不全。盖俄之占有满洲也，其视朝鲜半岛犹北美合众国之视辅罗力达之半岛然，其形势亦极相似，方辅罗力达之未归于美国人之手也，美国海岸线之两端往来极不自由，故美国之必取辅罗力达以为己有，亦犹俄国之必取全朝鲜以为己有者其理一也。以此而知满韩交换之说于事实必不能成，即暂如约，而其势亦必不能久而相安于无事者，此可窥见俄国之肺腑者也。

于十九世纪之初，英国之国势隆隆日上，其富强直占欧洲之第一位，而究其故，则以多得海外属地，大振兴其商务。而其所以能统摄此属地者，则以有莫大之海军力故也。故今日而立国于地球之上，不欲富强则已，欲国富强，未有不当以海军为第一事者。而于近十年内，海军力之增进为尤速，盖各国悉增赛其海面之实力，而于多少强弱之间日较量其数字而有不甘屈于人下之势。不观日本乎？其最初之制造军舰也，于一八五一年（嘉永四年），即今犹存在之海军太祖船筑波舰是也。至明治初年，政府所有之船舰九只乃至十只，其吨数不过从二百吨至千六百吨，大半为木造之炮舰，而于一八九四年（明治二十七年）五月，当清日战争之时，日本之海军二十五只，五万四千六百四十四吨；至次年（明治二十八年）五月，二十七只五万八千四百四十七吨，至千九百二年（明治三十五年），五十九只二十三万三千五百三十一吨；而据今年（明治卅六年）九月所调查，军舰七十八只，二十五万六千八百十六吨，现役军人三万二千八百人。就其统计观之，其增进之数实可惊人。而以日俄战事，又有新买入与新制造之军舰而增添于其后，其长足之势直未知所终极。而翻观俄人之东洋舰队，于一八九四年当清日战争之时，不过十三只，一万六千七百七十七吨，故清日之战，俄惟取傍观之势而不敢过问。（清日之役，日本虑俄人助清而合战，故预算海军力时并清俄两国之军舰而合计之，以为可以无恐。）至次年，乃至二十三只，五万二千二百零三吨，其时又加以德法两国之舰队取共同一致之态度,其势顿加日本之上,故敢岸然干涉清日和约而逼日本之返还辽东,而日本亦以三国之势为不可敌也而让之。至一千九百二年末,其舰队三十七只,十一万零八百六十八吨,推算至千九百四年一月,当有八十只,二十四万五千四百零八吨,计千九百三年此一年间其增加之数实为十三万四千五百四十吨。而又时有东航之舰,约与日本无相巨差而常有示颉颃①之势。盖海军力之一有强弱,即关制海权之有强弱,而制海权之有强弱,则国家政策之成败,事业之屈伸皆因之而起。故若一国加增海军力者,其对待国有不能不加之势,而遂各竭其国力,继长增高,若是其有加而无已也。(中国听者:中国之海军力今至若何之地步乎?可谓不国也矣。)于一八五四年苦里米亚战争之后,而世界海军示异常发达之势,既制造铁甲船,然当日铁板之厚仅不过四时八分之三,而其时大炮力亦弱,以四时半厚之铁板密接炮口,而炮力已不能穿贯。至一八六五及六六年,渐发明大炮之猛射力,能贯厚铁板至三呎以上,而军舰之铁甲亦不能不伴炮力之程度而加增,遂有舷侧之铁板加厚至一呎七寸者。一八八八年,英国一制造之军舰,其装甲铁板直厚至二呎。然大炮之猛射力亦益进步,虽有二呎以上之铁板,仍苦不能防御。而欲再加厚铁板,则其船行驶之速力及其他生种种之障害,造舰技师苦心研究之余,遂废铁而用锻铁,又废锻铁而用纯钢,又以铁工业之进步逐年发明坚钢法,遂从纯钢而用铁钢合成板,又用库罗钢及白铜钢,而遂至如今日之用哈婆钢及白铜板,以其具非常坚硬力,故厚可从减,而得抵御大炮之猛射力。又为防爆发榴弹,全舰上包贴之部面亦更加广。又当日之铁甲船,其吨数不大,故载炭量亦少而不能航行于远洋。至一八六〇年,英国以三十五万七千磅制一航洋铁甲船,有九千二百吨之排水量,五千四百七十之马力,当时称为世界无比之大军舰,然嗣后又续增一万五千吨,一万五千马力,载炭量千四百吨,速力十八节以上之大铁甲舰出。又以汽机、机罐之进步而速力亦渐次增加,一万五千吨之铁甲船,一时间走十八海里,一万吨内外之巡洋舰走二十二海里,水雷驱逐舰走三十三海里。今后榻宾式之汽机被实用,则一时间能走五十海里。又以海洋战术之进步,舰种亦从而增多,如战斗舰、巡洋舰、海攻舰、海防舰、砲舰、报知舰、水雷舰、水雷驱逐舰等,而是等之内,又以装甲之有无、吨数之大小细别种类。盖自十九世纪之后半,经一次海战,即于海军上增一次之进步,于一八五三年俄土战争,而一八五四年英法俄苦里米亚之战争始,而一八六一年南北美之战,一八七九年智利秘鲁之战,一八八四年清法之战,一八九四年清日之战,一八九七年美西之战。而自清日战争后,列国之眼光咸注集于东太平洋,自战争后至今十年,列国于东太平洋之海军力示非常增加之速度,而其中尤以俄之增加率为最,美国次之。今揭其比较如左(自一八九四年至一九〇四年共十年间):

①颉颃:不相上下,互相抗衡。

	（吨数增）	（海军费增）
俄	五十九割六	八割半
美	四十四割三	廿六割七
德	廿五割	十四割七
意	廿五割	一割
法	十八割	十七割八
英	十一割三	六割六

夫美国之舰队增加者无他，新得菲律宾领土，而欲扩张其商权于东太平洋，遂不能守其孟禄之主义[①]而有干涉东亚之势。至俄之舰队，其增加之急势远过于美国之上，无他，已得满洲，欲遂并吞中国、朝鲜以及日本，而以东太平洋为俄国之池。故于美西之战争也，俄人见美国之得胜于摩尼剌[②]、古巴者一依海军之力，而足唤起俄人倚重海军之心矣。于英杜之战争也，俄人见英国隔杜国之辽远而得送大军于南非者，又一依海军之力，而更足唤起俄人倚重海军之心矣。深山之熊欲与大海之鲸同一时而出现，此俄人前途之一大野心也。

不观俄人论对日本之战略乎？其言曰：日本处于便利之地位者，以其立国与满洲近而能一时派遣多数之陆军，而俄国之派遣陆军也，以道路迂远常多困难之事。若日本之陆军其上陆之数多于俄国，则俄之陆军不能不从东亚之方面退却，而要害之地点或有不能保守之虞。然则俄之对日本也，其上策惟有增加东洋舰队而常有凌驾日本之势，能阻扼其陆军而不使之登岸是也。夫以近时战术之发明，而海防术尤为进步，若如法国所发明之潜航艇（于一八九九年法国新构造，名可斯泰辅射台之潜行水雷艇。可斯泰辅射台者，即造船技师之名，积十二年之辛苦经营方得完成，以潜沉水底敌舰不能知其方向，惟射击敌舰出现圆顶之一时最为危险，然仅一刹那间，水雷已脱管而向敌舰矣。又法政府于一八九六年悬赏募制造攻击用潜行水雷艇，亦得种种之新发明。此等潜航艇浮行水面时用蒸汽力，水中潜行时用电气力，每只之制造费约三十二三万金云。）而编制新式之潜航艇队，比较敌军常得占其优势，则能防敌之登陆，且时出而袭击其运送粮食船，即敌登陆而绝其后援，败之亦易易也。夫昔者苦里米亚之役，俄若有暗车舰船，（苦里米亚之役俄已用多式之水雷防御黑海港湾，英法军大困，遂唤起欧美海军国之注意而大研究水雷术，水雷术以此益有进步云。）彼英法之陆战队将遭若何之否运乎？观其所言云云，而俄于东方之军谋亦略可见矣。盖俄于东方之位置，使其海军果能压倒敌人，则敌之欲胜俄国者，不先扑灭其海军，而俄之尺土寸地殆不能犯。若俄之海军力不足而徒恃陆军之防守，则利钝劳逸之势悬殊，而要害地点不能保其一无疏虞之时，一有损失，而胜败之事易分。此俄之不能专恃陆军而必有待于海军也。彼德皇之言曰："帝国之运命在海洋。"谓

---

①孟禄之主义：1823年美国总统门罗的对外政策主张美洲是美洲人的美洲，欧洲与美洲互不干涉对方事务，后遂称此独立保守、壁垒分明的主张为"门罗主义"，也译作"孟禄主义"。　②摩尼剌：今译"马尼拉"，属于菲律宾。

俄人东方之运命即在东太平洋可也。

世界之气运自数世纪以来，均移其重心而集合于东太平洋。凡立国于其间，应时运而兴者，曰美国，曰日本，曰俄国。（中国听者：中国固东太平洋之主人翁而处最好之位置者也。）美国自新现国土后，欧洲之文明亦同时而移于新大陆之上，而其地势独接近于东洋，故其动力之所向亦易贯输于东洋之一方面。日本居太平洋之中心，自以为独得天赐优胜之地位，而吸其潮流，务欲四出发展其势力。俄人本国本非在东太平洋，而其眼光独及至，不惜造横断西伯利亚大陆之长铁道，以与东方诸国争发达之运命。（中国听者：中国固东太平洋之主人翁而处最好之地位者也。）虽然，西伯利亚铁道固俄国应运之新产儿，而与西伯利亚铁道争消长而赌存亡者，则尤在能变易地球之形势，而美国所新开之巴拿马海峡是也。巴拿马海峡自太平洋岸之巴拿马至大西洋岸之壳伦，直径三十六哩，然以运河取道，不少迂回之处，延长为四十七哩。其中有山有川，高低不一，概以向大西洋岸者倾斜而缓，向太平洋岸者峻急。其最高处云库部拉者，拔海三百尺以上，其掘除土块，须一亿二千万立方米突。其间设水闸若干，军舰商船至一万五千吨者可得通过自由。开凿经费约一亿四千万佛，竣工之期当在今后七八年，迟或至十年。预算船舶通过费，先一吨一佛，一年间少亦得通过八百万吨或一千万吨，通过费每年终可得八百万佛乃至一千万佛。（按，苏伊士运河于一千九百二年通过船舶总四十二万四千五百七十三吨，收入通过费达一亿三百七十二万二十佛。以此推之，将来巴拿马收入之通过费必超过预算可知。）通过时间十一时十四分。运河之两方为自由港。此运河成，而大西洋与东太平洋之地面顿缩而接近，欧洲若英德各国，其工产业大有倾倒于东洋之势，而美国以产业膨胀急求锁路之国，得此运河，处于便利之地位而货物得先运出，必有呈洪水之势于太平洋岸者。是则操巴拿马海峡锁钥之美国与操西伯利亚铁道锁钥之俄国，若两巨人之相搏而争胜负者然。然以巴拿马海峡之安便而捷利，恐非特压倒旧日之苏伊士河，而亦将压倒今日之西伯利亚铁道，故为俄国最后之大敌者，非他，盖美国也。夫立国之道，顺商务之趋势者兴，背商务之趋势者衰，而今者商务之系统在海，故一言国权，不能不联想商权，而一言商权，又不能不联想海权，以是国权、商权、海权，常在三位一体之位置。而俄国欲保其西伯利亚铁道之运命，惟有振兴海军，握东太平洋之制海权，闭锁其领土之门户而垄断商务。出于为武装的经济政策，此则尤在俄人必先造成无敌之海军国而后可也。

作者于此不能不附识数语，以谂①我中国人曰：地球之大势，自哥伦布得新地而一变，自开通苏伊士运河而又一变，自筑西伯利亚铁道而又一变，自开通巴拿马海峡而又一变。若美国，若日本，若俄国，咸搅金②伐鼓，以欢迎西伯利亚铁道、巴拿马海峡之一新纪元，而我中国独若瞽③若梦，对此浩浩太平洋之水而漠

---

①谂：劝告。　　②搅金：击金属乐器。　　③瞽：眼球枯陷无光。

然一无所感觉乎！抑夫我中国者，生齿过繁之国也，地有穷而人无尽，如是则国可坐弊。是故布占其人种，销售其产物，扩张其商务于东南洋方面，此中国立国根本上惟一之政策也。而欲布占其人种，销售其产物，扩张其商务于东南洋方面，不能不用优势之海军。故中国者，一海军国地位之国也；有欲振兴中国者，必当以是为要策矣。

俄国内部情形及其近来之政策[①]

征俄国之历史，其累代相传无非以外张其国势为政策，故拓地开疆，海陆军之势力蒸蒸日上而直跻于全地球一二可数之国。然试从一方面而窥其内治，压制乖戾，腐败阴惨，仅恃威力以保持其现状，而基础实有隳坏之忧。故其一国之政论，有以改良其政治为先而主内治论者；有以势力不可不外伸，而外伸其势力之处，营极东毋宁营近东，而有主近东之巴尔干半岛论者，有主近东之中央亚细亚论者。而其对于极东之满洲也，有主消极论而以满洲为不必要者；有主积极论而以满洲为必要者。积极论中，其欲取满洲之主张也同，而其中有分为文治派、武断派者。武断派中，又有分为渐进派、急进派者。文治派之对满洲也，常注意于内外之形势而欲避其出于用兵之一途，故有唱满洲撤兵之说者。武断渐进派中，亦以满洲一部之撤兵为不得已之事而有主附还南满洲，占领北满洲者。至武断急进派者，反对满洲撤兵而又无南满、北满之分，绝对持满洲不还附，而解决极东之问题一以武力为主，直不容有丝毫让步之处。此其一国持论之大略也。

于诸派中，其属内治论、消极论者，不过居国中舆论之少数而于政治上之势力甚微。而以近日消长之大势征之，近东论派亦渐屈于极东论派之下。观于今岁巴尔干半岛之杀害俄领事也，俄国若欲讨伐土耳其乎？则有事于近东而于极东殆有不能兼顾之势。若欲专力一志以营极东之一方面乎？则于近东不能不示多少之让步而求和平之结局。而观俄国，于此两难之间持重审慎，而其决定之政策，卒主于急极东而缓近东。故其对土耳其也，虽圣彼得堡之新闻日日攻击土耳其而鼓吹兴问罪之师，然于实际之交涉，仅索少数之条项，为土耳其居于理屈之地所必能遵从者。而近东仓卒之变端，卒不以此而牵制其极东进取之志，此已示俄国经营之一方针全注于极东。而国中政论近东论派，遂为极东论派之势力所压倒时也。

于极东论派中，文治、武断常互相消长。而距今以前，常有文治派占优势之时。观于结还附满洲三期撤兵之条约，此正与文治派满洲撤兵之说相符合者。兹述其条约之要旨于下：

[①] 以下原载于《新民丛报》第 46—48 号（1904 年 2 月 14 日）。

第一条、俄国于满洲如占领以前之状态,其主权还归中国。

第二条、中国政府于满洲任保护俄国人民及事业之责。以此俄国于十八个月间,其军队全从满洲之地撤退,分为三次限期,于初六个月以内,撤盛京省西南部至辽河地方之兵;次六个月以内,撤盛京省残部及吉林省之兵;最后六个月以内,撤黑龙江省之兵。

第三条、于俄国军队不撤退时,中国分配军队之地点及其兵数,以中俄两国将军协定;俄国军队悉撤退后,中国军队之驻屯地点及其兵数,中国政府自由选定,而其兵数当告知俄国。

第四条、山海关营口及新民厅之铁道返还其所有主。

此条约也,虽俄人之用意不可知,或以此示俄人无利满洲之心,饵清政府以好意而后得乘间肆其要求以厌①其大欲。虽然,俄国前此屡迫与清政府订密约,据所外泄之条款,多含危险,为列国数次所抗议而不得成,最后订此一约,无大要求而有撤兵归还之词,以条约之明文视之,固不可不谓与前此之密约异其作用者也。夫俄亦何所为而能若此乎?考其时,英日同盟实于是年(千九百二年)之一月三十日成,俄于东方之事羽翼未成,不能不有所顾忌,以避英日合力之反抗,故还附撤兵之约,即伴英日协约而起,而订于是年之四月八日。以文治派之素主撤兵立论,而是约乃如其所言,固不可不谓文治派一时之胜利也。然自第一期撤兵履行之后(千九百二年十月八日)至届第二期撤兵(千九百三年四月八日),即当撤金州、牛庄、辽阳、奉天、铁岭、开原、伊通、长春(宽城子)、吉林、宁古塔、珲春、阿什喀(阿拉楚喀)、哈尔滨等处之兵之期者,而俄国顿翻前约,不肯撤兵,而迫清政府与订新约。其约文之要旨如下:

(一)中国于东三省之地,不得有卖却于他国及租贷于他国之事;

(二)从营口至北京,沿中国之电线信,俄国得中国之承诺,可架设别线;

(三)以何等之名,中国于北清不得佣聘他国人;

(四)于营口海关税归华俄银行管理,其税关长必用俄国人,并管理该税关检疫事务。

(五)东三省于营口以外之地不得开放许他国贸易;

(六)于蒙古行政组织如从前同,不得有变更之事;

(七)于团匪事件以前俄人所收得之权利,毫无减损。

此条约也,实置满洲于俄人掌握之中,名虽还附,实与不还附同,而各国亦为俄国排斥于满洲之外,故英日美三国咸起而抗议,令中国不得画约。美国又使其驻俄公使直接问于俄廷,俄国遂不承认有此新约,谓捏造而无其事。而满洲撤兵亦不践约,盖恐一旦撤兵,主权复归于中国,中国得以其地许人而使俄国不得垄断全满洲以置于独权管辖之下。而弃条约如敝履,则固翻俄国之历史,

---

①厌:满足。

屡演此无信实之事而不以为奇者也。又非特不遵撤兵之条约而已也，反啜啜增添兵力而大示威武于满洲之野，于届是期不撤兵后，增派极东之军舰，其于一年之内，其吨数异常增加，又从西伯利亚铁道陆续输送陆军及兵器弹药，为派遣二十万兵之计画。而于旅顺、浦监斯德两军港，昼夜赶工，增筑炮垒，于珲春、辽阳其他各要地皆筑炮垒，显以强力示永远占据满洲之事。而于一面，又迫清政府与订密约。盖于未订密约前之满洲，则以兵力据之，于既订密约以后，则可以中国之许与权利为词而为俄人之既得权，列国固无所施其口实也。其所要约之条款据报传其要旨如下：

第一条、于满洲将军、都统、道台、知府任免黜陟之事，中国政府当与俄公使协议。东三省驻扎之中国兵员，须依俄国公使之统制。土匪、马贼等于满洲作乱者，中国兵任讨伐之事，其力不足之时，俄国可与援助。

第二条、于满洲中俄两国之通商地，禁他国之通商。所有矿山，不许他国之管用开掘。

第三条、于满洲税关，以中俄两国协办。铁道于从今廿年后，可归为中国之主权，其时更与俄国协议定夺，不许他国之管用。

第四条、满洲电信及邮便，总依中俄两国协办。两国当事者若有误失，由俄国公使定其赏罚。

第五条、该条约中，若与他国交战之时，中俄两国当合力赴急，若中国政府不肯赴急者，俄国可独当之，但如此则战胜后，全部满洲归俄国之管辖，满洲驻在之中国文武官可移他省，惟普通人民不在此限。

此密约或云于今年之七月二十日已协结，其确实与否，事属秘密，不能知也。而俄人于极东政策，遂一欲出武力以告成功，非独欲以兵压中国，并欲以兵陵[①]日本而使之不敢抗。未几，而有设置极东总督及奉天再占领之事。盖俄国于此，已一倚武断急进派之政策，而文治派之势力遂为武断急进派所压倒之时也。

今夫俄固世界所称为专制君主之国也，故欲知其政策之方向者，不可不稍观察于其宫庭之间。夫以俄之国法言之，实际一君权无上之国也。若法律案，虽经枢察院多数之反对，而得皇帝之裁可即行，反是而即为废弃。又俄国之内阁，其责任不与他国同，实由皇帝指导大臣而行。故论皇帝之权力毫不受法律之限制，而立于超然神圣不可侵之地位。虽然，所谓专制国者，时时有一不可思议之暗黑界出现于其中，从其表面视之，无一事非由皇帝所主裁，而其实有立于皇帝之后而为皇帝之皇帝者。此君主国竖极千古，横通八方之通弊，若俄国者实不能免此。俄皇尼古剌士二世，世所传为爱和平主义之人，否则宁谓之孱弱之人而决非刚暴好武之人。方其为太子时，以与父皇历山三世之性质有刚柔强

①陵：通"凌"。

弱之不相合,大不得志于其父。盖皇帝历山三世者,以力保专制为政策,方俄人之汹汹,争自由、求民权也,历山二世畏虚无党之暴行,欲杀其势力,已允人民以参政权而草宪法案矣,然不久而毙命于虚无党人之爆裂弹。历山三世闻变,走视父难,见骨肉糜烂、惨澹凄绝之状,悲愤而泣言曰:我誓不予俄国人民以自由。即取其父所制定之宪法章案,手裂寸断而叫曰:"决!决!"盖愤激之余,气急不能成声,而言决不许此法案也。故当其在位时,尽其力所能为以扫除虚无党,而严戒备之。(历山三世虑虚无党人之袭杀也,于出幸之时,常为二列车,一切装置无异,使人不知帝之所在,而兵士警官排列路旁。方虚无党女杰埋爆发物于波尔克地方之铁道线路也,揣帝是日出幸在第二列车中,及第一列车已过,第二列车经过时中爆发物。其时帝实在第一列车中,与第二列车相隔稍远,猝闻惊惨之大声,碎裂物四阗飞蔽,而帝得无恙。然是后益心惧虚无党,蛰伏宫中,一步不敢外出,闻些微之响,见人影,辄心悸,以为虚无党也。凡饮食物,必由皇后之手调理,否则不敢食,虑虚无党之毒己也。其事类如此。)然尼古剌士二世者慕文明而爱自由,与历山三世相反,由是父子间颇不协。方尼古剌士二世之为太子而出游于各国也,多种种之风说。及至日本,受一人之枪伤,乃召还宫,复得无事。及历山三世病革,召太子,使自誓以继父遗志,断不改变而后即位。尼古剌士二世即位后,其行政偶有与先帝专制之例相违反者,太后摩利奈即谕之曰:"使先君在,不如是所为也。"帝遂不能行其志。故欧美人之论,常以中国光绪帝之爱革新而多受制于太后与俄皇尼古剌士二世之受制于摩利奈太后者相似,惟摩利奈太后饱受文明之教育,故无如满洲太后有丑恶狼毒之行事耳云云。尼古剌士二世于宫廷间既多受制,而性温厚,常忍默,有阴郁之色,赖皇后以刚明之才,常扶掖之。又其皇族多有势力而分掌海陆军,其齿辈多长于皇帝而又任职年久,根柢深固,以皇帝一人之力卒不能制之。兹举其皇族中之著者,属尼古剌士系者,曰亚历山大二世,嗣皇帝位;曰孔思但丁,曰尼古剌士,皆已死;曰弥加威尔,现年七十,军元帅,侍从将官,炮兵总监,国议院议员,而今俄皇之叔祖父也。属亚历山大二世系者,曰亚历山大三世,嗣皇帝位;曰乌拉节弥尔,现年五十五,侍从将官,步兵大将,彼得堡军管区都督,国议院议员;曰亚历克斯现年五十二,海军元帅,侍从将官,国议院议员,大臣会议议员;曰柴奇阿斯现年四十五,陆军中将,侍从将官,莫斯科军管区都督,国议院议员;曰颇乌尔,陆军中将,近卫军团长,侍从将官。是皆今俄皇之叔父也。又属尼古剌士系而孔思但丁之子,曰孔思但丁,陆军中将,教育总监,侍从将官;曰治弥度利,陆军少将,近卫骑兵联队长。又尼古剌士之子曰尼古剌士,骑兵总督,骑马大将,侍从将官;曰彼得,陆军大佐。又弥加威尔之子曰尼古剌士,陆军少将;曰加乌尼,侍从武官,陆军大佐;曰亚历山大密哈伊罗威吉,侍从武官,海军少将,通商港湾厅长官。其他皇族之任武官居要职者尚多,而称有大权力者,曰弥加威尔,曰乌拉节弥尔,曰亚历克斯,分尊望重,海陆军人皆归心焉。而密哈伊罗威吉亲王以年少有才,近亦有权力日张之势。凡俄国皇族一派,多俄国保守主义,而弥加威尔、乌拉节弥尔皆为主战派之首领，柴奇阿斯等诸人和之。夫以俄国皇族之强，国之大事自不能不经其协赞，故俄皇常处于孤立之地位。世传俄皇一日于会议国事时，发愤曰："吾非'柴'乎？"（亦作沙，俄称其君之名。）盖不得行其志之慨，于此一语可想见也。而内廷之中，又有一握潜势力之人，则宠臣部沙富赖舍夫是也。部沙富赖舍夫，起自寒微，于历山二世之遭惨杀也，大痛恨虚无党人之所为，以忠君为号召，组织一忠君党，常为历山三世探虚无党之谋而竭力保护皇室，由是显闻。尼古刺士二世爱其忠诚，甚信任之，至离邸宅，移居于皇帝之冬宫，其权势可知。传闻其得官尚书也。俄国之制，尚书之官，非历年奉仕，达最高之地位者不能升授，故各省大臣多有不得进此位者。或曰大臣域提于御前奏闻西伯利亚铁道敷设完全之事，尼古刺士二世遮而言曰："部沙富赖舍夫以为建筑其不完全。"域提正色而答曰："陛下信尚书大臣之言，宁信一私人之言乎？"于是帝不问部沙富赖舍夫之资格，即授以尚书之官，而难域堤之言。此传闻其得尚书之轶事也。部沙富赖舍夫管理西伯利亚及满洲之御料，又组织在朝鲜得采伐森林、开掘矿产之一会社，闻皇帝亦投五十万留之资本于其中。亚力斯夫之任极东总督也，大臣域提、兰摩斯度夫、古罗巴坚等多不为然。当时列国公使见关东总督职权之重，各叩真意于俄政府，外务大臣兰摩斯度夫不能明答，而谓该官制之发布不关知大臣等，其所含之语意可知。然诸大臣虽不慊其事而俱守沉默，不敢明言。盖部沙富赖舍夫方与密哈伊罗威吉太公比，谋挤域提，故以域提为俄国独一之理财家，忽离大藏大臣之位，而兰摩斯度夫外相之位置亦有摇动之风说，古罗巴坚亦孤立不得志。而亚力斯夫忽跻最高之位，其政策悉由部沙富赖舍夫所主持，而某太公赞成之。亚力斯夫高掌远蹠，有俯视东亚天地之概，而部沙富赖舍夫于极东抱无厌之欲，以为日本国小，决不敢与俄战，可以一吓而倒，而视好大喜功之亚力斯夫为最宜于其任，故特设此特殊之官制以授之。夫以俄皇亲开万国弭兵会，以平和主义昭示一世，而极东之事专重武力，几疑其前后之言行不相符，而不知俄皇一身既受制于皇族一派之势力，而部沙富赖舍夫又日进蛊惑之言，故虽以心爱和平之俄皇，不知不识之间，殆若失自主之力而流入于战争之界线也。

俄之辟土地也，于辽僻荒远之所，政府机关所不及者，往往委任一人，而政府则取放任主义，但执一定之目的以观其后效，而不干涉其所为之事。观其开拓高加索，开拓中亚细亚，开拓西伯利亚，无不用是法者。顾考之俄国之设总督也，始于女帝格特林之时，其用意为领土远隔、交通不完全之区域而为行政上谋便利而设，其位置介于中央政府与府县知事之间，与外国驻扎大使比肩。然至近日，交通通信之机关日益发达，中央政府之命令能达遐远之处，总督之职权遂益缩小，今除黑龙江总督及土尔给斯坦总督外，于行政上殆无实质之职责。是后以铁道、电信之发达，当一归中央政府所统辖，总督之职权不久可尽废弃，地方高等官府者除府县郡厅外，可尽不用。即以极东之方域论之，西伯利亚及满洲已敷设铁道,自莫斯科至浦盐斯德,五千四百三十八哩;从莫斯科至青泥洼,五千六百五十七哩,均十四日可达。嗣后若于贝加尔湖百九十六哩之回湖线及通过大兴安岭八千四百尺之隧道完成,又工事改良,一切设置完备,自莫斯科至浦盐斯德或至旅顺,不过九日或十日之间。又关东州设置电信邮便,通信之事均已便捷自由,非从前远隔之领土可比。然则俄国于极东之事直接隶属于中央政府,殆于现势上属当然必至之事者也。而不谓忽焉俄国于官制上现一绝特之新纪元,非但与现势上所谓可统一而无庸设特别之官制相反,且破格而行俄国前古所未曾有之事,是何也?则设置关东总督而授亚力斯夫以是任是也。论者或谓俄之置极东总督也,其事略如英于东方领有印度而置印度总督,法于东方领有安南而置安南总督相似。顾以形制论之,殆属同一类之制,而从其权限考之,则有大不同者。盖亚力斯夫所有之权,非特属黑龙江、满洲总督区域之内于地方政治握有最高之权,而以亚力斯夫之起自海军也,掌极东海军之权勿论,而又有指挥极东陆军之权。非特此也,又付以外交交涉之权,若是,则非独驻北京之俄公使当遵其所指示,即俄外相兰摩斯度夫亦不能不割其权限之一部而归于亚氏。亚氏之位置对于中央政府,不受统辖,惟对于皇帝而负责任,俄人盖称之为副王。盖从官制之名,可谓之总督,(或作总督,或作太守,此不过用中国已有之官名以为代译之用,其实全不相同。)而论权限之实,谓之为副王者,近其真也。方亚氏之任总督也,俄国新闻之所论者其言曰:今回极东总督之设立也,盖非如在高加索之事可比。夫在高加索之事,不过管领蛮族,其区域仅与土耳其、波斯接近。今极东总督,与中国、朝鲜接界,而其后方有日本,有美国与列国利害关系之问题日日发生,故必设有处置外交及海陆军事之最高总指挥官,而后俄国在满洲之根柢固,俄国之全能力能发达于东太平洋云云。盖俄之设置关东总督而授以若是之大权也,非仅为地方经营之便利上起见,而直为土地侵略之便利上起见。而于极东,一用武断派之政策者,又于是事而昭然可见也。

亚力斯夫者,一强猛勇进之人,以千八百四十三年生,今年六十岁,海军出身,任东洋之事八年,为太平洋舰队又辽岛半岛军队之司令官,旅顺口及青泥洼二港悉由亚氏之手所经营。于千九百年,北清义和团之役,亚氏为俄军之总大将将兵入北京。传闻当俄军之将入北京城也,俄国之军乐队奏摩洛善由之歌。摩洛善由者,讴歌自由之乐,以排斥自由而用专制之俄国,不得用讴歌自由之乐,亚氏闻而大惊,即传令禁止。此虽轶事,而可想见亚氏之一斑者也。亚力斯夫之治军,严峻酷烈,以使兵士顺从为惟一之道德。然颇爱士卒,士卒非犯法,多厚待之。于北清事变之终局也,俄皇赐亚力斯夫以黄金及金刚石所凋镂而铭以 For victories at the seat of war Pechili, 1900 之剑。千九百年十一月九日,迫增祺将军订满洲之密约,亦亚力斯夫为之。亚力斯夫于任总督后,大小之事多由其一身所办理,然精神甚强,曾传其不知有倦怠之时。今年俄陆军大臣格鲁巴图坚之游于日本也,视察满洲,见亚力斯夫所为之事夸大不顾前后,出人意想之外，大惊，然以亚氏内有奥援①不敢言。亚力斯夫睥睨东洋诸国，以为一以兵力恫愒之而有余。又狃②于俄德法三国，逼日本之返还辽东，而见日本之不敢抗，以为日本自顾其国小，非俄之敌而不敢出于战。俄集大兵于满洲，一举而灭朝鲜，扑日本甚易易事，故若是其逞威武耀势力于一时也。

　　于极东总督新官制之公布也，同时于俄皇帝直辖之下组织一极东委员会，皇帝为议长，大臣八人，受委员之命，如下：极东总督亚力斯夫，内务大臣朴赍武，外务大臣兰摩斯度夫，海军大臣阿回澜，陆军大臣格鲁巴图坚，大藏大臣部赍斯开，侍从武官部沙富赖舍夫，商船及商港管理厅次官阿排石。俄国极东之事，盖经此八人而拟议之，以取决于皇帝。然则欲知俄国极东之政策者，不可不稍知此八人之派别而后其主义略可得而推测。其中亚力斯夫与部沙富赖舍夫者，已如前述，属主战论派。部沙富赖舍夫，既料日本之不敢战，且谓战亦不过短时期而胜负可决，故一切陈言多不之听，而始终自是其所见。俄之主战，部氏其一大动力也。内务大臣朴赍武者，与前大藏大臣域提反对。域提为改革派之代表，朴赍武为保守派之代表，故屡与域提相轧轹，而于农事咨问会与西伯利亚铁道公开事件卒致冲突。武断派（武断派不仅武人，多有文士属武断派者，故与军人有别。）及军人社会皆不喜域提西伯利亚铁道之政策，（军人社会以西伯利亚及满洲铁道专供军事上之用为主义，域提以该铁道为经济制产上之大机关为主义，两意见相冲突，故行政上之编制未能确立，于通商上多不利，于军事上亦多不便，二者之间不能不弃一用一。俄皇命陆相格鲁巴图坚现场巡察，以意见上奏。格鲁巴图坚集众会议于旅顺，以占意见之多数定议。而极东占主要之地位者皆属军人，与域提意见反对，古罗巴坚③取一致之意见奏闻，遂定用军人派之主义。不久域提大藏大臣转职。）与内相联合而排域提，域提以是转职。盖域提之离大藏大臣之位，部沙富赖舍夫犄之，而内相朴赍武又角之也。朴赍武间亦传闻其有顾虑内治，颇倡非战论者，然此论多谓不确，要其为人，实俄国纯粹派之顽固政治家而持侵略主义者也。海军大臣阿回澜者，一老练之海军人，而兼外交家之技俩，与亚力斯夫及密哈伊罗威吉太公并执海军之枢机而欲雄张其势力者也。商船及商港管理厅次官阿排石者，即代表其同厅长官密哈伊罗威吉亲王势力之一人也，故欲知阿排石之为人，观密哈伊罗威吉亲王之为人可知矣。密哈伊罗威吉亲王于海军部占大势力，排击域提，而割大藏省以新设商船商港管理厅，自为其长官，与亚力斯夫及部沙富赖舍夫相结合者也。而阿排石之为人，亦从可知矣。要之此五人者，大抵一类，而皆于极东主用武之论者也。其余三人，一为外相兰摩斯度夫。兰摩斯度夫，素与域提又与格鲁巴图坚相善而深赞成域提之经济政策者，近域提转职，而兰摩斯度夫亦有不安其位之势。俄之非战派，兰氏其一人也。一为陆相格鲁巴图坚。格鲁巴图坚虽属武断派之首领，然其持论谓经营极东毋宁先中央亚细亚，而于极东谓军力未充，不宜速战。然

――――――――――――

①奥援：暗中支持、帮助的力量；有力的靠山。　　②狃：这里指凭借。　　③古罗巴坚：即格鲁巴图坚。

关于军事上之意见，悉为部沙富赖舍夫所排斥而不用，格鲁巴图坚以是愤愤，而不得伸其见者也。一为藏相部赉斯开。部赉斯开系域提转职后而继其任者，素为域提之幕僚，在大藏省奉职久，于一八九四年为帝国银行总裁。藏相之任极东委员会者，殆使之专意筹画供极东之费用，然俄国以理财之位最为难处，域提为著名俄国理财之好手腕，一旦去职，继其后者恐有不能久堪其职之势，部赉斯开殆无关于一会之大权力者也。于其间综八人而计之，属亚力斯夫派者，合亚力斯夫共为五人，其非属亚力斯夫派者仅三人，而其中有势力者，又多属前五人之中。然则俄国今后于极东之政策，必益取拔剑主义而不肯轻易让步以结和平之局者，观于极东委员会之人物而已可推知也。

弹压中国十八省之山河而臣妾汉种四百兆之生灵，今满洲政府之祖宗，其创业之地在今奉天，不见乎其省城之内，虽城垒倾圮，苑阁零落，而经二百数十年之大内宫殿尚巍耸空霄，黄瓦炳斑，与日光相辉映，而龙旗招飐，卷长白山之风云，高矗于将军之署以为满洲政府权力之代表者，盖其地自俄人为形式上之退还，而所谓神圣发祥之区亦已幸不失其旧物矣。不谓忽然之间，重遭陷没而复委于哥萨克兵马足蹂躏之下，则俄人之再占领奉天是也。俄之再占奉天也，亚力斯夫从辽阳发兵，先知会驻在奉天之俄国军务委员骨金斯克。骨金斯克得信，即于兵到前一日驾俄国之二头马车，服大礼服，用着黄袍之御者前后从以十四骑，直至盛京总督兼奉天将军之署，而以有事请与将军相见。阖署官吏自数年以来素震慑于俄人之威，今不知何事，忐忑觳觫，（对俄人有觳觫之状，对百姓则又呈骄傲之态矣。）直禀告将军。将军速整衣冠，以礼出迎。既入肃坐，骨金斯克正色，示外交政治家苦味之颜面，而诘将军以东边统领乌尔棍布、总巡安东县王良臣二人要击俄国佣兵一队于沙河子而惨杀二十一人事件，二人至今尚未加罚，而责将军处事缓漫之罪。（中国无民权，官府处事缓漫，孰得而责之？然百姓所不敢论议者，今乃为外国人所诘责矣。因面索数款：（一）速定乌尔棍布之刑而斩王良臣。（二）有责任之东边道袁大化免官。（三）昔日约臣服于俄国，其后反叛之马贼林七、李金之辈，不仅扰乱鸭绿江畔大孤山边一带之地，近来盛京省内亦频报马贼出没，中国兵力不足镇压，俄国为防卫铁道线路起见，再派兵入奉天。所有城外新筑兵舍尚未竣工，暂借城内之户部、礼部衙门为驻兵之所。惟将军幸许之。（四）盛京省内各处督府村落有称团练之民兵，各自携带兵器，此辈于无事之日称为护乡兵勇，一旦有事，不能保其无与马贼或与其他凶徒相结托而酿事变，此时为保持治安，各团联队可即废弃，并没收其军器，勿得供其所用云云。此横暴无法之要求，稍有志气者无不发指眦裂，然满洲运命此时实托庇于俄人之下，其敢如俄人何①？将军乃改容而徐答曰：“乌统领、王总巡之事，朝廷自有法律，至袁道台免官，当出自北京之意旨，非我辈所能作主。又近来虽有马贼横行之报，然地方巡捕队尽足当镇压之任，不烦贵国之兵力。且奉天省城为我朝发祥之地，贵国兵若再入城，事体重大，实非予所敢擅许。又团练民兵为保护地方必要之用，今突然废止，将以何代之而保商民之生命财产乎？此事亦难以应命。”骨金斯克乃

---

① 敢如俄人何：敢拿俄人怎么办。

急语向将军曰："阁下如不能诺者，速打电以请于北京政府。惟我兵入城之事，今已自辽阳发足，不久可到城外停车场，而城外兵舍尚未落成，夜寒无处可驻宿，希暂入城内衙门，为兵士取暖之计。"将军不能答，顾谓在傍之交涉局总办李品三曰："如何？"李曰："事体重大，不可不请命于外务部。将军姑踌躇，示未能允许之状。"骨金斯克见将军之不即允诺，即怫然，振腰间佩剑，触席，锵然有声，蹶而起，直走出，呼驭者归馆，发传令骑至城外，令兵到进城。次日晨，俄兵至停车场，即从小西门、大南门入。民间仓猝，闻人马之音骚然，见俄国步骑炮兵混合入城，大惊，奔走喧扰，为逃难计。是时俄兵到着者，为东部西伯利亚狙击步兵（俄国步兵有狙击队、有掷弹兵、有猎步兵。狙击队离本队，独立狙击之任务；掷弹兵加入本队，或以特别之任务加入攻击枝队，以集团火力对敌之主力；猎步兵专主轻捷服随时游击之任务，又能成尖兵任搜索斥候①之事。）第十五联队之第一、第三二个中队，及骑炮兵半个中队，（俄国陆军一中队步兵二百五十人；炮兵三百人，炮八门；骑兵百五十人；工兵、辎重兵不定。）总合兵数不足一千，径入户部及其他衙门，征发人工修缮房舍。将军得俄兵入城之报，上下皆愕然，不知所出，惟亲俄派之官史等有喜色。将军无何，乃使人告俄官曰："贵国兵之入城，予于昨日尚未许，今何为乎入城？其速退乎！"俄官返答曰："今既入城矣，无如何，无已，其羁留三日而后退。"都人畏俄兵暴，人心动摇，四出骚然。府尹乃为出示安民之计，而苦无词以告众，因借用俄官三日退出之语而出论如下：俄兵进城，暂驻勿惊。营务传知，不准枪事。凡有炸炮，一律严禁。尔等商民，切勿违令。又云：俄兵进省城，三日务必行。晓谕尔商民，各守各经营。如有惑人心，严拿问分明。倘有不遵守，定惩不姑容。云云。盖明知俄兵之不能使退，亦为此自欺欺人之言已尔。俄兵入城后，即分部队，占领各城门，命中国守兵退去。兵士中有以未奉长官命，不能退出相抵抗者，俄兵即乱入，蹂躏殴打，逐之使出。城门八，各以俄兵十数名守之，以二名立堞②间为步哨，于城上高揭俄国之三色旗。又派一部队占领电报局，挥局员诸人出，禁止发电通信。将军乃卧寝室中称病，府尹亦同时称病。将军有所动作，俄官皆监察之，故传谓将军已被囚禁，盖实与囚禁固无异也。北京政府闻之，仓猝召大臣集议，而策无所出。久之亦不复言此事，而奉天遂复归于俄人之手中。其占领盖西十月二十八日也。俄之再夺奉天，一时传闻为不快于道台袁大化之故，此决非事实，俄岂为区区道台之一官而直用此手段乎？其必不然矣。或谓其时中国于中美、中日通商条约，许开放奉天安东县大东沟，俄以地归中国，属中国主权之下而许他国以通商，则俄无辞以拒各国，故再以兵力占据其地，示其地之主权尚非中国所有，而又愤中国之擅开放满洲，故出此而畏惧之，使知满洲之事不得不请命于俄人。此稍切于事理者也。而俄之食言违约，横暴无理，已入于言语道断③之境。而亦由于亚力斯夫之用武断主义，而以征服极东为惟一之政策也。

以俄之贪得而无已也，其所欲攫取者，决不仅在满洲，而宁谓满洲为其兼并

---

①斥候：也作"斥堠"，古代的侦察兵。　　②堞：城墙上形的矮墙。　　③言语道断：指不能通过交谈、谈判的方法解决问题。

之嚆矢可也。夫以中俄之边线相接，自满洲以迄西藏，实包中国之东西北三面，是故俄之欲窥中国也，由新疆之一方面而入，则进嘉峪关而横剪中国之北方；由蒙古之一方面而入，则进张家口而抚北京之背；由满洲一方面而入，则进山海关而扼北京之吭。然新疆一路，顿挫于伊犁之事，遂得稍止其锋，而西伯利亚铁道，若由斜贯蒙古，由恰克图以通张家口，又由张家口以出北京天津，虽取径便捷，而蒙古之地为中国有，必不肯许，故不得已而经营其荒寒之黑龙江，而辽东之事，适予俄人以得出满洲之机会，故俄于东方之全力遂集中于满洲。虽然，俄人之意固不忘蒙古、新疆而欲牢笼北京，以卷取中国之北方，而后进而与天下争衡也。故若蒙古敷设铁道之权屡要求于清廷，而从恰克图至张家口，闻测量已竣，预计工程之事。又从张家口至北京，要求铁道敷设权。而估计张家口至北京敷设费八百万两，预定从华俄银行支出，而北部线路敷设费，从俄国政府支出。又欲获得从直隶至山西铁道之权，又从暗中谋得芦汉铁道之权，又近日亚力斯夫致电驻北京俄公使，令要求从西伯利亚铁道分一支线，经蒙古、西藏而到暹罗之铁道敷设权。又今年七月，从圣彼得堡发蒙古探检队，踏察境界及商业贩路、车道开设之事。又时以讨马贼为名，派兵多人侵入东蒙古，胁以兵威而以重利饵蒙古王，许以多分利息，课重税，而开掘蒙古之金煤各矿。又若库伦，俄国商人麕聚，俄设领事馆，全化为俄国之殖民地。又以从北京通蒙古，从恰克图以经库伦，至迪化城架设电线已竣，而以保护电线为名，欲置沿道保护兵，此事已与新疆巡抚交涉。凡此种种不及枚举，而隐现虚实之间，已包含并吞之心。设满洲事稍就绪，必数路并进，攫取北京首部，北方故在其掌握之中，而中国全土亦牵连于北京而不能脱。此则俄人已预操成算，手未到而气已吞，数年之后，而必将见诸实事者也。虽然，以俄之视耽欲逮[1]，肆张野心，若满洲政府之孱弱庸昏，固当任其凌虐而无可如何，而列国中睹此俄患之滔天，为其国家子孙日后之存立计者，必有倾国力以一决雌雄而不能恣其跋扈放纵之所为矣。

日俄之交涉[2]

自国家之名立，而世界之土地遂无不各有主权，若是乎属于某国主权下之土地，而有战争，则必主国与其一相对国之事，不能离其主国，固可知也；而有协商，亦必主国与其一相对国之事，不能离其主国，又可知也。从未有他国与他国战争，而问其事，则曰为某国主权下之土地则然；他国与他国相协商，而问其事，则曰为某国主权下之土地则然。而主国且退而立于无事之地，默而居于不言之位，此宁非横极八方、竖及千古之大怪事？而若满洲问题之出现，其有土地之主权者，孰不知曰清国？曰清国然而因此而战争，则无清国与其间焉，而曰日俄；

---

①视耽欲逮：虎视眈眈，欲望急于满足。　②以下原载于《新民丛报》第51号(1904年8月25日)。

因此而协商,亦无清国与其间焉,而曰日俄。彼俄国何与于满洲哉? 而俄国则曰:尔不能保守,我为尔保守之。而满洲之事,遂有俄国而无清国。彼日本又何与于满洲哉? 而日本则曰:尔不能恢复,吾为尔恢复之。而满洲之事,又有日本而无清国。是又不能尽责日俄之夺清国之主权也。何则? 满洲之安危,非仅属清国一国之安危,而有关于欧亚之安危焉;满洲之强弱,非仅属清国一国之强弱,又有关于黄白之强弱焉。故为二十世纪极东之一大事,清国不能自存其土地,俄国之进而占领之,不能禁也;清国不能自保其土地,日本起而干涉之,又不能责也。而清国之昏于世变,盲于事机,对此岳岳长白之峰,沄沄鸭绿之水,不有腼^①于满洲之山川而自丧其主人翁之资格非耶? 呜呼! 清国既自丧其主人翁之资格,于是乎论满洲者,不得不姑置有主权之清国于一旁而述日俄交涉之事。

瓜分中国之戎首也,自俄人之于满洲始。夫俄人东来,固非一满洲之可以制其欲,然而列国环视,各求均势,使满洲尽折而入于俄。而各国或起而与之相抗,是固俄国之不利,故其于满洲之事,占据也而力避占据之名,吞并也而尽掩吞并之迹,曰协约,曰租借,曰归还,为种种掩耳盗铃、惝恍迷离之辞。俄岂犹顾虑清国,有所不敢而故为此迂曲之计哉? 避列国之耳目,冀免其猜忌而已。而犹恐一国之力之不足以集事也,邀合德法,联为与国,于隐约之中已相认互分其利益。故方俄之日张其势力于满洲也,法国若视为与己无涉之事,默不一言,而惟于南中国伸长种种之权利,若北海南宁铁道、云南龙州铁道、云南铁道及以广州湾琼州岛,为其势力范围之地,而与其越南领土之声势相联络。是则俄法之交,已妥协而不相冲突者也。至于德国,则胶州湾一地本为俄国所已经租借于清国者,而德国以山东有杀害其教士之案,突出而攫取之,而俄国即默认其所为,藉口于租借旅顺,以代胶州之用,而西伯利亚之铁道遂得纵贯满洲,而俄国于满洲之权力至此益臻圆满。而俄占旅、大,德占胶州,已公然平分其势力而互相承许。故于一九〇〇年,英德协商,明言保全清国之领土,如此则满洲一隅自必在清领界限之内,然德国之解释此约文也,谓满洲在此界限之外,欲以此买俄国之欢心。虽英国甚反对德国之所主张,而德国仍持其前说不变。是则俄德之交亦已妥协而不相冲突者也。至于英国,固与德法二国之情形异,非与俄相联络,而宁谓与俄相抵抗者,然亦求彼此权利之均等而止。故于一八九九年,英俄结铁道协商之约,而于长城以北,英认俄国有敷设铁道之权,不出而阻碍之,而俄亦认英国有扬子江流域有敷设铁道之权,不出而阻碍之,而山海关牛庄之铁道以特别之契约成立。此英俄对抗而各互均其权力者。又当英国军舰之入于旅顺口也,俄告于英国曰:贵国军舰之在旅顺口,是无异自广告其野心也。英外相沙士勃雷闻之,遂召还其军舰。然当俄国之占领旅顺、大连湾也,沙士勃雷就其事而宣言曰:俄国欲租借一不冻之商港以与其西伯利亚之铁路相联,我英国

---

① 腼:羞愧。

不挟异议于其间，惟欲占领于商业上属无用、于军事上居重要地位之旅顺，则不在此例云云。盖已隐露抵抗俄占旅顺之意。然俄国则自辨别其主张曰：俄国为舰队之故，欲得一安全之军港，故若但有大连湾而不得旅顺口，则属于无用云云。而英国即跃然租借与旅顺对峙之威海卫，其租借之年分与俄国租借旅顺口同，俄国退出旅顺，英国即退出威海卫，俄国一日不离旅顺，英国即一日不离威海卫。此又英俄相抗而各互均其权力者。而两雄睥睨，得免于冲突而不至决裂者，盖亦以此之故。至于美国，虽一变其向日所保守之孟禄主义，而以菲律宾为根据地，有骎骎突贯于东亚而与列国各染其一指之意。然美国之用进取主义也，究以工业膨胀，欲求吐泄之路，故以开放门户为主。其与俄国相争执也，亦在满洲门户之开放与否。苟其在满洲之商务不至杜绝，亦不至倾其国力以相争。此俄美之交情虽不欢快，而尚能相安于无事者也。独至日本，其立国之形势与满韩若辅车之相依，一旦满韩之土为他人所有，直不啻拊日本之背而有以制其生死之命，故日本必赌其国力以争之。且也，从日清媾和之约，日本得从溯鸭绿江水源，自安平河口，亘九连、凤凰、秀岩、海城、营口，以至辽河之河口，横切辽东之半岛而收为己有，以俄德法三国干涉之故，恃其强力之军势，迫日本之还返侵地，而俄即据而有之。设再阅数年，俄之势力充足于满洲进而控制朝鲜，而旅顺、浦盐两军港之海线相联络，则日本直无固守之藩篱，不免俯首而听命于俄人。故列国之与俄国或取协和平分主义，或取对立均等主义，或取开放实行主义，而日本皆非其例，满洲之事遂以此直为日俄根本上不可解决、势不两立之问题。

凡物之所以存立者，莫不有恃乎力。国之所以存立者亦然。甲午之役，其事端发生于朝鲜，至战争终局，非独清国暴露其弱态而其力不足以自存立已也。彼朝鲜者，脱清国之藩篱，名为独立，夫独立必恃乎其有独立之力，彼朝鲜其果有独立之力与否？实则一不能存立之国焉耳。夫既不能存立，则必委为他人之所争夺，而日俄两雄遂各砺其锋刃，以争雄长于八道山川之间。此在日本之与朝鲜，战争、交好，其历史之绵长殆经二千余年，而日本之势力常强于朝鲜，故朝鲜之于日本，亦颇有归附之迹焉。日本史称自崇神天皇之代，任那①始入贡，至丰臣秀吉文禄之役，朝鲜之地又几尽靡于日本兵威之下。彼其始祖成桂之始立也，制曰：对西无失礼，对东无失信。此所以保国体而李朝所以传万世之道也。其所谓西者，盖指中国而言；所谓东者，盖指日本而言。是则朝鲜当日已有牺牲玉帛待于两境，惟强是从之意，而依附他人之宇下以自存立，此固李氏之家法。虽日本之于朝鲜，或以用兵过于杀戮，至沽朝鲜之怨，朝鲜人至今犹存憎恶日本人之心者以此。（丰臣秀吉伐韩之役，日本军在朝鲜任意劫掠，发掘坟墓，汉唐及印度传来之文物为之一空。其归也，运粮船嫌船脚之尚轻，至撤其城垣之巨石而载之以归，盖于诸物掠

---

① 任那：古代被认为存在于朝鲜半岛南部的日本统治机构。

尽之后,至于土石无不持归者。)虽然,彼朝鲜人固所有事大之根性者,视强力之所在,拜手稽首于其下而仰其抚绥焉,不以为耻事而反以为美德。观于咏大同江水之诗,不啻载朝鲜人之性质以俱流。(朝鲜古来咏大同江有名之诗,其末句云:沛然入海朝宗意,正似吾王事大诚。)日本固熟知朝鲜人者,故仍主于用强硬之手段,以为此待朝鲜所当然。方满洲朝之祖兴师挞伐,朝鲜慑其兵威,遂服属于满洲朝之下者盖二百数十年。至于黄海一役胜负既分,而满洲朝所布展于朝鲜之势力,其压力顿轻,日本遂欲进而代之,而置朝鲜于卵翼之下,以为进取大陆之发足地者,此固日本人之心也。至于俄国,欲树东海之霸权,满洲既落其掌中,而自满洲所突出之朝鲜半岛若不取而为已有,则满洲之形势不完,而浦监、旅顺之交通线亦因而中断。夫俄国手长之外交而历代以侵略人之土地为政策者,况当朝鲜之摇摇不能自立,势必尽委藉于他人之手,而俄又既得满洲,昔人所谓既得陇,必望蜀,其迎势而进必尽吞并朝鲜而后已者,此又俄国人之心也。夫日俄之于朝鲜也,虽较其情势,则日本在朝鲜之所有者实远出于俄国之上。如贸易额,日本查明治三十四年,输出于朝鲜者殆达一千一百四十万圆,从朝鲜输入者,亦出一千万圆以上;而俄领与朝鲜之贸易,查明治卅二年,输出入额总不过二十万圆内外。又前年日本在留朝鲜各地之人民,已出二万六千人以上;而查前年俄国人之在朝鲜者,其数殆不满百。又以地理言,则日本全国之与朝鲜指呼相应,仅隔朝鲜海峡一苇之水;而俄之本国,与朝鲜既若风马牛之不相及,其东方俄领之土地亦仅隔豆满江,与朝鲜之西北境有尺壤之相接。虽然,俄国之开拓疆土也,尚不脱往古蛮野时代之性质,往往先以兵力占据之,而后徐徐为布置之计,其辟西伯利亚及中亚洲盖多有如是者。况乎朝鲜半岛为东方之形势所关,而又已设有采伐森林矿山之大会社,于朝鲜固有大欲存者,故必不肯一步稍让于日本。观于甲午战争之后,日俄于朝鲜已经三回之协商,即第一于千九百九十六年,有京城之约;第二于同年,有俄京之约;第三于千九百九十八年,有东京之约。其间仅除一二项外,俄国皆欲与日本同立对等之地位。故自甲午战争以前,朝鲜为清日相争之一物,而自甲午战争以后,朝鲜即为日俄相争之一物。而满洲问题遂与朝鲜问题合并而为日俄竞争之一大问题。而满洲问题无与于清国也,日俄间之交涉而已矣;朝鲜问题亦无异[1]于朝鲜也,日俄间之交涉而已矣。噫!

[2]日本人之对于满洲问题也,主战与不主战,其间亦自分几多之党派,而其国民之大多数则属主战论派。主战论派既以朝鲜半岛为赌其国家前途生存所必争之地,而尤欲乘俄人势力尚未充实于满洲也而扫荡之。故其持论也,既一主于战,而尤谓迟战不如早战,惟其间之稍不同者,于既得满洲之后,有主收为领土者,有主以主权之虚名仍奉还于清国而开放以为公共通商之地而博列国之

①异:当为"与"。上句作"满洲问题无与于清国也"。　②以下原载于《新民丛报》第52号(1904年9月10日)。

欢心,而日本则可占有其铁道及其要害之地一二处以为抵御俄人之计者。此则主战论派意旨之大略也。然亦有以战争危险,而以俄为欧洲强大之国,不可轻赌国命于一掷,于是有主非战论者如伊藤氏与故陆奥宗光氏同而持满韩交换论,山县氏主与俄国握手而唱北守南进论,井上氏亦从经济上而主非战论。试取往事以证之。方俄之迫日本返还辽东于清国也,日本曾未尝与清国结一辽东半岛不得割让于他国之条约;又于俄之租借旅顺、大连湾而实占据之也,日本曾未尝起而一抗议之;又于俄之强要清国而以西伯利亚铁道之线引入于满洲而获满洲铁道敷设权也,日本亦未尝起而一抗议之;又于英德协商保全清国领土,而德国声明满洲在协商范围之外,是已明认满洲为俄国之所有,日本又未尝起而一挟异议于其间。此何故哉?则以是数事者皆出于伊藤氏、山县氏之为内阁,故其所用之政策乃如是也。至续山县氏之系统之桂氏内阁,方伊藤外游之时,曾作日俄同盟之想,托其事于伊藤,若势机一熟,即直飞电命任伊藤为大使,而缔结公然日俄同盟之条约,然事至半途而日英同盟之约成,伊藤氏为之怃然。至昨年俄国不践满洲撤兵之约,日本舆论汹汹,日以开战逼政府,而日本政府仍不主战而主协商,其协商所提议即所谓满韩交换论者是也。此则非主战论派意旨之大略也。若夫满韩交换之协商,果含何等之性质乎?则欲进而论之。

其矣国之有民权者难乎其为上也!方日本政府以满韩交换与俄国相协商也,全国民论群起而议其失策,以攻击政府之无能,谓夫今日之与俄国相交涉者,满洲之事已耳,若夫朝鲜,固早在日本势力范围之中而为列国之所公认,何反示退步而有待与俄国协议之有?是直愚暗怯弱之政策耳。然试一深探其政府之用心,欲乘此事而朝鲜则先收为己有,至于满洲仍留有发言之权,以为日后经营之计。且夫俄国所有于满洲之实权,如军港、铁道、矿山等事皆多与清国结有条约,岂能从外交之口舌而攘除之?所欲得者,使满洲不得为俄国独据之物而日本不摈斥于满洲以外已耳。如此故不妨认俄国于满洲得占有优势之利益,但使认为清领而置于清国主权之下,则日本他日所获得于清国条约上之权利,仍得与俄国立均等之地位,而日本固不妨由朝鲜基业大定之后再扩充其势力于满洲。质而言之,先得朝鲜,后取满洲耳。其勾心斗角,可谓极外交上细密活泼之长。然而国人之论潮且若是其汹汹,而政府已不能随时论之大势而改变其方针,观于其后之决然断然外交而出于用兵,盖已为舆论之所劫而民权固于是见奏凯之时焉。以视我中国之政府,听戏吃酒,聋瞀麻木,而惟日画割地之诺,月草让权之约,然而雷霆万钧,气焰极天,而蚩蚩小民帖然慑服,曾未闻有依国民所应得于国家之权向卖国殃民、肥身泽家之政府而责问其罪恶者。或一二贤者不胜忠愤,间以其意见发表于论议之间,而政府已目为叛逆不道,务欲拿捕杀戮,绝其根株而后快。何其与民权国之政府其处位办事难易若是其悬殊,而其所得操之权势固有大相反者。观于日俄交涉之事,而日本之民权盖略可见矣。

反之而观俄国,则于满洲欲先认为己有而后进而吞朝鲜半岛之地。故俄之于满洲也,始终坚执以为俄清两国之事无与于第三国者。此从其字面表象观之,俄固未尝不认满洲为清领也,而从其内质言之,则俄国以满洲为独一所获之物。而循是说也,其对列国则曰满洲之地俄得之于清国,固非列国之所得而干预焉;而对清国则曰吾得之于彼此之协商,吾得之于讨平义和团而保持其秩序。较之清国之入据中国而曰"吾得天下于李闯,非得天下于明室"者,其措辞尤巧而固已谬居为名正言顺矣。至于朝鲜,虽不能不暂认日本有优等之利权,然经营龙岩浦等已为日后势力侵入之起点,而待满洲实力之已充,朝鲜固仍不失为俄国囊中之物也。故两家之外交,一则于朝鲜为居坐主义而于满洲则为伸手主义,一则于满洲为居坐主义而于朝鲜则为伸手主义。虽然,此两国外交所含有之性质也,若从其形式以观,则不能不评俄国为踰分而固不如日本之稍肯让步焉。何也?俄国之于满洲,绝对拒绝日本,而其所协商者但在朝鲜,则于形式上已不得谓之满韩交换而直当谓之满洲归俄、朝鲜则日俄协商已耳。若是则虽俄人承认日本之在朝鲜得占优先之地位,而于满洲已不留日本容喙之地,则日本之损辱实多。况乎事循其本,今日之交涉实缘俄国不践满洲撤兵之约而起,故满洲实属交涉之主题而朝鲜宁属交涉之副题,若除却满洲而但议朝鲜之事,此全非日本之初心而亦日本之所必不肯诺也。故原协商之不成,其过当委之俄而不当委之日本。试观日俄交涉往复文书,(全文见《新民丛报》第四十二、三号。)其间最重要者即在前后日本二回之提案(文书第三及第二十二。)与俄国二回之对案(文书第十七及第三十四。),又日本对于俄国二回之修正案(文书第三十五及第三十九。)并俄国最后之让步案(文书第三十八。),凡七通而两国主持之异同点具见于是。其在日本所提议者,相约尊重清韩两国之独立及保全其领土,而在俄国所提议者,削除清国,不言尊重清国之独立及保全其领土,而独言尊重韩国之独立及保全其领土之事。夫日本固非有爱于清国也,尊重清国之独立及保全其领土,则满洲主权属清国不属俄国,而日本已自留位置于满洲之间,盖俄国可享有从清国条约上所获得之权利,日本亦可享有从清国条约上所获得之权利故也。俄国亦非有爱于朝鲜也,尊重韩国之独立及保全其领土,如此则朝鲜之土地日本不得而占有之,而日本经朝鲜之认许可获得其利益,俄国亦可经朝鲜之认许而获得其利益故也。然而日本于朝鲜之独立及保全其领土也,固承认之,而俄国于清国之独立及保全其领土也,不肯承认之。又日本之初提议也,于朝鲜未尝明绝俄国,而俄国所提议则谓日本当承认满洲及其沿岸,为全然在于日本利益范围之外,虽日本为同样之对案而曰日本承认满洲及其沿岸,为全然在于日本利益范围之外,俄国亦当承认韩国及其沿岸,为全然在于俄国利益范围之外,然固俄之先绝日本矣。又日本要求各国在清韩两国之商工业保持均等主义,而俄国之于满洲也,不肯许之,虽至最后之让步案,允加入于满洲区域内,俄国不阻碍日本若他国享有与清国条约所获得之权利及特权,然声明系属现行条约。又不许设定居留地。夫限以现行条约,则以后续获得于清国之条约已含否拒,而限以不设定居留地，则仍在俄国管辖之中。且最关要点在抹煞清国，不言承认清国之独立及保全其领土，则此次协商，俄国已不认满洲在清国主权之下。夫利益固从主权而出者也，日本所获得于满洲商工上之利益，而主权先已变更不复属于清国而属于俄国，则日本更何从再获满洲之利益乎？如是而日俄协商之条约遂以不成。

迁延①，迁延，而姑依托于外交名辞之下，以需长其岁月而隐图充实兵力于东方，足以制他国之死命，则可以惟我所欲为而无所忌，此俄人阴狡之用心。故其于对日本之交涉也，或曰皇帝出游，或曰皇后有疾，或曰当征亚历斯夫之意见，为种种延宕之辞，其意以为如是可羁縻日本，而交涉期内日本必不决战，则满洲兵力之虚乃可不为其所乘，而一面夸张其兵数，使日本之望而气馁。至于一切战斗之准备已完整于满洲之野，则于外交上不难尽拒斥日本之要求，而以俄国之地大兵众，取攻势以临日本，彼日本固自知其不利而当悉就俄国之范围耳。故日本利于速战而俄国利于缓战，日本利于外交成否之速即揭晓，而俄国利于外交成否之缓无定期。方日本以交涉延滞，不胜其望眼欲穿、焦心若瘵②而发苦闷之声，而俄国即悠然怡然，以为是吾所弄最巧之手笔而入吾之彀中者，而乌知因是之故，乃反大有所造于日本。何则？使日本不先经历此协商之困难而猝然欲与俄国以干戈相见，则世界必以好战之国目日本，而俄国亦可尽委卸其战争之过以为在日本而不在俄，而藉以博世界之同好于俄，则日本固亦大不利焉。夫战争之事其最当注重者，在着眼于各国之外交而探其同情之向我与否，若与各国之情好一离而陷于孤立之地位，则虽战胜，而亦可受各国之合而排挤，而所招之损失实多。彼德法战争之初，俾斯麦所最用心者在外交上之一事，以是得收终局之胜利焉。今日俄交涉以偃蹇③岁月而终不得要领，则世界已有以窥俄国修好之无诚而共谅日本之有忍耐之心，遂至开战而无非难日本者出此。虽由日本先联英国为与国，而美国以关于满洲通商之利害，其势自亦倾于日本，而日本遂得世界大有力之朋好国，然亦由于与俄国协商已绵亘长久之日月，故各国乃共认其开战为迫于最然之不得已而然，而实则亦由于俄国之玉以成焉。至于一旦决裂，而仁川、旅顺之战若疾雷之不及掩耳，虽俄国以不宣战而袭击鸣日本之违背公法，然日本于交涉形式上已为最后之通牒而声明外交断绝当采自由之行动，且先召还其驻俄公使，是已不啻以宣战相告，而俄国之为日本所袭击乃俄国之怠慢而不自备，而日本不必先发宣战之书而开战者固战争之通例，而于公法上盖无可议焉。况俄国以不宣战而袭人以取利，其事且屡行之，出尔反尔，固无可以责日本者。而日本之出兵迅速，制于机先，破俄国之攻势而使为守势，而亚历斯夫预计之战略遂归于画饼而无所用，而日本反若藉外交迟迟之故而有守如处女、去如脱兔之观焉，是又其机敏之差足多矣。

---

①迁延：拖延。　②瘵：忧思成病。　③偃蹇：委曲宛转的样子。这里指拖延。

清国之中立①

方满洲风云之急也，日俄两国所日夜筹策、焦思竞虑者，在何以作战之一事，而清韩两国所日夜筹策、焦思竞虑者，在何以避战之一事。故夫朝鲜者，若日本取攻势以与俄战，其陆师必先取道于朝鲜为安稳上陆之计，而后徐进入东三省，是朝鲜实代俄人而先受兵也；又若俄人取攻势而扑日本，其陆师亦必先席卷朝鲜为窥瞰日本之根据地，而后乘机由朝鲜海峡东渡，是朝鲜又代日本而先受兵也。此则虽朝鲜之地势所使然，而亦朝鲜平日之不知自强，故遂陷于困难之地位而不能自脱。而观朝鲜其所谓救急之策，无他道也，派遣使臣求欧洲各国共认其中立。彼其意以为一经中立，则日俄两国之用兵俱不能干犯其地，而朝鲜乃得从杌隉②之中而安若泰山。此在朝鲜固自以为得免祸矣，而乌知他人之不容之。夫朝鲜既为日俄竞争列于协商之中，决不能为无关系之第三国，故日本之出兵于其地也，以通牒告之曰：朝鲜以自立不能排拒俄国之压迫，故日本以力代为排拒之云云。固曰：我之来也，使朝鲜存在而不为俄之所吞并耳。夫使无日本，朝鲜岂能免俄国之吞并者？是其言固无以难之，即使进一说，曰朝鲜之亡于日本何与？而日本又得曰朝鲜亡则危及日本，故日本不能不自为计，彼朝鲜其终何说？于是而朝鲜之所谓中立者，卒归于无效。虽然，朝鲜之欲避战而处于中立也，其计可笑而其情未尝不可谅，固胜于清国之言中立万万。夫日俄之战，其缘起实在满洲，而朝鲜不过其连系之一题，彼朝鲜若曰使清国而不揖俄人以入于满洲也，则满洲无事；满洲无事，朝鲜又何至为满洲之所累以夹入于日俄两国逼迫之中？是清国流满洲之祸水以及于朝鲜也。故夫朝鲜之欲中立，就事以观，亦岂得议其非，所可责者以不能自立之国，虽欲中立而不得中立，为彼之所不及知耳。若夫清国，固满洲之地主也，日与俄以满洲为发动其斗争之引机草者，由清政府自放弃其满洲之主权始。彼朝鲜可曰吾始终无与于此事，事之由系属而及于我者也，清政府岂得曰吾始终无与于其事，事之由系属而及于我者乎？是故朝鲜之与清国，其欲求中立而自处于无事之地也，其心术同；其力之不足以成中立，而中立与不得中立当一任他人之所处置，其境遇亦同；而一则本居于中立之地而欲求中立，一则本居于非中立之地而欲求中立，其事由不同。夫清政府既为日俄战争之根由人，至于有事乃曰："吾中立！吾中立！"一若于此事无丝毫之关系者然。噫！异矣！是又朝鲜之所窃笑，以为清国之畏祸避难，其怯懦固尤甚于吾也。

然而朝鲜之欲中立也，其事卒不能成，而清国之欲中立也，反得如愿以偿，而日俄两国用兵，即以清国所有之土地中满洲之一部画为战地之圈限，而不使

---

①以下原载于《新民丛报》第 55 号（1904 年 10 月 23 日）。　　②杌隉：倾危不安的样子。

扩张以及于其外。此从表面视之，一若各国均尊重清国之中立而日俄两国亦若不敢侵犯清国有中立之自主权者，而其实不然。方日俄之将战也，列国均以战局糜烂大有害于各国在中国之商务，故清国之中立，清国虽自欲之而非清国之所能自主之，列国处置清国，均以为使居于中立之地为最得计，故协商而议定其事，即清国之中立，各国实握其指挥之最高权。夫至各国之权既定，则清国虽欲不中立而有所不能。盖亦观于此案之原委矣，夫此即所称为海氏案是也。海氏案者，美国外务大臣约翰海氏定案，发通牒于日俄及各国，其意以保持清国之得中立及其和平而求列国政府之同意，列国固无有不赞成是议者，其案遂定，而清国之中立以成。然是案虽发表于美国，而创其议者为德皇。方今年之西二月六日，日俄之谈判不谐而战端特开，德皇即延见驻德之美公使而告以此意，又使德公使之在美国者与美国政府会商，德公使遂于翌七日谒见美国大统领，得大统领之同意，当日由大统领召还约翰海氏于旅行中，海氏于翌八日与德公使晤商。当时之疑问谓若单举清国，则满洲果包含清国之土地中否乎不能不下解释，遂决议以中国本土为中立。以同属一国名词之土地瓜分为二，此实今古未曾有之创例矣。然各国既以清国之中立为利而协定，而日俄两国亦均承认而不挟异议于其间者，此其故在俄国实占领清国之满洲，一旦开战，清国自无助俄国而敌日本，而反使占领满洲之俄国益得巩固其地位之理，若助日本而战俄，虽满政府挟其凋落零星仅足压服汉族之兵力，为俄国之所蚍蜉视而不惧，然于日本之外又多一国而与之为难，无论其兵之强弱若何，俄必有所大不便者，故不如使清国中立，既可以博列国之欢，而又于日本之外不留有顾虑之地。此俄国之所以允清国之中立也。其在日本，使清国而非中立，则必联日本而出兵以敌俄，然以清国之兵与日本合，不足以助日本而适足为日本之累，彼日本其熟计矣。不观其国人之所言乎？曰：清国而欲与我合，彼清国其果有何物乎？海军其已扫荡者也，陆军则又无纪律、无训练，不足以当俄国之一喝，而曰助日本，于日本之兵势不加强。且由此而结攻守同盟之约，彼于领土不能自保，一旦有失，日本不能不派兵而代保其土地，若是则日本之兵力分，而防御之地域广，于战争上大不利。且由是而负东亚联合之名，益惹起列国种族之猜嫌心，而"黄人祸""黄人祸"之论潮将益高，是使日本徒重负累而复陷于孤立之地位，其失计无有过于是者，故不如使清国中立为得策。此日本之所以允清国之中立也。不然，使各国与日俄关系于清国之利害不若是，则清国虽宣言中立，犹弃唾耳。其欲中立而不得成，岂有一毫异于朝鲜而得操自主之权者哉？

故夫日俄虽承认各国之协商而置清国于中立，然其意固曰我认之为中立则中立，我不认之为中立则非中立，由是而利于中立则使之中立，利于非中立则使之为非中立，此固可略征而窥其用心之所在矣。亚历斯夫之兵略，其最初欲出兵一支，先掩取北京而监护清政府，取攻势以待日本，与日本之掩取朝鲜京城而监护朝鲜政府同意，其后以应付日本之战略，遂不及用此策而罢。然使俄国真有利于掩取北京之机会也，清国其能以中立限俄人之马足哉？犹之朝鲜虽中立，而日本利于用兵其地则仍用兵耳。又亚历斯夫于满洲责令清国供应俄国军需上利便之事，又责令保护铁路，且以言胁之曰：清国若不助俄国，则俄国战退日本之后，满洲之地不得再为清国所有，不得置清国之官吏。夫满洲虽在战地之内，然其界限当仅以土地供战争而止，若其他之货物、人民，决不得为满洲地理上之附属品而当认为有中立之性质者，然若俄国之所为，则固视为非中立而任意欲滥用之。又于第一期已经撤兵辽河右岸之地，俄国亦欲列入战局之内，以便利用关外之铁道，于新民屯、田庄台、沟帮子等处，时派侦探兵羼入其地而监视新民屯之电报局。又于辽西之地买收粮食马匹，又上海、芝罘各港直闯入军舰，不肯遵守限时立退及解除武装之约束，致成为棘手之外交，凡此皆可以见俄国之用心者也。而在日本则更有辞曰：清国之得中立、不得中立，非清国之所得而自由也，在日本之许之否耳。若日本之许清国以中立与不许清国以中立，则可视政略上之利害而择行之，而有自由之权者也。观于有贺长雄氏曾以此事按公法立论，并略述其言如左：

今日俄为两交战国，而清国以其土地租借于俄国，供俄国战争之所用而予俄国以军事上之利便，则日本可视清国为应援俄国之国，其应援之或为土地，或为军队、武器及军用金，均可不问而一律得视为应援。具此性质以上者，则如左之二结果生：

一、既视为应援国，则可不负尊重其中立之责，而于应援国之领域内，可得为作战动作之事。例如普法战争，尔克善字卞许法国兵士得通过其国内，俾斯麦宣言普鲁士军不认尔克善字卞为中立地。今日本亦以属清国主权下之旅顺，清国假于俄国而俄国得使用其地以与日本战争，日本不能默过，若是则若牛庄、若山海关及其他便宜各土地，日本为军事上之动作，亦可取得而使用之，是为日本应有之权利。

二、清国既为俄之应援国，则日本不仅不必尊重清国之中立，更进而可认清国为俄之副战国，若是，即可以战斗从事，或以海军封锁其港湾，或以陆军陷其首府，皆在我权限以内可行之事。

又或先为交涉，问清国果以旅顺若满洲铁道供俄国战争之用与否，若其回答中无不许之言，或词旨暧昧，则可以许与俄国推定，而即可认清国为立于敌国之地位。

又或不取推问之劳而从初为条件之宣战，即豫宣言，若清国有与俄国以作战上利便之事实，则日本当视清国为敌国，是亦一法也。果如是，则或以主战为俄国而先攻击之，或以应援为清国而先讨伐之，皆属日本之自由。

又日本对于清国用以上之权利与否，亦属日本之自由，或于政略上认有利益之时，即可使用以上之权利。否则以应援之国而视为中立国者亦有之，例若数年前南非之战，葡萄牙以铁道供英国之用，而特兰斯法尔国无认葡萄牙为敌国之事。又若英国或与欧洲之或一国开战,依条约英国得占领地中海之毛尔塌岛而供战争之用,然于土耳其国仍不失为中立者是也。

按,此事于公法当为若何之辨难,以非本题所及,故不具陈,但既有此言,则有国者即可视租借土地为一极重大之事。何也?以旅顺为例,则凡若威海之借于英、胶州湾之借于德、广州湾之借于法等,若万一彼租借之一国与或一国开战,或之一国适以取清国土地于军事上为有利,则即可认清国为应援其交战国之敌国,而用兵不患无辞,纵其事未必果出于此,然出于此与不出于此,其权在人而不在我,则以土地借于他国者实隐伏危险于无穷。吾愿闻此雷霆之声而于画租借土地之约之时一知所大戒也。

故夫日本于芝罘海港捕获俄舰之辨明书,曰:此次日俄战争,清国地位全属异例;曰:两交战国种种之战斗行为,殆举而行于清国之境内;曰:清国既非战争之当事国,而其境土之一部则为交战地,一部则为中立地,于国际法上可谓一大变态,而其理实相矛盾;曰:为欲保持清国之外国通商及其他诸般之安谧,故制限交战之区域云云。夫既以清国为中立之国矣,固不当自承认之而自破坏之,可任意惟吾之所欲为然。观日本所言,一若清国之中立,其事理不当而已有授人以口实之处,从而日本对于清国之中立亦不视与他之中立国一例。又明明言由于协定制限,则固不予清国有自主中立之权。凡此又可以见日本之用心者也。要之清国中立为各国及日俄政略上所决择之一产出物耳,故日本之论文曰:清国之中立,无迕言日本之恩惠也。然清国不可求无限之恩惠,日本亦不能为无限恩惠之施与。呜呼!彼满洲政府方欣欣然以为得脱离日俄战争之风波而曰"我中立,我中立"矣,而乌知他人视为恩许之中立?夫亦大辱国也矣。

[①]且夫中立者,必于两交战国所为交战之事固与己无稍相关,而从战争所发生之利害亦毫不及于己,若是则必处于中立者也。即不然,于两交战国中,或其一为己之与国而其一非己之与国,而从战争所发生之利害,亦不无与己国有牵连之故,然其所谓与国者,系平和之同盟而非战争之同盟,或带有战争同盟之意而或一国与一国战,无第三国之助一方之交战国,则已亦不必援其同盟国,而得辞战争相助之责任,(如英日同盟,若无他一国出助俄国,则英国亦不必特助日本。)若此则亦必处于中立者也。而以是例清国则皆不然。其战争之故,既由己国开其机,而从战争所发生之利害亦关系于己国为独大,而两交战国之战场又均开于其国土圈属之内。夫一国之土地决不能于同一主权之下而分为有二种之性质,是故其国而有中立之土者,则凡其全国无一不有中立之性质固可知也;其国而有战争之土者,则凡其全国又无一不有战争之性质又可知也。然则以清国为列入战争之国欤?则中立之土当别之于清国之外;以清国为列入中立之国欤?则战争之土又当别之于清国之外。夫以清政府权衡于汉满两土之间,必取汉土而

---

① 以下原载于《新民丛报》第 56 号(1904 年 11 月 7 日)。

宁弃满土，故当中立宣言而他人已视为清国弃满洲之一实据。何也？为其国统一之权之所不到，则其地之主权已悬而无所薄，而岂他人莽骸骨、糜血肉之地复挈而为爱新觉罗之贡献品，若曾国藩之扫荡汉土、奉纳满朝有同一之事例哉？亦毋再觊此天幸矣。吾观朝鲜人有上书于其朝廷者，其言曰：日本领国之兵竭民之财，战征于万里之外，要其故，在维持东洋之平和，保全清韩之领土而已。虽其所为维持保全者，亦出于日本之自为计，然日本何其劳，清韩何其逸；日本何其勇，清韩又何其怯乎！当此时也，我不费半箭而欲坐享升平，虽日人不言，我独无愧于心乎？宜从元帅府选任文武韬略之才，率兵前进，与日兵合力击退俄兵云云。呜呼！彼朝鲜人尚能为此言，若清政府，当其有事则舍满洲而避于中国汉土之荫下，曰"吾中立国也，吾中立国也"，及其无事，又将出而为满洲之主人翁，亦宁独无愧于心者乎？

中立之解释，非谓吾力足以战则固必出于战，惟吾之力有所不足，故不得已而姑止于中立。若是是将强则抗人而弱则避人，理既有所不公，心亦复为鄙。且谓吾力不足而姑止于中立，是尤不解中立为何物者之言。夫力不足固未有能完全其为中立者也。夫中立之必需乎力，与夫战争之必需乎力，亦正相等，但缘其所处之地位异耳。盖一言中立，非与夫两交战国一无交接之事也，其因战争而与两交战国交接之事正多，故必以力实举行其中立之事，若中立地域禁止两交战国军士之滥入；中立港湾禁止两交战国之船舶不得碇系，或限时立退，或解除其武装而监视之；又若关军用禁止品查禁其卖买接济等事。使我之主力稍有不足而不能令两方之交战国悉遵我之约束而不敢进，则一方之交战国冲抉吾中立之范围以去，而一方之交战国亦将蹂躏吾之中立，而吾固无可讯问。且以吾力之不足，惧得罪于甲国，宽假①焉而容甲国之所为，又惧得罪于乙国，宽假焉而容乙国之所为，则必至乙则责我以待甲国之所为为非中立，甲又责我以待乙国之所为为非中立，寖假②而乙令我以拒甲，我不能拒而不能不拒，甲又令我以拒乙，我不能拒而又不能不拒，或至两方皆迫而两方皆不能拒，乃至不得已而谴责己之官吏以谢罪而求无事，是又直演自有中立以来之丑态。彼满政府中立之末路不且至于是哉？是固可略举事而证之。

本待报奇捷，来扬三色旗。一朝齐解甲，可怜满洲儿。满洲尔③者，俄国千二百廿四吨一炮舰，于日俄开战前碇泊上海。原夫亚历斯夫作战之方略，于一方过作平和，于一方派精锐巡洋舰四只共四万二千百六十五吨，使分屯于浦盐港，又派两舰于仁川，一俟决裂，欲全取攻势，出旅顺舰队以袭击日本一要害之地，以浦盐舰队击日本沿岸，以陆帅入朝鲜京城，而派满洲尔于上海通告宣战报捷，以张俄国海军之威。故当满洲儿之入上海港也，实于樯头揭俄国之三旒旗，于是众知战争之开始。然不谓亚历斯夫之计未及行而为日本制于机先，夜袭俄

---

①宽假：宽恕。　　②寖假：逐渐。　　③满洲尔：即"满洲儿"，下同，为俄国一炮舰名。

国之舰队于旅顺而大败之，由是战争之形势全一变，日本得取攻势而俄国则全成守势，浦盐与旅顺之舰队分隔，仁川两舰亦为日本所击沉。满洲儿在上海亦不能于开战后有碇泊中立港之权利，然是时俄舰大败之信飞传，满洲尔虑出港于吴淞口外受日本军舰之要击，以清国为弱，碇泊如故。按中立规则，属中立港湾，须禁止交战国军舰不得闯入，如千八百六十二年美国南北战争，英国于巴哈墨岛诸港均行禁止；千八百七十年德法战争，瑞典于港湾五所均实行闭锁；英国亦于其本国及其殖民地，又及其领土所在之诸港，又属英国主权之水面，禁止或有碇泊及避难之事。此外又有限交战国军舰入中立港，限二十四时退出之法，于千八百六十年顷此规则愈益遵用，千八百七十年德法战争，美国厉行二十四时间规则；千八百九十八年美西战争，日本亦厉行二十四时间规则。由是中立法规于其港湾限交战国军舰二十四时间内退出遂为金科玉律之一条。准此例，满洲尔当于二十四时间退出上海。然满洲尔不仅无出帆意，于二月十日载入多量之煤，又于十一日转锚地于东清铁道会社仓库前栈桥，又有载入弹药之事迹，而清国不问。日本遂以此事诘清国，清国令俄舰退出，俄舰顽不应，迁延日久，而日本督促益甚，谓若清国不履行中立义务，日本当以军舰入上海港。复由清国政府与俄公使相商，俄舰仍泊上海而解除武装，以是得免一时之无事。是固由俄国之藐视清国而任意违犯其中立乎，然亦以清政府之力不能自保其中立故也。而日本则已以此事为清国力不能守中立之案，其后于旅顺海战，俄国败舰列士的拿逃入芝罘，日本直入捕获。此固日本之侵犯清国之中立而毫无可辩解者，而日本即援满洲尔之前例为口实。不观日本人之言乎？曰：俄舰满洲尔之入上海也，清国不实行二十四时间立退之规则，又无实力即解除其武装，是清国不守中立之规则明白甚也，然则此后更何望于清国有中立之效乎？夫满洲尔之事，其交涉实费一月之久，设此时日本直以军舰踏入上海，谁亦不得议日本为违法，然日本之所以不为是者，以上海有他中立国之商业所在，不欲以此累及，故特为宽大之处置。虽然，今对于芝罘俄舰，不能再用此例。何则？芝罘接近旅顺之交战地，彼俄国隐然视清国港湾可供其战争接应之用，若取放任之策，则俄舰何时得出而加害于日本，以妨碍日本战局之进行。况俄舰自窜入芝罘已经二十四时间，不令退出，亦不解除其武装，则是已违中立之规，故日本得而捕获之，毫无戾于公法云云。此固日本一偏之辩辞，而其辞柄则固清国自授之也。而俄于此时得乘间诘责清国，令清国问日本以军舰直闯入中立国海港违犯中立之罪，及偿还其捕获之舰，而同时俄国之败舰亚士克列及古劳佐乙两舰又遁入上海即行修缮，清国令其退出或解除武装，俄舰均不允，隐持清国容日本军舰入芝罘港事为抵制。而日本之责问又来，清政府左右为难，踌躇无策。上海各国领事会议谓清国若不尽中立之责任，各国当自行其保护上海之权力。当时美国军舰严装入上海港，英国军舰亦至。而清国上海道照会各国领事，谓清国实无法迫令俄舰退去，故租借之事各国自行酌办云云，此可谓失辞辱国而贻笑四方者矣。各国领事答书,谓清国宜厉行公法,毋得推诿。后由清政府辗转与俄婉商,始仅允解装,而欲清国送还其舰员,清国官吏谓可以省监视之劳,亦乐送还,然恐戾于公法,乃先请于日本,日本不允,又累交涉,卒抑留舰员而始结事。夫限时立退,不退则解除武装,此中立国自守其中立领土,对于两交战国军舰应有之权利也,又何待商之有?观于同时俄败舰之窜入胶州湾也,德国即实行解除武装之令,日本遂无辞,而清国之对于俄舰也,其屡懦如此,设非有他国之迫,则俄舰之碇泊清国亦将熟视之若无睹矣,尚何成为中立之有?噫!凡此中立之狼狈,固无暇责他国之有意侵犯之也,亦清政府之不能自完其权限以致此耳。

或曰:以衰残不能自保之满洲政府,一旦逢日俄之战,其欲何为?将助日本而攻俄乎?俄若胜日则奈何?将助俄而拒日乎?日若胜俄又奈何?是固彼所筮焉龟焉而不知所适从者。无已,其中立乎?是固处于无可如何之穷境而后出此者焉。曰:是固然矣。夫国固贵自立于平日者也,于平日不能自立而欲救急之有奇策,此必不可能之事也。昔者滕文公彷徨于事齐事楚而苦其神明,以求教于孟子,孟子盖亦无术焉,曰死守,曰迁地。夫岂不谓之迁?虽然,除此迁策之外,固竭智罄虑而更不得其方者也。故曰国贵自立于平日耳。彼满洲政府方日日酣歌恒舞以乐其夕照之河山,仁者对之而哭,智者向之而忧,而彼乃曰尔曹可恶,宜杀无赦,或屏诸四裔焉,或囚之图圄焉,或付之砧俎焉,而彼始稍稍快心,则虽欲为之谋而无从谋,为之虑而无可虑。况乎彼固不欲人之代为谋、代为虑焉,以为吾固自有避枪弹却炮火之灵符,无他,他人开战,吾中立耳。而为之进一解:处中立国,亦有中立国所当担任之事,而彼不计焉,姑冀其无事,至于有事,则固将以迁就、支吾、敷衍、模糊之一法了之。呜呼!此其所以有今日中立之现象焉,而又奚责也?合而观之,而得一正义焉,曰:当中立与不当中立姑勿论,既中立矣,凡中立内所有之义务权利不可不画一严肃而执断然必行之策,虽强国勿怖焉,虽暴国不馁焉,如是其尚足以自立乎。昔春秋时,郑迫于晋楚之间,事晋则楚怒,事楚则晋怒,盖有羝羊触藩①之象焉。然及子产为政,据理以行,于晋楚两无所畏,而于晋楚之以无理相待者,子产且以理折之,振振有辞,而晋楚皆不得不服于理而无辞,郑是以得脱于畏首畏尾之一境焉。不然,以愉懦惮事行之,自生荆棘,趑趄②促缩于其间,而其曲且在我而不在人,卒之仍不能免祸,徒贻国辱而已。是故有国家者,上者理力兼备,次者有力而少理,次者有理而少力,下者理力兼亡。理力兼备者王,有力而少理者伯,有理而少力者存,理力兼亡,则不可以为国。

夫事固有可举隅以推者。顷者英国于西藏之远征队已告成功,观其所订条约,则西藏之保护权已入于英人之手,(观约文第九条,不经英国承认,不得为所规定诸事,是即待保护国之例。)而清国于不言不语之中已失此盘踞大雪岭高岗、面积十一

---

①羝羊触藩:公羊角卡在围篱上。形容进退两难。　②趑趄:行走困难。

万方里、人口六百四十三万之一藩属国。夫岂非英国之强夺清政府之所有物以去者？然吾观世论，其评此事件，曰：西藏之入于英也，清国自有可唱苦情之理，虽然，方英国之派遣西藏远征队也，于其进行之中屡与藏人相冲突，事非一日，清国于其时无所发表，若处于旁观者之地位然，则此时虽欲开言，已失其所以可开言之理由云云。夫清政府对于其东方满洲日俄之战固中立也，然对于其西方西藏英藏之战，非中立而亦若处于中立。夫以此而欲求免于战争之事，则固可得免于战争矣，独无如此高拱袖手之间，而寸金寸土之山河已有化而为他人之物者①？彼颐和园里笙歌无恙，方将举酒而酹中立神之劳，吾不知奉中立为惟一之保护神者，果能恃此而长无匕鬯之惊②否也？（未完③）

---

①疑或脱"之忧"等字。　②匕鬯之惊：匕和鬯都是古代宗庙祭祀用物，匕鬯之惊指宗庙祭祀有不能照常进行之忧。　③未完：蒋智由注"未完"，但实际上并无下文。在第三辑中也有相同情况，本书不再出注。

中（小）学修身教科书①

卷 一②

题 辞

穷老飘蓬去国身，故园回首每沾巾。沉思砥柱神州事，年少峥嵘可有人？

例 言

一 余久欲作修身教科书，思维数四，终不得一完善之法，乃取日本中学校所用之修身教科书而观之，其中以井上哲次郎氏之著为尤善，因仍其编纂之规则而略变通之，又采用其言十之二三，而十之七八则为己之言，以成为此书。

一 此书本为中学校之用，然我国今日中小学之程度殊难区画，故小学校中视其程度何如，亦能适用。

一 本书为第一卷，续卷嗣出。

目 录③

---

① 《中学修身教科书》为民国时学部审定用书，共3卷，每卷独立成书出版。又有《小学修身书》3卷，其内容与《中学修身教科书》相同，故不再重录。　② 《中学修身教科书》卷一书名后署"日本香石饲德题"，扉页有"人心为本　观云"的题词。此书发行于光绪三十二年四月十五日（1906年5月8日）。印刷人为日本东京浅草区新猿屋町二番地酒井平次郎，印刷所为日本东京浅草区新猿屋町二番地同文印刷舍。寄售处为日本东京神田区骏河台铃木町十八番地留学生会馆、北京琉璃厂第一书局、天津东马路食廒街天津民立第一小学堂、上海棋盘街会文堂，又望平街中外日报馆、杭州葵巷安定学堂韩延甫先生、绍兴仓桥街万卷书楼。　③ 《中学修身教科书》3卷的目录部分均按原书录入。

第一章　学校

第一节　遵守校规

凡事皆有规则　无论何事，非有规则，不能行，岂以学校而可无规则乎？

规则无可背之理　学校之有规则，非为压制学生而设，为谋学生修学之便而设；又非为一人之学生而设，为全体之学生而设者也。故学校之规则，无有可背之理。

遵守规则并不烦难　虽有烦难之规则，守惯者自易。况学校之规则并无有所谓烦难者在，而岂有不能守者乎？

当养成遵守规则之习惯　且人当幼年之时，能养成遵守规则之习惯，则以后便于处世立身之事其多，是又大有益于学生者也。

第二节　敬师

师予我等之智识　我等若无师，则我等终身为无智识之人矣。

父母外之恩人　师者，代父母而教育我等之恩人也。故于父母之外，当尊重者师也。

师不可慢　师之于学生也，勤勤恳恳，学生之不知者，则指导之；学生之不能者，则诱掖之。常置学生之事于其心。然则学生之待师也，岂可得而慢乎？

学校中之敬师　故在学校之中，其见师也，则敬重之；其有教训命令也，则服从之。是在学校中当然之理也。

出学后之敬师　非特此也，虽至毕业，出学校后，其见师也，敬礼如故。若有师之事，必为之竭力焉。终身不敢忘其训导之恩。盖一日之师，即终身之师也。

第三节　本分

人皆有本分　人之处世也，皆各有其本分。故官吏则有为官吏之本分，军人则有为军人之本分，农工商人则有为农工商人之本分。然则我等今为学生，岂独无本分乎？

学生之本分　学生之本分者何？遵学校之规则，听教师之教训，慎品行而修学习业是也。

学生有爱学校之本分　学生之在修学之学校也，尤当有爱其学校之心。有爱学校之心，故其视学校中之器具，常如我之器具无异；闻人有毁誉学校者，亦如毁誉我身无异。是又学生对于学校本分之事也。

第二章　卫生

第一节　摄生

健康者幸福，病患者，大不幸也　人之幸福莫大乎康健，而不幸莫大乎病患。彼多病之人，继有大志，而学不能修，业不能习，前途之事皆废。是非不幸之大者乎？若夫无病之人，学成业就，前途之事无有限量，是非可谓之幸福乎？

康健病患之原因，由摄生与不摄生　然而康健、病患之原因，多由于摄生与不摄生而分。故我辈平日不可不留意摄生之事，是保康健而免病患之道也。

虚弱多病之人，摄生有益康健；无病之人，不摄生有害　况乎世亦有生性虚弱、多患疾病之人，以善于摄生之故，遂有能变虚弱为强健、化多病为无病者。若夫康健无病之人，以怠于摄生，反陷而为虚弱疾病者亦多有之。故摄生者，虚弱多病之人不可忽，而康健无病之人亦不可忽者也。

格言 西国之格言曰：健全之精神，多宿于健全身体之中。

第二节　饮食

人不饮食，则不能保其生命，然由饮食而得病以丧其生者多矣。谚曰：病从口里入。可不戒哉？

品质、新鲜、滋养、消化、过冷过热 饮食之道，第一当选其品质。凡霉陈腐败之物，断不可食，故饮食之最要者新鲜。次之必求其富于滋养者。盖粗恶之物，或多不富于滋养，然徒尚价贵味美难得之物，是亦未必富于滋养，易得廉价而又富于滋养，此吾人可取之食物也。又次之则求其易于消化。干固难化之物，大有害于卫生，疾病之时与夫病后，尤宜禁之。又过冷过热，亦皆有害，而不可不慎者也。

分量 又饮食之道不可不知分量。分量随人而异，固难预定，然各人可自量其胃，常以七八分而止。若饱食强饮，是自害其身之甚者也。又不可不定时刻，除定限时刻饮食之外，凡随意饮食，皆有害而无益。是当自守其限，而不可贪口腹之欲以贻害者也。

酒为禁物 至于不成年之儿童，不能饮酒，故酒为学生之禁物。

注释：
霉：音每，亦作黴，物之腐者。

第三节　运动

小儿之生长由运动 人者，动物也。不动，则血脉之循环迟，而无敏活阔快之姿，又胃肠之作用钝，消化力弱。彼小儿最爱运动，此即小儿之所以能生长也。若禁小儿无运动之事，则小儿亦不能生长矣。当学生时离小儿之时代不远，故亦当运动，以助其生长之机者也。

学生劳精神之事多，故要运动 且也，为学生者，修学习业，劳精神之事多，若非以运动发达其身体，则颜色渐形苍白，（俗谓之无血色。）躯干渐形羸瘠，终成为虚弱无用之人矣。可不戒哉！

野外运动 运动之事虽不拘于择地，然以闲静宽旷、空气清洁之地为佳。盖城市嚣尘，空气龌龊，本不适于人之卫生，故于运动亦不相宜。若学校之距山水近者，或无山水而有旷野之处，则每月一次或数月一次，（随时酌宜。）随从教习，为野外之运动。是亦最有益之事也。

要爽悦其精神 运动之事不仅活动其四肢而已，尤以爽悦其精神为要。盖精神不爽悦，则运动之效少也。

适度，每日有一定之规则，饱食空腹之时，不可为急剧之运动 运动之事亦宜适度，若过劳疲乏，则反能致害。又日日安坐，突然为一次之动作，是亦不可，宜每日立有一定之规则。又饱食空腹之时，若为急剧之运动，是亦有害而不可不慎者也。

注释：

羸：音来，瘦弱也。

龌龊：音屋促，不洁也。

第四节　休息与睡眠

身体、精神有一定之程度　凡人之身体与精神，皆有一定之极度，苟逾乎此度，则精绝根尽而不能为用，此人之所以必要休息与睡眠也。

怠惰宜戒　休息与睡眠者，为心身疲劳而回复其势力所必用之方法。然其时刻或失之于过多，则成怠惰之习。怠惰之习成，非特身懈心弛，其人不可有为，又足以害健康，酿疾病。故休息与睡眠，宜定适度之时刻，不可失之不及，而又不可失之太过者也。

喧扰宜戒、时刻、熟寐即起之习惯　休息之事宜行于饭后或功课之余，此时宜心身安静，若因休息而习为喧扰，则为校规所当责，又全失休息之效矣。睡眠之事，其时刻多少，当随年龄而不同。大都学生之时，则每日四时，（八小时即八点钟。）自十点时安寝，六点时起床，（约当亥、子、寅、丑四时。）最为适当之规则。但冬夏则早晚不同，宜随时斟酌。又当养成就枕之时即熟寐、朝醒之时即起床之习惯。若就枕而不熟寐，朝醒而不起床，则神思劳扰，体力亦弛，失其睡眠之功用矣。

注意数则　又睡眠之地不可当风，室中不可置火，不可在潮湿之处，盖被等不可过薄，不可过多。是等一或不慎，往往能致疾病，尤宜各自注意者也。

亚普拉德大王之故事　昔英国有亚普拉德大王者，尝以一昼夜为三分，其一分览政务，一分勤学，其余之一分供休息睡眠之用。然则吾人之休息睡眠，亦可取此为法矣。

第五节　清洁身体

排去老废物　人体中之有老废物也，时从毛孔中排泄而去，故若毛孔涂塞，人即足以致死。毛孔中所已排出之物以及外来之尘埃等，久停积于皮肤之间，则毛孔失其排泄之用，驯至老废物滞于体内而不能出，则生理不旺，又易致病。此人之所以必当清洁其身体也。

犹之沟道开通　人时清洁其皮肤，则身体中之老废物易于输出，犹之地方上沟道开通，则污秽之物得以排去而不致为地方之害，此最易明之理也。

蛮野人不知沐浴，文明人多沐浴　清洁身体之法莫良于沐浴。蛮野部落之人，有不事沐浴者，盖由不知卫生之理故也。若文明各国，虽至监狱中之罪人，亦必数日沐浴一次，故监狱中亦设有浴室。大抵久不沐浴之人，反以沐浴为不快；若时时沐浴，则不沐浴即以为不快矣。

冷水浴　沐浴之最有益于生理者，为温泉浴（天然自出之温水。）与海水浴，然无温泉之处及离海远者，则不能行之。其次之有益者为冷水浴。冷水浴之法，先以冷水灌其身,用干燥之布帛摩擦之,又或以巾润冷水,摩擦其身。大抵冷水浴法,以多摩擦渐觉体内生温而显红色为佳。然冷水浴初时行之,颇不能堪,惟久行之后,则渐觉其快。若不能堪者,先用微温之水,以次改冷,适宜用之为可。(然果体弱与病后及不惯之人,则不必强行之。)

冷水洗面、冷水浇头 又有有益之一事,则每日以冷水洗面,此则除天气极寒之外,皆可为之。盖用冷水之益,以皮肤加缔结力,故能堪外来风寒等之刺激,而无寒冒之忧。若时时患伤风之人,习惯冷水洗面,则其病可得而除。又以冷水灌顶,能使血行分清,有益于脑,是又一健脑之良法也。

注释:

老废物:人之生理日日有除旧布新之事,新机生则旧物当排泄而去,是即老废物也。

第六节 清洁衣服

质朴、清洁 次于身体而于卫生有清洁之必要者,则清洁其衣服是也。元来衣服者,为保吾人身体温度之作用,故无取乎华美。虽然,必须时时洗濯之,使不至于垢污。彼无知之人,但取衣服之有颜色,而垢污非其所知,此最衣服之不雅观者,其可羞孰甚焉。反之,若用质朴合用之衣服,常能保其清洁而不龌龊,是最上等之衣冠,大雅君子之所服也。

恶衣服不足耻,污衣冠不可用 抑恶衣服为士所不耻,然此语谓士不可徒求美于衣服,非谓垢秽衣服之可服用也。盖清洁其衣服,虽贫寒之士亦能为之。故恶衣服不足耻,而尘土臭恶,不知濯浣,则为怠惰不知自好之人,可耻焉。

里身衣服洗濯宜勤 衣服之中,其最与皮肤相密接者为贴身之小衫裤等,是等最易不洁。若见有不洁之时,亟宜替换而洗濯之,否则妨皮肤之排泄,诱起种种之疾病。故衣服之在里身者,尤宜勤于清洁者也。

清洁衣服其功用甚大 且夫人常以心正其形,然亦有以形正其心者。若服清洁之衣冠,不仅有外观之美已也,又能清明其志气,端正其举止,能养成正派高等人之习惯。若弊衣垢冠,乱杂服用,心绪为之紊淆,举动亦觉陋劣。且有时对于尊长有失礼仪,而同辈之中亦或以其不洁之故,而生憎恶之心。故虽一衣服之微,而其所关系者甚大,孰谓清洁之可忽焉?

第七节 清洁住居

三大要件 人生身体以外,饮食、衣服以及居住者,吾人所恃以生活之三大要件也,故常言曰衣食住。居住者,所以防风雨霜雪,而保卫吾人之躯体者也。

空气、日光 居住之中,以通空气、富日光为最要之事。盖吾人呼吸以得清净之空气为有益,而太阳之光力亦大有益于吾人,又能扑灭种种酿人疾病之微生物。故终年闭窗塞户,其害人之事甚大。空气、日光者,天地之至宝,吾人得自由使用,其为幸福多矣,若拒而不受,犹见宝而不知其可贵,岂不愚哉?

扫除、瘟疫所伏　又扫除亦为居住一最要之事。盖尘埃封积，秽浊停滞，非独有害器物，又多为害人之病毒所伏。凡瘟疫发生，多由于居住不洁之故，其危险大矣。故不独一年数月宜大扫除，即每日扫除及拂拭桌椅等事，亦不可缺。古人教门弟子以洒扫为日课，吾人岂可忽于此乎？

居住清净之益　彼住居不洁之处，既能酝酿疾病，害人若是其大，即平日亦以龌龊之故，眼目为之不爽，心绪为之不快，失精神上畅适之情多矣。若夫居住洁净，则气象清明，身心健爽，举动行止无不畅快，且对于室内事事物物，亦觉条理分明，能养成整顿秩序之习惯，其有益于吾人岂不大哉？

注释：

微生物：极微小之物，能入人身而为疾病。凡人疾病之原因，多半由微生物所为，亦谓之霉菌。

第三章　修学

第一节　立志

为学必先定志　学问开部，必曰立志。志者，犹吾人行路然，必有欲到达之一地，苟无此欲到达之处，则徘徊歧途，终无归宿。吾人若不立志，则亦终生浮沉到底，不能成为何等之人物。故为学必以立志为先。

立志为成人之第一境　凡人幼稚之时，智识蒙昧，其所志亦不甚明了，然年龄渐长，智识渐开，于是有立志之事。故立志者，人之将出孩提、入于成人之第一境也。

志由自主　志者，自我作主者也。如我欲为英雄，则可为英雄；欲为圣贤，则可为圣贤，非他人所得而阻。故曰：匹夫不可夺志也。

志为成事之根本　志者，成事之根本也。古来何等之大事业，何等之大学问，皆为有志之人办到。昔法国有名之拿破仑大帝，其出军时，将过亚路普斯之高山，人多难之。拿破仑曰："岂有亚路普斯山能难人者乎？"卒开道而过军队焉。故古人曰："有志者事竟成。"志之为用，岂不大哉？

第二节　专心

心不能二用　左手画方，右手画圆，则方圆皆不能成。何则？人之心不能二用也。

钟繇故事　故若在读书之室，而心驰于游戏，则教授之言，虽入耳而不闻，如不在读书之室无异。昔孟子有言曰："弈之为数，小数也。不专心致志，则不得。弈秋，通国之善弈者也。使弈秋诲二人弈，其一人专心致志，惟弈秋之为听；一人虽听之，一心以为有鸿鹄将至，思援弓缴而射之。虽与之俱学，弗若之矣。"以此见无论何事，皆不可不专心为之。昔魏钟繇精思学书三十年，卧画被，穿破表，（上数语见《金壶记》。穿破表者，言画被之久，穿至被外也。常语谓钟繇学书，穿破被云。）卒成书法大家。（与王羲之齐名。）此专心之效也。

专心终有成就　世亦有人其聪明，但其心浮动，思为此事，又思作（音做。）彼；思为彼事，又思作此，卒之一无所成。逐二兔则不得一兔，事固时时有之。若专心之人，虽天分平平，多有成就。《荀子》曰（《劝学篇》。）：“锲（刻也。）而不舍，金石可镂。”人顾可不务为专心哉？

第三节　勉强

力不及而欲及之，谓之勉强　勉强者，我力不能及而欲及之之谓也。元来学问之事，其境界高深，而人之聪明才智常若有限，故人而果欲成功学问，不可不假勉强之力。

人者自鞭促之　彼牛马之负重也，常有待于人之鞭促而后奋。虽然，人者决不待人之鞭促，而我自鞭促之，此正勉强之功也。

成功之英雄，内有勉强之功　世或谓天资高明之人，不待勉强而后成功，此言殆不尽然。往往有成功之英雄，于外若无其勉强之迹，而其内实有专心笃志之功夫在，人但见其成功之易，而不知其困苦之情，人固不得而见也。谚云：“但见和尚吃馒头，不见和尚受戒。”故人不可徒贪成功之逸，而忘勉强之苦也。

《中庸》之言　《中庸》曰：“或安而行之，（纯任自然。）或利而行之，（有所贪慕利而为之。）或勉强而行之，（耻不若人，勉力自强而为之者。）及其成功，一也。”又曰：“人一能之，己百之。人十能之，己千之。果能此道矣，虽愚必明，虽柔必强。”此古圣贤教人勉强之法也。

第四节　忍耐

事不能不劳而获　无论何事，不劳而获者，未之有也。况若学问之为重大之事乎？

事难则劳力要多　大抵事之难易与夫劳力之多少常相比例，事之愈重大者，其劳力亦从而增加。故非有艰苦卓绝、能堪患难之人，则其事多不能成也。

蛮野人不能忍稼穑之苦　彼澳大利亚洲之土人，有不肯稼穑者，以不能忍春耕夏耘而至秋收之苦也。学问之事比之稼穑，尤须有久长之岁月，岂能仓猝而即能告成功乎？

长岁月间必有种种之障碍　学问之事既须有长岁月，而此长岁月间必有种种障碍事故之发生，若不能排除此障碍，而气阻神丧，则学问必一旦中止而前功尽弃矣。犹之行道之人，遇一山焉而为之回驾，逢一水焉而为之止步，则前途终不可得而至矣。不亦可危之甚耶？

英雄无他长，能胜困难而已　夫天地间何事不有困难？所谓英雄者，无他，只能打胜此困难而已矣。

磨铁杵之喻　昔李白少读书，未成弃去。道逢老妪磨杵，白问其故，曰：“欲作针。”白感其言，遂卒业。（上数语见《潜确类书》。）故谚有之曰：“铁杵磨作绣花针,终教功夫深。"吾人可不深体此言哉?

第五节　常识

读书要通世务　世俗常谓读书人不通世务,夫果不通世务,则读书究有何用乎?

当先通事物之智识　凡圣贤高尚之理非不可贵,虽然,孩提之人智识尚未发达,骤语以高尚之理,必难领略,故必先从事事物物入手,待事物之智识已足,始可进而求高尚之理。是学问循序之道也。

实地探考　夫孩提之人,对于天地间万物莫不茫茫然者,此即事物智识之尚未充足也。当此之时,若日用动植,凡一切关于实在之物,最宜讲明而考察之。于学堂所有之标本画图外,遇有实地之物,若昆虫等类,不可虐杀之;草本等类,不可毁损之。虽然,可取以为探考之资。能如是,则虽一物之微,能悟见天地之奇妙,而对于世界万物,始有明了之智识矣。

宜练世故人情之智识　又非当练习万物之智识已也,凡世故人情之智识,亦不可忽。盖人既渐离幼稚之界,即与世故人情日日有相接触之机。虽然,世故人情之事决非易了解者,盖人类间性情不同,风俗不同,习惯不同,又今日万国交通,此国之人与夫彼国之人,其性情、风俗、习惯又大不同。故凡对人,所有礼节、仪文、言语、举动及好尚、禁忌等事,皆不可不留意。是又预备他日交际之道也。

第六节　兴趣

人以有兴趣而生活　凡人之作事也,有兴趣则有精神,无兴趣则无精神。人者,实以有兴趣而生活者也。

精神伴兴趣而生　故夫无论何人,对于无兴趣之事,必不能工。何也?以其为精神之所不至故也。

读书为最有兴趣之事　彼好为赌博者,则有赌博之兴趣;好为游荡者,则有游荡之兴趣。虽然,是特未知读书之兴趣耳。若得一领略读书之兴趣,则亦有欲罢不能之势,虽欲禁止其不读书,而有所不可得矣。

人能知读书之乐,则有兴趣矣　人之视读书也,往往有以为至苦之事者。然则是人也,其必尚未入乎读书之境者也。若一入乎读书之境,则其中实有乐而无苦。故孔子曰:"学而时习之,不亦乐乎?"又曰:"发愤忘食,乐以忘忧,不知老之将至云尔。"此可谓能知读书之乐者也。人若能知读书之乐,则修学习业,无往而非有兴趣之事矣,不亦善哉?

第四章　朋友

第一节　信义

人必有待于朋友　人处此世,不能独立,故必有待于朋友,而交际之道生焉。

无信义则不必有朋友　交际之道必以信义为本。无信义之交际者，平日无事之时，游戏言笑，似可称为朋友，然一旦有小利害，辄背而去之，若反面不相识。若是则何赖乎朋友之有？岂得称为交际之道乎？

不以利害而变　朋友之交际者，不以利害而变，见朋友之有喜也，如己之喜；见朋友之有祸也，如己之祸。故危难相救助，疾病相扶持，而有赖于朋友者大也。

信不食言　信者，不肯食言之谓。盖对朋友而可食言，则其人全不足恃矣，岂可与论交际乎？

义不负友　义者，不负朋友之谓。盖我若但知利己而负朋友，则朋友之受害者多矣，彼何乐而与吾交际耶？

自期为信友、义友　故朋友之诚实者，称为信友；朋友之笃厚者，称为义友。我辈欲交朋友，可不以信友、义友自期哉？

第二节　敬礼

敬礼者，由尊重他人之心而起者也　夫人有尊重他人之心，则敬礼之事生焉。故或对于有德行者，则尊重其德行；对于有学问者，则尊重其学问；对于有年齿者，则尊重其年齿；对于有名位者，则尊重其名位。凡此皆交际之道所不可缺者也。

敬礼要有真实之心　虽然，所谓敬礼者，不可无真实之意，即从吾心中实尊重其人而发现于外者是也。不然若徒尚形式之事，则虚礼末节而已，又曷足贵于交际间乎？

友好之不终多从无敬礼而生　凡友好之不终，或往往从无敬礼而生。盖我既轻视彼，则彼亦轻视我，遂至互相侮慢，互相讥诮，而终至于反目。故朋友之有敬礼者，虽尔汝之称尚不敢呼，而况其他者乎？

小节宜慎　故人与我语，我必迎其意而应答之；人加敬礼于我，若起立、作揖等事，我亦必还而答之。不然，则他人之心不快，而交际之间遂不能和洽矣。此虽小事，尚不可不慎，而大者更可知矣。

晏平　孔子曰："晏平仲善与人交，久而敬之。"[①]吾人可不以晏平仲为法哉？

第三节　践约

我许朋友之言谓之约　约者何？我许朋友之言也。若我既有此约，必不可不实践之。盖不践其约，是与欺人之罪同而岂可乎？

考约之事　夫如是，故于未许朋友之前，先不可不考其事，我果能实行乎否乎？若我能实行者则约之，不能实行者则勿约之。如是，而违约之事或庶乎

①此语见《论语·公冶长》。晏平仲：名婴，谥号为"平"，齐国的大夫，曾任齐景公的宰相。

寡矣。

期会之约不可误 今世之人，往有一期会之约而违之者不少，且其人若毫不以为罪者然。此盖从来之习惯所使然，而实一至不善之风俗也。盖我既与人约矣，而又误之，则使人费贵重之时间，又劳其人之悬望，其终遂以我之为人为不可信，嗣后于交际之界不复能告十分之完善。是虽一些小之事，而其弊之及于朋友间者大也。

银钱之约不可误 夫期会之约尚不可不践，况乎其事有大于此者乎？如或有银钱之约，我既许之而又误之，则害朋友者多矣，其能不招朋友之怨毒乎？

重然诺之高风 夫古人于生死之间，以身许人，尚不敢辞，故曰"重然诺"。盖既诺之，则不能悔之也。吾人岂可学世俗浮薄之态而不慕古人之高风乎？

第四节 择友

吾人智德半有赖于朋友 吾人之开智进德，由于父母、师长之启导者固多，然亦半有赖于朋友之力。盖吾人赏奇析疑，有时不敢请于父母、师长之前，多于朋友之间道其意。故父母、师长之外，朋友之有益于吾人之智德者固甚多也。

习气最易传染 虽然，朋友之中，固有能助吾之智识，长吾之德行者，然能引我于邪、导吾于恶之朋友，决不鲜少。盖人之习气最易传染。故有赌博之友者，能化人为赌博；有游荡之友者，能化人为游荡。又若友欺诈之人，则我亦不免为诈欺；友刻薄之人，则我亦不免为刻薄。殆至习气一成，贻误终身，而不知皆由于始择友之不慎故也。

观其久长间之心术 欲辨别朋友之良否，不可徒以其外貌，不可徒以其口辩，又不可徒信其一朝夕间之事。盖外貌之贤，口辩之长，奸佞之人多能为之，而一朝夕间之事，亦未必与其人之真性行相符。故我辈辨人不可不从久长之间而观其心术也。

孔子择友之法 昔孔子曰："益者三友，损者三友。友直、（正直。）友谅、（诚信。）友多闻，（博学。）益矣；友便辟、（巧避人之所忌，以求容悦。）友善柔、（和颜悦色以诱人者。）友便佞，（佞而能辩。）损矣。"[①]此孔子辨人之法，又吾人所当知者也。

第五节 责善

相规 朋友之道，非徒相爱而已也，尤有相规之谊焉。

人不能无过 盖天地间，无论何人，不能无过。或诱于一时之情欲，或激于一时之意气，又或自以为善之事而实有不善伏乎其中，自以为正之事而实有不正寓乎其间，故于不知不识之中而已有蹈乎过失之地者也。

朋友者，吾过失之镜也 人有过而不能自知其过，犹之颜面之有垢秽而人固不及自知之也。虽然，颜面之有垢秽，一对镜则知之，至于过失，决无有如镜

---

① 此语见《论语·季氏篇》。

之一物，可以使吾人照而见之者，有之，惟有朋友而已。盖朋友者，实吾行为之镜也。

陷朋友于过失中而不救　然自朋友之道之不讲也，往往习为诳谀容悦之风，若对于其人之有过失而能直言极谏者，盖百不获一焉。不知我既与之为友矣，则友之有过失，亦与我之有过失等。我既知之而不告之，是我亲见朋友之陷于过失中而不之救焉，岂所以待朋友之道乎？

宜近谠直之友　夫朋友之有过失也，我固不可不告，反之而我有过失，亦望朋友之能告我。故谠直之友人，我不可疏远之，而当敬礼之。盖惟谠直之友人，乃能救我于过失之中焉。

第五章　品行

第一节　言语

荣辱祸福所关　言语者，以我之心情传于他人，不可少之具也。虽然，一言之出，往往为荣辱祸福之所分，故君子必以慎言为戒焉。

慎言者，非不发其言之谓，若但缄默其言，岂可谓能尽言语之道乎？

戒言数则　盖言语既为人类间一大有用之物，而人往往以滥用之故，则过失遂从而出焉。今略举其当戒者：一虚妄之言。无虚妄之言，则信实矣。一夸大之言。无夸大之言，则真切矣。一阿谀之言。无阿谀之言，则忠谅矣。一尖酷之言。无尖酷之言，则醇厚矣。一浮躁之言。无浮躁之言，则静肃矣。一鄙陋之言。无鄙陋之言，则雅正矣。其余若关于诱惑、钩探、诽谤、讥嘲，皆为言语中之失德，非君子之所宜出者。然此固不过举其大略而言之，若详节细目，则必待其人之随时随地而自留意焉。

言语中祸之最大者　言语中之祸之尤甚者，或以一言败国家之大事，或毁损人之德行，或诬蔑人之名节，或捏造何等之言以为陷害之计，或钩索①何等之言以为告奸之用。若此者，往往以一言之故，酿为亡国、覆家、杀人、流血之大事。彼发言者之罪，岂可胜诛哉！

谚有之曰"祸从口出"，吾人一启口之间，岂可忽哉？

第二节　容仪

人之心情藏于内，其得发现于外者，言语之外，则容仪其最著也。

人皆有相人之术　容仪之事，颜貌、举动、衣服，皆其大有关系者也。今夫无论何人，皆有一种相人之术，虽姓名不知，里居不详，而一见其人，则其人之为君子为小人，必有几分可以推测而知。此岂别有异术哉？无他，即观之于其颜貌、举动、衣服间也。

---

①钩索：探究搜寻。

当戒数则 故夫吾人于颜貌、举动之间，固不可过于板重滞呆，迂远缓漫，如所谓跨方步、套圆圈之类。虽然，要不可失于邪僻，不可失于乖张，不可失于高傲，不可失于轻佻。又于嫌疑之地，亟宜谨慎而远僻之。古人云："瓜田不纳履，李下不整冠。"盖谓此也。

非衣服之正者 至于衣服，固以质朴为主，虽然，若有垢污破损之处，亦不可不加检点，尤不可长短大小全不整齐，甚者或有上衣而无下服，或有下服而无上衣，随意穿着。如所谓一种之才子派，是皆非衣服之正者也。

学为妇人、女子之容貌衣服者，下流之人也 虽然，颜貌、举动、衣服之间，固不可不慎，而尤有一事之当大戒者，则不可过于修饰是也。盖人往往有梳鬓润发，举止妖娆，其衣服则追时尚，务新奇，以男子而全同妇人、女子之所为，是则一见而即可知其为浮薄下流之人，可耻孰甚焉，岂学者而可效之乎？

古事两则 昔楚屈瑕伐罗，斗伯比送之，曰："必败。举趾高，心不固矣。"其后果败。（见《左传·桓公十三年传》。）又郑子臧好聚鹬（翠鸟也，其羽可以为饰。）冠，盗杀之。君子曰："服之不衷，（衷犹适也。）身之灾也。"《诗》曰："彼己之子，不称其服。"子臧之服，不称也夫。（见《左传·僖公二十四年传》。）是则容止衣服之间，即有关于人之祸福者，可不慎哉！

第三节 品格

高尚之人，世之所尊；卑下之人，世之所贱也 凡人品格之高尚者，多为人所尊敬，而品格之卑下者，多为人所鄙贱。故品格者，修身中之一要事也。

高尚人之大概 品格之高尚者，不为卑鄙之行，不趋龌龊之地。故其人虽在流俗之中，宛若出乎流俗人之上，而与流俗人异其趋向，异其好尚，潇潇然如云中之鹤，戛戛乎如岩上之松。若是者，所谓品格之高尚而能起人尊敬之念者也。

卑下人之大概 若夫卑污苟贱，无所不为，见夫富贵之人，则工其颦笑而容悦之；望夫势利之场，则捷其足迹而奔走之。其视人世间，若唯知有利禄功名之事，而不可与语名节，不可与谈志气。若是者，所谓品格卑下而可鄙贱之人者也。

高尚之法 欲高尚其品格，则其志趣先不可不纯洁；欲纯洁其志趣，则其嗜好先不可不向上。盖人之嗜好大有高下之不同，有以下流之嗜好为嗜好者，如好赌博、浮荡①等事是也；有以流俗之嗜好为嗜者，如好富贵、名利等事是也；有以学者之嗜好为嗜好者，如好学问、技术等事是也；有以英杰之嗜好为嗜好者，如好事业、功勋等事是也；有以圣贤之嗜好为嗜好者，如好道德、礼义等事是也。人自读书明理，则其嗜好渐移而向上；嗜好移而向上，则其志趣自异乎人，而品格亦从而高尚矣。

---

①浮荡：从上文，疑当为"游荡"。

故论人者必曰人品，曰人格。品格之事，其可忽乎哉？

第四节　忍苦

逆境能造就人才　处顺境易，处逆境难。虽然，造就人才，往往多在逆境之中。

顺境非可喜，逆境非可忧　今试有甲、乙两人于此。甲则生于富贵之门，无衣食之忧，有家庭之乐，然以处境过顺之故，无以激动其志气，无以习练其智识，而成为昏庸无能之人者有之。若夫乙则生而孤穷，无可恃之衣食，无可恋之家庭，因而奋发其志气，磨砺其智识。凡古今来成为伟大之人物者，其处境往往如此。由是言之，顺境非可喜，逆境非可忧，只在我能善处之而已。

大人物无一不从忍苦中来。眼泪者藏于心底，不可溢于颜面　处逆境之道，第一要能忍苦。彼成为大人物者，无一不从忍苦中来者也。虽然，此忍苦之志操，不可不自幼年时代养成之。能斗饥寒，能斗劳动，能斗种种之凌辱横逆。眼泪者可藏于心底，不可溢于颜面。若少年时能如此，则他日之所成就者必大矣。彼处享履泰，柔志脆骨，到底无一事之可为耳。

壮、快　孟子曰："独孤臣孽子，其操心也危，其虑患也深，故达。"①谚有之曰："吃得苦中苦，方为人上人。"吾人若知此理，则遇艰苦之境，正而笑而迎之曰："此天之成就我也。"如是则心胸之间，不亦壮哉！不亦快哉！

第五节　大度

一杯之水之与大海　一杯之水，搅之则生波，以其量小也。若夫大海，虽以何物搅之，不改其渊渊然之度。惟人亦然。

有天下古今之大事　今夫细末之人，虽一钱之微，视为大事，至于妇人女子，或以一言之隙，刺刺然而相辨驳；一事之仇，数数然而相诟争。此由其智识浅、见解小故也。若夫欲为大人物者，将有天下古今之大事业焉，彼琐屑之事，何是②以介其胸中乎？

有害快活　夫度量之小者，一言必梗于怀，一事必蓄于意。是非独意气之局促褊隘，人将不能与之共事也。即彼之对于其一生，不能摆脱其烦恼，且从而纠结之，自居于愁云苦雨之中，不已损其人生快活之度乎？

忿怒嫉妒最易伤生　忿怒与嫉妒，最易伤害人生之两大事焉，故养生家必以忿怒与嫉妒为大戒。然度量之小者不能不有忿怒，不能不有嫉妒，是实自害之甚者也。若夫万事以大度处之，无忿怒，无嫉妒，坦坦然得常保其中和之精神，则天地亦从而宽广，岁月亦从而清明矣。不亦善欤？

第六节　实行

有言而无行者，人世之一大通弊也。

---

①此语见《孟子·尽心上》。　②是：疑当为"足"。

人无实行，则言语无一分之价值 不见滔滔流俗之间乎？口言忠孝，而其人实为乱贼；口言仁义，而其人实为窃盗。故孔子曰："始吾于人也，听其言而信其行。今吾于人也，听其言而观其行。"[①]呜呼！若人人如是，则言语尚有一分之价值乎？

实行为对于我自负之责任 故吾人之最要者实行。实行者，我之对于我而自负其责任者焉。故若我欲用功，则不可不实行其用功之事；我欲起早，又不可不实行其起早之事。又若我欲为爱国之志士，则不可不实行其志士爱国之事；我欲为救世之仁人，又不可不实行其仁人救世之事。此皆吾人所当自负之责任焉，不然，清夜问心，我何以自对其为我乎？

不信其言，并不信其人 故曰："言顾行，行顾言。"[②]言行相顾，是实行家之谓也。彼言自言，行自行，言行若出于两人者，人以不信其言之故，且将不信其人矣，岂能存立于世乎？

第七节 秩序

秩序者，有次第，有条理，整然井然，而无凌杂错乱之弊者也。

天地之大秩序 不见天地间之现象乎？日月循环而无差，春秋更迭而无违，此万物之所以能生成于世界也。若日月有时而差，春秋有时而违，则天地闭而万物亦从而熄矣。

无秩序者作事、发言之病 惟人亦然。夫物有本末，事有终始，此秩序当然之理也。若夫无秩序者之为事也，往往欲为甲，又欲为乙，又欲为丙，颠倒错杂，其事理之层次既不能知，而以混乱惹起之故，吾之精神且为之忙煞，若是者以之处小事且不可，安望其能处大事乎？又若无秩序者之发言也，既说东，又说西，或上下齟差，不合针锋；或前后违反，自相矛盾，至于立言既终，亦杳不得其要领之所在。是则其人之于理路且未分明，又安能有研求学问之资乎？

养成秩序，一生之受益无穷 人之欲有秩序也，可于小事中先养成之。例若一室之内，书自为书，砚自为砚，其余什物亦略以类相从，其布置常井井然。又细分之，则一书之中，此部之与他部亦各从其所类而部居之，其余皆然，如是则记忆书籍中之事易于清楚，又当翻检亦形便利，而可省临时之忙乱矣。又若一日之内，何时起，何时睡，何时为饮食之事，何时为运动之事，何时为修业之时，皆有一定之次序，则精神不劳，而事以日进而有功。凡此皆谓秩序中之生活也。若先能从是等处养成秩序之一习惯，则他日虽研究何等高深之学问，与出而当天下之大事，皆能得其条贯脉络，而无屡夺混乱之患矣。其一生之受益，岂有既哉？

注释：

齟差：齟：鱼侯切，音㙟。齿牙参差谓之齟。

---

①此语见《论语·公冶长》。　　②此语见《礼记·中庸》。

劖：初苋切，音铲。相出前也，争先错乱之意。

既：尽也。岂有既哉，言无穷也。

第八节　制欲

欲情为有害之物　人自年齿渐长，智识渐增，欲情亦由是而起。欲情者过乎其度，而即大有害于人生者也。

衣食住之欲情不可过　如衣食住之不可不清洁者，固理之当然，然或衣则务求绮丽，食则务求珍奇，居住之所又复过求华美而壮观瞻，如是继长增高，一无制限，遂不免流为奢侈放荡之人，非但学业不成，从而累身覆家，人呼为败家子、流荡人，而与下流同伍，岂不哀哉？

名誉之欲情不可过　又若有好名誉之心，万事不肯让人，故学校中功课亦务胜于他人，以为光荣，此固大可奖励之心也。虽然，若因好名之故而嫉忌他人，造毁谤之言以害之；或因自己之有名誉，遂轻视他人，而生骄慢之习态，是又成为恶德，而流入于小人之所为矣。学者所当自戒者也。

色欲之大害　又人智识渐开，色欲之情亦起，然往往有年少不知，斫伤元气，当时虽不自觉，而身体亏损，数年之后酿为疾病，或精神耗减，不识不知之中已隐缩其寿命。盖人当出幼之时，有若过关，一生体质之良否强弱，全分于此数年之中。故孔子曰："君子有三戒。少之时，血气未定，戒之在色。"[①]人可不以此为警心刻意之一大事哉？

跋

夫世愈文明，则道德愈重，而道德之根柢，则必自幼年时代养成之。今我国方言维新，夫维新者，非徒维新于事物之谓，尤当维新于人心之间。人心之维新不一，若智识进步，学问进步，皆于人心之维新上有莫大之势力。而道德之进步，尤其要焉者也。是书虽为幼年人说法，然果以是为根柢而实行之，则小之不失为束身寡过之君子，而大之即能造而至为伟大之人物，庶乎其不愧为维新时代之人。所愿与我国之父兄师长，有教育后进之任者，共矢此循循诱起之心也。其编次之法，由卷一以次渐深。若夫于道德上，更求其能变化而光大之，则尚有余之伦理学诸书者在。是为跋。诸暨蒋智由识。

[①]此语见《论语·季氏》。孔子曰："君子有三戒：少之时，血气未定，戒之在色；及其壮也，血气方刚，戒之在斗；及其老也，血气既衰，戒之在得。"

卷　二①

序

　　尝谓道德之次序,其初命令焉而已。即以若者为善,尔当为之;若者为不善,尔不当为之是也。此命令的道德,常有恃乎他力,而代之者,莫如父兄师长。然至年齿渐长,不可不由他力的道德进而为自力的道德,即由命令之道德进而为自发的道德。若是,则将以何道教之乎? 曰:无他,开发其智识,而讲明义理,使彼自知善不可不为,恶不可为之故。明畅洞达,如睹万物于白昼之下,则不待命令,而能循循然自遵道德之途而行,此余以为教道德之法当如是者也。若夫进而益上,则所谓变通而神明之,是非初学之所能,故兹不及也。呜呼! 学者果由第一卷,进而读第二以及其下诸卷,深有得于其心,而实行之,则取孔子所谓"共学、适道、与立、与权"②之教谊判之,吾以为已至立之境也已。是为序。浙江蒋智由识。

例　言

　　一　是卷为第一卷之续,义理以次渐深。

　　一　是卷虽为初学说法,然余一家之学说于卷后半之数十节中颇有寓焉,虽限于教科书之体例,言之不详,其关于修养上区区之见解,愿与学者共参之。

　　一　是卷后半虽义理渐深,然我国之教初学,向用《大学》《中庸》等书,以教育上习惯之遗传性而言,则是书决不嫌其过深,且行文必求明白晓畅,使读者字字都解,或者初学得此,能收义理上开发之功。

目　录

---

　　①《中学修身教科书》《小学修身书》卷二于光绪三十二年五月初一日(1906年6月22日)初版发行,光绪三十三年四月十五日(1907年5月26日)订正再版,光绪三十四年二月初十日(1908年3月4日)订正三版,宣统元年二月十八日(1909年3月9日)四版,宣统二年二月二十日(1910年3月30日)五版。印刷人为日本东京浅草区茅町一丁目七番地酒井平次郎,印刷所为日本东京浅草区茅町一丁目七番地同文印刷舍,寄售处为北京琉璃厂第一书局、天津鼓楼南小双庙胡同刘第刘宝廉先生、上海四马路、会文堂、文明书局、日本东京神田里神保町三番地中国书林。下卷三同。　　②出自《论语·子罕》:"子曰:'可与共学,未可与适道;可与适道,未可与立;可与立,未可与权。'"意思是可以一起学习的人,未必都能学到道;能够学到道的人,未必能够坚守道;能够坚守道的人,未必能够随机应变。

第一章　家族

第一节　父母

父母为生身之本　人必有父母而后有我之身。父母者,我身之根本也。人知自爱其身,可不知爱父母乎?

生养教皆出自父母　试思之:生我者,父母也。虽然,父母之恩决不仅生我而已也,若无父母之养我焉,我安得生活以有今日之身? 又若无父母之教我焉,我又安得成立以有今日之身? 故吾人之得成人,有必要不可缺者三事焉,曰以

---

①底本误为"第四章",今改为"第三章",文中不再出注。

生、以养、以教是焉。而生之、养之、教之，则皆出自父母者也。

生养教之勤劳 而此生之、养之、教之之时期中，父母之辛劳其矣。盖当吾人之初得扬呱呱之声也，我之母氏已不知经几多之危险艰难，而以生死易之。及夫隤①地之后，又不过屠弱之赤子耳，不知话言，不能行立，饥饿非我之所得而治，寒暑非我之所得而理焉。使一日无父母，而我之身何有矣？而如是者亦已有年，所谓三年免于父母之怀也。而未已也，当是时，虽能免于父母之怀，而我固未能存立也。寒乎？饥乎？欲衣乎？欲食乎？仍随在有劳乎父母之心。而对于事事物物，又必有赖于父母之教导之，指示之，而后吾人方能有智识之发生，以为自身成立之用焉。即至能识饥饱而顾寒暖，可以至入学校之期矣，而父母轸念之心仍未有已也，问其聪明而能完学校之功课焉，而为之喜；闻其愚鲁而不能完学校之功课焉，而为之忧。于其已出也而忆之，于其未归也而又望之矣。盖自屈指吾人出世之后以至今日，无日不在父母慈爱之天地中，而父母实无日不在愁劳之日月中也。

父母之大恩 夫如是也，故夫父母之恩大矣，至矣，尽矣，蔑②以加矣。《诗》曰："欲报之恩，昊天罔极。"孟郊诗曰："谁言寸草心，报得三春晖。"盖吾人一知父母之恩，虽欲报之，而已不得所以报之之道也。

尽孝当在生前 况乎吾人长成之日，正父母衰颓之年。依依绕膝，此蜜境之岁月正复无多，吾人不可不知其为珍贵之时序而玩味之。而欲尽孝于父母，以报区区万一之恩，亦不能不在此无多有限之时期中，不幸而风木兴悲，吾人虽欲日奉太牢之养，而已嗟何能及矣。昔王裒读诗，每至"哀哀父母，生我劬劳"，未尝不为之三复流涕，盖以此也。然则吾人幸而当父母生存之日，安可不竭力尽虑，以谋致孝于吾亲之道乎？盖以此日而不得孝吾亲，则异日虽欲尽吾之孝而有所不可得也。

不孝者不可以为人 呜呼！吾侪小人，孰非人子？若闻孝亲之言而漠然不动于中，是亦不可以为人矣。尔小子今日得知孝亲之道也，安可不奋而各思自尽其孝哉？

注释：

风木：《韩诗外传》：树欲静而风不息，子欲养而亲不在。系皋鱼之事③。

第二节 兄弟

同为父母之所出而异其形躯者，兄弟也 兄弟者，骨肉也。同一父母之所生，不过异其形躯而已，故自父母之外，盖莫亲于兄弟矣。

---

①隤：通"堕"，落。 ②蔑：无。 ③皋鱼之事：出自《韩诗外传》卷九。孔子行，见皋鱼哭于道旁，辟车与之言，曰："子非有丧，何哭之悲也？"皋鱼曰："吾失之三矣：少而学，游诸侯以后吾亲，失之一也；高尚吾志，闲吾事君，失之二也；与友厚而小绝之，失之三也。树欲静而风不止，子欲养而亲不待也。往而不可追者，年也；去而不可见者，亲也。吾请从此辞矣。"立槁而死。孔子曰："弟子诫之，足以识矣。"于是门人辞归而养亲者十有三人。

无自残之道　不见吾人之手乎？指与指虽分，合之而同为一手，于此而自相残，是自伤也。然则岂可以兄弟而自相残者乎？

当少小之时，关系已最密切　兄弟既同为父母之所出，故自孩提之时，即共裸持于父母之怀，同嬉戏于家庭之内。盖当少小之时代中，即与之有苦乐患难之相共，而关系之最为密切者也。

互相敬爱　故夫年长者而处于兄与姊之地位欤，不可不爱其年幼者之弟与妹；年幼者而处于弟与妹之地位欤，不可不敬其年长者之兄与姊。互相敬爱，而尽友好之情，此兄弟本分内所当尽之事也。

欲孝父母，不可不友兄弟　且夫兄弟之和不和，即为其父母悲喜之所由分。盖兄弟而和，能增一家之安宁幸福，父母对之而自生愉快矣；反之而兄弟不和，即能致一家之殃祸败亡，父母对之而自增忧伤矣。故兄弟相爱，即为尽孝于父母之一端。欲孝其父母，必不可不爱其兄弟也。

天伦乐境　彼世有兄弟阋墙者，此天伦中之惨事也。骨肉之道，于是乎苦矣。若夫兄弟和睦，共安乐而忧急难，世之所以羡有兄弟也，非所谓有天伦中之乐境者乎？

注释：

阋墙：《诗经·小雅·常棣篇》："兄弟阋于墙，外御其务①。"阋，很也。很者，仇争之名。

第三节　祖先

祖先者，我身一本之所自出也　由父母而上溯之，则有祖父母；由祖父母而上溯之，则有高、曾祖父母，以至于始祖，皆系我身一本之所自出，故虽远而不可忘者也。

敬为父母之父母　夫吾人于最远之始祖固不可得而见，然于父母之上，得见祖父母者，人所时有，吾人欲孝父母，安可不敬为父母之父母者乎？

敬祖之礼　祖先之近者，或为吾人之所见，然吾人敬祖先之心，决不以及见者为限。苟为吾之祖先，则致其祭祀焉，省其坟墓焉。重水源木本之思，而表吾敬祖之心，此礼之不可缺者焉。

不可自隳其门弟　有祖先则有门弟。盖吾人之一身，固自祖先以来，有系统之历史而绵绵延延不断以至于今日者，故继祖先之志而光大其门弟者，此实为子孙者之责焉。不然，而箕裘之勿克负荷，则世所谓不肖，其辱祖先也大矣。是又知敬祖先者，不可不以此自惕也。

注释：

箕裘：《礼·学记》："良冶之子，必学为裘；良弓之子，必学为箕。"②

---

①务：通"侮"，欺侮。　②此语的意思是：优秀的冶匠的儿子，一定是先学习缝制皮衣；好的射手的儿子，一定是先学会用竹条编制器具。意思是先从容易的学起。

第四节　家族姻戚

宗族者，一本之亲，如枝叶之互相扶卫。姻戚者，异姓而与我有骨肉连系之缘。是皆关于吾身而有不可相离之势者也。

当为宗族姻戚尽力　夫宗族姻戚既与吾身相关而有不可相离之势，故吾人之对于宗族姻戚，莫不见其繁荣也而为之喜，见其零落也而为之悲。苟关于宗族姻戚之事，有可尽吾之力而为之者乎，吾人决当尽其力而为之，以为宗族姻戚图繁荣者理也。

当有加厚之情　然而世人之对于宗族姻戚也，往往以事物之故，于平日间积有不平之气，逐以互相嫌恶而至隔绝；隔绝不已，互相诋毁；诋毁不已，互相排除。是行仇雠之道于骨肉间也。不知宗族、姻戚之间，其人固未必尽为君子，自难保其不以非理之事待吾也。虽然，吾人以其为宗族姻戚之故，不可不含忍之，使亲睦之情不因之而稍减。所谓亲者毋失其为亲，故者毋失其为故焉。况乎我能舍弃一切平日之衅隙，而以敦厚之道行之，则宗族姻戚又岂不见化于我之感情，而亦唤起其固有戚睦之情以待我乎？是吾人之对于宗族姻戚间不可不有加厚之道者也。

博爱之道自亲戚始　夫博爱之道，必自其亲戚始。亲戚之不能爱，而曰吾能爱他人焉，此事理颠倒，而其言为不可信也。然则吾人而果有爱人之心，则宗族姻戚实为试验吾人爱情第一之区域，于此而不能用吾之爱，又乌乎而能用吾之爱者也？

第二章　国家社会

第一节　爱国

吾人有赖于国家而生活　吾人之所以生活者，不仅赖有家族也，尤赖有国家。

在国内不能处无国家之境　试思吾人设一旦而无国家，则内部之人皆将自相残戮，昼不得食，夕不得卧。此等惨乱之境，吾人岂能一日安乎？且也吾人既无国家之庇护，则外人之入吾国者，皆得鞭笞我，鱼肉我，吾人虽衔冤受屈，而无可告诉。此等困辱之境，吾人又岂能一日安乎？念至此而知吾人之有待于国家之力者大矣。然则爱国之心，岂能不油然而生乎？

在国外亦不能处无国家之境　夫吾人居于国内，其有赖于国家既已若是，况乎今者五洲交通，吾国以人口之众，不可不殖民于海外，一旦离异乡土而后，若无国家之保护，又安能托足异方而谋生聚之乐乎？而又不止此，或经商，或游历，吾人一出国外，能受他国人之尊敬而不遭其轻侮者，皆有恃乎国家之威力。念至此而爱国之心又岂能不油然而生乎？

庸庸者不知国家，故不知爱国　虽然，庸庸之人往往不知国家为何物，故爱国之心亦无由而发生,盖多有之,此犹日戴天而不知天之高,日履地而不知地之厚者等也。若吾人读书明理,知戴高天、履厚地之外,尤有赖乎国家庇卫之力焉,岂可对于国家而漠然视之若无情者乎?

爱国不爱国,国之盛衰所由分 夫我不爱国,而人亦不爱国,至于人人不知有国,而各自营其私,此国家之所以衰亡也。若反之而我爱国,人亦爱国,人人对于国家而有真实从事之心,此国家之所以强盛也。

国家盛衰即为人民之祸福 夫国家衰亡,则吾人受其祸;国家强盛,则吾人蒙其福。可不深知此理乎?

第二节 国民之义务

有权利必有义务 夫既为一国之民,皆可得望国家之保护,是国民应有之权利也。然既有国民应得之权利,即不能无国民应尽之义务。

国民所当尽于国家之义务,而举其最大者言之,则服兵役与纳租税是也。

国民当进而自为兵 兵者,国家权力之根本也。若无兵,国家又何能有权力以保卫吾人乎?虽然,若如往时召募之兵,多无爱国之真心,又何能与今日文明各国而竞雄长于地球乎?故吾人不可不进而自为兵,当平日则应征兵之令,遵规律,受训练,至于一旦有事,以赤心热血,宣国家之威力,扬国家之声名。是皆国民应有之义务也。

负担国家之用度者,正理也 夫既有国家,必有种种之用度,其用度不可不自国民负担之,此国民所以有纳租税之义务也。夫专制之世,妄课民赋,出入无稽,以供一人之挥霍,是固不免为虐民之政。然至立宪政治,凡国家所课之租税,必先经议员之协赞,既认为国家维正必不可少之供,而非同于暴敛横征之所为,则吾人皆不能不应其赋课之额而完纳之。是又国民应尽之义务也。

不能尽义务者,道德与国法之罪人也 夫国民之对于国家,不能尽其义务,则国家且败亡而不能成立。既无国家,则吾人陷入于危难之境,其祸岂忍言哉?故不能尽义务之国民,为道德之所当治,而又为国法之所当罚,岂可以吾人而蹈此咎乎?

第三节 对于社会之人人

人不能独立而存,此社会之所由发生也 人不能独立而存,故必相依相助,而后得谋生活者,此社会之所以必要也。

亲厚邻里 邻里者,社会中之最相亲密者也。非特朝夕相见,共谈笑,繁过从而已也,一旦事有缓急,其有待于邻里者正多。故邻里者,不可不相扶相助而共矢敦厚之风者也。

学问、道德、年齿,至于贵而有劳、富而能仁者,皆社会之所当敬礼也 社会中有贤者焉,是其学问智识常出乎社会之上,而社会之先觉者也,吾人可不敬礼之乎?社会中又有厚于德者,其品格之高尚,言行之方正,常能为吾人之表坊,吾人又可不敬礼之乎？社会中又有高于年者，非吾之父辈行即吾之祖辈行，长幼有序，是又所以维持社会之秩序也，而岂可不敬礼之乎？若夫官勋爵禄之人，或有功于国家，或有劳于人民，彼其事业声名果足以孚一乡之望者，吾人盖亦当致其敬礼焉。至于富而能仁之人，常能出其赀财以造福于众人，是又社会之所当报其恩而加之敬礼者理也。

哀贫、怜病、慈幼、悯恶、奖进技能之士，皆社会中所当为之事也　非特此也，社会中有贫者、病者，同此人类之生涯，而忽陷于不幸之中，吾人乌可不怜之悯之而救恤之？若夫对于年幼之人，则尤当保卫提携，而矢其惠幼之心焉。虽至有罪恶之人，吾人亦当怜其迷妄过误，为之劝导诱掖，使归于正。至于有一技一能之长，苟其事能有益于社会，则社会中皆当奖而进之，不可阻而败之者也。

能如是，庶乎对于社会之人人，皆能处之而当其理矣。

第四节　图公众之利益

不顾公益，不能保私利　夫人既相合而成国家社会以谋生活，故所谓我者，即国家社会中之一分子，未有不顾国家社会公众之利益，而我独能保其一己之利益者也。

我之外，有人人之利益　所谓公众之利益者，一我之外，而有国家社会人人之利益是也。夫智识短浅之人，但知我之利而不知人之利，从而其所作为，无非利己害人之事。果如是也，必至人与人不及顾而互相屠戮，互相争夺，则国家因而衰颓，社会从而委靡。而所谓但谋一己之利益者，至是亦必不能以独存，犹之耳目不护其手足，手足不护其耳目，则全体死亡，岂有耳目手足一体之能独存者乎？故我欲保一己之利益，则同时对于人之利益，亦不可不尊重。盖必人人皆有利益，而后我一己之利益方能长存也。

我之外，有团体之利益　一我之外，而有国家社会团体之利益是也。夫国家社会之事，不可割、不可分者其多，是即所谓团体之利益是也。如人人同由之道路，即不可分割之一者也。至于世益文明，则所谓团体中不可分割之利益亦日加多。故吾人对此公众团体之利益，不可不爱护之，珍重之，视之如一己之物无异。如对于同乘之汽车，不可污秽其器具；同游之公园，不可折损其花木。是虽一端，而对于他团体之利益，可以是类推矣。

公利、私利者，君子、小人之所由分也　夫如是，故但知自私自利者，谓之小人，谓之不德，为国家社会之所鄙弃宜也，以其有害于国家社会故也。图公众之利益者，谓为仁人，谓为有德，为国家社会之所尊敬宜也，以其造于国家社会故也。

第五节　尽一己之职任

职业之意义　夫吾人劳心思、役手足，日夜孜孜，莫不各有其职业者，果何为乎？其为一己生活之必要而谋衣食之资，固无待言，虽然，所谓职业上之意义，决非仅如此焉而遂已也，发挥其一己之能事，而能为社会发达进步之资，庶乎其能尽对于职业之责任矣。

人与禽兽之别　盖饥而知食，渴而知饮，蠢蠢然惟知保其一己之生命者，虽禽兽犹且能之，而人之所以为人者，不仅有保其一己之责任，而尚有保其社会全体之责任焉，此人之所以能胜万物而为万物之灵也。若但视职业为一己之衣食计也，其与夫禽兽之谋生活又奚择乎？岂可以人而如此乎？

职业者，皆为人者也　夫所谓职业者，试一思之，何一非为人者乎？若无人，则我之职业且消灭而归于乌有。例若为工，若无用器之人，虽日出其制造之品，不且废弃而属诸无用乎？知夫制器在我，用器在人，则知我之职业实无一不与人类之全体有相关系之故，如此岂可徒为一己之利益计而不为社会之利益计乎？则非能知职业之本性矣。

我等之为职业当如何　故夫我等若为官吏，不可以为我之服此职业也，惟为俸糈①之一目的而来者也。若为工人②，又不可以为我之服此职业也，惟为营利之一目的而出者也。若为工人，又不可以为我之服此职业也，惟为辛赀之一目的而就者也。既为一己之利益计，同时又不可不为社会之利益计，如此，则彼此各为其职业，而各能互收其利益，社会之幸福于是乎全，而一己之幸福亦寓乎其中矣。

职业神圣观　夫如是，故人之对于其所分定之职业也，无大无小，皆不可以苟且视，而当以神圣视之，而必以能尽其一己之伎俩，有益于人类为主。而后其心思之运用也光明，事业之成就也远大，利己害人，蝇营狗苟之恶习，乃可得而免矣。

第三章　品行

第一节　诚实

人品当自诚实始　夫外修洁其容貌，而内藏龌龊之心者，是犹戴假面之恶魔。外巧给其辞令，而内抱谲诈之念者，是犹能人语之禽兽也。识者耻之。故论人品者，不可不自诚实始。

不诚实之恶　诚实者不伪不饰，内外如一，而无言行之参差者也。人若无此诚实之心，则学问或为欺世之计，文章或为炫时之媒，即德行才能，安知其不为钓禄盗名之用？天下岂尚有可恃之人乎？是将化世界之人类而为鬼魅矣，其恶岂有过于是哉！

诚实为入道修德第一之事　故夫诚实者，德之基也，行之本也，万善之基础也。可不以是为入道修德第一之事哉？

---

①俸糈：俸禄。　②工人：此处"工人"疑当为"商人"。

诚实者，快心之事也　诚实者，至有快于心者也。盖人若为欺诈之事，则内未有不自愧于心者。良心上之苦痛，人生至大之苦痛也。若反之而诚实之人，可对天地，可质神明，坦坦然，荡荡然，无往而非正直之途，光明之天，古人所谓"内心不疚，何忧何惧"焉，不亦快心也哉！

诚实者，能动人而易有成功者也　诚实者能动人，而易有成功者也。盖人而一有欺诈之言与行，则虽其他之言与行或未必出于欺诈，而人已先疑之。至于人人疑其为人，则其人尚有何事之能为乎？若反之而诚实之人，虽未必求人之信，而人鉴于其平日之诚实，于不言不语之中，而已各有信任之意，所谓至诚感人者此也。至于人人皆信任其人，则其言固未有不行，而其事又未有不成者。盖诚实固非为功效计，而功效自随之矣。

诚实之受用者大　故人亦患不能诚实已耳。诚能诚实，则一生间之受用，岂不大哉？

第二节　反省

人当知己　夫人往往能知人，而独不能知己。然欲入道修德，必自知己始。老子曰："自知者明。"不知己者，岂得谓之明乎？

反省者，照心之镜也　今夫吾人之有点污于颜面也，吾人不自知之，然一对镜，而历历如在矣。吾人之有过失于心也，吾人亦不自知之，而欲自知其过失，必有赖于反省。故反省者，自照其心之镜也。

反省者，检点吾身长短之法也　盖人之性，有长必有短，故无论何人，不可不就其短而自补之。虽然，欲自补其短，而无反省之功，则终不能知其短处之所在，而长留缺陷者多矣。反省者，自检点吾身长短之法也。

必当有公平之心　反省之道，必有一公平之心。盖无论何人，无不有自袒其短之弊，几若吾人之心思口舌，常为辩护我身过失之用。然所谓反省之道则反是，不出于辩护，而宁出于纠正，古人之所谓内讼者此也。此当存公平之心，而不可有庇护我身之私者也。

北米名人之事　昔北米合众国之名人有福兰克林者，尝自定修德之目凡十三条，每日自反省其言行，作一功过表，若其言行有背于条目，而认为有过失之事，则于目上附一黑点以记之。因得数黑点而自儆戒，遂得过失渐减，而完全其德性云。

古人两事　希腊哲学大家梭格拉底之讲学也，以反省法为学问之始。曾子曰："吾日三省吾身。"吾人可不知反省之为要乎？

注释：

自知者明：《老子·三十三章》"知人者智，自知者明"注：知人者智而已矣，未若自知者超智之上也。

第三节　改过

改过如无过等　夫人孰无过，虽然，若知其过而改之，则有过即与无过等。

故曰："过而能改，善莫大焉。"①又曰："君子之过焉，如日月之食也。过也，人皆见之，及其更也，人皆仰之。"②然则人不必以有过为患，有过而不知改过，斯可患耳。

治过以痛改为主　且夫人之有过也，亦莫不有自耻之心。虽然，以耻过之故，往往有出于掩饰者。不知过而出于掩饰，则为恶之心且因之而日长，孰若拔其根株而去之，使得臻于无过之域之为愈也。故人一自知其有过，不可流于辨护，不可涉于欺蔽，一以痛改为主，至无过而后安。此治过之上策也。

自检点而改过　改过之道约有二法：一自检点其过而改之是也。盖人之于过，往往有为人所不得而知者，然人虽不得而知，而己则自知之。既自知之，即不可不自改之。夫吾人有宝爱之物，而偶加点污，尚必磨之、濯之，使复归于纯洁而后已，况乎吾人之心而可使之点污乎？能改过，则吾心庶无留秽恶之处，而得收安心之功矣。

听谏言而改过　一听人之言而改之是也。盖人之于过，亦往往有为己之所不知，而人则知之者。人知之而能言于吾之前，是直人正士，而大有益于吾人之良友也。吾人正当敬而从之，岂可逆而拒之乎？盖听人之进谏，而得去吾之过者，犹招医之用药而得去吾之病也。若拒谏，是犹退医却药而长其病也。昔人有言："忠言逆耳利于行。"然则吾人岂可一日无谏过之良友乎？

君子、小人之分　盖过失之事，或多出于无心，虽然，若不改，是出于有心之所为矣。前者可复为君子，后者则入于小人矣，岂可不大戒乎？

第四节　矫癖

癖者，偏也　夫人之性质，每不能无所偏，而癖者，即伏于性质之偏之中，而遂为性质之累者也。

有癖者，非完全之人格也　是故或有饮酒之癖，或有赌博之癖，或有游荡之癖，若是者，其为恶癖固无论矣，即幸而得免于此，而若或者有夸大之癖，或者有谲诈之癖，或者有奢侈之癖，或者有悭吝之癖，或者有巧讥刺之癖，或者有好名誉之癖，凡若此者，又皆足为进德修道之累，吾人之所当自戒者焉。又幸而得免于此，而或偏于静者不能动，偏于动者不能静，偏于刚者不能柔，偏于柔者不能刚，又或偏于智识者短于意志，偏于意志者短于智识。吾人试检点性质，莫不发见其有癖于一方之处，惟知其癖而矫之，庶有以得性情之中和，而人格乃有完全之美矣。

矫癖难于改过　矫癖之事，尤难于改过。盖过者，或显著于一事之间，故吾人易得见而改之，而癖者，则其积甚远，其伏甚微，或由之而不知，或习焉而不察，非大加以矫强之力不为功。虽然，人若知癖之大有累于性质也，则无论矫之

---

①此语出自《左传·宣公二年》，意思是犯了错误而能改正，没有比这更好的事了。　②此语出自《论语·子张》。

之难若何，而必竭吾之全力以矫之而后可。所谓学问之道，必先变化其气质者此也。

矫癖当改习惯　吾人之欲矫其癖也，尤莫要于改正其习惯。盖人往往以有癖之故，成为一种之习惯，至习惯成，而癖亦与之俱深。故吾人之为学也，当先检点吾之有恶习惯否乎，若发见有一种之习惯而乃认之为恶者，即不可不改此恶习惯，而以良习惯代之。积久而良习惯成，恶习惯至不可得而见，如是而所谓性质之癖斯可得而去矣。故曰：习惯者，第二之天性也。吾人欲矫正其癖者，可不于习惯间慎之乎？

第五节　远大

无远大之志者，乡党自好之君子而已　如上所谓诚实、反省、改过、矫癖诸事，而能实行之，则修德入道，其初基固已立矣。虽然，若其所为之志事不能远大，则尚未免为乡党自好之君子也。

有远大之志与否者，人禽之所由别焉　不见夫禽兽乎？除饮食、动作之外，而其余若无所为者，彼固不知有远大之事故焉。若夫人则不然，将有国家之事也，将有社会之事也，将有世界之事也；又将有学问之事也，有德性之事也，有功业之事也。其志事愈大者，其人物亦愈大；其志事愈小者，其人物亦愈小。故曰：君子务其大者、远者，小人务其小者、近者。人物之分，盖以此也。

争名利、谋衣食、长妻子者，人类间之一无价值者焉　彼无远大之志者，或不过争名夺利、谋衣食、长妻子而已。是所谓碌碌庸人，增一人焉不为多，去一人焉不为少者焉。为人若此，则全失其所以为人类间之价值矣。若夫有远大之志者不然，其所悬为目的、存为志趣者，必将使横之则有关于天下，竖之则有关于万世焉。故士宁可贫、可贱、可逐、可杀，而必不肯自没于小就，与流俗争富贵利达之私。古之所谓天民大人者，此也。

各国历史皆赖有伟人　夫何国不问，吾人试一读其历史，不皆有光日月、轰雷霆之大事业乎？是无他，则皆天地间有数之人物而一二抱远大之志者为之也。若无此一二抱远大之志之人，则国家从而衰颓，社会从而暗淡，世界从而萧条。易言以明之，若无一二抱远大之志之人，则人类之在天地间，不过梦然而生，梦然而死，与草木同腐已耳。然而人类间之所以不如此者，则以有伟人之能藻绘乾坤、经纬河岳故也。夫古之伟人往矣，而人类间不可一日无伟人，则吾人可不继伟人之后，而矢远大之志乎？

小子当闻而兴起　诚如是也，则今日之藐焉数尺，即他日之担当宇宙，而可成为千古不朽之人物者也。小子乎！小子乎！可不闻而有兴起之志乎？！

第六节　谦虚

远大而有骄傲之心者，大不可也　夫既存志远大矣，虽然，若因此而遂自高声价，张意气，以他人为皆莫己若，而存轻忽藐视之心，是又足为修道入德之累，而事之大不可者也。

不以特出庸众为能，当求无渐于古今之伟人　且夫人类之高下，至不齐等者也。固有其才识学问远不及吾之人，然亦有为吾所远不能及之人，以我区区一得之长，而遂敢谓天下无人，其妄亦可谓甚矣。且我既自命为人杰，固不当与庸众人较，而当与古今之大圣贤、大英雄、大学者较。若我虽能一时特出于庸众之上，而较之古今之大圣贤、大英雄、大学者而多逊色焉，则是我之傲然自大者，不过无佛处称尊而已，不亦为识者之所笑乎？

浅学者生骄心，笃学者生不足心　况乎吾人之为学，其境界又至无限量者也。大抵其于学也，所造之境界甚浅，不复加以极深研几之功，遂不觉以己之所得者为满足，而骄矜之心即由之而起。若夫知学之境为无穷而研求不已，进一境焉，尚有一境以相引，而益觉吾之造诣为有限而学之程度为无穷，所谓学然后知不足也，如是则谦抑之怀自发于心而有所不能已矣。

当则效之古人　昔希腊之大贤梭格拉底曰："余者非敢自谓有智识之人也，余者爱求智识者也。"又曾子之称颜子曰："以能问于不能，以多问于寡。有若无，实若虚。"此皆古圣贤之良规也，吾人可不闻而则效之乎？

第七节　公平

人无公平之不可　人若无公平之心者，以之处事，则是非从而倒置；以之论人，则贤否因而混淆，非有害道德之大者乎？

受贿赂而失公平者有之；计恩怨而失公平者有之　今夫人有以受贿赂之故，而于一事也，前之所曲，或为今之所直；前之所直，或为今之所曲。以金钱为重轻，而失事理上之权衡，世间事以此而失其公平者多矣。此固人人所叹以为不道德，而吾人之所当凛然首戒者也。虽然，以贿赂而失公平，贤者或不敢出此，然犹有一事为人人之所易犯，而犯之即入于不公不平者，则感情上恩怨之不能忘是也。大抵人之对于与我有恩者，则称誉每不觉其过真，而对于与己有怨者，则毁伤又不觉其失实。往往于处事论人之际，是非之心未至而恩怨之情先来，一任乎感情冲激之所为，此世间所以少公平之处置也。然则吾人欲保真正之公平，先不可不立一戒，而内审于心曰：吾今之言，其果挟有我之私乎否乎？盖怨恩者一己之私，而是非者天下之公，是非之与恩怨，不可不分为两个之界限，而恩怨自为恩怨，是非亦自为是非，不敢以恩怨为是非，庶乎其是非不谬，而有以得公平之道矣。

日月不择地而照，雨露不择物而润，人当法此公平　不观夫日月乎？日月之光也，不择地而照，其有照有不照者，则皆由于其地之自为，而日月固无此私心也。此可谓为公平者也。又不观夫雨露乎？雨露之泽也，不择物而润，其有润有不润者，又皆由于其物之自为，而雨露固无此私心也。此又可谓为公平者也。吾人之心，其于处事论人也，亦不可不如日月之照其光，雨露之润其泽也。有好之者，由于其人有可好之真，而不敢以我之意好之，故好非我好也；有恶之者,由于其人有可恶之实,而又不敢以我之意恶之,故恶亦非我恶也。是可谓能持公平之理者也。

第八节　正直

邪曲之反对者,正直　正直者,不肯枉其道,而与邪曲为反对之名者也。

不正　今夫有一事也,如此则合乎道,不如此则不合乎道。合道者谓之正,不合道者谓之不正。然而守道不笃之士,往往见利之所在,则枉其道以求之;见害之所在,又枉其道以避之,不知一与道离,而邪僻之行即因之而日滋。此世之所以鲜守正之士也。

不直　又若有一事也,审之于道,见其有不可不如是者。审道既定,吾从而行之,而不肯枉屈,是直者之行也;吾从而言之,而不肯唯阿,是直者之言也。然而世之人,又往往虑直道之不容于世,而枉道之可以免祸而获利也,遂相率而以直道为戒,群趋而入于脂韦容悦之途。此又世之所以少刚直之士也。

非正直则道不行　呜呼! 世道之坏,人之多为不道德之行而不知耻者,非皆由于不正直者之故乎? 若夫吾人以学道之身,非正直则道不行,然则安敢不挽颓风、矫薄俗而矢正直之行乎?

正直之人物光明伟大　夫正则心慊,心慊则能告天地、质鬼神矣;直则气壮,气壮则能撼山岳、格风雷矣。人格如是,岂不光明也哉?! 岂不伟大也哉?! 小子志之。

正直者最良之政略也　泰西之名言曰:"正直者,最良之政略也。"彼以邪曲为得计而欲用之者,又安得为闻道之士乎哉?

注释:

脂韦:《楚辞·卜居》:"将突梯滑稽,如脂如韦,以挈盈乎?"①《正字通》:"脂,腴也。凝者为脂,释者为膏。"韦,柔皮,言柔滑媚世之人。

慊:快也,足也。《大学》:"此之谓自慊。"《孟子》:"行有不慊于心,则馁矣。"②

第九节　廉洁

人间罪恶多半为利　甚矣人世间之陷于罪恶者,大半则为利而已矣。

故有为利而动其欺心者,亦有为利而启其杀机者。吾人试数世间之恶行,见夫父子相贼,兄弟相残,朋友相害,社会相欺,举一世而化为魑魅魍魉之情,原其故,岂真人心之好为此哉? 固无非为争区区之利,遂演此惨淡酷薄之境而不能自返也。

官吏窃禄,非廉洁之道　争利之陷于罪恶者,若盗贼,若敲骗,若赃贿,此固

①将突梯滑稽,如脂如韦,以挈盈乎:还是像油脂那样光滑、像兽皮那样柔软地去迎合世俗呢? 突梯:滑溜的样子。滑稽:圆滑的样子。脂:脂膏。韦:熟皮。挈盈:即絜楹,指圆滑谄谀,善于揣度人之所好。
②行有不慊于心,则馁矣:见《孟子·公孙丑上》,意思是行为只要不符合道义,内心就觉得空虚。

人人以为不道德,而亦国法之所欲治而不能赦者也。虽然,是固不过显著之罪恶耳。令夫为人上者,受厚俸大禄雍容怡养,果其有劳于国,有功于民,固可受之而无愧者,不然,而尸位素餐于其间,则是夺民脂民膏以自养,与盗贼、敲骗、赃赇之受不义之财,实无以异者也,亦可谓不道德之行者也。

故夫吾人之于财也,必审其合义与否。合义则取之,苟不合乎义,则虽一介之微,未可以妄取而受之也。故曰:"见利思义。"又曰:"临财毋苟得。"能如此也,庶乎有以养其廉洁之志,而不隳于为趋利而造罪恶者矣。

注释:

赃:《广韵》:"纳贿曰赃。"赇:《说文》:"以财枉法相谢也。"《史记·滑稽传》:"受赇枉法。"

第十节　俭约

以俭约保廉洁　夫既重洁廉矣,虽然,若万事流于奢侈而不知节,则财必不足于用,而廉洁终有时而不可保也。

俭约为处贫贱之道　夫人有生于富贵之家者,亦有生于贫贱之家者,若既不幸而生于贫贱之家,则将以何者为处贫贱之道乎?曰:有之。饱藜藿如肉食,衣敝缊如狐貉,处陋巷如华屋。养成俭约之风,斯可以处贫贱而无难矣。

富贵人亦宜守俭约　况乎贫富何常?若耽侈泰,流豪纵,往往有素封之家不数年而贫乏如洗者。是故俭约之操,不独贫贱者宜守之,即富贵人亦宜守之也。

不俭约则有贫而求人之耻　人世间以求人之事为最可耻。夫处贫穷之中,迫于不得已而求人,是固无伤其为气节也。不然,若以奢侈之故而致贫穷,以贫穷之故而致请求,则人将曰:是非真处于贫穷之境而无可如何也,实由彼之好为奢侈以至此也。如此,而请求之事非由我之所自取者乎?是则可耻已矣。

不俭约则贫而为人所贱矣　且夫贫穷每为人之所贱,虽然,若贫穷而出于天之所为,人虽贱我,我固未尝自贱。何则?贫穷非我之所自致,则我何为而身分遂不如富贵人乎?虽然,若一数其贫穷之原因,实由自流于奢侈而然,则人以其陷于贫穷也而贱之,我固自有可取贱之道在也。

俭约与吝啬不同　夫俭约既尚矣,然有一事之不可不辨者,则俭约之与吝啬异,而俭约非吝啬之谓是也。盖俭约者,但谓其于不可用之地而不用,而吝啬者,则并其于可用之地而不用。故守身俭约之人,尝有为亲戚、为友朋、为国家、为社会,苟关于道德上之事,未尝有惜其金钱而不为者;若吝啬则是守钱虏之所为矣,其行事盖大有害于人类间者。故俭约可奖也,而吝啬不可奖也。是不可因其相似而误而至成为恶德者也。

注释:

藜藿:贫者之粗食也。《前汉·司马迁传》:墨者"藜藿之羹"。

敝缊：《论语》："衣敝缊袍与衣狐貉者立。"①缊，枲②著也。

素封：富厚之家与有封邑等者。《史记·货殖传》："无秩禄之奉，爵邑之入，而乐之比者，命曰素封。"

第十一节　博爱

万物天性中皆有爱之美德　爱者，万物天性中所固有之美德也。试观家庭之间，父母则爱其子女，子女则爱其父母。凡家庭间之和乐，孰非恃爱情之充满为之基乎？然则推此爱情于四海万物之间，而四海皆和平矣，万物皆康宁矣。

爱情不发达者，恶也　虽然，吾人虽同具此爱之美德，往往有不能扩而大之者。故关于己之事，则知爱之，而关于人之事，则多不知爱之，若世俗间多有珍爱己之子女而虐待人之子女，珍爱己所有之物而毁弃人所有之物。此残惨刻薄之风之所由成，而实由于不能发达其天性上爱之美德为之也。

当广其爱于人类、物类　夫同此手足，同此耳目，人类一也，虽物类尚有爱其同类之心，岂以人而可自残其同类乎？此当广其爱于人类者也。若夫推而大之，则天地一家也，万物一体也，虽至禽兽草木，亦皆各具生命，吾人岂可过为残虐之行乎？此又当广其爱于物类者也。

对于人类、物类当然之理　故夫人类间之有贫者、病者、不具者，遭遇灾变、死亡、冤辱而无可告诉者，以及老者、幼者、劳力者，凡若是等诸人，吾人无不当动其怜悯之心而生救济之念，此对于人类间当然之理也。又于物类间，若鸡彘牛马等物，勿过杀，勿虐待，虽至昆虫草木之微，苟属无害于世，亦不可蹂躏而斩灭之。使万物皆得各安其生，此又对于物类当然之理也。

万物能以爱相感通　夫万物皆有相感通之意，我爱人则人亦爱我。例若我救人于危难之中，则人非木石，谁不知报？亦必有救我于危难之时者。孟子所谓"爱人者人恒爱之"是也。又非独人类然，若犬类亦有感豢养者之恩而表其亲昵之意者，此固验之物类心理中而昭然不爽者也。然则世界虽大，一以仁爱行之，则万物皆属有情。故好为残忍者，实自启其杀机；而乐行仁爱者，即自造其福本也。圣人以之育天下、长万物者此也。

世界一爱力之所维持　呜呼！世界实一爱力之所维持，若无爱情，则吾人又安能一日居此枯寂离散之宇宙乎？

注释：

蹂躏：蹂践也。躏，轹也。《前汉·王商传》"奔走相蹂躏"。

第十二节　报恩

忘恩者为小人　忘恩者小人，报恩者君子也。

①衣敝缊袍与衣狐貉者立：此句出于《论语·子罕》："衣敝缊袍与衣狐貉者立，而不耻者，其由也与？"缊袍：乱麻旧絮做的袍子，古为贫者所服。　②枲：麻。

施恩者非求报,而受恩者不可不报 大抵施恩者出于仁慈之本心,固非求报者也,然因施恩者之不求报而我亦不思所以报之,则我之孤恩多矣,岂可谓合于道德者乎?故施人者可忘,而受施于人者,则不可忘也。

修怨者多,报恩者少 怨不易忘而恩易忘者,人之常情也。故世之人,虽平日一睚眦之怨,常不能去其怀,而思报复者有之,而至于受恩,虽重若丘山,犹且背之,而况其小焉者乎?此修怨之事,所以世不绝迹,而报恩之事遂若景星庆云,仅百年数世而一遇之,以传为美谈焉。非世道人心之一大忧乎?

不可被忘恩之恶名 世之诟人者,常曰忘恩子,然则忘恩为人人所恶之行可知矣。知忘恩为人人之所恶,吾人岂可蹈此而被忘恩之名,致为世之所诟病乎?

物类且知报恩 夫物类尚知报恩,如古史所载,雀之与环蛇之衔珠是也。顾以灵智高于物类之人而反不知报恩,亦对于物类而有腼颜矣。

报一饭之恩 昔春秋时赵盾之遇难也,救于翳桑之饿人,问之,曰:吾以报昔日一饭之恩也。夫以一饭之恩而报,而况恩之有大于一饭者乎?吾人幸而遇一恩人,岂可不矢图报之忧而至有负心之疚耶?

注释:

孤恩:孤,负也。俗作辜。《前汉·李陵答苏武书》:"陵虽孤恩,汉亦负德。"

睚眦:《类篇》:"恨视也。又举目相忤貌。"《史记·范雎传》:"睚眦之怨必报。"

雀环:《续齐谐记》:杨宝年九岁,见一黄雀为鸱枭所搏堕地,宝怀归,采黄花饲之,毛羽成乃去。是夕梦见一童子向宝再拜,曰:"蒙君拯救。"即以白环四枚与宝,曰:"令君子孙洁白,位三公,当如此环也。"后震、秉、赐、彪,四世三公,清白无比。

蛇珠:《搜神记》:隋侯行见大蛇伤,以药傅而涂之。其后蛇于江中衔珠以报隋侯,径寸纯白而夜光,可烛室,故历世称隋珠焉。

翳桑饿人:《左传·宣公二年》:"晋侯饮赵盾酒,伏甲将攻之。初,宣子田于首山,舍于翳桑,见灵辄饿,问其病,曰:'不食三日矣。'食之,舍其半。问之,曰:'宦三年矣,未知母之存否。今近焉,请以遗之。'使尽之,而为之箪食与肉,置诸橐以与之。既而与为公介,倒戟以御公徒,而免之。问何故,对曰:'翳桑之饿人也。'问其名居,不告而退。——遂自亡也。"

第十三节　勇气

勇有筋力、志气之别 夫勇不同,有筋力之勇,有志气之勇,而其中尤可尚者,则志气之勇是也。

精神上之勇可贵 盖人固有筋力与志气,两皆可称为勇者,然亦有勇于筋力而弱于志气、勇于志气而弱于筋力者。夫使筋力与志气两者俱勇,是固可称为勇之上者也,然人之气质不齐,若徒有肉体上之勇,则虽拔山扛鼎,不过能竞胜于角力之场，一匹夫小勇之事而已，孰若有精神上之勇者，刚毅而不屈，坚贞而不馁，是所谓君子之大勇。凡欲成就道德、学问、事业者，盖无不有赖于此也，故可贵焉。

智与勇之比较 智与勇两者并称，而事之所以能成者，则恃乎勇之德尤多。盖虽有智以明察乎其前，而无勇以决断于其后，则事之离实行者尚远，不伴勇之智之所以卒归于无用也。且也就令有实际上行之之勇，而天下事固未有一蹴能几，而于前途毫未遇有险阻艰难之境者，故非有排千难万苦、不挫不踬之精神，未可许以为能当天下之大事也。是则有恃乎志气之勇者也。

古今伟大之人能养浩然之气 言勇之理莫善于孟子。《孟子》曰："其为气也，至大至刚，以直养而无害，则塞乎天地之间。"[①]是即所谓养浩然之气之说也。能如是也，无所往而不以浩然之气行之，尚复何畏乎鬼神？何惧乎风雷？何忧乎水火兵革刀锯鼎镬之属？以巍巍之身而充之以天地之正气，非所谓勇之至大而诚足以开金石、气足以壮河山也哉？大矣哉孟子发明养气之功用，而放光明于我国学界之间，学者可无进求其道而学之，以自养成其为刚大之人物也？

自课勇德 汝小子乎！盍以勇德日课之于志气间乎？

第十四节 节操（一）

节操之关系于人者重 《礼》有之曰："如竹箭之有筠也，如松柏之有心也。""贯四时而不改柯易叶。"（数语见《礼器篇》。）是节操之谓也。故曰："士穷见节义，世乱识忠臣。"曾子之论人物，曰"临大节而不可夺"，始可谓君子也矣。甚矣！节操之关系于人格者重焉。

失节之有累于德 盖人于平日之间，纵具若何之美德，若遇大节而改变焉，则前后如出两人，而前此之善不能盖其后此之恶，反因后此之恶，而前此之善亦不免有贬色焉。然则吾人可不凛然而防有失节之时乎？

不可幸时变之不来，当励节操以待之 夫世固有幸而终身不遇大节之日者，庸庸者之成名，其得徼时运之幸福者多矣。虽然，吾人为学，要不可存此苟且之心。盖苟无励操守之实，而佃[②]欲幸时变之不来，则一旦临大节而事悉败矣。惟能自贞其节操焉，始可以遇常变而不惧。盖节操者，人处于时变之际，而可以分君子、小人惟一之试验器焉。

节操重于生命 生命者，吾人至贵之物也。然有时为节操之故，不能不舍其生命，如为国家徇难事是也。故曰：士见危授命。以是见有节操之人，虽死犹荣；而无节操之人，虽生犹辱。知夫节操之重于生命，吾人亦可知节操之贵，直无有何物焉足以易之。夫士且不肯以生命易其节操，况乎可为富贵功名而变节乎？

---

①此语出自《孟子·公孙丑上》。　②佃：疑当为"但"。

节操（二）

节操必与苦相伴　节操之事，必与苦相伴，所谓苦节是也。若节操而无苦，则亦人人之所能为，而节操初无足重矣。惟夫苦而犹必守其节操，斯含辛茹檗，大节兹光于天壤间焉。盖节固以苦而愈难，亦愈难而愈知其可贵矣。

节操当有久长之心　凡人之励节操，也尤不可不有久长之心。此言节者所以必兼言贞也。盖节操之事，若非以久长而后能成，则一时之忍苦痛，亦或为人之所能为。若夫真有节操之士，虽遇何等之苦痛，忍之又忍，日月长矣，而耿耿此心且有更长于日月者，直觉海枯石烂，天地有时可变而此心无时可移，任世宙之荣华消长纷过于目前，而不以扰其方寸淡定之天焉。斯真可谓能禀乾坤之贞德者也。

节操为天地、鬼神之所敬重　如是之人，故夫天地重之，鬼神敬之，即吾人亦乌能不馨香崇拜，以奉为顽廉懦立①、百世之师资者哉？

注释：

竹箭有筠：箭筬也。筠：竹之青皮也。

檗：音伯。黄木也。皮黄而苦。

第十五节　利济（一）

人类有护己、利人之二德　夫人类之所以可贵者，有各自保护其身之责，而又同时，有利济他人之事是也。

人类有利济之心，故胜于物类　不观夫万物乎？彼保护其一身之能事，实较之人类为优，若马之有蹄、牛之有角皆是。然彼之所缺者何？无互相为用之一事是也。若夫人类则不然，无一不互相为用，而后此繁复之社会以之形成。举其浅而言之，有农而织者可以得食，有织而农者可以得衣。试计吾人一室内事事物物，其有待于他人之力者何限？故彼不能废此，此不能废彼，盖吾人所居之世界，实一互相利济之世界也。

不知利人，则亦不能利己　知人人之互相为用，而无一人不有功于社会之间，故夫有一人之不得其所，吾人即不可漠然视之。盖一人之不得其所，积而至于人人不得其所，是即大乱之所由起。至于既陷于大乱之中，吾虽欲自保其一身，亦岂可能为之事乎？故夫但为己谋，只自顾其一身一家之利而不顾及人之利者，其计利也既不完全，而其祸世也至大，实可谓有罪恶于人类间之行为者也。无他，则以其不知有利济之心故也。

利济（二）

古今世界以互相利济而成　自古圣贤之人，其为吾人所崇拜者何？崇拜其一利济之心而已。试思禹无利济之心，何以独为吾人而治水？稷无利济之心，

①顽廉懦立：使贪婪的人能够廉洁，使怯弱的人能够自立。形容高尚的事物或行为对人的感化力强。

何以独为吾人而教稼？故孟子曰："禹思天下有溺者，由己溺之也；稷思天下有饥者，由己饥之也。是以如是其急也。"①此言乎禹、稷之事功，皆由其有利济之心而发者也。又非独禹、稷然，凡吾人之所以有今日开明之世界者，孰非食历代古人利济者之福乎？古人既利济吾人，而吾人不能利济后人，则世界且自此而中绝矣。吾人之罪，岂可得而逭乎？

一工一艺亦有利济之责　是固非独士大夫间以天下国家为己任者当有利济之心已也，即小而至于一工一艺，似若仅为一己之生计计而无与乎利济他人之事矣，而其实不然，盖一工一艺所出之物，决非为吾人一己之用而皆所以供世界人人之用者，故吾之为此一工一艺也，亦不可不兼为他人计，曰：凡吾所成之物，其果有利于人否乎？有利于人则为之，而有害于人则勿为之，是亦一利济之心。然则人间万事，实无一不当以利济之心行之耳。能如是也，斯人与人互相造福，而世界太平矣。

注释：

逭：《说文》："逃也。"《书·太甲》："自作孽，不可逭。"

第十六节　推想　（一）

形骸隔绝，故人己不相知　夫人以形骸隔绝之故，故忧愁苦痛之事惟在己可得而知，而在人则不可得而知之也。

各不相知之害　故夫年少之人不能知年老者之苦，无病之人不能知有病之苦，有财之人不能知无财者之苦。他若饱则不能知饥之苦，暖则不能知寒之苦，逸则不能知劳之苦。又若挟者不能知被挟者之苦，杀者不能知受杀者之苦。惟如此，故人常有视他人之苦漠然一无所动于其中，甚则有以他受苦之状为我取乐之资，如古代暴君，有用一种残酷之刑，以见人之受苦，而为一己之快乐者。又多有人，虐待动物，设种种刻薄苛毒之法，以见物之受苦，而为一己之快乐者。是实可谓不道德之甚，而原其故，则由于形骸隔绝，彼之受苦为我之所不知则然也。

能知人之理由于推想　虽然，彼之苦以未尝有感于我之身，一若为我之所不知，而一为由己之身而推测焉，则彼所以受苦之情又未尝不可得而知之。盖己之苦可得直接而知，而人之苦虽直接不能知，而间接则固可得而知之。前者感觉上之知，而后者则推想上之知也。此推想之所以可贵也。

推想　（二）

推想为道德发生之根原　夫人之苦既得推想而知，则悲悯怜哀之情有不觉其油然而生者。此实道德发生之一大根原也。

①此语见《孟子·离娄下》，意思是视人民的疾苦是由自己所造成，因此解除他们的痛苦是自己不可推卸的责任。

一为大乱之世，一为有情之世　何则？我见人陷于苦难之中，一若尔为尔，我为我，视同固然，而毫无所用我推想之情，则人见我陷于苦难之中，亦将以为无与于彼事，而彼可一无关知者。是人与人不相救恤，而世将大乱而不可治也。反之若能用其推想之情，则彼此之间形体虽殊，而各有痛痒之相关。此世界之所以有情，而实由于能推想与不能推想之所由区别也。

人品善恶之分　故不能用其推想之情，则将流而为残忍暴虐之小人；而能用其推想之情，则救世之大悲者、利物之大仁人，皆将由此出也。此不可不察也。

推想之学说　泰西之格言曰："汝以人之所欲者施人。"而孔子亦曰："己所不欲，勿施于人。"又曰："己欲立而立人，己欲达而达人。"此皆推想之说也。泰西之伦理学大家多有主是说者，学者可不知推想之关系于道德者大哉？

注释：

抶：音哑。笞击也，挞也。以通俗语言之曰打，文言之则曰抶耳、挞耳。

救世大悲者：《大乘起信论》语。

第十七节　裁制(一)

性情过则有害　元来人若任其性情之所为，则必有失之于太过而贻害者。如是则裁制之道尚焉。

内心裁制之益　人类间裁制之道不一，如有法律上之裁制，舆论上之裁制，内心上之裁制等是。而以有内心上之裁制为最要。盖非有内心上之裁制，则必至成为事实上之过失，而后始得以裁制之道加之。若内心上之裁制，则于未成事实以前，而即能消过失于无形者也。

是非两方面皆有裁制之道　裁制之事，亦非谓其事本属之我之非是，而我当自裁制也，即以其事而论，实属我是而人非，而我亦有当裁制之理在。例若人以非理之事犯我而触我忿怒之心，此以事论，固属我是而人非，然而此忿怒之情我不可不自裁制之。若果任我情所为而失之太过，其结果有反成为我之不是者。况乎不加裁制之忿怒往往以一发而不可遏，而遂至于肇祸者有之。是故我自审其事之非是，固当加裁制之道，即我自审其事为是，而亦当有裁制之道者在也。

裁制(二)

当有矫强之力　凡人之欲裁制其性情也，不可不加矫强之力。盖当性情之发也，每有莫大之强力，而其势既不可得而阻。当此时也，非以裁制之力加乎发动之力之上，则发动仍不可得而止，而裁制失其效。故裁制之时不可不以全力出之。殆至渐练渐熟，而裁制力日形其强大，至于吾心之天君一发号施令，而五官百体莫敢不服从者，至此而始得收裁制之功矣。

脑有制止力　盖吾人之脑本有发动与制止之二性。凡脑之健全者，其制止力亦愈大，故往往当有疾病或有忧虑之时，脑力即弱，则制止之力亦弱，而凡事皆易于激动，此人所时见之事也。至于脑力强健，若大智大勇之人，凡所有激刺之事一入乎其脑中，悉消失而毫不呈其反动之性。故大智不惊，大勇不较，盖由其制止力大而脑性之健全故也。夫脑止力之强大，其由于天成者，固非尽人之可得而为，虽然，吾人可不从人为上，以增长制止力之作用而助脑之健全者哉？

第十八节　完美　（一）

人有求完美之本性　今夫吾人之于作字也，或有一笔之未工；于行文也，或有一字之未惬，则心常辗转焉而不能安，必求其尽工尽惬也而后已焉。此何也？则人心中有一求完美之固有性故也。

完全则有价值　万物常以完全而后有价值。例若今有一书也，共十册，而若仅有九册，则以不完全之故，而价值为之顿减。又若有一书也，共十册，而以其为古书之故，其中缺一册焉，求之而常不可得，适有一册焉，可以补此缺而成为一完全之书，则有不惜其价值之昂贵而必欲购之者。凡若此之类甚多，是即物以有完全则有价值，不完全则无价值之征也。

完美之反对　完美之反对，则如有草率、苟且等之弊是也。夫于作事而有草率苟且之心者，则其事必不能善；于造物而有草率、苟且之心者，则其物必不能工。觇世运者，但观于其人民间事业之窳陋①，器物之楛窳，而已可卜其国家社会之将濒于衰亡也，则由于其人心中无完美之思想故也。

完美　（二）

不完美，则学问、事业皆不足观　夫于居处、服用、饮食之间，虽不可过求其完美，盖过求完美，则必有流于骄奢淫乐之忧。孔子称卫公子荆“善居室。始有，曰‘苟合’矣；少有，曰‘苟完’矣；富有，曰‘苟美’矣”，②盖以其有不求满足之心，故美之也。虽然，至于学问、事业之间，则有不可以居处、服用、饮食之事例之者，必也抱一至完美之目的。苟不至于是而不已，则学问可以穷高深之境，而事业又可以造盛大之域矣。不然，吾未见学问、事业之足观也。

完美心之有关于道德　且夫所谓道德者何？亦由人心间一完美之思想而已。何则？人必有感乎诈夺虐杀，凡种种不道德之行，此世界实不可一日居，而更欲求一完美之世界，此道德之念之所由起也。故人之有道德性者，苟一行之有瑕疵，其心常为之不慊，必欲吾生为洁白纯粹之躬而后已。以是之故，故人类益进文明，则道德性亦益增长，盖即由于人类求完美之心至是而益工也。此完美心之大有关于道德者也。

---

①窳陋：矮小简陋。　②此语出自《论语·子路篇》，意思是孔子称赞卫国的公子荆，说：“他善于治理家政。当他刚开始有财物时，便说：‘差不多够了。’当稍微多起来时，就说：‘将要足够了。’当财物富有时，就说：‘真是太完美了。’”

注释：

楛窳：器物滥恶曰楛。窳：器空中。又恶也。亦作苦窳。《史记·五帝本纪》："器不苦窳。"正义曰：苦读如监。监，粗也。

第十九节　进步　（一）

天地万物，皆循一进化之公例而行。人者，万物中之一物，故亦当循进化之例者也。

进步之事　试思地球若不进步，则昔日大火、大冰之时代，曷为而有今日寒温适度之时代乎？物类若不进步，则昔日大草、大木、大禽、大兽之时代，又曷为而有今日人类首出灵长万物之时代乎？且也，人类若不进步，则昔日蛮野不室处、不被服、不火食之时代，又曷为而有今日事物丰备之时代乎？即以吾人一身而论，自褓褓之时而至今日，其身体之增长若何？智能之增长若何？盖历历然皆有进步之迹之可数者也。而自今以往，其进步正未有艾，若之何其可以自画（音划。）也？

事业、学问者，无止境者也　夫事业、学问，其高深远大，决无止境之可言。进一境焉，复有一境以相引，但觉今日之境已非前日之境，而后日之境又非今日之境。犹登高然，进一级焉，其所见之景象愈以不同，所谓欲穷千里目，更上一层楼也。夫事业、学问，其境界既靡有穷，则吾人曷不鼓好奇心以进之？若不求进而自止焉，则是事业、学问之储其境以相待而未尝负我，而我之负事业、学问者实多也。

进步　（二）

关系德性　夫进步与不进步，其影响大有关系于人之德性者在。盖不进步，则吾日徘徊于旧日之境界中，而无一新辟之境界，以压倒其旧日之境界而过之，则遂以旧日之境界为已足，而骄满之心由之而生矣。非特此也，不进步则精力志气皆归于无用，而万事皆付之因循悠忽之中，如是则暮气生，而偷怠之心又由之而生矣。夫当不进步之时，固未尝与骄满偷怠相期，然而骄满偷怠之弊必随之而起者，势也。

关系器局　且又大有关系于人之器局者在。盖人苟有求进步之心，则小利近功皆为其所不屑图，故其所怀抱之目的既大，从而其所成就之事功亦大。若夫不求进步之人，则凡一切远大之措置皆为其所不及，岂有大人物之价值耶？盖观于进步与不进步，而其人之器局固已分矣。

取进取之人　昔孔子之取门弟子也，曰狂者进取，盖以其有进取之气象，则万事皆可得而为也。吾人今日之取门弟子，亦取其有进取之气象而已。

进步之光景　呜呼！尔小子之前途，若何其光明兮！若何其美备兮！尔小子之年力富兮，精神强兮，志气盛兮，天下何事不在尔之手中兮？！尔小子其进步兮！进步兮！

注释：

艾：止也。未有艾，未有止也。

画：截止也。《论语》："今女画。"

襁褓：小儿衣也。

卷 三

目 录

第一章 己之总说

第一节 己之总说

己之有关于家族、国家、社会 己者，家族之所以赖以成立，国家之所赖以建设，社会之所赖以组织之分子也。未有个人之不善良、不健全，而家族、国家、社会之独能善良、健全者也。故人者，从一方而观，必恃有家族、国家、社会，而后个人乃能因之以生存；而从一方以观，又必恃有个人，而后家族、国家、社会乃能因之以发达。然则于家族、国家、社会诸团体之中，抚兹藐焉一身，其关系顾不重哉？

我不以我之一身为限 盖以家族言之，对于祖先、父母，则己也为其子孙，而对于子孙，则己也又为其父母、祖先者也，而又同时有兄弟、夫妇、宗族、姻戚等，各当自尽其职分，故己之对于家族，其责任重矣。若夫以国家言之，必有治者与被治者之两阶级，而我在下，则为被治之人，在上则为治者之人，故我之一身，无一能逃于国家之外，而对于国家之责任，亦随之而生。至若社会，固以其能相互动作补助,以为人类生存之资者,然则欲社会人人之有益于我,我岂可独无益于社会之人人乎?是又一己之对于社会,不能不负其责任者也。故以我为仅限于我之一身者误也。盖我者,实家族之一人,国家之一民,社会之一员,我不能自成其为我,非独负己已也,其负家族、国家、社会也实甚。而欲对于家族、国家、社会克全其责务,必也对于一己而克自全其责务始。

身与一群之分合　夫个人之关于家族、国家、社会,既若是其巨,故以人生之事而细分之,有属于家族、国家、社会之事,又有属于一己之事。属于家族、国家、社会之事,固当由一己任其责,而属于一己之事,则更义无旁贷,而不可不以己任其责者也。此分言之也,若夫合而言之,则关于一己之事,实无一不有关于家族、国家、社会之事;而有关于家族、国家、社会之事,实亦无一非属我身之事。要之我与家族、国家、社会,其关系之若何错综烦复不问,而此任事之基本必以我之一身为主,则我之自顾其身也当重矣。我之自顾其身也重,而后知我负有对于一己之责任也亦重矣。

形体、精神之二大部分　对于一己之事,大别之为二:一关于形体上之事;一关于精神上之事。关于形体上之事,分而为二:曰生命、曰身体是也;关于精神上之事,分而为三:曰情、曰智、曰意是也。试进而申论之。

第二章　形体

第一节　形体

生命与身体之分合　形体之事,曰生命,曰身体,既言一矣,于是欲举形体之全而言之,则生命之与身体,实为一物而不可分。试思无生命则身体何自而来?而无身体则生命亦与之俱尽。盖生命之源虽不可知,而但以生命指吾人所有之生活性而言,则舍生命无独存之形体,亦离形体无独存之生命,此生命之与身体不可分而为二之理也。虽然,从形体之区别而言,则生命自生命,身体自身体。试观身体之一部分,若五官四肢,或有受伤之时,而生命之存在如故。盖生命者,身体之本,而身体者,生命之所恃以活动,乃代表生命而显诸外形者。故生命不可见,而身体可得而见,则生命之与身体,固自有殊异者在矣。要之详论生命、身体同异之理,非本书之目的,惟讲学论事,均以区画一界限而言,则事理易于明晰,故以下论形体之事,即分生命与身体二者而言之。

第二节　生命

生涯有涯之大憾　世有恒言曰:人生百年。实则人能享百年之寿者至稀,而普通当以六十年为大齐,就令得享百岁,除其未得成人以前幼稚之时,又除其耄期衰废之时,其得称为强壮有用之岁月者,约不过三十年耳。此三十年之岁月,倏而尽耳,以言乎短,诚可谓短之至者。故人类第一之憾事,则生涯之有涯是也。虽然,此吾人所无可如何者,无已,亦惟保此区区之寿命,使不至并此至短之岁月而不得有，以归于夭亡斯已耳。

注释：

生有涯：《庄子·养生主篇》："吾生也有涯，而知也无涯，以有涯随无涯，殆已。"

事业、学问必费日月而成；有物配天地曰时 夫事业、学问，皆不能不费多少之日月以成。试乘铁道之车，自某地至某地，必须经过若干一定之时间，未至其时，则不能至焉。今吾人欲成就一事业，成就一学问，亦岂别有一旦夕幸得之方哉？其间之经营布置，研究砥砺，见一分之功效，即去一分之岁月。时矣时矣，毫不为吾人宽假矣！况乎天下一事之成也，又有不能不待时机者在。试略举一人言之，若古之太公，使不能保其八十以上之寿命，则不过墨墨[1]无闻之渔夫耳，岂能宣其鹰扬[2]之绩，著名后世若今日哉？盖太公之有成就，第一则以其有太公之寿命为之也。试假而举古今夭折之人，悉与以长久之寿命，其间之能著大名、成大功者何限？惜乎以不永其年之故，并其人而归于埋没也，不亦悲哉？吾人知此，则直当于天地之外更认有一莫大之物，是无他，曰时是也。夫时之限于天者虽无可如何，若夫人力之可尽者，要不可不尽，而使有人为之损折耳。

注释：

鹰扬：《诗·周颂·大明篇》："惟师尚父，时维鹰扬。"

将寿补蹉跎 时者，又至易蹉跎之物也。吾人往往有抱一希望，而或以事，或以地，或以财力，或以疾病，及其他不期之阻碍，蹇屯[3]差池，而岁月则已如白驹之过隙而逝矣。夫既往之岁月既不可追，然则吾人将以何道补之乎？曰是无他也，亦惟有核算于吾生命之中，而恃吾生命之长已耳。盖蹉跌虽多，而但使吾身存在，则希望终有能达到之一日。是亦以人胜天，而即古人所谓将寿补蹉跎之说也。

注释：

过隙：《礼·三年间》：若驷之过隙然。《说文》：隙，壁际孔也。

尽防之之道 生命既若是其可贵，故吾人对于一切危险灾害与夫疾病之事，不可不慎而防之。虽所谓危险灾害与夫疾病之事有时亦出于人智之外，而为防之所不能防，然事之出于我所不能知而无如何者，则或不及预防；而事之出于我所能知而有可为者，则不可不预防之。即有时已预为防，而防之或仍归于无效，然防之无效，其事虽或有之，而防之有效，其事必多。故必尽防之之道，至防之无效，而后斯可告无悔焉。若可防而不防，是自害其身之甚者，非尊生之道也。孟子之论正命[4]也，曰："知命者不立乎岩墙之下。"又曰："桎梏死者，非正命也。"是固言生命者所当知也。

---

①墨墨：默默。　②鹰扬：威武的样子。　③蹇屯：即蹇顿，困厄，困顿。　④正命：犹天命。

注释：

孟子论正命：《孟子·尽心章》："孟子曰：'莫非命也，顺受其正。是故知命者不立乎岩墙之下。尽其道而死者，正命也；桎梏死者，非正命也。'"按，正命者，谓以正道得尽其天年之终，若以不惜身之故而受殃祸，及以非道犯法罹刑辟而死者，非正命也。

自戕之当戒　抑生命之戕于外患者犹少，而生命之戕于自戕者实多。自戕之事，如过劳、过惧、过忧、过愤、过悲等皆是，然此犹曰有迫于事之不得已者。若夫自戕之事，其祸原一出自己，如或以赌博，或以鸦片，或以酒食游戏征逐等事，凡若此者，固已俾昼作夜，耗精敝神，而遂以前途希望莫大之生命而甘为之殉，其可惜孰甚焉。而自戕之至易者莫如色欲，当身体发育之初，被惑于狡童狎友，或早以手淫等事斫伤其元气，或授室之后事过其度而不知节，凡此皆戕于色欲之事也。夫精髓者，所赖以生活之原，而智慧气力所从出之府也。过乎色欲，或直接而毙，或虽非直接，而间接以精气凋丧之故，致诱起种种之疾病而亦毙。即不然，则亦变活泼之态度而为委顿，换强旺之志气而近颓废，凡智慧气力皆灭退其所可到之度，实非乐而苦矣。嗟乎！人类死亡得尽其天年者盖寡，过半则皆由于自戕，是非言生命者所当最慎重之事耶？

戒惜死　夫生命之当重固如此，虽然，谓人之在世，无往而不当重生命者，则大非也。夫道义气节与夫功名事业，大半皆恃有不惜其生命之心，英雄豪杰所为蹈汤火鼎镬而不辞也。彼顽钝怯懦，亦有何事之能为哉？况乎尚武为立国之一要素，设一旦时遇战争，而国人无致勇敌忾之心，则其国可立至于覆亡。谓畏死之人民，即亡国之人民可也。故夫人之生命，于一方既当保重之，以为任道德事业之本，而于一方，又当为道德事业之故，有时直牺牲其生命而有所不辞。故孟子曰："生，我所欲也；义，亦我所欲也。一者①不可得兼，舍生而取义者也。"古人所谓死或重于泰山，或轻于鸿毛者，盖谓此也。

凡对于生命之事，其道略如此。夫生命之与身体，一物而分为两事者也，其所言固多不可分，虽然，分言之，其事益以明了，故更进而言身体之事。

第三节　身体

生命之有价值在健康　生命之重，固也，虽然，生命虽存，而非健康之躬，则生命何贵乎？进而言之，生命之所以有价值者，实恃乎其能健康之故。盖必健康而后有生人之趣而收其用，不健康，虽生而苦而废耳。苦则无生人之趣，而废则又不能收生命之用者也。故健康者，实人生之第一义也。

无病世界即极乐　人生之四大苦，曰生、老、病、死，而实当以病之苦为第一。人或于四字中，以死为第一之苦事，然死之所为重大者，以万事皆从此而已，若以苦痛言之，实不如病之甚。盖死之苦痛不过俄顷，故人皆不能免死，但

---

①一者：当为"二者"。

求终世无病,已可谓一生莫大之幸福。世固有以疾之故,不胜其苦痛,而反以得早死为幸,此即可见病苦之不能忍,实远过于死之不能忍也。故尝论之,以为吾人欲造极乐之世界,不必遽求其无老死也,但求人人无病,而世界固已极乐。谚曰:"无病即神仙。"是即人人抱有此无病为世界极乐之一理也。夫人当未受病苦之时,固亦不知无病之可贵,及至受病,一回忆无病时之况,味其乐真不可言。则夫健康之事,其关系于人类之苦乐者不亦大哉?是即所谓健康而后有人生之趣者也。

学问、事业本于精神,而精神实本于健康 抑吾人之学问、事业无一不出于精神,有一分之精神,而后有一分之学问;一分之事业,固未有精神之不至而能幸获者。而精神之优绌实与身体之健康有莫大之关系,未有缠绵病疴之中而能鼓励其精神,以堪学问、事业之艰难而不倦者。故学问、事业之大敌,非他,实病魔也。若夫身体健康之人,其精神以运用而不穷,则学问、事业亦皆因之而成。盖学问、事业实吾人精神之华,而吾人之精神一皆由身体健康之所赐也。是即所谓健康而后能收人生之用者也。

谨慎 维持健康之道莫要于谨慎。盖疾病之中人也,往往乘人之所不备。暑寒燥湿及夫秽浊腐败,苟有可以致疾病之疑者,莫不谨慎,而不稍予疾病以可乘之机,则疾病之可得而隙者不少矣?盖疾病之为物,从其后而去之常难,必戒之于先,塞其祸之门,则祸不生;绝其害之根,则害不作焉。此大圣人孔子之于疾,所以亦用"慎"之一字也。

节制 其次则节制。如节制饮食、游乐、劳动、色欲等皆是。虽然,从事后而言,节制实为人人之所能知,而难实莫难于临事之际。当其时,或为机势之所迫,或为情欲之所冲,不及自检,而事已越其范。即令欲自检焉,而以机势情欲之不能自止,遂有明知其事之过限而不能自制者矣。至于事过境迁,不免追悔,而疾病则往往已伏于其中。故夫节制之道,不可不以强力行之。此言节制者所当知也。

清洁 其次则清洁。夫万病之原,多由于霉菌,而霉菌实多潜伏于不清洁之处。彼夫都市之地,人烟稠密,所排弃之秽废各物实多,而又有燃烧煤气等事,故凡空气、水道以及途路之间,其不清洁也实甚。居都会者之所以易致疾病,早衰易死,而生殖力亦弱,每不能及田舍间者,盖以此焉。若夫学校之中,其外观或多崇宏轩亮,而以人数众杂之故,每多不清洁之忧。德国曾检查其市之一学校,凡一瓦兰谟(量名。)尘埃之中,实含有百万种之霉菌。至于戏场、茶楼、旅馆、车站等处,则人数愈多愈杂,其不洁亦愈甚。盖实病毒会聚之场所也,可不惧哉!而于饮食、衣服、器具之间,皆能为疾病传染之媒,其清洁与否,实当随时随地加之意而不可忽者焉。而欲谋清洁之法,其道有二:一公共之清洁法;一个人之清洁法。公共之清洁法,则公共厉行之;而个人之清洁法,则当个人自厉行之。两相扶助,庶乎其能收清洁之效,而得防疾病于无形者多矣。

秩序 其次则秩序。秩序之道，一曰画一而不乱，二曰循环而不疲。何以言乎画一不乱也？例若睡起、饮食、运动，与夫凡百所当为之职务，皆画一成格，届其时则必为之，如是则心之于事也易入，而无神劳气扰之忧矣。何以言乎循环不疲也？夫昼作夜休者，至寻常之事，而实寓有养生之理焉。设不如是，而俾昼作夜，兴居无节，其人即可得而杀。故夫养必继以用，月必继以养，实身心所以运用不穷之道也。此皆秩序之益也。虽然，使秩序而有矫强之事者存，则其用固犹未至也，必也养一秩序之习惯性，虽当求秩序之初，不能无多少矫强之功，而于后则必以任其习惯性之所至，无往而非秩序焉，则真可称之为秩序的生活者也。今时考长寿诸人之中，发见其能终身守秩序者为多，故夫秩序者，实能保人之强健无病，而得永其生活之继续性者也。是欲求健康者，所当必守之道也。

养精神以保健康 保持健康之道，不仅肉体上之事，而尤有精神上之事焉。盖肉体之与精神，实有互相应召之理，故当肉体伤害之时，精神上常受其影响，反之而当精神伤害之时，则肉体上所受之影响亦然。例若忧喜惊恐，皆精神上之事，而顿现其情状于肉体之间，则精神与肉体相关至切故也。试略举能伤害精神之事而言之，若忧愁、恐惧、愤怒、嫉妒等皆是，能戒之而得养吾之精神者多矣。又若思想之用过乎其度，与精神已告匮乏之时，仍继续用之而不休，往往能酿成精神衰弱之症，是又不可不知其害而戒之也。且夫精神上之伤害固有与肉体上伤害之事异者。盖肉体之伤害也，显而能觉，故易得而警戒之，又易得而恢复之，而精神上之事不然，其伤害也多在隐微之中，为我之所不及觉，故亦不易得而警戒之，至于积久而伤害之象已成，其恢复亦决非朝夕易易之事，此防精神之伤害所以当更重于肉体也。若夫治之之道，属诸内者当以变其性质为要。盖人之性质每可分为二种：一郁忧的；一快豁的。而有郁忧性者，其伤害精神为最易，故自知其为郁忧性，或见人之有郁忧性者，皆当矫正之，使有快豁之性质，此治精神必要之事也。至于外治之事，操劳甚者，宜于一周间以一日择清旷闲静或好山水之地，快豁其耳目心志，是亦大有益于精神者也。此外若斋心禅定之法，以其理稍高深，兹不及言。昔太史谈有言曰（见《史记·太史公自序》。）："凡人所生者神也，所托者形也。神大用则竭，形大劳则敝，形神离则死。死者不可复生，离者不可复反，故圣人重之。由是视之，神者生之本也，形者生之具也。不先定其神，而曰'我有以治天下'，何由哉？"此可谓能言形神之理者也。故夫欲保持其健康，则形神不可不交相养也。

惰逸饱暖之害 虽然，人既知健康之要矣，而或以嬉游逸乐、惰怠无事为有益于健康，则又误之至甚者也。夫万物之器官皆以用则日进于锐敏，而不用则日趋于萎缩，此进化、退化之一大理法，故戒其过用则可，而不用则又未有不受其害者也。彼偷惰日久之人，其脑力固未有不弛钝，而筋骨又未有不疏懈者。坐是之故，其精气既不能自振，而百病易乘之而入，非自害其健康之甚者乎？故过劳不可，而过逸则又不可者也。非特此也，夫饱暖固为维持健康之一要义，然或饱食暖衣自奉其厚，一未置于艰难之地以磨练其身心，又未有不患其体质之脆弱者。天下之杀于饥寒者固多，天下之杀于饱暖者亦复不少，彼富贵之家，则大都伤于饱暖者也。况乎以如此之人，又岂能堪艰巨之大任乎？其自祸不亦其乎？故真欲维持健康者，既不可不知保养之道，而过于保养之害，则又不可不深知而痛戒之也。

第四节　结论

循生活性之理　要之万物皆以有一生活之本性出现于天地之间，故物莫不有贪惜其生命之心，而又莫不有爱护其身体之心。惟如是也，故对于物，不可有无故而丧其生命与害其身体之事，而对于己，则生命、身体亦不可无故而我自伤之、我自失之。此循乎生活性之本然，理之当如是也。

当尽天职而保其生　况乎吾人既生于世，莫不各有其在我之天职。此天职，固非恃吾之有生命与身体在，不能尽之。设也，我无此身，此天职人不能代，我不且自负此天职乎？吾人知有此天职也，则可知我非无故而生之人，而不可不留此有用之身，以为克尽此天职计也。

当为社会、国家而保其生　且也社会、国家又皆积人之所成耳。故欲求社会、国家全体之健全，必先求一人各个之健全。固未有个人之多濒于衰弱死亡，而社会、国家犹能保其健全者。由是言之，我不能健全其生命与身体，纵我不自为计，独不为社会、国家计乎？惟知个人之强弱存亡即为社会、国家强弱存亡之本，故夫吾人见他人有不能保其生命与身体者，既不可不救之而有救他人之责任，而我一己之生命与身体，则又我当自救之而不能谢其责者也。此即对于一己之职任也，知乎此，庶可与言治己之事矣。

第三章　精神

第一节　精神总说

以精神之程度为人物文野之所由分　以体力及器官之构造而论，彼万物亦固有胜于人类者，然则以何而独称人为万物之灵长耶？曰：以精神之发达，万物实皆不如人类。故谓人、物之所以分，即分于精神程度之有高下可也。而于同一人类之中，野蛮之人，其精神之发达又不如文明之人。故欲据以定人民文野之差，其第一要件，亦必先数精神上之事焉。精神之足重如是。

精神要教育锻炼　精神之发达也，必以教育锻炼而成。试思人之有高等之精神者，无不从读书明理而来。使于精神上素无陶冶之功，则亦惟知奉其饮食货利之事以终身已矣。呜呼！使号为人而不过如此，又岂有一毫人类之价值耶？

情、智、意为精神之三大部，而以情为主　精神上之事，举其要者有三：曰情、曰智、曰意是也。言心理学者多以智、情、意之三部为心理全体之分类法。而作者之言心理也，以情为主，若智与意不过完全情之作用已耳。（作者所抱之见解如此，其详别论之。）故下先言情，而继言智、意之事。

第二节　情

吾人不能一日处无情之世界　试问人之生也，果何为乎？其将为衣食乎？为居住乎？为目有见、耳有闻、肤有触、神经之有感觉思虑乎？曰不然。夫为是等而生，则人生究无何等之意味。然则人之生也果何为乎？曰为情而已。夫惟有情而后父子相亲，夫妇相爱，兄弟相友，朋友相善，以及国家、社会之相维持，相救助，推而广之于全世界之人类而有人道主义焉，又推而广之于全世界之物类而有爱物主义焉，皆一本乎情之所发生而已。今使吾人所与居者但有草木金石而无人类，此干燥之乾坤，吾人岂能一日安乎？又使虽有人类而徒相杀相残而不相爱，此惨酷之天地，吾人又岂能一日居乎？然则人生之义无他，一言以蔽之曰：为情而已。

情之大小两范围　情之范围常分而为二：一普通大范围内之情；一特别小范围内之情。普通大范围内之情，对于人人物物皆不可不用之；特别小范围内之情，则以特别之故而结契其深，若所谓知己性命之交是也。此两范围之中，一则外延广而内容狭，一则内容深而外延短。而与吾人之嚕合力最强，有之而精神有凝一归集之处，无之直泛泛然于天地间而无所依着者，则小范围内之情之于吾人为尤切也。虽然，是两种之情实不可不兼有之。盖有大范围内之情，此世界之所以有仁慈公正之行；有小范围内之情，此世界之所以有生死患难之友也。且也以利害密接之故，小范围内之情为人人之所易有，而大范围内之情，非大人物不能有之，此有共同感情者之所以可贵也。要之必对于公众，则有大范围内之情，以见其情之溥，而对于亲密，复有小范围内之情，以见其情之笃，则可谓能完全情之作用而各当其道者也。

人情之美　世界有至美之一物而为人类之所必不可少者何乎？则人情之美是也。今夫山川之妍丽，风月之清佳，草木之芬芳，此所谓天地间自然之美也。设天地无此自然之美，而天地几乎无色，然使徒有此自然之美而无人情之美，则人世果有何等之兴趣乎？夫所谓人情美者，吾今不能以言语文字形容之，何也？但予人感而不予人道者，此美之至者也。故夫自然之美，吾人虽各自得于感觉之间，而犹能以绘画显之，诗歌咏之，至于人情之美，几不能假何物以道其状，故本书虽欲言而终不能言之。虽然，此人情美之物虽为言语文字所不能道，而实人人对于此人情美，其感觉也独锐。试观赤子居于父母之旁，虽不言而已通其感觉，而知父母为最爱我之人。吾人与世间之交际亦然，相助、相爱、相救、相恤，悉本于至性而出，则怡怡然，融融然，于性情中，每若有无限之安慰与愉快者，则人情之美为之也。呜呼！世路险巇，人情反复，各斗其机械之心机，梦魂间犹觉寒心。当此时也，一遇夫人情美之境，直若于人世间而有乐土天国之思，此实可谓人心中一至美之事也。夫道德实亦美中之一物耳，使人心中而无此人情美，则道德亦必无发生之时。盖道德之本根，实在此人情美之中也。吾人欲望世间道德心之发达，又安能不望世间人情美之发达也耶？

人格以情而美 若夫修养人格，亦必有赖夫情者在。盖人格中有一最要之点，则不可无慈祥恺恻之心，温柔敦厚之行是也。而是固非笃于情者不能有之。夫吾人之与人交，对于暴戾酷虐、残忍刻薄之人，不免畏之若虎狼，避之若蛇蝎，而一得依于慈祥恺恻、温柔敦厚者之旁，常若有和风甘雨之思。则此二者之间，自他人视之，其人格之美恶果若何乎？而探其故，实不外一为无情、一为有情之人焉耳。故夫吾人之论人也，常以爱情之有无为一条件。盖天下无无[①]情之人物，彼爱情不备之人，其人格亦必不能完全无缺憾者无疑也。是又修养人格者，首当自审其情之隆薄果何如也。

道德之情操 于情之中，又有第一必当养成之者，则道德之情操是也。道德之情操者，吾人性情之中不自知其何故，常向于道德之一方向而行，而有所不容已。不见夫仁圣贤人，彼其见道德而赴之也，虽蹈白刃、临水火而有所不辞？夫岂不知白刃、水火之为害哉？道德之念强，而无物可以抑之故也。此在无道德者视之，几不知其何故，方以为其心事殆难于索解，不知彼之不解正由彼但知富贵生死等事，而不知有道德之情操耳。有道德之情操者，其于为道德也，亦犹饿者之于食。饿者之于食也，得食则快，不得食则不快。有道德情操之人，而欲使之为不道德，必生种种之不快而不能安于心，至于为道德而后其心始快而安，故无所往而不求合乎道德，虽欲使之不为道德而有所不能，是道德情操之效也。所谓"士穷见节义，世乱识忠臣"，当世俗波靡、疾风板荡之日，而犹得见中流砥柱之人不与流俗同其轨辙者，固以其人有此道德之情操故焉。此道德之情操，实为凡有国家、社会者之所不可一日无。盖以无此道德情操之人，即可至国家、社会无一道德之人，无道德之人，则其国家、社会可至于灭亡也。能不惧哉！能不惧哉！我中国今日亦几有此危险之象矣，稍有爱国家、社会之心者，可不知此道德情操之要而思所以养成之乎？

性行、志节、事业、文辞，皆情所产出之物也 人类之所以有价值者，实不外性行、志节、事业与夫文辞之事。而是数者，无一不出之于情。试观古来有性行、志节之人，足以感天地、泣鬼神，而顽廉懦立，虽百世下对于其人，而犹有兴起之效，凡其能有若是之性行与志节者，有不本于至情之所发而能然乎？又试观古来有事业之人，能出民于水火，跻世于衽席，而功勋烂然，炳若日星，千载下犹讴歌之，凡其能有若是之事业者，又岂有不本于热情之所发而能然乎？至于文辞之间，实所以写吾人之性情而最能动人之感慨者。吾人试读古来之述作，而见其歌也有思，泣也有怀，每不觉掩卷太息，流涕无从，以为是人所作，何其能

---

①无无：疑衍一"无"之。

移吾之情至于如此乎，又岂有不本于作者有其深独至之情而能然乎？呜呼！此乾坤亦其寂寥，此日月亦其淡薄，实赖有吾人之性行、志节、事业与夫文辞之事，以庄严而绚染，芬芳而悱恻之。而其故必本于人之有情。使无情，则凡性行、志节、事业、文辞，必无有能动人之精神者在。进而言之，谓无情，则世界即可至无性行也，无志节也，无事业也，无文辞也可。然则情者，性行之基也，志节之本也，事业之母也，非特此，而又文辞之源泉也。则甚矣，情之致用为甚大也。

情不可不真　于情之中，而有二事之当注意者：其一，则情者不可不真。惟其真也，故能通乎人之精神，而其动人之力也至大。不然，故作有情之面目而非发自本心，则人早有以窥其微而识其情之伪矣，而动人之力何有矣？

情不可不久　其一，则情者不可不久。惟其久也，故念旧怀始，事愈远而情愈笃。情之所可恃者此也，不然因时间之经过而情亦从而消失，则其情也直一无可恃。人固未有不恶其薄情者，又乌得称为有情之人乎？

情不能无恶　虽然，人既知尊情矣，而或以情为无恶，将一任情之所为而不加裁制于其间，则其事又未有不误者也。盖情之为物也，亦正善恶兼含，正邪互具，稍一不慎，不出于善而出于恶，不属于正而属于邪者，事固时时有之。昔人知其如此也，因欲绝情。虽然，情者与生俱来，人性之所固有不能绝也。欲绝情，则并情所发生之美德而俱绝之矣，而岂可乎？吾人方欲以情为基础，而凡人类间所有之美德，一切皆建设于其上，又岂可厌弃之而不道乎？惟知夫绝情不可，而任情又不可。盖绝情则不足资以为善，而任情又不免放而为恶。而用情至善之法则有一焉，曰高尚其情好是也。盖情好者，庸人有之，圣人亦有之。其情好同，而其所情好之物大不同，此即人品之所以分高下也。举其最易见之例言之，如有人焉以读书为乐，则读书其情好也；有人焉以赌博为乐，则赌博其情好也。而一则为下流之事，一则为士君子之事者，则以其情好之物不同故也。彼圣贤之与流俗不同其情好者，犹人与牛马不同其食性然。故人之于情也，不可不抑止其卑劣下等之事而进于高尚，庶乎有善而无恶，有正而无邪，而可谓善用其情者矣。

第三节　智

人有求智之性，名为知识欲　人者，有求智之性者也。不观小儿乎？对于其所不知之物，必举而问之于人，曰：此何乎？此何乎？此即有求智之性之萌芽也。至于就学之士，苟有当知之物而不知，每不胜其怀惭之意。故夫学问之道无他，有一不知之事，必欲考而知之，及夫此事已知而彼事复有所不知，又欲考而知之，由是不知之事无穷而求之心亦无穷，于万有之内，举其所得知之一部分而言，是即今日之所谓学问者是也。学问者，即由人有求智之一性而起，若人而无求智之心，即谓人类间不能有学问发生之事可也。此求智之性，学者名之为知识欲。人惟有此知识欲也，而后乃能超万物而先进化。盖人类之所以高于物类者，非以其体力之过于物类，而实由于智识过于物类之一事而已。然则知识欲者，非人类之所以为人类一至要之事耶？

知识为精神之食物 吾人身体之所以生长者，必赖乎食物，使无食物之事，而身体生长之机绝矣。夫精神上亦岂能独无食物而生长乎？精神之所赖以生长者何？则知识是也。吾人日以知识供给精神之需要，知识之新陈代谢，是即吾人精神所以能发生而成长之机也。故曰：知识者，精神之食物也。

智识所以处事 智识者，所以处事也。夫一事也，不知其利害祸福之所在而谬然行之，其为害也甚矣。或未敢即行而徘徊于利害祸福之间，此境亦最能困人。或遂有决之于蓍蔡①者。虽然，蓍蔡者，其事茫漠，而不能明言其理，此岂吾人所可信耶？惟出吾人之智识以断之，使利害祸福无复有可遁之形，而后乃能取最善之一策以从，则智识之贤于蓍蔡也亦远矣。吾不恃吾之智识，而岂可反恃蓍蔡以处事也乎？故夫吾人之于事也不可无自觉之心与夫自信之心，而此自觉、自信之心，必皆由智识充足之后而后能得者也。况乎先见之明亦为处事之必要。先见者观微察隐，而知其败坏点之所在。盖事当未经败坏之前，其补救也易为力，防祸于未发，弭患于无形，此处事之上策也。而是固非具过人之智识者不能有之。则其矣，处事之大有赖于智识也。

注释：

蓍蔡，蓍，草也，古以之筮。蔡，龟也。《论语》"臧文仲居蔡"②，言以卜筮决事也。

智识所以度理 智识者，所以度理也。夫人常有求真理之心，虽然，真理者伏于至高尚之处，往往为谬误之迷云所蔽，非加以辨别比较之力，则真理终无发见之一日。因真理不发见之故，则凡道德学问，人间一切之事，皆若筑室于虚土之上，时不免崩溃摇撼之忧。盖真理之中心点一移，则万事皆当因而改变故也。且夫自古至今，人之于事也，莫不曰此合理乎否乎，盖不合理之事必为人心之所不能安。凡其所谓己安者，必自以为合理者也。特无如前所视为合理之事，至智识进步之后，仍发见其有不合理者在，常若人之智识进一步焉，而真理亦因之而进一步，以智识逐真理，而真理每在前而不可及，吾壹不知夫真理之境固若是其无穷者哉。然则无他道也，亦惟有为求真理而仍鼓吾人之智识以进已矣。

注释：

壹不知夫：《礼记·檀弓下》：有子谓子游曰："予壹不知夫丧之踊也。"

智识者，能开明社会者也 智识者，能使社会进于开明之域者也。夫当太古之时，人民之迷信甚多，而迷信实每与开明之事为敌。例若信风水之说，则不敢开矿，是其例也。且夫迷信之所以为害者何？盖天下之势力莫大于人心，人

---

①蓍蔡：蓍龟，筮卜。 ②臧文仲居蔡：见《论语·公冶长》。臧文仲：姓臧孙，名辰，"文"是他的谥号。春秋时鲁国大夫。居蔡：居，藏的意思。蔡，国君用以占卜的大龟。蔡这个地方产龟，因此把大龟叫"蔡"。

心者,实世间一切行为发生之源也。以一极谬误之说盘踞于人心之间,而反信为正常之理由,其行事有不日趋于谬误者乎? 故非谬误之说去,则真正之理不出,而开明终不可得而见。凡迷信之所以为世害者,率皆由是理也。而欲破人心间之迷信,则必有待人民智识增进后也。

智识者,能高尚文化者也　智识者,又能使文化达于高尚之境者也。何言之? 天下虽有至可宝贵之物,以蛮野无智识故,而为其所湮没者多矣。文化之长囿于卑野者,固以此也。盖社会之通性,凡为社会之所重者,人皆趋而为之;凡为社会之所贱者,人皆弃而远之。若野蛮贪杀之社会,虽或偶有仁廉之行,世皆不以为可重,从而行仁廉之事者益寡。虽然,其不重仁廉者,实其智识不知仁廉之为美也。知仁廉之为美,则仁廉重;仁廉重,而为仁廉者日多矣。譬之今有一金钢矿于野蛮部落之中,彼野蛮人固不知金钢之可贵也,而视与粪土同价,则亦无有人也,开采此金钢矿者矣。嗟乎! 因社会文化未高之故,坐使世间至可宝贵之人皆从而失其价值,以驯归于绝灭之途者,夫岂少也耶? 试观文化未进之社会中,凡抱绝技异能之人,既多归于不传,而一二贤人君子,身怀瑰奇之行,则亦以不合社会之故而黄钟毁弃,瓦釜雷鸣,反至淘汰而去,此实社会不能长进之一大原因也。而皆坐于人民智识之不足为之。盖人民智识之不高尚,断未有能使文化达于高尚之境者。故欲高尚其文化,则必先高尚其人民之智识而后可也。

智识为今日竞存之一要件　智识者,又今日世界交通竞争存立之一大要件也。盖当野蛮之世,人民之所恃以为竞争之具者大都在力。力之不胜,则个人不能与个人争,而一部落亦不能与一部落争。凡成为最强之部落,与一部落中成为最强之一个人,必也以力为最大之原因。而今也不然,其赌胜败最大之一事曰智。凡个人之与个人,一国之与一国,一言以蔽之曰:有智识者胜,无智识者败。纵今之世亦非全不恃乎力,要之智实居于力之上,以智运力,而后其力始有用,固未有徒恃力而无智而不败于今日之世者也。试观我国今日之维新,亦无非为求智识之得胜于人而谋存立而已。则甚矣,智识为今时代当王之物,而人民之首当注重于此也。

智识大有助于道德　若夫道德,亦多有赖乎智识而后能成者。何言之? 盖人之行事,其有善恶之一辨别,固在其人已有智识之后。辨别善恶之一智识既生,而后善不可为、恶不可为之一智识亦因之而生。由此言之,则人之去恶行善也,实一智识上之产物而已。善行之必先有善念,固以此也。因此之故,而吾人遂得发见一劝人进于道德之术,无他,即启其有智识之明是也。观于世人之有道德心者,必多有恃乎诗书诱导之功,此非明征智识有引起道德之一能力也耶? 不然则圣经贤传,父训师箴,亦皆属无用之物,而欲鼓舞人有道德之法几穷。今之能劝诱道德而有效者,则仍不外乎假径于智识之一途。故对于愚昧之人,骤欲使之去恶从善,未见其有效也,先使之明理,则恶不期其去而自去,善不期其行而自行矣。或曰：开人之智识，其如人即有假此以作恶者何？曰：是固有之。虽然，吾以为如此之人，必其智识之尚未完全，只可谓为小智之人，而不可谓为大智之人。若夫人之智识完全而可称为大智者，则为恶非吾人之利，必深知之，知之而为恶之策自有所不取。况乎既日启其灵明之性，则其于善恶也，并不待何等利害上之计算，而自必欲植其躬于有善无恶之途而后其心始安者也。故智识之事毕竟非与道德相背驰，而实有相援助之理。不特此也，夫人虽有道德之心，而以智识未进之故，反有以不道德之事为道德，执行之而不知其误者。此类之事，于迷信、宗教、及拘泥一国风俗习惯之人，往往有之。吾人所尝慨叹，以为是等谬误之害必待之智识增进之后而后能去者也。况乎道德之目的有时必赖乎智识而后能达，因智识不足之故，往往有怀抱道德之盛心，而以事之无成，遂有不能许为道德者矣。故窃以为智识不备，则道德亦不能为圆满之发达；而欲求有完美之道德者，必在智识充足之后。则夫欲谋世人道德之进步，又安可不先开拓世人智识之界限耶？

以智正情　若夫情，亦有赖于智者在。盖情者实一盲目之物，知进而不知退，知存而不知亡，知得而不知丧者，则情之性质也。故任情而无智，则前有祸害而不知，后有患难而不见。天下之危险，岂有逾此者乎？非特此，情之为物，每与理性不能相容，故当感情至激烈之时，其思虑必致缺乏，一往而不可制，遂有不顾利害轻重之举者矣。如盛怒之余，即易犯此是也。又为感情一偏之所蔽，则于论事论人之际，亦有为感情所左右，而失公平正直之处置者矣。是又偏好偏恶，人人之所常见者也。而能救情之弊者惟智。盖情为热的，智为冷的；情之性开张的，而智之性收敛的。情犹君也，而智犹相也，以相正君，则君可不至于恶；以智正情，则感情能不脱乎智性范围之外，而能常保其中正之度。是又智之大有造于情而笃于情者，固不可不长于智者也。

注释：

知进而不知退三句：《易·乾卦》文。

第四节　意

意为行为之主　意者，行为之主也。今学者于行为之事分之为二：一意思所决定，名为内部之行为；一意思所发显，名为外部之行为。（本德国学者惠林古之说。）盖行为之先必有意思，而可分之为二者，例若吾举手欲挈一物，当吾之决意欲举手而挈物也，吾虽有此意，人不得而知之，故谓之内部之行为；及夫我已举手而挈物，则吾之意思已发显于外，而为人所共见，故谓之外部之行为。虽然，行为有二种之别不问，而出于吾之意则同。故行为之解释无他，即意思之发动是也。此论行为者，所以不能不先论意思，而意实为行为之主也。

善恶从意而分　故夫人之行为，可得而名为善恶者，即善恶其意而已。无论以道德论，则外部、内部之行为兼得而论及之，若所谓原心、诛心者，即论及内部之事者也。而以法律论，但得纠其外部意所发显之行为而止。然发显之行为亦为意之所存,故法律上固非绝不重意者,诚以行为上得认定其为善恶之事,必先认定其有意在,若无意,则善与恶几不可得而知。故除特例之事外,以通常言之,则人必有意,而认其有一人格之存在,即认其有一意志之存在。有意志而后得加其人以善恶之名者也。

意志自由 由是言之,故意志不可不自由。盖意志而非出于自由,则是奴隶而已。例如他人之欲吾杀人也,而吾亦将杀之乎?他人之欲吾盗物也,而吾亦将盗之乎?吾知人之不可杀而必不杀,知物之不可盗而必不盗,虽或有人迫之而必不从,此即吾自由之意志。有此自由之意志也,而后乃有道德,不然,吾欲为道德,而以无自由之故,不免为不道德;吾欲不为不道德,而以无自由之故,又不能不为不道德,则道德直无存立之地矣。此吾人不可不争意志之自由,而又不可不尊重他人之得意志自由也。

意者有发动力 若夫以意之效用言之,凡动作者,必有赖于意者也。夫天下事,必为之而后有效,不为之,则必无效者也。故动作力弱者,可直断其无事之可成。而古今所谓成功之英雄,必具有一最大过人之本领,曰人之所不敢为而我为之,人之所不能行而我行之,是即可谓有至大之动作力者也。而动作力之发生,实由于决意。盖意之不决而在摇撼游移之境,则动力必不能发生于其间。天下事往往不败于事后而败于事前之不能决意,终之何事不为,是真可谓之坐败,而行事之大忌实无过于此者,古人之所为以需①为事之贼也。若夫意强之人不然,当机立断,而不惑于转念,不摇以群疑,故其人乃能直起而有功。盖决意之至,鬼神避之。决意者,成功之母也。此有动作力之可贵,而必属之禀性中强于意者之人焉。

注释:

需,事之贼也:《左传·哀十四年》:子行抽剑曰:"需,事之贼也。"

意者有持守性 持守者,又必有赖于意者也。盖人之向道也,不可无一坚定之性,不然,而今日为善,明日可为不善,则心未与道凝,而道将终不为我有矣。此学者所以贵有持守之功也。能持守者,无摇惑,无变迁,一与道齐,终身不改,虽历外境之纷纭蕃变,随在能撼吾之所守,而吾之内心常能制之,以不为外境之所乘,而有"浮云身世改,孤月此心明"之境焉。至其极,则虽蹈水火,婴白刃,而有所不避。盖其执念之强,至对于人生所最畏惧死之一事而不能动,则真不能动之矣。孔子所谓"守死善道②"者此也。而非强于意者,固不能如是也。

注释:

浮云二句:苏东坡诗句。

意者能守禁戒 若夫禁戒之事,亦不能不有赖乎意。禁戒者何?见有害之

---

①需:迟滞不动。　　②守死善道:指以生命保全道的完善。

事而欲避之，而节制、约束吾之行为是也。举其浅而言之，若知酒之害，则当戒酒；知烟之害，则当戒烟。凡道德中须禁戒之事甚多，兹不及枚举。虽然，以禁戒之难也，往往吾自禁戒之事，吾自蹂躏之，禁者、戒者吾，而破此禁、破此戒者亦吾，如是而禁戒终归于无效。盖禁戒之事之所以不可能者，其一必以有此事为吾之所甚乐，不能胜其乐之欣慕，则不能禁戒矣；其一必以无此事为吾之所甚苦，不能胜其苦之困难，则又不能禁戒矣。必也一决之余，而能割大乐，忍至苦，则禁戒之事以成。夫禁戒之事，贵乎有自制力。今考之凡人脑力之健全者，其自制力亦强，故大人物无不富于自制力者，而脑力不健全之人反是。此则又可征非强于意之人，不能善守其禁戒也。

意者能不惧患难，不畏困苦　至若不惧患难、不畏困苦者，人生至要之行也，而亦不能不有赖于意。夫吾人或为事业，或为道德，悬一目的以进，则其进行之程途中必无坦坦平平之路，若必求一顺境而行，设不遇顺境，将自此而裹足焉，则吾所期望之一目的终不可得而达，而已入乎竞争退败之列，天下宁有可为之事耶？必也立意以定吾之所向，虽有若干之障碍，吾必排而去之；虽有若干之艰屯，吾必忍而受之。盖天下不能求一无患难、无困苦之境，惟吾心有能胜此患难、困苦之术在，斯遇患难、困苦而无伤吾之行事，且得因此而磨练能力以为成事之本焉。彼英雄志士之所以有成就，夫岂有他道哉？亦不外不惧患难、不畏困苦之一事，为能异于庸众已耳。而是又必属之强于意者之人而后可也。

综意之性质　综意之性质而言之，意者，有决断之性质者也，无之而失于狐疑者有之；意者，有敢往之性质者也，无之而失于姑息者有之；意者，有忍耐之性质者也，无之而失于摇移者又有之；意者，有主张命令之性质者也，无之而失于依阿顺从者又有之。故夫人格之中，曰志，曰气，曰节操，曰胆略，曰刚勇，曰坚贞，曰自主，曰独立，凡有若是诸美德者，则皆意之所产出者焉。则意为修养人格之必要可知也。

意有补于情、智　故夫以意与情与智合而言之，则意固大有补于情与智，而有为情与智之所不能离者。盖情非意则不达，而智非意则不成。设无意，则虽使其人之感情若何热诚，其人之智识若何渊深，终不能一显于行为之间，而情与智且归于无用。彼世之有感慨、有思议而无事实者，则皆短于意志之故也。知夫情与智，必待意而后能完其用，此意之所以足重，而当与情与智并立而为三也。

意亦有弊　虽然，意之足重固然，而亦不能谓意之尽善而无弊也。何则？意之为物，固少变化通利之性者也。设也有一决意而行之事，而不明察其理，岂能保其事之果无误乎？而尚意之人多不知此，往往有确执己见而不揆乎时势，不度乎情理，遂有失之于执拗而不通、顽固而不化者，则意之有害于事也大矣。盖意而用之于识见充足之人，大能收其用而尽其利，反之而若识见尚未充足，固有未可专任其意而行之者。例若人当尊重其意志之自由者理也,而当年幼之时,则凡有所欲行之事,不能听其自由,而当以父母主之。盖即恐其以识见未足,而或至有害于事故也。此当防之弊者也。盖闻之孔子绝四①,而其一曰毋意,则意之不可胶执也明矣。惟能取意之长而用之,而又能知其短而避之,庶乎其能收意之效矣。

第五节　结论

精神有改变形体之能　以精神与形体比较而言,则精神尤重于形体。盖以精神上加修养之功,而精神直有改变形体之能是也。试观怒则力增,而当心志专一之时,虽寒暑亦若不知。又当形体之力穷,而得假精神之力以济之者,其事多有。(今时若远感作用及催眠术等,皆假精神上之力。)昔人所谓鬼神来告,盖即由精神之能力为之。闻之昔时有英国之将军某,指挥其军以与敌人战,已受致死之伤矣而不死,至闻捷报而知敌军之败也始死,是即由精神之力能延其形体之生命也。精神之作用顾不大哉!亦姑不必言此,凡人所有之精神,实无不显之于形体之间,如有仁慈之心者,必现仁慈之相;有凶恶之心者,必现凶恶之相。虽使其人欲自掩抑,而无如精神之上,卒不可秘。孟子所谓"胸中正,则眸子瞭焉;胸中不正,则眸子眊焉",是皆由其精神影响于形体间之理也。故夫学者欲改换其人格,必先改换其精神始。盖既改换其精神之后,则形体随之,而后人格自从而殊异焉。如昏惰放荡之人,或一变而为勤谨之士,则于容貌之间亦见其有清新之气象然,是非精神有改变形体之能之征者哉?精神之有关于人格若此,故夫今之言教育者,曰体育,曰智育,曰德育,而又有之曰情育,形体上之事居其一,而精神上之事居其三,亦可知精神之事之多于形体矣。盖形体固不可不重,而精神则尤为吾人之所当重者也。

注释:

眊:《孟子·离娄》:"胸中正,则眸子瞭焉;胸中不正,则眸子眊焉。"注:眊者蒙,蒙目不明之貌。

精神上不可使有缺陷　由是言之,吾人欲修养其人格者,必不可使精神上有缺陷之憾。如于情而有缺陷焉,则其人直可谓无情之人,吾人可不懔然以此为缺陷之大者乎?盖人之所以为人者,实合形体与精神之两部分而成,形体之不全,则人谓之不成人,若不全于精神,又岂得谓之为成人乎?特形体上之不全,如盲目缺唇等事,人皆得而见之,而精神上之不全,若或欠于情,或欠于智,或欠于意,人不得而见之。虽然,人苟有欠于情、智、意之三者,则其人必不能造为完美之人物固可知焉。夫吾人对于形体上事固不可不谋发达保全之道,此衣食、运动、医药等事之所由起焉,而于精神之事多忽焉而不讲,岂可谓能知事理

---

① 孔子绝四:《论语·子罕》:"子绝四,毋意,毋必,毋固,毋我。"意思是说孔子不主观臆断,不绝对武断,不固执己见,不自以为是。

之本末轻重者耶？盖形体实为载精神之物，使无精神，则形体虽存，与夫粪土木石又何殊焉？故凡所谓欲发达保全吾人之形体者，无非以形体不具，则精神亦将无所附丽，而欲藉形体之保存以谋吾人精神之发展耳，固非徒为吾人之形体计，而曰此外其遂无余事焉。由是理而推之，则精神上之不可使其有缺陷也，实较之形体上不可使有缺陷为重。形体上之缺陷，苟无伤于精神之发展，则吾人直可不较，独至精神上之缺陷，致有害于人格，则直为人类所不可不补之事。且也形体上之缺陷或有不可补者，如手足之断不能复续者是，而精神上之缺陷，苟教育进步，尚未见有必不可补之事。则夫补精神上之缺陷者，非人类间第一重大事哉？

情、智、意完全之人格　故夫精神上之事，若情、智、意三者能臻于完全发达之域，则其于人格也，亦无何等之缺陷。彼称为神圣之人，即最能发达此情、智、意三者之精神者也。余赏论人，谓不可无爱情、无智性、无勇气，而孔子之教每连言智仁勇之事，是亦无他，不过能发达情、智、意之美德而已矣。

情、智、意多有所偏　夫人若能全于情、智、意三者之精神，固善之善者也，虽然，凡人之禀赋殆不能皆无所偏，彼下等之人，情、智、意三者皆无，固在无可取材之列，至若三者之中果能独长其一，已为翘然出众之才，然而非短于情则短于智，非短于智则短于意，盖人类间精神之发育，其不能完全固如是也。

得自省法　于是吾人得自省之法焉。夫学者之欲完全其人格也，莫要于有自修之功，然而自修之难也，即在吾不能自知其为吾，而于性质之短长茫然莫觉，更何从而施补弊矫偏之力乎？若悬情、智、意三者以求，则吾性质之所缺者固在何所易得而知之，而后可加锻炼之功焉。是大便于自省而有益于修己之事者也。

得相人术　于是吾人又得相人之术焉。夫欲交友其人，与欲施教育于其人者，首不可不知其人之性质。盖所谓有交友与教育之益者，即在与其人之性质相接触于精微之处，而加以磨砻之功，自不觉生一种苦快之感，而后其性质上之长可得而发育之，性质上之短可得而矫正之，此交友与教育所以有入神之功也，而固非深知其性质者不为功。今之分人性质者曰胆液质（刚执性）、神经质（沉郁性）、多血质（感发性）、粘液质（冷静性），是四者固为知人之一法，而欲言交友与教育者多有取于是，然若以情、智、意三者验之，则其人所蕴藏之性质亦不能逃。而欲利用其性质上之所长与补救其性质上之所短，其言皆切中深入而易有功。是又大便于相人而有益于交友与教育之事者也。

以情、智、意关于道德之事而言，吾则以为情者体也，而智与意者其用也。盖情为道德发生之本，使无情，则智之烛察、意之执行，皆不免以无意味终，此所以当先情于智、意而以情为道德之体也。虽然，智者，所以度其情之可用不可用，使无智，则用情之当否不可知，而所谓道德者固非徒指有情之谓，必有情而善用之，而后可冠以道德之名者也。若夫意者，又于智所已分明之事而断定其从违,使无意,则虽有欲用其情之处,而意不能决,又何从而付以道德之名乎?故夫以一贯言之,则情、智、意三者实有体用之别;而从其界画言之,则情、智、意又若鼎足之三,各有其领域之所在而不可偶缺其一者也。此情与智、意分合之理也。学者欲对于一己而发达其精神以为修养之本,则夫情、智、意三者可不先讲明其理哉?

宪政胚论①

题 词

时会②艰难日，中宵涕泪频。风涛哀故国，涂炭救生民。
岂有回天力，难为忘世人。寸心功罪案，付与后贤论。

又题词

曹社③聚众鬼，喁喁④谋亡国。中有一鬼云，且待某人出。
明知风波恶，大厦将颠覆。幻哉时势神，一局千波折。
疑亡复疑存，且笑且复哭。对此亦何为，辗转尽心术。
犹如亲病时，终思投汤药。不死岂能言，此为人子责。
茫茫神州事，未来黑如漆。轨涂⑤出万千，皆可达目的。
或往遇脱辐⑥，或终有庆悦。天命未可知，先当尽人力。
幽居别乡园，疑病复疑魇。鲁酒⑦不忘忧，萱草⑧非解郁。
只此救时心，涌怀难断绝。

序

凡人民对于政府施政之不良也，有迫之，使不能不改良之责任。西国学者

---

①该书于光绪三十二年五月十五日（1906 年 7 月 6 日）印刷，光绪三十二年六月初十日（1906 年 7 月 30 日）发行，发行者为蒋智由，印刷者为日本东京浅草区新猿屋町二番地酒井平次郎，印刷所为日本东京浅草区新猿屋町二番地同文印刷舍。寄售处为上海棋盘街商务印书馆、上海棋盘街会文堂书坊、上海望平街《中外日报》馆、北京琉璃厂第一书局、绍兴仓桥万卷书楼、各处商务印书分馆、日本东京神田区骏河台铃木町十八番留学生会馆、日本横滨山下町百六十番《新民丛报》社。底本分上下两卷，今合为一卷。 ②会：遭遇。 ③曹社：《左传·哀公七年》："初，曹人或梦众君子立于社宫，而谋亡曹。"后以"曹社"为国家将亡的典故。 ④喁喁：形容说话的声音（多用于小声说话）。 ⑤轨涂：道路。涂：通"途"。 ⑥脱辐：辐脱落，则车不能行使。这里比喻亡国。 ⑦鲁酒：语出《庄子·祛箧》："鲁酒薄而邯郸围。""鲁酒"成为薄酒的代称，人们邀请客人饮酒，常谦称自己的酒为"鲁酒"。 ⑧萱草：属多年生宿根草本，古代还有忘忧草、解思草、疗愁草之称。

之言曰：国人之欲政府改良其政治也，或以口，或以腕，或以何等猛烈之行为，皆所不避，要期能改良其政治而后已。泰西①政治之所以有进步者，实基于此。若夫政府已有改良政治之心，则国人皆当因势乘时而助长之。盖就政治之通体而言，其事不仅属于政府，而全国人民之皆与有责焉。惟就政治之部分而言，则政府独居施政之地位，而有政治之专职斯已耳。以此理为前提，故对于政治不良之政府，而无改良之可望，虽推倒政府，以求其政治之改良，泰西人有行之者，盖为全体人民之利益计，不得已也。至于政府亦亟亟欲改良其政治，则不当唱反对而阻挠之，或取消极之主义，自居于局外而漠视之。何则？政治者，一国人生死之所系也。政治不良，则人民皆将实受其苦痛以底于死亡，而上与下皆大不利。于政治上陷全国人于不利者，此道德之所不许也。故夫对于前此数年顽固之故府②，而欲阿附相从，不立异同，是长政府之恶，而忘人民之利益也，不可也。至近顷以来，政府亦渐萌悔悟，而有改变政治之心，无论此改变之能收果与否，尚有待于今后数年进行之如何。要之今有一改良之动机，则于时势上决不当取逆阻与冷视之两政策，此正理也，盖当于政治上顾全体人民之利益故也。夫余于国家伦理，固持英国之乐利主义说者也，故余者以国福民利为目的，而余者爱平和者也，必无平和之途焉则已，苟若有一线平和光明之发生，则余必向此平和之光线而行，而将于平和之途，以谋国福民利之事焉。是书亦犹是区区之意云尔。是为序。

余旧著个人对于国家之道德论，有数语可与此篇相印证者，兹附录下：

国家者何乎？为组成国家之人全体谋利益者也。然则个人对于国家，有当为、不当为之事，即以其所为者，能有利益于国家乎否乎为断，其初境上之道德（下言高尚之道德，今未合用，兹亦不及陈之。）有当区别者凡三：

（甲）无利于国家，有利于一己者，不可为之；

（乙）有利于国家，有利于一己者，可为之；

（丙）有利于国家，无利于一己者，可为之。

（余于戊戌以后，准据甲之一条，今者准据丙之一条。）

光绪丙午四月③诸暨蒋智由识于日本东京。

例　言

一、本书固政而非法，亦术而非学，其言法言学，当别为书。

一、本书全体大纲细目预储数十万言之稿，兹篇但陈其概要，不过略论之一种，以大纲未经施行，细目亦无从附丽，故委细处，当别论之。

---

①泰西：旧泛指西方国家。　②故府：疑当为"政府"。　③光绪丙午四月：即光绪三十二年四月，公元1906年4月23日到5月22日之间。

一、本书为过渡时代法，故立法、行政，其区画不甚明了，惟渐露有分画之面目而已。

一、置重行政时代与置重立法时代有别，今当变法，宜置重行政之时代，故本书重行政而轻立法，冀能收变法时果断敏捷之效。

一、本书不过为准备立宪之一作用，故一切职权含有一时性的甚多，至立宪时须加改变。

一、事实必准据理论，否则是非善恶无从剖别。本书虽间论原理，然对于逐条所欲发之论，动辄当数千言，为篇幅之所不许，多从割弃。

一、凡事不可不经实际之试验，故法式虽立，除应用时犹当参酌时地勿论外，即已施行之事，尤不可不从实际经过之后，视其所显之利弊而再改变之。

一、改革之事但有名目，则改革一归于无用。如本书欲化杂乱无主宰之变法为统一有责任之变法，而立宰相然；或立一宰相与总理、大臣之名目，而权限不专，或任用非人，则与本书之意违反，而立相之效全失。欲以变法无效罪著者，著者不任其咎。

一、本书虽重行政，尤欲藉民权以监督行政部之后收互相维持之用。全书上下两篇，实以此一贯之旨成立。若议会既设，在上者但视为新政上一观美品，在下者又视为新式营利之巢窟，则与本书之意违反，而议会之效全失。欲以变法无效罪著者，著者亦不任其咎。即欲责著者为人心风俗本原上之改革，又不能不别著论言之，非兹书所能尽。变法无效为变法人所当负之责任，故时设此二条以谢。

一、本书为立宪之最初级说，去真正立宪之程度尚远，中国将来果能立何等程度之宪法，其变化消长全在此胚胎时期之中，故作者最重视之。愿吾国人皆重视之。

一、与本书关系之论尚多，如责任之变法论、（变法者皆负责任，有功则赏，误则罢黜，以谢天下。）中国宪法不能摸仿[①]日本条议、立宪国人之道德论、政党人格论等，俟[②]异日出以问世。

总论

宪政之胚期　夫宪政与宪法不同，法者，多为政之所生，若无政而徒有法，则法亦一废物而已。故中国今日，不患无宪法，患无宪政。而宪政之所由成，必先有一胚胎之时期。此胚胎之时期中，若国家之制度，人民之智识，必皆脱离专制时代之习惯而养成立宪时代之习惯。至于发达充足，不能不立一规则以为永久遵守之典，则宪法出焉。故曰：宪法者，成长而非造作者也。今中国而果欲

---

①摸仿：即"模仿"。　　②俟：等待。

立宪乎？不必慕宪法之美名，而当造宪政之精神。夫立宪必期十年，乃至十年以上，此人之所同知也。然宪法虽可迟之十年以后，而宪法之基础必先以渐实行。盖此数年之中，虽无成形之宪法，而其实无一不当为立宪习练试验之一地步，而宪法不过自然成熟后一产出之物耳！故余名此为宪政之胚期。犹人在胞胎中，其初块然之一物耳，月月改变其形相，至十月，则形相毕具，而后乃达生焉；不然，则流产而已。而欲保产期之健全，则最不可不注重于此胚期中也。

宪胚之造法　夫立宪既有胚胎之时期，然则造此立宪之胚象将如何乎？是学者所当研究之一事也。今夫世之研究立宪者，可略分为二种：一条段的；一具体的。条段之法，考其一事一例，此法固于有时为必要，然以国人素未立于宪政制度之下，但有条段之法，必无由知立宪之概略，而鳞爪隐现，亦不能取为造宪政胚象之用。故必当有具体之法。虽然，欲用具体之法，而但以各国之宪法为衡，则国与国各有情势之不同，彼国有利之法固未必有利于我国；而我国有利之法又未必具有于彼国。（国与国各有情势之不同，固不独欧洲之宪法我不能摹仿之，即日本与中国同在东洋，而日本之宪法我亦不能摹仿之。）故但采录一国之宪法，或采录各国之宪法，是亦不可据以造宪政之胚象者也。然则其道若何？曰：必融取宪法之学理而准照国势民情，立一自造之稿案以为施行之本。而又必经过数年，从实际上之试验累改革以改革，而求其适宜。此造宪政胚象之法也，本书之意盖如此。我国言宪法者，其亦有取于此欤？

官制篇

改革官制之理　欲改良其政治，必先改良其政治所从出之机关。官制者，政治所从出之机关也。无论但有形式之改革而无精神之改革，则虽然取全国之官制悉从欧化，仍不能收改革之效。然精神之与形式，亦常相附丽。既改革其形式，则不可不改革其精神；而欲改革其精神，亦不能不先改革其形式。特形式之改变易，而精神之改变难。是篇虽言形式不及言精神上之理，（言精神上必须理论故。）然亦间于言形式时稍稍附及一二精神上之理论焉。又今改官制，当分皇室之官与国家之官为二。是篇所言，皆属国家之官，而皇室之官不及言。又司法当自为独立一系统，及海陆军各官亦皆不及言之，盖但举其关于行政上重要官之略者。（若议政院以未备纯然立法之性质，故亦置此。）

以宰相统一行政　专制与立宪不问，而于行政上必有一不可缺之要素。是何也？曰统一之道是也。夫人耳目百体之行动也，必有统一之者，而后于行乎？止乎？于此乎？于彼乎？乃属确定国家之行政亦然。故曰统一者，行政上不可缺之要素也。夫统一之理既定，而有第二之问题起，即组织此统一之机关，其当属之天子乎？抑当属之宰相乎？吾以为当属之于宰相。请略言其故：（一）天子不可使负责任而加黜陟①，宰相可使负责任而黜陟之。（二）天子上承系统，不能以人为撰择，故当终其身为天子。而宰相不然，既可尽一国人才之选，又可定三年一任之制。（三）百官皆直隶于天子，则向心之方向同一，而彼此无结合力。以天子统宰相，以宰相统百官，则纲目相承，上下密切。（四）天子地位崇高，与外事远，故民间之疾苦与臣下之贤奸常有不能周知之处。而宰相之地位不然，与外事近，故凡民间之疾苦与臣下之贤奸多能知之。（五）天子之上更无天子，故无所畏忌，其权可至无限。而宰相则上有天子，下有万民，皆得而制之，故有所畏忌，而其权不能无限。（六）天子尊严，故人不便时时请见，又多畏忌，而不敢尽其言。宰相之等级不如天子，故得与僚属时开会议，而畏忌既少，人得尽献其长。（七）天子黜一政见相异之人不易再用，而为宰相所黜之人，则宰相更易可复见于政界。凡此皆以天子统一行政不如以宰相统一之利也。故以天子统一行政，其弊也可至于专制，而有寡人政治之祸。以宰相统一行政，而有圣天子以临于上，有民权以制于下，则能收统一之效，而无其弊。夫专制者，利常不胜其害，苟有可离专制而得统一之道，则学者不可不力求之。是则莫如昌立相统一之论也。

王者当自谦逊 凡欲有国家之一目的，何乎？曰：国与民群将以造国家而谋其利益也。然则王者必当先自审慎，曰："吾果能以己之才力，达到此一目的而副国与民之望乎！"若自审不能，则必求天下之贤才而付之，以期有贯彻此一目的之时。是王者所不可不自谦逊者也。犹夫开店者之必求一大伙计，立公司者必举一总办，以责其事之成，而自立于主人高尚之地位。推店与公司之义而大之，是即王者求相治国之理也，统一之要。且夫政治上专任之官，则以能扩张其一部分之事为尽职。虽然，若一部分之事过于扩张，则一部分之事必致缩小，而政治失均衡之理。故必有赖乎取舍损益，以持全国之衡。（商称伊尹②为阿衡者以此。）所谓宰相之燮理③阴阳者此也。且夫今日之宰相，尤不独观其有整理协相之用已也，其最要者，提倡主义，以示大政方针之所向，而指挥其大小臣以从之。盖国家之政治，必以有一方向而后乃能达到其目的。（例若诸葛武侯以东和孙权、北敌曹操为其政策之方向；俾思麦④以离间法国之交为其政策之方向。）而方向既不可不出于画一，故主持者即不可不出于一人。此又今日必当立相之要义也。

立相便于立宪 且夫不欲立宪则已，欲立宪，则使当议院之冲突者谁乎？使天子自行政而当议院之冲突，以议院压天子，是伤天子也；以天子压议院，是反乎立宪之意也。若以宰相当其冲，而天子持衡于其间，可予议院，则予议院而

---

① 黜陟：指人才的进退，官吏的升降。黜：废掉官职；陟：提升官职。　②伊尹：伊姓，名挚，小名阿衡，"尹"是"右相"的意思。伊尹为中国商朝初年著名贤相，最早的道家人物之一。他也是中华厨祖，中原菜系创始人。　③燮理：协和治理。　④俾思麦：德意志帝国首任宰相，人称"铁血宰相"。俾斯麦是保守派，维护专制主义，但他通过立法，建立了世界上最早的工人养老金、健康医疗保险制度、社会保险。俾斯麦在外交上纵横捭阖，成为19世纪下半叶欧洲政治舞台上的风云人物。

罢黜宰相；可予宰相，则予宰相而解散议院。自居于无责任之地位，故能常保其安富、尊荣、逸乐、畏严。是实立宪之国，天子所以自处完全之道也。

置相之例 夫宰相，固中国所有之古制也。具见于唐虞三代之书，后世则汉之丞相其最著者。故余尝分中国数千年为有相政体、无相政体之二大区别。今军机处非相也，盖今实无相之政体也。而各国有内阁总理大臣，盖亦相也。故采古制、今制，皆当立相。又当立宪与未立宪之间，亦有用此制者。日本于变法时之置太政官是也，是皆立相之例也。（今宰相或亦可称总理大臣。然立宪之前称宰相，立宪之后则宰相之职权当有改变，采立宪国总理大臣之制，然后称总理大臣为可。）

日本明治元年，设议政官，分上下二局，下局以各藩选定之议员组织之。二年，废上局，置太政官，以太政官为最高官府，行政、司法皆立于其监督之下。以旧之下局为集议院。四年，置左右两院，审议法案。八年，废左右两院，设元老院，议决法案。此其大略也。

职权 宰相者，负全国政治上之责任者也。有责任必当有权，略举之如下：
（一）拟旨之权。凡谕旨皆经宰相拟定，而请天子之裁可以颁发之。除天子有特例颁布之上谕外，其余谕旨可仿各国之例，宰相副署。其事有关系于各部者，各部之大臣亦副署之。盖副署，则可知其事皆经由于宰相，而得明其责任之所在也。（二）发命令之权。计今之谕旨，十之半仍以上谕颁行，而十之半可以宰相之命令发之。（三）览奏及批答之权。英国例，凡上奏，必皆经由内阁。盖以宰相统一行政，若有一事不经由于宰相之手，则统一之权破，而宰相不能再负其责任。故除特例外，凡上奏，理皆当经由宰相，而请宰相之转奏。此适合于宰相统一行政之事理者也。今恐未能遽改此制，则可暂存旧例，入奏天子，但天子必以所奏之案下付宰相，宰相视其事件之重大者，拟旨请于天子而颁行之；事件之小者，自批答之。（四）对于提案决行可否之权。宰相有自兴革之事勿论，其余凡全国臣民有欲兴革之事，皆经由议政院，由议政院提出于宰相而请宰相之施行。其以为可行则行，以为不可行则否，皆由宰相主之。但有特别之大事须御前会议取决者，不在此例。（五）组织大臣及弹劾大臣之权。凡于行政上为宰相统一之官，皆当由宰相所组织，（如各部之大臣等。）否亦必经宰相之同意。（如总督等。）又凡行政上之大臣及外省总督等，宰相皆得而弹劾之。不如是，则有权力者得掣宰相之肘，而行政上统一之利亡矣。（六）监督各省行政之权。以中国之政治、地理而言，势不能举全国之行政悉直接隶属于宰相指挥之下。虽然，宰相与各部之大臣对于各省之行政不可不监督之，而得征取各省之报告书，又得派巡视官查察各省之事。各省行政有与中央政府相抵触而不能统一之处，得令改变而取消之。此宰相职权之大略也。

礼遇 宰相者，非独以其名位之高，官阶之重已也，而实抱有济世安民之道者也。道者，国之所当重也。道之不重，国何由治？虽贱士抱道，犹当尊之，而况其身为宰相者乎？故宰相宜无跪礼。非不敢屈其身，不敢屈道也。虽然，此例今恐未能遽行。无已①，天子之旁必当有宰相之座，见则行跪礼后，即起赐坐，如古三公坐而论道之例。（但朝贺等除外。）而若今之长跪奏事，如奴隶然，必当废除。（称奴才之例亦当革除。）夫臣与奴不同，臣奴不分之制决非可存于今日者。是固非对于宰相，为崇其体制、便于行事而然也，而尤有重道一至大之原理在也。

简朝见，开会议 宰相任国事之繁，不可不优其时日而舒其心身。除朝贺及列御前会议之外，其余有事则参内，或天子有事，则可召而问焉，不必仆仆然日以入朝之礼困之。而仿各国之例，可开阁僚之会议，或数日一次为常例，有事则开临时之会议。或与各部之大臣全体会议，或仅就关系其事之大臣而会议之。其会议处，或于内阁，或于宰相之邸。废今之军机处，以内阁隶于宰相。

人限 宰相必限于一人，所以取行政之能敏捷果断而保其统一也。或有特别之时须代理宰相事者，可由宰相发议，请天子择一人而任之。（德国制，宰相若有故障，必要用副宰相者，由宰相发议而皇帝撰任之。）宰相何时②得回收其代理权如故。

任限 宰相以三年为一任。得再任，然不得连三任。若间一任，或二任之后，则可复任之。宰相满任之后，如不为宰相，可升入元老顾问院，或自愿退隐者听之。于宰相在任之中，若有大不当之事为议会全体之所弹劾，则天子可徇③舆论，又询于元老顾问院，而行罢黜之事。然非有大事，必当使满其任期。盖于任期中易相，则政本易于动摇；而任事过短，则又不足以收其功故也。

附任限说 夫宰相之必有任限者，此固为欲明功过，且恐其久揽大权，则不免有跋扈之忧之故。盖政权必归于宰相之一人，固欲以收统一之效，而有任限之期，则可以去宰相专权之毒。此为定宰相任限之一原理固也。虽然，所谓任限之理决非仅如此而已。盖时势无数年而不变，故国家政治之方向亦不可不随之而变，若久任一人，或时势变而政治不变，则政治不能与时势相应，而不免贻国家之忧。此又任限之一原理也。尤不止此。夫定一大政之方向，其果有效乎？否乎？虽无论何等明哲之人必不能豫断。故于各人所持之政见中，不可不拔其政见之优者为宰相，而所谓最优之政见，亦不可不视为一试验之政策，其试验而良乎，则行之；试验而否乎，则易之。而当三年之久，则良否之效果已呈，用舍可由此而定焉。果其政策贤而尚与时势相合，固不妨再继续之。此所以有二任之理也。然至二任之久，外界之时势必不能不有改移，而宰相之事务纷繁，连十年而膺劳剧④，其精神必不能堪。以数年为局外之身而观他人之行政，则烛察益以清明，而积年之劳倦亦因之而恢复，此所以有间任再任之理也。

任罢之权 宰相任罢之权皆归之天子，此天子所以有至高之权也。虽然，宰相一人之贤否关系全国之理乱，故天子不可以一人之意任罢之。盖一则任宠任私之弊，不可不绝；而一则又当洽全国之人心。人心洽则政治易于施行，人心

---

①无已：不得已。　②何时：任何时候。　③徇：顺从。　④膺劳剧：承担繁重的事务。膺：担当，接受。劳剧：繁重。亦指繁重的事务。

不洽则政治必至杆格①故也。其当辅天子而定任罢之事者,(一)必询之元老顾问院。得元老顾问院多数之赞成,则任之。罢亦如之。(二)参议会得上书,具奏天子,(此上奏不经由宰相,前所谓特例者此类等是。)以备天子之采择。至省议事会,可以其意见通告京师之参议会。参议会于上奏书,兼取省议事会之意。盖当宪法未立,议院信任内阁与不信任内阁之事今未能行,故以此法权代之。要之任相关系全国重大之事,询之元老顾问院者,所以纳贵族之意见,而参议会之得上书,所以申达人民之意见。合贵与民,以佐天子任罢宰相之用,庶乎其有当于全国之人心矣②!

任罢之广采舆论 宰相之任罢也,固不可不采贵族与人民两种之意见,已如上述,而未也,天子不可不广其见闻而采舆论。舆论何在?天子或不得而尽知之,则报章其最著也。若如本书之制度实际施行之后,则当任罢宰相之时,全国之报章皆可呈其意见,著为论,天子取而览之,则舆论之蕴蓄尽知,而黜陟之事由是而可大定。是即孟子所谓"国人皆曰不可,则去;国人皆曰贤,则用之"之理也。

宰相必标示政纲 内阁之初任也,先向议会发表其政纲,而待议会信任之决议。若议院有反对内阁之意见者,则请内阁修正其政纲。其修正案不成立,则新内阁不能不辞职。此议院制,固非今日中国之所能行也。无已,不可不有标示政纲之举。盖宰相负政治上之责任也,其要义略有三:一无计划;二误方向;三违时机。有此三者,则宰相不可不辞职。若不标示政纲,则第一所谓宰相之当国也,果"有计划否乎"之一问题起。若无计划而谬居高位,则所为谋国家全体利益之一目的不能达,而所谓立宰相者何为矣!揭政纲者所以示宰相受任之后,必有施政之计划也。而后乃得进而课其第二,曰宰相之所为,果能无误方向否乎?若其方向不误者,又得进而课其第三,曰宰相之所为,果能无违时机否乎?如是而后宰相之功过明,其责任可得而定。故于民智幼稚之时,不必学请修正政纲之例,虽然,必先示一政纲,则国人有以知政治之所向而能勘其日后之效否也。此标示政纲之必要也。

属官 参谋官与事务官各视其要而设之。

各部 欲知各部之性质,先不可不知者,则各部与宰相之关系是。而本书者,欲收宰相统一之效而避其害者也,故本书所言之宰相,非独裁的宰相,而统率的宰相。独裁的宰相者,以宰相之意旨为意旨,宰相之行为为行为,各部不过供其指挥而已。而本书所言之宰相不然,故各部之长官仍当有独立之意旨与独立之行为,对于其一部之事,得为发动之主,又得主持其所欲行之政策。惟与大政之方向有不相容而各部与各部至交叉线互相冲突之时,则不可不受宰相之裁

---

①杆格:互相抵触。　②庶乎其有当于全国之人心矣:差不多表达了全国的人心了。庶乎:差不多。

正。此各部与宰相关系之性质也。

职权　各部之大臣既对于其部之行政得独立主裁之,故得自发命令。又当有副署之事,于内阁会议得列为一员而呈意见。又有必欲行之事而为宰相所不容,则可辞职。此各部所当有权限之性质也。

组织　虽然,各部之大臣皆分宰相之事而当受宰相之统一者,故各部之长官不可不出于宰相之所组织。其次官则由其长官所推荐,而告于相。长官、次官,皆钦任官。以下各官,则由其部之长官得自委任之。如是,则一部之官皆出于其长官之同意,而长官又出于宰相之同意,其于行动方为有机联络的统一,而非器械装置的统一。若旧制,一部之间尚书、侍郎各不相统属,而徒以官之大小相节制,是所谓器械装置的统一,固不能收统一之效者也。

人限　各部置长官一人,次官一人,而去旧日两尚书、四侍郎之累臃制。长官有事故,则次官得暂代理之。各部之长官,皆以一人专任一职,不得跨部兼署,亦不得兼署其他之大臣,例若以各部大臣兼任议政院大臣等是。是重官守之义也。

分职　中国今日之设新官多矣,虽然,皆由事务所发生而尚未经以学理组织之一时期者也。例若因有教育之事,则设学部;因有警察之事,则设警部;因有商务之事,则设商部。(据须多因氏①之分类法,当为五部:一内务,二外务,三财政,四军务,五司法。而内务之中,各国又因其事务之多少而分出若干部,若警部、学部,皆属内务之事而分出者。)遇一事则添一官,而无关系连络。分合部署之处,又其所隶属之事务亦多失当,或应属于彼而置诸此,或应属于此而置诸彼。(如译书局之类。)一言以蔽之曰:学理上之组织缺故焉。此其当改革者甚多,兹固不及言之也。

属官　参谋官与事务官,各视其部之要而设之。

参谋官者,佐大臣行政之计画,亦可分掌事务,如兼任书记等是。事务官者,专掌一部分之事务。二者必皆任有新学之士。然参谋官则以头脑明晰,措置远大,思虑周密,能应用学理为主。而事务官则当取其勤勉诚笃,耐劳不变,能执行学理为主。此其性质之不同者。参谋官下别言之。

议政院　当立宪已定,则立法自立法,行政自行政,界划分明。今当专制立宪过渡之时代中,不能不有介于立法与行政中间之官,则立议政院是也。

议政院于立宪之后,则立法、行政两皆无可附属,不能不改变其制度。虽然,以今日言之,则全国政治之总汇也,新政发生之源泉也,其重要直与宰相相等,而改今之政务处等为议政院。

职权　议政院所当为者,调查各国政治,若宪法、财政、军制一切,或专派人员考察之;或派驻办之公使考察而报告之;或取各国之书而翻译之,(如日本当变法时,多有元老院出版之书。)以备改行新法之采择。又本国之事,亦调查之。故内

---

①须多因氏:十九世纪后期西欧国家学说的重要人物,又音译成斯丁氏。

外不问,凡天下政治皆当以议政院为一吸收之处。虽然,议政院之要固不在专有调查之事已也,又当讨论其利弊,研究其得失而具有办理之法,此尤为议政院之专责而无可辞者。而其所有之权,(一)收受全国之建议案而行决择之权。凡全国之臣民,除宰相得自施行政治,不必提建议案于议政院外,其余若内之京师各官,外之各省之总督等,以及驻外之公使,及参议会、省议事会,迄至学士、大夫、人民之间,凡有欲兴欲革之事,皆得建议,或上书,或致电于议政院,议政院当收受之(日本于未立宪法之前,集议院当收受人民之建白书,付会议,经可决者上申于太政官。又其后设元老院为法案之议决处,令官府得陈说其意见,又当收人民之建白书。)而决择其可否以立为议案。(二)提出议案而请施行之权。凡议政院所自建议之案与由全国臣民所建议而由议政院采择立为建议之案不问,议政院皆得提出其议案于宰相,而请宰相施行之。或先立详细书,或先立大纲,得宰相施行之允诺,再具详细书,各视其事而定。惟对于建议案,行与不行,则一以宰相决之。若有特别之大事,如关于立宪等,得议政院大臣及外省总督及驻外之公使等多数之同意,与有参议会及各省议事会之赞成者,则议政院可自上奏。或会同宰相及各部之大臣上奏而仰敕裁之施行。然此为特例,其余必当提议于宰相而听宰相之决行与否为断,盖所以保政治之统一也。(三)议定法律之权。凡宰相所施行或由议政院建议而经宰相施行之事,其当议法律者,皆由议政院议之。虽然,此权不能不有箝束①之处如下:

(甲)议政院所拟定法律之草案,必示京师之参议会。参议会有欲修改之意见,又参议会视其事有关系于各省者,则以其草案得通告于省议事会而征其意见。若有欲修改者,参议会得采取其意见而请修改,如是则议政院当修改之。又于未定草案之前,议政院当视其有关系之条先征参议会之意见。若有关系于各省者,则令参议会先征各省之意见而入于草案。又于未定草案之前,参议会或省议事会通告参议会,得呈其意见于议政院,或有欲列入之条,或有不欲列入之条,则议政院当采其言而用之。

(乙)有关系于各部之事,以议定之草案示之。若各部大臣有欲修改之意见,则议政院当修改之。又有关系于各部者,可先征各部大臣之意见,及各部大臣对于其有关系之事,先自呈其意见,则议政院当采择之。有关系于各省之事,则各省总督之意见亦当采纳之,以入于草案。

(丙)宰相或先示法律上之条款,则于草案时拟入之。又草案既定之后呈于宰相,宰相有欲修正者,则议政院当修正之。

法律既成,则由宰相与议政院会奏,而请天子之裁可,以颁行之。此议政院职权之略也。

议政院所提出之议案,其决行与否必归于宰相者,此于过渡时代,欲收全国

---

①箝束:控制;约束。

行政上统一之利故也。不如是，则议政院之权过大，凡有议案可督促宰相之必行，则宰相不过供议政院之指使而已。于今日当注重行改①之时代，（今当注重行政，于立法尚可从轻，限于程度故也。）必大不便，故决行与否之权必归诸宰相。然以议政院之势力，宰相苟非视其事实有不可行之外，亦决不敢违议政院之意。故议政院之权虽有为宰相所制限之处，亦决无其权过小之忧，况乎有特例，大事得自上奏之一条乎？

又法律一定生行为上之拘束力，其利与害，全国人实身受之，故议定法律之事不可不使全国人民皆有参与之权而各选其代议人而议定之。此实立国不可动之一原则，立宪之国由此其选也。虽然，以我国今日之民度②及种种之机关不备，此事何能骤行？无已，使居于就近京师之参议会，得征各省之意见，使当通告之任，而有请议政院修正之权。盖预为他日立宪之张本③，此所以设有甲一条之议也。

人员　议政院大臣，以王公大臣及曾任督抚公使之通达时务者为之。多少无定员。虽然，议政院为全国政治之汇萃处，尤当为全国人才之汇萃处，故必广集众贤。除议政大臣得采闻望，自征辟人才外，可令各省总督选择其本省通新学而谙政治者，保送若干人，使入于议政院，则各省之情弊可得而咨询之，而能为各省总督与京师政治上之机关作一通线者也。又令在外公使亦得保送其所驻在之国，有留若干年以上而通晓其国之政治情形者若干人，使入于议政院，则关于各国之事可得而咨询之，而又能为公使，与京师政治上之机关作一通线者也。要之，人才毕集于议政院，则议政院重；议政院重，则能操施行新政之权矣。

属官　大臣以下之官皆为参赞官，其高下分为数等。事务官视其要而设之。

按，议法，当分为以贤、以贵、以众、以地、以年之诸要，则以贤者议得其理也，此为第一必要之义。以贵者，有势力之代表；以众者，出于人人之所愿；以地者，适于其地之施行；以年者，历事久而望重也。故议政院之滥觞也，实以长者会、百家会、人民总会、贤人会等事始。今之上议院，则以贵之理；下议院，则以众、以地（若联邦之参议院，亦以地之理。）之理。而以贤之理，则皆寓焉。故此言议政院之组织，虽以贵为主，而亦欲以贤为重者也。

按，日本于明治元年未立宪法之时，改定官制，略分行政、立法之机关，设上下两局，为议政官，旋废。二年，置太政官，于太政官监督之下，立集议院。四年，于太政大臣之下，置左右两院，议法。于六年废集议院，八年，废左右两院，立元老院，掌立法事。其立宪前之议政官制略如此。

元老顾问院　元老顾问院者，所以辅翊天子、应天子之咨询而设者也。盖

①行改：据下文疑为"行政"之误。　②民度：日语，发音是 min do，意思是国民、居民的生活水平和文化水平程度。　③张本：是指事先为事态的发展作好布置。

国之大事既不可不有备天子顾问之官。而若本书之宰相既设,则判断宰相之贤否而定其黜陟,当属之何人乎?此学理上一疑问之事。于欧洲立宪各国,皆以议院为监督行政之机关。夫以人民判断宰相之行政而定黜陟之权衡,诚哉至当,然非今日之中国所能为也。无已,于黜陟宰相之事,参议会仅得通告,而备天子之采择,而黜陟之权一归之于天子。虽然,天子亦未敢以一己之意见遽定之也,必有咨询之一机关而后可,此又当设元老院之理也。

职权　元老顾问院其当应天子咨询之事:一外交之事。如开战讲和及缔结条约之事。一皇室之事。如继统等。一任罢宰相之事。一天子疑于裁可与否之事。一除前项有临时咨询之事。此其职权之大略也。

位置　元老顾问院其地位至高,立于天子之下,宰相之上,以王公大臣及曾为宰相与总督之年久者任之,监视全国之政治,而不再劳以政治上行动上之事。故已入元老顾问院者,不得兼为行政上及其他之大臣。盖行政官当受宰相之节制以保统一,而元老顾问院居监视之地位,实佐天子以定黜陟宰相之事者,故不得兼为行政之大臣,以免受宰相之节制故也。

财政监查院　中国前途生死之一大问题,其财政乎!其财政乎!故既置理财之专部外,而财政监查之官亦宜亟设立之。其官独立,直隶天子,不受宰相之统属,无动用财政之权,而居于监督行政上财政之地位。凡关于国款上之收入使用及由国家营业建筑等事,(若电报、轮船、铁路等。)主其事者必具一清账,呈财政监查院。财政监查院加以检核,有疑事者,得征取其账簿书类等,又得派员实地调查其果有虚冒浮滥之弊否乎,无则给予认可之状,否则得通谍于其长官而请罚治,或令其赔偿之。事大者上奏,必通谍于其长官者。盖财政监查院有检核财政之权而无惩戒官吏之权故也。虽然,凡关于财政上之事,官之大小不问,虽宰相所动用之款项,财政监查院皆得而检核之,有弊则上奏天子。此其所以不当隶属于宰相,乃能使用其监察财政上之全权也。

按,日本于宪法尚未发布以前,设会计检查院,隶属于内阁,其后改之为一独立之机关。会计检查院易中名为财政监查院云。

各省行政　各省与中央政府权限之分划,中国政治上之难题也。向使地小,则直隶于中央政府之下;又使地大而不相联属,则可特分为一治域,若殖民地然。今中国地理上之性质皆与此二者殊,于此而欲取中央集权之制。夫行政之事必视乎其外来之形势而施应付,故应付必属之身在其地之人。今中央政府之与各省,其距离既若是其遥,就令电报、铁路交通迅速,而事事有待中央政府之命而行,则必不适于机宜,此中央集权之难也。无已,仍不能不分为数个行政之区域,(或各省之疆域再加变更,此别言之。)使自得应付其一省所当为之事。而中央政府立于监督之地位,合各省而统一之。此殆处于地理上不得不然之势者也。

各省与中央政府分划权限之难题,于立宪之前特甚,而于立宪之后得稍解去其困难之性质。盖今日之各省，非独不能置于中央政府统属之下也，尤不能不予各省以参与中央政治之权。例若开战之事，则兵力若何？饷源又若何？又若外交、铁路、矿山拒许之事，皆不可不得各省督抚之同意。盖实际此等诸事必当问之身在其地之人。故督抚之进而有参与中央政治之权，亦势之所不能已也。至立宪之后，若开战、外交等事，可一归中央政府与上下两议院之所主持，而一省之行政官可承其区处而行。由是行政之界划亦渐能明了，可擘分为中央行政与地方行政之两类。中央行政之事，则由中央政府所区处者，而赋与一省行政长官之权，使得于其地而代行之。地方行政之事，以一省之行政长官为主，于不抵触中央政府统一之限，则长官得自区处而施行之。又有同一事而当别之为中央、地方者，此类事以繁不具陈。要之一省之行政，实含有此两种性质之事，故总督一人对于中央政府，则为地方官厅之行政；而对于地方，则为总辖地方自治团体之行政。虽然，今固未能为是区别也，过早之言，可措不论。然则为今日计，亦惟有以一省行政悉归于总督之一人，而当听中央政府统一之节制已耳。

一省行政各官之组织　行政官不能有双性者，此定理也。聚数人于军机，而谁实主持？谁负责任？（今官制不改之，不能立宪者。如欲问大臣之责任，谁当之乎？）此中央行政之必当改革者。立宰相者，欲以救此弊也。于外省，而有督抚同城之事，其不适已不待言。即巡抚而下，又有藩司，事权相间而不能一致，此又各省行政之必当改革者。故各省行政之长官必限以一人，其名称实以古曰"方伯"，今称"藩台"为宜。顾以今制，藩台在巡抚下，恐不免有官小之观念者存，而不能行政上之威望，则可名总督。省置总督一人，而去巡抚，盖巡抚本为军事暂驻之官，与地方行政长官异，亘久不变，名实俱违，其去之便。又总督以下分掌一省之政务官，略亦可分为五类：内务、外务、（外务之官自议院成立及领事馆裁撤之后可废，但有一接待官已足。）军务、财务、司法。内务之中，若巡警、农工商及教育等官属之。此五类中，除司法外，其人必皆由总督之所组织，犹各部之大臣必为宰相所组织然。而废今藩台，又分治地方之官。去道①，留府县。府县官之任罢亦由总督主之。废今部选等事，此所以保一省行政人员之统一也。

总督长　于数省总督之中，以疆域大而地势便利省分之一总督，为总督长。有数省共同之事，则仰总督长之处置。虽然，关于一省以内之事，总督长不得而干涉之。是又所以保一省内行政之统一也。

职权　凡今有之权，若节制水陆各军、参与外交等事，悉仍其旧，不具陈。其新与之权，则当使有一省行政上用人之全权是也。凡自总督以下，分掌一省行政诸官，以至府县官等，其任罢一以总督为主，中央政府勿干涉之。然亦当申告，或请命于中央政府，而分为钦任、奏任等。若中央政府有不同意之人，则可

---

①道：指道台。

令总督更换之。又中央政府有欲罢黜之人，亦可令总督罢黜之。如是，则中央政府仍有用人统一之权，而总督布置一省之行政官，乃能收臂指相使之效。此总督当有职权之大略也。

旧权今仍之，而于立宪后当加改变。若新与之权，于立宪后亦当仍之。

属官 置参谋官，事务官酌设之。又分掌总督行政诸官，各得视其当有之事而置事务官。

官籍 总督用本省人与不用本省人，此又今日政论上之一问题也。两说皆各有其理。然如今日不用本省人之制，可废除之。而亦不当定不用外省人之制，本省与外省人兼用。然外省必以邻省与间一省之人为限，过远则秦吴燕越，不能通其风土、人情、言语，其不适为行政之长官无疑也。顾亦可特设一例，若曾服官及寄住其省至五年以上，能得省议事会与参议会之同意而无抗拒之者，则不拘省限皆可任之。至总督以下之各行政官不设省限，然宜多用本省之人。府县官以本省与邻省及间一省之人为限，其在本省人则必限以出府。盖服官不出其地，易混于地方自治，且其眼界易于狭小，而又恐其与土籍①人民以恩怨而牵涉政治故也。

任用 总督一人之贤否，全省人人之祸福系之。若以最适当之理论而言，任用总督可由本省公选，而请宰相之撰择，得天子之裁可而任之，则上、（天子。）中、（宰相。）下（人民。）皆宜。若不能，则由宰相推荐若干人；或由天子令宰相推荐若干人，天子撰择而任之；或询于元老顾问院而任之。然果如是，贤者勿论，不贤者，则人民不可不有拒绝之权。要之若由在下者之公选，则撰择之权可归之上；若由上者之任命，则拒否之权不可不留于下。如是，上下调和，或可无来害民之长官矣。

任限 宰相以三年为一任；总督亦然。虽然，宰相之改选也，各部之大臣亦同时改选，又同时而悉改选全国之总督，则政局易于动摇，故总督之更任宜后宰相三月。而分掌一省行政诸官及府县官等，则俟总督到任后更易之。又惟宰相限不得连三任，其余各官连任无限期。又于任期未满之中，不宜轻于调动。若今日以同一之巡抚，而朝植于秦，暮移于楚，坐席不暖，则易启其视官事如传舍②之心，而政治之根柢未固，又易颓败而不能收其效。且也当更任之际，可连任者宜连任之；若得人民之挽留者，亦当连任之。盖官久则习于其事，乃能收驾轻就熟之功；而既得民心之官，则上下浃和，下令如流水之源，又大有利于行政故也。

通商口岸之特别官 通商口岸者，今特别发生之重地也。其区域固在省分包含之内，而其紧要直过于省会，于平日既有中外交涉事务之烦，至兵乱时，一有骚扰蹂躏之失，则外患即乘之而入。故通商口岸今不可不筹稳固之法。欲筹

---

①土籍：指世代久居的籍贯。　②传舍：古时供行人休息住宿的处所，借指今旅馆、饭店。这里的"传舍之心"指无长远打算。

稳固之法,必当置特别之官,其职权略举之:(一)军务。得自练兵,足敷得保护其本口岸之用,临事变时得而指挥之。(二)巡警。本口岸巡警之事得配置而监理之。(三)外交。本口岸与各国交涉之事得处理之。惟大事则仰中央政府与总督之命。(四)司法。于领事裁判权未撤去之前,若今之会审官等,得监理而派委之。(若今之新定刑事、民事法于内地,尚不相宜,可于通商口岸、租界外之区域先施行之。)(五)财务。监督收本口岸之租税等。(六)工商、交通、教育等事。本口岸之建筑、道路、河川及学堂等,得监督而处理之。其略如此。而区划今通商口岸之区域,以若干地为通商长官所管领之处。(例若上海除租界外迄至何地为通商长官得施行其政治之处。)其官不得过小,(若今之任道台于一等通商口岸,有过小之嫌。)除受中央政治及总督之节制外,不受其余何等之束缚。于其下得置参谋官,又得视其事务而置事务官。以三年为一任,其任用可由中央政府与总督之推荐,天子撰择而钦任之。(若通商口岸有议事会,则当得议事会之同意,今措不论。)于各处通商口岸分为数等,若上海、天津等处为一等,余视其地,减等有差①。若其地以渐繁盛,得升等。通商长官亦以等别其官之大小,其官等即视其地之等,以次得依其等而升任。虽然,若贤者,亦可由三四等口岸之通商长官一跃而任一等口岸之通商长官;其曾任一等口岸之通商长官,得升为总督与中央政府之各大臣。此其特别官制之略也。

巡视官 中国之政治地理,以疆域广大之故不能不分,而以民俗地势联为一体之故,又不能不合,故其间有一最要之官职发生,则巡视官是也。巡视官可分为二种:一定期之巡视官;一不定期之巡视官。定期之巡视官,数年一次。(若旧制主考是。)不定期之巡视官,无限期,有事则派官往焉。中央政府及地方行政官皆得有巡视官之派遣。其职:调查事务,审察人员。其事务有不适当、不划一者,及人员之有怠惰庸劣不称职,归得陈述其情形,而请当局者之处治焉。虽然,巡视官无干涉地方办事之权,亦无惩黜官吏之权,必告于其所派遣之长官而治之,惟小事则可令改易之。事毕而返,无任期。至重大之事,宰相及各部之大臣与总督可自出巡视之。古者天子尚有巡狩之礼,今各国于重要之事,大臣亦多自出巡视之。虽然,今欲劝我国大臣巡视,必先约以轻车减从,删除供应,丝毫不累官、不扰民之一规则,否则大臣一出而国灾民殃,则反不如不巡视之利矣。又各巡视官除得领公费薪水外,其收受贿赂②,当治重罪勿论。亦不得收受各项供给之费,若有此,则受者与送者双方皆当治罪。此又巡视官必当遵守③之规则也。

参谋官(上各部属官条互见。) 上之总督及通商口岸之官与巡视官者,多因地势之必要而设,而参谋官者,则因今日时势上有必要之故而设者也。何以言之?

---

① 差:等级。　②收受贿赂:原文为"收贿赂受",今据意改。　③遵守:原文为"遵收",今据意改。

今之任大官者，未必皆通达于新学，而有新学之人又限于资格，不能骤进而为大官，为两方调剂之法，则莫善于设参谋官也。以大官借参谋官之才，而以参谋官借大官之位，一则居高位而无覆败之忧，一则抱伟略而有展施之处。上不伤贵，而下不蔽贤，所谓合之则两美，离之则两伤者也。本书所言大臣之当有参谋官者，一宰相；二各部；三总督；四通商口岸之通商长官。（各省总督以下之分掌事务官亦有可酌设处。）分为数等：自头等至二、三等，最高者为参谋长，宜奏任之；余或奏任之，或辟任之。（或头等奏任，二三等辟任之；或头二等奏任，三等辟任之。）无定员，多则数人，少则一人。亦不拘头二、三等，或有头等，无二、三等；或有二、三等，无头等皆可。（此官于旧时为幕，但幕而非官，于今不宜。）其选用也，不设何等之资格，苟有贤者，皆可任之。盖大官之任也以贵，故可言资格；而参谋官之任也以才，故不当言资格。若仍欲从资格中求人，则非本书所欲置参谋官之意也。又参谋官人地既宜，可久任而不必再以他官升转也。其升转也，可取升等之法，由三等以次得升头等，由辟任进为奏任等是。然亦可初任而即就为头等者。既任头等，而有若干年以上之资格，可擢用为大臣。盖参谋官之进也，虽无资格，而至任若干年以上，则学问、才具、智识、品行，其资望已大可见。况既已佐大臣，用其才而有功矣，又不可不言报酬之理而超擢之。是固重才尚功之理所当然也。又于此不能不一言者，参谋官之选也，宜广咨询，开见闻，采之不可不博，而择之不可不精。及其既用之也，信之不可不笃，任之不可不专，否则虽任用而不能收其效。是又置参谋官者当知之要义也。嗟乎！使如吾言，除议政院别求人才之外，但得一贤宰相与数十之良参谋官，分居于行政之地位，而新政之事可举矣。（议政院参赞官之升转法，与参谋官同。昔以翰林为最高之出身官，今当以参谋官与议政院之参赞官为出身官之最高者。）

任期之理　官吏之不更选，与官吏之屡更选，皆大有害于治道，故各官概定为三年一任，以便除旧布新，无腐败停滞之忧。然除宰相不得连三任外，余官皆得连任无期限，是又所以便贤官之得久任，而收长治久安之效也。（大概政务官宜更选，事务官不宜更选；大官宜时更选，小官不宜时更选之。今中国于京师之大官多不更选，而地方之小官多更选之，此失更选之理者也。）

官阶之略称　日本之勅任、判任，本书中亦略仿之。其勅任可曰钦任，以谕旨任之者是也；奏任亦曰奏任，经大臣之所入奏而任之者也；判任今曰辟任，亦为委任，经试验或不经试验，由长官所任而用之者也。其升转亦略可准此。

官制之事，固不止此，以上举其大略而言之。

官制杂题

复古致仕之法　今之白发颓龄①而犹尸位②窃禄，是误国殃民之大者也。

---

①颓龄：衰年；垂暮之年。　　②尸位：指占着职位却不做事。

知有一己之荣利，而不知有万民之苦痛者也。宜复古致仕之法，以六十岁为限，而入仕之始，限以二十五岁以上。

终始一职 今以前儒学万能之时代也，苟能通儒学，则凡所有之官无不能为之。今后则学科分，而官则必有官之学，又或一官自为一学，而所授之官，不能不以其所学之事为限，如军事限于为军事之官，教育限于为教育之官。除可移转之官外，余官当终身使守一职，而废今一人历任各官制。

官皆实授 凡官皆实授，无署理。其有署理者，惟当有变故时，（若病故等事。）则其所统属之长官得委人暂理之，而限以若干日内。必有一实授之人，且必定限日到任之法。盖非实授，则人皆有草率苟且之心故也。

品级升转法之弊 今之所以奖励官吏者，无他道也，惟有升转之一途而已。而其升转也，不能不由品级。其弊：一、必历阶以上，虽有不能为之官，不能不履行之。二、其材之堪大用者，当年富力强之时，不能不限于下僚，而至克①登高位，则又期近耄耋②，不能收奋发之功。三、虽为庸禄之才，苟资格已到，得授要秩③而漫④付以国家重大之事。有此三弊，而国家遂不能收设官用人之效。盖非为官求人，几若为人设官而然者？是今后之必当废弃者也。

大臣无资格 官者，所以授材也；爵者，所以赏功也；禄者，所以酬劳也。当分为三大区划，虽其间不无有相通之故，而此区划之界必不可不知。准⑤官以授材之理而自为区域，则大臣不当有资格。盖人固有其材可为小臣而不为大臣者，亦有其材能为大臣而不能为小臣者，故各国之任大臣无资格。（亦或有限以为文官数年以上等例，然阶级烦累之制固无之。）而中国古制亦无资格，若伊尹、太公、管仲、诸葛武侯等，彼惟能一出而为大臣耳，岂能以小吏屈之哉！盖材之不同故也。虽然，所谓无资格者，惟无法制设限之资限耳，若学问上、舆论上之资格，自不能不有。固未有一无政见，一无学术，其才为举国人之所不信，而可授以大位者也。且夫以人材而言，固有始为小臣而其后可升转而为大臣者，今后固亦当有是勿论。惟如今日之品级制，则有害于任大臣之道，是又今后所必当废弃者也。

奖励小臣 人人皆望大官，而无安于为小官之心，此中国吏治之所以不振也。欲振吏治，不可不奖人使有安于小官之心，况乎今后除可升转之官仍以升转法奖励之外，其余各官限于一职、专于一事者尤多，然则不能不有小臣之奖励法也审⑥矣。且夫人皆有愿为大官而不愿为小官之一欲望者何？亦曰：官大则显荣而多金耳。以俗言之，曰"阔与发财"是也。今欲使人安于小官，莫若使小官之中亦有"阔与发财"之道。其道无他，曰准爵以赏功、禄以酬劳之理，而对于小臣之有功（著事绩曰功。）与有劳（积岁月曰劳。）者，以勋位爵禄厚之是也。其赏功

---

①克：能。　②耄耋：犹高龄，高寿。　③要秩：要职。　④漫：随便。　⑤准：比照。
⑥审：知道，知悉。

之典①,设勋位制,(位勋自八等或自九等至一等。)或授勋章,大功则赐爵(勋位、爵等不必限于作官,若于学问、技艺有发明之功者,亦宜授之赐爵以当,人限不得世袭。)位,或专为荣誉之用。而勋章爵等给年金有差,使荣誉与实利两得兼之。其酬劳之典,除以过失失官之外,自几任至于几任予以给金,进而益厚。其久任而去也,有退隐(自愿退隐者。)金,有养老(以致仕为官者。)金,皆视其任期之多而加厚焉,以慰悦之。且夫大臣之更任也多,小臣之更任也少,故大臣或有有官、无官之虞,而小臣无之,则大臣之危险有反不如小臣之稳固者。如是惟留一种抱雄才大略之人,愿为大官而笃实谨厚之人,皆以勤职立功、久安任位为得计,而无耽耽②焉专营心于升官之一途,则官位澄清,而大小臣各当其材矣。

小臣官位之保证 大臣者,负有政治上之责任者也,而小臣则惟负有法律上之责任而已,故小臣若有停任、革职之事,不可不依法律。若今之填大计③,惟以羌无故实④人人皆可应用之字(例若操守平常等。)以为罢黜之据,必当废弃。其予以停任、革职之处分,必指明据法律何条,得何罪。若当人对于处分有不服者,许其诉讼,以免滥黜之弊。如是,人人但求无亏职守,致负法律上之咎,而不必屈伸俯仰,卜官途之运命于长官一人之手。是又所以保护小臣而励其尽职之心也。

罚则 有赏以劝功,不能无罚以戒恶,赏罚明,而吏治进矣。故有官吏之奖赏法,尤当有官吏之惩戒法。其惩戒法,除后继罪不列外,(后继者言惩戒之余尚有其他应治之罪,如须入刑事者,云刑事后继;须赔偿者,云赔偿后继等是。)约为减俸、罚俸、罚金、褫勋、夺位、解任、停任、革职,至重者至期限监禁而止,而斩杀、流窜之罪皆废之。若有刑事上之罪,于刑事上论,不在惩戒处分内。是儆⑤官邪,而又寓重人上之道也。

废降级调用法 于罚则中,有今制之必当废除者,略举之,如今有降级调用法。夫人固未有不宜于此级之官而降一级即能适用者。可议他罚则。此今制之当去者一也。

废革职留任法 革职则官之威信丧,尚何能居民上乎?今后于法当罢官者,竟予罢官,若不罢官,则当以他之罚则处之,不当用革职留任之法。此今制之当去者二也。

废永不叙用法 官吏者,国人对于国家所有之权利也,本国人之所以殊于外国人者。此其一若任官而有过误,或停任,(停若干任。)或革职,皆立期限,期尽开复,无废弃其终身。盖过失之罚,于理当有销减之时,若永不叙用,是夺人终身为官吏之权也。此今制之当去者三也。

---

①典:标准。　②耽耽,形容贪婪地注视,这里形容其专心致志的样子。　③大计:官吏每三年一次的考绩。　④羌无故实:指没有出处。　⑤儆:使人警醒,不犯过错。

赃罪 于新法中,当重视官吏之赃罪。最轻者至犯若干以上,即当罢官追征[①],又处罚金。重者加罪。

怠慢之处分 欲整饬吏治,则办事迅速其第一义也。宜定公事期限法,过期限尚未处办者,是谓官吏怠慢之过,处罚则。

官吏之赔偿 由官吏违法之过失而损国家与人民个人之利者,皆令赔偿之。

官吏之告诉[②] 由官吏违法而人民受其损害者,许人民得于行政裁判廷而控诉之。

就其深矣,方之舟之。就其浅矣,泳之游之。何有何亡,黾勉求之。凡民有丧,匍匐救之。

—— 古国人

予欲望鲁兮,龟山蔽之。手无斧柯兮,奈龟山何?

—— 孔 子

剩有[③]中原歌哭意,鸣蝉满树读《离骚》。

—— 蒋智由

民权篇

民权 立宪,民权之事也。民权者,公言也,非禁语也。使政府而恶民权,则不立宪可也。虽然,处今日之世,试问其民皆蛮顽蠢暗,戢戢焉[④]惟恃政府以生,而政府乃得而鞭挞驾驭之,其果能与各国竞存立否乎?且也,以今世国家费用之日增,不能不厚百姓之负担,欲厚百姓之负担,不予之以权而得其同意,其果能强民自割其利益,以之奉公而无难乎?是故畏民权而不为开其智识,则是愚民也。愚民者,亡国也。及民智之已开而欲有权,从而强遏之,则是压民也。压民愈甚,其祸愈烈,亦亡国也。二者皆亡国,惟开民之智识而予之以权,则可以不亡国,是最安全之道也。然则予民权之与亡国二者孰愈?惟所择之而已。故曰,民权者,公言也,非禁语也。

时势上有团体之必要 今各省,若铁路、矿产、教案等事日夜不绝,而对于外国,则挽回其权利,对于政府,则申告其利害,此非集合人民有一势力之团体则不能为。而此团体盖至今日尚无之。事变发生,仓猝集人,无权限,无法式,此其比于各国之有议会也,犹之上古之民,一则已知立国,而一则尚为迁徙漂流之部落等耳。夫人之生也,有言之必要,则不可无口舌之一机关;有行之必要,则不可无手足之一机关。今国家之事,实有待于人民一团体之参与,而尚不立此参与之一机关,其有碍于政治之进化也,盖甚大矣。此请设议会之所以不容已也。夫是固不待地方市镇村(日本之市町村,易中名为市镇村。)自治制颁布之后也,议会立而地方市镇村自治之事自不能不因之而起。盖新法施行,必不能始

---

①追征:追回没收。　②告诉:告是控告;诉是提起诉讼。　③剩有:犹有。　④戢戢焉:顺从的样子。

自下级之人，以人民之秀者为之导，而后渐图一般普及之事。（地方自治制施行之次第，当先省会以及府县，而后推至乡间。）此又议会必当立于地方市镇村自治之先之要也。

京师参议会　今立议会，其开章之难题，则无选举法是也。虽然，是亦可暂用他法以代之。（日本始开设地方民会议，设议会法公选议员乎？抑暂用他之法为议员乎？其采决不用公选法，盖限于当日之程度故也。今中国亦无公选之法，故当暂用他法。）如下：一、由省议事会公选其议员中之若干人，以为京师参议会之议员。二、由一省之绅士、留学生公推其京师同乡京官若干人，以为京师参议会之议员。三、由一省之绅士及留学生公推其本省之贤者，以为京师参议会之议员。于此数法之中，可择用其一。其议会之全体合各省人而成，而以省之大小，分人数之多寡。此京师参议会设立之略法也。

省议事会　省议事会以一省中各府之人成，其人由各府公选之。而省城之首府，其人数得冠各府，各府以次递减，以府之大小定人数之多寡，令一府之绅士与留学生公选之。其设立之次第，以文化程度稍高之省为首，以次遍于各省。又府会、县会可在省议事会成立之后而请设之。此省议事会设立之略法也。

参议会与省议事会之权限　省议事会，为地方议事会之性质；而京师参议会，则具有国家议会之性质者也。更言之，省议事会代表一省，以一省为其行动之范围；而京师之参议会代表全国，以全国为其行动之范围者也。更可借论理学上内包外延之语以释之，省议事会于外延之事不及参议会，而内包之事则过于参议会；参议会于内包之事不及省议事会，而外延之事则过于省议事会。故省议事会之权，有当为参议会之所压者，一、经由。省议事会除对于本省之范围外，有欲通告建议于政府者，或间有事得自直达之，一般必当经由于京师之参议会。故省议事会对于本省之事为直接的，而对于政府之事为间接的。二、处决。省议事会有经由参议会而通告建议于政府之事，参议会得就其言而决择之。又甲省之议事会与乙省议事会，其申告之意见有不同者，则参议会得自开会而决择。故京师之参议会仅有内部一重之决定，而省议事会除本省之事以外，不能不受参议会两重之决定。又各省有交涉之事（如铁路、航路之经过、接续等。）与有争执之事，一当仰京师参议会之处置。此所有权限、大小之不同也。而于立宪之后，尤有一自然极大之界画生。是何也？盖国家议会有议决全国法律之权，而地方议事会无之，（省议事会与京师参议会权限交涉之困难，亦犹各省总督与中央政府权限交涉之困难，此皆关于中国地理上所使然，固与各国不同其情形也。）故京师参议会与省议事会之权限，于立宪以前，其分别之处尚少，而于立宪以后，分别之处固其大也。此其权限分别之大略也。

设立之次序　两议事会之开设也，固当先省议事会，而后京师之参议会。是又有二法：一省议事会成立，同时又开设京师之参议会；一但开设省议事会，数年之后，再开设京师之参议会。此二者可择而用之，而后法为易行。然若用后法，则省议事会与政府当有直接交涉之权，此权于京师参议会成立之后再改变之。此其异也。

　　按，日本于明治十一年设府县会，而于明治二十二年发布宪法。故议会之设，理不可不在立宪以前，盖必当以数年之岁月为议院之练习试验故也。

　　留学生预选举之理　上拟暂时之议员选举法，而以绅士与留学生操其权。以常例论，当为学生之时，其年齿幼，阅历浅，必不当干与选举之事。虽然，以今日之时势而言，留学生于资格虽为国人之后进，而于智识实为国人之先导，况有年龄有官位者亦在其中。故今日之留学生，实为过渡时代一特别之现象，不得以常例论之。且以有一自然之团体，于行选举法为最便。此拟暂时选举法，不能不以留学生操选举一部分之权也。

　　议员之必当民选　议事会以一国之政治国人皆当与闻为原则。虽然，人民者，于一方当自治己事，而于一方又欲与闻国家之事，其势必苦于不给。况乎人民之所议，固能当乎否乎，人民不可不自审度之。于是有用代议士之法焉，选国之贤者以为人民一己之代表，而以代议士之意见，即视为全国公共、（据人民皆当与闻政治之理。）正当（据贤者所议则能正当之理。）之意见。故议员必当由人民自选择之，否则虽能通达人民之意见，而其人命之自上，则不过添一种传告民情之官而已，（若今之御史是。）何得称为议员哉？！专制政体与立宪政体之大不同者，固以此。

　　议会规则之自立　议员既由人民所公选，故议会之规则亦必皆由议会中所自定，而不容受外来之干涉，以完其议会独立之权。此固议会之通则也。

　　任期　当今日过渡草创之时代中，议员之任期似不宜久。盖一则选举法未定，当渐次改良其选举法；而一则轮流习换，则历练政治之才渐多。任期，当以一年或二年一改选之。其旧任议员得与新选举之列，获再选者连任无期限。

　　议会全体之权　以上言议会设立之事略竟，以下言议会之权。分为二：一议会全体之权；一议员个人之权。议会全体之权，有为两议会所同有者，有两议会之权限，不能不有分别者。其当分别之处，上已言之。又或取暂时但有省议事会、无参议会之办法，故下言议会全体，不复区画两议会之界限，盖以此。（间亦或加说明之处。）

　　收受请愿、诉愿之事　议会得收受人民之请愿书，分为二：一公请愿；一私请愿。公请愿者，关于一国公共利害之事（今之致公电、公函于政府者，当于此类中含之。）；私请愿者，关于个人若者①一部分利害之事是。夫立宪之国，议院之对于请愿诸事，固不仅有收受之权，而有受理之权。若英国议会，对于请愿之权力甚

---

　　①若者：或者。

大，每一会期，由议会决了请愿之事项达一万件以上。（日本亦欲扩张议会之请愿受理权，近日拟派人至欧洲调查制度而施行之。）此固未能为我国人言之也，今但言其当有收受之权而已。

又议会当收受人民诉愿之事，以请愿之广义而言，或多包含诉愿之事，二语亦时有出入混同之处。日本于立宪时亦然，今我国亦不必故细辨之，然就二者之区别而言，请愿者，人民或为公众或为部分或为个人有欲得之权利，反言之不得此权利，则人民生存之道不全，如是得为请愿之事。而诉愿者，对于官吏行政，人民有受其损害处，则人民得自为利益计而呈出其诉愿之事。例若税关官吏，以收税或查验而损失人民之货物，则人民以为利益之故而得诉愿。若有呈出诉愿事件于议会者，则议会当收受之。今议会虽暂无受理之权，然收受请愿、诉愿之件得转达于官府而代为人民请求之。（此有二利：一则人民以畏官府之故，不敢呈出其请愿、诉愿书，而于议会则敢呈出之；一对于人民之请愿、诉愿，官府或置不理或不肯收受，由议会之转达，则官府不能不重视之。）

建议及上奏 议员固得提出其建议案。今立议会，其由议会自建议之案，与采自请愿，由议会代为呈请之建议案不问，凡关于国家之事，可提出其建议案于议政院，关于地方之事，可提出其建议案于总督，而请其施行之。又关于大事，当有上奏之权。

法律之与闻 一国之法律，不出于公议，而由于私立，此蛮野政体之漏习[①]也。试问今地球著名各国，尚有一国之人民无议决法律之权乎？盖除中国而已无有矣！（除中国外，亦无一国不立宪。故中国，已为专制政体之老独。）呜呼！中国政治之幼稚固如是，是真可对各国而汗颜者也！且夫今日立国之道与前日异。前者，国家当为之事简，故立法之事可以政府为之，今则若商务、工业、矿山、铁路等，凡法律所定，即与人民之利害有莫大之关系，故人民虽欲不进而参与其立法权而有所不可。虽然，今我人固未能知此理也。无已，对于法律之事，无议决权而先求其有与闻之权。（一）政府以议定之草法案，示京师之参议会，参议会有欲修改者，得请其修改之。又未定之草法案，政府或先征议会之意见，则议会可以其意见告之。（二）议事会得先通告其有害之个条，使勿拟入；又得通告其应有之个条，使拟入之。（三）议事会风闻有何何[②]拟入之个条而认为有害者，得通告而阻止之。其略如此。

监督行政之诸权 关于行政上之事，其当监督者：

（一）外交。（甲）条约。今者一纸之条约书，而全国存亡之运命系焉。若人民而不与闻条约之事，必至一国之权利尽折而入于外人之手，而国人尚梦不知也。其愚也亦已甚矣！且也今后若不欲自起而有所作为则已，若欲自起而有所作为，则条约之不与闻，必至大受其害，而人民直无可图为之事。例若浙江，于

---

①漏习：疑为"陋习"之误。　②何何：相当于"什么什么"。

一方已集款为自造铁路之举,而于一方,政府又欲与英国订筑浙路之约,英约成而浙江自造铁路之事且败。是尚能使人民无参预条约权乎?虽然,以今日人民之程度,固不能有何等参预之实权也,无已,但求其有与闻之权。而对于有害之条约,则议会当警告而阻止之。若用警告阻止之法而不听,则上奏而弹劾之。此对于条约上当有之权也。

(乙)和战。关系一国存亡之事,莫大于战争。以全国存亡之事而听诸当局之一掷,其危险有逾于此者乎?今立宪各国,无论议院参与战争之权有明定之法律与否不问,要之政治上,则一国战争之事必得议院多数之同意,否则即于宪法之明文上亦以战争之权归于君主,而若不得议院之同意者,则议院得持筹饷征税之事为难。故曰法律如何不问,于政治上,则立宪之国实际战争之权无不操自议院。况乎中国之地理为各省之所合并而成,凡为战争所有之负担及为战争所蒙之损失,皆各省之人身当之;又使失败割地,则各省人之土;赔款,则各省人之钱。如此而不使各省有参预之权,可乎?(以旧例言,开战讲和之事尚有问督抚者,今后则工商业发达,战争之事关于人民之利害甚大,故不可不使人民参与之。)况乎以情势而论,非得各省之同意,虽以中央主持战争之权,而其势亦有所不行。例若庚子之事,北方以战争为同意,而南方以战争为不同意,遂至北方战而南方和,现一全国不统一之象,此必不可复演于今后战争之时者。(若如庚子南北不同意之战争,行之于人民智识进步之后,必致忿怨而生全国分裂之祸。)故曰:中国地理,战争之事不可不得各省之同意,而当使议会有参与战争之权。此实事理之当然者也。

按,战争之权,当归之议院乎?当归之中央政府乎?学者各持所见,其说不一,其折衷[①]之言,则曰以理而论战争之权,必当归于议院,虽然,此事必须有秘密与迅速之二性质,故不便于议院所主持,(破此论者则曰战争之机虽尚秘密与迅速,然战争所由,成之故决非一日,无所谓秘密与迅速者在,故以战为利乎?不战为利乎?仍可使议院议之。)而当一委任其事于中央政府之手。即以正理论,当归于议院,而为处事之便宜计,则以其权委于中央政府为可。今除专制政体外,实际立宪之国若不得议院同意之战争,谁敢任其咎者?故立宪国之议员,实无不有主持战争之权者也。

(二)财政。自来君主之罪恶,不外乎得滥用其财政权故,此真不磨之名言也。试观中国历史所载之暴君,亦徒在厚敛重赋,兴土木,乐声色,娱犬马,至于百姓困穷,四海征税。溯其原,则以财政权得为君主所滥用而已。中国学者亦尝对此而不胜其太息,若口诛笔伐,每不绝于史册之间。虽然,徒为此空言之罚殛[②],而无实际之法律以制之,则君主得滥用其财政权如故,而君主之恶亦终一日不绝于天壤之间。而泰西政治之所以发达者,无他,即于此更进一步,以国人

---

①折衷:即折中。　②罚殛:指诛戮。

自握有其国家之财政权而已。立宪君主之所以不能为恶，盖以此也。（君主无责任，君主神圣不可侵。君主亦人也，凡人皆不能无恶，故不可不防君主之恶。合此数语，而立宪之君主可见。盖从泰西之政治，君主实已不能为恶。既不能为恶，尚何得问君主之罪名乎？故君主无责任，君主神圣不可侵之说皆得成立，盖固先有得防君主之恶之一层在。）且夫事权、财权合并于一人，除其人为圣贤而不欲自作恶外，苟欲作恶，已有不可制之权。今民间小事尚欲分事权、财权为二而不归于一人者，以国家之大，而财权上一无节制，演数千年之政治而进化点不至于此，此中国人政治能力逊于泰西之明征也。然则自今以后，人民对于国家之财政权，又岂可不再参与之乎？是固今后议员之当注意者也。

按，右说当昏顽时代之政府闻之，必致不快。虽然，若从智识进步之后计算其利害，则宁当乐而听从之。何则？君主得滥用其财政权，则人民穷蹙[1]，其祸直至于亡国。国且亡，而又何得享财政权之有？则孰若[2]上下协商，清理财政，而使国安民泰之为得计也？是在乎有识时务者为俊杰之人矣。

（甲）租税。立宪国之原则，凡租税，虽一丝一毫，必皆经议院之承诺而后能征收，不能擅出自行政官之命令。是何也？盖以租税之事与百姓生计性命之关系最切。再言之，百姓苦乐生死之问题，即在此租税问题之中。议院制度盖即以此而发生者，故承诺租税与否，直为议会中第一之大事。议员之于租税，非独关于租税上直接之利害，若税种、税率、征收之法、征收之期，必当求其美善，使百姓不感苦痛而后可。（立宪国凡税种、税率及不服申告诸事，必皆经议院，由法律之制定，不能以行政官之命令为之。）而尤不可不顾及动用租税间接政治上之利害，即国家之收纳租税，其果用之以行善政欤？否欤？（著名租税论大家博理由氏论租税之善恶也，曰："租税之善恶，不得仅以轻重论。有收税虽轻，而亦可称之为恶税者，如以所收得之租税用之于不生产之途而无益于民者是也。"故论租税，当有两重之善恶，一直接租税上之善恶，一间接动用租税政治上之善恶是也。）昔时英国，议院于租税承诺之后必提出条件，使政府立一于行政上必求政治改良之誓，盖即谓政府若行善政，则租税当完纳之；政府若行恶政，则租税当拒绝之之要约也。今我国之租税，若征收法之不良，收税官吏之横暴不恤民而侵吞中饱，不均一，不明确，直为一大暗黑之伏魔殿。今后欲筹国用，必当自清理税法始，而必求一：一方可以足国，一方不至害民，而常奉一国与民两利之道以为租税上之标准。是既设议会之后，入手第一当为之重大事也。兹篇以非专言此者，不及详陈之。

（乙）预算。无预算，则支出收入茫无准的，从何而言财政乎？预算之得通过与否，实为议院中一至重大之事。故曰议院之历史，即预算之历史，盖以此也。虽然，今我国无从言此，无已，议会既设，必请中央政府出一预算案，或省议事会请总督先立一省之预算案。是议会所当首要求之一事也。

---

①穷蹙：窘迫、困厄。　　②孰若：犹何如，怎么比得上。

（丙）起债。中国生死之问题在财政，财政中有可亡中国之道不一，而外债其一也。今后之中国，其果能不亡于外债与否，此尚横于前途一未决之事也。虽然，言及此，余不能不有一言之表明，余非反对外债论者也。中国若无外债，实际于今日已早不能存立，又日后欲振兴种种之事业亦皆有赖于外债，故绝对的外债杜绝论者，理之所不许，而亦势之所不能也。虽然，外债犹药也，能活人亦能杀人。然则关于起债之时，其所需用者果何事乎？（如为流动赀本、固定赀本之用于还款上即大有区别。埃及以收回苏依士运河之权利而起外债，卒坐不能拔还而亡国，则用之固定赀本故，故埃及非为借外国而亡国，为借外债误于需用之事而亡国也。）所抵押者，果何件乎？其方法若何？其性质若何？议会皆不可不知。其有害者，得警告而阻止之，促其有改良之方法，无害而后许之，庶乎借外债之事理明而能免于"梦里江山坐付人"之讥矣。又非独起外债已也，若起内债之事，其利害可否，议会又必进而与闻之。

官吏 人治国与法治国之异同者何？彼治国官吏虽不贤，法律非其所能左右之，故人民仍得庇荫于法律之下，而其受不肖官吏之害也浅。且也，官吏若稍有不法之行为，人民直得而控诉之，以自完其个人之权利。而人治国不然，上下之间无可准依之法律，其果违法乎否乎，界限至为漠然，故法律无庇护人民之力，而常有待于官吏之行政以补足之。中国者，非法治国而人治国也，故皇帝一人之贤否，其关系于治乱也甚大。何也？皇帝之一言一动，其所欲为不欲为，即法律也。若彼法治之国，岂有以皇帝一人而关系全国若是其巨者乎？又非独皇帝然，官吏亦然，官吏亦一小皇帝。盖人治之国，必不能以皇帝一人之身行全国之事，而常待于官吏以为皇帝之代表，官吏之一言一动，其所欲为不欲为，亦即法律也。试观中国有一事之治，非以适得官吏之贤而然乎？有一事之乱，非以适得官吏之不肖而然乎？无一定普遍之治理法，而但以官吏之贤否分政治上之治乱。然则中国第一所当必争之权，曰：官吏之任用，不可不得人民之同意，而人民当进而参预之是也。夫以彼法治国，若执政大臣，为全国政治系统之所自出者，其命脉贯操自议院之手，议院之所可，则内阁得以成立；议院之所否，则内阁从而崩溃，故曰：议院者，实有造内阁与毁内阁之一能力者也。此固非自今日之立宪始也，盖参预执政大臣之权，实为日耳曼所向有之惯例，今法亦本于向例而然耳。夫一国之官吏皆出于人民之公举，此实理之至当而无以易者。虽然，此固未能骤行于中国也。无已，于全国要害之官，由议会指定数人而请上撰用之。夫其人由议会之所指定，则能合乎一般人民之意，而由在上者之所撰择，则任用之权仍出之上，是实一上下调和之善法也。然此又未必能行于中国也。无已，于上所任用之官吏而筹应之之法：一、拒绝。夫官吏任用之始，既不及与闻其事，而一至简放①之后，即与吾民有莫大利害之相关，其贤否必不可不决择

①简放：清代谓按资历或劳绩选用授派任道府以上的外官。

之。若其人而果贤乎，否则贤否尚不能确知乎，则自简放之日至于到任之间，不发表其阻绝之事，如是可视为已得人民默认之同意。若夫确知其人为不贤乎，则不可不发表其拒绝之事而请在上者之更换之。否则指定数人，而请在上者之撰用之。此所以防不贤官吏于未受任之前而止其害者也。二、通告。官吏既已受任矣，其政治之良否，施之数年而毕见，故当满任之时，议员当采人民之意，具①为书而通告之，以佐在上者定任免之权衡。此所以使官吏任用之后，其邪正能否，不壅②于上闻，而得公正其黜陟也。三、弹劾。若夫不贤之官吏而果大有害于民乎，则直弹劾之。否则用代弹劾之法，告诉于宰相而请罢黜之。夫各国议院有弹劾内阁大臣之事，今中国御史亦有弹劾官吏之权，盖实中国之惯例，今移而归之议员，至当也。此又所以防不贤官吏于受任之后而澹其祸者也。四、挽留。若夫官吏既已贤矣，时时更易，徒滋扰耳。况乎昔以升转法进官，固贤者有不可不使升任之故，今则官之贤者苟任事既久，不妨一擢③而使居于上位，不必皆升转之也。故民于贤官皆可使之久任而挽留之。此又所以使善良之官吏得完其治绩而收久长之效也。对于官吏之事，其略有如此者。夫是数者，固非因今日之欲立宪法而特立新法焉，实为多中国所固有之事，特自今益当进而实行之耳！

应时势必要之事　今应时势之必要，有为议会所当行之事，如下：

（一）路矿之拒许。对于外人，路矿许否之权是也，是本当在外交事例中，以为时势上一要件，故特言之。夫路矿之许与外人与否，即为一省存亡之所关，人民欲保护其地方，即不能不有此事拒许之权。今后若有关系一省路矿之事，外人要索政府，则政府必当告知京师参议会，由参议会告知省议会，得两议会之承诺而后可。否则虽政府不能擅以之许外人。请明定为法。是固非独人民自护其土地权所当如是也，亦其便于政府，盖借之而得对于外人为正当之拒绝故也。虽然，此惟限于外人则然，不得用之于内国人。若内国人路矿之事，惟有关系公众利害之处，议会有发言之权已耳。（按，宪法中亦有铁路道之规定者，据德意志宪法四十一条则，各国于其领分之内，得拒铁道之通过。然非有害各国之君权者，则可得而敷设之。今中国关于路矿有许与外人之事，亦当予各省有拒许之权，惟不得应用此权于内国人耳。）

（二）教案之评定。教案不绝，则中国必不可为国。夫中国之喜于闹教，其原果何自而来哉？以中国之素淡于宗教心，岂真为教理之不能容乎？其必不然。然则其原因，一、对于异色人之疑忌。挖眼剖心之谈，由此而起。此一原因于风气开通之后必能解除，非其重者；其重者，则民教之成仇之一原因耳。而其祸实多自官府造成之。盖以官府有所袒庇之故，民不得申其冤曲于官，始不得不自为报复之计，乃一哄而成此祸耳。故夫朝庭日言保护，而教案反因之而愈多，何则？官府为保护故，乃益不能不有所袒庇也。然则欲清教案之原，必先求

---

①具：写。　②壅：堵塞。　③擢：提拔，提升。

官吏能公正判断民教之事件而后可。虽然,今官府以受积威之余,何能望其有胆识如此? 无已,议事会关于民教争讼之事可博询而周考之。若知地方官确有庇教抑民之处,则可以议会之力,请地方官再为公正之审理。否则请于长官,令地方官公正审理之。若夫地方已有闹教之案,则议事会当悉心调查,具为书,以告政府,而明其是非曲折之所在。其应惩办赔偿者,固当认之;若不当惩办赔偿而有失公平之处,得呈出其抗议书于政府。是议事会应于时势所当任其责者也。

(三)地方新政之宣讲。告知者,行政上一至要之事。若行政者,但知改革政治而已,而不知尽告知之道,此学者所譬为驼鸟下卵于沙、弃而不顾之类也。今我国日言变法,而未议及告知之事,亦已奇矣。夫是以新政虽行,而百姓直未知为何物,此岂能冀收其效耶? 盖今日所有告知之道,仍不外数种之旧法,若上谕及告示等而止,虽报章亦能补足若干之告知力,而其所及亦自有限。欲行新政,必不可不于此外,再求普遍速捷之告知法。无已,议事会设立,可起而补政府告知不足之事。盖政府之去人民也远,议会之去人民也近,故告知之事,亦有宜于议会行之者。其法可由议事会以演说体编新政理由书,分遣通晓时务之人至各府县之地方宣讲,以次周巡而遍。有续行新政之事,又续为书,令宣讲如故。其至地方也,先由知县通知其地方之绅士。其费用由官给之,不得取地方分文,违者议重罚。于演说之外,又以种种讲明新政之书分给地方之能读书识字者,如耶稣教之分送教书然。如此则新政下令,有如流水之源矣。中国古有读法,而日本遣明法博士分六道讲新令者,盖即此也。

以上三事,或多当属诸省议事会。盖中国以地理上之关系,省议事会之事权,其范围盖不能不稍大,固与日本之府县会异。虽然,关于全国之事,必以中央议会为主,其权限上已言之,固自无偏重于省议事会之忧也。

有通告权,无决议权 上所言议会之权,其与立宪时有大异点者在,即但有通告之权而无议决之权是也。何以今不当有议决权也?(但议会内部自有议决之权,惟对于政府无议决之权。)曰:有议决权,则立宪之精神如何不问,而立宪形式上之事已成,今国人其果有立宪之程度乎? 不予议决权者,避错误,一也,智识不足,误国事故;免濡滞①,二也,改革时代,须行政敏速故。(立宪必在变法稍定之后者以此。)然则何以必设议会也? 曰:以为立宪时代之练习。无练习之功,一蹴而试行宪法,吾未见其可也。欲练习故不能不有一形式之议会,所谓上宪法之梯子也。然则何以不予以之决议权而予之通告权也? 曰:天子不能以一人之身治理万民,故不能不以治理之事委之于官,而官治理之当否,天子固不能知之,盖既不能以一身治理万民,即不能以一身遍知治理万民之官,其理同。若官而无一监督之人,则其暗黑至不可言。中国今日之苦坐此,故不能不以通告之权予

---

①濡滞:迟延;迟滞。

人民也。且通告权为中国之所固有,而非自立宪始,特今益当取立宪之法以完备其机关而便于作用耳。(若古时导道者击鼓,谕义者击钟,告事者振铎,启忧者击磬,有狱讼者摇鼗①,用器械的通告法,则固不如议会之作用大矣。)夫通告之事,则固可以无过,而无忧其程度之不足,至于智识益进,乃可以操议决之权而无难矣。此本书所为斟酌于古今中外,而为准备立宪之时代开一法门者也。论者其谓如何?

议员个人之权 议员者,神圣之职也。何则?立宪国凡君与民,莫不立于法律范围之中。(专制之世,君立于法律范围之外,此专制与立宪之不同处。)法律者,全国之所当神圣视,而议员者,立法者也。故议员者,神圣之职也。居神圣之职而无应有之特权,则亵而不尊,非国人所以重立法之道也。今本书所言之议员虽尚无立法之权,不能与立宪国议员之神圣比,要之既有一议会之雏形,则议员所当有之个人权自不能不予之。试略举其关于言论自由、身体自由之二权。若荣誉权等,兹不及言焉。

(一)议员言论之无罪。凡议员于议会中所发之言论,皆不得治罪。不然,则议员且惧罪之不遑,又何能议法乎?

(二)议员之不能逮捕。议员在会期之中及会期前后若干日内,不得以有罪逮捕之。否则必先通告议会,得议会之承诺而后可。盖所以免暴君权相以缧绁②治议员而蹂躏议会也。

以上二事,皆属议会一般之通则,一定而不可无之权也,故一言之。

一省之春秋会议 省议事会于春秋间,可开二次之大会议,令各府县皆得派人与列而议各府县一般或特别关于教育、工艺、农商、路矿、租税、圜法③、狱讼、教会、水利、道路以及交通、卫生一切等事。于一会期之中,必议定其当兴者若干条,当革者若干条,视其事之性质而请总督或总督以下之官及本地之府县官,或由民间自选公正之绅士而执行之。(如是由议事机关生出执行机关,而地方自治之事进矣。)其会期二月或三月,于议场许人民之旁听,或虞人民之过杂而设制限,其制限宜极宽大,盖公事公议,今称为政事之公开,(据政治为万民公事而非一、二人私事之理,故国会法廷皆许人民旁听,又新闻杂志等皆得记载其事。)本不当设制限故也。至议事既定之后,宜刊行议事书,令各府县之公派员归呈于府县官,又宣布于民间,以示地方所当兴办之事,庶新政之智识渐开,而能振起各府县地方自治之机矣。

各省之联合会议 中国之政治不能不分省言之者,以人民于政治上有一固有团结之折痕,故能亲切协和。今之所谓同乡之谊,政治上得利用之一至便之机关也。此中国地理上特别之情形也。虽然,分省之利固多,而其弊亦极大,则

---

①鼗:有柄的小鼓。此句语出《淮南子·泛论训》:"禹之时,以五音听治,悬钟鼓磬铎,置鼗,以待四方之士。为号曰:教寡人以道者击鼓,谕寡人以义者击钟,告寡人以事者振铎,语寡人以忧者击磬,有狱讼者摇鼗。" ②缧绁:捆绑犯人的黑绳索。借指监狱;囚禁。 ③圜法:币制。

省界之争是也。呜呼！吾又安知中国日后不以省界之争，内哄而自取覆亡也？要之论中国之政治地理统一之中，不可忘区划，而区划之中，尤不可忘统一。是则各省与各省必当融和其人情、风俗、言语、教化，而患害相救，利益相维，庶不至酿成争省界之一大恶剧也。（今日已有闹省界之难，不能不以打破省界之说教之。）故省议事会，甲省之与乙省与丙省及其余各省，宜按年以次开一各省之联合会议。（如浙江于甲年与江苏会议，乙年与福建会议，余按年以次会议者是。）又或于几年中，（酌中年限之长短，以六年开一全国各省之会议为最宜。）择一要地，开一全国各省联合会议。若此省之与彼省有特别交涉之事，可开一临时联合会议。于一省之议事会中各自选举若干人为各省联合会议之委员，以议各省之联络交通。及不划一者，使之划一；不协同者，使之协同诸事。其议定事，申告于京师之参议会，视其事之性质，或以中央执行之，或由各省互执行之。是所以收分省之利而又欲免其有分省之祸也。

政治讲习会　如上言，议员，神圣之职也，故不可无议员之权。虽然，亦不可无议员之道德，议员之学问。议员之道德，余别著论，兹略举议员当求学问之事而言之。盖今日维新诸事，实无一不有待于学问。其成败亦以两言可决，曰：有学问者其事成；无学问者其事败而已。故当此新旧交迭、青黄不接之时，议员者，于一方，以学济世，而于学问为输出；于一方，因事求学，而于学问为输入。且夫居个人之地位而欲考求中外政治之学，其事难，今以议会为根基而又得聚集贤者，是实议员处于求学形势最便利之地位者也。于此而不利用其形势，非独负民已也，其负已亦实甚。故于议会既设之后，议员当组织一政治讲习之会，择其关于政治上重要之问题，分而研究之，又合而讨论之，以详□其利害得失之故，将不啻于议会中立一政治实习之学校然，是则任期数年，事治而学亦成矣。

给费　余当谓国家社会之成立，必当有牺牲与报酬之两主义。有报酬而无牺牲，则有时或不可行而不能以处变；有牺牲而无报酬，则其事不可以久而不能以处常。例若兵士之赴战，忠臣之徇国，又若近年来贤者之忍为国家所窘迫、社会所谴弃而言变法，凡此皆牺牲之类也。又若官之得受俸给，工之得受辛赀[①]，凡此皆报酬之类也。（若兵士以战死而得恤典，忠臣以徇国而列祀事，皆牺牲之后继以报酬之义。又若子当幼稚之时，父母则牺牲其身而养其子，至子已长成，则当尽报酬之义而返养父母亲，子之道亦以牺牲与酬报之两主义而成。）彼议员者既为人民有所尽，人民皆蒙其利益，而使彼独不免于饥寒而可乎？故若对于议员而不给费，则必有下数弊之发生：一、分心力。当于公事之外，再自营生计故。二、卑人格。以贫困而求人故。三、坏品行。迫于需要，不能不为非分之行故。故以为给之便。各国有有给、无给两制，盖各由于其国情势之不同。而中国固当用有给之制者也。故除议会之公费作正开销外，于议员个人，给岁费，又给旅费。岁费中议长之费当

---

①辛赀：薪金。赀：财。

增于其他之议员，旅费视道之远近有差。又铁道、轮船，当赠议员之乘坐而不取贽。各国有此制，可仿行之。（其制各国不同，俟别言之。）要之，议员与官其性质不同，而以其身任人民公众之事则同，既为公众任事之人，若贪非分之财而有收受贿赂、中饱帑项等事，其罪必不能恕。然于一方责之以廉，于一方必当有以养之，使其可不至于不廉。此当准常例而行报酬之义者也。

议员之与官 议员所当守之实训，曰：不可曲学阿世，而谄事行政官以求作官是也。不然，则议会不过为行政官之一奴隶，而议会之效全失，议会亦可以已矣。（中国之前途固能不至此否？）且夫自政党内阁成，则大臣之椅子皆当以议员占之，议员之当任官，固也。然以中国今日之程度而言政党，与庄子所谓见卵而求时夜①无异。故今者惟当守三权分立之说，立法独立，故议员亦独立，而不当为行政部之所诱惑颠覆。（强硬之议员，政府往往用赠金之一手段以操纵之，是立宪国之一大弊也。）是保议会神圣之要义也。夫议员者，荣誉之职也，而又有俸给，如是亦何羡官之有？即有时议员之中，其学识多为国人之所信服，其政策多为国人之所想望，斯人不出，如苍生何②？行政部亦自不能不授以高大之职，然为议员者决不当以任官之故而改变其平日之政见。盖持守其政见而入官则可，因入官而委曲其政见则不可也。是立宪国议员不可不有之道德也。（欲立宪，必当有立宪国道德之资格者，此其一。中国此一事之资格最缺。）

议会之与官制 官制改矣，而无议会以监督于其后，则不数年而官制可复归于腐败。（议会立矣，而非一般人民智识发达以监督议会之后，则议会亦仍归于腐败而已。但此为第二层，今暂勿论。）盖立宪国之美者，以立法与行政势力均衡，而常能以立法部监督行政部之事，（若专制，则但有行政部官吏之权而无立法部人民之权。共和政体又立法之权高于行政之上，而官吏不过为人民所委任之职。惟立宪，则立法、行政常有两权对立之势。）此其所以善也。而其所以然，则议会属民，行政属官，两者各异其性质，故能收上下维持之效。设不然而以官为议员，（近来有唱以官为议员而立议员之说。）不出于民之所选而由于上之所命，则与行政部之性质同一。设以下官而抗上官之议，是反乎行政部之节制也；若所可亦可，所否亦否，则是无谓之聚会而徒添一层之烦扰也。夫官僚会议之事固亦有之，然不过为集思广益之计，与立宪之议会，其作用大异。以如是法而造议会，无有是处。故今者虽属胚胎时代之议会不问，而既设议会，则会员必由人民之公选，（以公选而举为官之人，此可不论。）此必不可违之定则也。且也官制既改自上，则议会之设可请自下，宜由各省文化程度之稍高者为之唱，而请政府之认许而先行之，以次及于余省。是则立法与行政其面目渐渐分明，而后能收监督官吏之效，以造立宪之基础也。

---

①庄子所谓见卵而求时夜：语出《庄子·齐物论》："女亦大早计，见卵而求时夜，见弹而求鸮炙。"意思是看到鸡蛋，就希求蛋化为鸡，而来司晨报晓；看到弹丸，就想得到鸟之炙肉。比喻言之过早。　②斯人不出，如苍生何：意思是这些有才干的议员不出来做官，天下百姓该怎么办呢？

要求略言

要求之理 要求者，无他所以脱吾民于苦痛也[1]。夫新政之行，亦在能脱民之苦痛而已。故吾民所有苦痛之事，不可不尽言无隐[2]于今日改革之时。盖惟禽兽，受苦痛而不能言语，而人也不然，有言语以自白其苦痛之能力在，饥者告食，劳者告休，古人之所取也。今文明国人之有要求，亦犹是也。

要求者，利民而亦利国者也。何也？民以无此要求之事，则不能保其生活之运命。若要求得，则民固利，然未有民利而国不受其福者。故曰：利民而亦利国者也。

虽然，要求之事必望之民者何也？曰所处之地位不同故也。今夫人身一也，然而耳目鼻舌非异其部位皆从而异其感觉耶？故一部分之苦痛，常有待于一部分之报告，而后始以全体营救之。一国之中百姓所受之苦痛，亦惟处于百姓之地位者知之为最真。故但恃有在上者之处理，必不如百姓之自进而要求之为愈也。

嗟乎！当今日改革之时，吾民而果有合理之要求乎？以此攻城，何城不克？以此众战，何战不胜？然而不能为者何也？曰吾民智识之程度不足故也。如是，而吾亦徒空言而无补。无已，则简言之。

请愿（诉愿含。） 请愿者，立宪国人所同有之权也。凡宪法，多特设此一条。日本于未立宪之前，亦早以此权予民，（明治十五年事，其时所谓请愿，亦含诉愿。）而中国则人民之畏官府如帝天，衙卫森严，孰敢有向之而呈事者？即有之，不待官府之拒绝，而吏役亦早斥责而去矣。（日本内阁官制，从天皇下付及由议会送致之人民请愿书。照此法律之文解释，人民亦得请愿于天皇。）今当预备立宪之时，人民可要求，凡关于公私请愿之权，于官府及议事会不得拒绝。而诉愿之事暂不必分，亦含于此。（诉愿与请愿之异，见上议员当收受请愿、诉愿条下。）此固各国人所同享有之权，而中国人亦当有之者也。

官吏 凡国家社会之进化也，皆由其初些许之萌芽而后得开灿烂之花。最古日耳曼人中有选择监督官吏之习，其后此惯习日益发达，致成为内阁不能不得议院多数之同意。中国古代之民俗中，亦非无人民撰择官吏之影响者存，孟子所谓"讴歌所归""讼狱所归"[3]是也。然古代已有其例，而后世反日益萎缩，此真可谓中国政治上之退化者也。然则今当取立宪之意而使古法复活。其对于官吏之道：（一）撰择。择其事之相宜者，由人民指定官吏之名，而请在上者之择

---

[1] 无他所以脱吾民于苦痛也：没有其他可以解脱我民于痛苦的方法。　[2] 无隐：没有隐瞒。
[3] 孟子所谓"讴歌所归""讼狱所归"：《孟子·万章》："天下诸侯朝觐者，不之尧之子而之舜；讼狱者，不之尧之子而之舜；讴歌者，不讴歌尧之子而讴歌舜。"尧之子不贤，天下朝觐者、讼狱者、讴歌者都归向有贤能的舜。作者以此表示百姓有选择官吏的权利。

而任之。否则关于紧要之官,政府必先探议会及地方人民之同意而后始简任之。是免上下龃龉,而保任官后之妥适进行者也。(二)拒绝。若夫不肖之官,是必不能容之以为人民地方之害者,则直无他道也,人民当合词请于政府,或于长官,而拒绝之。(三)至于贤官,又当挽留之,以永其治绩。此挽留官吏之习本为中国所古有,特今益当实行之。是彰官之贤而民自求安乐之道也。(四)控告。官吏违法而人民无控告之处,则小民皆将沉于冤苦之海而不得申,而官府益得滥用其官权而肆祸直无极矣。今后于国法上宜设行政裁判所之规则,凡官吏有违法而损害个人之处,则人民得控诉之。是所以儆官邪而保民利也。(五)本省人宜多用。官固不必限于本省之人,然宜于本省人为之者,则必当用本省之人。盖以习知其利弊,而情谊又易于联络,得收行政上种种之便利故也。又当公举绅士,与官合议应办之事,则能协于本省之地宜与人情矣。(又今后任官不可不先探就官者肯往其地与否,若必欲用极南之人于极北,用极东之人于极西,既多为其本人之所不愿,而地方又不能与之相洽。是亦当于今变法时改之。)凡对于官吏之略如此。原夫欲谋国之安宁,民之幸福者,必以贤才得位任事之一义为原则。而欲到达此一原则,不可不讲求种种之方法,此有国家者之责也。虽然,若国家不能尽此方法,抑贤容奸而颠倒任官乎,则人民必当有以挽救之,为自免苦痛之计,此当择以上诸事而行其要求者也。不然,将以地方而供昏官贪吏之蹂躏,则人民尚何有存立之道哉?

租税 财者,民之所恃以生活者也。故租税虽为国人所当负担之事,然吾民之纳此租税者何乎?则国家亦还而有不可不为人民谋利益之责任,不然,则是夺民以自养也。虽然,关于政治属租税上间接之事,吾民多智不及此。无已,关于租税上直接之事,其有害于民者,不可不要求之。如下:(一)裁厘卡①。荆天棘地行路难,放数千万虎狼于人间,则今日之厘卡是也。此其苦痛,盖决非在上之人所能知也。民之闹厘卡也,岂皆为抗捐哉?受关卡种种之虐恶,积愤而一发耳。故厘卡不除,交通不便,工商亦必不兴。(欲兴工商,凡一切障碍工商之事,皆不可不除去。盖工商者,皆以自由而活泼,障碍而衰歇者也。)此变法时之必当除去者。若不由在上者除去之,则下必当要求之。(二)收税人员之公选。今收税法,一直接由官吏收之,一间接以一私人包收之。包收租税之法,财政学者所谓反国家行政之统一而又动有征及法外不正之忧,惟未开国若朝鲜,今尚有行之者也。(见添田寿一②《财政通论》。)夫收税之人,不可不有教育及有经济、法律上之智识,与富于德义而待民亲切之人。今中国之所谓包税者,其人皆为谋利而来,而官府亦明知其为谋利之事,但求其能得征到租税而已,而于税源,即关于民生利害之事,皆置诸不问。此背乎文明国收税之道甚矣。然则择有相宜之租税,可改包收法而以公共之团体收之:一由一府或一县推公正之绅士而代收

---

①厘卡:旧时税收机关征收厘金所设的专门关卡。　②添田寿一:日本兴业银行第一代总裁。

之；一以地方议会收之；一由商业中自公选人，以告于官，请官之认定而收之。不如是，亦可由官府派一收税之官，而由人民公选一鉴定之人。此皆事之可要求者。（三）收税之明示。亚丹斯密氏①（即《原富》之著者。）之论租税之定则也，其第二条曰："凡国家欲课租税于民，其收税之方法与收税之额，被税者勿论，凡一般人民，皆当明白显示而使知之。"今我国之收税反是，其甚者，若现行之厘捐税，无一清帐，惟以某处能收若干税为一总额之估计，而委一官以往，责以收纳之比例额。是明以一方之税任上下其手，克剥小民而不之顾矣。然则今后若裁撤厘金而以他法课税乎，必有一明细书，凡物类、月日、收税类及被税人之姓名，皆详载之，以一月为一册，呈于长官。而即以其册登于报，或别刊为书，而给商会，令被税者皆得审查，而知己之所出即为国之所入，非有中饱，且无所用其欺诈之处，则能示国家之公平光明，而人自乐输将②矣。（四）损害之赔偿。今厘关之通弊，无论收税之物、不收税之物，皆于验看之时任意践踏毁损。又必任意破坏其固有之装置，不再顾视，听其雨打水湿，有变坏损失等事，甚者必短少若干，盖以之饱私囊，固与盗夺无异也。人民对于短少之物皆忍气吞声，无可如何，因此而遭毁坏损害，则更无可言者。盖一关卡，实一地狱；而一关卡之官吏，即一罗刹也。不知吾人民何以能生活于此国也！（如此而尚望其能振兴工商，真同做梦！）此之不改，则何变法之有？！（变法实当从此等始，盖实利之及于氓者，此等改良而后民知变法之善矣。）嗣后若关于关卡短少人民之货物，（实当与强盗抢掠同科。）及为关卡而致毁坏损害者，许人民得据实控诉，照令赔债。此实要求中必不可少之一事也。（杭州湖墅之洋关，凡过关经验之物必短少若干，又凡有不收税之物亦必橇开箱子破坏之，皆置而不顾，以后有毁失损伤，无从追诘。又验看货物或过一、二日、三、四日不等，任其所便，商人往往置货物于关不得已，至数日后再来拾其残骸而归。杭关经过货物遭其毁损者不论其短失货物之多，皆有某处某处确凿斑斑之历史，在一经查察俱得实，然而人民不敢举发，而官亦永不究问，真可谓怪国也。杭关如是，其余厘关之弊当有尤甚者可知。）（五）弊恶之告诉。种种奇怪百出之弊，殆无过于厘卡者。盖钱粮尚有一定之完纳法，而厘卡收税之规则，人民多不能知，皆一任税史之所为。又实际正当收入之税甚少，必以种种诡诈之术，使得入于收税人之私囊而后已。嗣后于收税处或公所，必皆置一投信柜，使人得投信于其中。（愚民或多不知，必以简要通俗之语写明于投信处，告知此投信柜之作用及投信法，而置柜于交通明显之处，令众皆知。）其信或署名，或不署名，皆任其便。盖必责其署名，人民或有所畏忌而不敢言故也。投信柜之信，能投入之而不能出；欲取出，则必俟当事者之启钥而后可。凡有舞弊欺诈者，及暴言厉色，待遇不亲切者，（今日交通之世，凡若取税吏及警察、电报、邮局、轮船、铁路

---

①亚丹斯密氏：即亚当·斯密（Adam Smith），英国苏格兰哲学家和经济学家，他所着的《原富论》（常译为《国富论》）成为了第一本试图阐述欧洲产业和商业发展历史的著作。这本书发展出了现代的经济学学科，也提供了现代自由贸易、资本主义和自由意志主义的理论基础。　②输将：指缴纳赋税。

上当事之役，必须有遇人亲切之一道德而后可用，否则即不合此等事之资格，而当罢斥。观各国所用之人，自知今我国所用之人虎面狼心，非仗官势，即仗洋人之势。是为暴也，非利民也，交通世之大罪恶也。今交通之事渐多，此事必须改良，宜设一司事练习所，教以大路之智识及普通应有之道德于其中，毕业者方可选用，否则民不堪其虐，大事之为其败坏者多矣。）不便妥之处者，皆得投信。当事者可日一回启视投信柜之信而审查其事实，有属实者，则行惩责、斥退、课罚诸事以为戒。庶乎上能知弊而下能获福矣！（此投信柜，今后若邮政、铁路、轮船诸局及学校等，凡一切所有公私团体之处皆当设之，盖实周知外情、通晓利害一至便利之机关也。）（六）地方事业之留用。负担新税之时，可进而要求于征款之中，留十之几以为地方关于卫生（如公设医院，清理地面水道等事。）、教育（如学校、图书馆等。）、救贫（此为地方自治中一要件。地方繁盛之区，负租税多，贫民亦愈多，故宜多筹救济之法。）等事之用。例如绍兴欲设师范学校，而绍兴有新税之酒捐，其征收酒捐为包收法，包收人所得甚多，而酒坊苦之。若人民智识进步，即可禀请改包收为公收，而裁厘金，又留若干以为地方之用。此事有三利焉：有利于商，一也。厘金裁，则流通易；公收则无偏私欺压等弊是也。有利于地方，二也。可留其款之几以振兴事业是也。有利于国，三也。包税人所得中饱之款甚巨，若留为地方之用，国家之收入等而地方得增加若干之事业是也。一转移而利弊悬殊。各处之类此者甚多，惜乎！国民之程度，不足与语此耳！（其不足语此者，无智识，一也；无道德，二也；无公共事业之热心，三也。）（七）以国力兴办利民之大事业。亚丹斯密氏论政府之职掌，其第三条曰："凡以人民之力所不能为之大事业，则政府当为之。"故若国家而欲增课人民之租税，人民即可责国家以振兴税源之事，以取利益交换之政策。盖人民于纳税所受之损失，即得补偿之于国家所振兴之事业中。例若美国为谋农业发达之事，每年农部之费约六百万弗。发刊农事之书近于千部，颁布书册至五十万，若土宜、种子、肥料及种植收获等法，皆以专门农学之士研究所得，传告全国，而农业大增进。但据其一小事而言，如昆虫局研究田禾害虫之理而设预备之法，其一年所得防之损失，三亿乃至四亿云云。是则当课人民新税之时，人民虑其无可取偿，即可以关于其所课税一部分之事有为个人及一乡一邑之力所不能为者，而要求以国家之力为之。且国家亦实负有为是等事业之责任者也，是所谓利益交换而国与民两利之道也。对于租税之事略如此。故夫为一哄之闹捐，无谓也，莫如提出条件，会合地方绅商，为合理之要求，政府盖必不能不许之。彼泰西各国之人民以完纳租税之故，得享有政治上种种之大权，谓西国之民权与幸福，即以租税购得之可也。呜呼！今后之租税日增，吾民将忍受其苦，甘于生计之萎缩耶？将抗拒而为乱暴之举动耶？抑将于一方负担国家之租税，而于一方进而参与国政，以防租税之恶收滥用，而谋福国利民之道耶？事不出此三途，吾欲观国人之所从。

余于幼岁，即有欲去厘卡之愿。十六岁时，著救国三策，除厘卡以苏民困其一也。入中年来，适有新旧之争，以兹事体大，无暇顾及其他，且其事亦不能不待之。新政稍定之后，重以流转海外，我归无所。日月愈迈，此愿未了，每念旧事，辄枨于怀，是余之重负国人矣。虽然，余尚欲一洗此弊以为快。呜呼！夕照西下，是余家山。（由日本西望中国也，而夕阳亦西下，对此辄生无限之感，余旧日诗所谓"不堪残照望神州"也。）临睨依依，潸焉出涕。余岂敢一日忘吾民有苦痛之事耶？率以所作，感不绝于余心，因识。

政事犯　贤者多为政事犯。政事犯者，其果有罪乎？无罪乎？盖有罪者不过十之二三，而无罪者当十之七八也，惟与政府一部分之冲突，斯名之为有罪耳！故政事犯出奔他国，他国者皆保护之。盖其人有罪无罪，不能开一万国之裁判廷而断之。假令审断无罪，而欲伸理其冤，则必以兵力压倒其本国之政府，送入亡人而后可。如是则不免干涉人之内政而其事不可行，故但保护其人，使不为其本国政府之所虐杀。此人道所当然，不如是则国必有不仁之名，非文明国所可出此也。是固非今日各国所新有之例也，即中国古代若春秋战国之间盖亦然，如鲁大夫有罪，则奔齐；晋大夫有罪，则奔秦，各国皆厚待。其例正多当春秋战国时，其贤者多半为政事犯之身，若管仲、子产、（子产两次欲出亡，以子皮之力得免。见《左氏·襄公三十年传》。）乐毅皆是。假令春秋战国之间，各国不保护政事犯，所至之国执而戮之，则一部春秋战国史直不得成，盖人才之种子先绝故也。此列国并立世之善也。一统世而政事犯之遇祸稍稍①烈矣，然亦必有数多有力而持公道之大臣为之护，若后汉之党锢②，其时朝臣中，陈蕃、皇甫规、贾彪、窦武等皆挺身直谏，营救正士，至受祸而不悔。此则人心公道之犹存于世也。今以后由专制政体进而为立宪政体，夫立宪政体，不可不有立宪政府之态度。观于各国，人民之攻击政府者，每多不遗余力，而政府多置若罔闻，以免惹起一时之风波，所谓"不痴不聋，不作姑翁"之主义也。必也至实事相迫，始从事于弹压，然于威力之中仍持缓和之策，以为收拾人心之计，但使得告无事而已。（如去岁日俄媾和之时，日本人攻击其政府，怒骂讥詈其酷虐，几无不至，而政府毫不为动·直至焚警察署及内相宅，始用实力弹压。至事后拘为首数人，然多系名士，为一国舆论所归，司法部审讯之后皆判为无罪而释放之，不然，又出一政事犯之公案矣。）此文明国政府之态度也。然则欲跻其国于文明，则对于政事犯亦不可不一变野蛮专制时代之习。试略取文明国之事而定为数则如下：一事实与言论，当分为二物，言论者，或但取禁遏之法而止，不当对于其人而加以重大之罪。又其中若关于说理之言，即但论其理之当如何，而不言其事之当如何者，（例若孟子谓

---

　　①稍稍：逐渐。　　②后汉之党锢：党锢是指古代禁止某些政治上的朋党参政的现象。东汉党锢之祸指中国古代东汉桓帝、灵帝时，士大夫、贵族等对宦官乱政的现象不满，与宦官发生党争的事件。事件因宦官以"党人"罪名禁锢士人终身而得名。文中指的是东汉桓帝时的"第一次党锢之祸"。

君之视臣如犬马,则臣视君如寇仇①,又若谓贫富必当均平,此皆属于说理性质之言。)则其理之是乎非乎,还当以学理破灭之,不能以武力破灭之。(观各国不以武力扑灭社会主义之说可知,实则当理之言,无论何等之武力不能破灭之,其能破灭与否,仍在学理上自有一消长之势力耳。)又言论多与时势相关,时势变则言论亦变,故亦无以既往之言论罪人之理。要之言论自由,为文明国人所当首争之一事,非此则无由启发人之思想,以促国家社会于进化故也。(试举最近之事以证,若无数年前之报章新书,又岂有今日变法维新之事耶?故保障言论自由,以宽大言论之界限,实立宪国第一之要事。)设以号为立宪之国而尚有如前此文字杀人之大狱,其反背乎立宪之理也亦已甚矣。一若定有事实者之罪,凡证据不充分之事不得罪之。(以近事言戊戌之案②,即证据不充分者。故若戊戌之斩杀多人,庚子之戮袁、许③,皆不能不视为蛮野政体之事,立宪后所万不容之,以污宪政者。)又对于事实上之获罪者:一不得用非刑。非刑律上所有之刑,及违背仁道之虐待,皆不得有之。二不得连坐事外之人。如家属、戚族、朋友、婢仆,凡与交好往来等,无与事实者,皆不得连坐。若探望、收殓等事,亦皆当容许之。三不得毁损其私有权。如财产、什器、田地等,皆不得没收之。四除死刑外,其余各罪必皆有一时效,(经过若干时日,其罪销灭,已无刑罚之效之术语。)不得罪及终生。盖其罪既不及死,而容其人得生存于世,即不可使终生有受罪之理。(终身之罪与人生之义不合。当民权党胜利时,多定全废死刑之制,今或多以终生之刑为死刑之代,似若出于仁心,然与人生之理违反。余以为宁可不废死刑,而终生之刑必当废之。)其略如是,盖待政事犯之必当尽其道者,养敢言之气风,一国人皆得申其意见,一也;上下不相嫉恶而生罅裂④之祸,二也;无销耗一国之人才,三也;不使有因公受苦之人而害道德,四也。此立宪之时所以必先注重于政事犯之一事也。(如立宪时多有大赦政事犯之事,俄国立宪,议会中第一提出之案件即尽赦全国之政事犯是也。)今我国程度,一般人民固与政事犯若风马牛之不相及而视与盗贼同科,至于搢绅⑤之士,恐一有毫末之牵连以害其富贵,虽形影犹且避之。不知一涉政界,无论何人,不论保其身之不为政事犯。在昔专制之世,关于政事犯之治罪,一任君主之意,今当立宪,国人将自进而立于立法之地位,然则岂容一无

---

①君之视臣如犬马,则臣视君如寇仇:出自《孟子·离娄下》,原文为:"孟子告齐宣王曰:'君之视臣如手足,则臣视君如腹心;君之视臣如犬马,则臣视君如国人;君之视臣如土芥,则臣视君如寇仇。'"　②戊戌之案:即戊戌变法,又称百日维新、维新变法,是指1898年6月11日至9月21日维新派人士通过光绪帝进行倡导学习西方,提倡科学文化,改革政治、教育制度,发展农、工、商业等的政治改良运动。但戊戌变法因损害到以慈禧太后为首的守旧派(顽固派)的利益所以遭到强烈抵制与反对。1898年9月21日慈禧太后等发动戊戌政变,光绪帝被囚至中南海瀛台,维新派的康有为、梁启超分别逃往法国、日本,戊戌六君子谭嗣同、康广仁、林旭、杨深秀、杨锐、刘光第被杀,历时103天的变法失败。　③庚子之戮袁、许:1900年,是中国农历庚子年,因各地发生多起教难,引发义和团运动。吏部左侍郎许景澄、太常寺卿袁昶等五人因直谏反对用义和团排外而被清廷处死,史称"庚子五大臣"。其年夏天,中国与八国联军之间爆发了一场战争,称为"庚子国变"。1901年,李鸿章被迫与各国签订耻辱的"辛丑条约",这就是历史上有名的"庚子赔款"。　④罅裂:开裂。罅:裂缝。　⑤搢绅:插笏于绅。搢:插。绅:古代仕宦者和儒者围于腰际的大带。搢绅指有官职的或做过官的人。

公道之论耶？本书盖言立宪者，故于政事犯之事不能不据正当公平之理而一言及之。

> 南风之薰兮，可以解吾民之愠兮；南风之时兮，可以阜吾民之财兮。①　——舜
> 穷年忧黎元，叹息肠内热。取笑同学翁，浩歌弥激烈。②　　　　——杜甫
> 最是神洲情未了，使君珍重济时心。　　　　　　　　　——蒋智由

跋

　　本年春，梁君任公③《开明专制论》④之初出也，致余书而询有无异同之见，余答谓异同之见自不能无，余近著一论，与公言相反而实相成。盖任公之欲渡到立宪也，主用开明专制，余之欲渡到立宪也，主造宪政之胚期。以中国社会之情状而言，实以任公之言为当。虽然，任公之言，其果能渡到立宪否乎？若欲取立宪之方针，则余之言盖不能无取焉。且也，任公著论之要点，以为今日变法不可无强有力之政府，此意亦为余之所认。余数年来所屡唱，欲置大权而有责任之宰相，即此意也。顾余以为若无民权之监督，即不能保政府之不腐败，故欲设立议会而用复性的政治体。此即与任公异同点之所在。然所谓异者，仅异其方法能已，故曰相反而实相成者也。洎⑤成稿时，同郡陈君公猛又为之校阅数过，多所参酌，其劳余甚感之。又此稿于四月时录一副本，为某君所持去，然与此书略有不同之处，盖此书又经后稍删改之也。至五月时，索观者众，皆以为考察政治使臣之将归也，从怱⑥付梓。余以他书之欲刊者尚多，念此书为一时的，乃压他书而先梓之。虽然，余于此书固非能达到所谓国福民利之一境也。余尝分今日之论时势者为三时期：一陈说情弊之时代；二陈说方法之时代；三陈说理论之时代。过去数年，陈说情弊之时代也；今日，陈说方法之时代也；过此以后，陈说理论之时代也。言情弊而不言方法，则知而不能行；言方法而不言理论，则隳于形式的，皮貌的，而改革终归于无效。本书为时代之所限，亦但呈其最粗之方法，而于至精之理论，未之及也。故曰于此书，固未能达到所谓国福民利这一境也。是则余尚有言！余尚有言！然而不能不待之民度再进后矣。蒋智由识。

---

　　①此诗为舜南游所作。《礼记·乐记》记载："昔者舜作五弦之琴以歌南风。"《孔子家语·辩乐》载其辞。大意为：南风徐徐，可以解除我子民的温热；南风吹得正合时宜，可以赋给我子民财富。　　②见杜甫《自京赴奉先县咏怀五百字》。大意为：一年到头都为百姓发愁、叹息，想到他们的苦难，心里象火烧似的焦急。尽管惹得同辈的冷嘲热讽，却引吭高歌，更加激昂。　　③梁君任公：梁启超，字卓如，一字任甫，号任公，又号饮冰室主人、饮冰子、哀时客、中国之新民、自由斋主人。清朝光绪年间举人，中国近代思想家、政治家、教育家、史学家、文学家，戊戌变法（百日维新）领袖之一，中国近代维新派、新法家代表人物。　　④《开明专制论》：梁启超主张用渐进改良的方式实现社会经济的近代化和政治民主化。1905年，梁启超发表了一篇重要的政论长文《开明专制论》，进一步阐明了他渐进改良的政治思想主张。⑤洎：到，及。　　⑥从怱：同"怱怱"。

中国人种考①

目　录

第一章　人种始原二派之论说②

人种始原之说，近日于世界上最占势力者，约有二派：其一，据《创世纪》③，以大洪水后挪亚（Noah）④为人类第二之始祖是也；其一，据达尔文（Darwin）氏之言，万物进化，猿为人祖之说是也。

据《创世纪》之说，人类始祖为亚当（Adam），经大洪水后，地球人类尽归灭绝，惟挪亚一家得乘方舟以免。挪亚生三子，曰闪（Shem），曰含（Ham），曰雅弗，是为万国人类之祖。是说也，惟奉基督教者深信而不疑，然以其为全地球有势力之教，故虽一教之言，而大占势力于人间。

大洪水之说，不仅于基督教经典中见之，今日发见巴比仑最古之典籍，其所言洪水之事与基督教中所言略同。当时希伯来人实居于幼发拉底河之上流，其

---

①《中国人种考》原连载于《新民丛报》，1929 年（中华民国 18 年 11 月 10 日）由上海华通书局发行。书后有两篇附录：一为郑浩的《中国民族西来辩》（一名《中国人种西来辩》），因未署名，有论者视为蒋氏之作，不确；一为署名抱咫斋的《中国人种考原》。本书不录。　　②第一章、第二章原载于《新民丛报》第 35 号（1903 年 8 月 6 日）。　　③《创世纪》：基督教经典《圣经》第一卷书，该书介绍了宇宙的起源（起初神创造天地），人类的起源（神创造了亚当和夏娃）和犹太民族的起源，以及犹太民族祖先生活足迹。④挪亚（Noah）：现一般翻译为"诺亚"。

后由亚伯拉罕始率其部众迁徙而居于迦南之地，故希伯来人所传之古说实从幼发拉底河流域而来。幼发拉底与底格里士两河间，为太古时代最多古国之地，而巴比仑立国早于以色列族，然则基督教经典之言或从巴比仑所记录者转载而来，或则与巴比仑人同记其太古传说之事而已。且又考之大洪水之说，不仅基督教经典及巴比仑之古书而已也，希腊神话中，亦记洪水之事，与《旧约》之所记者殆无所异。由是言之，大洪水之说或者当日从幼发拉底、底格里士两河间迄地中海一带海岸诸国皆同有此传说，而后记事之徒乃各据以载之一国古史中也。兹录希腊神话一节于左：

"菲罗密休斯①（Prometheus）者，先虑之神，尝用心于未来，翌日②之事，翌周之事，翌年之事，若则百年以后、千年以后、万年以后之事，虑人间之不知火也，取海岸干苇，燃于太阳，得火，而教人间火。上帝裘彼德（Jupitar 希腊名为Zeas）者怒而拘之高加索山最高之峰上，系其身于磐石，命锻冶之神铸铁锁以锁之，剧风刮其肌，暴雨淋其肤，烈日灼其体，锐鸷出入啄其肉。菲罗密休斯有子曰第卡伦（Deucalion），行品正直，声望远迩，惟不为神而为人，每年一度访其父菲罗密休斯于高加索山上。菲罗密休斯告之曰：'上帝不久必以洪水降人间，可速自为备。'第卡伦乃豫造箱舟，又时劝人毋行杀戮掠夺，否则灭亡之日立至矣。然是时人类皆日习于恶，不听其言而争斗益甚。已而上帝命降洪水，其雨如筱如泷③，陆地既没，渐浸森林，及小山又淹大山，人类尽灭，惟第卡伦与其妻俾哈（Pyrrha）当洪水初降之时，载食物同乘箱舟之中，随洪水之所漂荡。及数月之后，（注：一书云九昼夜。）雨旋止，洪水渐退，而第卡伦之箱舟止于巴奈斯高山之顶上。第卡伦夫妇循山而下，逢上帝传令神麦科里告之曰：'善哉，尔行山下，尔以母骨投于肩后。'第卡伦妇夫未解其意，而相谓曰：'神云母骨者何物乎？其大地之石乎？'于是夫妇各拾石，随行步而投之于后；已而第卡伦所投之石皆为男子，俾哈所投之石皆为女子，逐立海拉斯国。（注：Hellas：希腊之原名。）"

洪水之事既为古史所皆载，或亦实有之事，然谓人类尽灭，今日之人类尽为大洪水后所发生，则固未可措信之事也。据基督教人所考证，第一始祖亚当，居埃田圃之附近，生三十三子，二十七女，长曰该隐，次曰亚伯。该隐杀亚伯，上帝罚令离弃本土，其后子孙有东迁者，疑为蚩尤及三苗之祖；有南徙者，疑为印度之祖；西南去者，疑为黑人之祖。而亚当于晚年又生子设，厥后洪水所淹没者，为设子孙所居之地。而挪亚者亦系设之后裔，是则该隐之子孙散布各处，当未尽灭，而其余亚当诸子，其子孙亦未必同罹此浩劫也。且据威耳斯威利亚所推算，挪亚之大洪水在纪元前三一五五年，而一说则谓纪元前二三四九年。姑且不问其二说之若何，而据今日可信之年代记，幼发拉底、底格里士两河间之古国

---

①菲罗密休斯：今一般译为普罗米修斯。　②翌日：明日。翌：下一天（年）。　③如筱如泷：形容雨又粗又急。泷：湍急的流水。筱：小竹。

多在纪元前四〇〇〇年及三〇〇〇年所建设;而埃及舍排斯古坟中,有发见纪元前三九〇〇年之古文书;中国五帝时代虽未能确实推定,大都亦在纪元前二〇〇〇年至三〇〇〇年。当此时期前后间而谓地球上有遭洪水人类尽灭之时,此固未可以为信史也。

基督教中洪水之说曾有人谓在纪元前二千三百四十九年,而与中国尧时之洪水为同一时期之事,其前后相差仅不过五十余年。西方洪水以泛滥潴蓄之余,越帕米尔高原,超阿尔泰山,汇合于戈壁沙漠,而从甘肃之低地进于陕西山西之低地,以出于河南直隶(注:今河北。)之平原,余势横溢以及南方。其间或费五十余年之几月,然后西方之洪水东方始见其影响。顾是说也,以为太古不知何年代之事,则戈壁一带曾有人认为太古时一大海,故西藏今日尚有咸水之湖,与有人认阿非利加撒哈拉之大沙漠为太古时一大海者其说相同。如是,则由戈壁之水以淹中国之大陆者,于地势为顺。若当尧之时代,则地壳之绉纹亦已大定,山海凹凸之形势与今日或小有变迁,而必无大相异同之事。然则,据地势而论,中亚洲一带山脉地脊隆起,必无西方洪水超越高地而以东方为尾闾之事。即据一说,谓巴喀什湖昔时曾与里海相通,此亦非荒远时代之事,然此正可验中亚洲山脉以西,水皆西流,而黄河、长江经中国地面以归海之水,其源皆发于昆仑山脉以东。且当日西方之洪水既在小亚细亚一隅,则西必归于黑海、地中海,而东南可由幼发拉底、底格里士两河之下流以出波斯海湾,必不至逆流而反越高岭者,势也。且尧时洪水或不过中国一部分之事,未必当其时而谓全地球俱侵没于浩浩滔天之中,即征之各国古书,载洪水之事亦见不一见,然多系一方之小洪水而不足以当挪亚之大洪水。若必欲据中国之事以实之乎?古史中有云:"共工氏以水乘火,头触不周山崩,天柱拆[1],地维缺,女娲氏乃炼五色石以补天,断鳌足以立四极,聚芦灰以止滔水。"似明言上古有一大洪水之事。其云天柱折者,犹后世之言天漏;地维缺者,犹言大地陆沉。雨息而得再见日月云霞,则以为炼五色石而补之矣;水退而地体奠定,则以为立鳌足以扶之矣。上古神话之时代其言多想象附会,荒诞盖不足怪。要之,惟此洪水其时期为最古,以吾人始祖亦从幼发拉底、底格里士两河间而来,或者与巴比仑、犹太、希腊同载其相传之古说欤?未可知也,而其年代则固未能确定也。

自地球始有人类以来,印度古书谓其数无量无尽,其所言之年龄为最远,而基督教所言之年龄为最近,创造天地仅七日而成,而自亚当至挪亚之大洪水,仅二千余年;自大洪水至基督诞降时,仅二千余年;自基督降诞至今,为二十世纪之初开幕;然则自有人类至今,大致不过六七千年耳。纵有一说,谓亚当至洪水时实为一万四千年,然亦不足二万年。而据近日推算地球年龄之说,据雅孟罗

---

①拆:《新民丛报》作"折"。

氏立法，谓地球当初成立之年代，其时海水①决为淡水而不含些许之盐分，多历年所②，由地球内之盐分溶解入海，苟计算海水盐分之多少，则地球之年龄可知。依此法而推，据英国著名之科学家以雅礼氏所算，断地球之年龄为八千万年乃至九千万年；而据和兰③之科学家几伏阿氏所算，则断为二千四百万年。同一方法而有如此之差异，则以一年间自地心中输入海中之盐分尚不得精确之比例。然据沙赖士所计算，为二千六百万年，与几伏阿氏仅差二百万年，其差数为甚少而相近。又据嘉祺泰闻氏之说，谓月从地球中分出而仍回绕地轴以来，至今盖不下五千六百万年。而查地质之中，发见人类石器之时代实在洪积期中之冰原时代。此冰原时代，夏时极热，蒸发无限之水蒸气，冬时极冷，逐凝结冰为雪，至翌年之夏未尽消溶，层累叠积，覆于地上，而冰原时代之形势以成。计算地球经此时期，实为二十五万年乃至三十万年。又有人谓，地球昔时从北极向南流来之冰块，岁岁不绝，当有九十八万年，于此九十八万年中，其后二十四万年内，已见有人类发生之痕迹。此二十四万年中，前经十六万年，仍有北极冰块向南流来之事，至距今以前之八万年而止。然则人类始生以最可实验之地质学推算，大都不离二十四五万年者近是。姑且不论地质学中之事，以太古洪荒之时代发明一事一物，必须经若干悠久之岁月，而当纪元前二千年前后之时代，若埃及、巴比仑、迦勒底、中国，其文明发生已极灿烂，而谓距人类始生不过二三千年，以短小④之时间而安排空间，若干人事于其中，其位置必不能兼容。试观古人所记伟人之年寿，或云数百岁，或云数千岁，或云数万岁者，盖古人无详细记年之法，自某时代至某时代，俱归之于一著名之人，而其人遂若有非常之寿考。观其所记，年代愈远者，寿数愈长，年代愈近者，寿数愈短，盖近时代则能记忆之人多，而远时代则能记忆之人少。不解此意，而直⑤以此分古今人寿之短长，则梦之梦矣。而古时代阅历之久长，则可据此记载而想见之，若基督教中所记录之年龄，未敢信以为然也。

基督教经典中所谓埃田圃高原者，多当以今之帕米尔，然谓人类发生必始于此，是又未可为论定也。夫人类发生，其年代固已甚远，而欲据今日地球之形势以推量当日地球之形势，其见又未有不误者。以今日地球之陆地面积而推其余之水量，大东洋（注：即太平洋。）重量为九万四千八百万兆吨，大西洋重量为三万二千五百万兆吨；大东洋面积为六千八百万平方哩⑥，大西洋面积为三千万平方哩，印度洋及北冰洋面积为四千二百万平方哩。然在太古时代，则大西洋有大西大陆，而英国与美洲古时实连为一陆地；澳大利亚附近有南洋大陆；印度与阿非利加⑦联属，有印度——阿非利加大陆；欧罗巴⑧与阿非利加联属，有欧罗

---

①海水：原文为"洪水"，据《新民丛报》第35号《中国人种考（一）》改。　②年所：年数。　③和兰：即荷兰。　④短小：《新民丛报》作"短短"。　⑤直：《新民丛报》作"真"。　⑥哩：英里。　⑦阿非利加：非洲全称阿非利加洲。　⑧欧罗巴：即欧洲。

巴——阿非利加大陆。遂有谓人类发生在印度——阿非利加大陆及南洋大陆之说。今虽未可执一说而论定,然必指帕米尔高原为人类始祖诞降之地,则亦稍泥于一家之论矣。

以上皆推论基督教之言,而稍贡其疑点如是。若今之科学,则大都倾向于达尔文之说,以万物皆出一元,渐次变迁,区为万殊,而人类者,则由一种类人猿进化而为吾人之原祖者也。当达氏发明此学说时,其互相前后[1],以研究生物学之结果立说,亦多与达氏相同,而达氏之征引赅备,故言进化论者,群归于达氏。

进化说之不可否定者,即宇宙今日之现象亦孰非由进化而来者乎?当无始之始,太空中未有热、未有爱耐庐尼(analogy)以前,曾无从相像,自有热、有爱耐庐尼,而其始为浑沌一大火雾之时代,由大火雾分析而为各星体,各星体之中,其热度未尽凝缩而尚为气体,能自发光者为恒星,由恒星中所分出之星体以体小而易凝缩,成为液体,又成为质体,而不能自发光者为行星;而吾地球者,即此等行星体是也。然则此太空之中,吾人所见森罗万象之形相者,曾不知其经若干年代而后有此次序罗列之一日,此所谓星体之进化也。由浑沌之大火雾而析为各恒星,由恒星而析为各行星,行星之由来,其初皆热体也。吾地球亦犹是,以五十六万七千年减一度热,渐次冷结而为地壳,以地壳之绉纹为凹凸山海之状,而又寒暑合度,燥湿合宜,运动规则曾亦不知其经若干年代,而后能如今日者适于吾人人类之用,此所谓地质之进化也。万物之初,由一元质化分化合,而后有无机物出见,由无机物而后有有机物出见,而渐次由动植不分之物进而为有动物,有植物,于动物之中,有高等兽类进而为太古之原人,由太古之原人次第进化而后有如吾侪之人类。试揭地质而观,自始原代片麻岩纪之麻内赖与步赖独代斯时代,进而为古生代石炭纪有脊椎动物之时代,又进而为中生代三叠纪侏罗纪有哺乳类之时代,又进而为近生代白垩纪有胎类[2]之时代,而后于近生代中之第三纪,有猿类、人类之发见。试以人类与万物为一连锁而由今日以追溯其朔,曾又不知其经若干年代,以演其变迁分合之事而后有世界今日之状态,此所谓生物之进化也。纵或者谓,万物不当仅进化论,尚有与进化反对而为退化之一例,即所谓结集与解散者;以[3]言进化,不如言变迁之为当。虽然,吾人所想望于宇宙万物之结果实欲以其至上殊胜为归宿。以一局部言之,可谓之变迁;以究竟言之,似不如言进化之义较为周匝[4]也。

达尔文说之初出也,排斥之者甚多,而最为有力之驳击,莫如硕学寇俾阿氏。寇氏者据法兵从埃及所赍归[5]之古物解剖试验,而认定四千年前动物之遗骸,其官骸构造如今日一无所异,因是遂否定达尔文氏万物进化之说。虽然,以

──────────

①互相前后:指与达尔文同时或达尔文之前、之后的人,均指同一时期的学者。　②胎类:《新民丛报》作"胎盘类"。　③以:《新民丛报》作"似"。　④周匝:周到;周密。　⑤赍归:赠送。赍:拿东西给人,送给。归:通"馈"。

达氏进化之例言之，所谓四千年者诚不过短短之岁月耳，未可据四千年之事援为万物终古之定例。且也，进化之说谓凡物之变迁，与其外界之状态多相关联，若外界之状态不变，则生物之体质亦不变。美国奈峡卡濑瀑布之近傍，发见一种鱼类之化石，殆三万年间不生变化，此无他，由于其所处之境界不生变化故也。若变化之最著者，莫如马蹄之事，吾侪今日所见之马蹄仅为一趾，莫不谓其自古已然，而不知其由进化而成者也。试言之，当哥仑布发见美洲之日，美洲土人见人在马上，以为必相连合而生，骇为自天而降之一种怪物，由是世界知美洲为从不产马之地；然其后化石学进步，发见美洲古代之马类甚多。据博士摩异所研究，从第三纪层之始，称新小纪层之古层中，发见当时之马类有四本之趾，其第五趾尚留痕迹。（注：痕迹者由生体所不用渐渐除去而成，如人类之尾骶骨，以三个乃至六个之尾椎骨而成，其椎骨之数如此不定者，盖由长尾减退当留节数之证。）又发见有四趾者，有三趾者，有三趾而中趾其发达、余二趾皆退小者，有中趾其大而其两傍尚留二小趾之痕迹者，由是进步而成于[1]今日一趾之马蹄。此即无暇覶列[2]其他之证据，即此已足为进化论之强援，而吾侪闻摩氏马蹄之言，亦较之读庄子之《马蹄篇》而更饶兴趣矣。

今人之初闻达氏之言，若惊骇而欲斥其说者，此无他理由，以为祖者人之所尊，而猿者人之所贱，以至贱拟至尊，遂觉其心之有所不安，因而于其心有所不快。虽然，此等见地不过囿于习惯之名称耳，若欲研究实事，则此等见解必当抛弃而无余。夫一学说之出也，其能成立与不能成立，初不关于人心之顺逆与夫爱憎之间，在其立说之根底能摇动否耳。若不能摇动其根底而徒以不快之感遂恶其说而不欲闻，此固毫无足轻重于达氏之论。虽然，世亦有援据种种之证左[3]以驳斥达氏，谓猿与人类其差异之点甚多，若能直立而步行为人类所独有之事，而凡兽类中皆无之，猿类中亦无之。然据此说而考之猩猩，其后肢之步行直与人类相近，惟其前肢甚长，故虽当直立步行之时而前肢即已及地，然其触地者不过指尖，与犬猫等全掌着地者迥异。其他以脑量颜面角等种种相证，凡见其与人相异之处，即可反证其与人相近之处。且猿类者，尤非一跃而遽进于人类也。于一八九四年，荷兰台花学士发见一种动物之化石，此种动物与他种类迥异，直为似猿非猿，似人非人，介于人猿中间之一种，其足既能直立，而脑量则比之类人猿更多一层之发达，因此得考见猿类之将进而为人类，其间尚有一种过渡之动物，而人类与猿类接近之历史益明。此一种动物，学者即名之为披铅罗赛拍来喀斯（Pithecanthropusertun）是也。

欲否定达氏之说，必先立二例：（一）万物一定，无改变之事；（二）人类为突出之物。然万物之不能无改变，已不乏种种论据，达氏书中盖已实证之矣。即

---

①于《新民丛报》作"为"。　②覶列：详细而有条理地叙述、列举。覶：繁细。　③证左：即"证佐"，证据。

以人类之胞胎言之，当其最初成孕之形状与兽类直无所异，且以其为蝌蚪形之精虫，故有尾之形状显然，此固不得谓人类与物类截然为二而非由其最初之一系所递嬗而来者也。至欲认人类为突出，则其说之怪诞益甚，必将如印度书中所言八明之化身，中国书中所言黄土抟①人，希腊神话中所言掷石化人，一入于吾辈今日之眼，既不免惊其说之离奇，而又邈无证据，置之于学术界中，无一毫价值之可言。然欲认人类为突出，则虽欲不若是之荒诞而有所不可，而试从是等诸说以回顾达氏之所言，则所谓由万物之进化而来者，其说实至平易而固毫不足为怪异也。

由是言之，人类原始之说，他日果有真正之发明而毫无疑义者在，此固可据一说以为论定之归，若今日而择其说之合于学理者，则达氏之言不能不认为假定，而学者多归向于其途，亦固非无故矣。

第二章　人种之多源一源及其产地种类 （附古书之解释）

进是而论人类，则又有人种一源论、人种多源论之说。今日学者，大都取一源论之说，然据格希氏所研究，谓人类者各从其地方分别而生，而其产地共有九所。是亦可悬其说，以待后日之相证也。

以产地言，今日所考类人猿者，多产于非洲热带之下。据一九〇〇年出版之查利士·摩利（Charles Morris）氏所著之《人之元祖论》（Man and His Ansestor），其中述英国探险之斯坦来（Stanley）氏发见阿非利加一种之野人，其状貌与人之元祖最近。然则人类始祖或产于地球当日热带之下者，盖未可知也。

类人猿中，其种类有大猩猩（Gorilla）、猩猩（Orangoutan）、黑猩猩（Himpanzee）之别。据海克尔（Haeckel）氏之说，阿非利加黑猩猩及大猩猩之猿头颅长狭，与欧罗巴人及阿非利加人之头颅形状相似。亚细亚猩猩②之猿头颅短广，与亚细亚人之头颅形状相似。欧罗巴人及阿非利加人者或与非洲之猿同其远祖，亚细亚人者或与亚细亚之猿同其远祖。是说也，虽尚未论定，然据骨格之异同以考种类之异同者，固种类学上所认为必要之事也。

《山海经》者，中国所传之古书，真赝糅杂，未可尽据为典要。顾其言亦有可释以今义者，如云长股之民，长臂之民，殆指一种之类人猿。类人猿中有名"萨弥阿"者，其前肢盖极长。又所谓"毛民"者，当太古栖息林木中，为防寒暑护风雨，一般无不有毛，其后以无用毛之必要，渐次淘汰而至于尽，而其时原人之一种或犹有毛，故号之曰"毛民"耳。又黑齿为文身之俗，今日蛮民中尚多有之，是固易解者。至当时之所谓国，决非如今日之状态，或于一方之间取其有特异者而言之，如后世称马多者曰"马国"，象多者曰"象国"，其所指者或为类人猿，或

---

①抟：把东西揉弄成球形。　　②亚细亚猩猩：《新民丛报》作"亚细亚猩猩阿兰斯"。

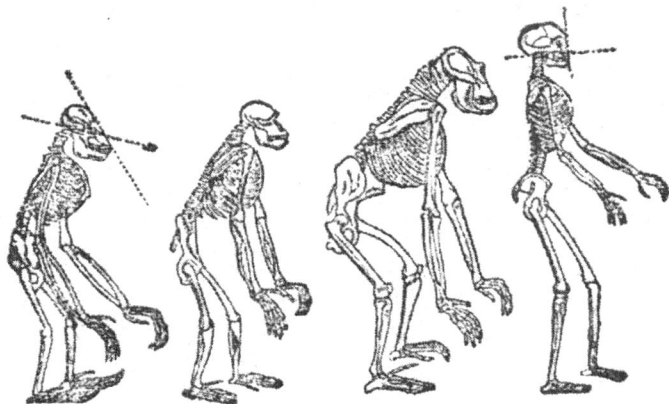

阿兰斯(猩猩)钦绷儿(黑猩猩)戈利赖(大猩猩)人类

为兽类,而不必专泥于人类以相求,则亦可稍无疑于其言之怪诞矣。夫今日学问中可据为论点者,自必以科学为本,而无庸引此荒远之书。虽然,既为我国流传之古籍,故亦略举一而二附于其次也。

第三章　中国人种西来之说[①]

今全地球著名之各人种,溯其始无非由迁徙而来,从始为人类一无变动,而直为土著以至今日,此殆人种中绝无之例。然则中国人种,其原始不生于中国,此固可与他人种以同一之例相推。虽然,今日吾人所欲定迁徙之迹者,不在辽远之时,而直当问中国五帝时代之文明为已往[②]中国人种单独发生之文明乎?抑此时之文明即从迁徙而来,自他国而移植于中国者乎?今日之所欲论究者此也。

以吾人今日所知太古之文明,一在埃及,其发生殆在纪元前四五〇〇年之间,而迦勒底之文明,证以古碑,亦当在前历四五〇〇年以前;又悉底斯(Hittites)之文明为近日所发见,其文字尚不能读,其年代亦无能推断,或其[③]更古于埃及、迦勒底之文明亦未可知。而当此时代,其相距离先后之间,又有若巴比仑,若小亚细亚、犹太、非基尼等,然而其地域之接近不出一方,今日溯鸿濛太古时代之文明国咸凑集于亚之极西、欧之极东、非之极北之一隅,以其地势相邻而谓太古文明之发生悉有互相干系之故者,其言固近理也。

希腊之文明,几多学者所论,谓与印度、波斯、埃及有同一之点,而以其地势气候之异也,又生特异之点。或者海拉斯民族之思潮不无受影响于印度、波斯、埃及乎?未可知也。且也今日之论基督教者,谓其原或同于佛教。嘉巴海威尔举《新约》之化身主义为证,又谓其厌世之伦理原本于印度禁欲之道德。而亦有

---

①第三章原载于《新民丛报》第 37 号(1903 年 9 月 5 日)。　②往:《新民丛报》作"住"。　③或其:《新民丛报》作"或者"。

反对嘉氏之论者,谓基督教决与印度厌世之教不合。惟当耶稣诞生之时,犹太国有三派之宗教,一巴力萨,一萨陀加,一曷舍讷斯。曷舍讷斯教者,持厌世主义,以都会为无道德之中心点,故必避之而往①于山林;以商业为贪欲之职业,故贱之而营农业;禁婚姻及男女之情交;废止动物为牺牲等事。而是等教派相起于犹太人脱巴比仑归来而后,故或谓其受巴比仑之感化,或谓其受波斯之感化,而又有谓其受印度之感化,而考其立教之元素,金②谓其自外国而来,而不能移以指基督教。虽然,世亦有论基督教之所谓造物主者,即婆罗门之言"梵天"。婆罗门教云:"梵天者,世界之造物主也。"又曰:"梵天者,世界万有之原因。"又曰:"梵天者不可见,不可知之实体。"又曰:"梵天者,全智者也。"又曰:"梵天者,常住不灭。"又曰:"万物依梵天而居住。"又曰:"梵天者,光明者也。梵天不借他之援助而有智觉,一切万有之智觉,皆赖梵天之光明。"此与基督教之言上帝殆无所异,或者基督说教之旨不能无受影响于印度教乎?亦未可知也。

人心思想之潮流,其特别发生,则必有相异之点;其互相接触,则必有同一之证。试以近事论之,从今世以前,东西洋分,故其立说之旨各异;从今世以后,东西洋通,各家立说必有互相混合之处。由是言之,即埃及太古思想之潮流亦有可略引者,试举舍排斯古坟中所发见之古文书。此古文书为纪元前二六〇〇年顷所制造之物,搜集道德之格言,其一部在纪元前三九〇〇年,一部在纪元前三五〇〇年,今述其中所言之③一二条,如云:"汝勿夸智识,与愚者语,当如与贤者语。夫智识之范围,无际限也,虽学至若何,不能至于无所不知之境。"又曰:"汝遇强敌,彼力胜汝,则汝垂首,彼不使汝容喙④,汝则从命而不与⑤彼之事。"又曰:"汝若为众人之长,定彼等之运命者,则当求勿蒙非难之策,毋使众人生恐怖心,不然,人将反对汝。"又曰:"对大人者,问则如其所问之言而答,毋多语,汝不知彼之意而多语,或失言而彼则不悦。传大人之命,传其言而止,不杂以己语。"又曰:"使父母争斗,兄弟姊妹乖离,夫妇不和者,可悲之病疴也。汝若贤,莫若使汝家多蓄财,使妻子足食暖衣而满足其所必要,则彼将以爱情遇汝。"略述一二如此,此与夫西洋之思潮其性质殆⑥绝不相同,而以观吾中国之旧道德及征之人心风俗之间,何其多酷肖而吻合也。其偶同耶?抑夫埃及太古之文明早流播于迦勒底、巴比仑诸国,而当日即受其影响而然耶?是则中国与埃及,固不仅上古之画文字⑦及文字之纵读,与夫以三百有六旬五日为一岁之诸事,谓其有相同之点也矣。

顾或者谓,文化之同一必有互相接触之故,是则然矣,然或者由于彼此之交通而未可以为人种迁徙之证。虽然,此在后世,其本国已具文化之根底⑧者,而后一与他邦交通,能摄引其文化而来,如中国之通印度而受佛教,日本之通中国

---

①往:《新民丛报》作"住"。　②金:都,全部。　③之:《新民丛报》无"之"字。　④容喙:参与议论。　⑤与:参与。　⑥殆:恐怕。　⑦画文字:谓象形文字。　⑧底:《新民丛报》作"柢"。

而受佛教与儒教，是其例也。若上古时代，忽发现文化于草昧之地，或者即伴其人种之足迹而来，如婆罗门为阿利安人种①，有婆罗门而印度始发生文明，则谓印度之文明由阿利安人种之迁入可也。日本古昔之居民为颗罗克尔人（注：先住日本之矮小人种，本虾夷②人语，款冬叶，下人之意。）与虾夷人，至和人③布居于日本，而其文化始胜于颗罗克尔人、虾夷人，则谓日本之文明由和人种之迁入可也。然则上古之中国，于五帝时代而忽呈灿烂之观，谓为单独发生之文明既不能无疑，谓其由交通而输入，毋宁谓其由一人种之迁徙而文化乃随之而俱来者，其言为近理也。

世界一事一物之发明也，必经过若干人之心思，而又必费若干之岁月于其间，此殆古今之通例也。然以观吾五帝时代，其文化发生之速力既惊其骤，而又多本于一世一人之事。试以黄帝言之，创历象，（注：史称黄帝始造甲子，则今之甲子是也；又大挠作甲子，羲和作占日，常仪作占月，后益作占岁④，又黄帝为盖天⑤，或曰命容成为之；又黄帝始受河图⑥，斗苞授规日月星辰之象；又黄帝得蓍⑦以推算历数，知节气日辰之将来。）明医药，（注：黄帝命俞跗、岐伯、雷公察明堂⑧，究息脉，巫彭、桐君处方饵。）立算数，（注：命隶首作数算。）造乐器军歌兵器，（注：伶伦造律吕⑨，荣缓铸十二钟⑩，岐伯作军乐凯歌，大容作咸池之乐，挥作弓，夷牟作矢。）立史官制文字，（注：始立史官仓颉、沮诵、孔甲居其职。）作图，（注：史皇作图。）作衣裳、冕服、扉履、杵臼、舟车室、陶正⑪、木正⑫、符契（注：帝作旃冕，伐蚩尤时，盖服衮冕；又伯余、胡曹作衣，于则作扉履，雍父作杵臼，赤冀作臼共鼓，化狐剡木为舟；又虞姁作舟，乘雅作驾，臣胲作服牛，相土作⑬驾马，邑夷作法斗，周旋作大辂，高元作室，宁封为陶正，赤将为木正，合符、釜山谓以符契圭瑞朝诸侯也。）与夫龙图龟书等事。若夫磁极之发明，罗盘之创见，（注：非尼基人航海时，已有罗盘。）古代文明史上以为珍奇之事，而黄帝作指南车，又作旁罗⑭。（注：《史记》：旁罗日月星辰。）以黄帝仅不过一百有十一岁之日月，而文明程度加是其膨胀而发达，谓必尽出于一时之创关⑮乎？不能不生学者之怀疑心，盖以世界文化无此顿进之率也。若曰：是即由迁徙而来，因祖国⑯之所有，以栽植之于中国；犹夫今者欧人之至中国而布设其电线铁道与夫一切新法之事，故不待数十年而已焕然改观。设也地球

①阿利安人种：即雅利安人（英译 Aryan），是世界三大古游牧民族（亚非语系游牧民族、阿尔泰语系游牧民族和印欧语系游牧民族）中的其中一支分支。印度历史上有关于雅利安入侵的记载，印度的四种姓是按肤色深浅而设置的，其中婆罗门和刹帝利种即来源于征服者：浅肤的雅利安人。　　②虾夷：为北海道的古称。虾夷人则是古代日本的族群之一，现称阿依努人。　　③和人：亦称"大和人"，是日本民族的主体，约占总人口的98％以上。大和人属蒙古人种东亚类型。　　④占岁：观察岁星（即木星）的运行以推算制历。　　⑤盖天：我国古代的一种天体学说，认为天像一个斗笠，地像覆着的盘子。天在上，地在下，日月星辰随天盖而运动，其东升西没是由于近远所致，不是没入地下。　　⑥河图：与"洛书"并称，是阴阳五行术数之源，汉代儒士认为，河图就是八卦。　　⑦蓍：多年生草本植物，古代用其茎占卜。　　⑧明堂：中医的明堂意义有三种：其一，望诊部位，指鼻；其二，人体经脉孔穴图，旧称明堂图或明堂孔穴图；其三，上星穴。这里应该指望诊部位。　　⑨律吕：古代校正乐律的器具。　　⑩十二钟：能和五音、十二律的成套的钟，共十二枚，故名。　　⑪陶正：掌制造陶器之事。这里指陶器。　　⑫木正：掌制造木器之事。这里指木器。　　⑬作：《新民丛报》无"作"字。　　⑭旁罗：测天度的器具。　　⑮关：《新民丛报》作"辟"。　　⑯祖国：这里指原来拥有这些事物的国家。

再绝而东西不通,则后人读史不知其所从来,亦必讶其发见之骤而不知其固自移徙而来也。五帝时代之文化殆可作如是观矣。且夫自黄帝以前,西亚种族必已渐来,先已植其文化之端倪,而黄帝为英雄之主,得此伟丽之大地,可大施其展拓之才,遂欲现一华胥①(注:华胥之国当是太古西亚之文明国,故黄帝思之,非如所称乌托邦之类也,特果为何地不能确指。)之国于东方,驾乎西方之母国而上之,故所谓命某作某事,命某作某事者,不过因旧制之所固有而因地制宜,以斟酌损益于其间,而遂觉不出百年,荒荒大陆若是其灿烂而繁备也。

一民族入于一民族之间,必有不能融洽者,而阶级之制往往由是而生。阿利安人种之入印度也,其上等人曰婆罗门,掌事神治人之事;次曰刹帝力,掌军事;三曰毗舍,人民之义,当服兵役;四曰戍陀②,最下之人,服农工商。其前三者,皆属阿利安人,其后一者,属印度土著之人。以中国古事考之,略亦分四阶级,一曰百姓③,一曰万民,一曰万国,一曰蛮夷戎狄。而百姓与民,每为对举之词,如《书》云:"平章百姓,黎民于变时雍。"④黄帝问于岐伯曰:"吾子⑤百姓,养万民。"然其于百姓也,多亲睦之情;于万民也,多怀柔之词;至其对万国也,查当时官制,有左右大监监于万国,其意盖防检之;若夫⑥蛮夷戎狄,则在斥逐之例。由今思之,百姓者一族之人,故必从其优厚,后世亲亲之义,盖由此出;万民者归化之人,故抚绥之,后世仁民之制始,于是亲亲之杀⑦,则仁民也;万国者,降服之国,而不夺其土地,犹今之置土司然。至亲族而分王土地者则为诸侯,若青阳之降居江水,昌意之降居若水⑧,盖在诸侯之列。若国有战伐,则征师于诸侯,以取亲亲相卫之义。而推戴天子,亦在诸侯,而无与于万民万国之事。诸侯者,盖当属于百姓之内,但指其有土地者而言之耳。若蛮夷戎狄,为未被征服之人,故攘除而不使其与我种人相杂以为子孙忧,后世严中外之防者始此。凡此皆显见一种人与他种人有特别之界限,向使⑨非由外来之族而为土著之人,则混合既久,群相安于无事,而此种阶级殆无由而发生也。

百姓之族,当时盖甚尊贵,其后遂有赐姓之事,故曰:黄帝二十五子,其得姓者十四人。而夷考⑩之当时,则执掌政治之权殆亦不出一族以外,如尧、舜、禹、

①华胥:中国上古时期母系氏族社会杰出的部落女首领,相传她踩雷神脚印,感应受孕,生伏羲和女娲,传嗣炎帝黄帝,从而成为中华民族的始祖母。在八千多年前,华胥为了部族生存,带领远古先民们不断游徙,足迹遍布黄河流域,创造了中国的渔猎、农耕文化,开创了中华文明史。华胥之国指中华文明之国。　②戍陀:《新民丛报》作"戍陁"。　③百姓:指贵族。中国奴隶社会只有贵族有姓,因此称为百姓,战国后才指平民。　④平章百姓,黎民于变时雍:出自《尚书·尧典》:"克明俊德,以亲九族。九族既睦,平章百姓。百姓昭明,协和万邦。黎民于变时雍。"这两句意思是:尧发扬大德,使家族亲密和睦。家族和睦以后,又辨明其他各族的政事。众族的政事辨明了,又协调万邦诸侯,天下众民因此也就相递变化友好和睦起来。　⑤子:以百姓为子。此句见于《黄帝内经·灵枢》。　⑥若夫:《新民丛报》作"若其"。　⑦杀:等第,差别。　⑧青阳之降居江水,昌意之降居若水:青阳,即玄嚣,姬姓,黄帝之子,帝喾之祖父。昌意:黄帝次子,颛顼之父。《史记·五帝本纪》载:"黄帝娶西陵之女,是为嫘祖。嫘祖生二子:其一曰玄嚣,是为青阳,青阳降居江水;其二曰昌意,降居若水。"　⑨向使:假使。　⑩夷考:考察。

稷、契，载之古史，其谱牒皆历历可稽，虽不可尽凭，而要之为一族之人殆可无疑。夫既属一族之人，则当日之为天子者，殆不过一族之酋长，如摩西·约书亚之为以色列族长无异，即舜之登庸①，似属选自民间，然其实则由四岳②之推荐，与夫希腊之元老院（Areopagus）、高等议会（Boule）、普通民会（Ecclesia），罗马之民会（Comitia Centuriata）、平民议会（Comitia Tributa），后世之议会（Parliament；Stata general；Reichstag）固有异。且也以穷居之人而孝行得以上闻，盖亦由一族之人其耳目易周，故尧不疑而群臣不忌，仍由一族之撰择而使居上位耳。夫当日中国之地居民盖已甚多，而独此一族之人若占特别之位置，则必有其所由来之原因者，盖可知也。

研究中国民族从亚洲西方而来之证据，其言之崭新而惊辟③者，莫若一八九四年出版之拉克伯里（Terrien de la Comperie）所著之《中国太古文明西元论》（Western Origin of the early Chines Civilization）一书，其所引皆据亚洲西方古史与中国有同一之点，于此得窥见中国民族之西来于西方尚留其痕迹，而为霾没之太古时代放一线之光。其全书于我国尚无有迻译④者，兹不暇覶缕，而节述一二于下：

奈亨台（Nakhunte）者，即近世"Nai Hwang ti"，与爱雷米特（Elamite）历史所称之"Kudur Nakhunte"相同，于底格里士河边有战功，当纪元前二二八二年，（注：或谓当纪元前二十四世纪至二十七世纪。）率巴克（Bak）民族东徙，从土耳其斯坦经喀什噶尔（Kashgar），（注：即疏勒。）沿塔里木河（Tarym）达于昆仑山脉之东方。其一族者，与其本族分离，向北方近烟尼塞河流域旅行，今日于河边，发见其用当日文字所成之古铭；而同时又有未达东方者，与北西藏之民族结合而为一部族。此东徙之酋长，以中国古史证之，即黄帝也。又曰：莎公（Sargon）者，于当日民众未知文字，为记事实，用火焰形之符号，（注：按，中国史称神农用火德王，以火命官，故曰炎帝。）是即中国所谓神农也。又曰：但克（Dunkit）者，近世"Tsanghieh"迦勒底语为"Dungi"，亚尔多（Chaldea）人曾传其制文字，象鸟兽爪之形，是即中国所谓仓颉也。

巴克（Bak）者本当时命其首府及都邑之名，而西方亚细亚一民族用以为其自呼之称号，今此语之存于西亚细亚古史者，如云巴克祶（Bakhdi）、巴克脱雷（Bactra）、巴克坦（Bakhtan）、巴克雅（Bakthyari）、巴克大（Bacdad），巴克斯坦（Bagistam Bag or Bakstan）即巴克之陆（Land of Bak）；巴克美乃齐（Bakmesnagi）即巴克之国（Countey of Bak）。此民族其后有东徙者，是即中国所谓百姓也。昆仑（Kuenlun）者，即"花国"（Flowery land），以其地之丰饶示后世子孙之永不能忘。既达东方，以此自名其国，是即中国所谓中华也。

---

①登庸：指登帝位。　②四岳：中国上古传说人物，相传为唐尧臣、羲和四子。分管四方的诸侯，所以叫四岳。　③惊辟：即"精辟"。　④迻译：指翻译。

　　至其事之相同者,如:一年十二分法,一年二十四小别法,一年分四季法,置闰月法,五日累积法,(注:木火土金水。)以十二年为世运之一循环,二根元阴阳之义,用八十筮竹,音乐十二律,十干十二支之循环,十二甲子之循环,六十年一纪。沟渠运河堤防,金属之使用及铸造,用战车驾二头以上之马,君主之冠裳用特别之纹章,(注:中国衮冕黼黻①。)从事农业,得小麦之种。(注:波斯湾之北及东北所自生者移植于中国。)座尊右,四海之称名,置天文之官,四岳,(注:迦勒底四个州国之王。)十二牧六宗,(注:稣西安那之六少神。)视君主有半神之观念等是也。

　　文字语言之相同者,如十纪计算法,天皇十三头,地皇十一头,各一万八千岁。天皇二十三万四千年,地皇十九万八千年,总年数四十三万二千年。(注:巴比仑以此计算大洪水以前诸王之年数。)十纪之第一期者,九人治世;(注:中国有九头纪。)次五纪;(注:中国有五龙纪。)又"Sumir";(注:中国循蜚纪。)"Dintirki";(注:中国因提纪。)"Tamdin"即波斯湾之北;(注:中国禅通纪。)"Urban Urbagash Hot Bak Ket";(注:中国伏羲。)十二月名称之符号;十二支名之符号(注:《尔雅》《史记》所称者。)等是也。巴比仑之楔形文字,一变而为画卦,兹略举楔形文字于下:

Sunkuk.		"Empire" "dominion" 帝國 主権
Sunuk		"Palace" "Court" 宫闕 裁判所
Chifa.		"Babylon;" "Babylon" 巴比侖
Bapiin		2.3.4.8.9.10 23, 二三四八九十廿三

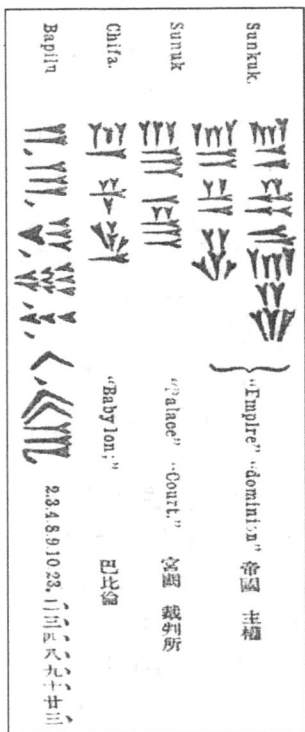

　　卦者,一种之古文字也,以字简而事物繁,故于一字之中包含众多之意义,

---

①黼黻:指礼服上所绣的华美花纹。

后世遂以此为卦,寓天地万物之理。而所谓《易》者,古文字之字典也,历代时有增辑,故《易》不一,当时欲治古文,不能不检字典。孔子读《易》而韦编三绝[①],盖使用之勤以至此尔。《易》本为古文之字典,而卜筮者,又假《易》以为用,故于初九、初六各爻之间加以吉凶无咎等字。(注:如后人以唐诗作签语而加以上上、中、中下、下等字。)

兹述《离》卦文一节于下:

经文	古文字	近代字	意义
离	离		离者一字有数多之意义
畜牝牛	离		家畜之女牛
吉			
初九			
履	离	缡	靴鞋之物
错	离	謫	误也
然	离	糲	燃也。燃米
敬之	离	瞤	注意,谛视
无咎			
六二			
黄离	离	离鸝(鹂)	黄鸟之名
元吉			
九三			
日昃之离	离	离	斜日之光耀
不鼓缶而歌	离	离	不拍瓦器而歌。歌之一种
则大耋之嗟	离	㘖	老人之叹
凶			
九四			
突如	离	离	不意而来
其如来	离	离	同来相会(后为茬)
焚如	离	爉	失火
死如	离	离	如死别也
弃如	离	离	舍也,抛也(今义离字同)
六五			
出涕沱若	离	漓	流涕及泪等
戚嗟若	离	膌	斧伐木之之音
吉			
上九			
王用出征	离	褵	王出征时所用之衣服
有嘉	离	俪	婚姻之结合
折首	离	离	断首
获	离	貜	猛兽
匪	离	篱	竹篮小笼
其	离	篱	掏筬谷物之笼
丑	离	离	丑物,怪物
无咎			

---

①韦编三绝:韦:熟牛皮。韦编:用熟牛皮绳把竹简编联起来。三:概数,表示多次。绝:断。孔子为读《周易》而多次翻断了编联竹简的牛皮带子。比喻读书勤奋。

以上所引,其是否未敢论定,(注:所引只举其略,尚有各条及其论议,均未及详。)以今日者人类学日益昌明,人情于其祖先之所由来决不肯安于茫昧。(注:如①日本人考其人种所自来之书甚多。)今我人种西来之说已为世界之所认,然则我国人有起而考其事者,必先探检巴比仑(Babylonia),迦勒底(Chaldea),霭南(Elam)(即苏西安那 Susiana。)及幼发拉底、底格里士两河间,美索不达尼亚之平原,与夫中亚细亚各地,而研求其碑碣、器物、文字、语言及地层中之遗物,而后是非真伪可得有显了之日,而不能不有待于中国文明学术进步后也。(注:不解各学术者不能考古,中国考古之事劣于西人,以无各学科为根柢故也。)

当百姓民族东来之日,其道路所经今难确知,以今之地势推之,既横断中亚洲山脉,由此东向:其一道从叶尔羌(即莎车。)(Yarkand)、喀什噶尔(即疏勒。)(Kashga)而出吐鲁蕃(Turfan)、哈密(Hnmi)之边,达中国之西北部,沿黄河而入中国;其一道从西藏北部青海之边而入中国。然路稍险隘,又从西藏之打箭炉亦为一道。然由此入中国者,经②蜀而入长江之流域。以今思之,大概出于首一道者为多。夫以青史轰名之摩西,世咸啧啧,称其率以色列族出埃及而建犹太之国为不可及之事,然其徘徊四十年,卒不越红海之滨,即近日欧洲诸国殖民全球,然亦因蒸气船之发明与恃其器物之利用而人类始得增一层之能力,孰若我种人于上古四千年前,世界草昧,舟车未兴,而超越千万里高山峛崺③、沙漠出没之长道,以开东方一大国。是则我祖若宗志气之伟大、性质之勇敢为何如?而其事业之雄奇又直为他人种之所无,足以鼓舞我后人之气概者抑又何如也?

中国古书多言昆仑,而又述黄帝之所游,(注:《庄子·天地篇》:黄帝游乎赤水之北,登乎昆仑之丘,[《博雅》:昆仑虚,赤水出其东南陬④。《山海经》:流沙之滨,赤水之后,黑水之前,有大山名昆仑之丘。]南望还归,遗其玄珠,使知索之而不得,使离朱索之而不得,使吃诟索之而不得也,乃使象罔,象罔得之⑤。)及黄帝之行宫。(注:《列子·周穆王篇》:别日升昆仑之丘以观黄帝之宫,而封之,以诒⑥后世。又《穆传》:吉日辛酉天子升于昆仑之丘,以观黄帝之宫。)至周之穆王,欲骋八骏,一巡游其地以为快。(注:穆王之行或未必实有其事,而借此以记古说。)而屈原作赋,亦若不胜驰慕之情。此明示中国古来于昆仑若有特别之关系。且观古书所载,述昆仑之形势亦颇详尽。夫以吾人所知三代以后之事例之,如所谓张骞、玄奘之西行者,其事盖少,何则?以中国气候之温和,物产之丰备,土地之平易,既无须出塞西行,为逐水草而谋生计,而以其道路之险难,亦足阻人旅行之情。然则太古时代以何因由而反于往来西方之事独密?此而谓由中国西行以探其地,毋宁谓由西东来,而道路所经由,因得熟悉其

①如:据《新民丛报》补。　②经:《新民丛报》作"住"。　③峛崺:高大峻险貌。　④陬:隅,角落。　⑤遗其玄珠……象罔得之:"玄珠"喻"道"。"知",同"智",是思虑的智者。"离朱",传说中明察秋毫者,是视力极好的人。"吃诟",是聪明而善于言辩的人。"象罔",是无思虑、无明目、无言辩,若有形、若无形的人。思虑的智者、视力极好的人、聪明能言辩的人都不得"道",而"象罔"却得"道"了。
⑥诒:传给。

地形也。且犹有不可解者，古书所言西方之事，何以皆归之于黄帝而取百家之说以参差互证？又俱言西方盖有乐国，即黄帝之梦华胥，亦云在弇州之西，台州之北。又西王母之国早见于传记，而多赞美之词，以音译之，甚近稣西安那。是固百姓民族之在西方时曾受其教化者也。而又云西方有圣人，凡此皆于中国上古书中浮一离奇隐约之事，或者故老之所流传，述其祖乡风俗，彼穆王者，或因闻古说而心醉，而屈原者，亦因博览古事，因而流露于词翰之间。夫人情于去国离乡，每念游钓之所，一丘一壑皆不胜其天上之思。而况当日者初至东方，所见土著都为蛮夷之俗，而母国之文化又未易发布于一时，遂若回首西顾，动人艳羡。至其后基业已定，而东方佳丽之地一植文明，发达甚速，而又以西道嵲巇，不生再往之心，遂使西方之事淡忘于日久之间，而口口相传，偶留古说，百家摭拾错杂互记，遂若其事甚奇而不能解其原因之若何也。

中国之民族果自西来，则东西古史其称名必有相同之据。拉克伯里之书既已不乏考证。又博士陀克①剌士(Douglas)之研求，谓中国姓氏发见于西南亚细亚者不少。若至吾人浏览古史，盖亦时多触悟，姑以未得实验，不敢多举以涉附会，而略举其一端，如西方古史云：率巴克(注：百姓。)民族东徙之酋长为底格里士(Tigris)河边之人；而中国古史云：黄帝长于姬水。西音 Ti 为"梯"，今译为"底"，亦译为"地"，(注：或作地吉利河。)其音实与"姬"相近，而日本所译音亦作"姬"。至以累名之词而只举首之一字以为全体之代表者，凡简称之时皆然，盖已不乏其例。(注：如欧罗巴简称为欧洲，英吉利简称为英国，此例甚多不烦枚举。)且促②诸音而合读为一音亦可为"姬"，此在学理上论之，谓为偶然，毋宁信为不无关系之说也。

太古时代之人民曾雕刻玉之一种以为颈饰，今时欧罗巴及日本与其他各国时时从地质中发掘。据学者所认定，其玉为昆仑山产出之物。中国以人类学未明，未发见此种遗物。然既由亚洲以散见于日本，则中国亦当有此物无疑。而据此则可知由昆仑以至东方，实为古代之孔道。度当日迦勒底、巴比仑诸国必已早闻东方之名，而迁徙之事或非权舆③于黄帝，特黄帝者若率一族之人，而选拔其俊秀之才，直大举而为立国东方之计，故一入中国，既战胜其土人，遂百务具举，而任官分职，各得其人，不啻取其怀中已具之计画而敷陈④之。顾西来之事，既大昌于黄帝，而自尧以后反绝，则其时必当有地理上一大变动之事。夷考其时，无他，殆所谓洪水焉耳。当日西方传闻，必以东方为尽在怀襄⑤滔天之中，故中西之通道开而复塞。嗣后洪水既平，中国又急急务为内治，其所布设一切皆东方之事而无与于西方。而古代迁徙之事以文字艰难，不留一家之著录，而

---

①克：《新民丛报》作"多"。　　②促：《新民丛报》作"即、促"。　　③权舆：起始。　　④敷陈：详尽的陈述。　　⑤怀襄：即"怀山襄陵"。怀：包围。襄：上升至高处。陵：大土山。大水包围山岳，漫过丘陵。形容水势很大或洪水泛滥。

后世遂因此而无所考见也。

以亚细亚西方之人种迁徙而为中国之土著者不乏其人，如回回教徒（注：回回教系阿剌伯人穆罕默德所创之教，宋时回回诸国奉之，故曰回回教。）为阿剌伯人种，河南抽筋之一族当为犹太人种。顾其来也较后，其踪迹易于考求之，即其本种之人或亦乏记载之书，而日久且忘其所自来。然从其躯干风俗宗教之各方面以观，不难一见区别。若吾人种之来，则事在远古，其颠末遂未易详，今亦未敢主一说为定论，然既发见与西方有诸多相同之事，且中国太古之文明悉为西方所已有，则其言非尽无因。而欲研求我人种之始来，不能不用之以为希卜梯西（hypothesis①）者也。

第四章　西亚文明之缘起②

自来言世界文明者，每分为自然民族与人文民族之二类：自然民族者，受制于自然界；人文民族者，能制自然界。自然民族者，专依赖外界之势力，取天与之物而不能取不与之物，依强迫而行动，随时势而推移，其精神不自由，其意志不能自选择而决行，乏谋虑，而惟以慰当前之欲望为满足，无权利财产之观念，无裁制，无变动，无进步之思、改良之念，任岁月之悠游而穆然相对于其间以终其生，是自然民族之状态也。而人文民族者反是。要之，一者以他力而受动，一者以自力而能动者也。而上古未开文明以前，皆自然民族，无人文民族。以自然民族而初见文明之发生，是则不能仅恃内力而必有假于外力者也。

近顷③法国学者孔德氏④（Joseph Arthur Comte de Gobineau）其所著人种哲学（Person PhilosoPhie）之书，谓人种之文明悉关于其人种之血统，而血统于有人类历史以前变化已定，至有历史后之时代已消失，此自然力而不能有变化之事。其血统之优者，能发生文明，血统之劣者，不能发生文明，初无关于土地、气候、政治、宗教之事。彼复⑤历举开化之各人种为征。是说也，世多评论之而尤不乏反对之辞，顾独以为孔德氏之言亦徒狃⑥于当今人文民族之情势而言而已⑦。世评孔德氏之书为人事⑧贵族主义，盖彼自尊其阿利安族以为世界之优等人种，而世界文明之必出于其手也。夫以已进人文民族而言，虽迁徙其种类至于极寒极热之带，榛莽未辟之区，荒寂无人之岛，而文明每随其人之足迹而俱生，即有外界种种之阻碍，亦必能以人文战胜之，诚如孔德氏所言，无关于天时地理自然界之事者。至太古之世，人民蠢蠢，世方草昧，而于黑暗之全地球间忽逗⑨文明一线之光，是固不能不以外界为诱起之原因。盖人文强壮之时能以人

---

①Hypothesis：假设。　　②原载于《新民丛报》第38—39合号（1903年10月4日）。　　③近顷：近来。　　④孔德氏：《新民丛报》作"柯比那氏"。下同。　　⑤彼复：《新民丛报》作"而"。　　⑥狃：拘泥。　　⑦而已：《新民丛报》无。　　⑧人事：《新民丛报》作"人种"。　　⑨逗：显露。

力胜自然界,而人文幼稚之时必以自然界助人力者。此盖观于地球最古文明之国而其事殆可征也。

　　文明之与地理相关也,譬之论生理者谓精神必与肉体相关。夫有健旺之精神,必先以健旺之肉体为基。而太古文明亦必先发生于气候温暖、地味膏腴之区。且也,人类进化之阶级必先游牧而后耕稼,而游牧时代居住无定,故思想每多苟简,而文化终难开发于其间。至一入耕稼,居处有所,作息有时,而事事渐求周备,故文化遂因之而萌芽。(注:若入于工商,则文化更进一级,不可以农为止境也。)然太古人民脱离游牧之习而得从事耕稼,尤赖有天然土宜之助,是仍不离乎所谓气候温暖、地味膏腴之说也。试观埃及,从阿比西尼亚山地诸大湖水所发源,汇而为尼罗河,其河源在赤道之下,自五月至八月,大降雨,河流泛滥,洋溢全国,宛如内海,村落市邑若浮数点岛屿之状,然一至九月,河水渐减,至十二月而水尽,土地悉现;而当其涨水之时,则浑浑浊流挟其上流多量之泥淤以来。又尼罗河之状,其近海河口无大水之汇合,而其下流为近傍几多之沙漠,吸收其水蒸气,绝无降雨之事,因而自距河口以上至千百里之处为最广,而河口之身反缩小,故淤泥悉停滞于内。而下流一带之平原,当水平之后,膏涂壅积,若施天然之肥料,无待入锄而灵苗嘉禾怒生旁苗,不数旬而黄流浊壒[1]之区已变为绿云概[2]密之场。故希腊史家海罗陀泰士有"埃及者,尼罗河之赐也"云云。虽然,埃及之地理尤不独恃其有尼罗河也,据地质学者所研查,谓阿非利加今日几处之沙漠,当荒古时代,沙漠尚未成形,其地为海水经流之区,而下埃及则为深水底之海湾,及几处沙漠成形之后,不知经若干年河水之涨溢,挟泥滓而沉淀于其间,渐高出海面而成今日之地形。今测其土,达其最下层之地底,其肥土直有四十尺乃至七十尺之量。故其地味之厚,不独食其后天尼罗河之福也,尤恃其先天所形成者本为沃肥之土焉。故古代之埃及人自称其国曰开姆、曰开米,犹言黑土之义,盖以其与西方利比亚之沙漠异而土地特呈黑色故。而古代人之称埃及者亦号为"世界之谷仓",其国既农业发达,而堤防、运河、贮水湖、(注:于国西凿大湖名 Meri,即涨溢湖;今尚有其遗迹。)水准、(注:尼罗河沿岸,多残留太古时代水准之遗迹。又在岩穴中,刻大石像,以其头上为水准。盖以记尼罗河涨水之程度,以有关于农业故。)及测量术,(注:希腊史家台陀洛士曰:"河流泛滥,每年一变土地之形象。地主接畔之疆土广狭之间,每生纷议,非有几何之算学,不能决定。")诸事,亦因其地形而发明[3]独早。其国中平民之一等分三阶级,而以农民及[4]尼罗河之船夫为第一级。又最初之王朝,其墓所已绘农夫耕耘之状,而其文明之遗迹,大半在下埃及区域。故知埃及之文明,实发生于入农业时代之后。(注:以其最初王朝之墓所已绘农夫之象及平民中以农为第一级之事而知。)而其农业之发展,实恃其有天然之地利故也。此埃及之文明,可溯其所由发生之原因也。

---

①壒:尘埃。　　②概:稠密。　　③发明:《新民丛报》作"发迷"。　　④及:《新民丛报》作"分"。

而所谓加勒底者,直与埃及之地理有同一之观,几若造物故出此同一之手笔,为全地球成一对峙遥映之文字,而为太古文明之种子两适于培裁之所。彼发源于终年戴雪之亚美尼高山,而其东为底格里士河,西为幼发拉底河,此两河间一带广阔之平原,曰美索不达尼亚。(注:希腊语两河间之义。)其北为台地,多岗岭,高低不一,最古时代为诸种野蛮所杂居。亚述人亦旧居斯土,而所谓大洪水挪亚之方舟,相传曾置于其间者也。以其地高于河流,待人工之灌溉,故亚述人居此惟以狩猎为常业。其南则概为平地,幼发拉底西岸之土地,圣书所谓埃田之花园者在也。此两河间,昔时诸多古国所散在,希腊人呼其全国为加尔台(Caldai),即加勒底。(注:亦译作加尔特亚。)迦勒底者,棕榈之产国,所云呈绿长林,直自朱理安①(Julian)帝军队到达之地,至于波斯海湾之岸。其地出海不高,两河年年之流溢,淤泥累积,丰饶无穷,一粒②谷种能收获三百粒。薄沙斯(Berosus)称小麦、裸麦、胡麻、棕榈、林檎及其他种种之果物野生自熟,而小麦于霭南(Anah)近傍,自然生长,为一种天产之物。(注:拉克伯里为中国小麦之种由波斯携来者据此。)而海罗陀泰士所谓:一度播殖,则二百回或三百回不待种莳。而非尼乌士(Plinius)谓:小麦岁刈二回,其余尚足饲羊。而以天气与埃及同,殆无降雨之时,故农业悉恃人工之灌溉。而从古有通四方之大运河,又有通底格里士、幼发拉底两河之沟渠。有贮水湖,置特别官吏,以管理之。(注:中国古代以共工为水官。)其河渠沟洫今虽淹埋于沙土之间,而犹能考见当日络绎纵横之迹,如蛛丝之布满于国中。而据古史,谓其第一代王阿尔罗士(Aloros)者,实为有牧畜之称号,此又想见其民族之最初实习游牧,而以底格里士、幼发拉底两河间天然之膏腴,遂事农业。至农业既开,而文明亦因之而生。盖底格里士、幼发拉底两河之于加勒底,亦犹尼罗河之于埃及,故曰加勒底者,亚细亚之埃及也。诚哉!是言。而吾人联想其文明开发之原因,均不能不归本于地利也。

夫太古文明之发生既恃乎地理为绝大之原因,而气象之间,其与人思感之作用者亦能操莫大影响之权。彼下埃及之地,以终岁不雨,得常睹空明澄澈之天,而③天文学之思想遂由之发生。故在埃及,当日已有正确之太阳历,今日西洋诸国所用之太阳历者本于罗马英雄该撒所定用,而该撒实采自埃及者也。又知有:"Hartepsheta"即木星,"Harkaher"即土星,"Har-fesher"即火星,"Sebekw"即水星,"Duan"即金星,及"Akhimu-saku"即恒星,"Akhimu-urdu"即游星之别。而分一年为十二月,一月为三十日,其岁差则加种种之闰日法,如年加五日为三百六十五日,而四年又每加一日等诸法。当日有名之金字塔者,即依天文学之法则,面北极星而筑,埃及人天文学之发达盖如是。而在加勒底者其地亦少降雨,空气透明,日月星辰呈异常强烈之光辉以照灼于人之耳目,故或

---

①朱理安:《新民丛报》无。　　②粒:《新民丛报》作"拉"。　　③而:《新民丛报》作"一"。

谓：加勒底人之于天文，于其在霭南山间畜牧之时已触其观察天体之思。如以天顶为大牧地，以星为天之羊群，而以大恒星（Arcturus）为其牧者，以黄道为有光之牡牛。其后乃益进步而造有名之方尖塔，其高数层，世所称为加勒底人造邑高可达天者。而是等堂塔，或专以为观测天文之用，即可谓之天文台，凡重要诸市府皆有之，专置司天文之官吏，即可谓如今之钦天监，（注：中国黄帝时亦置天文官，已见上。）以二周间一回报告于国王。如今日之天文学上所用黄道（Zodiac）之记号，当日早已发明，而分圆圈为六十度，分黄道为十二支，作十二宫之图，如定春分起于金牛宫者是。以"Capella"定岁首，（注：如中国《尧典》以房昴星虚等分四时。）以月之圆缺，分一年为十二月；（注：如中国同。）一月为三十日，而于岁差则加闰；（注：中国古代时亦已置闰。）分昼夜为十二时。于日蚀、月蚀，皆能先测，有晷表，（注：中国土圭①。）有凸镜。（注：于尼内微地层下发见太古时代之凸镜，当系古时观测天文，代望远镜之用。）以七日为一周，为安息之日。（注：中国七日来复，至日闭关，商旅不行；犹太人因之为安息日，或系同出于一原。）而关系天文及星占等书为莎公帝之图书馆所记录者，共有七十二卷之多，题曰《盖罗之观测》。虽其时伴天文学之进步者另迷于一种之幻想，如天体神学（Astro Theology），附诸天体以神祇之名而崇拜之。（注：中国古时亦有祀日祀月等事。）又有一种星占之伪科学，（注：中国古时亦有占星。）盖加勒底人当日者见夫天体之灿烂，星宿之光明，以为当有神主持之，而与人间有极②大势力之相关，生于人间之人或即为天上之星变化而来，于未降世以前已早定其一生之运命，故知其人为受何星之感化，则其人一生之吉凶祸福已可预知。（注：中国古时，以传说为列星，后世以大星附会诸葛，今世以天星卜人运命者尚行世间，与加勒底人思想正同。）又以为天上之现象悉与地上之人事相关，如见彗星之出，以为主肇兵端，而凡日蚀、月蚀及气象种种之变异，皆以为主有灾祸之事。（注：中国孔子时代已非上古草昧可比，然《春秋》一书尚以日蚀、月蚀等事为有吉凶，汉儒迷信宗教者皆沿其弊。）此星占之魔术者其后传于罗马，于中世纪大流布于欧洲，学者考其源流之所自，盖由塞米的人所传，而塞米的人则由丢那尼安人种中阿加陀之所传也。要之，其天文学之发达，固得与埃及人同保其最古之名，而其发达之独早者，又未始③非由其地之气象有以动人之观念而然也。

　　且夫文明之籽种，其在太古之世必待适宜之天时地理而后发生者，此征之东西开化之古国，其例殆莫不然。印度之文明也，以有殑伽河与印度河；中国之文明也，以有黄河与长江；罗马之文明也，以有带衣白河。而是数国者，其气候亦皆温暖，无极寒带之国，故能发育独早，不待全地球文明之壮盛而已能自进于开化之域。又从而观希腊，虽无大河流贯其国境，而岗峦重叠，磊磊然岩石之间乏可耕之土地，又河皆急流，仅水涸时露出其河身之半而于河床之地得入锹锄

　　　①土圭：最古老的计时仪器，是一种构造简单的直立于地上的杆子，用以观察太阳光投射的杆影，通过杆影移动规律、影的长短以定冬至、夏至。　　②极：《新民丛报》作"绝"。　　③未始：未必。

而试种植①，此与夫埃及、加勒底、印度、中国、罗马比者，似地味大有优劣之分，而几疑古代文化之必恃天时地理者亦有例外之事，而其论点殆可得而动摇。然更从希腊之他方面以观，其全国之海岸线特长，故今人论之曰：希腊者，缩本之欧洲。盖非独其政治、文学与今之欧洲诸国相似，即其地形亦大相类焉，而又居于内海，故当太古之世，航路四达，其交通已特占便利之地位，因之得早从事于工商业，惟其北方之马基顿国尚服农业。而希腊之不可及者，尤在其风景之优秀而奇丽，其海岸岛屿嵘屼②特立，多奇崖危峰，而其山腹自半以下接连海水，嘈吰③鼓荡④于其间，又多迤⑤入内地之港湾，海平波澄，波澜潋滟，发为紫色，与山容日光相掩带⑥，希腊人文学艺术优美之思实多感受此。其农产地虽少而植物繁茂，棕榈、桂树之属无不毕备。至其气候之间，则温和宜人而寒暑两皆不烈，如雅典之都府，极寒时始见冰点，然结冰之时或不过二十年中之一度，而夏季溽暑之候又以海风鼓荡，杂清凉于燠热之中，而适酿为极温和之度。故希腊自五月至九月皆可在道上露宿，其一年之气候一如春日，殆可称为长春之国者。其人以是多愉快活泼，而常为户外之生活，居于家者极少。而其空气则又澄澈异常，隔数里以外而得望见雅典都府古洛可神像之胄章。由是而言，希腊之地理天时，固独占优胜之位置，而其文明之灿烂于上古时代者，固非无故也。

夫文明发生之原因既如是，而尤有进者，即文明之发生为出于一源乎？出于多源乎？出于一源者，则必有首出之一国，而其余皆由此一国之所传播，各因其时地而栽植之故，虽文明之区域显分为二，而溯其渊源皆悉悉有相通之理，此一源之说而互相感染者也。出于多源者，则各各异其时地为特别之发展，其旨趣既殊，而其源流亦异，此多源之说而不相因袭者也。而有调和其间者，谓一个文明之发生，其间必有传授而来者，又必有自发明者。是说也，即当归于一源之中，盖一源者，谓夫文明之远源，其间有无相通，若其源既有所自来，而由彼国入于此国之后，自不能不改变其形式，而以其思想有所触接，或且能发明彼所未曾发明之理而增益之，此固一源说之所赅；非夫谓一源者必彼此事事相同而毫无歧出于其间，谓其源不无因之自彼者尔。以理推之，大都一源之说其立论为稍当矣。夫以一源而言，彼加勒底、埃及与夫亚述犹太、非尼基、亚加尔达额，而东则印度，西则希腊，其地势接触，虽印度稍属偏东，而距离亦不甚远，其余虽分三洲，而实则麕聚⑦于一隅，其人民既迁徙往来，交通有迹，则夫文明亦因之而流传，其事理固易可言。独夫偏处亚东，与亚洲西方形势既相隔绝、交通亦甚艰难之中国，其文明发生，夫与⑧西亚之文明为同一者乎？非同一者乎？是不易决答之一大问题。而拉克伯里所为据中国古代文明与加勒底多点之相同，而从其事

---

①植：《新民丛报》作"殖"。　　②嵘屼：嵘：山势高峻。屼：高耸。　　③嘈吰：声音壮阔的样子。
④鼓荡：鼓动激荡。　　⑤迤：延伸。　　⑥掩带：掩映，映带，指互相衬托。　　⑦麕聚：依类相聚。
⑧夫与《新民丛报》作"与夫"。

迹言语核之，又得其相同者不少，以是而断为中国古代人种由亚洲西方迁徙而来者，盖由此也。

且也以一源而论，若印度、中国、亚述犹太、非尼基、亚加尔达额、波斯、希腊等国，其文明皆后于加勒底、埃及，而其时代为可考，是则文明之远祖必推夫加勒底、埃及二国者为无疑。而此二国者，以地势接近，谓文明必出于一源，则又孰为首出者乎？彼埃及未建皇朝以前，已有土人种之居住，此姑勿论，而自建设皇朝以来，其时代亦远哉遥遥，不能得一确实之推断，今但据其所发掘诸古迹而从埃及之古文字以断，多有可推认为纪元前五千年以上之事。而加勒底古迹亦多有可认其为纪元前四千年以上者；然据加勒底国僧侣所言，谓其开国远在十五万年以上；又据比罗赛士之断片，谓加勒底于太古洪水以前有十王，其时代共四十三万二千年，洪水以后八十六王，其时代三万四千八十年。又有谓埃及人之宗教多从加勒底出，加勒底之宗教所谓神者分三阶段，最初者为动物，次者半人半兽，最后者人形；(注：在中国，称伏羲、女娲蛇身人首，神农人身牛首等类，以后亦全为人类。)而埃及太古之神像全与之相类。(注：按埃及"Hathor"女神之像者，有牝牛之角；"Sub"男神之像者，为鹅头；"Horu"者鹰头；"Bast"者猫头；"Osoris"者牛头；"Khnum"及"Amon"者羊头；其他有以神鸟"Ph enix"为头者等是。)又考埃及神殿之建筑式多从底格里士、幼发拉底之河畔而来。而天文学亦有谓于纪元前五千年以上从加勒底输入者。又埃及之画文字者，本于加勒底之楔象文字(cuneiform writing)与其最古之形象文字(ideographie writing)。又埃及之雕刻术者悉与加勒底同。是今日所谓最古埃及之文化者且胚胎于加勒底，而加勒底文化之远为何如！然以荒古之事，其考证尚未能全定，则二国文化之先后亦暂勿较。而要以二国地相接近，必先有一开化之区而后渐移于第二区，此固不可疑之事实，而二国之中孰为首先开化者，即可以上古文化之一源归之也。

若夫文明之事实无暇觏陈，而有一至要之事不可不论者，则为此二国之文明固属于何等种族所发生乎？此人类学上之大问题也。试进而略陈之：

按，柯比那氏人种哲学之书大风靡于欧洲之读书界，顾其谓人种之优劣为未有人类历史以前所变成。其言虽有至理，如植物为一种所化，及其已变成形而后，则萧者自萧，兰者自兰，虽有巧匠，曾不能改易其性；然据近时植物学家之试验，谓聚诸多种植物于一园，一年之内尝有数新种变出，人类交通而后亦多有新族种之发生。而据柯比那氏之言，谓优等人种与劣等人种血统相混，则优等人渐失其优，如其言，人类日益交通固不能保其血统之不相混，而由是则全地球优等人种必日减少而将渐归于劣种，殆不合于进化之理。夫优等人种其血类自强于劣等人种，吾闻优等人与劣等人血统相混，数传数十传之后，劣等人之血质日减日灭而将全成为优等人之血质，故劣等人并不能附其血统于优等人以自保其种，此适与柯比那氏之言为反对。推柯比那氏之言，无非自尊其种，以为占全球之优等；而其余人种当置为劣等而贱视之，不欲与有血统相混之事。此诚如论者所谓：柯比那氏之人种说，人种之贵族主义也。且谓文化之事全系于血统而毫无关于天时、地理、政治、宗教等诸事，是诚所谓萧者自萧，兰者自兰，虽巧匠不能施其变化之理，然试植兰于膴①壤，与植兰于硗②土，培兰于当春，于培兰于沍冬，独无一葳蕤③而发华，一蕉萃④而凋叶者乎？试举太古文明诸国而考其所处之地，无一在寒带与在山岭沙碛间者，以今日人文壮盛，种种器械之发明，冰天雪窖，绳度沙行，或亦能以人力经营而不能限其文化所至之迹，然岂能据是以例太古之人民乎？故读柯比那氏之书，其言诚多深佩，而亦不能不稍附异同之议于其后也。

第五章　西亚之种族⑤

约当西纪前三千年至四千年之顷，于美索不达尼亚之平原建设几多之王国，为太古时代放有历史之光彩者，是固何种族乎？则所称为塞米的（Semitids）人种是也。虽然，此美索不达尼亚之地初非塞米的人为原始之住民，于塞米的人未至以前已早有种族之蔓衍，而其开化之程度独早，实可为塞米的人文明之导师者，是又何种族乎？则所称为属丢尼那安（Turania）人种之思米尔（Sumeria）与阿加逊（Akkadia）人种是也。

此属丢⑥那尼安之思米尔与阿加逊人种者，其原始之祖国当从中亚洲之山间来。于其所使用之言语中有金属之名称，故知其原居之当属山地；无椰子之名称，故又知其原居之不在热带。而其人种展布之顺序，从里海之南，亘霭南以迄波斯海湾，而美索不达尼亚西部之哈伦（Harran），亦为是人种所建设。大势可分为南北二部：南部者，称思米尔人；北部者，称阿加逊人。思米尔人者，盖先阿加逊人，由北方而移殖⑦南方者也。于太古时代，所称为象形、楔形之文字者，早由其人种于在霭南时所创造，其后乃传于塞米的人，或者又流入埃及而为画文字之祖。盖开西亚文明之权舆者，固不得不归之于是人种也。

塞米的人种于未入迦勒底以前当属纯然游牧之民族，住天幕之内而不识耕作之事，故始至之王号凝托者，有神猎（Bilu-nipru）王之名。于入迦勒底后，尽学其原始住民之文学及技艺，而原始住民之势力反为此新入种族所压倒。观于塞米的人始入迦勒底时，其初代建国尚⑧用原居人种之言语，至数世之后，而塞米的人之言语几统一迦勒底，而废原居人之言语而不用。盖思米尔与阿加逊人种者长文艺而不长于军事及政治，故不能与塞米的人种抗而终受其辖统⑨。虽然，以文明论之，则思米尔与阿加逊人者固远出塞米的人种之上，而塞米的人之

---

①膴：肥沃。　②硗：地坚硬不肥沃。　③葳蕤：形容植物生长茂盛的样子。　④蕉萃：通“憔悴”。　⑤原载于《新民丛报》第40—41合号（1903年11月12日）。　⑥丢：《新民丛报》作“去”，误。⑦移殖：《新民丛报》作“移植”。　⑧尚：《新民丛报》作“当”。　⑨辖统：《新民丛报》作“统辖”。

文明宁可谓为思米尔与阿加逊人文明之产儿也。

美索不达尼亚之平原于太古时代,诸国散列。其在北部,有若锡伯兰(Sippara)及巴比仑,而称为阿加陀(Accad)、阿加埭(Acada),盖为高地住民之名。其在南部,有若爱雷克(Erech)、兰萨(Larsa),或者吾尔(Ur),而称为思米尔(Sumer),若者西那尔(Shinar)。思米尔者,黑面之国之义。此等分散诸国于塞米的人种移来前后之时均不相统一,若阿加台,若喀克,若爱雷克,若吾尔,若兰萨诸国名,皆见于塞米的人种入居之后,或者几多为塞米的人所创设,与为塞米的人所征服之国。至阿加台之王莎公一世者,以文治武功著称于一世,始谋统一诸国,然未能成其事。莎公一世,约当西纪前之三千八百年;而塞米的人种之始入迦勒底,约当西纪前之四千年也。

莎公一世者,属塞米的人种。当其在位之时,大奖励文化,凡阿加逊、思米尔人所有宗教、神话、天文等诸文学之书,悉以塞米的语翻译,而建设大图书馆以藏储。其后亚述人文化盖多得此图书馆之力,而希腊人所转译之天文及占星书七十二卷亦皆由此出。又编纂阿加逊人种所用言语之字典,以便学者之研求。而为化异族人之法,移住其人种,使散居各处与土人杂居,而渐脱其乡之风俗、习惯与历史之观念。(注:按,美索不达尼亚前后诸国多统合几多之人种而成。仅以外部之势力皆约束,而内无人种上共同一致之关系,故国基脆弱,不久解散。观于此而知民族国家主义,其义为不可废矣。)盖自塞米的人入迦勒底后,若莎公一世者,固所谓杰出之王也。

莎公一世虽多赫赫之功业,而统一迦勒底之事尚不能告成功。其后于下迦勒底,有以吾尔为首府之王名乌雷安者,始得统一诸国。而此乌雷安王之时代,约当西纪前之二千八百年也。

距乌雷安王数百年后,有从迦勒底之东北,起自莎峻山麓,进取诗赛为首府而建霭南王国,属丢那尼安人种,其王名廓特·奈亨台(Kudur Nakhunte)者反抗吾尔王朝,用兵于迦勒底,陷莎公以下诸王所建设之市,而取乌雷安王神殿之神像移于诗赛。观其征伐诸国,皆为塞米的人所建设者。而廓特·奈亨台王史称属丢那尼安人种,当即为北部之阿加逊人。其用兵也,盖为种族上之竞争,而以复塞米的人侵入之仇。由是知上古时代,两民族[①]之争斗不少起仆兴灭之事。而廓特·奈亨台王之时代,约当西纪前之二千二百八十年间也。

于古代迦勒底,曾有人种一大迁移之事。若希伯来人者,其酋长亚伯拉罕率其种族从其原居之吾尔地方,循幼发拉底河以西,而转居于迦南。非尼盖人者,由波斯湾头西去,而移住于卡奈安沿海之地。亚述人者,从巴比仑而退于底格里士河畔,建设都市。此人种迁移之原因不外由二大事变而分为前后二说,前者谓为塞米的人种侵入之时,后者谓为廓特·奈亨台王崛起之事。此二说未

---

①两民族:《新民丛报》作"两民族上"。

能遽定，要之，迦勒底古代有一人种大迁移之时者，此固不可动之事实也。

阿迦逊、思米尔者，属丢那尼安人种，而或有谓与"Finno Tatar"人种为近。于状貌为广头骨，唇厚眼小，皮肤呈暗黑色，毛发短促而浓密，髷①长而直；属乌拉阿尔泰山（Ural Altaic）语系，无语尾之变化，言语学者谓与今西人所称为蒙古种之语言为同源，盖即与今西人所称为蒙古种者为同种也。塞米的人种者，属高加索人种之一，而即《旧约》所谓挪亚三子闪之子孙者，与阿利安人种为近。近时伟富亨美尔氏考印度之欧洲种与塞米的种，其乳儿之言语多相一致，故谓两种族之本国当日必相邻近。又菲陀利俾·米由雷尔谓二者之祖先同一，其状貌颜皆椭圆形，巨眼薄唇隆准②。于古代诸国，若犹太人，若非尼基亚人，若阿剌伯人，盖属塞米的种族；而若印度人，若希腊人，若波斯及罗马人，盖属阿利安种族也。

然则我中国人种姑以西来之说为假定，其属原住迦勒底、阿加逊与思米尔之人种乎？抑属后入迦勒底、塞米的之人种乎？如为阿加逊与思米尔人也，则当属于丢那尼安之黄人种；如为塞米的人也，则与欧洲白人种之系统为近。而据拉克伯里之说，以廊特·奈亨台王当中国之黄帝，则当属丢那尼安之阿加逊人种。而以迦勒底人种大迁移属后之一说而言，则中国人种之西来盖出于同一之时期者也。

巴克为当日一都府之名，而拉克伯里译其音，以为巴克种族即中国之所谓百姓。二者固甚相近，而考之史，谓巴克种族起于里海之南；③廊特·奈亨台王从迦勒底之东北方而起，其地望亦当里海之南。今俄人筑黑海之里海间之铁道，由黑海东岸之巴吞港而达于里海岸之巴克；又从巴克之里海，有巴克线汽船之航路，每周三回。此准诸古代之所谓巴克者，虽其地域所包赅④容或有大小之不同，而固同在里海西南之一隅，其名称亦必传自古来，而至今尚为有名之区所也。

凡两人种之相处也，其一方以血统之不同，本无天然亲爱之情；而又以其言语、风俗、宗教、习惯种种之殊异，必有互抱嫌忌而生反感之情，致起剧烈之争斗。其一方以居处密迩⑤，又必有互通婚媾之事，而所谓混合之新种族生。此新种族大抵兼两种人之状貌性质而有之，而种族由是而一变。当塞米的人入迦勒底时，与其原居之阿加逊、思米尔人，其社会间多错杂而居，遂于数世之后有所谓迦勒底之人生，盖以地名名其一新种族之名也。论人种者，谓居迦勒底之塞米的人不如居亚述之为纯粹塞米的人。盖塞米的人本为强悍游牧之民族，富宗教心，而好经商，亚述人之性质盖全似之；而迦勒底之塞米的人，好学问而富文化，盖非独陶镕⑥于阿加逊、思米尔人之风气，而其血缘间亦有与之相混合者。

①髷：头发卷曲。　②隆准：指高鼻梁。　③此处《新民丛报》有"而"字。　④包赅：包括。
⑤密迩：很接近。　⑥陶镕：影响。这里指受阿加逊、思米尔人的风气的影响。

顾东来中国之人,既称为属巴克之一族,而廓特·奈亨台王为纯属丢那尼安人,则于所谓迦勒底之新种族者殆不相涉也。

居于迦勒底之北方者,尚有所谓康部来(Gambulai)之种族,又太古时代诸多游牧之种族亦群处于其地,若阿伦(Aram)、讷柏(Nabath)、布克陀(Pukudu)、百可陀(Pekod)等,皆是也。然是等人种,局处[①]山谷,多未脱太古蛮民之风,而于迦勒底文明之事业殆属无甚关系。至所谓百姓种族者,当其东来中国已全属文化优等之民,则必不出于是等种族之内者,当可知也。

约当西纪前三四千年之顷,埃及王斯内弗尔之时代,得红海头西乃半岛之铜山与铁山,其金属之出产远以供给中国、印度及其他诸种族所用武器之原料,埃及人得此通商上之巨利,遂得建筑当日几多之金字塔。而其商贾往来之孔道,盖由中亚细亚,集中于波斯湾头之美索不达尼亚;而吾尔实为商业系统之中心,环绕此中心者为迦勒底诸国。故迦勒底之地以道路交通,其民族遂多迁移之事。其中[②]亚洲一道,初不待后世由中国贩丝至罗马(注:罗马上等人以着中国丝为贵服,当日中国丝皆由中亚洲取道贩往。)之队商而始开,则当日百姓民族之东来殆循其固有之道线而初非同凿空而至者,则今日读史而尚可想像者也。

第六章　中国人种之诸说[③]

于太古茫邈之世,必不能据一说以为定衡,恐或失之隘也,于是举其义之可采者,或已有人主持其论,或尚少人论及而可取以备一说者,略为据摭[④]而稍附以论衡[⑤],或亦学者可取以为参观互证之资。若夫精凿之论,不当徒取之书册,而有待于他日之发掘古物,得窥见我三干两戒[⑥]间陆离光怪之地质史;而又不能不俟之学科日精(注:如言语学,化石学等。)而人类学亦大有进步之后也。

(甲)甲之言曰:夫人类始生之处果何地乎?若达尔文、雷士、婆罗卡诸大家之言,谓:人类始生之地盖在非洲。据达尔文所考证,谓现存各地所有生存之哺乳动物,于其同地皆有其属近缘之种族;而与吾人类为近缘之类人猿今独见于非洲,且从太古以来即栖息于其地,然则与类人猿分支而为吾人人类之祖先,当日必生长于非洲之山野间,不难从今日之形状而推知之。此人类始生在非洲之说也。又有学者考澳大利亚洲之东北部,尚未有独木舟之制;(注:太古人民于海岛往来皆用独木舟,穿一大树之干,中为凹沟之状,而乘之以行。——按,今台湾东海岸之奇莱平原者,为南势蕃所栖息之地,蕃人以二只之独木舟为其一族中极大之纪念物,于距海不远之旷原茸茅而深藏之。若朽腐则更造新舟,以代其旧。蕃众每年大集会一次,以二舟试水,若干

---

①局处:困处。　　②其中:《新民丛报》作"而中"。　　③原载于《新民丛报》第42—43合号(1903年12月2日)。　　④据摭:依据并选取。　　⑤论衡:论述评定。　　⑥三干两戒:三干:犹三天。道教称清微天、禹余天、大赤天为三天。两戒:.国家疆域的南北界限。这里指两戒之内的全境。三干两戒犹言天地之间。

人乘坐其中,驶出近海之处,复驶回,事毕,会饮尽欢,而二舟复藏于原处。据南势蕃所传,其祖先系距台湾之南方及东方二处同乘舟而来此岛者,故每年行此礼节,以追念其祖宗也。)而检前印度马头岛之动植物,知古代澳洲实与大陆相接连,其后于中间之陆地沉没,遂隔断大陆而自成为岛,而此中间沉没之地,今于印度洋所称为仑母利亚(Lemuria)者,据海概尔氏所考证,以为太古人类初生之地。此人类始生在亚细亚南方之说也。于是二说之外,而蒴督禄弗几氏则谓人类始生盖在亚细亚之北方,使其言而有征也,则或者我人种发生之地自太古即在亚细亚之北方,而就近以渐入中国者也。

且也,论人类之始生者,果为一源说(monogenesis)乎?抑为多源说(polygenesis)乎?夫谓天地开辟而忽有一人类之夫妇突然降生于其间,由是繁殖其子孙而遂为人类之始祖,此奇特怪诞之言殆不足取。而取其言之平易而近理者,则所谓由动物进化,不知经若干年之改变而后渐成为人类。夫从前说,固毋宁从其为后说者。虽然,即谓人类之所以为人类者,由动物之进化而成,而一源、多源之说亦自横一困难之问题于其间而未易遽定。夫以今日人类之殊异,学者立说不能立一定之区别,如蒴伊唉尔分为三种,康德分为四种,普罗门巴分为五种,白富坡及赖舍普度又牛默里伊分为六种,彭德分为七种,卡西分为八种,巴礼分为十五种,台斯乌朗分为十六种,博克分为六十三种;又有分为二十二种、六十种者;而渥持氏尚以诸说为不满足,谓精查人类,非分至数百之数不可。盖研究愈细,则区别属类又不得不加一层之精密,此凡为学术皆然。拔赛乌阿氏之探检非洲,谓吾人初见黑人,几若状貌无不同一;然身入其地,得见几部之黑人,其差异点甚多,而后知其种派之殊有不得不别其族类而始能研究者。是岂独黑人为然?于无论何等之人种中,无一不当作如是观。而此林林总总、殊态别状之人类中,学者探索其原因而立术语以剖明之,遂有一源论派、多源论派分[①]。持一源论者谓:人类之生理皆属同一之组织,机官之运用及性行之发动亦无一不呈同一之致;至其颜色骨格之若有不同者,以分别既久,各因其外界感遇之不同从而改变其状态,以至如是者也。故赫胥黎氏谓气候、地味、食物三者,皆有分人类为数种之功能云云。夫以在绝海孤岛,不与他处通往来之禽兽,数传之后渐次改变其体格,此夙为动物学者所研究而信之理。又若劣等动物之无血虫者,暴风连日,不能使用其羽翼,终至羽翼渐萎缩而变羽虫为匐虫,此又世人之所得而目见也。又动物学者解剖哺乳兽,能依其骨骼而断其野生及家畜,盖野兽之骨致而巩,家畜之骨粗而脆,各因其居处营养之异。又若多食草者之为长颅,多食肉者之为横颅。而人类之所以殊异者,理亦犹是。如美洲火国之人,日日坐独木舟中,以渔捞为生活,其结果遂至手腕发达而脚部矮缩。又人种颜色之所以差异者,各因其地之气候而为免地方病之故,盖具与地方适应之肤色者,其感

---

①分:《新民丛报》作"之分"。

受气候上固有之病害少，而子孙遂得以繁殖；反之，而皮肤与气候不相合者，多致灭亡。如非洲或者①西印度海岸之热病及黄热病流行，能毙新来之人，而黑人或白黑色人者初无所害。白人中如英人，以麻疹为轻微之病，然流行于弗以岛者，直毙数千人。又若虎列刺②者，为近时地球上最可恐之疫，而于印度人无剧害。故夫气候之宜于白人者，则白色人生存；气候之宜于黑人者，则黑色人生存。黄人、棕色人亦然。若转移其地能繁荣而不灭亡者，则必改变其颜色而与其土地之气候相应，故若在美洲翁达利之英人者，其子孙之毛发变黑，而法人之在加富耶者亦然。又近年美国芝加哥③大学教授斯泰氏谓移住美国之白人，其皮肤及其他诸点有次第化同土人之势。氏又查百余年前移住彭雪甫尼亚之德国殖民，于移住后之四代或五代之子孙，其毛发眼及皮肤之色均已类似土人，遂断定人种颜色谓悉由气候及其周围影响之故。又若居恩特斯高山之人民，以空气稀薄，其呼吸不得不急且繁，而其住人之胸肺遂非常发达而全与居住山下之人异，盖不如是，则不能适其生存也。又若从乡间来之人移住城市，数世之后，其格架④必渐减，其例略如是。一源论者，据是以解释人类之始出一源而其后乃分为万殊者也。而多源论者反之，以人种之永续不变（Permanence des races）立论，而谓今日几多各别之人种即由当日几多各别之原祖而成。如可尔曼氏谓：从人类学上论之，不论何国，皆从多种之元素成立。数千年至今日，欧洲之人种，其存立决非一种；而此多种之成立，又决不由后年之分化派而生。盖人种者，自洪水期以后而初无变更者也。福库多氏曰人种之出于多源而为不变永续之事，盖甚明白。吾人于历史时代，溯湖上居住，（注：杙屋⑤时代。）及石器时代，又穴居时代，其所发掘之遗物，皆可得证明之。且观埃及于西纪前一千七百年顷多独美士第四世及西纪前一千三百年顷朗舍士第三世所画凯旋行列图，精写黑奴之形状，与今日直无分毫之变异。又不仅黑人也，若弩比阿巴巴尔人，及埃及人，古代所图之形亦与今日同，是又可取以为证者也。又自和味拉克⑥（Hovelacque）氏之论出，而多源论者又得异常有力之强援。其立论即发见非洲之类人猿者恰如黑奴及部页门之人民，而属长头种；东洋之类人猿者，恰如安达曼岛及马来半岛之人民，而属广头种；又非洲之称钦绷几及戈利赖之类人猿者，与旧石器时代之猿类似，盖为非洲所古有之猿。而以非洲类人猿之为长头，与非洲之人类为近属；东洋类人猿之为广头，与东洋之人为近属，则人类直无改变而亦少移易之事。谓全地球几多之人种，即由几多之原祖所发生者，皆可以是例推之。又若学者谓：欧洲德、法、奥、瑞士诸处，从古墓中发掘石器时代之头骨，短颜长颅，与现今之欧人无异，脑盖骨之发育亦不让今人。学者遂有谓欧洲

---

①或者：《新民丛报》作"若者"。　②虎列刺：霍乱的别名。　③芝加哥：《新民丛报》作"市俄古"。　④格架：骨架。　⑤杙屋：指水上房屋。杙本义指小木桩，在水上建房，要先于水中打桩以为支柱，故称。　⑥和味拉克：《新民丛报》无。

种族非从中亚洲来,而从古已住欧洲之东北方者。此多源论派所据以立论而其解释人类殊异之故,与一源论派立于反对之地位者也。夫二说分立,未能遽定一统之正,则姑从多源论之说为衡,而谓中国人种与他人种殊异,即从古为特别之种族。而学者又有亚细亚北方为人类始生之处之说,则断为中国之种族自古住于亚洲之北方,不过稍移其地位而南入中国,而实无大迁移之事,此欲据以立说者也。

甲说之言如是,夫人种学之一源论、多源论两派分峙,今暂勿[1]辨,而但据甲说之主体[2]以事实核之:其一,甲所据者,以亚细亚北方为人类始生之处是也。夫人类始生之果为何处,今学者固未能确断,而亚细亚北方之说则固有不能无疑者。盖考地球经历之时序,约距今八万年以前,当属冰原之时代;而人类之始生,约距今二十四万年已得认其踪迹,而此二十四万年中,其前经之十六万年,皆在冰原之时期中。当其时,北极之冰疆,其范围广大,不若今日所占地步之狭,而就其冰田之界线考之,若欧洲之斯干的那维半岛勿论,如英格兰达迷斯河以北,全为冰田所沉没;德国莱因河口之巴枝山与爱枝山,盖为当日冰田之南界。在北美加拿大全土勿论,而至贺怀伊阿州为界;在亚洲堪察加半岛勿论,其冰田直掩至贝加尔湖(注:贝加尔湖,中国古称北海,即所传苏武北海牧羊处也。今湖畔传有苏武牧羊遗迹云。)一带。其不适于当时人类之初生地可知。且今学者细考欧洲古代人类之踪迹,大都谓自北欧冰雪融解之后,动物与人类始自大冰田之南界渐徙而北。盖自大冰田销减,而针叶树灌木树(注:空气稀薄寒冷之处,温带所有之植物不能发生,故生针叶树灌木树,地文学上谓之针叶树带灌木树带。)等之植物渐次发生,动物为食植物而往,人类又为食动物而往,(注:荒古人类最重食物,余事皆在其次,迁移各处多为寻食物而往。)而迁徙之迹以成。以此例推,则太古亚洲人种之踪迹,必以由南向北为近理。约距今九十年以前,于西伯利亚发见当日冰田中埋没之象,其种类与今日之象迥异,生长毛而有巨牙。当发见之日,全不腐烂若仅经屠解数日之牲,剖解其胃中所存储之食物,多唐桧之绿叶,知此巨兽当日于食杂草之外兼食树叶,而以今日象所需之食量推算,当日此等巨兽成群栖息于西伯利亚,其植物之已极繁茂可知。而此植物之能繁茂,当在冰状[3]已渐次销融,故动物寻迹而至而偶被埋于冰田之中,而当日人类之踪迹或与此等动物可同时而至而初非原生于其地者,近事理也。其二,甲所据者以非洲之类人猿自古即生息于非洲,而与非洲今日之人类有类似之处,则人类住居古今当同属一处是也。然是说则亦有可议者,今学者考非洲之类人猿,如欧洲所发见当中新世时代一种猿类无异,遂有学者论其故,谓当由欧洲冰原时代不堪气候之激变,徙而至非洲以谋生活者。是则非洲之类人猿固亦非属原始产于非洲者也。故就甲说判之,其论据殆难确定,而遂未敢奉为有力之说也。

---

①勿:《新民丛报》作"止"。　　②主体:《新民丛报》作"主点"。　　③状:《新民丛报》作"田"。

①（乙）乙之说曰：英人赫胥黎之分世界人种也，以亚美利加之旧土人为蒙古人种，而曰：即非蒙古人种，要亦与蒙古人种其支派为最近者也。又有人类学者谓美洲之印甸人有蒙古人种之特征，眼小而眦②尾向上，其眼带有黄色，头发密而须髭疏。（注：髭髯须③三者，猿类中雌雄皆有，又浓密过于人类。人类之始，男女之口颊间当皆有毛。斯宾塞尔及格伦曾举阿思托赖利安之女子例示，又赫路默罕尔举新南威耳士之女子例示。在欧洲南部，斯沛印子有髭须之迹。达尔文氏解释今日人类男有髭髯须三种，而女子无之之理谓不外雌雄淘汰，雄性祖先当日以此为威仪而示饰于女人，此性质只遗传于雄性子孙之中，雌性祖先当日已明身体上以洁净为美观，故欲除去其身上之毛，此性质只遗传于雌性子孙之中，故淘汰日久，而成为男子有髭髯须，女子无之。又世界人种中，有多毛者，有少毛者，如虾夷人毛浓蔽体，属多毛族，殆可谓古之毛民。若中国人、马来人、北美土人皆少毛，而在美洲以南之种族，髭须又多。今考各种族中，其多毛者大都有美髯之观念，以多毛为贵；而少毛者多以少毛为贵，故有以剃去为习惯之种族，如中国人亦至老年而始留须是也。）惟其少不相似者，蒙古人鼻多低小而仰，而印甸人鼻大而准头④内屈，如鸷嘴状。又其皮肤亦属淡褐色，或暗褐色，若呼之为赤色种族，宁呼为黄色为真。当日哥伦布之发见美洲也，见其土人多属赤色，由是世界遂传为铜色人，而不知土人之中实以赤色为涂抹故，当日盖未尝发见。今试以土人之身用皂碱洗涤数回，毫不认有赤色，而宁显有黄色之状。又乌卢维氏调查呼和几甫与节海甫种族之人，精检其皮肤一般之色，初不如世人之所信为铜色而实带黄褐色；瞳睛亦带褐色，眼小而眦尾向上，毛发直而稠，其色漆黑，眉阔，髭少，额圆，头驴⑤皆短；惟稍异者，其鼻高耳。又自伯西尔之厨介丘（注：厨介丘为研究人类学之一要件，于丁抹国⑥及其附属岛之东海岸离海面十尺之处往往见有堤如小丘，其高三尺乃至十尺，至长大者长至一千尺，广二百尺。此小丘以无数之介壳堆积而成者，盖上古人类居住海边，渔捞牡蛎及其他贝类以为食物，弃其残余之壳，积久至成小丘。此小丘中，多混有猪、狐、狼、獭、海豚、膃肭兽⑦、熊罴、麋鹿、鹄、雁、鸭及鱼类之骨，盖古人食贝类外兼食此等动物而弃其残渣，混于一处。又于丘中发见粗制之石器、土器、骨角器等。而古人所谓弃置无用之物，今日即成为至宝无上之珍，盖得此遗物而考查古人当日生活之状态及文明之程度，遂得确凿之据。丁抹著名研究人类学者士推斯尔浦名此为厨介丘。此等厨介丘非仅一处，于他国亦续续发见，如俄国窝瓦河之支流名阿卡河者，其两岸砂阜之深底，无数之介壳及石器，又掘出哺乳兽等骨片。又法国沙母河口堆积介壳，其中有马牛羊之骨，又有石器及熏黑土器之碎片。又南北亚美利加之东海岸及日本国之海岸上多有右类⑧之介壳丘发见。日本人类学中称为贝冢，东京发刊之《人类学会杂志》关贝冢之记事者颇多。中国于东海岸若满洲以及山东等处，古代必多食贝之民，传称齐为鱼盐蜃蛤之乡，其古代住民必食贝类可知，如厨介丘等于海面近处亦必有之，但不明人类学者，虽得见而不识耳。盖考古之事，必须有学术为根底，而后百物照眼方能辨别，若古人取火之燧石，又若各种之化石等，在不识之人视之，甚以为无奇，一经学术上之说

---

①以下原载于《新民丛报》第46—48合号（1904年2月14日）。　②眦：眼角。　③髭髯须：髭：嘴上边的胡子。髯：两腮上的胡子。须：面上生的胡子。　④准头：鼻尖。　⑤驴：误。《新民丛报》作"髗"，同"颅"，是。　⑥丁抹国：即现在的丹麦。　⑦膃肭兽：又名骨貀，海狗。　⑧右类：原书排版从右到左，此类介壳丘前面已有所述，故曰"右类"，相当于现在的"上述"。

明,乃知其可贵。中国为地球有名之古国,地层中所埋藏之遗物不知凡几,他日学术昌明,其发掘必有可观者。特据今日言之,则中国在全地球中可谓最不知考古之国,其不知考古者,由其学术不兴故也。)及从北美坟冢中发见之骸骨,皆属短颅。又印甸及伯西尔之人种中,多有学者谓其类似中国人。又住格林兰之易斯几摩人,(注:亦作额思气摩。)其颜面多颧骨突起,而顶门尖,其头颅之构造多谓似亚细亚东部之蒙古人种,而尤类似中国人,眼细、眉短而眦尾向上,眉目及两眼间之距离广,毛发瞳睛共漆黑,少髭须,皮肤黄褐色及暗褐色,颇縢腻①;惟与蒙古人有一异者,为长颅。虽然,此头颅之变化或者从数千年食料之生活而来,盖易斯几摩本为食生肉之名,以其人食生肉故,故以是名名其一种之人。盖易斯几摩人者以住地之气候凛烈,不能不多食,往往当空腹渔猎而归之时,一人之食量啖八斤以至十斤之生肉乃饱,(注:亚洲极北之堪察加人种有所谓石料理者,当食肉时,以热石纳于动物之腹而取熟。)以时时运动其咬嚼筋,而其结果咬嚼筋与颞颥骨②异常发达,而遂成为今日之长人种,是亦变换人种骨相上一理有之事。然则以诸说征之,亚美利加之旧人种实与亚洲之蒙古人为同一种族;而太古时代或由美洲以迁入亚洲,遂入而为中国之民族者,未可知也。

　　夫以亚美分疆,陆地断隔,浩浩东太平洋,天之所以分两洲也,谓上古之人舟航之制尚未发达,决不能越此天堑而飞来者,此其说殆非也。夫亚美两洲,虽有渺茫重溟之限,然其于极北一方,地势披离③,彼此两岬之端,其间仅隔一短距离之海峡而有彼此可得望见之处。昔数学大家加乌斯者曾作书以询于千八百二十八年驾帆船航世界一周之诗人耶米沙氏,谓从亚细亚某④地点得望见亚美利加者,其说信乎?耶米沙氏返书,谓信有之,即白令海峡极东岬之一地点是也。况以上古之人,其眼力之锐敏决非今人所能及。盖在蛮野时代,以生活之困难及周围防御之必要,而因其五官之作用多以经练而有特别作用之能,此等特别之能往往以世进文明而渐减退,盖以无须此特别之用,其能力亦遂从而萎缩故也。故以五官特别之作用言,文明之人不如野蛮之人,今人不如古人,而人类又不如动物。如昔时曾有一北极探险船携一名之易斯几摩人同往,至极地之际,他人惟见四围皑皑之雪峰冰山而已,而易斯几摩人者能言于某峰之上有黑点,且言其有若干之数,又皆有移动之状,似为一种之动物。他人初不之信,及取远镜以视某峰之上,果见有一群之驯鹿,其头数亦与易斯几摩人所言者无殊。又昔时孛国⑤不勤⑥斯劳府一裁衣师,能以肉眼见木星之月。又安的斯种族中属阿赖乌喀之一族,于欧人未发见疥癣之病源以前,能知针端除去其寄生虫。又若美洲一土人中,视荒原横卧之杂草,知其或为白人,或为土人,若者男子,若者女子,何时何地经过其上,且其携带者为何物。又一种土人中,见野草叶之俯

①颇縢腻:皮肤很细腻。　②颞颥骨:人和某些其他哺乳动物头两侧的区域,在眼和前额之后,颧弓之上,耳之前。　③披离:分散。　④某:《新民丛报》作"或"。　⑤孛国:文莱。中国古代称之为勃泥或渤泥。　⑥勤:《新民丛报》作"勒"。

状，能知其为何时何物所踏；又见走畜通过之足迹，能知其曾荷物与否。然则于白令海峡，古人必早望见其对岸之尚有陆地，而以古人谋食之艰，逐地争物日益不遑，又岂有惧其艰险者？若谓其地以沍寒严酷，则又不足以难古人。试观戴路雷尔之旅行记，谓其身曾卧寝床，被裘衾，尚不胜其战栗之状；而台尔门人无寝床，无被衾，露其半胸，横卧安眠，若毫不觉有寒气者然。观于此，而太古时代之人盖可想见。且以北方冰海间之住民，往往逐渔地而迁移，亦如游牧种族之无常住之所。如环居美洲北方之易斯几摩人者，每因渔地之便漂泊至数百里以外，即于其所至之海岸，筑冰舍，成村落，故易斯几摩人散布之地域其广。又如北美之印甸人者，以追踪禽兽，分散各处，遂成为许多之支族。而若伊罗克生族者，素称为非漂泊之种族，然尚数数变更其住地，或因谋食，或因敌，常有一家于距千六百乃至二千启罗密特①移住之事。又若乌维尼白可族者，人见其往来不测，称为若彗星出没之种族。盖自人类发生于太古时代即已布满于全地球，而曾无冰天热地山海沙碛之分，其故盖各因求食以保其生活，故遂无远之弗届②也。然则以美洲人种当太古时代已渡白令海峡而来，此又近事理之言者也。

　　乙之言盖如是。夫以美洲土人为与蒙古种相类似者，此学者所公言。虽然，其所言多以为由亚洲而移入于美洲者，如乌卢维以易斯几摩为蒙古之支族，而由亚洲移居美洲，迄蔓延于东格林兰；又如调查克几由之言语学者，其书中所称谓亚美利加人种原③从亚细亚地方渡白令海峡移来。其余论美洲人种者亦多谓从亚洲移来，而与乙由美移亚之说适相反。夫美洲古时，其种族实非一派而成，今日土人之中盖多短颅，而其古代有近蒙古人之短颅，亦有非近蒙古人之长颅。如从北美所发见古人种之遗骨，多短颅；而从南美所发见之古人种之遗骨，多长颅。又如安的斯人及巴他峨尼人、旧秘鲁人，其所发见之遗骨概长颅；而从伯西尔人、智利人、哥伦比及伯西尔海岸贝冢中，所发见之遗骨多短颅。此种族错杂之故，谓由一种族所变化，毋宁谓由几多之种族自外迁来之故。盖据地球今日之形势，非尽可以例太古之时。当日美洲之北方，学者均谓其与英伦三岛及欧洲之大陆有陆地连接之时。而欧洲古代，其人种亦长颅、短颅兼而有之，长颅者最古，而短颅则与新石器时代共发见。如恩格斯及比内安特泰尔发见者皆长颅，而从比利牛斯山之陀尔洞、蒙洞所发见者，已渐近短颅。其长颅、短颅两种并居，与美洲同。而学者调查美洲一处，有认其为欧洲种者。然则欧美古代或非隔海，而以陆地相连，有人种迁徙之事。又美洲土人中有多认其为马来种者。而印度前端之海洋，古代曾与澳洲相连；澳洲以东一带零星断续之小岛，古代与南美洲有无接连，今尚未能确考，而或有人种从南洋各岛以徙入南美，是亦一存疑之事也。至白令海峡两端素为同一人种所居住，则当日已为亚美之通路

---

①启罗密特：音译自"kilometer"，千米。　②无远之弗届：即无远弗届，意思即不管多远之处，没有不到的。　③原：《新民丛报》作"元"。

可知。然则今日之美洲虽悬居大洋，自为一洲，而当日由亚洲渡白令海峡者为一道，或者又从欧洲连接北美之陆地为一道，从南洋各岛以入南美洲又为一道，而各有人种迁移而至，故支派遂若是其错杂也。且也，原始人类必发生于热带之地为多，而亚、非洲热带圈限之地广，美洲热带圈限之地窄，是又适于旧大陆若非、亚洲为发生人类之所，而不适于美洲为发生之地而谓其余人种皆由美洲以分往者也。又若由美移亚为渡白令海峡而来，以地理之顺势而言，必依东海而采取鱼贝为生，当由今之堪察加而蔓延于千岛萨哈连岛及满洲之东海岸；由是而进，一为日本之祖，一为朝鲜之祖，一为中国之祖。然日本最古之住民有颗罗克尔种，有虾夷种，此等种族或与亚洲极北之种族有相关系；而日本本种又与此数种族殊异，虽有唱亚美利加之土人与日本为同种者，又有谓阿拉斯喀之易斯几摩人似日本人者，然必谓由美移来，则尚少确据而未敢论定。而以中国之古事考之，谓其人种由西北而入，以趋于东北者，盖有形迹之可寻；而谓由东北而入，以趋于西北，于事实盖多不合。且也，于古昔时代，亚洲北方东海边之种族即在古史所称为肃慎者，而自五帝时代历周汉至晋，称肃慎或称挹娄，南北朝、隋唐五代之间称勿吉靺鞨，宋辽金元之间称女直或称女真，今之所谓通古斯族，而满人盖属于此种族者也。古之肃慎盖即食靥之转音，当日此等民族实取海滨之鱼蛤为生，而与厨介丘时代之生活同；又试即其所用之器具证之，盖用石砮。（注：《汉书》称挹娄国用石镞，然至唐时，《唐书》仍言其用石镞。《唐书》云：黑水，靺鞨居肃慎地，亦曰挹娄，元魏时曰勿吉。在京师东北六千里，东濒海，西属突厥，南京丽，北室韦。离为数十部，酋各自治。其著者曰粟末部，居最南，抵太白山，亦曰徒太山，与高丽接。人劲健，善步战，常能患他部。俗编发（今辫子），缀野豕牙，插雉尾为冠饰，自别于诸部。性忍悍，善射猎，无忧戚，贵壮贱老。居无室庐，负山水坎地，梁木其上，覆以土，如丘冢然。夏出随水草，冬入处。以溺盥面，于夷狄最浊秽。死者埋之，无棺椁，杀而乘马以祭，其酋曰大莫拂瞒咄，世相承为长，无书契。其矢石镞长二寸，盖楛砮[1]遗法云。）于中国已进金属之时代，而肃慎尚属石器之时代，其文化之高下悬殊，则当日社会之鲜与交通，而民族之不相接触可知也。然则即谓美洲之土人与亚洲之蒙古人为同族，而宁取由亚移美学者多数之言，而未能遽从由美入亚，如乙之说也。

[2]（丙）丙之说曰：中国人种其原始非生于中国，而其从入之道今犹可据古史而历历发见其踪迹者，则循黄河之源入中国西北之一隅，以先繁殖于北中国者是也。然则我种人之祖国果何在乎？夫我种人所相传最古之祖为盘古，今人有云："吾汉族之初兴于帕米尔高原，西人称为巴克民族，巴克即中国所称之盘古。"（注：上数语见《上海警钟日报》一百十六号《论中国对外思想之变迁》题文。《警钟日报》其撰著人极一时之选，多学理深博之作。是论全篇论议皆佳，兹但举其关种族一二语有鄙见所欲辨正者论之，亦有取于彼此切磋之意云尔。至其文为何人所作，以不署名，固不得而知也。又于《思祖国篇》题文，亦主巴枯即盘古一音之转，而云旧作《华夏》篇申其义。《华夏》篇

---

①楛砮：楛木箭镞。　　②以下原载于《新民丛报》第53号（1904年9月24日）。

尚未见，故不具引。）按，是说也，分而言之，无可相难；合而读之，不免有误者也。如云吾汉族之初兴于帕米尔高原，夫今西人有谓人类之初生在中亚洲高原，而帕米尔为高原之最，故即以为万国初祖之高天原。我人种之栖于中亚洲时，未知果属何地，然则即指为帕米尔高原，虽未能遽信为是，亦无从概断其非。又云西人称为巴克民族，巴克即中国所称之盘古。按巴克译音，或作巴枯，亦作巴古，以中国之盘古当之，盖其相近。此二说也，所谓分而言之，无可相难者也；然合数语而上下文连读，则谬误即生于其间。何则？帕米尔地名，巴克亦地名，盖以地名为人种之名者；而帕米尔之与巴克，其地远不相及。帕米尔为著名之地，无待论列。今里海之西南隅有地名巴克者，俄罗斯由黑海至里海之铁道以此为里海之到着点，又为里海航路汽船停泊之港，于近今数十年来日见繁盛，有人口二十万。其地多产煤油，（注：中国旧作石油，石脑油，俗名洋油，今日本作石油。）人多以此为业。于巴克附近之海上，即所谓投一炬于水中，发焰不绝，呈灿烂火花之观者，盖从里海海底渗出之煤油散布水面，随波浪之动度而续续发生燃力故也。于古代属迦勒底东北方之地，准之巴克民族之地望甚合。盖巴克自巴克，而帕米尔自帕米尔；今混而为一，一若西人称巴克民族即指帕米尔而言者，是即所谓合而观之，不免有误者也。（注：或曰：首句自为一事，截住下二句又自为一事，另起。按，此于首句之下，必尚有文字乃能自完其义，于文法无如此者。数语为上下文一贯无疑。）夫盘古事既邈茫，《世史类编》《述异记》皆云生于大荒，莫知其始。今所传盘古坟者，殆不免后人之附会而不能不付之阙疑之列。而天皇氏则古书已言其所自出，《春秋命历序》：天地初立，鸿蒙滋萌，岁起甲寅，有天皇氏，出昆仑之东南无外之山。昆仑之下，古代实号柱州，故遂有谓天皇氏起于柱州昆仑之下者。盖中国古说有大九州，大九州之中有柱州，而中国则名为赤县神州。柱州、神州皆大九州之一；而神州之中，又自有九州，此小九州也。以昆仑之下为柱州者，古以昆仑为立天地之极，故有天柱、地柱之称，（注：《神异经》：昆仑有铜柱焉，其高入天，所谓天柱也。《吴越春秋》：昆仑之山，乃地之柱。）柱州之义，盖亦犹是。而神州则在东南，郑君注《尚书》，引禹所受地说书云：昆仑东南，地方五千里，名曰神州。《淮南子》：东南神州曰农土。又云：自昆仑东，众民之野，五谷之所宜，龙门河济相贯，东至于碣石，黄帝后土之所司者，万二千里。云神州者，美其地味丰沃，犹云仙境天国也尔。赤县，以黄河经流，淤泥填覆，其土皆黄赤色故云。盖河出昆仑色白，经赭色土质之地层渗入水中，浑流而下，其或色黄，或赤，曰赤县，曰黄河，盖皆形容之义取而用之。又古史言：共工氏头触不周之山；《淮南子》：西北方曰不周之山。又：共工之力，触不周之山，使地东南倾。王逸、高诱皆云：不周山在昆仑西北。是则当共工氏之世，虽已入神州，尚有间涉昆仑之迹。又《拾遗记》云：庖牺所都之国在华胥。今人以昆仑为花，花即华，然则华胥亦当在昆仑欤？又《山海经》云：鼓与钦鴀杀葆江于昆仑之阳，帝乃戮之钟山之东曰瑶崖。钦鴀或作堪坏。《庄子》云：堪坏袭昆仑。又《山海经》云：羿与凿齿战于寿华之野，在昆仑虚东；又云：昆仑高万仞，非仁羿莫能上冈之岩。是皆记吾人民在昆仑时之事，羿当为上古时人，而夏时之羿乃袭用其名者。（注：《淮南子》以杀凿齿为尧时之事，今难确考。）故曰：昆仑之丘实惟帝之下都，帝者非指天帝，盖谓吾古代之诸帝耳。近日本有贺长雄著《社会进化论》，亦云：汉土之社会，从昆仑移来之人民，与土著之诸族争存立而相结合云云。是则我种人之祖国推其原始，当在昆仑之下之略有可证者也。

至下昆仑之后，盖沿黄河而进。《春秋命历序》谓：地皇氏兴于熊耳、龙门之山。熊耳、龙门皆在黄河之滨。又曰：皇出谷口，分九河。分九河，亦当日居于黄河之证。而据古史，则有巢氏已治琅琊石楼山南，其地在今之山东益都①县，则是我种人至是已循黄河而至其出海尾闾之乡。故山东多古代之事迹，所谓自古封泰山、禅梁甫②者万有余家，仲尼观之不能尽识。《管子》亦曰：古封泰山七十二家，夷吾③所识十有二焉，首有无怀氏云云。盖黄河浑浑，首昆仑，尾泰山，泰山盖我种人东来之记念山焉，故封禅之，以志不忘。泰山山甚不高，我种人重之盖以此。（注：今外人游历中国，见华山列五岳之一而山甚不高，以为中国所谓五岳者例不过夸大之词。余昔年游泰山，亦同此感，以为今人为古人所欺者，大抵皆泰山之类也。泰山固不可谓世界之高山，即在中国，高于泰山之山亦甚多。）是时沿河而下，东向见海，海河交会，饶多鱼蛤。故《淮南子》（注：《修务训》。）云：古者民食赢蚌之肉。《韩非子》（注：《五蠹篇》。）称：上古民食蟀蛤，腥臊恶臭而伤害腹胃，民多疾病；有圣人作，钻燧取火以化腥臊，而民说之，使王天下，号之曰燧人氏。（注：按，古代火化，与今厨灶烹饪之制必不同。上古人类多用烧石之一法，今堪察加土人尚有用烧热之石熟肉而食者。古史考神农时，民食谷，释米④烧石之上而加食之。据此，则在神农之世尚用烧石，而燧人氏之世，更可知矣。）又《管子》（注：《揆度篇》。）言：共工之王，水处十之七，陆处十之三。其时民居，在黄河之滨可知，所谓滔水盖犹后世言黄河之溃决矣。至太皞氏之世，民口益多，食物渐促，山林之鸟兽与水滨之鱼蛤不求而自落于掌中者，殆不可得，网罟之制于是乎出。其时网罟半以之佃，半以之渔，渔之所在，必以黄河为多，是皆我种人沿河而居之确证也。

自古人类之知有农作也，实后于捕猎游牧之期。夫以耕种耘获，其事繁而且苦，决不如蹂躏山谷，追逐水草，又简而逸，合于上古人类动作之所便也；且自播种以至成熟，必亘历三时之久长而后得食，又不如搏击毛血，孳字蹄足⑤，可以供朝夕之需，又合于上古人类智识之所及也。若澳大利亚之土人，虽有今日，尚有不知农作者，语以稼穑之道，其事既不能耐，而其时又不能待，宁饥则出而求食，而扑杀树上一种之木狗名俄波孙者，啜其血以饱一时之腹，不得则忍饥终日以为常。此可见古人之知农事，实为人类上一大进化。而我种人当日得开农事

---

①益都：《新民丛报》作"青州"。　②梁甫：山名，在泰山下。　③夷吾：管仲名夷吾，字仲。
④米：《新民丛报》"米"之后有"加"字。　⑤孳字蹄足：繁殖养育动物。

之气运者,实由土地肥沃,得诱起农作之思想而然。而其事萌芽,则必在进入中国数世之后,若当祖宗之初来,必尚为游牧之民。夫农作之民习于静,故尚保守,惮远出;游牧之民习于动,故轻迁徙,敢冒险。(注:至进工商之民,又好动而尚进取。我中国数千年政教制度、人心风俗皆原本于农。详见余著《农宗国》一书。)论者或疑我种人足迹代狭:太古时代,高掌远跖;而一入后世,反驯伏于中国一方罫[①]之内而一无进取之思者,以为我民族上一奇异之现象。而不知其未入中国之前,我种人素带游牧之风;既入中国之后,我种人久含农业之性。此则为中国之地理所使然,我种人盖食其福,而亦未尝不蒙其害者也。夫谓吾上古之民必为游牧者,此亦非无可证也。自来关于天文之智识,其发源皆在人民游牧之时。盖牧者之职不问昼夜,常督牧群,以起卧于旷野之间,而仰观天象之运行变动,积久记忆,遂得一宇宙上经验之理,而天文学即由此而开。观于古代迦勒底诸国,溯其天文学之礎矢,无非由游牧时代为之;而我中国自天皇氏已定干支,以天皇氏为起于柱州昆仑之下,则当时实为柱州游牧之民俗也。且古史不云乎茹毛饮血。茹毛饮血,实为游牧之先,捕猎之俗。由捕猎而游牧,由游牧而耕稼,此人类进化一定之阶级,而捕猎游牧,往往多相兼并之事。且夫我种人之为捕猎游牧也,非独未入中国之先然也,即既入中国之后,亦不知经几时代而尚沿此固有之风。观史称:太皞氏,仰则观象于天,俯则观法于地,观鸟兽之文与地之宜。于天地之外,独有鸟兽之观念,而以鸟兽与地宜连言,与后世以稼穑分地味之高下者迥异。又曰:始制嫁娶,以俪皮[②]为礼。又曰:结网罟以教佃渔。而太皞宓牺氏之称,实以当日牺牲足于庖厨,而民说之,故曰宓牺,亦曰庖牺,此实一游牧王之称号也。至神农氏始言稼穑,当日稼穑之种不知何自而得,度亦几经古人观察、研究之力,于遍尝百草之后,择其甘和而可为常食者而使民播殖之。故《淮南子》云:神农之播谷也,因苗以为教。而古史简略,不能详载种子之所自来,遂以为天降嘉种,又以为天雨粟,举不知之事而一归之于天,此固中国之古习也。而中国之得五谷者必归于神农,亦如日本之言得五谷者始于天照大神。(注:《日本书·记神代》上卷:天照大神始得五谷而喜曰:是物者,显见苍生可食而活之也。乃以粟稗麦豆为陆田种子,以稻为水田种子,即以其稻种始殖于天狭田及长田,其秋垂颖八握,莫莫然甚快也。)又当时农器盖其单简,《易》称斫木为耜,揉木为耒,一农业草创时代之象,但粗制以代手足之劳而已。而观于神农以前先有宓牺,是即我种人先为捕猎游牧之民,而后为农作之民之证也。夫农作之事便于黄河流域,淤泥沉淀,土壤肥沃。盖中国之有黄河,实与古代迦勒底之有底格里士、幼发拉底两河,埃及之有尼罗河同。而游牧之事,实宜于中亚洲。当我种人初在柱州昆仑之上,既以畜牧为业,则必驰逐而求水草之所宜,而今日方下昆仑之丘,明日或沿黄河之滨,而由柱州以至神州,当日盖不断其交通,又不知几经往复去留,而后乃始为中国

①方罫:指整齐的方格形。　②俪皮:指成对的鹿皮。古代用为聘问、酬谢或定婚的礼物。

土著之民。夫以中国之气候和煦，山川淑丽，物产饶多，水渔山猎，食物既多，至于农业大定，根底①始固，已无事再驰域外，复理古代畜牧之业。故史称：神农已上，有大九州；至黄帝以来，德不及远，惟于神州之内，分为九州。此非真黄帝之德不及远也，当神农之后，民既习农，居处安固，制度创作，他务未遑，故黄帝尧舜务充足内部之实力，不得以后世之不勤远略例之。而云神农以上有大九州，则我种人未入农俗之先尚事游牧，而与西方往来无隔绝之迹；其隔绝者，自神农以后，民入农业而不事游牧始。然则我种人由捕猎游牧而渐进于农业，而捕猎游牧之时，中外通；农业之时，中外塞，不已昭然可睹也耶？

我种人之入中国也，首占居者又实在黄河之南。观于古帝所都皆在河流以南，若太皞都陈，（注：《竹书纪年》云都宛丘。）神农初亦都陈，后都曲阜。而渡河而北，以布展我人种之势力者当首推黄帝，黄帝盖都于涿鹿之阿（在今河北清苑县②）。夫中国地形，其外半环大海，而其中劈分江、河为两戒，文化武事常从此方面而生。其发展之顺序，先河，而江，而海。自古至汉，则黄河之发达史也；自汉以后，则长江之发达史也；至今与欧洲通，则海上之发达史也。夫溟渤汪洋，与天无际，我种人常望之而以为地尽，自非蒸汽船之制发明，固鲜有能用海者。而以长江之安流，古人尚以为天堑而兴天所以限南北之叹，然则当太古之初，对此汹涌险恶、流驶竹箭之黄河，必有临涯兴叹而誓③戒于不可飞越者。观于暴虎之与冯河，同为一时之险语，则古人涉河之非易事可知。而河以南之地，土脉平夷，气候和淑，又较胜于河以北，故古代踪迹率偏于河以南之一方（今陕西、河南、山东地），而居中国之中央部，即所谓中原是也。然至黄帝之时，一破此界限而遂收河北之地以归版图，我人种之疆界至是为之一廓，试探其理由，则以当日发明用舟之制故。古史称：共鼓、货狄作舟。盖皆黄帝之臣。货狄见秋叶为风所吹浮于水上，有蜘蛛落而乘于一叶之上，遂悟造舟之理。货狄或作化狐，或以为即伯益，或又以伯益属尧时之臣为疑者。然古人之同名而异人者甚多，如共工、重黎、羲和，皆屡见于史书，又何足以难黄帝之时与尧之时之同有伯益乎？或又以为黄帝之臣有后益者，即伯益，而货狄别为一人；又有以为作舟之制始于黄帝之臣虞姁④者。要之，此可不具论，而舟之造作，则实自黄帝始。故《易》亦以刳木为舟，剡木为楫，舟楫之利以济不通，而以属于黄帝氏有作之后。黄帝既建都河北，拓地北方，遂有北逐荤粥之事。我人种之部居治⑤跨河而繁衍于其两岸，至今盖不能不仰黄帝赫赫之功。而若儒家（注：按，中国分两大教派：一为道家，一为儒家。道家与儒家其所称之人不同，道家称黄帝，儒家称尧舜。）所盛称之尧，学者或随声赞扬而不能举其绝特之事功。今观尧之都居，已远迹而至北方之太原。夫《诗》

---

①根底：《新民丛报》作"根柢"。　②河北清苑县：《新民丛报》作"直隶保定府"。　③誓：《新民丛报》作"警"。　④虞姁：《新民丛报》作"虞姁"，虞姁为是。　⑤治：《新民丛报》作"始"，当为"始"。

称："薄伐猃狁[1]，至于太原。"则是太原去尧后千数百年尚介居华夷间，而为防御北狄冲要之点；而尧已进而辖治其地，不能不谓古人之雄图而可数为陶唐氏之一大事者。而我种人之沿黄河而进，先居其阳，后居其阴，不可据是而定当时之历史耶？

或问：蚩尤为三苗君[2]，黄帝战蚩尤于涿鹿，然则当日苗族不已蔓延至河北乎？曰：是不然。据史言：蚩尤好兵喜乱，作刀戟大弩以暴虐天下，并诸侯无度，炎帝榆罔不能制之，令居少颢。蚩尤益肆其恶，出洋水，登九淖，以伐炎帝榆罔于空桑，炎帝避居涿鹿。轩辕乃征师诸侯，与蚩尤战于涿鹿之野云云。夫炎帝之都本在鲁之曲阜，而空桑之地亦当在鲁。（注：《太平寰宇记》，干宝云：征在生孔子于空桑之地，今名孔窦，在鲁南山之穴。高诱注《淮南子》云：空桑在鲁。张衡《思元赋》注云：少皞金天氏居穷桑，在鲁北。惟《一统志》云：空桑城在陈留县南一十五里。或有两空桑地，未可知。炎帝所在之空桑，当从鲁地为是。）帝榆罔迫于蚩尤之兵，乃北踰河而走涿鹿，为据险自固之计；犹宋末世之避于厓山，明末世之避于缅甸等耳。蚩尤纵兵追蹑，遂亦踰河而至其地。黄帝征师诸侯，进攻蚩尤，遂以涿鹿为战场。自黄帝既胜蚩尤，定鼎于此，而河北斯开辟焉。然其所以无黄河之阻，而帝都所在，交通往来不苦其险难者，则以舟制发明，而渡河之便利与古时不同故也。与夫榆罔之避难、蚩尤之穷兵冒犯险远而偶至其地，其事正自有别。当日盘据北方之族盖为荤粥，故黄帝于其后逐之，而苗族盖在江淮之间，不得以蚩尤用兵涿鹿而为苗族进入北方之证。是则固可据史而断其理者也。

或曰：若是，何以解黄帝与炎帝战阪泉之说乎？是疑炎帝[3]亦在河北也。曰：此事古史所载盖多疑窦。夫考古人用兵之地理，往往可以定古人之事实，故于何地用兵，则必于此地有古人事迹相关之故。今考黄帝之战炎帝，战蚩尤，最可异者，其战只场出一地[4]。《括地志》云：阪泉，今名黄帝泉，在妫州怀戎县东五十六里，出五里，至涿鹿，东北与涿水合；又有涿鹿故城，在妫州东南五十里，本黄帝所都也。晋太康《地理志》云：涿鹿城东一里有阪泉，上有黄帝祠。又皇甫谧曰：阪泉，在上谷。张晏曰：涿鹿，在上谷。《地理志》：上谷有涿鹿县。据此，阪泉之与涿鹿，距离甚近，同属一区域之内。夫黄帝之战炎帝，战蚩尤，于史盖若两事，然则以何因由而炎帝之与蚩尤乃出于同一之地域而与黄帝开战争之事乎？此其不可解者也。《史记·五帝本纪》云：轩辕之时，神农氏世衰，诸侯相侵伐，暴虐百姓，而神农氏弗能征。神农氏即炎帝，然则炎帝之末世衰弱特甚。夫以不能征诸侯之炎帝，以黄帝之强而与之战，何以云教熊熊貔貅貙虎（注：此事未得确解，或系阵名，队名，如后世龙虎鸟蛇及白马队等之名耳。）三战然后得其志，一若与甚强之敌兵相对垒，持久而后仅[5]能获胜者然？此又其不可解者也。神农即炎

---

①猃狁：古代族名，又叫犬戎，古代活跃于今陕、甘一带。　②三苗君：《新民丛报》作"三苗之君"。　③炎帝：《新民丛报》"炎帝"后有"之"字。　④其战只场出一地："只"与"场"倒文，《新民丛报》即为"其战场只出一地"。　⑤仅：几乎。

帝,与黄帝、蚩尤同时代者,即炎帝榆罔。《史记·五帝本纪》文前云世衰弗能征诸侯,而后忽云欲侵陵诸侯,其词意盖甚刺谬。且炎帝为当日之天子,则讨伐诸侯自属当然①,出征收回中央集权之事,何得谓欲侵陵云云,一若越分行私也者。此在史迁行文本多意理轇轕②,而措词无分解之能。(注:史迁文多犯此病,使左丘明执笔,使无之。左丘明时古于司马迁,而文之详明反过于司马迁,以是知左丘明之文胜司马迁远矣。试翻《五帝本纪》,开卷读数十行,即患其意理错乱,有待索解;其余《史记》全体亦多类是,直可评为文理不通,文法不通处甚多。惟我国学界素种奴隶根性,前贤盛名之下,例皆附和赞同,断不敢自出手眼而评骘③其是非;稍有敢论列者,不问其所言若何,已为举世之所不容,此数千年所以无进步也。史迁为人,其思想独往之处,昔人所评为孤怀者,自高出于后世,史家万万不能不加推重,然其立论之处可訾议者极多,其见解实不及其父谈。以不在本文之限,故不及一一论述之。)然其所据盖多古书,古书中必兼有此两说,史迁不能裁度而并存之,遂有此歧出之纰谬。此又其不可解者也。黄帝之与蚩尤,无合兵之事;即同一炎帝,决无两亡之理。谓炎帝为蚩尤之所逐而亡欤?则非黄帝之所灭可知;谓炎帝为黄帝之所战而亡欤?则非蚩尤之所逐又可知。然而古史曰:黄帝战炎帝;又曰:蚩尤逐炎帝。此又其不可解者也。以炎帝榆罔为蚩尤所逐之说为假定欤?则炎帝当日方自保之不暇,何能与黄帝战耶?即黄帝亦何为而与孱弱不能自存之炎帝战耶?又何为而待三战也耶?此又其不可解者也。以黄帝与炎帝战之说为假定欤?又何为同地而有蚩尤之兵耶?彼蚩尤果何为而来耶?为助炎帝而抗黄帝欤?蚩尤暴虐不用帝命,古未闻有蚩尤助炎帝之说也。为助黄帝而伐炎帝欤?蚩尤为黄帝之敌而非黄帝之臣,古又未闻有蚩尤助黄帝之说也。(注:《管子》:黄帝得六相,而天地治神明,至蚩尤明乎天道,故使为当时④。此当别自一人,与苗族之蚩尤不同。)只此数十里山川之内,既遇炎帝之师,何又忽逢蚩尤之军耶?此又其不可解者也。虽然,于此种种不可解之中而得一说以解之,则凡古书舛错之记载殆无一不可解。是何也?曰:炎帝之末世为蚩尤所灭,而蚩尤实袭用炎帝之号。所谓黄帝与炎帝战,即与蚩尤战,三战皆黄帝与蚩尤战之事。蚩尤逐炎帝榆罔于阪泉、涿鹿之间,黄帝进攻蚩尤,故开战即在其地。《逸书·史记解》曰:蚩尤逐帝榆罔而自立,号炎帝,亦曰阪泉氏;应劭亦云:蚩尤古天子。然则蚩尤当日已灭炎帝,登天子位(注:今钱唐夏氏亦主蚩尤曾为天子之说。)而袭用炎帝之称号矣。所谓三战,今据事迹之可考者:初阪泉,次涿鹿。涿鹿之战亦未能胜蚩尤,故《黄帝本行记》曰:帝与蚩尤大战于涿鹿之野,帝战未克。至最后胜蚩尤者,为中冀之战。古史述当时之战事,《山海经》:大荒东北隅,有山名曰凶犁土丘,应龙处南极,杀蚩尤与夸父。(注:为蚩尤作兵者。)又云:黄

---

①然:《新民丛报》误作"阳"。　②轇轕:交错;杂乱。　③评骘:评定。　④黄帝得六相,而天地治神明,至蚩尤明乎天道,故使为定时:原文为:黄帝得六相而天地治、神明至。蚩尤明乎天道,故为使当时。

帝令应龙攻蚩尤于冀州之野，遂杀蚩尤。《汲冢周书》[①]：黄帝执蚩尤，杀之于中冀。皇甫谧曰：黄帝使应龙杀蚩尤于九黎（注：或作凶黎。）而之谷。或曰：黄帝斩蚩尤于中冀，因名其地曰绝辔之野。是战也，应龙实为元帅，蚩尤以是灭。故曰：三战然后得其志。当日炎帝榆罔避蚩尤之兵，弃其故都曲阜，而走空桑，又走涿鹿。蚩尤之兵屡胜，遂灭炎帝，于阪泉即天子位，称真而号炎帝焉，故亦曰阪泉氏。蚩尤当日师在阪泉，黄帝进攻，战斗开始，故初战于阪泉，虽未能即胜蚩尤，而蚩尤之兵遇[②]此强敌伤损必多，遂不能久据阪泉，阵地移动，乃进而战涿鹿，战中冀，三战卒擒杀蚩尤。故《归藏启筮》云：蚩尤出自羊水，登九淖，以伐空桑，黄帝杀之于青丘。伐空桑，为蚩尤攻炎帝榆罔之事。据此，则蚩尤攻炎帝榆罔，黄帝乃进攻蚩尤，其间自无黄帝更与炎帝榆罔相战争者。青丘，《山海经》作土丘，当为故名。九黎、凶黎皆战胜蚩尤后之名，蚩尤九黎之君，故以杀蚩尤之谷，为九黎之谷；以蚩尤为凶人，故亦曰凶黎。中冀之野，青丘之山，九黎之谷，黄帝戮蚩尤处。而登高眺望，访古战场，所谓阪泉、涿鹿、中冀三战之故址，虽无荒碑断碣之留遗，其情事犹历历如绘。而以其地皆相距不远，知当日黄帝用兵只出于伐蚩尤之一事，尤可于此而得读史之识者也。蚩尤既称炎帝，故古史或称其号，则曰炎帝；或称其名，则曰蚩尤。后人不知，以为炎帝自炎帝，蚩尤自蚩尤，遂至群书互证，彼此违异，一篇所载，先后龃龉[③]。（注：如《史记》。）试以此观之，庶可以得其所会通矣。

　　[④]我国古书所记，最荒幻奇诞而不可究诘者莫如言西王母，然未可一概抹煞，以为子虚附会，而与我人种西来之关键尤有可印证者。今考古来言西王母之说，有若指为神者，有若指为人者，有若指为国与地者。《博物记》：万民皆付西王母，惟王、圣人、仙人、道人之命，上属九天君。《山海经》：西王母司天之厉及五残[⑤]。又云：有三青鸟，为西王母取食。《淮南子》：羿请不死之药于西王母。是皆若指为神之词也。《山海经》：西王母豹尾，虎齿，而善啸，蓬发。又云：西王母梯几，（注：梯谓凭也。）戴胜杖。（注：胜，妇人首饰。《荆楚岁时记》：人日剪采为花，胜以相遗，或镂金簿为人胜。杜甫《人日诗》有"胜裹金花巧耐寒"之句。——按，此又以王母字面，解为女体。故渊明诗云：王母怡妙颜，粲然启玉齿[⑥]。）《穆天子传》：天子觞西王母，西王母为天子谣，为天子吟，有白云在天，徂彼西土之诗。是皆若指为人之词也。《瑞应图》：黄帝时，西王母来献，佩维书灵准听。舜时，西王母献益地图。《世本》《尚书大传》《大戴记》皆言：舜时西王母献玉。《荀子》：禹学于西王国。《淮南子》：西王母在流沙之濒，《尔雅》：四荒有西王母。是皆若指为国与地之词也。

---

　　①《汲冢周书》：汲郡古冢出土的古文竹书中的一种，已不传。旧时以为即《逸周书》（原名《周书》），后代学者考定，二者非一。　　②遇：《新民丛报》作"逢"。　　③龃龉：参差不齐。　　④以下原载于《新民丛报》第54号（1904年10月9日）。　　⑤五残：星名。《史记·天官书》："五残星，出正东东方之野。其星状类辰星，去地可六丈。"古代以为是凶星。　　⑥粲然启玉齿：为李白诗。"粲"《新民丛报》为"粲"，是。

而各书之中亦或有若指为神，若指为人，若指为国与地，杂然并列而不可分别者。然则欲论西王母者，当何道之从乎？曰：古书中言西王母者，多连言玉，故欲考西王母之所在，不能不兼考产玉之所。今略举古书中言西王母之连言玉事者。《瑞应图》：黄帝时，西王母献白环。《尚书大传》：西王母来献白玉琯。《世本》：舜时，西王母献白环及佩。《竹书纪年》：舜九年，西王母来朝献白环玉玦。《大戴记》：舜以天德嗣尧，西王母献其白琯。《晋志》：舜时，西王母献朝华之琯，以玉为之。汉章帝时，零陵文学奚景，于冷道舜祠下，得白玉琯一枝①，咸以为舜时西王母所献云。意是时，王母以玉琯献舜，舜或赐象，鼻亭去冷道不远，故于舜祠下得此。《穆天子传》言：西王母宴瑶池。《山海经》云：西王母居玉山。而杜甫诗亦有"王母昼降灵旗翻""芝草琅玕日应长"之歌。是皆言西王母之为玉相连属者。而出玉最著之地，莫如昆仑及其附近之地。《尔雅》《淮南子》皆言：西北之美者，有昆仑之璆琳琅玕焉。《管子·经②重甲篇》：昆仑之虚不朝，请以璆琳琅玕为币乎？《淮南子》：昆仑，珠树、玉树、璇树在其西，琅玕在其东，碧树、瑶树在其北，旁有九井，玉横维其西北之隅，又有玉树在赤水之上，昆仑、华丘在其东南方，爰有遗玉。《山海经》称：昆仑以玉为槛；而下亦连言珠树、文玉树、玕琪树、琅玕树。又言：崇吾之山，南望瑶之泽，又云：钟山之东曰瑶崖。瑶泽、瑶崖、瑶溪皆在钟山。张衡《思元赋》云：过钟山而中休，瞰瑶溪之赤岸。高诱《淮南子》云：钟山，昆仑也。《禹贡》：雍州，厥贡惟球琳琅玕。《禹贡》雍州，包含西域，故下即兼言昆仑。《史记·大宛传》：于阗，其山多玉石。于阗即昆仑所在之地，汉说多以昆仑为在于阗。《楚词》：登昆仑而食玉英。《大人赋》：咀嚼③芝英兮叽琼华。张揖云：琼华，生昆仑西流沙中。今《西域见闻录》云：叶尔羌，回疆一大城也。其地有河，产玉石子，大者如盘如斗，小者如拳如栗，有重三四百斤者，各色不同，如雪之白，翠之青，蜡之黄，丹之赤，墨之黑者，皆上品。一种羊脂朱斑，一种碧如波斯菜，而金片透湿者尤难得。河底大小石错落平铺，玉子杂生其间。采之之法，远岸官一员守之，近河岸营官一员守之，派熟练回子④或三十人一行，或二十人一行，截河并肩，赤脚踏石而步。遇有玉子，回子即脚踏知之，鞠躬拾起，岸上兵击锣一棒，官即过朱一点，回子出水，按点牵其石子。去叶尔羌二百三十里，有山曰米尔台搭班，遍山皆玉，五色不同，然石夹玉，玉夹石，欲求纯玉无瑕、大至千万斤者，则在绝高峻峰之上，人不能到。土产犛牛⑤，惯于登陟，回子携具乘牛，攀援锤凿，任其自落而收取焉。俗谓之礌子石，又曰山石。每岁春秋，叶尔羌贡玉七八千斤至万斤不等。和阗所属城六：曰和拉⑥，曰玉珑哈什，曰噶拉噶什，曰齐喇，曰噶尔雅，曰他贺卜伊。称之曰和阗，总名也，皆出玉子，多于叶尔羌云。叶尔羌为昆仑附近之地，米尔台搭班山或即密尔岱山，当

---

①枝：《新民丛报》作"枚"。　　②经：《新民丛报》作"轻"，是。　　③咀嚼：犹咀嚼。　　④回子：指回族人。　　⑤犛牛："犛"当为"氂"，即牦牛。　　⑥和拉：《新民丛报》作"和阗"。

《山海经》之峚（注：音密。）山。姚元之云：和阗之西南曰密尔岱者，其山绵亘，不知其终，其山产玉，凿之不尽，是曰玉山。恒雪，回民挟大钉巨绳以上，凿得玉，系以巨绳缒下，其玉色青。今密尔岱，即昆仑也。此玉青色，即璆琳也云云。《山海经》：峚山，其中多白玉，是有玉膏。其原沸沸汤汤，黄帝是食是飨，是生元玉。黄帝乃取峚山之玉荣而投之钟山之阳。瑾瑜之玉为良，坚栗精密，浊（注：谓润厚。）泽而有光，五色发作。《穆天子传》注及《文选》李善注引此直作密山。合之其为密尔岱山，即米尔台搭班山欤？未可知也。何其言山多产玉，古今之书皆相同也！其曰峚①山者，殆以其多玉而名之。《穆天子传》：群玉之山，先王之所谓策府。穆王于是攻其玉石，取玉石版三乘玉器服物，载玉万只以归。双玉为毂②，半毂为只。曰玉山，曰群玉之山，其取义皆同。而姚元之以密尔岱山即密山者，谓为昆仑。盖昆仑为一方群山之总名，其系属之山皆可谓之昆仑。然则言西王母必联言玉，而言玉必联言昆仑，则西王母之与玉与昆仑，三者实不能相离。而按其地望，征之后世史册所记之国，有其与西王母近者。《汉书》：西夜国，王号子合，王治呼鞬谷，去长安万二百五十里；户三百五十、口四千，胜兵③千人；东与皮山，（注：当即《禹贡》之织皮。）西南与乌秅，北与莎车，西与蒲犁接。蒲犁及依耐无雷国，皆西夜类也。西夜与胡异，其种类羌氐行国，随畜逐水草往来；而子合土地出玉石。《后汉书》分西夜、子合为两国，云：西夜国，一名漂沙。《汉书》中误云西夜、子合是一国，今各自有王，子合国，居呼鞬谷，去疏勒千里，领户三百五十、口四千，胜兵千人。《魏书》又以为一国，而作悉居半，云：悉居半国，故西夜国也，一名子合，其王号子合王，治呼鞬，在于阗西。《唐书》：朱俱波，一名朱俱槃，汉子合国也。地直于阗西，葱岭北，西距羯盘陀，北九百里属疏勒。宋云《纪行》：朱驹波国，人民山居，五果甚丰，风俗言音，与于阗相似。夫西夜、子合也，悉居半也，朱俱波也，朱俱盘也，朱驹波也，与西王母皆一音之转耳。子合治呼鞬谷，即为其地山间溪谷，而当属今之库克雅尔。羯盘陀亦作汉盘陀，即无雷，在葱岭山中，为入帕米尔之要道。宋云④当日盖由朱驹波入汉盘陀者，汉盘陀国正在山顶，由是峰峦重叠，益进益高，县度、头痛⑤之山在焉。古者以是为日月所入，故云孤竹北户日下西王母，谓之四荒。盛自西王母以西，有葱岭、怕米尔⑥之高山，故以西王母为极西之境矣。由帕米尔、葱岭东出，高峰连延，即为昆仑山，其间旷野多沙漠，而近山多沃野，国其间者多依山麓，而宋云《纪事》亦以朱驹波为山居之民，穴居山居，古今异言，要之皆山国耳。而其山则为昆仑山之系体，故古书亦言西王母在昆仑山。《河图玉版》：西王母居于昆仑之丘。《竹书纪年》：周穆王西征昆仑丘，见西王母。《列子》：周穆王别日升昆仑之丘，以观

---

①峚：《新民丛报》作"玉"。　②毂：玉名。　③胜兵：指能充当兵士参加作战的人。　④宋云：北魏时期敦煌人，曾赴西域求经。　⑤县度、头痛：皆为西域古山名。　⑥怕米尔：即帕米尔。

黄帝之行宫,而封之以贻后世,进①宾于西王母。以此见西王母之距昆仑盖不远。《山海经》:西王母在昆仑虚北;又云:昆仑之丘,穴处名西王母;又云:玉山,西王母所居。而裴松之注《三国志》亦曰:赤水西有白玉山,白玉山西有西王母。白玉山或即《山海经》之玉山,而属昆仑山系中之一山,皆可谓之昆仑。又《山海经》云:昆仑八隅之岩,非仁羿②莫能上。而《淮南子》亦言羿请不死之药于西王母。又《禹本纪》(注:当是古书,今不传。《史记·大宛列传》引之。王应麟曰:《三礼义宗》引《禹受地记》;王逸注《离骚》,引《禹大传》,岂即太史公所谓《禹本纪》者欤?)言昆仑上有瑶池。而《穆天子传》亦言:觞西王母于瑶池。是皆西王母常在昆仑之证。而按西夜、子合亦当昆仑,其地在于阗西,疏勒莎车之南,于阗今和阗,疏勒今喀什噶尔,莎车今叶尔羌,则是西王母之地,当在今和阗、喀什噶尔、叶尔羌之间。惟古代西王母疆域之所至难以确定,或者参错兼有今和阗、叶尔羌、喀什噶尔之地亦未可知。要之昆仑产玉之所,此为最著。而古代言西王母,必兼言玉,则玉必为西王母国特产之物,而西王母所在之处不能不以此断定,惟指为人名、国名、地名,不如指为民种之名,若大夏、月氏、康居、安息,实皆系民族之名。盖古时民族多聚处于一地,经久发达,渐成部落,遂冠以种族之名而称之,西王母亦当同是例者。如是,则于古人之或指西王母为人、为国、为地,其说皆无不可通矣。或曰:言西玉③母必以玉与昆仑为据,其立说固当,而《山海经》言西王母所在,曰:西海之南,流沙之滨,赤水之后,黑水之前,有大山名曰昆仑之丘,其下有弱水之渊环之,其外有炎火之山,投物辄然④,有人穴处名曰西王母;而《史记》亦言弱水西王母;《淮南子》亦言西王母,在流沙之濒,是则弱水、流沙、炎山,亦皆与西王母有关涉者,更当以何说处之?曰:产玉之名所与夫昆仑之所在,其地不能移易,故可因是以求西王母之处。若弱水、流沙、炎山,其可指之地甚宽。弱水决非限为一处之水之专名,其散见于各书者甚多,《尚书·禹贡》言弱水,其弱水盖在中国之西方,而《后汉书·扶余国传》:扶余国在玄菟北千里,南与高句骊,东与挹娄,西与鲜卑接,北有弱水。又《晋书·肃慎传》:肃慎一名挹娄,在不咸山北,东滨大海,西接冠漫国,北极弱水。又《读史·方舆纪要》:弱水在漠北。晋义熙十四年,魏主嗣命护高车中郎将薛繁,帅高车丁令,北略弱水而还。又魏主焘神麚三年,追击柔然,至菟园水,又循弱水西行,至涿邪山而还。《魏书·蠕蠕传》:孝庄之诏,阴山息警,弱水无尘。《北史·奚传》:登国三年,道武自出讨,至弱水南,大破之。《唐书·奚传》:以阿会为弱水州。《史记·大宛传》与《汉书·乌弋山离国传》皆言:条支有弱水西王母。《魏略》:前世又谬以为弱水在条支西,今弱水在大秦西。《后汉书》:大秦国西有弱水,近西王母处。《景教流行中国碑》:大秦国东接长风弱水。今学者以扶余、肃慎之弱水为即黑龙江,漠北

---

①进:《新民丛报》作"遂"。　　②仁羿:指古代传说中有穷氏部落首领后羿,又称夷羿。仁通"夷"。
③玉:当为"王"字。　　④然:"燃"的古字。

之弱水为即弱洛水。而条支、大秦之弱水今无确论，或实因弱水西王之言而附会之。而所谓弱水西王母者，实当指为昆仑之弱水，故其地仍当以昆仑为断。惟其流传之言，盖多怪说。《舆地图》云：昆仑弱水，非乘龙不至，有三足神鸟，为王母取食。《玄中记》云：天上之弱者，有昆仑之弱水，鸿毛不能载。以今学理考之，必无此水性者。惟既有昆仑之弱水，果当以何水当之乎？曰：是殆所谓渤泽者是已。《山海经》云：渤泽，河水所潜也，其原浑浑泡泡。《说文》：渤泽在昆仑下，读与狨同。《地理志》谓之浦昌海。《括地志》云：浦昌海一名渤泽，一名盐泽，一名辅日海，亦名牢兰，亦名临海。《史记》亦作盐泽，又作盐水。《大宛传》云：于阗之东，水东流，注盐泽，盐泽潜行地下。又云：宛国相与谋曰：汉去我远，而盐水中数败。《正义》[1]以盐水为即盐泽。又条支下，《正义》云：弱水有二源，俱出女国北阿耨达山，阿耨达山，即昆仑山也。而《山海经》亦有沮水、杠水、敦薨之水等，注于渤泽之说，今其水未能确考。按，今之水道，则若喀什噶尔河、（注：即葱岭水。）和阗河等数水皆会于塔里木河，而注于塔里木盆地、博斯腾泊及罗布泊。罗布泊即渤泽，周围皆绕沙碛，水流至此停泊缓漫，其力甚弱，弱水之义或由此出。其西为达固拉马干沙漠，其东即希尔哈沙漠，瀚海由此而起。《汉志》有白龙堆沙，有浦昌海。《史记·大宛传正义》：裴矩《西域记》云：盐泽并沙碛之地，水草难行，四面危险，道路不可准记，行人唯以人畜骸骨及驰马粪为标识。以其地道路恶，人畜即不约行。曾有人于碛内时闻人唤声，不见形，亦有歌哭声。数失人，瞬息之间不知所在。此即弱水流沙之说也。炎山即今之喷火山，于昆仑附近天山等处，多喷火山，所谓博山香炉者，即为喷火山形。陈敬香[2]谓：汉武有博山炉，西王母所遗者。是尤可为西王母与炎山之一确证。而其地皆近昆仑，故古书之言西王母，多连及之欤。至今学者，言西王母尚有数说，兹略举之。其一以为横亘汉武威、张掖、酒泉、敦煌四郡，迄其南小积石山，即南山山脉，古时皆属昆仑，而即当为西王母疆域之所在。据《汉书·地理志》：金城临羌县西北至塞外，有西王母石室；仙海盐池，北出湟，至允吾入河；西有须抵池，有弱水昆仑祠。又崔鸿《十六国春秋》：酒泉太守马岌上言：酒泉南山，即昆仑之体也，周穆王见西王母，乐而忘归，即在此山。山上有石室王母堂，玑珠瑶饰，焕若神宫云云。（注：日本久米邦武氏主此说。依田雄疏氏《世界读史地图》，亦置西王母于小积石山青海之间。）又有[3]以条支有弱水西王母，而《后汉书》云桓帝时大秦国王安敦遣使自日南徼外来献，或曰其国西有弱水流沙，近西王母处，遂以为西王母原居之地为犬戎所并，西王母东西四散，移住条支。大秦即罗马，而条支为如德亚之名，今亚细亚土耳其之地。按，是说也，所谓汉之武威即凉州，张掖即甘州，酒泉即肃州，敦煌即沙州，皆在玉门关以内，其南山脉与祈连山连接，南有小积石

---

①《正义》：唐张守节《史记正义》。　　②陈敬香：《新民丛报》作"陈敬《香谱》"，是。　　③有：《新民丛报》无"有"字。

山，《元和志》名唐述山。胡渭云：河北有层山，山甚灵秀，有石室，曰积书岩，时见神人往还，俗不悟其仙，乃谓之鬼，彼羌目鬼曰唐述。夫以南山山脉至小积石山，与昆仑山同属一干蜿蜒而来，称为昆仑，自无不可；惟产玉名地当属于阗之昆仑，而以与西王母相联属而不可离者，惟玉之一事，则以小积石之昆仑指为西王母之地，毋宁以于阗之昆仑指为西王母之地为较合。且所谓金城酒泉有西王母之石室，安知非后世好事者附会西王母之故事而为之乎？岂真西王母之古迹留至后世，乃能确凿可考如是乎？至以西王母移居乃至今之亚细亚土耳其地，又徒为大秦西有西王母之一语牵连以成其事；且果以大秦为罗马，则亚细亚土耳其之地亦在其国之东而不在西，是固未可为确证也。其一近人有著《思祖国篇》云："西王母邦者，即西人所谓亚西利亚国也。当周穆王时，国最富强，为西方统一之国。穆王宾于西王母，盖即至亚西利亚都城尼尼微耳。"按，是说也，所谓亚西利亚国者，亦作亚述，与迦勒底、巴比仑前后代兴，而亚述之兴约当西纪前千三百顷，已在中国殷之中世，然西王母之名已见于中国黄帝与舜之时。且当亚述之时代，其时西方史事记载已详，若果有中华天子驾八酸[1]而亲至其邦，而据中国史所载又有西王母来朝之事，则当日亚述国史必有特笔而记述其事者，固非若中亚洲一带之山国于古事茫无记录者比。而以今日学者多研究西亚古史，何以独未发见其事而仅见之中国之传记乎？且于地名，其音亦远，而云穆王所至即尼尼微，固有不免失之擅断者。其一以为西王母盖即苏都沙那，或作率都沙那，又作苏对沙那，（注：《括地志》率都沙那国亦名苏对沙那国。）又劫布咀那，又苏都识匿，（注：见《唐书》。）又窣堵利瑟那，（注：见《西域记》。）诸名其音皆近西王母。夫《史记》不云乎？条支临西海，长老传闻有弱水西王母。又《淮南子》以西王母在流沙之濒[2]；又《山海经》以西王母为穴居。据是，则西王母国必临西海，又其间有沙碛，环以险恶之川，而居近高山可知。今考苏对沙那，居波悉山之阴，临叶河，其西北亘大沙漠，直至阿拉尔海汉西海，今诸家之说皆以为即阿拉尔海；其间砂碛，即今所谓噶尔孔之大沙漠。阿拉尔海其东南方皆沙漠地，近海多沙岛。《西城记》[3]云：窣堵利瑟那西北，入大沙碛，绝无水草，途路弥漫，疆境难测。盖玄奘当日曾由窣堵利瑟那至飒秣建国，故记其途中之所见如是。又云：窣堵利瑟那，临叶河，叶河出葱岭北原，西北而流，浩汗[4]浑浊，汩淴[5]漂急。叶河盖即药杀水，其下流入阿拉尔海。阿拉尔海大风起时，波涛险怪，航行者甚危险。按此，在古人形容其险恶，则云不可舟楫，而指为弱水者是也。波悉山为阿拉伊山脉中之高山，苏都沙那国于其阴，故古代有穴居之说云。按，是说也，盖取与西王母音近之国，而以西海为据。至所谓高山弱水，皆可移指；又所谓流沙，则西域本多沙漠，不能以一处为断；然所谓西海者，今亦尚无一定之论，虽有多人

---

①酸：误，当为"骏"，《新民丛报》作"骏"。　②濒：《新民丛报》作"濒"，是。　③《西城记》：当为《西域记》。　④浩汗：水盛大貌。　⑤汩淴：水疾流貌。

以为汉西海即阿拉尔海，而亦有以为指黑海者。且古书言西王母多主昆仑，又非可当以波悉山，而于玉事亦无所证，其论据有不免失之薄弱者。是三说者，虽并举其言，要未敢以为讨论之较得其真者也。至《禹贡》述西城①，而以昆仑与织皮、析支、渠搜称②，织皮与子合相近，而析支、渠搜约当汉之大宛、康居，虽古今异时，疆域不无出入，要不离乎其地。织皮当即皮山，在于阗西三百八十里，国王治皮山城，西南至乌秅，西北至莎车三百八十里。《魏书》：蒲山国，故皮山国也，居皮城。析支作柘支，亦曰石国，土语柘支为石，又作者石，作赭时。《魏书》：者舌，故康居国，在破洛那西。《唐书》：石国，汉大宛北鄙，（注：《史记·大宛传》，其北康居与此合。）故康居小王窳匿城地，西南有药杀水。《西域记》：赭时西临叶河，东西狭，南北长。此则略可推古代析支之所在，而汉之康居盖其地也。渠搜即钹汗，又作怖捍③，又作拔汗那，又作破洛那，亦作洛那。《隋书》：㤭汗，都岭葱之西，五百余里，古渠搜国，东去疏勒千里，西北石国。唐时为宁远。《唐书》：宁远本拔汗那，或曰钹汗，元魏时谓破洛那，在真珠河北。又怖捍，石国之东南，四环皆山地，膏腴多马羊。而《魏书》谓：洛那，故大宛国也。《凉土异物志》：古渠搜国，在大宛北界。此则以古代渠搜之国，其疆宇不及大宛之大，故但云在大宛北界，要之，当汉大宛之地。而织皮、昆仑为葱岭以东之国；渠搜、析支，为葱岭以西之国。真珠河即纳林河，亦名质河，下流为药杀水，亦名叶河，今西耳江，发源葱岭，入阿拉尔海。所谓葱岭以西，水皆西流矣。而《禹贡》之言西域也，独不举西王母，西王母之地盖当包于昆仑之中。而以织皮、析支、渠搜皆在昆仑东西，其地势逦迤相属，而《禹贡》并纳为雍州之地。此又见我上世祖国当在昆仑，故与昆仑一衡线所缀属诸国乃能连类而举之也。

今欧洲人种学博物馆中，有所谓斤之一物者，其制在斧与凿之间，而为古代人类所使用之武器。此武器所散布遍于北亚细亚、中国、西伯利及欧洲中央北部诸国，其形质状态莫不同一，为一处所出之物无疑。欧洲人种学者谓：此器输入之途路，由里海与乌拉岭之间，非由平和之贸易所得，实当日闯入欧洲之种族携此武器以征服欧洲之旧种族者也。而中国古代亦同有此物。考《汲冢周书》言神农作斧斤，或者即为古代中亚洲所使用之物。而西则伴阿安利人种以传入于欧洲，东则随我人种以传入于中国。夫今日论人种者多谓中国人种及欧洲人种在古代当同居于中亚洲，而其后乃东西迁徙，观于同有斤之一物，即可为此说之证。而我人种之与中亚洲有关系者，当日或卜居④昆仑，而由黄河发源之地，循黄河而展布其种族者也。

中亚洲高原居全地球之高点，当日地球全面俱为海水所包涵，而首现陆地者惟此，故论者遂以为万国人类始祖发生之所。此其说之当否姑置别论，而言

---

①西城：当为西域。　　②称：《新民丛报》作"并称"。　　③捍：《新民丛报》作"捏"。　　④卜居：选择居处。

人种始祖多必指一高山以为从出之地,若巴比仑、犹太、希腊、印度(注:印度《刹陀婆多婆罗门书》《婆伽婆多富兰那书》《大战书》言之。)古史,皆记大洪水后舟泊高山,由此始生人类之事。而其所指之山不一,犹太人所指者为亚美尼山,希腊人所指者为巴奈斯山,印度人所指者为喜马拉亚山,而日本言人种者亦必指高天原之所在。于各国古书,凡言祖居皆属高山,直发见有同一之例。良以太古之俗多事猎捕,故以山林为居①,其后本派之子孙日益繁昌,而族居之地亦渐开拓,遂由山谷而移居于平陆。此非独太古之事然也,即后世亦多带有此性质者,如亚述始居巴比仑北方之山间,而其后乃繁盛于美索不达尼亚之原;中国于周代创业亦言歧山,而以高山为天作焉。然则我种族当古昔猎捕,支派简单之时,此岩峣②昆仑之山实同于犹太人之言亚美尼,希腊人之言巴奈斯,印度人之言喜马拉亚,而亦同于日本人之言高天原焉。此可即各国古书言人种之例而援以为我种人祖居昆仑之适证也。

　　③丙之言如是。其述昆仑之事,犹之印度之言北俱卢州也。印度婆罗门教徒以为世界之天国在喜马拉亚山之北方,即所谓北俱卢州。其语之所由来,实兼太古之神话与其后人之理想而成。原夫印度人种盖从喜马拉亚山之高原而进入者,其祖国盖在喜马拉亚山之北。后人不忘其祖,阅世愈久,传说愈多,益以种种附会之谈,此与夫中国之言昆仑颇近之。夫中国人种,其与昆仑必有关系之故,其言诚然;然所谓与昆仑有关系者,其果起自昆仑之下乎?抑东来而道出于昆仑乎?夫中国之言昆仑,尤以涉黄帝之事为最多,故仍不能④探黄帝之行踪。如日本有贺长雄之言,盖谓:黄帝起于昆仑之下,率其部族而东徙者;而如拉克伯里之言,则黄帝当道出昆仑之下。夫如古书载:黄帝昆山⑤采玉,赤水遗珠。而昆仑当太古之时,其玉荣实浮出于地面而呈璀璨焕烂之光,故古人过此,裴衺⑥而不胜赏羡,遂以此为华胥之国;而于古史,遂流传于昆仑之上有黄帝巡游之宫焉,似黄帝非属昆仑土著之君。且于昆仑之外,实又有黄帝之迹,如《山海经》所载:于西荒有轩辕之国,轩辕之丘,轩辕之台;又言黄帝使泠沦⑦自大夏之西,取竹于解谷。大夏即汉时大月氏⑧所移居之地。《汉书》言:大月氏西徙大夏,都妫水北为王庭。妫水即今阿母河,缚刍河会之。缚刍河《隋书》称乌浒水,入阿母河而出阿拉尔海,其源发于葱岭之北。然则以地势言之,由大夏越葱岭即至昆仑,沿昆仑之北麓进入中国,即汉时通西域之南道;由大夏而西南,通波斯即至古代迦勒底之地。故若由迦勒底至昆仑而入中国,则大夏实为必经之道,而于古史黯黑之里,已留有一黄帝之足迹于其间,是则其事之可异者焉。且中国古代于亚洲西南隅诸国实多有相接触之迹,而与迦勒底相同之事尤多。如

---

①居:《新民丛报》作"便"。　　②岩峣:山高峻貌。　　③以下原载于《新民丛报》第55号(1904年10月23日)。　　④不能:疑当为"不能不"。　　⑤昆山:《新民丛报》作"崒山"。　　⑥裴衺:即徘徊。⑦泠沦:传说为黄帝时的乐官。古以为乐律的创始者。　　⑧月氏:又作"月氏"。

桔槔①，《庄子》(注:《天地篇》。)述其制，所谓凿木为机，后重前轻，挈水②若抽，数如泆汤③。而其物原始，非创自中国，为中国最古时代机器之输入，而于埃及之古碑中已见之。又山东紫云山武梁祠石刻之古物，今考见其为亚述式，亚述盖即在古代迦勒底之地。又桃之一物，希腊称为波斯之果，欧洲当古代时盖无桃，印度当梵语种族移住之始亦尚无桃之名，希腊之有桃盖与斯波交通而得之，而中国古代亦知有桃，(注:《山海经》:边春之山有桃。)惟其始有，不知何时，然则桃之一物果为中国之产物而移植于波斯欤？抑由波斯移植，同于后世之蒲萄、苜蓿、胡麻、胡瓜、胡豆、胡荽、胡蒜、胡桃、安石榴、撒夫蓝④、耶悉茗⑤、茉莉花等(注:《南方草木状记》:耶悉茗、茉莉花，皆胡人自西国移植于南海，南海人怜其芳香竞植之。《酉阳杂俎》之野悉蜜，即耶悉茗，为素馨科之一种。)皆自外国而输入于中国欤？而古代波斯实兼有迦勒底之地。又与迦勒底、巴比仑相同之事，如巴比仑呼精灵之名为 zi，与中国神祇之祇音合。又中国古音呼鬼为儿，《列子·说符篇》"楚人鬼而越人禨"，其音亦近。又若巴比仑古文之朴，中国为北；巴比仑古文之金，中国为金，而金字之音两地皆同。又迦勒底称沙士，即中国之甲子。(注:桃源张相文发见。)此皆略举之，而其相同之处已若有不可解者。且于茫漠之古代，今当我国人类考古之学皆未昌明，实无确实可举之事；其可举者，一为古书，一为言语、文字、器物、事迹。而若丙所言，但凭古书之一种而征诸言语、文字、器物、事迹，则与迦勒底实多有相同之故，纵所谓言语、文字、器物、事迹之相同未必即为人种同一之一铁证，然其间必有若干关系之故固无可疑也。且丙所言又多主《山海经》，而拉克伯里以为《山海经》与巴比仑一古史相同，今未能一较二者之书，然如拉氏所言，则其间必有相同之事者可知。夫丙之言，其于言进入中国而后之状，固多可信矣，然于未入中国之前，虽未敢以迦勒底移来之说为必然，亦终不能屏弃而付之不录耳。

夫果以昆仑之下为吾祖国之所在欤？如是而即当有一继起之问题焉，曰：属何种族是也？据昔时希腊人所指中亚洲一带之民种，盖称为斯几天(Skythen)。斯几天者，盖从射箭之义而出，斯几天为猎射之俗可知。顾其所指之地域甚为广漠，又其所包之种族亦多，殆若今人对于白种阿利安族而称黄种为丢那尼安族相近。中国人种，其与斯几天为同种无疑，然此系一大种族之总名，而固未尝析言之也。而于中国书之可考者，当汉时，占布于昆仑附近，其最强盛之种族有二：一月氏种；一塞种。《史记》《汉书》俱言月氏始居敦煌、祁连间，当秦始皇之时，月氏号称强盛，其后为匈奴、乌孙所破。《汉书·匈奴传》:冒顿遗汉文帝书云：今以小史之败约故，罚右贤王，使至西方求月氏击之。以天之

①桔槔:一种原始的吊水工具，也叫吊杆。　②挈水:提水。　③数如泆汤:快速如沸腾的热水外溢一样。数，频繁，引申为快速。泆:这里指沸腾而外溢。　④撒夫蓝:即藏红花。　⑤耶悉茗:即素馨花。

福，史卒良，马力强，以灭夷月氏，尽斩杀降下定之。又《史记·大宛列传》：冒顿攻破月氏，至老上单于，杀月氏王，以其头为饮器。（注：按，老上单于杀月氏王，当即汉时①所谓乌孙昆莫自请单于报父怨，破攻大月氏事。以其为报仇，故恨月氏王特甚，至以其头为饮器。观下文过宛西，击大夏，其事自明。盖月氏一为冒顿所破，仅走塞地，再为乌孙借匈奴兵所破，始走大夏。《史记》于此事文笔飘忽，失之漏略。今取《汉书》互考，因定为当日事迹如此。愿与读史人共参详之。）《汉书·张骞传》：张骞言：乌孙王昆莫父难兜靡为大月氏所攻杀，子昆莫新生，傅父布就（注：字也。）翎侯抱亡置草中，为求食，还见狼乳之，又乌衔肉翔其旁，以为神，遂持归匈奴，单于爱养之。及壮使将兵，数有功。时月氏已为匈奴所破，西击塞王，塞王南走远徙，月氏居其地。昆莫既健，自请单于报父怨，遂西攻破大月氏。大月氏复西走，从大夏地，昆莫略其众，因留居。（注：《史记·传张骞》不过五十六字而止。张骞此言虽亦载于《大宛列传》，然较《汉书》为略。又以杀昆吾父难兜靡为匈奴事，与《汉书》异。今从《汉书》。）由是观之，月氏当日盖已近汉而在今甘肃之地，败于匈奴、乌孙，始弃其根据之敦煌、祈连间地而走塞地；再弃其根据之塞地而走大夏。然以败奔之众，其始能击走塞王，其后又能略定大夏，再立国家而分建五翎侯，河山虽殊，而种族犹兴，不可不谓月氏人种之特色也。又其时大族西徙，而其余民族仍多留遗而繁衍于其地，今犹可稽其痕迹于史册之间，《史记》《汉书》并云：月氏远去，其余小众不能去者，保②南山羌，号小月氏。《后汉书》：湟中月氏胡，其先大月氏之别也，旧在张掖、酒泉地。月氏王为匈奴冒顿所杀，余众分散，西踰葱岭，其赢弱者，入南山阻，依诸羌居止，遂与共婚姻。及骠骑将军霍去病破匈奴，取西河地，开湟中，于是月氏来降，与汉人错居。而与月氏互竞争者为乌孙，乌孙种族始亦居于敦煌、祁连间，于中国古史，当为允姓之戎。《左传·襄十四年》：昔秦人迫逐吾离于瓜州。《昭九年》：允姓之奸，居于瓜州。《汉书·地理志》敦煌下：杜林以为古瓜州。师古曰：即《左氏传》所云允姓之戎居于瓜州者也。其地今犹出大瓜。《汉书·张骞传》：骞言：乌孙本与大月氏俱在祁连、敦煌间，小国也。大月氏攻杀乌孙昆吾父难兜靡，夺其地。荀济《论佛教表》：塞种本允姓之戎，世居敦煌，然③月氏迫逐。由是言之，敦煌古为瓜州，乌孙古为允姓，乌孙之与允姓，音既相近，而所居之地亦合，而其种则当为塞种。乌孙称其君之名，其末尾皆有"靡"之一音，或作"弥"，其义殆指为君。乌孙昆莫亦书昆弥，又有军须靡、难兜靡、猎骄靡、（注：昆莫名猎骄靡。）泥靡、翁归靡、元贵靡、鸥靡、星靡、雌栗靡、伊秩靡、安犁靡、乌犁靡等，而吾离之"离"，其音亦近靡、弥。乌孙祁连、敦煌间之根据地为月氏所夺，而其后乌孙还破月氏，报仇而夺其地，即《汉书》所载：乌孙昆莫借匈奴兵，攻破月氏，留居其地，自立者也。（注：按，《史记》以攻杀乌孙王昆莫父为匈奴事，又以为二次攻破大月氏皆匈奴事，如是，则月氏、乌孙一无交战；而《汉书》何现出月氏、乌孙间一大波澜？若从《史

---

①汉时《新民丛报》作"《汉书》"。　　②保：依靠，凭依。　　③然《新民丛报》作"为"。

记》则《汉书》为捏造，若从《汉书》则《史记》为疏漏。今颇不能从《史记》。）而其国境，汉时以伊列河以北为伊列国，属匈奴；河南尽乌孙地。伊列后曰伊丽，曰亦列，曰益离，今作伊犁，当[①]一音之转耳。乌孙民族当为塞种，《史记》不言塞种，而《汉书》言乌孙本塞地也。大月氏西破走塞王，塞王南越县度，大月氏居其地；后乌孙昆莫击破大月氏，大月氏徙西臣大夏，而乌孙昆莫居之。故乌孙民，有塞种、大月氏种。塞种与大月氏种《汉书》已明分为二，其为异民族可知。今试略考此二种族所建立于西域诸国。大月氏种于大月氏外有康国，《隋书》：康国，康居之后也，迁徙无常，不恒故地，然自汉以来相承不绝。其王本姓温，月氏人也。旧居祁连山北昭武城，因为匈奴所破，西踰葱岭，遂有其国。其国左右诸国并以昭武为姓。《唐书》：康者，一曰萨末鞬，亦曰飒秣建，元魏所谓悉愿万斤。君姓温，本月氏人。枝庶分王，曰史，曰安，曰曹，曰石，曰米，曰何，曰火寻，曰戊地，世谓九姓，皆氏昭武。又有史国，《隋书》：史国，旧康居地，其王姓昭武，俗同康国。北康国，南吐火罗，西那色波，东北米国。《唐书》：史或曰佉沙，曰羯霜那，康居小王苏薤城故地。史国为九姓之一，而安、曹、石、米、何、火寻、戊地皆各自有国，其名均见于《隋唐书》，是皆为月氏种族所分立之国。又康居之西北有奄蔡，与康居同俗。又后汉时，阿兰聊属康居，严国属康居，粟弋国属康居。《魏书》谓：粟特国，在葱岭之西，古之奄蔡。是数国者，或与月氏为同种族。而昭武城在汉张掖，今之甘州，盖月氏种族昔时居住之地也。塞种于乌孙外，有休循、捐毒国。《汉书》：自疏勒以西北，休循、捐毒之属，皆故塞种也。又休循国，王治鸟飞谷，在葱岭西，东至捐毒衍敦谷二百六十里。捐毒国，王治衍敦谷，东至疏勒，南与葱岭属，西上葱岭。则休循也，北与乌孙接，民俗衣服类乌孙，本故塞种也。又有大夏、罽宾，至南印度，及大宛以西诸国，又于阗人亦当属之。《汉书》言：大月氏西臣大夏，而塞王南君罽宾，塞种分散，往往为数国。据此，则大夏虽为大月氏所击散，然其种族仍南徙建国，而与大月氏种错立于其间，蔓延及南印度。大夏之地其后有吐火罗者，玄奘《西域记》作睹货逻，《册府元龟》：唐开元七年，吐火罗国上表，献通天文之人大慕阇，称其人智慧幽深，博学洽闻，问无不知，而其国与大月氏种史国（注：即大月氏种九姓之一之国。）南北接境。《唐书》：史国南四百里，吐火罗也。有铁门山，左右巉峭，石色如铁，为关以限二国。今学者以吐火罗为古代居波斯境上葱岭山脉中一有文化之种族，如是当与原居大夏之塞种为同种。而自大宛以西一大同俗，自当推为塞种。又里台尔氏从于阗、印度言语上之关系而考于阗人为近于印度之阿利安种，自亦当属之塞种者。此月氏种与塞种分国之大略也。又试进考此月氏种与塞种，固当属何之种族乎？大月氏种，学者立说纷纷不一。或以为月氏属印度阿利安种之峨史（Goth）种。按，此说也，大都以月氏与乌孙同种，而乌孙今多认为阿利安种，故亦以月氏属之阿利

①当：《新民丛报》作"皆"。

安种,然月氏与乌孙观中国史所载,无同种之证,故乌孙虽可认为阿利安种,而月氏又当自为一种。或又以为月氏与土耳其同种。按,土耳其为古之突厥,突厥为匈奴之一支。《周书·突厥传》:突厥盖匈奴之别种。而匈奴即古之山戎、猃狁、荤粥。《史记·匈奴传》:唐虞以上,有山戎、猃狁、荤粥居于北蛮。匈奴居中国之北方,而月氏居中国之西方。汉时,匈奴破月氏,匈奴种族始延及中国之西。又匈奴俗尚武,而浅于文化,大月氏反是,徙居大夏,乐其土地之肥,卒不复报匈奴之仇,而为播宣佛教著名之国。(注:于佛教史上有名之迦腻色迦王者,即月氏国之君。)虽追溯其上,或与匈奴同出一种,然大种族或同,而汉时之月氏种固与匈奴种有别。或又以为:月氏与西藏同种。是说也,盖以古时湟中诸月氏、羌实蔓延于西藏,然中国古书有氏,有羌,氏、羌亦自有稍别,惟西藏当属羌种而亦有月氏种混入其间者事无可疑,然则以月氏为与西藏同种者,固较有据欤?而乌孙种当属塞种,其容貌有甚异者。《汉书·西域传》乌孙下:师古云:乌孙于西域诸戎其形最异。今之胡人,青眼赤须,状类猕猴者,本其种也。又乌孙即古允姓之戎,允姓之戎其别为阴戎,又为陆浑之戎,自周襄王时,子带召狄,由是始居于陆浑。(注:颜师古谓今伊阙南陆浑山川是①其地。)晋文公攘戎狄,居于西河、圁洛之间,号曰赤狄、白狄,赤白之名,盖以其人种颜色而付之。古时亦概称为犬戎,中国古史称其祖为白犬,白犬有二牡,牡是为犬戎云云,此虽丑诋之词,非史实,然其为白色人种,于此可知。又《史记》云:自大宛以西至安息国,虽颇异言,然大同俗,相知言。其人皆深眼多须髯,善市贾,争分铢。俗贵女子,女子所言,而丈夫乃决正②。其地皆无丝、漆。由是观之,其人种之标识既与我种人大异,而其俗贵女子,无丝,酿葡萄酒。(注:《史记》于大宛、安息,皆云有葡萄酒;又云:宛左右以葡萄为酒,富人藏酒至万余石,久者数十岁不败,俗嗜酒。)其文字画革③旁行④,(注:《史记》:安息画革旁行,以为书记。)画革与古代西洋之羊皮书同,旁行今西洋文字皆旁行也。其风俗文化殆无一与我相类,而与阿利安种接近。颜师古以塞种为即佛之释种,(注:《汉书·张骞传》师古曰:即佛经所谓释种者,塞、释音相近,本一姓耳。又《汉书·西域传》罽宾下:师古曰:即所谓释种者也,亦语有轻重耳。)塞种近阿利安种,而佛本出自印度之阿利安种。又今人宝应刘氏:以塞种为即塞米的种,塞米的种盖亦与阿利安种近者。然则以今人种分类之用语言之而区别其大种族:月氏种盖属东洋之黄种,而塞种则属西洋之白种也。夫我人种自移居中国后,固画然自为一种族,然以大种族而言,固为东洋之黄种。且姑以昆仑之下为吾祖国,当日移入于中国者不过其一支,而同族之人必尚多留居于其间,然则昆仑附近诸种族与我种族上世或有统属相连之故。而考之去古不远之汉世,其间最强盛之种为月氏种与塞种,塞种或与我种殊异,而所谓大月氏种果与我种人有关系与否,是则定

---

①是:原文无,据《新民丛报》补。　②决正:认为正确而决定依从。　③画革:在皮革上书写。
④旁行:横写。

昆仑为祖国之说之后而不能不加之考论者也。

①(丁)丁之说曰②：中国古代之开化，有主独自发生之说者，有主自他传来之说者。主自他传来之说，又分而为三：一以为源于埃及；一以为源于迦勒底、巴比仑、亚述；一以为源于印度。特孟亚与爱米阿与部来墨尔诸氏主独自发生之说者也，而托凯内氏反对之，以为中国之文化自西方来，而断为埃及之殖民地云云。拉克伯里以为由迦勒底、巴比仑传来，累以其所考证，登于杂志。而西波与岱乌士亦主传来之说，前者以为亚述，而后者以为印度。今日本学者亦多言中国南方之文化当受感化于印度。夫谓文化之传来与人种之关系其间固稍自有别，然不无多含人种关系之故于其中。今略撝日本学者主张由印度说之一斑如下：

户水宽人云：中国之开化与巴比仑之开化，其相似之点固惊其多。例若十二律，巴比仑有之，中国亦有之；阴阳之说，巴比仑有之，中国亦有之；历法，巴比仑之与中国又甚相近。然是等文化，其源实本于阿加逊人。夫于中央亚细亚号为最古开化之人，非阿利安人种，非塞米的人种，而实属于头颅短广、乌拉岭阿尔泰山语系之种族。其当为阿加逊与达罗毗荼（Drauids）人种乎？今学者多以为印度之文化起于阿利安人种，实当归于与印度欧罗巴语系无关系之达罗毗荼人。达罗毗荼于未入印度之先已有文化，入印度后而更见发达。阿利安人之入印度也，受学于达罗毗荼人。此达罗毗荼人与夫阿加逊人果有关系乎？否乎？以其人种相似，而居住之土地亦近，其文化之相继承盖可想象。假令中国之文化源于巴比仑，必有关系于阿加逊人，而吴、楚、蜀之文化与达罗毗荼人不无有相通之故。观《老子》《庄子》之说，多与佛教相似，是固考③其与达罗毗荼人或有相关系者矣。

币原坦氏与霓川氏，原中国佛教之传来，非始于汉明帝。其所证引：一，西方圣人之说。《佛祖通纪·法运通塞志》：周昭王廿六年，(注：《法运通塞志》作三十六年，又有作九年、二十四年者。)四月八日，江河池井泛滥，宫殿大地震动，五色光气入贯太微，偏于西方。王问太史曰：若何祥乎？对曰：有大圣人生于西方，一千年外声教及此。王命镌石，置之南郊天祠前。又穆王五十三年壬申二月十五日，暴风忽起，发屋折木，山川震动，西方有白虹十二道，南北通贯。王问太史扈多，对曰：西方大圣人终亡之相。《广弘明集》引《列子》：孔子答商太宰之问曰：西方有圣者焉。(注：见《列子·仲尼篇》。)据斯以言，是孔子深知佛为大圣也。二，文殊、目连来周之说。《佛祖统纪·法运通塞志》引《列子》：穆王时，西极之国有化人来，入水火，反山川，千变万化，不可穷极。穆王敬之若神，事之若君。临终南之上，筑中天之台，其高千仞。而引《天人感通传》之记事以说明之曰：穆王

---

①以下原载于《新民丛报》第56号(1904年11月7日)。　②丁之说曰：《新民丛报》第56号无此4字。　③考：《新民丛报》作"可考"。

时，文殊、目连西来化王，（中略。）因造三会道场于终南山，筑中天之台，其高千尺。王之第二子于沁水北山石窟造迦叶佛像。王又于鼓山迦叶佛旧寺重建竹林寺，山神从佛请五百罗汉居之。三，秦缪公石像之说。《广弘明集·法运通塞志》：周襄王三年，秦缪公时，扶风获一石像，公不识，弃马坊中，获像神怒，令公病，又梦天帝责诚，以问侍臣。由余往视像，曰：佛神也。公即取像，澡浴，置净室，像忽放光。公大异之，召匠造一铜像。四，宝利房等来秦之说。《朱士行经录》：秦始皇四年，（中略。）西域沙门宝利房等十八人赍佛经来化帝，以其异俗因之。夜有丈六金神破户出之，帝惊，稽首称谢，以厚礼遣出境。五，始皇焚书之说。《历代三宝纪》：始皇三十四年，所有典籍悉皆焚烧，惟医方药术不在焚限，降此悉灰。缘是周代圣教灵迹及阿育王造舍利塔传记湮灭，靡所知承。六，刘向佛书之说。《三国佛教略史》引刘向《列仙传》序：吾搜检藏书，缅寻太史，撰《列仙图》，自黄帝以下至于今，得仙道者七百余人，检定虚实，得一百四十六人，其七十四人已见《佛经》矣。又二氏外，先辈有云：《庄子》：南越有邑焉，名为建德之国。（注：见《山木篇》。）建德即印度，以此为印度之名之早见于中国古书者。又儿岛昌宪及其他诸氏以为黄帝从昆仑来，实先带有印度之思想者；或又以为黄帝从印度来云云。①

山下寅次云：中国巴、蜀诸山多关神仙之传说，如谓：玉女山、阆山、缓山、牛头山，皆神仙游集之所。又杜宇出天堕山，拉克伯里解天隋属印度。又扬雄《蜀王本纪》谓：其初王蚕丛，后王尾由，皆于湔山为仙。齐尔氏旅行四川，探湔山，于其山侧多发见土窟，当为蜀王或后代求仙之人所居之遗穴。而此等风俗，惟印度婆罗门修炼神仙之人独有之。又考其仙窟所有之年代，在尚不知文字以前，其所镌刻于岩壁者不过太阳等之形。又在穴中有洗浴之小池，此又足证为婆罗门修业者之确据。由是言之，盖由印蜀交通，而印度人早有移居于蜀中者，遂至有在山间为神仙生活之人。而在中国可称为神仙思想发源之老子者，生于楚，而楚为蜀之东邻，故易与印度思想相接，得无受印度、蜀交通之余泽者欤？

丁之说如是，今试取诸说而略证辨之。夫谓印度之开化，首自达罗昆荼人种，而阿利安人种之文化由学于达罗昆荼人种而得，几若塞米的人种入于底格里士、幼发拉底两河间，学于迦勒底、阿加逊人种，遂闻②有巴比仑之文化者然。按，印度古代之住民，最先者有从西藏、缅甸入之一黄色人种，次则诃拉力种（Kolaria）从喜马拉亚山东北之峡路入于印度而渐蔓延于各处；次则达罗毗荼种从印度西北峡路侵入印度之彭士浦。夫异种族间以生存竞争之故，其竞争之祸必烈，此为古今之同例。当其时，先入之诃拉力种遂为后人之达罗毗荼种所压倒而失势四散，然达罗毗荼人虽胜诃拉力人，亦尚无敌视诃拉力人之心，相与并

---

①后有删节。　　②闻：《新民丛报》作"开"。

居而送日月。其后以素住中央亚细亚与波斯同祖先一优势之民族，从印度之西北、印度河之上流而入印度，即所谓阿利安种族是也。自阿利安种族之入印度，以种族间生存竞争之故，一时印度之旧种族无不受其击打，经几多剧烈之战争。观于梵文罗摩衍那（Pomavana）之叙事诗，其言当日旧民族之勇猛敢战，然卒为优势之阿利安种所胜，一时印度之旧民族或败而逃入山林，或被捕而为奴隶。阿利安人与土人以二个之名号：其在山林尚有反抗之余力者，曰"歹腥斯"（Dasyns），即所谓敌人也；其被捕而降伏者，曰"歹赦斯"（Dasas），即所谓奴隶也。此等名称嗣后数千年至今日，土人尚有以为姓者。而又分为三蕃，全从者为上蕃，表从里不从者为中蕃，内外皆不从者为下蕃，而四种族之阶级亦因之而生。此种族之原语为伐剌拏盖色之义，犹中国有色目[1]、脚色[2]等名。阿利安人自尊其为白色，其余名为黑色而丑恶之。此四种族之中，婆罗门与刹帝利与吠舍，皆属阿利安种；而所谓服贱役之首陀，则旧土人也。盖印度之阶级甚严，而其阶级由种族而生，其种族实与阿利安与非阿利安种成。达罗毗荼人颜色黑，毛发柔，须髯多，属于非阿利安种之中，固阿利安人之所征服而贱视者；而考其当日之文化，能结团体，立酋长，有农桑牧畜，又稍知贸易及建筑等事。而考梵文古书，谓其原始住民亦颇有宗教之观念，或依仪式，有欣求来世之想；然达毗荼之宗教心实为蛮劣，其所祟拜者为蛇，又信生殖之威力，至拜男根，此与夫诃拉力种祟拜森林之灵，其智识实相等。阿利安人宗教之思想盖已具于未入印度以前，居住中亚洲时，（注：或谓原居在阿母西耳两河之间。）至入印度而后，益以地利丰沃，发达其固有之宗教心而成婆罗门教。其构成宗教之原质，固非得之于达罗毗荼人；当日有所学于达罗毗荼人者，惟行政收税之组织，曾延用其风俗而已。故阿利安人之于达罗毗荼人也，固非若巴比仑之塞米的人之大有赖于阿加逊人以造成其文化，不过若中国汉人之于苗人。古时中国之苗人固不得谓之无文化者，其巫风既延及于汉俗，其五刑之法亦为汉族所取用，然汉人文化之大体固自汉人出，而无所赖于苗人。且谓印度古代之住民已有文化，则又不仅当举达罗毗荼人也。与佛教并峙，耆那教之开祖跋陁摩那，其像颜面圆而短，鼻颇低而身体矮小，可证其属非阿利安人种，而耆那教实行于诃拉力人种之中，故有谓其开祖当属诃拉力种者。是固不当以印度古代之开化专属之达罗毗荼人也。且佛教果有关系于达罗毗荼人否乎？夫佛教实革新印度诸家之说，故九十六种佛教皆视为外道。虽以释迦幼时饱读婆罗门之训典，然其教实破婆罗门之说。又当其求道之时，曾访阿罗逻迦兰与郁陀罗罗摩子而研究数论派，然亦不足于数论派之所言，及其成道，迥出于数论派之上。盖佛教实为释迦独力悟入之教，不藉他人何等之影响。彼达罗毗荼人果何益于佛教之涓滴乎？且达罗毗荼人宁可谓与佛教相异，而为佛教之敌。当佛教已经发达数世纪后，印度人以混入

---

①色目：人品；身份。　②脚色：犹履历。

达罗毗荼人之思想,遂至病态百出,而佛教因之而仆。佛教之不盛于印度,则达罗毗荼人为之也,而新婆罗门教,则达罗毗荼人与有力焉,其与夫佛教固不相合矣。且谓道教之与佛教有相似之点,尤不如道教之与优波尼沙土其相似之点尤多。余尝论中国之道教与印度之优波尼沙土其思想其同,以非本论之限,不及论;推两者之间,固无彼此关系之迹,且又无与于达罗毗荼人也。夫达罗毗荼人之与中国人种果有何接触之证耶?方达罗毗荼人之为阿利安种所迫逼也,退于印度极南之海滨而谋生息于太平洋数岛屿,考其言语,有可认为达罗毗荼人种者在。其种族所移迁之道线及其所占布之区域,与汉人种之一范围少交错之迹。若谓于最初未入印度之先与汉人种或有间接之关系,则固徒逞想象而无一事实之可据。且若是,则举达罗毗荼人,毋宁举古时从西藏、缅甸进入印度之一黄色人种。此人种之言语分二十种;其住于阿萨地方之奈加斯族,所用三及水之语,与广东市音全同,论者谓此为祖先同居时代所遗留之言语,惟其关系之故,今尚不可考。若夫达罗毗荼人,则固不能举其有若何相同之痕迹也。

[1]又谓:中国南方之文化启自印度,而老子之学说,其源或本于佛教。此在西人亦有为此言者,如雷米萨氏、多格兰土氏、拉费多氏、罅喷胥尔氏诸学者,皆唱是说,然雷米萨氏于后已改变其初说。然则老学之渊源,固当自何出乎?曰:道教者,中国最古之宗教,而老子者,传中国最古之学术者也。而此最古之大教主,谁乎?曰:黄帝是也。《史记》称黄帝顺天地之纪,幽明之占,死生之说,存亡之难,此已明示一大教主之宏规,而所谓宇宙观,人生观,天人之故,性灵之奥,悉包括于其中。而惜也,黄帝之书今多不传,即传者,亦糅[2]赝参半,或失其真。以我种最伟大之人物而听其湮没若此,非特我种人对于祖宗之罪,其对于历史,对于宗教,对于学问,其责又乌能道[3]哉?而考《汉书·艺文志》,其所载黄帝之书颇多,以是知当汉时黄帝之书尚多流传,人固有及见其书者。而其绝灭之故,自西汉世主之尊儒教,而自汉以后,儒教一统,聪明才杰之士于儒教范围以外不敢涉猎,而黄帝之言固为儒教之所删也。然冥没数千年而至今犹可想见黄帝之为人者,则以道家皆尊称黄帝。观《列子》《庄子》之书,皆屡引黄帝,此已明示以学术渊源之所自来。而《老子》之书,井上哲次郎氏谓:其中多韵语,断为古代口传之言,而非出自老子之所自著。老子欲出关,关令尹喜强邀老子著书,老子乃书其所暗诵之语。而其中无韵之章句,或出自老子,其所写录暗诵之古语,即为黄帝之书。今观《老子》书,谷神不死一节皆韵语,而其语并见于《列子》之《天瑞篇》。《列子》于此数语之首冠以"黄帝书曰",明此数语出自黄帝。由是言之,则老子之言,其多为黄帝之言也。按,是说也,其证据固其确凿。今考以老子之言为黄帝之言者,又非独《列子》而已。《庄子·知北游篇》历载今《老子》书中所有

---

①以下原载于《新民丛报》第 57 号(1904 年 12 月 1 日)。　　②糅:混杂。　　③道:逃避。

之语，如曰：失道而后德，失德而后仁，失仁而后义，失义而后礼，礼者道之华（注：道之华三字，今本《老子》作忠信之薄。）而乱之首也。又曰：为道者日损，损之又损之，以至于无为，无为而无不为也。又言：圣人贵一。而皆冠以"黄帝曰"字。庄子、列子当日盖亲见黄帝之书，故其所引不曰老子，直曰黄帝，若今日但知其为老子语耳。苏子由《古史》曰：黄帝之书战国之间犹存，其言与《老子》相出入。诚有识之言哉！又以语体别之。《列子·天瑞篇》有云：黄帝曰：精神入其门，骨骸反其根，我尚何存？与《老子》书中有韵语者文体同一。又其他述黄帝语，文体亦多相似。是黄帝遗书简古而多有韵，为其文体所特有之标识，而于《老子》书中似此若①尤多。又《老子》书中屡云：吾何以知此哉？以此。若老子对己之言，此为赘语而不合词气，夫亦安知其非述古人之言，故以此语结之也？又《道经》为一古书之名，《荀子·解蔽篇》有引《道经》语云云，其语亦古质有韵，其书今不可考，而为《荀子》所称引，则其为古书可知，与夫《老子》之书，亦有相关系者否乎？又试考诸家论《老子》之所自出，有以为本于史官者，有以为本于容成者，有以为本于《易》者；而其实则本于黄帝。史官之说，盖以其曾为柱下史，故云。容成，黄帝之臣。《博物记》：容成氏造历，黄帝臣也。《竹书纪年》：黄帝召史卜之，史曰：臣不能占也，其问之圣人。帝曰：已问天老、力牧、容成矣。《列子·汤问篇》：黄帝与容成子，居空峒之上，同斋三月，心死形废。容成盖与黄帝同道者，于《列子》数语可见。《易》则古时有《归藏》，《周礼》"三《易》"，干宝注曰：黄帝之《易》大成为后天；杜子春曰：《归藏》，黄帝《易》。《世谱》等书：黄帝又号归藏氏，黄帝得《河图》，商人因之曰《归藏》。《归藏》盖集古《易》之大成。而《周易》实兼有《归藏》，是则谓《易》固有黄帝之哲理存可也。出于容成，出于《易》之说，其源仍当归于黄帝。又考《汉书·艺文志》，于道家书有《黄帝四经》四篇，《黄帝铭》六篇，《黄帝君臣》十篇，《杂黄帝》五十八篇，是则道家之开祖固为黄帝，而老子实保守黄帝之说而传其学者。老子之学说既出自黄帝明甚，则与佛教无何等之关系也亦明甚。且以老庄幽玄恬漠之思想与中国实质派之趣向大异，而以此为南方学派所有之特性。南方地近印度，印度文化之传来先及南方，而老子实先受其感化。按，是说也，先不可不一考老子诞生之地。夫以老子为南方之荆楚学派者，大抵误于以老子为楚人之一语，而其语实出于史迁。《史记》传老子云：楚，苦县，厉乡，曲仁里人也。按，此直史迁疏于考古之误语耳。后人多承用其说，而冠老子以楚籍，如边韶撰《老子碑》，以为楚相县人；葛洪《神仙传》，以为楚苦县人。惟皇甫谧已发见其误，而改正之，此固今日可珍之说也。（注：古人中，皇甫谧、颜师古之言，今渐知其可贵重。）皇甫谧之《高士传》，盖以为陈人，而《续博物志》亦云生陈国；陆德明《经典序录》亦云陈国苦县厉乡人；段成式《酉阳杂俎》亦曰：老君生于陈国苦县厉乡，涡水之阳，九井西李下。按，苦县本陈地。据《左传》：

---

① 若：《新民丛报》作"者"。

鲁昭公八年，楚灭陈；经六年，复封陈；至哀公十七年，全灭之，而陈始全属于楚。是苦县属楚，当在老子诞生以后之事，然则老子又安得云楚人耶？阎若璩辨《史记》之误云：苦县属陈，老子生长时，楚尚未有此地；陈灭于楚惠王，在《春秋》获麟①后三年，孔子已卒后，况老聃乎？史冠楚于苦县上，以老子为楚人者，非也。顾或有为史迁辨者曰：高帝十一年，立淮阳国，陈县、苦县皆属焉。淮阳国，景帝三年废。至天汉修史之时，楚节王纯都彭城，相近，疑若此时属楚国，故太史公书之。按，言古人，无直书以后世之国籍者，然则在唐时传老子，岂得曰唐某县人；在宋时传老子，岂得云宋某县人耶？或又云：太史公之言老子，疑有三人焉。故云：自孔子死之后百二十九年，有周太史儋，或曰儋即老子。据此，则其时地已属楚矣。按，同传载孔子见老子事。又云：老莱子与孔子同时。是则史迁所疑之老子三人，其二已明言与孔子同时，其生时地固属陈；如以书楚，为指太史儋之老子而言，则固不合于老聃、老莱子，其误固仍在也。且所疑者三人而以一人之国籍冠三人，是于文例又误也。况于同传，史儋不言为何国人，而老聃则冠以楚，老莱子则亦曰楚人，是于传首所谓楚某县某乡某里人者，专指老聃之老子而言明也。是皆不足为史迁辨。又史迁传老子，有老聃，有老莱子，有太史儋，迷离惝恍，令人疑老子之犹龙，而神仙家固不可方物矣。其实老子即老聃，别无他人。观《庄子》《列子》累言老聃，已可想见其人物，非老子不足当之。举其尤明白者，《庄子·寓言篇》《列子·黄帝篇》皆言：杨朱南之沛，老聃西游于秦，至梁而遇老子。是明言老子为老聃。又下述其言曰：大白若辱，盛德若不足②。今见《老子》书，是著《老子》书者即老聃也。又《庄子·天下篇》：老聃曰：知其雄，守其雌，为天下溪③；知其白，守其辱，为天下谷④。《列子·黄帝篇》：老聃曰：兵强则灭，木强则折，柔弱者生之徒，坚强者死之徒。又《韩非子》：老聃曰：知足不辱，知止不殆。又《吕氏春秋》：老聃则至公⑤；又老聃贵柔。其语皆见今《老子》，而诸家均以为老聃是周秦时人，以老聃为老子，几若铸铁。至史迁作传，遂若老子有一体三身之观，而又不加别白，使人不知孰为真老子。无惑乎后世若抱朴子，有一名雅字伯宗，一名志字伯光之歧说；而别史且以为九名九字矣。后世固有以此而赏史迁文章之神化者，固不敢妄加赞成者也。夫老聃即老子，而当老聃诞生之时，陈地尚未灭于楚者，此尤有铁证焉。《列子·周穆王篇》：杨氏使秦人逢氏，过陈访老子。又《仲尼篇》：陈大夫曰：吾国有圣人，老聃

---

①获麟：指春秋鲁哀公十四年猎获麒麟事。相传孔子作《春秋》至此而辍笔。《春秋·哀公十四年》："春，西狩获麟。"杜预注："麟者仁兽，圣王之嘉瑞也。时无明王出而遇获，仲尼伤周道之不兴，感嘉瑞之无应，故因《鲁春秋》而脩中兴之教。绝笔於'获麟'之一句，所感而作，固所以为终也。"　②大白若辱，盛德若不足：真正高洁廉明的，往往是被忽视甚至嫌弃的，最道德的人好像有所不足。　③知其雄，守其雌，为天下溪：深知本性雄强，却守持雌柔，（将成为）天下所归的沟溪。　④知其白，守其辱，为天下谷：原文为"知其白，守其黑，为天下式；知其荣，守其辱，为天下谷。"意思是深知本性洁白，却守持混沌昏黑的态势，（将成为）天下的范式；深知本性是荣耀的，却安守卑辱的地位，（将成为）天下的川谷。　⑤至公：极为公平，毫无偏私。

之弟子,有亢仓子者,得聃之道。是皆明言陈在。且陈大夫至见老聃之弟子亢仓子,然则当老子生时,岂得谓苦县之已属楚而非陈耶?而因史迁冠老子以楚之一字,遂令后人因楚而联想荆楚,因荆楚而联想江汉,因江汉而联想南方,是又不可不一考苦县之地之所在。《史记正义》引《括地志》云:苦县,在亳州谷阳县界,有老子宅及庙,庙中有九井尚存,在今亳州真源县也。考之《太康记》《一统志》《读史方舆纪要》等书,则苦县厉乡在现今之河南省归德府鹿邑县东七十里。是其地固与邹鲁接近,而去江汉反远,当属之为黄河流域,而不当属之为长江之流域也。非独老子,即庄子亦属北方之人。刘向《别录》云:宋之蒙人。《汉书·艺文志》注:宋人。《括地志》:漆园故城,在曹州冤句县北十七里,庄周为漆园吏即此。按,其地古属蒙县。《水经注》:汳水又东迳蒙县,故俗谓小蒙城也。《西征记》:城在汳水南十五六里,即庄周本邑也,为蒙之漆园吏。《方舆纪要》以小蒙城为在今河南归德府南二十五里。据是,则庄子之生地在今河南归德,而老子之生地亦有考为在今河南归德者。以今语言之,老子、庄子实为同乡,而其道里相距不过山川数十里之间,故其学术若是其相同,其居处固甚近而受感化易也。而朱子以庄子为楚人,《朱子语类》:庄子自是楚人,大抵楚地便多有此样差异底人物学问。按,朱子此言直为英倍根所诃斥一种枚举归纳法之论理(Induction by simple Enumeration)。彼见楚多畸人,而庄子亦畸人,遂枚举而归于楚人之中,其言之一无价值自不足辨。非独庄子,刘向《叙录》云:列子,郑人。列子居郑圃,即圃田。《一统志》《方舆纪要》以为在今河南开封府中牟县之西北七里,为纯然黄河流域之人,而与老子、庄子之乡里皆相接近者。且即谓老子虽北人,而其学多行于南方,故谓之南方学派,此尤不然。《汉书·艺文志》述:道家之人物有伊尹,有太公,有辛甲,有管仲。《淮南子·缪称训》:老子学商容。(注:《说苑·敬慎篇》作常从。)在老子之先,道家之学派已早行于北方。即老子之友与其弟子,及传老子之学派者,若关尹、杨朱、公子牟、(注:魏人。)田子、捷子、黔娄子(注:皆齐人。)等,亦未必尽属南方之人。夫中国文化为历史上之分期而区为黄河流域、长江流域,其立说固当,然固不得举老、庄为南方学派之始。(注:上考老、庄生地,多采桑原隲藏及冈田正之之说,惟以作者之说夹叙其间,故不能标为谁氏①之说。)夫老子既非南方之人,而其学派又为中国北方所固有,则固有何关系于印度也耶?且谓老子之学或受影响于佛教,此尤不可不一考老子与释迦之年代。夫论佛之生灭,诸家异说至有五十余种之多,其最古与最近两极端之说,相差至二千五十四年。最古之说与中国黄帝同时,今学者多以此为不足置信,而于史学上认为较有价值之说者约有五六,其时代当前历之五世纪或四世纪,要之尚无确论。而老子之年代,于历史有事实之可证者,为与孔子同时而较先于孔子之人。以孔子与老子相见,而老子之弟子或与孔子同时,(注:《列子·仲尼篇》:鲁叔孙

---

①氏:《新民丛报》作"某"。

氏曰：吾国有圣人，为孔丘。陈大夫曰：吾国亦有圣人，为老子之弟子亢仓子。）或与孔子之弟子（注：《庄子·寓言篇》《列子·黄帝篇》：杨朱对老子自称弟子，而《杨朱篇》引有孔子弟子原宪、子贡之事。）及孔子再传之弟子同时故也。（注：《列子·杨朱篇》：杨朱见梁王。梁之称王始惠王元年，而孟子亦见梁惠王。）然此亦仅举其较有依据者言之耳，其确凿之岁月亦不能定。夫老、佛之年代，今学者尚不能下画一之断辞，则固无由知佛之生果先于老子欤？抑老子之生先于佛欤？而所谓老子受影响于佛教之说，又何能成立之有？且据今日佛教传播史之可确考者，释迦灭后迄二百年，大小二乘不分，其教亦不出于国境，然则举折衷之说而定佛与老子为同时期而相先后之人，而佛教固尚未传播于老子时代之中国者，其事略可想定。彼《佛祖统纪》《法运通塞志》《广弘明集》之说，不见于他之古书而独于佛教徒之书载之，安知非出自后世佛教之徒之点窜①而附会之欤？如《列子》"圣人"之说未有确指，而云为佛，非其添设者耶？又如刘向佛经之说，霓川氏②亦疑之，而引洪兴祖之言曰：梁孝标注《新语》引《列仙传序》，言七十四人已见佛经，今书肆板行者，乃云七十四人已在《仙经》。是岂非点窜之一证乎？惟谓中国之有佛教，始自汉明帝之梦金人，则均否认。如海台尔氏以下二三学者，皆以为始自秦始皇时，币原坦氏亦主是说。盖以始皇时与阿育王时代相当，阿育王派遣僧徒传教于东西各国故也。而《三国佛教略史》引《魏略·西戎传》：前汉哀帝元寿元年，博士弟子景宪受大月氏王使伊存口授《浮屠经》。则霓川氏信之，盖以此时，略与迦腻色迦王时代相当故也。然其时则已在老子之后。且中国佛教传来之途路多由西域入中国之西北方，即如穆王时之化人，缪公时之石像，其言固未足为据，即令其事果真，亦在中国之北方。是则所谓中国南方以近印度先受佛教之感化者，谓全属想象之说，而与事实违反可也。夫佛教广行，盛于道教，故学者多谓佛化老子，然在道家，则推崇其教祖，亦曰老子化佛，所谓老子出关，西行化胡是也。要之，佛自为佛，而老子自为老子。佛之成道，源流明白，毫无与于老子之事；而老子之道即传中国最古之学派，其间授受之源流大较可考，亦毫无与于释迦之事。至追溯太古而谓黄帝之至中国已带有印度之文化而来，则可取以为证者固甚茫漠，而其说自不足存立者也。又谓太古时代印蜀已通，蜀中有印度人移来之迹，此则或可云中国之人种自蜀出者。近章氏《訄书》③述元和汪荣宝之言：人皇出刑马山提地之国，提地与图伯特一音之转。《华阳国志》谓：巴蜀本人皇之苗裔，是人皇由卫藏入蜀也云云。按，古书亦云：人皇出谷口。谷口地未详。而考《竹书纪年》：黄帝接万灵于明庭，今寒门谷口是也。笺引《史记·封禅书》：黄帝接万灵明庭。明庭者，甘泉也；所谓寒门者，谷口也。《正义》曰：九嵏山中西谓之谷

---

①点窜：指改换字句。　　②霓川氏：沈启原，明藏书家，一作沈启源，字道卿，一作道初，号霓川。
③《訄书》：中国近代思想家章炳麟的学术论文集。訄：逼迫。取名《訄书》，意谓书中所论及的都是为匡时救国被迫非说不可的问题。

口，即古寒门也，在雍州醴泉县东北四十里。《汉书音义》曰：黄帝仙于寒门。《索隐》：服虔云：寒门，黄帝升仙之处。小颜云：谷口，中山之谷口，汉时为县，今呼为冶谷，去甘泉八十里，盛夏凛然，故曰寒门。《汉书·地理志》：谷口县属左冯翊，九嵕山在西。《广韵》：醴泉县本汉谷口县也。人皇所出之地，自当指此。其地在黄河上流，与中国古书多言古帝王出陕西事合。（注：中国古书载古帝王所出属今陕西及其附近之地为最多。如庖牺母居华胥，谓在今陕西蓝田县。庖牺生成纪，谓《汉志》天水郡有成纪县等是也。）刑马山提地之与谷口，不可不同出一地。《华阳国志》及《十三州志》有云：蜀之先，肇于人皇之际。其或于人皇时始有自中国之北方分居于蜀者，而不可谓汉种族之自蜀出欤？人皇事以芒远姑置。据中国史之明白可考者，《竹书纪年》：颛顼生若水。《蜀国春秋》：昌意娶蜀山氏女曰景媄，生乾荒；乾荒娶蜀山氏女曰枢，生颛顼。（注：《山海经》曰：昌意降居若水，生韩流。郭氏曰：《竹书》昌意降居若水产帝乾荒，乾荒即韩流也。是颛顼为黄帝之曾孙，昌意之孙。然《家语》：孔子曰：帝颛顼者，黄帝之孙，昌意之子也。《史记》：昌意生高阳。高阳即颛顼，中间缺去乾荒，乾荒或韩流之一代。未知孰是。）又杨雄《蜀王本纪》云：禹本汶山郡广柔县人也，生于石纽。《括地志》：茂州汶川县石纽山，在县西七十三里。此为中国产蜀之古帝王。然考之史，禹之父鲧，鲧之父帝颛顼，颛顼之与昌意，未知昌意为颛顼之父欤？抑为其祖欤？史有两说，而昌意为黄帝之子，降居若水，是此一派，由中国之北方移居于蜀，系统甚明，非由蜀出者。又若《山海经》云：西南有巴国，太暤生咸鸟，咸鸟生乘厘，乘厘生后照，后照是始为巴人。姑无论其事若何，要亦为中国北方古帝之子孙而移居者。如今越南人自作史，称其祖先之所自来，曰：神农三世孙帝明生帝宜，南巡至五岭，接得婺仙女，生禄续。帝宜治北方，禄续封泾阳王，治南方，号赤鬼国。王娶洞庭君女曰神龙，生貉龙君，名崇缆。崇缆娶帝宜子帝来之女曰姤姬，生百男，是为百粤之祖。诸子从父母各王一方，五十子从母归山，五十子从父居南，故今蛮酋有男父道，女父道云云。同例，皆言其种族从中国北方之古帝王来。夫印蜀交通，观张骞在大夏得见邛竹杖、蜀布，云贾人市之印度，则其通道之久可知。蜀之有印度人种，或古帝杜宇等属印度种人，事未可知。虽然，蜀又不止有印度种之杂居已也。《汉书·西南夷传》：徒莋都、冉駹等，皆氐类也。是氐种亦早有移住于蜀中者。然中国汉种族，古代居于北方黄河流域事实甚彰，使由蜀出，则必先繁衍于长江流域，必无舍南方温暖之处而反先处于北方寒冷之地之理。彼日本之清山良山氏固有谓日本之种族自印度移来者矣，然在中国古代，虽于四川或有印度人种，而与中国北方汉种族之大体固无相干涉也。

（戊）日本冈本监辅曰：中国古代之帝王皆生于东方。《世史类编》《述异记》：盘古生于大荒。大荒者，大海森茫无际涯之状。又三皇出谷口。谷者旸谷，一书有一曰旸谷语，凡古书专言谷者，皆旸谷。《周书》：习习谷风。《尔雅》：

以东风为谷风。(注：按，此说未免迂曲，谷口自是一地名，详见上。)柏皇氏①之记曰：登出扶桑，驾六蜚龙而上下。龙者，腾黄之类。《云笈七签》《轩辕本纪》：腾黄，其色黄，状如龙，背上有两角，出日本国，寿二千岁。黄帝得乘此物以周旋六合，故曰：乘八翼之龙，游天下。《拾遗记》：春皇者，庖牺之别号，所都之国在华胥之洲。华胥者，海中之岛。《山海经》：少昊之国在东海之外，其母女节，生少昊于华胥。《枕中书》曰：扶桑太帝治东方。《十洲记》曰：扶桑在东海之东岸一万里，东有碧海，扶桑在碧海之中，地方万里，上有太帝宫。太帝，《史记》作泰帝，《正义》《索隐》皆以为伏羲。(注：按，《史记》作泰帝，亦作太帝，亦作泰皇。泰帝、太帝，并见《封禅书》：昔泰帝兴神鼎一。师古以太帝即太昊伏牺氏。又太帝使素女鼓瑟。《索隐》亦谓：太昊。《正义》曰：太帝谓太昊伏羲氏。又《始皇本纪》：古有泰皇。《索隐》：一云泰皇，太昊。是《史记》不专作泰帝也。)《帝王世纪》：神农之母女登，生神农于尚羊。尚、常通，《淮南子》：东南为常羊维。《玉海》：伏羲之乐扶桑，黄帝之乐咸池。咸池者，东方海外之地名。《山海经》：东海之外大壑，少昊之国。《列子》：渤海之东有大壑焉。《庄子》：将东之大壑。帝喾一名俊，《大荒南经》：东海之外，甘水之间，有羲和之国，有女子名曰羲和，为帝俊之妻。帝喾有四妃，元妃姜嫄生后稷，其地为扶桑。《春秋元命包》曰：姜嫄游閟宫，其地扶桑，履大人迹而生后稷。扶桑者，日所出，房所立，其耀盛，苍神用事，精感姜嫄而生。又云：筑后国生叶郡石室中大岩刻二十六字，其形如樽彝，人以为尊庐氏之书。壹歧岛石室刻字，土人称《鬼书》，今考以为三皇大文之类云云。

戊之言如是。按，是说也，于事迹一无实证，而徒据真赝糅杂之书，又从其字面之文义依附以立说者；至刻石类古文，后人亦可为之，不足为古人遗迹之证。原夫冈本氏之立说，毋亦以日本人之故，故所见无一而非日本者欤？其说无足信凭，自不待一一辨析之。然既有此言，固当搜采及之，以备我国言人种者之一说焉。

第七章　昆仑山②

昆仑山之与我人种相关系也，不啻于历史晓云之里而留一至高之标识，然其区域则漫无一定，或疑为荒诞而非实，或指目一处而亦不得多数确切之证。以其所在之差异而考求人种之准的，或因之而多歧。今试检核古书而定为数考案，以求昆仑之所在。其所定之考案如左：

一、河原③所出；

一、数水分出而统归于河；

---

①柏皇氏：亦作"柏黄"或"栢篁"，中国神话中的上古帝名。　②原载于《新民丛报》第 58 号（1904年 12 月 7 日）。此章前，《新民丛报》有"中国古代之诸民族"一章，并注："是篇以文长绵亘期数，全篇难以告完，故另自为篇。"然没有发现此文。　③河原：黄河之源。

一、产玉之地；

一、其接近有火山；

一、有障亘东西之高峰；

一、其山以数成而成，居地中而为一大分水岭；

一、为往来之孔道；

一、山上有大湖。

则试依诸考案而证求之。汉使穷河源，天子案古图书，名河所出山曰昆仑[①]，此为后世定昆仑之始。古图书未知所指，或云即《禹本纪》。《禹本纪》今不可见，而见于《史记·大宛列传》所引。或谓：《三礼义宗》引《禹受地记》，王逸注《离骚》引《禹大传》，又郑君注《尚书》引《禹所受地说书》，其与所谓《禹本纪》为同一书欤？而《禹本纪》言：河出昆仑。《河图》：黄河出昆仑东北。

《山海经》：昆仑之丘，河水出焉。又云：出于昆仑之东北隅，实惟河源。《尔雅》：河出昆仑虚。虽然古书所记浑言河源，而河源又自有别，盖即有所谓潜源之说焉。《山海经》：昆仑之虚，河水出东北隅，以行其北西，南又入渤海；又出海外，入禹所导积石山。《淮南子·坠形训》：河水出昆仑东北陬，贯渤海，入禹所导积石山。《水经》：河水出昆仑东北陬，屈从其东南，流入于勃海；又出海外，南至积石山下。后人讥《水经》，以为号称精详地理之书，而有此不经之谈。按，《水经》之说盖本于《山海经》与《淮南子》，《山海经》与《淮南子》自不误，后人渤海失解，遂以为不经耳。高诱注《淮南子》：渤海，大海也。非是。勃海即渤泽，塞外多以大水之停居者为海，故渤泽亦称蒲昌海。近人毕沅亦解渤海为蒲昌海，惟毕沅解海内昆仑，以海内为在肃州，非是。海内言禹泽以内之山，即指于阗、帕米尔诸山而言；海外则渤泽以外耳。观出海外，入禹所导积石山，自明。渤海即渤泽，《山海经》：渤泽，河水所潜也，其原浑浑泡泡。渤泽二名盐泽，盖水至此为沙所束，无流出之水口，从山地流来之水，其中含有盐分，而独水气蒸发，其盐分渗下沉淀，故次第增咸，遂成为盐水湖。而其位置形状古今时变，以湖畔砂碛四围，暴风起砂，砂涨压水，湖势因而迁改。故今之地理探检，发见有旧罗布泊、新罗布泊、北罗布泊、南罗布泊，或为东西长形之湖，或为南北长形之湖，或在北纬四十度半，或在北纬四十一度，而又分为数湖。其水源自塔里木河来，此即所谓河之潜源也。然试进而求之，所谓渤泽之潜源，其上流之水果发自何地乎？汉使穷河源，河源出于阗，是以于阗为最上之河源，而于阗昆仑之说出焉。然是后言河源者较详，知河源不仅于阗，于是有葱岭、于阗两河源之说焉，此实汉时言西域地理之一大进步。《史记》仅言于阗河，而《汉书·西域传》云：河有两源，一出葱岭山，一出于阗。于阗河北流，与葱岭河合，东注蒲昌海。其

[①]汉使穷河源，天子案古图书，名河所出山曰昆仑：出自《史记·大宛传》："汉使穷河源，河源出于阗，其山多玉石，采来，天子案古图书，名河所出山曰昆仑云"。天子案古图书：皇帝根据古代的图书。

所言条流明晰,与今地理悉合。其所谓葱岭河,言其著者,即今之喀什噶尔、叶尔羌等诸河是也。其所谓于阗河,于阗河盖总名。其上流之河,言其著者,玉珑哈什、噶拉哈什等诸河是也。其云于阗河与葱岭河合流,即今之塔里木河是也。而《山海经》云:边春之山多葱,杠水出焉,注于渤泽。边春之山,即《穆传》[①]之春山。师古《汉书》注云:西河旧事,葱岭,其山高大,上悉生葱,故以名焉。然则《山海经》所云边春之山多葱者,当为葱岭。所谓"杠水出焉,注于渤泽",其当今之塔里木河乎?否则必为葱岭河中之或一河,固可知也。此渤泽上流,所谓于阗、葱岭之两河源也。今乃欲进求此两河源发脉之山之所在,其一葱岭河。言葱岭河,则又不得不举佛教书中所指中国之河源,是即所谓徙多河是也。徙多或作私陀,或作冷河,佛教述四大河,以徙多河发源为中国河。今试一考徙多河之所在。《宋云纪行》:汉盘陀国在葱岭山顶,城东有孟津河,东北流向沙勒。孟津河即徙多河,沙勒当为疏勒之误。玄奘《西域记》:揭盘陀国周二千余里,国大都,基大石岭,背徙多河,周二十余里,山岭连属。《魏书》:渴盘陀国在葱岭,朱驹波西,河经其国东北流,有高山,夏积霜雪。《唐书·西域传》:喝盘陀,或曰汉盘陀、渴馆檀、渴罗陀,由疏勒西南入剑末谷、不忍岭六百里。其国也,直朱俱波西,南距县度山,北抵疏勒,治葱岭中,都城负徙多河。西南即头痛山也。葱岭俗号极疑山,环其国。今按,汉盘陀,即《汉书》之无雷,于今为赛里克勒(Sariqqol),其都会今为塔什霍尔罕(Tashkurgan)。塔什霍尔罕,石城之义,玄奘《西域记》谓其国大都基大石岭者指此。赛里克勒之北方,山脉围绕,即玄奘所谓周二十余里,山岭连属。而其北方山脉中,则帕米尔之最高峰在焉。(注:参观下文。)其都城西南隅发源之一河,即徙多河。又从帕米尔最高峰之西麓,有哈拉苏河,南流与徙多河合。溯哈拉苏溪谷,隔一岭,有哈拉库尔、布隆库尔等湖,改子河由此发源。《汉书》浑言葱岭河而不言葱岭河发源之地,今合以《释典》之徙多河,而以今之地理考之,是则所谓葱岭之河源者,居葱岭高原而直发于其最高峰之下,固可谓最初之河源也矣。又其一于阗河。于阗河合数河而成,而据今人之探检,玉珑哈什河(Yurung-kash)之水源地发于昆仑之一山脉,其山脉至今尚无测量。于一八六五年,载于容戎氏纪行之图。于一八九八年,叶希氏于海拔约一万六千尺之高地发见水源,而斯泰因氏以为源在主山脉与昆仑第五峰之间,是则所谓于阗河之高源当在是矣。(注:以上言河源所出。)

虽然,举两大河源则曰葱岭,曰于阗,若其分源,此昆仑一大山汇所盘旋,所谓两山之间必有川,千溪万谷,出水正多。《宋云纪行》:葱岭人民决水而种。今地理学家谓:葱岭山间之人皆注水于田野,而事播植;闻中国待雨施种,大奇之,以为天如何为众人而降水乎?此诸水所出,或停于山间而为湖,或出合诸水而为河,故其流派盖多。而古书言水之出昆仑者亦多,《河图》:昆仑有五色水。

---

①《穆传》:即《穆天子传》。

《山海经》言：昆仑所出之水，有赤水、河水、洋水、黑水、弱水、青水。然是等诸水无独流归海之理，会合于塔里木河之盆地罗布泊，潜行地下，再出为中国河。故谓葱岭、于阗间之诸水虽涓滴，皆所以助成中国之河源可也。（注：以上言数水分出，而统归于河。）

中国古书言河源之地多连言产玉，而产玉莫著于于阗。汉时，汉使穷河源，河源出于于阗，其山多玉石，采来。李时珍《本草注》：琅玕生于西北山中。陶宏景云：琅玕在昆仑山上。玄奘《西域记》：瞿萨旦那国，产白玉、蘙玉。唐之瞿萨旦那国即汉于阗。（注：《一统志》：汉于阗国，后汉时并有诸国地，自疏勒十五国皆服属焉。唐为瞿萨旦那国，贞观中内附，以其地为毗沙都督府，明为于阗。）又今人地理学家之书亦累记和阗产玉，即所谓昆仑之玉，土人以作箱、瓶、碗、烟管、腕饰等用。抑古书所谓昆仑有五色水者，几疑其言之诞妄而不可解，然在今日思之，则固有可得确解者在。据近今地理家所探检，玉珑哈什者，白干瓃（White Jade）之义，干瓃者，玉之名，以其产于河边，遂取以为其河之名。噶拉哈什（Karkash）者，黑干瓃（Black Jade）之义。然则古人之所谓白水者，产白玉之河；黑水者，产黑玉之河；赤水者，产赤玉之石。玉有五色，故水亦分五色，毫无怪诞之意于其间。于阗产玉，而尤以玉珑哈什、噶拉哈什两河为尤多，玉珑哈什河犹云白玉河，而中国古书谓：河出昆仑，虚色白。《离骚》：朝吾济于白水。戴氏注：白水即河源。然则中国古时之所谓白水、河源者，或即指出于昆仑第五峰之玉珑哈什河欤？（注：以上言产玉之地。）

《山海经》：昆仑之丘，其外有炎山。今按，葱岭与天山相属，通例以阿赖山谷间为界。天山，一名白山，一名阿羯山。隋《西域图》：白山一名阿羯山，常有火及烟，即是出碙砂之处。《唐书·西域传》龟兹下：北倚阿羯田山，亦曰白山，常有火。古赖伯陀氏，从语言上究研，解阿羯为火之义，阿羯山即火山，学者称为十九世纪一大发见。又龚柴《天山南北路考》：天山别名腾格里，中有火山一座，高约三百二十丈，南界昆仑云云。又今天山山脉最高峰博克达山附近尚有辟襄（Pishan）之休息火山，是则所谓炎山者，指为天山中之火山，固理之当然欤？（注：以上言其接近有火山。）

《史记》引《禹本纪》云：昆仑其高二千五百余里，日月所相避隐为光明也。史迁疑《禹本纪》说为妄，后世附和史迁之说，至驳之以为：如《禹本纪》言，则日东循山而天下晓，当以地理之远近渐次而晓；日西转山而天下昏，当以地里之远近渐次而昏。营之东日出以寅，则幽之西当以午；幽之西日没以酉，则营之东当在昼。今地理不问远近，出没皆以寅酉，何也？云云。其说之是非，至今日不待再辨。夫所谓日月所相避隐为光明者，不过状言其山之高，若杜甫咏岱宗诗所谓"阴阳隔昏晓"者，理至寻常。惟吾人于此得一解焉，曰：日月所相避隐，意其山高峻之峰峦必走南北向而障隔东西，如是则不能不当以今之帕米尔。帕米尔之山脉盖南北走而障隔东西，至于阗始东西走。今试考帕米尔之高峰，于赛里克靳（即汉盘陀）之北方有名达格尔玛及玛斯泰达之两大山。达格尔玛为帕米尔山系之最高峰，于一千八百九十六年，帕米尔境界决定委员报告，达格尔玛峰高二万五千三百英尺。此两高峰即在赛里克勒与隔赛里克勒溪谷之克西卡陀一群山脉中。据今地理学者之言，此两大山脉皆走南北向。夫以如此之高峰矗列障蔽于其间，则日在山东，在山西者不可得见；日在山西，在山之东者亦不可得见。所谓日月相避隐者，正谓此耳。《淮南子·天文训》：日至虞渊，是谓高舂；至于连石，是谓上舂。舂者，当指葱岭；虞渊，或指哈拉库尔等湖而言；连石，当为葱岭一高峰之名。又《山海经》有钟山烛龙视昼瞑夜之说。高诱注《淮南子》，以钟山为昆仑。《穆天子传》之舂山，即钟山。穆王北升此山，以望四野，曰：舂山，是惟天上之高山也。当即今赛里克勒北方之最高山脉欤？又《淮南子》有不周风、阊阖风。阊阖即昆仑之一峰。古以不周当西北位，阊阖当兑体西位，是亦言昆仑有亘西方之高峰也。（注：以上言有邻隔东西之高峰。）

《尔雅》：三成为昆仑丘。郭璞注：昆仑三重，故以名。《淮南子》：昆仑虚增城九重，县圃、凉风、樊桐在昆仑阊阖之中。昆仑之丘，或上倍之，是谓凉风之山；或上倍之，是谓悬圃；或上倍之，乃维上天，是为太帝之居。《水经注》：昆仑之山三级：下曰樊桐，一名板桐；二曰玄圃，一名阆风；上曰层城，一名天庭。又《水经》：昆仑，地之中也。又《山海经》《淮南子》俱言昆仑之陬出河水、赤水、洋水等。今按，帕米尔高原称世界之屋，极然其山峰从谷间拔出，或不过三四千尺，而以地势积累成高，山上有山。《宋云纪行》所谓：自发葱岭，步步渐高，乃得至岭，实半天矣。世人云：是天地之中。盖纪其实也。古时犹太人区画世界，分为帕米尔以东之人，帕米尔以西之人，与现在以乌拉岭分欧亚之界线同，盖以此为居地中，而擘分①东西也。汉时张骞使西域还，具为天子曰②：自于阗之西，则水皆西流；其东，水东流。今举其著名之大河，若西耳河、阿母河，皆所谓葱岭以西西流之水也；若喀什噶尔、于阗诸河，即所谓葱岭以东东流之水也。近时或谓：西方挪亚之洪水当日，盖越帕米尔高原泛滥中国，即为中国尧时之洪水。按，帕米尔高原出海最早，当尧时必无复为洪水沉没之理。《淮南子》：禹乃以息土填洪水，掘昆仑虚以下地。虚者山下基，掘昆仑山③下之基，则昆仑固未为洪水所没。而禹之治水，于古书无有至昆仑以西者，然则亦昆仑为之障隔欤？（注：以上言山以数成而成，居地中而为一大分水岭。）

《淮南子》：昔者冯夷，大丙之御也，蹈腾昆仑，排阊阖，沦昆门。《离腾》④：遭⑤吾道于昆仑兮，路修远以周流；又吾与重华游于瑶之圃；登昆仑而食玉英；又登天仓兮四望，心飞扬兮浩荡；又驰骛于杳冥之中，休息乎昆仑之虚；又忽吾行此流沙兮，遵赤水而容与；又朝吾济于白水兮，登阆风而绁马；又乡吾路兮葱岭。

---

①擘分：分离，分开。　②曰：《新民丛报》作"言"。　③山：《新民丛报》作"上"。　④《离腾》：当为"《离骚》"，《新民丛报》不误。　⑤遭：难行不进。

屈原虽非亲至昆仑，然其所据多古书，古书必多言游历昆仑之事，故屈词及之。而纪行之最详者莫如《穆天子传》云：天子宿昆仑之阿，赤水之阳。（中略。）吉日辛酉，天子升于昆仑之丘，以观黄帝之宫。（中略。）夏季①辛卯，天子升于春山之上，以望四野。（中略。）天子五日观于春山之上，乃为铭迹于县圃之上，以诏后世。（中略。）辛卯，天子北征东还，乃循黑水。癸巳，至于群玉之山。其云升春山，东还循黑水至于群玉之山，即由帕米尔取道于阗而还，其行程甚明。《汉书·西域传》：自玉门阳关出西域，有两道：从鄯善傍南山北波河（注：师古曰：波河，循河也。）西行至莎车，为南道；南道踰葱岭，则出大月氏、安息。自车师、前王庭，随北山、波河，西行至疏勒，为北道；北道西踰葱岭，则出大宛、康居、庵蔡、焉耆。月氏为乌孙所败，南越县度，徙大夏，即由帕米尔往者。汉时张骞至大月氏，还并南山，虽不明言踰帕米尔，然是时大月氏居大夏地，在帕米尔西，而南山即于阗。《汉书》：于阗在南山下。由大月氏出于阗，以越帕米尔来为最顺。然则骞归时，或由此道欤？而法显之行，则从子合南入葱岭山，到于麾国，尚可考见。又古来经由此道，其最留有名之著述为今学者所珍贵，则北魏时僧宋云、唐时僧玄奘、元时意大利人马可波罗。宋云由朱驹波入帕米尔，其时为八月初，共行十六日，至葱岭汉盘陀。玄奘往时，由北道越凌山，而归时则由此道。意大利人马可波罗于千二百八十年至元朝，其纪行中所谓遂达世界第一之高岭者，即此道也。夫以岊嶤②峻嶒③若昆仑，苟非为通道所在，则虽古人好奇，必不能时逞其游观之志；而观古书，于荒古时代已见足迹之频繁，一若于此山有特别之关系者，其必为交通之要道可知。而征之后代之地理，其事迹适合。欲盖由西之东，由东之西，多不能不取由此道；而于长途行旅之中，登此最高之山，呼啸倚天，心神晃朗，旷观东西，俱在足下，印奇感于脑中，而欲记载其形势，此固人情所同，抑古人亦何独不然乎？由是，故昆仑之事，早烂熟于中国之古书，盖有由也。（注：以上言为往来之孔道。）

《史记》引《禹本纪》：昆仑上有醴泉，瑶池。《山海经》：昆仑南渊，深三百仞。《穆天子》：春山之泽，清水出泉，温和无风，飞鸟百兽之所食，先生所谓县圃。《淮南子·坠形训》：昆仑疏圃之池，浸之黄水，黄水三周复其原，是谓丹水。夫县圃在昆仑之上，以高山之巅而有若此奇异之池，是则当为今之何地乎？曰：此则更为指今之帕米尔无疑。帕米尔山上有数湖，在北方者为哈拉库尔湖，在东方者为伦古库尔湖及小哈拉库尔湖，在南方者为萨雷库尔湖，在东西者为额斯库尔湖。而哈拉库尔湖为最著，此湖大显名于古时而流传种种之异说，即在佛教书中所谓阿耨达水是也，亦云无热恼。阿耨达者，盖从梵语阿那婆答多而出，暗黑无热之义。于佛教书中称此池水流出天下，为四大河：即池东面银牛口，流出殑伽河；南面金象口，流出信度河；西面琉璃口，流出缚刍河；北面颇胝狮子

---

① 夏季：《新民丛报》作"季夏"。　　② 岊嶤：形容山峰高耸。　　③ 峻嶒：陡峭不平貌。

口，流出徙多河，为中国河源。僧惠生、玄奘及马可波罗之纪行中，皆记载此湖。魏神龟元年（注：西历五百十八年。）十一月冬，太后遣崇立寺比丘惠生与敦煌人宋云向西域取经。其《纪行》中有云：登葱岭山，复西行三日，至钵盂城。（注：即帕米尔。）三日至毒龙池。《西域记》：商弥国东并踰山，至波谜罗川，（注：即帕米尔。）中有大龙池，东西三百余里，南北五十余里，据大葱岭内当瞻部洲中，其地最高也。水乃澄清皎镜，莫测其深，色带青黑，味甚甘美。潜居，则鲛、螭、鱼、龙、鼋、鼍、龟、鳖；浮游，乃鸳鸯、鸿雁、鴐鹅①、鹔鸹。诸鸟大卵遗壳荒野，或草泽间②，或草泽间，或沙渚上。池西派一大流，西至达摩悉帝国东界，与缚刍河合而西流，故此已③右，水皆西流；池东派一大流，东北至佉沙国西界，与徙多河合而东流，故此已④左，水皆东流。今人志地理者云：马可波罗在元时，过帕米尔之高原，谓：此原为天下最高之区。揆其形势，据两山之间有一河，水甚清冽，其源出于大湖；其地生草肥美，甲于他处，瘦畜食之十日，体即丰腴。此水，阿母河也；大湖，即今西利格湖也。厥后一千八百三十八年，英国将士乌德氏历险至此，遂证马可波罗所言，谓：帕米尔之原高于海面一千五百六十丈，土人呼之为地顶，前有大湖，在西方发流，为阿母河，土人呼之为草肥泽，此草食瘦马，不至二十日即膘壮力健云云。西利格湖、龙池、毒龙池，皆同一湖。据传说：古时于湖中住有毒龙，有商贾数人过此，张幕湖边。龙怒，尽杀其人。汉盘陀之国主忧之，乃遣其子于北印度学婆罗门咒，经四年，得其术以归。国主使往湖中治龙，龙则化人，出而乞罪，王乃放之于距二十里许葱岭之奥。故有龙池、毒龙池之名。今据地理家所考究，此湖居岭头一万三千百九十尺之高，雪山四绕，周围凡二十七八里。中有大岛，岛长二里半，幅二里，从北岸有狭带之一土可通，然水涨，则狭带土没，与陆地断绝。水含盐气，然少苦味，畜类好之。湖畔诸溪多草，为土人之好牧地。水中有鱼，又禽乌⑤众多环集湖边。年中大概无雨而多雪霰，惟古来谓此湖水四出，分为世界之四大河流。于千八百七十六年所测量，此湖实无一出口，四山冰雪融化之水成大小十数之溪河入于溯⑥中。有稍大之均斯乌河，从南方之谷间来，然近湖又转而西南流。而旧时则称均斯乌河曾与湖出入，又或有谓改子河曾由此湖所出，是则古今异势。其湖有无出水不能确断，而以今人所考，湖水为畜类所喜饮，诸溪多草，适为牧地，禽鸟众多，环集湖边，与马可波罗所谓瘦马食此泽草而肥，《西域记》所谓鸳鸯、鸿雁诸鸟遗卵渚泽，其言悉合。而最奇者，《穆天子传》所谓春山之泽，清水出泉，飞鸟百兽之所食，其言又悉合。又以今人所考，湖水含盐气，而少苦味；又《西域记》谓味甚甘美；而《吕氏春秋·本味篇》伊尹曰"水之美者，昆仑之井"，其言又悉合。是岂得遽号古书说昆仑之池，其言赝造而概无征耶？而其水即《佛典》中所谓阿褥达池，而今之所谓哈拉

---

①鴐鹅：野鹅。　　②或草泽间：《新民丛报》无。　　③已：通"以"。　　④已：通"以"。　　⑤乌：当为"鸟"。　　⑥溯：《新民丛报》作"湖"。

库尔湖是也。(注：以上言山上有大湖。)

由此数考案求之，而昆仑之地略可定。当汉时，以河源与玉俱出于阗，遂以于阗为昆仑，此由武帝所名，以今语言之，所谓汉时钦定之昆仑也。其较他人之言昆仑为较得要领，今地图亦以于阗山为昆仑。然昆仑为古时所著称之高山，不应专指于阗山脉，而于近接于阗之葱岭、帕米尔，反非所指。今据古书所言昆仑之诸要点，旁证以《释典》及今世之地理，而定为葱岭、帕米尔起喀喇昆仑，东出起于阗山，此一大山汇盘踞中亚洲之中，即古之人所谓昆仑是也。

①古人多以河源定昆仑，然言河源者其说不一，而昆仑之所在亦因之而异。试略征诸家之说言之。或曰：黄河发源于青海之西南，北纬三十五度、东经九十六度之巴颜喀喇山。其东麓流出诸泉，为哈屯河、阿尔坦河汇之，而注于星宿海。星宿海者，百泓锚列，望之如列星，故有此名，蒙古称鄂屯塔喇。其泉流一道，注查灵海，又入鄂灵海。查灵海周围凡五十里，汇上流诸泉，从其湖口东南流出，合查克喇峨山发源之水，行数里而为鄂灵海。鄂灵海成弧瓜状，西南广，东北狭，其大与查灵伯仲。元史所谓阿剌脑儿是也。湖水再从其东北角流出，抵甘肃而为黄河。巴颜喀喇山者，从喀喇昆仑山起，山势高峻，其最高处盛夏积雪不消，蜿蜒奔腾，为一大山。其东干起大雪山，四时戴雪，青海以南诸山此为最高，其山势从西向东，走黄河之北岸。其东南之一干，沿黄河之南岸为西倾山，绵亘甘肃省河洮岷诸州，与四川松潘界诸山连接。由是言之，河始发源为巴颜喀喇山，而古书言河出昆仑，然则巴颜喀喇山即古之所谓昆仑欤？是以巴颜喀喇山为昆仑之一说也。或云：河源在吐蕃之大积石。唐太宗时，侯君集等追吐谷浑王伏允至星宿川，又达于柏海，北望积石，观河源之所出，是指吐蕃之大积石也。而唐时以为昆仑在吐蕃，即紫山。穆宗时，刘元鼎使吐蕃，会盟使，踰湟水，由洪济梁，西南行二千里，水益狭，春可涉，夏乃腾舟；其南三百里，三山中高而四下曰紫山，直大羊同国，古所谓昆仑者也，虏曰闷摩黎山。元时，以朵甘思东北之大雪山为昆仑。《元志》：朵甘思东北有大雪山，名亦耳麻不莫剌，其山最高，译言腾乞里塔，即昆仑也。山腹至顶皆雪，冬夏不消；其东山益高，地亦渐下，岸狭隘，有狐可一跃而越之处。按，此处山即与其东之西倾山相对峙，而绕流之河即从查灵、鄂灵海所出者。以其水狭观之，当非《禹贡》所谓浮于积石之积石。元初穷吐蕃河源，定积石于此，而以湟水之积石为小积石，而此则称为大积石。是以吐蕃之大积石为昆仑之一说也。或云：河洲有小积石山，即《禹贡》：浮于积石，至于龙门者。《括地志》：积石山，今名小积石山，在河州抱罕县西七里。《汉书·地理志》师古曰：积石山在河关西羌中。又《地理志》：金城郡河关下，积石山，在西南羌中，河水行塞外，东北入塞内。《后汉志》：河关故属金城，积石山在南西，河水所出。唐高宗仪凤二年，于浇河故城置积石郡。浇河者，

《元和志》所谓积石军西临大涧，北据黄河，即汉之金城郡抱罕县也，今有积石关。此处两山如削，河流其中而西，至兰州与湟水会。《山海经》：积石之山，其下有石门，河水冒以西南流者，常指此。毕沅以石门为在今甘肃河州西南，积石山之南麓。《山海经》：禹所导积石之山，在邓林东，河水所入。当亦指小积石。近人阎百诗、胡渭以大积石为夏书之山，小积石为唐述窟；《元和志》有唐述山，当即为唐述窟。又《汉书·地理志》临羌下：西北至塞外，有西王母石室，仙海盐池，北则湟水所出，东至允吾入河，有弱水昆仑祠。师古曰：西有卑和羌。以此数语证之今之地理，仙海即青海，一名卑和羌海，亦曰西海，又曰鲜水，今之库库诺尔是也。盐池当为今之达布逊淖尔湖无疑。考达布逊淖尔者，蒙古语盐湖之义，地在青海之西南，湖畔积数寸乃至一尺余之盐层，土人多事制盐业，青海、蒙古、西宁县等并各种蕃族之食盐皆仰给于此。湟水，《元和郡县志》：湟水亦谓之乐都水，出青海东地乱山中。《汉书·地理志》金城郡浩亹下：浩亹水东至允吾入湟水。浩亹，即今之大通河；允吾，即今兰州。又有不以河源定昆仑者。《地理志》：敦煌广至县有昆仑障。又《十六国春秋》酒泉守马岌上言：酒泉南山，即昆仑之体，周穆王见西王母即此山。又《一统志》：昆仑山在肃州卫城西南二百五十里，南与甘州山连，其巅峻极，经夏积雪不消，世呼雪山。《括地志》：昆仑山在肃州酒泉县南八十里。张守节云：肃州即小昆仑，非河源出者。是以禹所导之小积石山及与小积石山连属之南山为昆仑之又一说也。综是三说，一以巴颜喀喇山为昆仑，一以吐蕃之大积石为昆仑，一以小积石及连属之南山为昆仑。此数说中，惟除以南山为昆仑者不言河源外，其余皆以河源为定昆仑之要点。按，黄河会塞外诸水而成，其源本不止葱岭、于阗两河；于查灵、鄂灵之先，追溯其所自来之哈屯河，而归本于巴颜喀喇山之东麓为最初之源，此固为言河源者所不可不备之说。使古书之记昆仑者除言河源所自出外而其余一无事迹之可证，则以巴颜喀喇山为昆仑之说亦谁得议其非？然试以前数考案求之，于河源一事之外余皆无可印证，则专举巴颜喀喇山为昆仑者，其证据究不免单简。虽然，谓古人所言昆仑其包赅之地域必广，此巴颜喀喇山实自喀喇昆仑而来，而与于阗之昆仑山脉连属，不过南向分一支而出，当并在古人所言昆仑圈界之中，固未始不可。然如是也，必稍加别白，谓巴颜喀喇山为葱岭、于阗、昆仑山汇中附属之一山则可，谓有独立之资格而以古人所称之昆仑限为是山之专名也，则未免失之僭专者也。至所谓积石昆仑者，盖以河出积石，而古书有河出昆仑之说，于是合两说为一说，遂定为积石即昆仑，昆仑即积石，而积石之说不定，有大积石、小积石，而昆仑之说亦不一定，有小昆仑、大昆仑，海内昆仑、海外昆仑，河水所出之昆仑、非河水所出之昆仑，敦煌昆仑、酒泉昆仑、肃州昆仑。实则积石非河源所出，所谓禹导河积石者，以积石为施功之处，非以积石为发源之处，如是，则积石之无与于昆仑明其。彼大积石之河，其源既自喀喇昆仑山来，而小积石之河又自大积石之河来，而与浩亹诸水会耳。欲于其间求古书昆仑之所在，其相去亦远矣。若邓展云：(注：其语见《史记·大宛列传》注，又见《汉书·张骞传》注。)汉以穷河源，于何见昆仑乎？《尚书》曰：导河积石，是为河源出于积石，积石在金城河关，不言出于昆仑也云云。其谬可谓已甚。古书言河出昆仑，其语具在，邓岂一未之见乎？而遽下不言出于昆仑之断词也，是可谓庸而妄者也。或者不脱儒家拘虚之习见，言古书必以《尚书》为断，《尚书》之所不载，则古书皆疑其伪而以为不足取，是又蔽于一偏之见者也。然于此纰说①之中，而亦可考见一理，即于积石所在之区而无昆仑之可寻是也。然则河源自出于昆仑而非积石，而积石不当名为昆仑，而言两积石为昆仑者，其说可决其皆非也。至外此有以敦煌、酒泉、肃州诸说，而认南山为昆仑者。夫但浑言南山为昆仑，亦自不得议其非。何则？汉时言南山，自葱岭之山南出，起于阗山，迄于终南山者，皆谓之南山。《汉书·西域传》：于阗在南山下。又《史记·大宛传》《汉书·张骞传》：张骞自月氏还，并南山。其所谓南山，即于阗之昆仑是也。《汉书·西域传》：葱岭，其南山东出金城，与汉南山属焉。《史记·大宛传》，《正义》云：南山即连终南山，从京南连接至葱岭万余里。虽然，此仅以其山脉横走，连接京南之终南，故统号之为南山耳。若析言之，于阗之南山，汉时已定为昆仑，今从之；肃州南之南山，汉时谓之祁连山；而终南等山，又各自有名。然则昆仑所在，不得以同属南山山系而为泛广无界限之称。除于阗之南山以河与玉所出，可谓之昆仑，若肃州南之南山，其得称为昆仑者，当由后世附益之名，而古书所言之昆仑殆不在此。而又有极广泛性而无着落之说，郑玄注《禹贡》，别有昆仑之山，非河所出，盖不知其所指，或曰郑玄盖以河出于昆仑为疑。许慎《说文》：河出敦煌塞外昆仑山，发源注海。既言河出昆仑，而其所指，浑言敦煌塞外，无界段。段玉裁因此，至云塞外之山至高大者皆可谓之昆仑，则更可谓茫漠之至。夫古人云昆仑之墟方八百里，此一大山汇所盘踞，其范围决非狭小，虽然，其地域虽广大，而决不得谓之无界划。若曰塞外高大之山皆可谓之昆仑，几若古书之凡言昆仑者不过言高大之山云尔，而无所专指之地，则何得以出河产玉，其高几里，其广几里，而有某水出其何陬，某水出其何陬，且有凉风、县圃、层城等之分名耶？古人之必有所指，而非浑言高大之山，彰彰明其，彼段氏之定昆仑界说也，其不当于论理固其易见。而近人且有称许其说者，其所见殆非吾人之所知也。夫指昆仑为巴颜喀喇山，为大积石，为小积石，为南山诸处，亦皆各有其依据之点，但其所依据者似不免寡薄。若夫泛广性而无段画之言，则直不足置存于学界者也。

　　古来言昆仑诸说，其中握莫大之势力，而其所关系者不仅昆仑，大造影响于历史上人心之观念，则太史公之说是也。太史公盖持无昆仑说者也。《史记·大宛列传》：太史公赞曰：《禹本纪》言河出昆仑，(中略。)今自张骞使大夏之后也，穷河源，恶睹《本纪》所谓昆仑者乎？董份曰：观此云恶睹所谓昆仑，则前云按古

───────────

①纰说：犹谬说，错误的说法。

图书名河所出曰昆仑,盖讥之也。此就其事实以观,不过疑昆仑为虚妄已耳,然因此而世人所联起之理想,因昆仑之虚妄而遂责武帝为好大喜功徒事远略,而又斥张骞贪一身之利,逢君之恶,敝汉之财力以事四夷。观赵昉、黄震、茅坤、丘浚等所论,其言不若是哉?夫武帝虽多可议,然通西域,结汉乌同盟,断匈奴之右臂,匈奴由是遂衰而不为汉族患,于民种史上厥功甚伟。而其事能告成,则以当日有天才上一大冒险家之张骞在。以功论张骞,固当在铜像记念之列,虽近世赫赫在人耳目间之哥伦布,亦何以远过之?然而哥伦布之名芬芳于世人齿颊间,而张骞凿空①,冒万险不顾一死,乃不免为足不出闺阃、掉弄笔锋一二儒者所呵,冤哉!冤哉!不奖励挺特之士而务压抑之,此固我国数千年来之所以无进步也。然如赵昉、黄震等所论,实自史公启其端,史公不快于武帝,故于武帝通西域之事多含讽刺,隐约于字句之间,所谓一篇之中三致意焉。观《史记》虽述西域事,然取《汉书》比较之,则《史记》所载多疏漏,且《史记》《汉书》皆述张骞言,然《史记》所载略于《汉书》。向尝窃怪以为史迁时代近张骞,而骞言有为史迁所略者,班固反详述之,此何耶?继而通观《史记》全体之用意,乃知其撰作之主义不在叙述而在讽戒,此其所以疏略而不为意也。《史记》之成,当时以为谤书,然一般人心之间大倾倒于史公之论,即以昆仑言,武帝明诏,定于阗山为昆仑,而史公反对之,以为无昆仑。故郑玄注《尚书》,已示疑昆仑之意;许慎论文,亦但泛记昆仑。段玉裁云:马、班皆不信《禹本纪》《山海经》之言,而许言出昆仑者,许从汉武帝所诏也。夫事关学术,不论帝王,帝王之所勅,学者拒之无不可,然亦不无有学者之言为非而帝王之言为是者,要当论其理不论其位耳。许怀疑意,而姑从武帝所诏,是汉代儒者之陋耳,然表面从武帝所诏而隐实然史迁之言,以是见史公所论已大占势力于汉代学者间。夫古书言河出昆仑,而其所状写昆仑系一高大之山岳,今追溯河源,固有若于阗连接葱岭之大山在,是岂得议古人之言为捏造?学者不务求地理之实而信其经见者为有,不经见者为无,此其理与今之腹地人不见轮船、铁路,以为怪而不可信者等耳。然此等论说最易见重于我国之人心间,是何也?则以我国数千年社会间之教化,以经常中庸为美德而新奇创辟为邪说故也。噫!吾独不解号称好奇之史公,耕牧龙门河山之阳,曾南游江淮,上会稽,探禹穴,窥九疑,浮沅湘;又尝西过空峒,北过涿鹿,东涉汶泗渐于海;奉使巴蜀,略卬、筰、昆明,足迹几遍中国,而至涉笔域外,其眼界之拘墟若此。抑夫后之文章家赏其鸟睹、所谓乎等摇曳数虚字,以为有神,因尊信其文,从而尊信其说,而不敢一加之讨论者,是亦为文字之所魔焉而已。吾辈今日亦勿为此鸟睹、所谓乎数字之神光所眩,仍返而实考昆仑之所在,以断其有无可也。

今人则有以喜马拉亚山为昆仑之一说焉。南昌沈氏于《书目提要》②云:喜

---

①凿空:开通道路。　　②《书目提要》:指晚清沈兆祎的《新学书目提要》。

马拉亚山为大地第一高峰，积雪皑皑，今为世望，近日我国学者谓即古之昆仑，此说一传，几为定论。又云：世界地理志之伪者，如谓：长江、黄河皆出于昆仑，而以昆仑与喜马拉亚山分而二之。按，昆仑祖山，载籍所重，然峰峦何属指实为难，群书所称，世俗所目，皆未必为典要。惟近日新化邹氏始以喜马拉亚当昆仑，以高度准之，差为近似，故人多从其说云云。邹氏之书未见，未知其证据若何，无从县论。惟如沈氏所谓，以高度准之，差为近似，吾不知何所据以为准也。按，《禹本纪》言昆仑：其高二千五百余里。《淮南子》：昆仑墟有增城九重，其高万一千里百一十四步二尺六寸。《水经》：昆仑高万一千里。《广雅》：昆仑高万一千一百一十里一十四步二尺六寸。《水经》《广雅》与《淮南子》说略同，为本于《淮南子》无疑。《山海经》：昆仑之虚方八百里，高万仞。或谓：此言其虚基广轮之高卑耳。自此以上，二千五百余里，有醴泉、瑶池，见《禹本纪》。要之，其所言高度，尺寸里步必不能持与今合，惟可知其为高山之一义耳。且以此而必推为世界第一之高山，谓足以相当，是犹不免擅断。盖古人虽状言昆仑之高，固未尝明言全地球之山无有过于是者，然则举一全地球至高之山而欲以之定昆仑也，其论之危险亦甚矣。且以喜马拉亚山当昆仑者，即采用古人以阿耨达山为昆仑之义。阿耨达山，今学者间有解为喜马拉亚山者，然则谓以喜马拉亚山当昆仑，为古人已有之义可也。《史记·大宛列传正义》引《括地志》云：天竺在昆仑山南，大国也。又云：阿耨达山，亦名建末达山，亦名昆仑山，水出一名拔扈利水，一名恒伽河。自昆仑山以南，多是平地而下湿，土肥良，多种稻，岁四熟，米粒极大。是其所言，明系今印度之喜马拉亚山。今人或言阿耨达、建末达与喜马拉亚同，故阿耨达山当为今之喜马拉亚山。使是说而果可据也，则阿耨达山可定为喜马拉亚山，而不得与中国所言之昆仑混。宁有舍出河产玉，居亚洲地中，为东西往来足迹所经，及其他事亦多可与古书相印证之帕米尔、于阗之山，而反认偏处印度，于古书无可符合之一山耶？又有论者谓阿耨达山即印度人之所谓喀拉斯（Kailas）山，西藏人之所谓乞射（Tise）山，而即载于中国书之冈底斯山。郝懿行据《一统志》云：西藏有冈底斯山，在阿里之达克喇城东北三百十里，乃《西域记》《水经注》所谓阿耨达山也。又有论者谓：阿耨达水与夫阿耨达山，理自不能分为两地，于阿耨达水之所在，即可定阿耨达山；而阿耨达水，即今帕米尔之哈拉库尔湖，则阿耨达山亦必当为帕米尔之山。而佛典中言阿耨达水在雪山之北，雪山即喜马拉亚山，在喜马拉亚山之北，则非喜马拉亚山自明。而帕米尔之地，实即在喜马拉亚山之北。是二说者，俱不以阿耨达山为喜马拉亚山。其以阿耨达水与夫阿耨达山理必同在一地为立论之要点，以视谓阿耨达音近喜马拉，而古书有言阿耨达山即昆仑者，于是合并牵混，而立昆仑即喜马拉亚山之论者，固远过之矣。且夫为一人种所称道之山，必与其人种有关系之故，或盘踞于其人种居住之地而高大峻嶒，时触动其观念；或据形势扼要之区而巍峨雄峻，拔起于一方。若喜马拉亚山矗立印度，自照著于印度人种之心目间，而中国人种与之无何等之相涉。而帕米尔之山居黄河发源之高极处,障隔中外,而为东西交通惟一之孔道,为古时中国人种进入中国必由之路。汉时分其道为二,北沿天山,南沿于阗,即所谓南北道。而古人往来多从南道,循于阗,登帕米尔,古书所记昆仑之事迹盖多在此。若欲至印度,登喜马拉亚山,由取道西域而往,必先踰葱岭,观后世入印度之人若宋云、玄奘等行踪自明。断无古人踰葱岭、帕米尔,睹此高拔巍特之山而不记而反于喜马拉亚山记载独详之理。且喜马拉亚山仅为印藏交通之一隘道,即由西域至印度,果以何事而必登喜马拉亚山耶?若果登喜马拉亚山,不能不以其归途,将取道西藏进巴蜀,出中国之南方为假定,而古人岂有是行踪之可证耶?又若往时不踰葱岭而得直登喜马拉亚山,则亦必由中国南方取巴蜀而进之一道,而此道者非他,即汉时张骞所欲通而不得通者也。《史记》《汉书》并载张骞言曰:臣在大夏时,见邛竹杖、蜀布,问安得此,大夏国人曰:吾贾人往市之身毒。身毒国在大夏东南可数千里,以骞度之,大夏去汉万二千里,居汉西南。今身毒国又居大夏东南数千里,有蜀物,此其去蜀不远矣。今使大夏,从羌中,险,羌人恶之;少北,则为匈奴所得;从蜀宜径。(注:师古曰:径,直也;宜,独①当也。从蜀向大夏,其道当直。)天子以骞言为然,乃令骞因蜀犍为发间使,四道并出,出駹,出莋,出徙、邛,出僰,皆各行一二千里,其北方闭氐、莋,南方闭巂、昆明②,终莫得通云云。是蜀道之难,艰阻梗塞,在汉时犹如是,况古代乎?其间两处毗连之土著或相交接,以流通贾市之物,而非为往来交冲之大道,故虽以汉之国力,终莫得达。又非独汉时,然自佛教宏通,中国人至印度求经及天竺僧之来中国者,皆取道西域,其后或有改从南方之海道者,而从藏、蜀间往来者绝少。盖西藏虽至今日,尚为世界之秘密国而进入其不易易,中国古人取何道线而得屡登临喜马拉亚山耶?况考之古史而求古帝王有取道南方,由巴蜀而上昆仑,直无一踪影之可认,然则指昆仑为喜马拉亚山,而中国古时于偏居印度之一高山,独屡言之不一言,其理由直无从解释。沈氏又驳中国民族从亚西移来之说,其言曰:果出自巴比仑等处,则渐被之迹首在南方,何以滇、粤诸邦教化之迟、文物之绌乃反后于各地,此其未必可据者矣云云。夫谓中国民族自亚西来,固不足为不易之论,学者有怀疑于其间,自当抒其所见而辨正之,然如所谓自巴比仑来,渐被必首在南方,此其理果何所据?岂以为巴比仑与中国南方于舆地上画一平行线之差度近,而于中国之北方远耶?不知从亚西至中国,其通道皆越亚细亚中央之高岭而进入中国之西北方,观后代罗马贩丝之队商犹取此道。夫自来道途皆依山川之脉络,故多曲而不直,又岂能指画纸上之舆图而较远近,而强人之足迹为亦必如此耶?若如沈氏所言,从巴比仑至中国必当滇、粤,则其间所登临之昆仑自必为喜马拉亚山,而无如中国之开化不先

---

①独:当为"犹"。　　②北方闭氐、莋,南方闭巂、昆明:往北路去的使者被氐、莋阻拦住了,南去的使者又被巂、昆明阻拦住了。

滇、粤，在沈氏已疑之矣，然则古人所登临又岂必为喜马拉亚山耶？而云自定昆仑为喜马拉亚山，学者多从其说，吾未知其可从之理固何在也。

①中国古书言昆仑，而印度经典则言须弥，于是有须弥昆仑之说出焉。《拾遗记》：昆仑山者，四方曰须弥山。《道经》：昆仑之山乃天之中岳也，在八海之间，兴起行经。昆仑者，则阎浮提地之中心也云云。其以昆仑为在八海之间，又以昆仑为阎浮提之中心，盖皆以佛教之须弥言昆仑也。而又有反对其说者，如黄震之论曰：太史公云乌睹所谓昆仑，呜呼，太史公之论善矣！然后世展转沿袭之妄，又岂止太史公所辟而已哉？盖自是有译西域书为中国语者，又因昆仑之说附会之为须弥山而更加张大，谓周须弥之山为世界者凡四，然天下安有是理者哉？又曰：彼为昆仑、须弥之说者，虽从西域来，实皆译之者，附会中国非圣之书以张大之，而不复计其事之实也。余故因太史公斥昆仑之说而并及之云云。今按，诸说以须弥为昆仑者固失之牵混，而反对其说，直视中国之言昆仑皆为非圣之书，而以为印度须弥之说由中国昆仑之旧说而张大之者，此其见解，直与今日译西人之言民权平等皆视为非圣之言，而以为由新党之所捏造，其持论正复相等。要之，皆未究两者之说其所指之山果当何属，与夫两者所指之山果为同一与否。然则昆仑、须弥之说，究其实果当若何乎？昆仑出我国之书，而须弥之说传自佛经，是不可不就佛教之言须弥者而一考之。夫佛教之言须弥也，其在尊信佛教者以为此佛之天眼通，能观彻小中大三千世界，故其为宇宙论也，以须弥为中心，日月星辰皆绕之而行。以今科学言之，天体诸恒星各依一总枢纽而旋转，而此枢纽之所在为昴宿六。然则佛之所谓须弥即宇宙之总枢纽，而即今天文学之所谓昴宿者欤？此一说也。而在菲薄佛教者以为佛教之说须弥，九山八海，四宝合成，不脱古时代幻想之宇宙论，在宗教家或有迷信其说，要不过牵强附会而不足当科学者之一瞥，此又一说也。是二说者，各得其理之一端，而吾人欲考求须弥者，先不能不一探其须弥之说之所自来，故当先立此考案曰：须弥之说，始于佛教乎？抑非始于佛教乎？今考佛教之言须弥，有《华严经》（注：《佛升须弥山顶品》。）《金光明最胜王经》（注：《四天王护国品》。）《妙法莲华经》（注：《序品》《第廿五普门品》。）《维摩诘经》（注：《不思议品》。）《大乘大方等日藏经》（注：《升须弥山顶品》。）《大宝积经》（注：《六界差别品》《转轮王品》。）《起世因本经》（注：《阎浮提洲品》《四天王品》《三十三天品》《住劫品》。）《长阿含经》（注：《阎浮提品》。）《正法念处经》（注：《观天品》《畜生品》。）《佛说阿毗昙论》（注：《地动品》《大三灾品》等。）《瑜伽师地论》（注：《本地分中意地》。）《阿毗达摩大毗婆娑论》（注：《大种蕴》《定蕴》。）《阿毗达摩俱舍论》（注：《分别世间品》。）《显扬圣教论》（注：《摄事品》。）《大智度论》，（注：《初品中现普身》。）诸书。然试进而考之，此须弥说不仅见于佛典，而实为印度婆罗门之古说。

①以下原载于《新民丛报》第 60 号（1905 年 1 月 6 日）。

须弥或作须弥楼,或作苏迷庐。《出定后语》[①]:须弥楼山之说皆古来梵志所传,迦文特依以说其道。又云:须弥世界者,是梵志初说。《佛国历象·辨妄序》:须弥楼山,外道[②]旧说,迦文因之以论心地。《印度藏志》:大地之中央处称苏迷庐,其高顶云忉利天上,其北方云俱庐国。元在《四韦陀论》中婆罗门相传之古语也。苏迷庐即须弥,音译偶异耳。《智度论》:外书所说须弥,纯一金色,佛所说为四宝所成,是言外道亦说须弥,其所异者惟外道言为纯一金色,佛言为四宝所成而已。《释教正谬》:如须弥山、如来、菩萨、六通罗汉,皆由无漏定正慧眼所观视也。得定外道婆罗门仙,亦各仿佛视之说之,故印度诸外道虽疑佛智,不敢疑须弥。盖外道以佛说与己说异,故疑佛智,而须弥为古说,佛与外道同所称述,故不必疑也。又须弥山顶之帝释天及其上下诸天之说皆见于毗陀神典中。又据西人之研求印度学者,亦均以须弥说为印度古代所有,多孙氏入须弥之说于印度神话字典中,卡拉陀氏印度古典字林以须弥附近为印度阿利安人种之原住地,至占领印度后,其名尚留于人种之古传记中。富兰那所记位七山中心之金山者即此,达多氏《印度古代文明史》论印度古代地理,引《婆罗门神话》中所说七大海七大陆,与佛教中须弥说大同小异。然则合而考之,佛所说之须弥与古代传记诸外道所说不过稍有参差,而其说之不始于佛固其确也。盖佛之说教也,意在开悟愚众,故不能不假其所记忆之事以为指点。而众人所最印于脑中而不忘者,为一种社会上相传之神话古说,借此以引诱其兴,则吾之言易入而足动听,而又不苦于理境之艰深。佛当日深悉此理,故其说教之中引旧日之神话甚多,不仅须弥,而须弥亦为其中之一事。夫须弥之说既非始之自佛,则尊佛说以为佛以天眼得见宇宙之全体者非,以为佛说幼稚不合于今科学之言亦非也。由是而欲一进考须弥之所指为果当何地乎?卡拉陀以须弥当喜马拉亚山之北方轶靼之一高地,而或者以为指帕米尔。是则合印度诸说观之,颇多龃龉。何则?印度人传说之俱庐洲,以为在喜马拉亚山之北,而佛典中亦以俱庐洲为在须弥之北,俱庐洲当帕米尔正合。《长阿含经》云:须弥山北有天下,名郁单越,有阿耨达池,出四大河。今帕米尔之哈拉库尔湖,古说出四大河,当阿耨达池无疑。而云在须弥之北,又云在喜马拉亚山之北,是则须弥之与喜马拉亚当为同一之地。以印度人所见之高山莫近于喜马拉亚山,以喜马拉亚山为一定点而分画四方,以记认世界之大势为顺便,此须弥之说所由生。须弥盖即指喜马拉亚山也。今日本井上圆了亦以须弥为喜马拉亚山,其所考证:一阎浮洲在须弥之南,今印度在喜马拉亚山之南,阎浮洲为我人住处,正印度人自指其住处。二阎浮洲之地形与印度之地形同。阎浮洲北广南狭,三边同量,各二千由旬[③],南边

---

①《出定后语》:底本中无书名号,按文意当指《出定后语》一书,富永仲基著,是一部批判佛教经典的著作,写于1744年。下文的《佛国历象·辨妄序》《印度藏志》《智度论》《释教正谬》底本均无书名号。②外道:不了解佛教教义及思想统称为外道。 ③由旬:古印度长度单位,一由旬相当于一只公牛走一天的距离,大约七英里,即11.2公里。与下面作者所注一由旬当三十里不合。

三百由旬半，今印度地形北面负山脉地广，南方张出海中地狭。三阎浮洲之纵广与印度之面积均，阎浮洲盖共六千三百由旬半。（注：一由旬当三十里。）以是合之，阎浮洲者，印度之异名，而须弥者，喜马拉亚山之异名也。又雷克剌士（Beelus）说喜马拉亚山之地理，曰须弥山之理想，殆离人寰而从此高山峻岭之中起者，是亦以须弥山为即喜马拉亚山。然则印度之所谓须弥与夫中国之所谓昆仑，固各异指而非属同一之山矣。

由是而昆仑之地域可定。然则古代居住于昆仑者，当属何民族乎？荒古邈漠，无可详考，今可见者惟古史所载之西王母时与昆仑山有相关系之故。西王母，今为东西各国研究中国学者热心考察之一问题。盖以西王母为窥测中国古史与外域交通之一要件，其解说西王母之言颇多。自一八八九年爱台尔氏英译《穆天子传》，或据波斯诗人富尔达伊诗史引波斯古传，襄西陀（Jamshid）王与摩诃晋王穆罕（Mahang）婚，而以摩诃晋为大秦，即西陀王为西王母，或以阿剌伯之西亚婆（Shebaor Saba）女王为西王母。而拉克伯里以为即乌孙民族称其君为昆莫之古译，引中国古音王音近昆为证，西王母者盖即乌孙之君。而最近学者之说以为西王母即图伯特语又浓坡（Tso-ngonbo）之音译，而蒙古语之库库诺尔（Kokonor）即青海之义也。顾吾人所见，则宁谓古时一人种之名为当，而若以昆仑为帕米尔、于阗间一大山为假定，则西王母即居住于其间之民族。然进而考之，果当属何之种族乎？是亦遽难臆断。章太炎《訄书》云：《穆天子传》言西膜者，塞米的族，旧曰西膜、亚述及前后巴比仑皆其种人，前巴比仑即迦勒底。（注：按，此说稍误。迦勒底诸国不仅塞米的人，尚有属丢那尼安种之阿加逊思米尔人种，已见本文上论《亚西种族篇》。）又云：西王母者，西母与西膜同音；王，间音也。西膜民族始见犹太《旧约》，本挪亚子名，其后以称种族云云。按，是说也，是以西王母为即塞米的种也，而其所论别无证据，徒以西王母之与西膜、西膜之与塞米的音相近似，而断然西王母之与西膜，古书两列其名，不应以同一之词一书互异。而欲别定为属何种族，则古史实少事实之可证，不得已据汉时住于帕米尔附近种族言之，则天山南北麓及帕米尔西多塞种，而帕米尔山中当为氐种。《汉书》言乌孙本塞地，盖塞种人所居住之地。又今热海，于天气晴明时，水底见有家屋之迹，且时时有人骨、破瓦、古器之类漂于滩际。土人相传，上古有一都府，其中有井，一日井水溢出，沉都府于水中。又云：相传古时住于此湖旁者为一种绿眼之人民。故今考热海，古为乌孙领地无疑。又今之哈萨克人即黠戛斯，今人所考为黄白之合种人也，而于古即为坚昆。《西阳杂俎》云：坚昆人民发黄目绿，赤髭髯，其髭髯黑者为杂胤[①]。此数语今大显其价值，盖与今人所考为黄白之杂种者悉合，其所谓目绿发黄赤髭髯者盖即塞种。又《汉书》以休循、捐毒之属为皆塞种，又言罽宾塞种，而大夏原住之人亦为塞种，然住于帕米尔山中者与此异。

---

①杂胤：即混血儿。胤：后代。

《汉书·西域传》：蒲犁及依耐、无雷国，皆西夜类也。西夜与胡异，其种类羌氏，是皆指住帕米尔山中者。无雷即前述之汉盘陀，在葱岭顶上，西夜为其间著名之一族，故曰皆西夜类也。而《汉书》明言与诸胡异，其种类羌氏。胡者即指碧眼诸胡，羌氏种者，黄种也。若以汉之西夜子合，当古之西王母。而西王母之名尚见于周代，周距西汉时代不远，若周汉之间果无人种之大变迁为假定，则《汉书》之所谓西夜类者，即西王母人种，而其种类羌氏，则非属塞米的种而宁属为黄种。于大种族上言之，固言我种族为同种者也，虽然此必以西夜子合为即西王母，又必周汉之间西夜子合无人种之大变迁。此二案假定，而后西王母之为氏种，即属大种族上之黄种可以推定，若此二考案未能遽断，则西王母之果为氏种与否亦未能决，姑留其说，以待考求可也。

第八章　结论

迄终而附以一言曰：以今日我国地质之尚未发见，而研求人类学专门之乏人，不能得几多实迹之征验，而徒凭藉古书与近时各国学者研究之说而欲剖晰此一大问题，殆不自量。而所谓如蚍蜉撼大树者，其间所说之不当，或不能证明其讹误与否，或不免陷于幼稚之见，而为后世学术大明之后所废弃而补正者，不知凡几。然使果有此一日也，虽大遭呵斥，幸甚何也！吾人所欲究明者，此一事之真相若何而已，苟得见真相，则说之出于己与人，又何择焉！且因得见真相而弃己之说以从之，又何靳[1]乎？非特此也，即尚不获见此大发明之一日，而学问以考而日进，他日者，人或有进于己之说，固将舍己而从之。即在己而后日之所见有异于今日者，亦当自弃其前说而改定之。然不自度其今说之肤浅，而或辑人说，或标己见，而先开述其区区者，盖以蒸民[2]之性，莫之[3]思念其祖、水源木本之所自来，而安于昧昧然而不之求也，则夫所贵乎人智者，又奚为耶？况乎自地球大通以来，种与种相见，因种族异同之间而于一方交际之情大开，于一方竞争之念又起，交际者所以尽待人之道，竞争者所以树自立之基也，两者交相为用。然则当种族并列之日，而讲明吾种之渊源，以团结吾同胞之气谊，使不敢自惭其祖宗而陷其种族于劣败之列焉。其于种族保存与夫种族进化，有取于是焉必巨矣。抑昔人有言"前辈不生吾辈老，恐令遗憾又千年[4]"，以是不敢辞谫陋，而姑任其一蚊一虻之劳。又语有之曰：疑团者，研究之母也。今之掇拾，固此志尔。

抑犹有一言于此，则我人种定名之难是也。于标识上最易区别者，莫如名

---

①靳：吝惜。　②蒸民：众民；百姓。　③之：《新民丛报》作"不"。　④前辈不生吾辈老，恐令遗憾又千年：出自南宋陆游《文章》："文章在眼每森然，力弱才疏挽不前。前辈不生吾辈老，恐留遗恨又千年。"

汉族。虽然，汉者一朝之名，以一朝之名而为我全体种族之名，于分固不当尔。①毋宁曰中国种。居中国者，虽不仅吾人之种族，然数千年来，于中国土地之历史上，其为主人翁者，固我种人也，则名为中国种者，从其主者言之，固无不可。虽然，中国固国名也，以国名为种族之名，虽有时可用，而有时仍不能不用种族之专名，盖至于必当别白之处，势不能不舍统词而用专词，（注：例若文中有云：上古居中国者有苗人种，而其下之一语则指我种族而言，其时势不能云上古居中国者有苗人种，有中国种，于此必择一易区别之名用之，如云：上古居中国者有苗人种，有汉人种，则词方分明晰，然至是则已不能不舍弃中国种族之名而不用矣。）而无适当之专名者，复于此而感其大不便也。或曰，我种皆黄帝之子孙，可名黄种。然黄种、白种为大种族上之名，其词易混。且尝思之矣，黄帝之子孙莫如名曰姬种。虽然，中国全体人种中盖尚有神农炎帝之子孙在，（注：神农炎帝属何种族，于《中国古代诸民族篇》论之。）固不当仅以姬姓限之。近钱唐夏氏主《左传》戎子支驹之言曰："我诸戎饮食衣服，不与华同。"以华为我族之真名。虽然，此亦他人对我而为区别之词之名，而非我种之自名。且若遽云华种、华族，于见闻上尚未洽熟，即用之于文字间，亦尚有杌棿②未安之处，而较之诸名词中，已不能不谓之稍惬。夫既不能以己意定一新名，而旧名之诸未足当意者又若是，是知欲定我国之国名固难，而欲定我种族之名亦复不易。固知蒙愚，思浅见隘，大雅诸士亦幸审酌而有以匡其不逮③也。

兹以本篇结论诸点略揭于左：

（一）挪亚时之洪水与尧时之洪水不同。

（一）设令中国种族果由巴比仑来，当属迦勒底之阿加逊人种，而非塞米的种。

（一）以上古中外隔塞，由农业大定之故。

（一）以上古汉人种先居黄河之南，而后居黄河之北。

（一）以战版④泉、涿鹿，皆为黄帝与蚩尤之事。

（一）以西王母地，当汉之西夜子合。

（一）以西王母为种族之名。

（一）以塞种为白种，以氐种为黄种。

（一）以白狄等为⑤白种。

（一）以匈奴老上单于攻月氏事，为即乌孙借匈奴兵复仇事。

（一）以黄帝为最古之教主。

（一）以老子为老聃，非有他人。

（一）以老、庄为同乡。

（一）以人皇出谷口，为即寒门之谷口。

---

①此处有删节。　②杌棿：倾危不安的样子。　③匡其不逮：指对于达不到的地方给予纠正或帮助。　④版：当为"阪"。　⑤为：《新民丛报》作"属"。

（一）以昆仑为帕米尔兼于阗之山。

（一）以葱岭河源为徙多河。

（一）以于阗河源为玉珑哈什河。

（一）以昆仑之五色水由玉色分。

（一）以山海经之杠水为葱岭河之一水。

（一）以山海经之炎山为古之天山中之一火山。

（一）以《汉书·地理志》之盐池为今之达布逊淖尔湖。

（一）以密尔岱山为《山海经》之峚山。

（一）假若西夜子合即为古西王母，而周汉间种族不变，则西王母当为氐种而属黄种。

（一）伸《汉书》而抑《史记》。

（一）颜师古、段成式、皇甫谧等之言复活。

第三辑　散章辑录

论说类

中国之药①

中国,世之所谓病国,与土耳其、摩洛哥等并著而无所谓讳矣,然而中国人不知也。昔者扁鹊见齐桓公,告以病,齐桓公不信,未几而桓公死。今中国人亦犹桓公之不信扁鹊之言也。夫知其病而药之,犹可救也;不知其病,且自以为无病,而不欲人之药之,则其去死之日不远矣。兹罗列外人论中国之言,虽未能尽揭其症结,然已略窥其脏腑之一斑。服是药也,有数起色:一拔去骄根性。自以为中国即天下,天下即中国,中国外无治法,中国外无道理等是也。一拔去愚根性。守数千年古书,不知新学、新理,除制艺外,八星不知,五洲不识等是也。一拔去不管国家之根性。图身家之私利以封殖其子孙,以为我家既富厚,则后嗣千万世可无他虑,而不知大局动摇,国家败亡则身家无不受其影响者是也。其他各因其受病之所在而异其功效,荡决肠胃,渗漉髓脉,以为硝黄欤?以为参蓍②欤?以为甘苓之和平补剂欤?要之为中国人箴膏肓、起废疾之方,而不当自讳而忌之,拒他而不服也。他日者四肢霍然,日臻强健,则取是言而投弃之,以为药渣焉可。观云识。

中国兴亡一问题论③

第一章 悬论④

第一节 问题之缘起

二十世纪之大问题,则中国之兴亡是也。方欧洲内治已定,列强务均势以保平和,于是各移野心于局外,为飞而食肉之举。当非洲、美洲、南洋各岛已经略定之余,而尚有天气温和、物产丰富、土地饶沃、人民柔弱之中国一片土,遂视

---

①原载于《选报》第15期(1902年5月8日)。　②蓍:蓍草,多年生草本植物,全草可入药。
③原载于《新民丛报》第26号、27号、28号、29号、30号、31号。　④以下原载于《新民丛报》第26号(1903年2月26日)。

为鼎中之脔，俎上之肉，各思啖而食之，以厌①其欲望。虽然，中国大国也，其人民虽愚而弱，然非非洲、美洲、南洋各岛之土人比也。其一亡而不复兴欤？其犹有复兴之一日欤？今日尚未能断言之。使其亡而不复兴也，则一色人种统一全地球之问题将出；使其能复兴也，则黄祸之说且将再起。其结果也，如欧、亚人胜负之关系，为黄、白种强弱之关系，亦巨矣哉。故夫今日之以兵战，以商战，以工艺战，以政治战，以教育学术战，以铁路、航路、矿山、工厂战，以条约、租借、外交手段、势力范围战，以殖民主义、帝国主义、民族主义战，贤君哲相绞脑浆、耗心血，怀才抱气、忧时感事之士逞②探索，恣钻研，纵横于文字，上下其口辩，无他，咸欲睹此问题之一归宿而已。观察此问题异，而政策亦异；处置此问题变，而局势亦变，盖非一国之问题，而全地球公共之问题也。虽然，以一国之问题，而使全地球之人得干涉之，且待全地球之人而决定之，是则一国之无自主权，而事之至可耻者也。然益不容不研究此问题，以一断其前途之祸福也。

第二节　解释问题

此问题之解释者，果用何法乎？盖亦不外二式而已：一就各国而解释之，一就中国而自解释之。就各国而解释之者，谓天下事智者能制愚，强者能制弱，局势之已成，能制其未成者。若彼印度者，土非不广也，人非不多也，物产非不美备也，人民智识之程度与中国亦不相上下也，然为英人管辖后，其重要之官皆英人任之，要害之处英人派兵镇守之，而印度人室中至不得挂刀，其故王虽存，岁时领英人之银一颗、糖一角以为荣。论者谓印度而欲谋自立，恐数百年内无是望也。此固非印度人之不求自强也，局之已成，势之已定，愚服于智，弱服于强，而无如何也。今者中国之海面，瓜分已早定矣。因海面而劙③及内地各行省，变换颜色之图，亦已纷传各国，默认为谁何之界，谁何之土。以各国政策之狠毒而诈诡，各国兵力之勇敢而猛鸷，各国民族之趋势之四隘而膨胀，各国经营之铲髓削骨日积月累而未有已，岂容于二十世纪之时代，东海之上、喜马拉亚山之北，尚有一斩新④之国土出现于其间？我沉沉酣睡之中国欤，不于交通之初，数十年之前，早知觉悟，至今者兵衄⑤地失，巨创大痛，乃翻然而欲变法，欲维新，已矣晚矣，其已亡矣，无可为矣！此就各国而解释此问题者也。就中国而解释之者，谓夫国之兴也，人民自兴之，其人民而有可兴之品性也者，虽他人不得而亡之；国之亡也，人民自亡之，其人民而有可亡之质点也者，虽他人不得而兴之。彼非洲、美洲、南洋各岛之土人无论矣，即印度者，以岌岌雪山、溶溶恒河而沦陷于异族人之手，亦其人民之本不足存立于交通竞争之之⑥时代耳。不然，强敌环伺，适足增长吾人民之精神，发达吾人民之知识，震撼危疑者，能力之所自出，而忧患惊恐者，智计之所自生也。不然，而不能经风雨、凌霜雪之人民，不有人事之

①厌：满足。　　②逞：放纵。　　③劙：割。　　④斩新：即"崭新"。　　⑤衄：挫败。　　⑥之之：疑衍一"之"字。

扑灭，亦必有天行之芟除矣。昔者当蒙古种之强，几统一东半球，而东不能灭日本，西不能尽取日耳曼，则亦其人民固有异于人者在也。夫强武之国民，其不肯受统辖于异种人之下也，若曰吾宁死[1]吾之祖国、吾之同胞，敌人而欲割裂吾一寸、奴隶我一人，吾必毕吾之生命以争之，不然，宁血染此山河，不留一人一种而后为敌人之所践也，乃甘心焉。呜呼！国人而果有此气概、有此魄力乎，敌人虽强，岂真能以铳林炮雨尽屠戮剿洗其人民者？是故天下无不可亡之国土，而有不可亡之人民。《传》曰：梁亡，乃自亡也，犹鱼烂而亡。[2] 然则亡与不亡，一国人自为之事而已。此就中国以解释此问题者也。甲也，近惟物；而乙也，近惟心。甲也，为客观；而乙也，为主观。解问题者，殆不外此二式矣。而要使我国人于此有惧心焉、有耻心焉、有争心焉、有奋心焉，此则尤为立问题者区区用意之所在也。

第三节　辨别问题

　　且夫亡国者，亦亡其人民在此土之生息与在此土之主权而已。盖尝据古今历史，而为亡国者类别言之。其一则有此土之人为彼土之人所胜，收其土地，欲绝其人民而杀之、辱之、捕之、虏之、迁徒之、掠夺之，使此土之上不得有此种人之踪迹者。此亡国之一种也。其一则有此土之人为彼土之人所胜而收其土地，或不能尽收其土地，戮其人民；或不能尽戮其人民，改变其政治制度教化风俗；或不能尽改变其政治制度教化风俗，此土之上屠入彼族，而此土之人亦仍得生长食息于其间，惟其主权则他种人操之，若归化之土司、若藩属、若保护国、若奉戴异种人以为君者，要之，皆所谓奴隶者是也。此又亡国之一种也。前之亡国，若古者巴比伦之于犹太，而近者，俄人之于波兰、于满洲略近之。后之亡国，则今之灭新法多用之，而更加巧密焉。以我国人之智识，素未知主权之为何物，国家之为何义，民族竞争之结果，其影响若何其伟大，而但见河山如故，风景依然，安吾耕凿[3]，长吾子孙，则虽谓他人帝，谓他人皇，于我何有？而且有依附末光，甘为佣役，倚托他人之威势，称颂他人之功德者。呜呼！我神明之胄，愿男为人仆，女为人妾，以迎新送旧，人尽可君为国体，则二十世纪之中国，为白种人所占领，而以我国人代其工作之事，任其劳动之役，必且轶欧超美，出现一博硕美丽之国土于天地间，其将认新中国者为我中国人之新中国乎？如是则何亡国之惧之有？且夫今日之上海、之天津，固各国人操其主权而待华人若奴隶犬马然，（上海西人之花园，榜其门曰：狗与华人不准入内。盖置华人于狗之下。）而中国人彳亍匍匐于其间，若视此繁华之区域为我中国人所自造，且若视为中国自治之土地者，浸假[4]而内地杂居，若租界然，是则真亡人之国而仳箸不惊、鸡犬不扰者矣。且也各国知中国之爱虚名而昧实事，或且仍留国号，以遂其保全体面之心，而又

---

　　[1]死：为……而死。　　[2]此句见《公羊传·僖公十九年》："梁亡，此未有伐者。其言梁亡何？自亡也。其自亡奈何？鱼烂而亡也。"　　[3]耕凿：耕田凿井，泛指耕种，务农。　　[4]浸假：假如，假令。

必扶助其政府，籍政府以压制其人民，以便其束缚、宰割之计，而我国人固不觉也。故不得不为吾国人正告曰：所谓一国兴亡云者，兴则一国之事，一国之人自为之，得操其主权，与万国竞胜负，而足以自存；亡则他人为主而己为从，他人为上而己为下，他人为刚而己为柔，他人为发命而己为受命之人，他人为治人而己则为治于人者之人，而于土地上之兴衰治乱，固无涉也，且使一息奄奄，长此终古，如今日者，亦谓之亡，而不得谓之不亡。何则？我中国之主权，固不出自我民族之手也。然而犹曰兴亡云者，兴，则未来将然，而想象属望①之词；亡，则过去已然，而核实定名之称也。夫以已亡之国，作万一或然之想，而谋复之，且谋复之于白种人之手，吾知其难。然以我黄帝尧舜之子孙，谓累劫不复，永无立国之期，此又肠一日而九回，心百感其若痗②，断精卫之魂，枯杜鹃之血，而此心未已者也。

第四节　不以国粹解释问题

凡一国之成立，必有其精华焉，所谓国粹是焉。彼日本变法，则亦有恃乎国粹矣。日本之变法也，始于医。彼其始之为医者，皆家有巨赀，以医为救人之事，而悉心研求之，与夫中国之百学不成，降而为医以欺世者其道异，是故于西法之来也，而医先受其影响。何则？彼医者固有学，故能吸取之而收其用，而医乃有进步矣。日本之自夸者曰："日本魂！日本魂！"日本魂者，武士道也。彼以尚武敢死，为其国人之特性。故变法之初，用是以覆幕府，洎③乎国是既定，乃移而用之于海陆军，而兵乃有进步矣。医与兵，至今言日本变法者，必以是二者为称首，则皆恃乎其有国粹，以为之因地也。虽然，事必有次第焉，有阶级焉，试言之。变法之初，盖莫不有四时期者：一曰进取；一曰扫除；一曰决择；一曰保存。方新说之初入也，国之人见所未见，闻所未闻，始而疑之，继而考求之，终而信服之。此固非见异思迁，嗜奇好癖之性然也，盖实见新学新法高出乎己之旧理，而决非恃前日之知能所可几及，乃不惜降心相从而发其磅礴奋取之心。夫见他人之长而发其磅礴奋取之心者是也，进取之时代宜然也。当其时也，还观夫旧俗垢秽之点，腐败之点，随在有致衰弱之原而造灭亡之因。夫亦人囿于一隅，无比较之心也则已，比较之余，而见夫他人如彼，吾国如此，乃不胜其羞恶之心，憎愤之念，而欲摧陷廓清④，一荡涤之以为快。夫知己之病，而欲摧陷廓清以荡涤之者是也，扫除之时代宜然也。当是时也，又欲取新学而施之于实行矣，而甲一说焉，乙一说焉，丙、丁、戊又各一说焉，云属波委⑤而来吾前，吾乃不得不审吾之国势、吾之民情，而定一说以为方针，则于彼有所取焉，于此必有所弃焉。所谓有用法国学派者、英国学派者、德国学派者，此贵乎斟酌损益，而有权衡审慎之心矣，则决择之时代宜然也。当是时也，新旧交孕，其旧俗之腐敝者必不能与新文

---

①属望：期望。　②痗：忧思成病。　③洎：到、及。　④廓清：肃清、清除。　⑤云属波委：当为"波属云委"。属：连接；委：累积。波涛连绵，云层堆叠。比喻连续不断，层见叠出。

化合,不归于天然之淘汰,必归于人为之淘汰,渐次渐灭[1],其力日微;其中质之美善者,乃磨之而愈莹,砥之而愈坚。或且为他种族之所无而此种人之所有,则其国之特性物也。凡立国者,莫不恃有此特性物也以为基本,是所谓国萃也。于是有倡言保存者以言保存,诚哉其宜保存也,此保存之时代宜然也。若夫非其时而语之,逆其序而用之,当人民汶汶昧昧[2],吸取新文明浅隘幼稚之时代,而先宣言曰:"吾有国萃! 吾有国萃!"是适足与输进文明者相冲突,增国人守旧之心,助顽固之口实,而室国民以进步也。故未敢以国萃云者杂投之于我国人,宜尚欧化主义之时代也。

第二章　民族[3]

第五节　民族总论

我民族之入居于中国,考其古迹,大抵从西北而来,先展布于黄河两岸之地,故曰地皇兴于熊耳、龙门之山,而三皇五帝之所都居亦均在黄河流域之区,故我国文化之趋势,由西北而及东南,而我种民族之趋势,亦先由西北而至东南。其时与我民族杂居者,为岛夷、猃狁、荤粥、氐羌等,然皆居四裔,惟苗族独据中国腹地。古史称苗族在江淮、荆州之间;又云三苗之国,左彭蠡而右洞庭;又云三苗为九黎之后。九黎之乱,时见于黄帝、少昊、颛顼之时,而蚩尤为最著,我种人古时战争之事,亦以黄帝征蚩尤为称首。蚩尤既杀,未尽绝灭,至少昊时九黎复乱,颛顼时诛九黎,分其子孙三国,三苗之名始此。尧兴,复诛苗民,舜时迁三苗于三危。禹摄位,三苗在洞庭逆命,禹又诛之。而舜命禹征苗,其誓师之言载于《尚书》,曰:"济济有众,咸听朕命。蠢兹有苗,昏迷不恭。侮慢自贤,反道败德。君子在野,小人在位。民弃不保,天降之咎。肆予以尔众士,奉辞罚[4]罪。尔尚一乃心力,其克有勋。"至今读之,犹凛凛有生气者。至周作吕刑,亦数苗民之恶,上及九黎,而举蚩尤为首。盖上古,中国一大民族以江淮流域为根据地,而我种人则以黄河为根据地,时相战伐而卒为我种人之所芟除者也。且夫我当日之民族,足迹之游历者盖远,而文化之兴起者亦速。《山海经》一书大抵为古人游记之作,其体例,记鬼神、记道里、记动物、记植物、记矿产。记鬼神,原人时代风俗则然,记矿产则可补后人地志所不及者。史又称东至蟠木。蟠木大抵为榑桑[5]、若木之称。又安南[6]人著史,溯其祖之所自出,曰神农三世孙曰帝明,帝明生帝宜,帝宜南巡至五岭,接婺仙氏女生禄续。帝宜治北方,禄续封泾阳王,治南方。泾阳王生貉龙,貉龙娶帝宜之子帝来之女,生百男,是为百粤之祖。(据此安南人为中国之同种。)古史云"南至交趾"盖指此。而流沙、昆仑时见古

---

①渐灭:消失干净。　②汶汶昧昧:心中昏暗不明,胡涂无知。　③以下原载于《新民丛报》第27号(1903年3月12日)。　④罚:当为"伐"。　⑤榑桑:也作"扶桑",与"若木"同为古代传说中的神木。　⑥安南:为越南古名。

书，则述原代所居，迁流所经之处也。以当日社会交通之未便，汽车、汽船之均未发明，而足迹所及鸷远若此，设我祖若宗，无远略之志，无冒险之心，则东亚大陆时和物备、山媚川姢之一片佳丽地，必不为我种人之所有以生殖其子孙，或且囿于西北荒瘠之区，不得展舒其势力，发布其文明，至今尚在游牧之时代与中亚洲之蛮族等也。且史称有巢以还，燧人以后，其时去原人时代衣草木食殆犹未远，而一入神农、黄帝之世，若历律之发明、医药之发明、稼穑之发明、陶器之发明，一切政治、制作、技艺、教化，咸有日进昌明之势。以彼旧民之蛮陋而与我新民族较，其震惊于我族之文明者，殆与今日震惊欧俗之进步者无以异。我种人以彼种之劣也，字之曰夷、曰蛮、曰戎狄，而加以羊种、犬种、蛇种之称。又虑其腥膻我土地也，放而逐之，杀而戳之。凡我种人之伟人物，必以能攘戎狄、驱蛮夷为首功。盖同异种之战斗，而民族主义之发生本于天性而出于自然，盖自古代而已然矣。由是而茫茫大陆，其日月待我而光明；其山川待我而秩序；其草木待我而馨香；其鸟兽、百物待我而亭毒①。而东海之上，惟我民族有耿光者，则以我民族之较于旧民族，固我优而彼劣，我胜而彼败者，天演之理然也。虽然，我民族则亦染有旧民族之毒害者，若巫觋之风，若昏虐之刑，（《楚语》：九黎乱德，家为巫史，民神同位。又书载苗民为劓刖椓黥之刑。刖截人耳，劓截人鼻，劓椓人阴，黥割人面。）皆苗民之所有以染及于我族者，度亦当日婚姻之不严所致。夫变改习俗，莫速于婚姻之力，而优种人与劣种人结婚，往往能失优种人之性质。若昔者阿利安人种侵入印度时，与其土人杂婚，遂失其一种进取活泼之气象。而当其初，分为四种姓，曰婆罗门、曰刹帝力、曰吠舍、曰戍陀，其间阶级甚严，益亦虑种族之混淆而设此防范也。当我种入居中国之始，与旧族杂居，必有与之相匹合者，若娄戎女，纳狄后，犹时见于春秋之世，则古时可知矣。且夫我民族莫盛于三代之时，至春汉后而次衰，自晋以还，北方人种又混入匈奴、巴氐、羯羌、鲜卑、东胡之种类，文明种族日益南迁，中原文物远非昔比。吾痛吾之种族，当生长发达之后，忽为北方蛮族所闯入，而近者，又有一种杰特强悍之民族窥东南海疆而至。夫北方之蛮族，其文化实不逮我，不足惧也，测海而来之欧洲人种，较吾种之文化有进，而遂鄙我为野蛮、为半开、为病夫、为老大国，而吾人种昔能战胜旧民族者，今乃不能胜新入之民族，且为新入之民族所胜而日有退居穷蹙之势。且我人种之尚可图存者惟在今日耳，失今不图，而待欧种势力之既充，后虽欲图之，而无其时，则我黄帝、尧舜之子孙，有威光、有荣誉、有战胜他人之资格者，不可不起而自励也。盍亦尝游滇、黔、楚、蜀间而观其山谷中一种之苗族乎？此皆战败残剩之遗种，不得复见夫天日者。殷鉴不远，是我种人之鉴也。

第六节　民族之性质

彼英人之离母国而得一新地也，必先言政治，而平治道路，设议会，立公共

---

①亭毒：养育，化育。

之法律。而法人不然，当其得一新地也，必先务为游观之处。是以英人之于殖民地也，数年之后，日益发达，而法人之于殖民地也，常有寥落之虞；英人之于殖民地也，能自立为一国，不必依赖其母国，而法人之于殖民地也，常以母国扶持之；英人之于殖民地也，不必以母国之财为子国之用，法人之于殖民地也，常至耗母国之财；英人之于殖民地也，常能合多数之异种而管理之，而法人之于殖民地也，其管理之才绌焉。故曰论民族者，观其离母国后，能自立国与否，而优劣可知。彼英人者常以此自诩其民族，谓能占特色于全地球者以此。而英人与法人，以比较而见高下者，亦以此，无他，则其民族性质之所自为也。夫事业者，性质之现象；而性质者，事业之本也。势力者，性质之效果；而性质者，势力之因也。我民族而果占优等之性质乎？则今全地球之势力，宜莫如我民族。若东及东三省，而南走安南、暹罗①、缅甸，南洋岛屿棋布星罗，迤逦过东太平洋至于美洲，莫不有我华人之踪迹焉。以多数管少数之例言之，我民族所至之处，其数远过白人。挈东南洋而管领之，以与全地球之民族争雄长，岂有能敌我者？然而今日者，白人以其少数之人提挈纲领，而我华人皆俯首帖耳，受羁轭于其下而不敢争者。论者谓我华人若散沙然，若溪边之积石然，个人自为个人，而无一联贯之机括，是以全国之人号称四百兆，实则四百兆之个人而已。夫以有经纬、有组织之团体，而至于四百兆，此今日民族至多之数也；分而为个人，则又民族至少之数也。中国之四百兆者，散体之少数，而非合体之多数，故易与②也。此言也，则稍过其实矣。夫个体与个体而不能联合者，禽兽是也，是以为人之所圈辖束缚，豢养宰割，而莫之能逃。若我华种族，则固有父子之亲、夫妇之爱、兄弟之友、朋友之交、君臣之义，以视夫众多之个体与个体者，其进化也，亦远矣。然则我华人之所短者何哉？曰无政治之思想，而造成国家之才力短也。家族主义的民族，非国家主义的民族。家族主义的民族以封殖其室家、发达其子孙为主，而合众之事，共同立法、共同议事，立共同一致之机关，为共同一致之运动，而依共同之主权，造共同之幸福者，其事阙焉。互相关注、互相团结，不过同乡、同府、同邑之谊，所为之事，不过大致如会馆而已；所谋之目，大致恳亲而已，扶助而已，便于交好往来而已。能如欧洲人种聚众数人，聚众数十，数众数百，即议共治之法律，定共治之制度，而成政治之机关，造国家之基础者乎？无有也。何则？家族的民族，非国家的民族。故有天亲之联合，无人治之联合；有伦纪之秩序，无法律之秩序；有家世之感情，无邦国之感情。而其弊也，有营私心，无合群心；有徇俗心，无独立心；有贪鄙心，无名誉心；有节啬心，无慷慨心；有卑下心，无高尚心；有巽懦③心，无勇敢心；有晏安心，无攻取心；有退守心，无冒险心；有谄臣媚子干利徼禄④之心，无英雄豪杰赴功建业之心。是以私斗则勇，（如南方一

---

①暹罗：泰国的古称。　　②易与：容易对付。　　③巽懦：卑顺；怯懦。　　④干利徼禄：索求利禄。干、徼：求。

村一族之械斗,有甚剧烈者。)公斗则怯;私利则明,公利则暗;私义则报之,而公义忘焉;私德尚有之,而公德阙焉。而出洋佣作者,惟思还乡;游学毕业者,但营膴仕①。其为异种人所管领,宜也!何则?彼固不能自造国家,而待他人之造国家,而己得安居其下也。家族的民族,非国家的民族固如是也。夫当民族潮流膨胀四隘之时,彼以国家之民族来,我以家族之民族往,其畴②胜而畴负,亦可知矣。嗟乎!我民族非自改良其性质,进家族之主义而为国家之主义,吾未见能立于民族交通竞争冲突之时代也。

第七节　民族之体力

智力俱全者,人种之上者也;有智而无力者,次之;有力而无智者,又次之。试游于途,见其人也,其气象清明,其躯干伟岸,其状貌都实,而胸部正、脊梁直、肺量宽,其气血充沛而有余,官骸四肢无不发达之部,如是,则必为世界雄武之民矣。反是而见其人也,其气象荼靡③,其躯干尫弱④,其状貌劬苦⑤,而胸部压、脊梁曲、肺量窄,其气血亏损而若不足,官骸四肢有不发达之部,如是,则必为世界弩下之民矣。以我种人与欧种较,其纵量大概弱欧种人一头有余,其横量大概以欧洲之五人,当吾种之六人。而气宇间,我则垢秽,彼则整洁;我则委靡,彼则挺直;我则局缩,彼则活泼;我则柔脆,彼则壮实。且夫我种人之体力,非特不及欧洲人种,即印度西北边人,如今日租界所用之巡捕者,其身段力量,亦远过我,彼所患者,身格上下之不匀称耳,非夫体力之逊人也。又非特不及印度人也,上海行路,凡属华人必避欧人,此至辱之事也。昔者吾友尝言曰:"吾欲强中国,吾无他求,求其行路时不必避人而已。"嗟呼!此虽区区之事,然亦必先恢复国力而后能争之,岂易易耶!而侧闻在美洲者,欧人行路反避黑人,盖黑人蠢而多力,故欧人反有时而避之。然则我种人之体力不在世界劣等之黑人下耶?夫社会者,以个人而成国家者,以个人而积者也。个人之体力弱,合而为国家、社会其力亦弱,此理之相因者。昔者吾读史,称古之防风氏者,其骨专车⑥,而春秋时与我种战争者,尚有长狄之一种。又秦始皇时有翁仲者,实为安南之慈廉人,身长二丈三尺,在安南时为长官所笞,乃入秦,以身量异人,秦皇使为将,匈奴畏之,铸铜为像,置咸阳司马门。此虽同于大禽大兽,为历史上人种之博物品,非可用为一般人民体格之标准,然而帝尧长、帝舜短;文王长,周公短;仲尼长,子弓短。而尧瞿舜墨,禹跳汤偏;(偏,半体枯。)伊尹锐下而丰上,汤丰下而锐上;傅说如植鳍,周公如断菑;(菑,死木。)叶公子高微小短瘠,行不胜衣;晏婴长不满六尺;张良体弱多病,战时载后车中,常如妇子女子。此古人体格之未齐也,然而不足为我种病者,以古时社会无一般之养生,无一般之体育,乃各因其赋秉之

---

①膴仕:高官厚禄。　　②畴:谁。　　③荼靡:疲惫萎靡。　　④尫弱:瘦弱;衰弱。　　⑤劬苦:劳苦。　　⑥其骨专车:《国语·鲁语下》:"昔禹致群神于会稽之山,防风氏后至,禹杀而戮之,其骨节专车。"指防风氏的一节骨头可以装满一车。

异,或精神强而体魄弱,(如张良是也。)或勤劳民事,忧伤憔悴,夭其发育体格不丰。(如禹、汤等是也。)至全社会进化,而体量齐等矣。然自秦汉以后,我种人体格之高下,虽未可得载籍而稽,而大致有退无进。而一种丑态怪状出现于后世或近日,而为古人之所无有者,其大较有三事也:一鸦片烟鬼,使我种人气色灰败、志气隳丧者也;一八股先生,使我种人踡跼伛偻①、俯仰不扬者也;一缠足妇人,使我种人气血夭伤、肢体残缺,以害傅体②者也。是数辈人者,其为先天赋畀之偏欤?抑忧时感事,劳瘁其心神,而夭阏③其气体欤?前者如聋跛盲哑然,方当哀矜而怜悯之;后者则贤人君子之所时有,况当此震恐颠沛之时代也。而所谓鸦片、缠足、八股之病,均不若是,或发于一人之嗜好,或中于政治之弊害,或染于社会之恶习。其伤害夫一身者,不过废弃社会之个人,不足惜也,而子以传子、孙以传孙,浸假而阅数十代、数百年之后,举全国之人,无一非病夫,无一非鬼状,而万国将置我于博览会中,以供其玩笑,(今年日本开博览会拟以中国土人陈列会场,为在留日本学生反抗而止。又学校中人类学陈列品,有鸦片烟、灯烟枪及女子弓鞋,又弓矢等,皆可耻也。)是则亡种之祸,其将验矣。且夫事业者,志气为之;志气者,精神为之;而精神者,气体为之也。人当偶感小极④,或荣卫⑤失调,或寒暑失宜,已觉志虑之不及运用,而营业且因而阻辍,而况集合病夫而成国,又何以谋成立也耶?吾闻之人言曰:东方之国,好服长服,以拱手无事为上,此其所以弱也。夫长衣拱手且致弱国,而况事有百倍于长衣拱手者乎!《洪范》之言六极⑥也,一曰弱。弱有二义焉,一曰志气弱;一曰筋力弱。我国人欲避弱之为害乎?则非以军人之气魄、军事之精神立国焉不可也。

第三章　地理⑦

第八节　总论地理

　　人之智愚、强弱,有关于其状体者,国家、社会进化之次第,亦大受影响于地理之间。全地球文化之发生,始于内江内海,是故有中国黄河流域之文明,有埃及尼罗河流域之文明,有印度殑伽河流域之文明,有腓尼基、希腊地中海之文明。而自哥伦布得新地,蒸汽船之制发明以后,内江内海之文明遂一跃而为外海之文明。当是时也,滨海之国人智,远海之国人昧;有海权之国强,失海权之国弱;得海上交通之利者国富,失海上交通之利者国贫。夫中国者,负陆面海,以莽莽大陆富源之无尽藏而运输东南,以收交际之利,揽东海之商权、兵权,以与各国争衡,虽谓其地理有凌驾万国之资格可也。然则数十年以来,其失策之

---

　　①踡跼伛偻:局促,腰背弯曲。　　②傅体:当为"肤体"。下同。　　③夭阏:摧折。　　④小极:小病。极:病。　　⑤荣卫:中医学名词。荣指血的循环,卫指气的周流。荣气行于脉中,属阴;卫气行于脉外,属阳。荣卫二气散布全身,内外相贯,运行不已,对人体起着滋养和保卫作用。　　⑥六极:《尚书·洪范》中的六极谓:一曰凶、短、折;二曰疾;三曰忧;四曰贫;五曰恶;六曰弱。孔颖达疏:"六极,谓穷极恶事有六。"　　⑦以下原载于《新民丛报》第28号(1903年3月27日)。

处,可照烛而数矣。一狃①于用陆。凭吊古昔英雄战争杀伐形势之地,险要之所,与夫名都大邑,人民之所辏辐,货物之所填溢,皆在陆而不能海。而波涛浟潋、岛屿杳溟之区,以为此天地之险,非人力所能及。试观历史,中国人之能用海者,惟春秋时有吴伐齐之舟师。而古时青州之域兼包辽东,秦汉时山东人民多渡海徙辽,今时犹然。故东三省之语言,多有与山东合者,东三省之人民,实多自山东迁移之一种也。而唐时始言海运,以供范阳之军食,杜子美诗所谓"云帆转辽海"者指此。又浙江人民亦间有至日本者。至唐宋以后,闽粤人民渐与海习,出洋谋生者寖多,至今东南洋各岛无不有吾华人之踪迹者,然皆不能立国,只个人之营业而已。而元时一用舟师而败,郑成功用台湾之舟师以袭南京而亦败。然能犯风涛、驶溟渤,欲凌驾之而取以为用者止此而已。自海疆交通以来,一二时论乃谓守外海不如守内河,而当轰轰烈烈、海权发达膨胀之时代,海上权力之论不出于我国士大夫之口,至今收海岸之利者惟在交通之利便,得输入文明,以异于西北荒远之区,而权利让人,无可挽救,则皆守数千年习惯之见,而毗于用陆者之过也。一狃于地大物博而人众多。世之称中国者曰:地大物博而人众也。然而亡中国者无他,亦地大物博人众而已。试言其故。地大则朝割一区焉,夕割一域焉,而内地人民仍见夫河山无恙,版图依然,区区一岛一屿曾若九牛之一毛,且本我之所荒弃者,而何损于毫末之有?人徒见中国之民麻木于国事,若无痛痒之觉性者然,而不知他人之瞯吾脑而扼吾吭者,尚在内地人民所耳目不及之处。夫常人之情,必身受其惨苦而后知惧,而后知奋。当日本变法之初,汽笛一声忽焉冲破国人之迷梦者,彼固岛国以兵船游弋其间,举国震荡,以是为动魄惊心之事宜也。若吾大陆,溪异谷别,抱子生孙,老死不相往来之人,或生平有未见欧人之一面者,又何从而惕以瓜分之惨、奴隶之卑,而刷励②其精神也?此地大之患也。物博,则休息生养于天产物之丰富场,而经济之思想未由发生,偶值财政困难之时,以为若天灾饥馑然,不久平复。其所转输,不过移此省之财以救彼省,而取明年所有以周今年而已。是故全国财政无可统计。实亦不必统计,以为天下之财尽在是,其贫富不过此赢彼绌之间。故一战而赔款数百兆也,再战而赔款四百兆也,并息而计之,而将及千兆也。清款之期,而迟至四五十年也。其为吾种人之患者,祸烈于洪水猛兽,而伤剧于快枪、利炮。然而国人未尝有计全国之岁入岁出,陡添此巨款,国人之担任法应若何?增加税则法应若何?且筹增加者之能胜任与否?担任者之应监督财政与否?而徒听在上者之罗掘搜括,取之而不知其何故,用之而不知其何往。盖虽至今日之百孔千疮,而吾国人尚未以赔款者为至大之问题而置之脑印之中、惊跳于寤寐之内也。此狃于人民多而物博之患也,是皆大陆国之根性然也。虽然,吾独以为吾中国者,负陆面海实一海国,而当重海以立于海权竞争之时代者也。

---

①狃:拘泥,因袭。　　②刷励:改变,鼓励。

试言之。北京首都距海不过数百里，津沽、山海关失而北京亦危。庚申、庚子之役，京师皆失守者，其已事可见也。山东以威海、胶州为屏蔽，今也割弃两处，而山东阽危，若置人之掌握中者。至南中国以金陵最占形势，扼江海之冲，而其距海也甚近，若敌舰一入长江之口，而南中国皆危。余若浙江，若福建，若广东，皆以省会首都置于海上，胜负之数，一决之于海面而已。且以我海岸守护线之长，自海参崴以至琼州，防之不胜防，备之不胜备。我防于彼，而敌出此；我备于此，而敌出彼。我钝而彼灵，我劳而彼逸，我以应兵而反为客，敌以战兵而反为主。但陷害一二处，已足震动我之全局，不得不俯首丧气而请和矣。况乎水师不足战，则不得不守以陆兵，而无沿海之铁路以输送之首尾之间，殆不相顾，又何以守？故曰中国者，实海国而当重海，以立于海权竞争之时代者也。且非当仅练外海之水师也，尤当置长江水师，以与海军相接应。夫自秦汉以后，我中国战争之区域已移黄河而至长江，其胜也者，无不据长江之形势，习长江之兵，而握长江之权力者也。远事不必征，以近事言之，彼洪秀全氏之所以败，曾国藩氏之所以胜者，其所争之要着亦在于有长江之水师与否而已。故夫居今日而争中国之存亡者，内江、外海互相联络，此天之予我中国以形胜者，不然负此奇特之地势而不能用，而局缩于山谷间，闭关内锁，自同于蒙古、回部、西藏、中亚洲诸国之所为，如之何其不为人之所亡也？

第九节　海港

其矣！中国之有土地而不能治也。[①] 他人之所谓志得意满、高掌远蹠、立石铸像、（如上海立巴夏礼之铜像。）铭功纪念之区，皆我种人之所谓受羁被辖、为奴为马、惨目伤心、积耻如山、沉仇若海之地。使我民族而万劫不复，永无立国之期也则已，设也有立国之一日而国于太平洋之上，不能不有太平洋之权力；欲有太平洋之权力，不能不有太平洋之海军；欲有太平洋之海军，不能不有太平洋中国岸良港之根据地。而此若干天造地设、山环水匝、祖宗留遗之地，若所谓香港、舟山、秦皇岛、威海卫、琼州、三门湾、澳门、旅顺、大连湾诸处者，岂能返之自英、自德、自俄、自法、自意大利、自葡萄牙诸国之手乎？即偶有留遗之处，可为重立海军之所，而厕于英、于俄、于法、于德、于美、于日诸强国之间，又岂能分其势力，不为其所压抑，而能自成立乎？曰占领、曰割弃、曰租借、曰毋让与他国、曰势力范围圈，又岂有还我主人，复见归来之一日乎？呜呼噫嘻！平日之弃一港、让一地，以为无关大局，而乌知已并我子孙立国之根本断送于浑沌政府写条约、盖御印之一日？以数十处海港为铁案，而中国真无回复之一日矣。当轮舶所经，瞻望云山，又乌能不悲从中来，洒万斛之泪，以送此残山剩水也？

①此处有删节。

第十节　铁路、矿产①

今世界至伟大之力,水则汽船,而陆则铁路焉。有汽船而海受治于人而海王②,有铁路而山受治于人而山王③矣。中亚洲一带之山国他日繁盛,或有如今日之海岸线诸国者,其必假自铁路之力,以彼之万轴奔驰、追风逐电,而道路所经,山川则听其挥斥焉,人民则受其弹压焉,物产则由其输送焉,廛市则归其部居焉。其铁路所到之处,即其财权所有之处;其财权所有之处,即其兵力所及之处;其兵力所及之处,即其管领土地所至之处。哀哉! 各国之刲割我、束缚我者,不以后膛之枪、绿气之炮,而以此雷激电奔之一大怪物也。试言之。曰东清铁道、长春吉林间铁道、关内外铁道、北京张家口间铁道、蒙古铁道、芦汉铁道、正太铁道、津保铁道、山东铁道、山西铁道、粤汉铁道、南京上海杭州宁波间铁道、南京汉口间铁道、津镇铁道、重庆汉口间铁道、云南铁道、清缅铁道、京江及福建铁道、泽州间铁道,(属福公司。)而英也、俄也、德也、法也、美也、日本也、比利时也,凡他日之欲为中国主人翁者,莫不斗眼光、注心力、投金钱、计工程于我大陆间,而路之未成者豫规画之,从而经营之,又从而要约之;路之已成也者,谋展拓之,从而接连之,又从而管领之。且也以我明姬之山川,博丽之土地,金银之气溢于苍巘赤岬之间,煤铁之苗露于近郭远郊之地,而又蕴蓄数千年,惟五帝三代时有取其地面之浮出及藏于地层之浅者而取用之,而秦汉以下矿人歇绝,未闻王者谋国有取五金以足用者。间有遗洞、古窟,不为王者政令之所封禁,即为民间风水之所拘忌。此宝王之国,而其国之人日对此金银之楼阁、百宝之宫殿,梦梦然而不知焉。或知之而又苦于无机器焉,无赀本焉,无提炼之法焉,无运送之道焉。不然,不得见许于其官长焉;不然,而又不得见请于其政府焉;不然,而又不得见允于其乡闾焉。而于是一绝大无尽藏之产业,不得不转而赠诸外人。且夫矿产之与铁路,固互相表里者也。以铁路运矿产,而矿产之运输便;以矿产养铁路,而铁路之生计盛。吾行见二十世纪,吾三干④之麓、两戒⑤之间,罥山络野,接轨连轸,喷赭烟而掣流星者,各国之铁道焉。锤幽凿险,夥颐万指⑥,堆铁炭之峥嵘而耀金宝之璀灿者,各国之矿所焉。起而视吾华人,则为其工筑人焉,佣役人焉,伺候人焉,向导人焉,运送人焉,小贩卖人焉,旧产主而分微利人焉。而各国揶揄而鄙薄之,曰此亡国之民,此贱种之产。盖当我国人熙熙太平、沉沉鼾睡之日,而敌已缚之、杀之,有以制吾后日之死命也。

《游学译编》译日本《读卖新闻》,言中国铁路之事甚详,有大足唤醒我国人之迷梦者。不嫌复述,附录左方。(编者注:此附录略。)

---

①以下原载于《新民丛报》第 29 号(1903 年 4 月 11 日)。　②海王:成为海之王。　③山王:成为山之王。　④三干:即指风水学中的"三大干龙"。风水家以南海、长江、黄河、鸭绿江四大水域为界,把中国山脉地势分为三大部分,称为"三大干龙",即北条干龙、中条干龙、南条干龙。　⑤两戒:国家疆域的南北界限。　⑥夥颐万指:指奴仆众多。

日本东京《经济杂志》其题有曰《于中国铁路之竞争》，与《读卖新闻》所载互有详略，要之我国人视之，皆足寒心胆而惊梦寐者。兹译述之于后。（编者注：此附录略。）

如斯所述之铁路，皆依诸外国人之经营者为多，其竣工之期，足之开发中国，然同时列国于中国之势力必起变动，其结局则为争夺中国之原因也。可不注目以视之乎？

第十一节　航路、内地杂居[1]

森茫洋海之间，除国岸炮弹线为一国之所领有权外，而当陆地影尽，惟天与水一碧无际，此风涛之区域，鳞贝之世界，孰主宰是，孰纲维是，于是乎有海权之问题。而航路者，为其交通之血脉管也。英之强也，自英伦三岛，越地中海、红海、印度洋、南洋、东太平洋，举其大者，若直布罗陀峡、毛尔塌岛、亚丁、新加坡，随在有其停泊之岛屿，而有添给煤炭、粮食之区故焉。俄之欲由黑海出地中海也，谋划数十年，争战数次，尚不能尽遂其欲，乃筑西伯利亚铁路，经营海参崴、旅顺、大连湾，以出东海，乃若虎之出于柙，雕之攫于霄，而莫可制也。其争海权，盖若是其亟也。我中国民族之踪迹，遍东南洋，而无航路以联络之，凡出洋者，皆附乘他国之船。他国者以中国之为弱国而其人可欺也，群侮辱之，凌轹[2]之，其者若吾中国人不得坐头等舱，而食无与之同席者。近虽有人谋自中国至墨西哥之航路，然无国力以保护之，其不为他国人之所推倒与否，盖未可知也。夫海外之航路已矣，沿中国海岸线之航路及内河之航路，非中国所当自保其权者乎？夫中国两大河流，曰黄河、曰长江，而由人工造成，与长城并著，可称为中国之两大工程者，则运河是也。黄河下驶竹箭，奋腾剽悍，而两岸多平土，有灌溉之功而失舟楫之利。昔日之文化易于发生，而今日之文化难于输入者，由此之故。若夫长江，则中国之功德水也。自出三峡以后，逶迤数千里，襟楚带皖，通蜀扼吴，中干之阳，南干之阴，其所出之水，皆汇焉以归于海。而波平浪静，一舸下水，两岸看山，佳丽都邑，数十里、数百里间，星罗棋置。而土地所产，人工所成，去帆回樯之间，百货输通，而上下江交收其利焉。自通商以后，为南中国内地输进之孔道，而长江遂为世重。虽然，中国之河与江，皆顺地势，走东西线，独运河以人工之力，午贯为南北线。昔者海道未通以前，南北交通省车马之劳而就舟橹之逸者，实惟此河之故。然自德州以降，干涸不时，必至清江浦而流始大，则山东之道，迤逦以达江苏者，稍阻滞矣。而两粤之间，长流贯注，扬百粤之文明，而与南海相吞吐，以荣卫岭表[3]之都居者，则西江是也。是皆中国之至大河流也。其余导源于一方，流域所经或数百里，或数千里，或自归海，或汇于大川以入海，为吾中国发生财富之源而传布文化之导线者不悉具陈。而试数蒸汽

----

①以下原载于《新民丛报》第30号（1903年4月26日）。　②凌轹：欺压。　③岭表：岭外，也就是岭南地区。

船之航路,自上海出帆,沿中国界海线,而至于北方之东三省、直隶山东,及南方之瓯甬闽粤者,又出海入江,溯流以上,而至于汉口,又自汉口以至于宜昌者,仅招商局之船数艘。而外国公司若怡和、太古、美最时等,其船数且过之。又小蒸汽船之路航,若沪杭间、沪苏间、沪湖间及清江浦之镇江间、九江之江西间、汉口之湖南间、西江至梧州间等路,虽多自中国人为之,而外国公司亦参杂其间。而昔年吾国人拟办天津至德州之航路不成,又去年童学琦拟办上海至杭至甬之外海航路,而自杭之钱塘江,溯流以达富阳、浦阳江之航路,已集本金,不见许于商务大臣而止。而日本则既营大东公司于上海,以达苏、湖、杭州间,而又拟开湖南之三航路,其湖南路开办之始,由国家津贴之。夫外人之开航路于中国也,非独与我分运送之利已也,航路所至之处,其国家之权力及民族迁徙之迹,内产之所运出,外货之所输入,皆于是有力焉。况乎允内地杂居之约,外人得随地以自开厂制物,而内地之收取,厘金力不及于外人,而但抑勒本国之商。是则外人之于内地日益利便,而本国人之于内地势日微弱,吾恐不数年间,碧眼、皙颜、隆准、紫髯与夫榑桑三岛间之人种者,皆将入吾之堂,履吾之阃,我之智不能与之争,力不能与之敌,财不能与之抗,势不能与之角。其为政府者,开门揖之,求自保其富贵而已,而一国之利害非其所计焉。其为人民也者,蚩蚩然[1]不奴隶而为奸利,即野蛮而思暴动。夫揖而进之,帖耳摇尾而乞怜者,犬貑之行也;奴隶而求生活者,牛马之质也;不量度而恣杀戮以为快者,虎豹之性也。是三者,皆不能竞存立于今日世界人类间,而足以亡国亡种者也。然吾恐吾国人之对外人,盖不出于此三事也。

第十二节　道路、少树木、多坟墓

道路者,公共之产也。国家藉是为灌输之脉络,社会藉是以为交通之机关,货物藉是以为出入之利便,人民藉是以为适宜之卫生。是故王道荡荡,王道平平者,太平之现象也;道路不治者,亡国之预兆也。彼欧洲人之得新地也,未营宫室,先营道路,其纵线、横线之所至,宽逾数丈,其直如矢,行者投足,有便利之心,爽垲[2]之观焉。以道路为主,室屋为宾,未闻有以私产而敢犯公产者。异哉!我民族之性质,知有身家而不知有国家,知有个人而不知有社会,遂至知有私产而不知有公产。当其建一国、立一市也,凑集其个人,务各饱其私体,营宫筑室,以为此我一家之所有者。而不得已也,留其余以为道路,但求能容足而足以至吾宅而已。是故甲也者,务占土地,以益其家宅,以是为己利也。乙焉亦然,丙焉亦然,而人人无公用道路之观念,遂无公治道路之议论,因无公守道路之法律。凡夫名都大邑、殷市巨镇,非无豪富之家、搢绅之族,轮奂擘革[3],壮异其居,而至道路间所出入,无不倾斜险侧,狭隘恶陋,污浊洼湿,凹凸黑暗,粪屑泥汁醴

---

①蚩蚩然:无知的样子。　　②爽垲:高燥之地。　　③轮奂擘革:形容屋宇高大众多而华丽。

酿粘和，晴则坌[1]涌十丈，飞粪扬尘，渗口入鼻；雨则滑汰沾泞，泥淖三尺，粘衣着履，三岁不涤。而尤甚者，乃挖沟渠于衢路之中，以为倾拨污秽之所，而人于是矢焉，畜于是粪焉，过者刺鼻蹙额，脑气为之不清，而心欲作三日呕。而环其旁者，万户千家若入鲍鱼之肆，久而不闻其臭，而气质且与之俱化者，此岂有高尚其性格、活泼其身体者之人物出于其间耶？吾闻欧人之游土耳其者，曰其都城之不洁，不下于中国。呜呼！我中国人种，何为以不洁之名轰轰于全地球，而至援我人种以为比例？且若居于彼回族人种之下者。我同胞闻者，乌可不求一雪此言也！且也，今日之文明国，其居处所在，必莳[2]种植物，丹楹素壁与翠干苍柯相辉映，而道路间列树整齐，绿荫羃苈[3]，日光澹宕[4]于其间，云影迷昙[5]于其际，以一方居住之人物吸养[6]呼炭，而一方之植物常吸炭吐养，相抵换而足于用，则一方之空气常新鲜而不至有恶浊之患。故一望其国焉，葱葱郁郁然，若可称为世界之公园者，则必兴盛之国。而所谓文明之制度者，亦于此标其现象焉。我中国人者，生计之国民，非政治之国民，故以道路为无益于己事也者而不治焉；以树木为无益于己事也者而不植焉。当人烟稠密之处，连闾接巷，龌龊湫隘，求其能留三弓之地、垦一尺之土，滋一花一叶以含润空气而爽亮心目者，不可得焉。而道路之间行人杂沓，流汗挥热，骈趾摩肩，求其能荫暍[7]于林樾而休憩于繁荫者，盖亦不可得焉。夫入山林，则人人有轩爽之心，而居城市，则人人有昏浊之概，必使城市之间备有山林之乐，而后人治乃一进步。不然，而惟是郁伊[8]以长子孙，局促以谋衣食，而气象失其清明，精神失其敏活，志虑失其飞扬，思想失其高洁，则所谓人类之贵，果何有焉？且夫树木之益，非独用于居处之间已焉，以润空气而生云雨，以吸水土而固隄岸，以荣山岭而供材用，不然，而吾种植之地将行变易为沙漠而忧叹，堤坊所在或冲激以波涛而易溃，而又材料告乏，无以供大工程之用。昔者吾汉中盖多材木，故秦时用之而筑为阿房宫，至前明时，惟用蜀中之材木，迄近日惟东三省多大树林，而北方之山童童赤赭，南方山谷间亦无巨材，至大建筑乃用运自美洲之洋木。而工虞官废，无种树之令，伐木之禁，其必峰峦之间日濯濯[9]焉无疑也。西人谓吾中国岂有树木者乎？其言近谑，然而未尝不中吾国人之病也。且吾中国之尤令人憎者，原阜陵麓之间累累然如疮痏如麻瘢者，皆堆积人肉馅馒头之坟墓也。试游人国，其铁道线经于旷野之间，眼帘所接惟峰峦林木之相掩映而已，我中国之道路间，可植之山、可耕之地，若以供死者之用而为万鬼之城市焉，墟落焉。夫土地有尽而生人无穷，以七尺之躯而必占寻丈之土，将化全国为墟墓而尚不足于用。彼西人之于葬也，择一地层累而上，以与地平而树石焉。日本多火葬，其土葬者，棺直桶式，而或在于

---

①坌：尘土，尘埃。　②莳：移植，栽种。　③羃苈：覆盖。　④澹宕：荡漾。　⑤云影迷昙：云彩密布。　⑥养：当为“氧”。后“吸炭吐养”之“养”也当为“氧”。　⑦荫暍：指树木为中暑的人加影荫。　⑧郁伊：抑郁不舒貌。　⑨濯濯：指山坡上光秃秃的样子。

寺院之内，或择一处而丛葬之，是故占地无多，而全国之内皆干净土焉。我中国教化盖重傅体，重傅体故重坟墓，而风水之说遂萌芽于人心、风俗之间而日益繁昌，盖植于相宜之社会间故也。夫吾古者本有族葬之法，今当师之，而不封不土，与地线平，树一石碣，以志记念足矣。岂有生无益于人，而死乃夺生人有用之地，而徒留若堂、若坊、若马鬣封者以为土地上之障碍物耶？且使其人而贤而有功于人群也者，遗蜕所委之处，过其下者或凭吊焉，或崇拜焉，以为此古某名人之墓也。若汶汶无闻，徒营高官、积臭钱，为子孙作马牛，而子孙乃从而崇奉之，虽崔巍祁连，高冢若云，而宰木摧薪，石马磨刀，数传而后卒归平夷耳。夫人者血肉之躯，而神明寓焉，血肉所聚，不能不散，故号之曰死。死者神明之脱离躯壳，则残岂剩骼，亦正与土石等耳。故谓神明为可贵而尊之者是也，以神明所不寄之体魄而宝视之，其见于印度河畔之积石者无以异。（印度人于人死积石河畔，以厌胜①之，崩则谓有鬼子来取，乃再积之，崩则又再积之，而以为常。）此我国所当革除之俗，以扫除此地理上之污点者也。

第四章　民习②

第十三节　总论民习

凡万物之能存立于世者，非恃其有强武之力，能抗御他物，崭立于竞争之世界中而有特殊之气概以自存焉，则必恃其有狡黠之才，依阿③澳涩④，附属于他物之下而不为其所绝灭以自全焉。此二义者，自人类以至庶物，莫不皆然。是故有猫，而鼠之一种类未尝不繁殖于仓社间；有鹰，而雀之一种类未尝不繁殖林薄间；有鲸，而鳎⑤（海鱼之弱者，故曰鳎。一名鲴，日本以充常食。）之一种类未尝不繁殖于海濒间。若夫人则官骸不具而肢体弱小者往往多巧猾之夫，盖彼自视其强力不足胜人，乃不得不别出于一途，为强力之所不能胜而后有以取便利于其间焉。故夫优胜劣败云者，非独强者能制胜夫他物而后谓之优焉，彼弱者之可以生，亦自有所谓优者在。虽然，同一人类中，而彼之民族以强武胜，处于能制胜夫人之地位，此之民族以柔曲胜，处于依属他人而不为他人所铲灭之地位，换而言之，即所谓彼为猫而我为鼠，彼为鹰而我为雀，彼为鲸而我为鳎。且即以利害之间互相牵制，而有彼此足以并存之理，亦如夫鸡犬牛马之为人用而人因而豢养之、奴隶之为主人役而主人乃分利以赡之者无以异也。夫所贵乎人者，谓其有自力者也，能独立者也，若偷安而存，隶属而生，则不得复谓之人类可也。呜呼！我种族之具劣根性，而习与性成，积渐而至如今日者，其故固由于受异种人之管辖而来者也。夫民族之义本于共同之血统，而又有共同之土地，经数千年来沿其利害相同、荣辱相同、休戚相同之事，而其间又有共同习惯之语言、文字

---

①厌胜：用法术诅咒或祈祷以达到制胜所厌恶的人、物或魔怪的目的。　②原载于《新民丛报》第31号（1903年5月10日）。　③依阿：曲从附顺。　④澳涩：软弱；懦怯。　⑤鳎：沙丁鱼。

与夫教化、制度、风俗以联络之。故一种族之与一种族，亦犹个人之与个人，个人而失其天赋之权以隶属于他人之下，则谓之奴隶之人、牛马之人可也；一种族而隶属于他种族之下，亦谓之奴隶种族、牛马种族可也。夫一种族之间，其可改良进步而不必拘保守之名者，惟在文字、语言与夫教化、制度、风俗之间，可择其优于己者而用之，而不能不保守者，则一种族所固有之权利，若天之分定以予我者也。夫世间恶孽惟在弱肉强食之间，然而此恶孽之本原，固不当专责强者。何则？心思才力，人人之所同具者也，必人人自完其本能，而后彼此交际之间各完界限，礼让生而和平之道出焉，若我自谢其能而使强者生其骄傲凌轹之心，则是此悲惨之恶剧由我自缺陷其本分之所由致也。夫天地间人类、物类之相容，盖不外二例：一不同等之位置。甲为能使者，则乙为被使者；甲为能杀者，则乙为被杀者。一同等之位置。互有能则互相用；互相用则互相爱焉。前者强权世界之例，后者平等世界之例也。强权世界，盖不独强者之演恶习焉，弱者之演恶习盖尤甚焉，则以其对强者有诇诪心焉，有卑鄙心焉，有依赖心焉，有曲从心焉。且一物也，彼强者夺于弱者之手而弱者不得有其权，久之而弱者之于此物也必淡漠视之，虽极之颠顿倾覆，而弱者毫不置念虑于其中，此固人情视夫非己有物之常态焉。且即有重视此物，欲不分彼此之界限而欲代为之图治者，而其权已非我有，强聒①焉且将不信于其主人，而将操鞭扑以从之焉。一国之内情如此，吾未见其国之犹可为也。然则中国之今情，可略溯其原矣。方其始之与外种人相遇也，未尝不欲竭其力以抗之也；抗之不能胜，而遂为其所压服焉。当其河山已非，宗社方墟之日，一二秉英雄豪杰之性者，未尝不并志壹气、焦虑困心，欲出万死不顾一生之计，紾②之于他人之手而光复我祖宗之旧物，而被捕缚，遭杀戮，徒党屠醢，而家族覆灭者踵相接，此皆一一摧伤民族之志气者也。夫既已帖服低首下心而事之矣，而学士大夫偶或文字涉及先朝，亦可罗织字句之间牵连成狱，其摧锄夷伤之所及要，使闻者惊心，谈者箝口，而后强者之位始固，然而凤凰之雏、鲸鹏之卵固已不留遗育于民族间矣。方是时，其能俯仰新朝而灾祸不及其身者，必其怵于势、慑于力，改志易虑，蠖屈无声气，以求苟全其性命者也。不然，必其入山之深，入林之密，为耕佣野老以藏身，而不愿闻利害治乱当世之事者也。不然，必其闷闷汶汶，塞聪堕明，受时势之大震动而曾不激刺于其脑性，但能行尸走肉，饮食男女，以延祀姓者也。不然，必其或有大不得已者，而遂受其衣冠，拜其禄食，行其朝廷，以示无他，而不欲为之设一谋、画一策，行与心违，旅进旅退，以终其身者也。不若是者，则必薰心于富贵利禄，蝇营狗苟，为虎作伥，挟其小知小能，一技一长，与其媚悦迎合之技，以博取功名势力，而不复知天地间有廉耻气节之事者也。夫以一种之人，所谓有豪杰英雄之气骨者既已销亡，不得延其种类而传其性质，而得意当世、子孙蔓延者，非黠巧之夫，即庸懦之

①强聒：唠叨不休。　　②紾：扭；拧。

辈，则其人种之不能立于世界竞争之场盖可知也。不见夫印度乎？挟雪山而贯恒河，以地理饶沃、物产富备、哲学思想最高出之处，而屡为异种人所窜入，洎英人之来，遂以一公司之力而覆其国。吾闻印度诸王每欲假外人之力以自残其同类。何则？彼固经异种之蹂躏，则其同种之团结力遂散。是故地虽大，人虽多，可取而亡之也。若夫中国，其于外人，则尊之如神明而事之如父母；而于同胞，则凌之若牛羊而践之若草木。此特性胡为乎来？则亦受异种之蹂躏，而同种之团结力已散者也。是故今地球之民，凡曾受异种之管辖者，则其人民未有能自立者也。且夫合同种人而建立民族的国家，其爱国也，不待焦唇敝舌、设法而劝诱之也。何则？彼固天然有血族之关系，而非同于以人力强合之国家之所为也。若夫合异种而建国者，其间必一种人有权、一种人无权而后能相容，而又以其利害之不同也，则彼此往往无密合之点。故非民族集合的国家，往往当外患之来，则内之离心力渐生，因其罅隙而将有决裂之势。且夫一国之中，既集合素无感情之两民族，而徒恃强者之势力所鸠聚，则夫有他种之人其力更强于此者，彼弱民族之不顾而之他，而另事一异民族，视弃其向事之主人犹敝屣也。且其于同胞焉，以消散团结力之既久，亦一旦不能复合，或且欲蹂躏①之，以为事异种人之媒焉。此皆必至之势焉，以观今日之中国人而可验矣。当庚子之役，联军所至之处，有高插某国之顺民、某国之顺民旗者；有为洋人作向导，而假洋人之名以搜杀掠夺各村庄者；有能洋语而向洋人谋事，或为之作翻译，为之作收税吏者；有挽留洋人假定之民政官，而送万民伞、德政碑者；有诵管韫山②之八股以为洋人侑酒者；有以街上与洋兵或印度人之被雇为兵、与为巡捕而得其握手以为荣者；有以洋人出入其家为显赫，甚者有出其妻女以献媚者。而不独此也，今通商各埠，其为洋人之细崽③、通事④、掮客⑤，与夫邮政、电报、铁路、输船诸关洋务局所之下等执役人，以洋人为后援，其待同胞之中国人也，何一非若虎若狼、若帝天之面目。若上海之某华捕，以一华人偶游于西人禁止之界内，西捕欲释之，而华捕必欲扭之。又某华捕，以见日本下等人之攒殴⑥中国人也，反扭中国人之发辫以去，而日本人则以服洋服而不之究也。诘之，则中国人与外国人斗，无论如何，必当办中国人。而上海虹口日本邮局所雇用收信之某华人，其挣狞之状尤为人所痛恶。若此者悉数之不能终，偶举其一二人，而中国人无民族之感情可见矣。且也义和团一大事之发原，何一非此辈人为之火线也。初时京津各处铁道间之执役人，多假洋威，欺客无人理。若购车票，其银钱之伸缩出入，惟其所欲，无敢与较者。当京保铁道未毁之前，有乡民数十人已购车票，适车行而后期，不及乘也，乡民者以旅费无多，则欲退车票。执役人喻之不以理。乡民人多

---

①蹂躏：践踏。　②管韫山：管世铭，字缄若，号韫山，江苏阳湖人，乾隆四十三年进士。　③细崽：即西崽，旧称欧美人在我国开设的洋行、西式餐馆所雇的男仆，有贬意。　④通事：指翻译人员。　⑤掮客：指替人介绍买卖，从中赚取佣金的人。　⑥攒殴：围攻殴打。

而口杂,其中有曰:"尔辈之凶恶若是,当属义和团来,以烧铁路。"执役人遂以是言告洋人,谓顷骚扰之一般人皆义和团也。洋人者,未解中国语而不知其情实,执鞭以驱逐之。乡民既失赀,不得乘车而又受辱,乃愤而群诉于义和团,求其雪仇耻。义和团者方跃跃欲烧铁路,遂以是于一夜间,尽烧京保之铁道,而祸势乃不可收拾。星星之火,至于燎原,则皆以无同种之感情而肇之祸也。且夫今日之依附洋人而为之仆役者,其人大都已富贵矣,或且捐功名而膺显秩矣,他日者中国之所谓高门右族,则多此辈人之子孙也,是固以事异种为遗传性者也。而洋仆其尤次者也,今中国之所谓仕宦之家,阀阅赫濯①而簪缨②联翩者,溯其由来,又何一不若为洋仆者之所为,而秉洋仆之性质者也。昔者,一异种人之来,其能善事之则得富贵者也;今者,一异种人之来,其能善事之则又得富贵者也。其仕宦也,犹其为奴隶;其为奴隶也,亦犹之其为仕宦也。吾见今日之逐逐以攒北京之臭肉者,转瞬而瓜分局定,则是辈者又将挟其今日逢迎钻营之伎俩,以事夫或英人、或法人、或俄人、或德人、或美人、或日本人、或不知何国人焉,而何国之与有?而何种之与有?若夫一二贤者逢时之哀,痛哭流涕,冀图挽回,则固言之矣,曰:"物非我有,而权之不属于己,必不见信于主人而将受其鞭箠者也。"故曰一种之人为异种人所管辖,则奴隶之性成而同种之团结遂散,未有复能建国者也。虽然,吾愿吾言之不验,而吾种或有复兴之一日,群詈吾言为居于一偏而不当于事理,是则至快心之日;而不愿以吾言为的,而他日之事乃不出如是云云也。(未完③)

年龄之与嗜欲④

日本教科书收贿事件,有人查其受贿各人之年龄,大抵均在四十岁以上。孔子云:少之时戒之在色,壮之时戒之在斗,老之时戒之在得。某以为非独人有然也,一人种之年龄,亦可以是分之。野蛮时代,男女野合,知有母而不知有父,(苗族凡一部之中女子将嫁人者,必先送酋长御之。)圣人恶其乱也,为之定夫妇之制,而人类一进步,此犹戒之在色意也。及其成为部落、成为国家之后,往往习用干戈,喜逞威武,其时战征杀伐,多无公法、无名义,此当戒之在斗时也。至于经历久,计虑熟,务实得不务虚名于时也,则往往鄙吝之心生而既贪钱又惜死(昔时,岳武穆之言曰:"文官不受钱,武官不惜死,天下太平矣。"中国大病无他,亦正坐贪钱惜死二事而已。贪钱惜死二事尝相连属为同一根性之所发,贪钱者未有不惜死,惜死者未有不贪钱者也。明永乐之难,王艮与胡广、解缙俱集吴溥舍慷慨陈说,相约死节,独艮涕泣不语。客去,溥子与弼曰:"胡叔乃能死节,大佳。"溥曰:"不然,独王叔死耳。"须臾,闻广隔舍呼家人谨视猪。

---

①阀阅赫濯:家世显赫。　　②簪缨:古代达官贵人的冠饰。　　③文末注"未完",但后面没有续文。蒋智由在《新民丛报》中发表的不少文章都如此,大约作者没有继续写完。此种情况后面如有出现,不再出注。　　④原载于《新民丛报》第30号(1903年4月26日)。

溥曰:"一猪尚不能舍,能舍生乎?"后广果不死),此人种将衰老而退落之时期也,当戒之在得者也。我中国人种于三时期间其为老之一时期乎?

世之称我国人曰生计的民族,又曰老大帝国。夫字人①曰"老",此至贱人之词也。凡世间英雄之普通性皆不服老,他诟詈语可受,独"老"之一字不可受。英雄人与夫英雄国岂有异耶?彼詈我之仇,吾国人胡不报之?

学校与鬼神与官府之冲突②

日本俗有七福神:寿之神曰寿老人,武之神曰昆沙门天王,美之神曰弁财天女,福禄之神曰福禄神,富贵之神曰大黑,衣裳之神曰布袋神,渔之神曰惠比寿。又镰仓之八幡宫有大石二,立旌于上,标其一曰殿石大明神,一曰如石大明神,示其为雌雄二石也。云有难产者祷是辄应。其石一无以异于常石,今日本学校中人无不笑之。彼七神者与夫殿石、如石之神,俎豆其将斩矣。

我中国多鬼神之俗,较日本尤甚。京师祀堂子,其神最怪。河运官祀蛇以为河神,曰金龙四大王。行河海者祀天后神,上海有天后宫,一匾额署曰"湄洲圣母",撰字之怪诞如是。余昔者曾有诗曰:"汽笛飞鸣江海阔,湄洲圣母尚年年。"盖纪其事也。杭州以青蛙为金华将军神,俞曲园筑楼于西湖,见青蛙于树上,以为金华神之降临也,纪其事以为瑞。又若官者于朔望至城隍庙拈香,而又有祭门、祭库及用兵时祭旗之礼。若异日者教育普及,政治维新,此敝风尽当革除,而诸神行将就馁。

是故祀庙之与学校,香火之与教育,实互相消长而争存亡者也。戊戌之岁,改寺观为学堂,是寺观与学堂之开始之冲突也。未几政变,寺观仍旧,然亦竟有已改为学校者如杭州求是书院等是也。此一战也,互有胜负。去岁广东大学堂之事,张之洞、梁鼎芬实怒总办姚氏移其中奉祀之木主而改为学生之饭厅,虑他日死后不得留名臣乡贤之一席地,梁鼎芬之电责姚氏也,有曰"神人共愤,将食汝肉",其言神,诚哉,道其实也。是又祀宇与学校战争之一大活剧也。虽然,彼学堂不绝迹,吾恐鬼神国必有为彼所蹂躏之一日。落落少年军,必非牛头马面神之所能制胜也。且夫此一班教育的军人,非独与彼鬼神界为敌已也,若赫赫专制之帝王,若依帝王作威福之大小官,彼学校中人出,行将一举而覆之。鬼神者以愚民而得受香烟者也,官府者以愚民而得享俸禄者也,一则土木而衣冠之,一则衣冠而土木之,皆与学校者相剋伐而不能两存者也。是故开一学堂,官府忌之,若鬼神有知,鬼神亦必忌之。

---

①字人:这里指称人。　　②原载于《新民丛报》第30号(1903年4月26日)。

隐居者,残废之一流人也;不能当兵者,残废之一流人也①

人自呱呱蟺地而后,仰见光而俯见土,已若负戴此责任二字而来。所谓圣贤,能尽此责任者也;所谓英雄,能荷此责任者也;所谓愚不肖,不能胜此责任而又不欲担此责任者也。人者,非以具五官百体,有知觉运动,能饮食男女之谓也,能负此责任之谓也。是故既号之为人矣,则其对于社会而有责任,对于国家而有责任,对于世界而有责任,对于家庭而有责任,对于一己而有责任。其间可卸去责任之日,惟在未成丁以前,或六十岁以后耳。

囊者,吾闻吾国人之诗曰:"济世利物非吾事,自有周孔大圣人。"又友人为诵近人某之诗曰:"啸吟风月天留我,整顿乾坤世有人。"呜呼!是皆放弃其责任之言也。乾坤,我之所居住也;民物,我之所环对也,我不整顿之,谁实当整顿之? 我不利济之,谁实当利济之? 若人人不整顿,人人不利济,吾恐天地间日月不光明,山川不秩序,草木不馨香,庶物不亭毒,吾且何从而得此偃息、歌咏之所焉?

日本法律禁人之隐居,惟残疾者、不具者②、年在六十以上者,受裁判所之许可乃得隐居,是则隐居者与残废之一流人等也。又日本法律以年满二十为丁年,凡男子皆有当兵之义务,其间受医官之检查,若残废者、不具者免役。学校中人恐学业中止,得缓数年之检查期,至二十八岁而止,仍受检查,当为兵。惟有教育之人,自中学校及中学校以上毕业者,可仅为一年之志愿兵卒役,非此则皆为三年期。三年卒役,退归为预备兵三年,为后备兵五年,有时则征调。后备兵五年后,终身为国民兵。国民兵则虽残疾者、不具者皆属之。示③国有大事,预备、后备兵尽出后,则国民兵皆当备战争,与国同生死者也。昔时为僧侣者得免役,故往往有冀免当兵而遁入于僧侣者,维新后僧侣一律当兵。而国人亦皆以当兵为荣,若独子、若王公大臣之子,无不当为兵者。其家贫而在营,仅得官给之衣食,些许之花钱,(中国之零用钱。)不给于用,或父母亲戚在家而不能养赡者,各町村有征兵慰劳会,或给其家或给其人以银与米。是故尽有三年卒役愿再当兵者,则得升为下士官,可留至三十五岁而止。惟全国兵额有定数,而每年之当检查为兵者往往合人数计之或十倍过于兵额,则除残疾、不具者毋庸当兵外,其余以抽签法行之,使若干人可不当兵,故百人中大抵当兵者亦仅得十人耳。要之当兵者,国人之一大义务也。未有国人而可不当兵者也,其可不当兵,则残废之一流人也。

呜呼! 我中国人人可无当兵之苦,而又人人可有隐居之乐,是一养残废之大病院也。夫残废者,天刑也,以好男儿具堂堂七尺之躯而甘与天刑者为伍,是

---

①原载于《新民丛报》第30号(1903年4月26日)。　②不具者:指肢体不全者。　③示:通"视"。

不当复齿之于人类？而欲国家之无危亡者，尤当设法，定若而人者之罪。（如禁其婚娶之类。）不然，吾恐弱种覆国之不绝于天地之间也。

中国上古旧民族之史影①

先吾种族而为中国之主人翁者谁乎？则苗族是也。苗族者，始据中国腹地而其后退败零落，栖息于南中国一隅之地者也。

苗族之与东南洋各种族有无种类之相关，与吾种族有无血统之相混，（近时熟苗与华人杂居，有通婚姻者。）此人类学一研究之问题。要之欲考古民族者，必先研究苗族之所由来与其分散迁移之处，或因此而得东方人类学上一大发明之事，盖未可知也。

今之论苗族者，或云与在暹罗之泰伊种人，及在台湾北部之生番所谓黥面番②者多类似，是说而果足征乎？彼苗族者素栖息于中国南方，其一部分或移徙而入于暹罗及台湾而别成为一种族者，盖未可知。其或他蛮族中尚有苗族之种类，亦未可知也。

今者欧洲人多喜入苗地，而教士尤喜传教于苗民，久居其地，习其言语而考其风俗。尤喜抚育其婴孩，试验其性质若何。盖有欲研明之事理，不惮冒险而为之者，欧洲人之性质也。

近日本人鸟居龙藏氏调查扬子江西南之蛮族，其调查之区域为湖南之一部分，贵州之全体，云南之东部，四川之西南部，又与以上接近地方之两广地方及两广之猺獞蛮族，又海南岛、广东省北部之蛮族，又湖南湘水上流之蛮族，又福建省一残部之蛮族。

其调查之事项：

一、体质上之调查。研究人类学之最要者，体质是也。其研究之法分为二种：一据生体；一据死体。据死体者，验其骨格是也。据生体者，又分为二种：一体质之部面（例若毛发、皮肤、容貌、颜色等）；一体质之尺度是也。

二、言语上之调查。研究人类学之次要者，言语是也。搜集其各单独语及其他语，成书备查。

三、土俗上之调查。如风俗习惯之事，又搜集其土俗品。

四、考古历史上之调查。搜采蛮人之故事及遗物，又访问与华人关涉之古迹。

五、写真摄影。

此调查非独可明扬子江西南之蛮族已也，其结果或为安南、缅甸、暹罗、比

---

①原载于《新民丛报》第31号（1903年5月10日）。　②黥面番：台湾北部的高山族泰雅人男女皆黥面为饰，故又称黥面番。

律宾、马来诸岛民族之必要，盖一部分之种族往往与他部分之种族有相关者，事之常也。

苗族之在今日衰残凋落，然在往古占地布种，其势力或百数倍于今日，即其文化之有无及文化之程度若何，亦历史上一疑问之事。日本田能村梅士者论上古苗族之亦有文明，且其文明之发生早于华人。兹述其言，亦我学界上所不可不知也。

中国之文明滥觞者为何地乎？今之学者群不待疑问而谓中国之文明则滥觞于黄河之流域是也。虽然，余不敢苟同其说，而欲提议一疑问题，即中国文明之滥觞果从何地是也。

论罗马之文明者，必谓滥觞于带伊白河。凡一国之文明必由水之源流而发生者，此一定之理势也。中国之文明其不能外此理势无疑。虽然，谓中国之文明滥觞于黄河者，其于事实诚不谬，然只就中国之北部而言之耳。若论中国之全域，则南方文明实别滥觞于扬子江，且其文明之发生为早于北方。试先定为左言之例：

一、中国文明，南北有各别之滥觞。

一、南方于江水，北方于河水。

一、南方文明之滥觞早于北方。

此实反从来之定论。虽然，余固有信此独断之见为不谬者，其中国北方之文明有可信凭之历史，虽唐尧以前之事不详，然可以散见诸书者为征。且参以各国原始社会之理，则中国民族约距今五千年，有个个之部落分布于河水北岸，沿流而东，遂跨河之南北，而渐次扩张其区域，其间侵夺赴仆，互有消长，部落之数益减，其版图益大，遂有如三皇五帝之时代，以强大之酋长为君主，有此北方之情状也。若南方当日其状况若何，与北方关系之事若何，年月事迹书缺难稽，然吾谓南方之民族其文明已早发生，而其后乃为北方之民族所征服者也。

据中国古史所记载，古代之文明似专局于北方之一部，而南方一带全在野蛮蒙昧之境。虽然，泰古之人类从气候寒冷、地味薄瘠之处而渐聚于气候温暖、地味肥饶之处，而文明之趋势亦必先发生于人口稠密之处，虽发生之后欲维持以臻于完成之域，南方温暖涣散之处或不如北方寒冷凝固之处为适宜，然文明最初之发生多于温暖炎热之区，如印度，如埃及之事例可征。盖文明之麹蘖[1]不依暖热之空气，则到底有不能发酵者。试问江、河二水为孰适于培养文明乎？彼河水者，以黄河为名已显示以常泥浊而不澄清之意，且其河流屈折流势奔放，动则增激泛滥溃决，颇不适于利用，往往至为大患者，古来盖不知其几何。若江水者反是，水质澄湛，流势稳静，除上流有峻湍之区，其余大致千里一碧，汪汪漾漾，无泛滥之忧而有易亲易狎之状，患害甚稀而适于利用。然则无抗敌天然力

①麹蘖：酒曲。

之智能如上古人类者,谓必聚合于黄河者多而聚合于江水者少,此吾人所不能信之事实也。

又可以地味之关系论之。当时记地味之肥瘠者,惟《尚书·禹贡》一篇。依《禹贡》所记而案其地味之等级,雍州第一,徐州第二,青州第三,豫州第四,冀州第五,兖州第六,梁州第七,荆州第八,扬州第九。其大概均以北方为上,南方以下,似当日南方之地味反薄瘠而北方之地味反肥饶者。虽然,《禹贡》记事,则有可否认者三焉:

(甲)《禹贡》记事全与近世之实状相反。夫地味厚薄容或有因时变迁之故,然全部面积古今乃大相反,殆无此事理也。(乙)禹以北人,(按,禹为黄帝之子,昌意之裔孙。昌意降居若水,若水在蜀,故禹生石纽,惟禹事业之发端皆在北方,故谓之北人亦宜。)其视察南方之事,对之冷淡。或有不如北事之亲切者,虽大贤或不能免此人情。且南方当日属要服荒服①中,地势僻远,为北方王化所不及,故北人视之全若夷狄者然,或不免有先入为主之过误。又《禹贡》九州②其地当今中国本土十八省之十三省,面积广大,以当日之时势度之,或有视察不及精密之处。且即欲详晰视察,而当日视察者之人智识上或不能得正确之结果,此亦事理之所或有也。(丙)与当日视察之结果有一全可反对之事,盖当日北方之人民常食黍稷,而米非其所用,遂至贵黍稷而贱米,贵旱田而贱水田。南方多水田之处,映于北人当日之眼帘,不免概置为劣等,遂至分地味之等级乃与当日之南人及今人竟至相反。此三者予于《禹贡》之记载为否认,而不敢坚信当日地味北肥南瘠者也。

无论气候也,水流也,地味也,皆南优而北劣,则中国之文明谓南方较早于北方者,吾人盖不忧其乏论据也。

且历史上之事亦可得左证焉。从来历史之通病,战败者之事迹多湮没不传,即传亦传其野蛮恶逆之行而已,盖历史之成多出于战胜者之手。中国史盖亦不免此病,故据其古史,可以考见北方之事而不能考见南方之事,其记南方民族如三苗者,亦只传其野蛮恶逆之名而已。彼三苗者,其果为恶逆之蛮民乎?抑为有智能之良民也?是实无由悬断。虽然,三苗文明之发生实有较早于北方者,此尚不乏证明之资,无他,即一部之《尚书》是也。

《尚书》者,北人所记录,不仅记载尧舜以下之美德懿行,而兼载文物制度,然其中言法制者,皆在舜摄位以后,而尧以前之事无闻,或者为孔子之所删削,(近时世界有论孔子之删《诗》《书》为历史上之大罪人者。)然亦因其事或有不可信者。而三苗之有刑法,则已见于《尚书》,如《尚书》一二卷、《周书》二九篇《吕刑》皆

---

①要服荒服:古代王畿以外按距离分为五服,相传一千五百里至二千里为要服,二千到二千五百里为的荒服。亦泛指边远地区。 ②九州:《禹贡》中的"九州"及顺序为:冀州、兖州、青州、徐州、扬州、荆州、豫州、梁州、雍州。

是，是实遗珠沙中而可谓今日之至宝，吾人得此一则可看取当日南方文明之光辉，一则可想见南方法制已具之日，而北方则尚未十分成立也。

是故予于中国之文明，欲定为南方早于北方，而南方实滥觞于江水之案。盖三苗者，中国固有人种之一，而三皇五帝之民族者属外国人种，从中国之西北侵入，展布于北方黄河附近之处，屡与土著人种相冲突，渐次伸张其势力。故曾有一说，以黄帝为亚细利亚人者，盖亦近似之言。三苗人种者，其初或亦局于江水之南，以渐散入中部，至达于黄河附近之处，乃为北人所摧败，窘蹙而复归于江以南欤？

然则南方文明其后无所表见何也？曰：为北人所征服而日窘蹙故也。黄帝者，以善战征为天子，与炎帝战而胜，与蚩尤战而胜，遂挟其战胜之余威平定四方。《史记》称黄帝："未尝宁居，东至于海，登丸山及岱宗。西至于空桐，登鸡头。南至于江，登熊、湘。北逐荤粥。迁徙往来无常处，以师兵为营卫。"云云。其四方往来，必非无意味之巡游，于其所谓逐，所谓以师兵为营卫者，可想见当日往来无非征伐战讨之事。所谓登熊、湘者，熊、湘二山名，在今长沙附近，当日三苗之首府，在洞庭、彭蠡之间，距今长沙不远。黄帝南伐渡江水，因登二山以为用兵之所取道欤？当是时，南方各部殆已尽为北方黄帝之所征服也。

由来中国者用武之事，南方人每为北方人之所胜，南方之文明虽已发生，而一至以干戈相见，遂不免为北方之强者所败，是实累代中国历史之成案，太古民族或亦不能异此例也。

至舜即位，而三苗又被窜，盖三苗者一经黄帝之征伐，势不复振，至是稍欲试其跳梁，而其力脆薄，不足以当战伐，卒罹投窜三危之刑①。《尚书》纪其事曰：四罪而天下咸服。盖北方统一中国之势，至是而已略定者也。

田能村梅士之言如是，余盖读之而有感焉。夫千古种族之兴衰，亦关系于战争之事为最大耳。有黄帝与蚩尤（九黎，苗族，蚩尤九黎之君。）之一战，而我种获胜，遂得分布其子孙于大陆而世世有中国之土地，而彼苗民一败之余，尽弃其江淮、荆州及北方所已占有之区域。至于三危之窜，并弃其在彭蠡、洞庭之根据地而崎岖踟促于山谷间，至于今不能自振。观于古史，蚩尤本其苗族之巫风，作大雾以迷军士，而我黄帝则造指南车，又使挥作弓、夷牟作矢，虽其事不尽可据，要之彼凭妖妄，我尚器械，则我种人之智能固自有胜于苗民者在，而后能举其莽莽一大民族，兽薙禽狝而桎缚之，不得与吾种争大陆一片土。是故涿鹿之师，我种之一大纪念事也。我乃若披坚执锐，受黄帝之命而从应龙之后，以与彼种者驰驱冲突于凶黎之谷、中冀之野也。而一回忆，我今日者甲午丧师，庚子丧师，土地削夺，种姓蹂躏，而同胞蚩蚩，沉昏若醉，昔何英雄，今何潦倒，乃不觉俯仰沾

①投窜三危之刑：《尚书·舜典》曰："（舜）流共工于幽州，放欢兜于崇山，窜三苗于三危，殛鲧于羽山，四罪而天下咸服。"投窜：放逐，流放。三危：地名。三苗与欢兜、共工、鲧合称为"四罪"。

襟，泪尽泣血也。

抑夫彼苗族者，其于蚩尤，我之所谓凶残，彼之所谓英雄也。铜铁额，兽身食沙，或为传闻怪诞之言，然悬其形象，已足示威天下，则当日之势力可知。古史称其受庐山之金而作五兵，此足为当日制造之征。至言风伯雨师为五里雾等事，虽不脱巫俗，然社会原始时代大抵以巫祀为民智开发之第一期，地球各国皆然，今日之所谓野蛮者，当日亦可谓之文明。然而彼苗族者占有之地如此其广也，人民之生齿虽不可稽，以其地面核之，不可谓不繁庶也，而自蚩尤外若一无人物自崛起于其间，而一败之后又未闻集合其同族奋发砥砺，奄奄无气，以至毙亡，劣等人种之性质，固不能一入竞争之场耶！然而今日者欧种闯入，而吾种人俯首帖耳，受其羁缚而无可为计，是又无暇为苗族哀而行为吾种人哀矣。

吾友贵州蹇念益曰：苗族之人，其出与中国人交也，当卖买之时，虽道远，必载钱以来。若银洋则中国人往往上下其价值以欺之，故彼之不能用也。又曰：若买盐，其斤两时价又往往为中国人所欺，故彼约钱若干，则必欲得盐若干，而分量之轻重以手托之而知其数，颇不爽于毫厘，以其无权衡而习用此技故也。又曰：其织布也，亦有机，以两人对织，不若中国人所制之布机之灵便，然其成布坚实，胜于中国人布机所出之布。又曰：苗民者，其女子中或亦貌不甚丑，中国人所呼之为苗姑娘者也。苗民之有洞者，则有酋长管领之。其在平原者多与中国人交通，有若干区，有苗籍之秀才额，其智识大抵概不及中国人，中国人盖多凌虐之。呜呼！亡种人之事情固若是其可惨耶！然而今者欧洲人之虐遇我其殆尤甚，我同胞其亦痛乎否？醒乎否耶？

苗族语言，今揭其二三单语：

一呼矮　　A.

二呼嚭　　Pi.

三呼叵　　Po.

四呼配　　P，e.

五呼派　　Pa.

六呼駄　　To.

七呼伊　　I.

八呼意果　Yik.

九呼摇　　You.

十呼积　　Chit.

男呼凯唔缪 Keng miu、坦唔缪 Tam miu.

女呼削缪　Sh，a miu.

小儿呼矮苦伊伙可唔　Akui ho，k，om

火呼拖　To.

水呼泥　　Ng'ni.

手呼阿普　Ap,u.

足呼阿拖　Atau.

耳呼阿哀　Abiu.

眼呼买典　Mai teng,

口呼噫蒂　Iti.

以彼者日藏于密菁深谷、蛮烟瘴雨之中，然而世之研究人类学者以彼为最好之资料，胜于陈列大禽大兽之枯骨而摩挲石器、铜器之残物也。彼蚩蚩若苗民者，岂知其身不出洞而世界乃买其风土记耶？而吾种内地人士凿井耕田，溪异谷别，沿其老死不相往来之俗，而岂知吾内地矿产之里数、土物所产所、河流之长短、道路之险夷，悉了了于异国人之胸中，而已变其舆图上之颜色，各分其区域而认为己物，且将以第二之苗人目我也。呜呼！此茫茫大陆者，苗民所曾覆辙之途，我种人忍再蹈其覆辙也耶？

病菌者，亡种之一物也[①]

天地间之至可悲惨者，有如亡种者乎？大鸟大兽累累之骨积于地层之下者，昔之已亡其种者也。埃及之鳄，昔多而今少；中国之龙，昔有而今无。（中国之龙当非古人意想所造，太古之世或亦实有是物。）吾人试翻六经，其禽兽草木多与今时殊异，然则植物也，动物也，皆有亡种之事者，彰彰然也。夫天地有是例，则必不能免是例。（如见人有死者，则人必有死之例可定。）人亦万物之一也，万物皆然，何独于人乎不然？

东南洋之散得维斯群岛者，距今百年以前，当枯古游历时，称有人口三十五六万，今惟存四五万。日本北海道之土人，其减量亦略相等。其余若亚美利加、若澳大利亚、若南洋各群岛，凡欧人足迹之所至，其土人无不日少。此何故耶？曰：非欧人之尽以巨炮快枪迫而杀之也？或曰：为欧人所虐待驱逐窘逼而遁入山谷间。是或有之，而亦不尽然也。盖尝思之而得两原因也：一为欧人制造物之风潮所卷，土人无制物之才，物用增而财力不增，驯[②]至贫富相悬，至于不能成立。此其一事也，姑置不论。其二则交通频繁，传染病亦随踵而至。彼欧人者，体力强，居住服食皆优，而又有公共卫生之事，防护之法，发见疗治之药剂，故其于中病也势减。若夫土人者，贫穷劳苦而质劣弱，居住服食既不洁，而又无公共卫生之事，防护之法，少发明之药剂，故传染病一至，直若洪水之泛滥，其势不可收拾。若中国近来之配斯脱、（中国谓黑死病。）虎列拉、（中国谓霍乱症。）腥红症，（中国谓烂喉痧。）其死人之数，剧烈之乡村多有不能买棺材者。以政治之腐败，无死亡之册籍可稽。要之此凶险之势，实古之所未有，若年复一年，我四百兆之生命

---

①原载于《新民丛报》第31号（1903年5月10日）。　　②驯：逐渐地。

虽多，恐不足以恣霉菌（中国译作微生物。）物之唼食也。吾试以印度可惊可怖之疫死人数言之：

从今八年前，当西历千八百九十五年，印度始有黑死病，自此病发生后，以至今日死亡之数达一百五十余万人。细别之当千八百九十六年度，死者一千七百人；翌九十七年度急增，死者五万六千人；翌九十八年度更增，死者十一万八千人；翌九十九年度，死者十三万五千人；翌千九百年度略减，死者九万三千人；翌千九百一年度，又急增，死者至二十七万四千人；翌千九百二年度，可惊之增加，死者至五十七万七千人；今年初三个月间，死者已有三十万人云。

又西伯利亚之希利耶古 Giliahs 人种、（亚细亚古民族，居住于黑龙江河口附近。）犹咖克利 Yuhagiri 人种（居西伯利亚之东部。）者，迨近罹天然痘、癞病、（天刑病，即大魔风。）花柳病、独癞罢麻、（眼病，生白色肿物，形似石榴子状，甚则失明，光线不明之处多生此病。）比斯脱利（妇人神经病，犯者不妊娠。）等病者甚多，彼等以文化之程度卑，不知预防卫生之法，病毒传染日益剧烈，往往举一村之人有尽罹天然痘者。希利耶古人种现仅有二三千人。犹咖克利古代人种极盛，现与他种族争斗，又罹病气，人口遂大减少，据俄国政府所调查，现时仅有一千六百八十六人云。

呜呼！是非至可寒心之事乎？彼希利耶古、犹咖克利两种人者，距绝灭之期殆不甚远。若印度者，亦世界人王之国也，然而生人之数有限而病菌之产无穷，以有限之生人而为无穷之病菌所乘，恐印度人不死于蛇兽而死于区区一微渺之物——霉菌物乎！乃为文明人灭人种之伥鬼①，而不啻代为巨炮快铳以扫荡乎！

吾悲他人种，吾行悲吾国人。夫吾国人足以滋病疫之由：不洁，一也；委之气运，二也；不知卫生，三也；不设预防法，四也；医不进步，无发明之治疗剂，五也。噫，其危乎殆哉！

不见他国者防疫之严乎？一有发现，如遇大敌，其防护线所至，必执行清洁而后已。又非独防之于已发之后也，尤有御之于未发之前者。

日本议员山根正次于议会提出防病之事若干条，质问其政府：

一、肺结核。本病现时有猖獗之势，政府并未设法预防。

一、癞病。本病现近增剧，统计罹病之人，各国无此多数，政府并未设何等之画策。

一、花柳病。本病蔓延传染，人民衰颓，有亡国之兆，政府仅依行政执行法，不速厉行预防之事。

一、独癞罢麻。本病流行，检查壮丁最多，政府仅于学校卫生设防遏之方法，其余尚未普及。

一、配斯脱。本病虽有传染病预防法，然当日立法与今日情形互异，有甚不

---

①伥鬼：指的是被老虎吃掉而变成老虎的仆役的鬼魂，品行卑劣，常引诱人使其被老虎吃掉。

完全之点,政府之意向如何?

一、虎列拉。政府厉行预防注射液(以药水射入血液中疗之,又谓之血精疗法。)疗治法,其施行后成绩如何?

又有论都府卫生事者,其言曰:一便所改良。此事一关系于美观,一关系于公众卫生。现时市内厕所为公众之便利,多建设于四通八达衢路之冲,其构造多系旧式,不行扫除,门户开放,床(坐坑。)台(踏脚。)不洁,于附近之一方,恶臭刺冲,夏令尤甚,对公众身体与无限之损害。又若传染病患虎列拉、肠窒扶斯、(中国之伤寒症。)赤痢等者赓续①入厕,遗毒物于大便中,入厕者皆有何等危险之虞。约计改良之法,便所周围植常磐木,(长年绿色,不凋之木。)四时翁郁,一饰外观,一防止臭气之散乱。又仿病院之式,于便器上作烟突形之气管,导臭气外出。又令遗便人足踏台上。大小便随时运出,不得蓄积。增置人夫督责扫除,以市中便利水道供扫除之用。扫除后布石灰水消毒之剂,其构造方法,命技师合于实际适当之用。此都市卫生最急之事也。一痰壶之设备。据欧罗巴每年统计死亡之数,七分之一其原因系患结核性病。患结核性病者,其咯痰亦能为传染之媒介。昨年东京技师于新桥停车场——检查咯出之痰,以百分比例,其内含有结核菌发见。是大可寒心之事也。今于道路之咯痰,虽尚无善法禁止,若铁道马车中、汽车中、停车场等处,宜如学校,令设医生,立一定之规律,令客一般于痰壶中咯痰,不得妄吐他之场所,并不得为不隐人之明咯,违则照一定之罚处分。而于人目易见之处,设置痰壶,用赤色磁器,入置消毒药。其余各事务室工场等凡聚集人数多者,令悉备痰壶,以执行之律从事。是又都市卫生之一要事也。又有论卫生关系饮食之不洁者,其言曰:清洁者,人生之健康法也,非易其尘埃神圣之思想(本于神以尘造人,人死复归于尘之宗说。)而代以尘埃即疾病之思想,则人生之健康,不能进步。据近者卫生局之报告,罹热患者若干名中皆嗜食牡蛎、帆立贝、(如船帆形之贝。)淡菜之类,其罹病之数与不食者比较,多至三十六倍。此等贝类贮藏不洁之水,病毒多窜入其中,若废止此等贝类不食,热患之病势当少衰。又各种食物者,蒙一度之尘埃,即恐为病菌所袭而寄生于其间,或忽变为可恐之毒害物。世人往往以食物贮于屋根下之最高层室,是处扫除不到,多积尘埃,是实至危险之事也。又如市上装饰炫目之饮食店,试一入其厨下,观其调烹之处,贮藏食物之所,往往令人惊骇。不洁之砧板,尘堆之棚,又野菜生肉之类常放置于下水(市中所排泄水之污水。)泥沟之傍,蒙污水之飞沫,心辄作呕不止。卫生者不可不于此等事注之意也。

今之论者曰:中国之亟应改良者,政治、教育、一切技艺学术与夫社会风俗之间,若区区卫生,事之小焉者也。虽然,以吾论之,中国人于生命,其所次重者,骤而与之言变法,其范围辽阔,为全国人眼光之所不及,若无关于切己之事

---

①赓续:继续,连续。

者，至卫生之事，其疾苦身受之，其快乐亦身受之。然而此等卫生诸事大半须从公众着手，于种种变法之事无不有联环之关系，彼即不喜变法，独不爱生命乎？欲爱生命，即不得不言变法也。

中国者，于大致居处、饮食、衣服等皆龌龊卑陋，然而富贵之人，其种种奉养亦在全地球可惊之度。今当正告之曰：居处、饮食、衣服，求有益于生体者也，非丰富艳美之谓也。是故奢侈者，非卫生也。且卫生者，以一己之财力供养一身，不过能达卫生小部分之事，其大部分悉归纳于国家社会之中。（如人民不能组织政治，则公众之事不能立；人民无公德，则遗矢秽浊等事不能禁；各种科学不兴，则医学不能进步皆是。）是固前言之矣，不变法则亦不能言卫生也。

中国之所最贪者钱财，钱财者以为第一之生命，而性命者以为第二之生命者也。然而钱财者，必健康无疾病之人而后能得之。今人查美国之富豪，其享有巨亿万之家资者，皆有过人之精力，无一生而薄弱之人。夫天地间一事业，一学问，一技艺，何一非精力之所换而来？钱财亦然。中国之谚语曰："富贵出于精神。"其言不信然乎？然此犹仅就个人所得之钱财而言之，若一一统计全国人之钱财，今试有一大工厂于此，其中工人或数千万人，停工一时，则其所损失之价值几何？况一国之人，其数直过于大工厂无限倍乎？今者各国之所竞争，在争其人民所作为之事而已；争人民所作为之事，在争人民健康之度而已。

世之詈我者曰"病夫国"，此比似之言也。若夫不事卫生，疾病滋多，小之则人民之身家日贫，国家之权力日弱，大之则数千年伟大之民族将有衰灭之忧。其将实"病夫国"之名，使侮我者得验其言乎？抑我日警醒，而图前途之幸福也？

各国人之特性[①]

合一国之宗教、政治、风俗、习惯，而后铸成国民之性质。国民之性质，国家盛衰强弱之代表也。谋国者必先考知国民之性质，取其优者而保存之，药其短者而改革之。又非特谋国者当如是也，凡国民皆不可不悬一监察性质之宝镜，以去己之短而师人之长。欲征国人文明之进步者，亦征诸此而已。夫文明者，何物也？固曰"改良人民之性质而归于至善"，（《大学》谓之在新民，在止于至善。）此其至大事也。

当中国封建时代，齐鲁燕赵秦楚宋郑吴越之民，其性质各异，大致因其国之地理与其国人所经过之历史，而尤以历史之酿成为尤大，各自呈其刚柔智愚，而短长优劣亦互见于其间。至于秦汉而后，立于同一政治、同一宗教之下，全国民之性质大致统一，其稍有参差者，惟山蹊水屋[②]僻远之处而已。虽然，以吾人所读之诗书想见中国人之性质，其在秦汉以前实与秦汉以后殊异。试评论而一第

---

① 原载于《新民丛报》第 31 号（1903 年 5 月 10 日）。　　② 山蹊水屋：山水曲折。

其高下,则后代之风气实远不及古代。故秦汉以后,直可断为中国退化之时代。今者积其敝俗颓风,一入世界竞争之场,骤患退落而不能以自存。夫弱思强、穷思变者,人类之公性情也。继自今,我国人其有改变性质之一日乎? 兹以当世所评论各国人之性质及专关系于我国者略述一二。夫勺一瓢之水,可知河海之性;粉碎水晶,仍不失其为六方形。然则仅此一斑,已若摄取我国人之神魄,我国人立于秦镜①之下,其寒毛胆否也。抑有进者,愿我国人知而改之,则他山之石皆可为磨礲②之资云尔。其言撮录下方:

英国人:勤俭而着实,重体面,贵规律,务宏壮其邸宅,急于车马衣服。其为买卖,抱一定之见识,不为人言所动,依数年之统计,察其物价之地位,一朝价格下落,急着手买入,不愿目前之景况及顾客之有无。反之虽见如何商况活泼,于其高格之物价决不买入,即因此而空过一年,亦所不计。要而言之,彼者,富于守成之国民也。

美国人:活泼而富于敢为,于商界见计其敏。寓居于旅店下宿,出必马车,衣服调度不落人后。长于计画,富有企望之心,察来年度之商势,准备不怠。物价如何低落,若商况不动,决不买入,一朝商况活泼,则不论价格之高低,高则益益买入。此点与英国人性质正大反对。虽至日后或以误买而招损失,彼惟置之一笑而已。要而言之,彼者,富于进取之国民也。

德意志人:彼者英国人之勤勉、美国人之企画心兼而有之。握世界商业之霸权者,其终德意志人也。彼不顾礼拜日及其他休业日期,见有新出货样,不惜投巨资买之。破帽泥靴,不以介意。沉毅而寡言,业务外如无何等之快乐,其勤俭则到底不可学。其计算用纸,未尝见用新者,多用书翰之里面纸及废纸而已。其铅笔至一二寸,尚不弃也。憎巧于射利之事,而不屑守成。要而言之,德意志者,商界之麒麟儿也。

法兰西人:快活而多辩,富意气,有直置赤心于人胸臆之风。然轻躁而浮华,无计画,亦不勤勉。其商人无可其推服之点,惟富于意外之贮蓄心,又能引顾客之欢心。其最优者,为旅店及美术骨董店之主人。意大利人亦概如此类。

俄罗斯人:闻之浦监斯德之商人云,彼者纯朴而率直,其于大买卖之行甚圆满。又闻之中国人之对俄国人,比之对英美德法人,则稍不存有异邦人心。盖由于半同种,而民情风俗雅③近东洋故也。

中国人:勤勉而正直。其商业上之道德胜于欧美之人,重其言责,其团结力亦强大。而眼中除金钱之外无一物,为利益不顾屈辱,无所谓意气与体面之事。论物价高下之间,至费一日之商谈亦所不惜。彼有意外之大胆,能信任人,然一至利实相反,则弃而不顾如路傍人。要而言之,彼者大国民,而毕竟一金钱之虫而已。

---

①秦镜:传说秦始皇有一方镜,能照见人心的善恶。　②磨礲:磨炼;磨治。　③雅:甚。

印度人:因循而孤疑,轻信人言,言行之间多不一致,怀阴险,乏果断,而易激怒。唯忍耐而热心于业务,所以能成其富。然毕竟为亡国民之性质而已。

犹太人:彼者优于商务,不失其为商界之魔王。美国人之果断敏捷,中国人之勤勉刻苦,德意志人之致密画策,英国人之规律自信,兼是等数长而有之者,实犹太人也。世界者,彼之邦国也;黄金者,彼之耶和华也。不羁独立,不好交游,睥睨天下之人,而冷然指其一己之财囊。其吝啬过于中国人,其狐疑阴险过于印度人,其人格无半文之价值。至商界俨然一个拿破仑,可鄙而可畏者,彼犹太人之怪腕哉。

日本东京帝国博物馆开特别展览会,周汉古物累累满架,据具眼人①所评,俱云价值连城,屈十指不胜计。而如此珍宝,十之七八皆从北清义和团事变以后,从中国渡来。盖中国人者,不能信其国家之平安,使其再罹兵燹,与瓦砾一同其运命,何如于平时易相当之货币?宁非计之得者?此在中国人意中之打算毫不足怪。夫国家者,国民最后之安全库也,财产托于此,生命托于此,若国家而失坠国民之信用乎?国家之存在,空名而已。吾人于此既嗤中国人之无爱国心,而尤不能不责其政府者,彼至此而使其国民断望,转生亡国之感,是可异也。中国者犹欲为独立之国家乎?则信用列国,宜先信用自己,而后国可为也,犹之个人者,有自觉其存在之意义,而后肯努力以从事。国民者,不可无国家存在之自觉心,此自觉心者,造国家之理想,尽国家之天职,立其指标,而为至向上之精神也。即以此精神,称为国家之生命而不为过。若中国人者,泯此理想而徒有虚傲骄矜之心,此实害国家之一大毒物也。

英国诗人之歌曰:“我大英之国兮,不要垒栅,不要耸险阻之坚城兮。波涛如山,我所进军;千寻之海,我之所家兮。”美国诗人之歌曰:“大胆兮,大胆兮,宜随处而大胆兮,勿为过分之大胆兮。然过则贤于②不及,则优于少兮。”英美两国,所以树势力于世界者,盖诵此诗而可想见其国人之性质也。

日本人自论其国人之品性曰:日本人者,无印度人哲学之天才,又无中国人实利之长所,维能发挥印度、中国所不能发挥者,军事上及政治上之才能而已。其国民皆慕贵族之风而重形式,似英国人,然无盎格鲁撒逊人种之长所;平日尚虚夸,而易激动其感情,似法国人,然无高卢人种之天才也。

又曰日本人者,因循姑息。岛国之人民也,其出海外者少,虽由德川时代行锁国主义之害,然亦因日本风土过好为一大原因也。日本者所谓世界之公园也,其惬③于居者之心自不待言。游乐于此公园之中,全家可为寐台而卧游之,无大劳动之事,物价贱而生活之程度低,人人偷安乐,以自消磨其岁月,岂有振奇之士思割冱寒之地之冰以医渴、踏酷热之地之沙漠以求食而一尝此困难者哉?日本人者皆以阔少养之,国情如此,夫是以野心小而安于小成也。夫人之

---

①具眼人:指有眼力的人。　②贤于:胜于。　③惬:快意,满足。

目的高大者，虽蒙大困难之事而不以为意；目的小者，些小困难之事而亦思退避。岛国人之理想小，故贪游逸此公园之乐而于心为已足也。（中国内地人民听者恐语语道着下官①。）

其论他国人有曰：嘘言八百，贪贿赂，破约束，印度之所以亡国也。国辱兵败而不知耻，叩头求活于他人之宇下，唾面自干而毫无奋发之情，后生大事惟黄金是贮，此中国之所以不振也。

又西人论中国人曰：中国人者，辱之袴②下，按之泥涂之中，举左右手挞之，彼亦不以为意，但思起身时拾其地下之黄金以去。

以上所言，不必一一具引，要而论之，中国人之性质，一要钱而已。志气卑鄙，惟要钱故；公德阙乏，惟要钱故；习惯龌龊，惟要钱故；趋附势炎，惟要钱故；不惜屈辱，惟要钱故；不爱名誉，惟要钱故；知一身而不知一国，惟要钱故；顾一家而不顾一群，惟要钱故。是卑鄙生活之民也，非高尚生活之民也；是能饮食男女，殖产以长子孙之民也，非能建设国家，树立事业，于世界上有荣誉有价值之民也。其终则为驯顺如奴隶而劳动如牛马之民欤！（南洋、美洲各处劳苦工作，皆中国人为之，而权力则欧洲人享之。近时开巴拿马运河，拟用亚细亚人三万人，其中中国人必占其多数，然巴拿马运河之权固毫不能分有之也。岂天之生我中国人专为全地球作工作人欤？牛马不能为之事，则以我种人为之欤？噫！）种弱而事他人之种以生，国亡而依他人之国以存之民欤！

虽然，以要钱论之，我国人之贪心亦大小③矣。国家者，身家外之一大利藏也，身家之贮蓄银行也，身家之保险会社也。今以鞍手茧足、万苦千辛所得之钱，而无一安稳生息之大银行，无赔偿不测之保险社，一遇盗贼水火、意外不虞之事，朝为千金子，暮作窭人④儿矣。当甲午以后，戊戌、己亥之间，国步动摇，北方尤有岌岌之势，有劝京津富人出钱立学校，兴一切公众之事业以救国者。而面团团翁⑤者，与此言相水火，惟益事蓄积，以为保日后计。至遭联军与义和团之乱，身遭杀戮，妻子被辱，而窖藏之黄金白镪⑥悉为外人所虏载而去，则何如当日者破其悭囊而向国人换一记念物之为愈也。吾人试思之，为中国之富人与为日本、欧美之富人，孰为危险？孰为安稳？则毋羡彼人矣。彼者固曾出钱，且合一国之人出钱，以造此第二重身家之一国家也。然则吾国人名为要钱，何其计算之不周，思虑之不密，见识之不远，规模之不大，而乃以贪小钱、不贪大钱之故，置于世界劣等人种也。

①语语道着下官：句句话说的就是我。　②袴：通"胯"，胯下：两腿之间。　③大小：太小。
④窭人：穷苦人。　⑤面团团翁：脸又胖又圆的人，指富人。　⑥白镪：古代当作货币的银子。

埃及古代之鳄鱼[①]

埃及自古多鳄鱼,而尼罗河沿岸尤为鳄鱼适宜之所,埃及古书盖多记之。其地鳄鱼共分两种,一者形大,一者形小。近时动物学家所区别,呼其大者为厦母哺,小者为撒甲云。

厦母哺者,蜥蜴形,头长椭圆,管嘴者扁压,尾者延背之水平线而下,与他动物分背筋而为尾者有异。当从卵孵化时,长约八寸,至成长时能达至三十三尺。绿青铜色,有黑斑点。性质狞恶,饥则捕牛马驴等物而餐之,现其凶恶之性。然性怯陆地,从水中出,不敢远离川岸。鸟兽等避之,无敢近宿川边者。惟一种蜂雀与此狞恶之物为至好之朋友,鳄鱼出,则飞入其口中,为之代除虫类而餐之。此狞恶之物亦若深托此鸟之庇荫,任其出入而不为害。此种鳄鱼,埃及人呼为回母沙哺,希腊语之厦母哺者,即由其转变。亚剌比亚人讹为齐母沙,耶稣经典之称为磊尾阿撒门者,即此物也。

厦母哺鳄鱼

附考:

埃及人呼为驼和起和鸟者,当鳄鱼上陆,每开其口,则此鸟飞入其口中,为之代取水咥[②],(蚂蝗也,一种喋鱼之无骨虫类。)若服役者然。鳄鱼者亦知其意而感之,故虽出入于可恐之口腭中而无稍损害。古书中多喜记载其事,稗史小说尤多附会,遂相传以此为埃及一奇闻。数年前有英国二旅客者闻而异之,亲往尼罗河畔,试验其言之实否,其所见之事如下:

右[③]旅客一人名夏摩古者,与其友人俱赴尼罗河畔,择鳄鱼与鸟最易出显之处,乃于尼罗河之砂堤,在第一瀑布与第二瀑布之间,隐身其中而密侦之。暂至正午时顷,有二大鳄鱼从水中出,眠于砂上,数羽之鸟已来其近边,回绕飞翔。其中有一羽者大胆,步行鳄鱼之傍,鳄鱼见之,忽大开其口,鸟者一无踌躇顾虑之状而直飞入其口中。少顷,闻鳄鱼者叭哒一声,忽闭其腭,此鸟者已葬于鳄鱼之腹中矣。

不谓经过一二分间,鳄鱼者再开其口,不思议间而见向所谓葬于鳄鱼腹中

---

①原载于《新民丛报》第32号(1903年5月18日)。　②水咥:当为"水蛭"。　③右:当为"有"。

之鸟者，一无损害，自其口中搏羽而出，下立水边。鸟之赴水边者，诚不知其何意。俄顷复来，仍操前役。旅客者既证明其事，遂铳杀此鸟。鸟者有水摇，(《尔雅》谓之足蹼，脚指间有幕蟆①属相著，凡游水之禽皆有之，如鸭等可见。)鹬(水田中小鸟。)之一种，解剖其胃中，除谷粒外无有何物。此鸟为鳄鱼服役之事，已得实征，至取出者果为水蛭与否，及鳄鱼见鸟飞入之时何故忽闭其口，则其事尚不能知也。

撒甲之一种比厦母哺一种头平且光，体崖薄，尾者由全体所延长，长不过九尺以上。埃及人呼为沙苦者，撒甲之原语也。

此两种类者，今日均渐减少，有将归于绝灭之趋势，只华齐哈路亚地方尚有生存者，然亦无如往时之多。此道当亚历山大王之将军蒲路加士率一千余军士伐梅门甫基府之普陀来米王朝赖额士家王时，由此进兵，其道为鳄鱼所盘踞，士卒经过，盖有非常之困难云。

希腊史家海罗陀驮士(纪元前四八四至四〇八年)所记述，埃及人之一部分者崇拜此鳄鱼，其他之一部分则以为狞恶之动物而欲退治之。其崇拜之一部分，则多住内地而距尼罗河远者，彼等不仅言不蒙鳄鱼之害，且称此鳄鱼者为有丰年之兆。原其故，内地田圃若无尼罗河泛滥时所拥入之土壤，则无处可施耕种之事，而此一年一度之泛滥，鳄鱼者每伴洪水俱来，内地人得见此物，以为是送土物使者，遂尊敬之而称为丰年神也。

亚历希娜尼地方者，距尼罗河其远，若洪水不至，直为茫漠无人境之处。其地之有居民者，盖幸托洪水之福荫，而对此伴洪水俱来之鳄鱼遂不觉生其感谢之心，奉为当地之保护神。至罗马时代，有雕刻其形象以为勋章者。又据海罗陀驮士及士陀拉罴(希腊之地学者，纪元前六三年殁)所记，该地之名牟有丽池者，饲养鳄鱼，以僧侣为守役人，善调驯之。此种鳄鱼即呼为撒甲者，其耳饰以金环，前足悬以手首饰。行人有参观者，多持鳄鱼喜食之物来，守役之僧侣使鳄鱼开其口而给食之。若有死者，郑重注以香油，于赖庇利所称为神圣之地方者，于其奥院②之中而安置之。

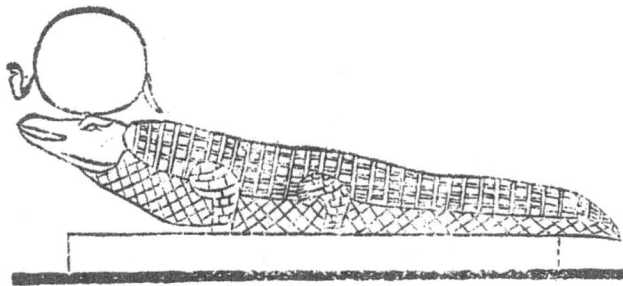

撒甲鳄鱼

①蟆：当为"蹼"。　②奥院：指尊者所居之处。奥：深。

近亚剌比亚之阿马婆地方，以距尼罗河远，极崇奉鳄鱼，造岩窟而饲养之，以婴儿供鳄鱼之食，其母者对此以为神之所御用也，怡然无少悲戚之心。可浦多地方亦甚崇拜鳄鱼，鳄鱼死，与亚历希娜尼地方之人同，行郑重之丧仪。今日尼罗河右岸马斯拖地方尚有鳄鱼之一大古坟，盖不问而知其为往昔时代崇奉鳄鱼之遗迹，与人类、鸟类、兽类之白骨同零乱而堆积于一处云。

自希腊人与埃及人交通，埃及人崇拜鳄鱼之事迹多为希腊人所记载，其中甚多荒诞之言。有以鳄鱼为有预言之灵者，其事之始原，由普陀来米家之某王，每日常例持食物以食鳄鱼，一日者鳄鱼忽不餐王所持来之物，群以为此者王将死之前兆也，其臣下皆狼狈。果也不待几时而其王死，遂归于鳄鱼有预言之法力，其迷信盖起源于是云。

其距河岸相近之地，以屡蒙鳄鱼之害，多生恐惧之心。群念佛而祈祷于神圣，冀免鳄鱼之袭击，其祈祷之语曰"我所敬之神兮，来临于此处兮，福吾等兮，为防鳄鱼之害兮"云云。反之而有敌鳄鱼之一部分人者，出其种种之手段以退治鳄鱼，或杀之而啖其肉，或为鳄鱼之狩。观古雕刻所传之形状，或乘独木之舟，有持长枪以杀之者；或有钓之使出而从而杀之者；或以网捕之者。阿婆丽市人多用网以捕鳄鱼，其市中所定之法律，凡一市之人皆不可不食鳄鱼之肉。甚者有不思议之法律，可想见此部之人憎恶鳄鱼之心，其对鳄鱼之尸施其残忍酷薄之技，竟有为思想所不到者。

鳄鱼狩

事之最奇者，崇拜鳄鱼党与排斥鳄鱼党以冲突而出于战，其事盖多有可记者。或远河岸之人怒居住河岸者扑杀其所谓神圣之动物，或河岸之人愤内地人保护此狞恶凶残之物，其结果则两地之人遂至决裂，惹起一场干戈之事。有名之战史家右惠那记可布度人（崇拜鳄鱼人）与台齐士人之冲突，台齐士人愤怒之余，餐可布度兵之尸。其激烈之冲突，于此可见矣。

憎恶鳄鱼之精神者，埃及人祀为呵赖斯神，即征服鳄鱼者之神也。相传呵赖斯神即太阳神所化，为退治鳄鱼而出者，有恶神化为鳄鱼，呵赖斯神枪杀之。

其所称为舍备苦神者，即化为鳄鱼之恶神也。

征服鳄鱼者呵赖斯　　　　神舍备苦神

　　埃及墓地，于河岸则向大神而祷曰："依神之力，守护吾等，除彼鳄鱼，不入此真理之地。"其仪式中，及墓地幽冥界之区所，往往雕刻鳄鱼之形，未尝尽视为凶恶之物，有时或与有益之物立列，试举其一二事：如在葬式之行列中，有鳄鱼载木乃伊（埃及使尸体不腐之法。）之尸而行之像；舍几一世之墓绘阿婆塞苦之鳄鱼形与伙希利之神。其意盖谓所以护清净之灵者。至雕刻中，有鳄鱼与河马同集于一所之像，是则有视为恶物之意云。

鳄鱼与河马

　　埃及人祭鳄鱼之神，即所谓舍备苦神，此神者以为暗黑之神；而呵赖斯神，则以为光明之美神。然其对舍备苦神也，亦未曾有绝端之憎恶，如阿颇模人者，安置二神于一堂，其左方为舍备苦神，右方祀呵赖斯神。又有用舍备苦之语取以冠人名者，如国王中有名舍备苦之一王，又有一女王亦用此可恐之名字。而尼罗河赞语中有赏鳄鱼之言，其语云："凡兹众心，无不满足喜悦，此舍备苦神之子，尼罗河神之子，头戴此神圣之天环兮，其光荣弥有尽。"云云。

埃及之美术家表显此动物之形象不少巧思。于可模阿部地方，雕刻厦母哺之鳄鱼形可称为精妙品。然模仿其形除用为护符外，于建筑工艺中则颇少见云。

鳄鱼之来罗马，始于纪元前五十八年。斯加赖人从埃及携五种来，此为鳄鱼入罗马之嚆矢，其后阿额泰又携来数头，用之于游戏场，使为战斗之事。要之埃及人之对鳄鱼，其一派则崇拜之，一派则憎恶之。其后因时势之推移，两派之人思想渐亦混同。右图者[①]皆为古代埃及人之所作云。

记者曰：崇拜之与欲杀，岂非绝对而两必至之事哉？偶像也，有崇拜者，有欲毁者。君主也，有崇拜者，有欲杀者。岂独偶像、君主为然？于世界最有魔力之教主，有崇拜者，有欲杀者。崇拜之与欲杀，各抱其宗旨，各尊其理想。庄子有言："此亦一是非，彼亦一是非。"执此以观天下之人情，于万事类皆然矣。

万物之强盛也，莫不由于得地理，而其衰也，以不能进化之故。方鳄鱼之得尼罗河地势，含淹卵育，以长其子孙而繁其族类，至能与埃及之人类为敌，岂不盛哉？然曾不数千年，衰落凋零，日归消极。不能进化则必灭，天演之例，又岂能逃耶？岂独物类为然哉？世有数千年之古国而地脉优厚、种类昌炽者，鉴于物以自警，彼尼罗河边之鳄，亦他山之石也。

历史上于鳄鱼之事多含异趣，韩昌黎之祭鳄[②]，亦中国一异闻事也。彼狞顽之物，岂真有知，役以牛豕，备文字而祭者？其类念佛而祈祷者欤？抑为崇拜鳄鱼党人也？中国之与埃及，为地球两古国，对举其事，亦遥遥相辉映云。

新骨相学[③]

西洋古代之骨相学，验手形体相，与东洋大同小异，其蔽也，无实验之基础，无广大归纳之结果，遂为近世科学家所不道。至博士额卢氏出，博考各种动物、东西人种之殊异，老年、壮年、幼年之区别，得夥多实征之事，立为骨相学之基本。诸多后学接踵而起，各从事于研究，骨相学遂与实验心理学相关连，而为柯德与斯宾塞尔诸大哲人所信用。

昔时区别人之体质分为四种，曰淋巴质、多血质、胆汁质、神经质。此为病理学上适用之名词，未能尽概康健人之质。至近时则为三种之分类，依生理学说，人类生理之作用有三种之机关，此三种机关各具特别之机能，即运动系、营养系、神经系也。骨相学亦依此说分为三类。

---

①右图者：指上图。　②韩昌黎之祭鳄：指韩愈写《鳄鱼文》之事。因鳄鱼为害，韩愈作此文劝戒鳄鱼搬迁，实则鞭笞当时祸国殃民的藩镇大帅，贪官污吏。　③原载于《新民丛报》第32号（1903年5月18日）。

运动质之人

运动质人身量高长,骨格亦大,额长且广,而长或过于广,颧骨张起,前齿大,颜畔方形,筋肉调和适宜,肩幅广,胸部发达,与肩幅相应。面色与眼概黑色,毛发刚而黑且多,质厚密强韧。全体之组织有刚强勇壮之观,忍耐力亦强。

属此质之人者,气力、体力皆旺盛,作事富于才干,不论何等社会,能操其主动力,入公共事业与军队等常能占其首位。然为观察家之人而不能为思想家之人,其性质适宜于山野而不适宜于官邸。决行力强,冀望心大,为爱权力好胜利,常蔑视一己与他人之幸福,直向己之目的而猛进。其言语刚直,不烦多辨,而能使听者有惊动之心。

若此质过于发达,则头脑小,顶部缺损,或其顶者短而大,胸广而张,筋肉粗大,有逞强暴之象。如此者,为无营养、神经二质之人,乏高等之感情,强蛮而鲁钝者居多,不能上达之人也。

营养质之人

营养质人,其全体非细长形而为圆大形,有严重不动之象,腹部甚发达,常皤皤然,其胸部亦能与之相应,肩广,四肢圆而尖,手掌足趾比较全体为小,颜与头准①,其他之各部有自然圆满之势,容色多华美者。

属此质之人者心身常快乐,爱新鲜之空气,游行山野间,言语勇壮,乐于谈论,当事热心,有活泼敏捷之长。至遇困难之事多不能为静肃之研究,使其为一时可努力之事易占胜,而不能为持久之业,不暇探深奥之理,而乐从事于表面之美观。为血气所使,有时易陷于轻佻之行,受一次强度之感情,或致发为乱暴,然亦能急变亢愤而归于沉静之度。

营养吸收系过发达,而循环器之作用缓漫②,即病理学上所谓淋巴质之人也。其性懒惰,而薄于感触事物之情。

神经质之人

神经质人偏重于脑髓与神经系,一身之构造软弱而小,惟于头脑则比较为大。颜多圆形或椭圆形,顶部广阔,额高而多青白色,皮肤滑泽,毛柔而美,声调和而能高,姿势温雅,无威权足以压人之概,富于感动优美风流之情,对天然人工之美物爱赏不置。其思想力迅速,感觉力锐利,想像力活泼,道德之念特旺盛。病理学上所谓神经质者,即指此质之人,以其脑之不熟未齐,而又不喜为快乐之运动故也。

属此质之人者多为文学家与宗教家,而于金钱上之事业不能望其成功,若

---

①准:均等。　②缓漫:当为"缓慢"。

改其途而从事于实业,则违逆其天才而常有不能嗷饭之忧。世之文士大概多此质之人也。

此三大元素结合,而后有人间种种之行品,结合之间,分量度数之多少,人性之千差万别,由此而生。其结合之极适宜者,最完全、最圆满、最秀绝之人也。

风土之与人生[①]

风土良处之生人

风土良处之生人者,无与外境界争斗之事,故无冒险心,无忍耐力,无贮蓄心,无勉强之习惯。土地绮丽,故好美观物,好始终变化之事。道路交通,故擅应接宾客之长,而奢华之风亦由兹而起。

风土不良处之生人

风土不良处之生人者,习劳苦,无有愉乐之事,故能勉强,能刻苦,能忍耐,有贮蓄心,虽极俭约之事不适于意,而心能安。其所短者,乏进取之气象,无活泼之致,不能为一飞惊人之举,惟营营兀兀[②],不挠不休,驯而能行千里之远者,可勉为之。譬之于马,非竞走之马,而负重之马也。

此类之人若创新而与世人相接战,其才非所长,不能不让人为之,而为关系内守必要之人物。彼风土良处之人多夸大之言,喜自居上位,不能优待其下人,而又不能监督而秩序之。若以风土不良处之人当其职,其待人也多出于真心,而有监督秩序之能,为其统属之人多满足于心云。

海岸之生人

海岸之生人者,受波之感。波者,动物也,因方圆而异其形者也;当坚强之处,则避而改其方向,以走于少抵抗力之处者也。彼其映旭日而腾彩,绚夕照而烂色,涣然[③]呈文章之美观,而至风起浪涌,又为泛泛然浮动之象,若无定质者然。故生是处之人,概好动之人,稍遇动机,彼直驱出。然多因其境遇而改易其性格,薄于执着力,弱于忍耐力,而短于自信力者也。

山间之生人

山间之生人者,受岩之感。岩者,戴土花,蒙苔斑,风雨千年,嶷然不动。彼其当春之日,鸟鸣花开;涉冬之时,冱寒雪闭,若漠然无所感觉者然。故生是处

---

①原载于《新民丛报》第32号(1903年5月18日)。　②营营兀兀:指辛苦钻营。营营:奔走钻营。兀兀:劳苦的样子。　③涣然:当为"焕然"。

之人，顽然兀然，守其古初，不能伴时世而进步，其改变之觉悟性极短。然有执着力，有忍耐力，不欣羡于世之华衣美食，行三里求酒店而不为远。（谚云：山居之人，酒店三里。）其肉体发达，而根气诚实，与生风土不良处之人多同。

平原之生人

茫茫平野，极目绿翳，无波涛之冲激，无岩峦之峥嵘，其感受波气也，惟见漾漾之平河；其感受岩气也，惟见不动之静林而已。而群花时鸟亦足娱人。故生是处之人，得海与山两方之长，所常能营远大之规模，而小事或非其所长。彼生海岸之人，乏忍耐持续之心；生山间之人，缺敏活进取之致；惟生于平原者，乃能调和而补其缺乏也。

记者[1]曰：凡人之性质，多以外境界之习惯而成。若夫豪杰则不然，不为地限，不为俗囿，是以尘壒[2]城市之中，荒僻山林之处，常有一二人之特出，其性质与其一乡之人迥异，所谓沛公天授者非耶？若豪杰者，诚加人一等哉。

人之气质各有所偏，其偏至之处，长于是乎呈，而短亦于是乎见焉。所贵乎学问之道者，能变化其气质而已。彼蛮野之人多任天质，而文明之人加以陶镕改变之力，若合众多之分子而成为一物，有不易分别其质素者。彼夫华泽之陶器，人岂知其自土坯[3]中来耶？墨子言所染染于学，则非染于风土者比矣。

是故天行之美常待人治而成，天行之病亦待人治而灭。人治之进步，世界之所以有完人也。故夫人者，不可不企望为豪杰，而以学问自造成其天性也。

华赖斯天文学新论[4]

[5]英国科学大家华赖斯氏 Alfred Russel Wallace 顷[6]著一论，题曰《宇宙与人类之位置》，一时科学、哲学、宗教家纷纷评论，起论坛之波澜。华氏之说以近世天文家学为根柢，其结论之归宿，则与近世天文学家大异。兹揭其要点如左：

一、星界为有际限之事。

二、地球位置星界之中央。

三、地球外无他生物之处。

四、宇宙最大之目的，在造人之灵魂而使之发达。

华氏之言，其可为定论与否，今尚无可断言。虽然，氏以深远高尚之思想，该博精确之智识，据其所论，诚可为天文学家增一进步。世之抱高远理想之士，其乐取而研究之欤？因译述以贡诸我国学者。

华赖斯曰：古代天文之说，以为地者居于中央，而日月星辰各有其轨道以环

---

①记者：指作者自己。　　②尘壒：尘埃。　　③土坯：当是"土坯"之误。　　④原载于《新民丛报》第33、34号。　　⑤以下原载于《新民丛报》第33号（1903年7月8日）。　　⑥顷：不久以前。

绕地球。自哥白尼之学说出，而古说遂废。哥白尼者，以为宇宙间之行星至众多也，各行星之中，其位置形状与吾地球同者，又不知凡几也。厥后奈端辈及几多之天文学者又以强力之望远镜与天文学所用进步之器械，发现亿兆无数星群于星云之中，大于吾等之太阳者甚多，大于吾等之太阳系（吾等太阳系即八行星也。）者又甚多。吾等之太阳、吾等之太阳系，其在天空间不过一些小之物，由是意宇宙间或有优于吾等之地球而可以为生物存在之处者在。而地球与吾等之人类，非于宇宙间有特别重大之关系。此近代天文家所承认之说也。

一恒星为一太阳，他之太阳，各有附随之行星；他之行星，亦可为生物存在之处。此学说之风潮涨漫于过半世纪间，而于实事上皆受其影响。宗教家假是说而归于神力之广大，怀疑家谓人类于宇宙非占特别之位置，未蒙特别之恩惠，且吾等所属之太阳者，不过在宇宙间为第二等、第三等之恒星，而区区为其附属之一地球、为其附属地球上之一人类，而谓造物主者特创造天地以为人类之用，与所谓牺牲其独子者，皆属不可考之言。而宗教之教仪信条遂为世所轻蔑。彼神学者对此攻击无力以防御之，亦相率而抛弃其从前之观念者盖时有也。

410

至最近四半世纪间，（百年中之二十五年。）积天文学者几多之观察，几多之发见，其智识日益明确，而宇宙与人类之关系遂亦逗一新光明于人间。此固非为维持宗教者言也，盖实见吾等人类其所占之位地[1]殊为特别，且其位地[1]直为有一无二之处。彼世间抱高尚思想者，谓宇宙之作用所以发达人类肉体中不可灭之灵魂，此言也直可以最近之天文学为强援而证其说之果不诬也。彼持唯物论者，谓以至小地球之人类为目的，而以至广大之宇宙为方便[2]，其目的过小，其方便过大，失其平均之理，因欲攻破其说。虽然，使果有至大且贵之目的，则虽费无限之空间，无限之时间，以求达其目的者，决不得谓之不均平。夫发达人类之灵智，其目的实可谓大且贵，而以宇宙之物质及以太[3]为其用。余者固深信此宇宙后，有一灵能之原因，而造物者不同于无意匠之所为也。

人类地位之如何，盖可据近世天文学证之。虽然，以其可证诸事而组织为一结论，则余尚未之闻也。

星之数果无限乎

今学者谓星数无限，星界之广无边，此固尚未有不易之确征也，若诚有之，则吾今兹之论可以不作矣。何则？无边无限，则无地位相异之处，亦无以何地位属于何部分之事，而无所谓近于中心，亦无所谓远于中心。以无限之空间，何处皆中心，何处无周边者，球体之义然也。

当十九世纪之前半时代，台罗伦及海路奢二氏者以望远镜之力，星之被发

①位地：地位。　②方便：方法。　③以太："以太"是英文 Ether 或 Aether 的音译，是古希腊哲学家亚里士多德所设想的一种物质，是物理学史上一种假想的物质观念。

现者得增多数。虽然，此星数之增多与望远之力盖有比例，而其后用非常强力之望远镜，所发现之星数乃不与望远之力而俱增，以定率之比例相较，其为减少。若是者不啻示星界有尽，而窥测之已近其际限也。

今之星界之中又尚留多数之黑暗。若星之在宇宙者，其数果无限乎？则凡望远镜所不达之处与夫望远镜所能达之处，其星之散布者盖有同一之密度，而于星所占有之空间，其面积乃益大，若是，即星界中必无尚留黑暗之处之理。何则？无边之星界愈远愈大，必能照澈此黑暗之处故也。

星界之际涯，则更有可以照像器证明者。今以照像器之干板装置于望远镜之中心点，以照摄天空诸星之影，而宽其照摄之时间至三时之久，则凡所得照摄之星，比之肉眼从望远镜中所得见之星，其数增多。虽然，试增加其照摄之时间至三时以上，所费照摄之时间多，而被照摄之星不增，与其在三时间可得照摄之数之定率比较，有其减少也者，则明示以星界之有尽，而望远镜之已达其际涯也。

天文学者据星之大小以分星之等级，而一等星之数则为二等星之数三分之一，二等星之数则为三等星之数三分之一。每进一等，其增数以三倍为定率。依此推算，自一等星至九等星，其数约二十万，而自九等星以达于十七等星，依前比例推之，则今日最强之望远镜可得见之星数，约计盖十四亿。然以实际考之，望远镜之可得见与夫照像器之可得而照摄者，数乃不超一亿，自九等星以下，其比例之数反从而减少者，是又吾人可证明星界有尽之一事也。

则更可以光线为基而证明星界有尽之事。兹者假天文学大家偶加摩氏之说而指示之。以地球为中心点，而以吾人肉眼所得见之星界想像为一大圜，而至有直径二倍之处，又为一大圜，而又想像此第一圜以至第二圜，其周边之距离等，自第二圜以至第三圜，其周边之距离亦等。如是递推，至于第四、第五、第六多多无限之圜，若星界无限，则凡宇宙之各部分，其光力所布大概归于平均。地球者，得其第一圜及第二圜之间，受其所发同等之光，更得于第二圜及第三圜之间，受其所发同等之光，推而至于第四、第五、第六多多无限之圜亦然。圈之远者其光力所从来之路远，或不免因而微弱，然愈远者，其圜之轮廓愈大，其容积之星愈多，从其距离所减之光，可于容积所增之光补之，即距离者以自乘之逆比例而减光力，容积者以距离自乘之正比例而增光力也。夫各圜与各圜之间光力既为同等，而又圜数之多至于无限，即令宇宙间有诸处之防害物，而以地球之位置论之，于日间可得受于太阳之光量，亦可于夜间而得受之于他星。何则？彼无限之圜，俱可向之受光故也。然而地球所受之光，其实际颇为少量，则第一圜之外，尚有多圜星球存在之事不可考。试以地球所受于星光之总量计之，其数仅得月光四十分之一；而月光者，又仅得日光五十万分之一。据此征之，而星界有际限之事，益可无疑也。

以上得诸事之证明，可为星界有际限之结论，则更进而论星之配置。

星于空间之配置

以恒星为不动者，往时天文学者之言有然，（往时以不动者为恒星，动者为行星，今知凡星皆动，故恒星、行星之界释以能自发光者为恒星，不能自发光而受他星之光以为光者为行星。）今则考见诸多之恒星无不运动，且由是而知凡宇宙间星直无一不运动者，特恒星之运动颇为微小，往往积数年之观测，仅得就其光而认识之。其运动之最速者，为北斗星中六等又二分之一之星，（过于六等星二分之一尚未至七等星者。）然一年间之运动，从地球上观之，仅不过一度之三千六百分之七。而在他星，或须历数世纪之久，方能有若此之运动，其一年有一秒之运动者颇为少数。此事已尝就数千之星而种种研究之。至近日又发现有数群恒星，其运动有同一之速力，同一之方向，于菩涅台士之一群星尤明示此象，其余星群亦似有同一之致。由是而推天者，或于部位上有一定之方向，而后诸星皆依之而行。我之太阳其亦必有一定之方向，一定之速力者。可知特定方向与速力，其事极为困难，以太阳动，星亦动故。然至太阳与星之距离测定，此困难亦已减少，而星之运动，其速力与方向亦由是而得知其正确也。

测定星之距离，亦为至难之事。其位置既属非常之辽远，而其星又有自身之动，不能得其一不动之点以为根据。又测量距离者必有通长精密之基线，及其线之两端可以测精密之角度，而其为用，即以有一亿八千万里以上，地球轨道之直径为基本，而以之推量他星之距离也。然以天体之动，不易测其精密之角度。至近时天文学者以种种精巧之方法，过分精密，遂得测量多数之星之距离，而实见各星距离之度直有可惊之辽远者。以最近之星计之，从太阳与地球之间，以三角法测其距离之数，不仅仅挟一秒之角度，其余所测之各星尚有远过于此者。从太阳与地球之间而测其角度，殆不足一秒之十分，此距离之大以何方法比拟之乎？试以相隔一里之距离而观察其五厘长之物，（其比例太阳与地球之距五厘，恒星与太阳及地球之中间之距一里，从恒星而观太阳与地球之间，犹以相距一里而望一五厘长之物。）从恒星而观太阳与地球间之距离，其定率盖如是也。

往时以光力之最多者想像以为最近之星，（以是分星之等级，自一等至十七等。）然光力之大小与距离之远近殆无何等之相关。今日所知最近之星，实亦有一最光辉者，然以光力分之五等、六等星中，有相距反近者；一等星中，有相距其远者，则光力大小殆不足以定星之远近也。至运动则实与距离有相关之事，运动最速之星即可定为最近之星，如从山上而望海上之船舶，近则见其速驶，远则见其迟动。于星之理亦然，凡星者殆皆一律运动，至比较之而或见其速动，或见其静止者，盖关于距离远近之故，此一定之事实也。观乎此，而吾人于星界之形状及其组织亦略可知矣。

银　河[①]

银河，一大星云环，自古惹世人之注意，而天文学家于此得多少研究之益。此大星云环约当黄道六十三度之角，分天为两半球。以最强之望远镜及照像器观测之，此星云环之状实为无数之小星而群集，而此小星以外又有多数之小星集于银河之中及近银河之处，惟在银河之两极，则星数最少，从两极渐近银河中来，星数亦渐次增多。据海路奢之计算，银河之两极初十五度，十五分平方内，计星数平均四个，次十五度增至五个，以后追增有八个、十二个、二十四个至五十三个之多云。

得几多学者之证明，而海路奢之说益确。部罗古度自一等星至十等星，共测星数三十二万四十有余，而断定银河中之星数为最多。意大利天文学者洒排利以今日最精切之方法测星，偶加摩精查星图，亦均断定星数最多之处在银河中云。

综合各事而考之，银河者，实大小各种星群所成之一大圆环也。虽然，银河者犹多留暗黑之处，而通观其暗黑之间隙，殆皆无星，以是知银河之底殆不甚深。而最关重要者，则为吾等地位不在银河之里而在银河一大环表面之中心，即不正当其中心，亦离其中心之点不远。试从吾等之地位以望银河，无论当银河之何部分，其距离大都相等。所见银河之两端，其广狭亦略相同。设令吾等之地位偏于一方，则必见银河之一端或广而一端或狭，且银河远处之一方所得见之星数亦少。虽今之学者有谓银河南广而北狭，故吾等之位置近南，然银河两方时有广狭之不同，有北广者，亦有南方狭者。要之从各部分距离之相等观之，即吾等位其中央之证也。

更有要言于此：银河者，不仅所见如圆环，其实际为圆环体。此海路奢研究银河与黄道之比较所断定。而吾人地位在此圆环之表面，且在其近中心点之处。其可取以为证之学说者亦多。

我等之星群

如上所述，星之远近不关光力之强弱，而关运动之迟速。依此测星，其最近之星，一体散于太空之中，不专在银河中及其近傍之处。偶加摩曰：若拭去天空中不见运动之星，其余各星仍见其散布于全天无异，于银河边无特多，亦无特少。教授格布坦及其他天文学者认此一群近星为球状，我等之太阳系者，位于此一群星之中央，且占地位于银河环平面之中心。若此星群不为球状，则星之散布不规则；吾等不位其中央，则所见之星一方多或一方少，而吾人观星遂不能见全天同一之状。由是而有一极大之结论出，即吾等之太阳实位于宇宙之中

---

①以下原载于《新民丛报》第 34 号（1903 年 7 月 23 日）。

心；而吾等者，实占物质宇宙中央之地位也。

即有反对论出：据精密之数学，谓吾等之太阳系不正当宇宙之中心点。然即不正当中心点，而在其近中心点之处，此吾总和诸家之学说而加以研究所敢断言者也。太阳系之地位既定，更进而论太阳系中地球之位置及地球有关系于生物之事。

地球与生物

宇宙间各行星皆能发达生物与否，此一大疑问之事。余今者先考求关于生物发达必要而不可欠缺之事，而后断定他行星不能发达生物之故。兹就所见而少述之。

昔时之论，谓他行星与地球全异其要素而成。于此相异之状体中，他行星亦或有发达生物之事，而温度与湿气等则全置不论。至近时考知他行星与地球，且凡辽远之恒星与星云无一非同一之元素所成。以同一之物理及化学法所支配，故地球外之各行星如有生物，亦必与地球之生物为同一元素之所造也。

抑生物发达之事，必赖液体与气体不断之循环，而此必先赖有适当之温度，在冰结点以上，沸腾点以下。然实际则温度适当之范围尚有更狭于此者，而后方为适当之用。今考宇宙空间之温度在摄氏之冰点下二百七十三度，而太阳之表面约九千度。至适合生物发达之温度，在从零度迄七十五度，凡高等生物之发生均在此温度之内，而此温度尤必历数亿万年之久。他行星虽或有一度适合于此温度，而无此继续之长日月，则于发达生物之事为难。请更进而言地球适于发达生物之故。

一、得适当之温度。云雨河流得为蒸发气；与太阳得距离适宜之度。

二、以云雾露等使水分循环，又以昼夜冬夏平均各带之温度，以适当之分量与密度使空气常依地球之大小而存在。若行星中如火星者，虽有空气，而其空气之分量或多不足。

三、海比陆广，以潮汐、潮流循环之不断，使温度均平。而此合正规则之潮汐由地球得好伴之卫星（月也。）而起。若行星中如金星者，不能有此之好卫星。

四、有甚深之海。水之容积比水上陆地之容积三倍，以变化适当之温度，又使数亿年间无一次陆地淹没之事。

五、以空气中微尘之作用，使生云雾雨露。而此微尘从火山、沙漠中来，不绝而混入于空气之中。

由是而知地球之能发达生物者，在所占宇宙间之地位与其在太阳系中所占之地位适用故也。而他行星或不能如地球位置之适宜，则亦不能有地球间所有之事。且也，地球所用为发达生物之事，若于过去或现在有一事之中绝，则亦不能收发达生物之结果。而从其所占之地位及其永久无间绝之事观之，则地球者全为造高等生物而设者也。

星界之中心

吾等之太阳系在星界之中心，有关系于地球发达生物之用。他之太阳又何故无发达生物之行星乎？此困难之问题非有最高之数学、物理学与最大思想家之智识则不能答。余兹者欲就思考之所及而稍述之。

从近世天文学说证明星界之有际涯，而困难之问题又来，何也？即物质界之涯，物质者能无失其力之事乎？多多之太阳，若同彗星，作双曲线或抛物线之轨道，无飞出星界、永远消失之事乎？可以气质分子比较银河之众星，若冲突，若有他之理由，离近傍星之摄力，能无出外界、忽冷却、永远消失之事乎？如是则星界之各部分常多不定之态，即不能为同一继续之事而不适于发达生物之用者也。

不仅此也，以太之作用，于其星界之中央部及星界之尽际，有同一之摄力乎？近时学者所信仰，凡摄力皆由压力而生，于星界之中央压力之方面平均，其外部以不平均之故，遂有摄力变化之事否耶？此又待数学与天文学者之解答也。

摄力之差异暂措勿论，兹就近时所发见之发射力，即电气、磁气与拉盖斯氏所作之 X 光线、可尔若泰伊氏所作之海卢电波、（无线电信发射力。）勃开路氏所作之光线（用金石发起之一种光力。）等是也。电气为有机体发达之必要，而他之发射力亦有不可思议之影响，及于生理可谓生物构成之要素。凡高等生物必皆含有此力，至其调合之度过于微妙，尚有未能推测者。而此微妙力适当之调度，惟星界之中央部有之，于外部或为过度之发显，或全欠乏，或其不规则，不能为微妙继续调合之事，则亦不适于发达生物之用也。

由是而知，地位之结果可以考物理之事情，而地位与生物发达之关系不可得而否定也。吾等之地位者，位一大星群之中央，且位于银河环平面之中央。此非偶然而不足玩味之事，盖得此地位，可推知宇宙所以发达人类之意也。

从无量①时以来，宇宙间事曾不知其几亿万千，而发达灵魂必为其中之一大事也。宇宙间万象森罗，无非其精神所发现，而其作用，乃在发达灵魂。而吾等人类者为其发达灵魂惟一主要之所在，且除吾人所有之地位外，宇宙间不能再有此发达灵魂之所。吾人者又何可负此宇宙而不存向上主义之理想也？

华年阁主人曰：以宇宙为一大灵，个体之灵自大灵中来，而复归于大灵。故人者不可隳落其灵性，如泡解之归水，杂尘埃于中，则与水不能融洽。人之归性于大灵也亦然，此为几多学者之所信认。虽然，理想之事不如实证，理想者非上智不能悟，实证者虽中人亦可语。若华赖斯氏之论，为修养灵魂者实下一注脚来，不仅于科学上为新发明之言，于人心上亦有莫大之影响。虽其言之确否今

――――――――――

①无量：不可测度。

日尚不能定,要之为最近之学术上之一大希卜梯西^①(假定是名而后实征,学问上多有须用此者。)也。其文揭载始今年西历三月,各国争先传译,兹辑述以入之我国学界,其亦足起大思想家之研索欤!

天文学诸说兹未暇一一备列,附述星云说及细尘与气象之关系二篇于后,学者参考之资,或亦有取于是欤!

星云说

太阳系中关系太阳、行星与月之起原,此学说之发明以来几将一世纪,当时几多学者于同时间各为特别独立之研究,大思索家康德,大数学家赖菩拉士,及大观测家海路奢,各异其方法考察天体进化之理,而终同达于星云论之一归宿。从类别之考察而得同一之结论,则其结论之关重要于学界上盖可知也。

此结论者,颇可以简短之言说明。即当最初之时,太阳、地球及其他之行星不同今日之状态,并不如今日有各别之分体,太阳系之全体为混沌一大火雾,以不可计之长岁月,此大火雾者别分为太阳系之诸天体,其大部分为太阳,他部分为金星、木星、地球及其他之诸行星等,土星之圆环与月,亦同为此星云所成,而太阳之本部分今尚团缩如故。

自三大学家唱星云说以来,开发世间无穷之智识。今世学者于考察天文之事,其推广精密远过于三家之学,然此新智识者不仅不破坏三家之说,而反与以极大证明之事。

英国大学天文学教授坡尔依热学之法则立论,谓太阳不断发散其热力,不能不时时缩小。依现时最可凭信之计算,太阳之直径一日约缩短十六吋^②,十年约缩短一哩^③。以太阳之大而论,此缩短诚不过些小之事,盖依此缩小之定率,至四万年不过仅减少太阳之大二百分之一。然从天体进化论之,此变化不可谓不急速,盖天体进化以百万年或千万年计,若万年、十万年者,殆不足计算之时间也。

太阳之缩小为无可疑之事实,然则溯之古初,太阳必有大于今日二倍之时,更溯之古初,太阳必有大于今日十倍、二十倍或百倍之时。当其时,构成太阳物质之分量与现时同,分量同而其容积大,则其物质必不能致密,然则古初时代太阳物质之密度同于今日天文学所称之星云者必无所异。其当时太阳面积之广,占领空间,合以今日地球所行之轨道,当尽在其面积包含之中。虽然,昔日地球之状态亦不与今日同。从今日之火山考之,可证明地球内部含多量之热,而此内部之热时时泄出,未有断时,又可知地球于古昔时内部之热量远过于今日。若更溯之古昔,则地球者不仅内部甚热,其表面亦热,或为赤色之热状,或为白

---

①希卜梯西:hypothesis,假设。 ②吋:英寸。1英寸=2.54厘米。 ③哩:英里。1英里=1609.344米。

色之极热状。更进而溯之，其热之异量或为液体之状，或且不能为液体而为气体，与近日星云之状无以异者。地球如是，他行星如是，凡太阳系之各行星必皆如是，盖太阳系者，本为一大团之星云体也。

不用星云说以解太阳系，则到底不能解之现象也。赖菩拉士者测定太阳系中之行星以同一之方向回绕太阳，及各行星共太阳皆从自己之轴以同一之方向回转。（可参观①华赖斯天文说"星于空间之配置"项下。）各星有同一方向运动之事，则为一体所分出之理无疑。赖菩拉士测定行星运动之方向，其数不过三十，今日已测定五百行星为同一方向之运动，是又不能不归之星云说也。

近时望远镜之进步，星云之说遂得几多实例之证明。现今宇宙之中有几多之星云，而其进化之程度各异，或为纯粹之云雾状，或有中心凝缩者，或有太阳与行星分离者，以进化阶级不同之星，于一时间得同见之于空间。康督、赖菩拉士、海路奢等恃其天才所唱之理论，不能目见其实状者，今天文学者假望远镜之力可尽得而考察之也。

最近依科学之事实以证明星云说，或全为百年前之大学者所不及知，即以化学研究之结果，知太阳与地球及其他之行星为同一元素之所成是也。（可参观华斯赖②天文说"地球与生物"项下。）由是而推又可知，凡宇宙间之诸天体，（尽宇宙所有一切恒星、行星等。）其起原实出于一个之星云云。

细尘与气象之关系

苍茫大气之中，野马（细尘也。）之踊跃奔腾者，几疑其无关作用，徒变人间世为不净之土而已。然宇宙间万事万物交错纵横，直无一事不相联缩之理，如吾人所见云也、雾也、雨也，以为地体上一种水蒸气之所发而已，而乌知其化成之理，乃以此无限飞扬坌涌之细尘为其构造之原因。使非得科学士之发明，则气象上一不思议之奇事殆无人窥见其底奥矣。试略举爱犊概氏研究之所得而述其言曰：水蒸气者，依细尘而凝结，即为生云雾雨之本原。试以通常之空气入玻璃管中，或通水蒸气，或以排气器疏之，使空气稀薄，渐归冷却，依是二法，皆能使管中生雾。若以绵漉之空气（无细尘在内。）如前试验，当通水蒸气时，其管透明而不生雾，待其冷时，水蒸气仍不凝结；用排气器疏之之法至于既冷，亦无生雾之事。氏依此试验，直断之曰：水滴者，待细尘而成。若地面上无细尘，则地面上直无云雾雨等之现象。其事盖可信也。

细尘之起源，由于各种物体之烧燃，又热度过足之时，随其热度之发散，亦能生多量之细尘。例则燃烧漉之煤气、漉之空气皆能生雾，是亦先成尘而后生雾之证也。

古人诗曰："窗内日光飞野马。"当一室之中，日光映射，触于吾人之眼帘，见

---

① 参观：参看。　② 华斯赖：当为"华赖斯"。

其高低上下骚驿①往来之象,是亦所谓细尘者是也。然是等细尘仅居少数,虽亦能凝固水蒸气,而地球上云雾雨等之象不仅恃是等细尘以为构造之大源因也。

细尘多时,水滴轻,而久浮游于空中;细尘少时,水滴重,而雨即由是成焉。

英国伦敦之雾终岁弥漫,世界最著名之大雾焉。使燃烧得法,大尘减而细尘增,其结果即可使成雾云。

氏自制灵便之测尘器。据其所测定田舍空气之尘数,一立方柴基中,五百(晴天之时)乃至九千五百(阴天之时)。氏所居之苏格兰首府以丁堡,四万五千乃至二十五万。于一室内,最初四十二万六千,点煤气灯四个,二时间后,多至四千五百万。纸卷烟草一回吸入,计有细尘之数四十亿。而气象之变化,如寒暑、朝夕、阴晴之殊,细尘之数遂分多少云。

按,有人测空气中细菌之数,屋外空气,一立方米陀路含二一四八一。风多扬尘之日,三〇一达〇〇〇②,甚则有比最小数之时多至三百倍者。又晴天比阴天之日,含菌数多四倍;起风之日比不起风之日,含菌数普通多至九倍;雨天能灭细菌。于道路上洒水,亦能使细菌之数减少。若尘粪之都如中国之北京者,含细菌极多,于卫生上大有关碍云。

氏又测定凡尘数同一而温度小之时,则空气透明之度大;温度同一而尘数少之时,透明之度亦大。又尘数同一,温度低下之时,透明之度亦大,而空气中水蒸气之作用,于未结露点以前已能凝结云。

吾人日居此尘界中,每欲得云雾雨等一洗濯之,以酿清心豁目之趣,而乌③知云雾雨等之造作,反待细尘而成。万物之互相为用也,其变化每出于思议之外,洵④所谓造物之奇欤!

世界最古之法典⑤

⑥近时法国古物探险队于波斯诗赛地方发现一石柱,所刻者为纪元前二千二百年顷⑦巴比伦加摩刺比王之法典,比世间所称为法律之父摩西之法律者更早一千年,是实世间最古之法律也。柱高八尺,其正面刻王与神之像,王立神之前,神者坐而口授王以法律。神住山岳,而授人间以法律,即所传为陛路之神者是也。摩西法律称神临于西奈山而授之,然神在山上,授人法律之事已早见于此也。

巴比伦古物之被发见者,以此石柱所刻之文字为最长,总以四十九段三千行成,惟其中有五段为后王所铲凿抹煞。文字者刻画形,最美观品。

---

①骚驿:骚乱;扰动。　②三〇一达〇〇〇:原文如此,疑其数字或缺。　③乌:当为"乌"。　④洵:实在;确实。　⑤原文载于《新民丛报》第33、34号。　⑥以下原载于《新民丛报》第33(1903年7月8日)。　⑦纪元前二千二百年顷:指纪元前二千二百年左右。

石刻之首段，称自王即位以来及以巴比伦为首府之事。此段于研究法律无甚关系，而为研究历史之要品。据此石刻，当加摩刺比王之时代，亚苏路（亚西利亚曾以亚苏路为都，在底格里河边距呢呢比六十里。）与呢呢比（亚西利亚之旧市，建自纪元前二千三百四十年顷，后由亚苏路迁都于此，为巴比伦所灭。其地全无遗迹，五十年前西人探险于底格里河东岸之地，发掘古城址，大概均认为呢呢比之遗址云。）者盖尚存在无疑。荒古邈漠，久相忘于世人心目之事，一为此刻石之文所照，几多战伐及其他关系历史上之大事复收拾而入于人间知识之范围来，不其然耶？

进此则为关系法典之文，分为十九段二百八十条。其首述曰："余立法律及正义于此地，于余之时代，余欲使人民得有幸福。"云云。王者，盖专为其时代与其人民而立法也。虽然，王之法律实有永远感化、永远生存之影响。彼摩西之法律，亦以王之法律为基础也。

王何故作此法典而刻石以遗后世乎？其文中有曰："助被压制之人民。"此贵重之法典书之石，置之巴比伦眉罗吾古之宫殿中，如王者诚富于仁心而真心以望人民之幸福者也。王自言曰："余者以父对其子之心而君临此人民者也。"诚为不欺其言云。

巴比伦于太古时代，农业、商业之事已极发达，故关涉于农业、商业之法律甚为精密，如灌溉法、奴仆使用法、凶年赈救法、金钱借贷法、本店与代理店之关系法等，凡往昔四千余年前开化之事，今乃得而见之也。

观家族上之法律，其视妇女之地位甚高，若男子有指他人之妻之面者，定以侮辱之罪，烙其额上。惟男子离婚之事则比之今时为易，若无子者，若乱家者，皆得离婚。若无正当之理由，则离婚之时，夫不得不给其妻以赡养金。妻之病者，夫得娶第二妻，然第一妻未死以前，夫有保护之义务云。（此法典有一条云：旅客酗酒，则处旅店主人以死罪。可见当时酒禁之严云。）精查此法律，而后观希伯来之法律，二者多大相类似。希伯来之法律由受此法律之感化而来，盖无疑也。又不仅为希伯来法律所模范，实可为凡为国民立法者之原本。巴比伦历史中，予后世以最大之感化力者，实赖有此立法之伟人。虽然，此伟大人物之事迹数年前尚一无人知，埋没于荒烟破墟之中。览此文者，又乌能不感人生事业乃与天地长久无穷期乎？

记者曰：今西洋学者非独发明新学理也，于古昔之事，被其发明者甚多。然皆从事迹实验得来，与我国学者从纸片上打官司，断断①不休，盖有异矣。我国人以考古自尊，容讵②知考古之事亦不能不用新法而后可谓之真？考古，若仅抱一部《十三经》，仰屋钻研，以为古莫古于是矣，则真河伯之见也。

后世之事无不从上世孕育而来，自其脱壳而后，若与前事截然为二，然细索其从来之迹，草蛇灰线之中一一可求，且往往于其中得弗然大解之事。是故考

---

①断断：争论的样子。　　②容讵：难道；岂。表示反问。

古之学亦今日之饶趣乐而有实益者也。虽然,必先汇通群学,而后于考古之学其眼光乃自不同。若夫以考古为考古,其学术之范围甚隘,吾见其考古之不足观已。

①近顷发见世界最古巴比伦王加拿拉比之法典,已简单撮述,英国某杂志中记录较详,兹揭左方,当不嫌其骈枝②云。

据基督教圣书所示之年代,世界太阳与月与星之造成,在基督降生前四〇〇年。于纪元前二三四九年,有挪亚之大洪水,除挪亚一家族外,人类尽灭。又纪元前一九二一年,亚伯拉罕向迦南地,而出埃及及神示十戒于西奈山,其事在纪元前一四九一年。摩西之死,在此后四十年,此皆基督教信徒以为确凿无疑之历史也。

凡古代所尊为神圣之书者,近时学者分析批评,殆一无所忌惮,而古人信仰之谬点亦由是破。据学者之说,最初成文之法律,断在纪元前十世纪时,即摩西死后五百年之时代也。世所称为摩西之法律者,决非全出自摩西之手,惟其为世界最古之法律则无疑。印度摩挈之法典(婆罗门族所发布者。)亦不在纪元十世纪以前,于纪元四世纪时,尚无有此法典之确据。古代罗马造十二铜标,其事在纪元前四百五十年。中国孔子之说教,在纪元前六世。(按,中国文化决非孔子所开,观孔子以前之人物及孔子并世或稍后于孔子之诸子百家,证据显然。近人以六经均为孔子所作,遂若孔子以前中国全属草昧之世界,此迷信宗教者推戴一人而抹煞他人之通病。文化进步,此等说必不能存。)梭伦之立法律于阿善,亦在纪元前六世纪。来喀瓦士立法典于斯巴达,在纪元前八世纪。由是言之,法律之最古者,自必首推希伯来人,称神降西奈山而授人间以法律之事也。(六经若非孔子所作,则中国之有法律实早于希伯来,惟比之加摩拉比王之法典,则中国为稍后矣。)

至今日而摩西之法律已不能保其最古之名誉。近顷于波斯诗赓地方所发见之法典,直为纪元前二二〇〇年之物,其时代之先,远为西奈山之法律所不能及。

此法律为纪元前二十二世纪、二十三世纪之时,巴比伦大君主加摩拉比王所搜集而编制之,其中条项早于加摩拉比王千年以上之时代者亦或有之,而世界最古法典之名,遂不得不归之于是也。

有此发见,神之首授希伯来人以法律者已不能保其威严与价值,而确信圣书为无谬之教徒,亦不能不对此而生疑惑之心。

最古制定法典之加摩拉比王者,其名不惯闻于人之耳。《创世纪》十四章有唤摩拉培卢者,西奈路之王,征服其近邻五王国,为一时有名之英雄,惟其时代则稍异耳。英国百科全书第十版于"巴比伦"项下有简短记载加摩拉比王之事,

---

①以下原载于《新民丛报》第34号(1903年7月23日)。　②骈枝:骈拇和枝指。骈拇,指脚的大拇指跟二拇指相连;枝指,指手的大拇指或小拇指旁边多长出的一个手指。比喻多余的或不必要的事物。

兹述如左：

亚拉莫度人之霸权者，终为宁摩绿之子加摩拉比王所覆，其名有书益摩拉比，亦书加摩拉比，《创世纪》第十四章一节有唉摩拉培卢王者，盖即王之事也。

亚拉莫度人从其王客度尔赖梅士，取巴比伦，破坏其神殿，然加摩拉比王者卒恢复其运命。当王之三十年，有一大战争，破亚拉莫度人，放逐之。其后二年，并吞赖尔赛与阳督排尔，以巴比伦为首府，统一巴比伦之全土。巴比伦既独立后，复兴文艺。加摩拉比王之权力，迄海中海岸。近时发见几多巴比伦王之契约书及记录，而以加摩拉比王之时代为最多云。

罅尔奇斯密斯氏者，发掘尼内勃及巴比伦之旧墟，得见巴比伦太古诸朝之记录。凡创造天地及大洪水之事，圣书中所有者，巴比伦记录中皆已有之，圣书中不过变化巴比伦之事而出耳。至一八七四年以后，巴比伦王之文库亦被发掘，与罅尔奇斯密斯氏所发见者相印证，其事益确。然吾等得读纪元前最古二十三世纪时代所制定之法典者，则自一九〇一年始。

此法典者刻于石柱，柱高八尺，石黑色，以一九〇一年之十二月及一九〇二年之一月，于诗赛古市，名唉库罗派斯之小山，法国马尔庚氏之探险队掘土至百尺以下始发见之。

石柱者以照像器摄影，探险队属东洋古学者西露氏翻译其文，从法国文部之命归尔尔及希阿两氏之出版，石柱之正面有雕刻，神之座前立加摩拉比王，表神之口授王以法律也。

巴比伦已被发见之古物者，以此石柱之文为最长，其文字以四十九段三千行成，为后王唉赖麻他抹杀其五行，其字体用太古彼地王族最美之草书。其文字之开始，载加摩拉比王夥多之称号，而言神授王位及以巴比伦为首府之事。

读此石刻，多奇怪有兴味之法律，得照见太古五千年前阿付腊底斯、底格里士两河间文化之光明，且知当日者女子所处之地位其高，虽不能至男女同权，而女子可不全为男子之奴隶，其造母之一字，含有"家庭女神"之意味，可想见当日无轻蔑女子之事。此法典二百八十二项，以六十项（即五分之一以上）定女子之权利，三十项关系土地及加害于人身之事，其主义[①]以目偿目、齿偿齿云。

此法律中有水裁判之制，阿付腊底斯河之圣水，实为最高之裁判所。

人若施魔法于他人，施者与被施者当事实不明之前，被施者当投入圣河，溺则施者得取被溺者之家，反是则施者之命与家皆不得保。为人之妻者，若以奸邪遭夫之疑，当飞入圣水，以一明其邪正之事。

巴比伦之酒家皆妇人为之，若者比法定之酒价廉而出售，则酒家妇当投入水中，以受水之裁判。若有暴民入酒肆中而酗酒者，当先处酒家妇以死刑。若男子指尼[②]及为人妻而加侮辱者，则烙印男子之额云。

---

①主义：主张。　　②尼：同"昵"，相近、亲近。

妇人结婚，在未渡契约之证书以前，尚不为人之妻。为妻而脱走市外者，可得与他人结婚，其前夫不能有强制复归之权。若夫被擒，妻无生活之资者，得再婚之自由。有生活之资而欲再婚，不能不受水之裁判。妇若再婚，尚苦乏生活之资，其先夫脱擒而归，则可呼而还之，其妇以再婚而有子者，亦得弃之而归于其先夫。（按，此等法律意多离奇，不知太古人之风俗及巴比伦当日之状态者，无从悬拟其当否。）

人若欲去其有子之妻与妾者，返其女之持来金，予以应得享之权利，而子之养育则为去女之义务。其子生长后，可以其子所应得财产之一部分与母，而母则得自由他嫁云。

若欲去无子之妻者，不能不悉返其女之持来金；若无持来金者，予以银货一米乃（不能知其正确之价值，约当今日之四百圆），若贫而不能予以一米乃者，不能不予以三分之一。妻若紊乱家政，则夫可不返其持来金，亦不予以一物而径得离婚云。

若妻于品行家政无有缺点，以不爱其夫而不愿共居者，得与其夫离婚。因离婚之故，或虑生活之困难，妻得取返其持来金。若奸淫之事不得为离婚之理由，被捕之时，定例可以其妇与奸夫共缚而投之水。若夫欲赦其妻，可得赦之。夫若有奸淫之事者，则妻不能如之何。

妻若欲净修（如中国之为尼等。）而厌与其夫同居者，不能不以代理人代妻而尽对夫之义务，若代理人不能出子者，其夫可得蓄妾之自由云。

妻若以病身之故，夫得娶第二妻，而不得与其病妻离婚，迄其死得住夫之家，而夫不能不养。若病妻与第二之妻以不睦故，病妻得取返其持来金而去其夫之家。人若与其女奸者，处市外放逐之刑，与其母奸者，二人共处火刑。

妻得承袭夫之财产，而可让与其子，不得让与其兄弟。妻与夫未结婚前之负债，各自负其责任，若结婚后之负债，二人共负担之。妻之财产，其死亡时可归其子与其父所有，而夫不得受之。第一之妻之子与第二之妻之子，对其父之财产有同一之权利。有幼子女之寡妇者，如欲再婚，必告其事于裁判官而待裁判官之认可，若裁判官不许，则妇人不能再婚。

女子嫁时，不取其家之持来金，则父死时对其父之财产与息子等同有权利。委托乳母以小儿，使其死而以他之小儿代之者，可切乳母之两乳房云。

人若打父，切断其手。若损绅士之眼者，拔彼之眼以偿之。损贫人之眼者，可偿以一米乃之代价。若毁人之齿者，拔彼之齿。折人之手足者，折彼之手足。若误失而使人负伤者，当偿以医药之代价。

窃盗与强盗，共处死刑。抢火之盗，投火焰中而烧杀之。盗人之子者，打死。盗人之家畜与船者，偿以代价之三十倍，即极贫亦不能不以十倍之价偿之，若不能偿之时，则处彼以死刑。

为医师者，以外科治疗之误而使患者死，及使患者有失明之事，则可切断医师之两手云。

华年阁主人曰：法律者，人类进化之第一阶级也。人者自兽来，各带有兽性，争夺嗜欲，造世界种种之恶孽。圣人者起而患之，以一己之理想，欲与众人为契约，而法律之意由是萌芽。法律者，造人类善根第二之习惯性也。

中国有一大患隐伏于人心之中而不可救治者，人人不肯守法律是也。是故自由独立主人翁之说输入中国，适足以助其嚣张而无补于事，盖以素不知法律之人而投之以是药，则宜其发为狂焰也。

中国人不守法律之故，其根原亦从专制政体来。专制政体者，君主一人独立于外之外，夫以己不守法而欲强人之守法，则人人务逃避之，而法律之效用遂不得普及于人心。此专制国之人民所以必缺法律之意味也。

守法律者视法律为跻人于平等之物，务裁判其个人以立于法律之下，有法律中之自由，无法律外之自由；有法律中之主权，无法律外之主权。虽中国今日无尽善尽美可依奉之法律，而人人心中不可不信仰一种法律而遵守之，而后进而言自由、言独立也。与夫不守法律人之言自由、言独立，必有异也。盖自由、独立不难，而养成可自由、可独立之道德与资格，乃为难尔。

此篇法律取以与今日文明之法律相比，其蹖驳①处不可枚举，然在太古之时，亦可谓思想周密。而巴比伦古代文化之光明不啻藉是石刻以照耀于今日，史称地球首开化国在巴比伦之墟田，巴比伦而东，流入中国，东化印度，南被犹太、埃及，而依地中海以兴希腊，今日各国古事中往往有与巴比伦合者，群疑其从巴比伦传来，非无故也。使其古迹不尽销沉而更得获发见之物，其于太古之事必有日益明了者，而全地球开发文化必首推巴比伦者，固可为定论矣。

库雷唉治懒惰病法②

引　端

懒惰病者，人类中之一大病气也。患此者十人而九，彼一人者，亦非无病，直少也云尔。世界进步，懒惰病必日减退，故文明之人，其勤奋过于蛮野之人，盖修养有方，则懒惰病之着于其身者寡也。我国人患此病者其多，衰弱之原因未始③不由乎此，然而昔贤古经不留治疗之方。美人库雷唉氏所著《论诊察懒惰之原因》开列治疗之方，我国人服之，未始不足箴膏肓而起废疾④，因撮译其大意，以为贡献。昔人有得不龟手⑤之方而胜强敌者，愿勿以是药徒为絣澼⑥之用

---

①蹖驳：错乱、驳杂。　　②原载于《新民丛报》第33号（1903年7月8日）。　　③未始：未尝，未曾。　　④未始不足箴膏肓而起废疾：意思是能医治病入膏肓的疾病而治愈残疾之人。　　⑤不龟手：出自《庄子·逍遥游》。冬天用来涂手使皮肤不皲裂的药，称作"不龟手之药"，有人世代靠它来漂洗丝絮，而有人却因此药而得地受赏。　　⑥絣澼：当为"洴澼"，漂洗丝絮。

也尔。

库雷唉曰：成功之秘诀无他，有千挫不屈之意志而已。而世之具此天才者其少，幸逢困心衡虑之事，或于不知不觉之中而养成此气质，然而乍有乍无，或竟不能造就者，盖不乏人。夫人于志之所向，则劳疲自忘，然而志所向之时甚短，则亦不足以成大事，此世之所以无真英雄而多浮薄之士，其失败之事为不少也。

彼昏昏梦梦、不堪鞭策之徒，吾诚无暇与说法，待他日生理、心理学发达，化兹疏慢无赖之人为有用之人而已。吾今所欲得者，有志愿之士而可促其猛省者是已。其人若何？即深知勤奋之可贵而欲实行，而徒以生烦倦之故，致违心而入于怠惰之境，然而怩忸之态①时不绝于其怀来。苟有如此之人乎？则足以试予之治疗法，使得闻几多伟人之事实，以矫其天性而生其感奋之念，则足以扫荡其惰魔矣。

懒惰之失败

熟观世事，几多可悲可悯失败之情状，孰非此懒惰病者为之乎？当不可懒惰之时，而彼则应之以懒惰，故虽有费一举手一投足之劳而可以成大事者，而彼或唧哝②，自懊曰："可厌哉此事，吾不堪其劳役也。"则此可成之事业已随此懊厌之一声而俱去矣。

愉惰恶魔神之来袭人也，往往当危急存亡之时，其来也或不久自去，然已足日夜困有为之士，使后头无毛发之机会神（谚称机会神后头无毛发，言机会之事一放过，即不可捉获也。）倏忽而逸去。年少气锐之士或不解此恶魔之妖力，而至年齿渐壮，企成事业之时，不罹此恶魔之害者盖希。是不可不从年少之时留意而备后患也。

医学上懒惰病之说明

懒惰为一种神经上之病，近时神经专门家之说，谓由于不规则之劳动，及食物之不消化与身体不运动故。据今时医学家之说，谓脑髓中有特殊之细胞为宿住意思③之所，此细胞失其势力，意思衰弱，从而懒惰，遂不能堪劳役之事。

凡意思薄弱者，神经必迟钝，而消化力亦弱，此法国有名之神经专门医富罗礼博士及有名心理学者甲讷，诊察矬罗、达尔文及其他无数之患懒惰病者研究所得之结果也。

而意思多变迁之人，于一日二十四时内或亦有集注其意思之一时而能连日不失其集注之时间以成为习惯，则渐次能堪苦劳之事。而胃病及其他神经病皆

---

①怩忸之态：这里指想勤奋而又患懒惰病的纠结之态。　　②唧哝：小声说话。　　③意思：注意力。

可得而治云。

时间与勤怠

人生一日中，以何时为意思最强健之时乎？是当从各人之性质而自察之。据富罗礼博士之说，依人类自然法，其强健常在朝时，最易集注其精神。但从前夜劳役或睡眠不足之后，则能销失此强度，故必前夜安息其身心，则诸神经自敏捷活动，而爱耐卢尼①（一种活动力之总名。）常充满其脑中。夫即若何懒惰之人，莫不有爱耐卢尼充满之时，惟最难者集正当之一点而已。爱耐卢尼集注于脑之外部中，灰色部分留此既久，而后可取以为用。凡解难解之事，下明快之判断，堪复杂之劳务者，莫不有恃乎此。当睡眠之时，所以养息此意思原动力之细胞，使不疲于运动，则一度取用，其刺击乃甚有力也。

世间多数人之经验，意思强健多在朝时，可以临战，可以犯若何危险之状，可以行若何决心之事，即有夜间所能为者，而不若朝时为之之尤为容易。古今之英雄拿破伦者，临前后千百回之战争，深悟此境。惟思想家、著作家，常待一见灯光为集注其爱耐卢尼之时，然反人类之通性，毕竟彼等之误用而已。

规律习惯之劳动

持续意思之法，则按时间而定正②规则之课程是也。

人体上发意思之部分，犹如胃然，全为习惯所左右。懒惰之人以懒惰为习惯，故不可不定规律以改正之。然光阴者易逝之物，而人事之变迁至多，则实行规律之事难而因此不守规律，其原因又足以致怠惰。盖其始以习惯之故而致怠惰，而其后又以怠惰之故而成为习惯。必努力易一规律上之习惯，使劳动、休息、游戏各有定时，更精而及于分秒之间，亦如胃然，饥则思食而饱则已，各有其正时间。吾人于劳动、休息、游戏，百体中亦若习惯此命令，不待告戒自知而后可也。

大科学家达尔文之事

怠惰者或视事多轻忽，而耽于妄诞，有时以不正确之思想直心醉于其中，然一旦矫正其弊，可一变而成为伟大之思想。而学有统一，且又一无轻忽之心，不观达尔文乎？彼意思之薄弱，世人所知，然一度立志，以适当之时间而巧用其精力，遂至其意思非常强韧，至发见进化之理，为近世科学界之革命。征之达氏之传（其子所著），其身体精神之尫弱殆出意想之外，每朝仅堪一时间之劳役，过此则疲劳实甚。医师禁其接外人之访问，其余二十三时间，读新闻纸，作书信，或与其知友谈话等事，而不以为研钻考究之用。夫达氏者非于学术界有不磨之大事

①爱耐卢尼：英文"energy"（能量）的音译。　②定正：改正。

业乎？而成功之诀无他，善用此一时间，而眠食起居各依其定例而已。

大文学家矬罗之事

称十九世纪后半文坛之花法国之大文学家矬罗者，亦意思薄弱，而世所目为怠惰之人也。其记忆力之弱殆无其比，然著述二十五年而创作之才不减，精力亦不稍衰。彼尝自忧其一旦意思忍耐力之消尽，于其著作中托言赖额之人物，实描出其一己忧虑之弱点。赖额者，常起新计划，事未及半而已弃之，又从事于他之新计划。矬罗者实大类此，而其间有一端之不同者，则矬罗必实行其事而后已。然矬罗一日之劳动亦只午前之三时间而已。

人体之潮时

意思薄弱之人而成大事，无他道也，惟乘其意力之潮时而利用之而已，即平素严定其劳务之时间，而日日依此时间而服役之是也。

十九世纪前半之大文学家排鲁闸库①者，亦非常怠惰人也。其细君②忧之，每日押入于书斋之内而键其外户，不终劳务之事，则不使出。据一说又谓系其身于机而锁之。然而氏之著述至九十八部之多，若法国之文字不灭，则氏之文学永为人之所仰望也。

德意志人艾台者，亦怠惰人也，多年习练，终至能堪劳务。然彼之著述必于朝时，过此则悉为交游之用。是亦善用其精力之潮时也。

以上惟举其著者而已，若地位不及数子，其患懒惰病者必更多。虽然，若一度促其意思之潮时发达而巧用之，亦必有成伟大之事业而名留青史者。吾辈今日所薄为放荡无赖而以废材目之者，若一有立志而不以勤奋之事为劳，从而善用之，虽服劳之时间少，又未当不可期其有惊倒一世之事也。

精力充集之二方法

凡事之成功者，必待爱耐卢尼充满于脑中，而集注之以用之于一事。而充集之法有二：一自然之充集法；一人为之充集法。人为之充集法，即强制法也。然世间懒惰之人不易用自然之充集法，其用人为之充集法，即以伟大之思想，兴味之计划，健全之主义，使实而行之，不顾其他而已。然古来成大功之人，又无不守一时一事之规则者，必日日养其最清新最爽快之精神而行之不怠，一事终则更及于一事是也。

自然精力之充集

人为之充集法究不如自然充集法之为善也。如艾台者，惯用人为之充集

①排鲁闸库：今译巴尔扎克。　②细君：妻子。

法，终以历年修炼，得于何时皆能充集其精神。吾人理想上以为至善之事，即此用人为充集法而归于自然充集法也。诸君若遵而行之，必有实获其益者矣。

蒋智由曰：人之一生，有长育时期，有修养时期，而其为用或不过数年耳。大抵其用愈大者，其长育、修养之时期必更长。彼禽兽长育之期不过数月或数年，而人则长育之期约须十六至二十年，是以禽兽之命数短而人之命数长。若人类进化，则长育完全之期必更迟，而人之命数亦愈长。（体量早长足之人，大概不能成器者多。）修养之期亦然。太公八旬而遇文王，其成功之期只伐纣数年耳，其八十以前，皆其修养之时期也。孔子之功在著六经，然六经为暮年之作，其时不过数年，其前之周流列国，读百二十国宝书，皆其修养之时期也。大抵朝播而暮获者，其事必不足贵。吾人立一目的，竭终身精力以终事于其间，然而事或愈去愈远，忽成忽败，果能始终不变，则其成功或在最后之俄顷间，如泛舟大洋杳无涯畔，然至着岸不过数时间耳。兵家之争胜负，在争最后之数分钟。吾人一生之事岂不亦若是哉？愿与天下有心人同参此恉耳。

服业之期亦然。大抵昏昧之人精力懈弛，愉怠而不堪事事者固不足论，其余或镇日营营[1]而东挠西撮，朝令暮改，无条理，无头绪，无目的，无规则，此等人不得谓之不勤，然必一无所成。何也？事之所由成就者，只在精神之一分锐入时耳。此锐入之时，正不须多所谓爱耐卢尼，集中之一点尔。而此一点之时，必赖种种修炼之方，亦犹之人生必待长育、修养而后乃有可用之一日。此一分之至珍至贵至罕有难逢之时，所谓清明在躬，志气如神候也。故曰读书与静坐，曰动静交相养，曰静中养出端倪，一言以蔽之，曰：凡静者，皆所以为动之用也。佛老与儒，修养之功皆从此下手。人之欲为圣贤者，皆不可不从此下手，面壁十年，蒲团坐破而后成佛。彼惰者非也，扰扰纷纷，脑气不清之人又岂有成功之一日哉？

虽然，凡言之过高者未有不用之而致敝者也。世之人见夫勤之时不过一分而养之时乃至数倍，又将遁而入于安乐之途，清谈游傲，以为吾道固当如是，是则又如尼几爱氏所谓餐秣安卧，牝牛之幸福耳，（牝牛以餐秣安卧为幸福，人则不当如是，故尼几爱贱之。）亦终成为无用之人而已。

要而论之，人之欲为人物者，必先有清明之心地，以为凡事之根本。此清明之地正如太虚浩然，不容浮云点缀。然而收拾此一片干净地者，大难！大难！大难！

说　萤[2]

萤之研究，古来极少。西洋学风，无论何等事物，皆以科学之法观测之，其

---

①营营：追求奔逐。　　②原载于《新民丛报》第33号（1903年7月8日）。

研究或无所遗漏。然普通人无论，学者所研究，亦大都倾向于鸟兽之类，若昆虫则惟取其形状美丽且其标本易保存者，如蝶、蜂等类，则研究之；如萤之体躯小，形状不美，标本存置一经萎缩，失其见荣，故全地球中研究到此者不过数人。日本渡濑理学博士专心研究萤之一物，发明其事情而介绍于世界中者不少。

萤者从古惹人之注意，各国古书中记萤之事甚多，如中国之《礼记·月令》："腐草化为萤。"又《格物论》："萤是腐草及烂竹根所化。"此等见解，以今日科学上之眼观之，不值一笑。（古人说物多系想像之词，见萤从腐草中出，遂以为腐草所化。）日本小野博氏首言萤者水虫所化，夏后生卵，复为水虫云云，逗[①]一新发明之说。至萤之以何发光，种种立说于学术上无有价值之论。

由来东洋人者爱自然景物之天性过于西洋人，见鸟之美丽而乐，闻虫之啼音而喜，饲育鱼类，以为娱乐。中国人与日本人（东洋人者兼中国、日本言，我国俗说指日本为东洋，其说非是。）皆同有此风习也。

西洋人者，爱人工优美之物，于自然景物之美丽者多不置念，如见萤之光，若毫无所乐于心者然。

玩萤之事古来不少，如梁元帝诗："着人疑不然[②]，集草讶无烟。到来灯下暗，翻在雨中然[③]。"又隋炀帝骄奢，于夜间散放伙多之萤以供娱览。日本之《万叶集》又《伊势物语》载《萤之歌》，后选集记捕萤事，和名抄《字镜》记玩萤之事，大都在距今千余年前。宁乐朝时，其时为日本与中国盛交通之时代，中国之文物制度、风俗习惯皆输入于日本，此玩萤之风习亦随之而来。然最初玩萤之事已见于《日本书记·仁德》记载皇后之歌诗，此诚玩萤之最古者。至收笼饲养，则为极近代之事。

以科学论之，萤者甲虫也，其体躯之保护颇不完全，全体柔软，抵抗外敌之力甚为薄弱，可谓甲虫类中劣等之虫而已。

萤之种类甚多，其感觉器之状态，羽等之模样，及其发光器等，种种差别，但就能发光者计之，其种类已在数百以上。

不放光之萤与普通之萤大异，然实萤之一种类也。其种别亦多，兹不具论，惟就能放光之萤而记载之。

萤产于热带地方，从热带而向南北两极，数渐减少，其中以印度及南北阿米利加为最多，种类亦繁。欧洲大陆到处产萤，而以在地中海方面者为多。于英国栖息英伦，而不见于苏格兰及爱兰。于极北绿州地方则反有之，西伯利亚一部，日本北方萨哈嗹岛亦产萤。

日本之萤种类甚多，通常世人所爱玩者不过二种，一源氏萤，一平家萤也。二种萤产于中部温带地方。

源氏萤者，学名 Luciola Vitticollis，又有一寸萤、宇治萤、石山萤、大萤、虚

---

①逗：停留。这里指小野博氏的言论只是一种新的说法。　　②然：当为"热"。　　③然：同"燃"。

无僧萤、熊萤等名，为日本最大之萤，长达七分。此种萤，西南从九州，东北至奥羽、清流附近之处无所不生。

平家萤者，与源氏萤种类习性全异，凡污水附近之处生之，学名 Luciola Parvula，此种萤者体小。

中国之萤，古书有晖夜、丹良、丹鸟、夜光等称，与日本萤种类全异，为产于热带萤之一种，台湾、琉球、八重山群岛等处有之。

又有称秋萤之一种者，亦中国产，杜甫诗有："幸因腐草出，敢近太阳飞。未足临书卷，时能点客衣。随风隔慢小，带雨傍株微。十月清霜重，飘零何处归。"盖咏此也。从秋季发生，中国北方及高丽一带至日本对马岛皆有之。学者于中国所产之萤研究者盖极少云。

发生状态，古来多种种之说，于科学上皆无足取。兹略述学者研究之大要，萤者与一般之甲虫等，分卵、幼虫、蛹、成虫为四个段落。此四个段落者，萤所陆续经过之时代也。

卵：卵者大如瞿粟，形亦类之，五月时成虫所产，其时亦早有光。卵之初产出者黄色，渐呈黑色，大约经过四周间，至六月顷，孵化而为幼虫。

幼虫：幼虫之形为蛆，当发生时极微细，渐渐成长，至翌年三四月顷，其大八分乃至一寸，带黑茶色，斑文如鳖甲，有锐齿，能放气，有防御器、发光器，池沼或河川水际近边之土中，或朽树之干，穿小穴而栖息之。降雨润湿温暖之夜，从穴出，彷徨求食饵。此虫者与蚕异，肉食，食小虫类，性质亦强壮，朔风严寒、刺人肌肤之时，亦能出地上放光辉，为活动之事。蛆之生存约经过十个月间，即可谓萤之生涯一大部分事也。至四月顷，体中贮伏多之滋养品，其肥满，遂废食，于地下四五寸处作小穴，蛰居其内，最终脱皮，遂化为蛹。

蛹：蛹者亦有完全之发光器，全身带极稀薄之黄色，满身透光，呈玲珑之美观。蛹之经过约二周间，体内机关及体外之构造全发达，出穴至地上，渐次攀草茎而上，即为成虫。萤狩（捕萤之戏。）时从草中捕萤，时时有体躯柔软、翅尚未干者，即此蛹也。

成虫：成虫，即世人所知普通之萤，由蛹出穴，至地上，不多时而其翅固，其体坚，遂能飞行者，即此成虫也。此时期内，无幼虫时强壮之齿，惟存其形状，不便取食物，惟能吸收液体。今养萤笼中，放饭粒，即有数多之萤群集，然目验之，不过吸食其水分而止。此成虫之任务专为存续其种类，大抵能保三周间内外之生命，既交尾，即下丛中生卵，连夜产卵毕，遂全身萎缩，气力衰弱而归于死灭。

世人疑萤之发光若专在夏季以内，实则此虫者经四个之变化，卵之时已早有光，蛆则在寒中尚能发光，蛹时亦保有其光辉，至成虫时，放光飞出，即世人所见普通之萤光也。萤者于何时期以内，其光力并无缺乏，盖自世界初有此虫，子孙相传以至今日，虽谓无有一瞬时间不放光可也。

萤之性质最厌光线，昼间不动，或隐丛中及稠叶间，至夜始出。其畏光之性不仅日光，虽月光与微弱之灯光亦厌之而自止其发光。当暗黑之夜，见萤火呈最辉明之状，此不仅由其四围暗黑之故，亦由萤之趁此时期而尽量发光故也。

发光器之故，古来无人能言之。欧洲学者唱种种之说，有谓萤火系一种分泌物者；(由体内排泄而出之物，如人之大小便等类。)有谓昼间吸入太阳光线于体内，至夜放射之于外界者；有谓萤之尾端有关节相互摩擦，起电气之作用而发光者。其后经科学大家法腊台及麦台偶几等诸氏，至舒鲁载氏，始发现萤之发光器有数多毛细气管，其呼吸之间与发光有至大之关系云。

萤放光之故决不为人类之爱玩，盖如雄莺之啼以呼雌莺，雌雄相招之暗号也。(凡物类中用一种特别器以为雌雄相招之记号者甚多。)若见其光忽然止息，即为此虫恐怖之时，其发光器之呼吸俱依之而停止。

日本之源氏萤者最好柳树。其何以好柳树之故，学者尚未发见其理由，或者以此树之水分富而其叶亦柔软云。

发生之时期，中国萤于台湾之地一年中无间断；于琉球除冬期外，亦常年有之。日本萤皆夏期发生，西南鹿儿岛及大岛四月中旬盛出，依次而东北发生。其发生先后之故与花卉异，于温度之高低无甚关系，梅雨期内发生之地方最多。于京、阪间则四月，于关东则五月，于北海道则六月始得见之，且此处之萤系平家萤，其发生亦不多云。

萤之效用，汉方医以为药剂，治疾病、恶气、百鬼、虎狼、蛇虺、及蜂虿之毒，又用以治花柳病，或又以代斑猫之用。古书载以此虫集数种之药品入于囊中，携之从军，避刃伤，且平常挂置户上，防盗难。以今人观之，种种多可笑之言。又中国故事有囊萤读书之言，今若印度等未开化人种中有利用此光以代灯火之用者。

爱玩之当注意者，萤畏光线，当置收养之笼于光线微弱处，而放青草，时时喷水。又萤者畏暑热，当选凉所及空气流通之处。不仅生长之期得亘长久，亦对此可怜之小虫不虐待之道也。又若雌雄分笼，其发光最强，虽然，不免处置残酷耳。

又有一余义于此，我东洋人玩萤之念比之西洋人为深，此诚优美高尚之事，虽然，勿徒为无意味之玩弄，进而为学术上之研究，以发明事理、开启智识为目的，则不仅供娱乐之欢，亦有益于事实也。

花之与虫①

人所不见处之花，昆虫亦能见之，此可谓昆虫独有之本能，虽穷山深谷中有孤芳自赏之花，而昆虫亦不遗而访之。夫昆虫果以何能力而能知花所在之处所

---

① 原载于《新民丛报》第33号(1903年7月8日)。

乎？兹就研究之所及者而略述之。

昆虫类之目与鼻，非人类所能及，其构造有特别之灵妙。目与鼻者直可谓昆虫之生命，其知花之原因亦不外此二事。

昆虫之目，有单眼、复眼二种。单眼者，三角形，在眉间，其数三个。复眼者仅见二个，而其目实有非常之多，如蜻蛉之目为一万六千五百个，蝗虫之目不下一万八千六百个云。

复眼之效用，以数千万个之眼映物体之一部分，即能照见其全体，其能自远处见花之色而来者，实赖有此复眼之故。然至近处，则复眼之用又穷其时也，惟用其单眼为有效。单眼者，若一寸之近视眼，于远处见物模糊，而至近处乃极明瞭，其巧妙直有不可及者。

眼之作用类此，更进而论鼻。昆虫之鼻，盖一种之触角而已。

鼻之锐利不独昆虫为然，若马与犬，其鼻之作用亦甚奇。有某医师于业务之暇，尝以乘马为运动之事，或一日者乘马而出，马不服其方向而进，而时时反啮其手。思之先时者，手曾染有克雷索度之药气，归而洗清其手，再乘马，马遂安行，一无异状。又若南米州之野马，土人有捕之者，于三里外能嗅知土人之臭气而避之云。

姑不具论他动物而专言昆虫触角之功用，如蛾类者，慕雌之香气，直能从彼方不远二十英里而来。自蛾体所发之香无论如何之佳，而于人类无稍感触于予等之鼻。又如昆虫者，有六十本之嗅毛不少，是即有六十个之鼻云。

当花之发时，此昆虫者如何利用其鼻与目？依学者之实验，虫者决不为慕花之色而然，试观与叶同绿色之花蒂，而昆虫之来集者仍不少，由是可知其所重者在香与蜜云。

要之昆虫之触角者，被促于花所放散之香；而以复眼之望远镜，瞭知花之处所；以单眼之显微镜，得窥花之局部云。

花者以香与色招昆虫之来，而其于昆虫也，多待遇极善之事。试游百花发放之处，于朝颜开时，见蜂虻之群集；于月见草开时，见天蛾之飞来。又若蝶与小蜂者，集于菜花。长髯蜂者，不集于大且美之花而集于草丛开出之续断花。续断花者，又谓之唇形花，若上唇下唇之体裁，长髯蜂体入其中，适好隐身。又山茶花者，以其花粉、花蜜之多而来绣眼儿之鸟。春兰者小蜂集之。碗豆花者其形似蝶，故谓之蝶形花，其花大形之旗瓣一，中形之翼瓣二，小形之龙骨瓣三，最为蜂适居之场所云。

蜂类之口部适于咀嚼，能吸食花粉与蜜，若蝶者，仅有一吸收之口，恃其细长之舌片，以巧吸花底之蜜汁云。

花者以昆虫之来，传送花粉，交接雌雄而能结子，其招致蜂蝶全为自分之利益云。

依生物进化之说，花当最初之时，决不待用色与香与蜜，仅需芽胞之事而已，其经如何之阶级，变迁进化而有如今日美观之事，此非人力，而实赖此小昆虫之力也。

花与昆虫，有若何之妙契不能知。昆虫者爱甘，而花则生蜜，以是为构合之元因。而昆虫者，以口之构造不完全，劳苦而不能吸蜜，遂一则有若蝶之生长吻，一则有若蜂之生啮口云。

太古以前有羊齿（草之小者。）之时代，花与虫两相提携，遂以成今日烂漫之世界，此不得不归功于蝶蜂者也。

彼不深究事理之人，视花为下于人类之生物，若全为慰藉人类而开，折之散之无所惜，不知万物中，以人类为最后出，花与昆虫实可谓人类之先辈。若人类之专横，花与昆虫未尝不太息之，诋为凶残之后生物云。

说　梦①

人间外之人间，非人间，非非人间，于睡眠之中特开此新境界。翳古以来，无有如梦之不能解者。然既有此不能解之事，世之人又决不肯以"不能解"之三字而遂置之。

上古之人以梦世界为实在之世界，其世界离吾娑婆之世界甚远，吾人于鼾眠之后灵魂拔出，始得一旅行其世界中，于此得遇已死者之灵魂，得遇仙佛，得知因缘果报之事。其说以为人躯体内有一种精灵，名为灵魂，其灵魂旅行之时，即成梦之时也。

右者无十分理由之说，以梦世界为现实之世界者，多人所不能信。而又有一说出，谓梦者非现实界而为架空界，乃由神之示吾人以事而成者也。然几多哲学家于宇宙有神说不尽承认，其视第二说，亦以为毫无价值之言。

第三说，则归于吾人之自然性（精神及肉体。）所发，希腊之推摩古里度士及亚利士多托等学者皆从此方面释梦之原因，而日本古说亦谓梦者由五脏之疲所致云。

近世以来，以生理学与心理学之进步，心身之关系日益明瞭，以想像上之事与梦中之事比较研究，于从来不可思议之点涣然消释，所谓梦中之世界者，知其于昼间之经历固有密接之关系者也。

欲知梦之原由者，先不可不考睡眠之理。今日科学家之言，莫不谓睡眠者所以愈一日之疲劳，而身体上之作用则于睡眠之中大有差别云。

凡人于睡眠中，其机官之运动比昼间皆钝而弱，依台斯泰学者之试验，脉息之数减少昼间五分之一，活动度之低下以夜半为最其，夜半以后渐次复升，至向晨时乃得恢复其故初云。

①原载于《新民丛报》第 34 号（1903 年 7 月 23 日）。

全体机官活动之度既低下，凡血液循环、呼吸皆缓漫，而脑髓之作用亦钝，斯时而欲起脑部之作用者，不可不比昼间与以强大之刺激力而后可。

睡眠中脑之血液或谓比昼时间多量，或谓少量，其说尚未能定，然脑之作用决无全然止息之时，脑部以外之机官亦决无全无反应性之事，梦者即由此而成云。

人于昼间以受外界之刺激，起心内之作用，至睡眠时与外界之境隔绝，脑得放纵之自由而无可循之轨辙，此梦之所以多无条理也。

脑之作用无论若何放任，必不能于一生经验以外有所作为，盖脑之智识固从人之经验而来，增一度之经验，即开一度之智识，若盘之引线然，不能走乎其外，而合众多之经验线合而为联想线。当白昼间，于无数联想线中选其合于条理者以为作用之规则，至睡眠时不然，前后矛盾，悉无所顾，一任脑细胞之发动而成为不规则之一联想线。梦之成也盖如是。

梦者又非独发于其人之经验也，于其人之性行亦有联属之理。希腊哲学海拉古理度曰"梦世界者，自身之世界也"云云，谓梦中之事全为自身所造成者，其说亦信。

梦之成形，实不过一种之幻像，然幻像之所自来，有于觉醒中受刺激而成者，有于生理上受刺激而成者，前者例如见绳则梦蛇之类，后者例如空间见幽灵之类，其类别有是两种云。

此两种之区别，又有全在思想上之作用而成者，有受生理上之刺激而成者。今就后之种类而略言之。

生理上之刺激又有外部、内部之别。外部云者与五官相接之刺激，内部云者消化机、呼吸、血液循环等，属体内之机官者是。

受外部之刺激者，如视觉官，于睡眠中与外界隔绝而又不全隔绝之时，斯时也，或映灿烂之光线，或月光等，则网膜内所起之作用概作光明之象，宗教家有因是等之刺激而得见天界者。

当睡眠时，听觉官之于音响亦然，如怀中时辰表之音、虫之音、小鸟之歌等，皆能成梦，而梦之境界又各因其音响之种类而异，例则闻虫之音则见秋日之景光者是也。

味觉、嗅觉之成梦者盖少，如吾人所经验，罕闻有嗅芳香而梦、味甘糖而梦者。然此等觉官亦有因刺激而成梦之理，其成梦也，则于视觉上改换其物体，例则受蔷薇花香而梦者，梦见其花；味甘糖者梦见甘糖之物，如儿童因餐果子，动感其味觉而梦，则于梦中得见果子云。

触觉者概为悲惨之梦，如心脏肺等各部分受强压而寝之时，多数机官皆感其苦痛，则多惊慌悲叫之梦云。

筋肉之伸缩亦有现于梦中之时，或因运动神经力剩余之故，或欲排除障碍物之故，或由疲劳之故。凡筋肉间之作用均于梦有影响，如瓮读所经验，梦中从高处飞下，则其足之筋肉或适为无意识之伸张云。

梦之关于生理上者其略如此，其关于思想上者兹未之及，此一大难解之事。荒诞之说，怪异之论，古今万国所在多有，兹就科学上可据之理而举其可解者言之。

说　盐[①]

食物之中，一种最普通而不可少者，盐是也。

征之古书，犹太人以初熟之果与盐，二者皆取以奉神；希腊诗圣和美[②]，有盐为神物而供勇士之用云云；史家泰希泰士释日耳曼民族强力之理，以为由于其本土有盐泉之故；管子之霸齐国，以盐为经济之一大来源。此盐之见重于古昔时代之历史也。

以盐为必要之物者，虽经若何之苦痛困难而有所不辞。征诸探险者所传野蛮人之事，有因盐而演战争之惨剧者，有弃其可爱之子女以易之者。近马来半岛、露拖群岛中之土人，出其拙劣幼稚之技，造泥土以为制盐之器械，盖皆迫于欲盐之一念云。

中央亚非利加以盐为物品交换之标准，用以定物价之上下。且有用以代金钱者，又不独今日之蛮人然也，欧洲古世亦有以盐代金钱与现品之事。今日英语中之所谓赛赖利（俸给之意。）者，其原意有以盐代价之义。罗马时代，其政府供给武士之用者，肉油干酪以外，又别给之以盐云。

盐又非独为人类之用物已也，兽类中若羊（中国晋代史帝乘羊车出游，随其所至而止息焉，宫人多用盐洒地以引羊车。）与驯鹿，皆有非常喜盐之性，是亦可异者也。（附考：腊付腊陀土人所豢牵橇之驯鹿，尝有一度渴望海水之癖，届时从海岸几十百里之内，一嗅盐风之香，直向其方角[③]而奔，若何防御不能禁止。土人知其性癖，每见鹿有举鼻嗅风之事，走相警告，取日用一切家具寝具麕载车上，为旅行之计。驯鹿嗅风之状态，经过一夜，能悉感染其部落中之群鹿，举止骚动，遂奔走驱出不能止。土人即自牵橇于雪中，认其蹄痕之所往而迹之。始数日之间，鹿队广散驰走，亦不急，有时立止苔上，亦见其卧雪之迹。至近海处，蹄痕渐深，凑为一线。更近海处，于道上有多处之血痕，小鹿之死骸与负伤不能步之鹿惨淡横卧，想见其驰走时强者蹂踏，弱者狂奔蓁进[④]之状。土人收其死鹿，载其伤鹿。既达海岸，则鹿性与前相反，稳驯伫立，若欢迎以待主人，可不劳而捕获，仍使之牵橇而归。土人知驯鹿之好盐，每一年一度导行海岸，使之餍足盐料，以免一度渴走之损失。然渴走之事仍时有之，其奇癖真不可解云。）

人类中以盐为必要者，果有若何之理由乎？检人类之体质，为生理上所不可少者，盐以外尚有几多之分子，而独认盐为必需之物者，是不可不考其故也。

---

①原载于《新民丛报》第 34 号（1903 年 7 月 23 日）。　②和美：今译荷马。　③方角：方向。方角为日语。　④蓁进：冲突而进。

人类中最初用盐之时代不能确知，以今日所推察，则必在从游牧时代变为农业之时代始。阿利安人种中，有同一之语言①者不少，而用盐之事及关农业之事皆无同一之语言，据是考之，可知阿利安人种当天经分裂以前无用盐之事，又全为游牧之民而非农业之民。此可本其言语学以为征也。

人类之中，亦有憎盐而全排斥之者，如埃及僧中皆不用盐。而兽类之中，嫌盐者亦不少云。

用盐不用盐之原因多无人能解之。据生理学者冯几氏积多年研究所得之言，肉食动物者嫌盐，菜食植物者好盐。人间社会中，主菜食之人种者好盐，反之而游牧之民、狩猎之民、渔业之民概不好盐。其中专务渔业之人民，处得盐甚易之地，然不仅不好之，且有从而排斥之者。此研究中之事实，合之前所述用盐时代之起原，其理盖归于一致也。

嫌盐之民，若俄罗斯本国及西伯利亚北部之民皆是。据齐度摩氏探险所记，勘察加及通古斯之土人，其食物均不用盐。或招土人而与以有盐气之食物，只一口而苦颜趿眉，不能再餐。考其地人民之所生活，渔业、狩猎、牧畜而外，从事农业者益少。又土耳给斯坦及黠戛斯（亦作吉利吉思，即古之坚昆，近译又作几尔吃斯。）人种者，亦为不用盐而主肉食之一族。实则亚美利加当初发见之日，其土人亦仅以肉食为生，各家纪录中未尝记其土人有食盐之事者。

反之亚美利加内地，如莫可及派库之人种，视天下之物无有再过于盐之切用者。其食物全野菜类，附近之人均以求盐为种种劳苦之事。又或一人种者，以食盐为无上奢侈之事，于餐盐之一语中，即含有富贵人之意味。又或一人种者，其餐盐恰如文明国儿童之餐糖，得盐魂②则喜其为最上之酬谢物云。

由此考之，牧畜、狩猎、渔业之民概不用盐，且久居其地，与其土人相交际者，（例如探检者。）亦能习惯其生活而渐有不好盐之心。而菜食种族，则以盐为必要之物。冯几氏之言均信而有证也。

人类中以菜食、肉食之故而有用盐、不用盐之别，此一大疑问待研究之事。以常人言之，莫不谓肉食、菜食，其中含有盐量多少之不同，故好盐、不好盐亦因之而异。然实际无肉类含多量盐分、菜类含少量盐分之事，其含有之盐量殆相等，且皆不过含少量之盐分，其中或有多量盐分之物，则皆属于其表面所附着之味，而物之本质其含盐也固甚鲜③。然则以两种食物之故而生用盐、不用盐之别者，更属不易解之问题也。

两种食物所含之盐量既同，何故肉食者得肉中小分之盐量而足，菜食者必需多分之盐量乎？据化学者之言，由于两种食物有其他要素相违之故。其相违中之最著者，为炭酸加里④，各种食物中含有之异量，殆无有过于炭酸加里者。

①同一之语言：指有语言记录的同一事物。　②魂：当为"块"，即块。　③鲜：少。　④炭酸加里：炭酸钾。

动物、植物相违之故,即野菜类者概富于炭酸加里,而肉物类者概乏此要素也。

揭炭酸加里含量之多寡而言之,其中尤鲜者,如动物性食物血液、乳、肉等,最多者植物性食物如豆、莓、马铃薯、苜蓿等。居于例外者,独米之一物而已。米之含炭酸加里其少量,殆与肉类无异。而马铃薯者,一启罗沽赖码中,有二十四沽赖码,其含有量殆可为总植物性食物之代表。又可揭要言之,植物含炭酸加里之量,倍曹达二十五以上至百五十,动物含炭酸加里之量,不出于曹达二倍至五倍以上者云。

然则炭酸加里之多寡与用盐之多寡有若何关系之理乎? 据冯几氏所研究,一炭酸加里之多寡生用盐多寡之原因;二依化学之作用,以盐分之消费而求盐;三盐分之消费,以炭酸加里之量多,消费亦多。此三种理由发明,而用盐不用盐一奥窔①之问题乃豁然而得确实之证也。

人类社会之进化至混合动植物为食物之时代,而尚有用盐必要之事,此不独传菜食时代之习惯,亦难忘食盐之感觉性故也。

盐者又有补于血液上之作用,如角力、击剑、柔术等事不能废盐,而又有强烈之杀菌力。(如有病源起于鱼类之食物者,用盐能防止之。)又日本风习,以盐为扫除清洁之用。用盐之余义又如此。大海之所漉②欤,大地之所藏,而棋布星罗、时时发见而为井为田欤,此宇宙间自然化学之作用而有造于人类幸福之一物者非耶?

记者曰:习焉不察者,人之性也。人多食盐,而考见其理由者盖寡。虽然,所谓学问者无他道也,事无大小,必推见其真理而后已。当真理未明以前,万事万物无不浑浑然,沌沌然,在若明若昧之中,及真理发见,而后能知物性;知物性,而后能用物。人类之大能,不在是哉? 不在是哉?

首阳山③

伯夷、叔齐不义周之伐殷,隐于首阳山,采薇而食之。一妇人谓之曰:"子义不食周粟,此亦周之草木也。"伯夷、叔齐遂饿而死。其矣伯夷、叔齐之不思也!果如妇人之言,岂独草木,即首阳之一土一石,亦孰非周家之有者? 胡为而登之? 即不食而死,死而仍委白骨于首阳之下,而设④有诘之曰:"是亦周之土地也。"伯夷、叔齐其又何说? 其矣伯夷、叔齐之不思也! 夫天子者,不得以一国之土地、草木为其私有者也。彼妇人何知大义? 其所言,诚所谓妇女子之见耳,于伯夷、叔齐乎何伤⑤? 仍坦坦然出入于首阳之岗峦,放歌肆志可也。即不然,而伯夷、叔齐者亦介然⑥以一国之土地、草木为一国之君所有之物,然武王之伐殷

---

①奥窔:奥妙精微之处。　②漉:渗出。　③原载于《新民丛报》第35号(1903年8月6日)。④设:假如。　⑤何伤:何妨、何害。意谓没有妨害。　⑥介然:坚正不移。

而有天下,固伯夷、叔齐所不承认者也,是则在他人视之,以为周家之土地、周家之草木,而在伯夷、叔齐视之,固商家之土地、商家之草木也,何不义之有? 此二义者,必居其一,而后生而陟①首阳之山,食首阳之薇,死而葬首阳之地,无不可也。不然,为一妇人所窘而死,死而仍不免有可议者在,而大义转不得表白于天下,吾为伯夷、叔齐惜之。

天王明圣臣罪当诛②

甚矣,韩昌黎之诬文王也。夫所谓善恶者,必当以平等法论之,于庶民无所加,于天子无所宥③,如是而后善恶之义可定。纣之杀九侯女而醢九侯,脯鄂侯④,此在昌黎视之,以为善耶? 恶耶? 如以为善,则是昌黎之祖天子也,否则昌黎之所谓善恶者,非如吾辈之所谓善恶也。如以为恶,则文王之叹是也。羑里之囚,于臣为无罪,于君为暴行,使文王而非圣人也则已,文王而为圣人也,吾道固是,自信亦已有素,虽置之囹圄,仍坚守其初志,不变不挠可也,不当因一震之威,惧斧钺之将及,翻然改易其心而为颂扬谀悦之言,是小人之所为矣。且也文王之有罪,必待入犴狱⑤之后而始自知,则前之窃窃私叹,忧怀国是⑥,直无意识之举动。而后之伐戎、征崇⑦、戡黎⑧、败密胥⑨,可谓之一脱罪囚而即为怙恶不悛⑩之举,何文王之前后不相顾也? 夫臣之事君,不能正直自矢⑪,而至举功罪之案惟以君之刑赏为衡,则凡为君之所斥逐、所戮辱者,必无冤屈之夫,而为君者可立于神圣无过之地,长君之恶、枉己之道而乱天下者,必此言也夫。吾观昌黎谪潮而后屡为乞怜之文字,彼其凭一时之气而谏迎佛骨,及风霜瘴疠之迫身,其气已慑而欲人之赦其罪耶,其不刚亦已甚矣。世以扬雄事莽,著《剧秦美新》⑫之文,鄙其为人,若对无道之纣而至奉以明圣之尊号,甚矣其不择言,悲哉其不知道也!

战败后之民族⑬

中国有两大恶根性:一藐人病;一恐人病也。

---

①陟:登高。 ②原载于《新民丛报》第35号(1903年8月6日)。 ③宥:宽容,饶恕。
④纣之杀九侯女而醢九侯,脯鄂侯:《史记·殷本纪》:"以西伯昌、九侯、鄂侯为三公。九侯有好女,入之纣。九侯女不喜淫,纣怒,杀之,而醢九侯。鄂侯争之彊,辨之疾,并脯鄂侯。西伯昌闻之,窃叹。崇侯虎知之,以告纣,纣囚西伯羑里。"西伯昌即周文王,姬姓,名昌,周朝奠基者,其父死后,继承西伯侯之位,故称西伯昌。 ⑤犴狱:牢狱。 ⑥国是:国家大计。 ⑦征崇:征伐崇侯虎。崇侯虎为崇城(今陕西户县)国君,侯爵,名虎。 ⑧戡黎:用武力平定黎国。 ⑨密胥:即密须,古国名,周文王灭之。在今甘肃省灵台县西。 ⑩怙恶不悛:坚持作恶,不肯悔改。 ⑪自矢:犹自誓。立志不移。
⑫《剧秦美新》:王莽篡汉自立,国号新。扬雄仿司马相如《封禅文》,上封事给王莽,指斥秦朝,美化新朝,故名《剧秦美新》。 ⑬原载于《新民丛报》第35号(1903年8月6日)。

天之下惟有地，地之上惟中国居中央，有文教，其余皆夷狄，无教化者，此数千年来所抱之谬想也。此种根性之养成，由于自黄帝、尧舜至于汉唐，皆为东方一统之大国，而以其观象印于人心之间，卒之时势进步而旧印象仍未脱于脑中。其弊则于近日之变法见之，凡所谓顽固守旧耻学于人，即不然，而于他人之文明终有斜睨不满之情，皆此种根性之产物也。反是者则又一变而为恐人之病。原此根性之所由成，盖自宋后屡与异种人相冲突，以受创痍之故，全部为其所压服，匍匐稽首于其足下，由是一般人心所计算，以为抗拒而死之凶，毋宁服从而生之吉。故经一次战争，一次杀戮，即低减一度民气，而渐入于委茶^①之境，卒之刚强英武之气全消，而柔顺巽^②滑之习以成。斯时即有反种之刚性人出，必不合于全社会之人心，群以为招祸不祥之物，不待异种人锄之而本种人亦必欲杀之矣。合是两种性质铸为社会，而后有今日疲敝癃病、无知觉、无变动之中国。

民族之以战败而变性质者，固有可证之例在。日本人研究虾夷人性质，谓其先实为勇健善斗之人种，当日遍布于日本全国，而日本人尝屡为其所苦。今检古史，有若神武天皇之东征，有若日本武尊之东征，有若四道将军之派遣，有若阿部比罗夫之远征，皆为制服虾夷之事。当日虾夷人力能与日本人相抗，不易屈服。然以今考虾夷人之状态，其祖宗之胆勇全归消失，一变而为从顺温和。盖经数次挫败之后，其脑里有日本人到底不能胜之印象，而毋宁服从以谋安宁之念起此，其所以变为今日之现象也。当维新前，松前侯领虾夷地，其时虾夷人犹有首长，而岁贡方物于松前侯，若自立国而归保护者然。及维新后，改称其地为北海道，因地势划区域，设郡、町、村，虾夷人之部落与日本人之村间同一受统治于日本国家之下，其旧日首长予以称总代人之职，有事则下其命令于首长。虾夷人以彼之首长犹听官吏之命，（犹列强用满洲政府以治中国之民，所谓奴隶之奴隶也。）视官吏为至高无上之人，见时除恐惶之外无有何物，有时出其奇态之捧手，以表敬礼。今日凡日本人所为之事，虾夷人俱不能染手，其生齿有逐年减少之势，仅于北海道犹残其面影^③而已。嗟乎！观于虾夷人由战败而改变其性质，以性质改变之故，志气颓废，权利尽失，而渐趋于灭亡。吾未暇为虾夷人哀，而欲洒一掬之泪为吾种人道矣。

则且以我国之近事征之。庚子之役，义和团之在北方亦极一时嚣张凌轹之概，其后经联军之挫伤，京津一带至凡着西衣冠者皆可以横行于一时，而敬礼之惟恐不至，乡间老妪提洋人二字，犹发一寒噤。北方之风气遂一改排外为媚外，坚强独立之志为列低炮所轰散，而添一种柔媚滑黠之点于气质中，为保护其生命之用，其变易亦已甚矣。盖尝闻之民族之被征服于他民族也，犹妇人之失身。妇人一失身而节操二字全消失于其性质之间，一民族而为他民族所摧伤，其志气亦全消失于无何有之乡而不能再振。其矣万物之不可不自强，而生存竞争，

---

①委茶：委顿疲倦。　　②巽：卑顺。　　③面影：日语，面貌，模样。

其淘汰之祸为至烈也。

嗟乎！风气已成，虽英雄不能为力；习俗俱化，即贤者无如之何。以祖宗有胜人之资格而为之子孙者乃为他人之所胜，此四百兆不肖之胄裔，黄帝有知，能无痛哭乎?!

神话历史养成之人物[①]

一国之神话与一国之历史，皆于人心上有莫大之影响。印度之神话深玄，故印度多深玄之思；希腊之神话优美，故希腊尚优美之风。摩奇弁理曰："凡人者，皆追躅前人之迹者也。"鹏尔曰："欲为伟大之人物者，不能不有模范，而后其精力有所向而不至于衰退。"尼几爱曰："历史者，造就人才之目的物也。"诸贤之言如是。夫社会万事之显现，若活板之印刷文字然，撮其种种之植字排列而成，而古往今来，英雄豪杰，其一言一行，一举一动，即铸成之植字而留以为后世排列文字之用者也。植字清明，其印成之书亦清明；植字漫漶[②]，其印成之书亦漫漶。而荟萃此植字者，于古为神话，于今为历史。神话、历史者，能造成一国之人才。然神话、历史之所由成，即其一国人天才所发显之处，其神话、历史不足以增长人之兴味，鼓动人之志气，则其国人天才之短可知也。神话之事，世界文明多以为荒诞而不足道，然近世欧洲文学之思潮多受影响于北欧神话与歌谣之复活，而风靡于保尔享利马来氏 Pant Henri Wallot 之著 The Lntroduction of Histore de Donnemarck 及 Histoire de Dannemarck 等书。盖人心者，不能无一物以鼓荡之。鼓荡之有力者，恃乎文学，而历史与神话，(以近世言之，可易为小说。)其重要之首端矣。中国神话，如"盘古开辟天地，头为山岳，肉为原野，血为江河，毛发为草木，目为日月，声为雷霆，呼吸为风云"等类，最简枯而乏崇大高秀、庄严灵异之致。至历史，又呆举事实，为泥塑木雕之历史，非龙跳虎踯之历史。故人才之生，其规模志趣代降而愈趋于狭小，(如汉不及周，唐不及汉，宋不及唐，明不及宋，清不及明，是其征。)盖无历史以引其趣向也。(如近世曾文正之所造止此者，其眼光全为中国历史上之人物所囿。)且以其无兴象、无趣味也，不能普及于全社会，由是起而代历史者，则有《三国演义》《水浒传》；起而代神话者，则有《封神传》《西游记》。而后世用兵，多仿《三国》《水浒》，盖《三国》《水浒》产出之人物也；若近时之义和团，则《封神传》《西游记》产出之人物也。故欲改进其一国之人心者，必先改进其能教导一国人心之书始。

---

①原载于《新民丛报》第 36 号(1903 年 8 月 21 日)。　②漫漶：模糊不可辨别。

四岳荐舜之失辞①

为天子者，非独恃其有德行而已也，才略、胆勇、智识、谋虑与夫一切可以济世利民、建邦定国之道，必当无一之不备，如徒曰德行而已，或能保其不至作恶，而不能保其必至有功。异哉四岳②之荐舜，其辞仅曰："父顽、母嚚③、弟傲，能和以孝，蒸蒸④治，不至奸。"（据古记文）而无一辞以及乎其他。如四岳之所言，舜不过一孝子而已，世固有至性过人，终身孺慕⑤，可以入孝子之传而不足以正南面治万民者。尧之欲逊位也而咨之四岳，求其有能为人君之人，非求其有能为人子之人，即云舜之孝行闻于一时，不能不首称述，然称述之是也，称述其孝而外此更无一辞，则固不足以知其人果能胜天子之任否也。幸而舜之立朝，有齐七政、巡四方、治水、伐苗、立刑法、命官二十二等事，不愧为大有为之王。（无为而治者，其舜也欤？夫何为哉？恭己正南面而已矣。是偶像之君主也。东方学说处君于积极之位，治乱兴衰皆由于君之一人，而以木偶示为君之道，启后世人君委靡之机而不知兴作者由此。）设也，舜于绍尧而后，于天性纯笃而外一无所表见，吾不知当时之天下何所赖于舜？而尧又何故而必行此破格之举也？彼四岳者，其又何颜以对尧与夫当时天下之人耶？即曰四岳者固深知舜之才，故能荐不失人，然果如是，其于荐辞固已失体矣。抑夫后之作史者其见之短不及此，而有漏载四岳之言耶？顾吾人于此，更得于古史中而窥见一理曰：中国崇拜祖先教之风俗，盖自唐虞时而已然。故禅让者关一国之大事，而当时之典礼则曰受终于文祖⑥，盖隐然含有家族之意味。后世天子之庙号遂有用孝字者，盖美其能守先业以不失天下，则有无惭于祖之道。此而以国家之义律之，其背舜⑦实多，而不知其由崇拜祖先教之伦理而出者也。观四岳荐舜之辞，而可以见中国最古伦理之思想矣。

托尔斯泰伯之论人法⑧

所谓君子、小人者，一定之名词，若既为君子，无所往而不为君子；既为小人，无所往而不为小人，而若丹之不能指为素，圆之不能用为方欤？抑夫君子、小人者，非一定之名词，君子之人，不能保其无往而非君子；小人之人，不能断其无时而非小人，而当视其地与时与事与位而千态万状，参差无极也？此二说者，各含真理，然而前之一说，已为世人所公认，而后之一说尚属微芒，而世或不其

---

①原载于《新民丛报》第36号（1903年8月21日）。　②四岳：中国上古传说人物，相传为唐尧臣，羲和四子，分管四方的诸侯，所以叫四岳。　③嚚：暴虐；愚顽。　④蒸蒸：纯一宽厚貌。　⑤孺慕：对父母孝敬。　⑥受终于文祖：《史记·五帝本纪》："正月上日，舜受终于文祖。文祖者，尧大祖也。"受终：承受帝位。　⑦背舜：违背。舜：相违背，颠倒。　⑧原载于《新民丛报》第36号（1903年8月21日）。

注意,此亦人类智识界之未尽发达也。兹述俄国托尔斯泰伯之说,世之学者欲论世知人,其必有取于是欤?

托尔斯泰伯曰:世人之所信者,谓人各有特殊确定之性质也,而遂谓若人为仁爱人,若人为残忍人,若人为贤明人,若人为愚钝人,若人为敏活人,若人为无感觉人。夫人之品第岂真划然,不相通融若此者哉?吾人之评人也,宁曰若人者残忍之心不如其仁爱之心多、若人者愚钝之事不如其贤明之事多、若人者无感觉之时不如其敏活之时多而其言稍为得当,不若径分某为残忍、某为仁爱、某为愚钝、某为贤明、某为无感觉、某为敏活者之多含过误也。夫残忍、仁爱、愚钝、贤明、无感觉、敏活之词,吾人常以之分人类,虽然,欲知人真实相,断非可用若是之笼统词也。

人之入世也,譬之其犹河流之水欤?河者皆同载是水而初无所异者也,然而有广狭疾徐清浊之不同,此非关乎水有不同也,因其河而异也。惟人亦然。人者,各性质之萌芽皆含有之,然而或一时也,此性质之萌芽显;或一时也,他性质之萌芽显。故有同一人而始终相同者,有同一人而始终不相同者,盖以此也。

托尔斯泰伯者,今世之伟人,处俄国专制压抑之下,而以其高尚之品行,真诚之血性,精博之学识,粹美之文字,与其政府相反抗,而能转移其风气。各国人闻伯之名,皆望若山斗。我国文字中论述之者尚少,其行传事实兹不及叙,附志于此,欲使我国学界中知其为可模范而当向往之人云尔。

几多古人之复活①

古人有言:盖棺论定。此非至言也,英雄豪杰之生于一群中,其声名之显晦隆替悉视其一群人之智识为准,其言其行与其一群之人合者,则其道行,其志光;反是而特立独行,则言高而霆,行畸而否者多矣。虽然,为一群之人导进步者,必赖有此等人。尼几爱曰:"大人物者,非时代之儿,而时代之继儿也。"是故大思想家、大宗教家、大政治家、大教育家,未有不与一代之时势相反抗者。抗之而不胜,杀戮菹醢②,人物之本分也;抗之而胜,则一群之时势者,一二人物之所造也。夫人群者,进化之物也。进化之例,虽经若干时停顿之结晶体,若干时凹凸之浪纹态,而必吐故纳新,不能亘古而不变者,此例之无可逃者也。故夫一群之人物,有黯淡于前而光明于后;有崇拜于古而唾骂于今。一群中之时势变,而识量变;识量变,而批评亦变。以文明之人而视野蛮之世,其贱物而珍之,珍物而贱之者,为不少矣。试举一二事以譬之。埃及人用拜物教 Fetichism 崇奉猫、犬、狐、牛蛙、甲虫、鳄鱼等类,自他人视之,以为贱类之动物也;自埃及人视之,以为神也。布哇之哇缶岛,其海滨游戏之儿童拾龙涎香以为烧物。(龙涎香为

---

①原载于《新民丛报》第 37 号(1903 年 9 月 5 日)。　　②菹醢:古代的一种酷刑,把人剁成肉酱。

鲸族肠中产出之物,入水不易融解,凝若蜡块。因风向水流尝漂积于一处,其大有五十斤,或至二百余斤者。种种色别,以灰色及暗色者为多。布哇哇缶岛哈乃海边有人见小儿烧物以为游戏,视之乃龙涎香也。拾之得二百余磅。闻该岛昔时已发见有一万余弗之物,其价一翁斯①三十五弗。)自彼视之,犹粪土也;自识者见之,以为希世之珍物也。人物之生于世,其所遭逢大抵如斯矣。非独于其生前然也,于其死后亦然。丘陇变为田,松柏摧为薪,下有陈死人,杳杳即长暮②,而不知其言论行事之影响长留贻于人类之长日月间,而其价格之高下贵贱,且日抑扬反覆而未有已。然则号为死者,亦只死其形魄已耳,自形魄外而悠久之寿命,皆归其所自造。桃李之华于春而松柏之荣于冬,亦各视其时会也而已。中国自数十年以来,丁时势之潮流,蒙晦之古人而复出现于当世者,已略可指数。最古者黄帝,孔子述六经,为其所删,幸百家之文时时称道,至今而我族之伟人尚如化石之仍留其形迹。又若郑成功者,不其挂于我国人之齿颊,甚者或且置与叛逆同科,而日本则以其为半日本种人,多有传记,盛述其行事。近则郑成功之行事亦渐照耀于中国人之眼中,而数为一代之人杰。是二者皆伴民族主义之发生而复活者也。而若张煌言、甘辉、朱舜水、王船山、林清诸人,皆其例也。又若黄梨洲③之《原君》,近时称为特识,顾④宁人"匹夫有责"之言动辄引用,虽为日本人所讪笑,(谓中国人动援古辞为文字上之变法,而不求实际。)然以寥寥一语而盛行若此,所谓因时运者非耶?是则伴民权主义之发生而复活者也。又若于政治上受恶名之商鞅、王安石,渐有从史笔诟病之中,而考见其学术才略皆秀出一时者,是则伴变法主义之发生而复活者也。又若知一切学说,皆宜以平等观,而不当束缚迷信于一教之言。于是道德、名法、杨墨、阴阳诸家,向为儒家所压制而不宣者,渐知其渊源各异,而初非有彼此邪正之别。而老子之学生自由,杨子之学生乐利,墨子之学主敢死,又主博爱平等,多与近日欧洲之学派合,而遂有唱中国之衰弱为原于墨子之教之不行者,是则伴思想自由、言论自由、信教自由主义之发生而复活者也。而若少正卯、孔融、李贽诸人,亦皆由是而显者也。又若因研求地震学,而张衡复活;(日本地震学室绘有张衡地动器图。)尚冒险、探险之风,而张骞、班超、玄奘、郑和诸人复活。夫以上诸人者,向也或显或隐,或蒙谤讟⑤,受垢尤,事与运会一旦拔泥途之中,而得躝⑥于青云之上。而所奉为金科玉律之书,若《春秋》,则欧西学者评为平凡;若《论语》,则英国学者赖斯底氏置于无用书之列。(赖氏列世界无用书各种,有中国之《论语》。)人之智识相越,其度量顾不远耶?《可兰经》者,回教人所视为天条者也,而自他人视之,足以付火而已矣。《新约》者,耶教人所视为帝命也,而自他人视之,足以覆瓿而已矣。善乎人之言曰:凡博一世之喝采者,或非第一等之

---

①翁斯:即盎司,英国的一种计量单位,大约28克。　②下有陈死人,杳杳即长暮:人死了就像坠入了漫漫的长夜,沉睡于黄泉之下,再也无法醒来。陈死人,指死亡已久的人。　③黄梨洲:黄宗羲,字太冲,号南雷,又号梨洲,浙江余姚人,明末清初杰出的思想家、史学家和诗文作家。　④顾:却。⑤谤讟:怨恨毁谤。　⑥躝:通"蹍",踏。

言，多者其为第二等、第三等之言也。彼终身思想界为人之奴隶者，或且有馨香道统，攘斥异端之见存乎其中。不知道统云者，一教中自娱之帝号，甲称尊于甲，乙称尊于乙，俄称君为柴，英称君铿古，夫何择焉？异端云者，一教中嫉妒之偏言，此足以詈彼，彼足以詈此，北称南为蛮，南称北为索虏，又何择焉？夫吾辈之于古人，何怨而何亲？当无为此左袒而为彼右袒者矣。平其心，莹①其虑，而后无魔于吾之心，无蔀②于吾之目，得尽两造③之辞而准其衡量焉。况乎我即有溺好之一人，而时势之所去，虽以一人之力翊④之而不足也；我即有偏恶之一人，而时势之所归，虽以一人之力排之而亦不得也。殆亦付诸物竞天择，而各有自存其宜者在耶？从而有辞，以为几多复活之古人贺，贺曰："古人之墨墨兮，吾疑其有冤也。古人之昭昭兮，吾又安知其果贤？乘除成坏⑤其种种兮，翳不见乎沧海与桑田。贞以待天之时兮，恃吾精神以为之渊。羌⑥不忮不求⑦而内自完兮，曰吾道其当然。待世界末日之审判兮，吾又安用乎矫揉焉？视前贤吾遵乎大路兮，蘉⑧来者其着鞭。"

文弱之亡国⑨

　　总古今亡国之原因，文弱其一大病根欤！夫政乱可治也，法坏可理也，民贫可富也，土狭可广也，独人民一流入于文弱，则将与灭亡为邻而不可为也。德国学者苏怀尔特氏，其所著书曰《爱耐卢尼(一种力之总名。)学》，破从来学者言天地万物之本原，以物与力为不可离之说，而曰："天地万物之本原者，无物，惟爱耐卢尼而已。物者，爱耐卢尼发宣之表象也。"云云。昔时言唯物者每苦于最朔之阃奥⑩，不能说明，自唯力论出，而为学界溯一最上之远源。夫力之最大者莫如世界存立之事，彼世界之所以存立者，亦不外乎力，一旦无力，而恒星、行星诸天体且立解散而归于无，以至万物然，万事亦莫不然。顾力者概名也，理赅而义精，兹且无暇详论，而但举国家所以盛衰兴亡之故，有关于武力者而言之。夫今日中国之见弱于欧西诸国者，固曰非独彼之兵力强也，其文明我亦不及也。虽然中国之文明今固不及欧洲，顾在昔日，不远过乎其近傍诸蛮夷国乎？而且为五胡、为契丹、为蒙古、为满洲诸种人之所蹂躏，而至失亡其国土者，此何故乎？曰：由于中国之文弱而已。夫由文弱之故，以文明国而为野蛮国所倾覆者，地球上不乏其例。试略举二三事以征。古者国于底格里士、幼发拉底两河之间，有加勒底(亦作加尔特亚。)者，最早以开化著之国也，其地处平原，绕河流，民务农业。而亚述者处其国之北方，接近终年积雪之亚美尼高山，地多丘陵，民业狩

①莹：光洁透明。　②蔀：遮蔽。　③两造：指两方。　④翊：辅佐；帮助。　⑤乘除成坏：计算形成与毁坏。　⑥羌：文言助词，用在句首，无义。　⑦不忮不求：不妒忌，不贪求。　⑧蘉：勤勉，努力。　⑨原载于《新民丛报》第37号(1903年9月5日)。　⑩阃奥：比喻学问或事理的精微深奥所在。阃：门槛。

猎，好征战，常携弓及投枪，善骑马之术，便捷轻利，其天性勇猛而残酷，以杀敌人为一种无上之快乐，出兵凯旋，于壁上图战斗之状，旁附说明，以夸耀其威武。初为加勒底之属邦，后反征服加勒底，又侵轶其旁诸民族，为古代亚西一大霸国。无他，以其民族强故也。希腊，又古代文化荟名之国也，马基顿为其北方之一小国，希腊人常鄙之为野蛮，为半开，民皆务农业、猎业，不好文学、美术，质朴而勇敢。雅典人以市府为生活，而马基顿人以田舍为生活。及亚历山大王父子起，利用其民以征伐南希腊各国。是时雅典市民忌兵役，用雇兵，（雇兵亦为亡国之一大端，其例甚多。）而马基顿以国民常备兵，又用新战术，编制方形密接队，希腊各国皆不能敌，遂以数代执希腊列国牛耳之雅典、斯巴达，皆匍伏于山间一僻小国之足下而听其命令。亚历山大王既征服希腊全境，遂为希腊各国之总大元帅，率师伐波斯，沿道亡埃及。既覆波斯，兵及印度，战功赫赫，昭著于地中①、红海、里海之间，至今为地球上有数之英雄。无他，亦以其民俗强故也。蒙古成吉思汗，全地球之最著武功者也。当日蒙古之风俗，堪劳苦，忍缺乏，以游牧为业，习于远征，食物极粗，常食者不过肉、乳、干酪等，其贵重品为马肉及一种之蛇肉，饮料惟潼。其出征所携带者，惟武器与天幕②。又有二器，其一入乳，其一备盛食物。一切劳役之事多妇人任之，（今黠戛斯人亦然。黠戛斯亦作吉利吉思，古之坚昆，又为契骨，或作结骨，今俄罗斯烟尼塞斯科多木斯科之地。）课税亦多完自妇人，男子可不顾家，专事征伐，为兵营之生活。凡男子十人为一组，撰一人为长，进而为百人组，千人组。其牛马毛织物等归长官，备马甚多，过于人数几倍。亦有炮火，用以攻城。当日蒙古人几统一亚细亚，亚洲之文明国若中国、若印度，皆为其所征服，驱俄罗斯于北海之滨而尽夺其地，取攻势以入欧洲，与日耳曼人大战，至今成吉思汗战伐之痕印犹留欧洲人之脑中。而黄祸之来之时惊其梦，以未开化之蒙古人而武力盛大若此，无他，亦以其民俗强故也。夫以文明国若加勒底而见凌于亚述，若希腊而见弱于马基顿，若中国、印度见夷于蒙古，彼亚述、马基顿、蒙古人者，其文化固远不及加勒底、希腊、中国、印度也，而征鞭所指，诸文明国匍匐惶恐，不能自救，而卒为其所鞭挞焉。反之而若日本者，亦小国，当日之文化亦尚不及印度、中国，而当蒙古人之来伐，今考其古文书，六十五岁尚自出而从军，至八十五岁，以行步不自由而止。何其有殉举国以拼一死战之勇也！而卒败蒙古兵，能保全其国土。以蒙古兵之强，横行亚洲，所向夷灭，而不能取区区数岛国之日本，然则国之所存立者，其故可知已矣。是又不必征之域外史也，征之于中国史，鲁、卫文物之邦，秦以畜牧立国，杂戎翟之俗也，然而鲁、卫屡弱，不能自存，奔走听命于盟主之下，秦进而与中原抗衡，为霸主，卒夷六国而致一统之业，无他，一文柔一强武故也。故万物之在天地间，必以力能自卫为第一义，不能自卫，谓之自辜负其天职，其对于己，已先负罪矣，其灭亡岂足怜

---

①地中：当为"地中海"。　　②天幕：指户外使用的帐篷。

哉。顾尝考之，中国人之入于文弱，大都著自秦汉以下，当黄帝时代，其势骎骎，有膨胀四溢之势，降而唐虞以迄三代，虽规模稍狭，亦能充实其域内之势力，至秦汉以后，历级而降，有代逊一代之势。是何也？则由君主之用儒术以柔之也。吾观于日本论江户时代之教育，而可以为中国写影矣。其言曰：

欲观江户时代教育之内容，观其所行教育而将使为何等之国民，是可知矣。

第一，当时之教育，奖励消极之道德，以进取活动之风气变而为退守柔顺之风气。盖强悍奋烈战国时代之国民而置于制度之下，使为依阶级循秩序而生活之国民，势不得不如此也。第二，当时之教育，奖励好学之风，以国民尚武之气象变而为好文之气象。盖化有为活泼之国民而使为平静安息之国民，势必收其野心，使不得已而惟泄其才力于文艺中也。第三，当时之教育，主张儒教之一种伦常说与佛教之慈悲忍辱说，以自由天才之性质变而为轨辙步趋之性质。盖化勇武杀伐之俗而使为温良恬退之俗，势又不得如此也。而其所用之文字，使学者能朗诵，能牢记，常触事乘机而能忆起。要之使我有进步可造就之人民，使有退婴①怯懦之风。岂非可憾之事乎？

噫！是何其摹中国之教育而酷肖乎！彼以变更之速，故受其毒也尚浅，而中国则沉迷陷溺几二千年，宜其失我种人固有绝特之性而易以习染卑劣之性也。夫事有其因，必见其果，今者与欧洲民族遇，一败再败，宜图奋飞而反显现其委荼颓败之实状，与夫欧种人之性质，何其无一相似也！彼英美国人之天性，是可略举其言论而想像之。往时美国统领于桑港之演说，其言曰：

余所望于我国民者，于临大机而能有觉悟也。夫我国民，非好求安逸之道者。于一八六一年，任南北统一之破坏而安居家内，是最容易，而为好安逸者之所择而必居于是焉。幸而我等之祖先，此不好安逸之性为其血中之铁，胸中之魂。（喝采）伟大悲壮之林肯，决然奋袂而起，国中青年咸起而应其召唤，手剑与盾，欲为保永久幸福之拥护神。甚而国中之女子皆武装而赴战场，任其所至难之任务。我国之健男儿血战四年而得最后之胜利者，皆恃此力行之效，而后能收此光荣，照于吾辈之身，且使青色服（北军。）之健儿与灰色服（南军。）兵士之子孙同享此同胞之权利也。若吾等之祖先避力行而贪安逸，或者如当时一辈人之言曰："吾等者从和平之道而行，能保此统一，固所望也。虽然，欲以保之之故而以血与苦痛为代价，是所不欲为也。"云云，而从其说，则今日者不能于此堂有抬高头而步之男女，不能于世界表有最大之自尊心，于国家权利不敢后一步之男女。（喝采）余望我国民者对万事而必尽当前之义务，于事之未成，常鼓舞其不退步之心为政策，而不欲我国民者于将来有若何不幸之事，闭眼而不顾，而惟以保现在之平和为得计也。余望我国民者数世之后，遂为世界国民之模范，常以平和与正义，勇气与力行，以不惧强不虐弱为的而行之也。

———————————

①退婴：像婴儿一样柔弱无争。

是数言也，可以见美国人之性质。而美国之所以致强盛者，盖由此也。又英国之常言曰："余事不成者则死。"此言也，可以见英国人之坚忍不拔，一向其所定之目的而行，虽极若何之险阻危难，而不达其目的则不已。此其所以征印度、战南非而卒能成其功业者，盖由此也。而与夫我国人之性质，何其不相似也！是彼之所以强而我之所以弱也。且夫中国之言变法也，与日本同，然而日本能鼓全国之动机而收改革之效，而中国所发泄之力若是其微弱者，无他，彼有萨派等之强藩，浮浪辈之壮士，若龙兴而云从，虎啸而风生，故能摇撼政界，摧陷廓清其旧制度，而后新机乃乘之以生，其原本由于国人之性有为而可用也。中国则芟夷驯扰①于百王之下，而苟安偷息于累代以还，动者一二人，而睡者千万人，置一二人于千万人之间，其何力之可施而何事之能为？传曰："哀莫大于心死。"若中国者，其心固已死矣。夫人之所以生者，以有活动力故也；其所以死者，以失活动力也。活动力强，则为少壮之时代，而万事可成；活动力衰，则为耄老之时代，而万事不能为。凡所谓勇往、奋发、果敢，人生种种之美称，皆恃此活动力为原因而显其一种作用之态象而已。世界之政教亦可以是分之曰：能增进国人之活动力者为善，消阻国人之活动力者为恶。吾冥冥乎搜之中国之政教界，而皆属乎消阻活动力者一方之事也。是故中国之亡，不亡于今日，而亡于人心风俗间初萌弱点时也。昔辽之太祖尝曰："吾能汉语，然绝口不言，恐效汉而失柔弱。"诚哉！汉不柔弱，彼又安能至汉土也？彼取我汉土，故能知我所以致亡之原，而因欲以我族之小影②，为彼子孙之大戒。我种人固未尽丧乎？为外界之事变所迫，而后内部不能不生改变之事以求存立，是万物进化之公例，我种人之性质，其能因时运而改变乎？不能因时运而改变乎？是为兴盛亡灭之大问题。是在今日矣！是在今日矣！

厌世主义③

以世界为恶土，以人类为秽物，潇然作别一天地之想而绝人避世、不与社会相接触者，世称为厌世主义之人。而评者曰：人类者，群物也；世界者，群之现象也。一人之以生以养、以出以居、以作以休、以歌以哭，无一不与群相关切，以个体立于一群之外而个体立毙。是故有造于群而名之为事业，有效于群而称之为功名，有福于群而号之为德行，有序于群而目之为伦理，揭而言之，谓人世间事无一非群之事可也。而一人之对一群，其责任之重且大固何如？而是人也，离群绝群，食群之福利而不偿，沐群之恩泽而不报，率是道也，是大涣其群而使人类复返于蠢蠢然自生自卫之动物也。故持厌世主义者非也，目为厌世主义之

---

①芟夷驯扰：指被杀戮、驯服。　②小影：小照。　③原载于《新民丛报》第42—43合号（1903年12月2日）。

人，即含有诽谤之语意于其中者也。是言也，诚哉然矣，其理固无以易之。

虽然，所谓厌世主义者，一括之名词也，其起因若何，其终局若何，其派别又若何，是不可以不辨，夫仅曰厌世主义，则是尚为未判是非之一名词也。

是故欲问厌世主义之当有与否，当先问世之果可厌与否。今夫人间之杀戮也，争夺也，诈伪也，邪曲也，贪酷也，骄慢也，卑佞也，险巇①也，凡夫一切可恨可愤可叹可泣之事，无不自人类演之。彼动物之对吾人类，或以其能力之殊异而视为天人盖不可得而知，以吾人生为人类，一观人类间之事，其暗黑而惨淡、凶残而劣恶者，直谓修罗之变相场②，而魑魅魍魉之写影图可也。彼野蛮之俗，人与物相食，人与人相食，（上古野蛮时代，曾有食人之俗。今日于河海沿岸发见之厨芥丘，不但见当日人类为食髓，故遗有动物之管状骨，又有打破人类之管状骨。又今澳大利亚之土人尚以饥饿、食欲、迷信三者，有食人肉之俗，于北库因撤狼犹地方，以人之腿肉及肾脏为美味。又住于新畿内亚及其他岛屿之黑色人种名排富阿种族中之喀伦卡勒部族者，其文化最低度，人皆赤裸露卧山野，见他人过出而攫之，啖其生肉，子之尸体皆葬腹中。）于危险残虐之中送其一生。而无人生之况味③者无论矣，进而为有伦纪文化之国，而专制政体下之人民，其匍匐呼号、不得自由之状况又何如？又进而为立宪民权之国，其文化固更上矣，然一旦入其地也，见其议员之悉以运手段而得，总统之又以由制造而成，而偏党曲私，无公道之可言者又何如？而工商膨胀，都邑繁华，一皆托辣斯④所占领，而劳动社会之日入于穷蹙，救死不赡，至不得不服动物之劳而以养富人之逸欲者，其失望之境遇又何如？略言其大致如此，其细故不能觏述⑤。然则此世界殆终为地狱耶？此人类殆终为恶魔耶？呜呼！一二志气清明之士，恶感接于外而忧思发乎中，又乌能不焦首蹙额而生厌世之想也耶？

是以或人民者追忆既往而讴歌之，是以太古为黄金之时代也；或人民者希望将来而祷祝之，是以后日为黄金之时代也。是何故而然耶？谓夫人之情，往者不再来，故易怅人之记忆；来者不可知，故易动人之企想。是固心理上有是意象矣。虽然，使现代之世界而固为极乐之净土，无上之天国，人人居之而安心焉，满志焉，焦悴之气不见于色，呻吟之声不接于耳，则追念既往、怀想将来、侧身天地不胜俯仰之慨，未必不因之而稍澹也。然而此现代之世界，固能副此想像否耶？且即不欲其能副吾人理想上之乌托邦、华胥国也，而但使掩耳蒿目者⑥不如今日之甚，夫亦可以稍安焉。然而此世间其能若是否耶？

故夫自古生人，其思想之稍高者，其怀抱之稍深者，其感情之稍富者，其志气之稍介者，或遂遭逢不时，与世龃龉，孤臣弃士，冤夫劳人，其牢骚之慨、不平之声充满于山泽间，虽阅世长久而犹若闻其歌哭之音，盖自昔贤哲殆无一不含

---

①险巇：形容山路危险，泛指道路艰难。这里指人心险恶。　②修罗之变相场：佛教传说中，阿修罗和帝释天两个神祇经常互相争斗，两者互相厮杀的地方，被日本人称为"修罗场"，这里当指此意。③况味：指境况和情味。　④托辣斯：今译"托拉斯"。　⑤觏述：赘述。　⑥掩耳蒿目者：这里指让人不忍卒听和让人忧患的事物。

有厌世之性质者也。宜乎罅喷胥尔（亦作佐边荷埃。）与夫哈脱门（亦作黑民。）之哲学，皆以有厌世语为其学派之特色也。彼无厌世之想者，其言多不足动后人之玩味。然则厌世之士不能一日绝于天壤之间者，夫岂无故耶？

然而由此道也，而遂判一至大之途径于其间，其缘起同而其归宿大不同，其怀想同而其作用大不同，其究也人物之位置不同而其价值亦不同。是何也？曰以厌世为前提者同，而厌世遂从而弃世，厌世欲起而救世者，此其所以相反而大不同也。

厌世而弃世者，其派约分为二：其一则一身自了，呼江上之清风，侣山间之明月，世与我而相违，我于世而焉求？已矣，其理乱不知，黜陟不闻矣。由是派而差而下之，或门罗诗书，庭有丝竹，左顾孺人，右弄稚子，非不知国家之阽危，时局之丧乱也，然而念群之心常不敌其为己之心，救世之念又不胜其顾家之念，而终持利己之义，操为我之算者也。其一则万事破坏，谓世界胡为不速毁，人类胡为不早亡，无贵无贱，无强无弱，无智无愚，而同归于大尽，是亦一快心之境矣。由是派而差而下之，或至刍狗百物①，粪土万事②，不免为乱暴残杀之行，世嫉彼而彼亦嫉世，而或失于事之过激，伤于情之或偏者也。是厌世而弃世者，其所为盖大都如是也。若夫厌世而欲救世者不然，谓夫世界之不平，人类之不善，固也，虽然，吾忍见吾之同胞长处此不平、不善之世也耶？人人不平此不平，不善此不善，而世宙遂终古留此不平、不善矣，是非吾之责任也耶？是非吾之仔肩也耶？由是而菲薄之心不敢生焉，发而为悲悯；毁訾之口又不敢开焉，存而为恻怛③。以人之恶为己之恶，以世之罪为己之罪，而此心常孜孜焉，勤勤焉，期得见人之无恶，世之无罪而后已。而其效也，或易旧社会而为新社会，或易旧国家而为新国家，或易旧风俗而为新风俗，或易旧人心而为新人心，是其始厌世而其后出于救世者之所为也。故同一厌世之人，而其道乃大相反而不同也。

且夫人未有不清静其心、高洁其思，与世俗成一大反对之性格而后能以其所得之道易天下者也。彼诸葛武侯之在隆中，淡泊以明志，宁静以致远，若萧然一无与于世者然，而后日之经纶，悉自其高卧抱膝、长歌《梁甫吟》之时而预备之。故曰"经济多在冷淡人"（日本人诗句。）者，非虚语也。若夫逐逐于名山，攘攘于利海，与当世争一日苟且之富贵，其头脑既已不清，而志趣亦复不高，如是之人，其于入世之效亦已可睹矣。是又有望于厌世之人，而不厌世之人未必其可取者也。

使重责厌世者而不责不厌世者，彼蝇营狗苟，昏梦于权势利禄之场，以其智识之清浊言之，固当置于厌世人自了派一辈以下，巢父、许由必高于祝铊、宋朝，是其例也。然即以功过言，彼厌世自了者仅可谓之无功于世，而此不厌世之徒

---

①刍狗百物：以百物为刍狗。刍狗，古代祭祀时用草扎成的狗，在祭祀之前是很受人们重视的祭品，但用过以后即被丢弃。　②粪土万事：把万事视为粪土。　③恻怛：犹恻隐。

非特无功而又有过。何也？世之所以可厌者，皆由此不厌世之徒作之孽也。虽然，彼不厌世之俗辈固不足道，而厌世之人固不可不审慎而择所自处也。

英儒边沁之论道德也，立一道德算术法而计数快乐之多寡，以定善恶之权衡。约翰·弥勒起而补之，谓不可不叙品之高下，盖兽类之快乐决不与人类同，而劣等人类之快乐亦不与优等人同。虽然，此不过边沁之说之所未备，而道德之为何物必以及人为标准，固与边沁氏之言未尝不同也。故约翰·弥勒之言道德，立智慧检制之法，谓各人于所为之事，于自己之利益，与他人之利益，不可不联接而并算之云云。盖人类之在社会不断其连锁交互之事，未有专利人之事而己不还受其利者，亦未有专害人之事而己不还被其害者，特其算术至为复杂，人之智慧短浅者不能驭此烦难之命题，遂至横生差别，成为个体观而非普遍观耳。又日本真言宗之言，谓圣人亦有贪、嗔、痴三毒，其与吾人异者，在此三毒不用之以为小我而用之以为社会万众，故悲痴正邪实为同一之物，大贪大痴是净菩提心，是三摩地①。余于昔时又尝举几多之善字，谓无非有益于人之名，（如不欺人谓之信，信者，对于人而有道德之词，若对一己，无用是名。余甚多，不悉举。）又举几多之恶字，谓无非有害于人之名，（如杀夺人谓之盗，盗者，对于人而无道德之词，若对一己，无用是名。余甚多，不悉举。）由是言之，厌世何病？厌世而不能举一物焉，有所以自效于世，是则不免负世焉尔。

然则古今最高尚之人格者谁乎？曰：佛陀是已。今试问佛教为厌世教乎？为非厌世教乎？以为厌世教，以为非厌世教者，殆皆挈其一端而未举其全体者也。则且毋具陈大小乘之教理，而即佛陀之人格论之。夫以佛陀之见伤虫而悲，（佛为太子时，与父王出游城外，休憩阎浮树下，以观农夫之耕偶有伤虫，见飞鸟随而啄之，太子起而叹曰："众生可悯，互相吞食。"端坐树下深有思维。王虑太子思念无常，生出家之想，乃强携太子归城。）见老者、病者、死者而叹，（佛为太子时，出游城外，见老人头白腰曲，支杖羸步，叹曰："日月流迈，时变岁移，老至如电，身安足恃？我虽富贵，岂独免耶？云何世人而不怖畏？"或日又见病人身瘦腹大，喘息呻吟，肉落骨出，颜色憔悴，不能自立，叹曰："如此身者，是大苦聚，世人于中，横生欢乐，愚痴无识，不知觉悟。"或日又见有一死人，四人举其舆，香花散布尸上，几多家人恸哭送之。与忧陁夷问答，忧陁夷曰："此人在世，贪着五欲，爱惜钱财，辛苦经营，唯知积聚，不识无常，今者一旦舍之而死，又为父母亲戚眷属之所爱念，命终之后，犹如草木，恩情好恶，不复相关。如是死者，诚可哀也。"太子闻而深有感动，低声而谓忧陁夷曰："世间乃复有此苦苦，云何于中而行放逸，心如木石，不知怖畏？"太子见此苦痛，由是益欲究人生可免老病死之方法，而出家之念益坚矣。）而遂悟人生之无常，观世界为苦聚，决然舍弃其富贵，而夜半辞宫殿，骑犍陟之白马，苦行求道，寒暑六周。方是时也，隔离亲戚，弃其仆从，（佛夜半出家，过蓝摩城，达阿伐弥河畔之深林，乐其幽邃静寂，乃使从者车匿牵其白马还宫。车匿以太子孤寂，请侍左右，佛告之曰："世间之法，独生独死，岂复有伴？"又使告父王曰："世皆离别，岂常集聚。"云云。）独往山林，殆与俗不为伍而

---

① 三摩地：又称三昧、三摩提、三摩帝、三摩底、三么地、三昧地等，是住心于一境而不散乱的意思。

与世不相接,是固由发于厌世之心而成为厌世之行者也。而欲不如是乎,则固不足以明道也。(凡人隔离乡井,别其亲戚朋友,至于只身四无人境之所,对山川之岑寂,感万物之悠然,当此时也,精神界必有一大变动之事,盖众缘隔绝则心境自清,而执缚系恋之熏习至是一洗。古人求道往往得之于此愿,与学者共参之。)至于毕波罗树下,经四十九日之参悟,明星烂然,成最正觉,(佛坐于毕波罗树下,谓不成道我不复起,至四十九日之朝,东方初晓,明星出时,智慧洞开,廓然大悟,得无上正真道,为最正觉。)嗣后而佛陀之一生悉以救济世人为一大事。故佛教之教义若是其广博而蓄变①者,盖亦由佛陀以普度世人为心,随众说法,而经四十五年之长日月故也。且亦尝考佛陀求道之初心乎?当其访道于跋迦婆仙也,于《众许摩诃帝经》有云:

菩萨问曰:"汝等修行,于何所求?"一云我求帝释,一云求梵王,一云求魔界之身。尔时菩萨,即身思惟:"今此仙人所修之行,皆是邪道,非我所依。我今于此,不求帝释,不求梵天,不求魔界,本为宿愿利乐众生,求成佛果。道既非真,宜应舍彼。"

观于此而佛陀之初心可见矣。故后世犹得依佛陀救济之权能力而立净土门之教,(佛教分二部门,一圣道门,二净土门。圣道门者,自力门也,佛陀以自证之智慧及证悟之方法显示众生,使亦得证悟,如己修行之教门也,故云难行道,又云显理门。于圣道门中又分权教、实教二种。实教者,佛陀为最极优等众生开示自证之蕴底之教门,即天台华严真言禅宗是也。权教者,如法相宗、三论宗等,所说为对比前降一等之众生,隐真理之一分而仅说他之一分之教门也。净土门者,他力门也。佛陀以其大慈悲心及其救济众生之权能力,使众生舍自力而得依凭佛力之教门也,故云易行道,又云益物门。净土门中又分方便、真实二种。方便教者,半他力教,既依凭佛陀救济之权能力,同时又依赖自身所修善行之功力。真实教者不然,全抛自力而仰佛力。日本见真大师据《大无量寿经》《观无量寿经》《阿弥陀经》,立真宗教,即全他力教也。)而得沐佛陀之恩宠。佛之悲智兼大,为何如也?夫不知厌世之人,其人格既多失于不高尚,而但知厌世之人,其人格又多失于不完全。而佛陀者,固世所疑为厌世主义之人也,故一举其人格,而欲世人之知所法也。

日俄战争之感②

欲观其国之人心风俗者,观于平时,不如观于战时。

当二十世纪开幕而有日俄之一大战争,以全国面积仅十六万千百九十八方哩,人口仅四千七百万,陆军平时十六万六千人,战时六十五万人,海军合将卒三万人之日本,而与全国土地殆占地球陆地七分之一,面积八百六十六万三百九十五方哩,人口一亿二千九百万,陆军平时百十万人,战时三百六十万人,海军合将卒四万人之俄国相比例,其土地殆当五十分之一,人口殆当三分之一强,若据小固不可以敌大,寡固不可以敌众之例而断,则谓日俄之战俄国必胜而日

---

①蓄变:变迁;变化。　　②原载于《新民丛报》第46—48合号(1904年2月14日)。

本必败者，此从物质计数上之衡量，固不得谓其言之全不当也。

然而事实反之。自两军相见以来，海上、陆上互交炮火，而俄国之败报频传，日本之胜音累接。此何故哉？然则战争之事不徒当较量两国外见之物质，而尤当较量两国内具之精神。此精神者何？即本于其人民与其国家有密切之关系，而从其国数千年来之历史所养成之人心风俗是也。

故夫今日世界两交战国之间，其武器之优劣或均，兵卒之多寡或均，地理之劳逸或均，财力之厚薄或均，而所恃以赌胜负者，一恃乎其国民之精神而已。

今也俄国之战，有为其图强大心之所驱者，如欲树东太平洋之霸权而欲鞭笞东亚诸国是也；有为其贪财利心之所驱者，如部舍富赖沙夫立朝鲜之矿产森林会社，俄皇及诸太公亦投资本于其中是也；有为其热功名心之所驱者，如亚力斯夫酿成两国开战之事是也。要之发乎其在上者一二人之私欲而已，而非其民之欲战、其兵之欲战也。其不能不战者，士卒以迫于上命，不得已耳。若夫日本，则其战争之原因全与此相反，曰为保其国命之生存而战。何则？俄势骎骎，日长东洋，与日本势不两立，迟之数年，有俄国必无日本，日本以为战或亡国，而不战亦必亡国，惟战而博一胜，则可以不亡，故曰为保其国命之生存而战也。曰为去压迫而战，日本以数岛悬立海中，朝鲜、桦太[1]、满洲，日本之羽翼手足也，是数处而为俄国所有以凌驾日本，则日本不得伸其手足，展其羽翼，以病名状之，所谓感压迫性痛者，故曰为去压迫而战也。曰为复仇而战，百年前日俄之葛藤[2]，若割换桦太等，犹其事之小者，至近十年间事辽东半岛，日本之所浴血涂脑战胜而得之物也，而俄以强权诈力攫之而去，方旅顺立鹫旗、唱俄国万岁之日，日本人有过其下者，至今谈之犹涌热血，此正举国上下所谓卧薪尝胆、必霁[3]此耻者也，故曰为复仇而战也。（中国人听者：中国人之土地为人夺去，复仇何日哉？）若夫所谓为人道、为东亚之和平，虽亦可如是云云，然非切近之原因，兹故不及。要之其战也，非发于其在上者之一二人之心，而发于其民之自欲战，兵之自欲战。其战争之发生力，谓上为原动，宁可谓下为原动而上为被动者，差近事实也。是故同一战争也，其原因不同，其性质亦从而大不同。

彼俄国者，集合多数之异民族而成国。若波兰人，俄之灭其故国者也，方日夜咒俄之速亡而得恢复其故国，宁有丝毫助俄之意者耶？是固为波兰人理之所当然也。盖波兰人之所谓爱国者，爱波兰而非其灭波兰之仇之俄国也。若犹太人，俄之所虐杀也，俄自结怨于犹太人，而岂有犹太效忠于俄者耶？是亦为犹太人理之所当然也。为虐我而效死力，果有是人情乎？非特此也，不观俄国数百年来之状态乎？居其国大部分之斯拉夫人，多不得志，而德意志种贵族盘据于上，（俄国之地主大官多德意志人，如域堤、兰摩斯度夫，亦皆属德意志种。）故斯拉夫人种大放其不平之声，若托尔斯泰伯，亦深抱此愤闷者。至于中亚洲及西伯利亚各

---

① 桦太：库页岛。　② 葛藤：比喻纠缠不清的关系。　③ 霁：本意指雨停止，也比喻怒气消散。

人种,俄国徒以兵力征服,占据其地,而固毫无休戚之相关者,且犹多野蛮种族,智识劣陋。又若农民之间,以生活困难,一般多无教育,蠢蠢然而不可语国家之事。此俄国国体之大略也,如是而人民之与国家,乌乎有密切关合之情?盖从其精神上以观,固可谓全体之皆属腐败者也。

是故日本之战,其所以胜俄者,非不恃其平日海陆军之训练、战术之研究、地理之习熟、侦探之繁密,与夫其国学者本于科学新发明之武器,若所谓村田铳、有阪炮、下濑火药,及山内之炮架、宫原之水管式机关、伊集院之雷管、小田种子田之机械水雷,其于战争收特殊之效果者固为不可疑之事实,要其本原,尤有居乎此以上者,以精神为主,以物质为辅,而后精神能运用其物质以告成功。此不可不察者也。

彼夫俄国之哥萨克兵,世界轰名之强兵也。其骑术射击曲尽其巧,又于世界骑兵中所称为无出其右者也。其马匹之膘壮博实,趫疾善走,又有胜于日本之马者也。且其大炮口径九珊半,其着弹点能至七千五百米突之距离。又其速射炮不亚于法国陆军所用,一分时间有二十发之发射力者。于九连城之役,俄军委弃速射炮二十八门,为日本军所得,法国陆军以为大忧。盖在法国所谓法国式野战炮者,其构造之法极秘密,虽平时演习,当搬运时,尚覆以布,使遮人目,惟俄国之野战炮差与法国式相似,今一旦为日军所得,恐曝露其秘密,故视为陆军中一重大之事云。夫俄国于物质上其可数之优点似此,然而卒至败北,哥萨克之声名为之扫地。彼哥萨克兵,非勇于前日而怯于今日也,其所以致败者,原夫哥萨克之兵本属一种之蛮人,无知无识,未受普通之教育,今日者俄何为与日本战?以何目的而委我于炮烟弹雨之间?皆非其所知。彼其昔日之所以称雄一时者,多讨伐蛮族,与无纪律、无训练之人对抗,在俄国欲张其杀戮之威而哥萨克兵得遂其虏掠之私,故能适当其用耳,今一旦与日本兵相遇,非独其纪律之严、训练之精,哥萨克兵无所施其狼奔豕突①之技而已也。彼日本兵者,当身临战地,人人以为千载一遇之机会,今得试其快战②而舍其轻若鸿毛之生命捧以为国而不辞,又决非哥萨克兵所能与之久持。何则?哥萨克兵无其精神故也。故卒惊溃纷乱,各鸟兽散而败耳。由是言之,所谓文明之强兵者,不仅关于士卒之体力,而尤关于士卒之品性。故曰强兵之基,在家庭,在学校,而在兵营者,不过其最后之炼磨场而已,诚为知本之言哉。

今觇③国之士见日本之强盛,群归美于变法数十年之功,此殆知其一不知其二之言也。夫日本之强盛固有赖于变法,非变法而必不能收今日之效固也。虽然,其人心风俗之间决非此数十年之短岁月所能养成,毋亦本于其数千年之历史所陶铸而酝酿,得今日物质之助力,益能发舒其本能已耳?善乎英人威尔安

①狼奔豕突:像狼那样奔跑,像猪那样冲撞。形容成群的坏人乱冲乱撞,到处骚扰。　②快战:痛快地战斗。　③觇:观察。

尼可尔逊评日本海陆军之论曰:"日本之海陆军,取欧洲列强最良最善之制度而消化以成其用,固也,虽然,若日本国人不有其祖宗勇敢之精神与其名誉之感念及其发于忠义爱国、不惮牺牲其身以救国家之美德,则虽若何取西国之文明模仿而消镕之,欲求其有效果,不可得也。"此可谓能观其深者也。夫日本之所以强盛者,不大有恃乎其人心风俗间耶?

盖于今日战争之时而其故益可见矣。试略扬其梗概。夫日本固征兵也,人人及年有当兵之义务,其遇战争也,荷戈而起,仗剑而往,人人以为赴国难,敌国仇,父子兄弟亲戚朋友走而相送,皆慷慨愿其战死,无若儿女子之泣者。其且有未婚之妻遗书相诫曰:"此行君必战死,毋生还。若战死,吾则为君守节而养父母;若败而生还,吾与君绝婚,终身不愿相见也。"又有某之父诫其子曰:"吾一家儿女多,然尚无有为国死难者,今儿幸为军人得出征,其为国死以贻我一家祖宗子孙之光荣。"若将校有战死者,祀于神社,于其生平关系之处悬其肖像,一国之新闻皆载其履历,记其行事,而若为行葬礼,国之人多有送之者。其战死之尤激烈勇敢者,或且铸为铜像,称为军神。(如近日广濑为军神。)而尤欲假其姓氏以名地,而永留其纪念。(如近日欲称为广濑町等是也。)又有救护出征军人之会,凡其家有军人出征者,每月给以金钱,或战死,则济其遗族。又若某乡立会,为其乡出征军人代耕地工作之事。又若某医士,凡出征军人之家有病者,自往治疗,不取诊察药物之资。又市中各物,若出征军人或其家往购者,多折让价值。又有若干事业,对出征军人不取钱者。盖人人以为军人出征为我辈效死而救国,则我辈之待军人尽其力之所能尽,固理之所当然也。又有献纳军资者,非特巨室富家力任其巨数,或出其家之金银器物以益之而无所吝也,虽小学校之儿童,年不过八九岁,且有节省其父母所给与①买食物之钱以之献纳军资者。又若商店之小伙,月入不过数十钱或数圆,亦有节省其所有之献纳军资者。又若贫而无资者,以手工作物而出售之,罄其所得之钱以之献纳军资者。此不过陈其大略已耳,其详则更仆难数②,而一国之人心风俗已于此可见。夫国之人其待军人若此,而军人之自视者,亦以为吾战而死,此大丈夫英雄最有名誉之事也,以是显扬于后世而为宗族交游之光宠,吾何辞?若败而生还,宗党戚属之所不齿,更何面目以见故乡之父老乎?此所以人人临阵有死之心,无生之气也。夫此固日本人心风俗之优点也,其战胜之故,不在是哉?!不在是哉?!夫岂仅恃数十年之变法,得物质上之助力而已哉?!

试一回想我中国,何其人心风俗若是其大不相同也!夫中国之无征兵也久矣,兵自兵,民自民。兵之视民,以为是林林总总,皆可以供我之鱼肉者;民之视兵,以为是一种无赖之生活,而如火如荼之映其眼,以为是杀戮之凶煞而非保护之善神也。故谚有之曰:"好铁不打钉,好男不当兵。"兵与民既分离若是,非独

---

①与:当为"予"。　　②更仆难数:形容人或事物很多,数也数不过来。

无休戚之相关，又甚其憎恶之情焉。如是而欲国之强，乌可得耶？国之不强，而望其能成立于生存竞争之世界，又乌可得耶？且夫战争之与文艺，互相为表里者也。虽有伟大之事功、勇敢之英杰，而无史笔以赞之，口碑以传之，诗歌以摸写之，则渐归湮没而毫不被影响于社会之间。夫国家之所以兴盛，以有若干之事功、若干之英杰留遗印象而鼓舞其一国之元气者也。是故奖励之与厌恶之，而一国人性质之好尚由是大变。以吾观中国之文字，所谓极辞翰之美足以感风雨泣鬼神者，大都含有厌武非战之气味于其中。今固不及缕举而但述其一二名章丽句，如所谓《吊古战场文》、香山乐府《折臂翁》等篇，又所谓"一将功成万骨枯""可怜无定河边骨，犹是深闺梦里人"者，读之何其凄怆感怀，悲哀欲绝，而令人目不欲见战争之事，耳不欲闻战争之声，而勇敢之气质亦自销磨于不知不识之中。在当日用意，以为是所以防人君穷兵黩武之心而造百姓生全之福，而乌知其应验乃销耗国人之志气而为亡国弱种之一大原因焉？视日本之以樱花比武士，（如今年葬广濑武夫之时，樱花正开，一国文字皆以为万花如雪之中而埋英雄之骨，花与英雄千古俱香云云。）而樱花、武士以为日本之国粹而有樱花狂、（日本樱花开时人皆醉酒，警察亦特放数日不禁。）武士狂者。且有以荒御魂居人生灵魂之一者，（日本古代亦信人类灵魂不灭之说，而其所谓灵魂者有二，一曰和御魂，一曰荒御魂。和御魂者仁恕之精神，荒御魂者武勇之精神。）何其尊重武勇之甚也！夫国之强非强于强之日，而其强也有由；国之弱亦非弱于弱之日，而其弱也有故。我中国之弱，今日乃见其果耳！而其基因所从来者远矣。

今日本勇武之精神多唤起于昔日之武士道。武士道者，重然诺，尚信义，轻死生，抑强扶弱，勇往赴难，而以牺牲为主义者也。此在中国言之，即墨子之教派，而其变而为游侠者也。然而日本之武士道成为风气，而中国墨教不昌，游侠之风亦至汉后而几绝。（司马迁巨识，特传游侠，若后之史家即有义侠，亦无人着眼于此者。）此其故何哉？不适宜于中国之社会而不能生存故也。而其所以不能生存者，中国人薄于勇武之性质故也。夫如振兴武士道之山鹿素行，（亦称甚五左卫门。）此其人在中国宁岂少哉？然而山鹿素行之在日本风靡一时。（其徒有赤穗四十七士等，）而若生于中国，其行事或不挂于人之齿颊，其姓名亦恐不芳于后世之历史也。此其事若甚微，而乌知于社会之感化力，其消息①有甚大者哉？

且夫今日之战，虽名为日俄乎，而事之起因，则固在乎中国。中国为暴俄之所逼压，处于不能不战之地而不能战，而后日本乃迫于势之不得已而始起而战尔。不然，今日之战，固中俄而非日俄者明也。且是姑不具论，即曰日俄之战，而此一战也，固有黄白之关系，亚欧之关系，且其结局，仍必归本于中国。然则我国人固不当视为隔河之火灾而以为祸福皆无与于己事者。然而在日本国人

---

①消息：消减与增长。

之中，虽舆夫下婢乳臭之子，无不知有露西亚[①]者，无不知今日日本与露西亚战争者，无不知今日日本大胜露西亚者。（儿童中多有游戏演日露战争之事。）而在我中国，下等社会中人勿论，虽搢绅读书之士尚有不知日俄之战者，有知其战而不知其为何事而战者，战之孰胜孰败于我中国有何等之干系者，盖梦梦者不知其凡几焉。然此犹曰他国与他国之争，朝廷既自立于局外，而上谕告示且禁谣言惑众，淆人听闻矣。（日本以与俄国交涉往复文书宣示议院，而中国不以国事开示人民，惟以禁谣言为重大之事，使人民隳[②]于五里雾中而不知其愚民之罪大矣。〇近尚有人以日俄战争谓日本与中国开仗者，或解之曰："今日本与俄罗斯开仗，非与中国开仗也，子何误之甚也！"其人曰："否，吾非误。吾昔进京谒某老师，某老师谓余曰：'今东三省皆是中国官吏，有将军，有藩台，外间谓俄罗斯管理者皆是谣言。然则今日本兵攻打东三省地方，非与中国开仗而何解之者？'"不能答。）而若甲午中日之战，庚子义和团之战，割地赔款，丧师辱国，至于若是其极，而我国人尚不知之者。吾观日本人所著《北清观战记》其中有云："余自北京之烟台，怪哉！山东与顺天近隔咫尺，而此间竟若太平无事，人民间殆不知有战争者。询余以北京近事，余告各国联合军大胜，京城失守，两宫蒙尘出奔，孰知乎凶闻若此？彼等平然，直若不甚介意者。到底爱国家之心，不可望于中国人。"云云。读之令人惭汗欲绝。呜呼！彼以舆夫下婢乳臭之子所视为切心属目之事，而我国之大人先生且不知也，然则我国之大人先生，其智识与教育不且出彼舆夫下婢乳臭之子下耶？此关乎国家之强弱存亡者，岂细故[③]耶?!

且夫俄之辱中国也甚矣，诈欺蛮暴，无人道之行，虽罄南山之竹以书罪，竭东海之水以洗愤，岂能尽哉！然而中国之于俄也，有唯诺，无辩难；有承认，无抗拒。事之如帝天而畏之若鬼神，甚或倚为亲戚，托以腹心，而有盲目之联俄派出焉。俄以非理待中国，而中国不以为仇而反以为好焉，此其现象可谓怪也已矣。若夫日本，虽俄人之稍加以睚眦而即有拔剑而起，不与共立之势。此其事甚多，不能悉举，今但据一轶事言之。夫当俄皇尼古剌士为太子时，游于日本，而为一日本人所枪击者，此人人所记忆之事。而寻其枪击之故果由何发端乎，则尝闻之。太子来游日本，至琵琶湖，眺览风景，欣赏无已，顾谓其侍从曰："何日得于此地设离宫乎?"左右皆迎合太子之意，一笑而答曰："如圣虑，当不出数年之中。"警吏田三藏素习俄语，闻之不胜愤慨，遂伺隙枪击俄太子，中头部，虽得治愈，而脑尚带伤。今岁日俄开战，俄兵记号颁以俄皇在日本受枪伤医治，头裹绷带时之肖象，盖不忘前仇也。夫日本人民于俄之辱其国也，虽一言一语尚挺身而斗，不惜其死，而在我中国，虽人呼我为牛马，驱我若鸡犬，而亦莫之与较也。民气之强弱，其相去之霄壤，固有若是其甚者哉！[④]

民族武勇精神之消长，即民族所以盛衰之大原因也。吾一不知夫雄伟轰烈之民族转而为疲苶萧瑟，何若是其易也。

---

①露西亚：日语和韩语（朝鲜语）中对于俄国以及俄罗斯（Russia）的称呼的汉字表记。　②隳："堕"之误。落；掉。　③细故：细小的事情。　④后有删节。

际子孙积弱之世而遥忆祖宗浸昌之日，能无我歌且谣，泪尽泣血乎？是又何其衰也！而总其所以致此之由，则多缘武勇之精神销亡故也。是故一国之有武力也，犹万物之赖有爱耐卢尼。日本以富于爱耐卢尼之故而遂成为少壮之时代，我中国以乏于爱耐卢尼之故而遂成为老弱之时代。一盛一衰，其枢纽盖多在是也。

我国历史固不乏光荣之事，而其所缺陷者，无武功绝特之英雄是也。夫如希腊而有马基顿之亚历山大，如罗马而有该撒，如阿剌伯而有穆罕默特，如蒙古而有成吉思，而我国统一之朝以秦与汉唐为最，然秦始皇手平六国而兵不伐匈奴，仅筑长城以卫之，欲以是保子孙万世之业，其可笑孰甚焉？汉高祖身历战阵，亡秦灭楚，然一与冒顿遇而白登被围，谋臣猛将无可为计，仅赂阏氏而后得免，至岁奉絮缯酒米食物，约为昆弟，而嫁以宗室女公主。以创业之主而所为若是，诚万世之羞也。武帝怀抱雄心，欲攘斥匈奴，使不复振，永绝后患，而开通西域，汉威外扬，其功多不可没者，然其用兵若卫青、霍去病之师，不过胜负得半之数而已。唐太宗天才俊发，战谋武略卓然可称，然不能终高丽之役，于一生之大业多遗憾者。至于宋之太祖，终不能复燕云；明之太祖，亦未尽铲元裔，其规模固远不逮汉唐。又若近时之曾国藩，洪、杨既平，身膺爵赏，志愿亦毕，可谓器小也矣。且夫我国之所谓武功者，几若有天然之界限，龙争虎斗大都不出中国方罫[1]之内，未有欲穷天之所终、地之所尽，策马峰头而作天下更有何国可向之想者。[2]

是故以变法而言，欧西之文物制度、器械技艺，日本以师仿数十年而已得收其效用，我中国之所欠者若仅需此乎，则宽假以数十年之岁月亦必能告成功，此可断言者也。特国家所以兴起之故，其本原每不在物质间而在精神。虽曰有精神而无物质，犹人之有脑而无耳目手足者等，其不能运行固也，然人同此耳目，人同此手足，而灵钝智愚若是其大不同者，卒不能不归本于精神之不同。故夫一国之人心风俗间可称为精神者，而果有优胜之点乎。吾决其接触于外界之文物制度、器械技艺，吸取而融化之，以为己用，固易易也。若夫人心风俗充塞以腐败之空气，则虽遭逢文明之事，或扞格而不能相容，或强学之，亦形表是而神明非，而终呰窳廓落[3]，以归于无效。（如中国近日办学堂等事。）夫使改革人心风俗而果如文物制度、器械技艺之易办也，则虽谓天下无不可新之国可也。然而此浸渍薰染之习积微入深，不知经若干之岁月，非扫除而廓清之，则事不可为。而欲扫除而廓清之，竭智尽虑，而吾尚不知其下手之何从，虽曰天下无不可为之事，然而吾知其难。吾念及此，吾又安能不为中国前途怀戚戚之忧也？

自日俄战争以来，而日本屡胜，每捷音至，则卖号外（新闻社于日报以外临时得

---

①方罫：棋盘上的方格。　　②后有删节。　　③呰窳廓落：这里指弱而空。呰窳：苟且懒惰、贫弱。廓落：空旷，空寂。

信则印刷号外,发卖以供众览。)之声铮鎗①聒耳于户外。在日本人之得胜报也,荣誉心与爱国心并现,鼓舞欢忻,自不能已。而余也异邦之人也,以种族、地理上之关系言之,白种胜乎? 毋宁黄种之胜;欧洲胜乎? 毋宁亚洲之胜。虽余也闻日本之胜,固亦不能无愉快之感于心,虽然,此战胜之事固吾之邻国而非吾之本国,吾之同种而非吾之本种也,以为苦而其中若有甘焉,以为甘而其中又若有苦焉。五情郁陶②,不可得而摹写,不可得而形容,无以拟之,姑取谚之一言,所谓"洞房花烛夜隔壁"者,聊足想像其万一耳。呜呼! 日本胜矣,黄种胜矣,亚洲胜矣,吾不能自解其何故而哀乐之交集于五中③也。

若夫为中国之利害言之,使俄胜日本,则东亚无国,黄种无人,非独中国亡,而日本亦不能自立,已矣,其无可复言矣。若日本胜俄,则其事变,略可得而言。其一,列国均权,以中国为公开通商之地而扶助其朝廷之秩序,抑压其民党之变动,以保东亚之和平为名,实则各便其己国。而我中国之本种人乃永无自立之日矣,汉人之上压以满人,满人之上压以列强,两重奴隶之下而求生活,此由今日之事变而其结果或如是者也。其一则俄人虽败于日本,然而以视汉人所匍匐拜跪、事若帝天之满洲政府,则俄人藐之固犹蟣虱也已,不得志于满洲,则必图逞于蒙古、新疆,掩取中国之北方,以雪旧耻而偿前利。果若是也,则法必由广西,德必由山东,英、美、日本亦各由其权力所固有之地,而华土神州脔割以饱列强之食欲,此又由今日之事变而其结果或如是者也。夫此犹据变象之易测者言之,若夫不测之灾,更有非今日之所及料者。要之人未有不能自生而能藉他力以生,国未有不能自立而能藉他力以自立者也。是则日本胜俄之后,而隔东海碧波相映相望之中日两国,日本在笑声之中,而中国固在哭声之里矣。

瓜分者,痛心之一语;而保护者,尤痛心之一语也。夫固无论阳为保护而阴实吞噬也,即使其保护之诚,有若慈父之于赤子,是固保护之无加其上者矣,然试问父之于子,其权有不操之自父者乎? 是固无责焉。何也? 不如是则不能尽其保护之实也。且也子之对父,有不恭且敬者乎? 夫此固在父子之间可也,若国与国之间,而欲此国之事彼国有若子之事父,其可乎? 其不可乎? 是可忍又孰不可忍乎? 哀哉日俄战争之始,而朝鲜一保护国出现,吾懼日俄战争之终,无论为一国之所保护、为各国之所保护,其保护之道不同,而又将有保护国出现焉。夫瓜分之耻,人人能言之,而乌知保护之尤可耻;瓜分之悲,人人能知之,而乌知保护之尤可悲。今我国之士大夫所涕泣而道者曰瓜分,曰瓜分,吾恐至惨极凶之事,在瓜分,而至惨极凶之事,尤在保护也。

以保护之名词,或修饰于字句之间,则曰保全。保全之于保护,其旨一也。日俄战争之局终,而满韩之问题定;满韩之问题定,而中国之问题起。夫列强果如何而处置此问题乎? 则刀在杀人者之手,非被杀者所得而知,亦非被杀者所

---

①铮鎗:玉石等撞击声。　②郁陶:凝聚。　③五中:指内心或五脏。

得而问也。虽然，今且扬其共同一派之声曰：中国者，其门户可开放，其领土可保全者也。夫以中国之土地，中国不能自保全而有待于列强之保全，则固前言之矣，虽出于诚心之保全，其状态为若何之状态？境地为若何之境地乎？（从前有约昆弟者，有称叔侄者，今则直当名为主仆。虽然，使仅奉主仆之名犹之可也，可畏者彼不欲有主仆之名而欲有主仆之实耳。）取譬不远，朝鲜是也，埃及是也。夫波兰，瓜分者也；朝鲜、埃及，皆保全者也。中国之前途，或与波兰同，或不与波兰同而与朝鲜、埃及同。波兰之与夫朝鲜、埃及，果孰优而孰绌耶？要而言之，国不自立，万事已矣。尚何言哉！尚何言哉！

噫！天作风云，我辈无用武之地；人非木石，他乡多洗泪之时。我邦诸友，亦有廑怀[①]丧乱同此慨叹者乎？是则览此文也，又将泣垂数行下也。

海参崴[②]

今俄罗斯恣强梁于东亚，其东方之所恃两大军港者，一旅顺，一浦盐斯德（中国原作海参崴，日本作浦盐斯德，或简称浦盐，又浦潮，以浦盐已为一时通用之名，故以下多不作海参崴而作浦盐云。）也。此两港原皆属清国之领土，俄罗斯一手用强力一手用魔术，而两港遂皆为其所有，经营布置，不遗余力，将藉此以握东海之霸权焉。今者与日本战而败，昔者所夺于人之物或将复为人之所夺。河山如故，而人事之代谢变迁若是其速，又乌能以无感也？日本杂志《太阳》有记浦盐一篇，兹译之，而后附以考论。当日俄战争，而浦港为重要之地，固留心时事者之所欲闻也。

俄国占领之由来及其进步

浦盐斯德，亚细亚俄领沿海州最南之一府，而位于摩拉罢夫恩尔斯克半岛（占领人之名。）之南端，北纬四十三度七分，东经一百三十一度五十四分二十一秒。东为乌苏里湾，（按，乌苏里湾者，彼得大帝湾之东支，其西滨高陡，湾首水浅，名牛部拉斯湾，麦延江及金盖江之二大河注之。此支湾之东，湾入甚多，其北部除干沟子湾外，皆属阻碍之残滩，有干沟子及西鞑峨之二大河注入干沟子湾。乌苏里湾冬期湾首结坚冰，其沿岸于阳历一月上旬迄二月上旬结冰，但不甚厚，以坚船可碎之。）西即黑龙湾，而横于半岛之前面者，有伦斯克岛，（日本人或称为露西亚岛。）能阻风涛，岛之周围筑炮台，扼浦盐港之要害，其形势与俄国首府圣彼得堡前面之孔思达岛扼一方之要塞者相似，此岛盖即可称为小孔思达岛云。抑该港之为俄国占领者，溯其来历，于千八百五十年五月，俄国海军少佐戴培利思可始于此地上陆，立鹫旗，而称为俄领，其地名为乌拉斯德，即从俄语"管理东部"之字成。此时亦惟俄人之擅称为俄领而

---

① 廑怀：殷切挂念。　② 原载于《新民丛报》第46—48合号（1904年2月14日）。

已,于公法上固未能称为俄领之地也。于千八百六十年,俄人送陆兵四十名,使上陆而占据其地。此年十一月,与清国结条约,其条约以:

乌苏里及松花江为国界,东属俄国,西属清国。又以其南越兴凯湖,直至白令河,从白令河口沿山岭至瑚布图河口,再从瑚布图河跨珲春河与日本海之山岭,至图们江,其东为俄领,西为清领云云。

俄得此,遂公然以浦盐港为俄领,始筑兵营,建寺院,至年终,有六百人口之一村。于千八六二年,定该港为军港,而为自由港。千八六四年,于其地置彼得大帝湾内诸港之总督,此年设市会,撰市长。千八六五年,以西伯利小舰队创运送业,从本国送第一回之殖民。千八七二年,自尼古拉斯科移海军镇于此,人口大增。千八七六年,市制施行,贸易益盛。至千八八五年,合兵员共计人口达一万〇五百。至今日计其人口,大约五万内外,经营之进步亦略可见矣。

气　候

浦港气候寒暑皆严酷,而寒威尤甚,其气候甚不顺。盖以沿海州,不受黑潮[①]之患而反受沿大陆从北南流寒流之影响,气候遂益凛烈。而以寒流经过,气候上之变化尚不止此,如当夏时,吹以温暖之南风或东南风,而此温暖多湿之空气渡寒流之上,因而冷凝,沉为水蒸气,成雨及雾,故其地雨雾极多。而当夏期之内,气候极湿,此湿气所薰蒸,金属酸化,虽以至干燥之室,皆生霉菌,而欲求其室内之干,至不能不用火以逼之。或偶有雨雾不生之日,则暑气甚强,寒暑表至达华氏九十九度半,或更升其上,至夜犹不得凉,气息甚感困难。只秋期为一年中最愉快之时,天气晴朗,寒暖适身。而一入冬季,则寒气强烈,吹以北风及北西之风,天气清豁,不留片云,空气之干燥达其极度,降雪甚少,然吹来之雪或满道路,至筑雪垒,方言称为普尔喀,盖雪岚之意也。冬期之暴风至十月后已至,以十二月及一月为最强,寒暑表降至华氏零下二十八度七五(摄氏零下二十七度)云。

其风力有一定之时,四季皆然,朝时静稳,至午前十时、十一时之间风生,近正午风力渐大,至三、四时顷为最强,日暮风力渐衰,复归静稳。

要之浦港气候两走极端,一则以无比之干燥冻凛,烈风震荡,而酿为无雪严寒之冬;一则从温暖之南风,生多量之雨雾,而酿为湿润酷暑之夏。气候既如斯,故床板、壁障、木材等以经冬日之干缩,夏日之膨胀,皆生间隙罅裂,器具之用填接者,以失其粘着力而脱离,乐器多至破损。烟草冬则着手成为屑末,夏则可榨而生水。一年中平均晴天约百四十四日,其余二百二十一日则皆属雾雨湿风雪岚之天云。

---

①黑潮:日本暖流,又叫"黑潮",是北太平洋西部流势最强的暖流,为北赤道暖流在菲律宾群岛东岸向北转向而成。

风　俗

开港场之风俗，无不轻佻浮薄，而浦港尤甚。其地以定为军港，故政略皆属武断。又为殖民计，多送罪囚于此地，期满则放，得为自由之民，故其人多残忍酷薄，非可以德义相规正者。其中如斯拉夫种下等社会之人，蓬发鹑衣，红须掩面，觊觎行人，一见而知其有残杀之状。故其地既多盗而皆暴忍，其行劫也，往往先杀其人而后夺其财物。又俗多淫，有夫之妇与人私，其事不甚以为奇。妇人多以袱纱覆头而垂于肩，非上等社会之妻女，多不用帽，下等妇人多跣足①，小儿亦然。妇人服色皆好华美，多红色、西色②、紫色，老妇人亦多着深红者。男子多戴白军帽，服宽阔之服，商人、小使亦戴军帽。不用日伞，小雨亦多不用伞者。下等民粗衣之外着用外套，御者悉着赤服，戴异形之黑涂帽，须髯蓬蓬令人怖为赤鬼。全港美术之思想甚乏，每家无庭园，稀或见有窗间置盆栽者。（按，日本每家多栽树木，中国人家内之栽树木者极少，亦美术之思想缺乏也。）要之该港以开辟日浅，其嗜好甚为幼稚，思想亦不免单纯，一映于美术国民之眼，无幽婉高雅之可取而多见其杀风景之俗而已。

住　民

该港多兵卒、工人，而居社会之上流者多属军人，其他可称绅士者极少。全市人口中国人占多数，而皆呼为蛮子，盖一种蔑视之称，多从事贱业，而生齿③则年增一年，若中国人而稍有气概者，浦港已于不言不语之中全落于中国人之手，惜乎彼等之不足以语此。至俄国人，不过居中国人之半数而已。

嗟乎！今若南洋各岛及美洲诸埠，中国人之占多数者何限？岂独一浦港而已。使中国人果有政治之思想，所至之地皆可蔚为国家，全地球将全置于华人之掌握中，乃以多数之中国人为少数白人之犬马奴隶而受其管辖也，不亦异哉！

若是者，非独出洋之人民而已，即在本国，若上海诸埠，非以白人管华人哉？设以此等事而施于白人，彼白人其能一日安乎？宜乎日本人一至上海，睹内外国人倒置之情形，叹为咄咄怪事，而中国人固俯首帖耳，安之若素也。又岂独为文明之白人所管辖而不能脱哉？以少数满洲之野蛮人管多数之中国人而高登皇位，享其升平且二百有余年也。全地球生物类中，含有奴隶之根性者，舍犬马外，岂有过于中国人种者哉？

该港上流之俄人，生活状态多与他之欧洲人同，至中等以下之俄人，其生活之不洁，亦与中国人及朝鲜人无异。客有往田舍间者，朝时见男子着用涂马粪之衣服，妇人跣足而作饭。客求清水，妇人以污点斑斑之衣裙拭杯而盛水以进。此可想见其人民之多不爱洁矣。

---

①跣足：光着脚。　②西色：西洋红。　③生齿：人口。

当市之夜间

该港日没之后，街头行人殆绝，午后八时，即锁门户，扃键坚固，多用二重，其盗贼之多可想。户外散步各有时限，中国人及朝鲜人限午后八时，其他限九时。若有事而夜行，常遇巡查胁迫而取金钱，其警察非保护人民，有野伏而夺人者。俄国政治之不良可见矣。

内地行旅

离浦港而一入内地，多为逃兵、逃犯之渊薮，以劫掠为生。住民稀少之地，虽白昼盗贼横行，行旅之人屡有遭其狙击之弹丸而毙者。旅行内地所用之车，名踏赖踏斯，车无弹机，箱用铁制，而车内敷枯草，以为乘客之座。以马三头曳之而行，御者加鞭疾驱，车身激动，身体颠簸，右左不安。若逢河流无桥之所，御者举鞭高声叱马，跃而飞越，其危险不堪言状。若失事，御者顾客而苦笑，或变恶颜色，客无如之何。昔时铁道未通，旅行西伯利亚内地之人不能不于是等车内，经数月之眠起坐卧，所谓驿传之马车是也。

此等蛮野情状，令人想起中国山东道上之骡车不置。

建筑物

于浦盐港上陆，见有翼然之高门，彩色华焕，塔尖摩霄，是即所谓欢迎皇太子而称为尼古剌士门是也。当今俄皇尼古剌士二世为太子时，东游日本，自浦盐斯德港，市民欢迎而筑此门。门有四脚，以炼瓦积成，中央上部置绿彩之尖塔，四面各涂彩色，以示华丽。于市街之后部冈上，置日照计[①]，登临其上，则全市景色归于一览之下。市内行政分四区，警察长统辖之。东部有造船场及各士官之邸宅，西部有铁道之停车场及花街，中央部有府厅及兵营、海军俱乐部、海陆军病院、警察署、知事官邸、教会堂等。又近时多有增筑炼瓦制造场、酿酒会社、麦酒制造场及皮革制造场者。

地质、物产

该港之地，其岩骨以太古纪之砂岩、粘板岩等成，表面之土壤，即属是等之霉烂物，地味颇肥沃。由此进行，渐见西伯利亚内地之平原，一望平衍，而浦盐附近则多升降起伏之小丘焉。道旁杂草高没人肩，或满眸白花，皑皑似雪。凡西伯利植物之发生界，以北纬五十六度半以南为限，其以北属冻冰带，虽至夏期，其青物不过藓苔数种。至浦港附近，多大森林围绕，繁茂密稠[②]，时以树树相摩而生林火，然以近来人口增加，且以铁道工事滥行斩伐，乔木因而日稀。森林

---

①日照计：指记录一天中太阳直接辐射达到一定辐照度的时间的仪器。　　②稠：稠密。

之中，多豺狼、狐、麋鹿、黑貂等。鹿之族甚多，称伊幼朴丽及颗组丽之鹿族，角甚大，人家多揭其角于壁间以为装饰品。貂亦极多，其皮张于窗户之间隙，以塞寒气。又地质上所称为珍奇巨象之遗骨，盖产于北部海岸之洪积层中，于耶可斯科府为重要之贸易品。多蛊虫①，其种类不一。又多异种之蝶及蜻蜓、蜂等。又多虻，时袭手足颜面，家畜有因而致毙者。蝇亦甚多。此地之虻与蝇以生存期短，至夜间尚营营争食，骚害人畜。又虎豹为黑龙沿海两州之特产，故其地往往多虎患云。

牧草处处繁茂，故宜于畜养牛马豕等。马之体格皆壮健，性质从顺，夜间放于牧野，使啮青草，翌朝牧马之童放一种之呼声，则数十头、数百头之马一时皆集。若遗失者，亦能自归主家。毛色多白色、月色者，斑纹皆美丽。

东海边寒带多使犬之部落，而浦港亦然。浦港之犬颇多，其体格亦大，最大者能欺熊。冬期曳橇之犬虽非属极大之一种，而性质敏捷，以五匹乃至七匹曳车一乘，其法以犬一匹居先，他犬为二列居后而进。以犬多之故，该港夜深猲猲②之声四起，多有扰客梦者。

村 落

从浦港入内地，经三俄里，有河，日本人云"一番河"，河畔有屯田军队，林间处处张天幕③，而村落则在近林之里，以二十户为一部落，家涂白色，多以木造。屯田兵以薄俸而有妻子，兵役余暇多作杂业，以为一家糊口之资。兵卒于林间张野营，而家族则留于村内。野营兵卒作业出操，其服装长白服之上衣，赤肩章记队号之数字，上缠革带，毛布从肩斜悬，各持锄锹，不带武器，出发之步武多不整。天幕与天幕之间细设通路，无拂尘，而比村落为清洁云。

工兵之作业场在二番河边，场内设障害④物而出来其巧，排置防御敌军骑兵之锐杭⑤陷阱，又或栅障壁及鹿柴⑥等。哥萨克兵以马术称，其疾驱中能使马屈其前足而急速拾途上之物，又或下马，使马伏以为盾而施射击，或置头部于马之首下而置身于前脚间，以避敌之狙击而驰。其调马之巧熟，有若马戏场之戏马者然。

囚徒村落四近散在，凡一聚落，以十七八户成家，有木造、土造二种：木造者，典狱看守等所居；土造者，囚徒之所居也。土造之屋，其制于地面掘下七八尺，上设屋顶，屋顶上亦以土盖之，四旁为自然之土壁，其状无异上世之穴居，盖为防寒气而然。屋内土间，敷枯草为褥，阴湿甚不洁。远而望之，地面上列点点之小垤⑦，而烟缕上升，盖即此等土室之炊烟也。村落中央高处，设祭场，于正面悬基督之像，每日朝夕作业而出，及归之时于此祭场行祈祷，并听典狱官之训

---

①蛊虫：即飞虫。　　②猲猲：犬吠声。　　③天幕：指户外使用的帐篷。　　④害：当为"碍"。
⑤锐杭：指尖锐的树干并联扎成的障碍物。　　⑥鹿柴：用树木围成的栅栏。　　⑦垤：小土堆。

诚云。

右杂志所载如此。按，浦盐斯德者，原清国地，名海参崴，以湾内海参繁殖，故有此名。又有称为金角湾者，俄人以其地中含有多量之贵金属，而其湾口东侧之岛亦发见有金矿，又以湾形东西长，形似鹿角，故有金角湾之名。浦盐斯德，即临金角湾市街之总称，俄名乌拉斯德，日本转称为浦盐斯德。乌拉者，主人翁；斯德者，东。合二语成，其义即东方主人翁，俄之雄心于此可见矣。

浦盐斯德其地位临于彼得大帝湾突出半岛之南，于千八百五十二年，法舰额斯楚始发见彼得大帝湾，而称为格尔孚唐伊尔。二年之后，博耶金伯乘巴拉达军舰测量湾之西南部及波西湾。千八百五十五年，英国舰队作湾口岛之地图，而命名为维多利亚湾。千八百五十六年，英国舰探知金角湾，而名为波陀阿明。千八百五十九年，俄船阿米利加及斯多利斯克始作湾全部之地图。翌年，俄与清国订北京之约，终得从清国让与土地之范围内，俄得收为已有。当是时，其地仅有少数满洲人而已，俄派东部西伯利亚步兵大队士卒四十名驻于此地，以充警备，新设乌拉斯德及波西二镇，建筑寺院、兵营，为永久之计，俄国军舰每年来港者不绝。千八百六十二年，改乌拉斯德镇为镇守府。千八百六十四年，以海军中佐西哥多任彼得大帝湾诸港之长官。千八百六十五年，从尼古拉斯科移殖民百五十七名于此。千八百七十六年，市制实施。以数十年前海风激荡、草荒人稀之地，清国所视为石田而不甚爱惜之地，至今遂为关系东方强弱之一要枢，俄得之而俄霸，日得之而日强，将于此演龙争虎斗之剧焉。宇宙内大势之变迁，不亦令人惊奇也哉！

湾内之广，东西一万四千九百五十呎，南北二千八百尺[①]，容一万吨之巨舰而有余。埠头有六：曰阿陀弥尔埠头，曰市有埠头，曰商港埠头，曰义勇舰队埠头，曰乌苏里铁道埠头，曰东清铁道埠头。碇系场分四区：第一区，俄国军舰碇系场，以自阿陀弥尔埠头之西端至南岸美修硬角之西方木标边为限；第二区，以从东方境界线以东，供水雷发射场，不许内外船之碇泊；第三区，为外国军舰及远洋航海线之锚地，以金角港西面极南端浮标边为限；第四区，沿岸航海船之碇系场，从第一区之西方境界线以西，极南浮标之平行线以北，一带之地者是。于军港内，有能容三千吨船之浮船渠，又于千八百九十七年十月三十日，开新船渠，长五百五十五呎，广百二十呎，入口之广九十呎，深三十呎云。该港例年平均十二月十五日结冰，翌四月七日解冰，亘百十四日之多，厚达数呎，如黑龙湾至路因泰岛，冰上能通人马。近年多以碎冰船破之，可得通航之路。至四月解冰后五、六、七三个月间，海雾大起，其中七月（西历七月约当中华历五月。）多至不辨咫尺。夜中雾亦不绝，惟从每日午前十时迄午后四时多晴。该港三面以山围绕，南岸低，北岸高，地势倾斜甚急，市街多倚于北岸。山间绿树翁郁，种类有

---

①尺：当为"呎"。

柏、桦、枫、菩提树、胡桃、荆、毽花、秦皮、白杨、榆、林檎、梨、樱等，其他多矮树，近年以滥伐之故，风致亦稍稍损矣。

此浦盐之大略情形也。抑吾闻之谈军港者曰：浦盐斯德虽为东方有名之军港，然实不过居第二级，其地以前面广开，形势似威海卫，敌舰易得侵入港内而施炮击。一八八六年，英国提督力藉陀哈米敦氏当海雾深锁之时，率英国之舰队入港，俄人初无所知，及见英国舰队之前横，大惊。依世界军港之例，定外国军舰限二只碇泊，盖自此事始也。港中冬季虽苦结冰，然尚得用碎冰船以开航路，而该港之欠点忧结冰宁忧水深之不足。港中水深波稳而便碇泊者，惟东方之巴斯孚拉阿斯，有深十三寻乃至十四寻之水而已。抑闻之言商务者：浦港自千九百一年为有税港，而商务顿衰，日本、美国之输入品皆大减退，需要品缺乏，而市况不振。当地之商业会曾议以复自由贸易之旧，请于其政府，前大藏大臣域提极东视察亦建是议，俄都亦多主持浦港自由贸易复旧论。盖自浦港与欧俄诸港同立于重苛关税之下，西伯利亚之经济若感麻痹者然，而浦港尤甚，自当地为有税港以来，若美国输入之麦粉有全停止之势，哈尔宾之制粉所虽大繁昌，然一旦临开战之时，仅恃满洲内地之农产，必不足于供给。而一切需用之物又不能不仰于外来，故俄国虽欲闭塞诸港，而一至开战，必大感苦痛而不能不开放者也。此亦言浦港之所当知者。夫此地也，自华人失之、俄人得之以来，俄人极力经营，遂至蔚为重镇，而今又有日俄之一战，俄仍能保有此地乎？抑不能保有此地乎？其运命固当随战局之胜负而决。而我华人以居住之多数，乃亦同山川草木而屡易主人焉。可慨也！

永乐建都北京之得失[①]

人间世事，其若水波然，一波动而漾回连演，以相接于无已。故事莫慎于造因，造因一端，其果千万，而吉凶祸福遂由之而大差。观于中国近五六百年间事，而关系于北京之建都者颇巨焉，而实由于永乐为之始。原夫永乐之所以都燕者，无他，其身曾为燕王，由燕起师而掩有天下，得为天子。而亲见夫北方士马风气之强远非南方文秀柔弱者可比，故中国自来之战争多以北胜南，永乐固其所亲验焉，又欲防制蒙古、满洲诸外夷，置强都于北方，足以控慑而有余，此永乐有取乎北京之意焉。然举明事核之，无收北京之利者，因北京而受害者有焉。如中叶之事，则也先入寇而英宗被房。当是时，明国本之不颠覆者仅尔，幸也先之兵不强，又志在国内而无意于外伐，（元为明所逐，顺帝太子逃蒙古之和林（今之喀剌和林），复称蒙古，至五六传屡被杀于臣下，日益衰弱。瓦剌有太祖之弟哈萨尔之裔曰脱欢者，拥元之后裔脱脱不花而已为丞相，其子也先次父脱欢而为太师，欲收兵权而自立，因率兵攻燕

---

①原载于《新民丛报》第46—48合号（1904年2月14日）。

京，其志固不在明室也。英宗亲征被其所擒，拥之欲取明之重质，以明立新君拥旧君无可得利，乃复返之也。先①于景泰二年杀其王脱脱不花自立为汗，后被杀，众拥立脱脱不花之子麻儿可儿，号小王子。自后元裔皆称小王子。）遂结和而去，其祸乃已。设使也先有成吉思汗之雄心，以方张得胜之师而攻仓皇无君之国，其胜负之机孰优？岂能久以北京为孤注哉！虽然，使明都不在北京，则也先之寇不过癣疥之疾，边鄙之所时有，岂有仓猝而起万乘之师，一朝挫败，遂至大局岌摇。至于如此，则固以北京地势近邻蒙古故焉。至于末叶，满洲崛起于辽沈，关外交兵盖无宁岁，清兵尝从喜峰、独石等口屡入，蹂躏直隶②、山东之州县，然以不得山海关不能守关内之地，故虽破滦、永、遵、迁③等城，仍弃之而去。而北京之所以不蒙危险者，亦以有山海关之故，盖当时重兵多防守山海关，清兵卒未能进山海关一步。至吴三桂开关以延清军，清军遂得乘势直入，定鼎于北京。北京既得，中国固不足平也。向使北京非为明之首都，则一国中央部之全力尚在，清之席卷中原固未能若是其易易。是又以北京地势近接满洲故焉。夫明之北京，北有蒙古，东有满洲，彼永乐固未能尽征服蒙古、满洲之地也，未能征服其地而所置之首都独与之相邻接，方国家强盛之时固尚可无患也，一旦逢变迁之际，其不为敌人之所乘者能几何哉？置器于安尚恐不全，置器于险，乌乎不危？况置天下宗庙之大器乎！是固明之失计者也。又以近数十年之事言之，方千八百六十年之役，英法两军皆远来之兵，而其兵器又远不及今时之利，然一陷大沽，遂入北京，咸丰帝仓皇出奔，蒙尘热河。当是时，英法于中国素未驯熟，不以扑灭旧政府占领中国土地为利，故仍媾和而退。设也英法两军欲遂拔除满政府，则事在其掌握之中，用意一定，而爱新觉罗氏之宗祧④已不血食矣。又于数年前义和团之役，用兵不及三月，而津沽、北京相继失陷，两宫西迁，不得不俯首求和而惟其命。然京师以西，联军虽有派兵之举而卒未能深入。此二事者，虽曰兵之利钝强弱盖有不同，然于地势固有其显然关系者焉。若夫今日之北京，俄占旅大，英占威海，德占胶州，渤海之门户已悉为他人有，而俄人于满洲已派总督，敷铁道，驻重兵，全已化为俄领。然则北京者，一寄人篱下之绝地耳，不欲为独立之国也则已，欲为独立之国，此藩篱尽撤，卧榻人鼾之地，未有可以图存立者也。昔者千八百八十年，方与俄国有疆场之事，政府顾问将军戈登，戈登大痛论宜迁北京之都，定不拔之基，为清国振兴第一之大事，因陈言以劝李鸿章，然以李之见解浅劣，何足以语此，事遂不行。又英之戴眉度利阿士，亦以清国首都在俄人牢罩之中，俄人何时得进兵北京，其地位甚属危险，因谓清国若不迁都，则根本之革新到底不可期，即幸而成功，亦无永久之效力云云。诚哉是言！夫北京于目前之形势固若是矣，然即以通常论之，地势偏北，与中国南方饶富文物之处气脉睽隔，又天津每

465

---

①先：也先。　②直隶：旧省名，今河北省。　③滦、永、遵、迁：河北省的滦州、永清、遵化、迁安。
④宗祧：宗庙。祧：远祖之庙。

年冬季冰河,数月内与南方之航行断绝,商场、军港皆感不便。夫建都之大要不外二者:一交通便利;一位置安固。而北京则二者皆有欠焉。向使限于国境,别无良都会之可选,则不得不踯躅以安于此尔,然以中国之气候位置与其面积之广大,夫岂无优于北京者耶?且夫不知来事,视诸既往,欲论其得失,亦观其所遭之利害何如而已,而以考北京之往事,因地势而获利者,无一事之可言;因地势而受害者,已略如前所述之诸事焉。然则得失之计,亦较然^①而易睹矣。谚之嘲北京曰:“若非帝王才,猪狗也勿来。”乌知乎以帝王才而来者,亦未为计之得者哉!

成　败^②

以成为成,以败为败,作事论成败者,此一说也;成固成,败亦成,作事不论成败者,此又一说也;事固有成,事亦有败,不可不求成而免败,而惟不作事者,处于全败,此又一说也。吾以为论成败之究竟义,亦视乎其人之能力而已矣。世固有事之成而其影响所及者大,事虽败而其影响之所及者亦大,或于此方见败而于彼方实见为成,或于当时虽败而于后日未必不成,然则徒以成败论者,其说殆泥也。虽然,天下事固有以成功而见影响,以挫败而遂披离零落、荡铲殆尽而一无影响者,是则不论成败者,其说亦有时而不可通也。若夫谓事固有成,事亦有败,不可不求成而免败者,其说进矣。虽然,所欲求成而免败者何为乎哉?其究竟义,亦欲作事之有效果而已,而天下事固有成见其效果,败亦得见其效果者。设也欲求成而免败,而终不免于败,然则处此最后之评论当若何?曰:所欲求成而免败者,亦欲作事之有效果而已。而作事之效果,一视乎其人之能力而已矣。使其人之能力而有余者,其成其败谓无不于人心留感动,于世界遗作用可也。不观拿破仑乎?叱咤用兵,以一身造欧洲之风云,而末节丧败,卒不免流窜于荒岛以没其身,此固可谓之败者也。然拿破仑之兵法,今尚为兵家所取法,而为民政,为帝政,世界之潮流殆无不受摄动于拿破仑之一生者,是虽败而其效固自在也,而实拿破仑之能力自为之焉。又不见我国挂人齿颊之诸葛武侯乎?以兴复汉室自任而六出祁山,赍星赍志^③,其事固无所成,无所成而宁可谓之败者也?然其卒也,司马懿周视其营垒而叹曰:“此天才奇才也。”使移汉室于两京,与偏安于成都,于诸葛所成之志事及其所留遗于后世之人心者,果有何轩轾焉?是虽败而其效仍自在也,而亦诸葛武侯之能力自为之焉。又不见夫古时楚之屈原乎?尽忠竭虑,欲以事楚,而放逐迁流,卒至系石以自沉于汨罗,此可谓之败者也。然使屈原者得身相楚国而创制度,定法律,与夫吁天帝而无灵,睨山

---

① 较然:明显。　② 原载于《新民丛报》第46—48合号(1904年2月14日)。　③ 赍星赍志:赍志而殁的意思,指怀抱着未遂的志愿而死去。赍星:天上陨落的星星。赍志:怀抱着志愿。

鬼而独语，仅留一篇哀冤愤激之《离骚》者，于屈子一生，果有得失之可分否耶？是虽败而其效又自在也，而亦屈原之能力自为之焉。且也使其人之能力而果有余者，虽不作一事，而其效果亦存。何以言之？如战国时之鬼谷，如隋之王通，皆未尝与闻国家之事，然而执战国时代枢机之纵横家，与开创李唐一代事业之人物，论者溯其本原，多归本于二子之力。夫黄石公者，未知固有其人与否，然人世间，固未无若此人者也，韬景匿采①而滔握②天下之机，或偶有轶事之可传而史册上遂留一鳞一爪，使人想见于烟云迷离之里，或一无记载而史册上并其痕影而没之。要其人固自有关系于一世者，是即不为何事，而亦不得谓斯人之无效于世而谓其一生固处于全败者也，要亦其人之能力自为之焉。若夫其人之能力不足者，虽或乘时而得为天子，有四海，而亦时过景迁，漠漠然不能举其何者谓于世界有关系之事，而况乎其败则直如浮云之销散、落叶之坠陨而已，岂有分毫足动人之精神、感人以意气者耶？而亦由其人之能力自为之焉。

夫欲究成败最上之根原乎？此至深微妙之理，固未易言，（如一主前定，一主偶然，此非能通天人之故者不能言。）而一般解释所用之名词，曰人（以为可知之代名。）与天。（以为不可知之代名。）是故有人于此，于其能力所长之事则为之而无不成，于其能力所不长之事则为之而多不成，是可据人事以判之者焉。虽然，其间又杂之以天，于是有为其人能力所不长之事而成者，亦有为其人能力所长之事而败者。然为其人能力所不长之事而成，事虽成而其效果或不能举；为其人能力所长之事而败，事虽败而其效果必有可言。其效果之差等，即以其人能力之差等为差等。是虽杂以天运之后，而仍可据人事以判之者焉。故夫离能力而言成败，则吾于前三说者未知何说之可从；若合能力而言成败，则得丧消长，略可得而道矣。

文　体③

世界者，由简单而日趋繁复者也。而同时有一反比例之事出，即世界之事理增，而人生之岁月不增，以有限之岁月穷无穷之事理，而因世界之事理日见其繁，即使人生之岁月不促而日见其促。是故古亦百年，今亦百年，古人之百年闲长，今人之百年忙迫。庄子有言：吾生也有涯，吾知也无涯。以有涯逐无涯，殆已。是今之谓矣。于二者间而欲有所斡旋，则莫急于改良文字。夫文字，所以载事理者也。人之欲穷事理者，多不能废文字之一途，（亦有不必求文字者，然以出诸文字者为多。）而其浏览文字也，往往以若干之岁月得若干之事理为衡，于此而有一道焉，所耗之岁月减而所得之事理增，则世之一大幸福矣。而文字价值之

---

①韬景匿采：韬光养晦，隐藏自己的才华。　②滔握：广握。　③原载于《新民丛报》第46—48合号（1904年2月14日）。

贵贱,吾亦欲因此为定。设有甲乙两书于此,其所载之事理同,而甲书百言,乙书千言;甲书千言,乙书万言,则为甲书者善矣。何也?读百言与读千言,读千言与读万言,其所费之岁月既不等,而又以读百言与读千言者比,读百言者于读百言之外,复得如读百言者九,而其费岁月之数与读千言者等。以读千言者与读万言者比,而其例又若是,如是乘除千万,而其差数至不可以道里计。其结果遂于人世间生两大差,曰力之劳逸悬殊、智之高下悬殊,而野蛮、文明之度遂由之而分。何则?野蛮之人非不求智识也,以其求之者苦而得之者少,此其所以终为野蛮人也。文明之人非其生而有异禀也,以其求之者易而得之者多,此其所以得为文明人也。是虽不仅由于文字,而文字居其要端;文字之道不一,而繁简尤居其要端也。今且无暇举他国之文字以与我国较,而但以我国自来之文界言之,曰周秦以下之文不及周秦以前之文。何也?以作者言,周秦人以下数千言者,使周秦人为之,数十言而已矣;周秦人以下数万言者,使周秦人为之,数百言而已矣。而以读者言,读周秦人以下数千言,其所得不如读周秦人之数十言也;读周秦人以下数万言,其所得不如读周秦人之数百言也。且也,使其读周秦人以下之数千、数万言,而其所得果足与读周秦之数十言、数百言相抵,则以读后世文字之易与读上世文字之难,其间得失又自可以相消,然竟有汗牛充栋,浩如烟海,罄一生之力览之而不能尽,然即使尽览之,而试问览之者之所得果有几何?其能与周秦以前之书颉颃其万一耶?又若近之号为某某派古文家,某某派古文家以文章位置自高一国者,今试观其所言,非尽弄虚调、搭空架者耶?虚不能存,空不能持,而文体亦略将变矣。近顷以来,西学输入,而文字界为之一变,其优劣未能卒定,而要比于以前,已趋翔实矣。虽然,事固有利害相因而至,而真赝亦互混而见者,则数年以来,一种习套文体之发生是也。开卷而望,斑驳麟炳,如荼如锦,及至卷卷[1],有不能举其主义条例之所在,而外按之世事,内叩之吾心,亦卒不因是文而有发明其阃奥、开拓其见解者。而徒多此一文,以煊赫新学界,固何取者耶?夫所恶乎八股文者,谓其无补于世界之事理故也;所恶乎八股文中之烂墨卷者,谓其竞胜斗巧于词调间而其去世界之事理愈远故也。若前云云之新文体,是改八股之体裁而仍用八股之技俩者也;换烂墨卷之腔调而仍具烂墨卷之体性者也。将率世人而徒翻弄新学辞藻上之皮毛,以为新学固如是,其害我国之学风亦已甚矣。或曰:文章者,美术品之一也,是一同[2]一言也,有言之而不足动听者,有言之而感人入深者,然则专工文字者,世岂可得而废耶?曰:是固然。夫文之至者,通天人,感鬼神,鼓舞一时之人心,而其故不能明言;转移千载之风气,而其力引与俱化。故夫各国之人无不有食文豪之福者,其崇拜一代之文豪也,亦与崇拜一代之英雄等,而其价值亦决不相下。是岂能以涂泽家之文例之耶?彼涂泽家之文自以为美,吾见其形骸具而意性亡,体格备

---

①卷卷:卷起卷子。　　②一同:全同。

而神理缺,实天下之不美耳,而岂能援美术以为之解也?或曰:文之肤冗①,害也,而过于质②,则又不足以尽事理。若周秦诸子,固古代之文体,以之为今文,未见其有当也。曰:是固然。夫文者,词不可不求其简,而事不可不求其详,思不可不求其密,理不可不求其赡③,声不可不求其和者也。以是相乘相除,而文不欲其繁,而文已必不能简。且夫简者,又非仅短少其词句之谓也,也言有条理与无条理,言能择当与不择当,而费词之与省词,其间盖霄壤矣。所谓繁简者,尤当注意于此者也。周秦诸子理精意足,其所长也;意絷而不能展,词奥而不能舒,此其所短也,今之所当酌用者也。或曰:文尚简矣,其势又易入于古奥,涩言棘句,费人索解,是害世之文也,何为其可?曰:是固然。夫句摹黄唐④,字错籀篆,千人不识,是字妖而文怪也。且夫文字者,所以代记号也,一般人所用之记号必一般人无不知之而后可,否则我知之矣,其如人不知何,亦一已而独寐寤歌可也,何必载于文以告世人为?是则伪古欺世,假艰深以文浅陋者勿论,即使其文淳庞,实有无惭于古之道,而奏商乐于周廷,用秦腊⑤于汉代,索徒侣而不得,非世之弃我,亦我之先不谅世焉。况乎使读之者未识篇章,先研字学,即竟其数行数句而其耗费之日力已与读数十百千万言者相等。夫所贵乎简者,亦谓于文字之一方简,即于岁月之一方长耳。若简文之与繁文,其所费之时日同,则将举何者以为简之价值耶?是不当入于吾所谓简之一例之内者也。夫至文者,天授也,非人力之所为也,吾固将起而谢不敏矣。若夫立一般之文则⑥而为世人所可共守者,则流入藻绘⑦,毋宁守清切精密之为无弊。何则?藻绘胜则其陈事理也益廓⑧,清切精密则易入事理之分际故也。夫故曰:文者所以为世造幸福之一物也,故欲定其价值之标准者,即以能与人以事理多而耗人之岁月少,以是为差。

中国近日之多数说及其处置之法⑨

⑩凡一国行事,将从一人之意见乎?抑从众人之意见乎?则必曰:从众人者为善矣。众人之中,持论不同,将从少数众人之意见乎?抑从多数众人之意见乎?则必曰:从多数众人者为善矣。是故以多数决事者与专制立正反对之地位,而世所视为公平之一标准也。

一团体者,集各个体而成立者也。析各个体而无一团体,则势微力弱,不足以竞存立于世焉,故必有团体者出也。然由此而集团法之难题生,其一用服从主义,张团体而缩个体,至其极也,各个体皆不得申其志望,达其愿欲,则个体与

①肤冗:平庸肤浅。　②质:朴实。　③赡:充足。　④黄唐:字雍甫,福州人。南宋刊刻家。于绍熙三年(1192)主持刊刻《礼记正义》70卷、《毛诗正义》40卷等。两书为经疏合一刊本,世称"黄唐本"。⑤秦腊:古代在农历十二月里合祭众神叫做腊,秦腊这里指秦代的祭礼。　⑥文则:文章的标准。⑦藻绘:指文辞过分藻饰。　⑧廓:空。　⑨原载于《新民丛报》第49号、51号。　⑩以下原载于《新民丛报》第49号(1904年6月28日)。

个体自解，而团体立溃。其一用自由主义，伸个体以制团体，至其极也，各个体皆欲尽申其志望，尽达其愿欲，则个体与个体相争，而团体且散。如前者所谓专制国之状态，而后者所谓无政府之状态也。夫团体必不可不立者也，于是而择集团之法，如前者，则数千年君主之专横，贵族之骄恣，下民之困苦颠连而无所告。物极则反，至十九、二十世纪之间，而专制之时局遂于是乎告终，已落之日，虽有有力者不能再返而悬之天势也，而遂不能不取后者之说。然欲个体与个体皆不受屈压而又不致冲突乎？则其道终不可能。无已，择其至当可从之理论，则决于多数之论出焉。夫所谓决于多数者，非谓其无一人之抑压焉，乙之议论有时屈于甲之议论，丁之势力有时扼于丙之势力，然而不得鸣其故而相抗者，少数与多数之不同故焉。夫以团体之少数而抑压于团体之多数，与以团体之多数而抑压于团体之少数，或且以团体之大多数而抑压于团体之一个数，此其受抑压之事同也，而试权其抑压之数而比较之，则见其多寡之大不同，而事之相反者出焉。夫团体不可以不立者也，而抑压之事又不能尽去，则以团体之多数与大多数，被抑压于团体之少数与一个数，一变而为团体之少数被抑压于团体之多数，此不能不谓世界之大有进化，而所谓多数之论遂由是而成立焉。

虽然，此不过集团决事可取用之方术而已，谓夫以少数从多数而不可，反是道也，则必以多数从少数，夫以多数从少数，毋宁以少数从多数。此其理论，固无纤毫之可移易者，然谓一团体之决事以此为至当之理法可也，而谓一团体中多数之所在，即为公理之所在，正论之所在也，则大不可。天下固有百人之中九十九人以为然，而其道未必然；一人以为非，而其道未必非者矣。然则事之是非又属别一问题，而以多数决事者，当谓之以多数断可否，而非以多数定是非也。

既有是故，而此茫茫宙合，前有千古，后有万年之中，吾人于此或往往逢有极奇异之现象，无他，即所谓事之是者，有时或得团体中之少数，而所谓事之非者，有时或得团体中之多数是也。是固不待远证矣，试以中国之近事论之。主维新变法者，其道是；不主维新变法者，其道非。然而今日之中国，维新变法之说之所以不行者，其故何由哉？或曰：是专制之故也。凡使吾人之言不得申，志不得达者，皆专制之制度使然。废专制，用民权，而中国立维新，立变法。

是言也，其然乎哉？不然乎哉？则试假为是议曰：今者中国之事还问之于中国之人，而以多数决可，吾恐前之用专制者，固不维新不变法，后之用民权者，亦不维新不变法。且用专制而不维新不变法也，主维新变法者犹得张大其辞曰：吾道固是也，莫谓国无人，吾谋适不用耳。故其遭遇虽乖，而其位置固其高也；其境地虽穷，而其志气固甚王也。若以全国之多数决可，而亦以不维新不变法宣告，吾徒志士仁人，主维新变法之徒皆将箝其口，闭其气，自愤而死已耳。何也？以多数决可，而所谓维新变法者被摈斥焉，则固无复有可云云者矣。使新党而欲以维新变法，用民权以多数决可乎？吾泪潮汗雨，濡肌浃颜，诚惶诚恐，而终决其必败。

则试言之。今夫毒士子者，莫甚于八股考试，然试集士子而与之协议曰：今日之事，为废八股，罢考试。兹有众，赞成者其投白珠，反对者其投黑珠。吾恐终会而后，启匣以视，而白珠得其少数，黑珠得其多数矣。又若毒女子者，莫甚于缠足，然试集女子而与之协商曰：今日之事，禁弓足，放天足。兹有众，赞成者其投白珠，反对者其投黑珠。吾恐终会而后，启匣以视，又白珠得其少数，黑珠得其多数矣。更若毒民生者，莫甚于鸦片，然试集食鸦片之人而与之协商曰：今日之事，戒鸦片，禁食禁种禁买。兹有众，赞成者其投白珠，反对者其投黑珠。吾恐终会而后，启匣以视，又白珠得其少数，黑珠得其多数矣。夫据事理论之，天下惟身受其害者，其恶夫害也必至，而其欲去夫害也必切。果如是也，则欲废八股、罢考试者，宜莫如士子；欲禁弓足、放天足者，宜莫如女子；欲戒鸦片、禁食禁种禁买者，宜莫如食鸦片之人。然而证诸事实，其最不肯废八股、罢考试者，非他人，即士子也；最不肯禁弓足、放天足者，非他人，即女子也；最不肯戒鸦片、禁食禁种禁买者，非他人，即食鸦片者也。甚矣众生之颠倒也！薰染溺惑，认贼为子，执迷为真。彼犬之食粪也，人所视为至臭之物，而在犬其必不以为臭而以为香者，殆同此一理也。

此欲说明其理，固亦非甚难之事，一则为失其凭藉，一则为异其习惯故也。夫困于八股之士子，羸于缠足之女人，从一方面观之，消耗其精神而付于无用之地，夭阏[①]其血气而斫其自然之天，谓天下之至愚而可怜者，事无过于此焉可也。然从一方面观之，彼八股者，非恃其有抡元夺魁之秘诀以博世之富贵非乎？彼缠足者，非恃其纤削如春笋，棱利如秋菱，以邀世之荣宠非乎？夫人莫不欲恃其所能而矜其所长。何则？能与长人之所以入世而占优胜之具也，一旦去其所能，夺其所长，而使之处于无所能、无所长之地，如是则于彼大不利，是故彼之欲庇护是、欲保全是者，无他，彼所赖以生存者在此，势不得而不庇护、不得而不保全也。是所谓凭藉也。若夫一事也，习而久之，则其为之也易，而其知之也熟，自非旷世天挺之才，鲜有不乐为因袭而乐为创辟者，盖舍难而就易，惧独而从众，又人情之常而不能强者也。八股之与缠足，亦犹是也，是所谓习惯也。若夫食鸦片者，虽习惯居多，似无所谓凭藉，虽然，彼之食鸦片也必有其故，或藉以补足其精力，或藉以消遣其岁月。然一物也，食之既久，则物性之作用与其生理之吸收即相合焉而有密切之关系。试以食植物与食动物之物易其品而食之，两皆不食而足以致饿毙。非特此也，乡人习藜藿，达官饱粱肉，一旦互易而尽变其素习，亦足以蹙[②]其寿命。（卫生家言昔有某者生长山林，多食果物，寿至百数十岁，国王闻而召之，赐之粱肉，不久遂死。）故夫苦力之人日得数钱，而必求一吸此臭味以为快，其计岂不甚拙，然而彼实有所不能已者在也。何也？彼已不啻以食米饮水存活之生命，改而为嘘吸鸦片存活之生命故也。故夫一灯荧然，芬菲袭人，非独其习

---

①夭阏：阻拦，阻挡。　　②蹙：缩。

惯之所不能改,而亦彼之生命实有不能不凭藉乎此者在。凡此皆八股、缠足、鸦片之所以不能拔去之原因也。夫人之心,其计是非也,每不如其计利害。以是非论天下事,诚数言可决耳,而一以利害入乎其间,则纷纭错杂,而种种变幻之象各从其方面而生,至于终,遂无所谓是非,而悉从各人所计算之利害上以为是非,而黑白且因而倒置焉。夫八股、缠足、鸦片,其是非岂不皎皎然易理也哉?然一涉夫利害,而其根本之轇轕[①],纠结至于若此。而其说且未易期其行也,吾以为岂独八股,天下事之类于八股者何限?岂独缠足,天下事之类于缠足者何限?岂独鸦片,天下事之类于鸦片者又何限?方一堂演说,指地画天,以为国家由此即可治平耳,及至世态如云,诡奇万变,则又咨嗟太息,以为事之真不易为而理之殆不可解。而试一为细审之,则见事之梗塞,无不有其所以梗塞之由;说之摈弃,又无不有其所以摈弃之故。夫所谓维新变法,固不仅此八股、缠足、鸦片而已也,然以为其例,则无一不可作八股、缠足、鸦片观也。

抑夫今之所欲维新变法者,沿江、沿海及寓居海外一部之人与在内外国学堂学生一部之人已耳,而欲全国之事决于全国之多数,则必并腹地边省、穷乡僻壤之人合计之而后可。而以中国号称四百兆人,若夫沿江、沿海及寓居海外与夫内外国学堂之学生,除其顽固不化及宗旨两可者外,其足称为开通而热心欲维新变法者,计其人数,殆不过数千而已;从而增之,不过数万而已;又从而增之,不过数十万而已。即至乎其极而言,不过数百万而已,而此则已非其实。然即以数百万论,而以投之于四百兆之中,其孰为多数耶?孰为少数耶?且夫所谓多数者以至大公而言,势必令人人有决议之权,而以我国下等社会中人蚩蚩文盲,地球方圆之不知,朝代古今之不识,是岂足与计事者耶?或曰:以多数决可者,固不能不定何等之界限。然无论所定之界限若何,而所谓红顶花翎、肥酒大肉、高声喝来、低气诺是之官,固不能不与乎其中者也;又则若宽袍大袖、敲火刀火石、衔长竹旱烟筒、庋[②]一部高头讲章[③]为宝典、捧数篇试草砵卷为鸿文之士,又不能不多少与乎其中者也;又则若徼幸射利大腹之贾与夫铢积寸累、视钱若命之富室,又不能不多少与乎其中者也。夫吾固不敢谓我国之若官、若士、若商,其中非无一二天资杰出之才,怀高明之识,抱远大之谋,然其大体,则固阘茸[④]龌龊,卑无足论。而曰决以多数,则此一二景星庆云、凤毛麟角之士,已情孤援薄而不能不退处于无权。是故不言多数则已,言多数则今日中国之欲维新变法者实不过泰山之一垤,沧海之一溜已耳,乌能与之比高絜大[⑤]而匹其势力者哉?

故夫一国之中,至于兵败地削,损威失权,强邻压境,危亡无日,未有不激其

①轇轕:纵横交错。　　②庋:保存。　　③高头讲章:经书正文上端留有较宽空白,刊印讲解文字,这些文字称为"高头讲章"。后来泛指这类格式的经书。　　④阘茸:指人品卑劣或者庸碌无能。
⑤絜大:比较大小。

一国之内动力,而所谓维新变法之说即因之而起。夫中国虽素无民权,未闻用多数决可之例,而清议舆论亦自有转移国政之力,而其事累不绝于史书。然以观近世之事,则与外人交战也,辛丑丧师而国内晏然,庚申丧师而国内晏然,甲申丧师而国内晏然,至于甲午丧师、庚子丧师,灭亡之事近悬眉睫,方焚之幕,濒覆之舟,苟具人类智识以上,无有不虑其危险者,然而政府若醒若睡而昏然于上,社会亦以嬉以游而安然于下。设今日而无外患之来,则国内之熙洽实胜于康熙、乾隆之朝,而目为至太平之世可也。如是故一二有识之士痛哭叫号,朝廷既目为不逞之徒[1],而社会亦远为不祥之物。而所谓黑暗之政府者,但使谄事外人,无多诛求,则对于国内,虽山志士之尸,海新党之血,而因袭秕政[2],敷衍陋法,匕鬯[3]万年仍可不震。岂真其专制之压力若是其强且大,而人固无如何哉?非也,非也!夫全国之欲维新变法者固居于少数,而全国之不欲维新变法者固居其多数也。少数不敌多数,故是以上下相安,能久而无事也。

故可证以近数年内之事实矣。庚子之役,其原因与戊戌相联贯,可谓轩然一大动力,而发生自下者也。然试按此发动力之性质,其为维新之回复力乎?抑为守旧之增上力乎?盖实非前者而属后者。然则多数之保旧而排新、恶变法而喜不变法者,于事迹固莫能遁矣。至于庚子而后,守旧之力以达乎其极而缩。夫守旧之力缩,则维新之力伸,如钟摆然,左右推移,此动势之必然者。然而庚子以后至今五年,岁月不为不久矣,事变不为不多矣,而维新变法之事直杳若春烟,淡如秋云,愈进而愈不可得而见其实,此则亦必有其故矣。其故非他,全国之欲维新变法者固居其少数,而全国之不欲维新变法者固居其多数也。少数不敌多数,故是以若是其乏动力也。

虽然,吾人欲验多数法,易一题而试之,而可得一奇异之象焉。今假集合全国之人而询之曰:有欲中国之兴盛者乎?有欲中国之人智而多能、富于学问、体质发育、无疾病孱弱者乎?欲是者其投白珠,不欲是者其投黑珠。自非病狂失心之外,无有不欲是者,即无有投一黑珠者。然而欲废八股、禁缠足、戒鸦片者,非有他也,即欲中国之兴盛,中国之人智而多能,富于学问、体质发育、以无疾病孱弱者也,而以前题试之,失其多数,以今题试之,得其多数。是非民之蚩蚩,虑短智浅,行事矛盾,所谓知二五而不知一十者耶?所谓予以朝四暮三则喜,予以朝三暮四则怒者耶?所谓可与乐成、难与谋始者耶?而吾谓凡维新变法之事试割裂其始终前后而演述于愚民之前,无一不发见其有奇异之象者。君子、知夫、一般之民,其见识固如是也,故必筹所以处置之道矣。

[4]是故有持造舆论之说者谓中国之所以不能维新、不能变法者,既由于多数之在彼而不在我,若是亦惟转移其多数之一关键而已。今夫闻维新变法而不以

---

[1]不逞之徒:因心怀不满而闹事捣乱的人。　　[2]秕政:指不良的政治措施。　　[3]匕鬯:宗庙祭祀。　　[4]以下原载于《新民丛报》第51号(1904年7月13日)。

为然者,必其山栖谷隐、浅见寡闻、暗于时事而盲于外情者也,否则拘墟于俗学、锢蔽于旧习而无开朗之智、洞达之思者也。使开通其识见焉,则其心思议论必为之一变,尤进焉而尤变,而常随其识见程度之差以为差。夫如是,则昔之诅维新、扑变法者,安知其不为维新之勇士、变法之死党也?否即志薄气弱而心知其理,其亦居于唱和之列而不居于抗拒之列,固可知也。而昔之多数在彼,后之多数在我。夫使多数在我,是则无论逢若何之压制,遇若何之阻塞,而其势终不可得而挫。然则维新之期不能望,得维新之多数而维新犹有望;变法之事不易成,得变法之多数而变法乃可成矣。

斯言也,其理固无以易之者也。然于是而有难之者起焉,曰:论天下事不惟贵其理之当而已,尤必合于时势而度于情事焉。而所谓救时之名论、医国之圣手者,其所争惟在于缓急先后之间,审其宜而从事,而后能奏绩焉。今夫欲转移中国之多数而倾于维新变法之一方,则必使智识之普及于全国,教育之普及于全国,学问之普及于全国而后可,即不然,亦必使智识、教育、学问能及全国人之多数而后可。然而从一方以观,而算举中国全国之人智识、教育、学问之能普及与虽不能普及而能及其多数,其所需之岁月若干;又从一方以观,而算列国在中国所加增之势力,所扩张之权利,至于势力确定,权利坚固,虽欲脱其羁辖而不能,其所需之岁月若干。两者之间,若走并行线而夺标然,一有步武①之差,而胜负遂定。然此犹据机会之凑合、事势之顺利而言之也,若夫下欲进而上则尼之,下欲申而上则轭之,以孤臣孽子,穷士劳人,洒热血,张空拳,以与政府雷霆万钧之力相斗,为其所荡除而扑灭者几何?即不为其所荡除扑灭,而其力因而减杀者又几何?且也一国人民之程度与一国地理之位置皆与进化有关系之理,而欲谋全国之开通者,以读书之难、识字之寡,因而受其困难者几何?山谷之险,道里之远,因而蒙其阻塞者又几何?夫今日至难之问题曰救中国之亡,而其所以救亡者,非曰能救不能救,而曰及救不及救。然则计之不能拯急难而事之不能解危迫者,虽持论正大,析义周帀,而欲救亡救亡②,或不免失之迂远,而非适当之言耳。

是言也,其义可谓进矣。夫天地间万物皆于时间有莫大之关系,而于事之危急者,其所争尤在于一刹那之间。例若救焚,不敢不趋,以其过若干时而灰烬,虽欲救之而无所用也。例若拯溺,不能不濡,以其过若干时而淹没,虽欲拯之而无可为也。今夫中国之当维新变法者,其最朔姑不必言,降而论之,道光辛丑之役之后,当其时矣,过此则晚矣;又降而论之,咸丰庚申之役之后,当其时矣,过此则晚矣;又降而论之,光绪甲申之役之后,当其时矣,过此则晚矣。至于甲午之役之后,则国威已削,国本已亏,虽欲维新变法,而其势已不易挽,而况乎其维新变法之尚不成也。又至于庚子之役之后,丧败而重以丧败,摧折又加以

---

①步武:指距离很近。古以六尺为步,半步为武。　②救亡救亡:疑衍一"救亡"。

摧折，力屈气尽，虽欲维新变法，而其功殆不可几，而况乎其维新变法之犹不成也。然而一二志士，其心尚翘翘而不死者，犹视其亲戚之将命终，苟呼吸尚存，尚欲一试其治术而冀收其效。而为医者施此最后之治疗，其方术亦必有异于平时，而后可期其事于万一。何也？缓急之时，固不同也。夫以今日列强之加压迫于中国，吾辈一谈笑、一食息之间，而其长进已不知若干，而风云兴灭，事变又多起于不可测，大抵一事变之发生，则受其冲激者，其归结之张本^①往往多因此而定，如美西战争，而菲律宾之一局从兹而揭晓；日俄战争，而高丽之一局又从兹而揭晓。吾安知吾今日尚欲救国救国，而日俄之战争终，中国之一局亦从兹而揭晓？即或于此一事变幸而获免，转瞬而遇他之一事变，而亦终见大局之揭晓也。夫至告揭晓之一日，则英雄无用武之地，贤哲徒赍志^②以去。而当此将近揭晓而尚未见揭晓，又知其不久而必揭晓，其能容吾之舒徐其衣冠、从容其步武、揖让而商救劫之策、欠伸而谈御变之略耶？恐筹画未展而戎马已来，言论犹温而河山易主。然则即取激烈之义而欲得其当而一试之，尚未必有其效，况其为缓远之计也。夫如日本之维新变法而得告成功者，亦幸而在距今数十年以前，欧洲势力之范围尚未大定于东洋耳。设也日本亦迟至今日而言维新变法，其能收完全独立自强勃兴之效，固未敢必也。然则以今日尚未维新变法之中国，而曰吾将从事于智识之普及于全国，教育之普及于全国，学问之普及于全国，俟夫一国之人倾于维新变法之多数，则虽欲不维新变法而不可得，而后可期有维新变法之一日焉，其言固未尝不当理也，而去夫俟河之清之论，有几何耶？

抑论者固有言矣，曰：凡一国社会之程度与一国地理之位置，皆与进化有关系之理。而社会间为进化之传达线者，尤莫先于文字。夫中国之文字，固所谓烦重而难认记者也，今纵无确凿之统计，百人之中其能识字读书者有若干人，而以大概推断，能识字之人与不识字之人从未知其孰多，而能识字以上能读书通其意理之人，必少于不能读书之人。故开通者莫如报，而中国之日报、旬报、月报，其数不过数十，销数之最多者殆无过万，此以拟夫欧美各国与夫日本，其报界之广狭，何其相去若是远耶！虽曰其故或由于风气之未开，而全国之能读书之人殆居社会之少数者，此亦其一征也。至以地理言之，腹地面积多于江海流域之面积，而一入内地，则道路之崄恶、舟车之粗苯、旅馆邮递种种交通机关之不备，其足阻塞文化而令开通之无所致其力者何限。则试立一比例于此，以吾人开通内地之速率与外人扩张其商权、教权、铁路、航路、矿山等之权于内地之速率，两者并行于一线以算其比例差，吾恐吾人开通之力未至，而外人扩张其商权、教权、铁路、航路、矿山等之权已先吾而至。不仅此也，恐吾人之所谓开通者，直附随其踪迹于外人扩张其商权、教权、铁路、航路、矿山等之权之后，是则即能开通其人民，而一丘一壑、一沙一土已有主人翁之分定。然则欲得多数维

---

①张本：为事态的发展预先做的安排。　②赍志：怀抱着志愿。

新变法之人,其事之难可知,即幸而得见多数之一日,而或无救于亡国,其事又不可不知也。

由是而言,欲救亡国,当何道之从耶?曰:在一二英雄豪杰得有政治之权而已。英雄豪杰得有政治之权,焕然而日月新,訇然而雷霆鸣,以震荡一世之精神改易万众之视听,贤者以有可图效而自奋于前,愚者亦有所鼓舞而乐从于后。夫事之兴衰成败但观其气象间而固有异者焉,此其兆虽颛愚亦或有所知,而其理虽圣智亦且不能道。要之有好气象,必由于有真精神,而有真精神,必由于数辈之为主动力者运用而贯输之。而试观中国今日之政府,其前途能奏维新变法之功与否?正不待卓识高见之论断焉,但望之于气象之间,而若明若昧,乍阴乍阳,以为醒而实睡,以为睡而似醒,以为死而似生,以为生而疑死,此一种沉闷抑塞、奄奄昏昏、不能名状、无可譬喻之气象一还询之吾国之人而谓维新变法之事其能成耶?不能成耶?夫以此处太平之时犹足以致丧亡,以此当危急之秋而冀其能解救,其亦梦矣!则直不难直断之曰无望。不难直断之曰无望,则亦不难直断之曰亡国。

而于此别出一途者,即所谓开通社会,求其多数,而后从而望有维新变法之一日是也。夫振衣者必挈其领,张网者必揭其纲,凡处大危挽大难,必先审其枢要之所在而握之,而后其事乃克举。夫非不知开通社会致力于人心风俗之为根本之计也,然而泛而举之曰社会,其体积大,其事端繁,非变化其一二区之方面,举行其一二端之事实,而遂谓于大局能挽回也,尤非数人、数十人、数百人、数千人而遂谓于所在能分布也,故其岁月不能不宽假以数十年,或数百年。而以一人开通十人,或以一人开通百人,则开通者与被开通者,其间尤不能不有人数之比例。若夫操政治之柄,不然①,权有集中之所,事有握要之点,一动而无不动,故地不问远近,人不问多寡,无不同遵此规辙,虽欲参差而有所不能,国之所以必赖有政府之机关者盖为此。夫今日之事,吾辈所当认定之目的曰救国家之亡。救国家之亡,吾辈所当决定之方案曰有急进主义,无渐进主义。何则?势之所迫,时之所限,而不能不如是也。论全局而不当论其一方之情、数端之事。何则?总不可以偏举,大不可以小运。合全国英锐精华,据要中之地以运转其周旁,而不可枝枝而为之,节节而图之。何则?散漫平钝而终不能收其效也。夫如是也,故其归结,不能不出于政治之一途。

论事者无愈于实征,实征而数年来之状态略可言矣。夫此数年以前,我中国之时局非所谓政治无动机而人仅能从社会以挑拨其动机者乎?吾不敢知曰。今之号为新党者,类皆放言而无责任,方登坛席吐金玉,虽汤火在前,刀锯在后,誓不达其目的而不已,至于事过境迁,则优游送日,不复再省其前言之云何。然亦岂无抱盛气,秉坚志,以自投于此横流滔滔之中?而一挫折焉,再挫折焉,或

---

① 不然:疑衍。

其事前若其顺而后忽逆，初若可成而终又败，卒至力惫气尽，陷于潦倒困难，颓唐委靡，或且因是而灰其心思，改其志节焉，此非今日新党一大多数之写影哉？设也数年以来，适与政治变动之时机相会合焉，则尔①云气、抟②风圈，不为鼠而为虎者，岂少其人？又何至累累焉群相委弃于泥涂之中而概一无所设施，一无所表见，以一群中智识稍高之人反而投之一群之中，而其影响乃若是其微哉？则试立一比例，其一为数年以来政治变动而中国进化之程若何，其一为数年以来政治不变动，以新党开通社会而中国进化之程若何，其间大小迟速之差数，殆不可算，而其结题，政治变动，其效大而速，而或可以救亡；政治不变动而但恃在下者开通社会之力，其效小而迟，而不能藉以救亡，了了然若睹火矣。使常如今日之情形而再历数年焉，即再历数十年焉，其无聊固犹是耳。而敢曰自今以往，虽政治不动而社会之大势动，已能迫政治而使之不能不动，则依数年来经过之事例以断，而其言殆有所不能信。夫以积渐之势，日日摩荡③而鼓励之，则风气之开通，乙年自必胜于甲年，而丙年又必胜于乙年，夫岂无铢黍之效之可算焉？然以此极些微、极缓漫④之进步，而遂谓能救国家之危亡焉，则未免盲于时势之论也。

　　吾非不知古来伟大之人物，若大宗教家、大学问家、大思想家、大文章家、大发明家、大技术家，其为社会开莫大之文化，增莫大之福祉者，其功德或远过千百倍于政治家。虽然，渴热之人或求水而不求粱肉，非不知粱肉之贵于水也，可以救渴者，在水故也。夫今兹之中国，谋国家之存立为先，而图社会之改良为后。盖从其本而言，凡所以致今日之腐败积弱者，其原因皆在人心风俗之间，而政治不过其一部分之事，然从其用而言，则政治革新而后及于人心风俗，其势顺；人心风俗改新而后及于政治，其机逆。故斯时所馨香祷祝之英雄，在能免吾辈为亡国之奴隶、异种之牛马耳，否则即有配天地并日月之圣人，其能转吾国之亡而为存，败而为兴者，恐未易副吾人之愿望焉。是非无征也，夫如耶稣，非古今来之所谓圣人者哉？然方耶稣之生也，犹太已亡于罗马人之手，而犹太人至今仍不免为亡国之民，是则犹太之有耶稣，于犹太之国家果何涉也？此在耶稣，岂不曰吾为世界，吾为人类，而非为区区犹太之一国家，其理正大而无以相难。虽然，吾人今日所求之人物，其界限不能是之宽，在能急速，使国家之复活而已。若是，其在内国，君则古之黄帝汤武，降而汉之高祖，唐之太宗，明之太祖；臣则古之稷、契、皋、益、伊、吕、周、召，降而管仲、子产、诸葛武侯等若而⑤人，是冀其乘时而出于今时者也。其在世界，古之摩西、亚历山大、该撒、穆罕默特，今之拿破仑、华盛顿、彼得等若而人，是又期其应运而产于我国者也。夫非谓古今来所有之人才无过于是数人，抑福吾国之人才除是数人之外，亦不必再有所加焉。慰吾人当前之饥渴，他务未遑，而先使得免国家覆亡之祸，是则若是数人者，可

---

①尔：昵近。　②抟：凭借。　③摩荡：摩擦振荡。　④漫：当为"慢"。　⑤若而：若干。

贵焉尔。

吾闻今之论者有曰：国家虽欲维新变法，其如无人才何？是故养育人才而预备之，以为维新变法之用，是近日之急务也。是言也，殆若一见而有理者，虽然，使探其本原言之，凡人才之所以养成，其发动力盖出自政府者也。政府欲练兵，而练兵无人，则必求练兵之人才而急思养之矣；政府欲理财，而理财无人，则必求理财之人才而急思养之矣。推而至于一切举办新政无不皆然，但使当局者主义一定，则天下皆有以知其志意之所在而争自濯磨雕琢焉，以副其所求。有为上所直接而养成之之人才焉，又有为上所不直接而养成之之人才焉，然虽有为上所不直接而养成之人才，而其所以养成之故，则亦由鼓舞于国家兴动之机，而不妨仍谓国家养成之。虽其间可忧虑者，仓猝之间或未能悉如其所求，踌躇焉而可告满志，然或假以五年、假以十年，其成就之岁月即可翘足而待。反之而若无用才之意，则虽数十百年，而人才之寥落者如故。夫人才之道，以愈用而愈出者也，是故国家需才之地多，则人才之所以应其需者，其数亦多。今论者忧世之无才，其亦能信世果有才而上能进而用之耶？不然，吾国固乏才矣。何以稍具才识之人，群偃蹇于下？上不惟不拔而举之，且从而摈斥之，芟夷之，惟恐其不尽。然则无论吾国今日之果无人才也，即有人才，而亦委弃之沟壑已耳。其稍登录者，不过能枉道以自干进之数辈已耳。今论者不责上销闭人才之罪，而四顾而叹曰：噫！无人才，无人才！其亦不知人才所由来之本原矣。且夫惟无人才也，故有待于一二英雄豪杰以风气鼓动全国而振起一时之人心，以共成事业。盖自龙起云从、虎啸风生之后，而英雄豪杰之心固已苦矣，而其功之所以不可没，劳之所以不可及者，亦实在此于艰难创造之始。若已盈廷济济，各当其任，则又何待英雄豪杰之有？彼夫各国人才之所以辈出者，亦大都在国事大定之后，经若干年之裁成教育，否则即可谓于率作兴事之中渐次训练而甄陟[1]之，至于创业伊始，类不过贤豪数辈以为当世之先，未闻有待全局之人才大备而后从而下手者也。况论者其能保今后中国之人才必日盛一日，年盛一年，屈指岁月几何而谓整理庶务，各能适职乎？吾以为政治之闭塞如故，萎颓如故，即假以数十百年，而人才亦无振起之日。即于其间偶有成就之人才，而待之或违其道，用之或失其宜，卒亦至于摧散而零落耳。不观乎彼亡国之埃及、印度，谓当日或苦于无人才，虽欲维新变法而其事亦不能成，则岁月优游，至于今日，宜其人才之昌备矣，而何以寂寥犹如此也？吾以为日本今日人才之朋兴，亦当日维新变法之福阴耳，设当日无维新变法之事，或虽维新变法而其事不能成，则其人才亦末由[2]逢发生之机而遂不能至于畅茂，固可知也。使菲律宾创义而能成功，则今日之人才亦必有改观日新之象，惟其不成，则今后或不免长此萧条冷落而已。不先注察于中国政治之动机，而沾沾焉托于人才之不足为忧，宽以待在上之人

---

①甄陟：鉴定升迁。　　②末由：无由。

而严以责在下之人，以此造言，亦徒设辞以助政府而淆乱世听者也。

或曰：今日之中国，政治其无动机矣，已矣。亡国不亡国，盖不可必之事矣，夫开通社会，则固不以亡国不亡国论者也。且虽亡国而开通吾之社会，其事仍不可以已。何也？国亡而民智进，则犹足以存立于世；使国亡而民智复不足恃，则其受祸也盖惨矣。若是则今日之舍政治而不问，而专从事于下，宜其为之为得当也，则请答之曰：贤人君子，竭心血，疲筋力，以期造福于同胞之社会，此吾所尊之重之而颂祷之者也。虽然，其事之缓急要次，固有辨矣。譬之生子，人情之所望者在男，然或不得男而得女，则曰慰情聊胜于无，不以生女之故而生男之望遂因之而绝也。今之开通社会者，宜曰吾日夜所仰望者，国家政治之有动机而已，若政治无动机而徒尽吾辈所能尽之力而为之，其收效终微，夫吾固不以收效之微遂辍事以嬉而不为也。虽然，吾心固常歉焉而以为不足也。且也，吾囿于吾之能力，吾限于吾之境遇，而度吾之所能奉于吾同胞者只有此焉而已，而顾瞻当世，乃日焚香而祝曰：愿天早生圣人，以救吾国，不然，恐箕土之不足以塞溃，而杯水之不足以止焚也。况乎此区区开通云者，不过吾一身对于一群所应尽之义务，吾即欲谢此义务而于理固所不许也。夫如是也，可谓宏于识而美于德之君子矣。今日穷而在下之士，不能起风云而造时势，而姑竭其一己所能为之事以贡献于社会，其存心立言，不当如是耶？然而已足惭矣。何惭乎？惭乎吾之不足以解时势之难，慰万夫之望，而其功能仅限于是。夫是固不足以自喜矣，若悍然而立一帜曰：今日吾人正当之行为惟在开通社会，以为和平之补救，而毋躁进以涉政治之界。或遂与志在政治者相反对焉，则虽其人或真心笃志，以不负其所从事，而亦不免限于乡里善人之量，或直怵于祸害而惟撰安善之途以自立焉，则固有以知其非拨乱济变之才。而处于被发缨冠①之乱世，其人亦不足多②也已矣。

且也，今日之事必以亡国与不亡国为一大界限，若不立此一界限，则所谓忧伤者直无谓之忧伤，所谓痛哭者直无谓之痛哭耳。使万足一途，万目一的，而曰：今日者，我四百兆同胞，总不惜牺牲其身心性命，室家财产，而必以建立一国家为期。能副是志也则生，不能副是志也，则咸出于死之一途，而以白骨为山，碧血为海。夫使我国人人而果有此气概也，未见亡国之果不可救也。若曰：国之能不亡，固吾之所其愿，设也不得已而至亡国，则不可无所事以善于亡国之后者也。呜呼！吾以为此真亡国人之言也！岂不曰老成？岂不曰周至？岂不曰长虑而郤③顾、深思而远谋？然而人人皆作此想，人人皆存是心，则其国未有不亡者也。此无聊解遣之语，吾但觉触于耳，不禁掩面疾走，期期④而不欲闻者也。无以名之，名之曰：此真亡国之言焉耳！充其效用，不过能使将来下等之奴隶变

---

①被发缨冠：来不及将头发束好，来不及将帽带系上。　　②多：赞美。　　③郤：当为"却"。
④期期：口吃。这里指难听。

为中等之奴隶,中等之奴隶变为上等之奴隶,而其贪生惜死,乏廉耻,寡气节,已为天地间铸造一种卑薄之人民,而低人类之价值者也。且果如此,吾请进一杯而贺曰:君无为子孙忧,吾种人数千年来所历练之特技,无他,无论何种为君,何种为王,而能处于其治下以保其身命而延其嗣姓。若是,则今日且何有急难?且何有危机?日月仍清明,天地仍泰宁,朝廷仍太平,吾辈仍优游耳。忧者疾而已矣,哭者狂而已矣。鸣呼!今日维新变法末流之变态,而新党之所为乃至为他人不知谁何之国家造有用之仆隶,而为吾种苟且偷生之儿孙作未来之牛马也,则吾毋宁不爱国,不爱种,而言世界主义,言人类主义。吾毋宁收感事之涕泪,息忧时之精神,恝①人伦而但求超人伦之学,谢世间而独行出世间之事,否则毋若怡林泉、耽风月,吾宁取厌世主义以自乐,否则浊世其终不可居,流俗其终不可语,吾宁自杀。

然则今日之事言不问其高下,理不究其短长,而其惟一之主脑②,曰:我之人民不为他人所管属,我之山川不为他人所弹压,无他,先立有国家而已。欲立国家而审其下手之方,他事皆无及也,一二英雄豪杰得主政治之权而已。有此一日也则存,无此一日也则亡,是必然之理,可两言而决者。(未完)

俄皇尼古剌士二世③

④日俄开战,俄皇尼古剌士二世果为若何之人物乎?此世人之皆所欲知也。俄为绝对君主之国,视柴⑤犹神,和战大权皆操于俄柴之手,即命将遣师,调度节制,财政之筹画,外交之运动,亦皆以柴俄为总枢纽,而后诸臣方得依其所向之方针而从事焉。虽曰今俄柴尼古剌士二世实大权旁落之君主,被动而非主动,为他人之傀儡,故俄国所行之事或非俄皇所欲行之事,而俄皇所欲行之事或终掣府⑥而不能见之实行焉,虽然,尼古剌士二世固实居俄柴之地位者也。使尼古剌士二世而为巽懦⑦无能之人物者,则无论处逆势而逢压境,固不能有所作为于其间,即大权可以独揽而亦必有人焉起而挽夺之,否则或有人焉从而暗持之,祭则寡人,政在某氏,此古来庸主不期而同出于一途者。若尼古剌士二世实一雄伟有为之人,则抑抉之下崛起不难,而群阴环绕无非为显著其才能之用。此其事例无待远征,即彼先朝之彼得大帝固犹是由压迫而起者也,而况尼古剌士二世其处境固远胜于彼得大帝者乎?且也日俄一战,或胜或败固皆予俄皇尼古剌士二世得崭伸其头角之好机会。是则欲观测俄国之前途,不能不先谙悉俄皇尼古剌士二世之为人,并译日本《国民新闻》所译《隔周评论·俄国皇帝之性格》一

---

①恝:无动于衷。　　②主脑:主要的、起决定作用的部分。　　③原载于《新民丛报》第53号、54号、55号、56号。　　④以下原载于《新民丛报》第53号(1904年9月24日)。　　⑤柴:现译为"沙",来自拉丁语中凯撒(Caesar)的转译音,就是"大皇帝"的意思。中世纪的俄罗斯,沙皇这个称号指最高统治者。　　⑥掣府:疑当为"掣肘",拉住胳膊,比喻阻挠别人做事。　　⑦巽懦:卑顺;怯懦。

篇而加论列于其后,固我国留心俄事之所欲闻者。呜呼!尼古剌士二世之一生,其将为彼得乎?抑将不免为波罗乎?固不仅俄皇尼古剌士二世一人之吉凶,而亦关系俄国全体之盛衰焉,其于全地球时局之影响岂微也哉!先述译文如下:

欧洲各国君主之中,无有如俄国皇帝为人之不可知者。非难者以彼为为善为恶皆无能力,为妇人之势力所制御,溺爱皇后,忧郁性之君主也;赏赞者以彼为反对武力主义而重人道主义,大有可望之人物也。而以事实考之,如日俄交涉,即显示其无能力之实状,而非难者所引以为证者也;如经营西伯利亚大铁道,发企海牙仲裁裁判,又足表明其识见之所在,而赏赞者所引以为证者也。此二派之意见果为孰得正鹄①乎?实一不易定之问题。虽然,凡大人物,其先世之遗传与其周围之境遇皆大有影响于其性格,故欲分析批评大人物之性格者,不可不研究其遗传与境遇。今欲考知俄皇之为人,盖亦不能不用此法则也。

罗摩诺甫家统之历史,实恐怖之历史也。尼古剌士二世之祖先堆积于悲欢惶恐之中,而尼古剌士二世禀承其遗传性,其受有健全之判断力与受有快活之精神乎?宁谓其受有阴郁性与受有绝望观念之性格之为多也。

试即俄国皇帝祖先之历史而略述之。夫今俄皇之父先帝亚历山大三世者,抱一神托者②之腕而崩,其迷信之深,纯然若中世时代之人,彼即仰面而眺见一片浮云之蔽太阳,即以为有不祥之事,跪而祈神明之瞑助。而其迷信之所以若是其深者,又本于其哲学教师坡鳖那士德夫之大有力焉。(《新民丛报》贰拾贰号有梅特涅与坡鳖那士德夫两肖像,兹于篇末附传其人。)

今俄皇之祖父亚历山大二世者,驱马车于街上而遭虚无党之暗杀,糜血肉于爆裂弹药以崩。其曾祖父尼古剌士一世,世所传为苦里米亚之役为英法军所败,愤恨而自杀,而其疾病与崩御,实潜一大秘密,今尚不能知其真。皇帝波罗者,一八〇一年被暗杀。其母皇格特林二世③,一手腕非凡之人物,而于俄国有赫赫之事功者也,若不在帝位者,一品位下劣之妇人,而当与罪犯者同科,从此人之遗传而欲其有健全之资性,固非所望也。彼投其夫彼得三世于狱,人不知其崩御之故,历史家断为其所虐杀。尼安六世者,以在当立之地位幽闭囹圄十八年而亦终为其所虐杀。又格特林一世,其第一之夫,以格特林与彼得大帝结婚之日被杀。是实俄国皇帝家族之历史也,以如斯之残暴凶惨、腥血污染之历史,而欲于其子孙之性格上不受影响者,盖不可得。然则今俄皇之怀阴郁性者又何疑焉?

试进而观尼古剌士二世之境遇。夫以彼之精神,沉埋于其祖先所遗传暗澹

①正鹄:箭靶的中心。这里指意见正确。　②神托者:古希腊、波斯等地从事与神沟通,解释现象,占卜吉凶,预言未来之人。　③格特林二世:即叶卡捷琳娜二世(港澳台译:凯瑟琳二世),后世尊称其为叶卡捷琳娜大帝,是俄罗斯罗曼诺夫王朝第十二位沙皇,俄罗斯帝国第八位皇帝,也是俄罗斯历史上唯一一位被冠以“大帝”之名的女皇。

凶运之里,彼即位之大礼若得举行于光明之中,则遗传之暗影或亦可因此而渐消乎,不幸光明不来而阴影益加暗淡。不观一八九六年五月三十一日举行俄皇戴冠祝祭之时,于莫斯科郊外额金斯克之平原产一大凶事乎?当时以新帝之名赐人民以酒肴,于此平原建造几多之假小屋,而四十万之男女夜间群集于此,以互相挤踏,至死丧三千人。此一大凶事起,俄国人之迷信者遂以尼古拉二世为无福之君主,而其不举皇太子也,亦以为由额金斯克之冤魂为祟。此俄民一般之传说也。

曾得与俄皇交游之人,谓其人甚内气,殆无异于妇女之性格。夫以阴郁性之俄皇与活气踊跃之德意志皇,二帝之性情适对照而立于反对之地位,此曾见俄皇与德皇者所能道也。彼俄皇之于人生观,谓其有基督教国君主所抱持之希望也,不如谓其倾于东洋风之悲观者多。夫吾人亦未敢遽以彼为无气力之人物,彼以体格小,其声稳和如妇人,而其威严恰如英维多利亚女王之威严相似。彼与德皇会见之一事,为最能表明其威严者。当时两国皇帝各率其舰队而会见于波罗的海,其临别也,德国皇帝于其庄美之快走艇波亨左路伦号之船桥,致信号于俄皇曰:大西洋提督礼太平洋提督。其时俄皇颇立于困难之地位,若受德皇之礼辞,则无以对英国而受其非难,若不答又失礼于德皇。于是俄皇出一己之判断而覆以敬,告别之简短信号而德皇得一无意味之事以去。此简短信号喧传于世界之舰队,而大西洋提督于波罗的海上薄暗午后受见轻于俄国之事,盖永不能忘。

极东漫游,开发俄皇尼古刺士二世之思想为最大。彼以长途经西伯利亚而归俄京,而以平和主义奖励经济之发达,以开拓旷寞荒芜西伯利亚之大富源,此盖由此旋行而得长其识见者也。

尼古刺士二世皇帝者,其恐怖战争,故对于陆军社会颇不满人望,而此恐怖战争之心盖从皇太后之性质而来。皇太后其嫌忌以武力决国际纷争之事,虽以海陆军备为防护国家权利之所不可少,而热心于人道主义,故对战争而憎恶之意强。知皇太后之憎恶战争,而后知俄皇之憎恶战争,盖受其感化者也。(俄皇太后曾与先帝游丁抹国,访问军舰,听人说明大炮及水雷艇构造及使用之法,为之战慄。)

尼古刺士二世皇帝不好游技,不好户外之运动,而偏耽家室之乐,而尤满捧其爱心于皇后,夫妇间恋爱之语世人盖多知之,兹不烦述。其结婚盖在先帝亚历山大三世崩薨之后无几时而于大丧暗影之里举行者也,而结婚后于宫廷之间分皇太后、旧后之二党派。抑俄国之惯例,皇族妇人必皆以圣人之名命名,由是而皇太后旧名经古曼者改名马利,皇后旧名亚历克斯者又改名马利,而俄国宫中遂有二人之马利,二人之马利又各各有其党派,而宫禁中遂日演其姑媳斗争之悲剧也。

①尼古剌士二世皇帝结婚不久,而于宫中妇人吃烟问题之纷争起。当亚历山大三世之朝,今之皇太后者于宫廷内禁妇人之吃烟,而至现代之皇帝尚严守此习惯,无女官一人之吃烟,然至有势力之今皇后来也,不置此惯例于目中,而苦闲散之侍女许其吃烟。兹纷杂之大问题起,而皇太后之党派与皇后之党派遂各逞其轧轹②,至于今未熄。而其轧轹中最大之事柄,则以皇后之无皇太子也。

皇后不幸举皇女而无皇子,不以③有皇子之故而帝位继承之一大问题起。从罗摩诺甫家之惯例,今皇后若不举皇子,以顺序而弥加威尔太公当为皇帝。虽然,今皇帝或不肯从此惯例而以帝位传于其皇女,于是俄国宫廷于帝位继承之问题分二党派。而若皇帝必欲立皇女乎? 则俄国臣民肯默而从之而相安于无事者盖不能无疑,是固俄国将来一大纷扰之张本也。

尼古剌士二世皇帝于春秋多住额齐讷宫殿,夏时住海得尔霍甫及苦里米亚之林湖阿佳宫,于历山二世被暗杀之各宫,皇帝不好一日居,而亦不欲稍留也,在莫斯科好沛德罗夫斯克之小宫殿而留之。盖嫌仪式而乐质素以送生活者,固今皇帝之性格也。

尼古剌士二世皇帝于在额齐讷或在海得尔霍甫宫殿之时,以每日接见大臣一人,外务大臣之接见日定礼拜二,然兰摩斯度夫于有必要之事,屡屡谒见。又一周间以二日为一般之谒见日,于此日海陆军居重职之将校及召见之人许谒见。于一般谒见日,警戒森严,以防或有危险之事,而宫殿内探侦之严密又多出人之意外。然尚时有不及察之事,于昨年五月额齐讷宫之食堂,从柱时辰表中发见有爆裂弹之事是也。尼古剌士二世皇帝寄其生命于危险之中,而四周包围以疑惑阴郁之空气,虚无党人遍满于社会上下,而其人之为友为仇常苦不能判明,故皇帝几在无人不疑之境,以是之故而真爱之情益惟集于皇后之一身。若皇后者,固为此暗澹之皇帝辉其生命惟一之明星也。

尼古剌士二世皇帝当在海得尔霍甫宫之时,从圣彼得送来之政务常为接见臣下致无阅览之时,狡猾之诸大臣又欲使皇帝无暇注意于俄国政策之大问题而常以细故末节之政务苦之,入夜于灯火之下,机上堆积之书类如山,而皇帝遂为此检阅之劳,疲于奔命而不暇给也。

尼古剌士二世皇帝者,悲哀疲劳不幸之君主也。以彼忠实于义务之故,终被困于不可尽之事,而虽有多少之手腕,为大臣与皇太后所制驭,于国政终不能如其意。夫以如彼要刚骨之地位,而出之以柔弱;要独立之性质,而出之以倚赖,故常不能发展其势力以驾驭他人,而常为有势力者之所驾驭,而又易为妇人之所得而驾驭,大占权柄于彼之上。彼者盖终生理虚亏之人也,神经衰弱之人也,意志怯薄之人也。

---

①以下原载于《新民丛报》第 54 号(1904 年 10 月 9 日)。　②轧轹:排挤倾轧。　③不以:疑当为"以不"。

右所论俄皇之性格,而以遗传与境遇为据,固大可想见俄皇之为人矣。抑予闻之轶事,俄皇希腊教中有约哈者,俄国人信之为神父。约哈本起自微贱,以为僧得奇术,能治人奇难之疾病,俄人咸信其法力,俄先帝亚历山大三世亦归依焉。约哈尝为先帝亚历山大三世祈病而大言病即治愈,既而其言不验,以是失宫中之信用。现帝尼古剌士二世颇为有新思想之人,故痛嫌约哈而远之。其后约哈于公众之前,喝一多年跛足之农妇,命之立起,农妇曰:"噫,神父,我不能立。"约哈更大声喝曰:"尔不知有使尔起立之命乎?速起立!"跛妇忽起,欣然步出。由是世间益以约哈为神,而约哈再得恢复其信用,以意思薄弱之俄皇尼古剌士二世闻此事亦信焉,而国之大事与帝一身之祸福多问于约哈而信用其说。由是言之,以头上眺一片黑云即以为有不祥之事之亚历山大三世之子今俄皇尼古剌士二世者,虽或嘘吸文明之空气,与其先帝多性质殊异之处,要不能尽脱其遗传之固有性,观于此迷信约哈之事而可见焉。抑美国一新闻之所载曰:罗摩诺甫之系统,达老年之人极少,亦无壮健之人。近若俄先帝亚历山大三世,以四十二岁死;皇子三人中,其一人以罹肺病死,现俄皇及皇弟皆属身体虚弱之人。然则俄皇前途虽不断其成败若之何如,而其弱于体而孱于志,固已具于其禀性矣。

一国之帝王每与世界之帝王各以其才略互角雄雌于一世之中,而欲评论其价值,亦可以同生此时代、同立此地位之人以为参观互证之资。今世界之所称为雄才大略之主者,美国之大统领与德意志之皇帝是也。而英国皇帝爱德华多近时亦大崭露其头角,若定英法协商之局,欧洲之外交界特开一新局面,而实以英皇为中心之主动力,故今日欲观英国之政治,不当仅观其内阁,而尤当先知英皇之为人。论者谓今时帝国主义发展,故世界之威权又有渐归于君主之势,要亦同时诸帝王其才质殆皆属非凡,故能渐自张其势力故也。又若日本之明治天皇,伴近日日本国运之发达,亦著赫赫之休[1]称于全地球。以此数大国之帝王相提而衡量之,则若俄皇尼古剌士二世者,不能不次其席。即不然,而亦以数国之帝王为刚而俄皇为柔,数国之帝王为阳而俄皇为阴者,其言为稍当。夫以俄皇生于好战之国,彼其历代之君主无一非重武力主义之人,虽以亚历山大三世之庸,而读托尔斯泰伯所著之书,一日召伯而谓之曰:"朕甚服卿之言,惟其中有非战二三页者,卿其删除之!"以伯之为正直刚毅之人也,即答曰:"臣此书若删其一页者,宁烧其全部。且假使陛下脱龙衮之衣而为平民,其读臣之书而犹有不快于心,则请断臣之双腕以谢。惟陛下幸察之!"(托尔斯泰此书日本有译本,其书名《我宗教》。)然则历世、三世虽怯懦,而战争犹为其所不能废,惟今俄皇独以厌战著闻,此虽为今皇之一美德,然而若美国统领罗斯福生于素尚和平之美国,犹活用其孟鲁主义以恢张美国之国势,而罗斯福之为人,即所谓以奋斗为生活者,(罗斯

①休:美好,美善。

福所著之书,日本有译本,名曰《奋斗之生活》。)何其与俄皇之迥不相类也!抑俄皇虽名为不好战,然而满洲之事卒以不肯让步,致与日本以炮火相见,是则俄皇果有弭兵[1]之意与否世人尚未能遽信。即曰俄皇实不欲战,以受他人牵掣之故而战,是则俄皇怀抱一非战之主义而不能实行,即其人之无能已不啻自供而表著于世,而人果有以知俄皇才力之强弱矣。抑又闻之,德意志皇帝之每临演说坛也,振其滔滔不穷辩才无碍之舌而常有推倒一世之豪杰、开拓万古之心胸之概,而俄皇尼古剌士二世之临演说坛也,嚅嚅嗫嗫若不能出诸其口,或更苦于机绝而无辞以继续之,相对无言,而其事又不可以已,则大臣代起而为之演说,使不至有不终局之忧,而于平日之间亦多郁郁,寡言语。德皇之活泼与俄皇之幽闷,世所称为绝妙两对照之人物也。夫论人之法,专就一人而观,每不易定其贤否高下之标准,而一举相当之人以为比例,则品量之轩轾自呈,而余亦欲用是例以略揣俄皇之为人也。

　　[2]抑论俄皇之生质殆不免失之于柔弱者,观其所任用之嬖臣[3]而已可知矣。嬖臣者何?部沙富赖舍夫是也。夫日俄战争之局,以表面而论,实今之关东总督俨然若俄国极东之副王亚历斯夫者酿成之,然试一观俄国之内情,则亚历斯夫者实结托部沙富赖舍夫而仰其鼻息。彼关东总督统掌极东海陆军及外交之大权,谁付之乎?盖部沙富赖舍夫之力也。部沙富赖舍夫极东之主见,以日本国小必不敢战,而威吓已足以告成功,若万一战乎?以俄之海军一举而扑日本,而陆兵直掩满韩之野,此部沙富赖舍夫所自信为极东之炯见而以博诸太公之赏识及俄皇之信任者也。然大臣之中若域堤、兰摩斯度夫、格鲁图巴坚者多持极东速战之不利,而惟号称极东通之亚历斯夫,其所见独与部沙富赖舍夫合,以同心之故发为引力,部沙富赖舍夫遂力援亚历斯夫,予以大权,以为极东之事可一告成功于其手。然部沙富赖舍夫于极东抱若是之雄心者是果何为乎?彼岂真为俄国之国命,图得不冻之良港于东方而握东太平洋之伯权乎?非也,彼者出于一己营利之私心也。其为一己营利者何乎?则以其组有采伐森林、开掘矿产之会社于东方,以此一会社为尽吸取东方宝藏之计而为俄国诸太公及俄皇开一绝大之富源,故皇族皆欢迎此政策。而出多额之资本金,部沙富赖舍夫得此可成世界无敌之巨富,故满韩之土地不肯稍让分寸,而利用俄国之强大以得遂其一人富贵之愿者也。部沙富赖舍夫始为无赖之人,负债累累,为债主之所逼,其所经营之诸事业又多不成,计无可为,转入仕途,乘幸运以猾智结交宫廷,遂得一跃而升于天。方初扬名于俄国也,人多不知之,盖以其平日之潦倒,人多不置之意中久矣。于北清事变以后,部沙富赖舍夫受俄皇之内命巡视极东,搜索排击域堤之材料。盖操俄国数十年来莫大之权势者,域堤其首屈一指之人,部沙富

---

　　[1]弭兵:指平息战争,平息战乱。　　[2]以下原载于《新民丛报》第55号(1904年10月23日)。
[3]嬖臣:指受宠幸的近臣。

赖舍夫与军人社会联合，得信其言于俄皇，而域堤遂遭摈斥，内外军人由是多归心于部沙富赖舍夫，而致其尊敬焉。方极东事亟，俄国组织一绝[①]东委员会以处理东方之事，而部沙富赖舍夫即极东委员会之一人而任书记长官，极东之事实由其一人所操纵。而又为极东大总督府之行政条例制定委员长，监督起草，故其实权在亚历斯夫之上，常有不受皇帝之勅裁而直发命令于亚历斯夫，又竟有署用皇帝之名以发送文书者，即中国之所谓矫诏是也。夫使部沙富赖舍夫得操若是之大权，然而其始故眇然一小臣而初不得有分毫之势力者也，谁实以大权予之乎？彼俄国诸太公生长天家，智识大都浅陋，故易为部沙富赖舍夫之言所惑，若俄皇而果为天亶聪明之人，天下盖未有物不腐而虫能入之者也。抑综观俄皇之天性，实不能自立，而始终不能不倚恃于一人。不观乎彼之在青宫也，实大信坡鳖那士德夫之言，其后又一变而信域堤之言，至蛊惑于部沙富赖舍夫，又疏域堤而亲部沙富赖舍夫。俄皇者，固所谓羞怯一如妇人女子之状，彼奉其皇后之言为惟一之信条，而于臣工之中亦不能[②]偏倚一人。盖凡人之志气不强固者，易为其四周力之所同化，而小人遂得乘其间而入焉。夫以身为人君，不能主动而常为受动于人之人，则夫误用政策，至于招国家危亡之祸者，虽曰左右诸臣之罪乎，而其罪之本原实当归之于人君之一身。何也？彼固不当人君之任也。由此言之，然则若俄皇尼古刺士二世者，其为人固何如也？

抑夫以优柔无能之人而居君位，则宫廷之间往往党派分争而各以其君为傀儡，此衰亡之国家所例见。若清之满洲政府，其皇帝受制于西太后那拉氏之手，而帝党、后党分新旧而相搏击，数年来之事变，实谓帝后斗争之历史可也。夫以酖主弑后，乱国亡家，屠戮善类，涂炭生民，极淫尽奢，至凶穷恶，妺妲比而生惭[③]，雉黾方之蔑[④]矣，为东方历史中未曾有之恶魔那拉氏，其柄权窃势犹若是其隆隆者，虽曰此恶魔固有绝大之恶才乎，而亦清帝之孱弱有以致之也。又观朝鲜，以昏昏一物不知之韩帝拱居深宫，而其政界所闹斗[⑤]者，一为严嫔派；一为皇太子派，即闵派。属严嫔派者，若赵秉式、李容泰、金嘉镇、李夏荣、玄英运、权重奭、康洪大等；属闵派者，若闵泳焕、朴定阳、朴载纯、申泰休、闵炳奭、李道宰等。严派以严妃册立皇后为主题，而闵派反对之，盖皇太子无皇孙而严嫔有英亲王，若严嫔册为皇后，则其子可立为太子而为君，故皇太子派以阻障册立严嫔为主题。皇太子出自故闵后，而皇太子妃亦出闵家，皇太子妃以有手腕著称，敏捷伶俐，令人若见闵后之面影焉，故其势常足以敌严嫔。而韩帝为两派之所操纵，不能一断，欲立严嫔乎？尚未能忘评为世界美人闵后之余爱而有所不忍；欲不立严嫔乎？则严嫔固日侍其旁而有所不敢。于是左支右绌，任两派之轧轹而

---

①绝：当为"极"。　　②不能：当为"不能不"。　　③妺妲比而生惭：妲己只能当她的妹妹，与她相比而生惭愧之心。妲己，商纣王的妃子，相传依仗商纣王宠幸，干预政事，祸乱朝纲。　　④雉黾方之蔑：对小小的武则天更瞧不起。雉，通"稚"，幼稚、幼小。曌：武则天为自己名字造的字。　　⑤闹：争吵；争斗。

无可如何。李氏之末运与夫爱新觉罗氏之末运，其宫廷之间情事不同而其梦乱一也。而以观阴秘不可测之俄皇宫中，皇太后与皇后既分两党而相角逐，俄皇若居于齐楚两大之中。而皇室中又有怀篡窃之心而希冀非望者，则乌拉节弥尔太公与太公之妃是也。太公为先帝亚历山大三世之弟，而于今皇为叔父。当历山三世之病革也，召摩舍配克纳将军使备兵，而诏之曰：若乌拉节弥尔有异志者，即捕缚之，以保护今皇得即皇位。然历山三世与今皇帝皆不能褫夺乌拉节弥尔太公之军职，盖以太公甚得兵士之心，恐因而致变。太公部下常欲太公之摄政，若太公一旦得摄政者，必从而弑今俄皇而太公得以即位。今俄皇与皇后皆甚畏乌拉节弥尔太公而谨备之，于千九百年，今俄皇之患肠疾也，皇后严禁除特选之侍医三人及英国看护妇一人之外，一切不得入帝之病室。今与日本战败之后，乌拉节弥尔或得乘事变而图摄政，盖不可知。俄国宫廷之中其包藏之危险，固何如也？又何其与朝鲜与清国若相类似也。而试一观此数国之国运，朝鲜国奄奄一息，名存实亡，殆在不足齿数之列；清国之满洲政府，当途穷日暮，惟知偷安旦夕，内之不知变法，外之不能拒敌，烛尽钟鸣，终必有告覆亡之一日；俄固夙以强大自居，怀藏野心，侵略无已，今也与日本战，一败再败，暴露其无能，而旧日之威名为之隳[①]地而又将无以善其后。何数国宫廷间之祸患相似而其濒于危亡之气运又相似也？然而此数国者，皆属君主专制之政体，君主专制之国，其国之盛衰治乱关系人君之一身者至大，而若朝鲜之皇帝、清国之皇帝与夫俄国之皇帝，虽其人之智愚高下各有不同，而其所处之境遇相同，毋亦君人者其才智不足以靖乱源而有以自取之耶？试挈数国之事而合观之，然则若俄皇尼古剌士二世者，其为人固又何如也？

当二十世纪开幕而日俄一大战争之事出现，此战争而俄败乎，非特俄国之一国其局面大变，而东亚之局面为之大变，全地球之局面亦为之大变，而皆于俄皇之一身有至大之关键焉。故世之欲知俄国者，尤欲先知俄皇之为人，而将据以断未来之时局也。因采《隔周评论》之言而又附以证论，使观世者有可择焉云尔。

附《坡鳌那士德夫略传》[②]：

于俄国有极力反对民权自由之说，拥护君主专政之制，束缚人民之思想，防遏社会之进步，唱国教万能说，以大贤托尔斯泰伯宗教之解释与俄国国教不一致，宣告破门者，彼也；于轻溪内辅演全世界悲惨残酷虐杀之张本人者，彼也；荧惑俄皇尼古剌士二世，而妨其文明主义之实行者，彼也。彼于宗教上握无限之大权，其居于俄国国教希腊教之地位也，不啻若罗马加特力教之有罗马法皇然。

---

①隳：通"堕"。　　②原载于《新民丛报》第 56 号（1904 年 11 月 7 日）。

彼又非独于宗教上有大权，又于政治上有左右俄国之势，为俄皇之师傅辅佐与顾问官，历仕俄帝殆二十年，人称为俄国宫廷之大怪物。此赫赫之权奸家谁乎？则坡鳌那士德夫是也。

彼实生于俄国小作人之家。俄国之小作人者，居俄国专制之下最屈辱之穷民，彼其得免于刹弗多之一种奴隶制度仅五十年，而自废止刹弗多奴隶制度以来，彼等依然在饥饿贫寒之境，困于过重之租税而多不识字之人，与未脱奴隶制度以前殆无所异，孰谓此愚陋穷贱之小作人家而生一酷烈鸷悍之大权雄于其间，曾有若是奇异之现象乎？而可称为俄国之罗马法皇，俄国宫廷中之一大怪物坡鳌那士德夫者，实此一小作人家之子也。

彼者哈尔加甫，一小作人之子，而自幼抱大志，不肯嗣父之职业而为农夫，以勤勉力行，贮其所得而入盖府之大学，学问拔群，崭然显头角。盖府大学卒业后，入舍读别泰拔科之大学，专研究法律数年，而任为莫斯科大学之法律教授。彼以下等出身之人而得升若是荣高之地位者，一由其学业之超群，一由希腊教会教士之力。盖希腊教士其势力及于俄国之社会及政府甚大，彼固早窥此旨，于入盖府大学也，常与希腊教士订亲交，预为后日之地步，而于此果大得教士之助而收其效，彼者遂由泥途一跃而为大学教授，再跃而为俄皇族之侍讲，三跃而为皇帝之辅佐，终列席枢府而握俄国之大权，隐然若九鼎之重。其视机敏而操术巧，以得遂其攀龙附凤之愿者不亦可见乎？

于俄皇亚历山大二世被暗杀于虚无党人之手，同时亚历山大三世即位，是实坡鳌那士德夫乘以行以多年野心之好机会也。方新帝在东宫时，既受坡鳌那士德夫之熏①陶浸染，及即位，遂登用之，而为俄国国教议会之主宰，且于政治上事无大小无不咨询而听纳其言，于是坡鳌那士德夫其宿论之宗教画一，君主擅制之主义欲试实行。从是先，亚历山大二世被动于国民之舆论，欲采用立宪政治，命乐思美利可夫定宪法之草案，尚未发布而毙于虚无党之爆裂弹。坡鳌那士德夫乃乘先帝被杀之机，说新帝以民权自由之危险，免宪法起草者乐思美利可夫之官，而以全然拥护君主擅制者充用于宫中府中。彼者视民权自由之思想不啻蛇蝎，以是甚嫌美国之行共和政治，而又深恶英国之用自由主义，遂竭力主俄国与英美二国远之之计。彼之言曰：使俄国若与自由主义之国民接近者，其危险之政治思想渐次传播，而遂至流无穷之祸水于俄国。盖力主君主万能论而反对代议制度者，固其宗旨之所在也。

坡鳌那士德夫者，又大空想家也。彼欲使俄国为跨有欧亚两大陆最大之帝国，恰如英之舍西乐只欲以英为世界最大之帝国，彼之说曰：斯拉夫民族者，神之所摄理而有主宰世界之运命者也。希腊教者，诸派基督教中之最正统，外此而无真正之宗教者也。是故彼者欲从印度逐英国，废波斯，灭中国，以亚细亚大

---

①熏：原文为"薰"，今改。

陆全隶辖于俄帝之治下，更于欧洲兼并希腊、土耳其，统一巴尔干之半岛，而以斯拉夫民族占多数之奥大利亚亦归俄帝之掌握，而以亚细亚之全部与以欧罗巴之大半部成，建设一大帝国而统用希腊教，于政治宗教咸奉一尊而不容有岐出之事者，是实彼之一大梦想也。（与中国秦之李斯思想略同。）

　　由来怀抱大空想家者，必有绝大之度量，而坡鳖那士德夫反之，其襟怀窄隘而不能容人，顽固而多猜忌之心，于政治、宗教上有与己持异议者，直以为社会之危害而排击不遗余力。彼者为国教议会之主宰，而其后忽迫害普洛思泰陀派之基督教徒，彼欲铲除其教派异己之人，曾下令于希腊教徒曰：新教徒者，为神所罚殛之徒也，我希腊教徒必不可与之交。若希腊教徒而与新教徒往来及有商业上之交际者，不仅可蒙神罚而先当执用教会上之严刑。虽然，彼若是其制裁森严而欲绝灭新宗教也，终不获收其效，乃奏请于皇帝而滥用其政治上之威权，拿捕新教徒，逼其改宗，苟不从者，直流窜于西伯利亚，使服矿山、铁道上之苦工。彼者尤疾视罗马加特力教，竭力试扑灭之，奏于皇帝，闭锁波兰加特力教徒之学校，禁波兰语之使用，禁遏加特力教徒之土地所有权，捕其教士而下于狱，迫害虐待无不至。波兰之加特力教徒八百万人因是不能一日安其生，而惴惴焉惟恐触坡鳖那士德夫之忌。彼又不独压迫希腊教以外之信徒也，与己同教会之中，其意见稍有与己不合者，直目之为异端邪说，不排除而追放之不已，曾以剌齐莫尔之一寺院斯塔尔为囚禁异端邪说之徒之牢狱，凡希腊教徒中有异己者，直送致斯塔尔狱中。今也为斯塔尔之囚徒者二百余人，其中教士百八十人，官吏五十二人，教正四人，皇族二人，男爵二人，伯爵一人，陆军士官一人，皆关系于宗教上之意见而招坡鳖那士德夫之怒者。闻一投入于斯塔尔之狱中也，不能再见天日而于幽囚之里埋其一生。坡鳖那士德夫凭藉军权而其所用之峻法严刑盖如此，而又若犹太人之惨杀，芬兰人之虐待，亦皆由坡鳖那士德夫主张其事者也。

　　于二年前日本翻译《俄国政治家之回想录》，题为《代议政体①之弊害》而出版也，舆论喧传曰：是非立宪内阁首脑顽冥之某政治家特使人翻译此书，以政府之机密费出版者？物议淘淘②，评难政府之声颇高。而此《俄国政治家之回想录》著者，即坡鳖那士德夫其人也。坡鳖那士德夫于文章学今世界著名文豪之英国嘉赖伊尔，其著回想录也，书不出三百页，识见多偏，而其造语之奇拔，修辞之警炼，读之每能动人。以撰著论之，固文章家之雄也，惜乎其所言者，睹代议政治之偏而未睹其全，见自由主义之短而不见其长，爬剔抉摘③近世伴文明俱来之缺点而抹煞其善美之所，是以其议论之杰特，适足示彼之偏狭而已矣；其词翰

――――――――――

　　①代议政体：即代议制，是以议会为国家政治活动中心，由少数代表通过讨论或辩论进行主要立法和行政决策的政治制度和政权组织形式。亦称国会制。　　②物议淘淘：众人的非议很多。　　③爬剔抉摘：指广泛地搜罗，精细地选择。

之隽秀，适足写彼之顽陋而已矣。

彼者经营惨澹，用其严峻酷烈之手段，所赢得者何物乎？徒使皇帝之仁心为之掩蔽，而杀戮囚禁，以腥风泪雨污俄国之现代史，而波兰、芬兰犹太人衔俄国暴厉之恨而视之不啻仇敌，而彼所梦想之宗教画一终不能见于事实，而大学之生徒蜂起而与彼为敌。彼者行年已过五十而众怨集一身，为当世之所疾愤而后世之所唾骂焉，权雄之末路，亦可怜笑也矣。

方《新民丛报》揭坡鳌那士德夫与梅特涅之两肖像，而题为《专制政界两魔王》，一时阅报之人多曰梅特涅之行事世多知之，而坡鳌那士德夫不详，《新民丛报》既合揭其象，盍亦传其为人以闻于世乎？虽然，《新民丛报》固无暇特为一人作传，兹以关涉俄皇之事，略附述之，亦聊为见坡鳌那士德夫肖像之人而并欲一考其行实者完此一段想望而已。

论曰：专制之国，可以取富贵之道者，孰有逾于尊君权者哉？彼以主张君权，博人主之欢心而已，得假君之权，以张其威福。其言尊君，或依托以宗教，或附会以学说，言之成理，持之有故，彼岂真有见于此哉？以此神其术焉而已。吾观俄国之坡鳌那士德夫，何其与清国之张之洞多相肖也：坡鳌那士德夫以俄国希腊教之正宗自居，而张之洞亦以中国孔教之正宗自居；坡鳌那士德夫欲统一己说而目新教徒及异己者以为异端邪说而排斥之，张之洞欲统一己说，亦目新党及异己者以为异端邪说而排斥之；坡鳌那士德夫荼毒士夫，荼砧①图圄，惨号之声不绝，张之洞亦赞成戊戌之狱，而假汉皋之事恣行杀戮，瓜蔓株连，致无宁日；坡鳌那士德夫称文章家而著小册之书，有若《俄国政治家之回想录》，张之洞亦称文章家而著小册之书，有若《劝学编》《劝戒上海国会及出洋学生文》；（张于世博能文名而文实不工，看似雄浑而实则辞气短促，意思于不能致密，气体亦不高深，以文论，恐非坡鳌那士德夫之敌。）坡鳌那士德夫下训令于教会，执俄国教界之牛耳，张之洞亦干预各处学堂，执中国学界之牛耳；坡鳌那士德夫利用虚无党暗杀之时机，张之洞亦利用戊戌政变之时机；坡鳌那士德夫以斯拉夫民族有主宰世界之运命，而欲混一亚细亚并吞东欧，建一俄罗斯大帝国，而为一大空想家，张之洞兴办洋务，规模阔大而事无终效，掷金钱于流水，所至之处积亏巨帑，而为一大空想家。而尤奇者，以坡鳌那士德夫在俄国之权力而卒至大学之徒与之反对者蜂起，以张之洞在中国之权力而卒至新党与学生之中与之反对者亦蜂起，岂真如语所谓物固无独必有耦②耶？何其相类似也！抑夫二子之学问文艺与夫手腕魄力未知其孰优，而揣摩以取人主之金玉、锦绣、禄利、功名，其心术固同出于一师。今全地球专制之大国惟俄罗斯与清国，而两大专制之下，又有此凭假专制以窃取权势者之两大恶魔焉。世有作今世史者乎？挈两人而合传之，其亦相得益彰者哉。

---

①荼砧：指毒害杀戮。荼：一种苦菜。砧：古代用于斩首或腰斩的刑具，犯人伏其上以受刑。
②耦：同"偶"。

共同情感之必要论①

②斯宾塞尔③《社会平权论》曰：道义，感情之一官，自古至今，逞动作于社会事物之间，至于今而益发达。夫大宪章中，含有抵抗抑压、扶持正义之意，而或欲伸民权，或欲废奴隶，或主男女平权，或拒绝教会贡纳税，或为殉难人建立墓标，或为犹太人论辨，当允准为国会议员，或为波兰人之遭抑制而愤慨，凡若此者，孰非生于道义之感情乎？此道义感情，下根柢于人心之间，勃发而为正气之大树，以散宽仁公平之佳香，获正道自由之美果者也。（以上斯氏之言。）吾人闻此言也，亦怦怦然而若有所触，而欲为天地间不知何人之受屈抑者而平其气，而欲为天地间不知何人之肆横暴者而折其角。然试一还叩之吾人，何为乎而皆有此心？则以人人心理间有一共同感情之一官能故也。今夫吾人于最近之事，若菲律宾之欲谋独立而不成也，若南非杜兰斯哇尔拒英人之并吞而战败也，若犹太人被俄之虐杀于西溪纳夫也，若波兰人之欲推翻俄政府而兴复其故国也，若芬兰人之受俄之迫压而暗杀其大官也，其悲惨之事，吾为之泣下；其壮快之事，吾为之叫极。夫是数事者，其于我皆绝不相关，而吾人对之之情亦若与彼身在局中者同陶铸哀乐于一炉之中。又若吾手④历史一卷，忽焉而为之歌，忽焉而为之泣，忽焉而为之忿，忽焉而为之叹，仰天长啸、击碎唾壶之态度时时有之，试问此中人物若果与我仇乎？若果与我好乎？若果有利于我乎？若果有害于我乎？问之吾人之心坎中，殆若青天白日，一⑤不存是等渣滓于其间，然而此发生之情怀，一若遏之而不能遏，禁之而不能禁。为谁辛苦为谁酣？则以有此共同情感一⑥之源而主宰是者也。

此感情也，竖而计之，上极千古，下通万年，不能以时间为之界隔也；横而论之，通于六合，穷于八方，不以为空间为之限制也。志士得之以为志士，仁人得之以为仁人，英雄得之以为英雄。文章文此者也，诗歌声此者也，俎豆⑦报此者也，碑碣记此者也，弥纶⑧于事务之间而无所遗，感通于人己之交而无所阂。极而言之，有此则社会以之而成，国家以之而立，世界以之而通，无此则乾坤或几乎熄可也。

此情感也，目不可得而见，耳不可得而闻，来不知其所自，去不知其所往。而常予人以最可试验之时，则当国家社会衰乱颠倒之世是也。盖感情者以国家社会之平治而消，以国家社会之偏激而长，常相关而成一反比例者也。

夫如是，则最易发生共同之感者，宜莫如我国之今日矣。吾国土其将易

---

①原载于《新民丛报》第57号、58号、59号、60号。　②以下原载于《新民丛报》第57号（1904年12月1日）。　③斯宾塞尔：赫伯特·斯宾塞，英国哲学家、社会学家、教育家，被称为"社会达尔文主义之父"，他所提出一套的学说把进化理论适者生存应用在社会学上。　④手：手握。　⑤一：全部，完全。下"一若遏之而不能遏"之"一"同。　⑥一：同一。　⑦俎豆：祭祀。　⑧弥纶：统摄，笼盖。

主,吾种族其将为奴,外来之风波已酿成一暗澹惨凄之境,而尤可痛心者,则蟊贼在朝,豺狼当路,日取吾种之秀者而杀戮之,涂醢之,拘囚之,捕缚之,窜逐之,禁锢之。呜呼!吾方有悲古人而流涕者矣,而古人又岂有此悲境耶?吾方有恫他国①而伤心者矣,而他国又岂有此惨遇耶?以千古所无有、万国所不见而现一那洛迦②之世界于吾种吾国之间,天地因而失色,日月为之不明,无人心也则已,苟有人心,则未有不为之愤气积云、悲泪成海者也。

　　然则我中国共同之感情于此可验矣。其所谓官,以取富贵、保利禄为宗旨,朝廷之所谓叛徒,彼亦曰叛徒;朝廷之所谓乱党,彼亦曰乱党,能捕获之以为己能,能斩杀之以为己功,溅同胞之血以染其显耀人前赤色之一顶。我之所视为短气吞声之地,正彼所视为得意快心之笔,其苦乐适与我国人相反。向若辈而求感情,毋宁逢蛇蝎而祝其不螫,遇虎狼而求其不食,或尚有验矣,是共同感情之已灭绝者也。或曰:子何言之甚!夫人而至于无一线共同之感情,则动物之不如,世界尚何以为世界乎?曰:诚然,夫人类之道德果有高于禽兽与否,是言也,吾素疑之,而以观吾国之官,其道德决不及禽兽。例若主人豢犬,使犬捕猎,则犬为之,使犬捕犬,则犬不为,以是见犬之不肯受豢养者之嗾而自伤其同类也。然我国之官,亦闻有命之捕杀其同类而不为者乎?使尚有因此而发其感情之一人焉,吾犹可据以证人类道德之非必不及物类,然今固未闻其有是人也。是于心理上实验之比较,而犬之道德高于我国之官之一断案已可定。夫彼固惟热衷③于煌煌之翎顶,灿灿之金银,苟有可以易此者,于事且何所不为?而尚能冀其有一线之感情耶?其亦左④矣。夫为官者勿论,若夫饮食衣服、言语动作俨然具为人之全体,而无教育、无知识,蠢蠢然,营营然,惟延其一日之生命以为百年之至计,其睹英雄豪杰之作为也,犹夫蜩与鹫鸠视大鹏之背云翼风搏摇于苍阊之表、溟渤之间而不知其果何事也,若是则性情不相知而事为不相关,无从发生其感情者,无足怪也。至于内而国政,外而世局,非无见闻,亦知忧叹,然而一时为公,不胜其移时为私之念;一念为人,又不胜其转念为己之情,于是置其身于可新可旧之间,善其处于宜上宜下之地,不得谓之无智,而智则仅以供其利己之用;不得谓之无识,而识又徒以佐其善世之谋,若是者,虽有共同之感情,而若存若亡、乍明乍昧,而终则枯萎消灭而不获收其用。此有感情而养之失其宜,发之无其道者也。若夫慷慨激昂之情见于面,卓荦⑤奋发之情溢于气,而或失之于忮忌⑥,或失之于枭鸷⑦,扶殖其与己相联结者而排斥其与己不相联结者,笃厚于与己相昵近者而残忍于与己不相昵近者,当其激于一时之竞争,虽并世之贤豪或不惜出辣手下毒心而欲锄而去之,是又仅有一党之量而无一国之量、一群

----

　　①恫他国:为别的国家哀痛。恫:哀痛。　　②那洛迦:梵文 Naraka 音译,是地狱的意思。
③热衷:原文为"热中",今改。　　④左:相反。　　⑤卓荦:卓越;突出。　　⑥忮忌:嫉妒。　　⑦枭
鸷:凶恶、

之量，从而其发为感情也，亦偏而不全，私而不公，此有感情而不能推广以至于圆满之域者也。至若心怦怦而时动，意微微而徐伸，亦知义之当为而真力或不能副，亦知善之可乐而勇气或不能坚，是善人也，而不得谓之仁人；是良士也，而不得谓之任士①，其于感情失之于怯而不盛，弱而不强。孟子之言养气也，曰直养无害则塞乎天地之间②，是当先认识感情而直养之者也。夫举一国之人而计数共同之感情，其差等略如是，于官宦彼已操屠刀、入恶业，无足言者；于氓庶则又愚，不足以言此；立于两歧而观望以取时利，所谓小有才之人而不足以入道。舍此则不能不有望于霸才者之抑其偏心，弱质者之奋其刚气，庶乎③共同感情之花其灿烂焕发于我国之野乎！

　　且夫发达其感情而必期其用于共同之地者，盖人之生于世也，无论于世界、于国家、于社会，必有其共同不可分析之一通体在。此通体之义果若何乎？不能不稍区别而认识之。今夫学者或本于中国之学说，曰天下之本在国，国之本在家，家之本在身，是言天下者国之积，国者家之积，家者身之积者也。或本于西国之学说，曰凡群者皆一之所积也，所以为群之德自其一之德而已定。群者谓之拓都④，一者谓之么匿⑤，拓都之性情形制，么匿为之，么匿之所本无，不能从拓都而成有；么匿之所同具，不能以拓都而忽亡。要其所言，无非集各个体则为团体，析团体则为各个体。而余所谓共同之通体者，义不若是，其区别盖有一共同之体而不可分析者是也。例若航海然，乘舟之人合之可谓之一团体，分之可谓之各个体，而此舟者所谓共同而不可分析之一通体也。实则所谓一世界、一国家、一社会，决非仅此集合体而成，而于此集合体之外尚有所谓通体者在，假令无此一通体焉，则合个个而成之集合体，且将无所附丽以为集合之基而不久而将散。（如近时新党中立会甚多，然皆不久即散，此无他，不过有集合体而无实际上一共同之通体故也。通体之事甚多，如造新国，即其事之一也。若无此共同之通体而徒有集合体，则早晚必解散而归于无用而已。）然则吾人对此共同之通体实当视为第一之生命，而吾人一己之生命不过居于第三。而所以拥护、保卫此一大生命者，不可不视为人人重要之一义务。而同托居此共同一大生命之中，而有人焉，起而拥护、保卫此一大生命者，虽其人只自尽其义务之所当为，而对之者不能不尊之、重之、爱之、敬之。有时以欲拥护、保卫此一大生命而与拥护、保卫其一己之小生命适居于不能两全之地，则当之者不可不舍其一己之小生命以全其共同之大生命。而吾人对此为拥护、保卫吾人共同一大生命之故而至有挫折其一小部之身体、丧失其一小部分之性命者，自当发动吾人最高度之感情以临之，决非若个体对于个体临其死亡者之感情而已。夫同在一集合体之中，设有个体之自死而自亡

①任士：有能力的贤人。　　②直养无害则塞乎天地之间：《孟子·公孙丑》："孟子云：'其为气也，至大刚；以直养而无害，则塞于天地之间。'"指自身的浩然之气加以培养而不对其进行损害的话，则这样的浩然正气将充斥天地间。　　③庶乎：近似，差不多。　　④拓都：英文单词"total"的音译，指整个的、全部的。　　⑤么匿：英文单词"unit"的音译，指单独的事物或人。

者,吾人亦不能不发其相当之感情,然非个体之自死自亡而为吾人共同一大生命之事从而至陷于死亡,则吾人自不能不以哀吾共同一大生命之哀而哀之,礼吾共同一大生命之礼而礼之。夫欲考求吾人所以生存之故,决非仅恃吾人有一部之小生命而必赖有一共同之大生命,而欲合人人而共造此一大生命,且既造之之后又欲合人人而共保此一大生命,自非人人有共同之感情不可。然则共同感情者,谓为吾人一大生命之所谓寿元①焉可也。

②论者或谓关于吾人心理上之作用,知觉实先于感觉,彼世之知觉钝者,其感觉亦弱,故欲发人之感觉者,必先长其知觉,则知觉实为感觉之源泉,今日之当首务者亦在开人之知觉而已。无遽言感觉也,其言若是,夫感觉果源于知觉乎?抑知觉实源于感觉乎?此心理学上未易决之一题。约瑟奚般氏论感情之强弱关于智力之强弱,凡刚健明慧之人,其感情之发动常强于萎靡愚暗之人,列引美尔顿、拿破仑诸人为证。而惹迷斯左来氏谓凡百之知识,其源实发于感官,如想像、推理,凡智力之作用,必先由感官供给其材料,若光辉感于目而后有光辉之知觉,音声感于耳而后有音声之知觉,此外之事件亦然。顾细审之,感觉之源于知觉者固多,如见物不明了者,何从而生其哀乐之情乎?然由感觉而唤醒其知觉者,其理亦实不可诬。例若佛年少时出门,见鸟啄伤虫而叹万物吞灭,悟世界之恶浊而发其慈悲之心,见病老与死者,叹人生之无常而动其出世之想,是非由感觉而触发其知觉者乎?又以吾人日常之理言之,朝蓐方梦,忽闻钟声,遽悟天晓,是又非由感觉所生之知觉乎?推此理也,恐吾国今日新学之发生,直受感触于外来势力之强大,器物之新奇,而又动魄骇神于甲午之丧师,又复痛心疾首于戊戌之政变,积是感觉而后乃有今日若干人趋于维新之现象。设无是感觉,吾恐西人之学术虽自开一新天地,未必遽震动吾人耳之目③而吸引吾人之嗜好如今日也。是则谓今日维新之句萌④以感情为原动力可也。夫感情之与知觉,其所司之职确分为二而常有密接而相授受之机。据日耳曼物理学者之试验,感情传达之速力虽依人不同大抵在一秒时二十八也尔度三十二也尔度之间,然此乃仅于官骸上推算感觉所达到迟速之时间,若感觉乍起,刹那之间而即授于知觉,其相互传授之际而欲详细分割其时间,恐难确定一精微之标准。顾感情与知觉之相承受及感情与知觉之果当孰为之先而孰为之后,吾辈亦不必遽下定论,而但觉感情之与知识以互相补助而益臻发达,而常有一连环相为因果之妙用,此吾人已确认其理。然则欲开吾人之知识者,又安可不亟鼓吾人之感情也?

论者又谓今日之所重者行为,而行为之与感情,于心理大异其部分,富于感

①寿元:先天的寿命。　　②以下原载于《新民丛报》第58号(1904年12月7日)。　　③耳之目:当为"之耳目"。　　④句萌:事物的萌芽。拳曲者称为"句",有芒而直者称为"萌",合称"句萌",指草木初生的嫩芽、幼苗。

情者或往往弱于行为，而强于行为者或未必富于感情。以心理兼生理而言，则多血质之人易发感情，而胆液质之人敢于行为，能兼有此二质之长者，或仅能遇之于旷世一出之人杰，若二质既难兼具，则与其取多血质之人，毋宁取胆液质之人于今日为有用也。是说也，是徒见感情之与行为各殊异其官能，而不知感情之与行为尚有联合之作用也。犹蒸汽机关然，汽力之与机械，夫孰不知为两物也，而因蒸汽之冲激往往以发动机械之运行。夫人亦然，当夫感情激越之时，其所发之能力往往能超过于其平日所固有之量，虽以妇人孺子之弱，亦或能辟易万人，其志气所向，至于能动风雨而泣鬼神，感情之力之伟大固可于此认之也。或曰感情之为用也，不过片时之激动，至于时过境迁，态度既归于平静，而其效用亦止，是决不可谓真知感情之说也。夫感情之兴作性，虽以时限之经过，不能继续其永久同一之态，而既一度发生其感情，则心性之受其影响者决非顿归于消。例若吾人经一大恐慌之事，虽阅时既久，恐慌之实境已去，而一经回忆，其印象犹若悬于心目之间，而此所受之感情若赓续叠积，往往能因感情之所印以模铸吾人之行为。例若吾人一日读史，见古来之忠臣义士可歌可泣之事人，深沁吾人之心脾，至于他日，又至于他日，而几度发起此同一之感情，其久也积受既深，而吾人心神之中自有此忠臣义士之印象，至于遇时触事，而吾人所显之行品其规辙亦俱之相同。非特此也，吾人所受种种之感情或奇零错杂，而心性间又能陶冶鼓铸，成为一片断而发现于行事之间。例若吾人读《新民丛报》之意大利三杰传而大有所感；又若航长江，出吴淞而见外国兵轮棋布星罗于我门闼之间而大有所感；又若至日本，见楠正成飞马、西乡隆盛牵犬之铜像而大有所感。如此拉杂诸事不可画一，而其结果无非唤起吾人奋发救时爱国之精神。盖交互错综所受之感情而于性行上已成为一线之作用，凡此皆感情之效能也。故夫感情虽经时渐消，亦若吾人之于饮食然，当其消化不过数时，而气体实赖以长成，而永留补益于吾人身体之间而收其用。夫以吾人所潜有之志气而感情能发动之，已发动之志气而感情又能成育之，则夫行为之受益于感情者顾不距耶？

　　论者又谓凡人感情之发生也，必由于有同一之条件，例若同一位置、同一境遇、同一气质，而或又以族类相同、乡里相同、国邑相同之故，否则若贫富之不能相谋，少者与老者之嗜好不相知，凡缺同一之条件者，感情之传达即因之而阻，是故感情之境域其狭而未可与语平等大公之量者也。是说也，又仅见感情发现之一方而未可谓能知感情之全体者也。夫以有同一之条件而感情每易于发现，此固然，例若吾人今日者，丁衰世、处危邦，则对古今救世之豪杰、忧时之志士，易往来于吾人之胸中而动其歌泣，若吾人之对于文天祥、史可法、郑成功，及埃及之亚剌飞，意大利之玛志尼、加富尔、嘉里巴第等，若不胜其甚相切近者，而哀乐之由生亦发于无端，此固以有同一之条件而感情易于发现之证也。虽然，此不过举感情之发现者言耳，感情之存在于吾人性情中者，决不得谓有限量之可画，今日触于甲之事而甲之感情生，明日触于乙之事而乙之感情又生，而不得谓感情之有甲者或无乙，感情之有乙者或无甲，随事之所遇而吾人无不有感情以应之。是则感情之为普遍量，而以感情之有隐现，因而疑感情之有存亡，不可也。且曰有同一之条件而后发生其感情者，其故无非以与己有相关耳，而理想广大之人往往其事或不与己相关，而己与人势绝悬殊，而亦能代为其人设想而发生其感情者。例若贫富本不相谋，而古之圣人自处于玉食万方、富有四海之地者，亦或厪念小民之饥寒。且最易阻碍其感情者，莫如相战争之敌人，然对敌人之无力抵抗者，不得行杀戮，见敌人之受伤而不能为我敌者，则救护之。近日于战争之场，固有所谓文明之战争者，其道亦无非广推此感情于敌人耳。不然，又孰能绳以公法责以人道耶？又若对敌国之将士，亦有行其相当之感情者，若于敌人忠勇将之死亡，敬其人而以礼葬之，古今时有，若今年日俄之战，俄著名之将马加罗夫以不得尽其才而遭惨死，日本皆痛惜之是也。而感情程度之高者不仅与己无条件同一之事之相关，宁或彼我处于相反之地位，而亦有对之而生共同之感情者。若太公伐纣，伯夷、叔齐谏伐纣，其事件相反，而太公曰此义士也云云，是其一例也。又在吾人之中有一种最可宝贵之感情，全出于公正而一若无所为而为者。例若英国有伯伦氏者，闻古文明国希腊欲反土耳其而树独立之旗也，大喜，欲奋身而往从之，未及达其志而殁。著名文学[①]盖台氏闻之，深感激其义气，于其所著《福思度》戏曲中大表扬其人物而欲永传其义侠之行以为人群中一大纪念。其事两皆无关于己，只激发于道德感情而已。故吾谓以有同一条件之中而求感情，仅得见感情发现之一部，而感情之应用固有不止于是者。夫欲大公平等之实现于世界乎？则安得不有赖于共同感情之发展而广其推行也？

论者又谓人之有感情也，往往能诱起诸多之罪恶，例若男女之恋爱，服物之玩好，又或以顺乎其感情者谓之为善，逆乎其感情者谓之为恶，而除为感情驱遣之外，无公是非，无真好恶，凡此罪恶，罔或非感情为之源，然则又曷可复助感情之长也？夫是说也，其所指者多属利己之感情，或谓之自爱之感情，或谓之私情，其目的以满足一己之要求，而以己得享其利益幸福为主。而吾所谓共同之感情者，或谓之爱他之感情，或谓之同情，其语原于希腊"共"与"感"之义。于道义共同感情之位置，盖高出于主我感情之上。夫用主我之感情固每至酿为罪恶，然有可称为道德者，如报恩之类是也。要之主我之感情与夫共同之感情于心理学上区分为二，故于属主我感情之部分上，兹不必论及，而但就共同之感情之一部分言之，是则可认为罪恶者，其事至鲜有之。若墨子主兼爱而孟子以为无父，盖指墨子之言为罪恶也；又若今日有信一宗教而持人类同胞主义或社会主义者，皆盛唱非战论，(若俄国某一部基督教人以战争为大罪，拒绝从军，至遭官府之杀戮窘迫而不悔，以为如此乃不背上帝之教训也；又若俄国著名之托尔斯泰伯草非战论长文，抉

---

① 文学：疑后脱"家"字。

摘①曰俄二国主战争者皆为一己之利欲而非人道之公义；又若日本主社会主义一部之人，皆著论论战争为不合于人道。）若其国适与他之一国有战争之事，则有认其言为淆惑人心，有害于国家存立之道而以为罪恶者。然此二者果为罪恶与否，学理上之辨论滋多，当陈述之于他题，而兹非所及论。特所谓道德伦理者，皆当属于进化上之事，（中国儒教以道德纲常为千古不变者，其言大误。）故古之所谓善者，其意义常狭隘，随时势而渐扩充其范围。若所谓持人类同胞主义及社会主义而盛唱非战论者，我国人民尚无此种之影响。今日言之为早计，若断孟墨之讼，则孟子为持家族主义之言，墨子为持世界主义之言。于家族主义之时代，则孟子之言当矣；于世界主义之时代，则墨子之言当矣。今日者家族主义之时代已属过去，而世界主义之时代尚属未来，而我国人则固有偏于用家族主义，（中国论家族上之道德言极详备，而对于国家及社会之道德言极疏略，故今日最缺乏于公共之道德，对于国家及社会之公共道德者，今日我国所至急需要之新道德也。）而无有偏于用世界主义，盖儒教之教化深入人心而与墨教隔绝极远者。而审今日时势之所宜而谋进步，虽未能骤言世界主义，已不可不改变昔日囿于家族主义狭小之界限中，而当庙而为国家主义，若是则共同感情正为今日发生国家主义之源泉而亟当鼓唤而使之发达者也。夫主我感情之罪恶既不能混于共同感情之中，即有豫虑当共同感情发达之后，或不无以世界主义与国家主义相冲突，然此究不过一部分之事，而以国家主义有可以助成世界主义者甚多，意大利志士玛志尼之言曰："吾人于世界全体之人类，不能骤尽其力而有所贡献，虽然，由国家而可间接以于人类。"云云。是则所谓共同感情者，其效普而其可虑者亦仅矣。

论者又谓凡感情者常发动于苦乐之二境，若所遭遇之事但有苦而无乐，则感情亦必以涉于苦痛之久而消灭。今当此惨暗之朝而欲唤起我国人有共同之感情，毋亦惟是携手接踵，相将而俱上断头台乎？夫此固所谓苦痛之境也，处于纯一苦痛之境，必为人之所不能堪，然则以语言文字鼓舞共同之感情而不足，以刀锯鼎镬摧散共同之感情而有余，安见奖励共同感情者之能受其效也？曰：凡所谓苦乐者，盖有二区域焉：一为身体上之苦乐，一为精神上之苦乐。而凡生人之稍有智识者，绝不仅有身体上之苦乐而尚有精神上之苦乐，若所称为一世之贤豪者，其所感于精神上之苦乐必重于其身体上之苦乐。夫既以精神为感受苦乐之主体，则凡有顺其精神者，而其情即感为乐，有逆其精神者，而其情即感为苦。彼夫为道而死者往往赴汤火而如饴，蹈白刃而晏然，人所视为至苦之境，而彼即视为至乐。何也？行其精神之所安，身体上之苦以精神上之乐消除之，而其苦且归于何有之乡也。今使为蹈道而死之士告曰："尔果欲免杀身之苦痛也，其毋为尔之所为。"吾恐其言之必不足以阻信道至坚者之心。何则？彼发动于其精神上之所不容已，禁其不为，是即大逆其精神，而彼之所感为至苦痛之境

①抉摘：揭发指摘。

也。(近来企谋革命者屡杀屡起,而来者益逍此,何故哉? 迫于精神上之苦痛实一日不能忍受故也。此凡有血气者所皆然,尚何暇顾及生死哉!)夫杀身之事虽惨,然其所谓苦乐者究不过属于身体上之一时性,又安能以欲免一时身体上苦痛之故而受日日精神上之不快,于精神上不啻若自杀之苦痛乎? 夫迫于精神上之苦痛至极真纯之境,决非身体上之苦痛所能消阻之而使易其方向,而常以身体供其为精神上牺牲之用。此固有可实验之于心理者,例若愤怒之余,则人人有不顾其生命之概;又若人或有欺心之事,至不堪天良之谯责而自杀者时有之,凡此皆精神不受制于身体之确据也。诚哉,民不畏死,奈何以死惧之? 然则视死之一字而虑其有摧灭共同感情之大魔力也,亦按之于心理上而有以证其说之不然矣。

或曰:然则共同感情其关系于人群中之效用及其道德,果有若何之影响乎? 曰:凡人之行事,每以得他人之赞和而益鼓励其精神,例若壮士以得武勇之名而愈奋其力,演说家以喝采者众而辩论之气愈损是也。忧伤劳苦之事,又以得人之了解抚慰,而悲痛之情或从而减少,或遂从而消灭者有之,例若兵士冒锋镝,凌寒暑,褒赏而奖励之,有忘其劳而忘其死者矣。且夫一群中,患难危险之来未必于一时之间尽一群之全体而悉遭遇之,必有数人焉首当其冲者,而一群之人对此首先受祸之人相与悯惜其遭际而纪念其功劳,而后人人以有所观感而自奋,各愿挺身为一群之牺牲而不辞。如是则一群中共患同苦之公德以之养成,而一群中袭来之祸患亦以抵御有人而从而潜消。若夫遭时之变,一二贤者以奋不顾身而蹈于祸害之中,而一群之中视之若无与于己事也者;否则或从而非笑之,诋议之;否则恐与其人为伍而祸将及己也,而从而远避之;否则或遂从而下石,杀其人而以图一己之利便也,若此则一群之中各不相顾,各不相救,人尽为私而怀藏崄巇,自相屠戮剿灭,而置公共之祸患于不顾,则一群之人心涣散,而道德从而扫地,其群亦不久而凌夷澌灭以同归于尽。若我国今日之现象是也,若我国今日之现象是也! 呜呼! 仅共同感情一念之薄弱,而其祸变之所趋可至如是,则夫共同感情其显效用于一群之中,而于一群中道德上之价值固何如其巨也。

①今欲进而考之,此共同感情者,其本原果何自而始乎? 夫古今学术一最大之分界,曰神造之与人演。大抵古之学说多主神造,而今之学说多主人演。其论感情也亦然。古之学者论共同感情之原,以为受之于神之所赋与,(儒教所谓"天命之谓性"者,亦即神造之意。)而今之学说不然,其一主社会传染之说。法国学者特斯宾氏言人心理之相感通也,犹连置两个之发音体然,鸣其一而其一亦鸣。夫欠伸相传染者,此人之所知,而人见人之悲泣也,每不觉而己亦现其惨意;见人之笑乐也,每不觉而己亦动其欢容者,此即彼此之相传染,而传染说者之所主也。(据特斯宾氏所证引云:凡为新奇之骗术及以新毒杀人之事,一见于新闻杂志之中,不日

---

① 以下原载于《新民丛报》第 59 号(1904 年 12 月 21 日)。

即有同犯罪者出其中。最著者为自杀之传染，一千七百九十三年马赛耳一人自杀，数日间传染至千三百人自杀之多。其所证据甚多，兹不具引。）按传染说中，以心理之相传，取譬于连置两个发音器之相传，此即真以人之发音试之，而亦有相传之理。今若乡试场中誊录所，每传有号啸之事，其故，所中以数十百人同居一室，中夜一人发声，他人于睡梦之中亦发同一之声，遂至数十百人同时发为一大声，哄然奔逃，不知何事，而查之一无他故。又今时于矿山中工人众多之栖宿处，亦有此事，人多以为怪，而生种种之臆测。（如矿山工妖以为其宿处有人怪①，或以矿山中压死之鬼，而誊录房则以为本科有大贵人，皆臆说也。）实则人人之发音器于夜睡神经不能自主之时，感触外来之声浪，无意识之应声已耳，此即音器互相感传之理也。若夫欠呻传染之说，今时考众人杂居之处有疲劳传染性，原夫人之所以感疲劳者，以体内积有无用之废料，而此废料时时排泄于外，经气浪而入他人之呼吸中，则他人亦感疲劳。虽然，于此有一大疑问，则夜啸与疲劳之传染也，一以声浪冲激之故，一以空气中传送废料之故，皆有一实质为彼此递达之媒介，而此心理感传之事，心外尚有实质乎？抑心外别无实质乎？夫以今日科学方盛，万事皆有趋重于维物之势，如佛教之无明，有人发明以为脊髓内一种之液质，由此液质生种种之妄想而为惑病之根，以禅定之力，使此液体枯槁脱落，则转迷开悟，菩提涅槃之觉境现前，云有实验之可证。然反对此说者甚多，其果可得为定论否乎？要之传染之说，心外有一实质与心外无一实质者，今日难下断案，不能不姑置之，而于传染说中，窃以为尚当分别其部分，一以为相对之传染性，一以为引换之传染性。相对之传染性，即上所云见人之悲而己亦悲，见人之喜而己亦喜等事是也。引换之传染性，例若我在穷困之境，他人见之发动其感情而援手以救我也，则他日我见他人亦在穷困之境，往往能复呈其昔日我在穷困之景况而我亦生救济他人之心。若我当穷困之时，一世之人无稍动其念而无一救济之人，则以为人类相救之事本非宇宙间之所有，而此共同之感情以不得触发而渐归消灭。至于消灭既久，则虽见他人在穷困之中，亦若不相顾问为例之当。然其故，以甲之感情传于乙，而乙复传之于丙，若甲之感情不传于乙，则无以发乙之感情，而丙亦无从得感情之传来。夫社会之中，以有此引换传染性而遂成为道德，以无此引换传染性而遂至无道德者甚多，是则引换传染性之关系于人群者决非浅鲜，而当取以补其说于共同感情之历史中者也。

其一则为进化之说。斯宾塞尔以为共同之感情者，人类行于进化之中途而优胜劣败之产物也。在动物之中，有以数多聚合不利于得食而从而离散者，然已有若干动物以多数聚合利于得食，且或有为难之将起也，得早发见之，而协同防守以得共底②于安全，由是而动物之中遂演出优胜劣败之理，而聚合者繁荣，

---

①矿山工妖以为其宿处有人怪：此处有错乱，当为"矿山工人以为其宿处有妖怪"。　　②底：当为"抵"，抵达。

离散者衰灭,人类盖其一也。夫既有此聚合之习惯,而趋向于聚合之情益深,遂至遗传而为天性,于是有所以发动此天性之事而生愉快,无则感其痛苦者,此交亲之情之所由始也云云。是以共同感情,由进化而后发达者也。顾或论者谓人类只有利己心而无利他心,其有利他心而发为共同感情者,由其利己心之所转化而已。是说也,其说谓己者,果何指乎?夫非指我之个体而言乎?然万物之始,维持其个体生命及维持其种类生命之两性已兼有之,盖生物之相继续也,有有性及无性二种之法,有性者以有雌雄之两性而后生殖者也,而无性之生殖能自其一个体分而为二个或数个而延其种类。植物中此例不少,最下等之动物如伊福索利亚一种之小虫,或放离其体中之一部,即或全体纵横分割,而能各自生殖成为数个之伊福索利亚,若蜗牛、蝶螈等亦然。然则将指何者为己之个体乎?又若动物之节足类,常有为生殖其种类而自耗弃其生命者。果如是也,则利他心谓万物之所固有可也。斯宾塞尔曰母体之乳哺者非为利己而然,纵持利己之说者驳之,谓母体之乳哺虽耗减其己之或部分,然其实不得谓之耗减而全为己种增殖之用,故仍当谓之利己而不得谓之利他云云。今欲判解此问题,可假设一事例。今试设有母子不能两全之时,存母则不能存其子,存子则不能存其母,当斯时也,孰为己,孰为他,则必母以其己体为己而以其子体为他矣,而此一类事例中,发见其母不惜自杀其身而求存其子者甚多,是岂得下万物但知爱己之断语耶?彼动物中有若干种类,当群出之时,若有一个先见人之猎捕者,常发一种相招呼之记号,使其同群者咸得免于危难。若仅有利己之心,则当危难之时求己身之先得脱免,窜逃之不暇而忘发其一种招呼之记号,当时有之,而果如是,则其聚合亦不能久。然则万物之中得毋[①]以利他心稍发达者易于聚合,易于聚合,故能繁昌,而利他心之过薄弱者难于聚合,难于聚合,故至衰灭?而所谓仅有利己心而无利他心者,其种类早已淘汰而去。而今日繁昌之种类,多食其有利他心之福,而不得以利他心为物类之所本无者理也。且夫所谓利者,又何解也?谓人类之所以生活者,仅有求利之心而已耶?是决不然。略计之,如有所谓求智之心,事物之不明了者以得明了而后快于心者是也;又有所谓求美之心,以完全惬适(道德性亦多本于此。)而后快于心者是也。故余之于言利也,持程度说者也。若饮食然,当其饥渴,则饮食之欲张;及其量足,则其欲已消,而其视饮食也淡然。故苟为程度之所不足,即有起而争利者,不得谓之罪恶,而宁谓为自卫,道德上之所应有,盖非此则于生理上将无以自存故也。然苟一旦及其程度,则当淡然于利,而于利之外固有所谓生人高尚之生活者在。虽所谓程度之界限至难画一,多缘于时与地及其人禀性清浊、智识高下之不同,而要必有一程度之所在,犹之定物价然,贵贱消长,变化万千,然亦有一公正价值之可言,未闻有以价值之不可定而欲废价值之说者,则亦安能以程度之不可定而谓程度之说

①得毋:岂不。

之不可用也？故夫如古时所唱之非利说，以利为人心之一大害，欲以消极法而除去之，若孟子所谓"亦有仁义而已，何必曰利"，董仲舒所谓"正其谊不谋其利"，此未敢认其说为用之为有效也。然若反之，以非利说为必不可行，而用积极法，以最大多数之利为利，此亦以为未足概人类心理上之部，夫利究不过生人一部分之事而已。且夫利之与共同感情，其间尤有不相蒙之事理在。例若见人之入于水火也，不论何人，皆有引而救之之心，当其时，只触于我之一种感觉而已，岂有预计其有利于我而后从而救之？抑像计其无利于我而遂不救之？（孟子以孺子入井事证明人有恻隐之心。）夫当感觉之来，不过一刹那间，已不容有计较利己不利己之时间，况乎救人于水火之中，己亦或不免而有伤于水火之忧，果为利己计，此事必不当为，而救人于水火之事当绝迹于天壤而何以证之人心中？不然，此尚能谓利他心之必由利己心来耶？又若今日之动物虐待防止会，亦由爱物之念而出，不能谓其于己有何利益之事也。夫既征之人心，有单独受他之条，则夫谓利他心之必本于利己者，其立论之根本亦已动摇，而犹沾沾焉必以利己为立论之点者，毋亦污视人心而同于以黄金论菊花者，其见解之卑俗适相等耶？（余尝论欲谋诗学之进步，则诗人之见解先不可不进步，例若今古诗人之咏菊花者多取黄金之字相比，若所谓"莫言菊是贫寒物，铺作黄金满地秋"者，其类不一，夫菊花本为一种天然之美物，凡物之至美者非有价值之可得而言，今必欲举似黄金以明其贵，则虽使蒂一[①]瓣皆成真金，亦不过一金花而已，不已失菊花之美而低其价格耶？如此作诗，必无佳诗。）顾于此不能不补以一言者，余之非利己说也，非谓利他之事与夫利己之事一无相关，又非谓利他者之必不利于己也。利他之与利己，相为因果循环，其间复杂错综之故，实非巧算之可得而推。而小智之人一闻利己之说，以为世固无利他者，所为利他，不过仍为利己而已，于是比较人己利害之见起，而共同之感情或因之而衰退，遂不免处于进化论中所谓劣败之地位，不肯为利他之事，而其终亦不利于己焉。是所为欲一纠正利己一元之说而欲世人之无误于所向也。

[②]于前二说之外，而更有一说，则以共同感情为固有性是也。所谓固有性者，虽存于人心之始，然与古之所谓神造天命者其义异，但认此性为非后天之所能加益而为先天之所本存耳。其持论盖适与利己功利说相反。彼持利己功利说者，以人为欲求之一动物，故其所愿望者惟在满足其欲求。虽然，欲满足其欲求，而于彼此相互之间或致冲突，或相矛盾，于是但知利己者或反至大有所不利于己而终不能达其利己之目的，乃一变而制约其利己之心，以为利他之行为，（犹行路然，两人不让，则彼此均不得行，是两失也；让则彼此皆得通行，是两利也。）而所谓道德之意识遂从此而发生。顾是说也，其可受驳击者曰：若是，则所谓道德者，非欲用之以达其所欲求者之一器具乎？所谓道德者，非即利己之变相乎？所谓道德者，非即以欲求为根本乎？所谓道德者，非人心所本无而从中途所产出之一物

---

①一：疑当为"与"。　②以下原载于《新民丛报》第60号（1905年1月6日）。

乎？所谓人者，于欲求之外而果无他心之存立乎？若人心之初本无道德性也，而从其进化之中途忽从而产出，则道德性之遂能发达，此吾辈之所不能信也。且以完美高尚之物，能于其性之所无而忽成为有，此又吾辈之所不能信也。而反对此说主持固有论者，则以为人各有自觉之本体以裁制万事，故当欲求之发生，我自觉之本性即从而加判断考量于其间，以认识其是非而撰择其行止，此即所谓道德之一本源。故所谓道德者，自律的而非他律的，主动的而非受动的，本有的而非外来的，离乎欲求而高出乎欲求之上，自立独存。而康德学派之所谓雷梭台里克而能向往于阿菩沙里由者也，（雷梭者，神智之义；雷梭台里克者，能认识形而上者之神智之名。阿菩沙里由者，至大至善至美无量不可思议之物。）是派之受非难者曰：万物中固有一性存在否乎？吾人果能明了认识此一性否乎？假令有之，则是非善恶有若黑白，何以若是其大不同也。且道德者，与欲求分离而专为禁欲的，则吾人可皆趋于寂灭否乎？此二派中，今学者以前者为道德后天论，以后者为道德先天论；前者属惟物的，后者属惟心的；前者属性恶的，后者属性善的。

前者系统中，古时若阿里地士与伊壁鸠鲁，近世若霍布士与日本加藤弘之（加藤弘之之说见其所著之《道德法律进化之理》及《天则百话》《强者之权利》等诸书。）等之持利己说者属之，又边沁弥尔氏之功利说，又斯宾塞尔之进化伦理说，虽多少补足损益以完全其义，而亦当属此范围之内者也。后者系统中，古时若孟子、拍拉图，近世若王阳明、笛卡儿、康德、孚希台诸人，又伦理学中之直觉说者属之，又古林氏之自我实现说，虽调和两家之论，而其主要亦当属此者也。于此二派而欲下先天论派之判断乎？不能不入宗教哲学之界限中，若近世之后天论派，其源盖本于生物学，故从生理之一方面而论人则通，而从心理之一方面而论人则窒。夫果如后天论之说，吾人人类究竟之一目的仍不外乎欲求，而道德不过为欲达其欲求之目的之一手段，如是则道德之于人心中，遂无自王之疆土，自立之主权，而徒为欲求之一奴隶而已。夫谓人类之必无道德性也，已验之于事理之间而不能认其说，斯宾塞尔知其然也，故于此补之曰：人类之进化也，从其外部之境遇及生存竞争必然之制约，既不能不为利他之行，而由此习惯遗传，遂成为人类之天性。于是人类之有道德性确认，而持人类不能无道德性之说以相难者可以免。然以此而第二之攻击又来，即所谓若先天中无道德性之存在，此道德性果从何而生乎之说是也。虽然，斯宾塞尔则又可以自圆其义。□斯氏之学分为可知与不可知之两境，若先天之道德性，盖可归于不可知之一境，今学者以为凡理境之根本困难者，斯氏则投之不可知之域中，然此不可知境，果不能为之解释，则哲学实已失败云云。虽然，此不可知之境在吾人亦只能从种种之方面施其考察，而于究竟之地认有此一境之存在，而固非能确知而明示之，则穷理者至此，已不能不解甲束兵而退，而但留以为吾人永久可攻究之一论点而已。于是而取其明了之一部分而讨究之，则以进化论道德者固不能不有取焉。何则？假令道德性果为先天所有，而自受形分气之后，已不能不受生理上之牵制，而必待之进化而后始有发动其道德性之一机会,故如进化论之说,未始非道德后天的历史之注脚也。又有学者谓吾人人类之有爱他性者,决不得谓之从变性的爱己性而出,而自独立于爱己性以外,从非社会动物之心神中而早已胚胎者也。虽然,当未进于为社会动物之时,无用爱他心之必要,故此时之所谓爱他性者,不过为人心中之伏能,而其萌芽尚未发生,其迹象亦不可得而征求,至为社会高等动物,若吾人之人类,应其必要,而后利他之道德性乃从此而显现也云云。是其言亦含进化之理,而可取以解道德之发达史者也。然则吾人对此纷难之问题而欲折衷其间,则论道德之先天者不能不认固有之说,而论道德之后天者又不能不采进化之言。夫欲考固有说为何如,必与所谓后天论者对勘而始明,故于前已陈进化论之说矣,而复于此连类而并举之也。

　　抑夫两家之论道德也,其发原点虽多有不同,而必以人类为当遵从道德者,此到着点又未尝不同。彼主先天论者固以道德为善,而善即宇宙全体之目的,人之有此善性而尝向于善之标的而行,盖以此善性于未入吾人肉体之前而常住于宇宙之实在即理想界中,而吾人时时回向,记忆其前所固有之物。(本柏拉图之意。)故吾人之为道德者常若奉有命令,初非有所要求,而自有所不能已,盖以此为得吾心之满足(满足与快乐不同,义见下。)而自达于天理上之生活。(柏拉图推阐此理,以为如此故生之生活无异于死之生活,而生死之理可通。)是固视道德为高尚纯洁者之言也。即后天论派中,亦以为吾人既进化而为吾人,故今日而欲图幸福快乐之圆满,不可不以社会的利他的为标准,若专务利己,将复返于野蛮禽兽,而人与己之快乐幸福两皆不可得。斯宾塞尔云:人者,社交之动物也。故若无关系于他而仅为一个人者,则必不能进步,盖一个人之进步者,必伴全社会之进步,而非两者相伴,决不得其进步云云。是又以道德为造成人类快乐幸福者之言也。然则吾人欲发达吾人内界之灵智与欲增殖吾人外界之福祉,均不能不有取乎道德而实行之,而乃能趋于吾人所欲达之一目的。(此二界之目的,一即善,一即快乐。善与快乐不同,义见下。)夫以竖而古今,横而全球,明哲之士罄其思虑,尽其论辨,而归于道德之一结论,无有乎或背,无有乎弗同,则吾侪小子思短学浅,更何敢自作聪敏,张其肥己之焰,(近来张极端之尊己说者,惟尼几爱一人而已。)薄于爱他之情,而自陷为世道人心之罪人耶?

　　东西学者各从其所见之一方面立言,其说每多相异,我中国古哲之言群也见其分,而欧西古哲之言群也见其合。请两举其代表者。荀子云:(见《富国篇》。)人之生不能无群,群而无分则争,争则乱,乱则穷矣。故无分者,人之大害也;有分者,天下之本利也。而人君者,所以管分之枢要也。古者先王分割而等异①之也,故使或美或恶,或厚或薄,或佚或乐,或劬或劳,故为之雕琢、刻镂、黼黻、文章,使足以辨贵贱;为之钟鼓、管磬、琴瑟、竽笙,使足以辨吉凶;为之宫室、台榭,

---

①等异:用等级来区别。

使足以辨轻重。又曰：离居不相待则穷，群而无分则争。穷者，患也；争者，祸也。救患除祸则莫若明分使群矣。而希腊柏拉图之言，即所谓理想之共和国，其主义在废私有之制度。盖柏拉图之意，以为有私有之制度，则一切罪恶皆从之而起，故财产不可私有，以财产为私有者，此所以有窃盗之罪恶也；妻子不可私有，以妻子为私有者，此所以有奸通之罪恶也。（荀子明分，故云男女之合，夫妇之分，与柏拉图之言适相反。）凡生子者，非两亲之子，而国家之子也，以国家养之，以国家设立之学校教之，如是则以国为家，人人去其爱家室之心而爱国，共和国之大略如此。夫合个人而为群，于一群之中不完其个人之界限，则有以群而灭个人者，政治上之罪恶，借群之一字而行之者何限。然个人之界限过明，则又各自便其私图而无公共之道德性，无公共之法律性，如是则合群之能不备而合群之力亦不大，一旦群与群遇，则此群必为他群之所弱。而我中国之弊则属后者而非属前者。何则？中国之人心风俗无一非儒教所养成，儒教固以有等衰名，而荀子之言即可谓为儒教精神之代表者。（钱唐夏氏[①]论中国秦后之政治悉本自秦，而秦之政治本于荀子，荀子为儒教之一大宗，中国数千年来所用之儒教即为荀氏一家之言。此可谓近时一大发见之真理也。）此其结果已可实验，曰：凡中国无论何事，独为者多成，共为者多败，此知分而不知合之所由然也。夫言亦取其各有当而已，柏拉图之言，其得失非兹所论及，然可谓为具绝特之大理想，盖分之理易见而合之理难明，分之事易为而合之事难成，故人智日益进步，必日趋于合而不趋于分。吸柏氏之言之流派者，今之国有制度及社会主义，皆向此合之一方面而行者也。夫知合而不知分者，在使知有个人之权利，其药之也，曰自由主义；知分而不知合者，在使知有团体之观念，其药之也，曰牺牲主义。我中国而欲合今日之群乎？必弃自由主义而采牺牲主义。夫欲用牺牲主义，则固有赖于共同之感情矣。

由是而进言之，则发达此共同感情之事是也。夫人之一生，自幼稚至于壮盛，其间感情之程度每因之而大异，例若幼稚之时其感情之范围狭隘，而壮盛之时广远；幼稚之时其感情之经历蒙昧，而壮盛之时明瞭是也。而社会亦然，当草昧时代，其感情或不出乎身家宗族之外，至渐进于文明，而有国家之感情也，（我中国今日尚仅有家族之感情而无国家之感情，其文明之程度即可以是准。）有人类之感情也，有宇宙一本、万物一体之感情也。夫以人情言之，往往于其关系之最密切，圈界之最接近者，其冲激感情也强，而发生感情也易，然而人品高下之间，即于此而分其界限，即感情之愈小而愈窄者，人格愈鄙；感情之愈广而愈远者，人格愈大是也。试取古今仁圣贤哲与夫愚夫愚妇相比较，其感情之距离为何如？故吾人为学之要，即在廓吾人之目的，能至于远大之一域而已。且夫从人类进化之历史以观，虽发达至今目，其效验仅能为一家一国之团结，而于其外之能力盖

---

① 钱唐夏氏：指夏丏尊。夏丏尊，字遂卿，作穗卿，号别士、碎佛，笔名别士，浙江杭州人。近代诗人、历史学家、学者，宣传新学，鼓吹变法。下文称夏碎佛。

微,此则由人类知有家族国家之结合者,仅不过数千年,而其前之沉没于蛮野残杀之境界中不知几时代,其有亲睦之智识既浅,而其所带来之恶习性累代淘汰而尚未能尽。然演而愈进,必有日底大同之势,但苟非其时,则言之亦徒无益,而吾人要不可不知其理,以悬为前途向往之一标准。盖我而为个体之我,固有对于个体之事;我而为国家社会之我,又有对于国家社会之事;我而为天地万物之我,又有对于天地万物之事。伦理之界不扩之于此而固有所不尽,此当务外境之发达者也。(以今日中国之时势言之,仅能由家族主义扩张至国家主义,然но知有国家主义,则挟其国家之威力,以强凌弱,智欺愚,如今日欧西各国之待吾人,多有不可言道德者。而此状态行之日久,必至两有所不利,于是人心一转,不能不于国家主义之外兼经世界人类主义,此亦进化自然之阶段也。)而未已也,夫外境既增拓矣,尤不可不致力于其内容。例若行道之人遇有死丧,或不过动其黯然之容,发为太息之声,而若孝子仁人之对于其尊亲之死丧者,则有痛哭之情焉,蹯踊之节焉,甚则有毁身灭性之事焉。而爱国者之为国死、守道者之为道死亦然。盖感情之发生能见之于行为而践之于事实者,一视其内容之真切为何如,此又当务内容之发达者也。且夫社会交际之间,必有赖乎感情之作用者。今学者考,凡遇危险患难之事,若感情之冲动戟刺①不达其极度,则不能舍生蹈死,而以感情之或稍失于弛缓,则险难终不可得而救。故人之有感情,即所以为救济险难之一要件也。又柏拉图云:吾人虽有精神智慧之明,然若无情以鼓之,则精神智慧亦倦怠而无由自奋。是则感情之大有益于吾人,而吾人又安可不养育之、濯磨之而使得显其效用于世间也?

自来道德之事每伴时势而发生,时势之所需,则道德起而应之,故当惨淡酷暗之世,正道德性所最易嵯峨勃郁之时也。今学者考,人日压于大气之中,而以恒久均匀之故,遂毫不足催吾人之感觉,反之而若遇外境之有凹凸性者,则吾人每为所冲激而情自发于不容已,若自极盛之时而至极衰,极煊之势而至极冷,以前后两境之不同,遂不胜其俯仰慷慨之悲,若登山临水易动怀思,亦以处于不平之境故也。又学者考,人当忧患之时,其感情每深于欢乐之时,一若感情之物每随忧患而生。此其故,当忧患之时,人每苦于一人之力之有所不足,不能不有待他人之掖助而后能消此危难之局,而以彼此共同扶持,积久经历,遂以相助为必要,而彼此均不言而视为当行。至欢乐则一身已足保持,而彼此无相须要之事,则感情亦返于平静故也。由此二说推之,则今日者,其最足试验吾国人共同感情之时期矣。对此茫茫,百感交集,吾人他事尚可解除,而独此忧时感事之怀悱恻缠绵而终有不能自已之势。昔龚定盦②每闻斜日箫声辄至发病,以为莫喻其故。龚子诚竺③于情者,而吾人对此大陆之河山斜阳一片,(夕阳为最易增人感慨之物,国家衰颓,古人往往比之夕照。今人夏碎佛己亥天津感事诗云:"起看天地斜阳里。"余于

---

①戟刺:刺激。　　②龚定盦:定盦是龚自珍的号。　　③竺:同"笃",厚。

庚子即事感刘张二总督云："莫饮建业水,休食武昌鱼。太息中原事,斜阳画不如。")其病也更当何如?此焦吾神而悴吾性者,其将以为魔乎?抑将以为帝乎?其将杀之乎?抑将宥之乎?吾闻德国洛吉之言曰:宇宙间有二种世界,一法则之世界,一价值之世界。法则之世界,例若地球依法则而运转,人类依法则而生育是也。使宇宙仅有法则之世界,实为枯淡无味,于是万物间以发生感情,而后世界乃有价值,价值之世界,即感情之世界也。又闻柏拉图之言曰:感情者,人之神明,幽闭于形质中之动作也。然则感情者,其固为吾人性灵中可贵之物乎!由此推也,恐古人之所谓饥溺天下、济度众生者,问何苦而必为此,度亦发于情而自有所不能已者。故夫我国今日无圣贤则已,有则必其厚于感情者也;无英雄则已,有则必其富于感情者也。何也?时势之所感使然也。夫人而有不为时势所感者乎?则已土木其身,金石其性,形生而其心已死矣。夫曰:心死,哀孰大焉。

附识:

共同感情,即为爱他。爱他之与道德,义不尽同。篇中于爱他之处,往往取行文辞气之所便,以道德二字代用之,作者之意,以为道德之一大圈界中固不止爱他之事,而爱他之一圈界中殆可谓全属道德,其不得称为道德者盖寡。此义亦本于罅喷胥尔氏。罅喷胥尔氏以为行为之动机非关于自身之幸不幸,即关于他人之幸不幸,其仅关于自身之幸不幸者,不能尽谓之道德,必有关于他人之幸不幸,而后有道德之可言。盖可谓之道德者,即有利于人之事是也。若害人而利己,则谓之恶而已。罅氏之言,盖亦以利他者即为道德也。

篇中以吾心满足为与快乐不同,又以善为与快乐不同。按,此为伦理学上一大区别。吾心满足之义,本于希腊之柏拉图及阿里士多德[①],二氏皆以善为一种道理的满足与智性的满足。而伊壁鸠鲁派反之。伊壁鸠鲁之说其源起于阿里地士。阿里地士以为人者,性乐的动物也,所谓人类之至高善者,快乐而已。伊壁鸠鲁演其说,以为道德与非道德,其标准,快乐与苦痛而已。能予人以快乐者,谓之善;能予人以苦痛者,谓之恶云云。后世功利幸福主义,其源盖与此通。然快乐派之言究不免倾于物质而不能使人生终极之目的,达于高尚之境,又足以滋听闻之误而生流弊。近时古林氏之伦理说出,遂压倒快乐派而于伦理说上占大势力。古林氏之学近承康德,而远亦从柏拉图、阿里士多德流出,惟自组织而为一家之说。其论吾心满足及道德善与快乐之不同,曰:所谓吾心之满足(Self-satisfaction)者,虽其中或含有快乐之意,但不可谓其目的为求快乐,盖此吾心满足之一境者,由吾人达到此愿望之目的而生,而不得谓以此为目的而生愿望。例若有人怀杀身成仁之愿望,当其得见于实行,必感有吾心满足一种之

---

① 阿里士多德:现通译作亚里士多德。

快乐，然此可谓由杀身成仁愿望之已达而后生此吾心满足一种之快乐，而不得谓欲求有此一种快乐而后乃为杀身成仁之事，即快乐之原因本于杀身成仁，而不得谓杀身成仁之原因在求快乐也。又曰：吾人之所为善者，非必在快乐也，所谓道德的善者，在能使吾人道德的能性（Moral capabilities）满足而已。古林氏之言如此。按，吾心满足与快乐不同，而善之根本不在快乐，辨明此理，于伦理上之关系甚巨而其义确自有别。今请引申其义而略言之。例若今有人居高位，享厚禄，出夹旌旄，入餍粱肉，广厦陾室，粉黛罗列，珍宝充溢，不能不谓之快乐，虽然，所谓感有道德善一种吾心满足之境，不可得而言也。非特此也，又或有人功名盖一世，事业炳千古，文则经纬天地，武则叱咤风云，而又加之以父母俱存，兄弟无故，妻子和乐，此其快乐已高于前所有之快乐，然所谓感有道德善一种吾心满足之境，亦不可得而言也。又所谓快乐者常以相对而生，例若运动久则以休息为乐，休息久又以运动为乐；昼起久则以夜眠为乐，夜眠久又以昼起为乐，而所谓道德善之吾心满足者，其境纯久而无变异之可言。且此道德善吾心满足之一境有时或适有与快乐相反之时，例若为道流血，踏白刃，赴汤火，此不能不谓之不快乐之事，虽吾人于此以能达到吾心满足之一境，仍于心理上现有一种快乐之意味，然已不能不与快乐分为二境。何则？以吾心满足与夫快乐相冲突而不能两全，吾人不能不牺牲此快乐而求吾心之满足故。使以快乐为完全终极之目的，则且以有求快乐之故而为吾心不满足之事者，是尚得谓之为善乎？且所谓吾心满足之快乐者，诚如古林氏所言，不得谓为目的，不过道德善成就时一种之副产物而已，例若吾人为养生而求饮食，而饮食之时固感有一种之快乐，然不得谓吾人饮食之目的在求饮食之快乐而不在养生也。（或曰：人之为饮食也，安知其不为饮食之快乐乎？曰：是决不然。使不饮不食而仍可以养生，则吾首愿牺牲此山珍海错朵颐染指之快乐，何劳仆仆日三飱为？恐天下之与某同心者必多，不久而饮食之事可绝迹于天壤。今之所以不能废饮食者，以废饮食不能养吾之生，故知养生为吾人求饮食之一目的。而所谓饮食快乐者，非吾人求饮食之目的，不过为养生求饮食之一种副产物耳。）由是言之，吾人之所为为道德者不得谓其目的在求快乐，特于道德到达之时常伴此吾心满足一种之快乐以俱来，而于吾心满足之中能含有快乐，于快乐之中或不能求吾心之满足，即所谓善者自高出乎快乐之上，而善或未必无快乐，快乐固未必皆善也。此主客因果之辨明，于是吾人道德之上论理更进一境，以视功利幸福主义于快乐上筑道德之基础者（快乐之说以进步而益臻高尚，大抵有躯体之快乐变为精神之快乐，无限之快乐变为有限之快乐，个人之快乐变为公众之快乐，故其学说已渐不同，然其根据之地皆属快乐，则一也。）且尘埃矣。

钱　论①

昔宋岳武穆有言曰：不惜死，不爱钱，天下太平矣。今观《北盟会编》《系年要录》②（百三十七卷。）两书，皆载飞奉诏传令班师，军士应时③皆南向，旌麾辙乱不整，飞望之口呿④而不能合，良久曰："岂非天乎？"夫岳军号称强兵，然士卒之惜死犹若此，以是可略见宋人之人心宜乎遂不能当金元之入寇，而中原土地乃为北方蛮族人所腥膻，武穆盖深悉其病根而言之。而自宋后至今将千年，欲道人心之症结仍不出乎武穆之两语。然则惜死爱钱，其真为我国最深之遗传性也。

则有一问题于此，曰：此两事件之中，我国今日之人心，为命重于钱乎？抑钱重于命乎？余则直答之曰：钱重于命。吾闻今之论者有言曰：西洋人者，权利的人民也，为争权利则不顾其生命；中国人者，货利的人民也，为争货利则不顾其生命。又以近数年来之风潮而举其事实，则杀身之人尚有之，而破家之人未之有闻，是固钱重于命比较之显然者矣。（近日满洲战争之地多有不避枪弹而盗取战争后死伤军人之服物者，又有受雇为侦探及受雇为密输入者，均不免有性命之危而顾有人为之，此亦钱重于命之证。）夫各国当变法之时，富者之投弃帑藏而顾国家之急难，以为其党人之运动费者何限，故能生发风云，才与财相济，而后事有所凭藉而底⑤于成。若我国则数年来之有志改革者亦既绝叫于口舌之间，而人人赤手空拳，遭社会之漠视，此非必其人之稍涉浮浪而投钱者之或有所顾虑也，即有诚足镂金石，信足誓山河，不出而与人谋则已，出而与人谋，其为国人所冷淡也如一，虽欲起而行，彳亍蹩薜⑥，仍不能不坐而谈以终。以是知国事之一无可为，而枯窘鼻塞至于此极，其原尚不在无人而在无钱。其无钱，则以发于国人有钱者不肯出钱之一恶根性也。

则犹有一问题于此，曰：今日而欲兴起我中国，将重在有不惜命之人乎？抑重在有不惜钱之人乎？余则直答之曰：首重在有不惜钱之人。夫非谓今日作事之不能不有赖于不惜命之人也，谓夫无不惜钱之人，则虽有不惜命之人而仍归无用耳。昔欧洲之某王问于某名臣曰："今日战争当以何物为最要乎？"某名臣曰："钱也。"王复问曰："然则其次以何为最要乎？"某名臣复曰："钱也。"王又问曰："然则又其次以何为最要乎？"某名臣沉思良久，复答曰："钱也。"一时传以为名言。拿破仑用兵一生，至其晚年叹曰："战争之胜负者，金钱之多寡而已。"夫古今时变而事殊，昔之作事者不必多得钱也，得人而已可以起，彼以金铁，此以

---

①原载于《新民丛报》第61号（1905年1月20日）。　②《北盟会编》《系年要录》：指《三朝北盟会编》和《建炎以来系年要录》。　③应时：即刻。　④呿：张口貌。　⑤底：至。　⑥彳亍蹩薜：徘徊不前。

金铁，即不然而彼以金铁，此以木石，亦足以相当，但有不惜命者胜耳。故陈涉之徒揭竿斩木遂亡强秦，亦处于彼之时势然也，若至今日，则竿木之徒起则仆耳，虽千百陈涉，其何能为？虽然，时势之与人事，相竞相伴而日同进步者也，甲进一级，则乙亦进一级，其进步之程度等，则能力亦相等，而所谓两不等不相敌之难题可去。故以人力灭人力，决不能灭去一事，而其事为前古历史上之所有者仍为后世历史上之所有，此间偶或灭去而若此事之不再出现者，则以进化之度不能两线均一而常必有先后之差，至于积久，仍必有一齐一之时，于是甲不能以有何等之可恃而独强，即乙亦不至于一无何等之可恃而独弱。而欲补此强弱不同等之度而使之同，其所凭藉以为补之之道者，以今日言之，无他，第一则钱是也。

则犹有一疑问于此，曰：以中国人之钱，其不足以供救起中国之用乎？曰：是断不然。夫日俄之将战也，人或多以日本国小，恐不免陷于财力之不足，即日本亦自虑此，然自开战之后，其国民之献纳军资者数百千万，日接于耳，若自百万以下、数十万、数万者指不胜屈，而明治三十八年之预算至达九亿圆之巨额，而国民曾毫无恐惧之心。夫日本人之出钱若是其踊跃者，彼非为救亡国也，不过扩充其国势而益巩固其基础耳。然而全国之舆论以为是所以永国家之命脉者，虽巨帑决非足惜。由此以推，以荧巢漏舟、岌岌其殆之中国，其形势之急难既千万倍于日本，即唤起一国不惜罄腊膏、尽汗血而散财以救国难之义侠性，亦当千万倍于日本。使果如是，则中国之萧条决不如今日，中国之艰涩亦决不如今日，而有英雄出焉，不难因人心之所向而图事机，而气象亦从而发生，必不得谓中国事之无可为也。何以成事曰人？何以济人曰财？财耳财耳，事业由此而成，功名由此而立者也！且夫天下之所谓大利，又宁有过于建立国家者乎？虽投若何之帑藏以购之，决不得嫌其高价，而十亿焉、而百亿焉、而千亿焉、而万亿焉、亿亿焉，即引而愈上至于无限之巨，苟有可以挽回我陆沉之山河而岳色河声仍属汉家之物，则我种人前途之福祚正未有尽，又岂有何物之足以动吝惜焉？此其义亦至浅近而易解，然而观我国人，殆不可谓能知此义者。其力之不足以出钱者无论，力足以出钱而欲其顾国家之危难而有以应之，非特不可望其罄所有而请自隗始[1]，但求其能出十之一而不可得焉，又求其能出百之一而不可得焉，又求其能出千之一万之一而亦不可得焉，相率以保守身家、不拔一毛为宗旨。昔人有言，上帝谓下民曰：“吾万物皆可以予尔，虽然，必有代价。”夫欲救国而无代价，此其事之不可能固昭然易明矣。然而我国人固非概不知欲有国也，设进而与之谋曰：“吾侪盍造一新国？”彼闻之者亦欲攘臂雀跃而来前；又进而与之谋曰其出钱，则徘徊退缩迁延观望而避耳。此宁非至可笑之事耶？且夫在数

①请自隗始：出自《史记·燕召公世家》：“王必欲致士，请从隗始；况贤于隗者，岂远千里哉？”隗：郭隗自称。指拿自己做一个榜样。后比喻自愿带头。

年以前，不必其人之别有何等之学问、何等之道德，但能言维新、言变法者已寥寥若晨星而足称为一世之俊杰，今则维新变法已成为普通之名词而人人解道，然则时势进步之速已明告吾人以今入实行之时代而非属能言之时代矣，而果事欲实行，其入手所逢着者即为钱之一字，有是则东风发而百草生，盎然见春气焉；无是则英雄亦无用武之地，徒仰屋兴叹而已。夫以我国人鄙啬悭靳之性质，假令改而处于日本之位置，恐日俄之战虽有东向黑木之将，敢死争先之士，亦且以无国人之后援，士气为之不扬，因而累及战争之不能奏功，而国势可复返局促退婴之中。由是以言，以我国民之性质，虽使居兴盛之国，而犹足以致衰亡，况乎属衰亡之国，又焉能望其致兴盛也？孟子所谓"由今之道无变今之俗，虽与之天下，不能一朝居"者，此之谓也。夫欲知我国人致国家濒于衰亡之性质，果何在乎？亦在此不出钱而已矣。

且夫天下事固未尝不可为也，虽今之论者或曰某事以某之故故不可为也，某事又以某之故故不可为也，顾以余思之，其果事不可为乎？抑为之之尚未尽其道而非事之不可为乎？以愚钝若余，则所谓事不可为之理由尚苦于不能发见，而所谓为之之尚未尽其道，本无真实之力，深远之谋，而徒以浅尝猝试而致败者，其证迹显然。然则不于为之之道再求其进步，而但以稍一试验辄畏阻而以为不可为，此适足表襮①我国人之无忍耐力耳。夫一大事之显现于世界，其初固未有不经失败又失败又又失败而后乃仅能以告成功，人但睹其成功之易，而不知以失败之磨砺，乃受其教训者实多。盖人之为一事也，方其始未能深知此事之性质为何如，故其料算必浅，其布置亦必疏，而于其料算之所不周、布置之所不到，冥昧之中本留一罅隙而败象即从此而发生，至于经验久，而事之曲折与人之智虑相蹉相磨而一一发见其有可以解免救避之处，而后知事本不难，直缘吾前者能力之未至，故见以为难耳。夫当为野人之世，但谋一避风雨之法亦觉其甚难，或栖于森林之中，或出以草木之叶覆其首，而终不免有淋漓浸润之姿，野人盖尝以是为至苦而以为是固无可设法者，然至今日，宫室之制成则视避风雨之事直最易而不足道。虽然，世变日进者也，世变进而困难之事亦俱之日进，但觉前之一困难方去而后之一困难又来，于是时时有若事无可为之一境横居于吾人之目前，而其实皆以人智之到达而消释，初未尝有一真无可为之事。顾于此有一大辨别在，则在知其难而不为与知其难而必为。知其难而不为，则前此困难中所受种种之教益皆归于无用，而所谓失败者乃真失败；知其难而必为，则锲之不已，金石为开，思之不已，鬼神来告。吾人之所贵乎有毅力有坚志者，其效用乃正显于此时。且夫天下事固未有孰为真难、孰为真易者也，苟能如吾之所意料，则无一事不可视为易，而时变之来千态万状，又无一事不有困难之相会，决非吾人区区之智所得而撰择焉，吾人但能定一当为之事而终身以智力赴

---

①襮：暴露。

之，以求达其目的而已。故能成甲事者，则乙之事亦必成能；成乙事者，则丙之事亦必成。若因甲事不成改而为乙，乙事不成又改而为丙，而不知甲乙丙之实状其难易亦正相等，辗转改变，则辗转穷途而已。且使天下事果皆有易而无难，则人类之智能直无由资以进步，而所谓英雄亦毫无价值之可言。吾人正当欢迎此困难之来前而制而胜之，不胜则不已，以试验吾人人类智力之果有限量与否，而决不可生畏难就易之心，不以吾人之智力征服事变，而反以事变征服吾人之智力也。使吾言而果有当，则吾谓吾国今日不能以前此之事之有失败而断为事无可为，直当断为为之之尚未尽其道，果能为之尽其道，则一喷一醒然，再接再厉，乃天下事胜负直未定耳。虽然，非有一财力问题为之先，则一切无可措手，且以财力未充之故而强勉为之，则为之之道亦恐终有所不能尽。故夫今日而欲救国，则钱直居首要吃重之位置矣。

历史者所以永伟人之性质而留模范于后人者也，故于历史上有芳馨之事，往往能唤起后人之仿效心，其影响遂接续于古今界而不纪①。盖人之所以日进于智慧道德者，当其初必非为全社会之普通性，而必有一二人也为之先，继起而复继起，发挥光大而遂成为风俗。故曰人者，好模仿的动物也，又模仿而好竞胜的动物也，设无此竞胜之模仿性，则社会必永无进化之一日。顾持是说而合诸我国今日之人心，则多有不可解者。夫我国出钱之事，于古代遗最好之模范而今日尚深留印象于吾人之脑性者，不有令尹子文毁家以纾楚国之难之事乎？当日楚之所谓国难者，决非如吾今日之甚，而楚之地与人又不如吾今日之大且多，以区区之楚遭逢危难而已有若子文其人者出，则今日之为子文者当何限？而毁家者又当何限？谅必有千万人而不足多，而古以子文为奇，今则以为无可奇；古以毁家为难，而今则以为非所难矣。然而今果何如？非特欲求有多数之子文能自毁其家而不可见也，但求有一子文以继我历史上毁家纾国之一芳躅，亦聊足慰吾人饥渴之思，而乃怀思古人，徒掩卷而留余香，而枨触吾人以古今人常不相及之悲，其感慨为何如耶？且夫国家当太平之时，则凡为社会之个人者决当自完其个人之界限而初不必有牺牲一家之事，然而当危急之秋不然，今者毁家则可望救国，不毁家则不能救国，已处于不能两全之势而不可不择而出其一途。使我国人而果择而出于毁家救国之一途乎？国存则家可复兴，虽毁其家，犹未毁也。彼子文者未闻以毁家之故，遂见其子孙之流为饿莩也。夫且身与国俱荣，而赢得一毁家纾难之美名以长耀光彩于人间。即不然，而财为外物，有聚必有散，不过迟早间耳，与其恶散，孰若善散？与其为无名之散，孰若为有名之散？今各国多有以散财之一问题费种种之考案而求其有一至善消去之法，使其能为我国人而遭逢今日之时势，吾知散财之第一法决无有过于救国家之难者，当必欢欣拍手，以为今乃得遭逢千载一时一散财之大机会矣。抑我中国固重儒教，

---

① 不纪：指后世太多而不再记载。

则且举儒教中之人物。盖子贡所称为多财者也，余观古书有载其事者曰：卫端木叔者，子贡之世也。藉其先赀，家累万金，奉养之余，先散之宗族；宗族之余，次散之邑里；邑里之余，乃散之一国。行年六十，气干将衰，弃其家事，都散其库藏珍宝车服，一年之中尽焉，不为子孙留财。段干生闻之曰："端木叔，达人也，德过其祖矣。其所行也，其所为也，众意所惊而诚理所取。卫之君子多以礼教自持，固未足以得此人之心也。"是亦我先民之美谈芳规也，而况处今日之时势，散财以救国家，于义更有所不能辞耶！虽然，吾知吾国人之必不出此，夫不出于此途，则必出于保守其家，坐视国亡而不之救矣。抑国亡矣，其家果能终保与否，此我辈所欲研究之一问题，然我国人智虑之长又必不能及此，如燕之巢于幕上，幕已焚而未及巢，则固嘲哳①哺嗀②而以为至乐也，亦惟有至于覆巢破卵而已。此所以但欲保家而不知保国，至于国之既亡，而其家亦终不能保者，盖前途必至之结果也。

今我国人所期期而不解者，保家必先保国之一义也。此欲一一征明以事例而剖解其理由，固非此篇所能赅，而但欲举一说以相诘曰：若果不保国而可以保家，则欧美日本各国必日言国家主义，而其人民至有以为国家之大事牺牲其所有而不悔者，其人可谓至愚，而我中国人乃可谓天下之智民矣。然试思之，其果欧美日本人愚乎？抑中国人民之智识尚不能至知有国家之程度乎？恐稍明事理者所能断。今夫藏珍宝于其家而外无墙垣，此其危险固我国人之所及知也，然而国家者，非他，即保卫身家之一外墙垣也，人知夫有家而无墙垣之为害，而不知有家而无国之为害，此所谓知有二五而不知一十者也。且我国人亦尝举地球人民贫富之现象而一研究其本原乎，曰：凡国家衰弱者，其人民日贫；凡国家强盛者，其人民日富。此不必概征之全地球诸国也，但举太平洋两岸之国，以中国与日本言之，自甲午以后至今十年，自庚子以后至今四年，我中国全国经济界之消退者若何？日本全国经济界之增长者若何？（日本岁入自甲午清日战争以前仅八千万圆，内外不达一亿，至甲午以后急增至达二亿圆，而明治三十六年之岁入至三亿圆，又三十七年之贸易总额至六亿九千余万圆。）夫日本经济界之增长有详明统计之可检，而中国经济界之消退不能窥其底细，而但于人民之间，见大家之落而为中户，中户之落而为贫民，贫民之化而为盗贼，而现出一惨淡愁黯之景，使能编一统计，必有令我国人魂胆俱碎者。盖经济界消退之速度直为自有中国以来所未有，其势若迅潮之退，俄顷间而一落寻丈，使此境而再阅十年、数十年，试默思中国已为若何之景象耶？夫全国经济界之增长，则个人之经济界亦随之而增长；全国经济界之消退，则个人之经济界亦伴之而消退，虽其始或有若干之个人暂不受时势之影响，而辗转循环，一国之大势必相平准，犹之一人之生理然，气血盛而全体俱荣，气血亏而全体俱衰。故言富者必以全国之消长为本，未有个人别体

①嘲哳：形容鸟鸣声嘈杂。　②哺嗀：哺食雏鸟。

之经济界能自离于全国总体经济界之外而能绝其关系者也。夫仅此数年之间，日本之经济界若是其增长而中国之经济界若是其衰退者，此无他，日本以国家强盛之故而人民受其福，中国以国家削弱之故而人民蒙其祸，其事理实至浅近而易见。然则我国人至此岂尚不知造国家之为急耶？且我国人守此不出钱为惟一之宗旨，然其究竟，果能一不出钱否乎？吾见今日者某某有捐，明日者某某有捐，明日者某某又有捐，而官府敲剥，胥吏勒索，果长无国家，则此苛政之苦况必日其一日。其境况殆有不可思议者，我国人于当出钱者则不出，于当抗而不出钱者则不抗而不能不出，均之出钱，而不投之于急公好义之处而委之于势迫刑驱之下，恐金银有知，亦当起而哭所遭之不幸，而出钱者之事理颠倒，虽欲不谥为蠢民而不可得也。

　　然则吾人对于富而能出钱者不能不尊之重之而表扬之，对于富而不肯出钱者不能不鄙之贱之而贬斥之。或曰：是可以为道德乎？曰：可。夫富而肯出钱者，是仁人也，善人也，慷慨者也，热诚者也，爱国者也，爱种者也。当今日之国势，对于其祖宗、对于其子孙而能自完其责任者也。我民族正赖有是人，吾从而贤之，其功其德，固有可贤之之理在也。富而不肯出钱者，是鄙夫也，细人也，悭吝者也，贪欲者也，害国者也，害种者也。当今日之国势，对于其祖宗、对于其子孙不能自尽其责任者也。我民族不欲有是人，吾从而诛之，其罪其恶，固有可诛之之理在也。昔释迦以人民悭啬、有钱不布施为招三劫之一，以仁慈若释迦而犹痛恶之若是，是则进富而仁者而贬富而不仁者，固不得为不道德矣。且夫吾人社会之功罪案尤不能不视乎其时势之所急而定，例若有洪水之患，则能平水土者，其首功也；有桀纣之患，则能除暴君者，其首功也；而当今日，则以能救国为首功。而救国之事首莫要于出钱，故能出钱为今日之第一功可也。不然，吾人欲以泪救国而不能，欲以血救国而不得，欲以智救国而智且困于无所施，欲以力救国而力且困于无所用。福泽氏者，日本维新时代之一杰士，今人人所知者，福泽氏固唱拜金主义者也。（当日以福泽氏为拜金宗之开山上人，以庆应义塾为拜金宗之传道场。）夫福泽氏竭力以振兴公众之事业，其唱拜金主义决非为利己而然，盖曾见夫办事之不能不有钱而出钱者之可贵，故置钱为第一位而计数之。由今以思，英雄之用心固昭然其若揭也。虽然，福泽氏以运动日本之社会能得钱以办事而成其志，若使所遇者为中国人，亦且穷而无所施其技，是则凡英雄之成功固非一人之力之所能成，而实全社会之力而使之成之也。噫！我中国不知自何时以来而此爱钱之一习惯深入于人心，久而成为国俗，人人但自顾其身家中之一小我而不复顾有社会中之一大我，而手握金银以坐送神州之陆沉，将令后之人考亡国之历史而得发见其一理由曰：凡人民之爱钱者，亡国之一大原因也，盖观于犹太人与中国人而信。（犹太人以亡国之故而爱钱，中国以爱钱之故而亡国，其原理大不同，此篇不及征犹太亡国后之历史而详论之，但举其爱钱性质有一相同之点而已。）

论中国自食力派思想之发生①

②《论语》载荷蓧丈人之言曰："四体不勤，五谷不分，孰为夫子？"吾人读此数语，知丈人实抱有一种特具之理想，决不当视与寻常言语一律。未几而当孟子时，果有许行其人者出，以并耕之说特立标帜于周季学界之中。吾人于《论语》《孟子》得此前后两家隐约间之消息，于是益欲探此学派之源流。而考《汉书·艺文志》述农家云：

《神农》二十篇、（六国时，诸子疾时怠于农业，道耕农事托之神农。师古曰："刘向《别录》③云：'疑李悝及商君所说。'"《野老》十七篇、（六国时，在齐、楚间。应劭曰："年老居田野，相民之耕种，故号野老。"）《宰氏》十七篇、《董安国》十六篇、《尹都尉》十四篇、《赵氏》五篇、《氾胜之》十八篇、《王氏》六篇、《祭癸》一篇。右农九家，百一十四篇。

农家者流，盖出于农稷之官。播百谷，劝④耕桑，以足衣食，故八政⑤一曰食，二曰货。孔子曰："所重民食。"此其所长也。及鄙者⑥为之，以为无所事圣王，（师古曰：言不须圣王，天下自治。）欲使君臣并耕，悖上下之序。

此《神农》二十篇其无许行之说否乎？抑《野老》十七篇其无荷蓧丈人之说否乎？今固不可考，特吾人于此有一事之可信凭，曰农家者流固与儒墨名法为同时所发生之学说是也。则试进求其当时可属于农家之人物，而但即孔孟之门弟子，亦似有传闻其说者，请略征之。《论语》载樊迟请学稼、樊迟请学圃，此决非贸贸然，以农工园艺之事询圣人，盖实含有自食其力之意而抱有农家者流一种之思想者也。又《孟子》载彭更（赵⑦注：彭更，孟子弟子。）问曰："后车数十乘，从者数百人，以传食⑧于诸侯，不以泰乎⑨？"又曰："士无事而食，不可也。"又曰："梓匠轮舆⑩，其志将以求食也。君子之为道也，其志亦将以求食与？"《吕氏春秋》：（《不屈篇》。）匡章（高⑪注：匡章，孟子弟子。）谓惠子于魏王之前曰："蝗螟，农夫得而杀之，奚故？为其害稼也。今公行者数百乘，步者数百人，少者数十乘，步者数十人，此无耕而食者，其害稼亦甚矣。"彭更、匡章，盖亦抱有自食力之理想者，其言与荷蓧丈人、许行盖有隐隐相通之故，特樊迟、彭更、匡章从孔孟游，虽有时欲发舒其素所信仰之意见，而为孔孟之理所折，遂不能坚持其前说。而许行以挺特之姿，其思想最为高迥⑫卓绝，托言神农以神其说，而又有陈相等疏扶⑬而

①原载于《新民丛报》第61号、第62号。　②以下原载于《新民丛报》第61号（1905年1月20日）。　③《别录》：中国第一部有书名、有解题的综合性的分类目录书，二十卷，西汉刘向撰。已佚。④劝：鼓励。　⑤八政：古代国家施政的八个方面：食、货、祀、司空、司徒、司寇、宾、师。　⑥鄙者：见识浅陋的人。　⑦赵：赵岐，东汉经学家，作《孟子章句》。　⑧传食：辗转受人供养。　⑨不以泰乎：这不是太过分了吗？　⑩梓匠轮舆：梓匠：木工；轮舆：制车轮和木箱的人。泛指有手艺的人。⑪高：高诱，东汉经学家，为《吕氏春秋》作注。　⑫迥：原误为"廻"。　⑬疏扶：指疏通其学说而扶持之。

后先之，一时乃与孟子对垒而开论战之场。许行固亦九流中之人杰也哉。

　　许行之言，直以农为人群万事惟一之本原，人人自耕而食其力，即人人自治而初无劳乎人君之事，即或有所为君，而君亦耕而自食其力，则君臣上下一体并等。果如是也，其时为之民者，既但知出作入息，而为之君者，亦高拱而苦其身之太闲而当习勤劳于田间，故曰"饔飧①而治"，此诚上下至简质之风俗，而许行胸中即浮如是景象之□理想国者也。虽然，令为君而亦须自耕，此若揭之为许行之创制乎？则人可持古代人君无如此之事以相难，而其说或至于不能行，于是许行复有以完其理曰："尔独不见神农乎？"神农，盖即并耕之君而留后世凡为人君者之一典型，则折衷古义，而人自不能不服其说。盖事之创始则难收功，而托古则易为力，许行之楬橥②神农与儒家之楬橥尧舜，其所取之术盖同。夫许行既以农为其学说之一本源，则道德之标准亦不能不以农而定，今观许行之评滕君曰："今也滕有仓廪府库，则是厉民③而以自养也，恶得贤？"夫文公固许行之徒所赞不绝于口者，曰："闻君行仁政。"曰："闻君行圣人之政，是亦圣人也。"曰："则诚贤君也。"何以结末之一评语曰"恶得贤"？盖许行之徒以为文公在当时之人君中固可称为贤，然进而以许行之学说绳之，不能不在贬斥之列。盖许行所定之道德律，即以能自食其力者为善，而以不自食其力者为恶，此即许行之所谓道，无论道其所为道或非吾之所谓道，要自不能不付以道之名，故其徒亦以合许行之学说与否区别之为闻道、未闻道也。许行之说或不仅如《孟子》中所记载而止，然即以《孟子》中所记载而观之，已自成为特立之一学派。观许行当日由楚之滕，已有其徒数十人与之俱行，度其他之信道者尚多，而又新得陈相等之景从④，其门弟子之势力已非寡弱。又许子衣褐，其徒亦衣褐，此为许行学派衣冠之一标识。又捆屦织席负耒耜，亦其门徒中特示区别于人之处。使许行之道得行，其结果之良否别论，要之我二千数百年之社会，其风尚必与今日大异。自许行一龙象⑤之大弟子陈相为孟子所败，其学说之势力衰弱而系统几熄，后之人虽或具此理想，其持论远不及许行之高，无复敢以自食其力为政治道德根本之原理者。刘向以李悝、商鞅为农家，然观《汉书·食货志》载李悝之言，不过尽地力以为富国之本，非可与许行并论者，惟商鞅则实以民能自食其力与否而定赏罚，固可谓自许行之后持食力说之最坚悍者。今略采《商君书》之言：

　　《垦令篇》：无以外权爵任与官⑥，则民不贵学，又不贱农。民不贵学，则愚；愚，则无外交；无外交，则国勉农而不偷；民不贱农，则国安不殆。⑦（中略。）禄厚

────────────

　　①饔飧：早饭和晚饭，这里指自己做饭。　　②楬橥：标志。　　③厉民：危害百姓。　　④景从：如影随形。比喻追随之紧或趋从之盛。　　⑤龙象：龙与象。水行中龙力大，陆行中象力大，比喻有最大能力者。　　⑥无以外权爵任与官：不要因为外国的权势来给某些人封爵加官。　　⑦无外交，则国勉农而不偷；民不贱农，则国安不殆：原文为"无外交，则国安不殆。民不贱农，则勉农而不偷。"

而税多，食口①众者，败农者也。则以其食口之数贱而重使之②，则辟淫游惰③之民无所于食。民无所于食，则必农矣。使商无得籴④，农无得粜⑤。农无得粜，则窳惰之农勉疾⑥；商不得籴，则多岁不加乐⑦；多岁不加乐，则饥寒无裕利⑧。无裕利，则商怯；商怯，则欲农。（中略。）

《农战篇》：凡人主之所以劝民者，官爵也。国之所以兴者，农战⑨也。今民求官爵，皆不以农战而以巧言虚道。善为国者，其教民也，皆作壹而得官爵⑩。民见上利之从壹孔出也，则作壹。今境内之民皆曰农战可避而官爵可得也，是故豪杰皆可变业务，学诗书，事商贾，为技艺，皆以避农战，则粟焉得无少而兵焉得无弱也？（中略。）农战之民千人，而有诗书辩慧者一人焉，千人者皆怠于农战矣；农战之民百人，而有技艺者一人焉，百人者皆怠于农战矣。国待农战而安，主待农战而尊。（中略。）诗、书、礼、乐、善、修、仁、廉、辩、慧，国有十者，必削⑪必贫。（中略。）今夫螟螣蚼蠋春生秋死，一出而民数年不食，今一人耕而百人食之，此其为螟螣蚼蠋亦大矣。虽有诗书，乡一束，家一员，独无益于治也。故先王反⑫之于农战。故曰：百人农、一人居者，王；十人农、一人居者，强；半农半居者，危。（中略。）民见言谈游士事君之可以尊身也，商贾之可以富家也，技艺之足以糊口也，则必避农。是以圣人作壹抟⑬之。国作壹一岁者，十岁强；作壹十岁者，百岁强；作壹百岁者，千岁强。今世主皆忧其国之危，而强听说者⑭。说者得意，道路曲辩⑮，辈辈成群。纷纷焉，小民乐之。故其民农者寡而游食者众，众，则农者殆；农者殆，则土地荒。学者成俗，则民舍农，从事于谈说高言伪议，舍农游食而以言相高也，此贫国弱兵之教也。（中略。）

《说民篇》：辩慧，乱之赞也⑯。礼乐，淫佚之征也。慈仁，过之母也。任举，奸之鼠也⑰。八者有群，民胜其政⑱，国弱。（中略。）

《靳令篇》：六⑲虱：曰礼乐；曰诗书；曰修善；曰孝弟；曰诚信；曰贞廉；曰仁义；曰非兵；曰羞战。国有是者，上无使农战，必贫至削。（中略。）

其略如是。盖秦之所以有天下，由孝公开其基，而孝公实用商鞅之政策者。商鞅之察当日天下之大势也，以为三晋民多而土少，秦则民少而土不辟。又察秦之所以不能得志于诸侯之故，其言曰："夫秦之所患者，兴兵而伐，则国家贫；安居而农，则敌得休息。故三世战胜而天下不服。"于是合此两观念，而定一改

---

①食口：不劳动而吃闲饭的人。　②以其食口之数贱而重使之：认为吃闲饭的人低贱而从重役使他们。　③辟淫游惰：邪僻、淫荡、四处游说、懒惰。　④籴：买粮食。　⑤粜：卖粮食。　⑥窳惰之农勉疾：懒惰的农民就会努力积极从事农业生产。　⑦多岁不加乐：丰收年不能靠卖粮谋利来增加享受。　⑧饥寒无裕利：饥荒之年没有充裕的厚利可图。　⑨农战：农耕和作战。　⑩作壹而得官爵：专心务农来得到官职和爵位。作壹指专心从事农耕和作战。　⑪必削：指国土一定被割削。⑫反：同"返"。　⑬抟：同"团"，把东西捏聚成团。　⑭强听说者：愿意听游说之客的议论。⑮道路曲辩：无论走在什么地方都巧言诡辩。　⑯辩慧，乱之赞也：善辩而聪明，是发生混乱的助手。⑰任举，奸之鼠也：担保、举荐，是奸恶的小人。　⑱民胜其政：民众就会不受政府法令的限制。⑲六：虚数，极言其多。

革之政策，曰招徕三晋之民，使三晋民少而力弱，秦民多而土辟，而以故秦事敌，（按，所谓故秦者，即秦之土民也。）新民作本，（按，所谓新民者，即由三晋招徕之客民也。）故曰："兵虽百宿于外，竟[①]内不失须臾之时。"商鞅以此政见实行，而遂见秦之富强，其贻泽至于始皇而有天下。秦之有天下，盖实可谓商鞅行政之大结果也。而吾人于商鞅行政之时，发见实与儒教为敌，而欲锄去之之一事实。盖商鞅治国，务使国之民除兵之外无一非农，其书中屡言所谓作传、作壹、壹孔者，盖欲统一于农，以农为本，而战为其用耳。除农与战之外，于其国而见有事诗书礼乐、谈孝弟信廉之人，即鞅所视为游手好闲，无事而食，虚辩愉惰以害耕，而国家刑罚之必当首及者也。今人以燔书归罪于秦始皇，然燔书之事实为商鞅而非始皇，是有征也。《韩非子·和氏篇》：商君教秦孝公燔诗书而明法令，禁游宦之民而显耕战之士。孝公行之，主以尊安，国以富强。其云孝公行之，盖已实行，而孝公之实行此事，则商鞅教之也。秦自孝公而后历代皆沿用商鞅之政策，彼始皇、李斯，亦不过本商鞅之遗教而反覆行之而已。然始皇燔书，人皆视为中国史一大案件，而商鞅之燔书多湮没而不知，此无他，当商鞅时，其所燔者不过秦一国之书而无大关系于中国之事，至始皇则统一六国，一燔书而中国之书无不燔，故遂见为非常之大事，要不过以其所处地位殊异之故，人遂若有见有不见耳。夫许行以口舌之战而为孟子所败，而商鞅乃以政治上之实力败儒家，此可谓儒家、农家一大战争之历史，遥遥互有胜负。自嬴秦之王气告终，而商鞅之法其势力亦与之俱尽，然后人之持此理想者亦时有所闻，如汉之晁错，盖亦其一人也。然观错之言，以为法律贱商人，商人已富贵；尊农夫，农夫已贫贱，此不过以重农之故而欲排除商人已耳。商鞅之重农而仇诗书礼乐，屏黜儒教，许行之重农而欲使君民并耕，则错之思想在自食力派中，其范围固已隘矣。

　　[②]于后世为吾人思议所不及而具有此思想者，则韩昌黎是也。昌黎学孟子之辟异端以辟佛[③]，谓辟佛为昌黎一生之大事可，顾以号为古今一大儒而辟佛，意其必于学术上有至大之论辨，而孰知不然，昌黎之辟佛，殆于佛教书并未读其一字，故其所言一无关于佛教之学理，而其所恃为攻击之一大武器，曰"不生产而食于人"是也。夫吾人人类所要求，决不仅衣食而止，衣食者不过吾人对于生理上之一部分，而吾人之心理上非有高尚深玄之学理以涵养之，吾人殆有所一日不能安。吾人之欲得学理而养心也，实重于欲得衣食而养生万万，使吾人人类之所重者不过以得衣食而止，则人类初无异于禽兽。然则吾人苟出其衣食而可以得学理，直不啻以至粗易至精，而于交易为至大便宜之事。由是言之，佛之可辟不可辟，其本原仍必探诸学说，苟其学说之果有可驳，虽彼日出其衣食以衣食吾人，吾辈亦决不以得衣食之故屈而始从其说；若其学说之果有足存立者在，

————————

　　①竟：同"境"。　　②以下原载于《新民丛报》第62号（1905年2月4日）。　　③辟佛：指斥佛教、驳佛理。

而但责以尔胡为而赖衣食于吾人,则直可谓不知轻重本末,而其见解之幼稚不足一哂。然是等计度,最为凡夫所易生,盖当释迦生存之时,印度之人亦有持此说以相讥让者,若:

　　一日佛在达楝挐山,王舍城附近盖格那尔加村。时有称释迦尸婆罗堕阇之一婆罗门施行耕作之祭,释迦往而在高处观之,众庶围绕,尊礼释迦。婆罗门见之,心甚不喜,而遂言曰:"若彼能如吾人农夫服耕作之劳,虽赡部洲可王,而彼不为何事,空费时日,见何等之可食而欲乞之,此所以来耕作之祭场也。"又谓释迦曰:"沙门乎,余等者耕而且种,故能获有谷物之结果者也。沙门乎,汝亦盍为此耕且种之事?是汝亦可获谷物而食之也。"释迦答之曰:"婆罗门乎,余亦耕且种,以耕且种而获得不朽之果者也。"婆罗门闻此言而怪佛陀之不有农具也,乃问之曰:"薄伽梵(或作婆伽婆,总众德至尚之名,尊佛之称也。)瞿昙欤,余有锄与牛等以为农具者也,汝从事于农,然则农具何在乎?"释迦答之曰:"吾语汝。我田地者,法也。我所拔之莠者,我欲也。我所用之锄者,智识也。我所播而种者,无垢也。我所为之业者,戒律也。我所获之结果者,涅槃也。"婆罗门闻佛之说有所感悟,愿闻佛说,请为弟子,遂以开悟而获成道。

　　是亦欲持不生产而食人之说以辟佛者。夫昌黎,固孔子之徒也,孔子不云乎"君子谋道不谋食。耕也,馁在其中矣;学也,禄在其中矣"?道重于食,孔子亦已言之。如不论其道若何而但以不生产为病,则佛教徒之不耕而食与儒教徒之不耕而食有何殊矣?若昌黎者,盖亦不耕而食之一人也,首其弃其笔砚而从事锄犁,而后方能以此责人而不为人之所责。且昌黎尤以学孟子自居,而孟子之对彭更则曰:"非其道,则一箪食不可受于人;如其道,则舜受尧之天下,不以为泰①。子以为泰乎?"又曰:"子何尊梓匠轮舆而轻为仁义?""其有功于子,可食而食之矣。"儒者自重其道,至谓受天下而不为过,而区区数十乘、数百人受诸侯王之供养,直为不足道之事。夫以孟子之言为是,则儒教以食于人为其教中之道所许可,佛教亦然,如律宗之许用舍财是也。(戒律重盗。盗者,人不与之物而己强取之,四钱以上谓之盗,已下称偷兰遮②。然有诚实舍财,则许用之。)若以孟子之言为非,则昌黎固学孟子者,其谓之何?吾辈直不免笑曰:"何昌黎之号称学孟子?并孟子之全书而不一卒读也。"且昌黎以佛教徒之不生产也,而曰:"人其人,火其书,庐其居③。"设他人亦目儒教徒为不生产,而欲以昌黎之待佛教之法待儒教,吾不知昌黎以为暴虐之行否也。此固非吾之虚设是一议而为儒教徒虑,盖其事固有实行者,秦之燔书坑儒是矣。燔书坑儒,世以无道目秦,于理固当,然昌黎之"人其人,火其书、庐其居"之言而一见之实行,其有异于燔书坑儒之事否耶?亦易

---

①泰:过分。　　②偷兰遮:梵语"偷兰",汉语意译为"大";"遮",指"遮障善道"。"偷兰遮"被译作为大罪、重罪、粗罪、粗恶、粗过等。　　③人其人,火其书,庐其居:让那些僧道还俗为民,将他们的经籍焚毁,将他们的寺观改作民房。

地反观而易明矣。且夫辟佛而于其学理一无所及，则彼之学理存在，而其教亦存在，固不能禁人之信其说也。此不必征之他人，即可验之于昌黎之身。昌黎以谏佛骨谪潮州，而即与和尚大颠往来，以是知昌黎当辟佛时，直未知佛说为何如，如今日守旧者之不知西学而谩骂平等民权为异端无异。及见大颠而略闻所说，其心已不能不动。夫以首号辟佛之人，不转瞬而已与佛徒相亲，又安能强人之信昌黎之说而与佛徒绝迹也耶？观于与大颠往还一事，昌黎已不啻自画供状，取消前说。罗大经谓昌黎攻佛，但攻皮毛；柳子厚谓昌黎罪佛，但以其髡淄[1]不耕农蚕桑而活于人之迹而已，是见石而不知石之韫玉者也。夫以昌黎辟佛说之浅薄，吾辈即欲借用昌黎之语曰："蚍蜉撼大树，可笑不自量。"虽然，在佛教则自经昌黎攻击之后，未尝不受一大疮痍之影响，而其势力几不能振。夫昌黎挟卑无高论之说，不能侵入佛教之教理分毫，而佛教竟大蒙其摧折者，此何故哉？曰：凡说之能动一般之舆论者，不必其立说之高而悉有当于理也，往往以人智未齐之故，高等之言或反为人所冷遇，而卑浅之说有大遭世人之欢迎者。故说之行不行，不问其见到之理境果至何如，而但判于其与一时人心中智识之程度合与不合而已。抑犹有一说于此，曰：凡辟佛者不能与佛教论理，盖一论理，则罄吾思想之所有，皆为其所网罗，几若入八阵图中无一门可以自出，吾之思想早已告尽，而彼所达到之一境，吾人仍望之超然而不能及。故凡辟佛而与佛教论学理者，无一不败。昌黎以不与之论理而取流俗易晓之言以攻之，虽不能倾动其教理之根柢，而于形体上已大获战胜之功。此固非昌黎之智虑所能及，谓必如此辟佛始足以致效，而择而出于此一途也，亦适徼时之幸而然耳。盖不耕而食，不织而衣，（此二语本《庄子·盗跖篇》。《盗跖篇》云：造作言语，多辞缪说，不耕而食，不织而衣，摇唇鼓舌，擅生是非，以迷天下之主，使学士不反其本，妄作孝弟而侥幸于封侯富贵者也。盖此二语，他家本用以辟儒，而今乃用以辟佛者。）至今尚为攻佛教之用语，昌黎盖即用之而有效者。而此说之所以能动人之故，则即本于人当自食其力之一原理而已。（以上之说不能为今日之僧徒解嘲，盖今日之僧徒多半不能知佛教之学理，是真坐食而无益于社会矣。）

合数人之说而统观之，其言自食力之界限，各有广狭之不同。昌黎盖以君为可食于人之人，而臣则附属于君者也；又所称为儒教徒之士，则特占位置于四民之上，而亦不必自食其力者也；除此以外，则所谓民者，无一不当有出粟米麻丝等诸事以事其上，无事者则诛。汉之晁错仅不过一种重农轻商之政论，无关涉于学理者，可不具论。商鞅则以君为立法之人，臣为行法之人，与昌黎以君为出令之人，臣为奉令之人，故君与臣皆不妨坐食，其意相同，而其间有一大不同者，即商鞅以兵为可坐食而不许士之坐食，昌黎则以士为可坐食而不许佛教徒

---

① 髡淄：光头，穿黑色僧服。指僧人。

之坐食。商鞅之视章甫逢掖①之流，犹之昌黎之视缁衣托钵②之士也。而持自食力之极端论者为许行，许行以人人皆当自食其力为不可破坏之一原理，故无所谓君，无所谓臣，凡称为人，则皆当自食其力者也。然则荷蓧丈人当属于何等乎？以余所推，盖近于许行者也。或曰：有据乎？曰：虽不敢谓有确凿之据，然亦无非可据之理在。其据若何？曰：《论语》仅载荷蓧丈人答子路一问之言，而其他更有何语一无所载。夫丈人留宿子路，于鸡黍宴宾之余，不应一夕之间别无谈话，此以理可想定。《论语》载"明日，子路行以告"，非徒告有丈人留宿之事，必并丈人之所言而告之，而后孔子有遣子路反见，往告以言之事，不然，仅此杀鸡为黍，出见二子，亦不过绘田间淳朴之风，表野老恳笃之情，何足动夫子之倦倦③焉而必欲相晓以大义也？知孔子之言必有与丈人之言针锋相对者，而孔子之言有曰"君臣之义不可废也"云云，知丈人必有述其君臣之见于子路之前者。夫以真率若丈人，一见子路，初不闻其所问之言为何如，而问自问，答自答，一启口而即曰"四体不勤，五谷不分"，由是可知丈人意中，除勤四体、分无谷之外，人间直无何事。夫使人人能勤四体、分五谷，则力田之不暇，何缘更生他事而劳君臣之治理为？凿井耕田，亦几忘帝力于何有。此固丈人之思想，度于留宿之时必有吐露其怀抱者。然则《论语》不载其言何也？曰：丈人质朴，虽含有此种理想，必不能引典征文而言之有故、持之有理，若许行之能自成为一家言者，以其言无足记载，故《论语》略之。要之观孔子之言，则丈人之言略可推定，而孔子之对丈人，有不能不告以君臣之义者，以此知丈人之所见必略与许行相近者也。然则以农家学派言之，学说成就实始许行，立于农家之位置上而数其宗派，则许行实为大圣，陈相、陈辛实为大贤，而荷蓧丈人，则其学派先河之人也。《汉书·艺文志》述农家者流，不载许行、二陈及荷蓧丈人，而以今日考求之所得，则此数人者实为农家最重要之人物，而言农家学说者，必当首数及之也。

凡一学说之发生也，其原理必早含有于人心之间，有人焉从人心所含有之诸原理而抽出其一种，立此为主要之点，组织而成为一系，而一家之学说以兴。若许行之理想，于中国古时已早得发见其根原，《礼·月令》："孟春之月……乃择元辰，天子亲载耒耜，措之于参保介之御间④，帅三公、九卿、诸侯、大夫躬耕帝藉⑤。天子三推，三公五推，卿诸侯九推。"《祭统》："天子亲耕于南郊，以共齐盛⑥。""诸侯耕于东郊，亦以共齐盛。""天子、诸侯非莫耕也。"云云。此已见天子、三公、诸侯、大夫并耕而食之一理早为古人所默认，特其势有所不暇及，故不得已而谢耕农之事。观于制禄，犹曰代耕，则上下之人无一不当耕，固可知

---

①章甫逢掖：章甫，古代一种礼帽；逢掖，古代读书人所穿的一种袖子宽大的衣服。章甫逢掖指儒生。
②缁衣托钵：缁衣：僧尼的服装。托钵：以手承钵。僧人持钵游行街市，以化缘乞食。缁衣托钵指僧人。
③倦倦：同"拳拳"之义。　　④措之于参保介之御间：放在穿甲衣的车右和驾车人之间。郑玄笺："保介，车右也……介，甲也。车右勇力之士，被甲执兵也。"　　⑤帝藉：天子象征性的亲耕之田。　　⑥齐盛：指粢盛，放在祭器内供祭祀的谷物。

也。此其故，盖中国之地理本便于农而以农为惟一之生业，故自神农已入耕稼之时期中，至于二三千年，尚不能脱耕稼之时期，进而至工商之时期，犹之中亚洲蒙古之地理便于游牧，故其人民盖至今日而尚在游牧之时期中。中国之文化盖即谓由农业所发生之文化可也。（中国之家族社会，人心风俗无一不以农为根柢，余著《农宗国》详言之。）试观中国制字，从田从介为界，盖以田为境也；从禾从刀为利，盖以禾为财也；从力从田为男，盖以力田，方得为男子也。其重视农业为何如？吾人试深入内地，睹此桑麻被野，禾黍连畦，亦未尝不叹神州为陆海之地，天府之国，而绿野春耕，黄云秋获，几欲忘怀世界，谓桃源之尚在人间，又曷怪有纯为此种思想所养成之人？而若有许行其人者出，欲以上下并耕，谓足以致中国于上治也，故许行之怀抱直可谓为中国地理之观念上所必有，特他人或知之而不能言，言之而不能尽，而许行乃独窥取此间之具有至理而发展其思想。姑无论其学说如何，要不能不服其有超绝之见解。九流发生皆在周季，诚可谓中国人心一大焕烂之期，若许行之言亦特放一异彩于其间，设无有孟子其人能详言社会所以构成之理而折正之，恐信从许行之言者不止陈相诸人，而农家者流且未必不占中国学术界之势力也。

抑人心之思想每以时势进步而不无多少变迁之势，然一探其思想之元素，则古今人固多同一之点而心源直若有隐隐其相通者。若今日士大夫间亦有以为振兴中国当因其事之所固有而以农为本，使野无不辟之土，村无不耕之人，已足立中国富强之基，正不必需机器之制造品以与外洋相争，甚者以中国人多之故而主开矿亦用人工而不用机器，此可谓持人工论派者也。而进于此者，则以救中国之道不外兴工商等实业而已，若政治、宗教、哲学等，直见以为虚谈而不解其何所用，此可谓持实业论派者也。夫人工论派也，实业论派也，使其居于古昔社会单简之时代，则亦农家者流亚①也。核其所言，其义亦不无可取，惟其所明者仅知物质一方面之事，此其所短而可病耳。

辩论与受用②

③宇宙浑芒，万象森罗，凡横于吾人之前者，孰非神秘而不可知者乎？余尝谓天地间事，不说则人人皆知，说说则人人不知。今夫苍然而戴吾之上者，吾谓之曰天；块然而履吾之下者，吾谓之曰地。万物之从无而之有者，吾谓之曰生；万物之从有而之无者，吾谓之曰死。若是天地、生死之理，吾固已知矣。然试进而思之，此天地果何由而成乎？有际涯乎？无际涯乎？有始终乎？无始终乎？有目的乎？无目的乎？于是人各出其所见，例若言天地，有以为一元者，有以为

---

①流亚：同一类的人。　　②原载于《新民丛报》第63号、64号、65号、66号。　　③以下原载于《新民丛报》第63号（1905年2月18日）。

二元者，有以为多元者；有以为一神者，有以为无神者，有以为凡神者；有以为有际涯、有始终者，有以为无际涯、无始终者；有以为有目的者，有以为无目的者。又试进而思之，吾见为生，而生果何自而来乎？吾见为死，而死果何目而往乎？于是人又各出其所见，例若言生死，有以为有鬼者，有以为无鬼者；有以为有灵魂者，有以为无灵魂者；有以为有轮回者，有以为无轮回者。此固仅举其概略言之也，其细则更仆不能终。而论道之书若丘山，析理之言如恒沙，而吾人读书，于前途常有一必然相遇之境，曰吾人读一书而增一疑，更读一书而更增一疑，一若载籍之中，本为疑团疑冢所产出之所，而即随吾人之观察以俱来。然则吾人人类果能知宇宙间之真理否乎？曰：欲考吾人果能知宇宙家之真理与否，必先考吾人以眇然七尺之躯，其在宇宙间之位置为若何。今夫以一蝼蚁而欲窥测宇宙而知其本原，彼其目光之所能至与其脑识之所能用，能有几何？而宇宙之广远无极，以能有几何之量而测广远无极之境？则大小之不相准，几无程度之可言，亦易知其窥测之必不能当。而以吾人人类之于蝼蚁，其倍数之比例可算，而宇宙之广远如故，于宇宙间而置一蝼蚁，与以宇宙间而置一人，其大小直何以异？犹之吾人于辽远之处置一分之物，与置一寸之物，初无大小之可分，即反而从彼一分一寸之间，以视此辽远之所，其所得见之分际亦相等。然则吾人谓蝼蚁之微不能窥测宇宙之大而有以知其真，则以吾人人类之微，亦不能窥测宇宙之大而有以知其真，其义一也。夫吾人既不能知宇宙之真，则凡对于宇宙所发生之万物，亦无一能知其真，即从有限之形质上日试其考察，觉吾人亦实有可知之物，如今物质科学上之日有进步是，然试一诘以至上之原理，仍隳于渺茫不可知之中。盖吾人人类果能一见宇宙之真，则白自白，黑自黑，即辨论之境，亦可以不立，惟宇宙之真理为吾人之所永远不能知，故吾人不能不陷于怀疑之窟中，而世界遂不免以辨论相终始。然则或谓吾人既不能至宇宙之真，则辨论其亦可废乎？曰：曷为其然？夫吾人惟不能知宇宙之真，而必欲求其知，此人类之所以可贵，虽真理或终无可知之一日，而吾人智识之进步已多。设以为真理必不能知而并欲废思考观察之能而不用，则人类界且日入于暗黑之中，其结果世界日卑下而滋恶蘖。盖智识之为物，不必以到达于究竟之一位而始获收其效，即于其经由之过程中，而已得收无限之益。若吾人究竟之目的，必欲发见宇宙之真理，而真理不能知，于其间有几多可知之理则因此探索而得发明其故者不少。且吾人以探索宇宙之真理，必用其最深玄之智慧，而以日磨练此智慧之故，或用之以考一事一物，则理想亦自能明了，不致苦昏盲而迷惑于外物，即于精神上得几多清明之效，而吾人人心亦可因之而有向上之机。况乎吾人既不能见宇宙之真，则不能不于众多辨论中比较而取其言之尤长者以为吾理想所皈依之境。例若生死之理，虽不可知，然言生死之故之尤当于理者，吾人实不妨信之，由是而得坦然于生死之途焉。盖一无所知之不知与夫无所不知之有所不知，其不知同，而于其心理上之境界大不同，所谓田夫野老之不知，与夫梭格拉底之不知，固自有不可同日语者。夫孰得谓辨论之可以无事也？

　　故夫人事之始，浑然而已，因阶段之经过，日由浑而之画，而辨论者即由人事发展之过程中不期其有而自不能不有之一产出物也。试举一例以释明之。今若合全数之中国人于此而语之曰："今将以谋吾国家人民前途兴盛之事。"是语也，必尽人而皆以为然而无有辨论者也。虽然，此不过囫囵之一语耳，果欲谋吾国家人民前途之兴盛，其将择何者之法而下手乎？则不能不进一解曰："今欲谋吾国家人民前途之兴盛也，其将不变法而守旧乎？抑将变法而维新乎？"于是有以不变法而守旧为是者，有以变法而维新为是者，而辨论之端于是乎开矣。又试从维新一派之中而进一解曰："果欲变法维新，其将尊王乎？抑将革命乎？"于是有以尊王为是者，有以革命为是者，而辨论之端又于是乎开矣。更试从革命一派之中而进一解曰："果欲革命，其将急动乎？抑将缓动乎？"于是有以急动为是者，有以缓动为是者，而辨论之端又于是乎开矣。由是益进，愈分愈析，而愈无穷，而辨论亦与之无穷。凡古今辨论之端皆以是例推之可也，而其流别亦略可得而言。例则必有相敌者。人各从其所见之方面立言，而及其说之成，则此说必有与彼说相冲突之处，而立说者各欲其己说之行，则其势不能不排人之说而伸己之说。若儒家之排墨，而墨家之排儒是也。例则必有相承者。人心之智识每不能无所凭而发生，往往循前人所已辟之门径，而于旧说之中每足以得新智，当夫新智之生，几若与旧说大异其面目，而不知其渊源实有隐隐相通之故。若近世西洋哲学，其源有多从希腊哲学而来者是也。例则必有龃差①者。一人之立说也，各因其听之者之人之有异而其说亦从之而异，往往有出自一家之说，于所闻者述之而有异焉，于所传闻者述之而又有异焉。若儒教一也，自孔子之死而有子张之儒，有子思之儒，有颜氏之儒，有孟氏之儒，有漆雕氏之儒，有仲良氏之儒，有孙氏之儒，有乐正氏之儒，而儒分为八；墨教一也，自墨子之死而有相里氏之墨，有相夫氏之墨，有邓陵氏之墨，而墨离为三；佛教一也，自释迦之灭度，而有上座部也，有大众部也，大众部之中又分而为九，上座部之中又分而为十一，而佛教之小乘分二十部是也。例则必有攀附者。人之心每荣古而贱今，信其所已信之人而不能遽信其所不信之人，故夫立言之人而惧夫世之不信从吾言也，虽其言之或出乎己，而不敢曰己之说如是，必举夫世所尊敬之人，而曰是固古圣昔贤之所云尔，而后人乃帖然而从之。若宋学已非尽出自孔教，而必谓为孔教；大乘已非尽出自佛，而必谓为佛教；王阳明辑朱子晚年定论以为己说，实同于朱子是也。例则必有废弃以②者。进化之例言之，万物之后出必胜于前，此不得断为前人之不及后人也，吾人人类之见地，若后盲者然，观前之一方则明，而观后之一方则暗，故往往有前人所立之言，前人不能发见其为非也，而今人能发见之；今人所立之言，今人亦不能发见其为非也，而后人能发见之。当

---

①龃差：指参差不齐。　　②以：当与"者"倒乙，从下句，即"以进化之例言之"。

夫未发见其为非也,其说固足以自存,及夫已发见其为非,则其说有不能不废者。若地动绕日之说出,而日绕地之说作废是也。例则必有复活者。凡一说之行也,必与其时势及其于人心风俗之间有种种适宜之处,而后其说乃昌,故或一国之内教非一家,学非一说,而其间不能无此盛彼衰之势,其所以有盛有衰者,或亦未必尽关于其立说之有高下,而其间所以定盛衰之局,则宜不宜之关系为至大,是亦物竞存宜之例也。然至夫时势与夫人心风俗之间一有改变,则又必取其言之相宜者而舍其言之不相宜者,而盛衰之局又因之一变,而前之盛者或衰,前之衰者或盛。若墨家已绝于汉世而今时有识之士多以为救中国必用墨家是也。例则必有解释者。大抵人之立言也,义约理赅,或能得人之摄持而不能得人之思解;论广文多,或能的人之思解而不能得人之摄持。故立言之难也,有不可不质者,而以质之故,不可不有人焉详释之;又有不可不博者,而以博之故,又不可不有人焉约解之。若春秋之有三传,是质而详解之之类;佛教之有起信论,是博而约解之之类是也。例则必有批评者。一书也,有作者见理独到之处,而读者未必能知之;有作者见理未到之处,而读者亦未必能知之。是则世之受读书之益也薄矣,固不可不有批评者。彼其于读书也,尝平其气,凝其神,取作者思虑所经由之道线,忘彼我而与之合,而后乃能知作者之用心。非特此也,批评者之见解学力,尤不可不高出乎作者之上,而后乃能瞭然于其短长是非之所在,故批评家之资格常有不可缺之两要件焉,曰其心至公,其识至高。盖所谓批评者非恃吾口给以驳诘人之谓,将有以明理焉。(中国解释批评二字尚无高深之理论,往往从字面上着想,误以批评为一种攻击推翻之技,因是而逞小智诡辨,甚则专用其刻毒之思以谤毁诬蔑为能,是非独无益于真理也,其为学界之祸害亦巨矣。故知有批评矣,则批评二字理论上之解释尤不可不亟亟[①]也。)故对于作者为谠直[②]之知友,而对于读者为诚恳之导师,而批评之事遂能占学界上一重要之位,若晚近之尚批评学者是也。例则必有比较者。今使有人于此,其所读者不过一家之书,其所闻者不过一师之说,则固无所谓信疑也,并无所谓是非,若知有甲之一说矣,未几而又知有乙之一说;知有乙之一说矣,未几而又知有丙之一说,纷纶罗列,亦几眩摇而无所适从。虽然,从眩摇不定之境为吾人人心之所不能久,于是于彼乎于此乎常挈两物而加考虑,而此考虑之中即有以发见彼此短长之所在。非特此也,彼何为乎为彼,此何为乎为此,又往往因考察而得发见其所以之故,故万物之现象以比较而自显其高下,万物之根本又以比较而易识其因由。且夫研求事物而但以单一之事物为量,则事物之伴侣既乏,而吾之兴趣亦薄,其思考之能有不免因此而日入于萎缩者,若于一事物之中而画一部区以相求,悉荟萃其同类间之材料,则畸零既化而为错综,即参差亦变而为齐整,而对勘互镜之余,即足以启发吾人之智慧于无穷,而遂觉研求事物者不能不定有比较之一门,若晚近之尚比较学者

---

①亟亟:急迫。　　②谠直:正直。

是也。例则必有调和者。学说之真价值，得千万人之赞同，未必遂足以为据也，必经攻击之后，其中义理之脆薄者既淘汰而一无足存，而于此淘汰之中有一不可动之真理在，为攻击之力所不能施，由是而后人之对于其所唱之学说删削其若干分，不能不留存其若干分，而取夫此一家之精者，复取夫彼一家之精者，融合贯穿，复见一新学统之发生，虽此新学统中，由创者之自出其意见以取裁前人，固自有不同于前人之处，而要其学说之全体中，已兼含有前人之长，而前人之所谓金刚论者，迁流辗转，终得存而不灭，若晚近之多调和学派是也。相敌、相承、龃龉、攀附、废弃、复活、解释、批评、比较、调和，此十义者，辨论之流别略如是。若进而问吾人于未闻辨论之先，人人皆平等相，无差别相，然何为而对于辨论之发生，某从甲说，某从乙说，某非甲说，某非乙说，几若千差万别，而各存有一我见[1]者然，是则决不得认人之真有我见也，其视若有我见者，不过从其人生平所经过之境遇，所积受之学力，所处在之位置。又远而溯之，则从无始以来，关乎其人性灵上之夙根与其肉体上之遗传。此其间惟夙根遗传，其所积渐者久而未能辄易，若关乎现世之事，所谓境遇学力位置者，若于其间一有变动，则非独其已所发之辨论因之而改变也，其闻人之辨论，而是非亦因之改变。例若有人初在乡僻，或沉宦途，心甚顽固，主持旧说，后若外出或复游学，得闻新说，崇奉维新，是则守旧维新，同出一人而有两境，虽有两境不变一人。故知所谓我见云者，不过从其人境遇学力位置上之写象，非独立性而经由性，非永久性而一时性。夫如是，故夫辨论者乃能随人类之智识而日益进步也。

[2]夫既有辩论矣，然则辩论之道将如何而可乎？是则必先遇有二义焉，曰：我以何故能立此言？人何以故能明吾言？而于全地球最早发生此思想者，为印度，即所谓五明之一之因明是也。盖万事莫不有原因，立言之道亦然，必揭明此原因，而后真伪可得而别，即疑信可得而分。而欲揭明此原因，不能不立有法则，此古因明之五分作法及九句因之所由始也。古因明之开祖足目称为创初之人，则印度之发见此理，盖在太古之时代可知。故学者有谓印度之因明流入希腊，阿里士多德因之以作论理学。此其事虽无史实上之确证，然论理学之格式多与因明近似，则两者之间不无有接触之痕。（阿里士多德以地水火风为地上万物之元素，亦与印度之四大同。）要之此不具论，而印度论理学之发生实早于希腊之论理学，此固无可疑之事实。印度之因明，经陈那（约距释迦一千年顷之人。）及其弟子天主为几多之改正，故以出诸足目者为古因明，而陈那为中因明，天主以后为为新因明。希腊阿里士多德之论理学大盛于欧洲，自英倍根氏出，以为阿氏之论理学仅足以为立言之用，而不能因此以求真理而启新智，于是于阿氏演绎论理学之外，特创一归纳论理学。因倍氏之归纳论理学，而得发见真理，以增长学者之新智不少，故有归纳论理法即可谓论理中一新纪元，而全学界无不普受其光明，

---

① 我见：自己的看法。　② 以下原载于《新民丛报》第 64 号（1905 年 3 月 6 日）。

是则有论理学而辨论之事因之而大进化者也。而犹有一事更与夫辨论之本原上有大关系者在，此无他，盖古代之立言多所谓独断者，但以我之所见者为真，盖人无不疑物而从不疑我，而古今学术之一大进步，即在内观而自勘其在我。（道德上亦以能内返而能自见其过为最高，其理当别论之。）例若人之通性，我见赤物，以为物体本赤；我见青物，以为物体本青，所见小大亦然。虽然，物果赤也耶？物果青也耶？物果大也耶？物果小也耶？吾人所见以为青赤大小者，不能不进而考之，吾人果以何为依凭而立此青赤大小之名乎？犹之以权称物而定为重轻，以尺度物而定为长短，但以有权与尺，果足以定物重轻长短之准乎？吾人欲真知轻重长短者，先不能不一考其所恃以为定轻重长短之权与尺，故夫人以为吾见为赤、吾见为青，然若有一病眼之人于凡所见各物有皆作赤色者、有皆作青色者，或作余色亦然。又若以五色玻璃为窗，射入日光，于是吾人所见赤色玻璃之下物皆赤色，蓝色玻璃之下物皆蓝色，其余各色亦然。又若日色一也，而吾人朝见之日多赤，昼见之日多黄。见色如此，所见大小亦无定形，若人以眼视物，见为如此，以显微镜视之，物体顿大。故知五官实多欺我，不足为真，若信我见以为实在，我见赤日朝从地上、暮从地下，谓日绕地，如执此见便成谬误，盖考其实，系地绕日，非日绕地。又若以木置于水中，光波荡漾，其形弯曲，若执此见又成谬误，抽木出水，仍见直木而无弯形。乃知吾人所见各物作如是相，现如是色，皆缘吾人目官构造与夫日光空气其程度适相合故，设此数者之中稍一不同，而形象皆变。故吾人所对诸境不得不名之为妄，名之为幻，而今哲学家所断为吾人所见皆物之现象，而物之本体终为吾人之所不得而见。故夫吾人辨论其进化之次序，略分三级：当古初之时，但信其言而已，而不问其言之果有据否也，故荒唐神怪之说皆足以动一时之听；洎人智稍开，于其所闻之言不能皆有信而无疑也，于是以其所有之智识以定言之真伪，而以若者为可信、若者为不可信，然未有进而追穷此所以定此可信、不可信之本原上之事者；洎人智又进，以为吾人欲知万事万物之理，先不能不有所以能知此万事万物之理之一物者，此能知万事万物之理之物，不先定为一种之学问研究而证明之，则凡所知之万事万物之理吾人即不能无疑于其间。（佛教法相宗有自证、分证、自证分之义。）此三级中见地之浅深，窃欲用佛教摄论中所谓蛇绳麻之喻，在第一级，以绳为蛇，而见蛇不见绳；至第二级，知绳非蛇，然见绳不见麻；至第三级，知绳非蛇，知绳为麻，而后始能见其本原。而于今日之哲学中，居重要之部位，而修哲学之必当首先从事者，则认识论 Lehrevom Erkenuen 是也。挽近[①]西洋学术，能义究其极，理钩其玄，而分擘条流，贯通脉络，首尾秩然，成一有机体之学统，而遂压倒今日东洋学术上之上者，盖即以论理学与认识论之发达，而用是以为治学问之基础。而以古代东洋学术之盛，其思想之超卓，义理之深宏，至今学子承其绪余，自运智虑，亦

---

①挽近：晚近，离现在最近的时代。

时有所发见，而单词只义不能组织而成一系统，遂不免输西洋之学问一筹者，则固以论理学与认识论尚未盛于东洋之学界中故也。

于辨论之中有与道德相关而最为吾人所易犯，且为智慧之人之尤易犯，而吾人之所当大戒者，是不能不取佛教之说而言之。以佛所见吾等众生，非著诸欲，即著诸见。凡俗之人易着诸欲，贤哲之人易着诸见，盖贤哲之人对于色声香味触等诸境，凡夫爱欲或能不起，而于事理所起我见不能排除。此着诸欲与着诸见其原由何而起，佛以为执着诸欲，由于受故，如吾于味，受种种乐，遂生迷惑，爱慕味欲而深执着，余如男女诸欲皆然；（如狗食粪，吾人视之毫无味乐，而狗不然，味受粪乐而起迷惑，便生爱慕而深执着，以粪为甘。吾人诸欲由迷惑，故心生爱着，以佛视之，如狗食粪而谓粪乐曾无所异。）执着诸见，由于想故，由吾所想，深自执着，颠倒邪曲，（佛经亦谓之倒想。）而不舍离。此诸见中分为五见，于五见中，其一为见取见[1]，见取见者，我所见取惟我为是而生此见，由此见故，亦能生起诸慢。慢有七：一慢，慢者以己之劣而反谓胜；二过慢，过慢者自他相等而谓己胜，他胜于己，视为相等；三慢过慢，慢过慢者他人胜己，而己反谓胜他；四我慢，我慢者执着我身及我所有之物，心生高慢；五增上慢，增上慢者于未证得之道，自谓证得；六卑慢，卑慢者他有多分之胜，己有多分之劣，而心不甘，自视谓己仅少分劣，而生高慢；七邪慢邪，邪慢者恶行成就，自护其恶，而生高慢。慢与诸见相应而起，亦起余恶。故夫聪明之人虽得种种善因，成贤智身，而此诸见曾不断离，与夫凡夫贪着嗜欲不肯离舍，皆为烦恼之本，辗转迁流，造成恶孽，而受苦报。佛为钝根人说法，兼为利根人说法，故欲证道，必断二惑，谓断修惑与夫见惑，（分别起之惑见道所断，俱生起之惑修道所断。分别起者，由见闻计度，即从后天所起之惑；俱生起者，与生俱来，如食色之欲，即从先天。所有之惑见取见，属分别起之惑。）佛盖以见惑为妨悟，谓有此惑不能悟入正道也。夫使吾人不知此见取见之恶而不能舍弃乎，则当夫辨论之时，其初以有我见，以我为是，以人为非，其继遂至以是为非，以非为是，其终且至以他人之见有不合于己见之故，并欲取他人一切诸事而破坏之，是则恶孽由此大作，原其始，只由执着见取见之一念而起。得闻佛说，吾人所受之利益岂有既[2]乎？是故吾人之于辨论也，可立为数例：一曰人之所见胜于己见，则当舍己而从人。此非我之屈于人而以为可耻也，我能闻人之言而知其善，此我之明；我能知人之言之善而改吾之见以从之，此吾之公；吾但知言之合于理与否，而不必问其言之出与己与否，此吾之正。然则能从善言，吾之美德不已多乎？反而不从善言，吾之失德不已多乎？是当立之例一也。二曰吾一己之见，而后见有胜于前见者，吾不妨自取消其前说而用后说。（亦间有前说胜于后说之时，然学问之境终以后胜于前为多，故兹取以立论。）凡人不能无过，吾人非有过之为患，有过而不能改之之为患，有过而不能改，吾身遂若常与过相系伴而不能离，一旦改过，

---

①见取见：佛经用语，属于十大惑之一。执著自己的见解是对的，称为见取见。　②既：完。

而吾己立于无过之地，故曰"过而改也，如日月之更也，人皆仰之"，又曰"过而能改，善莫大焉"。凡宗教若佛、儒、基督，无不许人之改过者，吾人于道德律，当立悔过无恶、怙过有罪之条。（吾人之对于己，固当时时省过，时时改悔，而对于人，无论其人犯何罪恶，若见悟悔而有改心，便从此时视其为人身已清白，以前诸恶皆当赦除，以前诸恶不复云云，此吾人对人之道德也。若人已悔过而吾执着视为有过，与前相等，是必教人怙恶而后已，世界罪恶必至但有增长而无消灭，其罪恶虽非吾所造，而吾实不啻间接以成就人所造之罪恶，则不许人悔遏①，即可视其人已犯罪恶之一条也。）是当立之例二也。三曰人己异见，不妨互取而并存之，以待世之决择。有时吾从吾所见之一方面立说，以为理当如此，而人又从人所见之一方面立说，以为理当如彼。我不枉我之所见以从彼，人亦或不能枉己之所见以从我，而各有持之有故言之成理之处，则不必以人之言不合于我之言，务抹煞而铲除之。盖其说之固有可存，吾虽毁之而无所用；若其说固无足存，则人亦终必弃之。夫言固非吾一人之力之所能存，亦非吾一人之力之所能毁，吾固不妨两揭之以公于世。是当立之例三也。四曰因言相争不及其事与行。凡事皆有界限，言自言，与事与行不相混也。我所与人争者，言焉而已，则曲直胜败仍当决之于言，若以言论相争之故而挟吾意气之私而谤讪其人之行为或毁坏其人之事业，凡若此者，其所为已出于言之界限之外。夫人而不明界限，则其事为妄为，而其人即为妄人，吾人即可视己为无辨论之资格。以道德日益发达若今日，此事殆可谓辨论中戒律之首，犯此者其罪恶为至大。是当立之例四也。凡辨论之略例如此。夫辨论既为学界之一大事，而为吾人人类间之所重用，（凡禽兽等以言语机关尚未发达，故或仅能鸣叫，或仅有至简单之言语而不能辨论，因之其理解亦无进步辨论之事，万物中惟人类有之，人类智识之有进步，未始②非由辨论之所赐也。）而关于之辨论之道德论者，尚多阙焉，是则吾人尤不可不注意及此者也。

　　③与辨论相反而有吾人人类至切要之一事，上及神圣，下至庸愚，而皆有不可须臾离，有之而得无上不可说之安慰，无之而来无量无终极之烦恼，是何也？则受用之说是也。试略举之。若颜子之斋心不违仁，是颜子之受用也；孟子之养气不动心，是孟子之受用也；北宫黝养勇之不挠不逃，是北宫黝之受用也；孟施舍养勇之无惧，是孟施舍之受用也。后世之儒有言主静者，主静盖即其受用也；有言主敬者，主敬盖即其受用也；有言致良知者，致良知盖即其受用也；有言慎独者，慎独盖即其受用也。其略如是，余难悉数，不具陈。要之何宗教不问，何学派不问，凡有道之士无不各有其所谓受用之一境在。此不必究其义之浅深，理之高下为何如也，例若颜子之斋心不违仁与孟子之养气不动心孰优，北宫黝之不挠不逃与孟施舍之无惧孰优，主静之与主敬孰优，致良知之与慎独孰优，

────────────

①遏：疑当为"过（過）"之误。　　②未始：未尝。　　③以下原载于《新民丛报》第65号（1905年3月20日）。

一加论议，即已入于辨论之界限中，而所谓受用者固无须乎此也。是则窃以为佛折金杖之喻以之解受用之义为至当矣。昔者健驮罗国迦腻色迦王尊信佛说，日请一僧说法宫中。僧说莫同，王用深疑，以问僧上首胁尊者，尊者答曰："世尊已言，我灭度后岁月逾邈，教分多派，虽然，如折金杖，段段皆金，虽失杖形，不失金性。王闻修行，皆可证果，一也。"王闻而善之。盖辨论者学不可不求其博，见不可不求其高，思不可不求其深，虑不可不求其周，而受用之境反是，不可不有单简之言，赅括之义。惟以其言之单简也，故吾人之精神易与之凝而无所余；惟以其义之赅括也，故吾之行事皆从此出而无有穷。虽有时学问或不免偏一，见识亦尤滞迹象，而不能不许其有受用之益。例若《列子》(《说符篇》。)云：昔有昆弟三人，游齐鲁之间，同师而学，进仁义之道而归。其父曰："仁义之道若何？"伯曰："仁义使我爱身而后名。"仲曰："仁义使我杀身以成名。"叔曰："仁义使我身名并全。"夫三说之相反也若是。虽然，使各取其一说而用之，不能不谓得仁义之一端也。又若禅宗五祖欲传衣钵，令其弟子各造一偈。时神秀为上座，而造偈云："身是菩提树，心如明镜台。时时勤拂拭，莫遣惹尘埃。"五祖览之，赞曰："后代依之修行，亦得胜益。"时六祖慧能在碓房，闻神秀之偈曰："美则美矣，了则未了。"乃造一偈云："菩提本无树，明镜亦非台。本来无一物，何处惹尘埃？"五祖知其悟道，乃以衣钵授之。夫以见解言，则慧能之偈固高于神秀，然以修行言，则神秀之偈亦有可取，故五祖赞为"亦得胜益"也。非特此也，即愚夫愚妇，或畏雷殛[1]，不敢为非，此其智识固为士君子所不道，虽然，其受用则不能不许之也。又不仅此，凡吾人所当遵奉之理，虽其语或耳熟能详，而提撕[2]每不厌其过烦，盖人民道德性之成熟，决非一席之谈话、一篇之著述，遂能收永久之效力而不变也。以心理言之，当人之耳有所闻，目有所见，自足摄引其精神而使之凝聚，然从见闻既歇之后，因时间之经过，而前此集注之精神亦间杂以他事而渐归于消释，必也于其前言之将近消释之际而后言复有以继之，当此而有前言之残存，复得后言之启发。且也，因后言而前言之印象复炳现于胸中，因前言而后言之历程若再循夫故步，前言后言若为一长线之连锁不断而枨触吾人，而后此义理乃能与吾人之人心合并为一，不能自解而自有其不能已之故。故凡人民于一般奉行之道德，每若人人不能明言其所以然而各能遵此规则而行，盖其所积渐涵养决非一朝夕之功也。惟如是，故其义虽前后同一，而言之者至再至三至于千万而决不嫌其过多，即听之者至再至三至于千万而亦不患其无益。例若言之当信，此一义也，固人人之所皆知，几若无始以来于彼此交际已立有此契约者然，然于世而不知言之当信者，其人何限？且视不信几若为事理所当然而不必抱歉而引责者，其人又何限？(余与人交，逢此甚多，初时尚以为彼必引咎谢罪而有一辨释之词，然久之寂然。盖彼固以不信为事理之常而无足奇也。噫！世界今日固已如此乎！)如

---

①雷殛：雷打。　　②提撕：教导；提醒。

是则交际之道苦,虽日集国人而训以无信之不可,亦觉暮鼓晨钟,于尘俗之中稍足发吾人之清省,岂有嫌其言之为过烦耶?即言新学者亦然。今夫爱国也,民权也,平等也,于数年前为新说,于今日亦已屡见习闻,而当与仁信节廉同退居于陈腐之列。虽然,为问吾人之欲维新者固能践行此爱国、民权、平等之实否乎?如不能如不能践行其实,则虽日日仍以爱国、民权、平等相砥砺,尚惧其不能副,岂得从而唱反对曰:"乃公喜新奇之说者,此过去之词,无烦喋喋再三云也。"不知吾人维新于一方面为理论,于一方即为实行,若举一切新理新法以为不过以供吾人之谈助,而徒以快其耳目一时之好奇心而不复注入之于心理之上以为践履之本,则虽日换一爱国、民权、平等诸新名词而炫其五花八门之奇,还问之于吾人,而果有何等之益也?(中国有一种退化之新党,于□□□□□□□称开通,然至今日,或反不读书不阅报,问之则曰:总不过这几句话,我已尽知。此等人固无实行之日,即于学问,亦必无增长,推其原,则前日之所谓读新书阅新报者,不过视为一种新奇之玩物耳。)夫吾人于当践之道德,犹若饮食衣服然,人之于饮食衣服也,岂得曰此习惯之事,吾人日日行之而可舍而弃之耶?以饮食衣服为习惯,以为不足为而欲舍而弃之者,则生理上之冻馁至,而身命可由此而死亡;以当行之道德为习惯,以为不足为而欲舍而弃之者,则社会上之恐慌来,而世界可由此而毁灭。此受用之所以必要,而与辨论各异其用者也。

然则谓辨论之事固无关于受用乎?是不然。盖辨论之与受用,其部分异而其系统固未尝不相涉也,不然,但有受用而无辨论,果能知受用之理之无谬误否乎?使其所信为受用之事于理不免谬误,而一旦因发见其谬误之故,则受用之根基即不能不因而动摇,虽然,受用者人生之所不可无者也。以人智之增进,而发见昔日所信从者之有谬误,则不能不求进于辨论之上而再定一可信之理,使有所以代昔日之受用者,而后道德之与智识相伴而更进一境。例若前所云之愚夫妇,以畏雷殛之故而不敢为恶,而许其为受用上之一理,虽然,此其理已不免谬误,盖人之被殛于雷也,不过以偶触电气之故,固非有一司雷霆之神监察人间之罪恶,而持此轰轰然之利器以为诛罚阴慝①之具。故夫以恶人而触电也固死,以善人而触电也亦无不死,犹之入于水而死,入于火而死,水火岂能知人之善恶者?雷殛亦然。(此于物理上确凿无误,但于心理上有无别理所不敢知。何则?中国相传雷殛恶人,此语为人人所深信,则以心理上论之,能保恶人果无招电之理否乎?但有一事已可洗冤,则被雷殛者决非全系恶人,以平人而触一时之电气以致死者必多,不可尽人而附会其必有恶事也。)然假若有人于此,向则畏夫雷之殛恶人也而不敢为恶,今一知雷之非为殛恶人者而遂荡然以为嗣后可任吾之为恶而无所忌,则见解之纰谬殆无有大于是者。夫吾之为恶也,固知与雷霆无相关之理,然吾既有为恶之因,即有可以得祸之果,不必雷而甚于雷之诛罚者何限,此则于雷殛之外而劝善惩恶之方已

---

①阴慝:指邪佞之人。

不可不更有一高尚之理解，而使世人于种种理解之中，各随其智识之高下，择一理焉以为信仰之资，而仍于道德上留有受用之位置。是则因谬误之故欲变更受用之理，而不能不有待于辨论者也。又使有受用而无辨论，果能知受用之理之无变迁否乎？盖人事既日益进化，则道德亦不可不随之而进化，往往今日之道德，其范围有远乎昔日之道德者，若死守夫昔日之道德而毫不知变，则道德与时势其趋向背驰即不免以推行而致窒碍，而昔日可称为卓绝之行，今日或一无可取，或反因此而为世道之妨碍者何限。例若所谓忠者，固于道理上为不可阙之理也，然昔日之所谓忠者，或忠于一人一家，而今日之所谓忠者，则忠于一国一群。设有人于此，但知效力于一人一家之为忠，而有时以一国一群之事适与一人一家之利害相冲突，而若人但知为一人一家谋，则一人一家蒙其福而一国一群或不免受其害，此其人或笃诚纯一，其性行固大可尊崇而惜乎？其所见之不远，以胶柱①鲜通之故而狭小其规模，遂令读史者低徊往事而褒贬毁誉，对于其人而两不能宽。（近世若曾文正②者，亦此类中之一人也。）是则因变迁之故，欲改进受用之理而不能不有待于辨论者也。而不止此，夫受用之发生果何自而始乎？盖必有启之自辨论者。（此义佛教于《起信论》③谓之始觉④，于真言宗⑤《十住心》⑥中谓之愚童持斋心⑦，言愚童无智，得闻教化，发生善心而为一日之持斋也。）例若有人父子相别，生而不识，则夫遇于途中，父子相视固无异乎途之人也，若一旦知其为父子之亲，则仁孝之情有不觉油然而生者。凡人之不为善，亦由未闻善之道耳，若得闻为善之道，则未有不为善者。于恶亦然，若有人不知弑亲之为恶，则虽弑其亲，亦有视为寻常事者，知弑亲之为恶，而敢弑其亲者寡矣。又若我国人之对于国家，其抱冷淡之性质也久矣，然自近数年来，因新学之轮⑧入，一二有志之士其对于国家之热度顿增。此无他，前日于国家之义知之也模糊，而今日知之也明了故也。又若新党之有德行者固多，而亦有一知半解之人，以为吾且知新学矣，德行何物而可以缚我？遂不免入于小人之途。此无他，亦其关于道德上之智识太浅故也。故人之于学也，行道其次而闻道为先，盖未有不闻道而能行道者，故闻道直居学问中一首要之位。是则欲发生夫受用之心，而不能不有待于辨论者也。又不止此，夫受用之究极果何为而定乎？又必有决之于辨论者。例若有人其头脑本属明晰，深知夫我国今日在野党所为者之为是，虽然，义与利不能同时而并居于一线，欲效在野党之所为乎？则断头也，流血也，而不便于作官。于是

---

①胶柱：胶住瑟上的弦柱。　②曾文正：曾国藩，谥号文正。　③《起信论》：即《大乘起信论》，是佛教的一部论书，大乘佛教的概论之作。　④始觉，佛教名词，与本觉相对。指通过后天修习，启发先天"本觉"而形成的佛教觉悟。　⑤真言宗：日本佛教主要宗派之一，密宗的一种，因重视念诵真言，故名　⑥《十住心》：即空海的《十住心论》，包括日本流传的各宗在内的全部佛法，分为十个层次，称"十住心"。"住心"二字原取自《大日经·入真言门住心品》，原意是在接受"菩提心为因，悲为根本，方便为究竟"的前提下，契入相应的心地修行，以期最后通过真言法门达到解脱。　⑦愚童持斋心：真言宗所立十住心之第二。谓凡夫信世间因果之道理，知持斋之为善而行之也。　⑧轮：当为"输"之误。

断头乎、流血乎、作官乎,于两途之中踟蹰彷徨,卒不能定一义以自处,乃不能不暧昧其宗旨,狡狯其手段,阴阳于新党、官场之中,而欲从新党之一面见其为新党,又欲从官场之一面见其为官场,弥缝调停,亦甚可怜,而终不获有神明自由之一日。又若其始自居清流,亦高王侯不事之风,固不可谓非一时人物之佼佼者也,而徒以江湖飘泊,既不堪饥寒穷困之迫于中,复不胜利禄功名之诱于外,持之又久,持之又久,而泥涂之究不能居,遂不免回首低心,而以久不屈于人之膝亦复望尘拜跪,叩权门而乞腥膻之余。而试问以昔何所见而去,今何所见而来,当亦自笑而苦于解释之无从。夫时会既发生艰难,远之或数百年,近之或数十年,决非期月数载即能皂白分明,而君子终至获福,小人终至受戮。故吾人先自审吾躬,其甘为小人乎?抑必为君子乎?苟以志气清明,不愿为小人而必自侪于君子之林,则吾生百年以前之岁月,不可不预计皆为贤否混淆、祸福颠倒之时代,吾所恃者惟不愧吾之神明,而于吾心固自得无限之愉快而已。(凡本篇所谓受用者,即指此义。)不知此,则虽或有一时见道之明,而以辨道之功偶有未至,不能知之深而见之切,则吾之主宰终不免有摇撼之来,而前后之人格遂至有不能统一者,故发愿学道之人不可不先知有长时心之一义。(于佛教大愿观中,其一为长时心。)是则欲究极夫受用之理,而不能不有待于辨论者也。辨论之有益于受用者,其略如此。昔者希腊哲学大家梭格拉底辨明生死之理,故笑而受狱吏之毒杯,于生死之间处之夷然。又若近世哲学斯宾挪莎、孚伊台等诸人皆各有怀抱之主义,能自贯澈①而不变,近时学者之间遂有哲学可以代宗教之议,以为学者能穷究智识,而于天人之故,能洞达其本原,即于道德上已自有安心立命之境,故今日学者之于宗教,已多以研究哲学之法研究之,而哲学之见理至深者,亦即可谓一种有知识之宗教。是议也,吾以为今日上哲之人不肯羁服于一宗教之下,已不能不开以哲学代宗教之一途,而于哲学研求之究竟,即得道德信从之本原,于是哲学之于人间乃大有价值而得成为世界一至高贵之学。由是言之,亦可知辩论之通于受用,而为欲求道德上之受用者所不能废矣。

此一段可取王阳明之知行合一说参观,但阳明言知行合一,蒙则以为知行自两事,不当合而为一,但其间自有贯通之理,此则与阳明之说有不同耳。

②若夫受用之境,约言之盖有二焉,曰:共受用;不共受用。共受用者,一乡一国一世界所同具有之一道德心是也。盖凡人必有一普遍之理性于意思之表,语言之外,咸能不喻而知其同然,故一乡之人能与其一乡之人交,一国之人能与其一国之人游,一世界之人能与此一世界之人通。设无此普遍性,则我不能测彼,彼亦不能测我,而彼此几无从以事相交接,如是则通往断,而吾人之社会国家已早无成立之理。此普遍之一理性,大抵世愈文明,而要求愈切。盖交涉往来之事益繁,决不能事事而拟一法规,言言而订一契约,所恃者人人各有自守之

---

①贯澈:即"贯彻"。　　②以下原载于《新民丛报》第 66 号(1905 年 4 月 5 日)。

道德律，而彼我皆能遵循其规辙。故文明之国，有一不信不义之事，其人即不能容于世，彼亦自知其如此而将不能容于世也，故不能不循循焉而遵公众之约束。（今外人至中国者多敢为不道德之行，如诈夺取钱等事时时有之，然其人一至本国，已循循善良，不敢为非，此无他，彼有通国人之箝束力，而我国人对于公共之道德，其箝束力薄弱故也。）若蛮野之世，公论尽亡，以险诈而可以攫利，即以正直而足以被欺，其结果不得不人人共为非理无道之行。夫人人为非理无道之行，固能各得其利而满足其所欲乎？曰：必不然。人人夺利，即人人失利，此最易明之理。乙夺甲则丙夺乙，丁复夺丙，以次相夺，即无一能有安稳可得之物而徒添一彼此屠戮争斗之苦，故不欲世界之尚有人类也则已，欲一日世界之尚有人类，则人类间首先当为，必无有过于理共受用之一境者。试进一步而论之，人类受用之最切近而不可离者，莫如饮食衣服，而一比于道德上其受用之境，则不能不置饮食衣服为第二位之受用，而以道德上之共受用为第一。何则？有道德上之共受用，不患无饮食衣服之可得，无道德上之共受用，则虽有衣服饮食，而吾人亦不得而享受之也。此共受用之义也。（欲造道德上共受用之境，如宗教、教育、舆论、论法律等皆其所要，而尤以宗教、教育为先，舆论次之，法律又次之。盖法律者仅能治形迹上之事而不能治心理上之事，即仅能治粗，不能治细故也。又若无宗教、教育，则舆论亦无由造成，故舆论虽极重要，而不能不次于宗教、教育之后。然是数者又各自有其适用之处而互不能废，如无宗教、教育之人，不能不以法律治之是也，但其义广博，非此题限所及，故不具论。）不共受用者，个人所自发生之道德心是也。夫人之于世也，试省其状态，实不过惘惘然，憧憧然，营谋者疲于营谋，劳动疲于劳动，以送其百年之身。试问人生之一问题，果如此而已乎？如此则人生之无价值亦甚矣。故人亦惟昏然以生，梦然以死，知其为人而不知其所以为人则亦已耳，若一自省其何以必欲为人之故，恐性灵上已先逗一线之光。而必先导吾人以向上之路，既有志于向上，则道德之境界自不觉其相接近而来。盖吾人之所作所为，初无可得自照之一镜，而能自照吾人者，惟为各人所自具之一性灵之明，然果一照以性灵之明，则见吾人所仆仆终生，实无一高洁明净之事，质而言之，吾人者终其身为嗜欲之奴仆而已，卑贱盖孰甚焉。夫吾人既自觉其卑贱，则必思有所以离此卑贱者，于是吾人之心理上不能不更迁一境而始安，而其所迁之境，必由卑贱而日趋于高尚。何则？不如是则吾心固有所不能安也。且夫吾人之所谓受用者，可分为内受内[1]与外受用之两境，而外受用之境实与内受用之境悬殊。何言乎其为外受用也？凡夫富贵功名之粗受用及夫衣食居处之凡受用者，固不足论，若夫天地自然之美，例若风月之佳良，山川之俊美，亦足动吾人之慕赏，而不得不置于高尚受用之列，然皆能区之为外受用。外受用与内受用之一大别，盖外受用者皆属外境，故必有待于外缘之集合而成，若外缘之境一与我相离散，则愉快亦从而旋消。独至内受用之境不然，

---

①内受内：当为"内受用"之误。

内受用者,其受用即吾心之所自发,而即以吾心享受之,初无丝毫之有待于外缘,故虽外境当反覆颠沛之时,亦必不能侵吾内心之疆土,即投之刀锯鼎镬,而咸有无入而不得自得之致。是诚所谓只堪自怡悦,不堪持赠人者,非不欲持以与人,以此乐即在吾心之中而与吾心不能分之而为二,欲人人皆有此乐,亦必人人各自造之于其自心之中,而后乃能于其自心之中而各自得之也。此不共受用之义也。是二境界者,自有人类以来,智识之稍优者莫不注意于此,而尝皇皇焉为之而不已。故夫吾人今日能远过乎昔日蛮野之时代者,盖已不知竭古人几多之力,耗古人几多之血,而后能得之。然而此二境界者,其不完不备,仍令吾人发太息痛恨之声,而所谓人类间一真正美善之境,究未知其愿能偿于何日。而以此一境界之一日不能偿,则造此境界之仔肩亦为吾人之所一日不能已。而古人往矣,其责则卸而属于吾辈,吾辈往矣,其责则又卸而属于来者,往古来今,常以此为人生之一大事。而其所经过之程,则有常有变,常则为之之事也易,变则为之之事也难。而难之尤难者,则莫如经时势之一大变,而前境已往,后境未来,适际夫青黄不接之时代。当是时也,旧道德或已为人之所弃,而新道德或尚为世所未知,于是人心之间奇幻百出,社会之陷于无道德,犹若国家之陷于无政府然,而改良隳落,于前途两无可知,则危险莫甚于此时,而恐慌又无过于此时矣。犹船与岸,当其在船与得在岸,两皆安稳,独此既不在船,又不在岸,则祸患即常在跬步之间。夫时势既变,则道德固不能不变,以求能合于吾人之用。彼以道德为僵物论者,其言固非,而假有人于此曰今后可以无道德,则亦不待辨而知其言之非。然则吾人即于此而可得一断案曰:道德者可改变而不可废弃者也。是故吾人今日既离夫旧道德之一境,不可不亟亟焉求一新道德以为吾人前途休憩之所焉,犹之吾人以飯飯①之老屋为不足以蔽风雨而欲移徙之是也。然则必更求夫爽垲之安宅而居之,而荒野露天决非吾人可长此淹留之所。故吾国今日之所最要者有二:曰新智识与新道德。彼文明国人尚日夜发其求道德之高声,几若非此而不能一日安其生,而此事也,于数年以来尚未随自由民权之风潮而输入于我国,是亦可谓不足应时势之要求而为谋维新者于此尚留一缺点焉可也。

　　故夫有辨论而又有受用者上也。若二者不可得兼,其将取有辨论而无受用之人乎?抑将取有受用而无辨论之人乎?曰:毋宁取有受用而无辨论者。夫世固有学问渊博,论议纵横,其才流实能超绝一时,而至一勘定其人格,则卑鄙龌龊,不能不置于小人之列。彼其于学也,非以之求道,而以为可赚名誉富贵之具;彼其于辨也,非以之穷理,而以为可护奸贪欺诈之器。且夫世之小人,于智而或有所不足,则虽有为恶之心,而于事或有所拙而不能为,而彼则无所谓不能。何则?智固其所素优也。又于道而或有所未闻,则虽有作恶之才,而于心

---

　　①飯飯:屋将坏。

或有所惧而不敢动，而彼又无所谓不敢。何则？道又其所能言也。余尝谓人世间有三祸：曰自然之祸；曰物类之祸；曰人类之祸。自然之祸若风雨水旱等是，古之所谓洪水者，当属于此者也；物类之祸若虎狼蛇豸等是，古之所谓猛兽者，当属于此者也；人类之祸则如上所云云者是。夫自然之祸可备也，物类之祸可除也，故至今日而是二类者，其祸已稍漕矣，独此人类之祸，其惨酷直无稍息之日，是非吾人所当视为挽救之第一事耶？且以世之有小人也，人受其害，而彼宁岂有得耶？盖世之所谓真乐者，决不能不求之吾心神明之内，以彼之终日憧扰，无非鬼魅蛇蝎之行，即使偶得物质上之利益，而沉性灵于孽天恶海之中，已决无清夜恬静之一时，而况乎我屠戮人则人亦屠戮我，我陷阱人则人亦陷阱我，其患祸直有时而不可测。彼固愿为小人，其失算亦已甚矣。且夫具于吾人人类最贵之智识，其果专为供辨论而便吾人之为恶乎？抑将于辨论之中而求受用也？昔者于希腊诡辩学派之盛行也，其人以为世无是非，但以辨论之私拙为是非耳。其学派称为琐肥。琐肥者，智识之义。盖以为利口即智识也。及大哲学家梭格拉底起而正之，而为智识下一界释之语，曰：真正之智识者，道德也。柏拉图、阿里士多德承其学说，咸以智识为造就人类至于高等之用，后之讲学者益以梭氏之语为名言。至今心理学家，分智情意为心理学全体之部分，其立智为一部分者，盖亦梭氏之言之影响也。然则世有滥用其辨论者，正梭格拉底之所呵。若夫有受用而无辨论之人，虽于学或有所未足，于理或有所未明，然只可谓之为愚而不可谓之为恶。夫愚之与恶，其及于社会上之功罪及其对于心理中之苦乐，固有别矣。此所为于不得乎上但得其次之时，而于次之中复权其轻重，不得不抑辨论而申受用也。

或曰：然则所谓有受用之人，即所谓有信仰之人，是亦用信仰之惯词可矣，而言受用何意也？曰：所谓有受用之人，其必有信仰也无疑，虽然，所谓信仰者，据其因位而言之；所谓受用者，据其果位而言之。准以印度之因明学，于比量三支之中，有有余比量，有余比量者，从其结果而得推知其原因，例若见烟而知有火，见河口之新浊水而知上源之有雨者是。然则从受用之果而知其必有信仰之因，此其理固可推而见之者。而以人之情，见果而推其因也易，见因而测其果也难，故特有取乎受用而言之也。且也人类究极之一目的，不能不归之于善，而所谓善恶果当以何为标准乎？此学界上一至重大之问题，而世之伦理学家或以快乐幸福功益及吾心之满足以为善之定义，而佛教之言善恶也，于《俱舍论》(十五卷十二。)曰：谓安隐①业，说名为善；不安隐业，名为不善。又颂曰：欲善业名福，不善名非福。论曰：欲界善业，说名为福，招可爱果，益有情故；诸不善业，说名非福，招非爱果，损有情故。(按，言欲界者，佛于上二界别有善之标准也。)又《婆沙论》(五十一卷之初。)曰：性安隐，故名善；性不安隐，故名不善。又一说曰：引苦果为

---

① 安隐：安稳；平安。

恶，引乐果为善。又《唯识论》曰：(五卷之十七。)能为此世他世顺益，故名善；能为此世他世违损，故名不善。其所谓苦果、乐果、可爱果、非爱果，犹所谓以快乐为善之定义者；其所谓福、非福，犹所谓以幸福为善之定义者；其所谓益有情、损有情、于世顺益、于世违损，犹所谓以功益为善之定义者；其所谓性安隐、性不安隐，犹所谓以吾心满足为善之定义者。是则佛教之言善恶，实包含伦理学诸家之说而兼物质与心理而言之。而欲取佛教与伦理学家所说诸义而定一词，窃以为惟言受用者为能当之矣。或曰：然则受用之词，其得无创也耶？曰：否于佛教，其究竟之果位曰涅槃，而涅槃有两受用，曰自受用、他受用。自心清净，其果为自受用；利济众生，其果为他受用。自他受用，其义至矣，岂不大哉？故有取乎是也。或曰：受用之义果能举其究极而言之，而若辨论，则不得谓学问之究极者。何则？学问而果至究极之地位，必无辨论而后可，然则又曷为而言辨论也？曰：蒙则以为学问无究极之一地位者，然则学问之定义若何？曰学问者，凡吾人于所可知之理无不研究之而求其可知，必不可稍有遗漏者存，即极之吾人所不能知，即所谓宇宙之真体，吾人亦不可不尽种种之智力以试其窥测，(西哲来信果曰：神若予真理者，可辞而不受，而乞予我以研究真理之精神学者，不可不存此心。)至于必不能知，乃留此最后之一境。故曰学问者，凡可知之理无不当知，至于必不能知而后已，以是为学问无一究极之地位者。(按，言人智有两说，有以人智为有限者，有以人智为无限者。哲学家多主有限之说，佛教主无限之说。主人智有限说，故以为宇宙之真体终不能知；主人智无限说，故佛家有六神通。但佛教之神通非人人所能达到，故不能不以无究极立论。)无究极之地位，则辨论其乌能已？抑①辨论非所谓尚口给②者谓所以达吾人之思想而为研究学问者所不能不用之具，是辨论之义也，若夫以普通之词言之，辨论者所谓知，受用者所谓行；辨论者所谓慧，受用者所谓定。抑孟子所谓博学而详说之，将以反守约也③。博学详说，辨论之谓；守约，受用之谓。虽然，言各有当，虽其所立言之大旨从同，而其间固自有不同者在，故取用之词亦不可得而尽同者，此之故也。至若辨论之与受用，此二义者，如车之有双轮，如鸟之有两翼，互相得而其用始大，世之徒知有辨论者，不可不反而课其受用之所在；世之徒知有受用者，又不可不进而穷其辨论之所至。是则于二者合论之中，而又窃寓此意焉尔。

①抑：而且。　②口给：口辩，口才敏捷。　③博学而详说之，将以反守约也：见《孟子·离娄下》，原文为："博学而详说之，将以反说约也。"据杨伯峻《孟子译注》，意思为：广博地学习，详细地解说，(是要在融会贯通以后，)回到简略地述说大义的地步去。

国家与道德论[①]

[②]印度数论派哲学[③]《金七十论》之首偈曰：三苦所逼故，欲知灭此因。因欲灭人间之苦故，而数论派一大哲学造出。其所谓三苦者，曰：依内苦，依外苦，依天苦。依内苦者，如身苦病患，心苦怨失等；外苦者，如世人（以人与人相交为一苦事，古人已抱此见。）禽兽等；依天苦者，如寒热风雨等。余以为中国今日有两大苦，曰依外苦、依内苦。依外苦者，异种人之占我土地，夺我权利是也；依内苦者，我种人之自相残害是也。

此两大苦所逼故，然则吾人当以何道灭之乎？曰欲灭外苦，莫急于造国家；欲灭内苦，莫要于兴道德。

此二者其事各异，其理相关，故欲兴道德，不可不造国家。何言之？曰：我种人不能再建国，则我四万万同胞之子孙前途有必至之两境，曰贫贱、曰奴隶是也。何以言其必贫贱也？人或谓我已亡于蒙古而为元，亡于满人而为清，谓此后亡国而子孙必贫贱者何耶？曰：昔日之国家与今日之国家不同。盖昔日之人民其有待于国家之事甚寡，不过欲得国家以免个人彼此之杀戮，断个人彼此之狱讼而已。夫如是，故虽以异种人得吾之国，而个人之杀戮彼不能不禁，个人之狱讼彼不能不断，彼非真有心于为吾人禁杀戮断狱讼也，以此则人民安静，而彼可得租税而享有国之福耳。若今日则不然，人民之于国家，非徒望其能禁杀戮断诉讼而已也，将依之以兴一国公同之事业焉，厚一国公同之生产焉，立一国公同之教育焉，通一国公同之经济焉。析而言之，人民之间，至无一事不有赖于国家之故，而有国家则生，无国家则死，（中国尚家族之制，有家族则生，无家族则死，而于国家之有无不甚相关，然今后之形势一变，亦必至于有国家则生，无国家则死。）非过言也。且夫人民之于国家，又非仅依之以治内焉，必有所以扩充吾种人势力之范围以膨胀于域外，而后吾种人乃能存立于世界，故必有待于国家而开殖民之地焉，拓通商之场焉。夫文明各国，其内治之有待于国家者，固为我国人所未易梦见，若人民之一出国外而必有待于其国家，此其理最浅近而易晓。今夫我国人不见有外人之来于我国者乎？夫彼亦个人耳，以彼之个人与我之个人较，其力未必能胜我，即其智亦未必尽能胜我也，然而彼若欺吾民，则吾民直无可如何；吾民若欺彼，则毫毛之损偿以丘山而不足。其与吾民相交易也，我逋[④]彼，则彼能责之官府，以官府□吾民，而无虑吾民之或敢负欠也；彼逋我，则走而逸者常耳。其尤甚者，同一商务，我国人所不能得之权利，而彼能得之，若是吾民又安能与之

----

①原载于《新民丛报》第64号、65号。　　②以下原载于《新民丛报》第64号（1905年3月6日）。
③数论派哲学：数论派是婆罗门六个正统哲学派系之一，印度六派哲学中最早成立之一派。数论派认为，事物（或世间现象）是由某些根本因转变出来的。　　④逋：拖欠。

竞争而不至于穷且困也？然试思之，彼亦个人耳，则固言之矣，其力未必能胜我，即其智亦未必尽能胜我也，然而彼能若是其强者何也？此无他，彼诚个人，而彼之背后乃国家耳！试去彼之国家而以个人行于吾中国，其何事之能为？然则事以反观而易明，彼以有国家之故，故以个人而能横行于我国；我以无国家之故，故一步不能出，即出而至人国，亦必受种种之苛禁，遭种种之虐待，至于无所得利而后已。又非特不能出行也，虽在国中之权利亦必日侵日削而有反客为主之势，如此数十年至于百年，我民又安有存立之道耶？且夫今之为我民谋者，不过曰铁道不可归于外人，航路不可归于外人，矿产不可归于外人。夫铁道、航路、矿产等，此诚吾民日后一生死之大问题也，虽然，欲自有此权利而不失，决非谓铁道我自筑，航路我自通，矿产我自开，而遂可以免外人之侵入也，其根本之主义在我之有国权否耳。即我有国权，决无虑铁道、航路、矿产为外人所得之理，固有以他国之资筑自国之路，而望他国之来开矿于其国者矣。（但此事必须自有国权而后可行，若近日以筑路、开矿等事勾引外人，于中自取私利，而藉口欲以商权御外人，其说自不足值识者一笑，而其人直可目为卖路、卖矿之汉奸，国人所当食其肉者，不在此所言之例。）若不顾及国权之有无而但希冀于万一，曰此为我自筑之铁道，此为我自通之航路，此为我自开之矿产，今而后可以自保此权利，此其駃[1]直与今年朝鲜人谓外债足以亡国，乃自集民款以济国用（朝鲜人有唱借款亡国论者，乃集半岛之富豪三十余名，醵金[2]五百万圆救国帑之穷乏，以阻止向外国借款之事，识者笑之。）者等耳。

附识：

铁道亡国论数年以来大声疾呼，至今我国人已渐警醒，此固为可喜之一现象，然此但为小乘人说法之初时教，非究竟之了义也。以今日瓜分，全属无形上之事，凡人思想力弱者，于无形上之事每多不能见到，而铁路为显著于形质上之事，故得借此而走相告曰：尔不见乎此电掣雷奔者非所谓铁路乎？铁路之所至，而瓜分我之日至矣。于是人易警动，而见形质上利害之相迫也，乃群谋所以挽救之之策。夫思挽救之者诚是也，然谓争回路权，我自筑路，而遂谓从此能免于外人权力之侵入，此大谬也。夫中国之大，路不一路，此路为我所筑而他路或为外人所筑，则路权固已剪断而无所用，我虽竭资尽力，争回此一路，能保满洲政府明日不已以彼之一路许外人乎？非特此，就令一国之路皆为我所自筑，能保满洲政府不日以国权让外人乎？夫铁路非能自存之物，必附属于国家，国家之不存，而铁路于何有？《庄子》不云乎："将为胠箧、探囊、发匮之盗而为守备，则必摄缄縢，固扃鐍，此世俗之所谓知也。然而巨盗至，则负匮、揭箧、担囊而趋，唯恐缄縢扃鐍之不固也。然则乡[3]之所谓知者，不乃为大盗积者也。"今虑外人之筑路于我国也，而我自筑之，是犹虑人之胠箧、探囊、发匮而为摄缄縢、固扃鐍

---

①駃：愚，无知。　　②醵金：集资，凑钱。　　③乡：通"向"。

之计也，而不知外人且将亡我之国而何有于铁路，是犹不知巨盗之能负匮、揭箧、担囊而趋者也。夫如是，则且以我自筑之路而适足供外人之用，亦犹之唯恐缄縢扃鐍之不固也。然则开权显实①，而为大乘人说法则若何？曰：今日第一莫大之要事，在先造国家，有国家则万事可为，而为之也有效；无国家则万事不可为，而为之也无益。今设中国而一新政府出现，则以中国之款必不能尽筑中国之铁道，尽通中国之航路，尽开中国之矿产也，虽假外人力而为之，犹之可也，不然，余惧夫不知为根本之计，而但知倾其心于枝叶之不能收其效也。若近日绅商之争粤汉铁路，若四川，若江西，若福建，皆拟筹资自筑铁路，此其用心，余宁不敬之重之？虽然，使其所见不出乎此而徒欲委托于满洲政府之下，呼为贤父母贤长官，而望其能抵当外力，永远保护之，是则于此事也，直不免于根本上伏有至大之误谬。要之欲铁路牢，则国家先不可不牢，若于不牢国家之下而筑铁路，犹之欲于虚土之上而筑室也，终必有基土崩而家室亦受其累者。是则窃愿当事者之更进一解也。（此篇非专论此事者，故事例条理有言之不详之槩②，尚希谅之。）

　　且夫我种人既无国家，则一切大事业均不能不落于外人之手。何则？以我散而为个人之力而与彼合而为国家之力争，其不胜固易明，即我亦合而为一个之团体，（如公司之类。）而以无国家之团体与有国家之团体争，其不胜又亦易明，故以为无国家，则我国所有之大事业均非我种人之所可得而为也。或曰：大事业既不为我种人所有，我以个人之自力而营利，不犹可以为致富之一道乎？曰：是又有时势之不同。夫自机器之利兴，世界之事业不能不为托辣斯所垄断，始而小资本家败，继而中资本家亦败，终则成为一极富一极贫两偏端之对象。故我种人争生死于今日，只有进路并无退路，稍退而一落千丈，其究极之景象直有不忍言者，故曰无国家则必至于贫贱也。何以言其为奴隶也？今凡人种可分为二类，曰有自主权之人种，曰无自主权之人种。无自主权之人种，即奴隶也。其在中国，满人为有自主权之人种，汉人为无自主权之人种。例若今欲以中国之一土地予人，彼满人以为可即可，不必以此复问之汉人而待其可否也，即汉人于心或以为不可，果果能有一分参预可否之权否乎？（或曰：若割地之事汉人以为不可，亦可上书打电，请其勿割。答之曰：此无论书之能上不能上，电之能达不能达也，就令果以汉人之书与电下政务处，然此可谓之请愿，不能谓之参预，请愿者其事可否之权仍在彼而不在我，与参预之性质大异，不得误认为有主权。）满人之所诺，汉人不能不认。又非特土地然也，凡属汉人，满人欲用之则用之，欲杀之则杀之。（或曰：汉人之于中国，固无分毫之自主权矣，然生命之权固尚有之，不至如禽兽然，其生杀之权不谓不听命于人。答之曰：今满洲政府之拿捕新党而杀之者屡矣，仅而尚有一租界以为逃避之所，否则祖宗遗我之汉土虽大，已无新党存立之所。吾人试思之，假令无租界，则数年以来瓜蔓株连，其杀戮之惨何如？子能保新党在内地无被杀戮之事否乎？恐政府一电就正法，则俄顷之间身首异处，子能有代诉之权否乎？由是言之，为满洲政府所欲杀之人则直杀之而已，所谓有生命自主之权者，果何

────────────────

　　①开权显实：即开除三乘权便，显示一乘真实义。　　②槩：当为"弊"。

在也? 又若去年俄国兵杀汉人周生, 有其若何抵偿之法? 若汉人以为治之太轻而不可, 而满洲政府以为是可以已, 则汉人不能不已, 是亦何尝于生命上得谓之有权者哉?) 其用之也, 则满洲政府之恩不可不感; 其杀之也, 则满洲政府之威不可不服。然今者欧美日本诸强国, 驾乎满洲政府之上, 满洲政府亦为人之奴隶, 而我乃为奴隶之奴隶, 于九幽沉沉之下为奴隶之奴隶而欲有自主之权乎? 则欧美日本为第一重之主人杀之, 满洲政府为第二重之主人又杀之。而我种人为奴隶之奴隶命运定, 为奴隶之奴隶之境界若何? 曰: 其文而有智者, 则习逢迎奔走之术是也。此技本为我种人所习惯, 若满人入关, 我种人为富贵而往者皆剃发易服以事之, 今之翎顶辉煌、得耀其威福于我同种之上者, 皆从为奴隶而来者也。昔以此技事满人, 今又以此技事满人而兼事洋人, 所谓阔人大家者, 无他, 满奴洋奴、奴子奴孙也, 此生活之一道也。其野而有力者, 则为劳动工作之事是也。劳动工作之人, 其人品宁不较前之逢迎奔走者为高? 或者不得目以力自食者之尽为奴隶之人, 然其间固自有别, 今若海外所招往之华工, 其用之也, 如牛马; 其待之也, 如犬豕, 此岂复有人权哉? 不转瞬而外人之工厂当遍兴于中国, 而即以中国内地之事, 招中国内地之人, 其用之待之之道亦犹之海外华工也。而我氓之穷而无告者, 既无本种人国家社会之可依, 乃不能不忍气吞声, 代畜类而供其指挥之役, 此生活之又一道也。欲不出于此二途, 则必退入于山林, 退入于山林则死, 欲不死而得长其子孙, 则必出于前之二途, 而此外已无独立自尊之生涯。盖无国家之人, 其结局有不能不至此者, 故曰无国家则必为奴隶也。夫既贫贱矣, 为奴隶矣, 其关于道德上之事若何? 曰: 贫贱则但求有以养其生而事不暇择, 非特不欲择也, 即欲择之而已无可择之事。如是则其所为之事略可得而言, 曰为盗、为贼、为赌、为娼、为骗拐之事、为敲诈之行。又以贫贱之故, 则无教育, 无教育则无智识, 他人既鄙贱之而不屑齿, 而已亦不复知人世间乃有节义廉耻之事, 演之日久, 别成为一种卑污苟贱之习俗, 而不能不位置于劣等人种之列。此入于贫贱后之变态也。若夫奴隶, 固已分为二等矣, 于二等奴隶中, 其为劳动工作之奴隶当与前之贫贱者同论, 其为逢迎奔走之奴隶, 彼之心目中惟知有权力之人而已, 惟知有富贵之人而已, 而彼见夫有权力富贵之人, 我之当屈己而事之, 而彼若是其威严而尊贵也, 则亦欲人之事我亦如我之事彼, 故惟奴隶之人谄, 亦惟奴隶之人骄, 骄与谄①实同出于一门。今之官场, 今之在洋人, 处执役之人, 多则其代表也。是二等人已别铸为一种之面目, 已独生有一种之气息, (作官者今谓之官气。) 而皆不作人类平等之想, 对异种人则跪拜, 而以践踏其同胞人为快; 对异种人则唯诺, 而以残虐其本国人为能。盖外人之得羁轭我种人也, 则皆赖有是等人为之伥也。此又入于奴隶后之变态也。呜呼! 我种人而果无自造国家之日乎? 则余敢豫言曰: 我种人之无道德性, 而人心风俗怪厉而不可问, 必有为全地球之

---

① 谄: 当为"谄"。

所无者。而无国家则无道德此一理已得为吾人所发见，则国家之与道德，其关系固若何其巨也。

故夫吾人今日万事莫大于造国家，莫急于造国家。

然则吾人如何而后可谓之有国家乎？又将取何道而后能造此国家乎？兹别为论。

①夫造国家既若是其要矣，然则吾人今日固可措道德于不问乎？曰：何为其然？夫与国家之事，其关系最切，殆②有无过于道德者。吾闻今之人，甲有言曰："中国不可革命，革命必多杀。"吾闻今之人乙又有言曰："中国当革命，当大杀。如是政府，如是社会，不杀之乌能治？是故当革命，当大杀。"甲乙两说其旨相反，各有当处，各有过处，吾人辨明其是非之所在，是亦今日于理论上之一要事也。夫人情莫不喜安宁而恶扰乱，喜秩序而恶纷更，当夫兵事之一起也，往往衣冠涂炭，闾巷萧条，近之或数十年，远之或数百年，而后仅能平定，而生齿既已减耗，文物亦复熄灭，故伤害国内之元气，殆无如战争事为尤甚者，是甲说之有当者也。抑人情必以平而后能相安于无事，此不平则彼亦不平，而后者之不平即前者不平之所招，以今日政府之贪昏而上下成为黑暗社会之凉薄，而彼此不相救恤，不一推陷而廓清之，则不平者愈不平，而世界将无太平之日，是又乙说之有当者也。故曰甲乙两说，其所持各有所见。然进而考之，其所言尚不免涉于一偏而不得许为圆满之论。何则？夫和平固为吾人之所爱，虽然，吾人之所爱者，真正之和平而非苟且之和平。（此数语本今米国大统领鲁斯福氏之言。）夫今日之中国，其势已处于非有一度之毁坏则不能获一日之平安。试翻各国当日之维新史，无不有一惨雾愁云之大劫，而后有日月再清、山川重秀之日，谓中国今日不经一大波动而能安然日进于文明之途而告维新事业之成，则中国维新之易直为全地球各国之所无，吾人可断其万万无有此事。必若婆子之仁颤颤焉而曰毋动毋动，无论动机之所迫，欲毋动者终不能不动，就令毋动，毋动之前途则覆亡，其苦痛之事或千万倍过于我之自动，此可正甲说之过者也。抑今日之势既处于不能不动，虽然，我所为动者，其将破坏之乎？抑将建设之乎？度以为必当建设之矣。夫为破坏而动，则吾人可任一时之意气而以图报复为快；若为建设而动，则存一不杀人之心，尚恐锋刃所及其势有所不能收。若存一欲杀之心，无论所杀者或未必即为当杀之人，就令膺锋刃而毙者悉为殃国家害社会之徒，试问吾人建国家之后，果能尽除恶人而使之绝迹乎？抑仍不能不留恶人也？夫使杀戮若干之恶人而恶人可从此而尽绝，则以杀止杀或可为一劳永逸之计，无如③天地间之恶人断非杀戮之所得而尽，吾人终不能不与此魑魅魍魉为缘，此诚可谓人世间一无可如何之事，亦惟徐徐焉施转化之术已耳。且夫古来之成事业者必有不可缺之三大原素，曰智略，曰武勇，而犹有一事焉，曰仁义。吾辈姑无论其为假

---

①以下原载于《新民丛报》第 65 号（1905 年 3 月 20 日）。　②殆：几乎。　③无如：无奈。

仁义而用之与否，就令仁义或出于假，而必欲用此假仁义之名，即此可知仁义为作事者之所必不能少。夫欲言仁义，则必不能多杀，是又可正乙说之过者也。然则如甲平安之说，吾人未尝不明其理，特以迫于时势之故，吾人不免处于不幸之地而有所不能从；如乙暴力之说，吾人又未尝不谅其意，而以审于事理之故，吾人又不能不加自制之心而有所不敢从。而欲求合乎时势之宜，又能不违乎事理之常，则必增减乎甲乙两说之间，各有以抑其偏而归于中，而后吾人今日所当行之正道于是乎出。设不由此一途而或偏从乎甲，（谓不动能维新。）或偏从乎乙，（谓多杀能革命。）吾以为中国前途两皆无可救也。故吾人今日不能不急造国家，而欲造国家，即与道德之一问题有至大关系之故，夫必待今日人人皆有道德心之普及，而后始起而造国家。此又必不能及之事，吾人今日之所责备而属望者，即在英雄为首之数人，不可不深明此理而万事悉以大悲至仁之心行之。夫是说也，在浅见寡闻之辈或不免诋持道德论者，以为迂阔而不通乎事势，然以今日各国兵力之强，而于公法、于人道咸有所畏惧而不敢背，稍偶涉乎不韪，而恐来天下之讥，必斤斤焉力自辨白，冀无污其国家文明之名。由此可知今日之战争，实军器与道德为同一之进步。而以道德当尊重者属新说，以道德为陈腐者属旧谈，吾人既事事维新，则战争尚道德者即可目为维新至大之一事，而不容自落于各国之后者也。且吾人之所谓道德者，尤非徒欲用之于造国家之时也，于国家既造之后，而有需乎道德之事且更大。夫吾人今日之所为欲造国家者，将仅造有一形象上之国家而止乎？抑将造一精神上完美纯全之国家也？假令吾人今日以无国家为患，而有一国家之后将终不免强压弱，贵凌贱，众暴寡，而欺诈者仍欺诈，贪虐者仍贪虐，鄙吝者仍鄙吝，腐败者仍腐败，则吾人所为发咨嗟太息之声者亦终一日不能息，而所谓造国家者将不免以无意味终。非特此也，果如此，则内乱必相寻而不已，即外患亦乘间而即入，虽已造之国家，或不免如昙花之一现而将再有覆亡之忧。是在今日言之，为未有国家之前而豫虑既有国家之后之事，固未免为早计，然吾人谓不必虑及乎此，则亦可谓思虑之不长。且吾尤可置一预言于此，曰：吾种人不能再造国家则已，若能造国家乎，则既有国家之后，识时之士必有共发其要求道德之叫声者，则吾人今日以道德为至冷落之一问题，安知吾种人再兴，不转瞬而将以道德为一至热闹之问题也？此吾谓一言国家而必与夫道德有不能相离之势者也。

　　然则国家之与道德，其相异之点若何？曰：国家之存亡，其情态属一时的；道德之有无，其情态属永久的。惟其为一时也，故不能不赴之以勇猛奋迅之神；惟其为永久也，故不能不积之以渐致优游之力。试仅从时势之所宜急者立论，则今日亦但言造国家焉斯已耳，今之忧时之士，若他务未遑①而惟知有国家一大事者，诚可谓能知其先务者也，虽然，所谓道德之本原仍常伏于人心之间，未闻

────────────

①未遑：没有时间顾及，来不及。

以造国家风潮之故而谓道德可从此推翻而不论，且以欲造国家之故，而彼此相扶相助，尤必有多赖之于道德者。盖所谓维新，其解释亦不过比之守旧而事事有进步耳，万事既无一不进步，而道德为至要，尤不可不首进一步。设谓守旧有道德而维新无道德，则是维新之学说反不及守旧之备，岂有是理耶？或曰：然则今日当专务劝人以向于道德矣，何为乎立言之士先国家于道德？岂非轻重之失序耶？曰：此时势之所宜然也。何则？今之所为欲先造国家者，诚以无国家之故，则吾人将无所凭藉以为造道德之基故也。夫孔子之策卫也，教之之前，先之以富；管子之治齐也，曰："仓廪实则知礼节，衣食足则知荣辱。"夫孔子岂不知教之之道固重于富？管仲亦岂不知礼节之重于仓廪，荣辱之重于衣食哉？然而孔子必先富于教，管仲必先仓廪于礼节，先衣食于荣辱者，此其意亦犹夫今之立言者必先国家于道德也。且夫道德固当分之为两部分：其一为超绝之道德，惟一二人所能独到者；其一为普行之道德，为一般人所当遵守者。（或分为博爱的道德，相互的即平等的道德。相互的道德谓之平等，而博爱之道德反不谓之平等者，盖博爱者人即害我而我仍必为利彼之行，是即于人己间不立平等之准者，故不谓之平等之道德。至有时宜用博爱的道德，有时宜用相互的道德，当各因其时与事而分，非此题限，不及陈。又本篇所论义亦微异，故不取博爱、相互之词用之。）超绝之道德，如虽饿死不为不义；人以无理而殴我也，我不殴彼而又礼之；人以无理而詈我也，我不詈彼而又敬之。近日俄国托尔斯泰伯所主持之恶勿敌者，其代表也。普行之道德，如饥饿起盗心，彼为盗者洵①有罪矣，而谁使之饥饿者？则社会、国家亦均有罪也。又人殴我而我亦还殴人，人詈我而我亦还詈人，我之殴人、詈人固有罪，而人之殴我、詈我乃先有罪也。如此，为善不可不报，而恶亦不能不敌，是其例也。超绝之道德，必上智而后能行；普行之道德，即中材亦可相从。然而人类中上智之人少而中材之人多，故言道德者不能专举超绝的而必举普行的。夫言超绝之道德，或亦可无待于国家而后能行，而言普行之道德，即与国家有大相关，例若世界之人以国家不同之故，故利害亦不同，他国人之所利或即为我国人之所害，而我以无国家之故，则人民常有害而无利，有害而无利则必至于饥饿，饥饿则必至于为非，是以无国家而必至于无道德者也。又若殴人、詈人之事，必有待于教育之感化，法律之平治，并有待于人心风俗之相互维持，如是则必皆有赖于国家。又若与外人交，而外人或有殴我民人、詈我民人之事，尤不能不待有国家之力以抗之，不然而他国人可以殴吾人、詈吾人，是固他国人民之不道德，而吾人民以不能殴彼、詈彼之故或以暴行报之，则其事固不出于正义，或以畏强之故而养成卑屈之心，惟知有强弱之观念而无是非之观念，则人心之败坏更有不堪问者，是又以无国家而必至于无道德者也。然此固仅承上所言之数条而举之耳，若夫以无国家之故而遂至诱起夫不道德，其事不能觏数。虽断为无国家之民即为无道德之民当非过

---

①洵：实在；确实。

言，于是吾人不能不遐想希腊大哲学家柏拉图之言，柏氏盖以为个人之进德[1]也必有待于国家，故道德论与国家论在柏氏以为二者实相须而不可离。（本篇以国家与道德命名，即本此意。）此其理盖验于希腊亡国之后。当希腊之为罗马所覆亡也，其人之入于罗马而为之臣者，以国家之大权既操于罗马人之手，希腊人遂尽丧其国家之观念而惟知谋仕宦为一己私利幸福之计，渐成为罗马一种之风气，盖至晚罗马朝，官僚之腐败不堪言状，而罗马亦以此告终。吾人观于希腊人亡国后之变态，又未尝不叹以为适足写吾种人一小影也。当夫我种人之自立国也，若周汉唐时代，皆有可观，至为蒙古人所灭，为满洲人所灭，其种人之良者皆有气节而流血徇难以死，否则亦退而隐于山林之间，惟不肖之劣种摇尾乞怜，为他人臣，今日之居上等社会皆是等不肖劣种之子孙而传其祖父之衣钵者，其新进而能得志，又必具有是等劣种之性质而后乃能循循焉而取富贵，于是社会之间去优存劣，别为一种人为之淘汰，而遂至于退化。盖中国腐败颓唐致有今日之现象者，寻其源，即良种被戮，而不肖劣等之人得繁衍其种类之一结果而已。嗟乎！吾不知今后吾种人若无自立之国家，则求富贵而往事新主人者，其丑态更当何如！故曰：今后无国家，则我种人不道德之象必为全地球之所无，而直有至于不可思议者。此可悬为豫言以待，而有以知其理之不爽者也。

故曰：吾人今日莫大于造国家，莫急于造国家。

又曰：吾人欲造国家，则不可无道德；既造国家之后，尤不可无道德。

中国之考古界[2]

吾闻客有自上海来者，曰今欲于坊间购一《国语》《国策》汉魏丛书等，已不可得，盖为新书之风潮扫荡尽矣。使是言而果信也，何我国人之不知学也！吾闻今学者，皆曰二十世纪世界学者所当研求者，东洋二古学：一印度学，一中国学。今欧洲学界已大动此倾向。吾不知二十世纪于此二古学中所得发明之事理果若何也，而据前此言之，于中国古书中，孚佑兰氏研求玄奘《西域记》，千八百九十六年，得发见释迦生地迦毗罗城古址；毕尔德氏研求赵汝适《诸蕃志》，（赵汝适赵宋时代，当西历十三世纪之人，于泉州提举市舶，以其时所得闻外洋阿非利加及印度洋岸诸国之事，著为书。马端临《文献通考》不注明出所而引用其原文，《宋史》亦钞录其大体而无传，今外人以为珍书，我国久无人道及此者矣。）而于中世时中国与外国通商之事状，贸易之品目，及亚阿两大陆印度洋沿岸诸国之地理及人类学，得发见多种崭新有益之事实，是皆足增中国古书之声价者。又各国图书馆，皆大贮藏汉文典籍，而其所翻译，词曲则若《赵氏孤儿》，宗教哲学则若《大乘起信论》等，其他著名之书，翻译更不及枚举。噫，若以上诸书我国人不知自宝，或有闻而不能知其名，

---

①进德：增进道德。　②原载于《新民丛报》第65号（1905年3月20日）。

而欧米人乃宝之,其为我国人心耻何如也！抑吾人在国,闻人有谈周秦学说及佛教者寥寥如晨星,然在日本,则坊头书籍杂志论周秦学说及中国佛教者累累皆是。夫所谓维新者无他,研求各种学问得有进步之一结果而已,故谓求学则能维新,不求学则不能维新可也;谓当今之世,其国人能好学者强,不能好学者亡,无不可也。然今者我方号欲维新,于外来之学尚无所得,而我所固有之学已先弃之,是即我国人不悦学之一标准也。不悦学,则维新之事必无所成,而国亦卒不能强。见微则知著,能无此涓涓而悲也。

抑又闻我国之能读古书者曰:西学何足奇,凡西学之所有,皆我数千年前古人所已经发明者。就而闻其说,若谓七十余元质①不出五行之说,其余亦类此,不足多引。噫,又何其固也！夫五行之说,不过如印度古代之所谓四大、五大。今学者谓中国之言五行,不如印度之言四大,盖四大尚可谓为万物之原素,而中国之五行说,其言水火金土者勿论,最讶其不伦者有木之一行,夫木乃万物之一,而不得谓为万物之原素明其,若木可列为一行,则动物若禽兽、若人类亦可列为一行,是诚无以难其说也。又若水者,虽可为万物之一原素,然古代希腊兑喇士亦言水为万物之本,而印度之四大中亦有水之一大,而今之西学则知水为轻二养一所成,如是而水为原素之说自不得成立。夫仅知水为万物所有之原素,与知水为轻二养一所成,此其间人智之增进殆不可以道里计,而谓知轻二养一为水与知水为五行之一者为同等,何其无区别也！虽然,当太古之时,于森罗万物之中而独知归纳于五行为本,此实人类智识之一大进步,而文化发生,于此著现象焉。盖当古时,荷全地球文明先辈之称,其最著名三国,曰印度,曰希腊,而我中国实居一焉。我中国古代文明之发达史,今外人多研究之,我国人之当博考详搜,钩玄发微,以显扬古人之光华,此非独学界所当为之事,亦我子孙对于宗祖之义务焉。夫谓我古时已知太极阴阳五行之理,故我今者对于万国,犹得荷古代文明之荣名,此固我国人之幸,然因而蔑视今世之新学,以为无一不包含于我古代学术之中,我至今可无崇他人之新学为②,则将贻人以笑,而为我国人之辱莫大焉。何也？学问中固有同一立说,而言之精详与不精详,有秩序与无秩序,于学统上已大有区别,(例若谓孟子、黄梨洲已知有民权之理可,谓今日民权之理皆为孟子、黄梨洲所已发明则不可。于西国此例亦甚多,如进化学说,霍台氏、拉孟克氏实先于达尔文,然自达尔文之书出,引证详备,事实确凿,故言进化论者,必祖达尔文氏,是其例也。)而不得谓后之说无异乎前之说。况乎古之所无而为今之所有、古之所未发见而为今之所已发见者不知凡几,而谓新学即古学,则人将嗤为菽与麦之不分。且也,人将曰:尔知五行之理于数千年之前,何至今犹不能出五行范围之外？然则祖宗固贤圣而子孙又何其驽钝而一无进步也！故曰将贻人以笑,而为我国人之辱莫大焉。夫学术宗教不分国界,我固胜人,人将学我,如昔日日本之学中国

_____

①元质:即元素。　②为:疑衍。

是也；人苟胜我，我亦当学人，如今日中国之当学西洋是也。自近者国家主义之论兴，恐学者不察而于学问之界亦不免有一国家之界限存，而有尊己国而卑人国之风，则将失平等观察之智，而无以见学问之真，是固我今日学界之前途所当知此义也。

是两派者，一则以为有新学不必有古学，其于新旧之学界也失之离；一则以为有古学即足为新学，其于新旧之学界也失之混。此可名为我今者学界过渡时代之病也。（但犹有一种比附中西，其弊亦无异此，以题限，不及陈。）

附录：

我国今日求学之外，尤当购书。汉文典籍为中土所无而日本所有者颇多，惟近来搜求已殆尽矣，然关系佛教各书以乏人研求，多可购采。昔宽政时，京都相国寺长老显常、白云寺慈周、越中光严寺洞水等诸人相计，欲以中国不入藏经之佛书今多逸失而尚留存于日本者，寄赠一分于中国，事半而常、周二氏相次迁化①，事遂不果。其欲寄赠之书目，载牧墨仙所著之一宵话中，其中若《唯识论述记》，今为南京杨仁山氏所已刊，又华严家部数种，今亦有之，其余盖多无可购者，未知尚有存者否。兹借报端之余白，录当日所拟寄赠之书目，庶见之者多，或有有志而力足以任此者出，购求回国，寄藏名山，择要印行，以广流通，亦我国文献之事焉。（此稿成而日本有续大藏经之辑，下目多在其中又识。）

送书目录：

《法华义记》光宅　八册　　《大乘义章》净影　廿五册　　《十地义记》净影　八册　《释摩诃衍论》　一册

天台家部：

《维摩广疏》天台智者　十四册　　《同略疏》同　十册　　《同记》荆溪　五册　《禅门章》天台智者　三册　　《三观义》同　一册　　《维摩略玄义》同　三册　《止观搜要记》荆溪　八册　　《随自意三昧》南岳　一册　　《涅槃三德旨归》孤山　十册　　《净名垂裕记》同　十一册　《十义书》四明　二册

华严家部：

《华严搜玄记》至相　九册　　《同探玄记》贤首　二十册　　《起信论义记》同　三册　《同海东记》元晓　二册　　《十二门宗致义记》贤首　二册　　《五教章》同　一册　　《无差别论记》同　一册

法相家部：

《唯识述记》慈恩　二十册　《二十唯识述记》同　二册　　《杂集论述记》同　十册　《法苑义林章》同　七册　　《唯识枢要》同　四册　　《同了义灯》惠沼　十三册　　《同演秘》智周　十四册　　《因明大疏》慈恩　八册　　《宗轮论述记》同　二册　　《弥勒上生经疏》同　二册　　《因明前后记》同　六册　　《辨中边论》同　四册　　《法华玄赞》同　十册　《瑜伽伦记》遁伦　廿四册　　《仁王疏》疏贲　七册

---

① 迁化：去世。

三论家部：

《中论疏》嘉疏　册①　　《百论疏》同　九册　　《十二门论疏》同　册　　《大乘玄论》同　五册　　《法华论疏》同　册　　《三论玄义》同　四册　　《胜鬘宝窟》同　册

《法华玄论》同　十册

净土家部：

《无量寿经疏》净影　二册　　《观经疏》同　一册　　《往生论并注》昙鸾　三册　　《安乐集》道绰　八册　　《观经玄定散义》善导　廿四册　　《净土法事赞》同　二册　　《往生礼赞》同　一册　　《观念法门》同　一册　　《般舟赞》同　一册　　《赞阿弥陀佛偈》昙鸾一册　　《净土群疑论》怀感　四册　　《五会法事赞》法照　二册　　《净土论》迦才　三册

南山家部：

《合注戒本》南山　一册　　《戒本记》同　八册　　《净心戒》同　六册　　《戒本科》灵芝二册　　《行宗记》同　八册　　《随机羯磨》南山　一册　　《业疏》同　八册　　《同科》灵芝　二册　　《济缘记》同　八册　　《行事钞资持记》南山、灵芝　四十二册　　《梵网疏》义寂　一册

密宗家部：

《大日经义释》一行　十四册　　《供养法疏》　二册

俱舍家部：

《俱舍颂疏》圆晖　十五册　　《同光记》普光　三十册　　《同宝记》法宝　三十册

《同通记》遁麟　十二册　　《同钞》惠晖　六册　　《梵汉千字文》义净　一册

日本撰述：

《胜曼疏并钞》上官太子、唐明空　六册　　《维摩疏》同　五册　　《法华义疏》同　四册

《十卷书》弘法　十册　　《守护国界章》传教　九册　　《显戒论》同　三册　　《显扬大戒论》慈觉　七册　　《金刚顶经疏》同　七册　　《苏悉地经疏》同　七册　　《讲演法华义》智证　二册　　《菩提心义钞》安然　五册　　《悉昙藏》同　八册　　《往生要集》惠心　四册　　《大乘对俱舍钞》同　十四册　　《因阴四相违释》同　三册　　《选择集决疑钞》法然、良忠　五册　　《无量寿经钞》望西　七册　　《元亨释书》　十五册　　《兴禅护国论》千光一册　　《圣一钞并年谱》　二册　　《道元录》　一册　　《佛国钞》　一册　　《梦窗录并年谱》　四册

右目终。

按，《唯识论枢要》②《成唯识论了义灯》《成唯识论演秘》，合刻称《唯识》，三个疏又系日本唯识宗书，如《唯识同学钞》③《观光觉梦钞》④等，皆著名之书也，今多有之。又密宗书去年合刻，《大日经》《金刚顶经》《苏悉地经》《瑜祇经》《要略念诵经》称五部秘经。又俱舍论注释书最有名者，普光之《光记》，法宝之《宝记》，今有新版合刻，称《俱舍论光宝》。右略记其一二，其余为上书目所不载，而著名之载籍甚多，又系日文者其书尤多，不及一一俱录。

---

①册：册前脱数字，下同。　　②《唯识论枢要》：当为《成唯识论枢要》。　　③《唯识同学钞》：当为《成唯识论同学钞》。　　④《观光觉梦钞》：当为《观心觉梦钞》。

中国之演剧界①

拿破仑好观剧,每于政治余暇,身临剧场,而其最所喜观者为悲剧。拿破仑之言曰:"悲剧者,君主及人民高等之学校也。其功果盖在历史以上。"又曰:"悲剧者,能鼓励人之精神,高尚人之性质,而能使人学为伟大之人物也。故为君主者不可不奖励悲剧而扩张之。夫能成法兰西赫赫之事功者,则坤讷由(Corneyll)②所作之悲剧感化之力为多,使坤氏而今尚在,予将荣授之以公爵。"拿破仑之言如是。吾不知拿破仑一生,际法国之变乱,挺身而救时艰,其志事之奇伟,功名之赫濯,资感发于演剧者若何?第观其所言,则所以陶成盖世之英雄者,无论多少,于演剧场必可分其功之一也。剧场亦荣矣哉!虽然,使剧界而果有陶成英雄之力,则必在悲剧。吾见日本报中屡诋诮中国之演剧界,以为极幼稚蠢俗,不足齿于大雅之数。其所论多系剧界专门之语,余愧非卢骚,不能解《度皖德兰犹》也,(卢骚精音律,著一书名曰《度皖德兰犹》,痛论法国音乐之弊,大为伶人间所不容。)然亦有道及普通之理,为余所能知者,如云:"中国剧界演战争也,尚用旧日古法,以一人与一人,刀枪对战,其战争犹若儿戏,不能养成人民近世战争之观念。"(按,义和团之起,不知兵法,纯学戏场之格式,致酿庚子伏尸百万,一败涂地之祸。演战争之不变新法,其贻祸之昭昭已若此。)又曰:"中国之演剧也,有喜剧,无悲剧。每有男女相慕悦一出,其博人之喝采多在此。是尤可谓卑陋恶俗者也。"凡所嘲骂甚多,兹但举其二种言之,然固深中我国剧界之弊者也。夫今之戏剧,于古亦属于乐之中,虽古之乐以沦亡既久,无可考证,经数千年变更以来,决不得以今之戏剧谓正与古书之所谓乐相当,然今之演剧,要由古之所谓乐之一系统而出,则虽谓今无乐,演剧即可谓为一种社会之乐,亦不得议其言为过当。夫乐,古人盖甚重。孔子之门,乐与礼并称,而告为邦,则曰:"乐则《韶》《舞》③。"在齐闻《韶》④,三月忘味。其余论乐之言尤多。盖孔子与墨子异,墨子持非乐主义,而孔子持礼乐全能主义,故推尊乐若是其至也。而古之乐官,若太师挚、师旷等,亦皆属当世人材之选,昭昭然著声望于一时,而其人咸有关系于国家兴亡之故。夫果以今之演剧当古时乐之一种,则古之乐官,以今语言之,即戏子也。呜呼!我中国万事皆今不如古,古之乐变而为今之戏,古之乐官变而为今之戏子,其间数千年间,升降消长,退化之感,曷禁其枨触于怀抱也!抑我古乐之盛事属既

---

①原载于《新民丛报》第65号(1905年3月20日)。转载于《中国文论选》之近代卷下册,邬国平主编,江苏文艺出版社1996年出版。 ②坤讷由(Corneyll):今通译为高乃依。法国剧作家,古典主义戏剧的创始人,作有剧本《熙德》等三十余部,戏剧论文有《论悲剧》《论三一律》等。 ③乐则《韶》《舞》:语见《论语·卫灵公》:"颜渊问为邦。子曰:'行夏之时,乘殷之辂,服周之冕,乐则《韶》《舞》。放郑声,远佞人。郑声淫,佞人殆。'"《韶》,舜乐曲名。《舞》,武王乐曲名。 ④在齐闻《韶》:《论语·卫灵公》:"子在齐闻《韶》,三月不知肉味,曰:'不图为乐之至于斯也。'"

往,姑不必言,方今各国之剧界皆日益进步,务造其极而尽其神,而我国之剧乃独后人而为他国之所笑,事稍小,亦可耻也。且夫我国之剧界中,其最大之缺憾,诚如訾者所谓无悲剧。曾见有一剧焉,能委曲百折,慷慨悱恻,写贞臣、孝子、仁人、志士困顿流离,泣风雨、动鬼神之精诚者乎?无有也。而惟是桑间濮上之剧为一时王,是所以不能启发人广远之理想、奥深之性灵,而反以舞洋洋,笙锵锵,荡人魂魄而助其淫思也。其功过之影响于社会间者,岂其微哉!昔在佛教,马鸣大士①行华氏国,作赖叱和罗之乐,使闻者皆生厌世之想,城中五百王子同时出家。是虽欲人悟观空无我之理,为弘通佛教之方便法,然其乐固当属悲剧之列也。今欧洲各国,最重沙翁②之曲,至称之为惟神能造人心,惟沙翁能道人心,而沙翁著名之曲皆悲剧也。要之,剧界佳作皆为悲剧,无喜剧者。夫剧界多悲剧,故能为社会造福,社会所以有庆剧也;剧界多喜剧,故能为社会种孽,社会所以有惨剧也。其效之差殊如是矣。嗟呼!使演剧而果无益于人心,则某窃欲从墨子非乐之议。不然,而欲保存剧界,必以有益人心为主;而欲有益人心,必以有悲剧为主。国剧刷新,非今日剧界所当从事哉!(曩时识汪笑侬③于上海,其所编《党人碑》固切合时势一悲剧也。余曾撰联语以赠之。顾其所编情节多可议者,望其能知此而改良耳。)

佛教之无我轮回论④

(一)⑤

饮冰室主人⑥著《余之生死观》,述佛教无我转轮回论之义,计阅者之稍能思索者必横一困难之疑问,无他,即无我,果将以何者转轮回也?此一困难之疑问非独为今人所必有,于佛教史上,辨论无我之事密理繁辞,不可胜述,而自释迦灭度而后,无我论之变迁亦已不知经过若何之阶级矣。兹揭其略而陈之。

解释此一问题,匪特有关于佛教之事已也,于现在之哲学、心理学,可资此理以互相发明者甚多。进而言之,则吾人之何以为人,而人生之一大问题亦有待于此一疑问之解决而解决。夫以具如此高玄精深之理,断非愚陋若余之所能剖答,且余固不足道,即极今时全地球第一学者,欲剖答此理而能予人以满足,殆非所能望也,不过其所言各有浅深之不同而已。此诚所谓惟佛能知之境,而

---

①马鸣大士:马鸣,梵名阿湿缚瞿沙,北印度人,约公元一至二世纪人,大乘佛教的理论家和诗人。《付法藏传》五:"有大士名马鸣。……彼于华氏城(在中天竺摩竭国)游行教化,大建法幢,摧灭邪见,作妙伎乐,名赖叱和罗,其音清雅哀婉,宣说苦空无我,时城中五百王子开悟出家。" ②沙翁:即莎士比亚。 ③汪笑侬:又名孝农,号竹天农人。京剧名家,汪派的创始人。以擅长演唱表达悲愤慷慨情感的《战长沙》《文昭关》《取成都》而著称。 ④原载于《新民丛报》第66号、67号、68号、70号、71号、72号。 ⑤以下原载于《新民丛报》第66号(1905年4月5日)。 ⑥饮冰室主人:梁启超之号,饮冰室是其书斋名。

亦当归于今时斯宾塞尔哲学所谓不可知之域者也。虽然,此一问题关系既若是之巨大,则一知半解亦不可不试其窥测,兹亦有取乎是而为之也。

佛教有三法印,为判定是佛说非佛真伪之一标准,而佛教根本之三大原理亦在此。三法印者何?曰:诸行无常、诸法无我、涅槃寂静是也。(《智度论》卷二十二:佛法印有三种:一者一切有为法,念念生灭皆无常;二者一切无我;三者寂灭涅槃。)此三法印,虽后来诸家亦解释互异,然要不敢离此三法印,否则必辗转自附于三法印,盖合此三法印者为佛说,违此三法印者为外道说。(《法华玄义》卷八:印之即是佛说,修之得道,无三法印即是魔说。)而无我实为一法印之一。故凡属佛教,必主无我,盖立无我者为佛教,立有我者非佛教也。(此三法印诸行无常、诸法无我,属有为法;涅槃寂静,属无为法。)

附识:

按,法印实为宗教家所不可少,如同一儒教,谓之主君主可,谓之主民主亦可,若是虽同出一教,而其说竟可至大相反而不同。余尝欲为孔教立界说数条,使言孔教者稍有规则而不至立说之过出纷歧。今略言其一,曰:尽人合天,天理即在人心。盖孔教于佛教中属诸法实相论,即以现象即本体者,故以人为天地之心,天之道即在人之心中,能尽人之道,即合乎天之理,于人之外,实无所谓天,打天人为一丸,盖实天人至圆融无碍之说也。故言言说人,实不啻言言说天,如是,故言性命、(道本于性,性本于天。又性情德行之原,皆归之天。以繁,不及陈。)礼乐、(礼乐法天地。礼者,天之节文;乐者,所以通人之心于天也。)祭祀、(孔子言天有帝、有神、有鬼,祭祀者,人之所以通天报本而受福也。)符征、(亦云感应。盖孔子言尽人合天,然则人事之尽不尽于何取凭证乎?曰:证于天。天示以吉凶之象,故有凤鸟、河图、获麟之说。《春秋》之屡书日食,决非为志天文,实志人事也。)伦常(天尊地卑自成等级,故人事有君、有臣、有父、有子。)之说皆有可通。然自近时,读书者不知此义,以为孔子专言人不言天,遂以为孔子非宗教,而或以为政治家,或以为伦理家,或以为哲学家,(哲学家亦言天,然哲学家之言天也,辨证的,归纳的;宗教家之言天也,直觉的,演绎的,其性质殊异。孔子言天之性质,皆属宗教家,非哲学家。此事余别详论之。)要之,皆若盲人摸象,或得象之一牙,以为象如是;或得象之一足,以为象如是,而实未见全象,即对于孔教,不知其全体组织之教理也。余虽不主孔子之天人合一论者,(余于佛教主法相,不主天台、华严。)但通会孔子之言,实为天人合一论无疑,不如是而判孔教,必犯摄孔教不尽之弊,(如谓孔子不言天,则孔教中言天地鬼神,必起二种之问难:一暧昧而无解释;一有若赘旒而无意味。然通观孔子全体,则二种之问难皆释。盖人事皆以天为本,故言天非同赘旒而无意味,人心即天理,故能知人事,即知天道,不必更下天之解释也。此实孔子之理想完密处,不知此,则全抹煞孔子见地,孔子固不若是浅也。)其为判教之所不许明矣。但此理深长,兹但附论其概略,固不能尽也,当俟别为书耳。

然试进而考之,释迦之必立无我说者,其原因果何由而起乎?则反对数论派（即僧佉派。）立神我之说是也。当释迦之出家求道也，欲究宇宙之真相，人生之本原，历访印度有道之士，求闻其说。其时所访者三人，曰跋迦婆，曰阿罗逻迦兰，曰郁陀罗罗摩。最首访者为跋迦婆，然跋迦婆者，属婆罗门教中之一派，不过以苦行之法求得脱离世间而升天上，其教理至浅，释迦身至其处，见其徒之苦行，及闻其所说，不足以成道，遂弃之而去。

附识：

按，佛教中之最小者为人天教。人天教者，亦犹跋迦婆之徒，求出人间而得升天之乐者也。此盖佛为初心人说法，所谓方便说，非真实了义说也。其教旨出于《提谓经》。《提谓经》者，佛成道之后，有提谓等五百商人供佛麨蜜，佛为彼等说五戒十善因果之法，盖不过劝之去恶为善而已，非与之说真实之教理也。《提谓经》今逸不传，或谓伪经。又《无量寿经》中有五恶段，亦当属此。此方便说虽非佛教之究竟义，然实不可无此，盖人类高下，万有不同，若欲教义普及，万不能不因类立教。佛教教理至为玄深，虽学者亦难领解，何能期之一般众人乎？若佛教无方便说，则佛教之绝灭久矣。由是言之，佛教玄深之理实赖有粗浅近俗之理保其生命也。儒教以不立方便说，故仅能行于士君子之间，而力之及于下等社会者盖寡，此诚儒教之缺点所以不及佛教之能普及焉。惟或误认佛教之方便说为真实说，或且因此而议佛教教理之浅陋，则非能深知佛教者矣。

余谓今日日报、旬报之立言，亦不可不知此义。但其事甚难，能为下等人说法之人，其言或多误于正理而不合；能为上等人说法之人，则其言或不能行于下等人之间。此诚立言者之各有所偏而无可如何也。

而至尼连河边，访阿罗逻迦兰。阿罗逻迦兰为数论派之一大师，名动五天，有徒三百，其学理之高深远非跋迦婆之所能及，盖印度于未有佛教之先，其哲理殆无出数论之右者。释迦事阿罗逻迦兰颇久，习闻其说，故佛教之教理多出自数论派，否则即可谓为数论派之改良而进步者，盖数论派实佛教之先河，而阿罗逻迦兰实亦当谓之释迦之师也。虽然，其达终点之一教理，究不能合释迦之意，歉焉以为未足，复往而访郁陀罗罗摩。郁陀罗罗摩有徒七百，然亦属数论派之学，其所说殆与阿罗逻迦兰无甚大异，释迦以为终不能得道，乃去而独学自悟，苦行六年，究澈重重之理法，于毕波罗树下（即菩提树。玄奘曰：昔佛在世，高数百丈，屡经残伐，犹高四五丈，佛坐其下，成等正觉，因而谓菩提树焉。茎干黄白，枝叶青翠，冬夏不凋，光鲜无变。）一旦豁然，终得大道。

按，此为学问必然之阶级。无论何种学问，始必闻人，终必自悟，不经此二阶级，其所得之学可贵者殆鲜矣。

故佛教虽多出于数论派，而固自有主义，所以卒与数论派异而能高出数论派之上也。然则佛教与数论派其相异之点究何在乎？则我与无我其最大也。抑欲知数论派之立我，先不可不略考数论派之教义。数论派盖立自性与神我为宇宙万有之原理,其自性,类今之所谓物质;其神我,类今之所谓性灵。盖即属心、物两元论之哲学者。自神我与自性和合,而后有细身,有粗身,有三德,于是有变异差别,生老病死之事由是而起。此数论派言世界发展之大略也。

按,数论谓人先有细身而后有粗身。细身者,数论谓之微细生;粗身者,数论谓之父母生。要之,细身者,先天存在,而粗身者,血肉之躯也。细身其体微眇,人目所不能见,山川土石亦无所碍,粗身有时死灭,如人死则血肉腐坏消散是也,至细身则不能死灭。一粗身退没,细身复能轮转,成他粗身,即能转轮回之主体也。今略采数论哲学之《金七十论》如下:

微细父母生,大异三差别。三中细常住,余别有退生。又云:外曰:是三差别,几常无常耶?答曰:五唯所现,微细差别,能生初身,是常住。若粗身退没时,细身若与法相应,若与非法相应,则受四生。(按,数论有偈言云:因善法向上,因非法向下,因智厌解脱,翻此则系缚。善法向上,即生天生人之四生是也;非法向下,即堕畜道之四生等是也。智厌生死,则神我能解脱自性,永离轮回之苦;翻此则向上向下,仍不免系缚而有生死之事矣。)又云:粗身父母所生,或鸟瞰食,或复烂坏,或火所烧,痴者细身,轮转生死。又云:昔时自性者,回转生世间,细身最初生,从自性生觉,从觉生我慢,从我慢生五唯。此七名细身,细身相何如?如梵天形容,能受诸尘。又云:细身,山石壁等所不能碍,以微细故,又不变易。

此细身之义,近于灵魂,又近中阴而亦微有不同。中阴亦名中有,佛教以死有之后,生有之前名中有。以中国所有之义言之,所谓鬼者近是。以细身为中阴,今据《校注金七十论》有云:(《金七十论备考会本》略同。)微细身是似中阴。《俱舍论·八》曰:于死有后,在生有前,即彼中间,有自体起,为至生处,故起此身,二趣中间,故名中有。同九曰:中有身极微细。又曰:此中有身,若有修得极净天眼,亦能得见,诸生得眼,皆不能观,以极细故。《智度论·十二》曰:今世身灭,受中阴身,此无前后,灭时即生,乃至汝言细身,即此中阴云云。

三德:一萨埵,以喜为体,有开发之功用,或亦为勇;一罗暗,以忧为体,或亦为尘;一多磨,以暗为体,或亦为痴,故或作喜忧暗,或作勇尘暗,或作贪瞋痴。余尚多不及陈,略如分人之气质,有多血质、粘液质等四种相似。盖三德分配于人各有多寡之不同,故人性之智愚亦不同,如得喜多者,其人敏慧;得暗多者,其人愚钝是也。

然则解脱之道若何?夫数论之立神我也,盖以神我为清净无垢之物,一切罪恶皆自性之所造,一切烦恼皆自性之所招,即神我为本觉的,自性为不觉的;神我为良知的,自性为盲进的;神我为纯粹的,自性为混浊的。而人人无不有一神我在,犹实大乘所谓一切众生无不具有佛性,迷则为众生,觉则为佛,故神我一旦自悟,厌弃自性,犹鸟之脱离樊笼而去,则神我便得入于涅槃,寂静自在,于

《所行赞》①述其义云:野鸟离樊笼,远离于境界,解脱亦复然。

是即数论派言解脱之大略也。

附识:

于哲学中有区别性灵躯体而主尊性灵说者,摭其所言之大略,以为吾人人类盖判然合二物而成,其一为有形者,即躯体是也;其一为无形者,即性灵是也。所谓性灵,有二个之机能,即知与行是也。性灵之具有此知行之机能也,犹躯体之具有长广厚之质也。夫均是吾人之行为,有出于高尚者,有出于卑污者,是何由而然乎?盖吾人之遇事物也,其所用之思念,所下之判断,有全本于吾人之性灵者,则其发为行为也,至纯至洁,无稍偏私,即所谓高尚之行为也;反之而为躯体所使,则其发为行为也,无不含有私欲者存,即所谓卑污之行为也。盖吾人之五官百体与吾人之性灵,其性质实两相异,非独相异,又实相反。于是乎吾人之遇事物也,性灵方欲下其命令而指挥吾人之五官百体以从,而吾人之五官百体忽为外物所诱而逼我之性灵,使误其方向。是时也,吾人胸中公私之二念交斗,或者公念之获捷,或者私念之致胜,而君子小人以分。又主此派之学说者,以为吾人之性灵本具无限之智识,故求知识于性灵,明净澄澈,不留障翳,若知识由五官百体所得者,不免晻昧驳杂云云。此派学说远自希腊之梭格拉底、柏拉图,至近世之笛卡儿,其义益臻完密。若我中国,则远自孟子,至王阳明而发为良知说,义亦大略相同,与数论之立神我,均以为吾人心中自有无上可贵妙明纯洁之物在,悟即悟此而已,修即修此而已,盖东西人之思想一也。(此派学说须与他派学说比较方能判断。非兹题限,不及陈。)

(二)②

然试进而考之,数论之立神我,果以何为证而立我乎?则数论曾立五因以证之,于《金七十论》有云,云何知有我,为显我有而说如是偈:

聚集为他故,异三德依故,食者独离故,五因立我有。

聚集为他故者,本论云:世间一切聚集并是为他,譬如床席等聚集非为自用,必皆为人设,有他能受用,为此故聚集,屋等亦如是,大等亦如是。五大聚名身,是身非自为,决定知为他,他者即是我,故知我实有。异三德故者,三德是自性家德,非实我德。依故者,本论云:若人依此身,身则有作用,若无人依者,身则不能作。食故者,本论云:如世间中,见六味饮食,知有别能食,如是见大等所食,必知应别能食者。独离故者,若惟有身,(惟有自性之身而无神我。)圣人所说

---

① 《所行赞》:即《佛所行赞经》,佛教典籍。该经本为古印度马鸣所著的长篇叙事诗,主要叙述释迦牟尼的生平,属佛传故事。它以诗歌形式将佛的生平传说和佛教教义妙联一起,表现出较高的艺术水平,在印度文学史上占有重要地位。　② 以下原载于《新民丛报》第67号(1905年4月19日)。

解脱方便即无所用,故知离身,别自有我。此一聚集为他、二异三德、三依、四食、五独离者,数论所以立我之证也。而其所以必立我者,盖印度各家之学,其终点无不在求解脱,数论以为若无,则所为解脱者不免以无意味终,盖既无我矣,则所谓解脱者谁耶?虽然,此俗身之我必非能解脱而永存者,欲解脱而永存,不能不有一神我,故神我者,数论学说建立之一大基础也。于近世哲学之中,亦有以立我为基础者。盖凡一学说,必先有一基础,若基础动摇,则学说全体概不能以成立。故凡学者立说,必先立一确实不拔之基础以为建设学说之定点,无论其基础或终不免有动摇之时,然立说者必于此基础之地积几多之研究,觉于其中已有颠仆不破之理在,而后全体之学说乃依此以展布焉。所谓以立我为基础者,则近世一大哲学之开祖笛卡儿是也。笛卡儿以为吾人于万有无不可疑,而独不容疑我。何则?我即可疑,而所疑者即我也。此即有名之所谓我思故我在,笛卡儿学说之出立点焉,与夫数论派之立神我,其思想所到达之地一也。(一切皆疑而独承认自我,于中世哲学阿骨吉来斯者,又笛卡儿之先河也。)

又试进而考之,数论之立神我,其为普遍性乎?抑为各个性乎?于《金七十论》有云,曰:我者何相?多身共一我,身身各一我。若言云何有此疑,诸师执相违故。有说一我者遍满一切身,如贯珠绳,珠多绳一,一我亦如是。有余师说,身身各有我。是故我生疑。答曰:我多随身各有我。云何知如是,以偈释曰:

生死根别故,作事不共故,三德别异故,各我义成立。

生死根别故者,若我是一,一人生时,则一切皆生;若一人死时,一切人皆死。以无是义故,故知我不一。复次诸根异故者,若人我一者,一人聋时,一切悉应聋,盲及喑哑诸疾病等,并皆一时。无如是义故,是故知我多。(此下脱二句释。)复次三德别异故者,若人我一时,三德应无异,一人喜乐,一切同喜乐,若痴亦如是。汝说我一,是义不然,知我有多。观此而吾人得一间[①],曰:数论学派之开始也。(数论派之开祖迦毗罗亦作劫比罗,其人鬓发面色黄赤,故号为黄赤色仙人。释迦所生之迦毗罗城即为迦毗罗讲学之地,以此得名。)但立神我而尚未定神我之果为普遍体与各个体,故外人(上云外曰即外人来问之言,犹论语之或问。)持以相质,谓诸师执相违故,有云一我,有云多我云云。其所谓诸师者,非即讲数论学派之学者乎?有云一我,有云多我,非解释神我之性质有普遍、各个之两说乎?然自《金七十论》之著者(《唯识论述记》:昔有外道入东印度金耳国,击王论鼓,求僧论议,因净世界初有后无,谤僧不如吾道,遂造七十行颂,申数论宗。王意朋彼,以金赐之,外道欲彰己令誉,遂以所造,名《金七十论》。按,《金七十论》多以为自在黑作,如是数论系统第一迦毗罗仙人,第二阿修利,第三般尸诃,第四褐迦,第五优楼佉,第六跋婆利,第七自在黑云。)遂定为多我之说,而吾人取此以与佛教史相比较,则释迦实否认数论派之立神我,而后世所谓实大乘之佛教(又小乘有立离蕴之我即清净之我者同此。)实承认数论派之立神我,但以佛

---

①间:非难。

教有无我之法印，不以神我为各个性而以为普遍性已耳。

　　按，大乘非佛说，考之佛教史自明。故于今后之佛教有两大问题：其一，大乘之说果可认为佛教乎？抑为佛教中之外道乎？其二，大乘之说果高于释迦之说乎？抑释迦之说高于大乘之说乎？此两问题中，后之一问题尤重，盖后之一问题定而先之一问题亦可得而解决也。

　　虽然，若遽谓释迦立无我论，数论立有我论，此又易生谬误者也。何则？所谓躯体之我，嗜欲之我，非特释迦以为烦恼之根，苦集之本，终不能为清净自在之物而欲解而去之，即数论亦然，故从此点以观，释迦言无我，数论亦言无我，两者实皆持无我论者也。于《金七十论》有颂云：

　　筋骨为绳柱，血肉为泥涂，不净（一。）无常（二。）苦，（三。）当我离此合。汝舍法非法，虚实亦应舍，舍有亦应舍，清净独自存。

　　余解此颂以为是欲解脱其粗身，并解脱其细身。（按，舍有，注家谓能舍之，心厌离，观智亦舍不留。余解以为舍其粗身，尚有细身，故谓舍有，此细身亦舍去，而后神我乃得清净自存。未知当否？欲就正于今世学者。）盖粗身易解，如骨血等物死后即离，而细身难解，常与神我相缠绵，能聚集自性所有之物，复为粗身，故必解脱细身，而后神我乃能清净而独立。而欲解脱细身，必先离粗身、细身所共造之业，故有法非法等之舍也。是则与佛教所谓断烦恼障、断所知障其言甚近，是则释迦与数论之所争者只在欲求解脱，存一我自有神我与无神我耳。即有一神我之心存，则已有一我见之执着；有一我见之执着，则是欲求解脱而终不能解脱也。当释迦之问道于阿罗逻迦兰也，阿罗逻迦兰本数论之学，为述宇宙开发、众生成就之理而终告以欲脱生灭之苦而求解脱，当修四禅定，脱离种种之相而达非想、非非想处。释迦闻而思之，以为非想、非非想处尚有我乎？否乎？若无我者，不得云有非想、非非想之所；若有我者，我有知乎？无知乎？若我无知，便同木石；若我有知，有知则有攀援，有攀援复有染着，是岂得谓永除生死之本乎？于《本行集经》云：如尊前说，我已舍我，既自称言我已舍我，是则不名真实舍我。又云：有我之患，犹火色热，热不离色，色不离热。如我亦然，此解脱已，至于彼处，还复被缚。为以智取境界故，彼灭色已，但有于识，彼知我识，即名是有，以是有故，不名解脱。又云：但我所见，此法虽妙，未尽究竟。所以者何？此法犹有变动之时，犹如种子，非时而种，藏在地中，未顺时，无有水雨，芽则不生；若依时种，润泽调适，诸缘具足，和合则生。今此亦然。又《所行赞》云：又知因离身，或知或无知。若有所知者，则非为解脱；若言无知者，我则无所用。离我而有知，我即同木石。云云。此释迦所为不满于数论之解脱论而欲更进而求其理也。

　　吾人于是不能不联想近时之心理学。于心理学殆亦可分之为我、无我论。其一以为我者先天的存在，即所谓灵魂我，为感官之管理者，而感官不过若器械，以供我之用而已；其一以为我者离感官而别无存在，犹重量之离物，不能复有一重力之中心，夫太阳系之有重力之中心也。然诸量变其位置，则重心亦变其位置,若夫我之状态,感觉变而我亦与之俱变,故我者不过千差万别感觉所结合之一中心点而已。前之说盖以我为有特种之能力者,后之说否认我有特种之能力,以为不过诸联合力所现之一能力,犹之合个人而为国家,国家者别有一种之能力,实则不过各个人之结合力而已。昔之言心理学者多从前说,近之言心理学者多从后说。佛之说实兼含两说所有之长,盖佛以为后天之我固不过一集合体,而先天之我未尝不立,然所谓先天之我者,亦不过诸业力所成之一集合体,业变而我亦变。(按,佛教之饮光部①有立业生果则灭者。《异部宗轮论》云:若业果已熟则无,未熟则有。又《婆沙论》云:饮光部说诸异熟因其果未熟位其体犹有,果若熟已其体便无。如外种子,芽未生位其体犹有,芽若生已其体便无。据此业者,专为生果之用,若业未生果之时,虽入过去犹有,若果已熟,则过去业体已归灭无作者。以此说为然,故云此。)盖由数论之神我论更进一步,而后有释迦之无我论,诚可谓思想之最高者,向使无释迦,则数论固已王矣。

若夫数论之外,印度之诸外道多立有我,其最著者为胜论,世亲于作《俱舍论》破之。兹以其与释迦之立无我论,不若数论有直接之关系者在,故仅举数论之说而不复及其余也。

附识:

按,所谓我者,颇难下一定义,普通以身为我,如孩提时初有身之知觉,以为此即我是也。心理学家以此说为不免幼稚,而立心与外境之关系,自心以外,其所定为外境者有三:一身体,以生理活动而与吾心有关涉者也;二社会,以彼此交接而与吾心有关涉者也;三自然,以现象表现而与吾心有关涉者也。然则何者为我乎?今心理学家大都定自觉心为我,盖以身为我者尚必经过我之自觉心而后能知之,即我之身与我之自觉心尚有一层之间隔,而自觉心则能直接而自知其为我者也。(笛卡儿立思为我,意亦略同。)又观念联合派之心理学说以为凡精神现象不外观念相联合之一作用,而斥心体有能力说,英国之洛克、霍布士、赫多林、弥尔父子、倍因皆生是说者,(其说始于希腊之斯多葛学派,又近之斯宾塞亦属此派。)名联想学派,是派之说皆以为吾人之知识由经验而得,即洛克所谓人心如白纸是也。大陆学派本主合理说,与经验派不同,康德出,兼采两家之长而调停之,以为吾人之知识固不能不凭经验,然经验亦不能不有一主体,即所谓先天的。然自进化论出,而康德又蒙一大打击,以为所谓先天者,即先祖之遗传,仍不外由经验而来,以后学说若何进步,固非今日之所得而知。近时言心理学者则倾于经验说之一方为多。佛说虽与哲学说不同,然实能兼哲学诸家之长而其义最圆满云。

---

①饮光部:佛教罗汉名。

（三）①

佛教之言轮回也，或以谓释迦所随顺说，或以为释迦所主持说。其言随顺说者，以轮回之言为印度所固有，非始自佛，若优波尼沙土言之，数论亦言之，其萌芽当含于婆罗门经典之中，佛为说法，开导愚众，往往举印度之古事记，故凡为印度所古有之言而非始自释迦者，皆当视为佛之方便说，此为观佛书之通例，是以轮回为佛随顺说之言也。其言主持说者，以为轮回之说虽非创自释迦，然为释迦之所承认，凡为教主所承认之说，即可视为教主之说，例若旧约之《创世记》，为耶稣所承认，即可视为耶稣说者是，是以轮回为佛主持说之言也。今按，佛教中若去轮回之说，则教旨不能一贯，且佛虽屡引印度古事为方便说，然轮回之有无，关系于教理上之事其大，小事可随顺说，大事不能随顺说。且使释迦而果否认轮回，则于一代说教之中有权有实，必有否认之迹，今检无其事，以是知判为佛所主持说者，以佛教教义合之，其言是也。

然则谓轮回之说于实事一无凭证，则其言殆属荒唐而于学理上固毫无价值乎？是又不然。试略举数条之学理言之。

（一）宇宙间事必以所能见者为有，不能见者为无，此非合理之论法也。于数论派所用之论理，以为天下事不可尽以证量（于佛教为现量。）知也，故立为证量、比量、圣言量之三量，以为知事理之法。证量者，外界之事物直接于吾之感觉而知。而证量之有所不能知者，则归之于比量。比量者，于彼方事为吾所不能见，然因此而可以测彼。而比量之又有所不能知者，则归之于圣言量。圣言量者，惟超人之圣方能知之，能言之也。其举吾人所不能见之物而不能断定其必无者，立为八种之例：一在最远距离吾人目力所穷，而其物实有；二距离最近，亦有不能见之物，如眼中吹入之细尘是；三根坏如盲人不见色是；四心不定而缘异境之时；（中国所谓心不在焉，视而不见，听而不闻。）五微细之物；（今微生物之种类为人类所不知者甚多。）六覆障，如在壁外者是；七伏迫，如日出而星不见是；八相似而聚，如粒豆之在豆聚中是。又近世哲学家若康德，以为吾人所能见者，万物之现象而非其本体，万物之现象，吾人可得而知；万物之本体，吾人不可得而知。而心理学上盛行之代表知觉说者，亦谓吾人仅能认万物代表之印象而不能认其本体。又斯宾塞尔分哲学为可知、不可知之两部，不可知者，即其事不能断为无，但为吾人之所不能知耳。是则除事物本可经验之部分外，而至欲穷万有根本之原理，则立不见为无之例，固为学者所不许也。

（二）佛教言宇宙万有之开发也，不外一因果连续之体。夫有因果则必有三世，三世于时间上为过、现、未之三境，盖因果之所以成，不能不有时间，无时间则因果无可成之理，如今哲学家论时间之理同。然则既以因果为根本矣，而有

---

① 原载于《新民丛报》第 68 号（1905 年 5 月 4 日）。

因果则有三世，有三世则有轮回，其理属相连而起，今欲否认轮回，必先否认因果，否认因果，不能不持因果拨无①论。若是，则言宇宙万有开发之理可立两例于此：一因果连续而起，一现象突然而起。主现象突然而起者，则人必突然而生，山川大地必突然而现。问以何故乎？不能不答曰：无故，现象突然而起之理本如是也。是说也，佛教斥为无因外道，吾人亦觉其说理为甚浅。盖信现象突起说者毋宁信因果连续说，而信因果连续说，则轮回之理即为因果连续说中所含有，盖即由因果之理法而得成立者也。

（三）今全地球学者所俱不能解答者，灵魂有无之一问题是也。今若以为无者勿论，若以为有，则将信基督教所谓永存之说而待末日之审判乎？抑将信佛教所谓随其所作之业而轮回于生死间也？以吾人所见，宇宙万象刹那生灭，虽刹那生灭，而于其中自有一连锁之体，于是生生灭灭，其象日出而不穷，不变而日有变之事，变而又日有不变之事，此实宇宙万有熟演此一境以明示吾人。然则除真如为无为永存不变之本体，其余万有殆无一能免生灭之理法，即无一能免生灭轮回不断之理法者。马鸣之作《起信论》也，解宇宙之全体，立真如、生灭两门，宇宙之实在为真如，宇宙之现象皆生灭也。吾人既不能解脱，而与无为之真如合体，缘何灵魂乃得永存？此定灵魂为有，则信基督教永存之说，毋宁信佛教轮回之说也。

（四）吾人之见人生也，无一不见其生而壮，壮而老，老而死，即万物亦然，万物之有成住坏灭也，与人类之有生壮老死一也。然既有死灭之一境，胡为而又有生成之一境？其间不能无一联络之体，不然，而万有不能保其无断绝之时。或曰：万有之所以有死灭而又能生成者，其中间联络之一体，即所谓遗传。夫遗传为联络之体固矣，然遗传不过联络中一部分之事而非宇宙之永久的联络体也。何则？必有遗传而后万有始得相续，则当地球之始，尚无一物，尔时固无所遗传，而胡为有万有之一始境也？且地球亦万有之一，其究竟亦当有一坏灭之时，当夫地球既毁，万物尽丧，斯时固无遗传，然则以后便当永无地球耶？此必非理，若谓地球经一灭劫之后复有地球，如是，则于遗传以外不能不更立万有相续之体。（小乘立此相续之体为业，谓世界之始即业成。）若近时学者其考虑亦多及此，若势力恒存说，若元子论、（古今元子学说之争点，其最大者一为元子析至极微之时，尚有物质的延长性与否，即尚为有形之体与否，或以为有，或以为无，若果为无，即同于空，但虽谓之空，不能谓之无物。此事非独为近时学者所争，佛教中亦为一大论争之事。又其一，前者以为元子之性质同一而其形有大小之差，故有疾徐轻重之殊；后者以为元子之运动皆发于其自体之性质，即以元子为有意识者。又或以为无数无限，或以为有数有限。而以元子为充满于宇宙间，万物之变化生灭不外元子集散离合之一结果一也。近时持元子论之有名者为来布尼士。○佛教谓之极微，但归于色之中极微之极小者，名阿㝹，《法苑义林章》卷五《极微章》云：真实极微，智慧所析，最极小者，所谓阿㝹。又云：要析诸色，先至极微，断诸烦恼，后入空

---

① 拨无：除遗为无其事。这里指否定因果的道理。拨，除。

故,由是大义,故说极微。云云。)意欲论,(意欲论出近时德国哲学雅宾胥氏,影响于哲学、心理学界甚大,其说以为宇宙万有之现象不外一大意欲之发现,万物莫不欲生活,莫不欲畅发者,是即意欲之本性。此意欲非独人与动物有之,若植物之作用,若矿物结晶之作用,若磁电气之作用,亦无非由于是其意欲所发之故。意欲之形体有时消灭,而意欲之本质不能消灭,即宇宙所以有生生灭灭而不绝者,皆以此意欲为主体故也。意欲论之大略如此,意欲或亦译作意志等字。)皆所以补此问难者。若佛之轮回说,盖亦可由此而解世界有现灭而无断绝之理者也。

以上仅略举数义以证轮回说,不当屏于学理以外。若夫教中之言轮回,其说滋多,恐论者以为不当局于一教而言,故不复陈也。(四条中虽有因果之一条本佛教教理而言,然因果之说今学界皆用之,不当谓限于佛教也。)

近人有驳灵魂轮回说者,其言以为精神由躯壳而始生,未有躯壳亡而精神独能存在之理,而肆其訾笑之论曰:"告汝死尸蠕蛆蜎集者,汝之后身也,汝之转生也。"云云。总其意不外以死为断灭,而谓死后尚有一不断之物者存,则彼所斥为谬论而不足信者也。顾欲立是说也,不能不先立有一普关之原理。其原理若何?即凡属宇宙间所有者,必无一有离躯壳而能存在者而后可。然果一按此理,则如驳者所言,其根柢已归于失败。何则?今科学家不唱为物质不灭势力恒存乎?又若元子论、意欲论,又皆以为有此物而能存在于宇宙者也。且万物之始,仅有细胞,由细胞渐进而后有躯壳,而细胞不灭。又学者之所唱,是细胞又不待躯壳而能存立者也。且果谓离躯壳而不能有存在之物,则吾人直不解宇宙之始,固无有所谓万有之躯壳,而何以能开发万有也?然则所谓精神不能离躯体云者,不过举吾人有生之前生理与心理一种相关之现象,若言心理学者不能不言生理是也。而欲据此以论断宇宙之原理,则有以知其说之不当矣。

或者又谓果有轮回,则吾人必能自知其过去生中之事,即所谓有记忆前世之知觉者,今以无知觉故,则亦可知其无轮回之理云云。为此论者,较之前之驳轮回说者固进矣,然亦未可以为无轮回之断案也。夫以吾人为无两世之知觉,遂谓轮回说之不足成立,此于印度最古言轮回时已有持此一问难之题者。其时优波尼沙土学派之言轮回,欲解答此问难,乃以为当梦之时,人之灵无两世界之隔而两世界可以贯通。此解答固不能予人以满足而当别有理以证之,然固欲求一理以相证,盖亦非甚难事也。今夫据宗教之一方而论,则谓人之能知前世者其多,今不必过问其言之真否,即谓以吾人普通所经验,决无发见有能知前世之事,然仍不能以此为破轮回说之一利器。何则?今吾人所可确凿考证者,人之必有遗传性也,故凡人之生性,于此事或有独长,于彼事或有独短,此或向于为善,彼亦向于为恶,此其受影响于遗传性者为甚大,(心理学分人欲望之发生为三种:一生理上自发性之冲动;二由既往之经验记忆其事而再惹起;三或以言说、或以何种之方法引起其未来之想像。此三种中,后二种皆有知觉,而前一种则无知觉。所谓食色,性也,即此一种,性不能不归本于先天所带来,是亦可为有与生俱来之性而不自觉知之证。)固尽人之所同认,然假令今有赤子于此,生而寄于他所而与其父母隔绝,及其长也,决不能自觉知其父母之容貌及其父母之行事,而于不知不识之中,固自发现其所有之遗传性。设有知其事而从旁考察者,不难记载而印证其性质之所自来,而试问于其自身,则固一无觉知也。夫遗传性为明白可考之物而尚不自觉知,然则更何能以不自觉知之故而据以断轮回为无其事也?

(四)①

夫吾固不敢证轮回为必有,虽然,吾亦不能证轮回为必无,然则此有无无证之事,于学说上固有存立之理否乎?此为学者应有之一问题,则敢答曰:是固宗教与哲学所无可如何者。夫其事既无可实证,而其理为人类之所不能废。其理为人类之所不能废,即其说为学界之所不能不存。若是者何也?曰:吾人所欲知者,宇宙万有之一真相,不幸而吾人人类之智识竟不能达于能知宇宙万有真相之一境。当夫原人草昧之时,意识梦梦然,上戴天而不知其何以为天,下履地而不知其何以为地,见其生也而不知其生之何自来,见其死也而不知其死之何自往。洎人智稍进,对于是等种种之疑问不得一理解焉,而其心终有所不能安。于是有智者出焉,竭其思索之力,以解明天地万物之原因,其在最古,则各民族神话之发生是也。自文化演而日进,而智识益高,于是乎有宗教,于是乎有哲学。神话也,宗教也,哲学也,三者之原一也,皆所以应人类之要求,以解明天地万物之原因者也。今夫宇宙万物之理,广矣、大矣,盖无穷矣,然而其中若生死者,尤切近于吾人,而为吾人之所不能忘,则以人人必有生死之一关故也。夫今日谈笑,明日山丘,使处之漠然而无一毫有触于吾人之情感者,则吾以为人类之与物类其相去固几何矣。盖人类之所以高于物类者,从心理上之界释,物类之对于事物,其意识不明瞭,而人类之对于事物,其意识明瞭故也。(孩童之与成人,野蛮之于文明,其分别则亦在此。)夫以意识明瞭之人类,其视生死之一大事,则其处之之道必有二焉:一可解,则必求其解释之;一不可解,则必立种种之希卜梯西(学问上一种假定之名。)以解释之,必得一解释焉,而后此心方能即安者也。且吾尤谓吾人入世,于生死观实不可不有一种之解释,以抱为生平之信念。何则?凡人之情,当夫平居安乐,固易置生死之事于度外,然至夫一大事之来前,则生死一念,其摇撼吾心之力为最巨。昔王阳明之谪居龙场也,自谓经此患难,于得失荣辱皆已超脱,惟生死一念尚不能忘。(观王阳明《瘗旅文》云:"噫!吾与尔犹彼也!"其有感于生死者深矣。)余谓吾人生平,若于生死之事已得安顿,则前途实坦坦然,虽经若何之惊风骇雨,亦毫无惶恐震惧之来,岂不天上地下,惟我独尊也哉?以余观古之圣贤英雄,则多于此事有确定之见解者在。孟子曰:"生亦我所欲,所欲有甚于生者,故不为苟得也。死亦我所恶,所恶有甚于死者,故患有所不辟也。"此孟子之生死观,余是以知孟子之不动心,真不动心矣。禹曰:"生,寄也;

---

① 以下原载于《新民丛报》第 70 号(1905 年 12 月 11 日)。

死，归也。"张巡谓南霁云曰："南八①，男儿死耳，不可为不义屈。"王彦章曰："人死留名，豹死留皮。"此其所见之异同不论，要皆各有其自得之死生观，故能夷然处于生死之间而不为动者也。（杀头之痛不痛说，为近日研究之一问题。余谓此题先当分两方面论：一生理上之痛不痛；一心理上之痛不痛。余皆主不痛说者也。其义兹不及陈。）然此不过仅举数人言之，其余之见于载籍者甚多，不能悉数，要之，欲为圣贤英雄，不可不于生死之上先有定见，然则以学生死之学为即学圣贤英雄之学可也。或谓若释迦，若基督，皆言生死，而孔子独不言生死。噫，是何知孔子之浅也！夫谓孔子于生死，茫茫然以无意识处之，是亦失孔子之所以为圣贤矣。余盖见孔子之于生死，固自有其见解在。子畏于匡，曰："天之将丧斯文也，后死者不得与于斯文也；天之未丧斯文也，匡人其如予何？"桓魋欲杀孔子，弟子曰："可速矣。"孔子曰："天生德于予，桓魋其如予何？"公伯寮诉子路于季孙，子曰："道之将行也欤？命也；道之将废也欤？命也。公伯寮其如命何？"伯牛有疾，子曰："亡之，命矣。"夫颜渊死，子曰："天丧予！"又弟子亦有述其言者，子夏曰："吾闻之，死生有命。"（闻之，闻自孔子。）孟子曰："孔子进以礼，退以义，得之不得曰有

命。"由是言之，孔子以天与命为其生死上之定见，而于穷达亦以此义应之，其知有天命之义，于岁月犹确凿可考，孔子之自言曰"五十而知天命"是也。夫以天与命言生死，其理之短长别论，要以孔子为无生死观者，其亦可息喙矣。夫生死一大事也，既为吾人之所不能不言，然而欲取实际的经验说以解释之而不可得，则不能不取合理的想像说，且必以合理的想像说为于学界上无存立之价值者，此亦非也，若地圆论，今则为实际的经验说，然其初亦合理的想像说也。释迦之立轮回说也，在释迦固所谓具宿住通者，（宿住通者，能知过去，为六神通之一。）是悟道后之实际说，非想像说。然以吾人未至此境，不能不视为想像说。孔子之言天与命也，吾人亦不能断孔子之为真知与否，而亦当为视为一种之想像说。然以吾人日处此宇宙一大神秘之里，于终极点之原理，卒不能不立想像说，仅能于想像说中，较其合理与不合理之多寡点而已。此诚吾人人类之求学所谓处于无可如何之境者也。

　　按，有生必有死者，吾人之所同认，虽然，所谓死者，其一解释何乎？吾人所能知者，不过见耳目手足等失其一种生活之作用而个体躯壳之消灭而已，然吾人之个体虽死，而吾人所有子孙成立身体之细胞仍自父母之体中来，则躯壳有时灭而躯壳以内之细胞以有一种传承之法而不灭，若细胞无一种传承之法，则是细胞灭而生物皆灭矣，生物之不灭，即谓由细胞之不灭可也。（于一千八百卅八年，植物学者修拉顿氏始发见植物体以一种微细之部分即所谓细胞者成立。翌卅九年，秀簧氏发见动物亦皆从细胞成立，生物学上于是一大进步。当秀簧氏细胞说初出之时，尚以为生物体内其细胞自然生出，及后细胞之研究细密，遂不认自然生出说，而以斐罗西雅氏所谓细胞

---

① 南八：即南霁云。八，是他在兄弟中的排行。

皆从细胞生来之言为定论。细胞以细胞膜、原形质及核之三部分成,核中有一小核,犹果中之仁。细胞为生命之所宿,有生命必有细胞,细胞存则生命亦存,霍斯来氏名为生命之本源,而细胞核尤为细胞生命之原,无核即无细胞之生命。今学者定为细胞核皆从细胞核来,所谓遗传质者皆从细胞核来之事确凿,是则生物无一非传承而来,生物之传承,即由细胞之一系统相传承而来者也。)虽细胞亦不能不死,如身体细胞,生殖细胞不能不随躯壳之坏而俱腐,然躯壳不能传承,而生殖细胞中有一种传承之法而致不死,此其所以与躯壳异也。而人见躯壳之死,遂谓躯壳亡而其外必无何物之能存,此误也。实则天下之可死者,惟有耳目手足成形之躯壳耳,若无耳目手足成形之躯壳,则谓天下无可死之物可也。不观生物最下等之从单一细胞成立之原生物乎?从学者所实验,不认其有个体躯壳自然生死之事,直自地球之始,生存以至今日,惠思孟氏所唱为单细胞生物不死者也。由细胞分业,从单细胞生物进而为异细胞生物,而后有生死之事,故生死之名实从细胞分业始,即死之一根原由生物之细胞分业而来者也。若夫单细胞生物,虽至地球毁灭,或寒热达于极度,则单细胞生物亦自不能成立而死亡,然其生死固无期限,故谓之不死可也。夫有期限生死之异细胞生物,从无期限生死之单细胞生物来,而单细胞生物之原,所谓最初生命发生之物何乎?学者以无可实验,不能明答,大都以为最初之生物从无机物来,而奴葛利氏以为最初之生物甚微,非显微镜之所得而窥,然则过此以往,遂出于吾人经验界以外之事。要之生死之说略可分为三种,曰异细胞生物以一种细胞相传承而个体之躯壳则必死,吾人之所见为死者,此是也。单细胞生物无个体躯壳之生死,或至地球之变易而死,实无期限之生死也。若夫生命之原,其果为心乎?灵魂乎?吾人不得而知,要之生死之名不得加于其上。盖生死者,形质上之事,而生命之原无形质之可言,故亦无生死之可言,不得不以实在常存为假定。虽然,是固非吾人之实际说,一种合理上之想像说,而实为言原理者之所不得已也。

又凡所谓信仰者,其中实多含有想象之理,何则?事可实验,虽欲不信而不可得,固无所谓信仰,若名之为信仰,则其理在想像之中,而为吾想像之所定,略可知也。但信仰与迷信有异,迷信者于不合理之事而亦信之,信仰者求其合理之事而信之;迷信为吾人之所不可有,而信仰又为吾人之所不可无也。

且夫立说之理固当以有证于事实为第一之标准,然至于为事之所无而为理之可有,其说之固属合理勿论,而但以事实无可证,则又将取何者以为说之当立不当立之一标准乎?是亦有一也,曰验之人心是也。即于人心有益之说,则立之,于人心有害之说,则去之是也。或曰:若是亦取人心为唯一之标准可矣,何必先立一事实之标准为?曰:不可也。盖人心之一标准,有时或与事实之一标准相冲突,则不能不取事实之一标准而舍人心之一标准,即其说虽或有益于人心,验之于事实,而确已发见其谬误,则其说不能不弃而不用。例若适见于天则曰食,(日食为孔教一大主义。)作恶则雷殛之,是二说也,于人心未尝无益,然验之事实，则日食、雷击属物质上自然之法则，（于一教则为法尔。）决不为人事之善恶而发，如是而从人心之一标准则当立，从事实之一标准则当黜，然事实既已确凿，则其理不能置重于人心之间，而于人心上已失其效力，则不能不从事实之一标准而废去之是也。若死生说，则与此例异。夫言生死说而欲取验于事实，则不能不从彼之持断见说[1]者，虽然，此断见说果足以尽生死之真相乎？实则不过若人智初开时代之所谓一种素朴实在论 Naiue Realism。是固从哲学上见之，以其说为幼稚，即从物理学上见之，亦不免以其说为肤浅也。然则生死一大神秘之事，直为吾人之所不能窥，夫如是，则事实上之一标准其势已不能用，而不能不取第二之标准，即验之于人心是也。（于人心之一标准同，而再欲辨别其说以定取去，则不能不以合理与不合理之高下为标准。）夫言生死而果持断见说乎？吾以为于事实既无可证，盖其所可证者不过事实之一表面，事实之阃奥[2]尚在模糊惝恍之列，而其说之有害于人心者且莫大焉。何则？果以断见言生死，则一瞑之后天地已非吾之天地，日月已非吾之日月，而为吾之所能有者，惟此短短百年，或尚不满百年岁月耳。既不过此短短之光阴，而以后则前有千古，后有万年，皆隔绝而不复相关，则吾人对此景况，其于心理上将现若何之状态乎？恐人人不免陷于失望悲哀之境。虽然，此失望悲哀之境为人心所必不能堪，而从失望悲哀之余，更转出一境必为欲纵极乐。（此二境看若绝异而实常如环之相映，若今之新党为国家社会所弃，穷极无聊，至不能顾衣食，而前途之希望几断，则流而为逸荡，固心理上所必至之境也。）且前后际既已断绝，则为善固无所报，亦为恶更谁蒙罚，而但以图取现在之快乐为最得计，诚有如饮冰子所谓："死既终不能免，一死之后，我与君将澌然[3]以俱尽耶？果尔尔，则我将惟杨朱之言是宗，曰：'死则一矣，毋宁乐生。'"[4]吾以为果持断见以为天下唱，其结果有必至于是者。

凡人于时间多有两种心理：一行乐说；一感慨说。汉人诗云："不如饮美酒，被服纨与素。"李义山诗云："帘外辛夷已尽开，开时莫放艳阳回。流年若到经风雨，便是胡僧话劫灰。"如花美貌，似水流年，此行乐说也。黄山谷诗云："红药梢头初茧栗，扬州风物鬂成丝。"苏东坡诗云："浮云身世改，孤月此心明。"此感慨说也。二者皆同出于心理上（心理学分知、情、意为三部。）情之一部分，而感慨说能长道德，行乐说能动人欲，若以断见为宗，则及时行乐之言，其及于人心之势有若洪水之不可掩矣。

佛以断见为邪见，为外道，吾人亦不能不认断见为有害于人之论也。

按，希腊之诡辩学派以为天地间万事万物皆属迁流转变，无一真者，从而吾人除于瞬时间所受感觉上之认识及快乐外，别无真实美善之境，此即由断见而

---

①断见说：佛教谓人之见有两种：一为常见，二为断见。不知己身及诸外物常住，而反以身死为断灭之见称断见。　②阃奥：比喻学问或事理的精微深奥所在。　③澌然：河中流动的冰块解冻时的样子。　④见梁启超的《余之死生观》。

生现世主义之思想者也。

按,大哲学家康德之言伦理也,以为但有现世,必难望道德行为之完全。盖行善而陷于不幸,行恶而愉快送日者何限?而此事实实与吾人道德之意识不相容,故现世虽有时尽,而人类精神不灭之元则^①不能不假定。孔子之言伦理也,亦以子孙为吾人现世之续,而善恶从而受报。若果持断见,但有现世,则伦理道德几多之困难点不能解释,有直从根本上覆亡而已矣,是岂人世所能安耶?

(五)^②
附无名说、实至名归说、父子有限说

夫持断见论既不可,然则言生死者,不能不求其于断见论之外而更有说焉。是则其立说约可分为二种:一实际说;一神秘说。实际说为世所已唱者,约举之亦有二焉:一以子孙为寿命说;一以人群为寿命说。以子孙为寿命说者,孔教实用之,而求之今时之学说,则遗传论是也。遗传论与孔教之异者,即欲以前之二标准别之,遗传论盖主事实,而孔教则主人心,曰善不善不仅限于其身,而必报诸其子孙者,此孔教之一大教义也。又孔教中最大之仪式曰祭祀,祭祀盖由于以子孙为寿命之义而出者也。(丧与祭祀,孔子对于生死之思想而立者也。若谓孔子不言生死,则丧祭等事便无根柢。又孔子于丧祭等事皆有制度,又足为宗教之确证,其义当别论之。)孔教之以子孙为寿命也,我国于数千年固受其利,虽然,亦蒙其害,(其间利害千条万绪,皆不能不归于孔教。)顾利害之说,非兹题限不暇论,但举其说为我国所已行者言耳,此以子孙为寿命之说也。以人群为寿命说者,以为吾人百年终有死亡,然吾人之言行事业即吾人于生前所发现之精神而于善恶邪正之两方面无不留其印象于人群之间,吾人死而所谓人群者不死,人群不死,则吾人所发现之精神而留其印象于人群间者亦终不死。此说也,尚不能不补以一义而始完,则名誉说是也。孔子之作《春秋》,盖兼有名誉说者,所谓乱臣贼子惧^③,何惧乎?惧名誉而已矣。故曰一字之褒,贤于华衮;一字之贬,严于斧钺。名誉之说大抵用于死后,盖生前决无真名誉,固有生前赫赫而死后泯泯者,亦有生前诟谤而死后显荣者。故以人群为寿命,则名誉之义不能不立。饮冰子盖主是说者,今各国亦多注重及此,以鼓舞名誉之观念。日本因常陆丸一公案,(一运兵船于海中为俄舰所袭击,自将校以下皆自杀,无一生降者。)义务战争说(以义务为重,当死则死,不当死则不必死。)与名誉战争说(以名誉为重,宁死不辱。)交哄,而名誉战争说获胜。名誉之在人群寿命说中,其居重要之位可知。此以人群为寿命之说也。取子孙寿命与夫人群寿命之二说而比较之,则人群寿命说固远出子孙寿命说之上,而生死

---

①元则:即"原则"。　　②以下原载于《新民丛报》第 71 号(1905 年 12 月 26 日)。　　③乱臣贼子惧:语出《孟子·滕文公下》:"昔者禹抑洪水而天下平,周公兼夷狄,驱猛兽而百姓宁,孔子成《春秋》而乱臣贼子惧。"

观于是乎一大进化。盖以子孙为寿命者，其所有之范围狭；以人群为寿命者，其所有之范围广。以子孙为寿命者，或有断绝之忧；以人群为寿命者，可无断绝之忧。（纵有断绝，亦与地球始终。）以子孙为寿命者，有时间之限量，祖之情视父而有差焉，远祖之情视祖而又有差焉，至太古之远祖，则在邈漠有无之中，盖从时间之经过而寿命即从而消失也；以人群为寿命者，无时间之限量，若古今杰出之人物，虽千万世，其气象常新，或且有以时代愈古而愈深其崇敬之心者。是故石墓易平者也，而铜像难平；家谱或亡者也，而国史不亡。故曰大人者以世界为坟墓，子孙之有无又焉足置其毫末哉？且夫以子孙为寿命者，纵叶叶蕃昌而纸钱麦饭时拜跪于荒郊断垄之中，而道旁过者读其碑碣而或不知其姓氏，是亦与草木同腐何异？故人智既进，则以子孙为寿命者究不能满足其意而不能不以人群寿命说代之。而是二说者，其所收之果亦异，以子孙为寿命者，使人室家之观念重而乡族之谊易于联结，（中国于同国之爱情薄而于同乡之爱情厚。）生殖之力易于强大，（中国以无后为一大事，人人注重于此，其结果以心理之作用引起生理，而生殖力因以强大。）此其效也；以人群为寿命者，使人对于国家、对于世界之观念重，而以有超人之大事业、大功名、大道德、大才能、大学问为惟一之希望，此其效也。而各当应时势而择其用，当家族尚未形成之时代，则以子孙为寿命者能助家族之发达，然至于世界大势，群已出家族主义之时代而入国家主义之时代，而若有一国之人焉尚墨守其子孙寿命之见，则其人对于家族之心热，对于国家之心淡，而牛马血汗，寸累铢积，无非为封殖其子孙之计，而不肯分其力以为国家，如是必至仅有家族之团体而无国家之团体，而遂不能与有国家团体之人民同立于生存竞争之界而当退而趋于劣败灭亡之列。若我国者，自今以前用子孙寿命说，利足以胜其害，故但见其利而不见其害，自今以后用子孙寿命说，利不能胜其害，必至受其害而无其利。然则易子孙寿命说而为人群寿命说，非我国今日之要事哉？非我国今日之要事哉？饮冰子盖昌人群寿命说者也，见于其著《余之生死观》篇，湘潭杨氏度盖昌人群寿命说者也，见于其撰《中国武士道·序》，余于数年前亦抱此意见者也，余有《人群者，保寿险之大公司也》题文，（见《选报》。）与饮冰子、杨氏所持之论同。（郭频伽麐[1]诗云："人生一世间，何物为可恃？要其精神存，不随时代死。"亦正同此所见。）

按，所谓人群寿命说者，与泰西社会学泰斗亢特氏 Auguste Comte[2] 所谓社会精神永续性之说意同，兹略摭其说。亢特氏曰：人者，实生存于人类相互交涉一大精神生活之中，所谓人道者是也。此人道有二种之性质：一结合性；一永续性。结合性兹以题限不及陈，所谓永续性者，亢特氏曰：今日之人道实从古来之

---

①郭频伽麐：郭麐，字祥伯，号频伽，江苏吴江人。游姚鼐之门，尤为阮元所赏识，工词章，善篆刻。
②亢特氏 Auguste Comte：即奥古斯特·孔德，法国著名的哲学家、社会学和实证主义的创始人，被尊称为"社会学之父"。他创立的实证主义学说是西方哲学由近代转入现代的重要标志之一。

人道连续而存在者，以过去时代社会精神之生活，传而现为今日之人道，是即人道一连锁之长历史也。故所谓人道者，谓为现代生存之人之力所构成，不如谓为已死之人之力所构成为多。以人道之结成体言之，则已死之人实与现在之人为同一之现实，此即人类精神之所以不灭也。虽然，此精神之所以能不灭者，必与人道合体而后可，即有所贡献于人类而能助社会之进步、谋人道之发达者，则其人即永久不死之人也。人道者，永续者也，故吾人之精神亦永续，而吾人之精神从而得一不灭之确实性。古来英雄豪杰之精神，即现存于吾人精神之中非乎？故吾人不可不知人类实有两种之生存，一个人之生存，即肉体之生活是也；一社会精神之生存，即牺牲其一身而活动其他爱心以为社会谋全体之利益，而以一己部分之精神融合于社会合同之一大精神中，则其人虽死而实不死。此亢特氏所谓社会精神永续性之说之大略也。亢特氏为一大学者，其立言之意自是奇警，因附识以供东西学说之参考云。（后之路奈氏学说与亢特氏同。）

　　然余于一二年来已审人群寿命说之尚有所不足，故余于近日之生死观，则于人群寿命说外而更有一说焉。盖以人群为寿命说者尚有一疑难之点（以子孙为寿命者，其有此疑难之点同。）而不能予以明白之解释，因不能解释，或遂不免有根本动摇之来。此疑难之点无他，即以人群为寿命者，我之精神固不亡于人群之间，然而我固已死矣，我已死则我无知觉，（死后之固有知觉与否不能断，但以生前言之，固当以死后为无知觉。）则虽有人群之崇拜我、讴歌我，于我果有何等之相关乎？苏东坡之咏史诗曰："名高不朽终安用？"诚哉身后高名，于我安用之一问难，恐尽人不能不苦于解答之无从。而于无可解答之中，强立一义而解答之，则曰：人谁无死？死，一也，而一则死而有人群之寿命，一则死而无人群之寿命，然则有人群寿命之死不较之无人群寿命之死其所赢为已多乎？是说也，固足以维持人群寿命说，使其说能立于不败之地而又未尝不含一不可摇动之真理。虽然，所谓我已死，则我虽有人群之寿命，于我乎何？与此一难点仍分毫无所解释。且也解释此一难点，不能用神秘说而不能不用实际说，何则？用神秘说，则可曰死后非无知觉者，然果如此解答则又一疑难来，曰死后果有知乎？无知乎？如是则前之疑难未退而后之疑难又生，而所谓死后之寿命于我乎何与者仍未解答也。余为解答此一疑难，故于死生观之实际说上，于人群寿命说外，更立有一说焉，其说以非兹所能尽，故不具陈，是立生死实际说之义也，然又进而思之，生死之事即横于吾人之前一奥窔①而不可窥者也，鸠巴赍蒙氏所谓世界七奇，到底科学之所不能说明，而生命之起源即其一也。夫生死既不能知，然则吾人之对于生死但有实际之说而无神秘之说，则所以安慰人心者终不能达于圆满之域。（如中国既有丧祭等仪节，然尚不能不用僧事，即但有实际说而无神秘说，则人心之对于生死尚不能满足安慰之明证也。若以人群为寿命说亦然，铸铜像、立国史、祀神社、悬肖像，凡属实际上

---

　　①奥窔：奥妙精微之处。

对于生死之事,文明世界殆可无一之不备,然不能不说其灵爽之不泯、精英之长在,如是则实际说方不全落空际,是亦可证有实际说无神秘说,则不能全予人心以安慰也。)况乎实际说之用且有时而穷,例若以子孙为寿命者,而其人或无子孙,则以子孙为寿命之说已穷,是其凡也。虽然,吾人所能言者,以实际说为限,而神秘说则非所能出,欲立神秘说,不能不有一宗教。宗教之言生死也,立神秘说者盖多,然或其言非甚合理,是亦不足采焉,求其言能合理而其教又最有力于世,一则为基督教之灵魂说,一则为佛教之轮回说,而以学理证之,轮回说能兼有灵魂说之长,而于理尤有合焉。灵魂说盛于西方,而轮回说盛于东方,以吾人之知识,不能发见生死之本原,固不能尽排神秘说而去之,而神秘说之中,则轮回说其上者也。(东方诸国之轮回说因佛教之流传而盛,中国古代之言生死为感生化生说,与佛教之轮回说有异,下附论之。)

附识:

名誉说固为维持国家社会之一要素,今后欲以人群为寿命者,益当鼓舞而光大之。然人之心非偏于彼即偏于此,自名誉之说王,即必有贪名誉若饿鬼之人出,其人格之卑下亦复令人不耐。余尝即名誉之事而深思之矣,夫使我而有恶名,是足来心理上不快之感,固欲其无所有,然使我而有美名,则美名究于我何益?非特无益,或且因此之故而使我疲于奔命,(例若有诗名者,人将向之求诗;有字名者,人将向之索字。余事类此。)其甚者,至以名之故而受其祸者为不少焉。(以妒名之故而中伤倾陷,或相屠戮者,古今不绝其事。)以老庄之智慧,其思想点早见及此而立无名说,余于此亦全与无名说同意。夫恶名不欲其有,是固无名,而美名则不必有,是又无名焉。

余之对于名誉也尤有一说,则实至名归说是也。盖名本无可求之理,所谓名者,不过实之一属性而已,如形之于影,影不能离形而有,名即不能离实而成。例若今人之称黄帝,则以其有创制度平蚩尤之事;称禹,则以其有平水土之事;称老子,则以其思想之高卓;称孔子,则以其学说之周备。彼皆有其实在,故虽欲不称之而不可得。然则非名名也,名实也。吾人若无其实而欲有其名,到底如捕风捉影,毫无可得,则与其耗心竭力以求名,何如耗心竭力以求实之为得计也,是实至名归说之义。知实至名归说之义者,不必无名而亦足以救名誉说之弊也。

以子孙为寿命者,于我国人心间为一深根固柢、牢不可拔之物,然实为野蛮时代之产物,(以子孙为寿命之心为野蛮人之所皆有,但无学理以文之,其思想究粗忽而不能精致。若我国于此事之学说最为完密,于此事之制度最为周备,故能行之数千年,人人以为合乎天理人情之至而不可改变者也。)较之人群寿命说,其高下殆不可以道里计。今固不能骤然废弃,使人心骇惶而无所适从,然亦当渐立诸多之改良说以救其弊。如父子之一伦,旧日盖主父子无限说者,余立父子有限说。以父子为无限说者,凡属子之抚养、教育、婚配等一切诸事,其仔肩无不属之于父,于是而为父者之道苦矣。然父母固非无所望于其子也,当其子成立之后,又必责子以供养,稍有不足,可责之以不孝,(姑之于媳怀此见尤重,以父子尚有天性之关系,而姑与媳无之也。)于是父母之仔肩又尽属之于子,甚或贫贱之父母有因钱而卖其子,使陷于不堪之境者,于是而为子者之道又苦矣。是父之对于其子、子之对于其父,其责任两皆无限者也。余主父子有限说者,凡人之生子也,必有当受之义务,如抚养、教育,为父母之本责而无可诿者也。然教养之事或可至若干年而止,而若婚娶之事,必待其子自能成立,以其自力足养育妻子之后,其事则亦可听子之自为而自主之,而父母不必负其责焉。(子孙为寿命者非特欲有子而已,又必欲见其子之有子而后此心大慰,此早婚之俗之所由来也。)又为子者不忘父母之恩而欲以其所有供父母之用,此固人情之所当然,而为父母者亦可不必辞,然为父母者不可存一子当养我之心而以其子为唯一之希望,将悉取盈于其子焉。是父子有限说之义也。或有难之者曰:若是则人之衰老也,孰养之?是其难之也,义为至当,余于是有社会全体之组织说可取其一条以解释此问难,曰:凡任事者,必视其劳与其资格及其年限,而对于其相当之年龄而有养老金。例若任学校之一教习,至满若干年而后,至年达六十以上者,可以其劳与其资格得若干之养老金而至年达七十以上,八十以上,以次递推;其作官而为国家任事者,其得有此更不必言。(凡作官者当仿古代致仕之法,年达若干以上受养老金而去职,其重要之大臣,有大事则顾问之,如是则红顶白须尸居余气之人可无混国家之要事矣。)或曰:然则下等人奈何?曰:凡各事业不问,其对于劳动人亦必视其劳与资格及其年限而有养老金。如是则凡人之衰老也,公众固有以养之矣;亦非公众养之,而实其人之自养也。如是而人之对于家室之观念也轻,对于公众之观念也重,非特公众之事可由此而发达,而家室间亦得轻其系累而有和乐之象矣。略述其一义如此。余又为定换用父子有限说之次第,以为于我辈之一生不可分为两截,即我辈之对于亲,其衰老也不可不养,虽然,我辈自为父母,而对于子则不可望子之养。盖我辈之一生为新旧交换之时代,故对于其前不可不用旧法,而对于其后,不可不用新法也。又所谓父子有限说者,不过为救父子无限说之弊而稍加改良,究之于父子之苦,尚不能尽脱,固未可谓文明之极致也。进而言之,则更有说也,于父子之苦可以尽脱,其时亦几无所谓父子之伦,(父子之伦仍有之,但不居于重要之位。)而社会之组织于是为根本之革新,人类至此乃有真幸福,乃有真道德。回视今日之必断断主重于父子者,真不免世界幼稚之见者也,则余请于异日渐陈其说耳。(读者幸勿惶骇此说。昔时学者固以无君为世界之所必不可行,然至民权之事明,而无君之说固较之有君为进化,至今日而此理殆已为人之所同认矣。然今日尚未有立无父之说者,此说出固知虽贤者必期期以为不可,余以为毋然,徐而听无父说者所说之理为何如:孔子不云乎"故人不独亲其亲,不独子其子",是亦无父说也。今日之立无父说者固非仅如孔子之理想一二语可以成立,但欲学者知孔子亦有此说,则固可勿怖矣。且尤可置一言于此,曰:此说出,非有害于伦理,乃伦理至此而一大进化耳。又新学说尚未公行,不可不守旧日固有之范围,故于今日父子之间仍当以慈孝为道德，作者非教人畔父弃子也。若今日而有畔父弃子之人，则诚枭狼之辈，大有害于社会，而社会所必当诛绝而无疑者也。但欲学者于学理上更求进步，知今日之伦常说尚未可谓尽美善耳。）

（六）[①]
附感生、化生说

中国之言生死也，或以为古有轮回说，列子之所言是也。今日本人著书多以为列子言轮回说，（内内义一《中国哲学史》、松本文三郎《中国哲学史》、岛田钧一《中国哲学》、高濑武次朗《中国文学史》《中国哲学史通俗讲义》等。）而引《列子》[②]林类曰："死之与生，一往一反。故死于是者，安知不生于彼？"又见百岁触髅[③]曰："唯予与彼知而未尝生未尝死也。"[④]又"厥昭[⑤]生乎湿，醯鸡[⑥]生乎酒"等语为证。余以为果欲附会庄、列为轮回说，不乏其辞，如《庄子》云："方生方死，方死方生。"[⑦]又曰："指穷于为薪，火传也，不知其尽也。"[⑧]又曰："万物皆种也，以不同形相禅，始终若环。"[⑨]此从其表面以观，殆与佛之说轮回无异，虽然，余以为庄、列之言生死为化生说，与佛教之轮回说殊异。故余以为中国古之言生死也有二种：一感生说；一化生说。儒教盖主感生说者，如《诗》载简狄、姜嫄之事是也，而其说实发源于太古之神话时代，于神话时代言古帝王之生皆以为感生者，故感生说实为中国国家种族伦理中一大柱石，又为学说中一大基础。盖今人皆言天子，天子之义，后人或以学理为种种之解释，然皆属后世之义，而溯太古之语原，则所谓天子者，即指为天所生，实感生说也。《公羊·成公八年传》何休注："人受命，皆天所生，故谓之天子。"《说文·女部》："姓，人所生也，古之神圣人，母感天而生子，故称天子。"《文选·东京赋》："允矣天子。"薛综云："天子，言是天帝帝[⑩]之子也。"（《谷梁·庄三年传》文云：独阴不生，独阳不生，独天不生，三合然后生。今人有解天生为中阴[⑪]生，与佛教轮回说通者。按，儒教言天生即感生也，于本文疏已明有感生说云云。）人之心以人治人，其心常不能服，若以为天之子，其生殊异，斯咸尊信之而愿奉以为君，故使人知君与天同体，此上古国家所由成立之一大要素也。天所生之圣人为天子，其后由圣人之所生者，得以所生为姓，于是乎有种族，种族既繁，有亲有疏，有贵有贱，而亲疏有别，贵贱有等，以是为循天理之当然，是又为种族伦理思想所由发生之一大要素也。吾人仰而见光，俯而见土，知天地之与吾人必有关

---

①以下原载于《新民丛报》第 72 号（1906 年 1 月 9 日）。　②以下三句出自《列子·天瑞篇》。③百岁触髅：应为百岁髑髅，髑髅为死人的头骨。　④此句意思为：只有我和你知道，你其实是既不曾生，也不曾死。　⑤厥昭：蜻蛉虫的别称。　⑥醯鸡：即蠓蠓，古人以为是酒醋上的白霉变成。⑦此句意思为：万事万物正在不断地出生成长，也在不断地死亡消失。出自《庄子·齐物论》。　⑧此句意思为：用手努力地加柴，让火可以延续，不知道柴也有烧尽的时候。出自《庄子·养生主》。庄子认为，人的生老病死是自然现象，安时处顺才是最好的养生。　⑨此句意思为：万物都有种类，以不同的形状流传后代，始终循环。出自《庄子·寓言》，原文为"始卒相环"。　⑩天帝帝：疑衍一"帝"字。⑪中阴：佛教语，谓轮回中死后生前的过渡状态。

系之故，今现象之与实在，尚为哲学研究上之一大问题。凡全地球太古之人，无不以种种思想测天人所以相关之理，而中国则有感生说焉。由感生说，则天为吾人之大父，而吾人即天之众子，于是乎天人之间有一实际之连锁，以此为前提而以学理演绎之，则以为吾人之善恶无不上通于天，于是乎有感应之说。天既为吾人所不可测，则必为纯理，即天必为有善而无恶，而天既生人，则天之理不能不分而在吾人之心中，于是乎有性命之说。（"天生烝民，有物有则。民之秉彝，好是懿德。"①又"天命之谓性"②等皆是。）是又为中国学理思想所由发生之一大要素，而儒教即属此学理思想之最完善而周到者也。（由感生之说知上古言天属实际的，至孔子多改而为理论的。又以为天不可知，吾人以何而知天乎？则必先研求人事之理，盖知人即所以知天也。此诚孔子思想之一大进步。若谓孔子不言天，则所谓"获罪于天，无所祷""天厌之，天厌之"等，不皆成呓语哉？）化生之说，庄、列主之。庄、列之说每推其本于黄帝，史称黄帝有死生之说。（《史记·五帝本纪》：黄帝顺天地之纪，幽明之占，死生之说，存亡之难。）度黄帝之于生死观必有特见，今以荒远不能知其说，而《列子·天瑞篇》有引黄帝之生死说者，今按其言，有云"无动不生无而生有"③，以此知老、庄、列有生于无之说本黄帝矣。（按，黄帝之言当属哲学上之无质论，然则唱无质论之最古者为黄帝矣。又曰："有生则复于不生，有形则复于无形。（此二句，即言有生则必有死。）不生者，非本不生也；无形者，非本无形也。（本不生本，无形者天地之本源，若死之不生，死之无形，则与本不生本，无形之本源殊异，而有死则必有生。）生者，理之必终者也。终者不得不终，亦如生者之不得不生。"庄、列之言生死，则大半本此意而敷陈之者也。又庄、列之近源为老子，《老子》书浑朴，而《庄子》之《知北游篇》引《老子》之言生死，词约而义至广，其最要之语曰："精神生于道，形本生于精，而万物以形相生。"今为解之，精神生于道者，吾人精神之本原，则所谓道是也。形本生于精者，形本即躯干，吾人之体躯，则精神之所生也。万物以形相生者，遗传生是也。仅此三语，殆包括哲学学理之一大部，老子诚我国思想界之雄也。虽然，黄帝、老子之言今见于庄、列之书，则不必问其果为黄帝、老子之言欤，抑庄、列之所托辞欤，而皆视为庄、列之于生死作如是言可也。（犹之孔子述尧舜说，今皆可视为孔子说。）庄、列之言生死也，以学理言，较之感生说为一大进步，（感生说于神话时代，无学理之可言，至孔子始有学理耳。）然其说只行于一部之学者，其范围甚狭，而不如感生说之大有影响于社会间。（汉时已脱离上古时限，而汉高祖之生犹附会感生说，其在人心间之影响可知。）然余以庄、列之言生死为化生说而与佛教之言轮回说殊异者何乎？盖佛教之言轮回也，以为由于吾人所作之业，而业为吾人之所自作，即轮回为吾人之所自转，而庄、列则以为一大造之机在，故万物之生也，不得不生；万物之死也，不得不死，所谓万物皆出于机，皆入于机是也。于是窃欲借阿里士多德

---

①天生烝民，有物有则。民之秉彝，好是懿德：此诗出自《诗经·大雅·烝民》。　②天命之谓性：出自《中庸》。　③无动不生无而生有：无运动不产生无而产生有。

之四种因说以说明之。四种因者,材料的、形式的、活动的、究竟的。究竟的即目的,兹勿论外,而取前三种以言庄、列之理,则所谓万物之种有几,(《庄子·至乐篇》种有几,《列子·天瑞篇》同。)种之总体即材料也;种之类别,若蛙蠙①,若程②马,则形式之异也;而取此材料,屡变其形式而活动之者,造化机也。万物皆由造化机之一大橐籥③而成,然或有生而无死,有死而无生,则材料当有时穷而不足于用,故生必有死,死必有生,死则返其材料于造化机,谓之反真,而生则其材料复由造化机而出,不过变其形式已耳。然形式虽变,而材料则一,故今日为人,明日可以为牛为马为种种一切之物,而还可以为人,以是人之与物,我之与人,皆可相忘于无何有之乡。(此以表面视之,与佛教之无我同,而其本原之理不同。)夫以有造化机之一大本原在,则造化机为主动者,而我为受动者,而吾人于生死之前途一无可致力而但当听命于造化机之所为,故由庄、列之言,则吾人所恃以为安心立命者,莫要于委心任运而顺自然。《庄子·养生主篇》云:"适来,夫子时也;适去,夫子顺也。安时而处顺,哀乐不能入也。"又《大宗师篇》云:"今大冶铸金,金踊跃曰:'我且必为镆铘'。大冶必以为不祥之金。今一犯人之形而曰人耳人耳,大造化者必以为不祥之人。今一以天地为炉,以造化为大冶,恶乎往而不可哉?"略举如此,余不悉载。)然此为佛教之所不许,盖佛教因果连续,未来之果即为现在之因之所造,故吾人于现生,决无可委任之理,即生前有不可不修之禅定是也。又由庄、列之言,则古代中国之所命(孔子用之,墨子排之。)与希腊之所谓命(与中国之言同。)其说皆得成立,盖不得不听命于造化机者即命也。(《列子》有《力命篇》,杨朱尤倾于命说。)而由佛教,则所谓命之一说不得成立,(袁了凡初信命说,云谷禅师驳之乃悟。)何则? 吾人固不能不为因果律所限,似若有命者在,然我之所以有此因果者,皆由我自作之业,则虽有命,而命即我之所自造,非于我之外别有一物焉操至高无上之权,为吾人之所不能不从者,故谓佛教为有命说,宁谓之无命说。又由庄、列之言可谓之有宇宙论,盖有天地阴阳而后有万物,万物即为天地阴阳所造出之物。(老子谓"天地不仁,以万物为刍狗"④,由庄、列之言,则万物直造化之一玩弄品耳。)而佛教则于万有之上不立一主体,而主法无自性,众缘所生,即转轮回,亦属因缘所生法中之事。视庄、列之言造物,犹不免陷于一因外道之论,故当谓之无宇宙论,此佛教与庄、列异点之所在也。今试略举庄、列之言以证。《庄子·大宗师篇》云:"子舆有病,子祀往问之,曰:'伟哉夫造物者,将以予为此拘拘⑤也。'子祀曰:'女恶之乎?'曰:'亡予何恶? 浸假而化(此所谓化,即化生之义。)予之左臂以为鸡,予因以求时夜;浸假而化予之右臂以为弹,予因以求鸮炙;浸假而化予之尻以为轮,以神为马,予因而乘之,岂更驾哉?(即上所谓形式殊异、材料同一之义。)且夫得者,时也;失者,顺也。安时而处顺,哀乐不能入也。"(此等语意庄、列多有之。)"且夫物不胜天久矣,(即上

---

①蠙:古书上说的一种产珍珠的蚌。　②程:秦人谓豹曰程,　③橐籥:古代冶炼时用以鼓风吹火的装置,犹今之风箱。　④此句的意思为:老天并不仁慈,只把万物当作没有生命的贡品。出自《老子》第五章。　⑤拘拘:屈曲不伸展的样子。

所谓以造化机为主。）吾又何恶焉？"又子来有病，犁往问之曰："伟哉造化！将以汝为鼠肝乎？以汝为虫臂乎？"子来曰："父母于子，东西南北，唯命（即命之说。）之从。阴阳于人，不翅①于父母，彼近吾死，而我不听，我则悍矣。彼何罪焉？夫大块②载我以形，劳我以生，佚我以老，息我以死。故善吾生者，乃所以善吾死也。"又《刻意篇》云："圣人之生也天行，其死也物化；静而与阴同德，动而与阳同波。不为福先，不为祸始，感而后应，迫而后动，不得已而后起。去知与故③，循天之理。故无天灾，无物累，无人非，无鬼责。其生若浮，其死若休。不思虑，不豫谋。"又《知北游篇》云："生也死之徒④，死也生之始，孰知其纪⑤！人之生，气之聚也，聚则为生，散则为死，若死生为徒，吾又何患？故万物一也，是其所美者为神奇，其所恶者为臭腐；臭腐复化为神奇，神奇复化为臭腐。故曰：'通天下一气耳。'"又同篇云："舜问乎丞曰：'道可得而有乎？'曰：'汝身非汝有也，汝何得有夫道？'舜曰：'吾身非吾有也，孰有之哉？'曰：'是天地之委形也；生非汝有，是天地之委和也。（老子云："万物负阴而抱阳，冲气以为和。"同意。）性命非汝有，是天地之委顺也。孙子非汝有，是天地之委蜕也。'"《列子·天瑞篇》云："故常生常化。常生常化者，无时不生，无时不化。"又同篇云："（上略）久竹⑥生青宁⑦，青宁生程，程生马，马生人，人久入于机，万物皆出于机，皆入于机。（《庄子·至乐篇》同。）《周穆王篇》云："老聃之徂西也，顾而告予曰：'有生之气，有形之状，尽幻也。造化之所始，阴阳之所变者，谓之生，谓之死。因形移易者，谓之化，谓之幻。造物者其巧妙，其功深，固难穷难终。知幻化之不异生死也，始可与学幻矣。'"（按，此知万物为造化之玩弄品，而非万物之所得自主。）庄、列之言略如此，余相似者多不及载，此非由其表面观之近佛教，而其根本固自殊异之证哉。由是之故，故佛教及于人心之影响也大，而庄、列之说于人心之影响也微。盖如庄、列之所云云，则吾人善恶之与祸福，其间无一连锁，（庄、列论善恶之言故寡。）而茫茫焉任前途之所遭，故一变而杨朱之快乐派生，此固由庄、列之说，其理所当至于此也。而如佛教所言，则善恶之与祸福打为一片而不可离。故以人心上之效果，而言庄、列盖远不及佛教之伟大。虽然，庄、列之言以之实验殆悉合，余尝读赫胥黎之进化原论有曰：今假有一马于此，当其生也，则食草叶菽麦及其他之植物，以发挥其动力，而保护其生命，然此草叶菽麦及其他之植物，又以何物而营养其自己之本质乎？则不外吸收其土块及空气中之水、炭酸、阿母尼亚等之无机物。而及一旦马之死也，经种种之变化以至腐败，于是其骨变而为炭酸及硫酸、石炭，其肉及其他物变而为水、炭酸、阿母尼亚等，其当初所吸收之物质，复归于无机界而还原，（庄、列谓之反真归真，《庄子·大宗师篇》云："而已反其真，而我犹为人猗。"《列子·天瑞篇》云："精神离形，各归其真。"）而又为植物之所吸收，以成植物之本质，而植物之本

---

①不翅：不啻，如同。　　②大块：大地；大自然。　　③去知与故：抛却智巧与事故。　　④徒：同类。
⑤纪：头绪。　　⑥久竹：草名。　　⑦青宁：虫名。

质或又以供他动物之食用。由是言之，有机体者从无机体成，而有机体复归于无机体，无机体复成为有机体，如是永劫循环而无休止，然则吾人之体质庸独非昔日死绝动物之一部分入于无机体中而又从无机体出而为今之有机体乎？此即近印度古传所谓轮回之理者也云云。（赫胥黎亦尚不知我中国有庄、列之化生说，若知之，则必引庄、列之说矣。）是则庄、列所谓青宁、程马、鼠肝、虫臂之怪说一证以此，而其理亦已可解矣。又今科学家言物力不灭之理，郎乌齐 Lavoisier 氏以为物质者万古存在，且无限之未来，永得保续而无消灭之事，吾人所见为消灭者，惟一物质集合之形态变而为他一种物质集合之形态而已，此即所谓物质不灭之规则。又麦埃尔 JR. Meyer 氏及赫努霍治 Heimholtz 氏发明物力不灭之规则，其言以为凡于一系统中所有诸力之总量若非受外来之感动，则其力之量常同一无新力增加亦无旧力消灭之事，惟以此力变为他力，一形态上之改移而已，而宇宙之一系统中，盖即不受外来感动之力者，故得适用此物力不灭之一规则云云。无论今时科学之言其精实固非庄、列所能及，然固可与庄、列之言相印合者，惟科学家之例但言可知之事理而不言不可知之事理，故造物非其所论及，而庄、列则更言有一造物之本原耳。要之庄、列之言生死也，于我国古代实别出于感生说思想之外，而与感生说呈两相对待之奇。感生之说，我国学者夙已定名，而庄、列之生死说尚无一定名之词。定名本属学问上一至难事，余姑名之为化生说，今略引庄、列之言以证：《庄子·大宗师篇》云："若人之形者，万化而未始有极也。"又曰："又况万物之所系而一化之所待乎？"又云："孟孙氏不知所以生，不知所以死，若化为物，以待其所不知之化已乎？且方将化，恶知不化哉？方将不化，恶知已化哉？"又《天地篇》云："天地虽大，其化均也。万物一府，生死同状。"又《至乐篇》云："天无为以之清，地无为以之宁，故两无为相合，万物皆化。"又曰："死生为昼夜，吾与子观化。"又《知北游篇》云："人生天地之间，若白驹之过隙，忽然而已。已化，而生；又化，而死。"《列子·天瑞篇》云："故常生常化。"又曰："人自生至终，大化有四：婴孩也；少壮也；老耄也；死亡也。"以上略引其言，此余名庄、列为化生说之义之所由取也。若夫轮回之说，窃以为始自佛教输入之后，《晋书》载鲍靓生五岁，自言前世本曲阳李家儿，其父访问之皆合，此盖自西汉后佛教渐盛，于是民间有轮回之说，而其源固非出自庄、列也。（道家之说一变而为修炼，盖有名之为长生说者矣。）（未完）

养心用心论[①]

[②]吾人之得一新理想也，每多在初日方兴、晓钟乍动一清晨之时期中，孟子

[①]原载于《新民丛报》第 69 号、70 号、72 号。　　[②]以下原载于《新民丛报》第 69 号（1905 年 5 月 18 日）。

称平旦之气。近世大哲学家笛卡儿，其哲学之思索多在朝床中构成。世以愉惰不思振作之人为暮气，暮气者，朝气之反对。然则朝时之与吾人心理必有特别相关之处，而起相关之理果何在乎？近时学者考朝时空气中以一种化合之作用，出新阿巽，此新阿巽能爽健人之精神，是固然，然此犹仅据外境言之，而于心理上之内境，尚必别有其故在，是无他，吾人脑中之爱耐卢尼积一日之动作以渐消耗，而以夜间休养而恢复之，至于朝则正爱耐卢尼充实满足而思逞其活动之时。而所谓新理想者，即此爱耐卢尼逞其活动之时之一产物。

按，心理学有曰自动性，自动性者，不受外来何等之激刺而原子自行运动，是即成形元固有之本性，而所谓活力者是也。篇中所谓活动，盖即心理学所谓自动性耳。

而此活动之一时期，未易猝遘[1]，必于一日作为之后，经一夜之宁息，与天地日夜运行之一大法相准，而当静极欲动之际，乃能涌现此一灵敏之境，则其理无他，心之用则必养，养则能用，而以此为交互间最适当之时期焉而已。

又试进考此新理想之发生，其本原果何自而来乎？则必于心理上有两个以上之观念联合而构成一新观念，而后所谓新理想者生。

按，言必有两个以上之观念者，盖吾人若仅有一个之观念，则新理想无从发生，故其数不能不限以两个以上。例若今时言新学者，若仅有君之一观念，则君以外无何等思想之可得；若既有一君之观念，而又有一民权之观念，又有一民智之观念，于是三者联合而即可得一新理想，如云民智未开，则当用君权；民智已开，则当用民权是也。然此不过举其概略言之，其实心象上观念之配合，其奇妙殆不可思议。故夫吾人心理上之观念无穷，观念与观念联结之因缘无穷，从而吾人人类所产出之理想亦无穷。犹之进化论者，谓两异种合并，则一新种发生。凡天地间事物之所以繁多，而理想之所以复赜[2]者，其故盖皆由于此也。

虽然，观念与观念之联合也，必先有一观念之动，而后其余之观念以连锁而相继而起。而此动之之法则有二种：一新观念之入来而动者；一旧观念之复起而动者。新观念之入来而动者，以一新有之观念唤起其旧有之观念，由是而产出新观念者。如见梧桐一叶落而知天下之秋；又若古人有谋于野则获，盖以野则多有外景之感触而易于收得新观念故也。（所谓诗思在灞桥风雪、驴子背上者亦即此理。）旧观念之复起而动者，不待外来何等之感触，而从旧日所有之观念中，以此观念唤起彼之观念，由是而产出新观念者。如吾人知有性善之说，又知有进化论之说，而以进化论之理言性善，则所谓性善者不得谓之天赋之固有性，而当谓之进化之遗传性是也。此二种，前者外动的，受动的，而后者内动的，自动的。而吾人理想之构成，尤以后一种为多。而此二种观念之发起也，又必有二个之条件：一生理之协助，如疾病疲倦，则一切之观念皆难发起是也；一意识之空处，

---

①遘：相遇；碰上。　　②复赜：复杂深奥。

盖吾人意识之区域若有一种之观念占领，则他观念无发生之机，若吾人有一忧虑之事不能解释，其时意识之区域皆为此忧虑所充满，而他观念均在所摈拒之列。此二种中，从心理之一方以言，则意识之空虚尤重。关于意识区域之占领，又有二种：一单一之占领；一杂多之占领。单一之占领者，如吾人若有爱慕之一物念念皆不能舍是也；杂多之占领者，驰骛纷扰，散乱集沓之心是也。而吾人之欲空虚其意识也，则必先清净其心，无逐于外缘，无纷于内扰，使意识之区域洞洞然不储一物，而后理境上之观念鸢飞鱼跃，自呈其活泼之机，而观念与观念之融合不自知而一新理想发生。要其故，固由于养心、用心之得其道矣。

贺浑氏之近世哲学（日本有贺长雄译。）剖明心与物两者之不同，其言以为物质经使用而必坏损，凡种种器具无不皆然，而心独反是，愈用则愈赴于锐敏，若废止而不用，则反归于衰灭，以是为心与物分界之所在。其言固含有一理，顾余于此说则尚有不能赞同者。夫心与物当以若何为确当之区别乎，兹以非题限不及陈，而以关于使用者言之，则余以为心与物其理相同。今夫谓心愈用而愈赴于锐敏者，物亦然，若刀以用之之故则日显其铦利是也，然其间自有一限极之境，若过乎此限，则其物以销耗而渐失其用。吾人之用心也亦然，若过乎其适当之程则疲倦来，而于事理之分际不能深入。又若谓心以不用之故而反归于衰灭者，物亦然，今夫一刀也，久不用，则锈生而失其铦利，如心不用之人积久必益昏愚者同。又如今时一般人所想像，以物为有碍体，心为无碍体，余亦未敢谓然。以余所见，心固明明有碍者也。试略举之。如吾人之心注于一物，则一物存在于吾心中，而此物以外同时种种之物，其存在皆在若有若无之间，必待吾心之抛此一物，复注于彼之一物，而后彼物乃能显其存在之状，然既注于彼物，则其余一切诸物又不能不在抛弃之列。总之，吾人之心思，一物则同时不能复思他物，亦若物之有一定之容量然，有一物也已满其容量，则他物不能不摈之容量以外是也。又若吾人于未知一理、未闻一说之前，则以何理、何说投之而无不能受，然若有一先入为主之说已固执于心中，则凡继此所闻之理与说，有与其先说相违异者，于心理上必显其反抗性，奉前说而拒新说而成冲突之象，此即守旧根原之所自来。盖众生本无自性，其若有自性而不能相通，则以心之为物，习于此则必执此，习于彼则必执彼，亦若物体之置于此则着此，置于彼则着彼，此非明明心之有碍而何乎？佛教之言心也，余最服诃梨跋摩之论，以为远出大乘唯心、唯识论之上。诃梨跋摩盖分天地万有之境为三：曰第一义谛，曰世谛亦曰真谛，曰俗谛。曰第一义谛者，最上之实在，涅槃与真如是也。曰世谛又曰真谛者，心也。曰俗谛者，物也。佛教通例立真、妄二谛，或区之为有为、无为。以诃梨跋摩之三谛分属之，则第一义谛为真，而世谛又曰真谛与俗谛皆妄；第一义谛属无为，而世谛又曰真谛与俗谛属有为。即以物与心相较，则物为假而心为真，然以心与物与真如相较，则心与物皆假而惟真如为真。为混心于真如者立一界限而以心为极微所成，极微与分子同义，分子析之至尽，有有质、无质两说，要之既有分子之名，究不能断为真无，惟析之至尽而近于无，而实即为有质之始，若以心为极微所成之说而成立乎？

按，心为极微所成，必不可得而见，今但从其已成形后考之，心理学家论神经纤维，谓舌之动神经，以五千纤维成；眼之动神经，以一万五千纤维成；视神经以十万纤维成。又倍因氏谓掩大脑半球之灰白质，通计含有十二亿万细胞，纤维之数四倍，当有四十八亿万纤维。又有论纤维之小者，直径一因吉之千二百分一乃至三千分①，而无髓纤维比之更小，一因吉之六千分一乃至八千分一，脊髓及脑髓灰白质中之纤维，一因吉之七千分一乃至一万四千分一，其极者仅不过一因吉之十万分一。又西尔载氏细分种种之纤维，其极细微者须五百倍乃至八百倍之显微镜仅得见之，而其内部之构造终不能识别，西尔载氏名之为"神经原始纤维"。又奥笃留氏考剧烈之苦痛由纤维之最微部分继续中绝。又心象之发生由于觉性，而司觉性者属神经纤维。据此则心为极微所成，略可推见其端倪矣。

是物固有质而心亦有质，惟真如则无质之可言，（佛家亦谓之空，但虽空而其物实有，故亦谓之中。）故真如无碍之说得以成立，而心与物无碍之说皆不得成立。盖从其迹象言之，则心为物之精者而物为心之粗者，（于物之中，又自有精粗之别，如爪等则比于血肉为粗，故并无痛痒之知觉性也。）而从其本原言之，实同一体，不得谓心有一元而物又自有一元，故唯心论之与唯物论其究不能不归于一。（于佛教之密宗已心物归一。）而心物固有一共同之性，吾人知其有一共同之性，则可为心与物立一公例，曰：不用则敝，过用则亦敝。而吾人即可本此以定治心之法者也。

附识：

按，佛教所谓真如，以今时学术语言之，可谓之元素之元素。元素之元素，其说能成立与否，今尚未有定论，惟欲以一元论说明万有之本体，则此说最为可取，故屡为古今学者所唱。古代希腊海雷阿学派（前历五、六世纪时代。）以宇宙惟有一实在为真，一切万象差别皆为妄境，其所谓实在则无始无终，不生灭，不可割，惟一不二，不变不动，平等一如，与佛教所说同一。又海雷阿学派以为思想即实在，关于此语，学者有二种解释之不同，一以为思想即实在者，物为妄，心为真，故吾人之心即天地之本原，所谓众生有如来藏心者。而或学者更进一解，以为吾人之感官不能知天地之真，惟吾人之思想知有真之一境，换言之，即天地之真为吾人所不得而见，惟吾人之心得而思想之而已，然吾人之心尚不得直接谓为即天地之本原。（但心与物不论，皆从此一本原来，未曾否拒。）于佛教各派中亦含有

---

①三千分：据下文，疑下脱"一"。

此二义，所谓真如缘起①属前者，所谓赖起缘起②、业感缘起③属后者，余则取后者之说者。又《庄子·大宗师篇》云："（前略。）朝彻，而后能见独；见独，而后能无古今；无古今，而后能入于不死不生。杀生者不死，生生者不生。（杀生、生生之说稍与佛教不同，佛教以万有为众缘所生，无杀生者亦无生生者。）其为物，无不将也，无不迎也；无不毁也，无不成也，其名为撄宁。"④又《列子·天瑞篇》云："有生不生，有化不化，不生者能生生，不化者能化化。"⑤"不生者疑独⑥，不化者往复⑦。其际不可终；疑独，其道不可穷。"又曰："有生者，有生生者⑧；有形者，有形形者；有声者，有声声者；有色者，有色色者；有味者，有味味者。生之所生者死矣，而生生者未尝终；形之所形者实矣，而形形者未尝有；声之所声者闻矣，而声声者未尝发；色之所色者彰矣，而色色者未尝显；味之所味者尝矣，而味味者未尝呈：皆无为之职也。""无知也，无能也，而无不知也，无不能也。"又引《黄帝书》曰："谷神不死，是谓玄牝；玄牝之门，是谓天地根。"⑨其曰撄宁，曰谷神，曰玄牝，曰无为，曰杀生者，曰生生者，虽与佛教所谓真如略异，皆以此为对于万有界之一真体其意同；曰独，即所谓惟一不变；曰无古今，曰不可终、不可穷，即所谓无始无终无际限；曰不生，曰不死，曰不化，即所谓无生灭。以此可略征希腊、印度、中国古代学者探索万有之本原，其思想所到达点固有相同者在也。（海雷阿学派之开祖巴门兑士大约与释迦、庄列之时代无其先后，惟巴门兑士在希腊学派中甚不显，盖希腊学说极盛，为梭格拉底、柏拉图、阿里士多得诸大家所掩故也。）

雅宾胥尔云：吾人之智慧，不能一时间包括万有，必待先后而后能认识之，是吾人智慧之一失也；又吾人智慧必待时间之经过而后能认识其物，故其认识也，不能不零碎的，是吾人智慧之二失也；又吾人之智识因时间之经过，其势不能无遗忘，苟一时间记忆一物，同时不能不遗忘他物，是吾人智慧之三失也，故吾人之智慧非精神之本原也云云。今心理学实验意识所能容，同时能至四个以

---

①真如缘起：又作如来藏缘起，佛教四种缘起之一。即赖耶缘起之所缘而生者，谓众生之生死流转、还灭涅槃，皆依含真如之如来藏佛性。　②赖起缘起：应为赖耶缘起，佛教四种缘起之一。即业感缘起之所缘而生者，谓经由本有种子、现行、新熏种子三法辗转轮回、互为因果而无穷始终。赖耶，阿赖耶之略称，种子之义。　③业感缘起：佛教四种缘起之一。指世间一切现象与有情的生死流转，皆由众生之业因所生起。　④这几句的译文为：能够心境如朝阳般清新明彻，而后就能够感受那绝无所待的'道'了；既已感受了'道'，而后就能超越古今的时限；既已能够超越古今的时限，而后便进入无所谓生、无所谓死的境界。摒除了生也就没有死，留恋于生也就不存在生。作为事物，'道'无不有所送，也无不有所迎；无不有所毁，也无不有所成，这就叫做"撄宁"。"独"指不受任何事物影响，也不对任何事物有所依待，这句中的"独"实际指的就是"道"。撄宁，意思就是不受外界事物的纷扰，而后保持心境的宁静。　⑤这几句的译文为：有生死的事物不能产生其他事物，有变化的事物不能使其他事物发生变化。没有生死的事物能够产生出有生死的事物，没有变化的事物能使有变化的事物发生变化。　⑥疑独："疑"通"拟"，比拟。独，独一无二。　⑦往复：循环。又，下文"其际不可终"前脱"往复"二字。　⑧生生者：第一个"生"是动词，指产生，第二个"生"指有生死的事物。此下"形形者""声声音""色色者""味味者"句法相同。　⑨此句的译文为：生养天地万物的道（谷神）是永恒长存的，这叫做玄妙的母性。玄妙母体的生育之产门，这就是天地的根本。

上至十五个，又触觉之印象，同时能至五个、六个，然意识与他种心象若思想等事不同，意识之界限稍宽，如吾人与数人相对，能同时俱上于意识之间，而他种之心象若思想等，则甚有质碍，然虽实验意识能容数个，而心有限量之义仍在，故吾人之心理当谓之有限的，非无限的。辨别此理，有与一大问题相交涉，即哲学所谓天地之本原，不能不谓之无限的，而吾人之心属有限的，则吾人之心与天地之本原，其间尚隔一层，不得直接谓心即天地之本原。雅宾晋尔亦注意及此，以为非精神之本原。此事为哲学之一大争点，于佛教主赖耶缘起者，即心与天地之本原隔离之说；主真如缘起者，则以心为直接即天地之本原之说也。

　①唯然，吾人而欲用心，则养心其最要矣。养心之事有从生理上以养之者，有从心理上以养之者。阿里士多得分人与动物、植物之界，以为植物之精神唯司营养，动物之精神司营养兼司知觉，独至人类之精神，则营养、知觉、思虑三者兼备。从营养之一方以言，即所谓从生理以养之者，亦谓之养生，近时若卫生之学是。卫生之事为人类之至要，今文明各国卫生之事日益发达，其事理别为一部分，兹不及具论，而但取其从心理以养心者言之，即直接心自设养心之法，而心自受其益者。今心理家谓情、意两部分之心理与生理相关涉者多，如情怒则面色皆变，情喜则宽舒其颜部之筋而笑，意动则百体亦随之而动而发为行为。惟智一部分之心理与生理相关涉者较少，吾人探索事理大都联结个个之观念，纯以心理上自相运用，故以心理上之养心为尤切。于古代已以此为重要之一学科，今亦多沿用古法，而其最著者为佛教之禅定。（印度古代尚有种种之法，兹以繁，不及陈。）今夫佛教之在今日，当改革者盖多，然其全体，吾人尚认其为有有益于人之事，如养心，亦其教中有益于人之一大部分也。当夫吾人憧憧往来，朋从尔思之际，欲于方寸中觅一宁静之天地而不可得，殆亦可谓人类中一大苦之事，而试一披佛教之书，陡令心清神凝而俗虑尘念顿为之一扫，于吾心上实获无量之受用，此不能不颂佛教之功者也。然佛教之输入中国也，大都自西汉以后，（周穆王时之说未得确据，秦始皇时之说亦尚在存疑之列。）而考我中国古代之文明，亦早发明其理，而可诩为我国所固有之学，如道家其最著者，太史公谈论六家要旨，各有取舍，而独归本于道家之精神专一，为能据各家之上。

　按，太史公谈论六家要旨，其见解甚高，洞澈诸家之利害，固中国有数之言也。其于论儒家曰："儒者博而寡要，劳而少功②，然其序君臣父子之礼，列夫妇长幼之别，不可易也。"即认儒家纲常伦理之说为有益，而于繁文缛礼颇抱不满。余于各家，亦抑扬参半，而独推重道家，以为能兼诸家之长，其言曰："道家使人精神专一，动合无形，赡足万物。其为术也，因阴阳之大顺，采儒墨之善，撮名法之要，与时迁移，应物变化，立俗施事，无所不宜。指约而易操，事少而功多。"又

---

　①以下原载于《新民丛报》第70号（1905年12月11日）。后附《中国古代之定学考略》。　②劳而少功：据司马谈（司马迁之父）的《论六家要旨》，"劳而少功"后有"是以其事难尽从"一句。

曰:"夫神太用则竭,形太劳则敝,形神骚动,欲与天地长久,非所闻也。"又曰:"凡人所生者神也,所托者形也。""形神离则死,死者不可复生,离者不可复反,故圣人重之。""不先定其神,而曰我有以治天下,何由哉?"盖太史谈为道家之人,故其言若是,实然有所见,不得谓其偏于一家之论也。

顾道家之于养心尚矣。又从而考之,非仅道家,儒家盖亦重之,《大学》言定静安虑,诚意正心,而孔门最大弟子为颜子,颜子有斋心之学,至孟子于养心之事言之尤多,是儒家固有养心之学在。又试进考此学,其发源固始自何人乎?则首当推黄帝。《列子》(《汤问篇》。)称黄帝与容成子居空峒之上,同斋三月,心死形废,是实中国定学之始。传黄帝之学统者为道家,而儒家亦用其法,顾儒家之与道家,其所持之理盖有别,其区别之代表词,一则可谓主敬,一则可谓主静。主敬、主静,宋儒盖断断致辨,观孔子告颜子以四勿而告仲弓以见宾承祭,则孔教确系主敬,至孟子发明养气之理,为儒教增一特色。盖儒教主现世主义,故以治国平天下为究竟,吾人而果欲治国平天下,先不可不正其身;欲正其身,先不可不正其心,心正则气盛,孟子所谓至大至刚,文文山所谓天地有正气者是也。果如此,则天地敬之,鬼神畏之,尚何生死患难之有?此实儒教之精谊,而今日尚可昌明其说以为世用者也。

孟子养气之理可发明者甚多,昌黎稍有窥见,而其所言极为粗浅。果能发皇其说,则养成刚正伟大之人物,能撼山岳而贯金石,以之扶翊正义,担任危局,当有过于日本之言武士道而大有影响于我国前途之风气者也。近日维新之士但知孟子能言民权,能言革命,余以为孟子之功第一在发明养气,王阳明首取孟子之言良知,(孟子良知之说余尚有驳词。)余则首取孟子之言养气,孔子仅言求诚而孟子独言养气,故言养气之功自当首推孟子。惟孟子固儒教中人,则谓养气为儒教之一教义可也。儒教之在今日,当改革者甚多,若养气之说则其中之至可宝存者。世固有真能言其国粹主义之士乎?必首能发见及此,治其说而益光大之也。

故若从儒家言之,则凡佛家、道家,流入于清净寂灭者,直可目为异端而排斥所必不能宽。虽然,若从佛教言之,则世界固认为虚妄,既认为虚妄,则必先除妄而后能见真,寂灭何害?(四谛中,灭谛之后乃有道谛。)彼儒教所排之一分子,正为佛教所取之一分子,从其立说之方面不同,故其立说之趣向亦不同,而各自有其特长之处。故儒教不能兼并佛教,佛教不能兼并儒教。

凡宗教各从其所见之一方面立说,故皆有独立性,失其独立性,是即失其教义之根本也。援佛入儒固非,援儒入佛亦非。近日中国言华严派佛教者,硬派孔子为人乘教,又硬派孔子为某某菩萨,谓孔子亦神通显现,非人身,恐起孔子而问之,孔子必不受也。又谓菩萨可以生死自由,故无生死,颜子亦菩萨,曰:"子在,回何敢死?"即颜子生死可以自由之证。果如此,则孔子必知颜子为不死者,何以有"吾以汝为死矣"之问?然则颜子不失答,孔子必失问矣。其说之荒唐支离,亦可谓极,于学界真无一哂之价值者也。(又主张此派佛教所者说谓释迦非父母生,释迦之子罗睺罗非释迦生,皆佛菩萨所化现。而以孔子为菩萨,则孔子亦非父母生,伯鱼非孔子生,而孔子之伦理学说直从根本上覆亡。以文化进步若今日而尚有信是等蛮野顽固之说者,真非夷所思,而中国学者之研究佛教,比之欧美及日本之研究佛教,其幼稚亦已甚矣。)

　　道家亦然,大抵儒佛道三教兹行于中国,(于近时道教不及儒佛两教,但古代则不然,于汉时可见。)而人物亦多出于其中,其教义固各自有别,而其中人物之著者出于何家不问,而皆知有养心之理。略举之。诸葛武侯云:"淡泊以明志,宁静以致远。"诸葛武侯,道家中人也。宋儒性理之学,实为道儒佛三家和合所产出,固无一人不注重于心理者。明之王阳明亦然。近时若曾文正亦主静坐之说,曾儒家中人也。其佛教中人以禅定为专修之学科者勿论。是固三家皆重养心之证也。若夫养心之事略可分为二部:一理论,一方法。道家之理论过于儒家,顾儒家不传方法,而道家之方法亦多为世人所不知,惟佛教之关于养心也,理论既富,其方法亦易可得而考。略举其书,有若《摩诃止观》《圆顿上观》《六妙门》《不定止观》《释禅波罗密》《渐次止观》《小止观》(中国撰述)《坐禅用心记不能语》(日本撰述)。(以上均汉文。)又日本文有坐禅讲义数种,其方法略已具矣。而观朱子与黄子耕书云:伽趺静坐,目视鼻端,心注脐下。则朱子盖取用佛教之法者。又《王龙谿集》中言调息之法,是王学派亦取用佛教之法者。惟佛教之方法虽具,然若坐禅等事尚不能不择地,而于人事辐凑之中亦多有不便者在,是又不能不于坐禅之外损益改变,更立一简便之法而用。夫以今日世愈文明,则吾人所接之事愈多;所接之事愈多,则吾人之用心也愈甚;用心愈甚,则养心之事愈不可不重。盖无以养之,则将无以为用之之地也。

　　所谓简便之养心法者,余尝历试道家之服气,佛家之调息,及密宗之三密手印(密宗以此为有净心定身之功能,其法有图说,但余试之殆无效。)等而更立一法,取其易行而受益多者,略如下:半趺坐,或全不趺坐,但整齐其肢体,用心理中所谓脑之制定力,断绝思虑,压抑一切观念,使销沉于意识之阈之下,(意识之阈,本心理学大家赫拔特之名,赫拔特言心分为心之静学、心之动学,凡吾人之观念不能全灭,抑压销沉不上于吾人之意识者,名为在意识之阈之下;观念以得机会运动生起现实于吾人意识之间,名为在意识之阈之上。)然其时虽无思虑,而把住不思虑之痕迹仍在;(一境。)渐入深际,令把住不思虑之心亦俱灭去,而入于哲学家所谓爱古达希斯之一境,(或义译为消魂大悦,一切感觉皆无,全脱出物资界而入于天人合一之境。哲学家多以此为最高之幸福。)物我皆空,一无所有,而感一种之快味。(一境。)是一简便法也。又若欧美所行之注视时辰表数分时,是亦一简便法之可取者。

　　心理学言脑有一种制止力,亦谓之脑力消极的作用,即遇一外来之刺激,脑出其力而制止之,使失其刺激是也。例若今有受人之辱,不堪愤激之情,然其人或势力甚强,自知必不能敌,于是熟考利害,自抑制其愤激之情而不发,而此抑止之事须用几多之脑力,故亦以此为脑一种之作用。大抵脑力优者,其制止力愈强，而劣等者反之。试以一小蛙取去其脑而不令与外物接触，则蛙已绝无运动，若以外物刺激之，其肢体突然跃动；以同此刺激试于有脑之蛙，其跃动反不如无脑之蛙之甚。又若吾人当睡眠而不用其脑髓之时，或脊髓之一部麻痹，试以外物刺激，直变动而起痉挛者事所屡见；若不睡眠、不麻痹而当脑髓活泼之时，则虽有外物刺激，不甚显其反动之性，有时其刺激或全从脑中消失。彼若神经过敏症、（见影而生恐怖，闻声而起惊悸，其病甚者惹起种种之幻觉，若疑有鬼，疑人之将杀己是也。）癫狂症，皆脑失其制止力之本性故也。观心理学家云云，则知古来所谓喜怒不形，宠辱不惊，当仓惶急遽之时不动声色；又若报大仇、守大节者，无论何等之苦痛皆能忍受；又若贫困患难，人所难堪，而君子独能不怨不尤；又若圣贤所谓惩忿窒欲①之功，凡人格上之美德，本于脑有制止之力者盖多。而吾人之于心，缘延憧扰②，欲断绝思虑之群，其难如断藕丝，亦非藉此脑之制止力不为功。然其始也，以脑之制止力治心，而习用既久，则又能增长脑之制止力，而制止力且因此而养成，是又一循环受益之事也。

附《中国古代之定学考略》：

自佛教入中国，译其书始有禅定之词。禅者梵名禅那，正言驮延那，意译静虑，静寂思虑之义，而定为中国之固有字，故禅定之名，实合梵汉二字而成。夫定既为中国之固有字，然则中国古代亦有定学之可考乎？曰：有之。于儒家之书《大学》云："知止而后有定，定而后能静，静而后能安，安而后能虑，虑而后能得。"顾于其间有可疑者，儒家不言静，汉时道家盛行，此非汉人糅合道儒两家之言而为之者乎？此姑不具论，要取以证我古人之知有定学而已。又孔子弟子中，以颜子为最，昔人尝怪颜子在圣门无他可称述，而孔子誉之特甚，求其故而不得，余谓孔子称颜子"三月不违仁，其余则日月至焉而已矣"，"三月不违仁"是即颜子之定力为门弟之所不能及也。又道家亦称颜子，《庄子·人间世篇》云："颜回曰：'吾无以进矣，敢问其方？'仲尼曰：'斋③。'颜回曰：'回之家贫，唯不饮酒、不茹荤者数月矣，若此则可以为斋乎？'曰：'是祭祀之斋，非心斋也。'回曰：'敢问心斋？'仲尼曰：'若一志，无听之以耳而听之心；无听之以心而听之以气。听止于耳，心止于符④。气也者，虚而待物者也。唯道集虚⑤。虚者，心斋也。'颜回曰：'回之未始得使，实自回也；得使之也，未始有回也⑥。可谓虚乎？'夫子曰：'尽矣！若能入游其樊⑦而无感其名，入则鸣，不入则止，一宅而寓于不得已⑧，则几⑨矣。（中略。）闻以有翼飞者矣，未闻以无翼飞者也；闻以有知知者矣，

---

①惩忿窒欲：克制愤怒，抑制嗜欲。惩：惩戒；忿：愤怒；窒：抑止；欲：嗜欲。　②缘延憧扰：布散纷乱。　③斋：斋戒，这里指清除心中的欲念。　④符：迹象，现象。　⑤虚：指虚空的心境。⑥回之未始得使，实自回也；得使之也，未始有回也：我（颜回）没有听到这些道理时，确实存在一个实在的我；我接受了这些道理后，开始觉得没有一个实在的我。　⑦樊：指尘世。　⑧一宅而寓于不得已：心灵专一，把自己寄托于无可奈何的事物中。　⑨几：差不多。

未闻以无知知者也。瞻彼阙①者，虚室生白②，夫徇耳目内通而外于心知，鬼神将来舍，而况人乎？"（中略。）又《大宗师篇》云："颜回曰：'回益③矣。'仲尼曰：'何谓也？'曰：'回忘仁义矣。'曰：'可矣，犹未也。'他日复见，曰：'回益矣。'曰：'何谓也？'曰：'回忘礼乐矣。'曰：'可矣，犹未也。'他日复见，曰：'回益矣。'曰：'何谓也？'曰：'回坐忘矣。'仲尼蹴然④，曰：'何谓坐忘？'颜回曰：'堕枝体，黜聪明，离形去知，同于大通，此谓坐忘。'"由是观之，孔门弟子三千，有学伦理者，有学政治者，而能知心性天道，则惟颜氏之子而已，此儒家之定学也。而道家之于定学，其言尤详，兹省其关于理论而举其有事迹之可考者。《庄子·应帝王篇》（《列子·黄帝篇》略同。）云："郑有神巫曰季咸，列子与之见壶子，出而谓列子曰：'嘻！子之先生死矣！弗活矣！不以旬数矣！吾见怪焉，见湿灰⑤焉。'列子入泣，涕沾襟以告壶子。壶子曰：'乡⑥吾示之以地文⑦，萌乎⑧不震不正，是殆见吾杜德机⑨也。尝又与来。'明日又与之见壶子，出而谓列子曰：'幸矣！子之先生遇我也，有瘳⑩矣！全然有生矣！吾见其杜权⑪矣！'列子入以告壶子。壶子曰：'乡吾示之以天壤⑫，名实不入，而机发于踵，是殆见吾善者机⑬也。尝又与来。'明日又与之见壶子，出而谓列子曰：'子之先生不斋，吾无得而相焉。试斋，且复相之。'列子入以告壶子。壶子曰：'乡吾示之以太冲莫胜⑭，是殆见吾衡气机⑮也。鲵桓⑯之审⑰为渊，止水之审为渊，流水之审为渊，渊有九名，此处三焉。尝又与来。'明日又与之见，壶子立未定，自失而走。壶子曰：'追之。'列子追之不及，壶子曰：'乡吾示之以未始出吾宗⑱。吾与之虚而委蛇，不知其谁何，因以为弟靡⑲，因以为波流，故逃也。'"以上云云，从道家言之，当谓之胎息术，与佛家之坐禅不同，此姑不具论，要之，以古代练习精神之学而概称之为定学，殆无不可，此道家之定学也。而进而考之，则此学实始自黄帝，《列子·汤问篇》"黄帝与容城子居空峒之上，同斋三月，心死形废"，又《黄帝篇》"朕闲居三月，斋心服形"云云是也，黄帝诚中国文明开始之祖也。中国古有是学而无专名，乡吾欲名之为"斋心学"，顾立一新名，语未驯熟，而"禅定"之词已惯用，"定"为中国之固有字故，即欲名其学为"定学"。呜呼！中国古多绝学，定学其一也。今其学虽废弃久矣，然亦数我国学术者所不可不知也，因略考而识之。

⑳夫养心既若是其要矣，虽然，若徒知养而不知用，则又未有不受其弊也。余尝见有佛教之徒坐禅数年，然一叩以天地之本原及对于人生观、世界观之理

---

①瞻彼阙：观察那空虚的境界。　②虚室生白：空明的心境可以产生光明。　③益：增益。指经过修养而进入"道"的境界更进一步。　④蹴然：吃惊不安的样子。　⑤湿灰：喻毫无生气，死定了。⑥乡：通"向"，刚才。　⑦地文：大地寂静之象。　⑧萌乎：犹"茫然"，喻昏昧的样子。　⑨杜德机：闭塞生机。杜：闭塞。德机：指生机。　⑩有瘳：疾病可以痊愈。　⑪杜权：闭塞中有所变化。权，变。⑫天壤：指天地间一丝生气。　⑬善者机：指生机。善，生意。　⑭太冲莫胜：太虚之气平和无偏颇，无迹可寻。　⑮衡气机：生机平和，不可见其迹象。　⑯桓：盘旋。　⑰审：通"深"。　⑱未始出吾宗：并不是我的根本之道。　⑲弟靡：茅草随风摆动。形容一无所羁。弟，同"稊"，茅草类。⑳以下原载于《新民丛报》第72号（1906年1月9日）。

论，或茫然无所知，亦或有能言一宗之学，能持一家之说，而其所知之范围甚隘，叩以东西学说，亦复毫无所闻。推其故，不过如愚夫妇之心慕成佛，而执成法以求，非求开悟而自浚其智识之源。然则置其人于学者之场，尚不免愚蒙等讥，而谓学识不能逮人，而独能成道，亦可知其无是理矣。来布尼士以得明白之知识为宗教所不可缺者，盖谓此也。且夫吾人之心理，决不能无观念之来集，然圣凡之所以别，惟在对于观念，有执者保守、执者弃去之不同。盖观念之与观念，亦各各互试其竞争，当夫一个之观念独占优胜之位，则其余之观念沉坠消退，若天文上有隐失之恒星而不复见者然。例若富贵功名之观念强，则穷理致知，无所为而为，以求真正之学问之观念消，（凡真正之学问，多属无所为而为。）反之而穷理致知，无所为而为，以求真正之学问之观念强，则富贵功名之观念消，人徒见其品格之不同，而不知只由心理上之观念，执者保守，执者弃去，一自然淘汰之结果而已。然则欲见道不可不先求道，时时有一求道之观念往来于胸中，而后此一个之观念独强，而于此观念之一系统，组织而整理之，方能有豁然见道之一日，若一无观念，则其人且等于木石，无论其于道无所见也，且恐其以无求道观念之故，而或为他观念引之而使去。吾尝考佛教婆沙论之教义，其于实践也，实立智力与禅定，以两者为必不可缺之要素。盖世俗之烦恼非慧不能断，而本原之真理非定不能悟。（以四谛论之不知苦集者，自不能入灭道。）故曰定慧双修者此也。此其理亦取譬于生理而易明。夫吾人之于生理也，运动之余，必继以休憩，休憩之余，复起而运动，由运动而休憩，其休憩也，能收回复之功，而其力以屡用而不穷；由休憩而运动，其运动也，能振奋发之机，而其气以再接而愈厉。不然，而拱手长袖，终身不费丝毫之力，则其筋力之脆弱也益甚，生理然心理亦然。且夫以进化之理而言，凡万物之器官莫不以有所用而强，以无所用则萎缩而渐至于销失。例若在美国暗洞中一种之鱼，以其地为光所不至而不必用目，遂至其眼睑之痕迹销失而至于无目是也。又若吾人人类，当原人时代，尚以为避风雨居林木之故而体有厚毛，然至今日，则毛已渐细而无厚毛，与他之动物异，则以其不必有毛之用而然也。此其例于进化学者举之甚多，不具陈。然则人而有不用其心者乎，积久则灵智销退而将复返于蠢然之列。今夫田野之人，其体力常过于研学之人，然而一至用脑，遂不能及研学之人，盖一则常用其脑而精练之，一则不用其脑而弃置之故也。今卫生家常限定一日用心之时间，然或游嬉怠惰，无所事事，至一二月之久，则认以为大有害于脑之事而切戒之。故以为用心而不可不养者是也，若以为养心不用则更大有益于心，是又误之莫大者也。

　　唯然吾人之于养心用心也，其法亦略可得而举之：一曰集中。余尝见画马，状其腾骧超跃之概，恍然有悟于动物之能力，其心理亦自有一集中之所，若马，其能力之所集中者蹄也。推之而牛之能力，其所集中者在角，象之能力，其所集中者在鼻，余可以是类推。而人之与万物异者，其集中之处不若马之在蹄、牛之在角、象之在鼻，大抵其所集中者不在于五官四肢而独在于脑，此人之所以灵于物也。（野蛮人尚有集中于五官四肢者。如土番中人多有视觉等殊绝于人之处，至文明之人，大都官骸之能力日以减退而于脑之能力日增。）顾人既以脑为集中之府，而世愈文明，则事事物物须脑力以考察研究者亦愈多，吾人欲尽举事事物物考察而研究之，则脑力又不足于用，于是乎用心之道又进一级而分业法出焉。盖上古时，所谓形而上学与夫天文之学，凡百人事之学、（如政治、伦理等学。）物理之学，无不以一人任之，如中国周秦时代，希腊梭格拉底、柏拉图时代，无不皆然，嗣后以学术有进。若物理之学，早与形而上学脱离而自为一科焉，寖假而物理之中，又自各各分立而自为一科焉。若伦理学、心理学、政治学等，本多属于哲学之中而亦各各自为一科。而新学科且日出而靡有穷。要之学日益精而分科亦日益细，吾人于此除普通学为共学之学外，而其余专门之学，学彼者不必学此，学此者不必学彼，于此学为专门而于彼学辞为不知，非耻也；于彼学为专门而于此学辞为不知，非耻也。希腊自阿里士多德氏已具学科分立之形而开泰西今日学科之门径，而中国于学科分立之思想发达极迟，学术之不进未始不由于此。夫社会不分业，则耕且织，织且耕，而社会终不能脱幼稚之习惯，学术不分业则学者万能必至万不能，而学界亦终不能离浑沌之状态。（近日最刺谬无理而可笑者，如医者悬牌必曰"儒理方脉"，此事已大为外人所讥嘲。夫儒自儒，医自医，孔子之书言伦理道德，毫无与于医家生理解剖之事，若但读儒书，虽尽通十三经之大义，于医道固门外汉也。方脉上而加以儒理，真可谓奇，而实则由于不知学问之道故也。）盖吾人之精神，必以倾注于一物而后有用，不如是则将失之广泛，而固无以收心理集中之效故也。又非独分业而已，而于时间亦必分而用之。古人有言，读《书》时如无《诗》，读《诗》时如无《书》。余友陈君公猛尝谓人不可不画格，自某年至某年，定为修学之期；自某年至某年，定为办事之期。余深服其言，以为必如是而后于学问有成就之一日，于事业亦有成就之一日，不然，则一心方欲求学而一心又欲办事，一心既欲办事而一心又欲求学，势必学与事两者皆失。夫左手画圆，右手画方，则方、圆两不能成者，固吾人之所知。何则？吾人之心理于同一时期之间，既注于此一方之手，不能复注于彼一方之手故也。近时之伟人若曾文正，其生平之所长者无他，凡作事、行文必先定一格律，而后以全力注集于所定一格律范围之内，其事业、文章能杰出于一时者，得力实即在此。曾氏即可谓画格主义之一代表者，而欲分时间以求心理之集中，盖可取以为法者也。此集中之理，而为养心、用心者所当知也。

　　一曰习惯。习惯者，心理学家所谓由生物之可型性而成。盖由外界事物之刺激，从感官而进入于脑中，而又从脑中出其命令以授于百体，如此一出一入之间，于脑髓中一通路形成，积久反复，此脑髓中之通路渐深，自有一种之规律，而所谓习惯者成。（以上本心理学家舍温士之言。）今夫一纸也，折之久则所谓折痕者成，虽欲改变其折痕而有所不能，人之于性也亦然。惠灵顿曰："习惯者第二之天性，习惯之力十倍于天性。"诚哉！是故吾人有一极大之要义曰"习惯不可不慎"。盖习惯者善恶未定之名，习于善则善，习于恶则恶，吾人若常饮酒，则饮酒之习惯成；若常读书，则读书之习惯成。凡于一生于家庭、于国家、于社会，莫亟于养成一种好习惯，于不言不语之中而自能遵此轨辙而行。而当此习惯养成之始，必有赖于教导勉强之功，如人当幼少之时，其知识不能知何者为当行不当行，则父兄师长代为撰择其当行之事而授以格律，久而习惯既成，则虽听其自由，自能不逾矩而赴其所向。凡学校之教育，即大半养此习惯者也。又若吾人欲新造一善良之习惯，当其初不能不出吾脑之裁制力以督励之而常觉其事为甚苦，然几经缲返之后，虽无脑府之命令，而自能发动其一定之机关，若受催眠术之暗示者然，某时某时，尔必如此如此，则至其时而自为如此如此，故习惯者实为吾人用心定一最简逸之法者也。若吾人而无此习惯乎，则对于所为之事常茫茫然而不知取舍之何从，若弃置而不为，则其心流于逸荡而不能收；若欲择一事为之，为甲乎？为乙乎？为丙乎？则吾心已不免憧扰之来。故不养习惯之作事也，如驭不素习之马然，人与马性不相知，倔强愤张而自无驾轻就熟之效；又若久不作字，则腕常苦其不柔；久不讴歌，则喉常苦其不调，牵强扞格，其劳心盖莫其焉。且夫吾人每日必起，每夜必睡，此人人皆同之习惯，几若其中别无深理者存，然人之所以能保其百年之生命者，实赖有此之一习惯，设或有人睡起无时，或经数旬之睡而不起，或经数旬之起而不睡，则不久而其人可以即死。（但动物不能以此为例，有冬眠动物如蛇、蛰虫等是，有夏眠动物如热带下有一种之爬虫等是，然彼亦自有其习惯，若失其习惯，则彼亦必死也。）是则吾人之生理必藉有一定习惯以保存之，吾人之心理亦不可不有一定之习惯以养育之，无习惯而于心必遇种种之烦恼，有习惯而于心实得种种之安易，此习惯之理而为养心用心者所当知也。

按，习惯说之初发明者为希腊之阿里士多德氏，当是先，梭格拉底以为人之所以有德者，由于其人之有智识，而唱智德合一论，至阿里士多德以为智之作用仅能发动吾人之意志而止，人之所以有德者，必先练习其意志，实行善事，积久而有善行之习惯，是即德之所由成。据阿里士多德之言，则所谓德者，即一种善行习惯之结果而已，是固伦理学上有价值之言也。

凡夫养心用心之要略如是，至其细目，例若关于习惯者，每日睡眠几时，运动几时，勤务几时，而又何时必睡，何时必起，何时当为何事，有人人可同此规则者，有不能人人相同而各当因其人而自立规则者，则此篇盖不及详也。

或曰：此言养心用心也，以古义言之曰心，以今义言之曰脑，然则曷勿立题为养脑用脑也？曰：是固然，然有说焉，夫当古昔之时，人多未识脑为人生最贵之物，而多以心为人精神之中枢，此证于诸国语而可知者。自西纪前四百五十年时，希腊医家阿尔古美翁始认人之知觉在脑而不在心，或曰此说始于希腊医家碧波古拉台士，碧波古拉台士较阿尔古美翁为稍后，今二说未知其孰是也。而柏拉图以下等知觉之作用归于心，高尚理性之知觉则归于脑，然阿里士多德以博物著称，兼长于医学，反维持古来之心为觉府说，而以脑为不甚贵重之物。

及至近时，以生理学、解剖学之发达，经种种之实验，知司灵觉之枢要部在脑而不在心，其说已确凿而不能易。然吾人于言语文字间，有时或指知觉，或指思虑，或指神魂等事，仍多用心之一字而不言脑者，盖心之义大有广狭之分。于英语，有 Mind 与 Spirit 与 Saul，其 mind 者，指人之心灵；Spirit 者犹言精神；Saul 者，灵魂之义。于梵语，一纥利陀耶即肉团心，所谓心脏也；二缘虑心，通心王心所，能缘境者；三质多，或质多耶，质帝、波茶集起之心也；四乾栗陀耶，坚实心，真实心，真如之异名也。于心之中又或分意与识，有过去名意，未来名心，现在名识。又心是种族义，意是生门义，识是积聚义。又心法或名为意，或名为识，集起名心，思量名意，了别名识之义。而佛教与哲学大都于心之一语包赅其广，自指吾人之人心以及天地之本原，多以此一语括之而不甚区别，如唯识之所谓前五识者属感觉之心，六七识者属思虑之心，至第八识以上，属指实在之心，即为天地之本原者是。

按，心字如此广用，其间察别大，足为学者之困难，稍一不慎而于理直有毫厘千里之差，然于佛教、于哲学，何以不设区别之辞而用语如此其混同者？此近日哲学上一问题也。

要之心之一语，其所包举之区域，有生理的、（最狭之义即肉团心。）心理的、（知觉、思虑等，今心理学之智情意也。）本原的。（形而上之实在，即天地之本原。）其属生理的者，今可以脑字代之，其余均非仅举脑之一字所能代。今本题于天地本原之所谓心者多无涉，而又非专指所谓生理的，实多指所谓心理之心，而稍有牵连于生理者而言，故窃以为若仅用脑之一字，或不免使人起生理之概念，（若欲言心理上之事，有时仅用脑之一字不能再用思虑等字以表白之，盖脑为思虑之所自出，而脑固非思虑也。）不如仅用一心字之为当，盖以心字惯用之故，人人见一心字而即能起心理之概念故也。（谓心字未妥固当，然学术上未妥之名词盖多，当由学术之进步，渐渐于术语上改良，今不能突创一新名词，故不能不取惯名词用之耳。）

附识：

神经自性质营卫

吾人神经之作用也有二：一兴奋的作用；一制限的作用。而其作用皆由于分子，由其分解之不同，而从复杂易分解之化合物变而为简单难分解之化合物，则神经中之潜势力现为显势力，亦称积极的分子所为之事。又从构成组织神经简单难分解之化合物，变而为复杂易分解之化合物，则显势力消失而贮为潜势力，亦称为消极的分子所为之事。故神经物质之分子者，于一方以兴奋之作用破坏分裂而发现其显势力，于一方又以制限之作用而补足其破坏分裂组成神经之物质，使复旧态而蓄藏其潜势力，而神经细胞实为组成神经成分之制造处，由神经细胞运送其贮藏之潜势力于神经纤维，而燃烧成分（热赤分泌、筋肉收缩等事起，以此故脑中须燃烧料，如燐类者甚多。）以发为显势力之作用，而神经细胞又恢复成分而养成潜势力，以供其用。故若神经纤维其起点从神经细胞切断，则神经纤维次第失其成分，以不受中心部之供给，遂至其成分不能恢复，神经细胞盖实可称为营养神经之神经。神经细胞之部分又有二：一周围部；一中心部。周围部与兴奋之神经连络部则专为作成神经主要成分集潜势力之处，由此中心部作用之盛衰，其影响及于神经全体，例若中心部以久休息之故而贮藏其潜势力多，则中心部与其连络之神经纤维势力充足，而兴奋得以强盛永续。又当其传送成分之时，相接近之中心部以得交换其势力，而一局部之中，容受其附近之潜势力，其作用又得而增进，此神经休养之效也。又神经细胞以兴奋长久之故，其变化今尚不能详言，惟据学者考得后根之神经节细胞以久兴奋之故，细胞之核及原形质收缩，核之外形不规则，其细胞收缩之度平均百分之二十四乃至三十六云。据此，则知心之用养实互相资，而欲用心者不可不先养其心，其理固甚明也。（上多据翁特氏生理的心理学之论。）

识野过大之病

凡才智之人，于向道之一方，既欲功名，又欲事业；既欲事业，又欲道德、学问、文章、艺术种种人世间可尊可贵之事。于向俗之一方，既欲官室，又欲舆马；既欲舆马，又欲妻妾、衣服、饮食、玩好种种人世间可乐之事。多则欲二方之事一人而兼有之，此所谓识野过大之病也。不知吾人之精神为有限的，非无限的，故以所有之精神集注于一二事，则事得以有成，而以百千万亿无量之事劳吾之精神以营之，则作为之限过吾精神之限，而吾精神之所不至，则事之败机固已伏矣。爱博不专，务广而荒，此固昔人之所屡以为戒者也。盖吾人意识有欲占领之区域，亦如国家有欲占领之土地，国家之欲扩张其土地也，不可不有财力、兵力以副其后，若财力、兵力之不能济，往往有贪土地广大之故而招覆亡之祸者。故吾人之精神亦当自衡量其程度，苟为吾精神之所不及，则吾意识所欲有之版图不能不加以制止而缩小其识野之范围，即对于种种之所欲为之事加以撰择，有所取即不能无所弃，如此则心豫神完，气充力足，而于事可期其有成矣。大抵愚鲁之人多犯识野过隘之病，而才智之人又多犯识野过大之病，此当自省而药之也。

按，拿破仑之败，即犯识野过大之病者。夫以拿破仑具不世出之才，尚以识野过大之故而不免于败，而况才之不如拿破仑者乎？此固于英雄心理学中所当知之理也。

老子之面影[1]

老子之像世不传，传者亦非真，虽然，老子之面影固跃跃在吾之心目中。

----

[1]原载于《新民丛报》第 69 号（1905 年 5 月 18 日）。

老子者，尚柔贵愚，意其为人，必刓①圭角，去崖岸②，浑浑然侪俗同众，若无意气者然。此人人所想像之老子也，顾以余所见之老子则不然。

老子者，实视己甚高，视人甚下，其兀傲之状态，举当世之贤豪若皆不足当其一盼者，试征之。《庄子·天运篇》云：孔子行年五十有一而不闻道，乃南之沛见老聃。老聃曰："子来乎？吾闻子，北方之贤者也，子亦得道乎？"孔子曰："未得也。"云云。曰"子来乎"，一若憾其来之不早者；曰"子亦闻道乎"，则知其尚不闻道之反辞也。又《天道篇》云：孔子西藏书于周室，子路谋曰："由闻周之征藏史有老聃者，免而归居，夫子欲藏书，则试往因焉。"孔子曰："善。"往见老聃，而老聃不许，于是翻十二经③以说。老聃中④其说，曰："大谩⑤，愿闻其要。"孔子曰："要在仁义。"老聃曰："请问何谓仁义？"（中略。）又曰："不亦迂乎？又何偈偈乎⑥揭仁义若击鼓而求亡子焉？意夫子乱人之性也。"云云。古者以藏书为寿书，今者以出版为寿书，藏书于天府，不能无介绍，老子向为守藏史，（《史记》：老聃，周守藏室之史也。《索隐》：藏室史乃周藏书室之史也。老子为柱下史，即藏室之柱下，因以为官名。）时虽免官家居，然以老子之硕望，于藏书许可与否之权当尚有之，故孔子欲往因焉。而老子不许，盖直为其所覆绝者，意其时老子既不允孔子之藏书，而孔子之书亦屏而不阅，故孔子翻十二经以说，而老子中其说曰"大谩，愿闻其要"，盖不待孔子之毕其说而老子已嫌其烦而不耐听。及孔子举其要，而老子又斥之曰"不亦迂乎？是乱人之性也"，则视孔子之书固一无价值者。孔子之书为后世所崇拜，而乌知老聃若是其蔑视之也！又《史记·老子传》：孔子适周，问礼于老子，老子曰："（前略。）去子之骄气与多欲，态色⑦与淫志，是皆无益于子之身。"何其言之切直也！又《庄子·天运篇》云：孔子见老聃，归三日不谈，曰："吾乃今于是乎见龙。"子贡曰："赐⑧亦可得而观乎？"遂以孔子声见老聃。老聃方将倨堂，子贡曰："夫三王五帝之治天下不同，其系声名，一也。而先生独以为非圣人如何哉？"老聃曰："小子少⑨进，子何以谓不同？"对曰："……"（中略。）老聃曰："小子少进，余语女三王五帝之治天下。"云云。子贡称老子曰"先生"，而老子呼之一则曰"小子"，再则曰"小子"，曰"余语女"，夫子贡之贤固不及孔子，又为孔子之弟子，其年齿稍后，然老子之尊严亦已甚矣。又《庄子·寓言篇》云：阳子居南之沛，老聃西游于秦，邀于郊，至于梁而遇老子。老子中道仰天而叹曰："始以汝为可教，今不可也。"阳子居不答，至舍，进盥漱巾栉，脱屦户外，膝行而前曰："向者弟子欲请夫子，夫子行不闲，是以不敢，今闲矣，请问其故。"老子曰："而睢睢盱盱（注：跋扈之貌，人将畏难而疏远。）而谁与居？大白若辱⑩，盛德若不足。"阳子居蹴然⑪变容，曰："敬闻命矣。"其反也，舍者与之争席。云云。《列子·黄帝篇》

---

①刓：磨损。　②崖岸：孤高。　③翻十二经：翻检众多经书。　④中：指打断。　⑤谩：冗繁。　⑥偈偈乎：用力的样子。　⑦态色：谓踌躇满志的神色。　⑧赐：子贡名。　⑨少：稍稍。　⑩大白若辱：真正高洁廉明的，往往是被忽视甚至嫌弃的。　⑪蹴然：吃惊不安的样子。

亦载此事,词句略同,而阳子居作杨朱。按,阳子居自称弟子而称老子为夫子,是固师弟也,然老子之为师,又何其峻严乎!以吾辈今日观之,睢睢盱盱之象,宁属诸老子而非阳子。又《庄子·天道篇》云:士成绮见老子,(前略。)老子漠然不应。士成绮明日复见,(中略。)士成绮雁行,(犹今日官场之侧行。)避影履行,遂进而问修身若何,老子曰:"而容崖然,而目冲然,而颡頯然,而口阚然,而状义然。"①云云。士成绮固非老子弟子,而老子或不应,或真言切责之,至于雁行避影履行而请教,老子之尊贵固何如也!是数人之中惟士成绮今不可考,而若孔子、若子贡、若阳子居(从《列子》当杨朱。)固当世佼佼之学者,而老子毫不假以辞色,虽曰老子之年德闻望在数子之上,固无所用其谦退,顾以余所见,此决非以年德闻望较尊之故而然。而欲征此为老子之真性行流露于举动词气之间而诸书摄其痕影,今取以当二千余年前一老子之照像可也。

顾于此有不可解者。苏东坡诗云:"人情贵往返,不报生祸根。"吾辈入世之最苦者,无人世之气骨,而于交际往来之间不识不知,已隐招他人之嫉忌,若行老子之态度,举国之人不必约而皆以为可杀。然观老子之待孔子诸人,非特诸人之不存蒂芥于其心也,且莫不致其尊敬之诚,虽曰若孔子诸人断不类世俗之徒,于应接之礼貌稍有未周即大抱不快,反颜而肆其讥谋②,盖以道德之砥砺为重,则待遇皆属外貌而非其所计及。然世俗之仪文,贤者可以度外置之,而感情之慊否亦为贤者之所不能免,如哲学大学斐伊台之初见康德也,以康氏待遇之冷淡与其平日想望康氏之热诚得一反应性之戟刺,遂不免生失望之意。夫康德于并世之斐伊台氏,亦犹老子于并世之孔子诸人等,而人之对于康德尚有失望之事,而老子绝不闻有是也,是则老子犹龙,真非吾人所能测。虽然,必幸而施诸贤者则可耳。

斐伊台氏之哲学初研求斯秘挪莎之说,后读康德之书,大喜,于思想上全受其感化,平日敬重康德甚至,然固未曾谋面也。及初次得见康德,方以为握手倾心必有彼此相见恨晚之概,其交好有不知达于若何之热度者,然康德待之殊落寞,大与斐伊台之初意相反,遂不免有失望之意。盖康德为人冷淡严正,专倾心于学问,既不尚世俗应酬之文,亦不解英雄牢笼之术,率行其故我之真,而斐伊台氏饥渴太甚,以热性过高,遂至遭冷性而生反感,此其失望之所由来也。然斐伊台氏不以此失敬礼康德之心,仍结亲交,而以学问相质,康德亦渐敬斐伊台氏学问造诣之深,往复切磋,两人卒为莫逆之交云。

或曰:老子之待孔子诸人,知其为贤者也,故率行其本性,若其对于世俗,其状态必一变而应用其大智若愚、大巧若拙之情,此其所以能免世祸也。顾如此,必以老子为两面人而极娴于世故也者。以余所见,则断为人之气质实具有一种

---

①此句意思为:你的容颜伟岸高傲,你的目光突视,你的头额矜傲,你的口张舌利,你的身形巍峨。
②讥谋:讽刺,欺骗。

之固定性,苟非其性之所固有,虽学之亦不能似。彼老子者,或亦以其性状之不能改而遭当世之仇恶者必多。顾老子者,见解至高之人也,彼知其如此而足以攫世祸,故处于避世离俗之地,凡名誉富贵一切不与人争,既与世俗绝缘,则世俗之祸害亦自无因而至,所谓尸居渊默①,老子盖亦几经阅历,乃择此一境以自处也。且老子学说贵柔尚愚,此必身亲遇夫刚之足以遭忌,智之足以蒙谤而然者。盖人之学说不能无所藉而发生,必内之本于其身之性行与外之遭夫当世之境遇,而于两者关系之间发见其种种事故之理由,而后乃能发舒其一家之说。换言之,学说者即我与世相感受、相冲突,从而得一种经练之产出物也。老子虽圣,其见识之所由来必不能免此例。故余益欲断老子实为极智而不能下人、极刚而不能容物之人,而贵柔尚愚实由于其刚智之反响而来,(恐老子虽言贵柔尚愚而实未尝行,故不得已出关而逃去。)盖即老子入世所得之哲学也。(哥逊氏谓哲学必由于观察事实,事实者,供给哲学家思辨之材料也。可取其言而参观之。)窃欲与论老子者共参之也。

一哄之时代,研究之时代②

中国自言新学新法以来,显出一国民性质弱点而有碍于进步者,则思想力之浮浅而不能致密是也。

余尝为赴演说,拟言义务与权利,因先检查学者各说,融以己意,制为腹稿。及期,当开场之际,不先不③叙述一冒头④,因略言有义务则有权利,有权利则有义务,两者相连而不能离,如物之有表必有里,有里必有表。众大喝采,私心窃喜,以为浅处尚如此,以下精深之处必大博众人之赏赞矣,乃更进一层而说明其理,因言古来学者于此事学理上之解说各有不同,而欲审定两者主从之所在,有言义务尽而后有权利者,有言权利备而后有义务者,有言权利义务无先后之分,于两者之外有一根底者存,而后两者乃从而发生焉。剖条析理,苦为分明,以为是必足动众人之注意而惊为凡一学说其内容固有若是其深宏者。然一堂默然,徐而察之,则众皆欠伸欲睡矣,不觉大骇,兴味尽扫,不及发明己见,复说向浅处以终其局。夫以余之心难耐细,常恨以为不宜于研求学理,而不谓众人之中乃有比余而更不能耐细者,虽未可以此概全体之人民,然固可略推我国人头脑简单之一斑也。

今夫以小儿之心理言之,予以纸花与予以黄金,彼必取纸花而舍黄金,盖纸花能引动其新奇之心,而黄金之作用复杂,为小儿所不解,以为是固毫无趣味之

---

①尸居渊默:尸居谓安居而无为,指居位而不尽职。渊默:深沉、不说话。见《庄子·在宥》:"尸居而龙见,渊默而雷声。"　②原载于《新民丛报》第69号(1905能5月18日)。　③不先不:疑为"不得不先"。　④冒头:指文章或讲话的开头部分。

物也。若成人之心则不然，如购一物，好看、耐用、适体、省费，必经智识上之选择而后取舍之权衡始定。而以观我数年来所谓维新之程度，实不过眩异惊怪，仅有一种感官上之冲动，而于理之原委、事之异同，实际上之智识毫无进步之可言。夫以此在数年前犹之可也，以为维新之初境不能不如是，能如是亦已足矣，然岁月日进，而心思不随之而俱进，则有大可惧者。何惧乎尔？惧夫所谓新学者，卒与我国人之头脑不相近而将无以收其成功也。

如数年前有能言民权自由者，不能不许其人为异才，然在今日，能言此者曾何足重？如言自由，必进而求其泰西于近世纪言自由而能收其效者，其原因何在？而其说果宜于中国乎？不宜于中国乎？行之中国而其利何乎？其害何乎？从其所观察、所解剖，而其言之价值可定。若仍如数年前言囹圄之自由，则其智识上之无进步可知已矣。

我国人思想力之不能进步也，其故尚不能深知，大都其弊由于八股。八股者，置重于词句格调之间，以此为评品优劣唯一之标准，而于义理之高下，初非其所过问。试观中国之八股史，以义理言，非独后人不能胜夫前人，实则前人反胜后人，而于词句格调之间，则日日翻新，一新花样出而众人之耳目为之一耸，相与激而赏之曰："此奇文也，美作也。"昔以此论八股，今以此言新学。吾观泰西近世纪之所以进化者，学者竞胜于义理而思想日进一日故也；中国近世纪之所以退化者，学者舍弃其义理而思想日退一日故也。此其原因上之一大区别也。

夫然而其影响乃见于今维新之时。试观数年以来，我国之维新界果有一何事之成就否乎？无有也。盖一切新学新法，其条理皆极繁密，其原委皆极复赜，而非贯通其条理，洞达其原委，遂无一事之可以告成。而此固为头脑简单之人所不能入也，则遂欲厌而弃之矣。昔叶公好龙，及见夫真龙之至也而逃，今之言新说者，其能不如叶公之见真龙而逃者果有几乎？是固可以断新党大半之性质也。

或问药思想之粗浅当以何法？苦不能答。无已，其必先治伦理学乎？

夫维新数年，既不能成一事，然则其致误之道何乎？改良之法又何乎？不能不求近数年史之一批评，而时势神则批评于其后曰：宜自一哄之时代入于研究之时代。

凡学理之应用，必先审察其事情状态与其种种相关系之故，定一适用之方针，而后良好之结果生，若失其用之之宜，则学说之高下不问，未有不利之不能得而反因以致害者。此学者所公认之理，而常唤人之注意者也。故真欲维新，不徒贵知有何种何种之新学说而已，尤必讲学理应用之术，是则非入于研究之范围中固不可也。夫不经研究学说之不可应用，此则可举自由之说而略推其一端矣。盖有闻自由之说而狂喜者，凡事无不以自由为标准，于是行路亦存一自由之心而不让人，至于隘道，此不让彼亦不让，两皆不得通过，其结果两人之争端起,此误用学说之害之适征也。由是言之,但抒口头之新说,不能更进一层而有研究之功者,其学皆可谓之无用,不过多一种新奇之谈助而已。是非学说之负吾人,而吾人之负学说也。

夫我国人果能嗣后知一哄之不可而兴起研究之思潮乎?于一哄感兴味,易一方面,而于研究亦能感兴味否乎?是可以卜中国前途消长之机矣。

对外之举动,对内之举动①

从一方观之,但有一哄之风潮而无研究之精神者,必致无一事之可以告成而大不能满足吾人之心,然从一方观之,以昏沉麻痹,若死若生,若醒若睡,一僵石性之老大帝国,则又不能不崇拜有一哄之性质者为当代之英雄。

余友邓孝可曰:"数年前打电之事②虽无其效,然今日并打电之事而无之,则国人又沉沉睡去,更无可为矣。"是其言固有一理。

故以数年来经过之时日而论,若无义和团,若无争废俄约,若无收回铁路,若无抵制美约等诸事之举动,则维新之事前途益沉于渺茫,若泛大海而并无孤岛之影,此萧瑟寂寥之岁月,吾人更何以堪?幸哉!吾国人之犹有一哄。

是数事者,以时势进步而研究之性质亦渐加多,如义和团以蛮动之排外而后数事改而为合理之排外,固可谓举动上之一进步而可称为入于研究之一端,然以大体言之,于所为各事,果能洞悉其原委、审明其利害而有确凿之见识否乎?是固未敢径许也。故虽渐入于研究之途,而尚不能全脱出于一哄之举动。

如近日筑路之事,拒绝外人,归于自办,此其事之合理与夫首事者之热心勇气,固吾之所表赞成而一无异辞,否则亦不能有异辞者也。然所谓挽回路权者,非谓自立公司、招股份、估经费、勘工程而遂已也,如招股一事,能知中国全国之财力否乎?全招中国之股,于财政界连起之影响何乎?路之性质何乎?为运货乎?通人乎?抑带军用之意味乎?其路所经过与其终始点之形势与出产何乎?能养路否乎?与他路相关系之利害何乎?管理法何乎?与国家相交涉之事何乎?用人法何乎?养应用之人材法何乎?与路并起之事何乎?而一全局之目的何乎?是固仅举其最粗略者,然果能有确实之解答乎?不能解答,或解答而惝恍模糊,无高出一时之见识,则于其事殆无何等之把握,谓之非研究之举动而

---

①原载于《新民丛报》第69号(1905能5月18日)。 ②打电之事:指保路运动,又称铁路风潮。1910年(宣统二年),英法德美四国银行团逼清政府订立借款修路合同。1911年5月9日,清政府为了向四国银行团借款用来镇压革命,在邮传大臣盛宣怀的策动下,宣布"铁路国有"政策,将已归商办的川汉、粤汉铁路收归国有。清政府颁布"铁路国有"政策以后,收回了路权,但没有退还补偿先前民间资本的投入,因此招致了四川各阶层,尤其是广大城乡劳动人民的反对,从而掀起了轰轰烈烈的保路运动。清政府为了镇压革命,不惜丧失国家主权,将铁路收归国有,且大肆派兵屠杀保路人士。因此事由盛宣怀和督办大臣端方联名向川督王人文发出"歌电"告以川汉铁路股款处理办法而起,因此称"打电之事"。

尚属一哄之举动可也。夫有此举动，固为吾人之所敬，然因其有此举动更进一步而入于研究之范围，是又吾人所切望也。

夫举动既不可以已，而举动之性质又不可不分，以判断其本末要缓之所在，吾则定为两大区别，曰：对内之举动，对外之举动。

对内者，根本之治疗，一治而无不治，若对外者不然。今若外人欲谋我铁路也，则我起而自筑铁路；外人欲谋我航路也，则我起而自通航路；外人欲谋我矿产也，则我起而自开矿产，寖假而外人欲何欲何，我又不能不为何为何，外人之所求无尽，而我应之之力早穷，有应有不应，则并其所以应之者而将归于无用。（例若我自筑某省之路，而外人曰某省之矿产归我，其将奈何？假而我又自开矿产，而外人划其地为势力圈中，又将奈何？故若无根本之治疗，则头痛救头，脚痛救脚，皆不足恃也。）然则知对外而不知对内，直谓其人于时势之见解尚无本末缓急分别之智识可也。

故夫各国当变法之时，无不注重于对内而其收功，亦未有不在于对内者。多不具举，试征之日本。日本变法之萌芽也，发动于攘夷，然及其事之起也，一变攘夷之风云而为尊王覆幕之风云。使日本当日之举动，但知对外而不知对内，则日本必不成维新之功，其事固可决也。又试征之俄国。俄国文豪古尼奇之言曰："余甚希望日本之大败俄国，俄国挫败之程度深一层，则俄民自由之程度伸一层。"云云，其轻于对外而重于对内可知，而是语实可为俄国革新人全体之代表者。以是之故，俄国于国政革新之机会亦自速于中国，观日俄之战未终，而俄皇已不能不布立宪之诏敕以靖国人之心，而俄国人民已得多少参预政治之权利。若中国则大败之后又大败，又又大败，而国人尚未有注重于内政者，若人民参预国政之权直为中国人梦中思想之所不至，何其民智之远不及俄人也！

故可立一言于此曰：若无对内之举动，但有对外之举动，则前途必无其效。

由是而我数年来经经史之总评曰："研究精神之缺乏，对内思想之薄弱。"夫全地球优等生物之所以强盛者，无不由于进化，然则吾民曷不更求一进境乎？愿进一觚为我民请，曰：进！进！

对外举动之必有赖于对内者，如此次抵抗美约即可见矣。夫抵抗美约之举，以事实上言，我之用美货若干，抵抗后而美之损失若何，我之损失若何，此一部分之讨究，余于商界之事不能明答，别为一题，不及论；以理论上言，我之旅美苦矣，若无一番震奋之举动，则以后吾民可绝足于美国。今当万国交通，至足不能入人国，是自毙也，其害之大为何如，故此次举动实为应有的，合理的。虽然，其中含有一至要之问题在，即抵约无非为订约作一张本，而吾民之抗约者何以能于订约有交涉是也。以吾之一方论，不能由抗约之团体中公举一人以与美国办订约之事；从美国之一方论，亦不认吾抗约之团体中有与彼订约之一资格。然则抗约之与订约，其间不能有对待之打通，而中间必经过间隔之一关，即锣鼓开场，而至演剧，仍不能不退居于场后，而其事一委诸政府之手。夫使政府果能为吾民尽力，何待吾民之抗约为？政府既无能，至吾民不能不起而自抵美约，然而订约之权仍不能不盲目而听命于政府，则试还问诸抗约者，果能收何等之效也？夫各国国人皆与其国家为有机体之关联，而我则人民不能与政府之机关，政府非代表人民之意志，盖人民之与国家尚不备有机体之性能，故夫抗约者，国人也；订约者，政府也，其事显分为两橛[1]，而抗约之与订约遂无何等之联合性而于其间之关系甚大，无以沟通之而必不能收终局之效。是固吾之所不能解，而窃欲当局者以论理的贯通性而解释之以相示也。

平等说与中国旧伦理之冲突[2]

自海盖尔[3]（亦作黑智儿、比圭黎，Hegel。）之言伦理也，本于其哲学所定形而上之理，以世界为一大精神之发现，而个人者不过此一大精神中之小部分，个人精神之发达，无非为一大精神发达之阶段。故凡所谓国家、社会、历史等，均非以发达个人为目的，而惟合以发达世界之一大精神云尔。从海盖尔氏之说，则世界万有实为平等一如，视有差别，实则并无差别。犹之一树，有根有干，有枝有叶，实则非根自为根、干自为干、枝自为枝、叶自为叶，而总为树之一合体而已。盖自近世纪以来，欧洲之伦理学说皆有自部分进于全体之势，然以形而上学为根柢，以为凡世界之现象无非宇宙之理性，而以个个之进化为一大理性全体之进化者，则海盖尔氏之说实居其最。凡社会主义、世界主义，以平等为道德之根据者，皆可由海盖尔之说演绎而出者也。（俄国虚无党多受海盖尔哲学之影响。又最近大学家翁特之社会进化伦理说，其理亦同。）平等、平等者，今全世界人类砰砰匐匐之一大叫声也。国愈文明，其要求平等之心愈切；而蛮野之国反是，盖约束驯扰于阶级制度之下既久，已埋没其平等之思想故也。夫世界果能达到平等之一境否乎？此别问题，要之，欲谋人类之进步，不能不悬一平等说以为标准。今夫人类之所以有争乱者何？即起于富贵贫贱之不平等而已。富贵贫贱之不平等，古今人所以处之之道，约有二焉：一以消极之道处之者，谓贫不可不自安于贫，贱不可不自安于贱，能自安于贫贱者，德至高、道至上之人也。中国古代之道德说及欧洲古代教会之道德说，则皆取是义者也。一以积极之道处之者，谓彼人也，此亦人也，彼何以当富当贵？此何以当贫当贱？其中若无理论乎？则天地间之大不平也，吾人即为天地间之大不平开战而来者也。此则欧洲近世纪之新说，自宗教改革以来，则多取是义者也。（从欧洲旧教僧侣之言以为，贫优于富，而高尚之隐遁远胜于尘世之生活。然自路台改新教，以为贫非吾人之目的，又依僧院禁欲主义非能除人之恶，吾人人类当有作为于人世间，方可谓实行其道德云云。又一方功利伦理说昌，亦排困守主义。欧洲之风起于是一变。）今试取二说而批评之。前之说于理甚高，然可以独

———————

① 两橛：两段。　②原载于《新民丛报》第 70 号（1905 年 12 月 11 日）。　③海盖尔：现通译作黑格尔。

为君子，不能使人皆为君子。其结果，我虽不以贫贱之故而与富贵争，然人类间富贵贫贱之争仍不绝迹。且就令贫贱者人人不争，亦徒使富贵者恣横于天地间而已。故是道也，于中国，于欧洲，行之已数千年，仅能收其效于一部之人，而于人类全体固无其进步者也。后之说者，若为一己之私欲计，是以暴易暴而已。若为人类之公平计，则正救世主之所为也，世上之福音也。故为之者，必先视其人格为何如。若夫其效，必待之后此之历史，而非今日所能预断。然欧洲近数百年来之进步，则固受是说之影响者，其先锋队固已唱凯歌矣。于是吾欲为究极之断案，曰：吾人果欲有此人类之世界乎？不欲有此人类之世界乎？不欲有此人类之世界，则一切可付之绝灭，而当于人类外别有涅槃之境，（佛教所主张者。）而富贵贫贱固在不足争之列；若欲有此人类之世界乎？则听其富自富、贵自贵、贫自贫、贱自贱，永包藏一争夺扰攘之祸根，而不为之所，则人类可谓无能，而所谓世界一大精神之发达，亦终无现实之期。故为人类存在谋终极之目的，则舍平等说固别无其道也。

顾曰平等、平等，人人之口所能道，而试一踏入此问题之中，其条理之错综繁密，虽有极明晰之头脑，而亦苦于不能理，故日日言平等，而平等之一境终与此世界远距而不能到。即第一所欲问者果求平等，则所谓平等下手之一方法果若何乎？今夫谓富贵贫贱必平等是也，然果能举世界之富贵而一一均分之乎？此固事之所不能，就令号之曰能，而今日平等，明日又不平等。何则？平等不可能之第一之根原，则人类间智愚勤惰之先不平等是也。夫如今日以愚与惰之人而得富贵，以智与勤之人而得贫贱，此固至颠倒之不平等。然但曰平等，则将无智愚勤惰而一一以富贵均分之乎？则愚者惰者以不能保其富贵，而又以自然之势至于不平等。至是而果欲平等，势不能不夺智者勤者之所有，而以与之愚者惰者，其结果反能使人人安于愚惰，而世界且因而退化。于是言平等者，不能不分为两个之阶级：一智愚勤惰富贵贫贱均一之平等。此则必待教育之大进步，其期限甚远，可别为一问题。一智愚勤惰与富贵贫贱相准之平等，即社会不能无富贵贫贱，而以富贵予智与勤者之人，以贫贱予愚与惰者之人。所谓非事实上之平等，而理由上之平等。即有贫贱之人起而问何以不平等，而能据一理由以解释之，曰：愚与惰故得贫贱，智与勤故得富贵是也。是道行则人人争为智者勤者，耻为愚者惰者，而人类间之能力发挥无余，世界于是乎一大进步。是实一暂定适宜之平等法。大抵国家之兴盛，必多少合乎是理；国家之乱亡，必多少反乎是理者也。顾听其治世而多少合乎是理，乱世而多少反乎是理，常在摇撼不定之中，而人类殆不能握一何等之把握，是固学术进步所不容有此也。故必立有一何等之法则，使可为根据而遵守之，则平等之基础于是乎稍定。是无他，则说之最可采者，今学者多所唱道之人类出发点齐一是也。

按，今时论学说所以不能进步之理由，以仅得主要之法则，而尚不能得第二段特殊之法则故。例若潮流之学，关于太阳与月牵引之理，其主要之法则既明，而又有关于风与海水之理，为第二段特殊之法则。不得第二段特殊法则之理，则学科每难进步。今平等说亦然。人类皆须平等，其理既明，而梗以智愚勤惰之不齐为第二段特殊之理，若不能发见第二段特殊之法则，则平等说终不能进步。出发点齐一，是即欲发见平等说第二段特殊之法则也。

出发点齐一，学者之言甚多，不及俱引，兹略陈大学家颉德氏论泰西所以进步之理，于其所著之《社会之进化》一书有云："泰西之文明，一见极复杂之观，而探其原理，即在人民有社会平等之运命，而各能从事于生存竞争而已。所谓社会平等之运命者，即人人出发点齐一之一平等之理是也。夫生存竞争者，进化之理之所不能缺，而以先天障壁之存在，能夺人竞争之心，是实大有害于社会之发达者也。然则欲谋社会之发达者，必先排去贵族、平民、资本，劳动家一生不能超越先天之障壁，使归于平等，而后个人乃能发挥其社会心，有所贡献于社会，得于社会上占有何等之价值，而生存竞争之心益热，社会乃见长足之进步。是实欧洲近日所以致文明之原因也。又，余论社会进化之法则，以为必须栽植与淘汰两者并行。栽植者，教育等事是也；淘汰者，立一何等之法则，使优胜劣败是也。"颉氏之言，盖从淘汰之一方面立说者也。

今夫置一彩标于此，而曰捷足先到者得之，则凡夺彩之人，先不能不较其出发点之齐一。若对于彩标之地点，甲距百步，乙距十步，则甲虽强健而有力，乙虽孱弱而无能，而彩标必落乙之手。是即不平等之一大原，而人类出发点之不齐一即是也。若古代各国，印度分人为四种，而希腊有奴隶等类。自世益文明，此等阶级亦渐芟除。然在不平等限内之事何限？如生于贵者之家，虽其人碌碌无所短长，而亦得藉祖父之余荫，居上位，膺显秩；至若草茅贱士，虽抱管乐之才，具董贾之学，而无介于王，无援于朝，有掩没其抑塞磊落之奇材已矣。又如生于富者之家，以庸暗鄙俗之躬，而曳锦绣，餍粱肉，不知世间有贫困事；而修道之士，励节之儒，或至哀号而无援手之人，处涸辙之中而不能自活。夫以品格言之，则彼固昏焉、庸焉，居于天演中劣败之列者也；而此固贤焉、才焉，居于天演中胜之列者也，然而淘汰法反是。吾闻今学者考人种退化之理，其一为淘汰失宜，即社会间以或种制度之故，而劣者反胜，优者反败，其结果则劣者之子孙日昌，优者之子孙日亡，遂至人种间不改良而变恶，是即人种退化之一大原因也。我中国之所以退化，其理由甚多，而出发点不平等，实为重因原之一。以是之故，而人类于未出世以前，一则早有先天富贵之带来，一则早有先天贫贱之带来，是固明明非天之命而人为之制度为之也。夫人为之制度不适用则必改而为之，求其适用而后已。然则出发点不平等之事，固欲谋人类进步之宜亟改者也。

按，泰西今日伏有不平等之祸机一，贫富是也。自民权立宪之事昌，而贵贱稍稍平等，即不平等而固已有维持之道，此后之导火线，惟劳动人之对于赀本家而已。中国今日伏有贵贱、贫富两个不平等之祸机，贤者以贱之故，而于国事不能有分毫之权，以贫之故，虽欲动作而无一事之可为；而贵者但知窃位以自高，富者但知闭门而自乐，则大洪水必至其后者也。

虽然，谓凡有人类皆当平等，此理之至当而无以易者也。谓平等则出发点必先齐一，此又理之至当而无以易者也。顾进化之道程，每不能如吾人之理论而循一直线以进，必纡徐委屈而经几多形势沿革之弯曲线，犹道路然，无一非蜿蜒式者。盖新说之与旧说，以有冲突点之故而两力相持，则一弯曲线之式从而形成。如出发点齐一说与夫中国旧日之伦理，则大有不能相容者在。盖中国旧日之伦理，所谓亲亲之伦理，血统之伦理也，以此为不拨之基础，而社会万端之事乃由此以展布者。今举其不相容者之大者而言，若从出发点齐一之义，则第一所当破坏者，君主世及[①]之制。凡一国之人，自出世以后，无一不有可为国君之资格，此资格即从平等之一大根原而来。人人皆可为君，而君只一人，于是立一理由平等之制度，所谓公举是也。由是而甲得为君，乙或不得为君，而于可为国君之资格，毫未尝有所亏损。苟为国人之所公举，则甲可为君，乙亦可为君，而甲、乙固立于同等之地位。不然，而以君位为一人所专有之物，子以传子，孙以传孙，一若其人有特别之资格者，是所谓出发点之不齐一，而为持平等说者所不许也。然从血统之伦理言之，则君位世及，为其学说之所许。于世及之中而又有争论，则有以长、以德、以卜之别。然卜者不得已而用之，而德与德亦苦于无一定之鉴别，惟以长之法有一天然之界划，故天子、诸侯皆立嫡，而井田亦有大宗、小宗之分。长幼于是乎分，尊卑于是乎定，争竞于是乎绝，礼文于是乎始。凡我数千年来实享此亲亲伦理之福，谓其无功于我种人不可也。虽然，时势进步，至今日而旧日之伦理说已嫌其范围之狭小而不适于用，而补旧伦理说之所不足，不能不进以新伦理说。

近日有唱中国一切学问皆当学于西洋，惟伦理为中国所固有，不必用新说者。是言也，其为投中国人之时好而言欤？抑以为真当如此也？若以为真当如此，则直可断其言为非是。夫今日中国之待新伦理说，实与他种学科，其需用有同等之急。顾于此有当辨者：非谓新伦理说一输入而即可直捷蹈用也；又非谓有新伦理说而旧伦理说即可委而弃之也。内顾国情，外度时势，兼采新旧伦理说之长而定一方案，使旧伦理说之效用存在，而更加以新伦理说之效用，则伦理说斯完全耳。

顾于此有难也者。新学说之与旧学说，既于理有冲突之点，于此不能不出于下之数法：(一)其将守旧学说而排新学说乎？(二)其将用新学说而弃旧学说乎？(三)其将调和两说而用之乎？第一、第二两说，行之必皆有害，余之所不主者，最可取者，为第三说。于兹尤当进一步而言之，曰：所谓调和说者，果将以何道而能调和之乎？若曰两说兼用，则其中所含之矛盾点未尝消除，而其论不免为模湖的混合派之言。若曰择旧说之可存者存之，择新说之可取者取之，是其

①世及：当为"世袭"。

言固较前为明白，然所谓若者当存，若者当取，仍未揭举，否则直恐其势限于不能尽举，则其言仍不免空洞而无着落。是二说余尚未以为然。以余所见，所谓调和说者，非牵合两家之谓，独立一家之学说，而消纳新旧之学说于其中。例若康德之学说出，而理性与经验之两派于此调和，然康德固自有一家之学说在，非谓徒牵合两之学说也。要之我有自主之学说，则调和之事可成；若无自主之学说而欲执调停两家之劳，固未有能告成功者也。故虽曰调和，而调和者之学识，不可不出于被调和者之上，此则必有待于大学家出。余之浅陋，固非其人，故是篇但举其冲突点之所在，而未立一解答之方案。抑新旧学说，其伏有冲突点而有待于调和者何限？余于各说亦粗有所思索，顾以条理尚未完密，不能不有所待而后发布，而尤有望于当世之学者，先能解释新旧学说之奥结。是以每逢难题，辄令人感风雨怀人之思于无已也。

调和之法，例若君权说与民权说冲突，民权既不能不用，而君主又以有历史上之根柢，不能骤去，则立宪法制定种种之权限，而君权与民权之说两得通行，是一调和法也。又若本篇所谓平等与不平等冲突，平等为理之所不可易，而又为事之所能行，则以人民智愚勤惰之区别，为贵贱贫富之区别，本此学理，立为法制，而于不平等之中含有一平等之理论，是亦一调和法也。其调和有高下之不同，即视乎其学说高下之不同。要之于调和之中，即有一学说发生，若不能成立一学说，则必不能调和两家之说也。

今日非能言新学之难，言新学则输入外国之学说，不过一欧化主义而已；又非能言旧学之难，言旧学则搬出中国之学说，不过一国粹主义而已。今日之所望者：一能发见新旧两学说之难点，例若今人人言宪法，然行宪法之扞格[①]点何在，弊害点何在，至今尚未有人道出，是即无发见难点之学力者也。一更进一层，能解释新旧两学说之难点，以发见难点为不足，而能立解释之法，例若发见宪法之扞格与夫弊害之所在，则当以何等之法制消释之，我能明白立一解答之案是也。是今日中国之所急需，然非有大学问家、大思想家不办，其难固可知也。

本篇要略：

—以今日为当用积极之道德。（但作者之意尚有一层未说，以为完全之人格，则治己当用消极之道德，而为人当用积极之道德。即自己安贫守贱，而为世人争富贵贫贱之不平等是也。附识。）

—以平等为不能骤行，当先用理由平等说。

—以社会进化，当兼用栽植、淘汰两法。

—认中国处置贵贱贫富之道犯淘汰失宜之弊，人种因以退化。

---

①扞格：抵触。

——以中国伏有两个不平等之祸机。

——斥中国自有伦理，不必用新伦理说。

——认旧伦理之有功，然不能不待新伦理说之补助。

——戒偏新，戒偏旧，取新旧两家之调和说。然调和说必先自有一家之学问。

——以欧化主义、国粹主义皆不能副今日之要用。

——以发见难点、解释难点为今日学界至要之事。

维朗氏诗学论①

第一章②

是论本法国 Everon 氏所著《Esthetigue》书中之一篇《Esthetigue》者美学之义，日本中江笃介氏译其书本为《维氏美学》，兹取其关于诗学者译述之，以供我国文艺界之参观。其间稍有己意，则次格或附注以别识之③云。

西语所谓"波威齐"者，称文艺之才之名，是非必独指诗学而言，盖凡属文艺之物，若诗画、建筑、音乐等，莫不赖作者有一种所得于天之才，所谓波威齐者，盖即指此一种才性而言者也。

然则所谓此种之天才者，果何指乎？曰一种精神上有力之感动性是也。作者惟有此一种之感动性，而后其观物也，常有所深感于心不能自禁，而必欲有所作，以写其所有之感动性而后始平。由此言之，所谓文艺之才者，一种能感动人心之性是也。

则请即诗学而言之。诗人之观物也，与庸人观物之情异，故其观物之点亦自与庸人异。其所以异者，则诗人之观物，其所见有大于庸人之处，此诗人感慨之所以亦大也。譬之犹物理学家，以显微镜视物，物之大小初非有异，而自吾之目见之，则物之形皆从而大。诗人之观物也亦然。顾其间亦自有异者，物理学家之观物而能见其大者，则镜之力为之；而诗人之观物也，能见其大，则本来于神经之作用。故物理学家之观物而能见其大者外也，诗人之观物而能见其大者内也。

又有异者。物理学家之于物也，苟用其显微镜，则所见之物无不增大，而诗人则不然，其所恃者既不在外来之器具而在一己所自具之神经，故有时见物为大，而亦有时不然。其见为大者，即其有感于心者也；其不见为大者，即未尝有感于其心者也。感于其心者，则取为题目，以写其一个己之感慨，此其所以有作

---

①原载于《新民丛报》第 70 号、72 号。　②以下原载于《新民丛报》第 70 号（1905 年 12 月 11 日）。原出处未标"第一章"，因《新民丛报》第 72 号的连载文章标明"第二章"，故编者在此补上"第一章"字样。③本书改为仿宋体以示区别。

也；若夫其所不感，则亦与庸人之观物无异，虽有诗人，不能取以为题目也。

虽然，诗才者，人人有之，非独诗人也，然诗才亦与其他之才能同，各因其人智愚之性质而有大小之别。故庸人者，诗才之小者也；诗人者，诗才之大者也。

是故天下之人，除生而痴駤①者以外，莫不各有其诗兴发动之时。何则？诗兴者，非他，观于物而有感于心，即冲腾其精神而有异于寻常时之程度者是也。是故人苟有感于物，而当其感慨之犹存在之间，其心胸略与诗人无异，是虽呼之为诗人，无不可也。

果如是，则天下之人将有时而无一不可列入诗人乎？曰：所谓真诗人者，仅如是而尚有所不足，盖其中所有之感慨虽大，而不能发之于外，或虽欲发之于外，而所以发之之技能或失之拙劣而不能使人人共知之，是尚未能真称为诗人也。

大凡吾人之于物也，其物虽美，若吾人见之而不以为美，则终不觉其美。诗人之于诗也亦然，彼虽具有若何之感慨，而不能使人知之，则人终无由知其感慨为如何者。是故欲为诗人者，既观于物而有感动之性，尤不可无所以自写此感动之性而使人知之之技能也。

夫感慨属于己而欲陶写其所有而使人人皆知之者，其事甚为不易，此诗之所以难为也。

夫写一己之感慨而欲使人知之之道如何？曰：第一，其感慨之情不可不深厚；第二，其感慨之状不可不明瞭。盖无深厚之情者，则写之若无意味者然，（三百篇，古诗十九首，及杜甫、白居易等之诗，其所以能动人者，即由其感情之深厚故，若后代之诗，虽有若干之感情而不能深厚，此其所以淡薄而无意味也。）而不明瞭者，则至写之之时且不能自记忆而想像之也。

盖方人之有感激之时，其精神以极激动之故，虽欲写之于言语文字而不可得，或不过以手足之容及眼之运动、颜面之筋肉等以发之于外而已；或虽能用言语，而以急促之际，亦多致前后不相连续，当是时也，多不能自写之以示人。然则诗人之作，非发于其方有感激之时而发于其既有感激之后者也。由是观之，所谓诗者，非真写其感激而写其感激后之一影像也。

夫所谓诗人之作，既为写其感激后之一影像，是故其感情不深厚者则不能蓄积，而感情不明瞭者，则欲著之文字而已不可得其详也。

按，作诗必须具有二种感慨之情：一平日之感慨，一临时之感慨。临时之感慨所谓触兴是也。诗之题目或往往得之于此，但仅有临时触发之感激而无平日蓄积之感慨，则其诗必不能工，必于平日蓄积其感慨至极其深厚，而后以临时之感慨触其机而发之，而自有倾吐其肺肝而不能自已之势，故与维氏所谓诗成功于感激之后而非成于感激之时候稍有不尽同意者在。盖由追忆往日之感情而

---

①駤：通"佁"，愚。

作诗者固多，以触发一时之感情而作诗者尤不可少也。惟二者之异同不问，而必归本于有平日固有之感激，此则维氏蓄积感情说正可谓能发见诗学之本源者也。

抑人之有感慨也，或能蓄积之而不使消散，而欲写之于文字之间，则至难。盖人当有感于心，有时欲详叙其感情以示人，而入于暧昧模糊者其多，是知人无不有感物之情，而欲写一感慨之影像于文字之间，则非有一种之才性者不能为也。且夫写物之蓄影也，非独欲写无形之物难，欲写有形之物亦甚难。例若有日相往返之友朋，其面貌耳目固所稔知，而一旦于不相见之际，以胸中之想像而摹写其状貌，欲毫无异于相见之时，此亦人人所感其难者也。

又若吾人偶或听人谈山水之清奇，语美人之姿态，其影像亦若浮出于心胸之间，然欲写此影像而使人无不知之，则非有画家至巧之手腕与诗人至巧之笔墨，固不可得而道也。

由以上之所论观之，则知所谓诗者，必先作者有感于心，而其感情又必深厚而详明，然后著之文字，使他人皆得而理会之，是知诗者于凡百艺术之中，由作者最多之自由性而成者也。何则？诗者由作者之耳有所闻、目有所见及心有所思，于其间得一感触，而后以己所有之感触而形之于文字者也。故其感情愈大者，其体裁愈奇，其文辞愈巧，而其感人也亦愈深，是故诗之善恶一视乎作者之感情何如，文字何如而已。故曰诗者于凡百艺术之中，由作者最多之自由性而成者也。

虽然，于诗人中，亦时有天姿①过怪奇者，其意想迥不与人同，其观于物之感慨亦迥不与人同，而及其摅为文字也，往往为读者所不能解。若是者，其感情虽大，其才思虽奇，而终不得目为大家。无他，入于奇僻而世人不能知之故也。

夫人之相聚而为一社会也，于一代间必有其一代之议论、意向、嗜好等以为其一代之性质，而庸人者以其文辞之不巧，往往叙述此等之议论、意向、嗜好或失之于鄙野，或失之于拙直，或失之于不详不备，举其粗而遗其精，识其小而忘其大。及至有才者出而叙述之，以同一之议论、意向、嗜好，而能结为遒丽渊懿之文字，又能调整其前后，使有次序，由是而一代之人读之，无不怦然而有所感动者。何则？彼其议论、意向、嗜好用与我同故也。（所谓人人意中所有，人人笔下所无，若其情景为人人意中之所无有，则其美恶终非吾人之所得而知之，亦非吾人之所得而断之也。）故曰：诗人者，其才思虽大，其感慨虽深，而其观物之情若与当世相反而不同，是则尚未可称为诗人也。

按，三代时有三代时之人心风俗，故有三代时之文字。推之汉自为汉，唐自为唐，宋自为宋，挽近亦自为挽近。凡论诗文，当首辨明时代，不知有时代之区别而混数千年之著作为一体，其品骘②必不能当。且尤易生摹拟古体之弊，夫如

---

①天姿：当为"天资"。　　②品骘：评定。

汉时《三都》《两京》之写官殿,自是宏丽,然建筑之美亦各不同,印度有印度之建筑,如梵宇之雄壮是也;欧西有欧西之建筑,如今日亭亭塔影高耸青霄①是也。若仍袭用汉时之体裁,文辞则与实事全不相符,一种印板文字,即列之汉赋中不辨楮叶,果有何等之价值乎?

又所谓作者之思想必与时代相同。固也。实则无论何等作者,其思想虽欲过超绝于一代人心之外而常若有所不能。此则征诸古今作家概可知矣。若夫好为奇句僻字,非其思想固能超绝乎一代人心之外也,不过其技未工,不能不假艰深以文②浅陋,试按其所有之思想,实甚贫乏。樊绍述之文,其思想岂能过韩昌黎、柳子厚、李长吉之诗?其思想又岂能过杜工部、白香山乎?

又谓作者之思想,不可不与一代之人心同。其间亦稍有辨,盖一时代之人往往有以风俗人心退化之故,其思想有甚失之于卑近者,若必强作者而与流俗同好,其造诣不必能高③。余尝论英雄之所以能成为英雄者,谓必与时代相合而又必稍稍有高出乎时代之处。盖过高则其理为当世之人所不能解,遂于人心之上不能占有何等之势力,而过卑则白茅黄苇,亦不能崭露头角,而为千人之所皆见。诗人亦然,其思想不出时代之中而又不可不占时代思想中最高之一位置,此其所以能为一代之大家也。

第二章　感人心之要款④

夫诗人有感动人心之能,虽然,诗人固不能以其所有之感情移而予之他人。盖使诗人之感情而为神之所赐,或可得为持赠他人之物,而无如此感情固非神之所赐,而诗人之自得于其心者,故读者亦不能不求⑤感情于其一己之心之中。向使于读者之脑非蓄有感受之性,则虽读诗人千百篇之作,又何感慨之有乎?是知诗人之能以诗动人,固非移其感情以予人也,不过以感情惹起读者之感情而已。

夫人莫不有感慨之心理者存,故或过古战场而见城垒倾圮之状,或过古废宫而见榛莽荒芜之迹,又或见高山峻岭突兀峻拔、上耸霄霓之概,于心理无不有一感怆惊异之现象呈。是何也?则人心之固有感情是也。若人心中本无此感情,则虽见是等之物至于数百千回,其感慨固无自而生也。

且夫见一切古代破坏及空际高峻等物易于感人心者亦自有故,盖人之情于太明、于太暗之两境多无感慨,若立于暗夜之中不见咫尺,又若白昼光明,万物灿然,当此时也,发其感慨之情甚少,而易动人⑥之感慨者,多在月夜烟景、阴晴朦胧之中。

---

①青霄:指青天。霓:虚无。　②文:文饰。　③不必能高:疑当为"必不能高"。　④原载于《新民丛报》第72号(1906年1月9日)。　⑤不能不求:原为"不能求",据73号《前号正误表》改。⑥易动人:原为"易人动人",据73号《前号正误表》改。

按，见月生情，今学者以为由色之感觉所使然。盖以色感而论，青色能令人沉静，赤色能令人兴奋，而月至四围，天容夜色青苍迷离，既能使人之心理归于沉静，而月光又非甚赤，在赤白之间，又能于人心沉静之中而微动其兴奋之状，此所以百感千思而能发人之情怀于无己也。

于观物亦然，夫人之对于古代废弃及天际耸拔之物，其意思既不若白昼见物之明了，又不若黑夜遇物之晦暗，而不能不加以我之思想而料度之，此感慨之所由起也。

按，维朗氏谓不能不加以我之思想而料度之，而后感慨之情生，真可谓能原感情而见其至理者。此诗人与学者所以必重有想像之才也。

是故诗人之有作也，亦不可不知暗明之理，若其意思之调练，文辞之缀属，晦涩而不可解，令人若在黑夜之状，若是固不能发人之感情者也。若又其字句明瞭，于叙事立言之间，一一加以诠释而不烦读者之思索，令人如白昼之见物，若是是又不能发人之感情者也。夫议论精密，纤细毕举，期于人人之能了解者，此学术家之任也，故夫若穷理之文，论事之文，凡一切关于学术之文字，其所说愈详尽者，则其益人也亦愈大，故作文不可不务明了。而作诗不然，盖诗之旨趣不在牖启①人之智慧，而在感动人之情绪故也。

按，维朗氏以作文贵明了，而作诗则不可太晦涩亦不可太明了。以此为诗文之一大分界，自可奉为作家之准绳，惟其间亦稍有不能一律论者，如晦涩之诗，若非徒为词句之艰深而其中实含有幽玄之理，则一经解释，其感人之力亦深；又明了之诗而深于情者，则亦能感人，如白香山之诗是。惟其间固有以词意过深而不能动人者，又有以过于明了反不如不明了之能动人者，斟酌于明暗之间，是固在作者之经营意匠②耳。

夫然，诗人之与画家，其手腕虽极高，而为赏鉴家以批评他人之所作，往往失其正鹄③。何则？艺人之长处在能感人，而赏鉴之长处则在持论入细，二者常至于相反。故以余观之，除古今称诗人大家屈德以外，无一能得赏鉴之真，而屈德之诗，其病正在条理有余而气韵不足，此其所以反能有赏鉴之术也。

按，文以有条理为贵，往往条理所存之处即为文之所在，观其作文有条理者，则其为人可知，此论文知人之一法也。若作诗不然，条理所在之处，非即诗之所在，无论脉理散乱固为不可，然必欲一一合以条理，则格调弱而意兴亦复索然，必非佳诗矣。

夫诗人之叙事立言，不欲其过于精密，是故比之一义，用之于诗为最宜，无他，比之为物，仅取其所类似者以相示，而非明了直言其意义也。大凡有所感于心之事，若直写之而不用比之之法，其感情不能无几分之限画。今夫吾人陷于不幸可哀之境，若默默而忍，则观者动其悯恤之情，必有胜于我之自鸣而诉其哀

---

①牖启：诱导启发。　　②经营意匠：构思布局。　　③正鹄：正确的目标。

者。诗人之于其所作也亦如此，欲写可哀之状，不直叙其事实，而使观者自知其可哀，此其所以能感人之深也。

按，《诗经》一部，凡劳人弃士写其悲哀之状而常能发吾人唏嘘之情者，其得力大都在用比之一义，此其所以能高出于后世之诗也。虽然，以社会心理论之，亦各有时代之不同，若如维朗氏所谓"我在可哀之境，默默而忍，则动人悯恤之情更深"，此在社会有公共心之时代或能见之，若夫世衰道微，人人各为己而不为人，设有一人陷于可哀之境默默而忍，则众人亦视之若无事而默默而忍已矣，吾未见有对于不自言哀之人，知其在可哀之境而从而哀之者也。非特此也，即或自诉其哀，众人亦不以可哀而救之，且以为尔既有求于我，则我固可得而鄙薄之。故人类之有同情性，惟可得之于盛世，若衰世惟以势力动人，苟无势力而欲冀人之有同情，则人必无有顾之者。此社会心理之不同，未可据一例以概推也。

盖用比之一义，则诗人所欲叙之事实可一举而纳之比义之中，而作者恰若不在其境者然，于是乎读者忘其事实之出乎作者之口，由其比义之中而加以旁推，益穷其想像，而不觉感慨之复连感慨，余情直无穷极。盖使诗人而直写其事实，则读者之与事实中间以有一作者在而不免为其所妨碍，惟以比义出之，则读者得直接与事实相对而若从初与诗人不相识者，此其所以独能感人也。

按，作者自写其事实，不如用比义之感人为尤大者，此有二故：一事实只为一事实，其情有所局限，而比之一义，其范围甚广，此一事实固在范围之中，而其所有之范围尚不止此一事实，而感情之范围亦因之而增大，一也。一人之视人常不免有嫌忌轻薄之心，若叙一事实，则其中有一人在，从而对于其人有未必肯寄其同情者在，若用比义，如见虚舟，无一可指之人，而人人无不可列于此境之中，即我亦恍若置身于此境者然，故其读之也，不仅以为能道人人之哀，而直以为并能道我之所哀，此其感情之所以易于激发，又其一也。因引申作者之义而补之。

按，煮豆燃萁之吟，摘瓜抱蔓之词，不自叙己事而感人独至，此即用比义之效也。

古昔之诗，其用比义也多于今日，此即其品格之所以雅逸也。

虽然，由予之论，而或者推而至乎其极，务为感动他人之事而于一篇之中绝不标作者之意，是亦非可与论于文艺之美者也。夫实际之感动与美术之感动，其道盖有异者，请更进而论之。

凡吾人遇可喜可哀之事物而或发为欣悦之念，或发其悲惨之情者，此所谓实际之感动也。若夫美学上之感动与此异，其所叙之事物，虽果有可喜可哀者在，而吾人喜哀之情不仅有感于实际上之事迹，而实因有感于作者之才能而发，此美学之所以为美学也。故若作者但务以事实动人，而作者之所以为作者，一无所表见，则美学上之感动全归于消灭。彼画家若专写实景而无作画者之意，则其所作之画殆与照像无异。若诗人之诗亦如是，则其诗与法廷之供状，亦无以异也。

按，论画家之美者，昔时多以学天然美为至上，即天地间之美无踰于造物天然之所成者，故画家若师人工之画，不如师天然之画。然近时之学说出，则以此说为全不足取。盖画家之作画，纵能与天然物合一，然今之照像术日益发明，美国电气学有名之来吉所者，发明能照空中飞弹之影，又若天体照像，能照人目所不能见之星，故无论画家写天然之景物至于若何其巧，必不能及照像之尤能逼真。而可称为画家最高之术者，不可不知有理想美。理想之美存于各人精神之间，非可得而摸拟，其所到之境界亦不能追穷其一究竟。窃谓此理即可以之论诗，诗家若但以能咏天然之景物为至高之境，纵语极其工，其能事不过如天而止，而理想上之景物则全由人意志所构造，其奇妙有非天然之可得而及者。惟所谓理想大有高下之分，此则又当各视乎其人耳。

由此观之，今之诗人或专在详悉其实迹、摸写其真状而称为记实家之作者，是固不可谓真得作诗之道者也。彼其所作之诗，非出于作者之脑而宁属之于题目[1]，其题目能感人则其诗亦能感人，其题目不能感人则其诗亦遂不能感人。若是者，毕竟与美学上之所谓感动者异，盖美学上之感动在观者与作者之才能有相关系之故是也。

若有疑于此乎？请举一例而证之：夫世人读惠乐藉尔（罗马之诗人，）之《蔚奈雅多》诗，至其第四卷叙吉多临死之事，谁不发感慨悲哀之情乎？吉多以一妇人被欺于所恋爱之一男子，致殒于非命，惠乐藉尔极写其悲惨之状，读者因此无不哀吉多之不幸，然实则由惠乐藉尔叙事之巧，各叹赏而喜其作诗之美以能有此也。

向使惠乐藉尔仅记其事迹，亦不过使读者如亲见其状而发为太息之声而已，又何能移人心而至如此乎？果如是也，亦复何美术之足云？而今者观惠乐藉尔所作，其记事虽逼真，而又隐然示人以作者手腕之巧，故人之读之者直若与惠乐藉尔相晤对，益益哀其事实，愈益益赏其文章，而非仅有一种悲哀之心理而已也。此其诗之所以为美也。

按，见于大家[2]集中之人物，其人或不过一寻常人，而一经大手笔之摸写，遂觉其神彩永照耀于天地之间，此非由于其人之有异于人，而实由作者美术上之一能事，此美术之所以可贵也。

按，文字之美者实能唤起人两种之心理，于一方，见其事实之惨而不胜悲痛之情；于一方，又以其文辞之美而不胜怡悦之意。悲与喜合并而为一种之心理，此最能感人之深，而使人有不能自已之概者也。盖人之心专于悲则其气易郁，而专于喜则其气又易散，惟悲喜之化合物，是真能荡气回肠而供人类间慰魄养魂之用。此各国之人所以莫不嗜有诗歌之文学者，盖以有此心理故也。

---

①题目：指诗描述的对象、内容。　　②大家：指大作家。

兰贡之诗亦然。若夫今世所称为"茂罗笃兰体"之诗，专务写实际悲惨之状而使人哀，是殆如罗马人于神祭之日，聚罪人而授之刀剑，观其相斗杀伤而至于死；又如西班牙人之聚犍牛而斗之，观其流血而以为乐者无以异也。以美学言之，则是固不足取也。

由此言之，凡夫于实际上叙述悲惨可哀、欣悦可喜之事，虽皆足以动人，然于其间必有余地，使作者得自表见于其间，读之者乃得见夫作者之心胸面目，知其为何如之人。盖爱好文艺者不仅玩其形质上之美丽，而尤当与作者之才思相接近故也。

当古代希腊、罗马之时，作者之自发其性情也，远不及今时之人，此无他，古代之时尚未开人人独立之道而互相拘牵束缚，苟同在一国之间，则政治风俗之状态，其观念无不同一。且以智识之未尽发展，讨疑穷奥，以求真理之所在，尚为其时之人之所不知，故言论风习亦大都因袭保守而不敢有变更之思想，由是而古之艺人亦遂发挥其自己一人之性情少，而发挥其所属种族之性情多。然至近时，人人皆有独立自尊之气，苟不妨害他人自由之权限，则任意肆志，各得自舒其意见而一无顾忌，故以人各有心之故，而至同观一事、同观一物，其观之之道亦自不同，不必徇人之所是以为是，徇人之所非以为非，而皆得表见其我意之所云云，此近代文艺之所以勃兴也。虽然，凡关于文艺之事，古今不问，而必以发挥性情为主。盖今代文艺之所以美者，在能发挥其一己所自得之性情，而古代文艺之所以美者，在能发挥其种族所同有之性情。不然，而惟叙写题目之形貌，绝无可见作者性情之处，又岂有所谓文艺之美者存乎？

按，近世纪文化之一大进步，要而言之，谓为自由之所产出可也。盖古代之人或拘牵于其一国之政治，一国之宗教，一国之风俗，至不敢创一自得之见，发一独到之论，此守旧积习之所由成，而数千年世界之所以无进步，其弊盖皆坐于此也。然穷久变生，此风渐为人心之所厌弃，而自由之说遂承其统而代之，因自由而于宗教界、于政治界、于学术界无不破坏其旧习惯而开一新面目。文艺亦然，应用自由之一原理，遂得脱去古人种种之科白，文艺于是有新生命，不然，谓文章之气运至古人而已尽可也。伟矣哉！开近世纪之新天地者，一自由神之权化力也。（未完）

客观之国[①]

不见中国之所谓游亭驿馆无一不荒废者？人人以为客观之物故也。中国之官之封于其地方之政治也亦然。官者，今日楚而明日燕，与其居官之地方无

[①] 原载于《新民丛报》第70号（1905年12月11日）。客观：本文指站在客人而非主人的立场上看待事物。

丝毫之关系，人情之于无关系之物，又岂有为之谋久远哉？非特此也，即欲有所措置于其间，而今日创一业焉、兴一事焉，明日而代之者至矣，无论代之者之未必贤，就令代之而为贤者，而彼此各有意见之不同，天下固未有甲所规画之事，移乙为政而仍能如甲之意志而告事之成功者。盖甲所为之事，非发于乙之心，视之犹之客也；乙所为之事，而丙视之亦为客，于客境之中，客与客相继，而中国之地方乃无一非游亭驿馆等矣，

虽然，中国之官固未尝无所事事也，或亦雷厉风行，布文告，发条教，视其气象，未尝不振厉也；视其规模，未尝不闳远也。是何也？其果贤乎？曰：否否，未敢信以为然也。其故一则为名。何为乎必欲为名？为名者，将以博舆论，邀上眷，而得超升其官阶也。升官其主观，而作事其客观也。一则为利。立一局，兴一厂，藉此以挥霍国帑，多一分事业，即多一分来源。昔日兴办电报、招商等之故，某大名臣起家至千万，盍亦一询其来历乎？得财其主观，而作事又其客观也。于二者之外，客亦有一二人发于真心者，然而数亦仅矣，其大概则所谓为民间作事者，其目的实专为己之名利。夫既以名利为主，则事之果有实际与否，固非所问，是故绚烂高皇，其事业可以光史册、载碑铭，而于地方上所及之精神，仍与游亭驿馆等也。

夫官之于地方，既视之为客境矣，然此固曰彼官者初非生长于是地者也，而试起而观生长于是地之民，今世言心理学者多注重于民族心理，而考吾中国民族之心理，则全与未成年人之心理相等。夫以吾人幼稚时代之心理言之，以为万事皆有父兄，我不必出而过问，而但当听命而坐于其庇荫之下。中国民族之心理，以为国家之事自有官府主之，何与于吾侪小民？见其有利也，则歌颂之，犹小儿之亲昵其父见也；兄其有害也[①]，亦尝起而哀求抵抗，犹小儿之啼号倔强于父兄之前也。（近时所谓诸事，均未脱此限。）而未尝一变心计，曰：吾何为长劳父兄？吾曷起而自为政乎？并未尝计较于父兄之为子弟谋，无不尽力，故子弟可以安心而无事，而政府之为百姓谋，则暴君污吏时时间出，以削夺吾民之利为事，其心术全未可恃，终不如吾民之起而自谋，否则其势实处于不能不自为谋。而中国民族其心理上全未知有此，凡文明国人所谓参预国政权，监督政府，鞭策官吏，及地方自治之制，均为中国民族梦境之所未见。是故官之视地方也以为客，而民则以为地方之事固官府为之，自视其地方亦以为客也。

或曰：绅士为政，其可乎？曰：乌乎可！夫自数年以来，绅士之权渐长，凡地方新政上之事，或多有绅士与官府参为之者，然其间固有实心任事之人，而大半其腐败无异于官吏。盖官犹是绅，绅犹是官，本不能以一人之身，谓一易地而心术悬殊，其出而为官为犲虎，处而为绅亦蛇蝎也，而较之官而其弊尤甚者，则既欲牢固其根株，又欲扩张其羽翼，而相争夺、相倾轧，各顾其一己之利害，败坏公

①犹小儿之亲昵其父见也；兄其有害也：当为"犹小儿之亲昵其父兄也；见其有害也"。

事而不恤,是则今后数年大可寒心之一局面也。盖彼固以其权利为主观,而于其事固客观也,又曷怪于地方之事仍与游亭驿馆等也?

夫一国必有主权,而主权之所在不可不置于国人公共之处而人人视为同有之一物,如是则对于国事,人人有一主权之心理,而后国事乃可得而为矣。

然而我国人之程度固未足以知此,于是一国之事,官以为客也,绅以为客也,民亦以为客也,而中国无主,中国无主而后外人乃入而为中国之主,其原固由国人自放弃其主权始。

君不君者尔汝而已[①]

日本《朝日日报》载,俄国莫斯科议会致建议书于俄皇,要求召集国会,决定和战,废贵族政治,又使俄皇自认其责任,其语调激烈,非独不用向例"忠义""爱国"等之惯用字,并对俄皇不称为陛下,直指为尔汝云云。异哉!以神自居之俄皇,而俄人亦以神视其君者,今乃轻贱至于若是。

或曰:此西方之民情则然,若夫以东方之理言之,上下有定分,君虽不君,上也,尔汝之称,其为非礼也乎!曰:乌乎然?是未读东方之古书也。《书·汤誓》曰:"时日曷丧[②],予及汝皆亡。"是即称为尔汝者非乎?又试征之《孟子》齐宣王问汤放桀、武王伐纣之事,以为臣弑其君可乎?孟子曰:"闻诛一夫纣矣,未闻弑君也。"夫纣固明明天子也,孟子贬之为一夫,而为之正其名曰:是弑一夫,非弑君。既已降为一夫,而许国人之杀之矣,何称尔汝之责之有?又曰:"君之视臣如犬马,则臣视君如国人;君之视臣如土芥,则臣视君如寇仇。"夫曰国人,则固可尔汝之矣;曰寇仇,则更甚于尔汝,而并尔汝之不屑称之矣。《书·泰誓》引古人之言曰:"抚我则后,虐我则仇[③]。"后与仇听民之自认,又岂有一上下天然不可破除之界限乎?《左传·襄十四年》:师旷侍晋侯,晋侯曰:"卫人出[④]其君,不亦甚乎?"对曰:"或者其君实甚[⑤]。(中略。)夫君,神之主也,民之望也,若困民之主,匮神乏祀,百姓绝望,社稷无主,将安用之?弗去何为?(中略。)天之爱民甚矣,岂其使一人肆于民上,以从其淫而弃天地之性,必不然矣。"师旷不以卫人之出其君为甚,而反以卫君为甚,从师旷之言,则君不君,出之可也,又岂有一上下天然不可破除之界限乎?是皆中国之古义也。以上下为有一定之分者,始汉之黄生。《汉书·儒林传》载,辕固与黄生争论于上前,辕固以汤武为受命而非弑,黄生曰:"冠虽敝,必加于首;履虽新,必贯于足。何者?上下之分也。今桀纣虽失道,然君上也;汤武虽圣,臣下也。非杀而何?"黄生之言,盖诡其君者,以为君

---

①原载于《新民丛报》第70号(1905年12月11日)。　②时日曷丧:表示誓不与其共存。形容痛恨到极点。　③抚我则后,虐我则仇:抚爱我的人我把他当成君主看待,虐待我的人我把他当成仇敌看待。后:君主。　④出:驱逐。　⑤实甚:实在过分。

之闻是言也，必喜而予之，则已说胜矣。辕固深知其心术之所在，乃有破之，曰：
"必若云，是高皇帝代秦即天子之位，非耶？"于是上欲从辕固言，则自危其位；从
黄生言，则高祖之得天下为不正，乃两罢之。实则黄生之言非也。夫黄生以冠
履喻君臣，不知冠不可为履，履不可为冠者，以其构造异也，将谓君之与臣，其构
造亦异乎？如是则必反人类于蜂，如蜂之有蜂王，有蜂工，其体质之构造天然殊
异而后可，而人类固不如是，则所谓上下一天然不可破除之界限固何在也？是
后世之言，非古人之言，古人则杀君、出君且以为可，而况尔汝其君乎？以为东
方无是理，抑何其盲于学说之甚也！

　　凡物必有对治，无对治则其恶将无所不至。然则君将以何者为对治乎？或
曰：天者对治君者也。君于他无所畏，而独不能不畏天，畏天而后君乃不敢为
恶。虽然，此古代之对治法，非今日之对治法也。当古代民智未开之时，不能不
认一冥冥中有一权力无限者以管束人心，（宗教亦由是义成立。）东方之天命政治，
盖由是起。然而天果何物乎？非所谓不可得而知者乎？以明明治人之事而委
诸不可知之天，究非人智进步时代之人之所能安心，收其付于不可知之权而归
可知者之手，于是对治君之事，不以天而以人。盖百姓一天也，以一国之百姓监
督其君、鞭策其君，故文明国人人人握有一天之权，即由人起而代天，而为天之
事者。人而不知有是权，是无智之民也；知有是权而不能得，是无勇之民也。（中
国民智之程度于第一级尚未到达，即尚不自知有此权者。）不知、无勇之民，不可以为人，
不可以立国，而古今政治上之一大变迁史，曰：非君治民而民治君。

　　尝分人类进化之事为两大端：一征服自然。（天地间所有之现象，非人力所造
者。）如古畏雷电，今以电供舟车邮便之用；古多为海所限，今则轮舶周行海面。
是征服自然之进化也。一代天行事。如古以天治君，今以民治君。是代天行事
之进化也。自人智渐开，代天之思想亦渐生，《书》曰"天工人其代之"，是最初发
生代天之思想者也。

　　帝王之大敌非他，即学者。若古今无学者，则帝王之祸必过于洪水猛兽。
学者所负之责任甚多，而治帝王亦为其责任中之一大事，大抵一学者出，必扫平
地球上若干之帝王。有一庐骚而欧洲各国帝王之根柢皆为动摇，今且其风潮波
及于全地球矣。以学者与帝王敌，帝王之权不过能杀学者于一时，学者之权能
杀帝王于万世，虽以若何雷霆万钧之力，一当以学者之理论而无不披靡。学者，
帝王最后之审判也，操帝王最后生死之命者也，其威权以为君可杀则可杀，可出
则可出。至于区区尔汝之说之可否，亦可以古代学者之言为断。

　　哈密尔顿曰："宇宙以何为大？曰：人为大。人间以何为大？曰：心为大。"
世间万事皆心所造者，若夫以国家社会为一有机体，则学者即国家社会之心，而
能造成国家社会者也。

阿里士多德之中庸说[①]

于古代开化之时期中,东方则中国之孔子发明中庸说,西方则希腊之阿里士多德亦发明中庸说。欧洲之视阿里士多德亦犹亚东之视孔子,而其说乃有不谋而合者,噫奇矣! 夫以今日地球交通,东西各家之学说皆得互相比较,若会诸学者而互相谈论于一堂之上,然以东西人心风俗之异,故学者立说亦往往互呈歧异之致而不能合一。若孔子与阿里士多德之中庸说,殆所谓东方一圣人、西方一圣人,此心同、此理同者,试比附汇类而观其理,固学者一有益之事焉。

孔子之中庸说,今有一《中庸》之专书,虽然,中庸之理孔子所应用之处甚广,学者欲知孔子之中庸说,决不当仅于《中庸》一书求之,若徒以《中庸》一书中求中庸,其知孔子中庸之理也浅矣。然则孔子之中庸应用说果何在乎? 曰:孔子之学说中,实皆含有此理。今姑不能一一具陈,试略举其一端而学者即可以此类推之。如孔子之于诗也,曰"可以怨"。夫诗之所谓"怨"者何? 基于人之不能遂其情而发为咨嗟太息之声者也。故饥者思食,劳者思逸,至于孤臣、放子、弃士、穷人,莫不得讴歌其憔悴颠连不得已之衷情。使孔子而欲绝人之情,则必不许人之有怨矣。孔子知夫怨之不可遏,遏人之怨,必将至于放决横溢而为世祸,故人之怨则许之,而怨而至于怒则不许之。然人以既得申其怨也,亦遂不至于怒。(由孔子之理推之,犹之立宪政治之下,许民之言论自由,而若过分之暴举,则为孔子之所不许。虽然,民既得言论自由,则其气平,而过分之暴举亦自可以免矣。)夫若民之不得于情而不许其怨,是一极端之所为也;然既不许人之怨,则民必至于为过激之反抗而怒,是又一极端之所为也。而孔子择一中道而行之,则两极端之弊可以免,是孔子中庸说之应用于事之一端也。余若"乐而不淫"亦类,此于《诗》见之,于《易》见之,于《春秋》于《礼》亦见之,非独于有中庸之字之处见。孔子之用中庸,于无中庸之字之处,亦得见孔子之用中庸,盖中庸者,固孔子学说中之一大根本也。

欲知孔子之中庸说,其理略如是,孔子之书具在,固不必陈,兹欲言阿里士多德之中庸说。阿里士多德之说,吾人所知固不能如孔子说之详,且经辗转传译,吾人之所得而见者,又不能如孔子说之真。虽然,今但取其所得闻者而言,其立说之精粹直不让于孔子。且若但取《中庸》书与之相比,则所谓"白刃可蹈,中庸不可能等"语,尚不免有词章之张饰语,而阿里士多德分条析理,所见更深,盖阿氏固长于论理学者,故其立言尚贯通而不尚铺叙,虽仅得窥见其一斑,而其说固自足珍于学界也。

阿里士多德之言德也,以为一无过、不及习惯之中庸性是也。盖从阿里士

---

①原载于《新民丛报》第 71 号(1905 年 12 月 26 日)。

多德之考，以为凡若吾人感情之发动，若喜怒哀乐等事，(《中庸》之言喜怒哀乐发皆中节，可参观。)无所谓善，亦无所谓恶。所谓善者，以自然感情之发动，服从于理性指导之下，避于过、不及之两极端而能遵一中道而行之轨辙是也。然则所谓一中道之尺度者何乎？则阿里士多德以为是非若数学的绝对的、有一划一规则之可定，而各有其事、其人、其地、其时之不同，故此之所谓中道，或非彼之所谓中道。盖人类生活为种种事情之所辐辏而成，而应此种种事情之发生，不能不有种种之行为以处之，而于此种种行为之中，或者过乎其度，或者不及其度，皆不免陷于一偏而不得称为正当之行。夫人之事情虽多，而于千差万别之中，实无不含有正当之理在，是即所谓去其过、不及之两端，而得其中庸者也。然则吾人何为而能知中庸乎？则阿里士多德仍取梭格拉底之智论，(但与梭格拉底之智德合一论其理有异。)以为非从吾人之智力发见之，其外无道。其说具于阿里士多德之智的德性论中，兹不及陈。然则吾人又曷为而能行中庸乎？则有阿里士多德著名之习惯说，以为必先训练其意志，使常实践其理性，而得避感情之冲突，而从驯熟反复之余，所得之一良结果是也。

　　按，德国斯古拉伊摩爱尔氏分解道德之本原为三种：一曰善；二曰德；三曰义务。善者，吾人所追求而欲到达之一目的是也；(《大学》谓"在止于至善"。)德者，养成为善之一习惯是也；义务者，所当负为善之责任是也。此道德三分法为伦理学中金科玉律之言，而养成习惯为德之说，其原实本于阿里士多德。阿里士多德之学说，其沾丐[①]后人亦多矣。

　　此阿里士多德中庸说概论之大略也，试进而观阿里士多德所分列之诸德。

　　一勇气。此德者，怯懦与疏暴之中庸云。凡人于遇不可不遇之危难，一无所恐，奋起而当之者，勇气也。虽然，可恐而不恐，与不当恐而恐者，是皆不得谓之勇气。

　　二节制。此德者，制限情欲得宜之中庸云。凡人有愿望之物，必择其在当可愿望之时，而又于其所愿望之度量不可超越，若于不可愿望时而愿望，又或超越其适量之愿望，是皆不可谓有节制之德者。若关于财货、饮食等诸欲情，常调整之，使不感其苦痛，而又不使溺于耽乐是也。

　　三适度。此德者，奢侈与吝啬之中庸云。吾人关于所有之物，以适当之法使用之德也。

　　四义豪。此德者，浪费与刻薄之中庸云。此专为富贵人所有之德，盖中产之人仅能为丰俭适度之德，而欲博施行仁，究为其资产所限而有所不能。若夫居社会之上流而家赀饶足者，不可不更有一义豪之德。而阿里士多德又分此德为二：一为公众振兴有益之事业，不惜投其所有之金钱而为之，是为对于社会的义豪之德；一己之友人遇有穷乏急难之事则周给之，或又以事机如喜庆、诞辰等

---

　　①沾丐：给人以利益。

事而散赀财以济穷寒之人，是为对于个人的义豪之德。

盖凡富贵之人，非浪费则刻薄，而最下者，为己则浪费，而待人则刻薄，两极端之恶皆备。若义豪者，不失于浪费而又不失于刻薄之德也。按，阿里士多德专设一格以待富贵之人，然富贵人之可书名于此格者寥寥，而阿里士多德于其己身则实行之，史称阿里士多德之逝也，其遗产金货二万五千弗，遗言皆配分于其亲族云。

五自重。此德者，傲慢与卑屈之中庸云。夫人多不自认其为人之价值，故非尊己而卑人，即至尊人而卑己。若有自重之心，则其为人也，志趣高尚，行为正直，不畏富贵，不欺贫贱，不为谄誉人之事，亦不为诽谤人之事，对于仇与对于友，均以光明正大出之而不包恶心，其步武也整齐而庄重，其谈话也信实而真挚。非有关于国家社会之大事者，不屑营其志意，不肯处卑下仰人之位，任人之事，必视其有何等之位权而后受。（按，此为有志气者所同，诸葛武侯若非三顾而处以上位，彼宁穷卧茅庐而不出，伊尹、太公亦然。不问其权位而即肯受事者，必小才也，有道自信之士，若相待之权位不与吾之材器相副，惟有谢事不受而已。）而亦无贪权位之心，若不合于时，即归卧林泉，弃其权位而不惜。夫世之人往往因遭遇时会，乘幸运而得取高位，膺显秩，遂自视其声价顿增十倍，以为天下人不能及我，若此者，实以外物为轻重而入于骄慢之途。若夫有自重之德者，初不为富贵而自高其志气，虽当穷饿落魄之时，已具不屈不挠之志节，屹然履中道而不惧者也。

六关于名誉之德，不列表语。此德者，好名与匿名之中庸云。

七温厚。此德者，激烈与迟钝之中庸云。对于事情境遇之可怒而又不可不怒者，求其适当一方法之谓。盖人往往有以怒之之故而至失其平日之常度，然亦有反之至于当怒不可不怒之时而亦不敢怒者，是则愚钝之人也，无感觉之人也，否则有卑屈奴隶之心之人也。是皆两失其正也。

八正直。此德者，狂妄与谦下之中庸云。盖人之处世也，往往不自知其一己之真而失之于矜傲，反之则又往往过为执谦而置己于一无价值之地位。必也己之所有则以为有，己之所无则以为无，己之所知则以为知，己之所不知则以为不知，凡事皆道其真，是所谓正直也。

九圆智。此德者，朴率与黠慧之中庸云。夫人之与世相交也，不可不求其适于交际之道，而或失于野鄙朴陋，或失于戏谑文巧。矫两者之弊而善用之，是所谓圆智也。

十平情。此德者，刚愎与阿顺之中庸云。盖人之相处，非好为争论反抗，则必为阿意承旨，矫两者之弊而后平情出。此非独适用于少数之友谊中，凡对于国家社会公众之交际，皆不可不如此，故平情之适用，其区域盖其大也。

阿里士多德分列之德略如此。盖据阿里士多德之说，以为吾人之精神有感情，有理性。感情之所发往往向一极端而驰，而一至极端，即陷入于恶之中，又此之极端为恶，反而至于彼之一极端，则亦为恶。例若有粗暴之恶，而与粗暴对立之一端，即有卑怯之恶，夫两极端为恶，而两极端之中间，即有一善之存在。例若粗暴与卑怯之中间，则有勇气之德；傲慢与卑屈之中间，则有正直自重之德；吝啬与奢侈之中间，则有适度义豪之德。推之他事，无不皆然。而此所谓中庸之德者，其发生之因缘又若何乎？则阿里士多德以为生于人类万事相互之一关系，例若关于苦痛之事，而后勇气之德生；关系于快乐之事，而后节制之德生；关系于社会生活之事，而后正义之德生。由是言之，吾人对于万事，无不有一中庸在，吾人之感情或至为盲目之冲动，而吾人之理性即所以求中庸之权衡也。阿里士多德①又为之言曰：吾人若稍违乎中庸，或不足责，至违中庸之甚，则吾人不可不起而责之。若如阿氏之言，则凡所谓骄傲、卑谄、奢侈、吝啬之人，皆得加以社会之钳制力者也。甚矣！阿氏之重视中庸也。

阿里士多德之学说中，于言社会之道德又重正义，而于正义之中亦含有中庸之理在。正义有两种：一普通之正义，一特异之正义。普通之正义兹不及陈，所谓特异之正义中，又分而为三：一分配的正义。凡一群中之财产名誉，不可不应其人之功德而分配之，分配之当，可谓之正义；分配之不当，不得谓之正义是也。（观此知阿里士多德已含有社会主义之思想。）一偿补的正义。于一群中有被害者，不可不以损害同量之赔偿额课诸加害者之身是也。一交换的正义。例若相交换者，一以其品之良，一以其量之多，不可不使其价值足以相抵而得其保其平衡是也。于是三者之中，若分配之不正义，则贤智之人不得财产名誉，而愚不肖之人反得之，则愚不肖之人幸其而贤智之人不幸其，是非中庸之道也。又被害者不得同量之赔偿，则加害之人利而被害之人不利，是亦非中庸之道。又若交换之事，我不欲以不正加诸他人之身，我亦不欲从他人而加不正之事于我，反之而于一方以行其不正而得利，则于一方必以他人待我之不正而致失利，是亦非中庸之道也。故曰阿里士多德之正义说中，盖亦含有中庸之理在也。然则中庸说者，东方则孔子取以为其学说之一大基础，西方则阿里士多德亦取以为其学说之一大基础，故其所应用者，若是其广也。

中国孔子之言中庸也，其后无继起者，而希腊阿里士多德之后，有名之斯多噶学派出。（斯多噶学派重实行堪艰苦，略似中国之墨子，罗马武士之气风多受斯多噶学派之影响。）则亦取阿里士多德之中庸说而用之。斯多噶派之言德也，以为德者何乎，则精神合理而得乎中庸之状态是也，反之而若为欲情之所驱使，则谓之精神之狂态。故从斯多噶派之言，合乎中庸谓之德，反乎中庸谓之狂。而于论富贵与健康也，即应用其理。盖从斯多噶学派之所考，以为凡物质等事无所谓善亦无所谓恶，在用之者之合宜与否而已。故若有一贫贱与富贵，疾病与健康，彼贤者亦不必固取贫贱而辞富贵，取疾病而辞健康。盖富贵与健康其能为吾人道德之助力者，自多于贫贱与疾病之境，然人以得富贵健康，往往以不善用之故，遂

① 德：原文脱。

因之而增恶德者，此实际上所屡见，故吾人不必避富贵健康，要在得富贵健康而善用之，以求其合宜。盖富贵健康无善恶之区别，而从用之之合宜不合宜而善恶之事始生。其所谓合宜者，即合乎中庸之理与否，此斯多噶派之中庸说也。又至近世纪夏甫志普利氏之学说出，于感情上立道德之基础，（凡伦理学说，有于智上立道德之基础、情上立道德之基础、意上立道德之基础等派别。）若吾人所有利己利他名誉等一切之情欲，皆为其所认许，而在不必去除之列。（按，伦理两派或认情即为恶而欲去之者，或以情为非人之所能去，但当有法以制驭之，使不为恶而容情之存在者。大抵古说及宗教家多属前派，而今说多属后派，中国古代之道德说亦属前派。）然则吾人既有此情欲之存在，曷为为之而可谓之为道德乎？则夏甫志普利氏即持其中庸之说出，以为吾人所有之情欲，能保其适当之权衡为善，若奔于过度与不及之两极端，则皆为恶。今略举其言，例若利他之情，人之所谓善也，虽然，奔于极端，则亦可认其有恶在，如父母之溺爱其子，反使其子陷入于不肖者是也。又若利己之情，人之所谓恶也，诚哉恶多出于利己者之中，然有时于为善，有不可不用其利己之情在，例若人之对于其一身，各有其自当保护之责任，若人而皆无自保其一身之情，不仅危其一身，延而危及于种族，危及于国家者是也。又若吾人不可不自爱其名誉，然若过于好名，必至精神为之不安，日月为之失闲，故名亦为吾人极不幸之一事是也。其他种种之情欲，无不皆然，要之吾人对于所有之情欲，不必去之，当从而调和之，而使合乎中庸之一均衡。此夏甫志普利氏之中庸说也。凡西方继阿里士多德之中庸说，其略有如此者。

按，希腊哲学之思想大半含于其古代之抒事诗、箴言诗等之中，今考中庸说，于箴言诗人之中亦早言之。如福里兑士戒人有过度名闻利欲之心，而以知足适度、合乎中道为人生最可贵之第一义。又兑古尼士亦以为人当居富贵而不淫，处贫贱而不乱，适度知足而守中庸，是知慧之最高也云云。是即希腊中庸说之滥觞，而阿里士多德氏之先河也。虽然，凡各国最古代时之说，大抵不过古人道其处世上实验之经验，尚不免属断片的格言，与组织而成为学说者有别，故征希腊之中庸说，固当自阿里士多德始。

夫中庸之说，其可应用于万事者其多，举其最要，则若气质之中庸配合说为关于陶冶人品之必不可少者。盖当古代希腊之时，已分人之气质为四，曰多血质、胆汁质、神经质、粘液质。今尚沿其名，而于下加以释词，若以多血质为快豁性，胆汁质为刚愎性，神经质为郁忧性，粘液质为冷静性。凡质名者古义，性名者新义。今学者之分人气质多从此。夫人之禀有四质也，若失于一偏，则皆不能无弊而多至为人格之累，故不可不有陶冶气质之法。例若多血质之快豁而失于轻浮，参以神经质之郁虑，胆汁质之刚执，粘液质之安静，而后气质上之作用方能抵于完全之域。其余之气质亦然。故人不可不自知其气质一偏之所在，而于亲师取友之间，时有以调剂之。而教育家尤以此为最重要之一事，若以气质分学生之功课，定学生之坐位，而于居处游戏之间亦应用此法，于一校之中，以学生所有之气质自相陶镕，若不能审明其气质，则教育可全归于无功。又教师及父母皆不可不自审其气质，及关于年龄上所近之气质而自调理之。（如少年教师有多血质之弊，老年多粘液质之弊，皆当矫正。）盖人之气质既限于天而不能无所偏，而家庭、学校之教育及社会之交际，实无一非陶成人气质之地，彼此互相磋益，以抑其过而补其所不及，是即一中庸说也。其应用于余事，略若饮食所以养身，而过饱则足以致疾；体操所以习力，而过劳亦足以伤身。又若医者所用之剧药毒药，皆有其一定之量，在其量之中而足以治病，溢其量之外而即能致祸。然则以抽象而言，谓凡事多含有中庸之理在可也。

今之驳中庸说者，谓所谓无过、不及者，将以何者为尺度乎？若无此尺度，则人不得所依据而中庸说卒归于无效。顾中庸说之不能立一尺度，此在阿氏已言之矣，虽然，欲因此而废中庸说则过也。无论世间万事，亦有不必尽合乎中庸而可称为善者，然以合乎中庸为善之事固其多。且学说以求进境为贵，则对于中庸说而求其尺度，此为批评家所应有之问难，谓推翻中庸说，宁可谓为欲补救中庸说。此观近世学说之一通例，必以其有驳诘之言，遂疑其说为一无足采，则听之者之不审矣。惟其间有当辨者，一派伪中庸说之必当排斥是也。此最为乡愿[1]之小人所易窃取，如见今时过新之不可，过旧之不可，则欲捧而处于不新不旧之间，以取利而谬托为中庸，孟子所谓"恶是而非，德之贼[2]"者，此类是也。是固为孔子之所不许，而亦为阿里士多德之所不容者也。若夫真正之中庸说，其价值自存在于万事之中。故因我国之固有中庸说，而复扯取希腊之中庸说，使人得观东西学说之通焉。

我殖民地之不发生文化何欤[3]

夫文化之发生也，或由两民族之杂居，或由战争，或由交通，或由殖民。由于两民族之杂居者，如古代迦勒底、巴比仑之阿加逊思米尔人种之与塞米的人种，又若古代中国汉人种之与三苗人种是；由于战争者，如古代希腊之与波斯、印度，其后如罗马与阿剌伯[4]是；由于交通者，如古代之斐尼基、加尔达额，近则欧洲各国之东来是。兹三者姑勿具论，而殖民尤为开发文化之一要素。试略征古代由殖民而开发文化之事。

当欧洲大陆尚在草昧朴野之时代，而突出于地中海一隅之希腊已显其文化之灿烂而可称为欧洲今日文明之母者，其渊源果何自而始乎？吾人得考见其文化发生之初地，不在于希腊本土而在希腊本土以外与东方相交触之小亚细亚一

---

①乡愿：指乡中貌似谨厚，而实则流俗合污的伪善者。　②恶是而非，德之贼："恶是而非"出自《孟子·尽心下》："孔子曰：'恶似而非者，恶莠，恐其乱苗也。'""德之贼"出自《论语·阳货》："孔子曰：'乡愿，德之贼也。'"　③原载于《新民丛报》第71号（1905年12月26日）。　④阿剌伯：现译作阿拉伯。

隅,盖实希腊之殖民地也。

以全地球文化发生之次序而言,亚、非两洲为先,而欧洲实居于其后。当欧洲希腊之尚未发达以前,其时若亚、非两洲交通之所如,埃及、迦勒底、巴比仑、犹太、斐尼基等人,其文化已著名于古代,然至西纪前约第九、第八世纪,最富于勇敢有为之希腊叟那人种起而从事于航海贸易,于前第七纪,已全压倒斐尼基人种而掌三大陆间贸易之权,其殖民地之区域甚广,棋布星罗,凡地中海、黑海沿岸及诸岛屿之间,莫不有希腊人之足迹焉。而其中之最繁盛者为小亚细之叟那及美笃斯两市,此两市之位置介于东西两洋之间,非独交换物质,又以之传通精神。当日者以商务盛大,其住民既有生活之余裕,遂由物质而唤起其精神之思想,究心于学问技术以及宇宙人生之理,而希腊哲学于是萌芽。又其时君主亦右文礼士,争聘诗人,设立图书馆,奖励文学艺术等事。又诸市之人以当日从殖民来,多奉一武勇者为长,子孙因而世袭,遂成一贵族主义之制,其后以贸易渐盛之故,富饶之家甚多,此多数之富家不肯屈服于少数贵族之下,群起而与之相抗,卒推翻贵族主义之寡头政治而组织民主主义之共和政治,而希腊之政治上亦开一文化之新生面。此希腊发生文化之一大原因,而其故只缘得东方之殖民地而已。

夫以文化之大有造于人类也,希腊之文化固不仅希腊人自有之而已,欧洲今日之文化,其原盖即从希腊出,今日之欧洲即放大之希腊,昔日之希腊即缩小之欧洲也。设也当日者若无希腊之文化,则亦不能发生欧洲今日之文化,无欧洲今日之文化,则吾辈亦不获见今日全地球之一现象。是则于二三千年以前,茫茫古昔之时,希腊叟那人种以得一殖民地之故,而其所产出之一结果,谓至今日之全地球而犹大受其影响可也。大矣哉!殖民之事业也。

有功于世界人类,以文化之事为至大,例若发明一医术而全世界得享其治疗之效,发明一蒸汽机关而全世界得享其交通之利,发明一平等主义而全世界有人类互相尊重之思想。又若古人于文化上发明一事理,其功亦永传于后世而不可没,例若阿里士多德作论理学,培根因之以作归纳论理,今学界多本归纳论理之法而受其用。此皆举其一例而可见文化之功之及于人类者为至大,又岂有何物能与之颉颃者哉?

吾于是有感焉,夫殖民既为发生文明之一原因,而以希腊发生文明之例相推,则近世纪产伟大之文化必当属我汉人种。夫自十五、六世纪以还,我汉人之种族已渐布于南洋各岛间,其时欧洲亦渐东来,而南洋实为交冲之地,然则因中国固有之文化而融合西洋之文化于南洋各岛,实为昔日希腊之小亚细亚焉。且也当十五、六世纪之时姑置勿论,若至最近世纪,我人种所占居之地更远,南至南洋之澳大利亚,而东至于美洲,而欧洲英法等国亦复轮舶如织,冲要之区多与我人种错杂而居,宜乎我海外殖民诸地风气早开,以为母国维新之先驱,犹希腊之小亚细亚等处,文化先开而后乃移植于希腊之本土焉。况乎观于希腊当日以殖民诸地贸易繁盛之故，遂为诱起其文化发生之一基因，而我海外殖民诸地，亦以交通之便、商务之盛，富贵豪族不乏其数，此亦岂无发生文化之实力者？夫文化之前阶多为经济，而经济之前阶多为地利，我中国古代之文明亦以得有是等诸元素而后发生者，盖我古代文明之初生也，实以民族得占居黄河流域膏腴之土地故；其后文明之传布也，又以民族得占居长江流域膏腴之土地故。然至近数世纪来，海外殖民其可为发生文明之本原者，决无逊于居住大陆之时，而且过之，盖既得交通上地势之利，而又有经济上供给之力，宜其今日之兴盛当不下于日本而得见我人种创设海外文化之新国焉。然而事实反是，何也？

今观各殖民地，无不完全自成其为一种之风俗，除与欧人以商务之事相往来外，余若一无所知，以故若学校、若图书馆、若公共卫生事业等，皆不发达，而于贸易图利之外亦无何等艺术学问之事，而关于政治上之思想，则更无其萌芽。其教育子弟或仍如旧日延师于家而课以古式之《千字文》《大学》《中庸》等，近日稍见有各处设立学校者，然其数亦甚寥寥。吾闻人有言南洋各岛华人之情状者，以为其人多口西班牙等国之言，服欧洲之服而留有一辫，其迁徙或多在明而当满清未据中国以前，怪而诘其何以有辫，则以为此盘古以来本有之制，其智识盖已降而与彼处之土人等，非特无欧人新文化之长，并其母国之旧文化而亦垂垂尽矣。然其人或多有富者，惟不可与之语文化耳。噫！我殖民地而果如是也耶！夫自近数年来，于殖民界中之略可称道者，惟于戊戌以后，稍有出货力以助母国人才之动作而促中国之维新，以是人多喁喁①焉向望于殖民之地，而殖民地之誉望为之一振。夫以近数年来之事言之，母国人固有当表谢意于殖民之处，然不能开发文化之过，则固不能以有此事而为之稍恕也。今试数我国人出外所为之事，除各处自办同乡会为其遗传上所具之本能能发挥其专长以外，而其余所能为之事恐少矣。吾人若载笔而为数百年来之殖民史，（自殖民至今不作一史，亦为憾事，即此可为不尚文化之一证，今后或当有人为之，所不胜企祷耳。）不知其可采为文化之资料者果有何物焉？

夫我殖民地之不能开发文化，其原因果何在乎？此则言之滋长，不能不别区为一题，然其愿我国学者悬为重要之一问题而研究之。盖人之性往往以不知其弊遂至习而相安，若忽有揭其弊而出之，则人心又未有不思改良者。于人心上一有变动，而我于殖民上即开一新天地而造前途无疆之福祚焉。夫是以其望有人焉能抉此文化所以闭塞之故，而置一暮鼓晨钟于殖民之侧也。

抑我殖民地不能开发文化之原因，兹不及陈，然其利害不可不一言之，何则？果无文化，则我种人将有不能永保其殖民地之一大事是也。夫今日人种之盛衰，无他，观其与母国分离之后有无能自发生文明而能建立国家之一能性否耳。彼法国之殖民地多为英国人之所夺者，以其人不适于殖民故，而英国人种

---

① 喁喁：形容众人敬仰归向的样子。

能起而握全地球之势力,即由其人能于所到殖民之处,移其母国之文化来而发达于其新有土地之上,而于母国外更添一新文明国,遥遥焉相代而竞其荣昌。观于美国,即此例焉。夫使我人种而果能于殖民之处发达文化而建新国,则直于中国外,可得无数之新中国,而全地球将为我人种之所占尽。此固非虚言也,不然万物竞争,劣弱者退,他人种之适于殖民者出,而我人种将遂为其所挤,至欲保其今日所有之地、残留其根柢而不可得,其危险为何如焉!夫进则全地球尽为我中国人所有,而退则全地球至无我中国人,两者间之祸福相去悬殊,而将不得不择而处其一也。是愿我种人之一猛省焉!

梭格拉底之谈话法①

古今圣贤无不能言语②者,释迦有四十五年之说法,今所传诸经夥颐③若此,虽其间有未必尽出自释迦之口者,而释迦当日随机应时,立说之多可知,以是知释迦固长于言语者也。孟子当战国时,与纵横捭阖④、谈天雕龙⑤、坚白异同⑥诸子遇,而外人称孟子为好辨,以此知孟子亦甚长于言语者也。有德者必有言,殆可视为定例,然古今来欲以言语为考道传道惟一之利器者,恐无如希腊之梭格拉底。

世称梭格拉底之讲道也,无学校,无讲坛,惟日巡回于衢路,或至市街,或至工场,或至公园,或至山野村落之间;而所与谈之人,贵贱高下不问,有贵人达官,政治家学者,亦有商人、工人、农夫、奴隶;而其所谈之言亦不一,或极高尚,或极卑近,或似谐谑,或似讽刺,或时出以欢笑,或时又若蹙然不胜其感慨,或时涉于奇异迂怪,或时又入于鄙野俚俗;而其所言必取于使人易晓,凡引证比喻不求典雅而务求通常近俗,而于通常近俗之中自含有高远深微之理,能发前人之所未发而益人之神智。故曰听梭格拉底之语者,无一非日用寻常之事,而其中实能形容人生之美德,发挥宇宙之光明者,盖实录也。

凡古今人物之所以成,无不受其当日一般社会及其时势上之影响,非必降而自同于一般社会及其时势上之所为也,宁起而反对之,即古今人物多由于其当日一般社会及其时势上之返响而出者。梭格拉底亦然。梭格拉底之所谓反对者,莫如当日盛行于希腊之诡辩学派。诡辩学派往往为夸大之言,高自称许,

---

①原载于《新民丛报》第72号(1906年1月9日)。　　②言语:运用语言。　　③夥颐:盛多。
④纵横捭阖:指善于运用政治或外交手段达到联合或分化瓦解目的的游说之士。纵横:合纵和连横,指进行外交活动。捭阖:开和合。　　⑤谈天雕龙:指善于言辞和长于文笔的人。驺衍,战国齐临淄(今山东淄博市境内)人,哲学家,阴阳家,邹衍喜言天事,故时人称之为"谈天衍";齐人邹奭,采邹衍之术,为文长于修饰,故称"雕龙奭"。　　⑥坚白异同:指战国时善于辩论的名家之士。战国时名家对"坚白石"这一命题,公孙龙认为"坚""白"是脱离"石"而独立存在的实体,从而夸大了事物之间的差别性而抹杀了其统一性;惠施看到事物间的差异和区别,但以"合同异"的同一,否定了差别的客观存在。两者都只强调事物的一个方面,而否定其他方面。

而梭格拉底则反对之,曰:"余非自敢谓有智识之人,余者爱求智识者也。"此语后为其徒所常称。今之所谓哲学者,其语原本于希腊之飞拉速斐,飞拉者爱之义,速斐者智之义,合为爱智,盖即由梭格拉底爱智识之言而出者。而梭氏之为此言,则反对当日诡辩学派之风气也。又若关于谈话之法,诡辩学派其言词务求高雅,以自树异于寻常之人,使人不能知其学问之浅深而加非难,而梭格拉底反对之,其言必求近俗而易晓,犹白香山作诗必使字字为老妪所解而后已。而其中之最反对者,诡辩学派以为世无普遍一定之理性,故甲所谓是,乙所谓非,各由其人之意识而定,其结果并无所谓道德,所谓道德者皆由各人之巧辨,故人但求其利口而止。而梭格拉底反对之,欲求人人一普遍根本之原理,而其理非可他求,即在人人所有之智识中,去其个人特别之伴性而得一万人普通之要素,即诸种之智识检定而从个个特立之概念中即得一普遍之概念,是即归纳理法之首先发明,而为千古学界指示一大道者也。故梭格拉底之谈话也,非独以己所知之理欲以传诸人而已也,并欲使人人皆有所言,而从其言语之中发见一真理之所在。(上文所谓欲以言考道传道,即融此二义。)梭氏之常言曰:"吾不昧肉,吾昧人情。"故梭氏之谈话也多问答体,少演说体,(释迦说法多登坛演说之体裁,而若燕闲问答之体答盖少,此则各有其主义之不同也。)盖即欲以言语而人己兼得收其智识之益以明道。

　　梭格拉底之对话也,其所用之法有二:一消极的方面,驳诘人而使自知其谬误者,或谓之反诘法,即所谓爱洛宜法是也;一积极的方面,启发人而使自明其真理者,或谓之产念法,即所谓谟猷吉克法是也。

　　所谓爱洛宜法即反诘法者何?凡人之发言也,莫不自以为知,而梭格拉底多自居于不知。梭格拉底之言曰:"吾无知,虽然,吾能自知其无知。诡辨学派之人亦无知,而多自以为知,此其所以与吾异也。"盖梭格拉底之求道也,有反省法,有比较法。反省法者,我先内省其心之法;比较法者,以自己经验所得之理与他人经验所得之理比较而得认其相通之理之法。而其最重者为反省法,以为学必自反省始,而后以自己之所知广而征诸他人之所知,以构一正确之概念,而后真理始可得而见。而此理即欲应用于谈话之间,盖梭氏以为人不先自知其无识,则欲求真正智识之一念必无从而起。梭氏之欲使人自知其无识也,先于谈话之间使尽发其所欲言,而梭氏于其间故作愚昧之状,及其辞之既毕,梭氏乃一一指摘其矛盾之所在,使彼恍然自失,而后乃自知其智识之不足。夫以梭氏之学识过人,使当谈话间而于他人发言之始先驳诘其一二端,则他人之言必不能终,而于其全体智识中所伏有之误谬亦必不可得而见,如是而人亦无由自知其智识之不足而起探求真理之心。梭氏姑诱其言而后折之,盖正欲利用言语之机,使人生其反省之心,此反诘的谈话而为梭氏所惯用之一法也。

　　所谓谟猷吉克法即产念法者何?盖梭格拉底以为真理者即在于人人之中,故无论何人,无不具有真理之智识,特无有他人之补助,则人虽有包藏之真理,必无从而产出。故梭格拉底之教人也，以为教人之道非能从外而以真理注入于人之心中，即辅其人而使得产出其自所固有之真理而已。而梭格拉底者及以辅人产出真理为其自任职天职，（史称梭格拉底为最重天职之人，既认产出真理为其自任之天职，遂竭其一生之精力以从事，常恐不克尽其天职，有毙而后已之心。）故梭氏之常言曰："余者，真理之产婆也。"弟子尝有见梭格拉底者，梭格拉底曰："余知我母为产婆乎？"弟子曰："知之。"梭格拉底曰："余亦产婆也。余之职业与我母氏之职业同，惟我母氏助人肉体上之生产，余则助人精神上之生产。余之技术盖学得于我之母氏者也。"

按，梭格拉底之母，盖实际业产婆者。梭格拉底生于一小村之贫家，其父为雕刻师，仅属寻常之人，而其母则大胆多智，且宽大忠实，为非常之贤妇人。梭格拉底之人格，智勇道德兼备，盖即得于其母之遗传性者。

故梭氏之见人也，常曰："汝之怀孕真理膨大久矣，汝惟苦①于产出之为难耳。"而梭氏之助人产出真理者，其道若何，则亦多从谈话间之一时机而利用之。盖梭氏以为真理者，从彼我意思间相触而爆发之一物也。故梭氏之于谈话间，尝发一新奇之疑问，使人自尽其智虑而解答之，而从其解答之间更发一新奇之疑问，又使人自尽其智虑而解答之，如此辗转论究，而真理即发见于其中。盖所谓真理者仍在其人之智虑中，特梭氏于问答之中以巧于启发之一术产出之而已。例若梭氏向或人而出一问题曰："所谓不义云者，其言果何为乎？"或人答曰："是无他，虚言、诈欺及盗夺等事，是不义之行也。"梭氏曰："然，虚言、诈欺、盗夺等事固为不义，然或对于仇敌之时，则不可谓之不义。"或人乃又进一境，曰："然则精密言之，对于朋友而有虚言、诈欺、盗夺等事，是不义之行也。"梭氏曰："然，是尚未可谓真正一不义之定义也。夫对于朋友而用其虚言、诈欺、盗夺等事，亦往往有合于正义者，如战将之吐虚言而激励其士气，或父母以诈欺而使其子之服药，又或从将自杀者之手而夺其刀剑等，是皆可谓之正义而不可谓之不义也。"或人乃更进一境而定为不义之界释曰："然则凡对于朋友而有加害之心，为虚言、诈欺、盗夺等事者，是不义之行也。"盖或人之初，但有一虚言、诈欺、盗夺等事为不义之概念，而尚未知此一概念之中有种种歧出、易于混淆之理在，及经梭氏之诱启，而或人对于不义之概念益益明确。虽然，或人既有一不义之概念，则其中变化曲折实已包赅于其概念之中，特未经启发则不能产出耳。今若古昔之人但有一道德之概念，虽然，所谓道德者何乎？于是泰西学者以汗牛充栋之书、茧丝牛毛之理以解释所谓道德之一问题，是即伦理学之所由发展也。又若蛮愚之人，其对于事物但有一普通心理上之概念，尚未有论理上之概念，而学术进步，无非易其普通心理上之概念进而得一论理上之概念，此即人智上发达之一经历史也，而不谓其理早萌芽于梭格拉底之谈话中。又梭格拉底首重定

---

① 苦：原为"若"，据73号《前号正误表》改。

义，定义居学术上重要之部位，盖定义暧昧，则其解释可彼可此，而事理终不可得而明。今若凡一学科，必先讲明定义，而编纂法律规则等亦必于其用语立一定之意义。而梭氏于谈话之中已含有此理，此产念的谈话，而又为梭氏所惯用之一法也。

大抵学术之进步也，常有二例：一由粗入细；一由烦入简。今教育法上所谓古来梭格拉底之合理法、启发法、问答法、证明法、实验法、机械的法，皆已改变，而另用简单明瞭之法。而谈话法则自氏梭[①]以来，尚未见有何种新法案之考出，然即欲求新法而亦必以梭氏之谈话法为基础，是则梭格拉底之谈话法与夫阿里士多德之论理学固两可鼎峙于学界者也。

夫言语尚矣，孔子立为一科，虽然，孔门之言语法今无可考，所传子贡等事则近于辨士。夫所谓言语者，决非仅为辨舌之用，而将藉以考求真理焉。欲以言语考求真理，论理学明其法，而梭氏明其术，盖以真理藏于人人之心中，而非言语则不能引之使出。故言语与道，实为两不能离。如是而言语所占有之位置斯高，知此理者，古今当首推梭氏一人。善乎梭氏之言曰："吾之谈话，吾之飨宴也。"迄今数千载下，犹令人想见梭氏谈话之风于无已也。

论中国人崇拜岳飞之心理[②]

号令风霆迅，天声动北陬[③]。长驱渡河洛，直捣向燕幽。马蹀[④]阏氏血，旗枭克汗头。归来报明主，恢复旧神州。[⑤]

上岳飞所作，余尝见日本人家悬此飞自书墨拓大字，字劲诗雄，每一读之，未尝不沨沨然[⑥]怀思故国，枨触盛衰兴废之往事而动凭吊英雄之慨于无已也。又岳飞所作《满江红》词云："怒发冲冠，凭栏处、萧萧雨歇。抬望眼仰天长啸，壮怀激烈。三十功名尘与土，八千里路云和月。莫等闲，白了少年头，空悲切。靖康耻，犹未雪。臣子恨，何时灭！驾长车，踏破贺兰山缺。壮志饥餐胡虏肉，笑谈渴饮匈奴血。待从头、收拾旧河山，朝天阙。"盖又未尝不读之而意气飞动，怦怦不能自已而唤起人生不可不自励为英雄豪杰之心。夫时势者，最能动人心之物也，时势之感往往蓄于人人之心而发于一二人之口。当南宋时，宜其人人具有此心而欲一见之实事以为快，而飞即可为代表当日时势而实现其心理之一人。宜乎飞遂为中国人所崇拜之一大人物也！

岳飞之与金人战也，以积弱之宋而遇方兴之金，其果能以飞所有之兵力扫荡悍虏而恢复其疆土否乎？此史论上之一疑问也。近日本市村瓒次郎氏以踏

---

①氏梭："梭氏"之倒。　　②原载于《新民丛报》第72号（1906年1月9日）。　　③陬：角落。
④蹀：踏。　　⑤此诗出自宋代岳飞的《送紫岩张先生北伐》。　　⑥沨沨然：沨沨为风声，这里的沨沨然形容豪气冲天的样子。

查史迹,至中国今湖北、河南、陕西诸省而过河南之郾城县,著论谓岳飞之班师在郾城而非朱仙镇。(其论见《史学杂志》十五编织二三号。)据《北盟会编》①《系年要录》②诸书,皆载飞自郾城班师,其云飞进军至朱仙镇,距京师才四十五里云云,盖出自飞孙珂所著之《金佗粹编》,此系家集中夸大之言,因据史事上计算道里时日,断为至朱仙镇之说为不可信云云。以史学言,其言盖多可取,果如是,飞当日者不过有数次战胜之功而克复土地数处而已,金所有汴京之根柢尚未动摇,所谓金军皆预备迎降,取汴京直在指顾间者,尚不过描一将来之空想。而人人之所为崇拜者,亦直哄动于虚声而非事实,而飞享此赫赫之名,殆可谓在侥幸之列乎!是固不得谓苛待古人之论也。

虽然,余则关于此事不欲置为历史事实上如何之一问题,而欲置为国民心理上如何之一问题。夫以国民之心理上言,则飞固有可以致国人崇拜之理在,而国民之所以崇拜之者,亦不得谓崇拜之非其人也。则请言之。

凡时势上发生一艰难之境,则国人常喁喁焉捧心香而祷曰:"畴③孰能济此艰难欤?"则必天之生有是伟人矣。夫以举国人之心,皆欲排去此艰难之境,而又无一人焉能堪其任而奏功,则其感艰难之苦痛也弥甚,从而有一人焉能为国人一释去此艰难之境,则国人之爱慕尊敬夫是人者自发于其心理之所不容已。试思人当偶抱一病,苟有能已之者自不觉深其感谢,国人之负时势上之苦痛于心也亦然。此各国人所以无不有崇拜英雄之风,其崇拜心之烈,尚大有过乎我中国人,殆可谓国民心理中具有一种崇拜英雄狂。而此心理实能强固其国家,维持其种族,而为国民势力所由发展,事业所由建树之一原因。虽其所以崇拜之者或不免过乎其人之实,而以此崇拜英雄心为国人之所必不可无,故谋国者皆不欲锄而去之,盖去此崇拜英雄之心,则其国人即可至于萎谢落寞而一无志节气概之可言,驯至于灭亡而将无可救也。而其所崇拜之英雄,则常有二:一成功之英雄;一不成功之英雄。其崇拜成功之英雄也,则以若人者挽济时艰,出风涛之中而措之衽席之上,国人于是由愁苦之一境而顿入于愉快之一境。凡人之心理,其感愁苦之情愈甚者,则一旦消去其愁苦,而其感愉快之情亦愈甚。此愉快心之发动,必附于一事物以为表显之地,而即以表显于能释我之愁苦而予我以愉快之一人为最得人人心理之所同,(此时又兼含一报恩之心理在,故崇拜英雄实为复杂之情绪所成。)此成功之英雄所以致人崇拜之理也。若夫不成功之英雄,彼其人物之价值既足与成功之英雄等,而其事亦骎骎焉前途有可以致成功之理,于此而不获成,其非有人焉而为④之,则将归之天而群吊其不幸焉;其或有人焉而

---

①《北盟会编》:即《三朝北盟会编》,是宋代徐梦莘创作的史学著作,全书二百五十卷,采编年体例。"三朝",指宋徽宗赵佶、宋钦宗赵桓、宋高宗赵构三朝。该书会集了三朝有关宋金和战的多方面史料,按年月日标出事目,加以编排,故称为"北盟会编"。 ②《系年要录》:即《建炎以来系年要录》,是宋代李心传撰写的记述宋高宗赵构一朝时事的编年史书。全书二百卷。 ③畴:谁。 ④为:这里指做败坏之事。

为之，则必归咎于败坏者之一人。当其时于事实虽未得告成功，而国人已悬拟其一成功之印象于心目之中，而因其虚影一成功之想望而不得偿，则思之而倍有余痛。而遂欲昭显此负屈之状以澹其思之有余痛之情，而后国人之心始安，此不成功之英雄所以致人崇拜之理也。是二者，一则本于国人之有喜悦心而顺而发之，一则本于国人之有郁恨心而逆而出之。而要有可称为时势上之一英雄出，则无成功与不成功之差，而其足以致国人崇拜之心一也。

以观于近世纪，若法国之崇拜拿破仑，英国之崇拜讷耳逊，而现时若日本之崇拜东乡皆然。而固不必远证诸他国也，举我国之人言之，《韩非子》曰："（《五蠹篇》。）上古之世，人民少而禽兽众，人民不胜禽兽。有圣人作，构木为巢，以避群害，而民悦之，使王天下，号曰有巢氏。民食果蓏蚌蛤，腥臊恶臭，而伤害腹胃，民多疾病。有圣人作，钻燧取火，以化腥臊，而民说之，使王天下，号之曰燧人氏。中古之世，天下大水，而鲧、禹决渎。近古之世，桀、纣暴乱，而汤、武征伐。"云云。所谓禽兽也，食之腥臊恶臭也，洪水也，暴民也，皆时势上所发生艰难之境，而有能作居室，化火食，治洪水，伐暴君，则国人之所谓英雄而崇拜之也。而时势上艰难之境，其状态每若一波去而一波又来，故但觉送前之一英雄方去，而又望后之一英雄其来，而国人几为迎送英雄之一事而忙煞。是固非独庸庸若吾侪之人望英雄也，虽英雄亦望英雄，孔子云："微管仲，吾其被发左衽矣。"孟子曰："五百年必有王者兴。其间必有名世出，以其数则过矣，以其时则可矣。"以孔孟之圣，其有望夫英雄之心尚若是其切，以是知因时势而祷人物，不得目为国人之有依赖心也。而当证为人与人合群之固有心，是又不必远证诸古代之人而可举今日之时势而论之。夫今日者，神洲欲暮，大陆将沉，凡吾人之所谓歌焉有思，哭焉有怀，若狂非狂，若忧非忧，非日夜望有一英雄者出耶？自今以往，其果有一英雄来拯吾之艰难乎？否乎？要之吾人则固已准备崇拜英雄之坛坫而绕花、酹酒①、焚香以待之。夫以吾人今日不胜其欲得一英雄而崇拜之心，因而知南宋时代亦不能无崇拜之一人物。

则试即人所以致崇拜于岳飞之理而论之，大抵人物之价值常受影响于其时势，故平易时代之人才，其昭著每不及艰难之时代。彼百物之定价常以丰而致贱，荒而致贵，人物之受平准于世也亦然。当夫天构奇局而人才或有岁差，则人才之稍有逊色者亦能藉时势反映之力而顿增其色。例若明季之有郑成功也，其人才决非能满乎吾人之意，然而以明季时代之所关而论当日之人才，已不能不举郑成功而崇拜之。岳飞亦然。今夫有平论②岳飞之人，谓飞虽禀性忠勇，优于将略，然其人物亦不过如唐之汾阳③等相比，决非能如今日所崇拜，几可视为千古无两之人。此其论固为吾人所首肯，然吾于此即欲援时势能增人物价值之一例应用，以为评人物者不当但举人物以论人物，而当兼取时势以论人物。今夫

---

①酹酒：酒酒。　②平论：即评论。　③唐之汾阳：指唐代的郭子仪。

以时势言,则南宋者殆可谓我中国自黄帝时之蚩尤、夏禹时之洪水而后一大艰难之境也。盖前此中国之有外夷之患,若五胡、契丹等,尚不过扰及中国之一方,未有举中国全土骎骎焉而尽将为外人之所吞噬者,有之盖实自南宋始。余尝谓中国之历史,三古而后凡三大变,一秦始皇之时代,一南宋之时代,一今日之时代是也。而其间二者皆为种族之争。且夫我种自黄帝以来,未尝有受役属羁治于外人者,积此经久二三千年自主之民族,其不肯奉事异种人之一禀性已于历史上有莫大之根柢,其深固盖不可得而拔,故金人之在中国,我种人实与之有不能两立之势而必欲扫除之以为快。当其时,国人之对于时势,其心理决非如对于唐时中世之乱同。盖唐时中世之乱,百姓或视为与己无关之事,而对于金人,则国人固有一种族之见者存。以国人对于时势心理之不同,故其对于人物之心理亦不同。盖当南宋之时,人人固负有一异种人逼居之痛而望有英雄焉出而排除之,而以其事之关乎战争,则其所望者又不在文臣而在武将,而试数当日武将之中,若韩世忠、杨沂中、刘光世等,其人才皆不及飞。虽然,使无绝特之武功,飞亦未必遽能引动全国人之耳目也,而当日者,金以累胜、宋以累败之余,而飞独能挫其锐锋,其进战克捷,则事实也。今按《北盟会编》记飞班师前数月间之战事如下:

六月十三日,(绍兴十年。)岳飞统制牛皋败金人于西京。

六月廿五日,岳飞军统领孙显大破金人排蛮千户陈蔡州界。

闰六月廿日,张宪克颖昌府。

闰六月廿四日,张宪及金人战于陈。(《系年要录》是日张宪复淮宁府。)

闰六月廿五日,岳飞将杨成及金人战于郑州,克郑州。

七月二日,岳飞将张应、韩清克西京。

七月八日,岳飞及金兀术战于郾城,败之。

七月十日,岳飞败金人于郾城县。

七月十四日,岳飞统制王贵、姚政败兀术于颖昌府。

七月廿一日,岳飞自郾城回军。

是所记皆信史,与据《金佗粹编》出自飞家集者有异,而于一二月间其战胜之功若此,诚可谓有破竹之势者。论者谓金人方强而兀术枭雄也,飞不班师亦未必遂能得志。夫飞固能枭兀术之首而复燕南与否,此未来之事,固未能立一何等之证据,虽然,谓金以方张之国,其势若必不能挫者,此亦未审之词也。夫金人虽强,然其根柢决不得与今日欧洲列强之坚固者比。盖金人之起也,与清朝之祖先同,(乾隆四十二年谕旨,我朝得姓曰爱新觉罗氏,国语谓金曰爱新,可为金源同派之证。)皆始自满洲,当其初实以马贼跳梁,其后虽得乘时建国,而实带有草寇之性质在,故其所遇者而为弱国,则能灭人,设遇强国,亦遂为人所灭。此有证也,方岳飞班师之前一年,蒙古已袭败金人于海岭,方是时,蒙古之势盖其微弱而金人已不能制,终乃为其所覆亡,以是知金之立国盖其脆弱。惜宋以百余年之太平,人不知兵而遂为所乘耳,否则未必以辫子之虏(刘锜败金人于顺昌,见辫发者辄歼之,敌众大乱。此当日以辫子为贼之记号也。)遂能猖獗于中原也。观于与宋人连战数载,其初皆金人胜而宋人败,而后已骎骎乎宋人能与金人为敌,此即金人无能之实证,当日实可得下非金人之强而由宋人之弱之一史断。而谓"飞不班师,不能逐金"与谓"飞不班师,必能逐金",二语于论断上之效力等,又曷怪当日之人心以屡胜之余而遂悬一"渡河朔,捣幽燕,直抵黄龙,与诸君痛饮"之一快事于胸中?盖即以扫除膻腥、恢复神州之一大事而与飞之身结合而为一,此则由于时势而岳飞人物之价值为之顿增,而即所以能致人若是其崇拜之理由也。

而不止此。今夫人之所以崇拜其人者,尤必视乎其人格,而其中尤以有一种之志气为最具感人之力。夫志气为不可得而见闻之物,则往往现实于事实、言语之间,若飞之事实,既彰彰在人之耳目,不待再论,而于言语之间,飞亦有能动人者。言语之重者为文字,故诗歌、文章亦为英雄能致人崇拜之一要件,如崇拜屈原者,实多由于《离骚》之辞,是其例也。飞虽不以文字鸣,然如前所载之诗词,虽千载下读之,犹若与英雄之灵气相往来而有发动人志气之能。夫人类常以发动其志气为最不可少之物,(各国人多爱酒,多爱诗,以是知心理间不可不时时投以兴奋剂也。)飞以武人而余事又能为此,知人之所以倾倒于飞者,固亦未尝不为其词气质所摄也。况乎飞于言语之间,若"直抵黄龙府,当与诸君痛饮"之雄快,"十年之力,废于一旦"之悱恻,虽寥寥数语,亦能深沁人之肺腑。夫飞固非专以是重,然有飞之事绩而又有文字语言之文采以为之副,则其大有力于致人之崇拜者固无疑也。而又不止此。盖尤有能致人崇拜之一要件在,无他,杀身是也。大抵英雄豪杰每以杀头为最能添其生平光彩之一物,忍此数分之时间,溅此一缕之碧血,其所赢得于千古之价值无有终极,直可谓天地间第一之幸运,盖无过于杀头。夫人往往有立一主义,定一宗旨,而以血灌之与不以血灌之,于前途之收效悬殊。彼基督教之能盛行,盖得力于耶稣之献身赎罪者为不少。今地球上何之事由不问,但以有一事由之故而流血至于数起,即能引起人人之注意,而视为世界当研究之一问题。其矣人类间之血之可贵也!原其故人之所以为人,必以有一生命为之基本,一失其生命,则万事皆休。故人类早以关于生命为一重大之事,苟或有一人之死于非命,即其事或全系乎为私,亦必欲为之昭雪其冤,而若其所以死之故为公而不为私,即能为人群间添一悲壮之心,盖死之事为甚悲,而其死也为人人而死,则其事又甚壮。今人睹颓城荒苑,则有悲心;睹高山乔岳,则有壮心,而英雄之死为能合此悲与壮之二心理而为一心理,故其形容之辞往往拟之为泣风雨、壮河山,人类间以有此悲壮之心理故,实能变世界之干燥而为缠绵,化宇宙之萧瑟而为峥嵘。而其能感人悲壮之程度各有强弱不同之故,即视乎其英雄所对乎一群之功绩与其所负于一身之苦痛各有其程度之不同而定。而以观于岳飞,既以奉诏班师,功败垂成,而使吾种人恢复中原之死靡他之一心受一莫大之顿挫,人固尽已痛之,而又以"莫须有"三字构成千古之奇狱,更使人于前事负痛之外更增一负痛之事而其情斯烈。盖统其事以观,实可谓中国之历史上结构一最悲壮之剧者,此又所以能致人若是其崇拜之一理由也。

故余论崇拜岳飞之理,以时势上之关系为一主要之题,而又附之以战胜之事实及其人之志气,而终则至有杀身之惨,合是数者而断为飞之所以能致人之崇拜者非无其故,而亦不得议国人之崇拜岳飞者为非其人也。

凡一国之人心无不受其影响于历史,盖现在之人心即为过去历史之所产出,而后日之人心又为今日历史之所产出。故关于一国历史上之案,不可不研究而一决其是非,盖知其是则当奖而进之,而知其非则又当改而正之。此崇拜岳飞之事固宜付之一国之审议处而论定之也。今之学者或谓因崇拜岳飞之一事件,于是自南宋以来迄于今日,人之对于国事皆有以和为小人、以战为君子之心,近数十年与列强相交涉,其失败之原因即坐于此,盖即由南宋相沿之积习,而固未始不由于崇拜岳飞之事之贻之祸者。此主非崇拜岳飞论者也,其言固非无一理。虽然,此言也,吾以为于心理上但见智识之一方而未见感情之一方,以是进国民之智识则可,以是强国民之感情则未可也。夫国人之于智识,固不可不求其进步,故时势既变,则定和战之是非亦不可不变,固有未可执历史上之成例以相衡者,然一国所固有之感情则仍当保存之。今之言国民心理学者,咸以为凡一国家之所以存立,必有其国人从历史所经过一种特别之气质,此气质亡而国家亦随之而亡,例若国人有好战之气质者,至好战之心衰而其国亦就衰,此常见之例也。夫人民有自主之心而必不肯受异种人之管辖,此实今日列强所以立国之本,我中国方患此气质之尚失于薄弱,幸而有之,正当视为国民心理上一至可宝贵之物。而试一进探国人所以崇拜岳飞之原,实不外由此种气质之所发现,吾以为此从感情上立论,必当奖而进之者也。且夫论个人之人格,智识与感情皆于心理上为两不可偏废之物。一国人之心理亦然,必智识与感情均无遗憾而后国民进步之资格始备。故若吾人今日之对于列强,万不能再演其昔日闭关自守、排斥外人之一蛮风,致自招灭亡之祸,凡各国之来,吾人正当欢迎而敬礼之,而收交通①之利益,此智识之当进步者也。然若各国之人而遂欲主宰吾之山河,分裂吾之疆土,则吾人虽流血曝骨以殉而必不可以一步让,此又全国人不可无此金石不磨、汤火不变之感情者也。试据此例以解剖义和团之心理,其智识之暗愚万不能恕,而其感情之旺盛亦自足多,固未可以一概之词誉之,亦未可以一概之词斥之。盖存义和团之感情而补其智识之不足,此即可定为吾国人前途进行之方针者也。然则由是而言,必欲排去国人崇拜岳飞之心,则必并国人所固有之自主心而隐受其损,窃认以为有害于国。盖今后但当加知识于吾国人固有之感情中,而昔日之感情则固大可用也。

吾于此而得一吾国人固有爱国爱种心之实证。今世之论者辄诟之曰:中国

---

①交通:交往。

之人民，奴隶之人民也，尽人可入而为之君。无已，则引蒙古人之入主中国、满洲人之入主中国以为铁证。此于事实上诚无可解免，虽然，吾于心理上则期期不能服是言，尝皇皇①焉索之我国人心之中而求其固有爱国爱种之一证据与否，今观于崇拜岳飞之事而得为我国人一洗此谤。何则？使岳飞之死而固无种族国家之关系者存，则必不能致国人之崇拜至于若是，其崇拜之至于若是，则崇拜之得当与否为第二之问题，（心理学多采材料于诗歌、小说之中，事实之真否非其所问，况若岳飞之本有事实乎？）而此即可证为有爱国爱种心之一标帜者。吾其愿我国人益保此心理而大之，果如此也，则河山虽变而心理不变，心理不变则我种人必有恢复神洲之一日，而东亚大陆必归于我种人为之主焉。此当于心理上勉我国人者也。

余有《论中国人崇拜关羽之心理》及《中国人崇拜岳飞之心理》，此其一篇也。

附《社会待英雄之礼》：

我国社会于待英雄之礼也，盖可谓缺，试举其一例。今世界之交通，实可谓食哥伦布氏得新地之福，哥伦布以赫赫之名为今世界之所崇拜宜也，然翻而观之我国，可称为地理上周流之伟人者，若张骞，若玄奘，若郑和等数子者，于未言维新以前，在我国皆泯泯焉。张骞或以《史》《汉》所载，知其名者尚多，若玄奘、郑和，则并其姓氏而无人道之。又若郑成功，亦至近日随民族之风潮始有称述之者，其前亦几视与草寇一例。（或谓以清朝在上，故不敢谈及，非我国人之不知郑成功也。余谓不然，实断定为中国人之智识不知郑成功，非为满洲压力之故。试观今日清朝尚在，何以独敢称誉郑成功乎？故知其人而固为国人之所哀，虽无论若何压力，必不能阻之。其寂寂焉不道及之者，实由于并不知其为何如人也。）凡此之类，其多不胜枚举，（余前作《几多英雄之复活》失之简略，俟后再补足之。）设不遇今日之时机，民智稍开，恐随岁月之久远而其人遂湮没终古矣。英雄而有知也，其灵岂能瞑耶？又何独待古人然，于数年内为维新事死难诸人，其在作官派一流之新党，恐一口诸人之姓氏即能为其富贵功名之祟，固已悬为齿颊间之一厉禁，而在野之新党亦复无何等之举动以表其纪念之情。（若为之作传，及挽诗与立墓碣，及追悼、纪念、祭等诸事。）恐以一身为牺牲之人而其姓氏不得一见诸中国史者多矣。以今世界日进文明，凡利用记载之法而谋人群之利益者，其事亦日益加多，而我国今日死难之人犹不得与乎其列，是真世界文明而我中国固犹守蛮风者也！其文化之幼稚抑可惊矣！以观日本，对于维新有功之人多祀靖国社，或赠位，或于其关系之地建立碑碣，或每岁为纪念之祭，至传记其人，更不待言。而中国一不闻有此，此何以慰死者之心而劝来者以鼓荡社会之热心耶？观于我国对于古今之英雄，可得下二语以一揭

---

①皇皇：匆忙。

社会之短：一社会尚无知英雄之资格。自来惟英雄能知英雄，能知英雄而后能惜英雄，若其人碌碌焉一无英雄之性质，则英雄之志事皆为其所不解，而以随珠和璧视与瓦砾同价者多矣。蛮愚之社会亦然，此古今所以多霾灭之英雄也。可慨也！一社会之寡恩薄情。今夫吾人读史，见有君之薄待其功臣者，未尝不为之太息，英雄之有益于社会也，亦犹功臣之为其君致力也，彼且为社会而耗其一生之心血，或抛其百年之生命，而社会视之漠然，不思所以报之，此宁得谓尚有人情者耶？是二恶者，我社会实皆蹈之，此我国英雄之所以多不幸也。且夫人类生存之道，其最大之要件有二：一对于生命，百体之防御，如手、足、耳、目相互之防御是也；一对于生命，团体之防御，如一国家、一社会、一种族相互之防御是也。彼夫若动物者，于百体互相防御之事虽已发达，而于团体互相防御之程度盖远不及人类，而于人类之中蛮野之社会，于组织团体互相防御之道又远不及文明之社会。动物之不胜人类，而蛮野社会之不胜文明社会，其故盖由于此。而于讲求团体互相防御之道，尤莫要乎鼓舞社会之有英雄性；而欲鼓舞社会之有英雄性，必先尊重英雄之人，盖英雄者，社会互相防御之利器也。凡一社会之发达，实积几多英雄之血之所成，而此敬礼之事，实不过社会出其区区以为购英雄之血之代价。社会之敬礼英雄愈至，而英雄之出其血以为社会造福者愈多。彼蛮野之社会亦非无一二英雄之人偶发生于其间，而以一般社会皆不知尊重之故，遂至英雄以不适宜于其社会之故而至绝迹，而其社会亦日益萎缩暗淡而不昌。例若苗人于其古代亦有蚩尤之雄，（蚩尤固为苗种与否别一问题，此但据古书以蚩尤为苗种耳。）而苗人固未有记载之者，遂至一败不振，而英雄不复再生于其人种之间。若我汉种于古代已知尊黄帝、尧、舜、禹、汤等之为圣人，而古人之行事，其光明犹昭宣于今日，（吾人去三代远，而于三代之事反若明亮，于后世之事反若暗晦，此关于记载之言大有不同故也。）此中国于古代之所以称为文明国也。虽然，中国承古代文明之遗，固稍稍知有敬礼英雄之事，然固不能如近世文明各国之敬礼其英雄者比。吾人试入人国，见夫峨峨铜像，此非徒尽报答英雄之礼，而又可视为唤起其国人使发生英雄心之一种实物教育观者。而至读其国史，则见其多表彰英雄焉；诵其诗歌，则见其多讴思英雄焉；览其人心、风俗、一切事物之间，则又见其多纪念英雄焉。（如器物名其名，或饰其肖像等事皆是。）而提倡天才保护论、英雄奖励论者，（若发明者之予奖励金，及诗人保护金，又若巨金悬赏求探北极之人。近日美国巨富卡匿奇悬巨额之英雄奖励金，求对于国家、对于社会、对于个人有拔群献身之功劳者予之。）其言又时时不绝于吾人之耳。而返观于吾国，不必其果为绝特之英雄焉，但使其人不能与流俗同好而稍稍有与世殊异之处，即不能容于其国，（日本人之才者多不能出国，盖为其国家之所不能舍焉。中国反是，苟为贤者，多为亡人，即不然亦必穷居而不得志。此可以觇国之兴亡矣。）无有一人知宝爱人才者，而杀之、捕之、窜逐之又穷之于其所往，则不惮为之。天地闭，贤人隐，上下不交，其象为否，盖今日之谓也。统观我中国有史以来之社会，惟唐虞三代之时颇能合于待英雄之礼，（如尧之举舜、汤之求伊尹、高宗之求傅说、文王之求太公等事，是降至战国，余风尚存，至秦而后绝矣。）故其间社会之气运亦最隆盛；至其后则以奴隶之道蓄英雄，（自汉之制科始，科举相沿，直至今日，王者所谓天下英雄尽入吾彀中者，盖实不外化英雄为奴隶之法。）而社会亦以寖衰；至今日而芟锄英雄，乃至乎其极。欲求社会之不隳坏，种族之不灭亡，固不可得也。夫个人不能离社会而存，故虽英雄亦不能不有待于社会，英雄而无社会之助力，则失其用武之地而落落焉无以告其成功；然社会间而无英雄之一成分，则其社会必为他社会之所欺压凌侮而遂至于灭国、而遂至于灭种，无英雄之祸乃至如是。故两者以相得而各能繁昌，以相失而皆至覆败，英雄之不能无社会，社会之不能无英雄，其理固明于睹火矣。我中国昔日之社会，固尔为尔，我为我，而用闭门自立之政策者，今则为世界风潮之所冲激，自兹以往，欲图生存之道，已不能不弃其闭门自立之政策而用同舟共济之政策。盖社会之文化将自此而更进一级，而其有待于英雄之事亦自是而更多，然则于待英雄之①礼，又安可不亟讲于今后之新社会也？

附高青邱《咏岳王墓诗》：

大树无枝向北风，千年遗恨泣英雄。班师诏已来三殿，射房书犹说两宫。
每忆上方谁请剑，空嗟高庙自藏弓。栖霞岭上今回首，不见诸陵白露中。

读《历史上中国民族之观察》糸论②

戎狄为古代原住中国之民族，
汉种者非由夷狄之一种而进化者欤

近日，饮冰室主人著《历史上中国民族之观察》文，炯眼巨识，启学者研究国史上观察我国古代人种无限之法门，其价值固无待余之言矣。余关于此事亦抱有一种之见解，稍稍与饮冰室主人有异。夫余之所见，固为真确乎否乎，茫茫古代之事，余亦不敢自决，顾所见之真确与否不问，学者皆当各抒其所见，以贡献于世而待人之采择，此忠于其学之本职焉。因略述其一得之微，和而不同，学者或取饮冰室主人之言与余之言参观而互究之，亦有可藉以窥我民族由来之根原固若何欤。

中国历史上之戎狄，其一，余以为戎狄者非外来之种族，而原始居住中国之古民族之说是也。《左传·哀十七年》：卫庄公登城以望戎州，曰："我姬姓也，何戎之有焉③？"又戎州人攻之；又公入于戎州己氏。此戎州即戎所居之地，而己氏

---

①待英雄之：原为"待之英雄"，据73号《前号正误表》改。　②原载于《新民丛报》第73号（1906年1月25日）。糸论：犹言小论。糸：微小。　③何戎之有焉：戎州哪里有什么戎人。

即戎人，（《左传》注：己氏，戎人姓。）是戎为中国土著之一证。戎之始住于戎州不可考，然观《左传·隐二年》"公会戎于潜"，又七年"戎伐凡伯于楚丘"，潜，鲁地，陈留济阳县东南有戎城，而楚丘者卫地，在济阴城武县西南，是戎之错居于鲁卫之间久矣。以此为例而推其余，则凡历史上所书戎狄之国，即可知为戎狄原居之地，其与汉族相战争也，为同一国内民族之争斗，非若后世五胡、契丹、回纥、蒙古、满洲之自外侵入者比。虽然，谓戎狄居于中国而其种族即限于中国，此决不然，若中国及中国塞外之地，无不有戎狄之种族在，其在中国者已多自能建国，最强者若中山，几与六国相抗衡，而在塞外能建国而以强大著称者，则始自冒顿。余以为居中国之戎狄与居塞外之戎狄人种同一而部落不同一，见于春秋战国之戎狄非自塞外侵入，而原居住于中国戎狄之部落也，至冒顿兴起于塞外，非由居住于中国之戎狄为汉族之所迫自窜于穷北而立国者，盖原居住于塞外戎狄之部落也。其部落之分裂不相统一，由来久矣，太史公之言为最能道其真相者，曰"各分散居溪谷，自有君长，往往而聚者百有余戎，然莫能相一。"（见《匈奴列传》。）今观戎狄之名见于古史者累累，盖皆一部落之称，而其部落即为其原居之地，（若塞外之戎狄或有逐水草迁移之事，而中国之地利不同，其居住于中国之戎狄为土著种族而非漂流种族可知。）故余以为戎狄者，即原始居于中国之古民族也。

人或有疑之者，以为戎狄之名不见于秦以后，秦以后即变而为匈奴，盖自始皇筑长城，尽驱中国之戎狄于塞外，中国自是无戎狄，而春秋战国时之戎狄盖亦自塞外侵入僭居[1]于中国，而后复驱之于塞外者。余以为不然。始皇之筑长城，盖限塞外之戎狄而非尽驱中国之戎狄于塞外也。夫戎狄之在中国，其见于史者已有数千年之久，所占处之区域其广，欲一举而尽出之于塞外，决非易易。若始皇而果有其事，必当有如巴比仑之迁犹太种族，用种种之虐刑，今观之史一无记载，及此故知始皇无驱逐中国戎狄种族之事。是时戎狄种族之在塞外者已渐强盛，故始皇筑城以备之，盖欲限塞外之戎狄使不得侵入而已。夫始皇既无驱逐中国戎狄之事，则在中国之戎狄亦必无自弃其数千年之根柢而自窜处于穷北荒瘠之理。然则中国古代之戎狄至是将安往乎而不复见于史册也？曰：没入于齐民也。夫岂特戎狄至是而不见于史册，中国自黄帝、尧舜以来相传之古国亦至是而遂绝迹于历史间。盖当战国之时，大并小，强兼弱，至始皇一统，凡汉种所建设之国家与夫戎狄之部落皆至是而俱尽，古代诸侯王之子孙既已降为庶人，而戎狄之酋长亦不能援后世土司之例，由是其下皆为氓隶，而其上只有一君，中国历史以是为分古今之一大界限，而戎狄之名亦至是而自为一起讫，其后不复再见。职[2]由于此，然而其人则固在黔首之中，而非中国古代戎狄之种族至是而尽亡于塞外也。此余关于历史上戎狄起灭之见解也。

按，戎狄诸国当春秋时已渐为汉种国之所覆亡，不自始皇始也，若晋灭赤狄

---

①僭居：非法占据。　②职：只，仅。

东山皋落氏、潞氏、甲氏、留吁、铎辰及白狄肥、鼓等诸国是。然则将谓当日者尽驱其人于塞外乎？抑其人自窜于塞外乎？否则尽其人而歼之乎？殆皆不然。盖其国既灭，而其人则没入于中国齐民之中。窃以谓凡戎狄之不再见于中国史者，皆同此例。至塞外居住之戎狄未尝为汉种国之所灭，故自冒顿起而匈奴始大，非中国之戎狄窜于塞外而建国者。此塞内外戎狄种族经历史之不同也。（顾栋高谓赤、白狄始合而终分，其说非是，容别论之。）

又其一，余以为汉族者非由夷狄之一种而进化者欤之说是也。夫戎狄既为中国古民族之说定，然则戎狄自戎狄而汉族自为汉族乎？抑汉族之与戎狄，其原始出于同一种族而后分为两种族乎？是两说者，余从前说则宁从后说。今夫汉族，其原始之来历不详，而可认为汉族之标准者，惟姬姓。（无论当周代时，于姬姓国之外，若齐、姜、陈、妫等皆为汉族，然以姬姓之标准为最著，故用之。）姬姓盖始自黄帝，故言我种族者必以黄帝为始祖，然追溯黄帝以前，中国之古帝王则有神农，而神农为姜姓，其后为四岳①，而姜戎，所有之姓也。姜戎，《左传》以为其先四岳之后也。然则齐、许等国其后为汉族者，其先固戎人矣。又追溯神农以前有女娲，有太暭，女娲、太暭皆风姓，而风夷，所有之姓也。东夷九种之中有风夷。然则任、宿、须句、颛臾等国，其后为汉族者，其先又夷人矣。（按，任、宿、须句、颛臾皆在今山东境，确为东夷之种，然其后固同为汉种。）于是读史者不得不立两说于此：一黄帝为汉种，而黄帝以前中国之古帝王皆为夷狄人种；一太暭、女娲、神农、黄帝实为同一种族，其后皆为汉族，其先皆出自夷狄种族。此两说中，惟黄帝之与太暭、女娲、神农固为同一种族欤否欤，其问题今尚残留，然自当以同一种族之说为近是。即不然，而认黄帝为一新种族，亦必多少与太暭、女娲、神农诸古帝有血统之渊源，是则仍当认黄帝之与太暭、女娲、神农其原始为同一之种族，而太暭、女娲、神农之子孙在今日固与黄帝之子孙不能分别而同属于汉种之中。而太暭、女娲、神农，考其姓固与夷狄相通，此则汉种之原始与夷狄为同出一种盖已有明征也。

然则曷为而有戎狄之名乎？曰：此人种进化者鄙人种不进化者之称。换言之，于同一人种之中，文明之部落贱视其野蛮之部落而予以一个之称号以为言语上之标识者，犹今日维新之人称其内地不开通之人为旧党无以异。或曰：是言也，得毋与后世称戎狄之义大相刺谬②矣乎？曰：然，请言之。夫后世之言戎狄也，大抵含有二义：一以地域言，即以处于中原者为华族，而以处于四裔者为戎狄，所谓东夷、西戎、南蛮、北狄是也；一以种族言，即我自称其种族为诸夏，而以非我之种族为戎狄是也。而以余原③古代戎狄之命名，若必限以地域，限以种族，则其间多有矛盾之理在，故窃以为原始之称戎狄盖由于部落之文野而起，即

---

①四岳：相传为唐尧臣、羲和四子。分管四方的诸侯，所以叫四岳。汉孔安国、宋孔平仲、明杨慎均以四岳为一人。　②刺谬：冲突。　③原：推究。

同一人种之中，于其中之一种挺生圣哲，如古之太暤、女娲、神农、黄帝等而立文化、创制度，其余之种族尚守其朴野蛮陋之风，而衣服不同，饮食亦异，风俗习惯骎骎乎分而为二，于是同一种族中区别为两种之势成，而文明者之对于野蛮，乃产出一戎狄之称，（按文明之人辨别之意识增长，其言语亦从而加多，为代表其辨别之意而产出一用语，故有此称。）而非原始立此称名以画为地域之上标识、种族上之标识者。若谓以地域言，今观杨、拒、泉、皋、伊雒诸戎，皆在今河南府境，与周近；长狄在今山东济南府境，与齐近；根牟在今山东沂州府境，与鲁近；而卫尤与戎狄密迩，故春秋时屡有戎狄之患。夫周、齐、鲁、卫所谓居中原之地者，而戎狄亦居其间，是知原始之名戎狄非专用为区别地域上之标识者也。又若谓以种族言，今观风姓有任、宿、须句、颛臾诸国，而夷亦有风姓、姜姓，有齐、许、申、莱、吕、纪、向、州、郜、厉、逢等诸国，而戎亦有姜姓。尤可征者，姬姓之为汉种而非戎狄明矣，而鲜虞、大戎、骊戎亦为姬姓，此则同为汉种之中，亦有称之为戎狄者，是又知原始之名戎狄，非专为区别种族上之标识者也。虽然，凡一名词以沿用既久，经其间种种之事变，则其所包含意义之范围亦从而广阔，故以后世所称之戎狄言，则区别地域与区别种族之两意义亦未尝不摄有于其中。盖当日开化之种族，如太暤、神农、黄帝之后，多以中原之地形利便为其原居之一中心，而四裔荒僻，为当时开辟之力之所不及。而其余不开化之种族反是，以交通往来之事少，多与其旧日之土地相习，而为其四围之地势所圈，故向居于四裔者仍安居于四裔，即散布于中原之种族，亦多伏居于山谷之间。而中原形便之地独为汉种之所占，犹后世开化者之多住都市而不开化者之多住乡僻，因是而戎狄之名遂兼有一地域上区别之义。又其时开化之种族，如太暤、神农、黄帝之后，以伦理同一、政治同一、法制风俗等种种同一，故易相吸合而成为种族。而其余不开化之种族反是，因袭原人时代之习俗，与文化人之风尚悬殊，戎子驹支[①]所自称为不与华同者，故不易接近，有则惟有相冲突而已。当时以蛮野种族屡为文明种族之害，故汉种人皆有逐戎狄之思想。（尧北教乎八狄，则知汉种之对戎狄于古盖有二策：一拒之，使不为我害；一教之，使同化是也。）盖由文化上之隔离，积久遂成为种族上之隔离，因是而戎狄之名又兼有一种族上区别之义。然余以此为一名词，经过事变程途中所发生之广义，而戎狄滥觞之名，不过为开化种族区别不开化种族之一标号而已。虽然，以种族分科之例言之，万物之初实皆同出于一原，其后以渐变、顿变（顿变者以气候、地理、人事等一个之原因而生急速之变化者，如中国神农、黄帝时代，突然脱离上古之习俗，可称为一顿变之时代。又若今时与欧西交通而有变法维新之事，亦一顿变之时代也。顿变与渐变不同，古今万物之变迁无不含此两种之改变法而成。）之故，有一大分别之界限，遂不得不认为两种族。故汉族之与戎狄，以理论言之，实当认为两个之种族，汉种为古代中国住民种族中之进化者，戎狄为古代中国住民种

---

① 戎子驹支：春秋时姜戎首领。

族中之不进化者，然追溯之于古代住民之中，则余以为汉种之与戎狄实为同一种族，惟于其后有进化与不进化之别而已。

按，谓夷狄之称以文野言者，《春秋》亦用是义，僖二十七年杞子来朝，传曰：杞用夷礼，故曰子。是即所谓诸侯用夷礼则夷之，进于中国则中国之，盖野则谓之夷狄，文则谓之非夷狄，一文野上之区别而已。若谓以地域言，则秦承周之后，居文武之旧都，当谓之中国矣，而《春秋》乃贬之为夷狄。（《公羊·僖三十三年》："晋人及姜戎败秦于殽，其谓之秦何？夷狄之也。"）又楚地固夷狄矣，而郑之战，晋变而为夷狄，楚变而为君子。（《春秋繁露·竹林篇》："春秋之常辞也，不予夷狄而予中国为礼，至郑之战，偏然反之，晋变而为夷狄，楚变而为君子。"）是知区别戎狄之不专以地域言也。又若以种族言，吴、鲁、周皆同姓，宜吴之不得目为夷狄矣，而《春秋》乃贬之为夷狄。（《公年①·昭二十三年》：吴败顿、胡、沉、蔡、陈、许之师于鸡父。此偏战也，曷为以诈战之辞言之？不与夷狄之主中国也。然则曷为不使中国主之，中国亦新夷狄也。又《定四年》：蔡侯以吴子及楚人战于伯莒，楚师败绩，吴何以称子？夷狄也。）是又知区别戎狄之不专以种族言也。盖秦虽居文武之地，而以杂戎狄之俗，故摈之为夷狄；吴虽为泰伯之后，而断发文身，其礼仪不同上国，故亦黜之为夷狄。然则孔子之意其即以文为非戎狄，野为戎狄，若戎狄而文，则戎狄即中国而无夷狄之名；中国而野，则中国即戎狄而有戎狄之称矣。余以为孔子《春秋》所用戎狄之义，其有合于原始戎狄命名之义欤。

是说也，或有闻之而大怒者，曰：若是，是将夷吾之祖先于戎狄也。曰：然。吾且重益子之怒。夫以今日进化论之理言之，岂特戎狄，吾人之祖先即一种之类人猿是也。当猿为人祖之说之初出也，一时人心间之反响咸以为侪②吾人之人类于物类，则人类之声价不尊，遂不觉其刺谬于吾人之耳而期期不敢奉是言以为然，其中基督教会中人以破坏其上帝造人之说尤抵死欲扑灭此说以为快。然经学者诸家之考察，其根柢益见确凿，至今日而反对之声且销，遂一反从前之心理，以为人类之先为动物，人类之价值初不因之而减且因之而增。盖动物以不能进化之故，故至今犹限于动物，而人类以能进化之故，此其灵智之所以为万物长，而吾人人类之可尊盖未始不由乎此也。然则吾亦欲取是说以解吾之言。盖戎狄以不能进化之故，故不免冒戎狄之称，而吾种之祖先以能进化之故，遂能出乎戎狄之上而别为一文明之种族，而于其始之与戎狄同种何害焉？夫谓一人种之初突然由天降生，此虽足自尊其祖，然其说固毫无价值于今日之学界，故不能不从进化之言，其初则由动物而进于人类，至既为人类而后，则又由野蛮而进于文明，此进化上天然之阶级，一无可超越者。故吾人不必讳其始之为野蛮种族也，所争者，能进化而为文明种族否耳。且谓吾种族中固无戎狄之血统在乎？吾请从历史上证其必有，不言其他，即吾人通俗所知百家姓中第一姓之赵，已有

---

①公年：当为"公羊"之误。　　②侪：等同。

戎狄血统之明证。在考之史，赵与秦同祖，其祖先实不详，或谓颛顼之苗裔也。其果然乎否乎？就令其然，而赵氏至衰之世，从晋文公重耳出奔狄，狄伐廧咎如。廧咎如者，隗姓，赤狄之种也。狄得廧咎如之二女，以少女妻重耳，长女妻赵衰。（按，《史记·赵世家》云以少女妻重耳，长女妻赵衰，然《晋世家》反之，谓以长女妻重耳，少女妻赵衰，同一《史记》而自相矛盾，若此太史公全部《史记》类此者甚多。按，《左传》云以叔隗妻赵衰，公子取季隗，今取其有两书相同者用之，故定为此说。）初重耳在晋时，赵衰前妻亦生赵同、赵括、赵婴齐，而狄女生盾，盾生朔。当晋景公时，屠岸贾诛赵氏，杀赵朔、赵同、赵括、赵婴齐，尽灭其族，惟赵朔妻有遗腹孤，程婴杵臼匿之，乃得免，即赵武也，其后嗣赵氏复大昌。由是言之，赵氏中绝，今之赵氏皆朔遗孤武之后也，而武之父为朔，朔之父为盾，盾之母即狄女也，此赵氏承戎狄血统之可考于历史者。（又若晋文公之子孙，其在汉种中必多，而文公之母，固所谓"大戎狐姬生重耳"[①]者是，亦戎狄之血统也。其余不及覼引。）今我种人溯其祖先，又岂有不与赵氏结婚者乎？夫此犹据有历史之后而言，若夫未有历史，于太古茫茫晓云之中，其系统之果出戎狄否欤不可考者甚多。要之我种人中有戎狄之血统，则据赵氏之史案已得铁证，是亦可无恶于认戎狄为同种之说焉。

余故揭是二义：一以戎狄为原居中国之种族；一以为汉族者其原始与戎狄同种，盖即由戎狄而进化者。果抱此二种之见解以读中国之古史，则其于观察点必有与前人异者，或者因此而得发见几多之新事理以为考我国人种之一助乎，未可知也。若夫关于古史上全体民族之论，余别有《中国古代民族考》，兹不及陈。

余之标此二义也，其将于日后更变其说与今日之所见有异乎？（大抵一己所立之言随岁月之经过不能不有多少之变，更如前日余作《中国人种考》，主张西来之说，近于此说亦颇有疑，谓不过足备诸说之一说而已，故余关于中国人种之见解已与前日有异，但不及再著为文以申明之，附识于此。）或益益考据而得事实，以证今日之所见为不谬，是皆非今日之吾之所得而知，余但述今日区区之所见而已。愿饮冰室主人之还有以教我，并望当世学者之质正焉。

附识：

按，太史公亦以匈奴与汉族为同一人种，然以匈奴为夏后氏之后，此当不然。主是说者，引乐彦《括地谱》云："夏桀无道，汤放之鸣条，三年而死。其子獯粥妻桀之众妾，避居北野，随畜移徙，中国谓之匈奴。"应劭《风俗通》云："殷时曰獯粥，改曰匈奴。"据乐彦说，獯粥为桀子之名，其后以名其族，然晋灼云："尧时曰荤粥。"又太史公《五帝本纪》："黄帝北逐荤粥。"是荤粥在黄帝时已有之，即此

[①] 大戎狐姬生重耳：见《左传·庄公二十八年》："（晋献公）又娶二女于戎，大戎狐姬生重耳，小戎子生夷吾。"

可见其为中国之古种而非始自夏桀之后明矣。又太史公作文之一大病，上下文意多刺谬，余读《史记》每以此为苦。试揭《匈奴列传》开首数语云："匈奴，其先夏后氏之苗裔也，曰淳维。（按，匈奴以天为撑犁，土耳其语腾里淳维者，非匈奴之自指其种为出自天者乎？特别考之。）唐虞以上，有山戎、猃狁、荤粥。"上既言匈奴为夏后氏之苗裔，则匈奴当自夏后而始有之，而下忽云唐虞以上有何云云。（又本传前云匈奴无姓字，而下云有呼衍氏、兰氏、须卜氏，此三姓皆贵种也，前后文竟不一顾，真可谓奇。）其词意离奇惝恍，令人瞠于五里雾中而不知所从。要之太史公文其气韵固可谓极文辞之美者，而其前后刺谬，脉络不清，则必不可以为训也。因其论匈奴为出自夏后之事，适与其文字有相涉者，兹附及之。

冷的文章热的文章[1]

余尝谓国家社会要有热血性作事的人，又要有冷头脑考理的人。近世大哲学家德国雅宾胥尔氏 Schopenhauer[2] 尝分人格为二种：一热情的，对于事物易激动其情绪而不能自已者是也；一冷性的，内诉[3]理性，常以思想判断力为主者是也。余亦欲本此意以论文章。

热的文章，其激刺也强，其兴奋也易，读之使人哀，使人怒，使人勇敢，此热的文章之效也。冷的文章，其思虑也周，其条理也密，读之使人疑，使人断，使人智慧，此冷的文章之效也。以我国时势言之，今以前，当用热的文章之时代也，自由乎？民权乎？革命乎？平等乎？以及其他之一切新政何乎？新法何乎？新学何乎？凡吾民之所未知者而咸使知之，于暗黑之室而耀之以日火，于昏睡之场而噪之以钟鼓，煌煌煜煜[4]，轰轰阗阗[5]，而人心于是乎一大变。维新史之开部[6]，则热的文章之舞台也。然至今日，自由则已知之，民权则已知之，革命、平等以及其他一切新政、新法、新学大概亦已知之。当此时也，势不能于自由、民权、革命、平等以及其他一切新政、新法、新学之外更有何等之新说焉以鼓舞人之听闻，而其所欲考者，仍在此数者之间，而曰：吾人之于此数者，将以何道而实行乎？实行之而前途之利果何如乎？前途之害又何如乎？孰者当先孰者当后之次序果何如乎？孰者宜益孰者宜损之调和又何如乎？穷一理焉而有一理，更穷一理焉而又有一理，如抽蕉叶，如缫茧丝。是则必赖有明晰之头脑，深长之心思，而其事全属冷的，此冷的文章当继热的文章而起者也。凡夫时期之大别如此。虽然，理论者常与事实相伴而行者也，故事实常有待于理论，而理论亦有待于事实，若仅有理论而无事实，则理论无发育之助力，究不能独立而自逞其进

---

[1]原载于《新民丛报》第76号（1906年3月9日）。　[2]雅宾胥尔氏 Schopenhauer：通译叔本华，德国哲学家，唯意志论者。著有《世界即意志和观念》等。　[3]内诉：内求。　[4]煌煌煜煜：明亮的样子。　[5]轰轰阗阗：形容声音宏大。　[6]开部：开始。

步。而中国数年以来所谓维新者,尚专属理论之界而未进入于事实,因之而理论亦不能不徘徊中止,以失其伴力而其势不能独前。夫欲测度事实,则理论不可不冷的;而欲发动事实,则理论不可不热的。故夫中国今日,既对于一方之人而当用其考察,又对于一方之人而当用其叫唤,否则更进一步,而于考察之中当有叫唤,于叫唤之中当有考察。故夫今日者,实为热的文章、冷的文章一交互而用之时期也。

此所谓热的文章与冷的文章者,以心理学所唱之色感论（论颜色之观感有关系于心理。）言之,热的文章如赤色,表战争,表势力,使人豪壮而感奋,上古斯巴达国民所最爱之色也;冷的文章如绿色,表固定,表和平,使人安息而静深,中世德国市人所最爱之色也。又热的文章如饮酒,使人发其牢骚不平、忼慷抑郁,而有拔剑斫地、不可一世之概者,则酒之性之所为也;冷的文章如饮茶,使人惺爽刻露①,洞毛骨,沁心脾,扑去尘埃而有无穷出清新之概者,则茶之性之所为也。又冷的文章如四时之有冬,非是则无以收藏万物而坚其本根,此冬之德也;热的文章如四时之有夏,非是则无以发张万物而王②其气象,此夏之德也。故夫求之于人,若忠臣义士、爱国者,与夫宗教家、文章家（诗歌等尤甚。）,则其文章大都属乎热的者也;高人恬士、笃行者,与夫思想家、（哲学、算学尤甚,哲学亦间有热的性质之人,然以冷的为多。）技术家,（科学等属之。）其为文章大都属乎冷的者也。此其大较③也。

若夫今日维新之士,吾亦欲以是二种性质分类而别之:凡夫长于感情者,即热的性质之人也;凡夫长于考理者,即冷的性质之人也。长于感情之人,以时势所激刺,亡而欲求其存,危而欲保其安,此热的性质之动力也;长于考理之人,以学说相比较,知夫彼有长之可采,我有短之当补,此冷的性质之动力也。是故今日中国之人,略可分为四种:（甲）两者之性质兼长均等;（乙）两者之性质兼有而有强弱之差,或一极强而一近无;（丙）两者之性质皆弱,或一弱而一绝无;（丁）两者之性质皆无。是四者最高之甲种与最下之丁种,其人盖寡,通例则乙种、丙种之人。丙种者庸人,或不能维新,或即维新,而亦碌碌无关于多少之数。可论者惟乙种之人而已。于乙种之中,或于感情之一方强而于考理之一方亦不失之过弱者,则伟人也,英雄也;于感情之一方强而于考理之一方或失之过弱,或至于近无者,则直士也,壮夫也;于考理之一方强而于感情之一方稍弱者,则学问家也,思考家也;于考理之一方强而于感情之一方弱而或至近无者,则专门之家也,一技之士也。其间参差万殊,不能尽为格率④,要各由于其性质配合之多寡而分,而其人则皆有益于世者也。然则欲望中国之人才,仍望其有热的性质而利用之,（亦有热的富贵功名而维新者,是则热的性质中之下流,不足与于此数者也。）有冷

---

①惺爽刻露:惺爽:清醒爽快。刻露:毕露,完全显露的意思。　②王:通"旺"。　③大较:大略。
④格率:这里指放到一定的规格、标准中。

的性质而利用之。夫所谓人才者，无他，不过各因其性质之所特长而发舒之以显其本能之一称名而已，故冷的热的以各能自浩其极为贵。而于二者之间，初无彼此高下之分，顾本有之先天性，既当顺而用之，不必逆而矫之，以完其所固有。而本性之所短，亦不可不自知其弊，而有取于后天之补益，如偏于热的，则当求之于冷，有冷的而其本性之热的，益能善其所用；偏于冷的，则当求之于热的，有热的而其本性之冷的，益能尽其所长。虽其间仍自以一个之性质为主，不过取他之一性质融和而归并于其间。然而复杂之纯一性与单独之纯一性往往有以分人才之高下焉。故世有恒言曰"热肠冷脑"，亦可知热的之性，其中不可不有冷的；冷的之性，其中又不可不有热的也。

大抵热的冷的于人心上各有莫大之势力，其最著者，如欧洲十八世纪大哲学家德国之康德[1]、大文豪法国之卢骚[2]是也。当康德学说之盛行也，多数之学者咸摄引[3]于其范围之内，而从事于幽深之思索，致密之考察，欧洲大陆派之哲学实以康德为中心，而近世哲学之一进步，即可谓由素朴恬静一康德之所赐。编哲学史者所谓以无一事可记之生涯而开出近世纪思想灿烂之花，是固康德之功，而所谓冷的之势力也。若夫卢骚者，为国家之所弃，为社会之所屏，以穷窘流离之身，而交友莫恤，亲旧莫救，（太史公一部《史记》，全以此愤激而成；韩昌黎文中亦多发此勃勃不平之气。）起而大声疾呼，欲一举昏暗之朝廷，贪浊之阀阅[4]，扫荡而廓清之，如大洪水之一洗世界，其不平之声大而动人，而人人欲一泄此愤懑以为快。其结果政府倒，世族亡，贵骄富奢咸卷入于革命之大风潮中，而炎炎者灭，隆隆者绝，贵贱富贫之阶级为之一平，而欧洲乃开一新天地。其福祚延至今日，是实卢骚之功，而所谓热的势力也。此冷的热的之两性，固由于各人禀质之不同，而又过半由于其国民所特具之性质，即所谓国民性，又所谓民族心理者。德国人静深而好思虑，盖冷的性质之国民，康德即可谓禀德国之国粹而代表德国民族之性质者也。法国人活动而喜事功，盖热的性质之国民，卢骚即可谓禀法国之国粹而代表法国民族之性质也。（中国民族大抵中庸性质，不若德、法两国之各走一端，然两者之中，偏于热的宁偏于冷的为多，故以程度之多寡言，则中国亦谓之冷的民族之性质可也。）若夫以人心之趋向而言，大都不能停滞于一方，历久而一无变动，其通例常由此一极端而渐移以走于彼之一端，至彼之一端既造其极，复渐移以走于此之一端。故静极则思动，动极则思静。静者冷的，动者热的。冷的之时间经久，一遇夫热的以为快而欢迎之；热的之时间经久，又一遇夫冷的以为快而欢迎之。犹夫冬日之凛烈而苦其冷极也，一煦以阳和之春日而人人以为快；夏日之炎熇而苦其热极也，一逗以凉爽之秋风而人人又以为快。此冷的热的之所以更序

---

①康德：德国著名哲学家，著有《判断力批判》《纯粹理性批判》等。 ②卢骚：通译卢梭，法国启蒙思想家、哲学家、文学家。著有《论人类不平等的起源和基础》《民约论》、小说《爱弥儿》和自传作品《忏悔录》等。 ③摄引：摄有迫近义，引有退却义，摄引犹言进退。 ④阀阅：《玉篇·门部》："在左曰阀，在右曰阅。"古代仕宦人家大门外的左右柱，常用来榜贴功状。因称仕宦人家为"阀阅"。

迭代而各能操人心之势力也。

　　试以冷的热的类推而言,若学校冷的,家庭热的;园林冷的,宴席热的;仁热的,义冷的;德教热的;法律冷的。尧曰宥①之三,皋陶曰杀之三,尧热的,皋陶冷的。孟子论瞽叟②杀人之狱,舜热的,皋陶冷的。又以此评人物,伯夷冷的,比干热的;老子冷的,墨子热的;颜子③冷的,孟子热的;北宫黝④热的,孟施舍⑤冷的;汉之樊哙热的,萧何冷的;贾谊热的,诸葛武侯冷的。若夫温性之人,无冷热之可言者盖多。然所谓温性者,仍合冷热之两性质而成,若以化学的论人法而分析言之,则仍有热的冷的者在也。

　　近时姚惜抱⑥氏之论文章,分为阳刚之美,阴柔之美,曾文正⑦称述之,其说益光⑧。余亦服其言为论文之精者。顾以姚氏之言阴阳,当余所谓冷热,其义多不能合。姚氏盖专以文章之态度言,余则不专以文体论,而从作者所抱之性质及读者所受之影响,而本心理学之义,于智、情、意三部之中,以智为冷的,情为热的。一为思辨之文,一为兴感之文。以五经言之,《诗经》主情,热的也;《易经》主智,冷的也。试略举姚氏之所分与余之所分有不能同者,例若扬雄之文,固所谓属阳刚之美者,然从其人之性质而言,则当谓之冷的;又若欧阳修之文,固所谓属阴柔之美者,然从读者之影响而言,则欧阳之文主情,又当谓之热的。故姚氏自为姚氏之言,与余所言,其义固各不相蒙也。

精神修养论⑨

第一章

第一节　精神总说

　　以体力及器官之构造而论,彼万物亦固有胜于人类者,然则以何而独称人为万物之灵长耶?曰:以精神之发达,万物实皆不如人类。故谓人、物之所以分,即分于精神程度之有高下可也。而于同一人类之中,野蛮之人其精神之发达又不如文明之人,故欲据以定人民文野之差,其第一要件亦必先数精神上之事焉。精神之足重如是。

　　精神之发达也,必以教育锻炼而成。试思之,有高等之精神者无不从读书明理而来,使于精神上素无陶浚⑩之功,则亦惟知奉其饮食货利之事以终世已矣。呜呼!使号为人而不过如此,又岂有一毫人类之价值耶!

---

　　①宥:赦罪。　②瞽叟:舜父亲。　③颜子:颜回,亦称颜渊,孔子学生。　④北宫黝:战国时人,善养勇。　⑤孟施舍:和北宫黝一样都是孟子认为有勇的人。原文为"孟舍施",今改。　⑥姚惜抱:姚鼐,字姬传,一字梦谷,室名惜抱轩,世称惜抱先生、姚惜抱,安徽省桐城市人,清代著名散文家。　⑦曾文正:曾国藩。　⑧光:显赫。　⑨原载于《新民丛报》第88号(1906年10月2号)。　⑩陶浚:陶:陶冶;浚:疏通。陶浚指教育引导。

精神上之事，举其要者有三：曰情、曰智、曰意是也。言心理学者多以智、情、意之三部为心理全体之分类法，而作者之言心理也，以情为主，若智与意不过完全情之作用已耳。（作者所抱之见解如此，其详别论之。）故下先言情，而继言智、意之事。

第二节　情

使问人之生也果何为乎？其将为衣食乎？为居住乎？为目有见、耳有闻、肤有触、神经之有感觉思虑乎？曰：不然。夫为是等而生，则人生竟无何等之趣味。然则人之生也，果何为乎？曰：为情而已。夫惟有情，而后父子相亲，夫妇相爱，兄弟相友，朋友相善，以及国家社会之相维持，相救助，推而广之于全世界之人类而有人道主义焉，又推而广之于全世界之物类而有爱物主义焉，皆一本乎情之所发生而已。试问吾人所与居者但有草木金石而无人类，此干燥之乾坤，吾人岂能一日安乎？又使虽有人类而徒相杀相残而不相爱，此惨酷之天地，吾人又岂能一日居乎？然则人生之义无他，一言以蔽之曰：为情而已。

情之范围常分而为二：一普通大范围内之情；一特别小范围内之情。普通大范围内之情，对于人人物物皆不可不用之；特别小范围内之情，则以特别之故而结契甚深，若所谓知己、性命之交是也。此两范围之中，一则外延广而内容狭，一则内容深而外延短。而与吾人之噏合力①最强，有之而精神有凝一归集之处，无之直泛泛然于天地间而无所依着者，则小范围内之情之于吾人为尤切也。虽然，是两种之情实不可不兼有之，盖有大范围内之情，此世界之所以有仁慈公正之行；有小范围内之情，此世界之所以有生死患难之友也。且也，以利害密接之故，小范围内之情为人人之所易有，而大范围内之情非大人物不能有之，此有共同感情者之所以可贵也。要之，必对于公众，则有大范围内之情以见其情之溥，而对于亲密复小范围内之情以见其情之笃，则可谓能完全情之作用而各当其道者也。

世界有至美之一物而为人类之所必不可少者，何乎？则人情之美是也。今夫山川之妍丽、风月之清佳、草木之芬芳，此所谓天地间自然之美也。设天地无此自然之美，而天地几乎无色，然使徒有此自然之美而无人情之美，则人世果有何等之兴趣乎？夫所谓人情美者，吾今不能以言语文字形容之，何也？但予人感而不予人道者，此美之至者也。故夫自然之美，吾人虽各自得于感觉之间而犹能以绘画显之，诗歌咏之，至于人情之美，几不能假何物以道其状，故本书虽欲言而终不能言之。虽然，此人情美之物虽为言语文字所不能道，而实人人之对于此人情美，其感觉也独锐。试视赤子居于父母之旁，虽不言而已通其感觉，而知父母为最爱我之人。吾人与世间之交际亦然，相助、相爱、相救、相恤，悉本于其至性而出，则怡怡然、融融然于性情中每若有无限之安慰与愉快者，则人情

---

①噏合力：即吸合力。

美为之也。呜呼！世路险巇，人情反覆，各斗其机械之心机，梦魂间犹觉寒心，当此时也，一遇夫人情美之境，直若于人世间而有乐土天国之思，此实可谓人心中一至美之事也。夫道德实亦美中之一物耳，使人心中而无此人情美，则道德亦必无发生之时，盖道德之本根实在此人情美之中。吾人欲望世间道德心之发达，又安能不望世间人情美之发达也耶？

若夫修养人格，亦有必赖夫情者在。盖人格中有一最要之点，则不可无慈祥恺恻之心、温柔敦厚之行是也，而是固非笃于情者不能有之。夫吾人之无人[1]交对于暴戾酷虐、残忍刻薄之人，不免畏之若虎狼，避之若蛇蝎，而一得依于慈祥恺恻、温柔敦厚者之旁，常若有和风甘雨之思，则此二者之间，自他人视之，其人格之美恶果何若乎？而探其故，实不外一为无情之人，一为有情之人。故夫吾人之论人也，常以爱情之有无为一条件，盖天下必无[2]无情之人物，彼爱情不备之人，其人格亦必不能完全无缺憾者无疑也。是又修养人格者，首当自审其情之隆薄果何处也。

于情之中，又有第一必当养成之者，则道德之情操是也。道德之情操者，吾人性情之中不自知其何故常向于道德之一方向而行而有所不容已。不见夫仁圣贤人，彼其见道德而赴之也，虽蹈白刃、临水火而有所不辞，夫岂不知白刃、水火之为害哉？道德之念强而无物可以抑之故也。此在无道德者视之，几不知其何故，方以谓其心事殆难于索解，不知彼之不解正由彼但知富贵生死诸事而不知有道德之情操耳。有道德之情操者，其于为道德也亦犹饥者之于食：饥者之于食也，得食则快，不得食则不快。有道德情操之人而欲使之为不道德，必生种种之不快而不能安于心，至于为道德而后其心始快而安，故无所往而不求合乎道德，虽欲使之不为道德而有所不能，是道德情操之效也。所谓士穷见节义，世乱识忠臣，当世俗披靡疾风板荡[3]之中，而得见有中流砥柱之人不与流俗同其轨辙者，固以其人有此道德情操故焉。此道德之情操，实为凡有国家社会者之所不可一日无，盖以无此道德情操之人，即可至国家社会无一道德之人；无一道德之人，则其国家社会可至于灭亡也。能不惧哉！能不惧哉！我中国今日亦几有此危险之象矣，稍有爱国家社会之心者，可不知此道德情操之要而思所以养成之乎？

人类之所以有价值者，实不外性行、志节、事业与夫文辞之事，而是数者无一不出之于情。试视古来有性行、志节之人，足以感天地、泣鬼神而顽廉懦立[4]，虽百世下对于其人而犹有兴起之效，凡其能有若是之性行与志节者，有不本于

---

①无人：疑衍。　②必无：疑为"必有"。　③疾风板荡：出自唐代李世民《赐萧瑀》诗"疾风知劲草，板荡识诚臣"，意谓只有经过疾风的考验，才会知道什么是劲草；社会动荡，才能分辨出谁是忠臣。"板荡"一词典出《诗经·大雅》，其中有《板》《荡》两篇，写当时政治黑暗，人民生活贫苦，后来"板荡"便被用来形容天下大乱，局势动荡不安。　④顽廉懦立：指使贪婪的人能够廉洁，使怯弱的人能够自立。形容高尚的事物或行为对人的感化力强。

至情之所发而能然者乎？又试视古来有事业之人，能出民于水火，跻世于衽席①，而功勋烂然，炳若日星，千载下犹讴歌之，凡其能有若是之事业者，又有不本于热情之所发而能然者乎？至于文辞之间，实所以写吾人之性情而最能动人之感慨者，吾人试读古来之述作而见其歌也有思，泣也有怀，每不觉掩卷太息，流涕无从，以为是人所作何其能移吾之情至于如此乎，又岂有不本于作者有其深独至之情而能然乎？呜呼！此乾坤亦甚寂寥，此日月亦甚淡薄，实赖有吾人之性行、志节、事业与夫文辞之事，以庄严而绚染芬芳而悱恻之，而其故必本于人之有情。使无情，则凡性行、志节、事业、文辞必无有能动人之精神者在。进而言之，谓无情，则世界即可至无性行也，无志节也，无事业也，无文辞也可也。然则情者，性行之基也；志节之本也；事业之母也；非特此而又文辞之源泉也。则甚矣！情之效用为甚大也。

于情之中而有二事之当注意者：其一，则情者不可不真。惟其真也，故能通乎人之精神，而其动人之力也至大，不然，故作有情之面目而非发自本心，则人早有以窥其微而识其情之伪矣，而动人之力何有矣？其一，则情者不可不久。惟其久也，故念旧怀始，事愈远而情愈笃，情之所可恃者此也，不然，因时间之经过而情亦从而消失，则其情也直一无可恃，人固未有不恶其薄情者，又乌得称为有情之人乎？

虽然，人既知尊情矣，而或以情为无恶，将一任情之所为而不加裁制于其间，则其事又未有不误者也。盖情之为物也，亦正善恶兼含邪正互具，稍一不慎，不出于善而出于恶、不属于正而属于邪者，事固时时有之。昔人知其如此也，因欲绝情。虽然，情者与生俱来，人性之所固有，不能绝也，欲绝情，则必并情所发生之美德而俱绝之矣，而岂可乎？吾人方欲以情为基础，而凡人类间所有之美德，一切皆建设于其上，又岂可厌弃之而不道乎？惟知夫绝情不可，而任情又不可，盖绝情则不足资以为善，而任情又不免放而为恶。而用情至善之法，则有一焉，曰高尚其情好是也。盖情好者，庸人有之，圣人亦有之，其情好同，而其所情好之物大不同，此即人品之所以分高下也。举其最易见之例言之，如有人焉，专以读书为乐，则读书其情好也；有人焉，以赌博为乐，则赌博其情好也。而一则为下流之事，一则为士君子之事者，则以其情好之物不同故也。彼圣贤之与流俗不同其情好者，犹人之与牛马不同其食性然。故人之于情也，不可不抑止其卑劣下等之事而进于高尚，庶乎②有善而无恶，有正而无邪，而可谓善用其情者矣。

①跻世于衽席：使世人过上太平安居的生活。跻：登。衽席：卧席或宴席，借指太平安居的生活。
②庶乎：差不多。

第二章

第一节　智

人者，有求智之性者也。不观小儿乎？对于其所不知之物，必举而问之于人曰："此何乎？此何乎？"此即有求智之性之萌芽也。至于就学之士，苟有当知之物而不知，每不胜其怀惭之意。故夫学问之道无他，有一不知之事，必欲考而知之，及夫此事已知而彼事复有所不知，又欲考而知之，由是不知之事无穷而求知之心亦无穷。于万有之内，举其所得知之一部分而言，是即今日之所谓学问者是也。学问者，即由人有求智之一性而起，若人而无求智之心，即谓人类间不能有学问发生之事可也。此求智之性，学者名之为智识欲。人惟有此智识欲也，而后乃能超万物而先进化，盖人类之所以高于物类者，非以其体力之过于物类，而实由于智识过于物类之一事而已。然则智识欲者，非人类之所以为人类一至要之事耶？

吾人身体之所以生长者，必赖乎食物，使无食物之事，而身体生长之机绝矣。夫精神上亦岂能独无食物而生长乎？精神之所以赖以生长者何？则知识是也。吾人日以知识供给精神之需要，知识之新陈代谢，是即吾人精神所以能发生而成长之机也。故曰：知识者，精神之食物也。

智识者，所以处事也。夫一事也，不知其利害祸福之所在而谬然行之，其为害也甚矣。或未敢即行而徘徊于利害祸福之间，此境亦最能困人，或遂有决之于菁蔡[①]者，虽然，菁蔡者其事茫漠而不能明言其理，此岂吾人所可信耶？惟出吾人之智识以断之，使利害祸福无复有可遁之形，而后乃能取最善之一策以从，则智识之贤于菁蔡也亦远矣。吾不恃吾之智识而岂可反恃菁蔡以处事也乎？故夫吾人之于事也，不可无自觉之心与夫自信之心，而此自觉、自信之心，必皆由智识充足之后而后能得者也。况乎先见之明亦为有时处事者所必要，先见者观微察隐，而知其败坏点之所在，盖事当未经败坏之前，其补救也易为力，防祸于未发，弭患于无形，此处事之上策也，而是固非具过人之智识者不能有之。则甚矣！处事之大赖于智识也。

智识者，所以度理也。夫人常有求真理之心，虽然，真理者伏于至高尚之处，往往为谬误之迷云所蔽，非加以辨别比较之力，则真理终无发见之一日。因真理不发见之故，则道德学问、人间一切之事皆若筑室于虚土之上，时不免崩溃摇撼之忧，盖真理之中心点一移，则万事皆当因而改变故也。且夫自古至今，人之于事也，莫不曰此合理乎否乎，盖不合理之事必为人心之所不能安，凡其所谓已安者，必自以为合理者也。特无如前所视为合理之事，至智识进步之后，仍发见其有不合理者在，常若人之智识进一步焉，而真理亦因之而进一步，以智识逐

①菁蔡：菁龟，因大龟出蔡地，故称为"菁蔡"。古人用以占卜吉凶。

真理，而真理每在前而不可及，吾壹不知夫真理之境固若是其无穷者哉。然则无他道也，亦惟有为求真理而仍鼓吾人之智识以进已矣。

智识者，能使社会进于开明之域者也。夫当太古之时，人民之迷信甚多，而迷信实每与开明之事为敌，例若信风水之说，则不敢开矿，是其例也。盖迷信之所以为害者，以天下之势力莫大于人心，人心者，实世间一切行为发生之源也，以一极谬误之说盘踞于人心之间，而反信为正当之理由，其行事有不日趋于谬误者乎？故非谬误之说去，则真正之理不出，而开明终不可得而见。凡迷信之所以为世害者，率皆由是理也。而欲破人心间之迷信，则必有待于人民智识增进后也。

智识者，又能使文化达于高尚之境者也。何言之？天下至可宝贵之物，以野蛮无智识故而为其所湮没者多矣。文化之长囿于卑野者，固以此也。盖社会之通性，凡为社会之所重者，人皆趋而为之；凡为社会之所贱者，人皆弃而远之。若野蛮贪杀之社会，虽或偶有仁廉之行，世皆不以为可重，从而行仁廉之事者益寡。虽然，其不重仁廉者，实其智识不知仁廉之为美也。知仁廉之为美，则仁廉重；仁廉重，而为仁廉者日多矣。譬之今有一金钢矿于野蛮部落之中，彼野蛮人固不知金钢之可贵也，而视与粪土同价，则亦无有人也开采此金钢矿者矣。嗟乎！因社会文化未高之故，坐使世间至可宝贵之人皆从而失其价值以驯归于绝灭之途者，夫岂少也耶？试视文化未进之社会中，凡抱绝技异能之人既多归于不传，而一二贤人君子身怀环奇之行，则亦以不合社会之故而黄钟毁弃，瓦釜雷鸣，以归于淘汰之列，此实社会不能长进之一大原因也，而皆坐于人民智识之不足为之。盖人民智识之不高尚，断未有能使文化达于高尚之境者。故欲高尚其文化，则必先高尚其人民之智识而后可。

智识者，又今日世界交通竞争存立之一大要件也。盖当野蛮之世，人民之所恃以为竞争之具者大都在力，力之不胜，则个人不能与个人争，而一部落亦不能与一部落争，凡成为最强之部落与一部落中成为最强之一个人，必也以力为最大之原因。而今也不然，其赌胜败最大之一事曰智。凡个人之与个人，一国之与一国，一言以蔽之曰：有智识者胜，无智识者败。纵今之世亦非全不恃乎力，要之智实居于力之上，以智运力，而后其力始有用，固未有徒恃力而无智而不败于今日之世者也。试视我国今日之维新，亦无非为为求智识之得胜于人而谋存立而已。则甚矣！智识为今时代当王之物，而人民之首当注重于此也。

若夫道德，亦多有赖乎智识而后能成者。何言之？盖人之行事，其有善恶之一辨别，固在其人已有智识之后，辨别善恶之一智识既生，而后善不可不为、恶不可为之一智识亦因之而生。由此言之，则人之去恶行善也，实一智识上之产物而已。善行之必先有善念，固以此也，因此之故而吾人遂得发见一劝人进于道德之术，无他，即启其有智识之明是也。视于世人之有道德心者，必多有恃乎诗书诱导之功，此非明征智识有引起道德之一能力也耶？不然，则圣经、贤传、父训、师箴亦皆属无用之物,而欲鼓舞人有道德之法几穷。今之能劝诱道德而有效者,则仍不外乎假径于智识之一途,故对于愚昧之人,骤欲使之去恶从善,未见其有效也,先使之明理,则恶不期其去而自去,善不期其行而自行矣。或曰:开人之智识,其如人即有假此以作恶者何? 曰:是固有之,虽然,吾以为如此之人,必其智识之尚未完全,只可谓为小智之人而不可谓为大智之人。若夫人之智识完全而可称为大智者,则为恶之非吾人之利必深知之,知之而为恶之策自有所不取。况乎既日启其灵明之性,则其于善恶也,并不待何等利害上之计算而自必欲植其躬于有善无恶之途,而后其心始安者也。故智识之事,毕竟非与道德相背驰而实有相援助之理。不特此也,夫人虽有道德之心,而以智识未进之故,反有以不道德之事为道德,执行之而不知其误者。此类之事,于迷信宗教及拘泥一国之风俗习惯之人往往有之,吾人所尝慨叹,以为是等谬误之害必待之智识增进之后而后能去者也。况乎道德之目的有时必赖乎智识而后能达,因智识不足之故,往往有怀抱道德之盛心,而以事之无成,遂有不能许为道德者矣。故窃以为智识不备,则道德亦不能为圆满之发达;而欲求有完美之道德者,必在智识充足之后。则夫欲谋世人道德之进步,又安可不先开拓世人智识之界限耶?

若夫情则亦有赖于智者在。盖情者,实一盲目之物,知进而不知退,知存而不知亡,知得而不知丧者,则情之性质也。故任情而不任智,则前有祸害而不知,后有患难而不见,天下之危险岂有逾此者乎? 非特此,情之为物,每与理性不能相容,故当感情至激烈之时,其思虑必致缺乏,一往而不可制,遂有不顾利害轻重之举者矣,如盛怒之余即易犯此者也。又为感情一偏之所蔽,则于论事论人之际亦有为感情所左右而失公平正直之处置者矣,是又偏好偏恶,人人之所常见者也。而能救情之弊者惟智。盖情为热的,智为冷的;情之性开张的,而智之性收敛的。情犹君也,而智犹相也,以相正君,则君可不至于恶;以智正情,则感情能不脱乎智性范围之外而能常保其中正之度。是又智之大有造于情而笃于情者,固不可不长于智者也。

第三章

第一节　意

意者,行为之主也。盖行为之事,今学者分之为二:一意思所决定,名为内部之行为;一意思所发显,名为外部之行为。(本德国学者惠林古之说。)盖行为之先必有意思,而可分之为二者,例若吾举手欲挈一物:当吾之决意欲举手而挈物也,吾虽有此意,人不得而知之,故谓之内部之行为;及夫我已举手而挈物,则吾之意思已发显于外而为人所共见,故谓之外部之行为。虽然,不问行为有二种之别而出于吾之意则同,故行为之解释无他,即意思之发动是也。此论行为者所以不能不先论意思,而意实为行为之主者也。

故夫人之行为,可得而名为善恶者即善恶其意而已。无论以道德论,则外部、内部之行为兼得而论及之,若所谓原心诛心者,即论及内部之事者也。而以法律论,但得纠及外部意所发显之行为,至内部意所决定之行为非其所问,然发显之行为亦为意之所存,故法律上固非绝不重意者。诚①以行为上得认定其为善恶之事,必先认定其有意在,若无意则善与恶几不可得而知。故除特例之事外,以通常言之,则人必有意而认其有一人格之存在,即认其有一意志之存在,有意志而后得加其人以善恶之名者也。

由是言之,故意志不可不自由。盖意志而非出于自由,则是奴隶而已。例如他人之欲吾杀人也,而吾亦将杀之乎?他人之欲吾盗物也,而吾亦将盗之乎?吾知人之不可杀而必不杀,知物之不可盗而必不盗,虽或有人迫之而必不从,此即吾自由之意志。有此自由之意志也而后乃有道德,不然,吾欲为道德而以无自由之故,不免为不道德;吾欲不为不道德而以无自由之故,又不能不为不道德,则道德直无存立之地矣。此吾人不可不争意志之自由而又不可不尊重他人之得意志自由也。

若夫以意之效用言之,凡动作者,必有赖于意者也。夫天下事必为之而后有效,不为之则必无效者也。故动作力弱者,可直断其无事之可成,而古今所谓成功之英雄,必具有一最大过人之本领,曰人之所不敢为而我为之,人之所不能行而我行之,是即可谓有至大之动作力者也。而动作力之发生,实由于决意,盖意之不决而在摇撼游移之境,则动作力必不能发生于其间。天下事往往不败于事后而败于事前之不能决意,终之何事不为,是真可谓之坐败,而行事之大忌实无过于此者,古人之所为以需②为事之贼也。若夫意强之人不然,当机立断,而不惑于转念,不摇以群疑,故其人乃能直起而有功,盖决意之至,鬼神避之,决意者,成功之母也。此有动作力之可贵,而必属之禀性中强于意者之人焉。

持守者又必有赖于意者也。盖人之向道也,不可无一坚定之性,不然而今日为善明日可为不善,则心未与道凝,而道将终不为我有矣,此学者所以贵有持守之功也。能持守者,无摇惑无变迁,一与道齐,终身不改,虽历外境之纷纭蕃变,随在③能撼吾之所守,而吾之内心常能制之,以不为外境之所乘而有"浮云身世改,孤月此心明"④之境焉。至其极,则虽蹈水火、婴白刃而有所不避,盖其执念之强,至对于人生所最畏惧死之一事而不能动,则真不能动之矣。孔子所谓守死善道者此也,而非强于意者固不能如是也。

若夫禁戒之事亦不能不有赖乎意。禁戒者何?见有害之事而欲避之,而节制约束吾之行为是也。举其浅而言之,若知酒之害,则当戒酒;知烟之害,则当戒烟。凡道德中须禁戒之事其多,兹不及枚举。虽然,以禁戒之难也,往往吾自

---

①诚:的确。　②需:等待。　③随在:随处;随地。　④浮云身世改,孤月此心明:出自苏轼的《次韵江晦叔二首》。

禁戒之事,吾自蹂躏之,禁者戒者吾,而破此禁破此戒者亦吾,如是而禁戒终归于无效。盖禁戒之事之所以不可能者,其一必以有此事为吾之所甚乐,不能胜其乐之欣慕,则不能禁戒矣;其一必以无此事为吾之所甚苦,不能胜其苦之困难,则又不能禁戒矣。必也一决之余,而能割大乐忍至苦,则禁戒之事以成。夫禁戒之事贵乎有自制力,今考之,凡人脑力之健全者,其自制力亦强,故大人物无不富于自制力者,而脑力不健全之人反是。此则又可征非强于意之人不能善守其禁戒也。

至若不惧患难、不畏困苦者,人生至要之行也,而亦不能不有赖于意。夫吾人或为事业、或为道德悬一目的以进,则其进行之程途中必无坦坦平平之路,若必求一顺境而行,设不遇顺境,将自此而裹足焉? 则吾所期望之一目的终不可得而达,而已入乎竞争退败之列,天下宁有可为之事耶? 必也立意以定吾之所向,虽有若干之障碍,吾必排而去之;虽有若干之艰屯,吾必忍而受之。盖天下不能求一无患难、无困苦之境,惟吾心有能胜此患难、困苦之术在,斯遇患难、困苦而无伤吾之行事,且得因此而磨练能力以为成事之本焉。彼英雄志士之所以有成就,夫岂有他道哉? 亦不外不惧患难、不畏困苦之一事为能异于庸众已耳。而是又必属之强于意者之人而后可也。

综意之性质而言之,意者,有决断之性质者也,无之而失于狐疑者有之;意者,有敢往之性质者也,无之而失于姑息者有之;意者,有忍耐之性质者也,无之而失于摇移者又有之;意者,有主张命令之性质者也,无之而失于依阿顺从者又有之。故夫人格之中曰志、曰气、曰节操、曰胆略、曰刚勇、曰坚贞、曰自主、曰独立,凡有若是诸美德者,则皆意之所产出者焉。则意为修养人格之必要可知也。

故夫以意与情与智,合而言之,则意固大有补于情与智而有为情与智之所不能离者。盖情非意则不达,而智非意则不成,设无意,则虽使其人之感情若何热诚,其人之智识若何渊深,终不能一显于行为之间,而情与智且归于无用。彼世之有感慨、有思议而无事实者,则皆短于意志之故也。知夫情与智必待意而后能完其用,此意之所以足重而当与情与智并力而为三也。

虽然,意之足重固然,而亦不能谓意之尽善而无弊也。何则? 意之为物,固少变化通利之性者也,设也有一决意而行之事,而不明察其理,岂能保其事之果无误乎? 而尚意之人,多不知此,往往有确执己见而不揆[①]乎时势,不度乎情理,遂有失之于执拗而不通,顽固而不化者,则意之有害于事也大矣。盖意而用之于识见充足之人,固能收其用而尽其利,反之而若识见尚未充足,固有未可专任其意而行之者。例若人当尊重其意志之自由者理也,而当年幼之时,则凡有所欲行之事不能听其自由,而当以父母主之,盖即恐其以识见未足而或至有害于事故也。此当防意之弊者也。盖闻之孔子绝四,而其一曰毋意,则意之不可胶

646

---

①揆:估量;揣测。

执也明矣。惟能取意之长而用之，而又能知其短而避之，庶乎其能收意之效矣。

第二节　结论

以精神与形体比较而言，则精神尤重于形体，盖以精神上加修养之功，而精神直有改变形体之能是也。试视怒则力增，而当心志专一之时，虽寒暑亦若不知。又当形体之力穷，而得假精神之力以济之者，其事多有。（今时若远感作用及催眠术等，皆假精神上之力。）昔人所谓鬼神来告，盖即由精神之能力为之。闻之昔时有英国之将军某，指挥其军以与敌人战，已受致死之伤矣而不死，至闻捷报而知敌军之败也始死，是即由精神之力能延其形体之生命也。精神之作用顾①不大哉！亦姑不必言此，凡人所有之精神实无不显之形体之间，如有仁慈之心者，必现仁慈之相；有凶恶之心者，必现凶恶之相。虽使其人欲自掩抑，而无如精神上之卒不可秘，孟子所谓"胸中正，则眸子瞭焉；胸中不正，则眸子眊焉"②，是皆由其精神影响于形体间之理也。故夫学者欲改换其人格，必先改换其精神始。盖既改换其精神之后，则形体随之，而后人格自从而殊异焉。如昏惰放荡之人或一变而为勤谨之士，则容貌之间亦见其有清新之气象然，是非精神有改变形体之能之征者哉？精神之有关于人格若此，故夫今之言教育者，曰体育，曰智育，曰德育，而又有之曰情育，形体上之事居其一，而精神上之事居其三，亦可知精神之事之多于形体矣。盖形体固不可不重，而精神则尤为吾人之所当重者也。

由是言之，吾人欲修养其人格者，必不可使精神上有缺陷之憾。如于情而有缺陷焉，则其人直可谓无情之人，吾人可不懔然以此为缺陷之大者乎？盖人之所以为人者，实合形体与精神之两部分而成，形体之不全，则人谓之不成人，若不全于精神，又岂得谓之为成人乎？特形体上之不全，如盲目、缺唇等事，人皆得而见之，而精神上之不全，若或欠于情，或欠于智，或欠于意，人不得而见之。虽然，人苟有欠于情、智、意之三者，则其人必不能造为完美之人物固可知焉。夫吾人对于形体上事，固不可不谋发达保全之道，此衣食、运动、医药等事之所由起焉，而于精神之事多忽焉而不讲，岂可谓能知事理之本末轻重者耶？盖形体实为载精神之物，使无精神，则形体虽存，与夫粪土木石又何殊焉？故凡所谓欲发达保全吾人之形体者，无非以形体不具则精神亦将无所附丽，而欲藉形体之保存以谋吾人精神之发展耳，固非徒为吾人之形体计而曰此外其遂无余事焉。由是理而推之，则精神上之不可使其有缺陷也，实较之形体上不可使有缺陷为重：形体上之缺憾，苟无伤于精神之发展，则吾人直可不较；独至精神上之缺陷，致有害于人格，则直为人类所不可不补之事。且也，形体上之缺陷或有不可不补者，如手足之断不能复续者是，而精神上之缺陷，苟教育进步，尚未见

---

①顾：岂。　　②出自《孟子·离娄上》："存乎人者，莫良于眸子，眸子不能掩其恶。胸中正，则眸子瞭焉；胸中不正，则眸子眊焉。"眊：眼睛昏花，看不清楚。

有必不可补之事。则夫补精神之缺陷者,非人类间第一重大事哉?

故夫精神上之事若情、智、意三者能臻于完全发达之域,则其于人格也亦无何等之缺陷,彼称为神圣之人,即最能发达此情、智、意三者之精神者也。余尝论人,谓不可无爱情、无智性、无勇气,而孔子之教每连言智仁勇之事,是亦无他,不过能发达情、智、意之美德而已矣。

夫人若能全于情、智、意三者之精神,固善之善者也。虽然,凡人之禀赋殆不能皆无所偏,彼若下等之人,情、智、意三者皆无,固在无可取材之列,至若三者之中果能独长其一,已为翘然出众之才,然而细察其性情,非短于情则短于智,非短于智则短于意,盖人类间精神之发育,其不能达于完全之境固如是也。

于是吾人得自省之法焉。夫学者之欲完全其人格也,莫要于有自修之功,然而自修之难也,即在吾不能自知其为吾,而于性质之短长茫然莫觉,更何从而施补弊矫偏之力乎?若悬情、智、意三者以求,则吾性质之所欠者固在何所易得而知之,而后可加锻炼之功焉。是大便于自省而有益于修己之事者也。

于是吾人又得相人之术焉。夫欲交友其人与欲施教育于其人者,首不可不知其人之性质。盖所谓有交友与教育之益者,即在与其人之性质相接触于精微之处,而加以磨砻之功,自不觉生一种苦快之感,而后其性质上之长可得而发育之,性质上之短可得而矫正之,此交友与教育所以有入神之功也。而固非深知其性质者不为功。今分人性质者,曰胆液质(刚执性)、神经质(沉郁性)、多血质(感发性)、粘液质(冷静性)是四者,固为知人之一法,而欲言交友与教育者多有取于是,然若以情、智、意三者验之,则其人所蕴藏之性质亦不能逃。而欲利用其性质上之所长与补救其性质上之所短,其言皆切中深入而易有功。是又大便于相人而有益于交友与教育之事者也。

以情、智、意关于道德之事而言,吾则以为情者体也,而智与意者其用也。盖情为道德发生之本,使无情,则智之烛察、意之执行皆不免以无意味终,此所以当先情于智、意而以情为道德之体也。虽然,智者,所以度其情之可用不可用,使无智,则用情之当否不可知,而所谓道德者固非徒指有情之谓,必有情而善用之而后可冠以道德之名者也。若夫意者,又于智所已分明之事而断定其从违,使无意,则虽有欲用其情之处而意不得决,又何从而付以道德之名乎?故夫以一贯言之,则情、智、意三者实有体用之别;而从其界画言之,则情、智、意又若鼎足之三,各有其领域之所在,不可偶缺其一者也。此情与智、意分合之理也。学者欲对于一己而发达其精神以为修养之本,则夫情、智、意三者可不先讲明其理哉?

四客政论①

东海之上，昆仑之下，有古来之大国一焉，其开化之期，与迦勒底、巴比仑、埃及、腓尼基、希腊诸国相先后；而其衰也，较诸国为独后。虽至十九世纪欧西人种势力膨胀之时，全地球诸古国扫荡殆尽，有名佛教所从出之印度，亦已服他人之羁轭，而东大陆一老大之帝国尚巍然独存，为世界所注目，其建国气运之悠久，洵非他国所能及者。然而如败椁②中之古物，形质尽存，一度杖拨，已消散而无余。盖自十九世纪之末年，甲午一战，庚子一战，骤从一等之大国降而为无足算数之弱国。虽如雷腊星座中第十九星之变光星，以六十一分时间，从九等八七之大星减而为十一等二三之小星，尚无此速率之比例也，不十年间而数千年之根柢殆尽，亦奇矣。虽然，当时之人，亦非尽冥顽不灵，颓然见焚之将及、浸之将淹而不以为意也，盖亦有痛哭者、叹息者、叫号者、舞蹈者、发狂热而不能自己者，与夫逞压制者、任屠戮者、鼾昏睡者，相角抗错杂于其间，继而有为奸利相倾轧，出主入奴，朝秦暮楚之徒亦纷然并起，卒之无所补救而底于灭亡。呜呼！彼之抱热诚者可悯也，饕昏虐者可恨也，沉玩愒③者可悲也，作奸细者可诛也。莽莽亡国史中，抉摘④探索多有可资后世之寻味者。有逸史氏尝得其《四客政论》一篇，其当日人士持执之宗旨约不出此，揭而出之，亦足以见此古国末运之一斑。古国者何？则所称为中国者是也。

四客之言，甲曰：中国者，中国人之中国也。孰为中国人？汉人种是也。

汉人之为中国主人翁也，远之不能溯，自黄帝以来，踪迹已最明白。此膴膴⑤大陆一片土，而言文化乎？汉人发布之文化也；言制度乎？汉人组立之制度也；言语乎？汉人系统之言语也；风俗乎？汉人化成之风俗也。而其社稷也，孰得尸之山川也？孰得主之号令也？孰敢布之权利也？孰敢侵之？谁非黄帝之子孙，有二心而敢以祖宗之产业奉人？或为他人之所得而恬焉若忘？是狗彘也，糜烂其肉不足食也。

故夫中国而为五胡人之所有者，必夺自五胡人之手；为契丹人之所有者，必夺自契丹人之手；为蒙古人所有者，必夺自蒙古人之手；为满人之所有者，必夺自满人之手；为白人之所有者，必夺自白人之手；为日本人之所有者，必夺自日本人之手。我中国之地，昔者有洪水之患也，而我自平之；有猛兽之患也，而我自除之；有异种人别于我种人而称为蛮夷、戎狄之患也，古先圣王亦已挞之、伐之、惩之、膺之，犹以为未足也，著书而诏子孙，示来兹，使知有夷夏之防，而异种人之不可腥膻吾土地也。夫洪水者一度治之而已足，猛兽者一度驱之而已宁，

---

①原载于《浙江潮》第7期（1903年9月1日）。 ②椁：小棺材。 ③玩愒：贪图安逸。旷废时日。 ④抉摘：抉择，择取。 ⑤膴膴：肥沃。

惟夫异种人之与我种人也,则长相对峙,先王者既竭其力以裁定之矣,而无千秋万岁金石之寿,则以此责贻之允孙,凡我今日皆若受有先王之诰命者也。为孝子乎?此之谓孝子;为英雄乎?此之谓英雄;为勋名乎?此之谓勋名;为事业乎?此之谓事业。夫自卫者,人之对其一己之道德也。有国土而不能自卫,则无贵有人类矣。

是故忧国之士,发其荡海水、震天窟之大声而叫曰:"立国而不以民族为主乎?则以何者为主?请有以语我来。"诚哉是言!国者,非仅地理上之名词,而含有人种之意味在其中者也。否则虽化其地为锦绣,为宝窟,于我种人乎何有?彼米国者,固世界兴盛之国也,然而人皆知其为白种人之米国,而非其土著烟颠人①等之米国。呜呼!此特兰斯法尔②之所以与英争而非律宾③之所以与西班牙争、与米国争也。曾我中国而乃不如特兰斯法尔、非律宾耶?

右之言,是发于生人固有之自卫心、复仇心,而又荡之以近世纪蓬勃畅达之民族主义。其对将来之欧美人而言,自立主义是也;对现在之满洲人而言,逐满主义是也。

乙之言曰:今时势之所急者,白人也,非满人也,是故拒则拒白人为先,而拒满人为后;抗则抗白人为要,而抗满人为轻。若见之未远,而徒逞汉满之一关,满之未逐,而中国已折而入于欧人之手。此蚌鹬失策,而渔人得利之故事也。且以白人势力之来之巨大,我中国方谋统一以抵御之不遑,而先自分析之,分则势弱,析则力薄,其必为白人之所吞噬无疑也。夫十九世纪新兴之国,若德意志,若意大利,若日本,孰非由分析而归于统一者乎?统一者,顺时势;分析者,背时势。顺时势则兴,背时势则亡者也。

且夫今之革命,岂争皇室哉?以民主主义之簸荡于一世,革命若成,亦断无能以一人而独居天位者。然则以一皇室,让之满人而何害?但求其能变法,致中国于强盛而已。

且夫我种族之人,亦不必讳言,即言革命,岂是以言文明之革命哉?亦杀戮耳,掠夺耳,扰害耳。其屠灭我同种也,与夫满洲人之入中国,屠灭我汉人者,恐亦略相等耳。况乎所贵乎破坏者,谓有建设之事之在其后也。若破坏之而不能建设,则无贵乎破坏,而还问今之能破坏而能建设之者谁乎?然则毋宁不破坏而图和平之进步之为得矣。若虑人种之不同而未可立国乎?则亦不尽然,若奥、匈者非双头之政治耶?亦恃宪法以相联络而已。凡国者,固不必言民族;国也,言法制国可也。

右之说与逐满之言为反对者也。若今之号为保皇派、立宪者是也。

丙客者闻乙之说而大不为然,怒目裂眦而起曰:夫立国而言民族则已,不言民族,愿满人为君而不愿白人为君,此至不通之论也,百思而不得其故者也。夫

---

①烟颠人:即印第安人。　②特兰斯法尔:位于荷兰的海牙。　③非律宾:即菲律宾。

白人之文明,非过于满洲人远耶?均之为奴,吾宁戴体面之主人翁矣。且夫为满人所管领之土地,与其为白人所管领之土地,其治理之必不能及白人,可断言之。彼印度者,于已为英人所得以后,与未为英人所得以前,则后者固已胜于前矣,惟失者自主之权而已。且夫白人虽暴,蔑视异种,或不以理待,然如今者满人屠戮新党之惨刑,愁天地而黯日月,彼白人者犹以为过而动其不忍之心,盖不肯以屠戮兽类之道屠戮人类。此则号为文明国者,尚不能不顾及人道,而非若罗刹之满洲政府比也。又可以住租界者言之。夫住租界者,固已为白人所管辖之地,然而纳巡捕捐者,较之纳厘金与纳新名目之捐者何如耶?对巡捕者,较之对差役者又何如耶?人固有愿出内地而住于租界者,然则满洲政府权力所及之地,固有大可玩味者在耶。

顾或者曰:中国而为白人所有也,恐中国人之不得为官。官者可以不学无能,而享殊荣膺厚禄,天下事为之之易而得利之厚,固无过于是者,宜乎中国人之窹寐不能忘也。虽然,使中国而为白人所有,以吾土地之广,人民之众,而白人之与吾风俗不相同,制度不相习,言语不尽通,性情不尽谐,度必不能不委托中国人,以本国治本国,而彼但总挈其要辖,或且为一方之藩服,如今日蒙古之有王,苗人之有土司。否则,或为流官,归西人之所派遣,弃其今日习八股八韵之工夫,改而习爱皮西提①,亦可以得志于一时,又何必患作官局面为白人所搅散,而祝满人以亿万年长有中国者哉?

假而曰:满洲,黄色人种也,东洋人种也,固与吾相近,非若白人种之与吾殊异也。然果以此言为衡,则黄色人种、东洋人种者,何止满人?日本人也,西伯利亚人也,中亚细亚人也,西藏人也,土耳其人也,即所谓印度人也,巫来由人②也,亦在亚州而与吾种类相近,一旦入而为吾之君,而曰无不可者,则胡不悉除种界而奉全地球人类为一祖之说,谓无论欧美,孰非吾之同种,而又何劳分黄、白种为?

假而曰满人者,吾已奉之为君;彼白人者,尚未为我之君也。愿③若是,直以一经服从为定衡,而不论其当服从不当服从。推此例,则在满人宇下者,不可起而抗满人;在白人宇下者,亦不可起而抗白人。彼庚子之役,京津间居民媚外人之丑态,又岂得而议其非也?何也?彼固已服从也。

假而曰满人者,吾易脱其羁辖,若一为白人所有,则恢复之日其难,以是不若戴满人之为得也。顾今日者,彼满人不以中国之产业,日日割裂以奉彼白人乎?使长戴满人,而中国者亦非满人之所有,而为白人之所有,其不能恢复一也。故夫戴白人者,奴隶也。满人戴白人,而我乃戴戴白人之满人,所谓奴隶之奴隶也。不愿为奴隶而愿为奴隶之奴隶,则又何说之辞?

故夫种不必别,而人尽可君言之,则何忧乎亡国?何忧乎瓜分?吾且闭吾

---

①爱皮西提:即 ABCD。　②巫来由人:马来人。　③愿:疑当为"顾"。

之门,高吾之枕,安逸吾之心神,悠游吾之日月,而以待英人之来、法人之来、德人之来、俄人之来、美人之来、日本人之来前。

右之说,无廉耻者也,无气节者也,草投降表者也,插顺民旗者也,安所得而有此无人气之言哉?虽然,以视者乙之说,其相去固几何也。以丙之说,破乙之说,而乙直无辞。且试起而一视吾国人乎?其立丙说之旗下者,实已不知凡几,然则丙说又何足以为骇也!

若夫丁说则不然。丁之说曰:今之言维新者,其自立名义,以号召天下,固曰将抛苦心洒热血,以救此潦倒晦冥之中国,而扶之以立于强健光明之域也。然夷考①其行,则或存弋猎之心,而欲饱其欲壑者也;否则粉饰外观邀名誉者也。即不然,则又恣睢暴戾,植其党以排击他人之党,怙其党以吞灭他人之党者也。是故言独立者,己之独立,而非人之独立也;言自由者,己之自由,而非人之自由也。若是者,其结局徒日相争夺吞并倾轧残杀已耳,又何有济于事也?

所号为革命者,又岂真以扶义而起?恢复祖宗之疆土于他人之手,而复还之于一族之人,或且今日成功,而明日称专制矣;即不然,而或贵族占领之矣;即不然,而又元勋、门阀盘据之矣。以少数压多数,不公道、不平等之事,或且变而益甚,于吾民族果有何等之利益乎?彼印度之始,亦尝言不得谓为吾除蒙古朝而独立矣,然其后卒自相屠杀,或且引外人以夷灭其同胞焉。是可为我种人之一借镜也。

夫一国之事,未有不与其一国之之②性质相肖者。我国人之性质,而果无铸良之法乎?吾恐今日者,陷于奴隶之行,苟③其可以出奴隶之界限也,而又将陷于盗贼之行。夫奴隶之行不可为也,盗贼之行,又岂可为也?

右之说,其虑深,其思远。虽然,不善用之,则高尚主义、厌世主义,或将由之而成者也。

以前四说综国人而分配之,孰欣孰厌,何去何从,此各视乎其人之性质,与其入世之阅历,及其学问之造诣④而分,未能以强同也。虽然,欲算其立于四说之下人数之多寡,则固有法以测之。测之若何?曰从甲之说,可以杀头;从乙之说,可以作官;从丙之说,可以睡觉;从丁之说,可以灰心。夫杀头者人之所惧,而灰心者,人之所不乐也,惟作官与睡觉,于人心最易投合。故立于甲、丁两极端之下者,必属少数,而立于乙、丙之说之下者,必属国人之多数。

嘘嗟乎!浮云长没英雄事,芳草谁怜志士心。精卫有恨,岂真大海能填?杞人多忧,未有解人可索。以是写数千年古国,其一族人之性情史可也。后之览者,亦将有感于斯文。

---

①夷考:考察。　②之之:后一"之"疑衍。　③苟:假如。　④造谊:当为"造诣"之误。

儒教国之变法①

今中国之言救时者，举其概要之事，曰办报也，译书也，电争好，而最鄙之一说，则曰运动官场也。夫办报、译书、电争，以震荡昏睡愚蒙之世已耳，知之事也，过此以往，则非知之事，而为行之事。设也长此办报、译书、电争，而曰中国其不亡也，其孰信之？然则所谓办报、译书、电争者，以为有效，数年以来，其效亦已睹矣，此后必当更进一境焉。而以观我国人所能为者，仍不外乎办报、译书、电争而已，呜呼！吾见办报、译书、电争数十年，而坐见中国之亡，与夫不办报、不译书、不电争者，其相去固几何也？此当促吾人之一反省者也。运动官场，宁曰做官，则其言为近实。夫新党之入官场者多矣，吾见其一入鲍鱼之肆②，与之俱臭焉耳。虽然，彼热中富贵者，既假运动官场之一说以为帜志，惧其言与行之不符而无以对人，则又变其说曰：吾有待。何待乎？待有权焉而已。夫待者无尽之辞也，进一阶焉而曰有待，更进一阶焉而犹曰有待，待之又待，黄河有时清而变法无是期，何其为此炫术以欺人也！夫人亦孰不欲富贵？凡有血气，皆知有金玉锦绣之可乐而饥寒枯窘之可悲，然而一二志士，以气节道义之心，与富贵利达之心战，而终不以彼易此者，诚以处甲乙两途，有所得则必有所失，而不欲自汩其本志耳。而运动官场者，欲身安逸乐而心夸矜③势利之荣，而又欲不失为变法之功臣，维新之元老，何其贪也！休矣！亦姑取貂蝉簪缨以为君荣幸④已矣。惟夫旧党之人为此事也，则曰做官，新党之人恶其名之不美，而曰吾将运动官场以办事，而甚者或且翻五色立宪之旗，以引炫人之耳目，亦太以人为易欺矣！騃⑤者虽騃，恐终有洞悉其伎俩之一时而不甘为尾生高⑥也。夫各国皆有在野党，在野党之精神，不动如山岳，不变如金石，以与在朝党战，博最后之一胜，而国事乃能有济。若利欲薰心，而变幻其言辞，暧昧其宗旨，以取利便者，适足自伤其守而已，固在野党之所羞而不为也。然而数我国救时之士，其方法大抵不出上述二类，即不尽然，而此固已居其多半。吾且无暇举他辞以相难，而询以变法之事，为平和而得之乎？抑非平和而能得之乎？吾见各国之变法者，血也、泪也、头颅也、心胆也；其所用之器械，枪弹也、炮火也、匕首也。而中国之变法者，文字也、议论也、谈笑也；其所用之器具，笔墨也、纸片也、（办报译书者。）手版也、翎顶也、舆马也。（运动官场者。）噫！何其各国劳而中国逸，各国愚而中国

---

①原载于《浙江潮》第10期（1903年12月8日）。　　②鲍鱼之肆：卖咸鱼的店。比喻坏人成堆的地方。鲍：咸鱼。肆：店铺。　　③夸矜：炫耀；夸张。　　④取貂蝉簪缨以为君荣幸：簪缨指古代女子发上所佩戴的簪子上的吊坠，也指世代作官的人家。取貂蝉簪缨以为君荣幸讽刺运动官场者获得的只是妇人的饰品，却把它当作当官的标识而自以为荣幸。　　⑤騃：假借为"佁"，愚，无知。　　⑥尾生高：孔子弟子，春秋鲁人，亦曰微生高。以信义正直而著称。相传尾生与女子约定在桥梁相会，久候女子不到，水涨，乃抱桥柱而死。典出《庄子·盗跖》，后用以比喻坚守信约。

智，抑何其各国难而中国易也！夫世间一货一物，必拂若干代价而后能得之，其物愈珍者，其价愈贵。今也希望文明之幸福而欲于啸傲琴书之侧，（办报译书者。）辉煌履舄之场，（运动官场者。）而日月重秀、河山再清之景象已傥乎其若来，其亦梦矣。彼方昏酣而长歌微吟于其侧，亦视为妖言恶声，为彼所驱逐而已矣。（办报译书者。）彼方抗厉①而拜手稽首于其下，亦供其颐指气使，为彼所豢畜而已矣。（运动官场者。）拯蓺者趋，拯溺者濡，此人情之常，而一则从容而理冠发，一则徘徊而待篙楫，则蓺固何由而止？溺且何自而援也？然而我国之士，于上两途，若蛾之绕灯，若牛之旋磨，辗转回翔而不能出此途，其他或不及为，或虽欲为之，其力不集，而其事亦不成。此于人心风俗之间，必有一绝大之原因与各国异者，而后乃有此现象也。是果何也？曰中国之言变法者，皆中等社会读书之士，无上等社会人，亦无下等社会人。上等社会人入利禄之途，离乎读书之境者也；下等社会人求衣食之辈，不入读书之界者也；而得读书以养其智识，且不迷于仕宦之途，尚能保其清明在躬者，惟一二中等社会中读书之士。故试分权、力、智为三等，上等社会人得其权，下等社会人得其力，中等社会人得其智，三者暌膈②各不相通，而后成今日瘫痪疲恭之状。夫既以中等社会人为变法之枢纽，而中等社会人之本领又止于止③而毫无绝特殊常之可言，是又何也？曰彼其所立之地望，与其平日所以养成之性情，而习练之手腕者，一言以蔽之曰：不出儒教之范围而已矣。儒教者穷居一室，则谈道读书，发抒其胸中所欲言，而著之篇什，冀俗之一悟而世之一悔，而其出也，必假当世诸侯王尺寸之柄，一旦离乎人君，而即有不得行其道之忧。故有用舍之殊，（用之则行，舍之则藏。）有穷达之分，（穷则独善其身，达则兼善天下。）与夫耶之以流血行教，（耶稣教敢死由耶稣杀身为榜样故。）回之以武力行教，（回教及身建国以穆牢默特用武力主义故。）佛之以出家行教，（佛陀弃太子而不为，以不藉国家故。）不待南面之力，而特然自张其一军者，其质性能力迥异。故儒教者，上仰性（近世学者称中国道德为一种上仰之道德。）之教，而非独立性之教；多文性之教，而非实力性之教。夫一教之行于其地也，其渐渍渲染于人心风俗之间，每能为人类造成第二之天性，世或习焉而不察，驯焉而不究，而试取而研究之，无不可得其元分子之所在。是故删订六经，穷老著书，变而为今日之面目，则办报、译书是也；一车两马，周流列国，变而为今日之面目，则运动官场是也。夫时变之来，所以试验一国人之性质也，而我国人之经试验，其组织之成因，乃如是如是。鸣呼！吾滋惧矣。

---

①抗厉：声音高亢，容色严厉。 ②暌膈：分离；乖隔。 ③止于止：疑当为"止于此"。

变法后中国立国之大政策论①

变法后之中国，不可不以国家之安固，政治之良善，事业之兴盛，以增进人民之幸福为第一之问题，而民族异同之感情，其第二之事也。

今试问变法后之中国，国家大乎？民族大乎？不能不审之曰：国家为大。盖以人民利害，关系于国家者多，关系于民族者少。夫区别大小缓急之智识，人生应事必要之智识也。有一疑问于此，取其一不能不舍其一，故大问题常能压小问题而改变之。对于变法之中国，而大国家于民族者，固时势之所不能已也。

夫变法后之中国，既当认定以国家之事为大，而今国中含有民族之意见，吾辈又未尝不认之，然则调和于此二者之间，而定一公平适当之法，使事势得以进行，而生利益于中国者，固中国今日所必要而不可少之政策也。

如是而为今日所可取之政策者何乎？曰于立宪之下，合汉、满、蒙诸民族皆有政治之权，建设东方一大民族之国家，以谋竞存于全地球列强之间者是也。

欲定此政策，先当设一问题，曰：汉、满、蒙三民族可以分裂建国而存立于今日之地球乎？抑必待合并建国而后乃能存立于今日之地球是也？

则答之曰：凡近世纪各国之所以兴盛者，其于国内之事，一言以蔽之曰：由分而合而已。德意志合联邦而后成为统一之德意志，意大利合联邦而后成为统一意大利，（俾思麦克以统一德意志联邦为其极大之政策，意大利之加富尔亦然。）日本亦覆幕削藩，而后成为统一之日本。使此诸国分裂而不能合并，已早入于亡国之数。盖今日国家之所以能存立于竞争之中，一恃其有势力而已。而势力者，分则小，合则大；分则弱，合则强。此各国兴盛之规辙，所以不谋而咸出于一途也。

故夫今日者，假令汉人本自为一国，满人本自为一国②，蒙古人亦本自为一国，为中国谋者，已不可不提出汉满蒙联邦合并之策。何也？不取联邦合并之策③，则其势力不足以与今世之列强争故也。又试以地理之形势而言，向使汉人自为一国而不与满人、蒙古人合并而为一，则东南防海，而东北西三面撤其障蔽，肩背俱寒，而受俄日之冲，立国于四战之地，其不能稳固无疑。若夫满人、蒙古人，不能无汉人而独自存立，又妇稚所知而无待赘言。故夫汉、满、蒙三族必当联合而为一国者，此实天然上之大势也。

夫汉、满、蒙三族，假令分立建国，今已不可不合并之而归于统一，况乎今有统一之形骸者存，则改革上所谓最稳健的"旧瓶注新酒"之法，固可一试用于今日之中国也。（以旧瓶盛旧酒，则酒将腐败；而弃旧瓶，则无酒器。凡国家社会不破其旧形

---

①原载于《政论》第1号（1907年10月7日），又载《辛亥革命前十年间时论选集》第2卷下，张枬、王忍之编，三联书店1960年出版。　②满人本自为一国：此句《辛亥革命前十年间时论选集》本脱。
③何也？不取联邦合并之策：此句《辛亥革命前十年间时论选集》本脱。

的改革,义取于此。)

夫各国之兴盛也,多属于分裂之时代中,由分裂而图联合,至联合成而国以存立。而中国乃反是,处于统一之时代中,于统一之中,而以民族感情之不和、权力之不均而图分裂,分裂而中国固易亡矣。悲夫各国多由分而合以强,而中国乃由合而分以亡也。

或曰:然则今之中国,既已合汉、满、蒙诸民族而为一国矣,何劳复言统一为?曰:唯唯否否不然。夫今中国之合汉、满、蒙诸民族而为一国者,形骸的统一,而非精神的统一,固非吾之所谓统一也。其与吾所谓统一之异者,试言其略:(甲)一族为主、各族为奴之统一,(乙)各族皆为主而非为奴之统一;(甲)以兵力压服的统一,(乙)以法制联合的统一。申言之:(甲)一族独有政治权之统一,(乙)各族皆有政治权之统一。又以易分别之词言之:(甲)专制的统一,(乙)立宪的统一;(甲)旧式的统一,(乙)新式的统一是也。今试问宇内各国,尚有用(甲)式的法而能统一之者乎?曰:无有。(俄罗斯虽尚用甲式的统一之法,然内乱续出,已有分裂而将不能统一之势,况俄罗斯今亦立宪乎?故甲式的统一法除中国外已无有之。)故夫由吾之所谓统一法则存,不由吾之所谓统一法,则必由统一而至于分裂以亡者也。天下事固有相似而大不同者,此类事也。

夫予所期于中国今日之统一者,以汉满蒙诸民族共立于立宪之下,存皇室而予国人以参政之权是也。

夫从(乙)式的统一,其有大利之事三,而其小者,姑不必言之。

以政治权分配于数个之民族,使人人皆有国家主权之一分,而视国家为己所有之物,则对于国家亲切之心日增,即对于以民族憎怨之情日减。而合东方之一大民族建国,则人多地广,势强力厚,能与列强相抗衡而无国本薄弱之忧。一也。

凡种种之新事业,在国本既定干戈韬戢之后,而后方能专心合力而经营之。不然,方开办种种之新事业中,而复见天下之骚扰,则新事业之基本动摇,其危险盖莫大焉。以(乙)式的统一建国,则对于内部可期不再见兵革之事,而种种之新事业得于国家平和稳固之中而进行以告成功。二也。

凡英雄豪杰,皆有国家之思想,以得洒其一生之心思于国家,而得见事功之成就为莫大之快事。(凡英雄豪杰,必欲发挥其精力以建事功,犹人有男女之欲无异,人固有为男女之事而横决[1]者,使英雄豪杰不得尽力于国家,未有不激而生变者也。)苟遏抑之而不得达其志,必致旁溢歧出,为暗杀革命之事。以(乙)式的统一建国,则能使瑰奇颖秀之人悉注集其精力于政治范围之中,不必激而出于他途,致遭杀戮屏弃,以消耗全国之人才,还而与国家为难,而国家亦受莫大之损失。盖当人民皆有政治权之后,则人才皆得尽力于国家,而国家亦得收人才之用。三也。

---

① 横决:比喻事态发展冲破常轨。

若夫用(甲)式的统一,其害①有不可胜言者,而革命暗杀,其最著之事也。试略言之:

自自由民权之说输入于东方,而中国沿江海数省,革命之风潮斯盛。寖假而开通及于西北之边省以至蒙古,必更②有起而唱革命者。此非以参政之权予人民,则全中国革命之风气必不可得而熄。盖今世界文明各国,实无无政治权之人民故也。且夫真欲立国,不可不使国内人无一革命之心。盖国家经一回之骚扰,其所耗折者非他,即国家之人民;所损失者非他,即国家之财产也。至屡起屡仆,而骚扰之事不绝,则国家之人民尽、财产丧,而国家且何有矣?(平内乱与胜外敌不同,胜外敌者利在我,平内乱则受其害者仍在我矣。)况乎自今以后,中外之关系日密,政府若不能得百姓之心,而国内屡演革命之事,其患害波及于各国,各国必进而自筹治中国之法。且夫平革命之策,决不在兵力的而当以政治的,使政府畏各国之责言,而盲目的欲偏增兵力以防革命,其结果必且毙命于财赋之不能供给。(直接不毙于革命,而间接为防革命之故,毙于财赋供给之不足,亦能亡国。)况乎政府若恃其兵力而杀戮过多,致惹起"人道"之一问题,则外人且得视政府为蛮野,干涉中国之内政而有词。故夫革命者,即不能成事,而亦能亡国者也。而用(甲)式的统一法治国,虽政府之兵力至于若何其强,则必不能清革命之源。此革命之能为大祸者,一也。

革命不成,其变相又流而为暗杀。盖以文明之利器日增,于一方,政府得借用此利器以制革命,有快炮、利枪、铁路、电报,则革命之事日消,此其明征也;而于一方,人民亦得借用此利器以制政府,有爆裂弹等,则暗杀之事日盛,此又其明征也。文明之利器,而两方皆收其利,亦并受其害,天地间循环相制之妙,固有如此者。夫政府之所惧者革命,至其力足以平革命,方③谓可庆无事矣,而不谓暗杀之祸更烈。盖革命者,事属竟体,其及于个人者尚小,而暗杀者事属个人,其及于个人者甚大也。且夫人生之乐,首在精神之安否,而物质之事其次焉者也。今惴惴焉日有性命之忧,抚此头颅发肤,不知焦烂齑粉于何时,其于精神上之苦痛亦已甚矣,虽有富贵,亦复何乐之有?呜呼!今后之政府,若不以政治之权予民,则革命不已,继以暗杀,而二十世纪之中国,直将步俄罗斯之后尘,以腥血染中国之历史也。言念及此,可为寒心。而用(甲)式的统一,专制政体之末路,其祸有必至于此者,二也。

孰吉孰凶,何去何从,是在政府。夫变法后之中国而果欲求存立乎?又何可不出之以至公之心,断之以至高之识,而定立国之大本也?!

---

①害:《辛亥革命前十年间时论选集》本脱。　②更:《辛亥革命前十年间时论选集》本脱。
③方:《辛亥革命前十年间时论选集》本脱。

政党论①

有立宪必有政党。然自去年颁布立宪之上谕以来,尚未见国中有政党之发生。即有之,亦在真似之间,尚未见堂堂正正树政党鲜明之旗帜者。岂专制之余威尚在而政府且日入黑暗,百姓则去立宪之程度其远,尚在未能发生政党之时期中耶?虽然,有立宪必有政党者,此定理也。恐吾国中立宪之名词已熟而政党之名词尚生,有未知政党为何物者,故欲略释其概况。虽未下完确之定义,亦可以略知其性质,固我国今日之所宜亟知焉。

政党之性能

政党者,一国政治上之明星也;指南针也;司令官也。

政党者,以其主义改良国政者也。

政党者,一国事实发生之母也。

政党者,以其智识、学问、言论、思想救国者也。

政党者,以一种之势力与手段,使其所有之智识、学问、言论、思想能见于实际者也。

政党者,必热心与能力兼备者也。

政党者,以舆论为根据而亦能发生舆论、改造舆论者也。

政党者,舆论之舆论也。

政党者,少数之贤者政治也。

政党者,有政治欲之天性者也。

政党者,政治上平和之革命神也。

政党者,识时务之俊杰,与时势神斗而亦能助时势神者也。

政党者,造一国未来历史之主稿人也。

政党者,能为一国指示前途之祸福者也。

政党者,能进化其一国之政见者也。

政党者,非空想家,因当前之事实而为国人定适切应用之政策者也。

政党者,以主义为生命,以事实为气力者也。

政党与政府

政党者,可以为政府之大敌,虽然,亦可以为政府之益友也。

政党者,对于政府,代表人民一势力之团体也。

政党者,不主革命之事,不为暗杀之行,而常以一种合理的公众之力而制服

---

①原载于《政论》第1号(1907年10月7日)。

其政府者也。

政党者，不适生存于专制政体之下者也，故专制国无政党。

政党者，立宪所必要，以无政党则不能行宪政，而百姓失政治上之领袖故也。

政党与国人

政党者，一国人最高之导师，而国家之福神也。

政党者，一国人政治之脑筋，而又能为一国人政治之耳目手足者也。

政党者，立于国家与人民两方之间，于一方顾及国家而于一方又顾及人民，常能为国家、人民定平正之衡者也。

政党者，国人皆食其福，故当受国人之欢迎、国人之崇拜者也。（凡人民无崇拜英雄心者必亡，崇拜政党即由国人中崇拜英雄之心而生。）其国有政党，而国人冷遇之、薄待之，是国人不求政治之改良而政治智识薄弱之标准也。

政党与智识思虑

政党者，当有繁复明晰与有组织的之头脑者也。

政党者，当有分别事理之大小、轻重、要缓、本末之智识者也。

政党者，当有远识与先见者也。

政党者，当有判断之智识者也。

政党者，当有公平周到的两方面之智识者也。

政党者，不可不应用论理的智识者也。

政党者，不可不周于思虑者也。（《孟子》称："周公思兼三王，以施四事。其有不合者，仰而思之，夜以继日；幸而得之，坐以待旦。"是可为千古用思虑之好模范矣。周公之□思与孟子之养气皆中国造成人物之法则也。余尝对"周情孔思"曰"孟刚庄乐"。）

政党者，当富于有哲理者也。

政党者，必辨别道理而行事，以一背乎道理而即伏有至大之危险与失败者也。

政党者，不可有模糊暧昧两端之行事，而当有明确之见地、刚断之言语者也。

政党与学问、文章

政党者，非学问家立学问之上而自造学问，有时以学说定事实，有时又当以事实变动学说者也。

政党者，不必以文辞家为之，虽然，文辞者政党胜人之利器也。（数年来，中国之变动皆由文字鼓吹之力而受文字之赐者也，文字顾不重哉？言语同此。）

政党与道德

（必言道德者，以道德能制究竟之胜利，且无道德又未有不败者也。若夫人生以苦乐为归宿，则又无道德者苦，有道德者乐耳。）

政党者，最当分别于公私之界限者也。（今全国之人皆系为私，若政党亦然，则是同为社鬼以谋亡国矣，何贵乎复有政党者哉？）

政党者，为一国不为一人，若为一人而利用其党，是结党而营私者也。

政党者，当以理为是非而不可以党为是非者也。

政党者，发于爱国之热诚，如母之爱其子，不自知其何故而有所不能已者也。

政党者，奉主义以进退，而当有硬派的典型者也。其进也，以得行其主义之故，则可受禄位，不可枉其主义以求禄位者也；其退也，以不得行其主义之故，则并其禄位而辞之，不可以贪禄位之故而取中庸模棱之习以自枉其主义者也。

政党者，功名事业之热心家，虽然，必以道德为发生功名事业之根本者也。（孔子所谓"隐居以求其志，行义以达其道。"）

政党者，以人才为性命，不可有嫉妒排弃人才之心者也。

政党者，不可造作言语、淆乱听闻、以自取利而害人者也。

政党者，必伸己之意见者也，虽然，有时亦当容人之意见者也。

政党者，必当有服从之德者也。

政党者，当置重于信用，不可口言而行相违者也。（无信用即无人格，人人皆畏惧之，尚何能成事乎？无信用之人虽能欺饰一时，积久必败。余尝谓信用即势力，人人知□信用，则事可为矣。）

政党者，尚实行者也。

政党者，与其政敌之斗争，以公义为范围而不涉私憾者也。

政党者，其斗争皆文明的而无野蛮乱暴之行为者也。

政党者，日言权利之事，虽然，当于权利之外别有高尚之思想者也。（余尝谓大人物不可不带哲学的彩色。）

政党者，有当用手段之时，虽然，苟可以不用手段，则不必用之。手段者，不得已而用之物也。（不用手段之手段，其手段斯高，虽然，是则手段也而已，进于道德矣。余尝谓：待善人，要性情；待恶人，要手段。）

政党者，必当有胆量、才能、智识、学问、道德之五者，然前四者之事可有可缺，而惟道德则必不可缺者也。有道德矣，于前四者之中，或仅有其一而缺其余，尚不失为有用之才。若有前之四者而无道德，则其人不足取也。（此所谓道德者，专指公德而言，若有前四者之长而缺于私德，固无害其为人物也。）

政党者，不为畏伤，不为利疚者也。

政党者，不可有阴险诡诈、偏颇私曲之行，而当开诚心、布公道，有光明坦白之气象者也。

政党者，必当有地负海涵之量者也。

政党者，必刚毅而兼含协和之德者也。

政党者，当坐言起行，直进迈往，虽遭如何之困苦艰难，而常有不屈不挠之精神，必求达其目的而后已者也。

政党者，重公德而不问其私德者也。故夫政党而攻击人之公行则可，指摘人之私行则不可。人之于政党也亦然。

政党者，当持公论，奉正义，以浩然行于天地之间，而有孟子养气之概者也。（韩昌黎得孟子养气之法以成为文辞，他日必有得孟子养气之法以成为人物者，能积至诚、养浩气，人物之本领莫大于是矣。）

政党者，当具大公无我之心，无疚于神明，而得清夜中至大安心之乐境者也。

以上虽略言政党之作用及政党之人物，不能详，然我国而果有如是之人乎？或不能如是而有近于如是之人乎？是余所执鞭愿从而不胜生平欣慕之私者焉。或尚无如是之人乎？又余之所馨香祷祝，窃愿天之早产是人，以福我中国也。

夫政党不可不发生于立宪之前，盖非代表人民有一大势力合理的之团体，必不能与政府相抗，而冥顽之政府遂有不肯以政治之权予人民者。日本于预备立宪下诏而后，即有板垣等起，而为政党之先河，是实日本宪政所由成立之一大原动力也。而中国自去岁已言预备立宪，且一年而政党之消息阒寂无闻。则以上下两方面之程度言之，不可不谓上已有趋而近于立宪之意，而在下之人固去立宪之阶段其远也。噫！如何而能见中国宪政之进行也？

夫既知政党为立宪所必要，然则政党将以如何而后能成乎之一问题生，曰：此不属于为政党之人，而属于全国人之待政党者如何。盖政党而为一国社会之所欢迎则成，政党而为一国社会之所冷遇则不成。凡英雄豪杰莫不以得社会之势力则昌，而失社会之势力则败。夫固未有与社会绝不相合之物而能发生其效能者，政党固犹此例也。

吾试起而观中国之社会，当未有不闻谈政党之名而大骇者。此近日所以有政党固宜于今日之中国乎、不宜于今日之中国乎之一问题也。则告之曰：是固不必研究之问题。何也？天下事当其始，固未有不骇者。数年以前，"变法"，人所骇之一名词；"维新"，人所骇之一名词；"学堂"，人所骇之一名词；"报馆"，人所骇之一名词。凡今日种种新名词，习熟于人口之间，当其始，未有不经相骇之一关者。必待国人不骇于政党之名而后言政党，则政党直无有开始于中国之时，盖开始未有不骇故也。夫各国皆有电报，中国亦不能无电报；各国皆有铁路，中国亦不能无铁路；则各国皆有政党，中国亦何能无政党乎？此极普通易知之理而本无足骇也。设当今之世犹有闻政党之名疑其为大逆不轨而不敢道者，得一读是篇，已可知政党之为何物，不必疑其有何等妖魔鬼怪之藏其中，而自无可骇之理由矣。

于是欲进而问政府待政党之情形为何如？夫政府之初见政党也，亦未有不大骇者，而忌之、恶之，欲扑灭之，此又顽钝无智之政府所必演之丑态也。则又当明告之曰：凡政府与政党斗，则政府之势力必日弱，政党之势力必日强。故政党之始，其势力若其微薄，苟得与政府经一回之战争，即增一回之势力，而其终，则政府必降服于政党之下。故政府而苟知政党之利害也，莫如先欢迎之，使政党得行其政策，则国福易进，而阴阳龙战之祸可得而免矣。

外人之有势力于其国中者，则崇拜若不及，闻他人协商保全其领土，则大喜过望，谓可高枕无患。韩有此民而韩遂以亡[1]。

天下事无独有偶，韩有此皇，不意更有酷似韩皇之皇；韩有此民，不意更有酷似韩民之民。

孔子曰："三人行，必有我师焉……其不善者而改之。"信如斯也，则韩皇与韩民，其亦可师也。

绍兴案[2]

自嘉定屠城[3]、扬州十日[4]，留为革命党之口舌而蟠[5]满汉民族上一困难之问题，不谓世向文明将近，立宪之时代而复有黑暗惨澹一绍兴之巨案？

天多杀人而淫刑以逞，破家亡产，瓜蔓株连而未有已者，非独不仁人之所为而有道德之责任也，又能使人心动摇，国本不固，大害上下之感情，至仇雠报复而遗莫大之祸患者也。故虽地球强国，尚不敢以是等蛮刑用于其殖民之地，而不谓政府乃以是待中国之民？

夫生命财产者，人人之所欲保全也。吾人足一游文明之国而考其政治，彼国人之生命财产，莫不有法律上安固之保证，此其所以有文明国人之幸福也。今则人人有杀身之祸而家家有破产之忧，国家之复返于蛮野，乃有如此其极者乎？！

学校者，一国教育之根原，学问之所从出而当优异尊重之地也。使学校而可蹂躏之，则国人将轻视学校，而一国之教育学问将自此而熄矣。今则兵围学校，枪杀学生，而封闭查拿之事不绝，使人民竭蹷[6]辛苦所开设之学校尽归于废弃。而人之有子弟者相率以进学校为戒，其斫伤文明之元气而害国人智识学问之发达，又何其野蛮乃有如此其极者乎？！

①韩有此民而韩遂以亡：战国时，韩国在"抗秦""事秦"上摇摆不定，最后迅速被秦国所灭。
②原载于《政论》第1号（1907年10月7日）。绍兴大通学堂为徐锡麟、陶成章所创办，是光复会训练革命党人，培养军事干部的地方，秋瑾任学校督办。1907年7月14日，秋瑾在大通学堂被捕，遇害后学堂亦遭封禁。　③嘉定屠城：又称嘉定三屠，1645年清军攻破嘉定后，三次对城中平民进行大屠杀。
④扬州十日：又称扬州屠城、扬州之屠，是指史可法率领扬州人民阻挡清军南侵守卫战失败之后，清军对扬州城内人民展开的大屠杀。　⑤蟠：环绕。　⑥竭蹷：尽力。

夫绍兴之案，其办理不善，既已聚九州之铁，不能铸此大错而无如何矣。吾人今所望于政府者，则"挽救此谬误而讲一大善后之策"是也。今试举其大要言之。

甲：生命。

（一）政府宜亟下上谕，凡被牵连之人概予开释，不再诛求，示人心以大安。（前谕皆谓拿办首要，解散胁从。今首要已治，余者本当解散，况其中多系无辜者乎？）

（二）以后凡有供招及告密所指出之姓名，必须查究确实方可拿捕，不得轻率从事。

（三）审无确据之人即予释放。

（四）不得连及宗族、亲戚、朋友。

（五）告密失实者，诬告反坐之律适用，以防诬害而儆浇风[①]。

乙：财产。

（一）案与财产无涉，不得有没收财产之事。

（二）因前案，其财产有为人所掠夺吞没者，准予追究惩办，有因案敲诈其财产者同。凡学堂房屋仪器等概皆复元，有掠夺吞没者，追出重罚。

丙：学校。

（一）不得有兵围学校之事。

（二）不得有放枪擅杀学生之事，违者抵偿。

丁：蛮刑之取除。

（一）不得用天平架、火链、火砖及剖心等蛮野之刑。

（二）狱中监禁者不得有虐待之事。

又，今回办理不善、贪杀好功之人，令大吏查明，予以处分。有讹诈之差役，令地方官查明惩办，其讹诈所得者追出。

以上皆为关系国人生命财产及学校与刑罚上重大之事，固宜亟有妥当善后之策，以慰国人之心者也。

夫吾人民所求于政府者本亦无多，不过据其迫切而以为必不可行之数事而一告之。若政府果有欲为中国谋安宁之计而从是言，则是以绍兴一隅之风云而开中国前途光明之相，以绍兴为全国之牺牲，虽遭殃悔，犹有余快。而上与下可以协和之端，亦将自此启其机，因祸而为福，转败而为功，绍兴案结果之善无有过于此者，吾人之所馨香祷祝者也。不然，西望越中，将遂沉沦于苦海地狱之中，而人民流离，不得复归其乡里，学校毁弃，教育之萌芽将自此而夭折，非独绍兴之祸，而亦全国人之祸。政府其亦将愿以绍兴之案得善果而开中国之光明乎？抑将以最凶之结果终，而使人指为嘉定屠城、扬州十日之续，留为日后解决满汉问题之一难点？吉凶祸福，慎一审之。

---

①浇风：浮薄的社会风气。

"杀"与"要求"之两大派①

今中国人民之对于政府,其一沠②则曰:政府既用杀人之手段,吾辈亦惟有用杀人之手段而已。以杀报杀,杀! 杀! 杀! 杀气填膺,血轮③皆涌者,此一沠也。其一沠则曰:凡人民皆有要求其政府之权利,使要求而政府不许,则罪在政府;若人民不先要求,则政府之果良乎恶乎不可知。故吾辈不可不提出正当之条件以要求政府,此有文明国人之资格者应当之办法也。此又一派也。而今后此二派之消长,常视政府之行事以为断,使政府而允人民之要求,则加担于要求一派之人民日多,而要求派之势力增来,则前途上下交泰而平和之象也;使政府而不允人民之要求,则加担于主杀一派之人民日多,而主杀派之势力增来,则前途上下不交而杀伐之象也。呜呼! 今后之政府,其果尊重公理,服从舆论,降心相从,而与人民握手以开平和会议之堂乎? 抑将持顽固之心,甘以头颅与白刃、爆裂弹之一拼而不改其残暴恶虐之态度如曩日也? 以观其后。

人人皆革命党,人人非革命党④

政府之对于革命党也,含有智识上一大误谬之点在,无他,即欲辨别人之为革命党与非革命党是也,不知人人皆革命党,人人非革命党。政治恶,则非革命党皆化而为革命党;政治良,则革命党皆化而为非革命党。今试有一为公正发愤之人于此,见夫政治之昏暴而欲革命,理也;见夫政治有一线清明之望而不欲革命,亦理也。孟子有曰:"君之视臣如手足,则臣视君如腹心;君之视臣如犬马,则臣视君如国人;君之视臣如土芥,则臣视君如寇雠。"⑤是孟子一身而革命与非革命两种之性质备焉。吾观戊戌以前,言革命者甚少,自戊戌以后而言革命者日多。又自近年以来,政府之昏聩如故,惟偶有一二变法立宪之事,而人复喁喁⑥向望,以为庶几其可不革命乎? 然则今后政治清明,清明之至能使中国无革命党可也。若夫政治日益暴恶,虽日取革命党而杀之,而革命党之发生如故。《传》⑦曰:"敌可尽乎?"此之谓也。宜其无术以靖革命党也。

保证留学果能防刺客乎⑧

近时,日本东京各新闻载中国政府为皖抚被刺之故,嗣后凡留学于日本之

---

①原载于《政论》第 1 号(1907 年 10 月 7 日)。　②沠:当为"派",下同。　③血轮:血球的旧称。亦泛指血液。　④原载于《政论》第 1 号(1907 年 10 月 7 日)。　⑤见《孟子·离娄下》。　⑥喁喁:形容众人景仰归向的样子。　⑦《传》:《左传》。　⑧原载于《政论》第 1 号(1907 年 10 月 7 日)。

学生,必先由地方官保证其身分,而后可派遣云云。夫地方官果能保证其人之必不为刺客乎?以徐锡麟①言之,彼于昔时办绍兴之学堂,固绍兴府知府某所委任也,是绍兴府知府固能保证之矣。又其留学于日本也,由满人之将军某时署浙江巡抚者出咨文予之,是将军又能保证之矣。非特此,安徽之差使,固安徽巡抚之所委任也,是则于未被刺以前,安徽巡抚又能保证之矣。又非特此,徐锡麟,固官也,彼且能保证人,然则所谓必由地方官保证其身分而后方许留学于日本,不过束缚国人学问之自由已耳,其于防刺客之事果何益之有哉?

立宪之上谕又出矣②(不徒托空言)

自皖抚被刺③之后,又有五月廿八日预备立宪之上谕,固曰将以立宪而消暗杀、革命之祸也。夫立宪足以消暗杀、革命,且消暗杀、革命,除立宪外亦更无第二之善法,此诚识者之所同认也。虽然,虚言之与实行其效固大有不同,非特此,口言立宪而实不至,则民将以为是欺我也,而暗杀、革命之两党反得乘之而起。夫预备立宪之上谕自去年盖已有之,然而暗杀、革命之党反益盛。论者方谓立宪之无救于暗杀、革命,不知是非立宪之无效也,口言立宪而实不至,未能以立宪之真精神动民故也。不观去年以来,官场与民间两部分最大多数之言乎?曰:今言立宪,而兵权财政凡重要之职皆握于满人之手,此非防汉人而何?于是一哄而趋于暗杀、革命者日多。盖一方之人望其真能立宪,而一方之人以是等之事为据,断其必不肯立宪,益加担于暗杀、革命之途,而暗杀、革命乃得一发生之机会故也。夫煌煌纶綍④,其言非不美矣,曰上下同心,曰内外一气,曰去私秉公,曰共图治理,吾谓真能消暗杀、革命者实不外此数语,虽然,实行之则有功,空言之则无补,而实行之事不可不自在上者始。今方欲博采群言,敢以一言为刍荛之献,曰:如谕旨中所云:"不徒托空言。"

立宪之二大原因论⑤

凡人类智识之进步也,达于何等之程度,则必有何等之现象。太古原始之

---

①徐锡麟:字伯荪,号光汉子,浙江绍兴府山阴东浦镇人,中国近代民主革命家。1901年任绍兴府学堂教师,后升副监督。1903年赴日本,于东京结识陶成章、龚宝铨,积极参加营救因反清入狱的章炳麟的活动。回国后先在绍兴创设书局,传播新译书报,宣传反清革命。1904年在上海加入光复会。1905年在绍兴创立体育会,后又创立大通学堂。1906年赴安徽任武备学堂副总办、安徽巡警学堂会办。1907年7月6日,徐锡麟在安庆刺杀安徽巡抚恩铭,率领学生军起义,失败被捕,次日慷慨就义。 ②原载于《政论》第1号(1907年10月7日)。 ③皖抚被刺:指1907年7月6日,徐锡麟在安庆刺杀安徽巡抚恩铭,率领学生军起义。 ④纶綍:《礼记·缁衣》:"王言如丝,其出如纶;王言如纶,其出如綍。"郑玄注:"言言出弥大也。"孔颖达疏:"'王言如纶,其出如綍'者,亦言渐大,出如綍也。綍又大於纶。"后因称皇帝的诏令为"纶綍"。 ⑤原载于《政论》第2号(1907年11月15日)。

民，蠢蠢然散居于原野部落间而无所统一也。有英雄者起，挈虫沙①散漫之民，统率之而建为一国，为之谋生养，施教化，布法律礼仪制度一切之事，而散居原野时代之状态一变，此国家之初步。所谓英雄之时代，专制政体由此其成，（英雄时代，一人智而万夫愚，故可用专制政治，使一人刚而万夫皆柔，盖实以此为最利，无可诋諆②处，只缘于时势之不同而已。）而实由原始野蛮之民智识一进步后所发生之现象也。

至于人民之智识演而益进，见夫政府所为之事实，不满于吾人之心，而其为吾人谋利害之计，亦复不工。非特此，或且于吾人有利之事，或不为；于吾人有害之事，或反为之。静而考较其智识，其程度或反远不逮吾人。于是人民对于国家之事，必以茫茫然委诸政府一二人行之为不可，而凡管束自己之法规不可不起而自定之。取于吾人之金钱，将用之何所何地？果为有益吾人之事与否？又为吾人负担力之所能堪与否？不能不起而自议之。又临吾上而执行此事之人，其果能为吾人之所可信任与否？不能不起而自监之。至于交通益繁，将进其一国而为世界的国家，则凡属于我国一国之事，其利害有关系于世界各国，而世界各国之事，其利害亦有关系于我国，而凡对外交涉，果能协机宜而不失利权与否？又不能不起而自视之。是之谓政治欲。凡国民智识达若何之程度，则政治欲之希望必起。有政治欲之冲动，必有一机关以为发表一般国人意见之所。而其所谓机关者，无他，议会是也。是所谓国民之时代，立宪政体由此其成，而实由专制之民智识一进步后所发生之现象也。

吾尝以色欲之理譬政治欲：盖人之有色欲也，则欲有男女，有男女而后夫妇之义由此而生。此今日组织家庭之一大事也。人民智识之发达而有政治欲焉，则欲有政治权；欲有政治权，而后立宪之制由此而生。此今日组织国家之一大事也。当人民智识程度幼稚之时代，尚无政治欲之冲激，则人民参与政治权之机关亦无由而发生，犹人幼稚时代，其身体机关有不尽发育之部分，则家室之事亦不能成立。今专制国之人民，其望于立宪国也，犹幼稚之人而望成人之有室家者等也。盖未立宪，则国家机关尚有缺损者在，而国家之组织固未备也。

又尝譬之：人之在幼稚时代也，举凡饮食、衣服、举止、动作，无不有赖于父母。至于年长，则一身之事常欲自处置之。盖成人之身，肆应蕃变③，父母必不能事事而代为处置。且父母处置之，必不能如自身处置之之能顺应于时势而适宜也。家庭然，国家亦然。夫立宪以前之国家，所谓父母之国家；其政治，所谓父母之政治。而立宪以后，则成人之国家，成人之政治也。有自主之意思，而非政府一二人之意思所得而代表者；有自发之能力，而非政府一二人之能力所得而代为者。呜呼！我国人欲长依父母乎？今且欲为吾民授室。而以自立室家、自为父母之事望吾民，我国人其可不磨励智识道德，弃幼稚之态度，使不至有亏于父母室家之道，而致消④为不能成家立业之人乎？（使立宪而犹不能救国，则可断

---

①虫沙：死于战乱者。　　②诋諆：毁谤污蔑。　　③肆应蕃变：善于应对变迁。　　④消：嘲讽。

为吾民之性质但能适生存于父母时代之国家，不能适生存于成人时代之国家。其不可与立国，犹之不能成家之人等。呜呼！立宪在即，我国民之能适于立宪与否今不可知，吾又乌能无惧？我国人又乌能无惧乎！）

夫我国人固蛰伏于专制政体之下，而以不谈国事，无政治欲之冲激自安者也。然自近年以来，迫于外患，而争条约、争路矿、集会演说、发电上书之事时有所闻。而报纸中尤以昌言国事为天职，是亦一种政治欲之发动。夫仅有是等之冲激，而无一机关以见诸实事，仍不免一哄的之举动，而无条理、无组织，日久则倦怠厌疲，而国事仍归于无效。于是一部分之人为进一步之想，以为如何而能见之实事乎？则莫如推倒旧政府，换一新政府，而为革命之举。盖实政治欲之所冲激而然。虽然，是固旧法，而幸有立宪机之发动。（若政府必不肯立宪，而人民欲强求其立宪，其用力殆与革命相等，而事且未必。今幸立宪之机发自政府，人民但应机而施，则事半功倍。因时势之七凑八合而造成一立宪，固非前此所及料也。）则可以世界改革国家之新法应用于中国。凡今日世界各国，于改革时代，风云暗澹之中，其始多欲革命，而其后多出于立宪，几成为一通例。岂真立宪之当王时代乎？盖实时势之回旋力（此欲向甲方之一极端，彼欲向丙方之一极端，两力相制相消，皆不得向其一极端而行，乃回旋而落于中点地之乙方。今日甲欲革命，丙欲专制，两力相制相消，各不得行，乃回旋于立宪之乙方，亦犹是也。）所使然，欲其不出于此而不可。夫我国未有立宪之机关，而此机关，则今日已有不能不发生之理。是亦人民智识程度之渐进，已有政治欲之萌芽而发生此现象也。（我国之政治欲实未发达充足，可谓早婚之立宪。）固当益谋发达圆足之道而善其用耳。

此为主观之一原因，而犹有客观之一原因，则以为：凡人皆不能无恶之义为前提。政府者，人也，而非神。故政府即不能无恶；既不能无恶，故国民之对于政府，不当放任之，而当监督之。盖放任其政府，则政府未有不至于腐败者。国民而果欲其政府之善良也，先不可不负监督政府之任；若不能监督其政府，而令政府日趋于腐败，则毋徒责政府，而当先自责国民不能监督政府之罪。夫不自任监督之责而徒责政府，则国民为不负责任之国民，未有不自负责任，望他人之代为我谋，而能责其事事之必如我意而尽出于善良者。（专制时代之国民不知有自负责任之事，但①依赖政府而信从之而已。今则我国人既知政府之不可信从，而又不自负责任，起而求国民参与国政之机关，遂成一国民自立于国家责任之外，既可依赖政府，又可责备政府之怪现象矣！而举世不悟，视为固然，而不求进步，则亦国民政治上智识程度之不足故也。）此专制国民与立宪国民对于政府心理上一大不同之点，而非国民政治上智识之进步，不能改换此观察点也。

余尝论君子、小人之成就法，有"天性"与"地位"两个之原因。盖天性之近于为君子，天性之近于为小人者，固为趋向于君子、小人一重大之因由。然试观古今君子、小人之分，决不徒在天性，而于地位上，实操有莫大之权。夫固有地

---

①但：当是"但"之误。

位之所处,迫于不能不为君子,而成为君子;亦有地位之所处,可以为小人,遂动其为小人之心,而成为小人者。从天性说,几若君子、小人一成而不可变?从地位说,则可以人为为造就君子之本。而古之论君子、小人,可概目为主天性说,尚未有提出地位之说,与天性相对立而发明其理者。(天性之说虽可究极深玄之处,不如地位说之繁复,又其应用亦不如地位说之广,余于伦理学中别言之。)而取此地位说以应用于政治,是即立宪国民以防闲①法为改良政府之一作用也。(中国于家庭间防闲女子如此其真,而于国家,放任政府如此其甚!可谓国家思想之太不发达,他国人所视之以为大怪者也。夫家庭以性情联合而成,不宜专用防闲之法;而国家以权利组织而成,固未可取放任而不防闲之策也。)

今试思之,以国家莫大之权操于一人,听其所为,而一无顾忌于期间,果能保其人之不滥用乎?以国家莫大之财归于一人,听其所用,而一无检察于其后,又果能保其人之不妄费乎?故政府之易于为恶,或者其非"天性"而实"地位"使然,虽去甲用乙,去乙用丙,以国中何一种人为政府,亦未能保终极之不同出一辙者,故谓天下皆无良善之政府。天下有良善之政府,实皆由国民防闲之力,为政府者,虽欲不出于良善而不可得。此义定,则中国之果能有良政府乎?不能有良政府乎?欲求有良政府,果当用如何之道乎?已不待余之言,请国人一思之。

于此,则有拘泥旧说,狃②历史之成例以驳诘者,曰:我读中国之书,有曰"尧舜禹汤文武"者,非良政府而何?则请言之,曰:我国自尧舜以来,二三千年矣!而尧舜禹汤文武之治世不过数百年耳,子岂见尧舜之后,继之者皆尧舜?禹汤文武之后,继之者皆禹汤文武乎?必欲待尧舜禹汤文武而后有良政府,是求千世乱而一世治之法也。且又有国家古今之分:古之国家,其事简而任用之人亦少,故尧舜禹汤文武能以一人治天下而不难;今则国家之事业发展,而任用之人众多,有一二之尧舜禹汤文武而千百之非尧舜禹汤文武,已足以败坏之,而天下归于不治。以纵言之,则尧舜禹汤文武仅一世,而不能令千万世皆有尧舜禹汤文武之君;以横言之,则尧舜禹汤文武仅一人,而不能令千万人皆能为尧舜禹汤文武之身。是固极幼稚不完全之政治思想,一不足齿于今日国家之论也。(韩非子已见此理,故欲以法补人之不足。然无国人以参与之、监督之,则法又何能不敝乎?)

以上两个之原因,皆人民对于国家智识之发达,进一步而后乃见其如是者。盖万物皆循进化之一公例而行,故人类之智识以演而愈进。而智识发达至于若何之程度,已能了见此真理而主张之。而回顾其由来之途径,则已不知经若干时势之蜿屈,而以脑线与之蟠旋于穷思力索之余,乃能发见其前途一线之光明,使国人皆可依之而行。此学说造成,所以为至难而可贵之物。夫是二义,于今世文明国人固已皆知,而我国尚在开筚路、斩荆棘之时代,一般国人之对于国

---

①防闲:防备和禁阻。　　②狃:因袭,拘泥。

家，固尚未改其旧日之观念而有趋于如是之倾向也。

由前之说，国民对于国家之政治而欲自处理之，此国民当有立法权之说之所由起也。由后之说，国民对于政府以放任为不可而欲防闲之，此国民当有监督行政权之说之所由起也。故以前之一义为立法机关发生之原因，以后之一义为监督机关发生之原因可也。而立法、监督之二机关，一皆属于立宪国之议会。夫立宪之义虽广，此二事固其中之至要者。而此二事之原因，实如上所云云。故立宪者，上二说贯澈①之结果；而上二说者，即立宪之二大原因也。

按，国民有立法之权，而或立法不善；有监督政府之权，而或监督不得其当。是亦不足以图治，而立宪固未能不亡国也。虽然，此属立宪以后之事，别为一问题，不能于此先牵连言之。且果如此，则其时又当起而责国民之自己，不必如今日以一国之国民自立于旁观之地位而徒责政府。时势既变，则议论亦变，而当更进一境矣！夫中国今日固未有徒鞭挞政府，国民不起而自负责任而自鞭挞之，遂足以致治者，故今日以前为责望②政府之时期，（自甲午、戊戌以至今日。）今日以后，不必徒责望政府，而当为国民求参政权之时期。至于既得参政权，而以国民全体之腐败，不能收立宪之效，则又为国民督责政府，而国民又自相督责之时期。夫既至其时，则当舍前说，而导国民之更进一解；未至其时，则固可稍待，而留为后日之议论也。

为国者，吾人宗主之目的也③

吾人有不可动之目的，一曰为国是也。抱此一不可动之目的，而其他则千变万化，随其时、其地、其事而顺应之，以求能到达其目的而止，固无所施而不可。盖天地之道，皆以变、不变之两义而成，不变者一，而变者万，故不变之义不可不立于最高绝对不可反之地位。所谓不可反者何？今若反为国之义，而曰"不为国"，此不成理论者也，故曰不可反。若夫以为国为一总体，而排列其下者，曰甲、曰乙、曰丙、丁等，此皆可反者也，所谓千变万化，可随其地、其时、其事而顺应之者也。前者，吾人之所谓目的；而后者，吾人之所谓手段。苟不变其目的乎，则其手段固无所施而不可。夫吾所谓以为国为宗主之目的者，此义也，则以吾人生存不能不有一国家。（无国家之时期，其有无，今可不论。）故夫以为国为一大事者，自吾国有史以来，尧舜禹汤文武周孔，千圣百王，相沿为道统，心法绵绵而未有绝。圣者得之以为圣，贤者得之以为贤，学者讲此以为学。辨者，辨此者也；行者，行此者也。智者，出于此；勇者，出于此；仁者，亦出于此。合而成一为国之事，而后吾人乃得存立于此世界之间，以迄于今日。然则居今日而欲救国，

---

①澈：通"彻"，简化字"彻"。　　②责望：责怪抱怨。望：责。　　③原载于《政论》第 2 号（1907 年 11 月 15 日）。宗主：主旨。

其道无他，亦不外承吾古代圣贤之遗绪①，（无论讲新学如此，讲旧学亦如此，此义不分新旧。）而发明张皇②一为国之大义而已。使吾国之士而知此义，则其对于国家之行动，革命可也，立宪可也，（此为新法，以其无革命之危险，而亦能收革命之效果，故以之为革命之代，近时各国多取此法。）作官亦可也。不知此义，则革命不可，立宪不可，作官亦不可。盖革命而非为国，则是盗贼之行，好为乱暴，以破坏秩序，而害国人之生存者也。立宪而非为国，则以议会为营利争权之所，而将于官吏之外更多一种害民之议员者也。若夫既有国家，即不能无官，官者神圣之事也，而以不知为国者为之，则蠹③国害民，今之所为疾首痛心于官场之腐败者是也。故曰：皆不可也。（立宪、革命、作官，皆有一善恶歧出之途，独为为国则否，所谓不可反之定理也。）夫国家于进行经过之中，国人之对于国家，必以感受与其见解不同之故而分为种种之行事。而于进行经过中，其遭遇益益复杂，则国人之从各方面、各时机以应付之者，亦不能不益益蓄变。（今中国既有满、汉之一问题，又有新、旧之一问题，又有专制、立宪之一问题，自中国有国以来，其性质之复杂，无过于今日者，而其间又以时机之经过而生前后之变化，故国人应之之道，亦极复繁。以理论之，为国家进步之象，而国家之道德，当因此而发明者不少。）此近世文明一大国家之中，所以必包含有性质互异之分子者，固以此也。而其间执简驭繁，仍有一相通之公例在，则各以为国为一宗主之目的者是也。嗟乎！使吾国人而知国家之结合性如此，各自向其为国之一方向而进，而不旁骛杂出，以害他人为国之事，则甲乙丙丁，不问其出于何者，而皆可以为圣，可以为贤，吾之所尊重而愿与为师友者也。若昧于此义，不以一国之利害为前提，而以一己之异同为前提，则甲乙丙丁，亦不问其出于何者，而皆不足取，以其不知有一国人对于国家综合之道德心故也。（以智识论，亦可谓仅有单方面的智识，而无两方面的智识。）

国民的外交之时代④

凡物之至其时也，必有种种征候之发现。国家亦然。往古之时，国民无预于一国之外交者，外交之事皆以国君当之，而近日之国家反是，凡外交无不以国民为其主宰之原动力。此不待觏举，以近数月内之事言之，美洲之排斥日本人，为外交上之一案，而其原动力出于国民，则美洲国民之外交也；中国以铁道之借款，起而抗拒之，而其原动力亦出于国民，则中国国民之外交也。夫中国国民久驯扰于专制政体之下，于内政、于外交向不敢顾问，近则干预内政之征候，其气力尚至薄弱，而干预外交，其气力渐强。如前年之拒美约，今年之拒英款，皆其征候之特著者。夫万物之未至其时也，不能强之；既至其时也，不能遏之。今我

①遗绪：遗业。　②发明张皇：阐明、壮大。　③蠹：蛀蚀。　④原载于《政论》第2号（1907年11月15日）。

民虽尚无内政之自觉心，而对于外交，其利害已达于自觉之程度，不能袖手旁观而听政府一二人之所为。无论其举动尚近于一哄的，而根本救治之法，其研究之道殆缺，然不可不谓我国人进步上一可喜之现象。吾于是欲为我政府告曰：我国人之于外交既有如此之自觉心，则今后政府之办外交，决不可改变其方针，而用向来专擅的、秘密的、糊涂的、欺饰的之惯习法。盖此类之外交，已为我国民今日程度之所不能容，徒能惹起一大冲突之风波，政府将自隳其尊严而寻烦恼已耳。然则，其道奈何？曰：今后之办外交，其着眼点，不可专视为政府的，而当视为国民的；既视为国民的，不可不以外交之问题，先求得国民之同意，而以国民为外交之后援。夫今之世，固未有无国民后援之外交而能成为有力之外交者也。况乎有强大国论之后援，则关于外交上之困难可从而减去者不少。故国民的外交，实大有利于政府；而政府之必当顺而从吾国民，不当逆而拒吾国民者，此皎然易睹之事理也。而吾国民，既于外交上有稍稍自觉心之发见，则今后之于外交，其若何成行，不可不注目、用意，进而研究其事项，讨论其方法，尽国民监督政府外交之责任，毋使外交上有一着之错，至为我国民生死存亡之所关而有无可挽救之日。吾是以喜吾国民有外交之自觉心，而以为吾国亦渐进国民的外交之时代，既警告我政府，而又属望我国人，冀我中国真能进为国民的外交之国家。

附识：

日本小野冢喜平次博士著《政治学大纲》，于其第四章之论外交也，有外交之政策当为国民的一节，可参观其言。

国家与国民交涉之开始[①]

古之时，人民无有以事与国家相交涉者，对于政府之所为，人民惟有绝对的服从而已。至近世，则国家之与个人及个人所组合之团体（如公司。）常有权利交涉之事，苟政府之所为有损于个人及个人所组合团体之权利，则个人与个人所组合之团体，为保护其权利，得与政府为对手而开交涉，如行政诉讼，其最著之例也。中国人民向无敢与政府为对手者，然近则随事变之进行，不能不发生是等之现象，如近日铁道借款之事，公举代表与政府交涉，而前则上海商会亦举代表参与商约之事。无论其势力薄弱，未显有何等之效力，而国民与国家开交涉之端已有萌芽之可见。吾于是敢为上下两方之人告曰：欲谋今世国家之存立，不可不谋国家事业之发达；欲谋国家事业之发达，不可不确实保护当事者之权利。凡事业之发达，必先由权利之巩固，未有权利之不巩固而能谋事业之发达；

---

①原载于《政论》第 2 号（1907 年 11 月 15 日）。

未有事业之不发达而能谋国家之存立者也。自今而后，非振兴工商业，不能立国；欲振兴工商业，而非于权利上有切实之保障，则虽日言振兴工商业，而必无其效。盖无论何人决不肯为权利不确实之事业故也。夫保护权利之事固不可不由国家，而国家保护人民之权利，尤不如人民自保护其权利之切。故当权利或有损害之时，人民不能不奋起向政府而要求其保护；政府知人民之欲保护其权利也，不能不容人民之请，或遂定之于法律，而认为一种正当之权利。此种之权利，于前此农业国之人民或非所要，而今后工商业国之人民，将事事时时用之，而当视为一必要之物。此农业国之所以能安于专制，而工商业国之所以不能不趋于立宪者，固以此也。夫专制国，则国家之与人民，无规定权利之事，故国家常能侵夺人民之权利而人民无如之何，至立宪国，则人民之权利，虽国家不得而侵夺之，而得为保护权利与国家开交涉之事。今我国人之程度，虽尚未足以语此，然随世界之大势，不能不发现此等之征候。而近日之事，其权舆①也，虽根柢脆薄，尚不免幼稚之讥乎！勉而进之，是在今后之国人。

订约权在朝廷之误想②

近日，政府对于铁道借款之事有曰"订约权在朝廷"云云，（通体措语纰缪百出，兹但举其一语而言。）是于条约之事，政府仍欲专制的，而不许国人之参与的。试问今日立宪各国，尚有用专制的外交者乎？无论缔结条约有须经议院赞成之国，（如美国须得元老院议员三分之二之赞成，得与外国缔结条约，余不具陈。）即于形式上或不属之议院，然于实际上必先得内部有势力诸政治派之同意。以日本言，须经元老会议，又须各政党不唱有力之反对。然如前年《日俄和约》，以一般国民不同意之故，尚引起一大骚扰之事。故谓条约可擅由政府订定而不须得国人之赞成，求之今世界立宪国中，已无有似此之一国。原夫条约之事，于实际必得国民之同意，而或不备此等之形式，其故以对外之事不能不有统一，且宜秘密的、敏捷的，故付之议院之公议，于性质为不宜，然形式如何不问，而实际必得国民之同意，决未有立宪之国民无参与条约权者。夫政治之事固不当论形式而论实际，摘取其形式上之事，而认为实际如是，是已不解立宪之意义，无惑乎当预备立宪之时代，而外交反趋于专制的，与立宪之事理违反，此我国民为实行预备立宪，必不能为政府宽者也。且吾尤当以一言告国人曰：我中国今日，其利害关系之急迫性、不可挽救性，殆无过于外交者。（内政之关系于利害虽大，然比之外交，可徐图挽救，其急迫性与不可挽救性，无如外交之大。）故外交权为吾国人今日之所必争。而与各国国民之对于外交，其所处之地位不同，则时势所造成，而国民当有因时势而发生其作动之观念者也。至于政府，又不可不有国民的外交之觉悟，盖今

①权舆：起始；萌芽。　②原载于《政论》第2号（1907年11月15日）。

日国际竞争之事，必以国民为极大之后援。故政府当进而养成国民之外交后援力，以为解决外交困难惟一之法。不然，而认为政府的外交，非国民的外交，则政府必外之为各国之所迫，而内之为国民所怨，外交失败，而一己之权位亦摇。政府诸人纵不为国人之祸福计，独不为一己之利害计乎？吾愿经此次之事变，于一方则国民必进而求有参与外交之权，于一方则政府亦可知外交不与国人之害而与国人之利，扫除其所谓专制的朝廷外交之误想，一变而为立宪的国民之外交。

今日中国之学生宜与闻政治之事者也①

学生理不得与闻政治，而独中国今日之学生，宜与闻政治之事。夫于学生之中而独置中国今日之学生于例外，其言若甚奇异，而其理实至易明。盖各国学校皆有一定之期限，苟在学生时代之中，其年齿必幼，其经历必浅，而其学问固尚未成就，识见固尚未炼达也，而遽使与闻政治之事，则非独有害于修学而已，而尤不免贻误于政治。若夫中国今日，当新旧过渡之时期中，其为学生之人，有年四十者、五十者、六十七十者，而二三十岁之人最为普通之多数。其年齿已长，各有多少之经历，而学问识见，其大小不问，固已优于一般国人之上而居先觉者之地位。试举中国全体之人数，而抽去其为学生之人，则其余不过碌碌之愚民与腐败之官场已耳。虽有若干贤智之人不为学生者，而其数固其寥寥。然则今日，不容国民之得与闻政治则已，若容国民之得与闻政治，去学生则事不成。况为学生者，亦多以刺激于时势之故，发动其神圣真正之爱国心，不自解其何故而自有所不能已。夫此神圣之爱国心，又岂可得而抹煞之而使之不得达也？且夫学生之所以不得与闻政治者，则以一国之政治权不可不归于有智识之人为原则，而学生者，于国人求智识，而非能以智识予国人者也。然中国今日之学生，于一方当求智识于人而于一方又不能不以智识予人。使准据②一国之政治权，必归于有智识之人为原则，则今日学生之得与闻政治，为理之当然。而执政诸人，实不当握政治之权，而不可不去位，则以执政者固多半为无智识之人而不当有政治之权，此治国家当守之原则也。夫何不自返，而善处其政治，使学生自无可容喙③之地？既已窃据政府之位，失政误国，国人不进而据国家之政治权当归于有智识之人为原则而逼政府之去位，亦已幸矣，而乃贸贸然反欲责学生之不得与闻政治，何其傎④也？夫今之政府，亦但知各国有学生不得与闻政治之事，遂欲效其例而行之于中国，以便政府之私图，而不知其原则之所在，且有时与地之不同。所谓效颦而适增其丑者，则此类之政治是也。观日本报载北京

①原载于《政论》第2号（1907年11月15日）。　②准据：依据。　③容喙：参与议论。
④傎：同"颠"。颠倒；错乱。

政府有禁止学生干预铁道借款之事，恐昧者不察，以此为正当之理由，禁止者为有词，而学生反无可置答，因特辨明其与各国异同之所在，而立中国今日学生有得与闻国家政治之理。（今日学生当有政治之权，于去年著《宪政胚论》中已略言之。此固非正例，而谓后日亦当如此，谓今日实不能不如其耳！则关系于时势之不同，且按之原则，固亦未有戾①焉故也。）

按，行政之道，必视其时与地，以定其法制之可用与否。今人诋中国行政，谓不过钞录各国印版之文字而移用之耳。于中国之适用与否，固未审也。当定新闻条例之时，有不得诽谤皇室之条。余友张君君曼曰："各国皇室，无干预政治者，故自不得而诽谤之。今中国以皇室握政治之权，而又禁人之不得诽谤，然则国人当于何处问政治之责任乎？"善哉！此言可谓能分析国情矣！夫政府者，负政治上之责任者也。国民对于政治上有失政之事，不能不向任事者而问其罪，即不能不有攻击政府之事。皇室而欲避国人之攻击，则请立皇室与政府之别，而立于政治以外，此保皇室尊严唯一之法，而立宪国之通例也。不如是，而徒欲剿袭人国之成法，以箝制国人之口，亦徒见其无益而已。盖与各国固异其本源故也。今之禁学生不得与闻政治，亦此之类。古人所谓不揣其本而齐其末者，此之谓乎？类此之事甚多，因略附论之。

对于铁路借款事件质问政府书②

一国之中，不独国权而已，有社会与个人之固有权。国权之强大无论至于若何，而社会与个人之固有权仍各自存立于其间，无因之而扑灭者。例若个人于一家之中，欲借金与否，或借某之金与不借某之金，此属个人固有权之可得而自由者，政府固不能勒令其必借金，且必借某之金也。今铁路公司之事亦然，不过一为个人权，而一为社会一团体之权耳。属于此等之社会权，即社会所以组织共同机关必要之作用，而社会所以能发达进步之因由也。使此权而可扑灭之，则社会已无存立共同机关之根柢。国家对于此等之社会权，仅能执行国家生活之权利，（如税收等。）及干涉其与国法相抵触，或行政认为有害及统一必要之事项，而于其适法内之固有权，不能一步立入而侵犯之，或且因有自他侵犯其权利者，而国家代为之保护。盖侵犯社会与个人之固有权与盗贼无异，国家而侵犯社会、个人之固有权，则国家即盗贼也。今若以国权欲入私人之室而夺其一物，夫人而知其不可，盖私人之固有权为中国所已知，数千年所以能成立国家者，固恃人人知有此理性故。而关于社会团体之权事属开始，今后将日益加多，而以政府之冒昧，摧折其萌芽，则今后社会各种团体无发生存立之望，与国家自杀无异。无论外交上有若何之难题，必不能以个人权与社会权供政府牺牲之

---

①戾：罪过。　　②原载于《政论》第 2 号（1907 年 11 月 15 日）。

用。今假若外交欲以人民偿债务，将遂恃国权而卖我等人为奴乎！政府之无理、无学、无法，至此已极，不能不诘问执政诸人滥用其国权之大罪。今世界已无无理可以存立之物，若政府对于兹质问不能举其词，则已成为不合理之行为，自失隳其政府之尊严与信用，执政诸人更当失政引咎，无颜立于我国人之上。

按，人民有质问其政府之权，政府当与解答。此权于议会成立之后即属诸议会。今中国已为立宪之豫备，故此举悉按理法而行。若政府以屈于理由之故不能解答而置诸不答，则前此所发之命令已成为一不合理之事，不能强人民以必从，而今后亦当慎重，无再发不合理之命令矣。

社会国家相关进化论[①]

民之蚩蚩，各求生活于大地之上，而生活之事其道繁复，不能不分业而理，于是有工人、有商人、有军人、有地主、有雇人、有学者、有技工，有曰何曰何，其数种种，至不暇枚举。曾于英国调查各种之职业，其数至一千一百。姑不论其数之多少，而此种种职业，举其总体而抱括言之曰社会。其相互之关系，曰社会之关系。而此社会之中有一至毒害之元素，曰利益之竞争。此利益竞争之事从一方言之，即为社会发达之根原。盖人类间万事之进步，皆恃有一竞争之心，竞争之心止，则进步之事亦止。所谓竞争进化者，固万物相演之公例，而社会之发达，亦不外循此规则者也。然从一方言之，人人扩张其利益竞争之事，而无物以制限之，则屠戮、排挤、争夺、倾轧，凡所谓人类间之恶德将无一不备，而社会乃化为峻巇、惨淡、暗黑、凶恶之象，而将至于劣败退化，驯归于灭亡。其祸患之大，无有过于是者，犹之火为人类利用之一元素，无火则不能有今日发达之象是也，然以用火者不慎之故，则焚烧百物，可使乾坤为焦土。故夫利益竞争之辞，社会之发达由于此，而社会之覆亡亦由于此，其原一也。（按，今日我国人所谓西学，其本原惟有"利益竞争"之四字耳。谚有之曰："读半部《三国演义》者为小人，读全部《三国演义》者为君子。"今新学之士纷纷登场，不能助中国之进化，反日益争乱，呈一大不良之现象者，则皆读片轮的西学说故也。）

夫社会之中，工人欲满足其工之利，而不顾商人；商人欲满足其商人之利，而不顾工人；地主欲满足其地主之利，而不顾佣人；雇人欲满足其佣人之利，而不顾地主。推之军人欲满足其军人之利，则养军人者困矣；医师欲满足其医师之利，则求医师者惫矣。一方之利益长，一方之利益必消，消长一失其权衡，则双方皆不能保持其利益。且也以社会各方面，皆有其利害不同之故，必至欲举一公共之事：甲以为有利于己，则欲兴之；乙以为无利于己，则欲罢之；丙与丁又以为有害于己，从而阻之。又非特此，社会之各分子，各以营利为目的，而无立

---

①原载于《政论》第 3 号（1908 年 4 月 10 日）。

乎社会团体之上，为社会谋根本之计，必至但见其利之小者、近者、直接者、一往者，而不知其大者、远者、间接者、环复者，则利益终有时而尽，至于利益尽而社会之各分子亦皆无可存立，而至于覆亡，谚所谓"树倒猢狲散"是也。是皆一社会各盲目的为利益竞争之事，横于前途所必至之祸也。

夫社会争利之必至于覆亡，且使人类间至不感生人何等之趣味，而疑社会果有存在之必要否乎，是社会所得一最不良之结果也。于是为保全社会之计，首不可不使社会之各分子咸有此等之自悟心，而以义制利，抑其利己之事而产出一种克己之道德，普及于社会各分子之间，与其利己之心相调和融洽而无偏颇倾仄，常能保其中和之度，此社会之所以能善良中正，则制裁社会利益竞争所发生之果也。夫制裁社会利益竞争之事，其道亦多端矣，兹皆不及陈，而独举国家之有关系于社会者言之。

夫国家者，即制裁社会利益竞争最大之利器也。（除国家外，则宗教之力至大，然与国家之作用固大不同。）盖社会各为利益竞争之事，无有一至大之力加乎其上，则其争终不可得而平。而国家之作用，即以国家之自身具有莫大之权力，能使社会各分子之竞争向同一直线而行，而为国家之大力所阻，各不能达其极端。至利己心与克己心，两力均匀，成为社会各分子交叉线一平衡之现象，犹太阳之与各行星，以摄力、吸力互相维持而成一天空之现象者其理相同。而国家之作用犹不止此。盖国家者，又能使社会众分子各自割其利益之一部分以供国家种种之作用，而国家固非徒吸取社会之利益而已也，又能为社会全体造成永久远大共同之利益，而又恐外部之人有侵及内部利益之事，则以国家之力防守之。故有国家，而社会各分子不致受利益相争之祸，而各损其利益之若干分以供国家，国家又还而为社会造莫大之利益，又能为内部任防守利益之事，于是乎国家得制法律、断狱讼、收租税、主持和战、缔结条约，而有司法、有警察、有海陆军人、有种种行政之官吏。故国家者，与社会之利益相反而实相成，社会或基于人类之利欲心而后发生，而国家实本于人类防限利欲之道德心，故国家之成立，实可谓有至高尚之目的。（无论国家发生之始未必有此等目的之思想，而国家理论上之目的必当如此。）设人类无组织国家之能力，一任社会自然之状态，则社会已早归于覆亡。何也？以不堪其内外部利益竞争之事，而不能调和制抑防闲而扩充之，以谋社会之能规则秩序的发达故也。此社会大有赖于国家之事实也。

按，太古之世，若人类已有社会而无雄大之国家以统率之，则社会必不能扩充其步武。即至后世，其人民若无惯于组织国家之性，亦不能谋社会之发达。今西人以通商之故，能扩张移植其社会于全地球，而强盛冠一时者，以其人民所至，有造国家之能力故也。于同一西人之中，而英国之殖民地多能繁昌，法国之殖民地易于萧瑟，致以所有之殖民地多为英人之所并吞，则又以法人组织国家之能力不及英人故也。我国于南洋美洲所至夥颐，然皆能成一社会，而于组织国家之能力缺焉。我国人之见弱于各国者，率由此故。呜呼！组织国家一能事，于人类间顾不重哉？

夫国家既有大有益于社会，故人类不可不割其社会利益之一部分以造国家。虽然，至其后则国家或变而为一有害之物，如寡人政治、贵族政治、官僚政治，皆恃有国家之一机关，而耗社会莫大之利以供养其人。夫社会之割其利益之一部分以奉国家，岂不曰国家之能为我平利益之权衡、保护而扩充之也？然国家当末流之时，非但不能为社会平利益之权衡、保护而扩充之，且能造成社会各分子间利益不平之事，如以据有国家机关之故，而一部分之人独占社会权利优胜之地位，而一部分之人至受其抑压束缚，不得有参与政治权之故，而民之穷者不能告诉其损失，士之贤者不能施行其意见。（今中国腐败之官吏，占据上位，主张国是，而贤者虽抱济世安民之略，屏弃而不得用，事之不平，亦孰有逾此者乎？欲求国家之不颠覆，固难矣。）一若同一社会中，而或一种人，但有权利而无义务；或一种人，但有义务而无权利。而所谓裁平利益、发达利益、防卫利益，国家种种之作用皆失，反化而为一部分人营利之物。如是而国家之成立乃有百害而无一利，遂有起而张民权、主自由，且有以不如无政府之善而唱无政府主义者。泰西自暗黑时代至于前数世纪之大革命，而中国自秦汉以降，至昏庸腐败达其极点有如今日，而国家遂有岌岌不能安之势，不能不改造之，而后方能谋人类生存之道矣。

夫国家之不能不改造，固为有识者之所同认，虽然，以中国之社会程度而言，必不能以无政府治之，故中国今日实不能无国家，且不可一日无国家者，而欲改造国家，仍不外乎社会。

夫国家之与社会，一物而分为两方面者也。非于国家之外，别有所谓社会，亦非于社会之外，别有所谓国家。而组织国家之人，与夫组织社会之人，又非能截然而分为两种之人也。故国家之性质必与其社会之性质适合，而后能成立。使当野蛮之世，其社会适于用专制之政体者，则必有专制之国家出，至于文明稍近，其社会适于用立宪之政体者，则必有立宪之国家出。以中国国家之性质移于欧美社会之上，则不能以一日存；以欧美国家之性质而移于中国社会之上，则亦渐化而变为中国之国家。然则欲改良中国之国家，其将望诸一二之神圣英雄而改造之乎？抑将以社会全体总合之能力而改造之也？夫望一二神圣英雄之改造国家，无论未必有其人也，就令有之，而亦不能改造一文明之国家。何也？以国家必与其社会之性质相适故也。无论吾所谓社会全体总合之能力中，必恃其中以一二神圣英雄为主，而社会一般之文化，要必与此一二神圣英雄之程度有相差不远之势，而后乃能成为社会之浑圆体，而于其上建设相适之国家。非特此，虽有神圣英雄，不能不以国家社会为根据之地。吾尝谓庸人而得国家社会之信用，则猫化狮子；贤者而不为国家社会所信用，则狮子化猫。学者所论为社会之报酬，贤者过薄，失文明国人之资格，而为社会上一大不道德之事。盖贤者虽有改造国家之能，而为一般社会所冷遇，不欢迎之而屏弃之，则贤者直无何事之能为，虽欲致力于国家而无从，则非贤者之负国家，而社会之自负其国家之其也。（社会不信用贤者，尤绝对的无立宪之效，盖以贤者且不得为被选举之人故也。昔孟子去齐，有不豫之色而曰："当今之世，舍我其谁？"又曰："王如用予，予日望之"。夫君治之世，则望诸君与相；而君民共治之世，则望诸国家与社会。若屈原、贾谊，岂自杀哉？直国家杀之耳！安可以国家社会而负杀贤者？一大不道德之事也。余有诗云："神洲忙煞君闲煞，莫诵《离骚》自爱生。"）呜呼！非社会全体负改良国家之责，吾以为改造国家之目的终不可得而达也矣。

夫欲以社会全体改良国家，第一，不可不使社会之各分子有参与国政之权，而后组织社会之人人乃能着手于实际改良之事。第二，不可不增高社会智识、学问、道德之程度，使能为一国文明政治之运用者、拥护者，而后乃有确固之根基。从第一说，则今日即当改变国家之组织，而添一人民参政权之机关。盖国家所以变而为一部分人营利之机关，而成社会之一有害物者，原其故，不外国家为一人之私物而非人人之公物，故为官吏之一部分人乃能附属于一君主个人之下，而为百姓监督之力所不能及，得以滥用其职权而营私利。若人人以国家为公物而有过问之权，又孰能以公众之地为巢窟者？此改革国家政体之说、立宪之议，其原盖即发于此也。从第二说，中国而欲得善良之国家，则一般人民之间首不可不明白人民对于国家权利义务之观念，即人民必不可以国家之事一任政府之所为而放弃其权利，亦不负担其义务，又不可不有世界之知识，公共之道德，与夫万事皆有秩序统一整理清洁之法，而又有尊贤章能、（虽一技一艺亦不埋没，使得表显于社会之上，此鼓舞国民才能心所必要者。）尚功重德、抗强扶弱、戒妄言、（近来彼此冲突，辄造作无稽之言，以诬蔑其人，此当悬为国民第一之禁条。不然，无是非毁誉，而良心之渐灭尽矣。）富同情、（以他人之境遇为己之境遇，而有推察原谅及代为设法之意，与慈爱之情微有异。）宝信义，重正直之风，及官府吏役对于人民之亲切心和爱心，又养成一团体中权限分明之不凌夺心，（不先分明权限，于同一权限之中，甲专擅则乙必与之冲突，否则乙必至于退让，不养成自守权限之心，则偾事①必多矣。）肯服从心，与夫一国中，党派与党派当确守伦理道德。此增长社会程度说，实为改造国家一根本上之事。盖必有善良之社会，而后善良之国家乃得成立，否则虽日日改变国家之制度，而以旧社会腐败之人人于其中，则新制度亦化而为腐败以终，虽经如何之改革，而终不能收其效。特相时之缓急而言，不能不先改革国家之制度，而改革社会人心之一问题即与之相联而并起。呜呼！我中国之前途，改革国家易，改革社会难，使社会善良，则改革国家直易易事。（我今日虽云改革，实不过仿他人之成规，他人为其劳，我为其逸，不过移植之时，一加斟酌审度之事而已。）特无如此社会何耳！

且夫欲改良其国家，尤必以改良其社会为亟亟者。盖古之国家以一二人主宰之故，苟得一二人之善良，已可以建清新之国家，而社会之状态若何，尽可置之不问。然此等国家已属过去历史之遗物，不适生存于今时代之中，而所谓今

---

① 偾事：败事。

时代之国家,必也国家之意思即为国中人人之意思,国家之行动即为国中人人之行动。故夫国人全体有错误之意思,则国家之意思亦不免错误;国中人人有悖谬之行动,则国家之行动亦不免悖谬。国家者,国中社会各分子之一缩影,而国中社会之各分子,即国家还元之本体也。此今世国家之善恶所以与社会之善恶尤有相关系而不可分离之故也。

抑国家与社会,其相关之理已如此,而其中有一共同之点,即以社会而专为各分子利益竞争之场,则社会必趋于劣败而有淘汰之忧。能止社会利益之竞争而固其本根者,国家也。至国家又化为一部分人营利之物,则国家将不免覆亡。国家亡而社会亦与之俱烬。于是又恃有健全之社会为组织国家之素地①,而后国家乃复有真正之目的,不化而为一部分人营利之物。若夫不知此义,而于社会、于国家,惟知饱其各人之私利而已,则社会国家已早无成立之理,孟子所谓"亦终必亡而已"。我国人对于社会国家之观念盖实有如此者,如此而与之言改良国家、改良社会,是犹入盗贼之乡,与夫争夺珠玉锦绣之人而与之言诗书礼乐也,其亦无有入耳者矣,则吾欲无言。

泺口②黄河桥古为鹊山淤湖说③

津浦铁路筑黄河桥于泺口,其下六十余丈,得大虫及石莲子无数于泥层中。论者谓:莲子,湖物也,今河流之处,昔时必为一湖,故其底有莲子云云。其说若可信,果然则必所谓鹊山湖者是也。鹊山临泺口,今铁道过黄河桥而北,有山戴石而翼然者,即鹊山也。鹊山湖,以鹊山名。考《一统志》,鹊山在济南府城北二十里。《山东志》亦云:"鹊山湖在济南府城北二十里。"里数相同,则湖必在鹊山之下而同在一处,盖可知也。今鹊山下无湖,惟黄河绕之而去,则必湖之淤后乃改为河道也。考之唐时,尚有鹊山湖,李白有《泛鹊山湖诗》三首曰:"勿谓鹊山近,宁知湖水遥。"又曰:"湖阔数十里,湖光摇碧山。"又曰:"遥看鹊山转,却似向人来"之句。其云"湖阔数十里",湖面之宽广可知;"湖光摇碧山",则鹊山正临湖之上也。噫!自唐至今仅千余年,而湖与河之变迁已为人所不能识,则夫其他之沧海桑田而古今不同其形状者岂有既④乎?而仅得此数枚之石莲子,出之黄河筑桥之时,以为之证,不与凿昆明湖之得劫灰⑤,同其感慨也哉?!

宣统三年辛亥六月⑥蒋智由识

---

①素地:基础。　　②泺口:位于山东济南市城区北部。　　③原载于《地学杂志》1911 年第 18 期(1911 年 11 月 10 日)。《地学杂志》是原中国地学会主办的机关刊物,也是中国第一个地理学术刊物。1910 年 2 月(宣统二年正月)创刊,至 1937 年停办。　　④既:尽。　　⑤凿昆明湖之得劫灰:原指佛教所谓"劫火"之余灰,后指被兵火毁坏后的残迹。出自晋干宝《搜神记》:汉武帝凿昆明池,池底为灰墨,问于世人,有道人称:"天地大劫将尽,则劫烧。此劫烧之余也。"后人以劫灰喻灾难后的遗迹。　　⑥宣统三年辛亥六月:为 1911 年 6 月。

蒋观云亟解日约论①

　　今之为东亚大患而能存亡吾中国也者,莫如与日本军约之一事已。军事协约之存在,日本得援其约之所有,以操军武之权,而制吾中国之死命。夫中国亡而北方何有? 故军约者,非独中国存亡之所关,而亦北方生死之所系也。夫国亦各自为其兴强计耳。彼日本固无爱于中国,而亦何有于北方? 北方之欲倚日本以存,而假用其武力焉,所谓引虎以自卫,未有不攫于虎者也;而假用其财力焉,所谓饮鸩以止渴,未有不毙于鸩者也。夫以一军约而搏击上下,若水若火,激不相容,至于靡烂横溢,不知其终,则凶莫大乎存是约者也。且夫日本岂能尽据中国而有之哉? 日之欲统东亚,擅中国,此欧美之所壹力而必不容者也。日也挟其一方而来,欧美必挟其一方以晋②,以一羊为之食,而构两虎之斗,则祸又莫大乎争是约者也。故曰军约者,中国之亡征也,东亚之乱原也。胡为乎莫之除? 除之,此其时矣。夫约为对德战而设者也,非有德国之战,虽有条文,不得板指而滥其用。而今则告德战之终止久矣,文存而质废,假而欲据约以行事,我拒而不受之,可也。又必有其时之终讫。欧战之期,至于和约签字而告大毕,我之拒签字者,为权利损失之争,而非于和议之有异论也。夫和之既成,战之终已,必然而无余谊,时过而约解,而犹欲长之,则无理无说之存。且夫日本固自任以保东亚之和平,而以亲善中国为招,存此约也,则乱东亚之责必归之日本,而日本亲善之不诚,有吞噬中国之心,章章然也。北方当事而欲存之,则必引国之人以敌己。动天下而乱之,无以免败,终则受制于日本者之手,无幸存者。故日约北方自为计,必脱之,必除之;为中国计,必脱之,必除之。夫土耳其以军事之权授之德人者也,今则亡,则中国可不援以为戒乎? 故曰:器不可以假人。

---

①原载于《新古文辞类纂稿本》第4卷,蒋瑞藻编纂,中华书局1922年版。日约:日本帝国主义趁第一次世界大战期间欧美各国无暇东顾之时机,于1915年1月18日,日本驻华公使日置益觐见中华民国总统袁世凯,递交了有二十一条要求的文件,并要求民国政府"绝对保密,尽速答复"。此后日本帝国主义以威胁利诱的手段,历时五个月交涉,企图迫使袁世凯政府签订把中国的领土、政治、军事及财政等都置于日本控制之下的二十一条无理要求,这些条款称中日"二十一条"。后经中日协商,袁世凯被迫签订不平等条约"《中日民四条约》"。　　②晋:进。

卞庄子之勇，冉求之艺，文之以礼乐①

更举二难之才，毋忘礼乐云云也。夫有勇与艺，子盖凤怀是才矣，甄②庄子、冉求，与武仲辈并言之，能无眷念礼乐乎？若曰由之始觌③吾④也，冠鸡冠，佩长剑，固言言勇者俦也。及吾门，与身通六艺者居，盖有季⑤矣。然而吾犹有虑，由不云乎"南山有竹，弗揉自直，斩而射之，通于犀革"？予晋⑥之曰："括而羽之，镞而砥之，其入益深。"是故陈先王之制作，自设隳栝⑦于其中，非独明憋⑧之士、狷洁⑨之士所宜锲厉⑩已也。"知"推武仲，"不欲"推公绰，尚已。顾吾闻之：礼乐皆得谓之有德。德者得也，足乎己，无待于外之谓德，岂以"知"与"不欲"称，为多乎哉？虽然，若武仲、公绰者，质亦堇⑪矣，举以为似，则晋征卞庄子之勇、冉求之艺。或曰庄子勇矣，而未"知"：昔者庄子欲刺虎，管竖子⑫綦⑬之，曰："两虎噬牛，甘食必斗，斗则大者伤，小者死，刺得两虎。"庄子从之，是"不知"也。又或曰冉求艺矣，而不能"不欲"：为季氏宰，为之聚敛附益其富，是不能"不欲"也。然而三战复耻，是庄子之行也，则其气足恃也；好学省物，是冉求之行也，则其能足恃也。《周书·谥法》不云乎"细行受细名⑭"？挺特质，负异禀，从而磋韧⑮，干城⑯资也。昔汤以锡勇称，而礼数上白⑰，乐铿《大濩》⑱。周公以多艺传，而制礼作乐，垂法姬氏。若二子者，有滥觞矣，委乎河海；有整敦⑲矣，度乎泰山。孟晋⑳不已，厥唯追群㉑哉。夫吾也，未知于先大夫之勇何如，然尝杓㉒国门之关，足蹀狄兔，执射执御。少贱多能，洎季十七适周，问礼老聃，访乐苌叔，悯周室颓废，礼坏乐崩，世之邪士，从而訾之，曰摛擗㉓为礼，澶漫㉔为乐，于是轸然㉕有述。礼乐之志，取自遂皇以来，宗当代，为冠、昏、相见等礼㉖，凡十七篇为经。弗㉗而论说之曰，《礼记》为传，《乐》附《礼》行，因散缀于其中。还鄹㉘息影，厘订雅颂，

---

①原载于《清代硃卷集成(128)》，顾廷龙主编，台北成文出版社 1992 年版。署名蒋国亮。下两篇同。卞庄子之勇，冉求之艺，文之以礼乐：《论语·宪问》：子路问成人。子曰："若臧武仲之知，公绰之不欲，卞庄子之勇，冉求之艺，文之以礼乐，亦可以为成人矣。"曰："今之成人者何必然。见利思义，见危授命，久要不忘平生之言，亦可以为成人矣。"子路：仲由的字，孔子弟子。成人：人格完备的完人。臧武仲：鲁国大夫臧孙纥。公绰：孟公绰，鲁国大夫，其德行为孔子所敬重。卞庄子：鲁国卞邑大夫。冉求：字子有，孔子弟子。久要：长期处于穷困中。 ②甄：审查，鉴别。 ③觌：见。 ④吾：指孔子自己。 ⑤季：指排序最后。 ⑥晋：进。 ⑦隳栝：矫正竹木邪曲的工具。 ⑧明憋：聪明敏捷。 ⑨狷洁：洁身自好。 ⑩锲厉：雕刻磨砺。 ⑪堇：假借为"仅"，少的。 ⑫管竖子：即馆竖子，旅馆的童仆。 ⑬綦：启发，教导。 ⑭细行受细名：差的品行得到差的名声。 ⑮磋韧：切磋雕刻。 ⑯干城：指盾牌和城墙。 ⑰上白：极其清楚。 ⑱《大濩》：商代乐舞，和夏代的乐舞《大夏》一起在奴隶制社会成为昭显统治者功德的工具。 ⑲整敦：小丘。 ⑳孟晋：努力进取。 ㉑追群：赶上大家。 ㉒杓：拉开。 ㉓摛擗：拳曲手足，谓自加拘束。 ㉔澶漫：放纵。 ㉕轸然：盛貌。 ㉖冠、昏、相见等礼：指《仪礼》中有士冠礼、士昏礼、士相见礼等礼仪。 ㉗弗：本义指烤肉用的铁扦，这里指条理、整理。 ㉘鄹：孔子的家乡，在今山东省曲阜县东南。

薪合于正，礼乐之系，由此可叙。惜乎若庄子者，不获饷以予说，冉求虽齿列从者，论礼乐曰以竢君子，盖尚有志未逮焉。它若武仲时儗之圣，公绰才优为老，而小慧昧道，陋守薆①才，未得春容礼乐而变化之。故曰六经之道同归。而礼乐之用为亟②，非撢之浹之③，周之复之，紬绩④而润泽之，而何得谓之文？且夫礼乐之行也，宾主百拜，质明⑤将事，终日而既，劜⑥倦有戒，跛倚有傲，非勇者而任之耶？柤桓⑦管弦，遍于上下，九仪纷陈，六律间作，非艺者而辨之耶？而况偄⑧乎阴阳，达乎四时，明及天人，幽及鬼神，非知者不能察；平血气，屏嗜欲，除慕诱，蠲⑨淫盈，非廉者不能遵。经之纬之之谓文，如日月之所以行天，江河之所以行地，故礼为节而乐为和；左之右之曰以⑩，如布帛之不容去身，菽粟之不容去口，故礼必简而乐必易。自抵冒⑪兴，獂杂⑫作，陈礼乐而不能稽，虽有美质，犹散儒也。由矗没⑬哉，而优而勇，而备而艺，而习于知，而守于廉。始于隆礼，终于明乐；始乎为士，终乎为成人。

682

思知人不可以不知天

知人不敢忽警天也。夫人以扶政⑭，人不当而天命殒，为政警天，则知人胡敢忽诸间。览七十二代之史，廾⑮卷而慨然曰：艰哉！九五⑯孰不欲犁正朝廷，庸彦⑰保世，何寖明寖瞢⑱者之众也？及晋而觊⑲其故，未尝不叹其黜涉任，喜怒恩⑳，贤伏薮㉑，奸鸣阙㉒。国既梦㉓，社亦倾。大圜㉔在上，监哉惟明，降祥降殃，孰爱孰憎。是故坐明堂而莅政者，一用舍之枢㉕，一是非之枋㉖，懔㉗焉若对苍苍㉘，不敢不审也。事亲在知人。我尝观文武创业，以世德追孝，受天明命。当其时，周公以亲为家相，太公以贤为将军，其余若鬻闳、唐荀、陈本、百韦、新荒等，咸分组受㉙，若鳞从坒㉚，职若玺之抑埴㉛，大有与大，小有与小，穆穆明明，秩澄朝列，其在《书》曰"知人则哲㉜""唯帝其难㉝"。由今视之，唐虞有共驩㉞，成周㉟无奇饕㊱，作人之化章天㊲，好仇㊳之风迨野，渭堧出璜㊴，岐巅鸣鷟㊵，说者谓

---

①薆：缺乏。　②亟：急切。　③撢之浹之：探索它、理解它。　④紬绩：阐述。　⑤质明：天刚亮的时候。　⑥劜：疲极。　⑦柤桓：即俎和豆，古代祭祀、宴会时盛肉类等食品的两种器皿。　⑧偄：依照；摹仿。　⑨蠲：除去，免除。　⑩以：用。　⑪抵冒：触犯；抵御。　⑫獂杂：混杂。　⑬矗没：努力；奋勉。　⑭扶政：辅佐政事。　⑮廾：持。　⑯九五：指帝王。　⑰庸彦：使用有才学、德行的人。　⑱寖明寖瞢：渐明渐暗。　⑲觊：察看。　⑳恩：杂乱。　㉑薮：民间，草野。　㉒阙：皇帝居处，借指朝廷。　㉓梦：纷乱。　㉔大圜：大圆。指天。　㉕用舍之枢：用与不用的关键。　㉖是非之枋：是非的门枋，犹关口。　㉗懔：畏惧。　㉘苍苍：上苍。　㉙组受：即组绶。古人佩玉，用以系玉的丝带。借指官爵。　㉚坒：比次相连。　㉛抑埴：压黏土。埴：黏土。　㉜知人则哲：能鉴察人的品行才能，即可谓之明智。　㉝唯帝其难：就是尧、舜那样的帝王也不容易做到。　㉞共驩：共工与驩兜的并称。　㉟成周：为西周时期洛阳的代称之一。　㊱奇饕：比喻贪婪之徒。　㊲作人之化章天：育人的教化彰天。作人：教育人民，培植人才。章：通"彰"。　㊳好仇：好同伴。　㊴渭堧出璜：渭水的平原上产玉。渭堧：犹渭原。　㊵岐巅鸣鷟：鷟鸑，凤的别称。鸑鷟鸣于岐山山顶。

我周得人鼎盛，故上载贶①以嘉祥。后之述家学者，犹丕言②曰昕③忧天保，夕登名氓④，是以多士奔走，争迋⑤阙廷，沛乎若纵壑，翼乎如遇顺⑥，此周之所以王也，此周之所由长有天命也。殷詥⑦之，若纣之世，金虎构竞，玉马出走，昵费信崇⑧，剖干醢九⑨，诜诜黎献⑩，播弃贼刻⑪，抱器⑫迅奔。时唯天讫殷命，而纣乃曰："我生不有命在天⑬？"庸讵知命靡常⑭，天佑之，视贤之荣悴矣。亦唯桀，推哆比居，干辛染习⑮，终古⑯奔，龙逢⑰戮，萌⑱乃曰："时日曷丧⑲。"天亦剿⑳夏命于升陑㉑之朝。对于前事，较然如是，故曰：善人，天地之纪也。自古丑贤诋正罔不亡，显忠遂俊罔不王，国之干旟㉒，皇之币帛，罙㉓于郊坰㉔，贲㉕于薖轴㉖，天既賫箕㉗降岳而生之，皇敢不庸庸祇祇㉘，扬檐纳陛㉙，以寅㉚兹天心哉？且夫古之号知人者，尧取人以状，舜取人以色，禹取人以言，汤取人以声，文王取人以度。然而循政之本，溯学之源，史赞尧舜，首曰稽古，稽古者释犹同天。皋陶詥㉛禹曰："非其人，居其官，是谓乱天事。"汤至泰卷陶㉜，中虺㉝诰志曰："奉若天命。"《大雅》之闉章㉞曰："文王在上，于昭于天。"言在氓上，其德著见于天。此五君者，莫不肫㉟于敬天，劬㊱于推士，笙簧在朝，网罗在野，日夕而咨曰：愿天早生圣彦㊲，共济时命。盖以工曰天工，秩曰天秩，禄曰天禄，非君实私，唯贤是畀㊳，祈天永命之辟㊴，一圭一爵，若諟穹宰而命㊵，故曰"吁俊尊上帝㊶"，此之谓也。彼

---

①贶：赠，赐。　②丕言：大言。　③昕：太阳将要出来的时候。　④夕登名氓：晚上成为名士。指马上得到提拔。氓：民。　⑤迋：到达。　⑥顺：顺风。　⑦詥：犹言小声地议论。殷：呻吟声。詥：议论。　⑧昵费信崇：指纣王亲近佞臣费仲，偏信崇侯。　⑨剖干醢九：指比干被剖心，九侯被醢。　⑩诜诜黎献：众多黎民中的贤者。　⑪播弃贼刻：舍弃伤害。　⑫抱器：喻怀才待时，不苟求名利。　⑬我生不有命在天：出自于《尚书》，意思是我的命运难道不是早就由上天决定了吗？　⑭庸讵知命靡常：岂知天命无常。　⑮推哆比居，干辛染习：与推哆为邻居，接触的是干辛。推哆、干辛都是诶臣。　⑯终古：夏朝史官，也是中国历史上第一位留名的史官。　⑰龙逢：两朝夏相，华夏史上第一个以死谏君的忠臣。　⑱萌：氓，即民，百姓。　⑲时日曷丧：表示誓不与其共存，形容痛恨到极点。　⑳剿：讨伐，灭绝。　㉑升陑：《书·汤誓序》："伊尹相汤伐桀，升自陑。"孔传："桀都安邑，汤升道从陑，出其不意。"陑，古山名，在今山西省永济县境。　㉒干旟：指画有或绣上鹰雕之类图形的旗子。这里指旗子。　㉓罙：古代称捕鸟用的长柄小网，这里做动词用，有网罗的意思。　㉔郊坰：泛指郊外。　㉕贲：奔走。　㉖薖轴：指隐士。　㉗賫箕：陨落箕星。　㉘庸庸祇祇：信用敬重。　㉙扬檐纳陛：指优遇大臣。　㉚寅：敬。　㉛詥：规谏。　㉜泰卷陶：一说当为"泰卷"，即《尚书》所说的"大坰"，在今山东省定陶县境内。　㉝中虺：中虺即仲虺。《仲虺之诰》见《尚书·商书》。　㉞闉章：首章。《大雅》的首篇为《文王》。　㉟肫：诚恳，真挚。　㊱劬：勤劳。　㊲彦：古代指有才学、德行的人。　㊳非君实私，唯贤是畀：这两句是宾语前置句，即非私君，唯畀贤。畀：给予。　㊴辟：召。　㊵諟穹宰而命：审上天的意志而下命令。　㊶吁俊尊上帝：《尚书·立政》："迪惟有夏，乃有室大竞，吁俊尊上帝。"孔颖达疏：招呼贤俊之人，与共立于朝，尊事上天。

夫吹垢驱羊①，胡为而梦之？风雷大麓，胡为而试之②？胥靡斡筑，胡为而赍之③？熊罴钓隐，胡为而兆之④？哲时奥若，雾恒风若，人君抱蜀⑤，与天通复。廷斥滥竽，岩搜滞干⑥，丁是时也，则天地交而泰；阙张谀舌，陛昌佞容，丁是时也，则天地不交而否⑦。天人相系之故，其霱⑧而迩⑨，其浵⑩而明。是故不可不知也，不可不思也。

夫物之不齐物之情也，或相倍蓰，或相什伯，或相千万⑪

斥⑫齐物之论，可征以数学也。夫物不齐，故数生焉。以数察物，物情可见，故格物必自数学始。殷夫物之生也，始于点、合于质、区于形、挚⑬于力。放无倪⑭，窈无内⑮，盼盼吹万，块哉惚乎⑯，其不可诘究⑰乎！暨闻隶首⑱之术，容成⑲之术，诵商高之言，荣方之言⑳，薖藬㉑句股，万祀㉒莫外，茵而精之，推而密之，穷六艺之肇造㉓兮，手阴阳之规萬㉔，而后叹曰：大哉数乎！物莫能隐矣。而子犹以贾相若之说晋，子殆居狭僻之乡，尊荒古之俗，游三家、五家之市，见夫阛阓㉕陈设，布帛粗荅，麻缕鬻以扪㉗计，丝谷屯不赢囷㉘，罍㉙絮卷庋㉚，草屦县揭㉛，子亦览夫四衢九馗㉜，㵘嚞栄㹈㉝，迭来切踵㉞，递往连轨，操鞭度以巡瞭道旁者且数十百人，瑰珍积山，圆衡流水，计长短，权轻重，准多寡，程㉟大小之夫，曰邗

---

①吹垢驱羊：《史记·五帝本纪》："举风后、力牧、常先、大鸿以治民。"唐张守节正义："《帝王世纪》云：黄帝梦大风吹天下之尘垢皆去，又梦人执千钧之弩，驱羊万群。帝寤而叹曰：'风为号令，执政者也。垢去土，后在也。天下岂有姓风名后者哉？夫千钧之弩，异力者也。驱羊数万群，能牧民为善者也。天下岂有姓力名牧者哉？'於是依二占而求之，得风后于海隅，登以为相。得力牧于大泽，进以为将。" ②风雷大麓，胡为而试之：据《列女传·母仪传·有虞二妃》：舜"既纳于百揆，宾于四门，选于林木，入于大麓，尧试之百方。" ③胥靡斡筑，胡为而赍之：指傅说初隐于傅岩，为胥靡版筑以供食，后为殷高宗贤相。胥靡：刑徒，主要从事筑城等土木工程。斡：古代车箱前面和左右两面的木栏。这里做动词用，筑木栏。赍：把东西给人。 ④熊罴钓隐，胡为而兆之：吕尚曾经穷困，年老时，借钓鱼的机会求见周西伯。西伯在出外狩猎之前，占卜一卦，卦辞说："所得猎物非龙非螭，非虎非熊；所得乃是成就霸王之业的辅臣。"西伯于是出猎，果然在渭河北岸遇到太公，与太公谈论后西伯大喜，说："自从我国先君太公就说：'定有圣人来周，周会因此兴旺。'说的就是您吧？我们太公盼望您已经很久了。"因此称吕尚为"太公望"，二人一同乘车而归，尊为太师。罴：螭：熊与螭均为猛兽，用以喻豪杰。 ⑤抱蜀：抱持祠器。 ⑥岩搜滞干：指想方设法罗致留住人才。 ⑦否：困厄；不顺。 ⑧霱：虚无。 ⑨迩：近。 ⑩浵：黏稠。 ⑪夫物之不齐物之情也，或相倍蓰，或相什伯，或相千万：出自《孟子·滕文公上》。 ⑫斥：驳斥。 ⑬挚：束。 ⑭放无倪：指往大的数扩展没有边际。倪：边际。 ⑮窈无内：这里指往小的数深入没有尽头。窈：幽深，深远。 ⑯盼盼吹万，块哉惚乎：像风吹万窍，发出各种音响那么分明，像尘埃那么恍惚迷离。盼：分明貌。块：尘埃。 ⑰究诘：深究追问。 ⑱隶首：黄帝史官，始作算数。 ⑲容成：黄帝大臣，发明历法。 ⑳诵商高之言，荣方之言：商高、荣方都是我国西周时期的数学家，曾发现过勾股定理的特例。 ㉑薖藬：通"权舆"，起始，萌芽。 ㉒万祀：万年。 ㉓肇造：始建。 ㉔萬：通"矩"。 ㉕阛阓：商铺。 ㉖粗荅：粗厚。 ㉗扪：手指之间。 ㉘囷：古代一种圆形谷仓。 ㉙罍：温。 ㉚庋：收藏。 ㉛草屦县揭：指草鞋悬空挂起。 ㉜馗：指的是四通八达的大道。 ㉝㵘嚞栄㹈：此语见《吴都赋》，作"嚞嚞栄㹈"，指言语喧杂交错。 ㉞切踵：即接踵。 ㉟程：评品，考核。

筹楬①，星胪②棋置，繁尌③而不可纪。非夫物情纬繣④，不可齐一而然哉？而子犹齗齗⑤焉聒以贾相若也。且夫瓯臾⑥不可以儗⑦江河，蝉翼不可以俦万钧，骏夫⑧孺子犹有此智，此不齐之小者，若夫柱不可以摘齿，筐不可以持屋，木不可以为釜，铅不可以为刀。物与物等而奇侅⑨生，物与物糅⑩而奥赜⑪见，操比例者，援是为绝学矣。然而犹未尽物之所藏也，犹未穷物之所际也。纤豪⑫之内，具形质而肖喙蠕⑬者凡几？县象⑭之表，载生命而成艮坎⑮者凡几？有增目力者矣，则增物质，而目有尽，而物无尽。大以摄小，轻以绕重，系多寡而有故，行长短而不悖，于是乎度之约之，乘之积之，径之弧之，圆之切之，和之较之，对之借之，用日益繁，法日益捷。天地之经纬，群生之纪纲，五行之准平，万端之铃辖⑯者，数是也。则请得纵言数也。昔者河雒之蕴，龙马之精，圣人得之，以为数本，是故万事万物，必始于一。一为元数，其偶则倍数也，其中则蓰⑰数也，共终则什⑱数也，此经数也。十至百而移，百至千而移，千至万而移，此间数也。经无时改，间有时易，然而雒书虚什，则以一至九皆不变之数，什虽不变，而百而千而万，则皆满乎什之位，而变以济其用者也。不变则有常，有变则不穷，此数之所以为简而繁，平而奇，浅不可竟，近而不可测也。故以多寡而论，跃于仑，合于合，登于升，聚于斗，角于斛，而必皆以倍蓰什百千万识之；以轻重而论，始于铢，两于两，明于斤，均于钧，终于石，而必皆以倍蓰什百千万综之；以长短大小而论，别于分，忖于寸，蒦⑲于尺，张于丈，信于引，而必皆以蓰什百千万理之。即由倍蓰而衰之，或起于一手为溢⑳，子秬为黍㉑，蚕所吐丝为忽㉒，而不离倍蓰以至百千万之数如故；由千万而垛㉓之，或为京垓秭壤，沟涧正载㉔，恒河无量，而不离千万以至什百倍蓰之数亦如故。夫数学详黄帝氏，黄帝立法，万为中数，以万赅余，如亿曰十万，兆曰百万是也。故吾言数，至万而止。子能诵神农之言矣，亦尝遭㉕人有授以黄帝书者乎？

①臼丮筹楬：指生活的器具被使用，计算的用具被发明。丮：握持。筹：古代一种计算用具。楬：揭示。　②胪：列。　③尌：盛。　④纬繣：乖戾，相异不合。　⑤齗齗：争辩貌。　⑥瓯臾：比喻地面洼陷不平之处。　⑦儗：通"拟"，比拟。　⑧骏夫：愚笨的人。　⑨奇侅：奇异，非常。　⑩糅：混杂。　⑪奥赜：精微的义蕴。　⑫豪：通"毫"。　⑬喙蠕：指动物。喙指鸟，蠕指昆虫。　⑭县象：指天象。　⑮艮坎：指山水。坎为水卦，艮为山卦。　⑯铃辖：节制管辖。　⑰蓰：五倍。　⑱什：十倍。　⑲蒦：量度。　⑳溢：古同"镒"，古代重量单位。　㉑秬：古代表示高度的单位。　㉒忽：古代长度和重量单位，十忽为一丝，十丝为一毫。　㉓垛：把分散的东西堆积起来。　㉔京垓秭壤，沟涧正载：东汉时期《数术记遗》中有基数一、二、三、四、五、六、七、八、九、十、百、千、万、亿、兆、京、垓、秭、穰、沟、涧、正、载，共23个。　㉕遭：遇见。

书序类

本报缘起叙例①

原耕之民，山栖之叟，抱子生孙，玩岁送日，壹②政壹教，以休以嬉，其人事简，其思想短，其知识蒙，其论议隘。何则？以不入竞争场故。若夫地居江海，彼我交通，国与国争强弱，种与种争优劣，器与器争精窳③，物与物争赢绌④，以见以闻，相切相磋，刺其脑印，发其爱力，而后毅然言救国，慨然言进种。数年以来，新旧龃龉⑤大致如是。今者大败之余，割地赔款，削权挫威，如梦方觉，如醉斯醒，知胜败之故，学不及故，智不逮故，法不变故，政不易故。由是一二智杰创启风会⑥，言开学堂，言译书籍，言广报章，谋始之道诚不外是。然而财富不足，言学堂难；专门无人，言译书难。独此报章，上及贤流，下及凡夫。犹有二难：其一居腹地者道路险阻，村居涣散，寄递销售流通不易；其一月报、旬报以及日报种类区别，全购、统阅寒素⑦斯艰，藏书之楼、阅报之社诚亦善法，而限于一方不能及。众爱思集报，旬出一册，虽购一报，如见各报，耗费无多，精要具在，留备调查，亦易检阅，分饷内地，沾丐⑧斯广，于开民智，不无尘末之助。凡百君子，或有取欤？区其体例，分为七类：

发踪指示，莫高略术⑨，先有虚声，后有实力。纂录各报论说，弟一。

民智尚稚，非君莫壹，言善斯应，如纶如綍⑩。录谕旨，弟二。

字里行间，颛⑪若画一，一言既出，驷不及舌。录约章、章程、奏议、条陈等类，弟三。

吾非吾国，吾谁与处？失此不救，沉沦终古。纂录中国时事，弟四。

白民之国，真天骄子，棕黑已矣，前车是视。纂录各国时事，弟五。

昆麓薄海，吾种所居，社会历史，兴亡之枢。纂录中国各埠近闻，弟六。

邓林⑫一枝，昆山片玉，轶录琐闻，惺⑬吾脑觉。纂录杂俎⑭，弟七。

---

①原载于《选报》第1期（1901年11月11日）。　②壹：专一。　③窳：粗劣。　④赢绌：指盈余和亏损。　⑤龃龉：参差不齐。　⑥风会：风气；时尚。　⑦寒素：家世贫寒之人。　⑧沾丐：同"沾溉"，使人受益。　⑨略术：谋略道术。　⑩如纶如綍：《礼记·缁衣》："王言如丝，其出如纶。王言如纶，其出如綍。"后因称皇帝的诏令为"纶綍"。　⑪颛：直。　⑫邓林：古代神话传说中的树林，比喻荟萃之处。　⑬惺：清醒。　⑭杂俎：杂录，意谓如菜杂陈于俎。

此系本报创刊始时叙例,后以改良,所有编次遂不复如原叙例云云,附识于此,以告阅者。

游檀香山日记^①

本馆撰叙严锦荣来稿

天地间两物相遇,则强者日盛,弱者日灭,非尽屠戮也,强与弱,其所取以资生之利同,同此利而强者得之优,弱者得之薄,得之优者盛之因,得之薄者衰之原也。自海道大通,白种人所至之处,他种人皆凌夷渐灭^②,往往数年数十年之间,客籍岁增若干,土人岁少若干,如空气之迭代更换,新空气至,推荡其旧空气而占据之。呜呼!吾不知地球他日果将为一种人所独有?数种人所共有?绵远杳渺,不可得而知之事。以近世纪之比量推之,则灭种之言岂虚语哉?棕种钦、黑种钦、红种钦,如败箨^③之遇秋风,萎华之摧急雨,凋零散落,无颜色矣。江有沉舟,过帆者之所戒;道有覆辙,来车者之所警。棕黑红人不自哀,而黄人哀之,黄人哀之而不鉴之,将使他种复哀我黄种也。读《游檀香山日记》,此太平洋中心点之天堂,今之掌其锁钥者何人耶?掩卷沉吟,泪下如绠^④,不觉言念他种,行自念焉。观云识。

介绍书报^⑤

日本新出之《新民丛报》,图画精美,名篇大著,若游宝山,璀璨富有,令人目不暇给。其宗旨在唤起全国人文明之进步,不专论政府一事之得失,又注重德育,以为将来立国之根基。诚家置一编,于学界上不啻^⑥日轮照耀,普见光明也。

《天南新报》^⑦,日报之铮铮有名者,事实富足,消息确捷,其中论著一二大篇,思想之透过,意义之洞辟,古今有数^⑧文字也。此报高掌天南^⑨,与上海之《新闻报》、《中外日报》、《苏报》等诸著名之报辉映一时,皆启民智之橐钥^⑩,开明之导师也。

---

①原载于《选报》第9期(1902年3月10日)。檀香山:火奴鲁鲁是美国夏威夷州首府和港口城市,华人称之为檀香山。　②渐灭:尽灭。　③败箨:败竹。　④泪下如绠:形容哭的很悲伤。绠:绳索。　⑤原载于《选报》第12期(1902年4月8日)。　⑥不啻:不止,不仅仅。　⑦《天南新报》:1898年,邱菽园创办《天南新报》,是新加坡早期中文报纸,极力宣传维断思想。1905年停刊。　⑧有数:有技艺。　⑨高掌天南:经营南方。高掌:比喻规模巨大、气魄雄伟的经营。天南:泛称南方。　⑩橐钥:亦作"橐籥",古代冶炼时用以鼓风吹火的装置,犹今之风箱。

《中国之武士道》序[①]

今人常有言曰："文明其精神，不可不野蛮其体魄。"余谓野蛮时代者，所以造成文明时代之作用也。地球当太古之时，仅有荒荒植物之世界者，不知几何年。此植物世界时代，孕育全地球之养气，使之浓厚，又埋藏其植物之本质于地中，而为石炭。假令地球无此若千年植物世界之时代，恐养气不足于用，而石炭亦且无有，其能造吾人今日文明之时代耶？然则吾人当未进人类而尚为动物之时，角逐于山野，以力自卫，而此体力之养成，至今日尚获收其效用。自世益文明，用力之事寡，体力遂日益柔薄。此可为文明时代一大忧患之事，甚则或可至以体力渐销，而人类竟至绝灭，此毫非过虑之言也。故近时学者，百计千方，时思所以维持此体力之道，若种种体操之事，与学科并重，甚哉养力之道，固若是其要也！惟我中国，自秦汉以来，日流文弱。簪缨[②]之族，占毕[③]之士，或至终身袖手雍容，无一出力之时。以此遗传，成为天性，非特其体骨柔也，其志气亦脆薄而不武，委靡而不刚。今日为异族所凭陵，遂至无抵抗之力，不能自振起，而处于劣败之列，考其最大之原因，未始不由于此。此尚武、尚武之声，所由日不绝于忧时者之口也。

彼日本崛起于数十年之间，今且战胜世界一强国之俄罗斯，为全球人所注目，而欧洲人考其所以强盛之原因，咸曰由于其向所固有之武士道。而日本亦自解释其性质刚强之元素，曰武士道。武士道，于是其国之人咸以武士道为国粹，今后益当保守而发达之，而数千年埋没于海山数岛间之武士道，遂至今日其荣光乃照耀于地球间。虽然，此武士道者宁于东洋为日本所专有之一物哉？吾中国者特有之，而不知尊重以至于销灭而已。吾闻之也，凡有绝大之战争，往往赖有雄伟之文字，淋漓之诗歌，而后其印象日留于国民心目之间，否则不数年而黯晦消沉以尽。故战争必伴文学，为今时人所屡唱。盖非文学，则无以永战争之生命也。又岂特战争而已，凡社会中有超奇之事故，杰特之人物，又必赖有所以纪念留传者，而后融化其超奇杰特之气风于全社会中，渐渍积久，而成为一民族所有之特性。不然，有奇行焉而不彰，有特操焉而不光，则无以激动社会之观念，而人民将日返昏庸陋劣之状态。婆来士曰："阿峨蔑农之前，虽有几多勇士，然传彼等者，以无史家，无诗人，无新闻记者，无歌者，无泣者，无赞者，而遂至埋没于土中者也。"噫！吾闻之而悲。夫吾中国之陷于不武，其受病不亦犹是哉？沉沉数千年历史之中，其可以发扬吾国人之武士道者何限？今日而慕人之有武

①梁启超的《中国之武士道》一书写于1904年10月，11月由上海广智书局出版，署名饮冰室主人。蒋智由与杨度叙为之作序。本文录自《梁启超全集》第五卷，沈鹏等主编，北京出版社1999年出版。
②簪缨：指世代作官的人家。　③占毕：诵读，吟诵。

士道也，亦犹之仰给五金石炭之材料于外国，而不知吾国固所至皆矿藏也，特不知开凿而取用之耳。今饮冰主人之著是书，盖欲发吾宗之家宝以示子孙，今而后吾知吾国尚武之风，零落数千年，至是而将复活。而能振吾族于蕉①悴凌夷之中，复一跃而登于荣显之地位，以无贻祖宗之羞，其必有赖于是矣。

　　抑尤当进一言于此，余尝病太史公传游侠，其所取多借交报仇之人，而为国家之大侠缺焉。以为太史公遭蚕室之祸，交游袖手，坐视莫救，有激于此，故一发舒其愤懑。以为号称士大夫者，乃朱家②、郭解③之不若，非真如墨家者流，欲以任侠敢死，变厉国风，而以此为救天下之一道也。观于墨子，重茧救宋，其急国家之难若此，大抵其道在重于赴公义，而关系于一身一家私恩私怨之报复者盖鲜焉。此真侠之至大，纯而无私，公而不偏，而可为千古任侠者之模范焉。夫报复私怨，杀仇敌而快心，此蛮野时代之风，任侠者固已耻之。若捐躯以报恩，此固为任侠者所许，而可为任侠中道德之一种。虽然，吾以为必有赴公义之精神，而次之乃许其报私恩焉。不然，彼固日日欲赴公义，而适以所处之地位，有不能不报私恩之事，而后乃以报私恩名焉。要之所重乎武侠者，为大侠毋为小侠，为公武毋为私武。此毋视吾言之徒涉乎理论焉，吾盖深有见于中国之事实，而以此不可不亟辨别之一言也。吾南人焉，请言南方。夫南方乡里之械斗，或为田水，或为坟墓，合一村一族之人而起，涂膏血，舍性命，至杀伤千百人而不悔。夫非不勇焉，惜乎其用之为争田水、争坟墓之一小故。若扩而大之，而为保种族、强国家之事，则全地球皆将仰吾人种之勇名，虽穆罕默德、成吉思汗伟大之功业，又何难建设于吾人种之手？而又奚独让日本以武士道之名，使专美于地球也？抑吾邑诸暨，又请言其风俗。吾邑盖居群山中，于文字性不近，文风素劣于旁邑，而独以强悍著称。常人于袜边多怀径尺之利刃，一言睊眦，辄相见以血。钱粮多自完纳，官不敢进其村催索者甚多。或两族相斗，陈尸数百，各由其本族之宗祠给与死者之家属以钱。两造相杀伤，无报官者。若他人欲借以报仇，给死者钱，亦有定额。一言之下，数百千人可立集。故天下有事，则我邑必有与者。清初革命者数起，洪杨之变，则有包立身④等。庚子之乱，亦酿教案。向尝窃计，以为民风若此，文化非所期，然海内风云，则正英雄之资也。及与之语国家大事，则茫然多不省，听之若毫不足催其兴味者然。又与之引而至于五十里、百里之外，则胆小如鼷，窃窃思归，其意气与在乡时大异，于是乃知其不可用。夫吾虽仅言南方，仅言吾邑，然不过举其知者言之耳。吾恐私斗勇，公斗怯，吾国人之性质直无一不若是。夫世界日益进化者也，故人事亦不可不随之而进化。彼日本之武士道，当维新之时，既以之覆幕尊王，而用之于国家，至今

①蕉：当为"憔"。　②朱家：鲁国（今山东曲阜）人，秦汉之际的游侠。　③郭解：河内轵（今济源东南）人，西汉时期游侠。　④包立身：又名立生，浙江诸暨包村人。清咸丰十一年（1861年），太平军李秀成部进袭浙东，九月攻下绍兴府，另一路从金华攻诸暨。包立身在本村首举地主武装"东安义军"，以其衣其帜均为白色，又称"白头军"，自任统领，成为对浙东太平军威胁最大的一支地主武装。

日又发展其国力,与列强争衡,而用之于境外。若夫南洋各岛之土番,跳梁山林,出而噬人?岂曰不武?然而日本之用武焉,博美名,享荣誉,握东洋之霸权,而巩国家之基础,贻子孙以无疆之大业焉。而南洋各岛之土番,号为野蛮,名曰凶恶,而土地削夺,种族衰耗。同一用力,而有若是其大不同者,无他,亦其用之之道有大小焉而已。吾闻解剖英雄之性质者,其一条曰:凡英雄者,为国家、为社会而动者也。然则由是而推演之,为国家、社会而不动者,非英雄也。不为国家、社会而动者,亦非英雄也。我国人多为国家、社会而不动,否则不为国家、社会而动,是两皆非英雄之道也。夫我同胞号称四万万,于人数居全地球种族中第一位,宜乎握全地球第一之权力矣。然我人种非但不能握全地球第一之权力也,异族列强得统辖吾之土地,而鞭箠吾之人民,而我人种伈伈伣伣①,俯首帖耳,不稍自耻奋怒于厥心而思振起,而徒用其武力于一身、一家、一乡、一邑之事,如蚁之斗于隙中,不知有天地之大,其智识曾不过高出南洋各岛之土番一等也,如是而欲不为人之所弱亦难矣。昔孟子告齐宣王以好大勇无好小勇,吾亦欲以是言进于吾人之前。夫是以惓惓焉独置辨于此,而欲扩张我国人尚武之范围而大之。诚审是意而读是书,取古人武勇之精神,因时势而善用之,其于提唱尚武者之心必盖有合矣。

甲辰仲冬蒋智由识于日本之东京。

《中国民族权力消长史》序②

今之昌时论者,曰爱国,又曰民族主义,二者其言皆是也。欲拯中国,舍是道其奚由也?或者谓国家之义与夫民族不同。民族者,一种族之称,而国家或兼含数民族而成。若是,则言爱国与夫言民族主义,二者得毋有相冲突者乎?余曰:夫国家之于民族,固不同物,虽然,此二主义实可并施于中国而无碍。何则?中国之所谓国家者,数千年历史以来,即我民族所创建之一物也。故就中国而言,非民族则无所谓国家。何则?假令为英人之所并,为俄人之所并,为德、法、美、日本之所并,夫岂无国?然此之所谓国,必非我之所谓国。我之所谓国者,我民族所创建之一国是也。然则今日尚得谓之有国乎?曰:乌乎!其尚得谓之有国矣,其谁不知我早为亡国之民矣。然则既无国,曷言爱国?曰:我所

---

①伈伈伣伣:小心害怕或低声下气的样子。伈伈:小心恐惧的样子。伣伣:也作"睍睍",眼睛不敢睁大的样子。　②本文原载于《中国民族权力消长史》卷首。《中国民族权力消长史》为陶成章撰,共八章,叙述了中国历史上民族兴衰消长情形,兼及各时代政治、文化、科技状况。其《叙例》强调"中国为世界文明之一大祖国",宣扬中国文化悠久、辐员广大、人文荟萃,然近代势迫时穷,运厄境危,鼓吹进行种族革命以推翻清廷,避免列强瓜分命运,实现民族复兴,具有反帝爱国意义。1905年在东京刊行,1907年再版时易名《中国民族史》。本文录自《中国近代人物文集丛书》之《陶成章集》,汤志钧编,中华书局2014年出版。

谓爱国者,爱吾祖宗之故国。惟爱之,故欲新造之。如是,故言民族主义即为爱国主义,其根本固相通也。会稽先生①抱民族爱国主义,其热如火,著是书也,盖欲伸其志也。抑夫我种族之所始来,迄今尚无定论,余尝著《中国人种考》,网摭②各说,然非能下确实之断案也,惟必推本于黄帝。儒家之首尧、舜而删黄帝,此对于我国之历史为一大罪,余之所尝痛论者也。因是书而略及之。要之,言我民族必推本于黄帝,而民族主义与夫爱国主义,于我国实相一贯而不可离。庶乎③其读是书也,益有得矣。

甲辰(西历千九百四年。)冬十一月,观云蒋智由识于东京。

《政论》序④

今欲论中国事者,不可不分数年间为两个之时期:一不变法之中国;一变法之中国。

不变法之中国,必亡者也。虽然,变法其遂能不亡乎? 夫变法而不成,则中国亦必亡。不变法之中国,所为欲救国者,无他道也,求其能变法而已。变法之中国,非进而求其变法之有成,则所为欲救国之一目的,不可得而达。

二者之间,其时期异,其处置之道亦异。

今欲举其异而略言之。前者叫号⑤的,后者研究的;前者扫荡的,后者组织的;前者热烈的,后者静实的;前者感情的,后者学理⑥的。此其大较⑦也。

而其对于政府之道亦异。盖在不变法之时代,虽用破坏的手段以求变法可也;至于法之既变,不可不舍破坏的而求秩序的。何也? 用破坏的手段,则将并种种之新事业而俱破坏之故也。夫既不可破坏之,则其对于政府也,不可不一变而为监督的、参与的立宪政党之事,由此其选也。

至若不变法而求变法,其事易;变法而求其变法之成,其事难。试观我国人之求变法也,不过数年,而今则变法之论,举国无异议,盖已入于变法之时期中矣。(所费之言论不多,牺牲之人物亦不多,而即能收今日之效,盖为初言变法之人所不及料者。)虽然,今既变法,而欲求变法之有成乎? 则必国人于道德、学问、智识示一极大之进步,能适于新事业而后可,故曰难也。抑非徒难易而已,尤当告我国人曰:不变法,其祸小;变法不成,其祸大。何也? 变法之中,凡举行种种之新事业,皆已竭国人之全力,可一举之,必不可再⑧举之故也。

默默我思之,今后之中国,其将入恐慌之时代乎?

盖今日上下所办种种之新事业,进而窥其内容,殆无一不腐败者。夫民间

---

①会稽先生:指陶成章。陶成章为会稽(今浙江绍兴)人。　②网摭:搜罗摘取。　③庶乎:犹言庶几乎。近似,差不多。　④原载于《政论》第1号(1907年10月7日),又载《辛亥革命前十年间时论选集》第2卷下,张枬、王忍之编,三联书店1960年出版。)　⑤叫号:大声呼喊。这里指尚未深入研究的倡议。　⑥学理:科学上的原理与法则。这里指理性。　⑦大较:大略。　⑧再:第二次。

事业之腐败，其结果以财力尽而至于闭息①，此今后数年间所当屡见之事也。虽然，民间事业之腐败也，至于闭息而已，而政府则不能闭息之者，虽腐败至于若何，而政府之机关必不能一日而绝。故夫二者之间，其归宿，民间之事业败，则外人进而为之，若造路不成，则外人进而造我之路；开矿不成，则外人进而开我之矿，是也。凡种种权利所关之事，当未办之前，可以辞却外人，至于既办而败，则无辞以却，而直将坐送之于外人之手。此民间腐败之结果，变法不成之祸之必出于此也。至于政府，其事业既败而不能闭息，则所以维持之道不外搜民财；民财无可搜，则不能不借外债；借外债不能不以权利抵押之，而于冥默之中，债款日增，即权利日削。盖不见其亡国，而实无一日不亡国，惟待国命之尽日而已。此又政府腐败，变法不成之祸之必出于此也。故曰：不变法，其祸小；变法不成，其祸大也。

呜呼！我中国其果以不变法而亡国乎？抑将以变法不成而亡国乎？数年前防其出于前者，而今以后则防其出于后者。孟子曰："吾为此惧。"是固本报之所惧也。抑《诗》有之曰："风雨如晦，鸡鸣不已。"②本报诸人于未变法之前，则起而呼国人之当变法；于既变法之后，则又当以变法不成，警告国人以大祸。其诸君亦有怵惕③是言，而共欲求变法之有成也欤？则中国幸甚！愿国人之一鉴此意矣。

《玄空术》序④

玄空之义，本《青囊经》，地形家之推时运用之。《地理辨正疏》引孔颖达《易正义序》，而取其"玄之又玄""住内住外之空"二语，谓玄空之义本此。余谓孔子撰《易》文言，于坤之上六，曰："天玄而地黄"；《后汉书·张衡传》常好《玄经》，注引桓谭《新论》，谓："杨雄作《玄经》，以为玄者天也。"解玄为天，义本孔子；空之义，今谓空间。然则玄空者，天运之流行于空际之义尔。《青囊序》谓传古《玄空术》而演经立义者，始晋郭璞；郭璞以后，传者不可见。略可考者，唐杨筠松得之，以授曾公安；《宝照经》又有授黄公之说。余尝推其义，盖取《易·乾凿度》太乙下行九宫法，以立地纪；取《易稽览图》推天地人元之术，以分天运；取《易辨》终备斗视之说，立挨星法以推当运与否，而其秘者在挨星。《四库书目》论南唐何令通所著之《灵城精义》，谓元运说始幕讲，五代时不当有，此非也。《宝照经》

---

①闭息：闭气，引申为关店、歇业。　②风雨如晦，鸡鸣不已：晦，黑暗。已：止。风雨交加天色昏暗的早晨，雄鸡啼鸣不止。比喻在黑暗的社会里不乏有识之士。出自《诗经·郑风·风雨》："风雨如晦，鸡鸣不已。既见君子，云胡不喜。"　③怵惕：恐惧警惕。　④原载于《智识》1925 年第 1 卷第 3 期。玄空为易学词语，主要运用在地理风水学上，故地理风水上有一派别为玄空风水，既注重空间地理峦头形势，又注重三元九运之天时。此文是蒋智由为谈养吾所作的《玄空术》写的序，介绍了"玄空"之义和其起源、发展、方法、流派等情况，简述了自己对玄空术的见解。由于风水之学颇为费解，恕不出注。

已分山水为天地人三元。《宝照经》之作，或题唐杨筠松，是否姑无论，然必不后于《灵城精义》之书。宋自邵康节后，盛行元运之说。幕讲当为陈友谅之遗臣张定边败而隐为僧者，生宋之后，其言元运固宜。幕讲元运之说，继之者为蒋大鸿。然幕讲语有云"坎离逢震巽，艮兑合乾坤"者，与今东西四宅命之说合，未知幕讲与蒋大鸿之术，其推行一无同异否也。明万历后，盛行双山三合五行，此本《青囊序》二十四山双山起语。《玄空术》以飞替之阴阳，论顺逆行，此真所谓双双起者。三合五行家以双山当此，此可断双山说之误也。《四库书目》序元吴澄所厘订之《葬书》，谓宋时行净阴净阳山向法，至明清之交，蒋大鸿氏出，举诸家而悉推去之，独标玄空之义；顾于其论挨星术也，以为天禁，秘而勿传。于是揣测蒋氏者，各立挨星之说，繁不可纪，咸以为得其秘，传其真。《地理录要》及《地理辨正疏》已撮诸家之诀，或辞而辟之矣。余亦得人授以秘本，世之别传盖多。其已刊书见当世者，如《辨正疏》以《周易》诠蒋氏义，实亦未得蒋氏之传；而尤外者，如端木国瑚之《地理元文》是也。蒋氏之原，本《宝照经》，而授之诀者，本无极子。无极子殆即《归厚录》之著者，其姓名曰冷谦，或曰冷仙是也。蒋氏之术，经数传而有无锡之章仲山先生。章氏著《地理辨正直解》及《心眼指要》等书，亦秘不言其法。其乡杨九如先生，得之于章氏，而传之谈先生养吾，姑谈先生之传为有本。其法，以元区地，为天地人三，运宫九；以九运当王之一星，立极，入之中宫；以飞法顺行，视其地之元所得之星；以替法，更取其地所得之星，立极，入之中宫。阳顺阴逆轮行，视其地所得之星，生旺衰死；又兼视其辅星，与合河洛生成之数者，以断其吉凶衰盛；其飞替，分山与向两行之，又取其旁各宫之山水互论之。其三元九宫阴阳之例，具如书。向吾观《地理辨惑》，已半揭其端倪矣。夫今之堪舆，于《汉书·艺文志》为形家，《汉志》有《宫宅地形书》二十卷，所谓举九州之势以立城郭室舍，此形家之义也。《汉志》别有《堪舆金匮》十四卷。师古引许慎曰："堪天道舆地道，而入之五行家。"与地志之书盖异。《三国志》载管辂过毌丘俭墓下，以形势论吉凶悉验，固未闻参之以理气说也。最古公刘迁豳，《诗经》载之，曰："陟则在巘，复降在原。既景逎冈，相其阴阳，观其流泉。"此载迁豳之始，公刘登降山水，以观形势之说盖详。故余名今之堪舆家为地形家，盖以形势为本，而后运气始行；否则无其形而有其运，犹木本之不植，虽至春令，而生育其可冀乎？蒋大鸿之《玄空术》，于诸家信过之，原本古义，卓自立宗。其论形势之说，若连脉飞脉，去水以返生气，多独见创说，有不可易者。至若以大尽为山水正结，于垣局之理茫然，此蒋大鸿之所短，其于形势盖疏，果能以当运而发天地之精英乎？谈先生欲广蒋氏之传，以不绝于当世，余深尚其志，故为之溯述原本，而益以形本之义，蕲与《玄空术》共实验之。蒋智由序。

公启、电文类

敬告绍兴人请合力建设公众学堂启①

吾府②僻处浙东，人浮于地，商务之殷盛不及宁波，居民之富饶不及浙西各府，惟民俗勤朴锐敏，努力谋生，士夫奔走四方者皆能联络气谊③，执高等之事业，是诚吾府民族之特质，非外界多因所能磨灭者。欧势东渐④，世局日变，以吾府民族之质性能力言之，虽不至顿处劣败之地位，但时会⑤迫人，后此之青年，无论商贾农工，皆须有几分之学识，方可以自立于世界。凡事豫则立，来者尚可追，吾府之贤父兄及有志之士，独不为之剧警动乎？吾府官绅为吾乡谋者，立官私学塾⑥已若干所，热心负责，始有此筚路蓝缕⑦之基。当此经营草创之际，遽⑧以为规制完善，吾固未能，竟⑨以为学风腐败，则吾又何忍？虽然，以八县数千万之众，而负教育之责任者，乃不过数人，就学堂而肄业者，乃不能以千计，而公众之士民曾⑩无有集团体，合赀力，以为他日之府民计者，果遂足以表一府之文化，完斯民之责任乎？夫学堂者，非官绅数人独有之责任，乃一府人合有之责任也；非对于官长而负责任，乃即对于吾之亲友子弟而负责任者也；非对于今日之时政而负责任，乃对于他日之府民而负责任者也。日本普通学堂，皆责成市町村民之公立。地方自治，匹夫有责。凡居于绍兴之市，绍兴之村，食绍兴之毛⑪，践绍兴之土者，皆不宜忍而视之。且夫公众学堂之设，有三美也：款由公担，事由公议，教课公定，校员公请，无偏詖⑫私曲⑬之议，无专擅抑制之权，一也；校员办事，负责任于公众，称责则公论褒之不为阿，负责⑭则公议訾⑮之无所惮，除厌倦唐塞之习，无放利自营之害，二也；今日府民，漠视学堂教育之意旨，不识国家法律之质性者居多，若以公众而举教育之事，皆有评议之责，自能发其固有之见识，而公民任事之规则亦于此立焉，三也。此等固吾辈先事希冀之言，然种瓜得瓜，种豆得豆，今日患⑯不下种耳，果其为之，他日岂有不收结果之理？呜呼！此

---

① 原载于《选报》第 29 期（1902 年 9 月 22 日）。　②吾府：指绍兴府。　③气谊：义气情谊。
④欧势东渐：指欧洲势力流入东方。　⑤时会：时机。　⑥塾："塾"之误。　⑦筚路蓝缕：筚路：柴车。蓝缕：破衣服。驾着简陋的车，穿着破烂的衣服去开辟山林。形容创业的艰苦。　⑧遽：马上。
⑨竟：完全。　⑩曾：竟然。　⑪毛：指谷物，粮食。　⑫偏詖：邪僻不正，不公正。　⑬私曲：偏私阿曲，不公正。　⑭负责：这里与"称责"相对，为"不称责"。　⑮议訾：非议，批评。　⑯患：担心。

事举，则吾一府人之公义；此事不举，则吾一府人之公耻。举而成，成而美，则吾一府人之光荣；举而不成，成而不美，则吾一府人之悲厄。前途之休戚，公德之存否，某等①将以此举卜之。某等绍兴之个人也，人微言轻，非能倡公众之旨，然正以为一府中之个人，则益不敢恝视②公众之事而默然。能力微弱，无可他谋，敢为狂言，以告大众。吾明达③沉毅、深谋远虑之府民，其必有以教我④，如蒙惠书，外省寄上海棋盘街普通学书室社，或新闸新马路登贤里蔡，本府寄府城龙山府学堂总理何收。绍兴六七个人同启⑤。

弥祸会公启⑥

窃自宋案⑦证据宣布，中外骇闻，人愤心哗。以民国开始之政府，而有此腥闻之奇案，外贻四方之羞，内激萧墙之变。以法律平等而论，无贵无贱，均须到案。免冠对簿，既失政府之尊，若违法自上，不可以为万世之则，亦不足以平天下之心。国民党之与政府，屡相龃龉，本未调和，所以未由⑧决裂者，正以无辞可借，惧为戎首⑨耳！今结此大难，授以问罪之据，不为无名之举，一旦发难，见以戎衣。政府若辞屈而服罪，有伤统御之权；若恃强而相抗，必成骚扰之局。南北或至分裂，四民陷于涂炭。即不然，而或合数省之都督、师旅之军官，辞合以请政府之到案，则神圣不可侵犯，惟君主始有此权，今政府之所承认者民主，而非君主，自不得援神圣不可侵犯之律。尔时政府欲却其请求，词既不正；欲自为辩护，理又无从。若终之以武，以罪在政府之故，政府胜则人民愈激而愈厉，祸乱相寻，靡有已时；政府败，则根本动摇，天下骚然。终之，皆中国蒙其灾，我民受其祸。言念及此，可为我中国寒心，流涕而长太息也！

本会为保全大局，力求和平，惟有求大总统退位，并矢言不再任总统。远师

---

①某等：我等，我们。 ②恝视：漠视。 ③明达：晓得，明了。 ④有以教我：指有可以教导我的观点、意见或方法等。 ⑤绍兴六七个人同启：此文为蒋智由与蔡元培、杜亚泉、原绍兴一中校长何寿章等六七人一起所写。 ⑥原载于《民立报》（1913年7月21日）。1913年国民党发动讨伐袁世凯的"二次革命"，这是蒋智由等无党派议员发起"弭祸会"组织的公启。该会指责刺杀宋教仁是"外贻四方之羞，内激萧墙之变"，主张袁世凯辞去总统职务，这样才能消弭战祸。但该会力量微小，不为各方重视，旋即消亡。 ⑦宋案：宋教仁是民主革命先行者、中华民国的主要缔造者，他于1912年8月将同盟会和其他小政党改组为国民党，并在国会大选中占据多数席位。1913年3月20日，宋教仁在上海火车站遇刺身亡，震惊民国政坛，它直接引发了国民党反抗袁世凯独裁专制统治的"二次革命"。 ⑧末由：无由。 ⑨戎首：祸首。

周公以管、蔡流言①而徂东山，上法虞舜以瞽瞍杀人而逃海滨②。且大总统为任天下之重而出，毫无利其禄位之心，尤与初志相符。或谓今之中国，非大总统不能集其成。不知昔则任事而有以定国家之变，今则在位而反以招天下之兵，为大局安危、一身利害之计，大总统固已筹之熟矣！且隆裕逊后③之流令名，岂非以其能让者哉！尔时大总统实总戎机，岂不能战？所以不战者，为民耳！大总统之为隆裕计者公矣，宁自为计则私？为隆裕计者智矣，宁自为计则愚？仿而行之，可以息争，可以全名。不三年而两见尧、舜于我邦，亦大总统千载一时之机也。不然，本会恐此案遂为亡国灭种之祸水，而国宇无宁日也。大总统宁独不念之乎？

本会均系超然，不入党派，向与国民党殊其宗旨，亦与宋教仁异其政见。惟同为国人，匹夫有责，当此大局动摇，浮言四起，不一设法，哀我萌隶，商不得安于途，农不得安于野，士不得安于学，官不得安于位，蜩螗羹沸④，生民亡，国家尽矣！为此，伏启大众，同莅此会。舍此以外，别无弭祸之方，济变之术。若夫大总统退位以谢天下，以尊荣优待之身，国民党岂能有所触犯，更事追求？若意在激烈，事出过分，则罪在国民党。国之舆论，必反击之。至若大总统偶涉嫌疑，此心昭然，终必有大白于天下之日，亦如霖雨三年，天大雷雨，以风启金藤，以雪其诬。为大总统千古令誉之计，不又善欤？要之，大总统一日不避位，则宋案一日不了；宋案一日不了，则中国一日不宁。一避位而宋案毕，天下宁，大总统既安，而国民党亦无借口之资，实为大总统、为四万万人至长之计，至善之策。我国人化凶而为吉，转祸而为福之机，在此矣！

若夫虑总统之无人，毋乃自小而小我国人。倘天不生袁公，宁中国遂为无政府欤？乡里鄙夫，井画之见，何足以论天下之大事！或曰其如大总统之阻兵靳位何？是则，又以小人之心度大总统之腹。夫以兵阻位，是破坏共和也，大总统自誓之而自破坏之，何以昭信于天下！且不以国之兵征蒙焉保疆土，而以之争权位，恐大义一呼，而军人有起而倒戈相向者矣，于大总统实不利焉，何以虑为！本会谨启。

（一）本会系超然性质，固与国民党人殊其性质，亦与进步党人异其见解。本会深信今日之中国，惟党派外尚有正道，亦惟党派外尚有公论。但不拘何党，有赞成本会办法者，皆可列入，以收共同一致之效。

---

①管、蔡流言：管、蔡：周武王弟管叔鲜与蔡叔度的并称。武王崩，成王幼，周公摄政，管、蔡流言于国，谓"公将不利于孺子"，周公避居东都。后成王迎周公归，管、蔡惧，挟纣子武庚叛，成王命周公讨伐，诛杀武庚与管叔鲜，流放蔡叔度，其乱终。　②虞舜以瞽瞍杀人而逃海滨：《孟子·尽心》载：桃应问道："舜做天子，皋陶做法官，如果瞽瞍杀了人，那么怎么办？"孟子答道："把他逮捕起来罢了。""那么，舜不阻止吗？"答道："舜凭什么去阻止呢？皋陶那样做是有所依据的。""那么，舜该怎么办呢？"答道："舜把丢掉天子之位看作丢掉破拖鞋一般。偷偷地背着父亲而逃走，傍着海边住下来，一辈子逍遥快乐，忘记了他曾经君临天下。"　③隆裕逊后：辛亥年腊月二十五日（1912年2月12日），宣统皇帝溥仪奉垂帘听政的隆裕太后的懿旨下诏逊位。　④蜩螗羹沸：形容声音嘈杂喧闹，好像蝉噪、水滚、羹沸一样。比喻纷扰不宁。

（一）天下至大之势力，莫如公理。苟国人殊有远识，不涉私见，得同意之多数，造端简而收效必巨。力可恃而不可恃，公理不可恃而可恃，本会恃理为源，树力之基，毋庸视为迂阔之事。

（一）我国通病，凡论国事必挠以个人利害之见，尤挟有势力强弱之心。本会认此为亡国之原因，悬为大戒。愿诸公发抒良知，原本纯洁，庶有心政合一之时，造国本，植民福，壹恃乎此！

蒋智由致北京政府电①

统一路债②，藉销外力圈界，事可利行，惟公同管理，路亡国亡，祸无此大，万请勿行。统债事论欧会议，操列强，我难专主。急筹应策，请划铁路政外，民有商办，以公司承受。统债先准利率，储款外国银行，坚信稳息。而管理营业权操公司商业，商主、政府得分赢利，国商两便，路安权存。请赐采行。已缮具说帖待发，先电简闻。蒋智由感③。

不签字后直进即行之办法④

山东外交事宜鄙人原议不当但以争签字不签字为止境，法当认定日本原有归还之宣言，业由协约各国证明，便应电欧洲和会，询明如何归还之法。倘日本提件过分，我可据理相争，协约各国必将起而助我；其如提件适当，我当忍受，期于即时实行收还。又高徐、济顺各路⑤并当直电欧会，即还垫款二千万，收回路

---

①原载于《申报》（1919年2月28日）。　②统一路债：1918年12月徐世昌政府成立外交委员会。外交委员会提出在巴黎和会上提案破除各国在中国的势力范围。当时列强在各自的势力范围内修筑铁路，造成中国铁路不统一。外交委员会认为统一铁路管理是打破势力范围的关键，提案为："凡以外资外债建造、已成未成、或已订合同而尚未开工之各铁路概统一之，其资本及债务合为一总债，以各路为共同抵押品，由中国政府延用外国专门家辅助中国人员经理之，俟中国还清该总债之日为止。各路行政及运输事宜仍须遵守中国法律，概由交通部指挥之。"后遭反对未果。　③感：指27日（1919年2月27日）。以韵目代日是中国历史上的一种电报纪日方法。在平水韵中感为上声第27韵。　④原载于《申报》（1919年7月2日）。1919年，作为第一次世界大战战胜国的中国，派出代表团参加巴黎和会。会上日本政府要求以战胜国的身份接管战败国德国在中国山东的一切权益。英法美害怕日本的退出威胁生效而导致和会流产，于是依日本要求，将德国之山东权益割让给了日本。在顾维钧的主持下，中国代表团拒绝在凡尔赛和约上签字。山东问题直至1922年的华盛顿会议才由美国调停下签订《解决山东问题悬案条约》，日本将山东及胶济铁路归还中国，中国则开放当地为商埠，并提供日本侨民在当地的一些权益。　⑤高徐、济顺各路：日本向段祺瑞政府垫款二千万日元，建造自山东省高密至江苏省徐州之铁路，及自山东省济南府至直隶省顺德之铁路。

权,以保北中国之平和,各国必无不相助,事可期成。至关参战密约^①,当于欧和签字作为期了,一概废除。今签字期迫,各报有我国抗议尚未签字之说。其幸!甚幸!然岂能以不签字为终境?又岂能以不签字为成功?仍不外上列诸法,即电欧会,询明日本有归还云云。如何便可归还,请协约各国公同断议。即协约各国迫我签字,仍可提出于签字之后,根据归还法理,即接续开议归还之法,与欧洲和约之成两无妨碍。高徐、济顺二路原系草约,未成正契,即日动议筹还垫款,收回路约,并电告欧会,助我主张。至参战秘约,自当以欧会签字作为期了,解除废弃。如此于签字、不签字之外有一办法,不当单纯专一以争签字、不签字为究竟,至于期迫时限,一无回旋之余地,而事至终穷也。智由已以此法于一月前开说当路,又往告在京山东请愿团及大学学生数人,其余朋知亦已毕告,今仍本此义伏乞采择施行,其中利害别有详说不具。蒋智由启告布闻。

争不签字是矣,然此事之误在不筹办法,而惟墨守不签字之说。今幸坚不签字,而又不立办法,必至终签字而后已。又志。

蒋智由主张认还垫款废约^②

蒋智由对于和约不签字后之进行办法,已载昨报,来件栏昨日蒋氏又发布一文云:

签约弥留,外交迅迫,商工学界恫骇彷徨。时急,无暇择发起何人,请南北总商会即日电商,认款二千万。认定即电驻京各国公使,请转电欧会,声明高徐、济顺二路,全国一心,不予认许,此事但有草约,本可撤销,愿还垫款如数,废除路约云云。我既有此主张,实行收回,各国必乐起为助。日本能顾念亲善,重视各国,听从吾言,其幸其善,否则东亚偲扰^③责在日本,我则有辞,而各国亦能集我同情矣,于外交甚利。所有商会认款事定由国库或国民捐,归还本息。伏乞迅断,决行草议。蒋智由。

---

①参战密约:1917年8月14日,段祺瑞控制下的北京政府向德国宣战,成为第一次世界大战的参战国。1918年初,日本向北京政府提供了大量贷款,并协助组建和装备一支中国参战军,其贷款还被用于安福国会庞大的贿选开支。中方由时任财政总长的曹汝霖经办。同年9月24日由驻日公使章宗祥和日本外相后藤交换了《中日参战借款合同》,作为借款的交换条件之一,又交换了关于山东问题的换文(又称中日密约)。 ②原载于《申报》(1919年7月3日)。 ③偲扰:开始扰乱。

蒋智由入山明志①

现以北大开校，蔡先生病未北上，校长莫定。有人拟以智由长大学者。业已驰书决谢，必不往就，坚如铁石。智由以超然之身，发公正之论，必处于不官不党之地，方能副此素志。校长之职，虽异仕途，亦决不投身其中，致受牵率。日内便拟入山，取古人"如有复我，则在汶上"②之义。暂有来往信函，或未及收到，恕失答复。毁誉亦不闻问，明此志于天下。

蒋智由启事③

智由前得国务总理一电一书，业已辞谢。心迹昭白，无足更论，谨明此事实耳。蒋智由启。

蒋智由论北方旧会非法电④

北中伪旧国会⑤宣言，认徐世昌为非法产生，伪据总统。徐固为伪，凡受徐之任命为巡阅使督军者，悉根非法，孰一非伪？徐之退位固当，诸伪巡阅督军悉当引咎，解除兵柄，负斧待罪。谓徐退位，万众欣心；诸伪巡阅督军解职，吾民庆幸实同。宣言诸伪议员，或任非法官吏，或任非法议员，诸多除名、叛法之罪，昭章成立。任期三年，今逾十载，谓之依法，法于何有？以非法之人，而逐非法之人，其为非法同一；逐其前非法之人，又迎其后非法之人，均不外非法行为。今若以法律论，当属南方之旧会⑥；如谓法律道穷，取决国是，惟有国民会议。今既南北同尊法统，一当根由正法，诸非法擅国者，悉以伪科，与盗同论。蒋智由歌⑦。

---

①原载于上海《时事新报》(1919年9月2日)，转载于北京《晨报》(1919年9月6日)。"五四运动"爆发后，北洋政府教育部主张高压，蔡元培不同意，借口"胃病"离校。北大学生拒绝承认新任校长胡仁源，北大教职员也声明"除蔡元培外，绝不承认第二人"。在此局面下，北洋政府想到了蒋智由。蒋坚辞不就，于9月2日发表了《入山明志》。　②如有复我，则在汶上：出自《论语·雍也》："季氏使闵子骞为费宰。闵子骞曰：'善为我辞焉！如有复我者，则吾必在汶上矣。'"闵子骞拒绝做官，反映了他宠辱不惊、明哲保身的超然态度。　③原载于《申报》(1919年9月12日)。　④原载于《申报》(1922年6月6日)。　⑤伪旧国会：指中华民国成立后的第一届国会，1912年成立。　⑥南方之旧会：指孙中山在广州组织的国会。1917年，段祺瑞企图解散旧国会，支持张勋复辟。为了挽救共和制，孙中山在南方发起护法战争，邀请国会议员南下。8月25日，孙中山组织的国会在广州召开，会议选举孙中山为海陆军大元帅，其余军阀头目为元帅，同时宣布组建中华民国军政府，要维护共和之纯种法统，否认段祺瑞北京政府。　⑦歌：指5日(1922年6月5日)。在平水韵中歌韵为下平声第5韵。

蒋智由论北阀自认非法当彰国治电①

自黎元洪解散旧国会,张勋复辟,而民国之法律中斩,起而自立法者,北方也;存旧法而维其统者,南方也。南北道殊,战争斯起。今北方自认非法,于是法律之爰书②定,凡六年以后至今,南北之分,战争之责,皆当自北方尸③之。正名定罪,大刑斯昭,非法自认,不足以图末减,适足自就刑典耳。用兵实事,载之史乘,法统定而逞兵诸阀无容身于法下之地。昔袁世凯尝撤帝制,返共和,冀无去总统职,而天下不之许,此袁世凯之所以死也。用兵诸阀认从法统,此自首死罪而死耳,非身死之谓,负大罪于天下,国法不可得赦也。向时北军别树一义,今悉自唾,归身法统。夫法统则有辞,今固偏安而非中绝,系之维持之一方,而不属之毁坏之诸人。曰伪,曰无效,曰非法,自认为伪而有正者存,自认为无效而人斯有效,自认为非法,而天下乃得以非法罪加诸其身,迹其所为,不啻以法统为墓碣,亲掬罪状,自杀其下,而陈尸以白天下。法统立而南北一,用法治国,不治毁法者罪,无国法也。治毁法者,宁能出一辞而逭④六年非法用兵之不服上罪乎?蒋智由阳⑤。

蒋智由斥曹、顾通电⑥

谓宪法不足救国 言国人誉顾受祸

蒋智由氏昨见曹锟主张制宪通电,及顾维钧⑦就职电文,特分电驳斥。文云:

(一)宪法无救于治乱,今之乐言宪法者,欲假此以善其争夺之名,及随群之盲从而已。民国十二年之变乱,约法在也,约法在而乱不休,而谓宪法而乱即止,有此神异之术乎?湖南行省宪而蔡、赵争,不闻能以省宪治之。今南北未一而先制宪,将南一宪法,而北又一宪法,宪法之争纷纠环互,而国真无宁于一日矣。曹锟以南事制宪,亦以制宪电告,欲以国财藉制宪而收议员,即援宪法之成,自居于合法而据总统,其言益美,而其恶益章。大盗发家,诵言诗礼,王莽以大诰篡汉,曹操实逼禅代而自居文王,此乃小技,不足欺人。曹锟及北京诸伪议员,今无为国制宪之资格,宪法成,吾民直粪而弃之,毋以国人为可欺也。蒋智

---

①原载于《申报》(1922年6月8日)。　②爰书:中国古代的一种司法文书。　③尸:承担。④逭:逃避。　⑤阳:指7日(1922年6月7日)。在平水韵中阳韵为下平声第7韵。　⑥原载于《申报》(1923年7月25日)。　⑦顾维钧:字少川,江苏省嘉定县(今上海市嘉定区)人。中国近现代政治人物、社会活动家和外交家,1923年7月任高凌蔚内阁外交总长。高凌蔚是直系军阀曹锟的嫡系。

由迥^①。

（二）顾氏受非法命，长外交，直欲行其卖国之实耳。我国际之位，非顾氏能增之使高。顾氏之实谋，必假外交之位以行，明助一党，而云居于党外，其言益欺人之甚矣。顾氏染欧恶化，重妻之一言，而不顾国人之全论，然实我国人舆议之谬，纵而成之。我国誉重顾氏，顾乃得挟其重，以市于外而擅其国，其矣舆论誉毁之不可俱乱也。我国人毁曹章陆^②而誉顾，毁曹章陆是也，则国人将以誉过之非，而今受其祸矣。蒋智由迥。

蒋观云对被买议员之愤慨^③

询国人应定何等处分

蒋观云昨发出请国民惩受曹^④买议员通告云：

北京伪国会议员，制宪会^⑤不足额，领曹收买费者，鸟兽而至，报载至五百八十几头，又有南下复往领费之徒。国民睹此饕餮^⑥，力不能惩治，无如之何，则此后将悉以国财买议员。以议员乱国政，国不亡于外人，不亡于土匪，而实亡之以议员。智由不能与若辈同履一国之土，同号一国之人，敬请国人定何等处分之法，实行以救亡国。蒋智由。（1923 年 8 月 7 日。）

蒋智由请讨国贼电^⑦

近日北京政变，丑德恶例，实致我中国于永乱不治，终于灭亡。智由于去年此时，即斥言北京国会政府俱为僭伪，不足望治，而适以开乱，今其恶益昭宣于天下。智由虽匹夫，国之存亡有责，敢矢言：今如有以总理摄政，及非法选举或拥戴某某为总统，及伪国会自摄国政，或议组织摄国政者，与盗国同论，俱为国贼。智由以理自守，万万不能承认，请国之人人念乱，共讨伐此国贼者。蒋智由寒^⑧。

---

①迥：指 24 日。在平水韵中迥韵为上声第 24 韵。　②曹章陆：指曹汝霖、章宗祥、陆宗舆。因出卖国家主权，向日大量借款，签订众多损害了中国的权益和民族尊严的卖国条约而被视为汉奸，在"五四"运动中成为广大学生要求严惩的三大卖国贼。　③原载于《申报》（1923 年 8 月 7 日）。　④曹：指曹锟。　⑤制宪会：为制定或修改宪法而专门召集的会议，完成任务即行解散。　⑥饕餮：即贪污。　⑦该电文发表于《申报》（1923 年 8 月 14 日）。1923 年直系军阀首领曹锟以巨款贿赂国会议员，选举他当总统。蒋智由视之为国贼，发电文声讨。该文转载于《近代稗海》第 7 辑，荣孟源、章伯锋主编，四川人民出版社 1987 年版。　⑧寒：14 日（1923 年 8 月 14 日）。在平水韵中寒韵为上平声第 14 韵。

蒋观云主张讨曹通电①

曹锟以贿选攫总统位,不始于选成之日,而始于逐黎之时。智由已以不承认、讨伐两议声告国人。智由国不界一位,民不选一事,无讨伐之力,不得行讨伐之事,则惟有如孔子居鲁,齐陈恒弑其君,则孔子告之鲁君而请讨之。前以请讨告,今又继之。请讨伐者而今主司讨兵柄者,认曹当选,赞贿选也,是谓党恶;不承认之,而不加讨伐,是恣曹。分国而二之,同于割地。割地、党恶,罪之相去几何?若夫矤言②和平,惟当斥惩贿选,劝退曹氏。不如是而犹言和平,人孰不欲和平者?而至阿比③贿选,败道法、沦廉耻以求和平,则和平其何理之存?至若以人民团体,而无如贿身之议员何,则中国之选举,必以买卖终,而又何共和之有?智由已以不同国矢之。

蒋观云覆段芝泉电④

请惩贿选诸人

蒋智由昨复段芝泉一电,请惩贿选诸人。其文云:

天津段芝泉先生鉴,敬覆者:奉支电⑤,以军旅役终,建设事始,谋所以奠根本之基,绝变乱之萌,纳流集壤,询及刍荛⑥。又曰:此为谋建设民国最后之一役。痛哉言乎!于此役而无安奠民国之策,诚哉其无安奠之一日,而长以乱亡终矣!夫此役之所以战争告者何为乎?讨伐贿选而已。然则战争终,而于贿选之事不加惩罚,无以创于今而惩于后,则虽谓我人民徒受战争之实祸,而国家仍留贿选之隐患,非独主战者当负不义之名,实又徒滋国家之乱而已。今建设之事犹可后议,详审焉而从事,集益焉而定谋,独于贿选之事,亟宜有一国民审判所,匪独行贿之曹锟终其生不得复为总统,又终其生不得复有选举、被选举权,而受贿之国会与行贿者厥罪同科,除不参与贿选议员而外,凡列乎贿选者,一律交国民审判,以对于国民而受其讯鞫⑦,剥夺其终身有选举权、被选举权,终生不得复为议员、官吏,即至轻亦必罚以十年,屏除于国家公民而外。又追缴其受贿之款项,及行贿、受贿两方所得于不法期内之俸给,并其所得他种舞弊受贿之

①原载于《申报》(1923年10月9日),转载于《贿选记》,赵亚源编,民国淞泸通讯社刊本1924年版。②矤言:宣言。　　③阿比:阿谀朋比。　　④原载于《申报》(1924年11月14日)。段芝泉:段祺瑞,字芝泉,安徽省庐州府合肥县(今安徽省合肥市)人。中华民国时期著名政治家,号称"北洋之虎",皖系军阀首领,孙中山"护法运动"的主要讨伐对象。1916年至1920年为北洋政府的实际掌权者,1924年至1926年为中华民国临时执政。　　⑤支电:指4日电,为1924年11月4日。在平水韵中支韵为上平声第4韵。　　⑥刍荛:指割草打柴的人。这里是谦辞。　　⑦讯鞫:审讯。

利，而以其款为兵区战地抚振之项，以稍补吾民万不偿一之失，而澹其惨痛之心。夫无刑罚不可以立国，小不忍则乱大谋，今何不忍于数百贿选议员之败类，而独忍于吾民之亡其生命，丧其家属，毁其庐舍，失其产业，一日不得延其生，百年无以复其元，以受此战争之大祸，而于国家，仍不能稍拔其渎乱①选举之毒害乎？是则战争之以义始，而以不义终，长天下为恶之心，而断喁喁②清明之望，则不惩罚贿选之大失也。且夫如冯玉祥之所为，其义不出于两途，盖不居于非常，则必入于叛逆。正本清源，以惩治贿选者，非常之行也。袭其统而反其上，贿选者不加诛，而禄位易人，则其罪谓何？天下人自能断数之，予则无言可也。夫国人固已失望于冯氏矣，今望公之出，以殆庶几，如公之出而又令吾民失其望焉，则非独为建设民国最后之失败而已，直以公为一生最后者之失败可也。夫贿选不除，虽百易其制度何益？故于百端建设之务，容缓言之，而独于惩治贿选，冀收战争所产生之果，而欲为战争者引而符之于大义也，必先言之。抑智由固为国民而闲居者，一无与乎战争之谋，政治之会，然亦国之一人，国之祸福及之，敢不承明问而白其正直？惟赐亮察施行，国家幸甚！蒋智由覆元③。

蒋智由之东电④

蒋智由为双十节⑤通电全国云：

凡所为造民国者，以主权在，民国之人人而皆可以执其枢柄任其极座者也。然而总统之制限于一人，委员之制限于数人、数十人，则孰可以处其位、受其职而无为国人之所讨逐者乎？盖必本之于法矣。今段之任执政、总统也，其得任此也，固无法律之据、根乎法而来者也。虽然，则犹可诿之曰：法之既穷则奈何？于是有以法责段氏者，有不以法责段氏、而望段氏之欠于法而得于政，以政救国，而自赎其欠于法之罪也者。若智由者，亦国之一人，而宽段氏之欠乎法、冀段氏之得乎政者也。今段氏之无政，则既积一年以来，而彰彰如是矣。虽欲复以得于政为段氏辨，而不足以服天下之心、执天下之口矣。夫无法也，无政也，则已成为段氏之铁案，而段氏之所以自谳⑥于天下者，则又不仅此。段于受任之始，宣电以告天下，期以二月，届其时而天下人固未忘之，段则以为天下人忘之，而段亦因而忘之。至于今双十，段又宣电于其前，而期以双十。夫段而欲久其执政之位，不去则不去已耳，而必以信要天下，天下乃得以信责段氏，于是乎段之为执政，无法也，无政也，而又增一不信之罪于天下，以自隳其道德，而开民国以诈欺之术，矫诬之祸。且段氏而既改中国为民国矣，民国之主权在民，人人而欲执国家之权，操之自我，不柄自人，孰不如段氏也者？设有以段氏之无法无政而又无信，为之辞而动天下之兵，则段氏将何辞以自解，而求逭其罪于我国人之前？夫智由之言，固知其不足以尘执政之耳，然使不幸而其言验，则是民国之又一乱，而其责实段之执政尸之。处下贱之位而怀高明之忧，吾亦犹行孔子春秋之义也。蒋智由东①。

蒋智由之鱼电②

蒋智由昨日通电云：

段氏任期迄终双十，段自延长而自解说，是管国而擅之。天下而有假为讨伐之名，是段阶之厉③也。将由各省有军之曹，联电拥戴，是军国，非民国。国之中而有不然，扶义而问，是又乱之所由。故推拥之而不以义，亦事之不可为也，匪由于各省之拥戴也。而由段要约而为之，其事伪，其计非。昔者段之去总理，而令各省独立，乱由是作，名恶至今，讵今而又可为之乎？然则段之贪位而不去，失约而不信，国必乱矣。且夫以段为不可去者何为乎？以段为能裁兵乎？统一乎？能行其政之令、止其下之乱乎？中国之增兵，自民国数，莫甚于段执政之时，兵之增至如今日，而中国之亡，固已决矣。段执政也，中国而增兵，独非执政者之罪乎？而裁兵何有？自段任执政，昔之所不能统一者，其不能统一如故；昔之犹能统一者，自段之出，而朋分角立，相峙相阋。国之全而段不能统一之，国之半而段犹不能统一之也，统一云乎哉？段之令而人慢之，又甚而脱离之，而段莫之何，令行乎哉？兵自擅而动，地自夺而据，段从而任命之耳，此之谓执政，战止乎哉？而诿曰沪案④悬交而待行也。沪案以段氏败，不责之段，而犹托之段，此国民不知人之罪也。而诿曰关税始议⑤而未集也。夫税增二五，自华会定⑥，今国所欲得，关税之自主耳；段所欲得，涎二五之利耳。二五之约成，而自主之期远。且得二五而资有藉矣，兵且益募，战且益作。故政善

---

①东：1日（1925年10月1日）。在平水韵中东韵列为上平声第1韵。　②原载于《申报》（1925年10月7日）。鱼电：6日电（1925年10月6日）。在平水韵中鱼韵列为上平声第6韵。　③阶之厉：祸患的由来。　④沪案：即五卅惨案。1925年5月30日，上海学生两千余人在租界内散发传单，发表演说，抗议日本纱厂资本家镇压工人大罢工、打死工人顾正红，声援工人，并号召收回租界，被英国巡捕逮捕一百余人。下午万余群众聚集在英租界南京路老闸巡捕房门首，要求释放被捕学生，高呼"打倒帝国主义"等口号。英国巡捕竟开枪射击，当场打死十三人，重伤数十人，逮捕一百五十余人，造成震惊中外的五卅惨案。　⑤关税始议：五卅运动后帝国主义和中国段祺瑞临时执政府为缓和中国人民反帝情绪，提出增加关税。1922年8月18日，段祺瑞政府向列强发出召开关税问题的请柬。1925年10月26日，会议在北京召开。出席会议的有中国段政府代表和英、美、法、日、意、比、荷、葡、西、瑞典、挪威、丹麦等13国代表。段政府无意力争关税自主，仅望提高税率，以减轻财政危机；帝国主义口头承认中国关税自主，但又以不能实行废除厘金为先决条件，并要段政府实行禁止一切反对帝国主义言论、团体和出版物的法律。会议持续9个多月，最终无果而散。　⑥税增二五，自华会定：1922年华盛顿会议规定，中国可逐步增加关税，第一步可先增加百分之二点五附加税。

而长国之收，是长治也；政恶而增国之入，是增乱也。且中国存亡之决，日不能淹①，举国任之段，二年也，而不治益乱，又将久之，是付中国于终不治。而陷之亡者，此议是也。今段之留，国必不治；段之去，治不治，视得人而定。必不治之途一，孰若处于治不治之途二？夫忧段去而乱，孰能保段不去之不乱？又本自②段不去而国有必乱者乎！蒋智由鱼。

---

①淹：迟延。　②本自：本来就。

演说类

蒋君智由演说①

　　自《中俄密约》②成，中国真瓜分矣。昔以波兰、印度、土耳其笑人，今则自居于波兰、印度、土耳其矣。

　　俄人制中国之法，其最毒者曰无变中国古来制度。此言也，俄人与中国疆界毗连，交涉最久，熟知中国人心风俗，故以一语投中国之所好，而阴毙之。俄人以中国之守旧为利，中国在上之人亦利俄人助己之守旧，于是中俄之间，交谊斯固，俄人又时时出其狡猾之谋，示好于中人，而中人信之，遂寖寻而酿成今日密约之事矣。

　　密约之事，风传由来已非一日。当戊戌政变，即有此说；至己亥立嗣，未几传闻有许俄人由恰克图筑路至张家口之约；及去岁北京甫破，两宫犹在道途，传闻中俄订有密约。以今思之，岂尽无因？且传说纷纭，似约非一约。至去冬增将军所订之约显露于世，旋又闻有俄都之约若干条，于是结中国倚俄之恶果，而中国实受其祸矣。

　　俄人密约，欧洲各国虽甚骇视，然各国势均力敌，重视开战，苟可以已，无不已者。且以亚洲之事，而欧洲人自寻干戈，此欧洲人之所不为。俄人深知其故，故敢肆其阴谋而无所忌。昔欧洲人尝有言曰：分尽中国，而欧洲不争。此言今将验之矣。

　　我中国人之议论，十之八九，皆曰中国无力以拒俄，当求之于各国。是则国谓何矣？国民谓何矣？国者，一国自有一国之主权；国民者，人人各有国家之一分，而当尽其责任。土地则国民人人所有之土地也，人人知其为己之所有而争

　　①原载于《中外日报》（1901 年 3 月 18 日）；转载于《拒俄运动 1901—1905》，杨天石、王学庄主编，中国社会科学出版社 1979 年出版。1901—1905 年的拒俄运动是清末人民反对沙俄侵占东北的一次规模较大的群众性反帝爱国运动。　　②《中俄密约》：即俄国与清政府订立的秘密条约，1896 年 6 月 3 日（光绪二十二年四月二十二日）沙俄利用中国在中日甲午战争中战败的困境，藉口“共同防御”日本，诱迫清政府派遣特使李鸿章与俄国外交大臣罗拔诺夫、财政大臣维特在莫斯科签订《御敌互相援助条约》，又称《防御同盟条约》，一般称为《中俄密约》。它的签订，使俄国不费一枪一弹，实际上把中国东北区域变成了俄国的势力范围。

之则存，人人以为非己之物而不之争则亡。今自委弃其国民之责任而求助于邻；狼食人而谓虎曰：盍卫我！虎何为而爱我哉！且亦无志甚矣！无耻甚矣！无志无耻之民，岂足与立国哉！昔俄人为我争旅大①，而旋即自取之，求助于人其前车矣！

夫各国政府之所谋，各为其一国之利害而已。以利害言之，我中国损失土地，人民无所依赖，归人宇下，为人隶仆，中国之不利，诚不利矣。若各国则何不利之有？彼取偿于中国，以保其权力之圈，而增长其威势，与俄国比强并大而已。必以辞动之曰：俄之利，各国与有不利焉。岂今日欧洲外交家，尚待我中人代为借箸②耶！

故今日之事，覆亡我中国之覆亡，存立我中国之存立。我国民之事，于他国无与焉。使我举国之人，人人以危亡为可惧，凌辱为可耻，万众壹志，非理之来，合力与争，俄虽强暴，其如我人心不死何！民志不倔何！即各国之人，亦必环视惊起，以为中国民气不可犯矣。然而起视我民，顽冥蠢蠢，不知竞存，不谙外交，舞刀拍张，语以仇洋衆教，无不欣然乐从，快意以逞匹夫之勇，至于理之所必争，事之不可让者，皆索然无气，是则国已死矣，尚何言乎？

夫谓今日发言之权，上惟政府，下惟一二大臣，我民虮虱之言，诚何足动其毫末。此言诚然矣。然今日欲立国于地球之上，而其民无气，则地无论其大小，民无论其多寡，必终归于灭亡。欧洲之有民权，亦非自上予之，而皆由下争。吾民惟不知争国家之事，是以大祸若此。当此危急存亡之秋，若之何吾民之犹不争也？

举人蒋君智由演说③

诸君亦知国与身有同式之比例乎？西人称国家为有机体之生物，夫任举人之一体而宰割之则痛，今东三省之约，乃宰割吾之国，而独麻木而无知乎？或者谓此在上者之事，而非吾在下者之事。此则国家之义尚不能知，其言之谬无待辩矣。或者又谓以在上者督抚之力争之而不能，而何有于小民？是又不然。夫督抚者，不过一日居其位，故有其权，而适当其任耳，若一日离督抚之位，则亦无其权，而可诿④其任于人。孰若我国民之任，人人合而有之，非一人之事，一日之事，大而且久，与督抚之所任者不同，而皆可负其任也。

若夫事之难为，诚难为矣。然天地间难为之事，独非人之所为乎？惟其难，

---

①旅大：指旅顺、大连。　　②借箸：从旁为人出主意，计划事情。　　③原载于《中外日报》（1901年3月27日）；又载于《北京新闻汇报》（1901年4月9日）。现转载于《中华民国史资料丛稿·拒俄运动》，中国社会科学院近代史研究所中华民国史组编，中华书局1978年出版；又转载于《中华爱国文萃·历代血书·檄文·绝命辞选》，张耀辉主编，安徽文艺出版社1990年出版，题目为《拒俄卫国　责无旁贷》。本文是蒋智由在上海张园拒俄大会上作的一次出色的演讲。　　④诿：推诿，把责任推给别人。

故赖有人耳。夫人能苦心焦虑，挽大难，报大仇，则名之为英雄豪杰，而其人不没于天地之间。国亦何独不然？国能苦心焦虑，挽大难，报大仇，则其国必闻望日著，地球上乃有是国而能自立矣。我中国之古事，诸君当已熟闻之。独不思昔者越王勾践之事乎？越王勾践之国，见灭于吴，越王卧薪尝胆，卒报吴仇。又独不思秦楚之事乎？秦之灭楚，不以理，楚无如何，楚之父老乃曰："楚虽三户，亡秦必楚。"盖仇秦之深，誓必报之。其后项羽者，楚人也，亦卒灭秦。且昔者俄罗斯当蒙古强盛时，非为蒙古人所迫而伏处北海之一隅乎？后亦卒败蒙古而收复其故土。

此次东三省之约，人咸虑其无可挽救，然吾国民之事，不仅在能挽回此约与否。使此约即废，而我国政民情依然如故，岂能长保此东三省？又岂能于东三省之外，别无他祸乎？若因此迫约之事，视为奇险，引为大辱，而放此至险大辱之圈，大如日轮，日日悬注于国民心目之间，其有补于我中国者大矣。所可虑者，虎头蛇尾，又或境达情迁，今虽竭力抗拒，而他日旋忘之。彼俄人者，又即用杀人以服人之策。杀人既多，则强者死，弱者伏，老者死，少者方生，如此数年、数十年之后，几忘其土地为谁氏之土地，彼又时时出其小惠以饵之，一杀一饵，而中国之人心死矣，中国之事已矣。夫杀我而我服，饵我而我受者，此必我国人之力不逮人，我国人之智不若人也。我国人力不逮人，智不若人，而遂屈居人下，不再与人竞智与力，昔犹可为苟安之民，今犹如此，则中国之地皆将为白种人所挤入，而我国人无立足之地矣。君等独不见夫飞鸟乎？飞鸟营巢而他鸟夺之，尚出相争，何也？巢之一失而鸟无所归也。夫鸟之赖有巢，非犹我中国之民赖有中国土地耶？虽地球分土之界今尚未有公正之定论，然向有之土地仍归之向有人之所有，此亦势理兼全之言。

夫国与身有相同之理，已陈于前矣。任举人之一体而可名之曰：此某之身之体。然则何国之土，则亦何国之土已矣。故今者当扼以一言曰：东三省者，我中国人之东三省，非俄人之东三省。俄欲夺之，我必复之，此竞存之理，各国之公理也。吾记一轶事于此，复为诸君一陈之。昔者，南宋之末，有遗逸之民郑氏某者，善画兰，凡所画兰，皆有根而无土。人叩①其故，曰："地为人夺去，汝不知耶？"我今日中国四万万神明之胄②，慎毋如所画之兰，有根而无土也。

蒋君智由演说办法③

集议同人演说毕，复由蒋君演说办法：

今日事之当争者在签押与不签押，签押其咎在我，不签押则曲在俄而不在

---

①叩：问。　②胄：后代子孙。　③原载于《中外日报》（1901年3月27日），又载于《北京新闻汇报》（1901年4月9日）。

我。挽救于呼吸之间,亦惟有内电行在①及各省督抚,请万勿签押为第一层办法;外电各国,告以吾民之公愤;若另有挽救之策,并当尽力为之;至最末一层,亦惟有布告各国,声明全国臣民概不承认。或谓不承认其如彼何。虽然,约之界说为彼此两愿,后无异词,且为他人所公信耳;若上之督抚,下之士庶,声明迫订之约全国臣民俱不承认,是一要约而已,中国有词,各国亦有辞,执此牵强之约独何为乎?或曰:俄惟以力为之而已。夫曰力,俄亦为其力之所为可矣,何用约为②?约之义,不专在以力也审矣。吾特患吾全国之人不能人人不承认此约耳;若人人俱不承认此约,夫岂患事无可为乎?!

上海女学会演说③

今日诸女学士盛会,某承邀观光且邀演说,惟仓猝之间一无预备,所言之理殆至浅隘,兹姑据所见者略言之。

窃谓家、国、人三者皆有互相联合之理,犹佛经之所谓帝纲④重重。试指点当前之境物,有地以承此房屋,有房屋以承此几筵,有几筵以承此种种什物,互相错入,未能分为何等之界限。古时中国以女子专属之于家,而以为于国无与⑤也者,此误解也。试言个人之义。夫人者合形体、精神而成,在外者为形体,在内者为精神,耳目手足属于形体部分之事,智慧德行属于精神部分之事,必外之体魄强而内之智慧德行具备,然后成为一完全之人。今者试观我中国人,颜色黄瘘,气体异弱,形体上之缺陷多矣!至于知慧,则昏庸无识之人不可算数。以德行论,又多有遗憾之处,如下等社会中人,其德行尤多可憎恶者。夫必有完全之人,而后有完全之家;有完全之家,而后有完全之国。昧昧我思之⑥,尝欲造一完全之中国,此完全之中国成,则所谓个人者,其形体必不如今时之弱,其智慧必不如今时之暗,其德行必不如今日之多腐败。盖吾所谓完全之中国,迥非吾等今日所见之中国矣。而欲造此完全之中国,非独当责之凡为男子之人,尤当责之女子。且吾见造此完全中国,其权柄且握于女子之手。试言之。所谓中国人形体之黄瘘者,其说虽种种不一,或谓系种族之故,凡黄种人颜色类然,日本人亦然;或谓天时地质之故,凡欧洲人居住东方数世,其肌色亦渐变而为黄。然其中有一缘故,则实由于女子。其故非他,则女子之缠足是也。缠足之弊,非数语所能了,今姑不言,要之气体之间必因之而大受痍伤。夫女子之气体既亏,其所生之子女气体亦无有不亏者,其有害于个人之形体上者如此。至于智慧、德行,则遗传性之说已确凿可证,一无疑义。凡人之有何种智慧,何种德行,无不

---

①行在:指天子所在的地方。　②何用约为:要约干什么。　③原载于《选报》第20期(1902年6月26日)。　④帝纲:帝王治国的纲纪。　⑤无与:不参预;不相干。　⑥昧昧我思之:语出《尚书·秦誓》,意思就是我心里暗暗地想。昧昧:暗暗。

本于其父母及其祖父母之所有,反是而愚与恶者,其性亦然。至于其父母之智愚善恶不等,则其子女或有忽善忽恶,乍明乍昧之病。而中国风俗有大害于遗传性者一事,则男女婚嫁但凭媒妁一人之言,其中夫妇皆贤明者,不过千万分中之一,偶然凑合之事,其大概或夫智而妇愚,或妇智而夫愚,或夫贤而妇不肖,或妇贤而夫无行。故中国人之一家,直谓竟少完全至善尽美之家可也。今者中国,事既败坏如此矣,夫我等非所谓日日欲救起中国者乎?救起中国者,非独今日男子之事,亦女子之事也。何则?男子中有抱宏大之志愿,思成就其事业,为有益于一群之事,而彼为妇人者诟米盐焉,詈鸡犬焉,较量于玩好服饰之间焉,则夫妇异趣,交谪^①之声作于户内,而英雄为之气短,有害于志事者不少矣。夫一事也,有助而成之者,易为功;有推而阻之者,难为力。男子之事,亦半由妇人赞和而成之也。而中国人夫妇之间能同心合志者其鲜,此其故,由于无女学。有女学而后有完全之人,而后有完全之家,而后有完全之国,故救起中国,其权之握于女子者大也。夫中国号称四百兆人,而女子居二百兆,以二百兆之女子,而仅诸女士在此有志于女学,其矣其微数不过如大海之一沫,况内地人风气未开,不可与言女学者乎!然天下凡事必有起点,昔时上海实创始女学堂,今日渐次发达,乃有今日诸女士之设女学会于此,由是而渐推渐广,不难遍及于中国。发端虽小,结果甚大,然则今日之会,其所关系讵^②不重哉?!

爱国女学校开学演说^③

今日诸君演说,皆发明"爱国"二字之义。此二字为文言字,为学问字,何言之?我国文字之与语言不同,大抵属文言字、学问字^④者,含理较深。今或有未明其理者乎?则不难以浅近之义解之。设有问在座诸人曰:君等皆何国之人耶?则必应之曰:某等皆中国之人也。是则国之一字,最浅近而易晓矣。若英、若法、若美、若德、若日之诸人,皆各有其国,即皆当爱其国。虽然,"爱"之一字,亦文言字、学问字也,且以国之所包容者大。吾欲用吾爱,吾将何所用吾爱乎?是亦不难以浅近之义解之。今试有伤害吾之身者,吾固觉其为痛苦而欲保护之也。夫此觉痛苦而欲保护之者何也?吾固自爱其身也。爱国之义亦然。今以中国之濒于危亡,而吾独不觉其痛苦而欲保护之乎?此爱国易晓之理也。顾或者曰:古有恒言,男子治外,女子治内。信斯言也,爱国之事亦中国二百兆男子之事耳,于我女子乎何与?顾是言也,吾谓在今日为已废之言可也。何也?世既文明矣,其言之或不合于理而有害于事实者,则皆在废弃之例。前言既废,则

---

①交谪:互相埋怨。　②讵:岂,怎。　③原载于《女报》1902年第9期(1902年12月30日)。又载《中国近代学制史料》第二辑下册,朱有瓛主编,华东师范大学出版社1989年出版。本文未找到底本,现据《中国近代学制史料》所载收录。　④字:底本为"学",今径改。

国家之事为男子与女子所当共任。其义定矣，吾试分其大小圈界言之。今当世之论，恒曰身家主义、国家主义、世界主义，孟子曰一乡之士，一国之士，天下之士。若中国者，知有身家主义之国；若欧美者，知有国家主义之国；至夫世界主义，则当世之人犹未足以语此也。身家主义，其圈界为至小，放而大之为国家主义，更放而大之为世界主义。吾试举三主义之一人以为代表可乎？则吾思中国史有木兰其人者，当汉之时，征兵戍边，木兰之父当从征而年老，木兰作男子装，代父从军，十二年而返，而人后尝知其为女子也。此吾中国所敬之重之而推为奇女子也。吾亦敬之重之而推为奇女子。然据其知识言之，固只知有身家者。何则？木兰之从征也，因未尝曰吾为国则然也。若夫为国家之女子，则吾中国殆鲜有其人。即有之，而吾心亦未有记忆及此者。则试举一欧洲之女子以当之，若法国之贞德女子其人是也。当贞德之时，英与法战，法人大败，国垂灭矣。贞德以女子身，从田间起奋臂大呼，身先士卒，累战克捷，尽返法之土地，而国以不灭。贞德之名，至今犹赫赫于欧洲人之口。此知有国家主义之女子也。若夫世界主义，吾中国亦鲜有其人。若美国之批茶女子者，其足当之矣。当批茶时，美人役使黑奴如牛马，批茶悯之，著书言人类平等，而诋役使黑奴为非理。其书风行一时，能感动人，而黑奴卒以禁用，得脱羁绊而为自由之民。夫批茶之与黑人，不同种也，一白人而一则黑人也；不同国也，一美洲而一则非洲也。而批茶一视同仁，不分珍域[①]，此可谓知有世界主义者矣。是故木兰者，身家主义之代表人也；贞德者，国家主义之代表人也；批茶者，世界主义之代表人也。虽然，吾今日不言世界，而专言国者，则亦有故。盖凡事必先其近者而后及远，未有国家之将亡不能救，而曰吾将出而救世界中人也。其可乎？故夫身家主义者，可判之为已往之时代；世界主义者，可判之为未来之时代；而国家主义者，则为现在所当努力之时代也。夫中国固重身家者也，是故古之女子曰孝女、曰节女、曰贞女。彼贞节[②]孝烈之女子，其志气、其性情、其行品，今亦当师法之，而扩充以知识之界斯可矣。夫英雄豪杰不分男女，此吾之恒言也。吾前日者在务本女学堂演说，曰中国从前读书之女子，将使为闲书小说中之女子而已。今开学堂，则将使女子为英雄豪杰之女子。前者旧法，而今者乃新法也；前者造就下品之女子，而今者造就上品之女子也。夫天地间事，有有限者，有无限者。而知识之事，殆当属于无限者也。以人之一身言之，耳之闻声，气浪动而颤于耳鼓，而后声得闻焉。然或半里，或不半里，而闻之限尽矣。口之言也，亦鼓气浪而传于人耳，然或半里，或不半里，而声之浪亦尽矣。人身之至无限者，其为眼之所见乎？虽以天地间各恒星之远，其距吾人不知其几万里，几万万里，几亿万里[③]，几兆万里，几恒河沙无量数万里，而其光线，犹接于吾人之目，可谓无限也矣。人之自婴

----

①珍域：当为“畛域”，界限。　　②贞节：底本为“贝节”，今径改。　　③万里：底本为“里万”，今径改。

婴婳①之子，以至成人，其知识之相去何如？进而益上，殆无界划之可限。是故知识之事，曰见地、曰见解，盖见之事，因若是其无限也。今夫中国近事，为女子者亦苦未之知耳。自甲午之战败于日本，而赔款二百兆；自庚子之战败于联军，而赔款四百兆；而旅顺失于俄，而胶洲失于德，而威海卫、九龙失于英，而台湾失于日本，今则杨子江流域，即现在吾人所居之地，亦将为他人之权力圈所有，而非复吾土。吾知在座诸女士，固未有不知之者。然内地女子，固惘然不闻。亦非独内地之女子然也，即内地之男子，亦未必知。不知之，则不能动其感情；不能动其感情，则不能发其志气；不能发其志气，则不能成其人才。是固不可不扩充其知识之界也。虽然，知识进矣，而犹不能不重者，则德行是也。德行者何？诚实的，非虚伪的；高尚的，非卑鄙的；谦和的，非傲慢的。总之以吾之立身行事，使人观察之而无可疵瑕而已。昔者朱子②尝有言曰：学问之事，如扶醉人，扶得东来西又倒。既名之为英雄豪杰矣，英雄豪杰者，固未可以无德行之人而当之。若近之自命为英雄豪杰，而无德行，此朱子所谓东挽扶而西又倒者也。若夫家政学者，亦女子之所当有事，近者已渐发明于女界中。而女子之性，亦最与之相近，此人人所当习。譬之家政学者，若普通之学科；而英雄豪杰，则特别之学科也。夫学堂之地，增人智识一也；成人才品二也。昔者不知天之为天，地之为地，百物之为百物，进学堂而若天地之学，人类之学，事物之学，渐讲解而明习之。然而犹当以能成才品为归宿也。夫中国旧俗，束缚女子而置于不学之地，此诚大谬。然今日而进学堂矣，习国文，习东西各国文，而研求各学科矣。而试问己曰：今之所为学者，其宗旨固何在也？漫无宗旨，而曰人学之我亦学之，学则学矣，其愈于昔日之不学者固几何也？吾固敢一言正告曰：今之进学堂也，习国文，习东西各国文，研求各学科也，将以增吾知识，完吾德行，而达所谓英雄豪杰之目的，而后方得为成材也。诚若是，彼木兰者何人也？贞德者何人也？批茶者又何人也？木兰能为之，吾何不能为之？贞德能为之，吾何不能为之？批茶能为之，吾又何不能为之？若木兰者，吾行且驾而上之；贞德者，吾将与之比烈；而批茶者，吾将与之相颉顽矣。是则今日之开学堂，主义在此；吾之演说，主义在此；诸女士之来学，主义亦当在此！

---

①婴婳：婴儿，幼年时期。　　②朱子：朱熹。

书函类

蒋性遂君与本馆记者陈撷芬书①

(前略。)东渡后已月余,足迹所至,无一不足见彼国文化之现象。其街衢之间,每日出游自时计(日本名钟表为时计,极雅切。)早八时,及晚四时,聊翩结队,皆身着学校之服,(女学校通行之服,革靴绛裳霞肩。日本贵族女子皆西装,学生服大半取西洋少女之装束而参以日本旧有之服。)手执书包,入学、出学之女学生也。以视沪上夕阳乍下,灯火荧然,一片皆出局之倌人②,跟轿之娘姨,翱翔踯躅之野鸡,杂沓往还于酒楼茶馆间,其文野之度相去为何如乎?!昔人觇国,必推本于彼都士女,而写其衣服与其鬃发③,诚哉其足以见一国教化之本原也!日本国制,男女达于满六岁至十四岁之学龄,必修寻常小学四年,为国民义务之教育,否则罚其家长。是以凡生长于国中之男女,无有一人而不入学校者。旅馆下女(旅馆中供使役者皆女子,多自小学校卒业者。)皆能读书阅报,作数千言之信,习歌唱体操者,其常事也,盖皆受小学校之教育然也。以视吾国中搢绅右礼之家属多目不识一丁者,其文野之度,相去复何如乎?!学校中各科完备,如缝纫、烹调、唱歌诸科,皆有专室。而又有合队体操(一校中往往数百人。)之校场,校舍为学校建筑所应有者。我国女学幼稚,近方萌芽一二处,而简陋贫俭又复令人惭恶④。爱国女学初有起点,前途之发达与隳落尚未可卜。(中略。)来岁科程,亟应添设,大抵体操(合队体操非个人体操。)、音乐均为必须,如能二者并举固善,否则亦宜添设一课。暂聘用日本女教习。惟音学一门房屋尚可将就。至合队体操,所以发达女子气体之活泼,性情之合乐,每见日本女学校中体操踏歌之事,不啻令人闻钧天广乐⑤三日醉也。(中略。)日本山水以长琦为最,晨舟舣岸,瞥见怪峰突兀,隐约云雾

①原载于《女学报》1903年第1期(1903年2月27日)。陈撷芬笔名楚南女子,湖南衡山人,是上海爱国女学校第一批学生。她是《苏报》馆主人陈范的长女。1899年冬在上海创办《女报》,并担任主笔。该报不久即告停刊。光绪二十八年(1902年)续出《女报》月刊,仍由她担任主编。次年改名《女学报》继续出版,由苏报馆发行。她同时还担任上海爱国女校的校长,参加了一些进步活动。1903年《苏报》被清廷查封,《女学报》也只得暂停出版。后陈撷芬与父亲同赴日本,继续出版《女学报》。 ②倌人:旧时吴语地区对妓女的称呼。 ③鬃发:梳在头顶两旁的发髻。 ④恶:惭愧。 ⑤钧天广乐:指天上的音乐,仙乐。

间,云耶山耶,殆不能辨。初日徐升,轻烟乍散,前之疑为云峰山峰者竟万朵芙蓉之好山也。当时纪行诗有云:"山色疑云幻,云开竟是山。怪松半天翠,初日一峰殷。"自神户以至东京,则富士山积雪峨峨天半,(有富士山诗。)最为美观矣。东京都衢天然秀淑,而又吸取欧米新法,整理市政。(市政为立国要点,中国素未知之。)每驱车所过,芳草被堤,茂树夹道,尤令人发生清明之想。至瞻仰昔贤铜像,见西乡隆盛之犬,(西乡隆盛铜像高一丈余,左手牵犬,右手执剑。犬西乡生平所爱也,西乡自杀后,犬亦自毙。)楠真成之马,(楠氏铜像作骑马飞空腾跃之状,尤奇突。)令人勃勃生英雄之心。噫!人生不当如是耶?

蒋性遂君与爱国女学校经理蔡民友君书[①]

女学校章程收悉,大致甚善。其间学科浅深,尚欲略抒鄙见以一陈之左右者,又苦笔墨烦冗,未能一一具述。兹寄上华族女学校规则一本,教科用书表二纸。规则书中有课程表一纸,其学级与学年(满六岁从七岁起至十八岁卒业,共十二年。)其合教育之理,大可采用。学级与学年之组织,于教育心理上大有关系,然我国今日初兴学校,万不能定为一律。困于无法,惟学科不能不斟酌。以爱国女学校言之,第一学年,大都蒙学居多,自开办至今,已可想见。此学年内,一无根底,课程不宜太多。理科浅说,似可移之在后,并历史等亦不妨稍迟,修身宜列首科。幼稚园中,即已当讲修身也,而归重于国文,以为受学之根基。必有体操、唱歌,国文之余,宜多习之。大抵女学之精美处在体操、唱歌,其实用者在烹饪、裁缝。(华族女学校为天皇与王公大臣之女子肄业其中,亦有中馈[②]、裁缝等课及点茶、插花等课。点茶为我国唐时之礼,宋后已废,今尚存于日本者。)体操以强体格,唱歌以和性情。一学校中必有生徒数百人,(华族女学校生徒五百六十人,教习男女共四十五、六人,余小学校亦多有女生徒数百人。)每至合队肆习体操,则整齐条贯,唱歌则飒飒[③]移人,此真文明之现象也。游戏、体操亦宜设备其间,器械宜按地制造,先择其简易者。图画一门在精美、实用之间。华族女学校中图画课室所悬之画精美可爱,即其学生之所绘也。(日本绘画无论各学校中皆极发达。)习字一门宜自列为一科,不必混于国文之内。日本各学校亦皆自为一科。我国文字有正、有行、有草,读书士子多有知正而不知行、知行而不知草者,皆习字一门普通学之尚未完备也。似宜分年编为课程,惟习字本颇难定耳。服制一层亦尚宜斟酌,大旨主于适用(体操、烹饪等。)而适中于质素美观之间。此可非面谭不罄,尚容续陈。舍

---

①原载于《女学报》1903年第1期(1903年2月27日)。转载于《教育科学丛书(中国近代学制史料)》第二辑下册,朱有瓛主编,华东师范大学出版社1989年出版。蒋性遂即蒋智由,性遂是其字之一。蔡民友即蔡元培,民友是其字之一。爱国女学校于清光绪二十八年(1902)冬中国教育会在上海白克路登贤里创办。蒋智由、蔡元培先后任校长。　　②中馈:指家中供膳诸事。　　③飒飒:形容乐声宛转悠扬。

监及教习之管理讲堂（日本称为主任。）仍宜归先生统率，方能事归一律。且恐舍监中亦难得胜任之才。至于教习，虽可主任讲堂以内之事，然功课毕后，教习固不能多添责任，总宜归校长（章程中所设经理，实即校长也，似不妨称为校长。）一人精神之贯注耳。见委日本关涉女学之书，即时搜集，以备取法。日本所出论女学之书与报甚多，容暇时一选览之。

致《甲寅杂志》记者函①

其一

记者足下：

自去岁得一相见，思伏谒②而失其时，分散至今，未尝不以国之君子于今可屈指数，而时怀高贤踪迹于天地之间。侧闻立言正时，时闻有流誉于人座者曰：今章先生《甲寅杂志》，言中正而其学又笃实而槃薄③者也。贤者之有益于世，于兹为不虚矣。荷书存问，岂尚念当时槁卧中，有道不与世近，世不我用，而我亦不蕲④苟用于世，以甘处于沉闷冥寞之中，自居于无能以无所见于世若予者耶？贤者之不弃，要与之偕，感美其盛意，则固以然，顾岂能于今而以其言易⑤天下者耶？苟可以易之，曾何所靳⑥，固不惮竭其鄙陋，尽无能之辞，以与国人相聒，不然而激之招祸生变，诡之又非吾所欲出。凡数年来，所以不见一文字于当世者，职以此故，而今尚笃守之者也。箕子唏而为之奴，文王叹而拘于羑，他日当有随君子而周旋之时，愿且待之。无撰之余，希不吝裁笺，时有以见教，敬劳为国。蒋智由白。

其二

记者足下：

再辱书问，有所称许，不敢当。其大君子有所过而诱进⑦之者欤。曩岁有作，今追思之，只令人惭。已见一二于人间，不可追取，未见者固欲毁之，何可以尘于大君子之前？前至日本，始所读者，在哲学、宗教、伦理、心理诸书，后数年，专致力于经济、财政，所得过于前者，惜乎损此精力，而不得一见之于施行也。数年复有事乎旧学，才绌而思钝，泛滥于东西，而终身无所得，如盲之人也。然学也而已，明达亦何以教我乎？所撰杂志，翕然⑧称于国人，比非⑨有所私于君，

---

①此二函原载于《甲寅杂志》1915第1卷第8期（1915年8月10日），转载于王均熙编的《章士钊全集》第3卷，文汇出版社2000年出版。《甲寅杂志》为章士钊于1914年5月10日在日本东京创刊，因这一年为中国农历甲寅年，故以"甲寅"为刊名。该杂志自称"以条陈时弊、朴实说理为主旨"，是《新青年》之前最有影响的进步期刊之一。　②伏谒：谒见尊者，伏地通姓名。　③槃薄：高大貌。　④蕲：求。　⑤易：改变。　⑥靳：吝惜。　⑦诱进：诱导进取。　⑧翕然：一致。　⑨比非：并非。

亦以见是非尚不没于人心之间。今之论言者，固推之为第一，非予一人之见已也。虽然，贤者之志则盛矣，神则劳矣，然何救于国之亡？夫今日则固非文字之所能为计也。鄙意专在穷居嘿尔^①，力学以待时，其得行之与否，命也。吾志之所祈向，如是焉尔，以还质之君子。蒋智由白。

复王濯菷书^②

惠书敬悉闻将归国，曷胜苍茫。盖以弟为国人屏弃，飘零之身数载以来临睨^③旧乡，欲归不得，故闻友人归国，每不胜怆然之感。不知公归国后拟往何处，北京乎？南方乎？乡里乎？尚望时时通信，使知消息。近当新旧交迭，道德扫地，乱暴毁谤，一切惟吾意之所欲为，如公道义，世难其选，是以每思风范，常系予怀。诸唯^④自爱，敬颂起居。

北大校长事之蔡、蒋往来函^⑤

北大校长问题，前昨二日蔡孑民、蒋智由二君互通书函，兹录于下：

蔡致蒋书

观云先生左右：奉惠函，敬悉。政府拟请公任北大校长，为事择人，可为教育前途庆。在公不愿任此，自有苦心，弟已电告蒋梦麟^⑥君，并同时发一快函，详言之矣。惟弟衰病侵寻^⑦，久思息肩，如公肯接办，以赎弟数年来溺职之咎，在弟实为深幸。务祈惠然允任，幸勿固辞。专此奉恳，并请道安。弟元培敬启。九月二日。

蒋复蔡书

孑民先生：得书深幸。先生乃反劝弟就校长之职耶？弟却未敢劝先生之复职。为之一笑。今取赋诗断章之义，曰："我心匪石，不可转也。"此之谓也。弟平生正言直行，如果有益大学，欲就则就；今既言不就，则必不就矣，岂有二语哉？谨附上《入山明志告白》一纸，先生览之，亦可知其金石之志。即覆，惟先生万安。弟蒋智由敬启。九月三日。

---

①嘿尔：指沉默无言貌。 ②原载于《大同月报》（1916年第8期）。 ③临睨：顾视。 ④诸唯：即诸惟，书信用语，谓诸多事宜中希望注意某一件事。 ⑤原载于《申报》（1919年9月4日）。 ⑥蒋梦麟：原名梦熊，字兆贤，号孟邻，浙江余姚人，中国近现代著名教育家。曾任国民政府第一任教育部长、行政院秘书长，也是北京大学历史上任职时间最长的校长。当时蒋梦麟代理校务。 ⑦侵寻：渐进。

蒋智由答沈定一书[①]

惠书拜悉,谨答如下:

敝处接国务院一电一书,当即据此辞谢。先生如欲取视,谨候台临[②]。除为此事劝驾[③]及道仰慕而外,别无何语,弟则除谢绝而外,志节已完,不能复以何辞加于弟之身。何则?巢父、许由洗耳而逃,不得谓其有利天下之心;伯夷、叔齐槁饿首阳,不得谓其有贪周禄之念。又各党各系皆为中国之人,弟不能拒而不见,要其自守,则在处此恶世,不入党,不作官,不要钱,发公正之论,行正直之行,先生而勘其有一不然者乎?不然,则予何作嘲讥之论,虽周公、孔子,犹不获免,要在观其行实为断。又来书有"蔡先生书有何以教育部未得同意"一语,查蔡先生近日来书三通,未有此语,迹其类似之言,但有"外间绝无有以先得同意疑先生者"。盖言弟既不就,则自无同意之可疑,先生殆有误记者乎?凡此皆有实书实事可按可稽,答止于此,弟之心迹昭然白矣。此事弟既拒却,完我素志,事实有据,言行共见,便欲自此了息,再函恕不答复。蒋智由启。

蒋智由答章太炎书[④]

不赞成徐世昌者,国人之同心;不赞成黎元洪者,国人之公论也。智由于徐、黎二人,同所排斥,电文可检,一则曰徐固为伪,再则曰徐之退位固当,三则曰徐之退位,万众欣心。袒徐之言,智由不一出诸口;袒黎之论,智由不敢欺其心。是非衡平,皎如白日。必谓今不承认黎元洪者,即为党徐,是诬我四万万人之公论也;欲以党徐二字,禁止四万万人不敢出反对黎元洪之言,是重箝我四万万人之口也。有能举智由有一言一字之袒徐者乎?然则智由直矣,必以黎为然,非智由之所敢苟同。蒋智由启。

---

①原载于《申报》(1919年9月12日)。沈定一:又名沈崇焕,本名宗传,字叔言,又字剑侯,号玄庐,萧山昭东长巷村人。沈定一是中国共产党的最早党员之一,参与组建上海共产党组织,参与起草《中国共产党党纲》。1928年8月,沈定一在赴莫干山会晤戴季陶的返途中突遭枪杀。　②台临:光临。台:敬辞,旧时用于称呼对方或跟对方有关的动作。　③劝驾:劝人任职或作某事。　④原载于《申报》(1922年6月15日)。时北洋政府徐世昌退位,黎元洪继任总统。

蒋观云提废日约上执政龚书①

窃谓中国今日之亟，已不在内争而在外祸；北洋之忧，又不在南方而在日本。何则？南北相争，尚未至于亡国也，而一军约则亡。军约之存，在南方尚得自分离以去，不蒙其害，而北洋则必折而入之于日。军约解除，南军之力则何能亡北洋？而军约不解，则北洋生死之命一制于日本之手。而又内之则激人民之变，祸②难亿③测，外之则欧美以忌日排日，角斗并进，而交遗中国之患。然则军约之存，为北洋巨祸、政府隐忧。而适当公执国防，大政之首，当莫如废除军约一事。阅平和通信社电，载公谓中日军约俟国际联盟开会，可议废止。曩者山东代表宣言，谓军际盟会而日本之能以秘约禁我，一也。其能终莫之提，而以国任之邪？何禁我之惧为也！或又曰：其如段公④之不听何？则乡⑤者亦一过⑥之。方是时，南北和款议四万万，此事成而国且亡矣。人或谓北亦冀巨款耳。某直言为国计，则和议贷款不得过一万万。人或谓段策主统一，讳分立，某又直言不能战，不能和，渠若分。闻者舌拸⑦以骇，某则曰：为国事而来有言，不要钱，不作官，何惧之有？夫正直之行，未必己之获戾⑧，而谠谔⑨之论，亦未必人之终不听也。言亦为国而已。则公胡不以"军约不废，则中国无以立，北洋无以存，人心无以降，外交无以平"为段公言之？且夫中国今日之得议增关税、止赔款、收租界，而有容喙⑩青岛之权，固出自段氏参战之策矣，而负军约之祸，置国亡地，则区区增关税、止赔款、收租界、容喙青岛之利，何足以拟？将不得为功之首，而为罪之魁矣！又一为段公告之。且公为执政，有利于国，则直行之，毋惮于人，此古大臣之风，所谓安社稷者也。如有国家赖以存亡之大，公居其位而莫之为，则天下必以其责而问之于公。此诚某戆直之词。向也来京，正议直指，而未尝获罪，有以知此言之必不获罪于公。夫国是实主之有力者，故必求当路秉钧⑪与语，而公为之总率，故敢以言干⑫，伏乞为时为国，开列阁议，断然提言废约，以实行其责任之职，无惭于古大臣，而果免国于危亡也。幸甚！未获一识面而陈书冒渎，皇恐，以非公则不在其位，敢烦之侍御者⑬。

---

①原载于《新古文辞类纂稿本》第20卷。龚：龚心湛，原名心瀛，号仙舟，安徽合肥人。早年留学英国。1912年起历任汉口中国银行行长、安徽国税筹备处处长、财政厅长，又调任财政次长兼盐务署督办，回任安徽省长。1919年秋在财政总长任上代理国务总理三个月。后致力于兴办实业，任启新洋灰公司总理、董事长有年。"启新"被日军军管后他愤懑而死。 ②祸：祸。 ③亿：原文"億"，当为"臆"。 ④段公：段祺瑞。 ⑤乡：向，从前。 ⑥过：拜访。 ⑦舌拸：舌头举起。形容惊异的样子。 ⑧获戾：获罪。 ⑨谠谔：直言。 ⑩容喙：意思是参与议论。 ⑪秉钧：比喻执政。钧，制陶器所用的转轮。 ⑫干：冒犯。 ⑬侍御者：侍奉君王的人。

蒋观云答蒋孟洁书①

孟洁宗兄②先生执事③：

久仰企，得奉手书，欣喜不可量。前在报间得读文字少许，钦其绩学，博雅渊实，又知其为同邑人，而不知其近吾里乃咫尺也。以数年所想望而不获见者，而得闻其謦咳④，喜也何如！书中所论顷近士子之荒，文学之衰，此世之所以终不可治，不独亡国，直并数千年之文化而亡之。每与良友私居叹息，绵薄之力，不知所以为救。呜乎！其必待诸圣人与！闾阓⑤虽近，数里而遥，而弟飘泊无可以归乡里者。弟不获言归，冀兄厌居家巷，再赋出游，或者言笑之欢，不获遇之故乡，而遇之于异乡乎？谨谢枉教，还答不尽。因风时惠佳音，唯起居万福。

蒋观云报吴孚威将军书⑥

辱损书，不敢当，不敢当。智由天下之穷士也，不用于国，亦雅不欲自求于用。何则？不能舒施其道，以匡时正国，虽予之爵禄，固智由之所必不受也。以此杜门而不出，瘏口而不言，惟抱热心，郁郁而处，拳拳而俟尔。今将军方拥千城，储韬铃⑦，一出而拨岳州，下长沙，饮马洞庭之波，扬旌衡山之麓，席卷千里，用兵如神，功略照烛，冠世无二。而又轸拊疮痍，苏徕流亡⑧，兵之所之，而政及之，律明纪饬，无犯秋豪⑨。明明⑩遗黎⑪，寓仁饮德，如古王者之师，此当世所未有之休闻⑫也。其威其威！乃至折柬东下逮敝庐，收士之心，盖其远矣。智由则何足以当之？抑敢稍自陈者。智由于二十四年以前，震心危亡，振呼维新，痛言变法，受学于海外近十年，博考深探于中外治乱之故，因革之宜，未尝敢一梦一饭而忘国家之在难，欲系队绪而绩之⑬也。自顷年以来，人竞权利，用人以党，戴人以执⑭，睢剌⑮叫扰，政棼国黦⑯，德谊斥蔑，纲纪扫地，非以拨乱，而实生之乱；非以救亡，而实蹙之亡。智由刚正，不敢阿附，坐是屏废，不齿于国而不闻于民。虽然，道如是，吾宁弃于时而不以易吾道。昔者鲁不用孔子，孔子亦不求仕，故

---

①原载于《新古文辞类纂稿本》第20卷。　②宗兄：称同宗或同姓不同族的同辈朋友。　③执事：指管事的人。不直接称对方，而称执事，表示尊敬对方，相当于"您"。　④謦咳：咳嗽。这里指谈笑，谈吐。　⑤闾阓：古代里巷的门。　⑥原载于《新古文辞类纂稿本》第20卷。吴孚威将军：即吴佩孚，民国时期直系军阀首领，"孚威将军"是北洋政府赐给吴佩孚的称号。　⑦韬铃：古代兵书《六韬》《玉铃篇》的并称，后因以泛指兵书，这里借指武将。　⑧苏徕流亡：使流亡者活下去并慰劳他们。　⑨豪：通"毫"。　⑩明明：侧目相视貌。　⑪遗黎：亡国之民。　⑫休闻：犹言美闻。休，吉庆，美善，福禄。　⑬系队绪而绩之：这里指为平国乱而有所作为。系队绪：捆缚一团丝的头。绩：把麻、棉、丝捻成线。　⑭戴人以执：拥护自己的朋友。与上句"用人以党"同意，都是任人唯亲的意思。执：交谊深厚、志趣相同的朋友。　⑮睢剌：指乖离不正貌。　⑯黦：怒。

曰：孔子循道，温温无所试①。又曰：天下莫能容。不容，然后见君子②。智由非敢几圣人也，然可不由其道乎？不由其道，则圣人之往行前则，将至今而绝迹，国何由而基之存？时何由而措之理？此智由之所以矢心困穷而不辞也。今将军不以晦微遗人，略于贵贱之分，上下之执，书词藻饰，赉③于泥涂，世之有力秉枋④，其谦光⑤孰有如将军者？厚意宜答，然愿言⑥之私，不詹⑦万一，抑亦非书策之所能宣也。略其报闻。

蒋智由再拜，重九日。

文学家蒋君来函⑧

雪生先生：

时思走谒，以病迟迟，今日执员会期，须续请病假，备公函一通至乞呈缴，不胜肯荷。今日以北京巨变，勉起，拟一电文，兹呈台阅。鄙意临城案，事已临尾，而北京政变，关系莫大，须更集合团体，开一国民大会，藉资解决。临城事件⑨，亦可附以并议，如此较利进行。乞以此意，转告到会诸公。议抉择行。专此敬问

起居万福！

智由敬启

杨春绿先生见时，乞候，当乞告我杨君居址。公函附呈乞交。

与汪康年书⑩

一

穰卿先生执事⑪：

---

①孔子循道，温温无所试：出自《史记·孔子世家》："孔子循道弥久，温温无所试，莫能己用。"意思是孔子遵循周道修行很久，但处处受压抑没有施展才能的地方，没人能任用自己。　②天下莫能容。不容，然后见君子：出自《史记·孔子世家》："夫子之道至大，故天下莫能容。虽然，夫子推而行之，不容何病？不容，然后见君子。"　③赉：装饰。　④秉枋：掌握兵权的人。　⑤谦光：谓尊者谦虚而显示其光明美德。　⑥愿言：思念殷切貌。　⑦詹：噜苏。　⑧原载于《求是新报》1923年政治号第68页。　⑨1923年5月山东临城发生的土匪劫车事件。帝国主义乘机要挟，提出种种无理要求，并扬言要直接出兵干涉。直系军阀曹锟急于当总统，便答应帝国主义提出的各项条件，把中国铁路的指挥权、用人权及财政权奉送给帝国主义。直系军阀的卖国行为激起全国人民的强烈反对。　⑩蒋智由给汪康年的六封信收录在上海图书馆编的《汪康年师友书札·三》，上海古籍出版社1987年出版。汪康年：初名灏年，字梁卿；后改名康年，字穰卿；中年号毅伯，晚年号恢伯、醒醉生。浙江钱塘（今杭州）人，光绪十八年进士。中国近代资产阶级改良派报刊出版家、政论家。办《时务报》，后改办《昌言报》，自任主编。又先后办《中外日报》《京报》《刍言报》。有《汪穰卿遗著》《汪穰卿笔记》。　⑪执事：古代官吏身边的侍从，后用作对对方的敬称，表示不敢直指其人。

侧闻时论之言维新者曰钱唐二卿，盖谓执事洎①夏穗公②也。与穗公游处相好之日久，时时询及执事，及穗公之所以道执事者，知执事为人多而自为也少。昔读东坡之时，所谓"生平为人耳，自为薄如缟"者，今庶几见之。执事行事既为一群之公，则凡此心相同者皆将如磁电之相合然，固无分于识与不识之界。以是虽相见日浅，未敢以是为疑，自引外于执事而不以其事进也。顷者，有日本友人辻武君来游中国，察视各处学堂，今将自津来申，既稔执事之名，而又闻《昌言报》馆内设有东文学塾，并欲一览上海各等学堂，欲倚执事为东道，而为之导师，当亦执事之所不辞也。用特奉词作介，不胜盼愿。穗公当已回杭矣。专渎③，敬叩台安，诸希荃照④不宣⑤。

弟蒋国亮⑥顿首。八月廿四日⑦。　　（菊月十一到⑧。）

二

穰公先生鉴：

前年台驾东游，惠顾敝庐，邀外出于西餐席上，倾谈片时，分袂时弟曰：欲言千万，今至不能道一字。欲以次日走送，而先生辞以须即行，遂不果，至此事匆匆，迩来又已三年矣。相思之情无时或已。从友人处询问起居，知康胜⑨迓吉，无任颂颂⑩。奉到初七日手书，欢忻无量。大论所谓苦心绸缪之日，而朝野以喜乐送日，诚可谓救时之至论。中国前途难关甚多，今难关全未经过，存止祸福尚在不可知之数，以理推之，恐前途之难关遂不能过，而有覆亡之虑者也，何言喜乐哉？所谓难关之在目前者，即在财政，其他难关则在财政之后。且不必论所谓财政之一难关果能安产否乎，大有不免毙于难产之忧。过此以往，则工艺之一问题上手，至于物质问题略已具备，又有最后人心之一问题。然恐不及言在后之诸问题，而于财政之一关已仆矣，可不惧哉！弟于各关粗已思索，尝欲先著言治财政一书，匆匆尚未就绪，又不能不先卖文以救饥寒，遂以塞迟。尤有一者，则政本不清，不能言财政，例如无国人之监督，则上之于财，固能无滥用乎？否乎？等是。盖为之无其效，而又不免苦吾民也。今财政之一关日日迫来，而所谓政本问之道路暗墨如故，真令人唤奈何者也。在下既不可恃，而在上又如是，其与谁言？不知先生欲以何道救之？立宪初有萌芽，然毫无根柢，此全在乎国民之实力，而我国人固非其任也。一场希望，其又将以无效终乎？近来亦有

---

①洎：及。　②夏穗公：夏曾佑，字遂卿，作穗卿，号别士、碎佛，笔名别士。浙江钱塘（今杭州）人，进士，授礼部主事。近代诗人、历史学家、学者。清光绪二十三年（1897）在天津与严复等创办《国闻报》，宣传新学，鼓吹变法。　③专渎：书信用语，谓专为某事而写信。　④荃照，即荃照，旧时书信中常用为希望对方鉴谅的敬辞。　⑤不宣：谓不一一细说。旧时书信末尾常用此语。　⑥蒋国亮：蒋智由原名蒋国亮。　⑦八月廿四日：为1898年10月9日。　⑧菊月十一到：农历九月是菊花开放的时期，古人称之为"菊月"。这里是注明到信日期。下同。　⑨康胜：安好。　⑩无任颂颂：不胜祝颂。无任：不胜，十分，非常。

欲为政党之人否？弟素不居《新民报》社，今所居处即三年前先生所惠临之旅馆也，明岁拟移居乡间，或移西京，为入山惟恐不深之计。中国固尚无得救之据，即中国获救而得兴盛，亦固不容吾有插足之处。（前年诗云："每横涕泪念家山，欲插浮生只脚难。幸有秋风最公道，他乡来伴鬓毛斑。"又有曰："故国闻我名，相戒上口舌。乡里不知我，谁复念存殁。"）然中国之不救，则吾之忧也。羁旅异域，梦想家邦，其以此送日月乎？率率具复，不知所云，以忧患之辞而呈于国人欢乐之前，其以为不祥乎？来日大难，故人勉之。敬问台安。弟蒋智由顿首。

以后如有惠书，可交令弟颂阁先生转寄，自当收到，以此次初七日惠书由辗转方能投到也。惠书如直寄弟处最为便捷，即寄东京本乡台町廿八番北辰馆弟收。明年拟移居乡僻，以便渐为绝世避人之计，数月之内，当不致迁徙也。尊处地名祈示知，以便有事时可直致书。来函述童也韩兄之言，也韩兄近在京否？孙书承代送，至感。最初主持立宪者孙君佛愚也，常欲以文记之，今其主义已行，何其人犹不用乎？适以纸余拉杂复记此，反页录旧诗数首，可以见其一斑。

久思芳草是当归，其奈乡关万事非。无家生涯无国泪，秋风又长薜萝衣。（右乙巳[①]立秋作也。无家无国之人又为秋风吹泪矣，秋日正多悲哉！蒋智由。）

又见新秋似旧秋，金风飒爽上层楼。天容不变人情变，镜里流光看白头。（右亦乙巳秋日作也。智由。）

三

拜启。前得惠书，敬悉一是[②]。久思作复，匆匆至今，疏懒之罪，幸勿责也。顷寄上政闻社社约一纸，乞登贵报，（序及发刊词后寄上。）是为至盼。政闻社报约七月中旬可以出版，届时当寄呈正。尤愿与贵报联络，互相提携，以收将伯之助，庶有补于国事改良之势力为不少也。尚望有以垂教，幸甚。又贵报自中历[③]七月一日始祈寄来敝社一份，其价后即奉上。此上，敬问台安。穰卿先生鉴。弟智由顿首。中六月十四日。　　　（六月廿七到。）

候复。本乡台町廿八北辰馆。

四

穰公先生鉴：

得百里[④]自沪来书，知先生已莅上海，欣跃之至。弟于六月十四、十八两日有书致先生，（一书寄《京报》馆。）其时适有《京报》馆之变，未知会达览否？嗣以久未得复，闻人云先生已出京矣。至今方得知行止，为慰。弟飘泊无归，而先生亦屡遭蹉跌，然救国之心愈郁愈热。窃为先生计，今后莫如进占资政院一席。阅

---

①乙巳：1905年。　②一是：一概；一切。　③中历：指中国的农历。　④百里：指蒋百里。蒋百里，名方震，字百里，浙江省杭州府海宁州硖石镇（今海宁市硖石镇）人。著名军事家，先后参加过讨袁护法运动、北伐战争和抗日战争。

今日报知资政院略近选举之性质,将来为议员之先河,又能抗衡行政官之专横,而于制定宪政亦能有力其间,则资政院人员之关系于国家之前途者非浅鲜矣。又将来由各省选举入资政院之各人,不可不有一统一,而先生资格最高,声望最著,故窃以先生入资政院一席为至上之策。此非独为故人之计,亦实为国家前途之利害计也。先生亦有此意否乎?用敢劝进,若得相见,弟当借箸为前席筹之①。又有启者,故人中菊、蛰二公皆已处重要之位,可图裨救于国家,惟穗卿尚居闲散之处,以穗卿之思想智识,而国家社会置之不顾,致不能发显其所长,诚可谓古今一大冤屈之事。而中国无立宪,国人之道德亦于此可见,故窃欲先生与穗卿同占资政院之一席,则固前言之矣,非独为私交计,而实为国家之前途计也。先生何不以此事一与穗卿言之乎?率浏②不尽,敬颂近祉③,并盼惠音。

清漪④近何在?弟念之甚,至几日日在余之脑中。前于六月间附致一信,(附致先生信中。)道想思之苦,竟不得复书,不知清漪有不快于弟者否?爱之至,故不能不疑之。弟年来致北京各友人书,从不得一复,(可谓一大怪事,所谓"厚禄故人书断绝"也。)惟先生去年赐一书,视为景星庆云,然并清漪而不复我,何也?是则又非弟之罪而清漪之罪矣!颂榖、菊生、浩吾诸先生乞道候。智由顿首。中九月十四。(九月廿日到。)

有致穗卿一书附上,乞代邮寄为感。

五

穗卿先生:

宣统纪元,其犹日本明治之初年乎?维新大业,由此遂成,国运民福,蒸蒸日上,旧友时英,得位行道。先生首创维新,犹梅花先春,为百花之领袖,敬想望重誉归,益健多祜,均如下祝。去岁承示时事,以无人肯枉一书之人,忽蒙先生之垂爱,捧诵欣喜,舞蹈难名,希代高谊,感何能言?惠书奉自中十一月廿五日而止,嗣后尚未获手教,不知有书在途否?(阅报知神户清领事署于年终失火。)项城⑤罢免,欲知其详细情形,尚望爬罗抉剔⑥,搜求见闻,多多益善,书以见贶⑦。又新定整顿财政章程,(非项城在时所定者。)见报并望裁示。此颂新禧。由顿首。

去岁奉中十二月三日又十二月十二日各一书及肖像,想均收得。

去岁函中乞代定阅《日报》一份,若尚未寄出,从正月初起最好,款祈代付,划以前账。(定报处可写彭渊恂名,不必写弟名也。)

---

①借箸为前席筹之:即借箸代筹之意。《汉书·张良传》:"良谒汉王。汉王方食,曰:'客有为我计挠楚权者。'良曰:'请借前箸以筹之。'"张良的话的意思是借您面前的筷子来指画当时的形势。后用以指代人谋划。箸:筷子。　②浏:书写。　③祉:福。　④清漪:叶澜,字清漪,浙江仁和县(今杭州)人。1901年赴日本东京留学,在留学生中组织了最早的革命团体"青年会",呼吁排满救国,并成了后来的拒俄义勇队、军国民教育会的发起人之一,成为资产阶级革命家。　⑤项城:指袁世凯。袁世凯是河南项城人。　⑥爬罗剔抉:广泛地搜罗,精细地选择。　⑦贶:赠送。

外有致张菊生书一通附上,乞转交为劳。宣统元年正月六日①。(己正月廿五转到。)

六

穰卿先生:

去年屡蒙赐书,以国内近状相告,感激实多。今岁正月间得书,诋弟为"不通社会",适同时得夏君书,其开章亦即此语,两两相同,可谓一时之舆论。前此亦有人来告谓上此徽号,此亦朋友劝善规过,教以所不及之一义也。承赐尊相一纸,虽苍老而精神坚固,如古松寒梅,乃寿考之征,不胜欣喜,置之座右,如亲謦欬②。得尊书,往往始读不能尽解,以多不识之字之故,而再读则涣然冰释,意义益深,津津有余,如啖甘蔗,渐入佳境;如食谏果,乃有回味。燕地苦寒,尘沙没人,亦日携尊夫人步万华园否?前账并尊书承寄到收讫。惟先生曾为弟付广智十洋,前忘却,今适忆起,已取之商务馆,还令弟颂谷先生,想与交还先生一也。专此,敬问年祺。智由顿首。中十二月十二日。(庚戌正月十一到。)

作书时竭力思满此二纸,然苦思力索,终不能满。不知前此《五噫》,今已息否?闻令弟颂谷兄云,日以杜康解忧,不知先生之所乐者更在何事?得此数语,信已满,余不多言。

与宋恕书③

一

燕翁老兄仁大人阁下:

昨识荆州,饫④闻伟论,桑梓景星⑤,昔日想望风采而不可接,一旦握手为知己,何幸如之。顾未能暂息征辔,罄数日欢,一吐胸中奇气,犹天假之缘而故靳⑥之也。依依望远,谅有同情,即维撰祉⑦吉羊⑧,道履绥燕⑨,一符末祷⑩!

弟前月廿八到津,七月朔日业已启馆,海宁兰君拟一章程,由慕公出示,附呈岩电。后由慕公再加酌改,间采阁下宏议,间亦附弟卑见,当已寄仲公处,无庸抄呈矣。⑪不遗在远,时缄至教,以开茅塞,幸甚幸甚!"海内知己,天涯比

---

①宣统元年正月六日:为 1909 年 1 月 27 日。　②謦欬:咳嗽声,引申为言笑。　③蒋智由给宋恕的九封书信收录在胡珠生编的《温州文献丛书·东瓯三先生集补编》,上海社科院出版社 2005 年出版。宋恕:原名存礼,字燕生,号谨斋;改名恕,字平子,号六斋;后又改名衡。浙江温州人,近代启蒙思想家。④饫:饱。　⑤桑梓景星:故乡的瑞星。宋恕与蒋智由同为浙江人,故云。　⑥靳:不肯给予;吝惜。⑦撰祉:在写作撰著中平安幸福。为对文人学者的祝福语。　⑧吉羊:即吉祥。　⑨道履绥燕:犹言旅途安乐。　⑩一符末祷:一切平安,不用祈祷。　⑪函中慕公指孙宝琦(慕韩),仲公指孙宝瑄(仲玙,又作仲愚),馆指天津育才馆。

邻",每诵二语,用志想往,不尽欲陈。敬叩

著安

乡小弟蒋国亮顿首

张敬夫先生、汪穰翁、胡维翁各友均乞致意候候！并请详示名号住址并阁下宝寓地脚,便函奉候。又及。

二

《和宋君六斋见寄次韵》①。

三

闻先生到此,欢欣无极,稍暇当走叩起居。先此敬颂

台安

燕生先生

弟蒋智由顿首
西六月二十八日

明信片正面:

市内牛込喜久井町薰馆中国人宋燕生殿

澄吉馆蒋智由

四

前相见时,弟适有事,匆促未尽欲陈。顷有日本游学诸君,欲一见执事,嘱介踵谒②,皆系素谂之人,不妨畅言。专此,顺颂

燕公著安

弟蒋智游顿首

五

日曜日③(西七月五日。)午后一点半钟敝寓谈话,务请驾临鹄候。此上,敬问起居

六斋先生

弟智由顿首
(西)七月二日

明信片正面下署:

---

①《和宋君六斋见寄次韵》:已见第一辑《诗集》,此处不再复录。　②嘱介踵谒:嘱托介绍并亲自登门拜访。　③日曜日:日、月、火等均称"曜",日、月、火、水、木、金、土七个星合称"七曜",古代中国、韩国、日本、朝鲜分别用来称一个星期的七天,"日曜日"是星期日。

牛込左内坂町三十七番澄吉馆蒋智由

六

顷约日曜日（西七月五日。）谈话，因是日下午有军国民会，敝寓改在上午八时谈话，专此改订。敬上

燕生先生

弟智由

西七月二日

七

得沪书，太炎于初五日被殴打。数日兵式体操，便欲于同胞中一试其伎俩，文明云乎哉！直野蛮之野蛮耳！弟移寓事尚未能定，先生何日往大阪？弟大约三四日拟往大阪一行。此上

敬问六斋先生起居

弟智由

西七月八日

八

闻先生尚未往大阪。今日下午，同乡为章、邹诸公集议[①]，会所在牛込赤城元町清风亭。先生处想已有书至，届时谅必到也。此上

六斋先生

弟智由拜启

（七月）十八日

九

弟现移寓牛込赤城元町二十六番地曙馆，如有函件，请寄此处。先生何日往大阪乎？此上

六斋先生

弟蒋智由顿首

西七月二十日

上海事得来信甚多，颇知其详，容暇时走告先生。

---

①为章、邹诸公集议：章炳麟、邹容为苏报案入狱，东京留学生及爱国人士集会声援。

与梁启超书①

一

手书敬悉。社员来者多，以形势观之，但患经费之不充，事实之不举。若经费充足，事实举行，不患社员之不夥颐，党势之不扩张。先生亦可审量其重轻，先后专择其当注意之事可矣。窃谓台湾之行，极为有益于社务，进行无其妨碍，惟文章之事必须于成行前预备。此事若无着落，则于社务大有妨碍者也。弟观日后以文章为一难事，大约数期以后必致困难，而延期等弊当不能免。故弟总以每月百二十页为一册，（《新民晚报》约取价贰角五分。）困难极少，且可不至愆期②。职员之事已与佛公面议，现拟定之事如下：

宪政讲习会又发一意见书，以扩张声势，其一条言开一日报于北京，以行监督政府之实，其末有诋言地方自治者，近于空言，延迟仍归重于晢子所谓开国会之说，又颇有抢夺会员之势，（遍招遍邀稍重要之人，种种设法，强其入会。）两相争夺事属不易，且使会员负有轻视党社之心。弟思最后之胜利，必在事实之举行，否则一时扩张，无事实以继其后，必不能久也。（欲事实之举行必在经费，宪政讲习会派入分担六百元之捐款，亦为此也。）

弟谓社中要务第一在经费，事实外交次之，则报章之良恶迟速多寡，（如再有日报等。）苟此数事皆胜，不患无社员。观近日之来势，已略可知之。

二

今日得东京信，知××对本社之行动，风声日恶，日来为防护马先生，煞费苦心。以此等事弟早虑及，但以马先生一无障碍或不致此，不谓且然。先生亦宜严备，盖以彼辈若穷寇故也。弟前曾告先生以旅行地址，彼辈今时探之，乞自先生以外，不再告一人，如有外来函询者，亦不答。

---

①此两封信收在布谷所著的《维新潮英·梁启超、蒋智由往还书札编年小辑》，浙江古籍出版社 2016 年出版。其一时间为 1907 年 6 月 14 日，其二时间为 1907 年 12 月 15 日，均为"政闻社"之事。
②愆期：误期。

题赞类

《月月小说》题词①

余一日者，偶自外归，见案头有寄余书一册、信一函，启视之，书则《月月小说》，而信则周君桂笙之所遗也。信中述欲致力于小说，以造福中国，并索余之题词。余欲言小说之如何有益于中国乎？昔人有言，无征不信，则欲描吾之理想以言，不如按之事实以言之，更为亲切而有据也。试略举一小说之故事以实之。盖在英国，有国立贫民救养所者，凡年届六十以上之英人，实证其为贫民，皆得收容于所。所中之整顿清洁，美善周至，盖实年老贫民一现世之天堂也。东西各国，过而览者，莫不叹赏，而誉英国国家办事之能。虽然，试一考之，英国国家所经营之物，于其前盖亦罪恶蔽害之所充积，而此贫民救养所独能进步如是，是非当日数多有名政治家之力，而实一小说家之功。其小说家，即吉肯氏是也。彼者，于其所著《郁利惠可独维斯多》之小说中，描摹贫民救养所之弊恶，其悲惨之光景，令人酸心怵目、流泪愤懑而不能堪。由之贫民救养所中，得透一道之光明，至不能不改革以求尽善，而遂有今日清新之气象，则此一小说家之所造者大也。今者中国之国家社会间，所谓暗黑惨淡之事何限，使得若干良小说家以写之，其于中国前途改革之功，岂有既乎！呜呼！周君与其同社诸君子志在于此，其亦勉乎哉！吾见他日溯新中国之原因，而追忆小说之大有力，必有以其功冠于诸君子之头上者也。因题此以复周君。诸暨蒋智由识于日本寓庐。

蒋观云诸暨桌山汤氏六修谱序②

《诗》曰："缵戎祖考③。"《书》曰："亲睦九族。"夫欲绍前徽，周亲亲，而无稽溯之典；昭示德行，识爵里，钩氏代，别理亲疏长幼，而欲油然生其敬远之思，洽睦让之风，则君子以为制作之未具，亡由启发而掖进之也。呜呼！此谱牒之作所

---

① 原载于《月月小说》第 4 号（1906 年 12 月），转载于《晚清文学丛钞·小说戏曲研究卷》，阿英编，中华书局 1960 年出版。　② 原载于《新古文辞类纂稿本》第 4 卷。　③ 缵戎祖考：出自《诗经·大雅·韩奕》，意思是继承祖业。

以为有家者要也。故祀以报始，服以成戚，祠以合灵，墓以藏故，姓以标望，宗以系戚疏，辈以齿先后，族以统旁直，而谱牒以捃[①]故总实，垂明裔余，于是乎久则不湮，远则不遗，聚则不渎，散则不疏，其德可嗣，其业可光，其恩可长，其谊可明，此中国之善教也。夫中国固古文化国，而埃及、犹太、希腊、印度之匹位也。今埃及、犹太、希腊、印度皆殊易人种，而古之民流徙散替，耗矣，唯中国自黄帝载姓，奄有江河，轶趾二海[②]，历四五千祀，实大以至今矣。今之数齿稠而占地广者，莫如吾种。而吾种之始，溯其多皆三五君佐神明之胄裔也，是其保世赖后，光曜久远，岂无故而致与？则必寓根本善俗其间，不可诬也。乡者吾尝入曲阜，求圣人之居，谒其陵茔，则见自孔子至于今，其子孙八十有余世，一聚骨其所，喟然叹，以为祖孙丘墓先后相望，不去其乡邑，竟二千余年者，氏族史鲜难美事也。夫如孔子之明孝弟人伦，崇本始设教，其后效不当有是与？则非独孔氏然，我暨[③]以一人开族，祖其村而布衍之，村以数十计，人户以千万计，历世数百十载者，所在具有。若桌山汤氏，其一也。汤氏之迁暨，居汤家垫，始南宋绍兴，越九世而一支迁桌山。桌山者，其山上平如桌，故名。汤氏居桌山者自为宗，而自其始居之所，它支分迁入同邑异邑，以汤氏名村不计，而皆宗其宋迁之祖。汤氏自宋迁之开桌山，二三百载，始宅桌山之今，五六百载，通历八九百载矣。汤氏之承祖德，克嗣其先，守其庐墓，以享有氏祚者，不亦久哉！且夫立国固有不可不变，亦有不可变。向吾主维新，破顽旧，言于世不知国不然之日，诚审时变而务开进之急也。若夫今者耳食浮慕之徒，不参彼己，轻心躁志，猥以政教纲常、民风道德悉可摧陷，一宗外人，此适足以伤固有，涂浮薄，只益乱耳。夫我国固有根据历史风教醇茂不可变之德素在也，此国美也。国美之不可变者多，非兹觏陈，而如出入孝弟，敬恭其乡，无羞父祖，而使风俗淳完，性习肫朴，此德也，始一乡阎之一国而无不然者，则可以保种长世，永宅兹土矣，故曰不可变也。此其一端也。桌山汤子鼎梅，以其族六修谱讫请为叙，予乃举此告之，以箴时变，勉夫有乡族者而云然。汤，殷汤之后也，孔子亦汤后。祖契，契为虞帝之佐，敬敷五伦，司教化民，诗书载之。契出自帝佶，帝佶出自黄帝。

系曰：余居浒山，距桌山十许里而近，闻父老之言桌山汤氏，耳孰矣。其俗劲武，今乃稍稍文。余谓桌山直质[④]，取益新知而毋阤[⑤]其旧德焉，斯善也。

蒋观云谢母王太夫人六十寿序[⑥]

谢君蘅窗[⑦]母大夫人，以今年戊午午月[⑧]日，周六甲历。蘅窗将举燕为寿母

---

①捃：拾取。 ②轶趾二海：在渤海、黄海散布足迹。 ③暨：诸暨。 ④直质：正直朴实的资质。 ⑤阤：毁。 ⑥原载于《新古文辞类纂稿本》第25卷。 ⑦谢君蘅窗：名天锡，又名德丰，字蘅窗，以字行，浙江镇海人。曾任上海煤业公会会长，被誉为"煤炭大王"。有善举，造桥、修路，先后创建四明孤儿院、育婴堂、医院等。 ⑧今年戊午午月：1918年5月。

庆,余乃标太夫人之惠,与其诏教蘅窗,蘅窗之所以孜孜奉行母训,成树事业者,有本有始,以章①福德之自。

曰:太夫人王姓,适谢氏沛美太公,三十而嫠。方是之时,翁姑老也而俱在,儿蘅窗始十三龄,家故瘠蹇,太夫人日夜磨作锡薄②,取是之资,养翁姑以老以终,抚孤子衣食教学昏取③以成。初,太公习煤业上海,及蘅窗稍稍长,亦遣之学练煤事。太夫人进而诏之曰:"女父往语我,读书载豫章郡出石可然如薪,今矿学煤质大明当世,石出性然④即煤。豫章江西地,今觅煤苗者皆云江西山窑煤棋置⑤,吾苦力不足尽发采,傥不藏厥志,诏儿继其愿。女父教如是云云。"蘅窗闻唯唯识心,于是有余干、乐平、番阳诸扣⑥煤司,蘅窗营之,业大以昌,甲于上海。太夫人又诏之曰:"货品繁积,利捷周通。今轮舶博载,迅行敏应,商机必有取乎此。"于是蘅窗鸠资立顺昌、镇昌数公司,蒸汽鼓轮出入国内外江海,运物济人,以利商世。蘅窗既营诸业,有实有豫,于是太夫人教之施舍积善乐谊,设故乡梅墟求精学校,分校十余,收乡邑诸子弟学。养甬寡孤残疾废者,月周给发折领者若干人。掩露骼败槥,岁若干。亮道利行,竖塘路、岭陬、暗隘夜灯杆若干。水旱灾效巨捐,散绵衣者不一次。数修治道路桥梁,多不记处。凡诸善行略如此。太夫人既善教子,上孝守节,辛劬⑦,成家大迹,完夫子志,守以仁善,可谓闺德⑧。蘅窗戴承母命,悃悃业业,践履事志,成功追孝,乃能衣彩衣,斟美酒,忭舞膝下,晋亡疆之颂,尉⑨苦胪欢⑩,以愉母心,可谓大庆。吾闻有德必有寿,闻太夫人裕而俭,朴纯如始,益持斋慈祥好善,天既报之贤子矣,又有令孙,必更晋之大年,泊开百袠⑪,未有艾也。

蒋观云赠王君世序⑫

篆刻之道,与书通者也。书之道,贵清与劲,雄至而质厚。吾见人之为书,有失之芜俗者矣,则清之不得为之也;有失之怯弱者矣,则劲之不得为之也;有失之庸委浮肤、涂饰纤薄者矣,则雄至质厚之不得为之也。然则如之何而救之?曰:有天、有人。天者,其得之性者也;人者,则泽之古者也。虽得于天,不得于古,吾未见其可也。然则学古之道奈何?曰:其观法也微,其用心也独。其肆力也,弃取反复,日变而不厌,求进而不已,百败焉而几其一得,千非焉而求其一是。与古竞而不与时校,誉之无喜也,毁之无憝也,冥冥然以吾心往来于千古之间,自造之而自知之。若是者其庶有得乎?亦未敢必谓其有成也。盖学古之难

---

①章:彰显。　②锡薄:即锡箔纸,在古代其主要用途是制作冥钱,用以祭拜鬼神。　③昏取:婚娶。　④然:燃。　⑤棋置:犹棋布。　⑥扣:挖掘。　⑦辛劬:勤劳辛苦。　⑧闺德:指妇女的德行。　⑨尉:安慰。　⑩胪欢:言欢。　⑪泊开百袠:到一百岁开始。泊:到,及。百袠:百岁。以十年为一袠,但到百岁是称"百袠"。"袠"也作"秩"。　⑫原载于《新古文辞类纂稿本》第25卷。王君世:王世,字菊昆,号菊悃,清代浙江余杭人。精算术,善画,喜刻印。

如此,而世乃易得之,则其浅深高下,非吾之所知也。王君菊悃,于篆刻好而勤,心志乎古,孜孜而求进。孔子曰:"我学不厌。"①"好古,敏以求之者也。"②能如是,其必有成而几于古人者之一日矣。故吾乐举吾心之所见者,与王君共证之。若夫流俗谀好之言,非吾道所当有者,故不为也。

蒋观云何蒙孙先生颂华六十寿序③

何蒙孙先生,以书名闻四方。智由所获交士大夫,工八法④,数当世能者,必举先生为一人。吾乡自荐绅⑤学者、闾里丈人之行、田夫舟子、樵山牧野之人,识不识,无不知先生之能书,孰⑥先生之名。先生山居,不数往城市,偶至焉,求书者趾踵接于门。尝岁时履上海,上海之人,裹缣素薪染豪翰⑦者,满先生之庭。次日视装池⑧之肆,必张先生之屏联焉。予少时应郡试,吾郡八邑山、会、萧、诸、余、上、新、嵊⑨诸新入学补郡邑庠生者,其书谒(谒,名片也。见《史记·郦生传》注。)必请之先生,得先生之书以为华,非先生之书,意不足也。予以时始识先生,其后予奔奏,志欲救天下,起国家之衰敝,东学扶桑者九载,与先生不相问。洎予归国,不见用于世,闭户伏首,与先生迹相寻,益日新善。先生之能,书事外擅汉形家者言。(《前汉书·艺文志》:形法者,大举九州之势,以立城郭室舍,求其贵贱吉凶。然形与气相首尾,亦有有其形而无其气,有其气而无其形,此精微之独异也云云。其云形犹今所谓峦头⑩,气犹今所谓理气⑪。又《艺文志》有宫宅地形二十卷,盖犹今之阳宅风水书也。)予每见先生,听其讲论一方数百里山川,如聚米于几案,脉络支本,悉有条理可数。如其言,则凡九州之所以建城郭,聚邑里,治封树者,各有区落,度数不可紊。定天地之位,理山泽之性,用通乎兵家,而益资乎舆地。余取名此为形势哲学,而古者陟降巘原,相观阴阳之遗法也。("陟则在巘,复降在原","既景乃冈,相其阴阳,观其流泉",⑫此即六经之言看风水定向盘也。)当其抵掌轩眉,剧谈豪论,令人巍巍乎目想高山,洋洋乎复在流水,欲束縢屩⑬,操杖策,而往从之游。孔子不云乎"仁者乐山""仁者寿"? 先生抱艺而储能,精心而研虑,寡泊于世营,而夷愉⑭其神明,

①此语见《孟子·公孙丑上》:"昔者子贡问于孔子曰:'夫子圣矣乎?'孔子曰:'圣则吾不能,我学不厌而教不倦也。'" ②此语见《论语·述而篇》:"子曰:'我非生而知之者,好古,敏以求之者也。'" ③原载于《新古文辞类纂稿本》第25卷。何蒙孙先生颂华:何蒙孙,名颂华,号剑农,别号咏梅馆主、化鹿山樵,诸暨赵家镇花明村人。自幼饱览经史,未到弱冠之年就中秀才,但后屡试不第,遂绝意科举,专攻书法。尝以"香炉砖"代纸,临摹各家法帖,尤爱《圣教序》《兰亭序》,至老不辍。 ④八法:指书法。汉字笔画有侧(点)、勒(横)、努(直)、趯(钩)、策(斜画向上)、掠(撇)、啄(右边短撇)、磔(捺),谓之八法。⑤荐绅:缙绅,有官职或做过官的人。荐,通"缙"。 ⑥孰:熟,熟悉。 ⑦豪翰:指毛笔。⑧装池:装裱古籍或书画。 ⑨山、会、萧、诸、余、上、新、嵊:山阴、会稽、萧山、诸暨、余姚、上虞、新昌、嵊县。⑩峦头:风水学术语,指山脉的形势。风水看"峦头"是看山水的形势来判断生气之所在。⑪理气:风水学术语,主要是指生、旺、墓三合中的阴阳五行生克变化。 ⑫"陟则在巘,复降在原","既景乃冈,相其阴阳,观其流泉":见《诗经·大雅·公刘》。 ⑬縢屩:縢,绑腿布。屩,草鞋。 ⑭夷愉:和乐。

高上峻厚,与山合应,而好乐之。其神不迁,其守不摇,则其保气干之贞固,耳目之聪强,符于孔子所谓"仁者寿"者,皆得之自性,理有必然,而非幸而获也。先生以今年　月　日①,年六十,继妃葛氏夫人年五十,长子前大学校长燏时年四十,三旬同寿,叠于一门。而先生父□□②封翁今年八十有□,强步善饭,壮老一迹,则先生受命之固,所谓禀自遗传者,固将自六十至于耄期百岁而未有艾也。先生里居,去古兰亭三十里,崇山峻岭,联延相属,王羲之所曾游邀之乡也,而先生继其流风,研精于翰墨,放意于山林。吾闻艺嫥③于一而志适闲旷者,其人必寿,先生其当此矣。先生貌苍润,朗须髯,著之山水间,如古图画中人。予辱知先生为深,故为述其行能,以章先生寿考之有本云。同邑蒋智由序。

蒋观云潘雨辰先生传④

先生潘姓,世称雨辰先生,讳文震,以震字分书之为雨辰,故字之。浙诸暨东乡潘家坞人也。考讳邦达,母陈氏。先生生七岁丧其父,九岁丧其母,育兄廉臣先生所。廉臣先生以文学称一时,邑士人多其弟子。先生既幼孤,家贫,即自力操作为农。暇入村塾,与诸学童问书习字,出言惊长老。长老传其语廉臣先生,廉臣先生喜,乃并力使就塾。稍长,自督教之,因尽传其学。故先生终生事兄廉臣先生如其父,盖以报教养之二大惠云。先生少能文,应童子试,得隽,即补弟子员,后乃落落不屑营科举事。好蓄古书,搜藏书画名迹及古泉玉。与客谈,辄力自擦摩手中玉,不稍止,如廉臣先生状。暇则出诸古泉,玩数之以自多⑤。每得一异泉玉,色然⑥喜,若天地间万事乐亡有逾此者。尤善声洞箫,每发声,寥越抑远,令人若独处空山之中,清月之下,脱遗此人俗而去者。它人虽敩⑦之工,无移人心声,乃知先生能以其志寓寄之管竹中也。先生好引申⑧术,娴五禽戏、八段⑨诸法,虽晚年,首下尻,指最趾⑩,服习⑪行不辍,亡棘戟⑫态,一如少年。其生平白心直节,不与人设城府,虽久与处,无一欺言饰行,亦未见终其身有以事求人、犯人者。先生不一任官吏,顾尝以省委管邑登记事,谨司簿出入,不取程外费分毫,去事而家不增一钱,泊如故素,人以是伏先生之廉也。晚岁馆平水,豪恶某侵突一方,闻先生至,谨伏谒,帖⑬先生善言,去自敛迹,又以是知先生能诚服人也。先生为诗文字,皆清峻如其人,予尝忆其《咏阮家步》诗,有曰"鱼虾争小市,菱芡足荒塘"者,他作句率类是,字劲处类天成之。文可传者若干首。先生之将逝也,自前知,以其岁辞不往平水,召家人外在者归,分处诸后

---

①月　日:原文"月""日"前空白。　　②□□:原文如此,下一处"□"同。　　③嫥:专一。
④原载于《新古文辞类纂稿本》第34卷。　　⑤自多:犹言自赏。　　⑥色然:变色貌。　　⑦敩:仿效。
⑧引申:即"引伸"。指身体的拉伸。　　⑨八段:即八段锦功法,是一套独立而完整的健身功法,由八段
动作组成。　　⑩指最趾:指手指能碰到脚趾。　　⑪服习:习熟武艺。　　⑫棘戟:疑即"亟亟",急迫
的样子。　　⑬帖:服。

事，以一日无疾而终云。先生子二人，兆灿、兆鲲。女子二人，长嫁同里骆氏。孙四人，景沂、景琦、景让、景星。孙女一人。先生以民国八年己未旧历二月廿五日终，年六十有七。妃赵氏，后先生二岁年六十九而终。先生既卒之二岁，其家孙景沂以书抵予，曰："知吾祖者莫若翁，敢请为之传。"予乃为道实略。又纪与先生交始末碎闻如左，曰：

　　曩予村设二塾祠中，予为其一塾之生，而先生则旁塾之师也。予年十岁余，窥览《三国衍义》①毕，意必有通记古今事为一书者。乡曲②不得问，先生乃告言有《通鉴》诸书，予即次日走六十里至越城而买得之。予至今犹忆先生案置大字《史记》及汉魏名家诸集，悉古本，与村塾案置讲章书乃大异。先生长予年十有三，予童子也，先生奇之，忘年如昆弟交。予父好善行，来塾闻先生道诸行善者故事，辄乐听之忘归。其后予子尊篯又师事先生，从受业焉。故先生与予家亘三世交。予以后言变法，游海外，与先生阔别者几廿载。民国政始，予杜门不预事，偶以日约为文呼净。先生见文字报端，贻书曰："居恶世，无言政。宁无益而投兹浊流邪？"予虽屏居，志不惄③天下，雅未然先生说，顾其后国亦益梦亡纪，予卒不得出一语相救，乃叹先生之见，其理卓矣。先生卒前之四年丙辰，予营葬④桐坞山中，先生驰抵予，拊穴土曰："土异美，而数十里山峦环乡，如重夹城郭状，令人览之而喜矣。"次日即别去，遂不复更见先生。先生之馆平水，其地故会稽治，左右兰亭、禹穴，有云门寺、若耶诸胜。先生约予往游，予内计欲以后此数年往，而先生以前卒矣。先生眼间距有巨痣，高数分许，周广以倍，状如俗所缋⑤三眼佛，人一见而奇之。其性真淳，而笃好古，有异能，行峻洁白，非孔子所谓"身中清"之生民也与？非独其子孙不能忘，虽乡邦可传也。

蒋观云上虞沙湖始建石塘碑记⑥

　　上虞沙湖，曹娥江滨其西，而南北夹山绵亘，南山，四明山之支余也，北曰兰芎山，两山之间相距，南北狭隘。东西，则自娥江之濆⑦，平畴迤延，亘六十里相望，而之姚江。而治城介其中。今治西三十里，濒娥江未达三里，南北山之址跰⑧中断若阙，距径约三里许，娥江之泛滥由此入焉，则自虞邑之西，贯城衍乎东乡，波乎余姚，淹没民庐庑阡陌，以亩十余万数，耗甾⑨不可胜言。故古之筹水防者，皆为之埂堰于两山间，以澹娥江之灾，所由来旧矣。《水经注》识上虞江，有南津埭，论者谓即梁湖堰。今沙湖塘所在属梁湖乡，古今异名，基址或少迁改，而原本山川形势，今沙湖塘，谓即古之南津埭、梁湖堰者近是。顾其堤皆作之以

──────────

①《三国衍义》：即《三国演义》。　　②乡曲：指穷乡僻壤。　　③不惄：不忘。惄：无动于衷。　　④营葬：置办葬地。　　⑤缋：绘画。　　⑥原载于《新古文辞类纂稿本》第43卷。　　⑦濆：水边；岸边。　　⑧址跰："址"通"趾"，趾跰，脚背。　　⑨甾："通"资"。

土，如埭、堰字，以此率远数十年、近数年，堤一冲决，成灾大小，考之纪闻，有清一代之世皆然。岁甲寅①，邑绅王君佐建议，改筑沙湖土堤，易以石。既与其邑之士绅飖谋，而具词禀于省之大吏，最意②若曰：沙湖塘滨曹江，而邑之城梁湖，东乡③迤及余姚、慈溪，三邑之保障也。曩时为土堤，不胜水力，辄易坏决。决则殃民田里，国免赋移振，共损不訾④。既往一载，县议会议决改建石塘案，事未迄行。今杭甬铁路建筑曹娥百官桥，横铁轨，兀车站，坚重，娥江下游东水潮泛，新、嵊间洪潦卒发，剽羼阻陀⑤，择瑕而轶，土堤益不支，岁且数决，决而损多。宁楗石⑥为塘，费一而利百。今邑民虽窳⑦，事不可以已。计塘长五百十余丈，估筑费当五万元。议亩捐，厘甲、乙、丙三区，以当灾轻重，差捐之最次焉。又援邑崧厦、后郭等区筑塘案，请国帑开助。亩捐法及筑塘程序工直⑧，胪⑨议附陈，请核准立案。右云云。禀入。大吏派员履勘，准如请词兴作，而拨附捐若干以助之。虞邑之士咸举王君佐为正，主任一切，而陈君叚纯、黄君宝和、管君职勋为之副，以佐其事。是时民国三年之四月日也。即以其年旧九月始工。任事者既筹费聘工师，勾⑩材度法，又当旧堤卸削，新塘未蒉⑪不完，当是时，亢风骇雨，一疏失即四出溃败，轸凤夜为慎，犯风雨四方巡护督察之，亦云瘼⑫矣。遂以其翌年十月，告事之成。塘故有闸曰无量，今益筑左右护闸，防渗漏，易下牏，兼得多人立于护闸之利。故槽贰，今加一槽，为三槽，洵⑬完法也。嗣是而虞邑之水摈其西，无娥江之患，则南北山支流涓集，皆汇注于运河而东流，经新旧两通明坝以安泄于姚江，无水灾。既蒇事⑭，王君佐走上海告余，请为之文以记。余曰：吾国故以农事兴，莫民开文化，而农事莫亟于水利。士君子不得为于朝，为于乡，则埭渠浚凿之功莫大焉。今欲新兴国，必县邑自治，邑自治而农防水利之事莫要焉。使邑邑具自谋，以开利辟患，有所规兴若是，生民祉⑮矣。事不美与？乃为之词而系之：

言言沙塘，属于兰苎。枕首袋皋，既固既崇。娥川安轨，无泛而东。民以乐土，岁亡鞠凶⑯。五万其费，厥赢实丰。事致果始，利见在终。南津既湮，沙湖载功。刻石司远，以昭虞中。

---

①甲寅：公元1914年，民国三年。　②最意：聚意，犹言归纳主要意思。　③乡：通"向"。
④不訾：不可比量；不可计数。　⑤剽羼阻陀：漂浮的杂物阻塞。剽：通"漂"。羼：混杂。陀：阻塞。
⑥楗石：堵塞河堤决口用的木石一类材料。　⑦窳：弱。　⑧直：通"值"。　⑨胪：陈述。
⑩勾：聚集。　⑪蒉：树立。　⑫瘼：疾苦。　⑬洵：实在，确实。　⑭蒇事：事情办理完成。
⑮祉：福。　⑯鞠凶：灾祸。

蒋观云黄氏古檗山庄序①

　　黄君秀烺②，营茔地于闽晋江县南七十里檗谷之乡，辨兆次③，治庐舍门途，凿池辟埔，树芳草佳木，将欲诏子孙以族葬于此。生其乐乡里敬宗服之心而为之，而请余论记其事。余曰：我国古首开天下文化，与巴比仑、埃及、希腊、印度、犹太衡敌并称，今诸国咸沦替，种微国变，独中国巍然，继四千年为大国，其周土益广大，齿户概④实蕃硕，与巴比仑诸国殊者，夫岂无故而然欤？盖中国文化之原在惇明⑤氏族，法祖而亲亲，以此为教化首，而祭丧服葬，人伦之制，粲然森备，人之生其后者，莫不有不敢忘其祖，不敢忝其亲之心，此其所以保子孙之昌繁以久大也。今黄君所行族墓之制，我古人已思虑及之，垂为法章，在文书可稽也。《周官·太宰》宗与师儒并列，宗盖以族得民。《大司徒》用族坟墓，鸠⑥本俗，安万民。《春官》有冢人、墓大夫，冢人掌公墓地，墓大夫掌民族墓之地。公墓以葬君、大夫、士，辨其前后昭穆而为之图，诸有功者居前，谊兼今之所谓国葬者而扩其范限。墓大夫令国民族葬，皆得有私地域，因为设其禁令，守其寺舍，听其狱讼，巡其厉限。条例颇备，此不悉论。君、卿、大夫、士任国务者，以其职，庶民以其族，皆聚葬，亡奇别散佚者。原其设以专官，载之国典，岂非欲以是范天下、概一国而从之者欤？《周礼》之书，未毕施行。左氏作《春秋传》，载季氏异昭公墓道南，孔子沟而合之，此鲁先群公聚墓之征也。以余躬所亲历，曩之曲阜，谒孔林，则见自孔子先，至于其今子孙八十有余世，皆园葬于周垣之内。生食其野，死藏其疆，宅庐在前，丘垄聚后，入圣人之乡，而其风教固殊也，盖已二千数百余年矣。自西人通商，侨寓日多，所在有聚葬区，而各会馆亦设窆地⑦。然西人公茔以为教士旅民归终之所，会馆之所藁⑧掩，则贫槱⑨久厝⑩之不能归者，其巨数也，与夫以族聚葬，其用意固已殊矣。将欲令人生其食德、尊先、式里、收族之心，义无胜族葬者洽乎人心，同乎国俗，大者隶以一宗，小者属之一家，地亡有而不宜，人亡有而不能，其事固莫善矣。而又有意观美之为。周览旧制，旁瞩西茔，则博大久实者，中国之所独擅，而洁饰精丽者，西人之所长也，亦参而宜之尔。吾又尝谓国家宜于各省县巨市设公墓地，其一画为兆域，令民得自购买，而官为禁守之，盖即《周礼》墓大夫之意；其一以聚埋败棺遗椁之无主及有主而不能葬者。如是，则郊墉之间，途路所经，将无暴椁累冢，增益地利不可计而山川之美以完，是亦国家之大政也。盍壹行诸？且夫葬之谊何为也者？夫人情于其

---

　　①原载于《新古文辞类纂稿本》第52卷。　　②黄君秀烺：黄秀烺，晋江东石人。旅菲富侨，曾被清政府封做一品忠宪大夫。开设"炳记"银行，积极参与社会公益，曾积极资助孙中山领导辛亥革命，捐巨资修葺泉州西塔、厦门同文书院、檗谷黄氏大宗祠，营建厦门码头等。　　③兆次：这里指墓地的位置、次序。兆：祭坛或墓地的界域。　　④概：稠密。　　⑤惇明：劝勉昌明。　　⑥鸠：聚集。　　⑦窆地：墓地。窆：墓穴。　　⑧藁：藤蔓。　　⑨槱：棺材。　　⑩厝：把棺材停放待葬，或浅埋以待改葬。

父母戚属，睹其终也，必不忍委而弃之。有一术焉，可以安固久藏，以为灵爽①式凭之所，固将无不为也。圣知者作，因人情之所利顺，而为之泽之文章，立之制度。于是乎衣衾之饰，棺椁之度，丘陵之封，林木之识；春之露日，秋之霜晨，恻惕焉，感怆焉，必将有祭祀之及，展扫之为。始丧惨切，以庐以居，去国返国，以拜以告。夫是以去其山川，则生慕思；望其城郭，为之涕泣。一旦而有亡其国、墟其地者，一动念祖宗丘墓之存，而不为之激然痛、决然奋者，无是人也。又孰谓墓葬之事之亡益于人国也？黄君闽越之人也，少读书，长以商走四方，不忘其本，归视其乡，得地以成此举，穆然其有尊先祖、爱乡里之思，渊然其为子孙计保聚、崇敦睦、昭氏牒、重邦土之心，至无已也，卓然其能觑符古制，取用新法，美风懿矩，可以为国人式而放而行之也。于是乎叙而章之。

蒋观云乔阴山庄记②

乔阴山庄者，鄞东曹氏聚茔之地，居墓守人，子孙祀扫憩息之所也。初曹氏有雨岑公者，讳某某，以诚朴笃信，成业有家。雨岑公卒，其子曰兰彬③、兰馨、兰荪、兰亭、兰舫，昆弟五人咸遵遗业故训，父子若一，用是其家益昌，业大于初。雨岑公实葬于鄞东钱湖之滨、郭家峙之阯④，今庄之所在地也。兰彬君五人有怀其亲，以生则父子昆弟相聚，死不忍分地各殊，远异自去，乃营生茔于雨岑公墓百步而近，将日后以其兄弟之次附葬之。又为之莳名木佳卉，美神道之居，洁尚孝思，择其旁地，立宅设龛，供神主宿守者。又将买田若干亩，以资岁时展扫修治之费，敬永祀事。东钱湖，固鄞之胜地也。鄞山干四明，方四明未峰之前，分支东出，将迄于海，而盘旋郁蓄，峰峦叠出，其名山若鄮山、阿育王山咸在其地，又与江湖海参错相间，故登是庄而览观焉，海风山云参胸洒体，而樵担出入岙谷，渔唱于喁⑤溆⑥浦，山川风物，固以美矣。余独善乎兰彬君五人者，肫肫⑦然其孝，拳拳然其友。夫孝者，仁之始也；仁者，孝之大也。古之能仁其民，无不能事其亲，号为仁人，则孰非孝子也？推孝子之心广之天下，则天下莫不被其泽，载其功者，因而名之，则所谓仁人也。是何也？曰夫仁，人心也。子用之此心其亲曰孝，亲用之此心其子曰慈，弟用之其兄曰弟⑧，兄用之其弟曰爱。由此心也，推而大之，至于一国，则有所谓爱国者也；又推而大之，至于天下，则有所谓人道者焉；尤推而大之，至于万物，则有所谓爱物者焉。人伦万殊，随事立名，而此心之用亡有乎不周，亡有乎勿同，故家庭之与社会、国家、天下、万物，本一以贯之，而非可二而殊之也。夫仁之道备矣，而取之至近，人人而可行之，莫如孝。盖圣

---

①灵爽：神灵，神明。 ②原载于《新古文辞类纂稿本》第52卷。 ③兰彬：曹兰彬，名显瑛，陶公山曹家人，民族资本家。曹氏木材业是民国时期宁波帮著名财团之一。 ④阯：水中的小块陆地。 ⑤于喁：相和之声。 ⑥溆：水边。 ⑦肫肫：诚恳。 ⑧弟：悌。敬爱兄长。

人立教，远近内外，始终先后，靡不赅举，非远外亡以极其量，非内近亡以作其基，而始终有序，先后以程，施之于天下非有余，行之于一室亡不足，蔼然阶闼之间，而沛乎四海之内。故博施济众，仁以之为极则①；而能近取譬，仁以之为始方。亲亲而仁民，仁民而爱物者，此之谓也。夫亲者，人人之所有之者也，亲之不能仁，而曰吾能仁天下之人人，此反乎情而悖乎理，无其道也。故中国之教，极于仁，始于孝，道莫大乎仁，行莫重乎孝。仁者，中国文化之统；孝者，中国文化之原也。是道也，中国之所首昌明教之者，吾宗之信之，守之思之，广大侔②天地，精微入造化，践履实日用，印应同人心，说无有乎或尚，道未知能有易也。兹曹君之不忘其生存一室，死一丘，聚其天属，以终万古，事载其心而出之，非孝之情也与？曹君之乐善，建学设医，平治途路，凡诸公益，视其力，靡不任，能若是，虽与拯天下、登一世者其量殊，其心一也，非仁之伦也与？夫事有出乎孝者，吾嘉之；行有近乎仁者，吾尤勉之。然则今将有志社会、国家、天下、万物，而取权利竞争、偏激驳稚之说，必不若吾仁之道正且大者。固将舍仁而无以为也？抑人而有无父母之生则已，不能无父母生而有父母，非孝而恶可为也与？故吾因论曹君事而议正之：中国古制族葬，后世异葬，今将返古，葬以族聚。族葬之制善也，合宗考为一兆域，而子孙从之，依其骨肉，壹其祭祀，明其氏叶，无奇茔失窆之忧，而族系固焉，宗孝惇焉。凡中国化俗，古皆胜今，古之教其备乎，葬其一端焉云。曹君之行此，绩古之范，实开今其风。可识也，遂记之。

蒋观云澄衷学校叶公铜像记③

镇海叶公成忠，建学于上海之塘山路张家湾，先后捐资四十万金，购地三十亩奇，为堂斋室屋，间百五十，受生徒千人。始汔④今，毕校业者千数百人，转学于东西洋，暨服国之诸务，有事社会，著称当世之士累累有之。于是校之诸友相与为会，以敦隆学谊，又相与话叶公之泽，谋建像，寿其事，以闻于校董。校董咸欣曰："此实如吾志。既同于厥议，请力任其成。"公，浙人也，浙之诸老仕献⑤闻之，金⑥曰："惟叶公首兴学，好谊，急时先要，宜章永其事，以视后，为世风劝。"相与以建像事，为状以请于大总统袁氏、大总统冯氏⑦。总统袁、总统冯钧⑧前后褒许，以案饬内务、教育两部转知浙江、江苏查照奉行。岁庚申⑨，校成立后周二十之载也，将举行纪念之典，而像亦告以其时成。展幕有日，而请余为文记之。余曰：吾闻叶公少就学，以贫故，不半岁辍，其后与西人商交，能英语，通其文字，尝慨然而叹曰："世岂无佳子弟？而生也窭⑩，不得及时学如予者乎！"于是首设

---

①极则：最高准则。　　②侔：相等，齐等。　　③原载于《新古文辞类纂稿本》第52卷。　　④汔：通"迄"。　　⑤献：有德行有才能的人。　　⑥金：都。　　⑦大总统袁氏、大总统冯氏：袁世凯、冯国璋。　　⑧钧：通"均"。　　⑨岁庚申：1920年。　　⑩窭：贫穷。

学于其乡，继设于上海。于乡，念其所自生之土，而上海其成业地也。叶公之不忘其本，推己以同人，善发于一心，而利见之天下，兹之意则固已可称于后矣。吾又闻叶公始操舟，与海舶通贸易，往来异勤，常独蚤先至，期必信，语必诚，于是外人咸信公，凡货物唯付公，亡异词，公由是著声昌业。又善遇其侪，雅知人，指付必堪其任，仓卒患难，毕周给之，而以勤称①能不能升黜人，不以私，凡经所识拔者，后皆自成业有闻，其德性才操略如此。方是时，中外初通市，我国之为商者率贪小利，无远大措画，公独首设厂，营火柴、缫丝诸事，其后业大盛蕃，挽挹利厄，论者谓公有观变识时才，以此知其发迹成功非偶然也。方公之建学，在岁己亥②，后戊戌政变一年，时上下锢塞，瞀③不知外事，士大夫又慑时忌，不敢言新学。公独察审时变，一力营杜，无沮缩疑缓意。厥后国以次兴学，而公校褒然，为诸私立学首，言教育史者必举焉。由今而观之昔，成而数其创，凡诸经始④之心，艰困之迹，微恃公之有昭识果力也，又乌能以际成⑤乎？余故述公行概，与公发兴学之初心，经创学之难时，以为来睹者一告之。凡公有此焯焯诸行可传道者，固皆本自其性，其得天固有过人者也，而公独嗛嗛焉，以不学，自歉⑥下。向使如公天之美，性之明，又受之学，而文之以诗书，教之以圣贤之道论行谊，吾不知其所成就，远且大复何如？然世固有能文词、齿⑦时儒者，而其行事龊龊，不中论睹，岂学之非其道，抑所得于性、于天，其赋受有不暨公者与？公虽不暇学，一身呫哔⑧，卒较其所得，与出之学而然者，盖亦无稍殊焉。然则公自视以欠于学，有憾之辞，实由其有好之之心，好而与之合，不自知，而常自伍于不学者，乃能推兹之心及之于人，己未学而欲人之学。其能如是，则吾欲援卜商氏⑨之言"虽未学而必谓之学"⑩者，以论断公矣。今之受业于此，固皆生幸于公，而得典于学矣。而又景公之行事，益砻浚⑪其天与性之善，光大而践实之，此固公所望于诸生，而建学之为，故有为乎此也。然则卬⑫瞻公像，过乎其下，肃然敬，穆然思，不惟怀记功泽尔已，而又获之师资⑬，以性与天与学，总壹而晋，树为至的，日蘉蘉⑭焉，是则观感之效益为不虚，而其谊全矣。吾于是乎言：叶公名成忠，字澄衷，今以字名其校。世镇海人。生清道光庚子⑮，卒光绪己亥⑯，年六十。校营于公殁之年，成于公殁后之一岁，公不及生见，而谆谆然命之，故不敢后，以毕藏公志，而今公其可无憾。诸暨蒋智由记。

---

①称：称职。　②岁己亥：1899年　③瞀：懵，昏昧无知。　④经始：开始营建；开始经营。泛指开创事业。　⑤际成：在成功之中。　⑥歉：不自满。　⑦齿：并列。　⑧呫哔：诵读。　⑨卜商氏：姬姓，卜氏，名商，字子夏。春秋末期思想家、教育家，孔门十哲之一。　⑩此语见《论语·学而》：子夏曰："贤贤易色；事父母，能竭其力；事君，能致其身；与朋友交，言而有信。虽曰未学，吾必谓之学矣。"　⑪砻浚：打磨疏通。砻：去掉稻壳的工具，形状像磨。　⑫卬：仰。　⑬师资：教导。　⑭蘉蘉：勤勉，努力。　⑮道光庚子：1840年。　⑯光绪己亥：1899年。

蒋观云云阳蒋太公八秩俪寿颂[①]

蒋氏居夔，有宅有年。太公之兴，勤倦率先。听虫行水，时鸟[②]于田。有丰斯获，乃廪乃篅[③]。乃新宅宇，乃广亩阡。庭有戏鱼，戺[④]有瀙[⑤]泉。太公博施，责[⑥]不期还。太公嘉善，格言著篇。厥妃唯懿，媲德准贤。党妯酬洽，仆媛[⑦]佚欢。莘莘子孙，莫不孝娈[⑧]。兰芽玉质，绕膝承颜。奉训华国，有闻烜烜[⑨]。惟兹二老，八十齐肩。庆以善积，福由仁全。五峰之山，出云芊芊。池昭林蔚，卜德之廛。寿既未央，福又沓[⑩]全。而耇[⑪]而期[⑫]，子孙万千。作颂以介，哥[⑬]之台筵。

题金彰甫先生像[⑭]

金彰甫先生毓秀，吾乡之先德。余幼虽未之见，而心钦之久矣。乡时湖夫失编，公瘁六年之精力以成；湖之步春桥新闸就堙矣，公鸠赀修筑，湖流复畅，免于潦淤。功德之在吾乡不可灭，宜人到于今称之。肃瞻遗像，缀以赞词，固吾乡人之公论也。

凡人之生，期有功于生民。伟吾乡之金公，孳孳务其为仁。始湖夫之就荒，公编次以炳麟[⑮]；又湖闸之堙流，公复之以通津。任此事之旬载，虽风雨而敦敦。卒功成而绩茂，重湖事之光新。民到今其犹思，永弗忘于斑侲[⑯]。予既幼而仰止，睹容像兮肃䜣[⑰]。诏勤泽以语人，贞珉石于齿唇。风德久兮不沫，流奕奕于绵尘。

题田时霖先生像[⑱]

君黔[⑲]而长身，全木之形。事闻勇为，不遑[⑳]以宁。才克实副，人丕用钦[㉑]。隐于市而谋济人，厥绩孔[㉒]宏。灾遘[㉓]，其施振以生亿万人人。筑堤以障江河，成捍御之功。余若兴学通路，事不一，而未遑悉称。试听梓乡[㉔]，聿[㉕]赞同声。胡不引年？五十以陨。身虽云谢，业永有闻。呜呼！成为人而得若是，宁为虚

---

①原载于《新古文辞类纂稿本》第55卷。 ②时鸟：应时而鸣的鸟。 ③篅：一种盛谷物的圆形容器。 ④戺：台阶。 ⑤瀙：水声。 ⑥责：债。 ⑦媛：女奴。 ⑧娈：顺，从。 ⑨烜烜：显著的样子。这里形容名声很大。 ⑩沓：繁盛的样子。 ⑪耇：长寿。 ⑫期：期颐，活到一百岁。这里也指长寿。 ⑬哥：歌。 ⑭原载于《智识》1925年第1卷第3期。 ⑮炳麟：光明。 ⑯斑侲：老人与儿童。斑：鬓发花白，指老人。侲：童子。 ⑰䜣：敬。 ⑱原载于《智识》1925年第1卷第5期。田时霖：又名田澍林，字世泽，浙江上虞人。清末民初上海工商业巨子，慈善家，爱国义士。 ⑲黔：黑。 ⑳不遑：无暇，没有闲暇。遑：空暇。 ㉑人丕用钦：受人大敬。 ㉒孔：很，甚。 ㉓遘：遇上。 ㉔梓乡：指故乡。 ㉕聿：无义，用在句首或句中，起顺承作用。

生！式告瞻像，敬此披缨①。

裘焯庭先生暨德配张夫人七十双寿序②

岁丙寅，嵊裘公焯庭，与其配张夫人，七秩同寿。其嗣愫楹、愫湘，将介酒称殇，以为其二亲欢，而请予为文以纪。予乃原其致寿之由，而次公之德行，曰：公孝于亲，仁于人人，果于义，而爱于物。其孝亲乃何？曰：公侍亲之疾，颛颛瞿瞿③，不忍颐步④离，连夙莫旬月，不解袘合睫为常。粪溲哕⑤恶，身亲去治。夫人父张翁，以先生之孝也，选而与之女，是为今张夫人。其仁于人人也，曰：公急世之难，愫其力，无不尽。若岁旱潦殍瘥，酿募赈恤，辄任人先。设厂施粥，更年叠次，衣米枢物，捐不悉数。他所以赡亲故可称趌之事尤多。其果于义也，曰：始崇仁议设书院，而难其任，公首捐上田，其数十亩，以次毕书勾⑥额，事用有集。崇仁道东山求岩，崎岖塞隘，公为之开险凿石，凡二千余丈，行口碑之。有长生道堂，修圯焕毁。于嵊⑦则白石岗天竺，于衢⑧则笼会山，上虞则太平堂，凡数处，皆殚力成之。其爱物也：立禁生潭于剡溪，复放生池于新昌大佛，重申禁戒。又衰⑨赀置产，设永久放生之会，益推而行之。事行略如此。公早岁以文字入邑庠，贡授训导职，非其好，不之任也，家居以书史自娱。夫人与先生壹德协心，凡先生所为仁务义任，先生唱焉，夫人和焉。先生开营之自外，夫人伙助⑩之自内。先生与夫人皆奉佛事，崇清静，凝和降祥，积诚致福。二子既贤矣；有女五人，孙七人，孙女三人，凡内外孙今二十人。而先生与夫人方七十寿，耆耋未艾。询夫善不可为而可为，而天之报施善人，亦有时而可信也欤！

赞曰：《书》有之："惠迪⑪吉。"又曰："作善，降之百祥。"孔子曰："仁者寿。"故大德必得其寿。古之圣哲通于天人，其立言有本矣，岂虚也哉？今之人反常谬正，务竞争而薄仁让，高权欲而怠修省，谓业可力取，事以计成，卒之人所务而天之道微，天所处而人之力穷焉。观裘先生之锡受齿福，假人力乎哉？笃乎仁，信夫善，是以自天祐之，吉无不利。

---

①敬此披缨：披缨应是"披发缨冠"的缩写。披发缨冠谓不及束发冠戴，只系缨于颈，比喻急于救援。这里指敬仰田时霖救民于难的精神。　②原载于《智识》1925年第1卷第6期。　③颛颛瞿瞿：恭勤而小心。　④颐步：半步。　⑤哕：呕吐。　⑥勾：聚集。　⑦嵊：指浙江嵊州。　⑧衢：指浙江衢州。　⑨衰：聚。　⑩伙助：帮助。　⑪迪：道。

迤南兵备道赠太仆卿陈公宗海像赞①

公挺生于越，树政滇中。备兵迤南，不独武功。苏其氓夷，绚以文风。道路以治，桥梁以通。饬其游惰，澹其灾凶。滇民之思，何日有终！传由国立，望在乡崇。式瞻遗像，庞厚②骏丰。我题昭远，敬恭其同。

---

①原文见《绍兴曹娥陈氏家谱》卷2《绍兴陈太仆春源先生事略》画像后，陈文起纂修，1925年铅印本。陈宗海，字春源，浙江会稽人。迤南：今云南省昆明市以南地区，清乾隆三十一年（1766年）置迤南道。兵备道：全称整饬兵备道，主要负责分理辖区军务，监督地方军队，管理地方兵马、钱粮和屯田，维持地方治安等。陈宗海以积劳成疾，卒于官。事闻，赠太仆卿衔，事迹宣付史馆立传。　　②庞厚：宽厚。

蒋智由年谱简编及作品纪年^①

同治四年(1865),1 岁

是年农历十一月初八(12 月 25 日),蒋智由生于浙江省诸暨市紫东乡浒山村(现店口镇朱家站村)。父蒋殿魁,字春梅,国学生五品衔,诰封奉政大夫。蒋殿魁宅心仁厚,善名著于乡里。母陈氏,诰封宜人。继母石氏,诰封宜人。蒋智由是蒋殿魁第三子,上有两位胞兄,下有一胞妹。蒋智由原名国亮,字观云、愿云、性遂、信侪、信斋等,号因明子。

同治十一年(1872),7 岁

就读于浒山村私塾,受教于潘文濬先生门下。

光绪二年(1876),11 岁

赴杭州紫阳书院求学。

按,蒋智由早年求学于杭州紫阳书院,深得山阴太史汤寿潜激赏,赞其"君志大言大,虽厄于时命,而文章一缕情丝,蟠天际地,自为吾浙传人"。

光绪六年(1880),15 岁

娶同乡店口朱家巇三官公长女朱氏为妻。

光绪八年(1882),17 岁

是年农历十二月初九,生长子蒋尊簋,字百器、伯器。

光绪九年(1883),18 岁

母亲石氏去世。

---

①部分内容参照了施方女士所著的《蒋智由传》(浙江工商大学出版社 2018 年版)中的《蒋智由年谱》,在此谨表感谢。有些作品见收于后人编的文集中,没有注明发表的具体时间,而所据底本又一时难以查考,故无法编入作品纪年中。

光绪十八年(1892),27 岁

父亲蒋春梅去世。蒋智由将双亲安葬于德清武康上柏村。

光绪二十二年(1896),31 岁

8 月 7 日,蒋智由到达天津。随后不久,由宋恕推荐,蒋智由担任天津育才馆汉文教习,并参与制定育才馆章程。其时与"诗界三杰"之一夏曾佑相识。

是年农历十月廿二,生幼子蒋尊第。

光绪二十三年(1897),32 岁

秋,蒋智由以"廪贡生"身份参加光绪丁酉科顺天乡试,中第四十名举人。当时山东巡抚孙宝琦以曲阜知县保荐蒋智由,然蒋因响应康有为、梁启超的维新而未就。《清代硃卷集成》收有蒋诗《赋得"妙句锵金和八銮"得金字五言八韵》和文《卞庄子之勇,冉求之艺,文之以礼乐》《思知人不可以不知天》《夫物之不齐物之情也,或相倍蓰,或相什伯,或相千万》。

创立"北学堂",组织汇编近代中国第一部百科丛书《时务通考》。

光绪二十四年(1898),33 岁

6 月 11 日,以康有为、梁启超为首的维新派发起"戊戌变法"运动。

10 月 9 日,蒋智由致书汪康年,为其引荐日本人辻武雄。

光绪二十五年(1899),34 岁

春,南归诸暨故里省亲。

10 月,蒋智由与日本汉学家内藤湖南会晤。

12 月,蒋智由在《清议报》第 33 期上发表第一篇诗作《观世》,笔名"因明子"。

光绪二十六年(1900),35 岁

2 月,蒋智由在《清议报》第 35 期上发表诗作《时运》。

4 月,其长子蒋尊簋被官费选送赴日本留学。

5 月底,英、美、法、德、奥、俄、日、意等八国组成的联军开始侵略中国。

6 月,蒋智由为避津门之乱,南下返乡。

约 8 月间,蒋智由来到湖州,并得汤寿潜推荐,主讲浔溪书院。

12 月,在《清议报》第 65 期上发表诗作《络纬》《送人之日本游学》,第 66 期上发表《哀乐众生歌》,第 67 期上发表《杂感四首》《梦飞龙谣》。

最迟年底,蒋智由寓居上海。

按,孙宝瑄光绪二十七年正月初二(1901 年 2 月 20 日)日记云:"信侪过谈。"①可见,在旧历新年之前,蒋智由当已离开湖州浔溪书院到了上海。

同年,梁启超提倡"诗界革命",蒋智由成为主将之一,后被梁启超称为"诗界三杰"之一。

光绪二十七年(1901),36 岁

1 月,蒋智由在《清议报》第 68 期上发表诗作《菊花》《人物》《世境》《雄思》,第 69 期上发表诗作《皎然》。

2 月,沙俄胁迫清政府签署书面约款十二条。

3 月,沙俄胁迫清政府签署书面约款十二条的消息传至上海,引起上海爱国人士极大愤慨。15 日,上海爱国人士齐聚张园商讨办法,蒋智由于会上演讲,18 日《中外日报》24 日,上海爱国人士再聚张园,蒋智由复于会上演讲。众人演讲毕,蒋智由又于会上演说应对办法。事后,演讲文稿《蒋君智由演说》《举人蒋君智由演说》《蒋君智由演说办法》均发表在《中外日报》上。此外,蒋智由在《清议报》第 71 期上发表诗作《痛哭》,第 72 期上发表诗作《车笮足》《夜坐》,第 73 期上发表诗作《归咏》《夏海浦》。

4 月,在《清议报》第 77 期上发表诗作《哲人性》。

6 月,在《清议报》第 81 期上发表诗作《庚子五月避天津之乱南归七月三日渡扬子江作》《苦闲》《有感》《湖州道中》,第 82 期上发表诗作《终南谣》。

7 月,在《清议报》第 86 期上发表诗作《奴才好》。

8 月,在《清议报》第 87 期上发表诗作《辛丑杂感四首》《梦起》,第 88 期上发表诗作《辛丑六月》。

9 月,在《清议报》第 91 期上发表诗作《风暴》《帘怀人也》《世间》,第 92 期上发表诗作《见恒河望吾种之合新群也》。

10 月,在《清议报》第 93 期上发表诗作《中国人性质》《时事》《晨坐斋中》《北方骤》。

11 月 11 日,蒋智由与同乡赵祖德在上海创办《选报》并担任主编,在第 1 期上发表《本报缘起叙例》。11 月间,蒋智由在《清议报》第 96 期上发表诗作《闻蟋蟀有感》,第 97 期上发表诗作《性入世吟六首》;在《选报》第 1 期上发表《联俄篇》,第 2 期上发表《风俗篇》《性入世吟六首》②。

12 月,在《清议报》第 100 期上发表诗作《呜呜呜呜歌》《避津门之乱一岁余矣,追忆赋此》《庚子袁、许死》《古今愁》《世间愁》《闻客话澳门山势雄壮有感》《饮酒》《答问题》《反前答》;在《选报》第 4 期上发表《义和团一流人》《精神之苦

---

①见孙宝瑄《忘山庐日记》,上海古籍出版社 1983 年版。　②蒋智由发表在《选报》与《清议报》上的诗歌作品多有重复,后文将只列出先发表的作品。

乐高于形骸乎》《天大于君群大于天》,第 6 期上发表《正例篇(一)》。

在上海开办"珠树园译书处",专门编译西方著作。

光绪二十八年(1902),37 岁

1 月,在《选报》第 7 期上发表《正例篇(二)》和诗作《归来》。

2 月,在《选报》第 8 期上发表《正例篇(三)》。

3 月,在《选报》第 9 期上发表《爱美人欤爱国家欤》《毁誉》;在《新民丛报》第 3 号上发表诗作《壬寅正月二日宴日本丰阳馆二首》《吊吴孟班女学士二首》《壬寅正月二日自题小影》《朝吟》《读史》《卢骚》。此外,蒋智由在《选报》第 9 期上为一篇名为《游檀香山日记》的文章作序。

4 月 27 日,蒋智由和蔡元培、黄宗仰、叶瀚等人于上海发起并组织号称"第一革命团体"的中国教育会,蔡元培任会长。4 月间,在《选报》第 12 期上发表《忧患篇(一)》,诗作《题孟广集》,第 13 期上发表《忧患篇(二)》,第 14 期上发表《忧患篇(三)》。

5 月,在《选报》第 15 期上发表《中国之药》,第 16 期上发表诗作《为陈四仲骞题其先世玉堂补竹图》;在《新民丛报》第 8 号上发表诗作《余作新寿命说》《历史》。

6 月,在《选报》第 20 期上发表《奇人传自序》《上海女学会演说》;在《新民丛报》第 10 号上发表诗作《久思》。

9 月,与蔡元培、杜亚泉、何寿章等合写《敬告绍兴人请合力建设公众学堂启》,并在《选报》第 29 期上发表。

11 月 23 日,蒋智由和蔡元培、林白水、黄宗仰等人发起开设爱国女学校,蒋智由担任校长。在《女报》第 9 期发表《爱国女学校开学演说》。11 月间,在《新民丛报》第 20 号上发表诗作《长江》《壬寅八月往游金陵书怀》。

12 月 9 日,蒋智由将撰于 1901 年秋冬至 1902 年春夏间的文章付梓,由上海广智书局出版,是为《海上观云集初编》。是月,在《月月小说》第 4 号上为《月月小说》题词。

是年年底,与梁启超结交。

是年年底,蒋智由东渡日本。

按,东渡途中,蒋智由作《壬寅十一月东游日本渡海舟中之作》诗,由诗名可推知,蒋智由东渡时间当为 12 月。

光绪二十九年(1903),38 岁

1 月,蒋智由与陶成章、鲁迅等二十七名在日留学生于东京牛込区清风亭召开绍兴同乡恳亲会,并联名发出《绍兴同乡公函》,呼请故乡人民出国留学。

按,据 1903 年《浙江潮》第 3 期刊载的《浙江同乡留学东京题名》中《癸卯三

月调查》的记载,蒋智由到达日本的时间是光绪二十八年阴历十二月,约为1903年1月。

2月17日,由中国留日学生浙江同乡会成员蒋百里、厉绥之等人在东京创办《浙江潮》,宣扬爱国主义思想,蒋智由任编辑。

2月25日,梁启超致书蒋智由,请其暂任《新民丛报》主编,不过蒋智由婉拒了梁启超的一番美意。2月间,在《新民丛报》第25号上发表诗作《醒狮歌》《壬寅十一月东游日本渡海舟中之作》《长崎》《富士山》《朝朝吟》,第26号上发表《中国兴亡一问题论(一)》。在《女学报》1903年第1期上发表《蒋性遂君与本馆记者陈撷芬书》《蒋性遂君与爱国女学校经理蔡民友君书》。

3月16日,梁启超再次致书蒋智由,以《新民丛报》相托,蒋智由最终答应,任主编。3月间,在《新民丛报》第27号上发表《中国兴亡一问题论(二)》、诗作《东京除夕》《东京元旦》,第28号上发表《中国兴亡一问题论(三)》。

4月,在《新民丛报》第29号上发表《中国兴亡一问题论(四)》,第30号发表《中国兴亡一问题论(五)》《年龄之与嗜欲》《学校与鬼神与官府之冲突》《隐居者残废之一流人也,不能当兵者残废之一流人也》《霉菌灯》《马尾之长度》《黑人婴儿之白色》《世界第二之大炮》《心理与生理之一斑》《世界大富之王》《世界至速之电车》《世界帝王之口才》《牛何故惊赤色》《美国虫害之预定额》①以及诗作《挽古今之敢死者》。

5月,在《新民丛报》第31号上发表《中国兴亡一问题论(六)》《中国上古旧民族之史影》《病菌者,亡种之一物也》《各国人之特性》,第32号上发表《埃及古代之鳄鱼》《新骨相学》《风土之与人生》。

6月,在《新民丛报》第33号上发表《华赖斯天文学新论(一)》《世界最古之法典(一)》《库雷唉治懒惰病法》《说萤》《花之与虫》,第34号上发表《华赖斯天文学新论(二)》《世界最古之法典(二)》《说梦》《说盐》以及诗作《旅居杂咏》。

7月18日,蒋智由与留日学生齐聚牛込赤城元町清风亭,为因"苏报案"②入狱的章太炎、邹容声援。

按,宋恕旅日期间,蒋智由曾致信邀请宋恕与会声援,信中云:"今日下午,同乡为章、邹诸公集议,会所在牛込赤城元町清风亭。先生处想已有书至,届时谅必到也。"③

8月,在《新民丛报》第35号上发表《极东问题之满洲问题(一)》《中国人种考(一)》《首阳山》《天王明圣臣罪当诛》《战败后之民族》以及诗作《旅居日本有

---

①《霉菌灯》《马尾之长度》《黑人婴儿之白色》《世界第二之大炮》《心理与生理之一斑》《世界大富之王》《世界至速之电车》《世界帝王之口才》《牛何故惊赤色》《美国虫害之预定额》:这些短文均为事物的介绍性文字,因与蒋智由本身关系不大,本书未予收录。　②1903年6月26日,《苏报》因连续引介并刊发邹容《革命军》、章太炎《驳康有为论革命书》等革命文章而遭到清政府打击报复,并将章太炎等人逮捕,邹容激于义愤,自动投案。　③见《东瓯三先生集补编》,胡珠生编,上海社科院出版社2004出版。

怀钱唐碎佛居士》《一羽》,第 36 号上发表《极东问题之满洲问题(二)》《神话历史养成之人物》《四岳荐舜之失辞》《托尔斯泰伯之论人法》《十九世纪战争之军费》《苏彝士运河近况》《美国游客之金额》《美国购阿拉斯喀地之利益》《变光星》《丫髻星》《地球毁灭之豫言》《人体之磁气力》《瘄之元因》《朝气爽人之理》《虫造风船》《奏乐辟蚊》《帖木儿陵墓之崩坏》》①。

9 月,在《新民丛报》第 37 号上发表《极东问题之满洲问题(三)》《中国人种考(二)》《几多古人之复活》《文弱之亡国》;在《浙江潮》第 7 期上发表《四客政论》。

10 月,在《新民丛报》第 38、39 合号上发表《极东问题之满洲问题(四)》《中国人种考(三)》。

11 月,在《新民丛报》第 40、41 合号上发表《极东问题之满洲问题(五)》《中国人种考(四)》;在《浙江潮》第 9 期上发表诗作《题曾国藩祀》《送匈耳山人归国》。

12 月,在《新民丛报》第 42、43 合号上发表《厌世主义》《极东问题之满洲问题(六)》《中国人种考(五)》;在《浙江潮》第 10 期上发表《儒教国之变法》。

是年冬,陶成章等革命志士在东京密谋成立光复会,时蒋智由亦参加。光复会正式成立,蒋智由亦参加。

按,在《中国人种考》中蒋智由提出"人种学"概念,在《神话历史养成之人物》中蒋智由引入"神话"学术理论,都是国内首次,对中国人种学、民俗学研究具有里程碑式的意义。

光绪三十年(1904),39 岁

2 月,在《新民丛报》第 46、47、48 合号上发表《日俄战争之感》《极东问题之满洲问题(七)》《中国人种考(六)》《海参崴》《永乐建都北京之得失》《成败》《文体》。

6 月,在《新民丛报》第 49 号上发表《中国近日之多数说及其处置之法(一)》。

8 月,在《新民丛报》第 51 号上发表《中国近日之多数说及其处置之法(二)》《极东问题之满洲问题(八)》。

9 月,在《新民丛报》第 52 号上发表《极东问题之满洲问题(九)》,第 53 号上发表《中国人种考(七)》《俄皇尼古刺士二世(附坡鳖那士德夫略传)(一)》。

10 月,在《新民丛报》第 54 号上发表《中国人种考(八)》《俄皇尼古刺士二世

---

① 《十九世纪战争之军费》《苏彝士运河近况》《美国游客之金额》《美国购阿拉斯喀地之利益》《变光星》《丫髻星》《地球毁灭之豫言》《人体之磁气力》《瘄之元因》《朝气爽人之理》《虫造风船》《奏乐辟蚊》《帖木儿陵墓之崩坏》;这些短文均为事物的介绍性文字,因与蒋智由本身关系不大,本书未予收录。

（附坡鳌那士德夫略传）（二）》，第 55 号上发表《极东问题之满洲问题（十）》《中国人种考（九）》《俄皇尼古剌士二世（附坡鳌那士德夫略传）（三）》。

11 月，在《新民丛报》第 56 号上发表《极东问题之满洲问题（十一）》《中国人种考（十）》。

12 月，在《新民丛报》第 57 号上发表《共同感情之必要论（一）》《中国人种考（十一）》，第 58 号上发表《共同感情之必要论（二）》《中国人种考（十二）》《俄皇尼古剌士二世（附坡鳌那士德夫略传）（四）》，第 59 号上发表《共同感情之必要论（三）》《中国人种考（十三）》。

是年仲冬，蒋智由为梁启超所著之《中国之武士道》作序，为陶成章所著之《中国民族权力消长史》作序。

光绪三十一年（1905），40 岁

1 月，在《新民丛报》第 60 号上发表《共同感情之必要论（四）》《中国人种考（十四）》，第 61 号上发表《钱论》《论中国自食力派思想之发生（一）》。

2 月，蒋智由与陶成章、黄兴、秋瑾等于东京为光复会成立商议办法。2 月间，在《新民丛报》第 62 号上发表《论中国自食力派思想之发生（二）》，第 63 号上发表《辩论与受用（一）》。

3 月，在《新民丛报》第 64 号上发表《国家与道德论（一）》《辩论与受用（二）》，第 65 号上发表《国家与道德论（二）》《辩论与受用（三）》《中国之考古界》《中国之演剧界》。

4 月，在《新民丛报》第 66 号上发表《辩论与受用（四）》《佛教之无我轮回论（一）》，第 67 号上《佛教之无我轮回论（二）》。

5 月，在《新民丛报》第 68 号上发表《佛教之无我轮回论（三）》，第 69 号上发表《养心用心论（一）》《老子之面影》《一哄之时代　研究之时代》《对外之举动　对内之举动》。

12 月，在《新民丛报》第 70 号上发表《养心用心论（二）》《平等说与中国旧伦理之冲突》《维朗氏诗学论（一）》《佛教之无我轮回论（四）》《客观之国》《君不君者尔汝而已矣》，第 71 号上发表《阿里士多德之中庸说》《佛教之无我轮回论（五）》《我殖民地之不发生文化何欤》。

光绪三十二年（1906），41 岁

1 月，在《新民丛报》第 72 号上发表《养心用心论（三）》《维朗氏诗学论（二）》《梭格拉底之谈话法》《佛教之无我轮回论（六）》《论中国人崇拜岳飞之心理》，第 73 号上发表《读历史上中国民族之观察系论》。

3 月，在《新民丛报》第 76 号上发表《冷的文章与热的文章》。

5 月，《中（小）学修身教科书》第一卷初版发行。

6月,《中(小)学修身教科书》第二卷、第三卷初版发行。

7月6日,《宪政胚论》付梓,是书发表了蒋氏实施君主立宪主张的具体制度与方法,充分表现了其改良派思想。

10月,在《新民丛报》第88号上发表《精神修养论》。

光绪三十三年(1907),42岁

10月7日,蒋智由与梁启超在日本东京创办《政论》月刊,蒋智由任主编。17日,蒋智由又与梁启超发起组织政闻社,支持君主立宪。10月间,在《政论》第1号上发表诗作《题词》《政论序》和文章《变法后中国立国之大政策论》《政党论》《绍兴案》《"杀"与"要求"之两大派》《人人皆革命党,人人非革命党》《保证留学果能防刺客乎》《立宪之上谕又出矣》。

11月,在《政论》第2号上发表《立宪之二大原因论》《为国者,吾人宗主之目的也》《国民的外交之时代》《国家与国民交涉之开始》《订约权在朝廷之误想》《今日中国之学生宜与闻政治之事者也》《对于铁路借款事件质问政府书》。22日,与梁启超等人在日本东京神田区组织召开政闻社成立大会。

光绪三十四年(1908),43岁

2月,政闻社本部迁往上海。

4月,在《政论》第3号上发表《社会国家相关进化论》。

8月,政闻社被清政府查禁,《政论》停刊。

宣统二年(1910),45岁

是年,蒋智由将光绪丙午(1906)至宣统己酉(1909)冬间所作诗歌结集出版,是为《居东集》。

是年在《南洋商报》第2期上发表诗作《光绪丁未秋八月自日本相州山中东寄赤霞》。

民国元年(1912),47岁

1月1日,中华民国正式建立。蒋智由自日本回国,寓居上海。

长子蒋尊簋出任浙江都督。

回诸暨省亲,登门看望了同乡晚辈蒋瑞藻。

是年在《地学杂志》第18期发表《洣口黄河桥古为鹊山淤湖说》。

民国二年(1913),48岁

3月20日,国民党重要人物宋教仁在上海遇刺,国内革命形势骤然紧张。

5月上旬,蒋智由、沈定一、章太炎等在上海组织弭祸会,要求袁世凯退位以

弭战祸，缓解国内紧张局面。

7月21日，蒋智由起草《弭祸会公启》，公开发表在《民立报》上，要求袁世凯退位以期平息宋教仁遇刺案。同日，在《大共和日报》上发表诗作《宗仰上人以绝句代简见寄云答》。

民国二年(1915)，50岁

在《甲寅杂志》第8期上发表《致〈甲寅杂志〉记者函》。

民国五年(1916)，51岁

6月6日，袁世凯病死。这之后，北洋军阀开始分裂，并形成以直、皖、奉三系为主的割据局面。各系军阀连年混战，扰攘不停，蒋智由极感痛心，对当局不再抱有幻想。

是年在《大同月报》第7期上发表诗作《戊申十月送王濯莽兄归国》，在第8期上发表《复王濯莽书》。

民国七年(1918)，53岁

9月，徐世昌任大总统，欲用蒋智由为教育总长，然不就。

民国八年(1919)，54岁

2月，在《申报》上发表《蒋智由致北京政府电》，对统一路债提出建议。

5月，蔡元培辞去北大校长一职。北京政府拟任命蒋智由为北京大学校长，但是蒋智由坚辞不就，并在9月2日的《时事新报》上登出一则《入山明志》的启事，公开申明自己"以超然之身，发公正之论""不官不党"的主张。9月4日，《申报》刊登《北大校长事之蔡蒋往来函》。9月12日，又在《申报》刊登《蒋智由答沈定一书》《蒋智由启事》，再次明志。

7月，在《申报》上发表《不签字后直进即行之办法》，当时列国主张把德国在山东的权益割让给日本，中国代表团拒绝在凡尔赛和约上签字。蒋智由提出了不签字后收回路约等办法。后又在《申报》上发表《蒋智由主张认还垫款废约》一文。

民国十年(1921)，56岁

6月15日，《申报》上刊登《蒋智由不承认北京政府国会电》。

民国十一年(1922)，57岁

6月5日，蒋智由与杭辛斋、褚辅成等80余人成立了上海全浙公会。蒋智由当选为第一届全浙公会干事之一。6日，《申报》刊登《蒋智由论北方旧会非法电》。8 日,《申报》刊登《蒋智由论北伐自认非法当彰国治电》。15 日,《申报》刊登《蒋智由答章太炎书》。

11 月 24 日,为了迫使直系军阀首领孙传芳就范,争取浙人自治,全浙公会联合五省士绅发起五省废督运动,蒋智由参与并与与会诸君共同制定了相关计划。

是年,诸暨蒋瑞藻编纂《新古文辞类纂稿本》,由中华书局出版,收有蒋文《蒋观云驱解日约论》《蒋观云提废日约上执政龚书》《蒋观云答蒋孟洁书》《蒋观云报吴孚威将军书》《蒋观云诸暨桌山汤氏六修谱序》《蒋观云谢母王太夫人六十寿序》《蒋观云赠王君世序》《蒋观云何蒙孙先生颂华六十寿序》《蒋观云潘雨辰先生传》《蒋观云上虞沙湖始建石塘碑记》《蒋观云黄氏古檗山庄序》《蒋观云乔阴山庄记》《蒋观云澄衷学校叶公铜像记》《蒋观云云阳蒋太公八秩俪寿颂》《题金彰甫先生像》《题田时霖先生像》《裴焯庭先生暨德配张夫人七十双寿序》《迤南兵备道赠太仆卿陈公宗海像赞》。

是年,诸暨大水,蒋智由从上海发 400 石玉米振济老家浒山。

民国十二年(1923),58 岁

7 月 25 日,在《申报》发表《蒋智由斥曹、顾通电》,驳斥曹锟制宪、顾维钧就职外交总长。8 月 7 日,发表《蒋观云对被买议员之愤慨》,声讨贿选。14 日,发表《蒋智由请讨国贼电》,斥曹锟为国贼。9 月,曹锟以重金贿选当上大总统。蒋智由在 10 月 9 日在《申报》上发表《蒋观云主张讨曹通电》,再次声讨曹锟,"以不承认、讨伐两议声告国人",并表达了"以不同国矢之"的决心。

是年在《求是新报》政治号上发表《文学家蒋君来函》。

民国十三年(1924),59 岁

11 月 14 日,蒋智由在《申报》发表《蒋观云覆段芝泉电 请惩贿选诸人》。

民国十四年(1925),60 岁

是年在《智识》第 3 期上发表为谈养吾《玄空术》所作之序,第 6 期上发表《上虞曹母陆太夫人六秩寿颂》。10 月 6 日,在《申报》上发表《蒋智由之东电》,斥段祺瑞任总统无法、无政、无信。7 日,发《蒋智由之鱼电》,再次声讨段祺瑞。

民国十四年(1927),62 岁

是年在《联益之友》第 59 期上发表诗作《蒋智由书赠相者昆云使者》。

民国十八年(1929),64 岁

9 月 8 日,蒋智由病逝于上海。

参考文献

专著类

阿英编:《晚清文学丛钞·小说戏曲研究卷》,中华书局,1960年。

包天笑:《钏影楼回忆录》,大华出版社,1971年。

卞孝萱、唐文权:《民国人物碑传集》,团结出版社,1995年。

布谷:《维新潮英——近代诗人蒋智由事辑》,浙江古籍出版社,2016年。

蔡元培:《蔡元培自述》,河南人民出版社,2004年。

蔡元培:《美育人生》,江苏文艺出版社,2011年。

丁文江、赵丰田:《梁启超年谱长编》,上海人民出版社,1983年。

龚联寿编:《中华对联大典》,复旦大学出版社,1998年。

顾廷龙主编:《清代硃卷集成》,台北成文出版社,1992年。

郭延礼:《中国近代文学发展史》,山东教育出版社,1991年。

胡珠生编:《中国近代人物文集丛书·宋恕集》,中华书局,1993年。

蒋观云:《海上观云集初编》,广智书局,1902年。

蒋观云:《居东集》,文明书局,1910年。

蒋瑞藻编:《新古文辞类纂稿本》,中华书局,1922年。

蒋廷黻:《中国近代史》,武汉出版社,2012年。

景常春编:《近现代名人对联辑注》,南京大学出版社,1989年。

梁启超:《饮冰室诗话》,人民文学出版社,1998年。

刘楚湘:《癸亥政变纪略》,中华书局,2007年。

刘锡诚:《20世纪中国民间文学学术史》,河南大学出版社,2006年。

吕美荪:《蒋观云先生遗诗》,铅印本,1933年。

裴国昌主编:《中国名胜楹联大辞典》,中国旅游出版社,1993年。

钱仲联主编:《清诗纪事》,江苏古籍出版社,1989年。

上海图书馆编:《汪康年师友书札》,上海古籍出版社,1987年。

绍兴县政协文史资料工作委员会编:《陶成章史料》,1987年。

孙宝瑄:《忘山庐日记》,上海古籍出版社,1983年。

王世儒编:《蔡元培先生年谱》,北京大学出版社,1998年。

杨天石、王学庄编:《拒俄运动》,中国社会科学出版社,1979年。

游红霞:《蒋观云学术思想研究》,中国文联出版社,2016年。

张健:《中国现代喜剧史论》,北京大学出版社,2006年。

张永芳:《诗界革命与文学转型》,中国社会科学出版社,2005年。

浙江省萧山市政协文史工作委员会编印:《萧山文史资料选辑第四辑·汤寿潜史料专辑》,1993年。

周作人:《鲁迅的故家》,北京十月文艺出版社,2013年。

朱有瓛编:《中国近代学制史料》第二辑,华东师范大学出版社,1983年。

诸暨市档案馆编译:《梅岭课子图》,西冷印社,2008年。

报刊类

《女报》,清末民初。

《女学报》,清末民初。

《清议报》,清末民初。

《申报》,清末民初。

《新民丛报》,清末民初。

《选报》,清末民初。

《浙江潮》,清末民初。

《政论》,清末民初。

《智识》,民国。

《中外日报》,清末民初。

论文类

安克环:《蒋智由的生年考》,《黑龙江大学学报》,1979年01期。

曹萌:《近代改革思潮及其对文学的影响》,《洛阳师范学院学报》,2002年03期。

陈侃章:《蒋智由的籍贯》,《读书》,1985年01期。

何立行:《晚清知识人蒋观云(1866－1929)及其启蒙论述研究》,台湾清华大学博士学位论文,2012年。

梁淑安:《近代戏剧变革与外来影响》,《新疆师范大学学报》,1989年03期。

刘锡成:《民俗百年话题》,《民俗研究》,2000年01期。

田根胜:《近代悲剧观念的变迁》,《华东师范大学学报》,2002年04期。

田兆元、游红霞:《清末民初浙江学者蒋观云的风俗观》,《杭州师范学院学报》,2007年06期。

魏一媚:《论"诗界革命"中的浙籍启蒙诗人群》,《语文学刊》,2005年05期。

游红霞:《论蒋观云的神话学思想》,《长江大学学报》,2008年04期。

游红霞:《清末"民族"视角下的"民俗"诉求——以蒋观云的文论为中心的考察》,《民间文化论坛》,2009 年 01 期。

张永芳:《蒋智由与诗界革命》,《辽宁教育学院学报》,1990 年 01 期。

图书在版编目(CIP)数据

蒋智由全集 / 王敏红，钱斌，丁胜编注. —杭州：
浙江大学出版社，2021.10
ISBN 978-7-308-21365-3

Ⅰ.①蒋… Ⅱ.①王…②钱…③丁… Ⅲ.①中国文
学—作品综合集—近现代 Ⅳ.①I215.02

中国版本图书馆 CIP 数据核字(2021)第 086775 号

蒋智由全集

王敏红　钱　斌　丁　胜　编注

责任编辑	李瑞雪
责任校对	吴心怡
封面设计	周　灵
出版发行	浙江大学出版社
	（杭州市天目山路 148 号　邮政编码 310007）
	（网址：http://www.zjupress.com）
排　　版	浙江时代出版服务有限公司
印　　刷	浙江新华数码印务有限公司
开　　本	710mm×1000mm　1/16
印　　张	49.5
字　　数	941 千
版 印 次	2021 年 10 月第 1 版　2021 年 10 月第 1 次印刷
书　　号	ISBN 978-7-308-21365-3
定　　价	198.00 元